水浒全传

中国古典文学名著丛书

[明] 施耐庵 罗贯中 著

華夏出版社
HUAXIA PUBLISHING HOUSE

目　　录

引 首

词曰：

试看书林隐处，几多俊逸儒流。虚名薄利不关愁，裁冰及剪雪[①]，谈笑看吴钩[②]。评议前王并后帝，分真伪，占据中州，七雄扰扰乱春秋。兴亡如脆柳，身世类虚舟[③]。见成名无数，图名无数，更有那逃名无数。霎时新月下长川，江湖变桑田古路。讶求鱼缘木，拟穷猿择木[④]，恐伤弓远之曲木[⑤]。不如且复掌中杯，再听取新声曲度。

诗曰：

纷纷五代乱离间，一旦云开复见天。
草木百年新雨露，车书万里旧江山。
寻常巷陌陈罗绮，几处楼台奏管弦。
人乐太平无事日，莺花无限日高眠。

话说这八句诗，乃是故宋神宗天子朝中一个名儒，姓邵讳尧夫，道号康节先生所作。为叹五代残唐天下干戈不息，那时朝属梁，暮属晋，正谓是："朱、李、石、刘、郭，梁、唐、晋、汉、周，都来[⑥]十五帝，播乱五十秋。"后来感的天道循环，向甲马营中生下太祖武德皇帝来。这朝圣人出世，红光满天，异香经宿不散，乃是上界霹雳大仙下降。英雄勇猛，智量宽洪。自古帝王，都不及这朝天子。一条杆棒等身齐，打四百座军州都姓赵，那天子扫清寰宇，荡静中原，国号大宋，建

---

① 裁冰及剪雪——喻吟诗作赋。裁、剪，制作意；冰、雪，指超凡脱俗的辞章。

② 吴钩——春秋时吴国制造的宝剑。后泛指刀剑。这里喻历代战事。

③ 虚舟——空的船。语出《庄子·山木》，在此比喻漂泊无定。

④ 穷猿择木——比喻困窘之人不择栖身之所。语出《世说新语·言语》："穷猿奔林，岂暇择木。"

⑤ 恐伤弓句——伤弓之鸟见了弯曲的树木也远避。

⑥ 都来——总共不过。

都汴梁，九朝八帝班头，四百年开基帝主。因此上，邵尧夫先生赞道：“一旦云开复见天。”正如教百姓再见天日之面一般。那时西岳华山有个陈抟处士，是个道高有德之人，能辨风云气色。一日骑驴下山，向那华阴道中正行之间，听得路上客人传说：“如今东京柴世宗让位与赵检点登基。”那陈抟先生听得，心中欢喜，以手加额，在驴背上大笑，颠下驴来。人问其故，那先生道：“天下从此定矣。”正应上合天心，下合地理，中合人和。自庚申年间受禅，开基即位，在位一十七年，天下太平，传位与御弟太宗。太宗皇帝在位二十二年，传位与真宗皇帝。真宗又传位与仁宗。

这仁宗皇帝，乃是上界赤脚大仙，降生之时，昼夜啼哭不止，朝廷出给黄榜，召人医治。感动天庭，差遣太白金星下界，化作一老叟，前来揭了黄榜，自言能止太子啼哭。看榜官员引至殿下，朝见真宗。天子圣旨，教进内苑看视太子。那老叟直至宫中，抱着太子，耳边低低说了八个字，太子便不啼哭。那老叟不言姓名，只见化一阵清风而去。耳边道八个甚字？道是“文有文曲，武有武曲。”端的[①] 是玉帝差遣紫微宫中两座星辰下来，辅佐这朝天子：文曲星乃是南衙开封府主龙图阁大学士包拯，武曲星乃是征西夏国大元帅狄青。

这两个贤臣，出来辅佐这朝皇帝，在位四十二年，改了九个年号。自天圣元年癸亥登基，至天圣九年，那时天下太平，五谷丰登，万民乐业，路不拾遗，户不夜闭，这九年谓之一登。自明道元年至皇祐三年，这九年亦是丰富，谓之二登。自皇祐四年至嘉祐二年，这九年田禾大熟，谓之三登。一连三九二十七年，号为三登之世。

那时百姓受了些快乐，谁道乐极悲生。嘉祐三年春间，天下瘟疫盛行，自江南直至两京，无一处人民不染此症，天下各州各府，雪片也似申奏将来。且说东京城里城外军民死亡大半，开封府主包待制亲将惠民和济局方，自出俸资合药，救治万民。那里医治得，瘟疫越盛。文武百官商议，都向待漏院中聚会，伺候早朝奏闻天子，专要祈祷，禳谢[②]瘟疫。不因此事，如何教三十六员天罡下临凡世，七十二座地煞降在人

① 端的——的确，果然。

② 禳（ráng）谢——旧时一种宗教迷信活动，祈祷鬼神佑福除灾。

间，哄动宋国乾坤，闹遍赵家社稷。有诗为证：

诗曰：

万姓熙熙化育中，三登之世乐无穷。
岂知礼乐笙镛治，变作兵戈剑戟丛。
水浒寨中屯节侠，梁山泊内聚英雄。
细推治乱兴亡数，心属阴阳造化功。

第　一　回

张天师祈禳瘟疫　洪太尉误走妖魔

话说大宋仁宗天子在位，嘉祐三年三月三日五更三点，天子驾坐紫宸殿，受百官朝贺。但见：

祥云迷凤阁，瑞气罩龙楼。含烟御柳拂旌旗，带露宫花迎剑戟。天香[①]影里，玉簪朱履聚丹墀[②]；仙乐声中，绣袄锦衣扶御驾。珍珠帘卷，黄金殿上现金舆[③]，凤羽扇开，白玉阶前停宝辇[④]。隐隐净鞭[⑤]三下响，层层文武两班齐。

当有殿头官喝道："有事出班早奏，无事卷帘退朝。"只见班部丛中，宰相赵哲、参政文彦博出班奏曰："目今京师瘟疫盛行，伤损军民甚多。伏望陛下释罪宽恩，省刑薄税，祈禳天灾，救济万民。"天子听奏，急敕翰林院随即草诏，一面降赦天下罪囚，应有民间税赋，悉皆赦免；一面命在京宫观寺院，修设好事禳灾。不料其年瘟疫转盛，仁宗天子闻知，龙体不安，复会百官计议。向那班部中，有一大臣，越班启奏。天子看时，乃是参知政事范仲淹，拜罢起居[⑥]，奏曰："目今天灾盛行，军民涂炭，日夕不能聊生。以臣愚意，要禳此灾，可宣嗣汉天师星夜临朝，就京师禁院，修设三千六百分罗天大醮，奏闻上帝，可以禳保民间瘟疫。"仁宗天子准奏，急令翰林学士草诏一道，天子御笔亲书，并降御香一炷，钦差内外提点殿前太尉洪信为天使，前往江西信州龙虎山，宣请嗣汉天师张真人星夜来朝，祈禳瘟疫，就金殿上焚起御香，亲将丹诏付与洪太尉，即便登程前去。

---

① 天香——祭神的香。这里指帝王宫殿上祭祀的香火。

② 丹墀(chí)——古时宫殿前用红色染饰的台阶以及台阶上面的空地。

③ 轝(yú)——同舆，车。

④ 辇(niǎn)——古时用人拉的车，后特指帝王所乘的车。

⑤ 净鞭——即静鞭。古时朝会时，内侍击鞭，百官遂肃静，皇帝驾出。

⑥ 起居——请安之意。此指君臣问候常礼。

洪信领了圣敕，辞别天子，背了诏书，盛了御香，带了数十人，上了铺马[①]，一行部从，离了东京，取路径投信州贵溪县来。但见：

遥山迭翠，远水澄清。奇花绽锦绣铺林，嫩柳舞金丝拂地。风和日暖，时过野店山村；路直沙平，夜宿邮亭驿馆。罗衣荡漾红尘内，骏马驰驱紫陌中。

且说太尉洪信赍[②]擎御诏，一行人从，上了路途，不止一日，来到江西信州。大小官员，出郭迎接；随即差人报知龙虎山上清宫住持道众，准备接诏。次日，众位官同送太尉到于龙虎山下，只见上清宫许多道众，鸣钟击鼓，香花灯烛，幢幡宝盖，一派仙乐，都下山来迎接丹诏，直至上清宫前下马。太尉看那宫殿时，端的是好座上清宫！但见：

青松屈曲，翠柏阴森。门悬敕额金书，户列灵符玉篆。虚皇坛畔，依稀垂柳名花；炼药炉边，掩映苍松老桧。左壁厢天丁力士，参随着太乙真君；右势下玉女金童，簇捧定紫微大帝。披发仗剑，北方真武踏龟蛇，趿履顶冠，南极老人伏龙虎。前排二十八宿星君，后列三十二帝天子。阶砌下流水潺湲，墙院后好山环绕。鹤生丹顶，龟长绿毛。树梢头献果苍猿，莎草内衔芝白鹿。三清殿上，击金钟道士步虚；四圣堂前，敲玉罄真人礼斗。献香台砌，彩霞光射碧琉璃；召将瑶坛，赤日影摇红玛瑙。早来门外祥云现，疑是天师送老君。

当下上自住持真人，下及道童侍从，前迎后引，接至三清殿上，请将诏书居中供养着。洪太尉便问监宫真人道："天师今在何处？"住持真人向前禀道："好教太尉得知：这代祖师，号曰虚靖天师，性好清高，倦于迎送，自向龙虎山顶，结一茅庵，修真养性，因此不住本宫。"太尉道："目今天子宣诏，如何得见？"真人答道："容禀：诏敕权供在殿上，贫道等亦不敢开读。且请太尉到方丈献茶，再烦计议。"当时将丹诏供养在三清殿上，与众官都到方丈。太尉居中坐下，执事人等献茶，就进斋供，水陆俱备。斋罢，太尉再问真人道："既然天师在山顶庵中，何不着人请将下来相见，开宣丹诏。"真人禀道："这代祖师，虽在山顶，其实道行非常，能驾雾兴云，踪迹不定。贫道等如常亦难得见，怎生教人请得下来？"太尉道："似此如何得见！目

---

① 铺马——驿站用马。铺，指驿站。

② 赍(jī)——怀着，带着。

今京师瘟疫盛行，今上天子特遣下官赍捧御书丹诏，亲奉龙香，来请天师，要做三千六百分罗天大醮，以禳天灾，救济万民。似此怎生奈何？”真人禀道：“天子要救万民，只除是太尉办一点志诚心，斋戒沐浴，更换布衣，休带从人，自背诏书，焚烧御香，步行上山礼拜，叩请天师，方许得见。如若心不志诚，空走一遭，亦难得见。”太尉听说，便道：“俺从京师食素到此，如何心不志诚。既然恁地[①]，依着你说，明日绝早上山。”

当晚各自权歇。次日五更时分，众道士起来，备下香汤，请太尉起来沐浴，换了一身新鲜布衣，脚下穿上麻鞋草履，吃了素斋，取过丹诏，用黄罗包袱背在脊梁上，手里提着银手炉，降降地[②]烧着御香，许多道众人等，送到后山，指与路径。真人又禀道：“太尉要救万民，休生退悔之心，只顾志诚上去。”

太尉别了众人，口诵天尊宝号，纵步上山来。将至半山，望见大顶直侵霄汉，果然好座大山！正是：

根盘地角，顶接天心。远观磨断乱云痕，近看平吞明月魄。高低不等谓之山，侧石通道谓之岫，孤岭崎岖谓之路，上面平极谓之顶，头圆下壮谓之峦，藏虎藏豹谓之穴，隐风隐云谓之岩，高人隐居谓之洞，有境有界谓之府，樵人出没谓之径，能通车马谓之道，流水有声谓之涧，古渡源头谓之溪，岩崖滴水谓之泉。左壁为掩，右壁为映。出的是云，纳的是雾。锥尖象小，崎峻似峭，悬空似险，削儠如平。千峰竞秀，万壑争流，瀑布斜飞，藤萝倒挂。虎啸时风生谷口，猿啼时月坠山腰。恰似青黛染成千块玉，碧纱笼罩万堆烟。

这洪太尉独自一个行了一回，盘坡转径，揽葛攀藤。约莫走过了数个山头，三二里多路，看看脚酸腿软，正走不动，口里不说，肚里踌躇，心中想道：“我是朝廷贵官，在京师时，重茵而卧[③]，列鼎而食[④]，尚兀自[⑤]倦怠，何

---

① 恁地——这样，那样。

② 降降地——慢慢地。

③ 重茵而卧——重叠褥垫。茵，毯子。

④ 列鼎而食——排摆众多食器。鼎，食器。这两句都是指富贵人家奢华的生活。

⑤ 尚兀自——即尚自，尚且还是之意。兀，是助词，无实意。

曾穿草鞋,走这般山路!知他天师在那里,却教下官受这般苦!"又行不到三五十步,掇着肩气喘,只见山凹里起一阵风。风过处,向那松树背后,奔雷也似吼一声,扑地跳出一个吊睛白额锦毛大虫[1]来,洪太尉吃了一惊,叫声:"阿呀!"扑地望后便倒。偷眼看那大虫时,但见:

毛披一带黄金色,爪露银钩十八只。

睛如闪电尾如鞭,口似血盆牙似戟。

伸腰展臂势狰狞,摆尾摇头声霹雳。

山中狐兔尽潜藏,涧下獐麅皆敛迹。

那大虫望着洪太尉,左盘右旋,咆哮了一回,托地望后山坡下跳了去。洪太尉倒在树根底下,唬的三十六个牙齿捉对儿厮打[2],那心头一似十五个吊桶,七上八落的响,浑身却如重风麻木,两腿一似斗败公鸡,口里连声叫苦。

大虫去了一盏茶时,方才爬将起来,再收拾地上香炉,还把龙香烧着,再上山来,务要寻见天师。又行过三五十步,口里叹了数口气,怨道:"皇帝御限差俺来这里,教我受这场惊恐。"说犹未了,只觉得那里又一阵风,吹得毒气直冲将来,太尉定睛看时,山边竹藤里簌簌地响,抢出一条吊桶大小雪花也似蛇来。太尉见了,又吃了一惊,撇了手炉,叫一声:"我今番死也!"往后便倒在盘陀石边。微闪开眼来看那蛇时,但见:

昂首惊飙起,掣目电光生。动荡则折峡倒冈,呼吸则吹云吐雾。鳞甲乱分千片玉,尾梢斜卷一堆银。

那条大蛇,径抢到盘陀石边,朝着洪太尉盘做一堆,两只眼迸出金光,张开巨口,吐出舌头,喷那毒气在洪太尉脸上,惊得太尉三魂荡荡,七魄悠悠。那蛇看了洪太尉一回,望山下一溜,却早不见了。太尉方才爬得起来,说道:"惭愧[3]!惊杀下官!"看身上时,寒栗子比馉饳儿大小,口里骂那道士:"叵耐[4]无礼,戏弄下官,教俺受这般惊恐!若山上寻不见天师,下去和他别有话说。"再拿了银提炉,整顿身上诏敕,并衣服巾帻,却待再

---

① 大虫——老虎。

② 厮打——相打。厮,相互。

③ 惭愧——这里是侥幸之意。

④ 叵耐——不可耐。叵,"不可"二字的合音。

要上山去。正欲移步，只听得松树背后隐隐地笛声吹响，渐渐近来。太尉定睛看时，只见那一个道童，倒骑着一头黄牛，横吹着一管铁笛，转出山凹来。太尉看那道童时：

头绾两枚丫髻，身穿一领青衣，腰间绦结草来编，脚下芒鞋麻间隔。明眸皓齿，飘飘并不染尘埃；绿鬓[①]朱颜，耿耿[②]全然无俗态。

昔日吕洞宾有首《牧童诗》道得好：

草铺横野六七里，笛弄晚风三四声。

归来饱饭黄昏后，不脱蓑衣卧月明。

但见那个道童笑吟吟地骑着黄牛，横吹着那管铁笛，正过山来。洪太尉见了，便唤那个道童："你从那里来？认得我么？"道童不睬，只顾吹笛。太尉连问数声，道童呵呵大笑，拿着铁笛，指着洪太尉说道："你来此间，莫非要见天师么？"太尉大惊，便道："你是牧童，如何得知？"道童笑道："我早间在草庵中伏侍天师，听得天师说道：'今上皇帝差个洪太尉赍擎丹诏御香，到来山中，宣我往东京做三千六百分罗天大醮，祈禳天下瘟疫，我如今乘鹤驾云去也。'这早晚想是去了，不在庵中。你休上去，山内毒虫猛兽极多，恐伤害了你性命。"太尉再问道："你不要说谎。"道童笑了一声，也不回应，又吹着铁笛，转过山坡去了。太尉寻思道："这小的如何尽知此事？想是天师吩咐他，已定是了。"欲待再上山去，方才惊唬的苦，争些儿[③]送了性命，不如下山去罢。

太尉拿着提炉，再寻旧路，奔下山来。众道士接着，请至方丈坐下。真人便问太尉道："曾见天师么？"太尉说道："我是朝中贵官，如何教俺走得山路，吃了这般辛苦，争些儿送了性命。为头上至半山里，跳出一只吊睛白额大虫，惊得下官魂魄都没了；又行不过一个山嘴，竹藤里抢出一条雪花大蛇来，盘做一堆，拦住去路。若不是俺福分大，如何得性命回京？尽是你这道众戏弄下官。"真人复道："贫道等怎敢轻慢大臣？这是祖师试探太尉之心。本山虽有蛇虎，并不伤人。"太尉又道："我正走不动，方欲再上山坡，只见松树旁边转出一个道童，骑着一头黄牛，吹着管铁笛，正过山

---

① 绿鬓——乌黑发亮的头发。

② 耿耿——明亮。这里指姿容超逸的样子。

③ 争些儿——险些，差一点儿。

来,我便问他:‘那里来?识得俺么?’他道:‘已都知了。’说天师吩咐,早晨乘鹤驾云,往东京去了,下官因此回来。”真人道:“太尉可惜错过,这个牧童,正是天师。”太尉道:“他既是天师,如何这等猥猥[①]?”真人答道:“这代天师,非同小可。虽然年幼,其实道行非常。他是额外之人[②],四方显化,极是灵验,世人皆称为道通祖师。”洪太尉道:“我直[③]如此有眼不识真师,当面错过!”真人道:“太尉且请放心。既然祖师法旨道是去了,比及[④]太尉回京之日,这场醮事,祖师已都完了。”太尉见说,方才放心。真人一面教安排筵宴,管待太尉,请将丹诏收藏于御书匣内,留在上清宫中,龙香就三清殿上烧了。当日方丈内大排斋供,设宴饮酌,至晚席罢,止宿到晓。

次日早膳以后,真人、道众并提点、执事人等,请太尉游山。太尉大喜。许多人从跟随着,步行出方丈,前面两个道童引路。行至宫前宫后,看玩许多景致。三清殿上,富贵不可尽言。左廊下九天殿、紫微殿、北极殿;右廊下太乙殿、三官殿、驱邪殿。诸宫看遍,行到右廊后一所去处。洪太尉看时,另外一所殿宇:一遭都是捣椒红泥墙;正面两扇朱红槅子,门上使着肐膊大锁锁着,交叉上面贴着十数道封皮,封皮上又是重重迭迭使着朱印;檐前一面朱红漆金字牌额,左书四个金字,写道:“伏魔之殿”。太尉指着门道:“此殿是甚么去处?”真人答道:“此乃是前代老祖天师锁镇魔王之殿。”太尉又问道:“如何上面重重迭迭贴着许多封皮?”真人答道:“此是老祖大唐洞玄国师封锁魔王在此。但是[⑤]经传一代天师,亲手便添一道封皮,使其子子孙孙,不得妄开。走了魔君,非常利害。今经八九代祖师,誓不敢开。锁用铜汁灌铸,谁知里面的事。小道自来住持本宫三十余年。也只听闻。”

洪太尉听了,心中惊怪,想道:“我且试看魔王一看。”便对真人说道:“你且开门来,我看魔王甚么模样。”真人告道:“太尉,此殿决不敢开!先祖天师叮咛告戒:今后诸人不许擅开。”太尉笑道:“胡说!你等要妄生怪

---

① 猥猥(wěi cuī)——庸俗拘束,丑陋难看。

② 额外之人——世俗凡尘之外的人。额外,方外。

③ 直——竟然,居然。

④ 比及——等到,待到。

⑤ 但是——只要是。但,只。

事，煽惑良民，故意安排这等去处，假称锁镇魔王，显耀你们道术。我读一鉴之书，何曾见锁魔之法！神鬼之道，处隔幽冥，我不信有魔王在内。快与我打开，我看魔王如何！”真人三回五次禀说：“此殿开不得，恐惹利害，有伤于人。”太尉大怒，指着道众说道：“你等不开与我看，回到朝廷，先奏你们众道士阻当宣诏，违别[①] 圣旨，不令我见天师的罪犯；后奏你等私设此殿，假称锁镇魔王，煽惑军民百姓。把你都追了度牒[②]，刺配远恶军州受苦。”

真人等惧怕太尉权势，只得唤几个火工道人来，先把封皮揭了，将铁锤打开大锁。众人把门推开，看里面时，黑洞洞地，但见：

> 昏昏默默，杳杳冥冥，数百年不见太阳光，亿万载难瞻明月影。不分南北，怎辨东西。黑烟霭霭扑人寒，冷气阴阴侵体颤。人迹不到之处，妖精往来之乡。闪开双目有如盲，伸出两手不见掌。常如三十夜，却似五更时。

众人一齐都到殿内，黑暗暗不见一物。太尉教从人取十数个火把点着，将来[③] 打一照时，四边并无一物，只中央一个石碑，约高五六尺，下面石龟趺坐，大半陷在泥里。照那碑碣上时，前面都是龙章凤篆，天书符箓，人皆不识；照那碑后时，却有四个真字大书，凿着“遇洪而开”。却不是一来天罡星合当出世，二来宋朝必显忠良，三来凑巧遇着洪信，岂不是天数？洪太尉看了这四个字，大喜，便对真人说道：“你等阻当我，却怎地数百年前已注定我姓字在此？遇洪而开，分明是教我开看，却何妨。我想这个魔王，都只在石碑底下。汝等从人，与我多唤几个火工人等，将锄头铁锹来掘开。”

真人慌忙谏道：“太尉不可掘动，恐有利害，伤犯于人，不当稳便。”太尉大怒，喝道：“你等道众，省得[④] 甚么？碑上分明凿着遇我教开，你如何阻当？快与我唤人来开。”真人又三回五次禀道：“恐有不好。”太尉那里肯听，只得聚集众人，先把石碑放倒，一齐并力掘那石龟，半日方才掘得起；

---

① 违别——背拗。

② 度牒(dié)——僧道出家的证据，持此即可免税免役，挂单化缘。

③ 将来——拿来。

④ 省(xǐng)得——懂得。

又掘下去，约有三四尺深，见一片大青石板，可方丈围。洪太尉叫再掘起来，真人又苦禀道："不可掘动。"太尉那里肯听，众人只得把石板一齐扛起，看时，石板底下，却是一个万丈深浅地穴。只见穴内刮喇喇一声响亮。那响非同小可。恰似：

天摧地塌，岳撼山崩。钱塘江上，潮头浪拥出海门来；泰华山头，巨灵神一劈山峰碎。共工奋怒，去盔撞倒了不周山[①]；力士施威，飞锤击碎了始皇辇[②]。一风撼折千竿竹，十万军中半夜雷。

那一声响亮过处，只见一道黑气，从穴里滚将起来，掀塌了半个殿角。那道黑气，直冲到半天里空中，散作百十道金光，望四面八方去了。众人吃了一惊，发声喊，都走了，撇下锄头铁锹，尽从殿内奔将出来，推倒攧[③]翻无数。惊得洪太尉目睁口呆，罔[④] 知所措，面色如土，奔到廊下，只见真人向前叫苦不迭。

太尉问道："走了的却是甚么妖魔？"那真人言不过数句，话不过一席，说出这个缘由。有分教，一朝皇帝，夜眠不稳，昼食忘餐。直使宛子城中藏虎豹，蓼儿洼内聚神蛟。毕竟龙虎山真人说出甚么言语来，且听下回分解。

第 二 回

王教头私走延安府　九纹龙大闹史家村

话说当时住持真人对洪太尉说道："太尉不知，此殿中当初是祖老天师洞玄真人传下法符，嘱咐道：'此殿内镇锁着三十六员天罡星，七十二座

---

① 共工二句——共工，传说中古代部落的首领。他与颛顼(zhuān xū)王争霸，怒而头撞不周山。不周山，神话中的山名。

② 飞锤句——《史记·留侯世家》载：秦初，张良求客刺秦始皇。力士持百二十斤铁椎伏于博浪沙。秦始皇东游过此，力士甩椎，误中副车。

③ 攧(diān)——跌。

④ 罔(wǎng)——不。

地煞星，共是一百单八个魔君在里面。上立石碑，凿着龙章凤篆天符，镇住在此。若还放他出世，必恼下方生灵。'如今太尉放他走了，怎生是好？"有诗为证：

千古幽扃[①] 一旦开，天罡地煞出泉台。
自来无事多生事，本为禳灾却惹灾。
社稷从今云扰扰，兵戈到处闹垓垓。
高俅奸佞虽堪恨，洪信从今酿祸胎。

当时洪太尉听罢，浑身冷汗，捉颤不住。急急收拾行李，引了从人，下山回京。真人并道众送官已罢，自回宫内，修整殿宇，起竖石碑，不在话下。

再说洪太尉在途中吩咐从人，教把走妖魔一节，休说与外人知道，恐天子知而见责。于路无话，星夜回至京师，进得汴梁城，闻人所说："天师在东京禁院做了七昼夜好事，普施符箓，禳救灾病，瘟疫尽消，军民安泰。天师辞朝，乘鹤驾云，且回龙虎山去了。"洪太尉次日早朝，见了天子，奏说："天师乘鹤驾云，先到京师，臣等驿站而来，才得到此。"仁宗准奏，赏赐洪信，复还旧职，亦不在话下。

后来仁宗天子在位共四十二年，晏驾，无有太子，传位濮安懿王允让之子，太宗皇帝的孙，立帝号曰英宗。在位四年，传位与太子神宗。神宗在位一十八年，传位与太子哲宗。那时天下尽皆太平，四方无事。

且说东京开封府汴梁宣武军，一个浮浪破落户子弟，姓高，排行第二，自小不成家业，只好刺枪使棒，最是踢得好脚气毬[②]，京师人口顺，不叫高二，却都叫他做高毬。后来发迹，便将气毬那字去了毛傍，添作立人，便改作姓高，名俅。这人吹弹歌舞，刺枪使棒，相扑顽耍，亦胡乱学诗、书、词、赋。若论仁、义、礼、智、信、行、忠、良，却是不会。只在东京城里城外帮闲[③]。因帮了一个生铁王员外儿子使钱，每日三瓦两舍，风花雪月，被他父亲开封府里告了一纸文状，府尹把高俅断了二十脊杖，迭配出界发放，东京城里人民不许容他在家宿食。高俅无计奈何，只得来淮西临淮州，投

---

① 幽扃(jiǒng)——深闭、禁锁。扃，关锁。

② 气毬——一种外面包皮，里面充气的球。毬，现通作"球"，古时练武用的皮球，也称"鞠"，里面包裹羽毛，足踢或杖击为戏。

③ 帮闲——受富人豢养，帮其消闲的人。也作打杂、做零工解。

奔一个开赌坊的闲汉柳大郎,名唤柳世权。他平生专好惜客养闲人,招纳四方干隔涝汉子[①]。高俅投托得柳大郎家,一住三年。

后来哲宗天子因拜南郊,感得风调雨顺,放宽恩大赦天下。那高俅在临淮州,因得了赦宥罪犯,思量要回东京。这柳世权却和东京城里金梁桥下开生药铺的董将士[②]是亲戚,写了一封书札,收拾些人事盘缠,赍发高俅回东京,投奔董将士家过活。

当时高俅辞了柳大郎,背上包裹,离了临淮州,迤逦[③]回到东京,径来金梁桥下董生药家,下了这封信。董将士一见高俅,看了柳世权来书,自肚里寻思道:"这高俅我家如何安着得他!若是个志诚老实的人,可以容他在家出入,也教孩儿们学些好。他却是个帮闲的破落户,没信行的人;亦且当初有过犯来[④],被断配的人,旧性必不肯改。若留住在家中,倒惹得孩儿们不学好了,待不收留他,又撇不过柳大郎面皮。"当时只得权且欢天喜地,相留在家宿歇,每日酒食管待。住了十数日,董将士思量出一个路数,将出一套衣服,写了一封书简,对高俅说道:"小人家下萤火之光,照人不亮,恐后误了足下。我转荐足下与小苏学士处,久后也得个出身[⑤],足下意内如何?"高俅大喜,谢了董将士。董将士使个人将着书简,引领高俅,径到学士府内,门吏转报小苏学士,出来见了高俅,看了来书,知道高俅原是帮闲浮浪的人,心下想道:"我这里如何安着得他!不如做个人情,荐他去驸马王晋卿府里,做个亲随。人都唤他做小王都太尉,他便喜欢这样的人。"当时回了董将士书札,留高俅在府里住了一夜。次日,写了一封书呈,使个干人,送高俅去那小王都太尉处。

这太尉乃是哲宗皇帝妹夫,神宗皇帝的驸马。他喜爱风流人物,正用这样的人。一见小苏学士差人持书送这高俅来,拜见了,便喜。随即写回书,收留高俅在府内做个亲随。自此高俅遭际在王都尉府中出入,如同家人一般。自古道:"日远日疏,日亲日近。"忽一日,小王都太尉庆诞生辰,

---

① 干隔涝汉子——指不三不四、不干不净的人。

② 将士——应为"将仕",宋时官名"将仕郎"的简称,也尊称富翁。

③ 迤逦——一路曲折。也作"迤逦"。

④ 有过犯来——曾犯过罪。

⑤ 出身——这里指作官,仕途前程。

吩咐府中安排筵宴，专请小舅端王。这端王乃是神宗天子第十一子，哲宗皇帝御弟，现掌东驾，排号九大王，是个聪明俊俏人物。这浮浪子弟门风帮闲之事，无一般不晓，无一般不会，更无一般不爱。即如琴、棋、书、画，无所不通，踢毬打弹，品竹调丝，吹弹歌舞，自不必说。当日王都尉府中，准备筵宴，水陆俱备。但见：

香焚宝鼎，花插金瓶。仙音院竞奏新声，教坊司频逞妙艺。水晶壶内，尽都是紫府琼浆；琥珀杯中，满泛着瑶池玉液。玳瑁盘堆仙桃异果，玻璃碗供熊掌驼蹄。鳞鳞脍切银丝，细细茶烹玉蕊。红裙舞女，尽随着象板鸾箫；翠袖歌姬，簇捧定龙笙凤管。两行珠翠立阶前，一派笙歌临座上。

且说这端王来王都尉府中赴宴，都尉设席，请端王居中坐定，都尉对席相陪。酒进数杯，食供两套，那端王起身净手，偶来书院里少歇，猛见书案上一对儿羊脂玉碾成的镇纸狮子，极是做得好，细巧玲珑。端王拿起狮子，不落手看了一回道："好！"王都尉见端王心爱，便说道："再有一个玉龙笔架，也是这个匠人一手做的，却不在手头，明日取来，一并相送。"端王大喜道："深谢厚意，想那笔架，必是更妙。"王都尉道："明日取出来，送至宫中便见。"端王又谢了。两个依旧入席，饮宴至暮，尽醉方散。端王相别回宫去了。

次日，小王都太尉取出玉龙笔架，和两个镇纸玉狮子，着一个小金盒子盛了，用黄罗包袱包了，写了一封书呈，却使高俅送去。高俅领了王都尉钧旨，将着两般玉玩器，怀中揣着书呈，径投端王宫中来。把门官吏转报与院公。没多时，院公出来问："你是那个府里来的人？"高俅施礼罢，答道："小人是王驸马府中，特送玉玩器来进大王。"院公道："殿下在庭心里和小黄门踢气毬，你自过去。"高俅道："相烦引进。"院公引到庭前，高俅看时，见端王头戴软纱唐巾，身穿紫绣龙袍，腰系文武双穗绦，把绣龙袍前襟拽扎起，揣在绦儿边。足穿一双嵌金线飞凤靴，三五个小黄门① 相伴着蹴气毬。高俅不敢过去冲撞，立在从人背后伺候。

也是高俅合当发迹，时运到来，那个气毬腾地起来，端王接个不着，向人丛里直滚到高俅身边。那高俅见气毬来，也是一时的胆量，使个鸳鸯

---

① 黄门——原是宫廷的禁门，一般用作太监、宦官的代称。

拐,踢还端王。端王见了大喜,便问道:“你是甚人?”高俅向前跪下道:“小的是王都尉亲随,受东人[①]使令,赍送两般玉玩器来,进献大王,有书呈在此拜上。”端王听罢,笑道:“姐夫直如此挂心。”高俅取出书呈进上。端王开盒子看了玩器,都递与堂候官收了去。

那端王且不理玉玩器下落,却先问高俅道:“你原来会踢气毬!你唤做甚么?”高俅叉手[②]跪复道:“小的叫做高俅,胡乱踢得几脚。”端王道:“好!你便下场来踢一回耍。”高俅拜道:“小的是何等样人,敢与恩王下脚!”端王道:“这是‘齐云社’,名为‘天下圆’,但踢何伤。”高俅再拜道:“怎敢!”三回五次告辞,端王定要他踢,高俅只得叩头谢罪,解膝下场。才踢几脚,端王喝采。高俅只得把平生本事都使出来,奉承端王。那身分模样,这气毬一似鳔胶粘在身上的。

端王大喜,那里肯放高俅回府去,就留在宫中过了一夜。次日,排个筵会,专请王都尉宫中赴宴。

却说王都尉当日晚不见高俅回来,正疑思间,只见次日门子报道:“九大王差人来传令旨,请太尉到宫中赴宴。”王都尉出来,见了那干人,看了令旨,随即上马,来到九大王府前,下马入宫,来见了端王。端王大喜,称谢两般玉玩器。入席饮宴间,端王说道:“这高俅踢得两脚好气毬,孤欲索此人做亲随如何?”王都尉答道:“殿下既用此人,就留在宫中伏侍殿下。”端王欢喜,执杯相谢。二人又闲话一回,至晚席散,王都尉自回驸马府去,不在话下。

且说端王自从索得高俅做伴之后,就留在宫中宿食。高俅自此遭际端王,每日跟随,寸步不离。未及两个月,哲宗皇帝晏驾,无有太子,文武百官商议,册立端王为天子,立帝号曰徽宗,便是玉清教主微妙道君皇帝。登基之后,一向无事。忽一日,与高俅道:“朕欲要抬举你,但有边功,方可升迁,先教枢密院与你入名,只是做随驾迁转的人。”后来没半年之间,直抬举高俅做到殿帅府太尉职事。正是:

不拘贵贱齐云社,一味模棱天下圆。

---

① 东人——主人,东家。

② 叉手——一种表示恭敬的礼节。双手交叉齐胸,俯首至手,如后世作揖。也作“抄手”。

抬举高俅毬气力，全凭手脚会当权。

且说高俅得做了殿帅府太尉，选拣吉日良辰，去殿帅府里到任，所有一应合属公吏衙将，都军监军，马步人等，尽来参拜，各呈手本①，开报花名。高殿帅一一点过，于内只欠一名八十万禁军②教头王进，半月之前，已有病状在官，患病未痊，不曾入衙门管事。高殿帅大怒，喝道："胡说！既有手本呈来，却不是那厮③抗拒官府，搪塞下官！此人即系推病在家，快与我拿来。"随即差人到王进家来，捉拿王进。

且说这王进却无妻子，只有一个老母，年已六旬之上。牌头与教头王进说道："如今高殿帅新来上任，点你不着，军正司禀说染患在家，现有病患状在官。高殿帅焦躁，那里肯信，定要拿你，只道是教头诈病在家，教头只得去走一遭。若还不去，定连累小人了。"

王进听罢，只得挨着病来。进得殿帅府前，参见太尉，拜了四拜，躬身唱个喏④，起来立在一边。高俅道："你那厮便是都军教头王升的儿子？"王进禀道："小人便是。"高俅喝道："这厮，你爷是街市上使花棒卖药的，你省的甚么武艺？前官没眼，参你做个教头，如何敢小觑我，不伏俺点视⑤！你托谁的势，要推病在家，安闲快乐！"王进告道："小人怎敢，其实患病未痊。"高太尉骂道："贼配军，你既害病，如何来得？"王进又告道："太尉呼唤，安敢不来！"高殿帅大怒，喝令左右："拿下！加力与我打这厮！"众多牙将都是和王进好的，只得与军正司同告道："今日太尉上任，好日头，权免此人这一次。"高太尉喝道："你这贼配军，且看众将之面，饶恕你今日，明日却和你理会⑥。"王进谢罪罢，起来抬头看了，认得是高俅。出得衙门，叹口气道："俺的性命，今番难保了。俺道是甚么高殿帅，却原来正是东京帮闲的'圆社'高二。比先时曾学使棒，被我父亲一棒打翻，三四个月将

---

① 手本——下属参见上司或门生拜谒先生时用的名帖，上面写有晋见者的官位、姓名等。

② 禁军——即正规军，由朝廷直接掌握，除防守京师外，也轮戍各地。

③ 厮——对男子的蔑称。"那厮"，相当于今天的"那家伙"、"那小子"。

④ 唱个喏——古时男子所行的礼节，双手作揖，口出颂词。

⑤ 点视——点名，点卯。

⑥ 理会——处理，处置。

息[①]不起，有此之仇。他今日发迹，得做殿帅府太尉，正待要报仇，我不想正属他管。自古道：'不怕官，只怕管。'俺如何与他争得？怎生奈何是好？"回到家中，闷闷不已。对娘说知此事，母子二人，抱头而哭。娘道："我儿，'三十六着，走为上着'。只恐没处走。"王进道："母亲说得是，儿子寻思，也是这般计较。只有延安府老种经略相公镇守边庭，他手下军官，多有曾到京师的，爱儿子使枪棒，何不逃去投奔他们？那里是用人去处，足可安身立命。"正是：

用人之人，人始为用。恃己自用，人为人送。

彼处得贤，此间失重。若驱若引，可惜可痛。

当下娘儿两个商议定了。其母又道："我儿，和你要私走，只恐门前两个牌军，是殿帅府拨来伏侍你的；他若得知，须走不脱。"王进道："不妨，母亲放心，儿子自有道理措置他。"

当下日晚未昏，王进先叫张牌入来，吩咐道："你先吃了些晚饭，我使你一处去干事。"张牌道："教头使小人那里去？"王进道："我因前日病患，许下酸枣门外岳庙里香愿，明日早要去烧炷头香，你可今晚先去吩咐庙祝[②]，教他来日早些开庙门，等我来烧炷头香，就要三牲[③]，献刘李王。你就庙里歇了等我。"张牌答应，先吃了晚饭，叫了安置，望庙中去了。

当夜子母二人，收拾了行李、衣服、细软、银两，做一担儿打挟了。又装两个料袋袱驼，拴在马上的。等到五更，天色未明，王进教起李牌，吩咐道："你与我将这些银两，去岳庙里，和张牌买个三牲煮熟，在那里等候。我买些纸烛，随后便来。"李牌将银子望庙中去了。

王进自去备了马，牵出后槽，将料袋袱驼搭上，把索子拴缚牢了，牵在后门外，扶娘上了马。家中粗重都弃了，锁上前后门，挑了担儿，跟在马后。趁五更天色未明，乘势出了西华门，取路望延安府来。

且说两个牌军，买了福物煮熟，在庙等到巳牌，也不见来。李牌心焦，走回到家中寻时，见锁了门，两头无路。寻了半日，并无有人。看看待晚，岳庙里张牌疑忌，一直奔回家来。又和李牌寻了一黄昏，看看黑了。两个

---

① 将息——调养，休养。

② 庙祝——寺庙里管理香火的人员。

③ 三牲——祭祀用的猪、牛、羊。

见他当夜不归，又不见他老娘。次日，两个牌军又去他亲戚之家访问，亦无寻处。两个恐怕连累，只得去殿帅府首告[①]："王教头弃家在逃，子母不知去向。"高太尉见告，大怒道："贼配军在逃，看那厮待走那里去！"随即押下文书，行开诸州各府，捉拿逃军王进。二人首告，免其罪责，不在话下。

且说王教头母子二人，自离了东京，在路免不得饥餐渴饮，夜住晓行，在路上一月有余。忽一日，天色将晚，王进挑着担儿，跟在娘的马后，口里与母亲说道；"天可怜见，惭愧了！我子母两个，脱了这天罗地网之厄。此去延安府不远了。高太尉便要差人拿我，也拿不着了。"子母两个欢喜，在路上不觉错过了宿头[②]。走了这一晚，不遇着一处村坊，那里去投宿是好。正没理会处，只见远远地林子里闪出一道灯光来。王进看了道："好了，遮莫[③]去那里陪个小心，借宿一宵，明日早行。"当时转入林子里来看时，却是一所大庄院，一周遭都是土墙，墙外却有二三百株大柳树。看那庄院，但见：

前通官道，后靠溪冈。一周遭青缕如烟，四下里绿阴似染。转屋角牛羊满地，打麦场鹅鸭成群。田园广野，负佣庄客有千人；家眷轩昂，女使儿童难计数。正是家有余粮鸡犬饱，户多书籍子孙贤。

当时王教头来到庄前，敲门多时，只见一个庄客出来。王进放下担儿，与他施礼。庄客道："来俺庄上有甚事？"王进答道："实不相瞒：小人母子二人，贪行了些路程，错过了宿店，来到这里，前不巴村，后不巴店，欲投贵庄，借宿一宵，明日早行。依例拜纳房金，万望周全方便。"庄客道："既是如此，且等一等，待我去问庄主太公，肯时，但歇不妨。"王进又道："大哥方便。"庄客入去多时，出来说道："庄主太公教你两个人来。"王进请娘下马。王进挑着担儿，就牵了马，随庄客到里面打麦场上，歇下担儿，把马拴在柳树上。母子二人，直到草堂上来见太公。

那太公年近六旬之上，须发皆白，头戴遮尘暖帽，身穿直缝宽衫，腰系皂丝绦，足穿熟皮靴。王进见了便拜，太公连忙道："客人休拜，你们是行路的人，辛苦风霜，且坐一坐。"王进母子两个叙礼罢，都坐定。太公问道：

① 首告——出头告发，报案。

② 宿头——客栈。

③ 遮莫——倒不如，索性。

"你们是那里来的？如何昏晚到此？"王进答道："小人姓张，原是京师人。今来消折了本钱，无可营用，要去延安府投奔亲眷。不想今日路上贪行了些程途，错过了宿店，欲投贵庄，假宿一宵，来日早行。房金依例拜纳。"太公道："不妨，如今世上人那个顶着房屋走哩！你母子二位，敢未打火？"叫庄客安排饭来。没多时，就厅上放开条桌子，庄客托出一桶盘，四样菜蔬，一盘牛肉，铺放桌上，先烫酒来筛下。太公道："村落中无甚相待，休得见怪。"王进起身谢道："小人母子无故相扰，此恩难报。"太公道："休这般说，且请吃酒。"一面劝了五七杯酒，搬出饭来。二人吃了，收拾碗碟。太公起身，引王进子母到客房里安歇。王进告道："小人母亲骑的头口，相烦寄养，草料望乞应付，一并拜酬。"太公道："这个不妨。我家也有头口骡马，教庄客牵出后槽，一发喂养。"王进谢了，挑那担儿，到客房里来。庄客点上灯火，一面提汤来洗了脚。太公自回里面去了。王进子母二人谢了庄客，掩上房门，收拾歇息。

次日，睡到天晓，不见起来。庄主太公来到客房前过，听得王进子母在房里声唤。太公问道："客官，天晓，好起了。"王进听得，慌忙出房来，见太公施礼，说道："小人起多时了。夜来多多搅扰，甚是不当。"太公问道："谁人如此声唤？"王进道："实不相瞒太公说，老母鞍马劳倦，昨夜心痛病发。"太公道："既然如此，客人休要烦恼，教你老母且在老夫庄上住几日。我有个医心疼的方，叫庄客去县里撮药来，与你老母亲吃。教他放心，慢慢地将息。"王进谢了。

话休絮繁，自此王进子母二人在太公庄上服药。住了五七日，觉得母亲病患痊了，王进收拾要行。当日因来后槽看马，只见空地上一个后生①脱膊着，刺着一身青龙，银盘也似一个面皮，约有十八九岁，拿条棒在那里使。王进看了半晌，不觉失口道："这棒也使得好了。只是有破绽，赢不得真好汉。"那后生听得大怒，喝道："你是甚么人？敢来笑话我的本事？俺经了七八个有名的师父，我不信倒不如你？你敢和我扠一扠② 么？"

说犹未了，太公到来，喝那后生："不得无礼！"那后生道："叵耐这厮笑话我的棒法。"太公道："客人莫不会使枪棒？"王进道："颇晓得些。敢问长

---

① 后生——青年男子，小伙子。

② 扠一扠——比一比，交手，比试。

上，这后生是宅上何人？”太公道：“是老汉的儿子。”王进道：“既然是宅内小官人，若爱学时，小人点拨他端正如何？”太公道：“恁地时，十分好。”便教那后生来拜师父。

那后生那里肯拜，心中越怒道：“阿爹，休听这厮胡说。若吃他赢得我这条棒时，我便拜他为师。”王进道：“小官人若是不当村[①] 时，较量一棒耍子[②]。”那后生就空地当中，把一条棒使得风车儿似转，向王进道：“你来，你来！怕的不算好汉！”王进只是笑，不肯动手。太公道：“客官既是肯教小顽时，使一棒何妨。”王进笑道：“恐冲撞了令郎时，须不好看。”太公道：“这个不妨，若是打折了手脚，也是他自作自受。”

王进道：“恕无礼。”去枪架上拿了一条棒在手里，来到空地上，使个旗鼓[③]。那后生看了一看，拿条棒滚将入来，径奔王进。王进托地拖了棒便走，那后生抡着棒又赶入来。王进回身，把棒望空地里劈将下来。那后生见棒劈来，用棒来隔。王进却不打下来，将棒一掣，却望后生怀里直搠将来，只一缴，那后生的棒丢在一边，扑地望后倒了。王进连忙撇了棒，向前扶住道：“休怪，休怪。”

那后生爬将起来，便去旁边掇条凳子，纳王进坐，便拜道：“我枉自经了许多师家，原来不值半分。师父，没奈何，只得请教。”王进道：“我母子二人，连日在此搅扰宅上，无恩可报，当以效力。”太公大喜，教那后生穿了衣裳，一同来后堂坐下。叫庄客杀一个羊，安排了酒食果品之类，就请王进的母亲一同赴席。四个人坐定，一面把盏，太公起身劝了一杯酒，说道：“师父如此高强，必是个教头，小儿有眼不识泰山。”王进笑道：“奸不厮欺，俏不厮瞒，小人不姓张。俺是东京八十万禁军教头王进的便是，这枪棒终日搏弄。为因新任一个高太尉，原被先父打翻，今做殿帅府太尉，怀挟旧仇，要奈何王进。小人不合属他所管，和他争不得，只得子母二人逃上延安府，去投托老种经略相公处勾当[④]。不想来到这里，得遇长上父子二位如此看待；又蒙救了老母病患，连日管顾，甚是不当。既然令郎肯学时，小

---

① 不当村——不以为粗鲁、冒犯。当，认为，当作。村，粗鄙。此为谦语。

② 耍子——玩耍。

③ 旗鼓——指舞弄兵器的架式。

④ 勾当——做事、谋生。

人一力奉教。只是令郎学的，都是花棒，只好看，上阵无用，小人从新点拨他。”太公见说了，便道：“我儿，可知输了？快来再拜师父。”那后生又拜了王进。正是：

好为师患负虚名，心服应难以力争。

只有胸中真本事，能令顽劣拜先生。

太公道：“教头在上，老汉祖居在这华阴县界，前面便是少华山。这村便唤做史家村，村中总有三四百家，都姓史。老汉的儿子从小不务农业，只爱刺枪使棒，母亲说他不得，怄气死了，老汉只得随他性子。不知使了多少钱财，投师父教他。又请高手匠人与他刺了这身花绣，肩臂胸膛总有九条龙，满县人口顺，都叫他做九纹龙史进。教头今日既到这里，一发[①]成全了他亦好。老汉自当重重酬谢。”王进大喜道：“太公放心。既然如此说时，小人一发教了令郎方去。”自当日为始，吃了酒食，留住王教头母子二人在庄上。史进每日求王教头点拨十八般武艺，一一从头指教。那十八般武艺？

矛锤弓弩铳，鞭简剑链挝。

斧钺并戈戟，牌棒与枪杈。

话说这史进每日在庄上管待王教头母子二人，指教武艺。史太公自去华阴县中承当里正，不在话下。不觉荏苒光阴，早过半年之上，正是：

窗外日光弹指过，席间花影坐前移。

一杯未进笙歌送，阶下辰牌又报时。

前后得半年之上，史进打这十八般武艺，从新学得十分精熟。多得王进尽心指教，点拨得件件都有奥妙。王进见他学得精熟了，自思：“在此虽好，只是不了。”一日想起来，相辞要上延安府去。史进那里肯放，说道：“师父只在此间过了，小弟奉养你母子二人，以终天年，多少是好！”王进道：“贤弟，多蒙你好心，在此十分之好；只恐高太尉追捕到来，负累了你，不当稳便，以此两难。我一心要去延安府，投着在老种经略处勾当，那里是镇守边庭，用人之际，足可安身立命。”

史进并太公苦留不住，只得安排一个筵席送行。托出一盘两个缎子、一百两花银谢师。次日，王进收拾了担儿，备了马，子母二人，相辞史太

① 一发——索性。

公。王进请娘乘了马,望延安府路途进发。史进叫庄客挑了担儿,亲送十里之程,心中难舍。史进当时拜别了师父,洒泪分手,和庄客自回。王教头依旧自挑了担儿,跟着马,和娘两个,自取关西路里去了。

话中不说王进去投军役,只说史进回到庄上,每日只是打熬气力,亦且壮年,又没老小,半夜三更起来演习武艺,白日里只在庄后射弓走马。不到半载之间,史进父亲太公,染病患症,数日不起。史进使人远近请医士看治,不能痊可,呜呼哀哉,太公殁了。史进一面备棺椁盛殓,请僧修设好事,追斋理七,荐拔太公。又请道士建立斋醮,超度生天,整做了十数坛好事功果道场,选了吉日良时,出丧安葬。满村中三四百史家庄户,都来送丧挂孝,埋殡在村西山上祖坟内了。史进家自此无人管业。史进又不肯务农,只要寻人使家生[①],较量枪棒。

自史太公死后,又早过了三四个月日。时当六月中旬,炎天正热。那一日,史进无可消遣,捉个交床[②],坐在打麦场边柳阴树下乘凉。对面松林透过风来,史进喝采道:"好凉风!"正乘凉哩,只见一个人探头探脑,在那里张望。史进喝道:"作怪!谁在那里张俺庄上?"史进跳起身来,转过树背后,打一看时,认得是猎户摽兔李吉。史进喝道:"李吉,张我庄内做甚么?莫不来相脚头[③]?"李吉向前声喏道:"大郎,小人要寻庄上矮丘乙郎吃碗酒,因见大郎在此乘凉,不敢过来冲撞。"

史进道:"我且问你:往常时,你只是担些野味,来我庄上卖,我又不曾亏了你,如何一向不将来卖与我?敢是欺负我没钱?"李吉答道:"小人怎敢。一向没有野味,以此不敢来。"史进道:"胡说!偌大一个少华山,恁地广阔,不信没有个獐儿兔儿!"李吉道:"大郎原来不知:如今近日上面添了一伙强人,扎下一个山寨,在上面聚集着五七百个小喽罗,有百十匹好马。为头那个大王,唤作神机军师朱武,第二个唤做跳涧虎陈达,第三个唤做白花蛇杨春。这三个为头,打家劫舍,华阴县里禁他不得,出三千贯赏钱召人拿他,谁敢上去惹他?因此上小人们不敢上山打捕野味,那讨来卖?"史进道:"我也听得说有强人,不想那厮们如此大弄,必然要恼人。李吉,

---

① 家生——家具,器皿。这里指枪械兵器。

② 交床——一种可折叠的轻便坐具。

③ 相脚头——盗贼作案前,派人窥察路径。

你今后有野味时，寻些来。”李吉唱个喏，自去了。

史进归到厅前，寻思：“这厮们大弄，必要来薅恼村坊。既然如此……”便叫庄客拣两头肥水牛来杀了，庄内自有造下的好酒，先烧了一陌顺溜纸，便叫庄客去请这当村里三四百史家庄户，都到家中草堂上。序齿[①] 坐下，教庄客一面把盏劝酒。史进对众人说道：“我听得少华山上有三个强人，聚集着五七百小喽罗，打家劫舍，这厮们既然大弄[②]，必然早晚要来俺村中罗唣[③]。我今特请你众人来商议，倘若那厮们来时，各家准备。我庄上打起梆子，你众人可各执枪棒，前来救应。你各家有事，亦是如此。递相救护，共保村坊。如若强人自来，都是我来理会。”众人道：“我等村农，只靠大郎做主，梆子响时，谁敢不来？”当晚众人谢酒，各自分散，回家准备器械。自此史进修整门户墙垣，安排庄院，设立几处梆子，拴束衣甲，整顿刀马，提防贼寇，不在话下。

且说少华山寨中三个头领，坐定商议，为头的神机军师朱武，那人原是定远人氏，能使两口双刀，虽无十分本事，却精通阵法，广有谋路，有八句诗单道朱武好处：

道服裁棕叶，云冠剪鹿皮。
脸红双眼俊，面白细髯垂。
阵法方[④] 诸葛，阴谋胜范蠡。
华山谁第一，朱武号神机。

第二个好汉姓陈，名达，原是邺城人氏，使一条出白点钢枪，亦有诗赞道：

力健声雄性粗卤，丈二长枪撒如雨。
邺中豪杰霸华阴，陈达人称跳涧虎。

第三个好汉姓杨，名春，蒲州解良县人氏，使一口大杆刀，亦有诗赞道：

腰长臂瘦力堪夸，到处刀锋乱撒花。

---

① 序齿——按年龄大小顺序。序，依次，排列。齿，年齿，年龄。
② 大弄——大闹，弄大了。
③ 罗唣——骚扰，寻衅。
④ 方——比起，相比。

鼎立华山真好汉，江湖名播白花蛇。

朱武当与陈达、杨春说道："如今我听知华阴县里出三千贯赏钱，召人捉我们。诚恐来时，要与他厮杀。只是山寨钱粮欠少，如何不去劫掳些来，以供山寨之用，聚积些粮食在寨里，防备官军来时，好和他打熬[①]。"跳涧虎陈达道："说得是。如今便去华阴县里，先问他借粮，看他如何。"白花蛇杨春道："不要华阴县去，只去蒲城县，万无一失。"陈达道："蒲城县人户稀少，钱粮不多，不如只打华阴县，那里人民丰富，钱粮广有。"杨春道："哥哥不知，若去打华阴县时，须从史家村过。那个九纹龙史进是个大虫[②]，不可去撩拨他。他如何肯放我们过去？"陈达道："兄弟好懦弱！一个村坊过去不得，怎地敢抵敌官军？"杨春道："哥哥不可小觑了他，那人端的了得[③]。"朱武道："我也曾闻他十分英雄，说这人真有本事。兄弟休去罢。"陈达叫将起来，说道："你两个闭了鸟[④]嘴！长别人志气，灭自己威风。他只是一个人，须不三头六臂，我不信。"喝叫小喽罗："快备我的马来。如今便去先打史家庄，后取华阴县。"朱武、杨春再三谏劝，陈达那里肯听。随即披挂上马，点了一百四五十小喽罗，鸣锣擂鼓下山，望史家村去了。

且说史进正在庄前整制刀马，只见庄客报知此事。史进听得，就庄上敲起梆子来。那庄前庄后，庄东庄西，三四百史家庄户，听得梆子响，都拖枪拽棒，聚集三四百人，一齐都到史家庄上。看了史进头戴一字巾，身披朱红甲，上穿青锦袄，下著抹绿靴，腰系皮搭膊，前后铁掩心，一张弓，一壶箭，手里拿一把三尖两刃四窍八环刀。庄客牵过那匹火炭赤马，史进上了马，绰了刀，前面摆着三四十壮健的庄客，后面列着八九十村蠢的乡夫，各史家庄户，都跟在后头，一齐呐喊，直到村北路口。

那少华山陈达引了人马，飞奔到山坡下，便将小喽罗摆开。史进看时，见陈达头戴干红凹面巾，身披裹金生铁甲，上穿一领红衲袄，脚穿一对吊墩靴，腰系七尺攒线搭膊，坐骑一匹高头白马，手中横着丈八点钢矛。小喽罗两势下呐喊，二员将就马上相见。陈达在马上看着史进，欠身施

① 打熬——支撑，抗衡。

② 大虫——本指老虎。这里指威震一方的勇猛壮士。

③ 了得——能干，有本事。

④ 鸟——粗话用词，借作"屌"。含极轻蔑意。

礼。史进喝道:"汝等杀人放火,打家劫舍,犯着迷天大罪,都是该死的人。你也须有耳朵,好大胆,直来太岁头上动土[①]!"陈达在马上答道:"俺山寨里欠少些粮食,欲往华阴县借粮,经由贵庄,假一条路,并不敢动一根草,可放我们过去,回来自当拜谢。"史进道:"胡说!俺家现当里正,正要来拿你这伙贼,今日倒来经由我村中过,却不拿你,倒放你过去!本县知道,须连累于我。"陈达道:"'四海之内,皆兄弟也',相烦借一条路。"史进道:"甚么闲话!我便肯时,有一个不肯,你问得他肯便去。"陈达道:"好汉,教我问谁?"史进道:"你问得我手里这口刀肯,便放你去。"陈达大怒道:"赶人不要赶上,休得要逞精神!"

史进也怒,抡手中刀,骤坐下马,来战陈达。陈达也拍马挺枪,来迎史进。两个交马,但见:

一来一往,一上一下。一来一往,有如深水戏珠龙;一上一下,却似半岩争食虎。九纹龙忿怒,三尖刀只望顶门飞;跳涧虎生嗔,丈八矛不离心坎刺。好手中间逞好手,红心里面夺红心。

史进、陈达两个斗了多时,史进卖个破绽,让陈达把枪望心窝里搠来,史进却把腰一闪,陈达和枪撷入怀里来,史进轻舒猿臂,款扭狼腰,只一挟,把陈达轻轻摘离了嵌花鞍,款款揪住了线搭膊,只一丢,丢落地,那匹战马拨风也似去了。史进叫庄客将陈达绑缚了,众人把小喽罗一赶都走了。史进回到庄上,将陈达绑在庭心内柱上,等待一发拿了那两个贼首,一并解官请赏。且把酒来赏了众人,教且权散。众人喝采:"不枉了史大郎如此豪杰!"

休说众人欢喜饮酒,却说朱武、杨春两个,正在寨里猜疑,捉摸不定,且教小喽罗再去打听消息,只见同去的人牵着空马,奔到山前,只叫道:"苦也!陈家哥哥不听二位哥哥所说,送了性命。"朱武问其缘故,小喽罗备说交锋一节,怎当史进英雄。朱武道:"我的言语不听,果有此祸。"杨春道:"我们尽数都去,与他死拼如何?"朱武道:"亦是不可。他尚自输了,你如何拼得他过?我有一条苦计,若救他不得,我和你都休。"杨春问道:"如何苦计?"朱武附耳低言说道:"只除恁地。"杨春道:"好计!我和你便去,

① 太岁头上动土——古人以木星为太岁,认为是凶宿,所主之方为凶方,若在此动土建筑,必遭祸殃。

事不宜迟。”

再说史进正在庄上忿怒未消，只见庄客飞报道：“山寨里朱武、杨春自来了。”史进道：“这厮合休，我教他两个一发解官。快牵马过来。”一面打起梆子，众人早都到来。史进上了马，正待出庄门，只见朱武、杨春步行，已到庄前，两个双双跪下，擎着两眼泪。史进下马来喝道：“你两个跪下如何说？”朱武哭道：“小人等三个，累被官司逼迫，不得已上山落草，当初发愿道：‘不求同日生，只愿同日死。’虽不及关、张、刘备的义气，其心则同。今日小弟陈达不听好言，误犯虎威，已被英雄擒捉在贵庄，无计恳求，今来一径就死[①]，望英雄将我三人，一发解官请赏，誓不皱眉。我等就英雄手内请死，并无怨心。”

史进听了，寻思道：“他们直恁义气！我若拿他去解官请赏时，反教天下好汉们耻笑我不英雄。自古道：‘大虫不吃伏肉。’”史进便道：“你两个且跟我进来。”朱武、杨春并无惧怯，随了史进，直到后厅前跪下，又教史进绑缚。史进三回五次叫起来，他两个那里肯起来。惺惺惜惺惺[②]，好汉识好汉。史进道：“你们既然如此义气深重，我若送了你们，不是好汉，我放陈达还你如何？”朱武道：“休得连累了英雄，不当稳便，宁可把我们去解官请赏。”史进道：“如何使得？——你肯吃我酒食么？”朱武道：“一死尚然不惧，何况酒肉乎？”有诗为证：

姓名各异死生同，慷慨偏多计较空。

只为衣冠无义侠，遂令草泽见奇雄。

当时史进大喜，解放陈达，就后厅上座，置酒设席，管待三人。朱武、杨春、陈达拜谢大恩。酒至数杯，少添春色。酒罢，三人谢了史进，回山去了。史进送出庄门，自回庄上。

却说朱武等三人归到寨中坐下，朱武道：“我们不是这条苦计，怎得性命在此？虽然救了一人，却也难得史进为义气上放了我们。过几日备些礼物送去，谢他救命之恩。”话休絮烦。过了十数日，朱武等三人收拾得三十两蒜条金，使两个小喽罗，乘月黑夜送去史家庄上。当夜初更时分，小喽罗敲门，庄客报知史进，史进火急披衣，来到庄前，问小喽罗：“有甚话

---

① 一径就死——直接去死。径，直接。就，动词，去，赴。

② 惺惺惜惺惺——同类相互爱怜之意。惺惺，机智，聪明。

说?”小喽罗道:“三个头领再三拜复:特地使小校进些薄礼,酬谢大郎不杀之恩,不要推却,望乞笑留。”取出金子,递与史进。初时推却,次后寻思道:“既然好意送来,受之为当。”叫庄客置酒,管待小校吃了半夜酒,把些零碎银两,赏了小校,回山去了。又过半月有余,朱武等三人在寨中商议掳掠得一串好大珠子,又使小喽罗连夜送来史家庄上,史进受了,不在话下。

又过了半月,史进寻思道:“也难得这三个敬重我,我也备些礼物回奉他。”次日,叫庄客寻个裁缝,自去县里买了三匹红锦,裁成三领锦袄子;又拣肥羊,煮了三个,将大盒子盛了,委两个庄客去送。史进庄上,有个为头的庄客王四,此人颇能答应官府,口舌利便,满庄人都叫他做赛伯当[①]。史进教他同一个得力庄客,挑了盒担,直送到山下。小喽罗问了备细[②],引到山寨里,见了朱武等三个头领,大喜,受了锦袄子,并肥羊酒礼,把十两银子,赏了庄客。每人吃了十数碗酒,下山回归庄内,见了史进,说道:“山上头领,多多上复。”史进自此常常与朱武等三人往来,不时间,只是王四去山寨里送物事,不则一日。寨里头领也频频地使人送金银来与史进。

荏苒光阴,时遇八月中秋到来。史进要和三人说话,约至十五夜,来庄上赏月饮酒。先使庄客王四,赍一封请书,直去少华山上,请朱武、陈达、杨春来庄上赴席。王四驰书径到山寨里,见了三位头领,下了来书。朱武看了大喜,三个应允,随即写封回书,赏了王四五两银子,吃了十来碗酒。王四下得山来,正撞着时常送物事来的小喽罗,一把抱住,那里肯放,又拖去山路边村酒店里,吃了十数碗酒。

王四相别了回庄,一面走着,被山风一吹,酒却涌上来,踉踉跄跄,一步一攧。走不到十里之路,见座林子,奔到里面,望着那绿茸茸莎草地上扑地倒了。原来摽兔李吉正在那山坡下张兔儿,认得是史家庄上王四,赶入林子里来扶他,那里扶得动。只见王四搭膊里突出银子来,李吉寻思道:“这厮醉了,那里讨得许多!何不拿他些?”

也是天罡星合当聚会,自然生出机会来。李吉解那搭膊,望地下只一抖,那封回书和银子都抖出来。李吉拿起,颇识几字,将书拆开看时,见上

---

① 伯当——隋末瓦岗军将领王伯当,其人善辞令。

② 备细——详情。

面写着少华山朱武、陈达、杨春,中间多有兼文带武的言语,却不识得,只认得三个名字。李吉道:"我做猎户,几时能够发迹,算命道我今年有大财,却在这里。华阴县里现出三千贯赏钱,捕捉他三个贼人。叵耐史进那厮,前日我去他庄上寻矮丘乙郎,他道我来相脚头蹰盘[1],你原来倒和贼人来往!"银子并书都拿去了,望华阴县里来出首。

却说庄客王四,一觉直睡到二更,方醒觉来,看见月光微微照在身上,吃了一惊,跳将起来,却见四边都是松树,便去腰里摸时,膊膊和书都不见了。四下里寻时,只见空膊膊在莎草地上。王四只管叫苦,寻思道:"银子不打紧,这封回书,却怎生[2]好?正不知被甚人拿去了?"眉头一纵,计上心来,自道:"若回去庄上说脱[3]了回书,大郎必然焦躁,定是赶我出去,不如只说不曾有回书,那里查照。"计较定了,飞也似取路归来庄上,却好五更天气。史进见王四回来,问道:"你缘何方才归来?"王四道:"托主人福荫,寨中三个头领,都不肯放,留住王四吃了半夜酒,因此回来迟了。"史进又问:"曾有回书否?"王四道:"三个头领要写回书,却是小人道:'三位头领既然准来赴席,何必回书?小人又有杯酒,路上恐有些失支脱节[4],不是要处。'"史进听了大喜,说道:"不枉了诸人叫做赛伯当,真个了得。"王四应道:"小人怎敢差迟[5],路上不曾住脚,一直奔回庄上。"史进道:"既然如此,教人去县里买些果品、案酒伺候。"

不觉中秋节至,是日晴明得好。史进当日吩咐家中庄客,宰了一腔大羊,杀了百十个鸡鹅,准备下酒食筵宴。看看天色晚来,怎见得好个中秋,但见:

午夜初长,黄昏已半,一轮月挂如银。冰盘如昼,赏玩正宜人。清影十分圆满,桂花玉兔交馨。帘栊高卷,金杯频劝酒,欢笑贺升平。年年当此节,酩酊醉醺醺。莫辞终夕饮,银汉露华新。

且说少华山上朱武、陈达、杨春三个头领,吩咐小喽罗看守寨栅,只带

① 蹰(xǐ)盘——意与"相脚头"同,即探查路径。

② 怎生——怎么,怎样。

③ 脱——失,丢。

④ 失支脱节——出现差错。

⑤ 差迟——差错。

三五个做伴，将了朴刀，各跨口腰刀，不骑鞍马，步行下山，径来到史家庄上。史进接着，各叙礼罢，请入后园，庄内已安排下筵宴。史进请三位头领上坐，史进对席相陪，便叫庄客把前后庄门拴了。一面饮酒，庄内庄客，轮流把盏，一边割羊劝酒，酒至数杯，却早东边推起那轮明月，但见：

桂花离海峤，云叶散天衢[①]。彩霞照万里如银，素魄映千山似水。影横旷野，惊独宿之乌鸦；光射平湖，照双栖之鸿雁。冰轮展出三千里，玉兔平吞四百州。

史进正和三个头领在后园饮酒，赏玩中秋，叙说旧话新言，只听得墙外一声喊起，火把乱明。史进大惊，跳起身来吩咐："三位贤友且坐，待我去看。"喝叫庄客："不要开门！"掇条梯子，上墙打一看时，只见是华阴县县尉在马上，引着两个都头，带着三四百土兵，围住庄院。史进和三个头领只管叫苦，外面火把光中，照见钢叉、朴刀、五股叉、留客住，摆得似麻林一般。两个都头口里叫道："不要走了强贼。"

不是这伙人来捉史进并三个头领，有分教，史进先杀了一两个人，结识了十数个好汉，直使天罡地煞一齐相会。直教芦花深处屯兵士，荷叶阴中治战船。毕竟史进与三个头领怎地脱身，且听下回分解。

第三回

史大郎夜走华阴县　鲁提辖拳打镇关西

话说当时史进道："却怎生是好？"朱武等三个头领跪下答道："哥哥，你是干净的人，休为我等连累了。大郎可把索来绑缚我三个，出去请赏，免得负累了你不好看。"史进道："如何使得！恁地时，是我赚你们来，捉你请赏，枉惹天下人笑。我若是死时，与你们同死，活时同活。你等起来，放

---

① 桂花句——圆月离开大海和高山升上夜空，云彩像树叶一样散满中天。桂花，传说月中有桂，古诗词中多以桂喻月。峤，尖而高的山，衢，四通八达的道路。

心，别作圆便[①]。且等我问个来历缘故情由。”

史进上梯子问道：“你两个都头，何故半夜三更来劫我庄上？”那两个都头答道：“大郎，你兀自赖哩！现有原告人李吉在这里。”史进喝道：“李吉，你如何诬告平人[②]？”李吉应道：“我本不知，林子里拾得王四的回书，一时间把在县前看，因此事发。”史进叫王四问道：“你说无回书，如何却又有书？”王四道：“便是小人一时醉了，忘记了回书。”史进大喝道：“畜生，却怎生好？”外面都头人等，惧怕史进了得，不敢奔入庄里来捉人。三个头领把手指道：“且答应外面。”史进会意，在梯子上叫道：“你两个都头都不要闹动，权退一步，我自绑缚出来，解官请赏。”那两个都头却怕史进，只得应道：“我们都是没事的，等你绑出来，同去请赏。”

史进下梯子，来到厅前，先叫王四，带进后园，把来一刀杀了。喝教许多庄客，把庄里有的没的细软等物，即便收拾，尽教打迭[③] 起了，一壁点起三四十个火把。庄里史进和三个头领，全身披挂，枪架上各人跨了腰刀，拿了朴刀，拽扎起，把庄后草屋点着。庄客各自打拴了包裹。外面见里面火起，都奔来后面看。且说史进就中堂又放起火来，大开了庄门，呐声喊，杀将出来。

史进当头，朱武、杨春在中，陈达在后，和小喽罗并庄客，一冲一撞，指东杀西。史进却是个大虫，那里拦当得住！后面火光乱起，杀开条路，冲将出来，正迎着两个都头并李吉。史进见了大怒。仇人相见，分外眼明，两个都头见头势不好，转身便走。李吉也却待回身，史进早到，手起一朴刀，把李吉斩做两段。两个都头正待走时，陈达、杨春赶上，一家一朴刀，结果了两个性命。县尉惊得跑马走回去了，众士兵那里敢向前，各自逃命散了，不知去向。史进引着一行人，且杀且走，众官兵不敢赶来，各自散了。

史进和朱武、陈达、杨春，并庄客人等，都到少华山上寨内坐下，喘息方定。朱武等到寨中，忙叫小喽罗，一面杀牛宰马，贺喜饮宴，不在话下。

一连过了几日，史进寻思：“一时间要救三人，放火烧了庄院，虽是有

---

① 圆便——变通。

② 平人——平民，百姓。

③ 打迭——收拾，整理。

些细软家财,粗重什物,尽皆没了。"心内踌躇,在此不了,开言对朱武等说道:"我的师父王教头,在关西经略府勾当。我先要去寻他,只因父亲死了,不曾去得。今来家私庄院废尽,我如今要去寻他。"朱武三人道:"哥哥休去,只在我寨中且过几时,又作商议。若哥哥不愿落草时,待平静了,小弟们与哥哥重整庄院,再作良民。"史进道:"虽是你们的好情分,只是我心去意难留。我若寻得师父,也要那里讨个出身,求半世快乐。"朱武道:"哥哥便在此间做个寨主,却不快活?只恐寨小,不堪歇马。"史进道:"我是个清白好汉,如何肯把父母遗体来点污了?你劝我落草,再也休题。"史进住了几日,定要去,朱武等苦留不住。史进带去的庄客,都留在山寨;只自收拾了些少碎银两,打拴一个包裹,余者多的尽数寄留在山寨。史进头戴白范阳毡大帽,上撒一撮红缨,帽儿下裹一顶浑青抓角软头巾,项上明黄缕带,身穿一领白纻[①]丝两上领战袍,腰系一条揸五指梅红攒线搭膊,青白间道行缠绞脚,衬着踏山透土多耳麻鞋,跨一口铜钹磐口雁翎刀,背上包裹,提了朴刀,辞别朱武等三人。众多小喽罗都送下山来,朱武等洒泪而别,自回山寨去了。

只说史进提了朴刀,离了少华山,取路投关西五路,望延安府路上来。但见:

崎岖山岭,寂寞孤村。披云雾夜宿荒林,带晓月朝登险道。落日趱行闻犬吠,严霜早促听鸡鸣。

史进在路,免不得饥食渴饮,夜住晓行,独自一个行了半月之上,来到渭州。这里也有一个经略府。"莫非师父王教头在这里?"史进便入城来看时,依然有六街三市。只见一个小小茶坊,正在路口。史进便入茶坊里来,拣一副座位坐了。茶博士[②]问道:"客官,吃甚茶?"史进道:"吃个泡茶。"茶博士点个泡茶,放在史进面前。史进问道:"这里经略府在何处?"茶博士道:"只在前面便是。"史进道:"借问经略府内有个东京来的教头王进么?"茶博士道:"这府里教头极多,有三四个姓王的,不知那个是王进?"道犹未了,只见一个大汉,大踏步竟入走进茶坊里来。史进看他时,是个军官模样,怎生结束,但见:

---

① 纻(zhù)——苎麻。

② 茶博士——旧时称茶馆的伙计。

头裹芝麻罗万字顶头巾，脑后两个太原府纽丝金环，上穿一领鹦哥绿纻丝战袍，腰系一条文武双股鸦青绦，足穿一双鹰爪皮四缝干黄靴。生得面圆耳大，鼻直口方，腮边一部貉𦢈胡须。身长八尺，腰阔十围。

那人入到茶坊里面坐下。茶博士便道："客官要寻王教头，只问这个提辖，便都认得。"史进忙起身施礼道："官人，请坐拜茶。"那人见了史进长大魁伟，象条好汉，便来与他施礼。两个坐下。史进道："小人大胆，敢问官人高姓大名？"那人道："洒家[①] 是经略府提辖，姓鲁，讳个达字。敢问阿哥，你姓甚么？"史进道："小人是华州华阴县人氏，姓史，名进。请问官人，小人有个师父，是东京八十万禁军教头，姓王名进，不知在此经略府中有也无？"鲁提辖道："阿哥，你莫不是史家村甚么九纹龙史大郎？"史进拜道："小人便是。"鲁提辖连忙还礼，说道："闻名不如见面，见面胜似闻名。你要寻王教头，莫不是在东京恶[②] 了高太尉的王进？"史进道："正是那人。"鲁达道："俺也闻他名字。那个阿哥不在这里。洒家听得说，他在延安府老种经略相公处勾当。俺这渭州，却是小种经略相公镇守，那人不在这里。你既是史大郎时，多闻你的好名字，你且和我上街去吃杯酒。"鲁提辖挽了史进的手，便出茶坊来。鲁达回头道："茶钱洒家自还你。"茶博士应道："提辖但吃不妨，只顾去。"

两个挽了胳膊，出得茶坊来，上街行得三五十步，只见一簇众人围住白地上。史进道："兄长，我们看一看。"分开人众看时，中间裹一个人，仗着十来条棍棒，地上摊着十数个膏药，一盘子盛着，插把纸标儿在上面，却原来是江湖上使枪棒卖药的。史进看了，却认的他，原来是教史进开手的师父，叫做打虎将李忠。史进就人丛中叫道："师父，多时不见。"李忠道："贤弟，如何到这里？"鲁提辖道："既是史大郎的师父，同和俺去吃三杯。"李忠道："待小子卖了膏药，讨了回钱，一同和提辖去。"鲁达道："谁耐烦等你？去便同去。"李忠道："小人的衣饭，无计奈何。提辖先行，小人便寻将来。贤弟，你和提辖先行一步。"鲁达焦躁，把那看的人，一推一交，便骂道："这厮们夹着屁眼撒开，不去的，洒家便打。"众人见是鲁提辖，一哄都走了。李忠见鲁达凶猛，敢怒而不敢言，只得陪笑道："好急性的人。"当下

---

① 洒家——陕甘一带男性的自称。

② 恶(wù)——冒犯，得罪。

收拾了行头药囊,寄顿了枪棒,三个人转弯抹角,来到州桥之下一个潘家有名的酒店。门前挑出望竿[①],挂着酒旆,漾在空中飘荡。怎见得好座酒肆,有诗为证:

风拂烟笼锦旆扬,太平时节日初长。
能添壮士英雄胆,善解佳人愁闷肠。
三尺晓垂杨柳外,一竿斜插杏花旁。
男儿未遂平生志,且乐高歌入醉乡。

三人上到潘家酒楼上,拣个济楚阁儿[②] 里坐下。鲁提辖坐了主位,李忠对席,史进下首坐了。酒保唱了喏,认得是鲁提辖,便道:"提辖官人,打多少酒?"鲁达道:"先打四角[③] 酒来。"一面铺下菜蔬、果品按酒,又问道:"官人,吃甚下饭?"鲁达道:"问甚么?但有,只顾卖来,一发算钱还你。这厮只顾来聒噪[④]。"酒保下去,随即烫酒上来;但是下口肉食,只顾将来,摆一桌子。三个酒至数杯,正说些闲话,较量些枪法,说得入港[⑤],只听得隔壁阁子里有人哽哽咽咽啼哭。鲁达焦躁,便把碟儿、盏儿,都丢在楼板上。酒保听得,慌忙上来看时,见鲁提辖气愤愤地。酒保抄手道:"官人要甚东西,吩咐买来。"鲁达道:"洒家要甚么?你也须认的洒家,却恁地教甚么人在间壁吱吱的哭,搅俺弟兄们吃酒。洒家须不曾少了你酒钱!"酒保道:"官人息怒,小人怎敢教人啼哭,打搅官人吃酒。这个哭的,是绰酒座儿唱的[⑥] 父子两人。不知官人们在此吃酒,一时间自苦了啼哭。"鲁提辖道:"可是作怪!你与我唤的他来。"

酒保去叫,不多时,只见两个到来:前面一个十八九岁的妇人,背后一个五六十岁的老儿[⑦],手里拿串拍板,都来到面前。看那妇人,虽无十分的容貌,也有些动人的颜色。但见:

---

① 望竿——旧时酒店门前挂酒旗的竹竿,也叫酒望子。

② 济楚阁儿——整洁雅致的房间。济楚,整整齐齐。阁儿,房间,有时亦作座位解。

③ 角——酒的计量单位。本是古代酒器,也作为量器的名称。

④ 聒(guō)噪——唠叨、絮烦。

⑤ 入港——谈话深入,意气相投。

⑥ 绰酒座儿唱的——专在酒楼座前卖唱的。

⑦ 老儿——老头。

鬅松云髻，插一枝青玉簪儿；袅娜纤腰，系六幅红罗裙子。素白旧衫笼雪体，淡黄软袜衬弓鞋。蛾眉紧蹙，汪汪泪眼落珍珠；粉面低垂，细细香肌消玉雪。若非雨病云愁，定是怀忧积恨。

那妇人拭着眼泪，向前来深深的道了三个万福[①]。那老儿也都相见了。鲁达问道："你两个是那里人家？为甚啼哭？"那妇人便道："官人不知，容奴告禀：奴家[②] 是东京人氏。因同父母来这渭州，投奔亲眷，不想搬移南京去了。母亲在客店里染病身故，子父二人，流落在此生受[③]。此间有个财主，叫做镇关西郑大官人，因见奴家，便使强媒硬保，要奴作妾。谁想写了三千贯文书，虚钱实契，要了奴家身体。未及三个月，他家大娘子好生利害，将奴赶打出来，不容完聚。着落店主人家追要原典身钱三千贯。父亲懦弱，和他争执不得，他又有钱有势。当初不曾得他一文，如今那讨钱来还他？没计奈何，父亲自小教得奴家些小曲儿，来这里酒楼上赶座子。每日但得些钱来，将大半还他，留些少子父们盘缠。这两日酒客稀少，违了他钱限，怕他来讨时，受他羞耻。子父们想起这苦楚来，无处告诉，因此啼哭。不想误触犯了官人，望乞恕罪，高抬贵手。"

鲁提辖又问道："你姓甚么？在那个客店里歇？那个镇关西郑大官人在那里住？"老儿答道："老汉姓金，排行第二；孩儿小字翠莲；郑大官人便是此间状元桥下卖肉的郑屠，绰号镇关西。老汉父子两个，只在前面东门里鲁家客店安下。"鲁达听了道："呸！俺只道那个郑大官人，却原来是杀猪的郑屠。这个腌臜泼才[④]，投托着俺小种经略相公门下做个肉铺户，却原来这等欺负人！"回头看着李忠、史进道："你两个且在这里，等洒家去打死了那厮便来。"史进、李忠抱住劝道："哥哥息怒，明日却理会。"两个三回五次劝得他住。

鲁达又道："老儿，你来，洒家与你些盘缠，明日便回东京去如何？"父

---

① 万福——古时妇女见客，双手抱拳在右襟下侧上下移动，口道万福，表请安问好意。

② 奴家——与"奴"同为女子自称。

③ 生受——作难，在这里是吃苦受罪的意思。

④ 腌臜(ā zā)泼才——骂人话，混蛋无赖。腌臜，肮脏，不干净。泼才，流氓，无赖，意与"泼皮"同。

子两个告道:“若是能够回乡去时,便是重生父母,再长爷娘。只是店主人家如何肯放?郑大官人须着落他要钱。”鲁提辖道:“这个不妨事,俺自有道理。”便去身边摸出五两来银子,放在桌上,看着史进道:“洒家今日不曾多带得些出来,你有银子,借些与俺,洒家明日便送还你。”史进道:“直[①]甚么,要哥哥还。”去包裹里取出一锭十两银子,放在桌上。鲁达看着李忠道:“你也借些出来与洒家。”李忠去身边摸出二两来银子。鲁提辖看了见少,便道:“也是个不爽利的人。”鲁达只把十五两银子与了金老,吩咐道:“你父子两个将去做盘缠,一面收拾行李,俺明日清早来,发付你两个起身,看那个店主人敢留你!”金老并女儿拜谢去了。

鲁达把这二两银子丢还了李忠。三人再吃了两角酒,下楼来叫道:“主人家,酒钱洒家明日送来还你。”主人家连声应道:“提辖只顾自去,但吃不妨,只怕提辖不来赊。”三个人出了潘家酒肆,到街上分手,史进、李忠各自投店去了。只说鲁提辖回到经略府前下处[②],到房里,晚饭也不吃,气愤愤的睡了。主人家又不敢问他。

再说金老得了这一十五两银子,回到店中,安顿了女儿。先去城外远处觅下一辆车儿,回来收拾了行李,还了房宿钱,算清了柴米钱,只等来日天明。当夜无事。次早五更起来,子父两个先打火做饭,吃罢,收拾了,天色微明,只见鲁提辖大踏步走入店里来,高声叫道:“店小二,那里是金老歇处?”小二哥道:“金公,提辖在此寻你。”金老开了房门,便道:“提辖官人,里面请坐。”鲁达道:“坐甚么?你去便去,等甚么?”金老引了女儿,挑了担儿,作谢提辖,便待出门,店小二拦住道:“金公,那里去?”鲁达问道:“他少你房钱?”小二道:“小人房钱,昨夜都算还了。须欠郑大官人典身钱,着落在小人身上看管他哩!”鲁提辖道:“郑屠的钱,洒家自还他。你放这老儿还乡去。”那店小二那里肯放。鲁达大怒,揸开五指,去那小二脸上只一掌,打的那店小二口中吐血;再复一拳,打下当门两个牙齿。小二扒将起来,一道烟走向店里去躲了。店主人那里敢出来拦他。金老父子两个,忙忙离了店中,出城自去寻昨日觅下的车儿去了。且说鲁达寻思:恐怕店小二赶去拦截他,且向店里掇条凳子,坐了两个时辰。约莫金公去的

---

① 直——同“值”。

② 下处——临时的住处。下,投宿。

远了,方才起身,径到状元桥来。

且说郑屠开着两间门面,两副肉案,悬挂着三五片猪肉。郑屠正在门前柜身内坐定,看那十来个刀手卖肉。鲁达走到面前,叫声:"郑屠!"郑屠看时,见是鲁提辖,慌忙出柜身来唱喏道:"提辖恕罪。"便叫副手掇条凳子来,"提辖请坐。"鲁达坐下道:"奉着经略相公钧旨,要十斤精肉,切做臊子[①],不要见半点肥的在上头。"郑屠道:"使得[②],你们快选好的,切十斤去。"鲁提辖道:"不要那等腌臜厮们动手,你自与我切。"郑屠道:"说得是。小人自切便了。"自去肉案上,拣下十斤精肉,细细切做臊子。那店小二把手帕包了头,正来郑屠家报说金老之事,却见鲁提辖坐在肉案门边,不敢拢来,只得远远的立住,在房檐下望。这郑屠整整的自切了半个时辰,用荷叶包了道:"提辖,教人送去。"鲁达道:"送甚么?且住!再要十斤,都是肥的,不要见些精的在上面,也要切做臊子。"郑屠道:"却才精的,怕府里要裹馄饨,肥的臊子何用?"鲁达睁着眼道:"相公钧旨,吩咐洒家,谁敢问他?"郑屠道:"是合用的东西,小人切便了。"又选了十斤实膘的肥肉,也细细的切做臊子,把荷叶来包了。整弄了一早晨,却得饭罢时候。那店小二那里敢过来,连那正要买肉的主顾,也不敢拢来。郑屠道:"着人与提辖拿了,送将府里去。"鲁达道:"再要十斤寸金软骨,也要细细地剁做臊子,不要见些肉在上面。"郑屠笑道:"却不是特地来消遣[③]我!"鲁达听罢,跳起身来,拿着那两包臊子在手里,睁眼看着郑屠道:"洒家特地要消遣你!"把两包臊子,劈面打将去,却似下了一阵的肉雨。郑屠大怒,两条忿气从脚底下直冲到顶门心头。那一把无明业火焰腾腾的按纳不住,从肉案上抢了一把剔骨尖刀,托地跳将下来。鲁提辖早拔步在当街上。众邻舍并十来个火家[④],那个敢向前来劝。两边过路的人都立住了脚,和那店小二也惊的呆了。

郑屠右手拿刀,左手便来要揪鲁达,被这鲁提辖就势按住左手,赶将入去,望小腹上只一脚,腾地踢倒在当街上,鲁达再入一步,踏住胸脯,提

---

① 臊子——同"燥子",肉末。

② 使得——可以,能行。

③ 消遣——这里是戏弄、捉弄的意思。

④ 火家——伙计。

着那醋钵儿大小拳头，看着这郑屠道："洒家始投老种经略相公，做到关西五路廉访使，也不枉了叫做镇关西。你是个卖肉的操刀屠户，狗一般的人，也叫做镇关西！你如何强骗了金翠莲？"扑的只一拳，正打在鼻子上，打得鲜血迸流，鼻子歪在半边，却便似开了个油酱铺，咸的、酸的、辣的，一发都滚出来。

郑屠挣不起来，那把尖刀，也丢在一边，口里只叫："打得好！"鲁达骂道："直娘贼，还敢应口！"提起拳头来，就眼眶际眉梢只一拳，打得眼棱缝裂，乌珠迸出，也似开了个彩帛铺的，红的、黑的、绛的，都绽将出来。两边看的人，惧怕鲁提辖，谁敢向前来劝。郑屠当不过，讨饶。鲁达喝道："咄！你是个破落户，若是和俺硬到底，洒家倒饶了你；你如何对俺讨饶，洒家偏不饶你。"又只一拳，太阳上正着，却似做了一个全堂水陆的道场，磬儿、钹儿、铙儿，一齐响。鲁达看时，只见郑屠挺在地下，口里只有出的气，没了入的气，动弹不得。

鲁提辖假意道："你这厮诈死，洒家再打。"只见面皮渐渐的变了。鲁达寻思道："俺只指望痛打这厮一顿，不想三拳真个打死了他。洒家须吃官司，又没人送饭，不如及早撒开。"拔步便走，回头指着郑屠尸道："你诈死，洒家和你慢慢理会。"一头骂，一头大踏步去了。街坊邻舍，并郑屠的火家，谁敢向前来拦他。鲁提辖回到下处，急急卷了些衣服、盘缠、细软、银两；但是旧衣粗重，都弃了，提了一条齐眉短棒，奔出南门，一道烟走了。

且说郑屠家中众人，救了半日不活，呜呼死了。老小邻人径来州衙告状，正直府尹升厅，接了状子，看罢道："鲁达系是经略府提辖，不敢擅自径来捕捉凶身。"府尹随即上轿，来到经略府前，下了轿子，把门军士，入去报知。经略听得，教请到厅上，与府尹施礼罢，经略问道："何来？"府尹禀道："好教相公得知，府中提辖鲁达，无故用拳打死市上郑屠。不曾禀过相公，不敢擅自捉拿凶身。"经略听说，吃了一惊，寻思道："这鲁达虽好武艺，只是性格粗卤，今番做出人命事，俺如何护得短？须教他推问使得。"经略回府尹道："鲁达这人，原是我父亲老经略处军官，为因俺这里无人帮护，拨他来做个提辖。既然犯了人命罪过，你可拿他依法度取问。如若供招明白，拟罪已定，也须教我父亲知道，方可断决，怕日后父亲处边上要这个人时，却不好看。"府尹禀道："下官问了情由，合行申禀老经略相公知道，方敢断遣。"

府尹辞了经略相公，出到府前，上了轿，回到州衙里，升厅坐下，便唤当日缉捕使臣押下文书，捉拿犯人鲁达。当时王观察领了公文，将带二十来个做公的人，径到鲁提辖下处。只见房主人道："却才拕了些包裹，提了短棒出去了。小人只道奉着差使，又不敢问他。"王观察听了，教打开他房门看时，只有些旧衣旧裳，和些被卧在里面。王观察就带了房主人，东西四下里去跟寻，州南走到州北，捉拿不见。王观察又捉了两家邻舍，并房主人，同到州衙厅上回话道："鲁提辖惧罪在逃，不知去向，只拿得房主人并邻舍在此。"府尹见说，且教监下；一面教拘集郑屠家邻佑人等，点了仵作行人，着仰本地坊官人并坊厢里正，再三检验已了。郑屠家自备棺木盛殓，寄在寺院。一面迭成文案，一壁差人杖限缉捕凶身；原告人保领回家；邻佑杖断，有失救应；房主人并下处邻舍，止得个不应。鲁达在逃，行开个海捕急递的文书，各路追捉；出赏钱一千贯，写了鲁达的年甲、贯址、形貌，到处张缉；一干人等疏放听候。郑屠家亲人，自去做孝，不在话下。

且说鲁达自离了渭州，东逃西奔，急急忙忙，却似：

失群的孤雁，趁月明独自贴天飞；漏网的活鱼，乘水势翻身冲浪跃。不分远近，岂顾高低。心忙撞倒路行人，脚快有如临阵马。

这鲁提辖急急忙忙行过了几处州府，正是"逃生不避路，到处便为家"。自古有几般："饥不择食，寒不择衣，慌不择路，贫不择妻。"鲁达心慌抢路，正不知投那里去的是，一迷地[①] 行了半月之上，在路却走到代州雁门县。入得城来，见这市井闹热，人烟辏集[②]，车马骈驰，一百二十行经商买卖，诸物行货都有，端的整齐，虽然是个县治，胜如州府。鲁提辖正行之间，不觉见一簇人众围住了十字街口看榜。但见：

扶肩搭背，交颈并头；纷纷不辨贤愚，扰扰难分贵贱。张三蠢胖，不识字只把头摇；李四矮矬，看别人也将脚踏。白头老叟，尽将拐棒拄髭须；绿鬓书生，却把文房抄款目。行行总是萧何法，句句俱依律令行。

鲁达看见众人看榜，挨满在十字路口，也钻在人丛里听时，鲁达却不识字，只听得众人读道："代州雁门县依奉太原府指挥使司，该准渭州文字，捕捉打死郑屠犯人鲁达，即系经略府提辖。如有人停藏在家宿食，与

---

① 一迷地——总是，一味地。这里可解作一个劲地，漫无目的。

② 辏(còu)集——聚集，稠密。辏，原意为车轮的辐集中于毂上。

犯人同罪;若有人捕获前来,或首告到官,支给赏钱一千贯文。"鲁提辖正听到那里,只听得背后一个人大叫道:"张大哥,你如何在这里?"拦腰抱住,扯离了十字路口。不是这个人看见了,横拖倒拽将去,有分教,鲁提辖剃除头发,削去髭须,倒换过杀人姓名,薅恼杀诸佛罗汉。直教禅杖打开危险路,戒刀杀尽不平人。毕竟扯住鲁提辖的是甚人,且听下回分解。

第 四 回

赵员外重修文殊院　鲁智深大闹五台山

话说当下鲁提辖扭过身来看时,拖扯的不是别人,却是渭州酒楼上救了的金老。那老儿直拖鲁达到僻静处,说道:"恩人,你好大胆!现今明明地张挂榜文,出一千贯赏钱捉你,你缘何却去看榜?若不是老汉遇见时,却不被做公的拿了。榜上现写着你年甲、貌相、贯址。"鲁达道:"洒家不瞒你说,因为你事,就那日回到状元桥下,正迎着郑屠那厮,被洒家三拳打死了,因此上在逃。一到处[①]撞了四五十日,不想来到这里。你缘何不回东京去,也来到这里?"金老道:"恩人在上:自从得恩人救了,老汉寻得一辆车子,本欲要回东京去,又怕这厮赶来,亦无恩人在彼搭救,因此不上东京去。随路望北来,撞见一个京师古邻[②],来这里做买卖,就带老汉父子两口儿到这里。亏杀了他,就与老汉女儿做媒,结交此间一个大财主赵员外,养做外宅,衣食丰足,皆出于恩人。我女儿常常对他孤老[③]说提辖大恩。那个员外也爱刺枪使棒,常说道:'怎地得恩人相会一面也好。'想念如何能够得见。且请恩人到家过几日,却再商议。"

鲁提辖便和金老行不得半里,到门首,只见老儿揭起帘子,叫道:"我儿,大恩人在此。"那女孩儿浓妆艳饰,从里面出来,请鲁达居中坐了,插烛也似拜了六拜,说道:"若非恩人垂救,怎能够有今日。"鲁达看那女子时,

---

① 一到处——各处。

② 古邻——老邻居。

③ 孤老——旧时女子称与已私通的男性。

另是一般丰韵，比前不同。但见：

金钗斜插，掩映乌云；翠袖巧裁，轻笼瑞雪。樱桃口浅晕微红，春笋手半舒嫩玉。纤腰袅娜，绿罗裙微露金莲；素体轻盈，红绣袄偏宜玉体。脸堆三月娇花，眉扫初春嫩柳。香肌扑簌瑶台月，翠鬓笼松楚岫云。

那女子拜罢，便请鲁提辖道："恩人上楼去请坐。"鲁达道："不须生受，洒家便要去。"金老便道："恩人既到这里，如何肯放教你便去？"老儿接了杆棒包裹，请到楼上坐定。老儿吩咐道："我儿陪侍恩人坐坐，我去安排饭来。"鲁达道："不消多事，随分便好。"老儿道："提辖恩念，杀身难报，量些粗食薄味，何足挂齿。"女子留住鲁达在楼上坐地，金老下来，叫了家中新讨的小厮，吩咐那个丫环，一面烧着火。老儿和这小厮上街来，买了些鲜鱼、嫩鸡、酿鹅、肥鲊[①]、时新果子之类归来。一面开酒，收拾菜蔬，都早摆了，搬上楼来。春台上放下三个盏子，三双箸，铺下菜蔬、果子、嗄饭等物，丫环将银酒壶烫上酒来。女父二人，轮番把盏。金老倒地便拜。鲁提辖道："老人家如何恁地下礼，折杀俺也。"金老说道："恩人听禀：前日老汉初到这里，写个红纸牌儿，旦夕一炷香，父女两个兀自拜哩。今日恩人亲身到此，如何不拜？"鲁达道："却也难得你这片心。"

三人慢慢地饮酒。将及天晚，只听得楼下打将起来。鲁提辖开窗看时，只见楼下三二十人，各执白木棍棒，口里都叫拿将下来。人丛里一个人，骑在马上，口里大喝道："休教走了这贼！"鲁达见不是头，拿起凳子，从楼上打将下来。金老连忙摇手叫道："都不要动手。"那老儿抢下楼去，直至那骑马的官人身边，说了几句言语，那官人笑将起来，便喝散了那二三十人，各自去了。

那官人下马，入到里面，老儿请下鲁提辖来，那官人扑翻身便拜道："闻名不如见面，见面胜似闻名，义士提辖受礼。"鲁达便问那金老道："这官人是谁？素不相识，缘何便拜洒家？"老儿道："这个便是我儿的官人赵员外。却才只道老汉引甚么郎君子弟在楼上吃酒，因此引庄客来厮打。老汉说知，方才喝散了。"鲁达道："原来如此。怪员外不得。"

赵员外再请鲁提辖上楼坐定。金老重整杯盘，再备酒食相待。赵员外让鲁达上首坐地，鲁达道："洒家怎敢！"员外道："聊表相敬之礼，小子多

---

① 鲊——腌制的鱼。

闻提辖如此豪杰，今日天赐相见，实为万幸。”鲁达道：“洒家是个粗卤汉子，又犯了该死的罪过。若蒙员外不弃贫贱，结为相识，但有用洒家处，便与你去。”赵员外大喜，动问打死郑屠一事，说些闲话，较量些枪法。吃了半夜酒，各自歇了。

次日天明，赵员外道：“此处恐不稳便，可请提辖到敝庄住几时。”鲁达问道：“贵庄在何处？”员外道：“离此间十里多路，地名七宝村便是。”鲁达道：“最好。”员外先使人去庄上叫牵两匹马来。未及晌午，马已到来，员外便请鲁提辖上马，叫庄客担了行李，鲁达相辞了金老父女二人，和赵员外上了马。两个并马行程，于路说些闲话，投七宝村来。

不多时，早到庄前下马，赵员外携住鲁达的手，直至草堂上，分宾而坐；一面叫杀羊置酒相待。晚间收拾客房安歇，次日又备酒食管待。鲁达道：“员外错爱，洒家如何报答。”赵员外便道：“‘四海之内，皆兄弟也。’如何言报答之事。”

话休絮烦。鲁达自此之后，在这赵员外庄上住了五七日。忽一日，两个正在书院里闲坐说话，只见金老急急奔来庄上，径到书院里，见了赵员外并鲁提辖，见没人，便对鲁达道：“恩人，不是老汉心多，为是恩人前日老汉请在楼上吃酒，员外误听人报，引领庄客来闹了街坊，后却散了，人都有些疑心，说开去。昨日有三四个做公的来，邻舍街坊打听得紧，只怕要来村里缉捕恩人。倘或有些疏失，如之奈何？”鲁达道：“恁地时，洒家自去便了。”赵员外道：“若是留提辖在此，诚恐有些山高水低，教提辖怨怅；若不留提辖来，许多面皮都不好看。赵某却有个道理，教提辖万无一失，足可安身避难，只怕提辖不肯。”鲁达道：“洒家是个该死的人，但得一处安身便了，做甚么不肯？”赵员外道：“若如此，最好。离此间三十余里有座山，唤做五台山，山上有一个文殊院，原是文殊菩萨道场。寺里有五七百僧人，为头智真长老，是我弟兄。我祖上曾舍钱在寺里，是本寺的施主檀越。我曾许下剃度① 一僧在寺里，已买下一道五花度牒在此，只不曾有个心腹之人，了这条愿心。如是提辖肯时，一应费用，都是赵某备办，委实肯落发做和尚么？”鲁达寻思：“如今便要去时，那里投奔人，不如就了这条路罢。”便道：“既蒙员外做主，洒家情愿做了和尚，专靠员外照管。”当时说定了，

① 剃度——佛语。剃去头发做僧尼。

连夜收拾衣服盘缠，缎匹礼物。

次日早起来，叫庄客挑了，两个取路望五台山来。辰牌已后，早到那山下。鲁提辖看那五台山时，果然好座大山！但见：

云遮峰顶，日转山腰；嵯峨仿佛接天关，崒嵂[①] 参差侵汉表。岩前花木舞春风，暗吐清香；洞口藤萝披宿雨，倒悬嫩线。飞云瀑布，银河影浸月光寒；峭壁苍松，铁角铃摇龙尾动。山根雄峙三千界，峦势高擎几万年。

赵员外与鲁提辖两乘轿子，抬上山来，一面使庄客前去通报。到得寺前，早有寺中都寺、监寺，出来迎接。两个下了轿子，去山门外亭子上坐定。寺内智真长老得知，引着首座、侍者，出山门外来迎接。赵员外和鲁达向前施礼，真长老打了问讯，说道："施主远出不易。"赵员外答道："有些小事，特来上刹相浼[②]。"真长老便道："且请员外方丈吃茶。"赵员外前行，鲁达跟在背后，看那文殊寺，果然是好座大刹！但见：

山门侵翠岭，佛殿接青云。钟楼与月窟相连，经阁共峰峦对立。香积厨通一泓泉水，众僧寮[③] 纳四面烟霞。老僧方丈斗牛边，禅客经堂云雾里。白面猿时时献果，将怪石敲响木鱼；黄斑鹿日日衔花，向宝殿供养金佛。七层宝塔接丹霄，千古圣僧来大刹。

当时真长老请赵员外并鲁达到方丈。长老邀员外向客席而坐，鲁达便去下首，坐在禅椅上。员外叫鲁达附耳低言："你来这里出家，如何便对长老坐地？"鲁达道："洒家不省得。"起身立在员外肩下。面前首座、维那、侍者、监寺、都寺、知客、书记，依次排立东西两班。庄客把轿子安顿了，一齐搬将盒子入方丈来，摆在面前。长老道："何故又将礼物来？寺中多有相渎檀越[④] 处。"赵员外道："些小薄礼，何足称谢！"道人、行童收拾去了。

赵员外起身道："一事启堂头大和尚：赵某旧有一条愿心，许剃一僧在上刹，度牒词簿都已有了，到今不曾剃得。今有这个表弟姓鲁，是关西军汉出身，因见尘世艰辛，情愿弃俗出家。万望长老收录，慈悲慈悲，看赵某

---

① 崒嵂（zú lǜ）——与前"嵯峨"都形容山高险峻。

② 浼（měi）——请托，央求。

③ 寮（liáo）——小窗。

④ 檀越——施主。

薄面，披剃为僧。一应所用，弟子自当准备，烦望长老玉成，幸甚！”长老见说，答道：“这个事缘是光辉老僧山门，容易容易，且请拜茶。”只见行童托出茶来。茶罢，收了盏托。

真长老便唤首座、维那，商议剃度这人；吩咐监寺、都寺，安排斋食。只见首座与众僧自去商议道：“这个人不似出家的模样，一双眼却恁凶险。”众僧道：“知客，你去邀请客人坐地，我们与长老计较。”知客出来，请赵员外、鲁达到客馆里坐地。首座众僧禀长老说道：“却才这个要出家的人，形容丑恶，貌相凶顽，不可剃度他，恐久后累及山门。”长老道：“他是赵员外檀越的兄弟，如何撇得他的面皮？你等众人且休疑心，待我看一看。”焚起一炷信香，长老上禅椅，盘膝而坐，口诵咒语，入定去了。一炷香过，却好回来，对众僧说道：“只顾剃度他。此人上应天星，心地刚直。虽然时下凶顽，命中驳杂[①]，久后却得清净，正果非凡，汝等皆不及他。可记吾言，勿得推阻。”首座道：“长老只是护短，我等只得从他。不谏不是，谏他不从，便了。”

长老叫备斋食，请赵员外等方丈会斋。斋罢，监寺打了单帐。赵员外取出银两，教人买办物料；一面在寺里做僧鞋、僧衣、僧帽、袈裟、拜具。一两日都已完备。长老选了吉日良时，教鸣钟击鼓，就法堂内会集大众，整整齐齐，五六百僧人，尽披袈裟，都到法座下合掌作礼，分作两班。赵员外取出银锭、表礼、信香，向法座前礼拜了。表白宣疏已罢，行童引鲁达到法座下。维那教鲁达除了巾帻，把头发分做九路绾了。捆揲起来。

净发人先把一周遭都剃了，却待剃髭须，鲁达道：“留了这些儿还洒家也好。”众僧忍笑不住。真长老在法座上道：“大众听偈。”念道：“寸草不留，六根清净，与汝剃除，免得争竞。”长老念罢偈言，喝一声：“咄！尽皆剃去！”净发人只一刀，尽皆剃了。首座呈将度牒上法座前，请长老赐法名。长老拿着空头度牒，而说偈曰：“灵光一点，价值千金，佛法广大，赐名智深。”长老赐名已罢，把度牒转将下来，书记僧填写了度牒，付与鲁智深收受。长老又赐法衣袈裟，教智深穿了。监寺引上法座前，长老用手与他摩顶受记道：“一要皈依佛性，二要归奉正法，三要归敬师友，此是三归。五戒者：一不要杀生，二不要偷盗，三不要邪淫，四不要贪酒，五不要妄语。”

---

① 驳杂——混杂不纯。

智深不晓得禅宗答应"能"、"否"两字，却便道："洒家记得。"众僧都笑。受记已罢，赵员外请众僧到云堂里坐下，焚香设斋供献。大小职事僧人，各有上贺礼物。都寺引鲁智深参拜了众师兄师弟，又引去僧堂背后丛林里选佛场坐地。当夜无事。

次日赵员外要回，告辞长老，留连不住，早斋已罢，并众僧都送出山门。赵员外合掌道："长老在上，众师父在此，凡事慈悲。小弟智深，乃是愚卤直人，早晚礼数不到，言语冒渎，误犯清规，万望觑赵某薄面，恕免恕免。"长老道："员外放心，老僧自慢慢地教他念经诵咒，办道参禅。"员外道："日后自得报答。"人丛里唤智深到松树下，低低吩咐道："贤弟，你从今日难比往常，凡事自宜省戒，切不可托大。倘有不然，难以相见，保重保重。早晚衣服，我自使人送来。"智深道："不索[①] 哥哥说，洒家都依了。"当时赵员外相辞长老，再别了众人上轿；引了庄客，拕了一乘空轿，取了盒子，下山回家去了。当下长老自引了众僧回寺。

话说鲁智深回到丛林选佛场中禅床上，扑倒头便睡，上下肩两个禅和子推他起来，说道："使不得。既要出家，如何不学坐禅？"智深道："洒家自睡，干你甚事？"禅和子道："善哉！"智深裸袖道："团鱼洒家也吃，甚么'鳝哉'？"禅和子道："却是苦也！"智深便道："团鱼大腹，又肥甜了，好吃，那得'苦也'。"上下肩禅和子都不睬他，由他自睡了。次日要去对长老说知智深如此无礼，首座劝道："长老说道他后来正果非凡，我等皆不及他，只是护短，你们且没奈何，休与他一般见识。"禅和子自去了。

智深见没人说他，每到晚便放翻身体，横罗[②] 十字，倒在禅床上睡，夜间鼻如雷响；要起来净手，大惊小怪，只在佛殿后撒尿撒屎，遍地都是。侍者禀长老说："智深好生无礼，全没些个出家人体面，丛林中如何安着得此等之人？"长老喝道："胡说！且看檀越之面，后来必改。"自此无人敢说。

鲁智深在五台山寺中，不觉搅了四五个月。时遇初冬天气，智深久静思动。当日晴明得好，智深穿了皂布直裰，系了鸦青绦，找了僧鞋，大踏步走出山门来。信步行到半山亭子上，坐在鹅项懒凳上，寻思道："干鸟么！俺往常好酒好肉，每日不离口，如今教洒家做了和尚，饿得干瘪了。赵员

---

① 不索——不消，不须。

② 横罗——横列。

外这几日又不使人送些东西来与洒家吃,口中淡出鸟来。这早晚怎地得些酒来吃也好。"

正想酒哩,只见远远地一个汉子,挑着一付担桶,唱上山来,上面盖着桶盖。那汉子手里拿着一个旋子[①],唱着上来,唱道:"九里山前作战场,牧童拾得旧刀枪。顺风吹动乌江水,好似虞姬别霸王。"

鲁智深观见那汉子挑担桶上来,坐在亭子上,看这汉子,也来亭子上,歇下担桶。智深道:"兀那汉子,你那桶里,甚么东西?"那汉子道:"好酒!"智深道:"多少钱一桶?"那汉子道:"和尚,你真个也是作耍?"智深道:"洒家和你耍甚么?"那汉子道:"我这酒挑上去,只卖与寺内火工道人、直厅、轿夫、老郎们、做生活的吃。本寺长老已有法旨:但卖与和尚们吃了,我们都被长老责罚,追了本钱,赶出屋去。我们现关着本寺的本钱,现住着本寺的屋宇,如何敢卖与你吃?"智深道:"真个不卖?"那汉子道:"杀了我也不卖!"智深道:"洒家也不杀你,只要问你买酒吃。"那汉子见不是头,挑了担桶便走。智深赶下亭子来,双手拿住扁担,只一脚,交裆踢着,那汉子双手掩着,做一堆蹲在地下,半日起不得。智深把那两桶酒都提在亭子上,地下拾起旋子,开了桶盖,只顾舀冷酒吃。无移时[②],两大桶酒吃了一桶。智深道:"汉子,明日来寺里讨钱。"那汉子方才疼止,又怕寺里长老得知,坏了衣饭,忍气吞声,那里敢讨钱。把酒分做两半桶挑了,拿了旋子,飞也似下山去了。

只说鲁智深在亭子上坐了半日,酒却上来;下得亭子,松树根边又坐了半歇,酒越涌上来。智深把皂直裰褪膊下来,把两只袖子缠在腰里,露出脊背上花绣来,扇着两个膀子上山来。但见:

头重脚轻,眼红面赤;前合后仰,东倒西歪。踉踉跄跄上山来,似当风之鹤;摆摆摇摇回寺去,如出水之蛇。指定天宫,叫骂天蓬元帅;踏开地府,要拿催命判官。裸形赤体醉魔君,放火杀人花和尚。

鲁达看看来到山门下,两个门子远远地望见,拿着竹篦来到山门下,拦住鲁智深便喝道:"你是佛家弟子,如何噇[③]得烂醉了上山来?你须不

---

① 旋子——温酒的器具。

② 无移时——不多一会儿。

③ 噇(chuáng)——吃喝无度。

瞎，也见库局里贴的晓示：但凡和尚破戒吃酒，决打四十竹篦，赶出寺去，如门子纵容醉的僧人入寺，也吃十下。你快下山去，饶你几下竹篦。”鲁智深一者初做和尚，二来旧性未改，睁起双眼骂道：“直娘贼！你两个要打洒家，俺便和你厮打。”门子见势头不好，一个飞也似入来报监寺，一个虚拖竹篦拦他。智深用手隔过，揸开五指，去那门子脸上只一掌，打得踉踉跄跄；却待挣扎，智深再复一拳，打倒在山门下，只是叫苦。智深道：“洒家饶你这厮。”踉踉跄跄，攧入寺里来。

监寺听得门子报说，叫起老郎、火工、直厅、轿夫，三二十人，各执白木棍棒，从西廊下抢出来，却好迎着智深。智深望见，大吼了一声，却似嘴边起个霹雳，大踏步抢入来。众人初时不知他是军官出身，次后见他行得凶了，慌忙都退入藏殿里去，便把亮槅关上。智深抢入阶来，一拳一脚，打开亮槅，三二十人都赶得没路，夺条棒，从藏殿里打将出来。

监寺慌忙报知长老，长老听得，急引了三五个侍者直来廊下，喝道：“智深不得无礼！”智深虽然酒醉，却认得是长老，撇了棒，向前来打个问讯，指着廊下对长老道：“智深吃了两碗酒，又不曾撩拨他们，他众人又引人来打洒家。”长老道：“你看我面，快去睡了，明日却说。”鲁智深道：“俺不看长老面，洒家直打死你那几个秃驴！”长老叫侍者扶智深到禅床上，扑地便倒了，齁齁地睡了。

众多职事僧人围定长老告诉道：“向日徒弟们曾谏长老来，今日如何？本寺那里容得这个野猫，乱了清规！”长老道：“虽是如今眼下有些罗唣，后来却成得正果，无奈何，且看赵员外檀越之面，容恕他这一番。我自明日叫去埋怨他便了。”众僧冷笑道：“好个没分晓的长老！”各自散去歇息。

次日，早斋罢，长老使侍者到僧堂里坐禅处唤智深时，尚兀自未起。待他起来，穿了直裰，赤着脚，一道烟走出僧堂来。侍者吃了一惊，赶出外来寻时，却走在佛殿后撒屎。侍者忍笑不住，等他净了手，说道：“长老请你说话。”智深跟着侍者到方丈，长老道：“智深虽是个武夫出身，今来赵员外檀越剃度了你，我与你摩顶受记，教你‘一不可杀生，二不可偷盗，三不可邪淫，四不可贪酒，五不可妄语’，此五戒乃僧家常理。出家人第一不可贪酒，你如何夜来吃得大醉？打了门子，伤坏了藏殿上朱红槅子，又把火工道人都打走了，口出喊声，如何这般所为？”智深跪下道：“今番不敢了。”长老道：“既然出家，如何先破了酒戒，又乱了清规？我不看你施主赵员外面,定赶你出寺!再后休犯!”智深起来合掌道:“不敢,不敢。”长老留在方丈里,安排早饭与他吃;又用好言语劝他,取一领细布直裰,一双僧鞋,与了智深,教回僧堂去了。

昔有一名贤,走笔作一篇口号,单说那酒。端的做得好!道是:

从来过恶皆归酒,我有一言为世剖。
地水火风合成人,面曲米水和醇酎[①]。
酒在瓶中寂不波,人未酣时若无口。
谁说孩提即醉翁,未闻食糯颠如狗。
如何三杯放手倾,遂令四大不自有!
几人涓滴[②] 不能尝,几人一饮三百斗。
亦有醒眼是狂徒,亦有酕醄[③] 神不谬。
酒中贤圣得人传,人负邦家因酒覆。
解嘲破惑有常言,“酒不醉人人醉酒。”

但凡饮酒,不可尽欢,常言:“酒能成事,酒能败事。”便是小胆的吃了,也胡乱做了大胆,何况性高的人?

再说这鲁智深自从吃酒醉闹了这一场,一连三四个月,不敢出寺门去。忽一日,天气暴暖,是二月间天气,离了僧房,信步踱出山门外立地,看着五台山,喝采一回。猛听得山下叮叮当当的响声,顺风吹上山来。智深再回僧堂里取了些银两,揣在怀里,一步步走下山来。出得那“五台福地”的牌楼来,看时,原来却是一个市井,约有五七百人家。智深看那市镇上时,也有卖肉的,也有卖菜的,也有酒店面店。智深寻思道:“干呆么!俺早知有这个去处,不夺他那桶酒吃,也自下来买些吃。这几日熬得清水流,且过去看,有甚东西买些吃?”听得那响处,却是打铁的在那里打铁,间壁一家门上,写着“父子客店”。智深走到铁匠铺门前看时,见三个人打铁。智深便道:“兀那待诏,有好钢铁么?”那打铁的看见鲁智深腮边新剃,

---

① 酎(zhòu)——重酿酒。经过两次以至多次酘酿的醇酒。味道浓厚。
② 涓滴——极少量的水。
③ 酕醄(máo táo)——大醉的样子。

暴长短须，戗戗[①] 地好渗濑[②] 人，先有五分怕他。那待诏住了手道："师父请坐，要打甚么生活？"智深道："洒家要打条禅杖，一口戒刀，不知有上等好铁么？"待诏道："小人这里正有些好铁，不知师父要打多少重的禅杖、戒刀，但凭吩咐。"智深道："洒家只要打一条一百斤重的。"待诏笑道："重了。师父，小人打怕不打了，只恐师父如何使得动？便是关王刀，也只有八十一斤。"智深焦躁道："俺便不及关王，他也只是个人。"那待诏道："小人据常说，只可打条四五十斤的，也十分重了。"智深道："便依你说，比关王刀，也打八十一斤的。"待诏道："师父，肥了不好看，又不中使。依着小人，好生打一条六十二斤的水磨禅杖与师父，使不动时，休怪小人。戒刀已说了，不用吩咐，小人自用十分好铁打造在此。"智深道："两件家生，要几两银子？"待诏道："不讨价，实要五两银子。"智深道："俺便依你五两银子；你若打得好时，再有赏你。"那待诏接了银两道："小人便打在此。"智深道："俺有些碎银子在这里，和你买碗酒吃。"待诏道："师父稳便，小人赶趁些生活，不及相陪。"

智深离了铁匠人家，行不到三二十步，见一个酒望子，挑出在房檐上。智深掀起帘子，入到里面坐下，敲着桌子叫道："将酒来！"卖酒的主人家说道："师父少罪，小人住的房屋，也是寺里的，本钱也是寺里的。长老已有法旨：但是小人们卖酒与寺里僧人吃了，便要追了小人们本钱，又赶出屋，因此，只得休怪。"智深道："胡乱卖些与洒家吃，俺须不说是你家便了。"店主人道："胡乱不得，师父别处去吃，休怪，休怪。"智深只得起身，便道："洒家别处吃得，却来和你说话。"

出得店门，行了几步，又望见一家酒旗儿，直挑出门前。智深一直走进去，坐下叫道："主人家，快把酒来卖与俺吃。"店主人道："师父，你好不晓事，长老已有法旨，你须也知，却来坏我们衣饭。"智深不肯动身，三回五次，那里肯卖。智深情知不肯，起身又走。

连走了三五家，都不肯卖。智深寻思一计，若不生个道理，如何能够酒吃？远远地杏花深处，市梢尽头，一家挑出个草帚儿来。智深走到那里看时，却是个傍村小酒店。但见：

---

① 戗戗(qiàng)——原意是支撑。这里形容胡须硬而直的样子。

② 渗濑——丑恶可怕，令人生惧。

傍村酒肆已多年，斜插桑麻古道边。
白板凳铺宾客坐，须篱笆用棘荆编。
破瓮榨成黄米酒，柴门挑出布青帘。
更有一般堪笑处，牛屎泥墙尽酒仙。

智深走入店里来，靠窗坐下，便叫道："主人家，过往僧人买碗酒吃。"庄家看了一看道："和尚，你那里来？"智深道："俺是行脚僧人，游方到此经过，要买碗酒吃。"庄家道："和尚，若是五台山寺里的师父，我却不敢卖与你吃。"智深道："洒家不是，你快将酒卖来。"庄家看见鲁智深这般模样，声音各别，便道："你要打多少酒？"智深道："休问多少，大碗只顾筛来。"

约莫也吃了十来碗，智深问道："有甚肉，把一盘来吃。"庄家道："早来有些牛肉，都卖没了。"智深猛闻得一阵肉香，走出空地上看时，只见墙边沙锅里煮着一只狗在那里。智深道："你家现有狗肉，如何不卖与俺吃？"庄家道："我怕你是出家人，不吃狗肉，因此不来问你。"智深道："洒家的银子有在这里。"便将银子递与庄家道："你且卖半只与俺。"那庄家连忙取半只熟狗肉，捣些蒜泥，将来放在智深面前。智深大喜，用手扯那狗肉，蘸着蒜泥吃，一连又吃了十来碗酒。吃得口滑[①]，只顾要吃，那里肯住。庄家倒都呆了，叫道："和尚，只恁地罢！"智深睁起眼道："洒家又不白吃你的，管俺怎地？"庄家道："再要多少？"智深道："再打一桶来。"庄家只得又舀一桶来。

智深无移时，又吃了这桶酒，剩下一脚狗腿，把来揣在怀里，临出门又道："多的银子，明日又来吃。"吓得庄家目瞪口呆，罔知所措。看见他早望五台山上去了。

智深走到半山亭子上，坐了一回，酒却涌上来，跳起身，口里道："俺好些时不曾拽拳使脚，觉道身体都困倦了，洒家且使几路看。"下得亭子，把两只袖子搭在手里，上下左右，使了一回。使得力发，只一膀子，扇在亭子柱上，只听得刮剌剌一声响亮，把亭子柱打折了，坍了亭子半边。

门子听得半山里响，高处看时，只见鲁智深一步一攧，抢上山来。两个门子叫道："苦也！这畜生今番又醉得不小，可便把山门关上，把拴拴了。"只在门缝里张时，见智深抢到山门下，见关了门，把拳头擂鼓也似敲

---

① 口滑——指吃东西(喝酒)失去控制。

门，两个门子那里敢开。

智深敲了一回，扭过身来，看了左边的金刚，喝一声道："你这个鸟大汉，不替俺敲门，却拿着拳头吓洒家，俺须不怕你。"跳上台基，把栅剌子[①]只一拔，却似撧[②]葱般拔开了；拿起一根折木头，去那金刚腿上便打，簌簌地泥和颜色都脱下来。门子张见道："苦也！"只得报知长老。智深等了一会，调转身来，看着右边金刚，喝一声道："你这厮张开大口，也来笑洒家。"便跳过右边台基上，把那金刚脚上打了两下，只听得一声震天价响，那尊金刚从台基上倒撞下来，智深提着折木头大笑。

两个门子去报长老，长老道："休要惹他，你们自去。"只见这首座、监寺、都寺，并一应职事僧人，都到方丈禀说："这野猫今日醉得不好，把半山亭子，山门下金刚，都打坏了，如何是好？"长老道："自古天子尚且避醉汉，何况老僧乎？若是打坏了金刚，请他的施主赵员外自来塑新的；倒了亭子，也要他修盖。这个且由他。"众僧道："金刚乃是山门之主，如何把来换过？"长老道："休说坏了金刚，便是打坏了殿上三世佛，也没奈何，只可回避他。你们见前日的行凶么？"众僧出得方丈，都道："好个囫囵竹的长老！门子，你且休开，只在里面听。"智深在外面大叫道："直娘的秃驴们，不放洒家入寺时，山门外讨把火来，烧了这个鸟寺。"众僧听得叫，只得叫门子拽了大拴，由那畜生入来；若不开时，真个做出来。门子只得捻脚捻手，把拴拽了，飞也似闪入房里躲了，众僧也各自回避。

只说那鲁智深双手把山门尽力一推，扑地撷将入来，吃了一交。扒将起来，把头摸一摸，直奔僧堂来。到得选佛场中，禅和子正打坐间，看见智深揭起帘子，钻将入来，都吃一惊，尽低了头。智深到得禅床边，喉咙里咯咯地响，看着地下便吐。众僧都闻不得那臭，个个道："善哉！"齐掩了口鼻。

智深吐了一回，扒上禅床，解下绦，把直裰带子都咇咇剥剥扯断了，脱下那脚狗腿来。智深道："好好，正肚饥哩！"扯来便吃。众僧看见，便把袖子遮了脸，上下肩两个禅和子远远地躲开。智深见他躲开，便扯一块狗肉，看着上首的道："你也到口。"上首的那和尚，把两只袖子死掩了脸。智

① 栅剌子——栅栏。也作"杉剌子"。

② 撧(juē)——折断。

深道:“你不吃。”把肉望下首的禅和子嘴边塞将去,那和尚躲不迭,却待下禅床,智深把他劈耳朵揪住,将肉便塞。对床四五个禅和子跳过来劝时,智深撇了狗肉,提起拳头,去那光脑袋上咇咇剥剥只顾凿。满堂僧众大喊起来,都去柜中取了衣钵要走。此乱唤做卷堂大散。首座那里禁约得住?

智深一味地打将出来,大半禅客都躲出廊下来。监寺、都寺,不与长老说知,叫起一班职事僧人,点起老郎、火工道人、直厅、轿夫,约有一二百人,都执杖叉棍棒,尽使手巾盘头,一齐打入僧堂来。智深见了,大吼一声,别无器械,抢入僧堂里,佛面前推翻供桌,搀两条桌脚,从堂里打将出来。但见:

心头火起,口角雷鸣。奋八九尺猛兽身躯,吐三千丈凌云志气。按不住杀人怪胆,圆睁起卷海双睛。直截横冲,似中箭投崖虎豹;前奔后涌,如着枪跳涧豺狼。直饶揭帝也难当,便是金刚须拱手。

当时鲁智深抡两条桌脚,打将出来,众多僧行见他来得凶了,都拖了棒,退到廊下。智深两条桌脚,着地卷将来,众僧早两下合拢来。智深大怒,指东打西,指南打北,只饶了两头的。当时智深直打到法堂下,只见长老喝道:“智深不得无礼,众僧也休动手。”两边众人,被打伤了数十个,见长老来,各自退去。

智深见众人退散,撇了桌脚,叫道:“长老,与洒家做主。”此时酒已七八分醒了。长老道:“智深,你连累杀老僧。前番醉了一次,搅扰了一场,我教你兄赵员外得知,他写书来,与众僧陪话。今番你又如此大醉无礼,乱了清规,打坍了亭子,又打坏了金刚。这个且由他。你搅得众僧卷堂而走,这个罪业非小,我这里五台山文殊菩萨道场,千百年清净香火去处,如何容得你这个秽污?你且随我来方丈里过几日,我安排你一个去处。”智深随长老到方丈去。长老一面叫职事僧人留住众禅客,再回僧堂,自去坐禅;打伤了的和尚,自去将息。长老领智深到方丈,歇了一夜。

次日,真长老与首座商议:“收拾了些银两赍发他,教他别处去,可先说与赵员外知道。”长老随即修书一封,使两个直厅道人,径到赵员外庄上,说知就里,立等回报。赵员外看了来书,好生不然。回书来拜复长老说道:“坏了的金刚、亭子,赵某随即备价来修。智深任从长老发遣。”长老得了回书,便叫侍者取领皂布直裰,一双僧鞋,十两白银,房中唤过智深。

长老道:“智深,你前番一次大醉,闹了僧堂,便是误犯。今次又大醉,打坏了金刚，坍了亭子，卷堂闹了选佛场，你这罪业非轻；又把众禅客打伤了。我这里出家，是个清净去处，你这等做，甚是不好。看你赵檀越面皮，与你这封书，投一个去处安身。我这里决然安你不得了。我夜来看了，赠汝四句偈言[①]，终身受用。”智深道：“师父教弟子那里去安身立命？愿听俺师四句偈言。”真长老指着鲁智深，说出这几句言语，去这个去处。有分教，这人笑挥禅杖，战天下英雄好汉；怒掣戒刀，砍世上逆子谗臣。直教名驰塞北三千里，果证江南第一州。毕竟真长老与智深说出甚言语来，且听下回分解。

第五回

小霸王醉入销金帐[②] 花和尚大闹桃花村

话说当日智真长老道：“智深，你此间决不可住了。我有一个师弟，现在东京大相国寺住持，唤做智清禅师。我与你这封书，去投他那里，讨个职事僧做。我夜来看了，赠汝四句偈言，你可终身受用，记取今日之言。”智深跪下道：“洒家愿听偈言。”长老道：“遇林而起，遇山而富，遇水而兴，遇江而止。”鲁智深听了四句偈言，拜了长老九拜。背了包裹、腰包、肚包，藏了书信，辞了长老并众僧人，离了五台山，径到铁匠间壁客店里歇了，等候打了禅杖、戒刀完备就行。寺内众僧得鲁智深去了，无一个不欢喜。长老教火工道人自来收拾打坏了的金刚、亭子。过不得数日，赵员外自将若干钱物来五台山，再塑起金刚，重修起半山亭子，不在话下。有诗为证：

禅林辞去入禅林，知己相逢义断金。
且把威风惊贼胆，漫将妙理悦禅心。
绰名久唤花和尚，道号亲名鲁智深。
俗愿了时终证果，眼前争奈没知音。

再说这鲁智深就客店里住了几日，等得两件家生都已完备，做了刀

---

① 偈(jì)言——佛语，义为“颂”，佛经中的唱词。

② 销金帐——用金丝线装饰的一种华贵的床帐。

鞘,把戒刀插放鞘内,禅杖却把漆来裹了。将些碎银子赏了铁匠,背了包裹,跨了戒刀,提了禅杖,作别了客店主人并铁匠,行程上路。过往人看了,果然是个莽和尚。但见:

皂直裰背穿双袖,青圆绦斜绾双头。鞘内戒刀,藏春冰三尺;肩头禅杖,横铁蟒一条。鹭鸶腿紧系脚绷[①],蜘蛛肚牢拴衣钵。嘴缝边攒千条断头铁线,胸脯上露一带盖胆寒毛。生成食肉餐鱼脸,不是看经念佛人。

且说鲁智深自离了五台山文殊院,取路投东京来。行了半月之上,于路不投寺院去歇,只是客店内打火安身,白日间酒肆里买吃。一日正行之间,贪看山明水秀,不觉天色已晚。但见:

山影深沉,槐阴渐没。绿杨郊外,时闻鸟雀归林;红杏村中,每见牛羊入圈。落日带烟生碧雾,断霞映水散红光。溪边钓叟移舟去,野外村童跨犊归。

鲁智深因见山水秀丽,贪行了半日,赶不上宿头,路中又没人作伴,那里投宿是好?又赶了三二十里田地,过了一条板桥,远远地望见一簇红霞,树木丛中,闪着一所庄院,庄后重重迭迭,都是乱山。鲁智深道:“只得投庄上去借宿。”径奔到庄前看时,见数十个庄家,忙忙急急,搬东搬西。鲁智深到庄前,倚了禅杖,与庄客打个问讯。庄客道:“和尚,日晚来我庄上做甚的?”智深道:“洒家赶不上宿头,欲借贵庄投宿一宵,明早便行。”庄客道:“我庄上今夜有事,歇不得。”智深道:“胡乱借洒家歇一夜,明日便行。”庄客道:“和尚快走,休在这里讨死!”智深道:“也是怪哉!歇一夜,打甚么不紧?怎地便是讨死?”庄家道:“去便去,不去时,便捉来缚在这里。”鲁智深大怒道:“你这厮村人[②],好没道理!俺又不曾说甚的,便要绑缚洒家。”庄家们也有骂的,也有劝的。

鲁智深提起禅杖,却待要发作,只见庄里走出一个老人来。鲁智深看那老人时,似年近六旬之上。拄一条过头拄杖,走将出来,喝问庄客:“你们闹甚么?”庄客道:“可奈[③] 这个和尚要打我们。”智深便道:“小僧是五

---

① 脚绷(bēng)——这里指裹足布。

② 村人——粗野的人。

③ 可奈——可恨,无奈。

台山来的和尚，要上东京去干事，今晚赶不上宿头，借贵庄投宿一宵，庄家那厮无礼，要绑缚洒家。”那老人道：“既是五台山来的僧人，随我进来。”

智深跟那老人直到正堂上，分宾主坐下。那老人道：“师父，休要怪。庄家们不省得师父是活佛去处来的，他作寻常一例相看。老汉从来敬信佛天三宝，虽是我庄上今夜有事，权且留师父歇一宵了去。”智深将禅杖倚了，起身打个问讯，谢道：“感承施主，小僧不敢动问贵庄高姓？”老人道：“老汉姓刘，此间唤做桃花村，乡人都叫老汉做桃花庄刘太公。敢问师父俗姓，唤做甚么讳字？”智深道：“俺的师父是智真长老，与俺取了个讳字。因洒家姓鲁，唤做鲁智深。”太公道：“师父请吃些晚饭，不知肯吃荤腥也不？”鲁智深道：“洒家不忌荤酒，遮莫甚么浑清白酒，都不拣选；牛肉狗肉，但有便吃。”太公道：“既然师父不忌荤酒，先叫庄客取酒肉来。”

没多时，庄客掇张桌子，放下一盘牛肉，三四样菜蔬，一双箸，放在鲁智深面前。智深解下腰包、肚包，坐定。那庄客旋了一壶酒，拿一只盏子，筛下酒与智深吃。这鲁智深也不谦让，也不推辞，无一时，一壶酒，一盘肉，都吃了。太公对席看见，呆了半晌。庄客搬饭来，又吃了，抬过桌子。

太公吩咐道：“胡乱教师父在外面耳房中歇一宵，夜间如若外面热闹，不可出来窥望。”智深道：“敢问贵庄今夜有甚事？”太公道：“非是你出家人闲管的事。”智深道：“太公缘何模样不甚喜欢？莫不怪小僧来搅扰你么？明日洒家算还你房钱便了。”太公道：“师父听说，我家时常斋僧布施，那争师父一个。只是我家今夜小女招夫，以此烦恼。”鲁智深呵呵大笑道：“‘男大须婚，女大必嫁’。这是人伦大事，五常之礼，何故烦恼？”太公道：“师父不知，这头亲事，不是情愿与的。”智深大笑道：“太公，你也是个痴汉，既然不两相情愿，如何招赘做个女婿？”太公道：“老汉止有这个小女，如今方得一十九岁，被此间有座山，唤做桃花山，近来山上有两个大王，扎了寨栅，聚集着五七百人，打家劫舍。此间青州官军捕盗，禁他不得，因来老汉庄上讨进奉，见了老汉女儿，撇下二十两金子、一匹红锦为定礼，选着今夜好日，晚间来入赘老汉庄上。又和他争执不得，只得与他，因此烦恼，非是争师父一个人。”智深听了道：“原来如此。小僧有个道理，教他回心转意，不要娶你女儿如何？”太公道：“他是个杀人不眨眼魔君，你如何能够得他回心转意？”智深道：“洒家在五台山智真长老处，学得说因缘，便是铁石人，也劝得他转。今晚可教你女儿别处藏了，俺就你女儿房内说因缘，劝他便回心转意。”太公道：“好却甚好，只是不要捋虎须[①]。”智深道：“洒家的不是性命！你只依着俺行。”太公道：“却是好也！我家有福，得遇这个活佛下降。”庄客听得，都吃一惊。

太公问智深：“再要饭吃么？”智深道：“饭便不要吃，有酒再将些来吃。”太公道：“有，有！”随即叫庄客取一只熟鹅，大碗斟将酒来，叫智深尽意吃了三二十碗，那只熟鹅也吃了。叫庄客将了包裹，先安放房里，提了禅杖，带了戒刀，问道：“太公，你的女儿躲过了不曾？”太公道：“老汉已把女儿寄送在邻舍庄里去了。”智深道：“引洒家新妇房内去。”太公引至房边，指道：“这里面便是。”智深道：“你们自去躲了。”太公与众庄客自出外面安排筵席。智深把房中桌椅等物，都掇过了，将戒刀放在床头，禅杖把来倚在床边，把销金帐子下了，脱得赤条条地，跳上床去坐了。

太公见天色看看黑了，叫庄客前后点起灯烛荧煌，就打麦场上放下一条桌子，上面摆着香花灯烛。一面叫庄客大盘盛着肉，大壶温着酒。约莫初更时分，只听得山边锣鸣鼓响。这刘太公怀着鬼胎，庄家们都捏着两把汗，尽出庄门外看时，只见远远地四五十火把，照曜如同白日，一簇人马，飞奔庄上来。但见：

雾锁青山影里，滚出一伙没头神；烟迷绿树林边，摆着几行争食鬼。人人凶恶，个个狰狞。头巾都戴茜根红，衲袄尽披枫叶赤。缨枪对对，围遮定吃人心肝的小魔王；梢棒双双，簇捧着不养爹娘的真太岁。夜间罗刹去迎亲，山上大虫来下马。

刘太公看见，便叫庄客大开庄门，前来迎接。只见前遮后拥，明晃晃的都是器械旗枪，尽把红绿绢帛缚着。小喽罗头巾边乱插着野花。前面摆着四五对红纱灯笼，照着马上那个大王。怎生打扮，但见：

头戴撮尖干红凹面巾，鬓傍边插一枝罗帛象生花，上穿一领围虎体挽绒金绣绿罗袍，腰系一条称狼身销金包肚红搭膊，着一双对掩云跟牛皮靴，骑一匹高头卷毛大白马。

那大王来到庄前下了马，只见小喽罗齐声贺道：“帽儿光光，今夜做个新郎；衣衫窄窄，今夜做个娇客。”刘太公慌忙亲捧台盏，斟下一杯好酒，跪在地下，众庄客都跪着。那大王把手来扶道：“你是我的丈人，如何倒跪

---

① 捋虎须——喻做冒险的事。

我？”太公道：“休说这话，老汉只是大王治下管的人户。”那大王已有七八分醉了，呵呵大笑道：“我与你家做个女婿，也不亏负了你。你的女儿匹配我也好。”刘太公把了下马杯，来到打麦场上，见了香花灯烛，便道：“泰山[①]，何须如此迎接？”那里又饮了三杯，来到厅上，唤小喽罗教把马去系在绿杨树上。小喽罗把鼓乐就厅前擂将起来，大王上厅坐下，叫道：“丈人，我的夫人在那里？”太公道：“便是怕羞，不敢出来。”大王笑道：“且将酒来，我与丈人回敬。”那大王把了一杯，便道：“我且和夫人厮见了，却来吃酒未迟。”那刘太公一心只要那和尚劝他，便道：“老汉自引大王去。”拿了烛台，引着大王，转入屏风背后，直到新人房前。太公指与道：“此间便是，请大王自入去。”太公拿了烛台，一直去了。未知凶吉如何，先办一条走路。

那大王推开房门，见里面黑洞洞地。大王道：“你看我那丈人，是个做家的人，房里也不点碗灯，由我那夫人黑地里坐地。明日叫小喽罗山寨里扛一桶好油来与他点。”鲁智深坐在帐子里都听得，忍住笑，不做一声。

那大王摸进房中，叫道：“娘子，你如何不出来接我？你休要怕羞，我明日要你做压寨夫人。”一头叫娘子，一头摸来摸去。一摸摸着销金帐子，便揭起来，探一只手入去摸时，摸着鲁智深的肚皮，被鲁智深就势劈头巾带角儿揪住，一按按将下床来。那大王却待挣扎，鲁智深把右手捏起拳头，骂一声：“直娘贼！”连耳根带脖子只一拳，那大王叫一声：“做甚么便打老公？”鲁智深喝道：“教你认的老婆！”拖倒在床边，拳头脚尖一齐上，打得大王叫救人。

刘太公惊得呆了，只道这早晚正说因缘劝那大王，却听的里面叫救人。太公慌忙把着灯烛，引了小喽罗，一齐抢将入来。众人灯下打一看时，只见一个胖大和尚，赤条条不着一丝，骑翻大王在床面前打。为头的小喽罗叫道：“你众人都来救大王。”众小喽罗一齐拖枪拽棒，打将入来救时，鲁智深见了，撇下大王，床边绰了禅杖，着地打将出来。小喽罗见来得凶猛，发声喊都走了。刘太公只管叫苦。打闹里，那大王爬出房门，奔到门前，摸着空马，树上折枝柳条，托地跳在马背上，把柳条便打那马，却跑不去。大王道：“苦也！这马也来欺负我。”再看时，原来心慌，不曾解得缰

---

① 泰山——岳丈。泰山上有一“丈人峰”，人故以此称岳父。

绳,连忙扯断了,骑着拃马[1] 飞走。出得庄门,大骂:"刘太公老驴休慌,不怕你飞了。"把马打上两柳条,拨喇喇地驮了大王上山去。

刘太公扯住鲁智深道:"和尚,你苦了老汉一家儿了。"鲁智深说道:"休怪无礼!且取衣服和直裰来,洒家穿了说话。"庄家去房里取来,智深穿了。太公道:"我当初只指望你说因缘,劝他回心转意,谁想你便下拳打他这一顿,定是去报山寨里大队强人来杀我家。"智深道:"太公休慌。俺说与你:洒家不是别人,俺是延安府老种经略相公帐前提辖官,为因打死了人,出家做和尚,休道这两个鸟人,便是一二千军马来,洒家也不怕他。你们众人不信时,提俺禅杖看。"庄客们那里提得动。智深接过来手里,一似拈灯草一般使起来。太公道:"师父休要走了去,却要救护我们一家儿使得。"智深道:"甚么闲话,俺死也不走。"太公道:"且将些酒来师父吃,休得要抵死醉了。"鲁智深道:"洒家一分酒,只有一分本事,十分酒,便有十分的气力。"太公道:"恁地时最好。我这里有的是酒肉,只顾教师父吃。"

且说这桃花山大头领坐在寨里,正欲差人下山来探听做女婿的二头领如何,只见数个小喽罗气急败坏,走到山寨里叫道:"苦也!苦也!"大头领连忙问道:"有甚么事,慌做一团?"小喽罗道:"二哥哥吃打坏了。"大头领大惊,正问备细,只见报道:"二哥哥来了。"大头领看时,只见二头领红巾也没了,身上绿袍扯得粉碎,下得马倒在厅前,口里说道:"哥哥救我一救。"大头领问道:"怎么来?"二头领道:"兄弟下得山,到他庄上,入进房里去。叵耐那老驴把女儿藏过了,却教一个胖和尚躲在女儿床上。我却不提防,揭起帐子摸一摸,吃那厮揪住,一顿拳头脚尖,打得一身伤损。那厮见众人入来救应,放了手,提起禅杖打将出去。因此我得脱了身,拾得性命。哥哥与我做主报仇。"大头领道:"原来恁地。你去房中将息,我与你去拿那贼秃来。"喝叫左右:"快备我的马来!"众小喽罗都去。大头领上了马,绰枪在手,尽数引了小喽罗,一齐呐喊下山去了。

再说鲁智深正吃酒哩,庄客报道:"山上大头领尽数都来了。"智深道:"你等休慌。洒家但打翻的,你们只顾缚了,解去官司请赏。取俺的戒刀来。"鲁智深把直裰脱了,拽扎起下面衣服,跨了戒刀,大踏步提了禅杖,出到打麦场上。

---

① 拃(chǎn)马——未加鞍鞯的光身马。亦作"刬马"。

只见大头领在火把丛中，一骑马抢到庄前，马上挺着长枪，高声喝道："那秃驴在那里？早早出来决个胜负。"智深大怒，骂道："腌臜打脊泼才，叫你认得洒家！"抡起禅杖，着地卷将来。那大头领逼住枪，大叫道："和尚且休要动手，你的声音好厮熟，你且通个姓名。"鲁智深道："洒家不是别人，老种经略相公帐前提辖鲁达的便是，如今出了家，做和尚，唤做鲁智深。"那大头领呵呵大笑，滚鞍下马，撇了枪，扑翻身便拜道："哥哥别来无恙，可知二哥着了你手。"鲁智深只道赚他，托地跳退数步，把禅杖收住，定睛看时，火把下认得，不是别人，却是江湖上使枪棒卖药的教头打虎将李忠。原来强人下拜，不说此二字，为军中不利，只唤做剪拂[①]，此乃吉利的字样。李忠当下剪拂了起来，扶住鲁智深道："哥哥缘何做了和尚？"智深道："且和你到里面说话。"刘太公见了，又只叫苦："这和尚原来也是一路！"

鲁智深到里面，再把直裰穿了，和李忠都到厅上叙旧。鲁智深坐在正面，唤刘太公出来，那老儿不敢向前。智深道："太公休怕，他也是俺的兄弟。"那老儿见说是兄弟，心里越慌，又不敢不出来。李忠坐了第二位，太公坐了第三位。鲁智深道："你二位在此，俺自从渭州三拳打死了镇关西，逃走到代州雁门县，因见了洒家赍发他的金老。那老儿不曾回东京去，却随个相识，也在雁门县住。他那个女儿，就与了本处一个财主赵员外。和俺厮见了，好生相敬。不想官司追捉得洒家要紧，那员外陪钱去送俺五台山智真长老处落发为僧。洒家因两番酒后闹了僧堂，本师长老与俺一封书，教洒家去东京大相国寺，投了智清禅师，讨个职事僧做。因为天晚，到这庄上投宿，不想与兄弟相见。却才俺打的那汉是谁？你如何又在这里？"李忠道："小弟自从那日与哥哥在渭州酒楼上同史进三人分散，次日听得说哥哥打死了郑屠。我去寻史进商议，他又不知投那里去了。小弟听得差人缉捕，慌忙也走了，却从这山下经过。却才被哥哥打的那汉，先在这里桃花山扎寨，唤做小霸王周通。那时引人下山来和小弟厮杀，被我赢了，他留小弟在山上为寨主，让第一把交椅，教小弟坐了，以此在这里落草。"

智深道："既然兄弟在此，刘太公这头亲事，再也休题。他止有这个女

---

① 剪拂——江湖礼节，即下拜。

儿,要养终身;不争被你把了去,教他老人家失所。”太公见说了,大喜,安排酒食出来,管待二位。小喽罗们每人两个馒头,两块肉,一大碗酒,都教吃饱了。太公将出原定的金子缎匹。鲁智深道:“李家兄弟,你与他收了去,这件事都在你身上。”李忠道:“这个不妨事。且请哥哥去小寨住几时,刘太公也走一遭。”

太公叫庄客安排轿子,抬了鲁智深,带了禅杖、戒刀、行李。李忠也上了马,太公也乘了一乘小轿,却早天色大明。众人上山来,智深、太公到得寨前,下了轿子,李忠也下了马,邀请智深入到寨中,向这聚义厅上,三人坐定,李忠叫请周通出来。周通见了和尚,心中怒道:“哥哥却不与我报仇,倒请他来寨里,让他上面坐!”李忠道:“兄弟,你认得这和尚么?”周通道:“我若认得他时,须不吃他打了。”李忠笑道:“这和尚便是我日常和你说的三拳打死镇关西的,便是他。”周通把头摸一摸,叫声:“阿呀!”扑翻身便剪拂。鲁智深答礼道:“休怪冲撞。”

三个坐定,刘太公立在面前,鲁智深便道:“周家兄弟,你来听俺说,刘太公这头亲事,你却不知他只有这个女儿,养老送终,承祀香火,都在他身上。你若娶了,教他老人家失所,他心里怕不情愿。你依着洒家,把来弃了,别选一个好的。原定的金子缎匹,将在这里。你心下如何?”周通道:“并听大哥言语,兄弟再不敢登门。”智深道:“大丈夫作事,却休要翻悔!”周通折箭为誓。刘太公拜谢了,纳还金子缎匹,自下山回庄去了。

李忠、周通椎牛宰马,安排筵席,管待了数日。引鲁智深山前山后观看景致,果是好座桃花山,生得凶怪,四围险峻,单单只一条路上去,四下里漫漫都是乱草。智深看了道:“果然好险隘去处。”

住了几日,鲁智深见李忠、周通不是个慷慨之人,作事悭吝,只要下山。两个苦留,那里肯住,只推道:“俺如今既出了家,如何肯落草?”李忠、周通道:“哥哥既然不肯落草,要去时,我等明日下山,但得多少,尽送与哥哥作路费。”次日,山寨里一面杀羊宰猪,且做送路筵席,安排整顿,却将金银酒器,设放在桌上。

正待入席饮酒,只见小喽罗报来说:“山下有两辆车,十数个人来也。”李忠、周通见报了,点起众多小喽罗,只留一两个伏侍鲁智深饮酒。两个好汉道:“哥哥只顾请自在吃几杯,我两个下山去取得财来,就与哥哥送行。”吩咐已罢,引领众人下山去了。

且说这鲁智深寻思道："这两个人好生悭吝，现放着有许多金银，却不送与俺，直等要去打劫得别人的，送与洒家。这个不是把官路当人情，只苦别人！洒家且教这厮吃俺一惊。"便唤这几个小喽罗近前来筛酒吃。方才吃得两盏，跳起身来，两拳打翻两个小喽罗，便解搭膊做一块儿捆了，口里都塞了些麻核桃[①]。便取出包裹打开，没要紧的都撇了，只拿了桌上金银酒器，都踏扁了，拴在包裹；胸前度牒袋内藏了真长老的书信；跨了戒刀，提了禅杖，顶了衣包，便出寨来。到山后打一望时，都是险峻之处，却寻思："洒家从前山去时，以定吃那厮们撞见，不如就此间乱草处滚将下去。"先把戒刀和包裹拴了，望下丢落去，又把禅杖也撺落去。却把身望下只一滚，骨碌碌直滚到山脚边，并无伤损。

诗曰：

绝险曾无鸟道开，欲行且止自疑猜。
光头包裹从高下，瓜熟纷纷落蒂来。

当时鲁智深从险峻处滚下，跳将起来，寻了包裹，跨了戒刀，拿了禅杖，拽开脚手，取路便走。

再说李忠、周通下到山边，正迎着那数十个人，各有器械。李忠、周通挺着枪，小喽罗呐着喊，抢向前来喝道："兀那客人，会事的留下买路钱。"那客人内有一个便拈着朴刀来斗李忠，一来一往，一去一回，斗了十余合，不分胜负。周通大怒，赶向前来喝一声，众小喽罗一齐都上，那伙客人抵当不住，转身便走。有那走得迟的，尽被搠死七八个。劫了车子财物，和着凯歌，慢慢地上山来。

到得寨里，打一看时，只见两个小喽罗捆做一块在亭柱边，桌子上金银酒器，都不见了。周通解了小喽罗，问其备细，鲁智深那里去了。小喽罗说道："把我两个打翻捆缚了，卷了若干器皿，都拿了去。"周通道："这贼秃不是好人，倒着了那厮手脚，却从那里去了？"团团寻踪迹，到后山，见一带荒草平平地都滚倒了。周通看了道："这秃驴倒是个老贼！这般险峻山冈，从这里滚了下去。"李忠道："我们赶上去问他讨，也羞那厮一场。"周通道："罢，罢！贼去了关门，那里去赶？便赶得着时，也问他取不成。倘有些不然起来，我和你又敌他不过，后来倒难厮见了；不如罢手，后来倒好相

---

① 麻核桃——旧时强盗用麻绳打成核桃大的结，塞入人口，使人不能叫喊。

见。我们且自把车子上包裹打开,将金银缎匹分作三分,我和你各捉一分,一分赏了众小喽罗。"李忠道:"是我不合引他上山,折了你许多东西,我的这一分都与了你。"周通道:"哥哥,我同你同死同生,休恁地计较。"看官牢记话头,这李忠、周通自在桃花山打劫。

再说鲁智深离了桃花山,放开脚步,从早晨直走到午后,约莫走下五六十里多路,肚里又饥,路上又没个打火处,寻思:"早起只顾贪走,不曾吃得些东西,却投那里去好?"东观西望,猛然听得远远地铃铎[①]之声,鲁智深听得道:"好了!不是寺院,便是宫观,风吹得檐前铃铎之声,洒家且寻去那里投奔。"

不是鲁智深投那个去处,有分教,到那里断送了十余条性命生灵,一把火烧了有名的灵山古迹,直教黄金殿上生红焰,碧玉堂前起黑烟。毕竟鲁智深投甚么寺观来,且听下回分解。

第　六　回

九纹龙剪径[②] 赤松林　鲁智深火烧瓦罐寺

话说鲁智深走过数个山坡,见一座大松林,一条山路。随着那山路行去,走不得半里,抬头看时,却见一所败落寺院,被风吹得铃铎响。看那山门时,上有一面旧朱红牌额,内有四个金字,都昏了,写着"瓦罐之寺"。又行不得四五十步,过座石桥,再看时,一座古寺,已有年代。入得山门里,仔细看来,虽是大刹,好生崩损。但见:

钟楼倒塌,殿宇崩摧。山门尽长苍苔,经阁都生碧藓。释迦佛芦芽穿膝,浑如在雪岭之时;观世音荆棘缠身,却似守香山之日。诸天坏损,怀中鸟雀营巢;帝释欹斜,口内蜘蛛结网。没头罗汉,这法身也受灾殃;折臂金刚,有神通如何施展。香积厨中藏兔穴,龙华台上印狐踪。

鲁智深入得寺来,便投知客寮去。只见知客寮门前大门也没了,四围

---

① 铃铎(duó)——铎,大铃。

② 剪径——断路。拦路劫道,抢掠行人。

壁落全无。智深寻思道:“这个大寺,如何败落的恁地?”直入方丈前看时,只见满地都是燕子粪,门上一把锁锁着,锁上尽是蜘蛛网。智深把禅杖就地下搠着,叫道:“过往僧人来投斋。”

叫了半日,没一个答应。回到香积厨下看时,锅也没了,灶头都塌损。智深把包裹解下,放在监斋使者面前,提了禅杖,到处寻去。寻到厨房后面一间小屋,见几个老和尚坐地,一个个面黄肌瘦。

智深喝一声道:“你们这和尚,好没道理!由洒家叫唤,没一个应。”那和尚摇手道:“不要高声。”智深道:“俺是过往僧人,讨顿饭吃,有甚利害。”老和尚道:“我们三日不曾有饭落肚,那里讨饭与你吃?”智深道:“俺是五台山来的僧人,粥也胡乱请洒家吃半碗。”老和尚道:“你是活佛去处来的僧,我们合当斋你,争奈[①]我寺中僧众走散,并无一粒斋粮。老僧等端的饿了三日。”智深道:“胡说,这等一个大去处,不信没斋粮。”老和尚道:“我这里是个非细去处。只因是十方常住,被一个云游和尚,引着一个道人,来此住持,把常住有的没的都毁坏了。他两个无所不为,把众僧赶出去了。我几个老的走不动,只得在这里过,因此没饭吃。”智深道:“胡说,量他一个和尚,一个道人,做得甚事,却不去官府告他?”老和尚道:“师父,你不知这里衙门又远,便是官军,也禁不的他。这和尚、道人好生了得,都是杀人放火的人,如今向方丈后面一个去处安身。”智深道:“这两个唤做甚么?”老和尚道:“那和尚姓崔,法号道成,绰号生铁佛;道人姓邱,排行小乙,绰号飞天夜叉。这两个那里似个出家人,只是绿林中强贼一般,把这出家影占[②]身体。”

智深正问间,猛闻得一阵香来。智深提了禅杖,踅[③]过后面打一看时,见一个土灶,盖着一个草盖,气腾腾透将起来。智深揭起看时,煮着一锅粟米粥。智深骂道:“你这几个老和尚没道理!只说三日没吃饭,如今现煮一锅粥,出家人何故说谎?”那几个老和尚被智深寻出粥来,只叫得苦,把碗碟、钵头、杓子、水桶,都抢过了。智深肚饥,没奈何,见了粥要吃,

---

① 争奈——无奈,怎奈。

② 影占——掩住,掩护。

③ 踅(xué)——来回走,中途折回。

没做道理处，只见灶边破漆春台[①]，只有些灰尘在上面。智深见了，人急智生，便把禅杖倚了，就灶边拾把草，把春台揩抹了灰尘；双手把锅掇起来，把粥望春台只一倾。那几个老和尚都来抢粥吃，被智深一推一交，倒的倒了，走的走了。智深却把手来捧那粥吃。才吃几口，那老和尚道："我等端的三日没饭吃，却才去那里抄化[②]得这些粟米，胡乱熬些粥吃，你又吃我们的。"智深吃五七口，听得了这话，便撇了不吃。

只听得外面有人嘲歌[③]。智深洗了手，提了禅杖，出来看时，破壁子里望见一个道人，头带皂巾，身穿布衫，腰系杂色绦，脚穿麻鞋，挑着一担儿，一头是个竹篮儿，里面露些鱼尾，并荷叶托着些肉，一头担着一瓶酒，也是荷叶盖着，口里嘲歌着唱道：

你在东时我在西，你无男子我无妻。

我无妻时犹闲可，你无夫时好孤恓。

那几个老和尚赶出来，摇着手，悄悄地指与智深道："这个道人便是飞天夜叉邱小乙。"智深见指说了，便提着禅杖，随后跟去。那道人不知智深在后面跟来，只顾走入方丈后墙里去。智深随即跟到里面，看时，见绿槐树下放着一条桌子，铺着些盘馔，三个盏子，三双箸子，当中坐着一个胖和尚，生的眉如漆刷，脸似墨装，肐膝的一身横肉，胸脯下露出黑肚皮来。边厢坐着一个年幼妇人。那道人把竹篮放下，也来坐地。

智深走到面前，那和尚吃了一惊，跳起身来，便道："请师兄坐，同吃一盏。"智深提着禅杖道："你这两个如何把寺来废了？"那和尚便道："师兄请坐，听小僧说。"智深睁着眼道："你说！你说！"那和尚道："在先敝寺十分好个去处，田庄又广，僧众极多，只被廊下那几个老和尚吃酒撒泼，将钱养女，长老禁约他们不得，又把长老排告了出去。因此把寺来都废了，僧众尽皆走散，田土已都卖了。小僧却和这个道人，新来住持此间，正欲要整理山门，修盖殿宇。"智深道："这妇人是谁，却在这里吃酒？"那和尚道："师兄容禀：这个娘子，他是前村王有金的女儿。在先他的父亲是本寺檀越，

① 春台——长方形的食桌。

② 抄化——化缘。

③ 嘲歌——唱歌。

如今消乏[1]了家私，近日好生狼狈，家间人口都没了，丈夫又患病，因来敝寺借米。小僧看施主檀越面，取酒相待，别无他意，师兄休听那几个老畜生说。”智深听了他这篇话，又见他如此小心，便道：“叵耐几个老僧戏弄洒家。”提了禅杖，再回香积厨来。

这几个老僧方才吃些粥，正在那里。看见智深嗔忿的出来，指着老和尚道：“原来是你这几个坏了常住，犹自在俺面前说谎。”老和尚们一齐都道：“师兄休听他说，现今养着一个妇女在那里。他恰才见你有戒刀、禅杖，他无器械，不敢与你相争。你若不信时，再去走遭，看他和你怎地。师兄，你自寻思：他们吃酒吃肉，我们粥也没的吃，恰才还只怕师兄吃了。”智深道：“也说得是。”倒提了禅杖，再往方丈后来，见那角门却早关了。

智深大怒，只一脚踢开了，抢入里面。看时，只见那生铁佛崔道成仗着一条朴刀，从里面赶到槐树下来抢智深。智深见了，大吼一声，轮起手中禅杖，来斗崔道成。两个斗了十四五合，那崔道成斗智深不过，只有架隔遮拦，掣仗躲闪，抵当不住，却待要走。这邱道人见他当不住，却从背后拿了条朴刀，大踏步搠将来。智深正斗间，忽听得背后脚步响，却又不敢回头看他。不时，见一个人影来，知道有暗算的人，叫一声：“着！”那崔道成心慌，只道着他禅杖，托地跳出圈子外去。智深恰才回身，正好三个摘脚儿[2]厮见。崔道成和邱道人两个又并了十合之上。智深一来肚里无食，二来走了许多路途，三者当不的他两个生力，只得卖个破绽，拖了禅杖便走。两个拈着朴刀，直杀出山门外来。智深又斗了十合，掣了禅杖便走。两个赶到石桥下，坐在栏杆上，再不来赶。

智深走得远了，喘息方定，寻思道：“洒家的包裹放在监斋使者面前，只顾走来，不曾拿得，路上又没一分盘缠，又是饥饿，如何是好？待要回去，又敌他不过。他两个并我一个，枉送了性命。”信步望前面去，行一步，懒一步。走了几里，见前面一个大林，都是赤松树。但见：

虬[3]枝错落，盘数千条赤脚老龙；怪影参差，立几万道红鳞巨蟒。远观却似判官须，近看宛如魔鬼发。谁将鲜血洒林梢，疑是朱砂铺树

---

① 消乏——耗尽。

② 摘脚儿——成三对角。

③ 虬(qiú)——盘曲的样子似虬龙。虬，传说中一种无角的小龙。

顶。

鲁智深看了道："好座猛恶林子。"观看之间，只见树影里一个人探头探脑，望了一望，吐了一口唾，闪入去了。智深道："俺猜这个撮鸟[①]是个剪径的强人，正在此间等买卖。见洒家是个和尚，他道不利市，吐一口唾，走入去了。那厮却不是鸟晦气，撞了洒家！洒家又一肚皮鸟气，正没处发落，且剥小厮衣裳当酒吃。"提了禅杖，径抢到松林边，喝一声："兀那林子里的撮鸟快出来！"那汉子在林子听的，大笑道："我晦气，他倒来惹我！"就从林子里拿着朴刀，背翻身跳出来，喝一声："秃驴，你是当死，不是我来寻你。"智深道："教你认的洒家。"抡起禅杖抢那汉。那汉拈着朴刀来斗和尚，恰待向前，肚里寻思道："这和尚声音好熟。"便道："兀那和尚，你的声音好熟，你姓甚？"智深道："俺且和你斗三百合，却说姓名。"那汉大怒，仗手中朴刀来迎禅杖。两个斗到十数合，那汉暗暗的喝采道："好个莽和尚。"

又斗了四五合，那汉叫道："少歇，我有话说。"两个都跳出圈子外来，那汉便问道："你端的姓甚名谁？声音好熟。"智深说姓名毕，那汉撇了朴刀，翻身便剪拂，说道："认得史进么？"智深笑道："原来是史大郎。"两个再剪拂了，同到林子里坐定。

智深问道："史大郎，自渭州别后，你一向在何处？"史进答道："自那日酒楼前与哥哥分手，次日听得哥哥打死了郑屠，逃走去了。有缉捕的访知史进和哥哥赍发那唱的金老，因此小弟亦便离了渭州，寻师父王进，直到延州，又寻不着。回到北京，住了几时，盘缠使尽，以此来这里寻些盘缠，不想得遇哥哥。缘何做了和尚？"智深把前面过的话，从头说了一遍。史进道："哥哥既是肚饥，小弟有干肉烧饼在此。"便取出来教智深吃。史进又道："哥哥既有包裹在寺内，我和你讨去。若还不肯时，一发结果了那厮。"智深道："是。"当下和史进吃得饱了，各拿了器械，再回瓦罐寺来。

到寺前，看见那崔道成、邱小乙两个兀自在桥上坐地。智深大喝一声道："你这厮们，来，来！今番和你斗个你死我活！"那和尚笑道："你是我手里败将，如何再来敢厮并？"智深大怒，抡起铁禅杖，奔过桥来。那生铁佛

---

① 撮鸟——撮，原意为用两三个指头取物，亦指所取物的量很少。这里含"小"意，极轻蔑。

生嗔,仗着朴刀,杀下桥去。智深一者得了史进,肚里胆壮,二乃吃得饱了,那精神气力,越使得出来。两个斗到八九合,崔道成渐渐力怯,只办得走路;那飞天夜叉邱道人见和尚输了,便仗着朴刀来协助。

这边史进见了,便从树林子里跳将出来,大喝一声:"都不要走!"掀起笠儿,挺着朴刀,来战邱小乙。四个人两对厮杀。智深与崔道成正斗到间深里,智深得便处喝一声:"着!"只一禅杖,把生铁佛打下桥去。那道人见倒了和尚,无心恋战,卖个破绽便走。史进喝道:"那里去?"赶上望后心一朴刀,扑地一声响,道人倒在一边。史进踏入去,掉转朴刀,望下面只顾肐肢肐察的搠。智深赶下桥去,把崔道成背后一禅杖。可怜两个强徒,化作南柯一梦。正是:

从前作过事,无幸一齐来。

智深、史进把这邱小乙、崔道成两个尸首都缚了,撺在涧里。两个再打入寺里来,香积厨下那几个老和尚,因见智深输了去,怕崔道成、邱小乙来杀他,已自都吊死了。智深、史进直走入方丈后角门内看时,那个掳来的妇人投井而死。直寻到里面八九间小屋,打将入去,并无一人。只见包裹已拿在彼,未曾打开。

鲁智深见有了包裹,依原背了。再寻到里面,只见床上三四包衣服,史进打开,都是衣裳,包了些金银,拣好的包了一包袱,背在身上。寻到厨房,见有酒有肉,两个都吃饱了。灶前缚了两个火把,拨开火炉,火上点着,焰腾腾的先烧着后面小屋,烧到门前;再缚几个火把,直来佛殿下后檐,点着烧起来。凑巧风紧,刮刮杂杂地火起,竟天价烧起来。智深与史进看着,等了一回,四下火都着了。二人道:"梁园虽好,不是久恋之家,[①]俺二人只好撒开。"

二人厮赶着,行了一夜。天色微明,两个远远地望见一簇人家,看来是个村镇。两个投那村镇上来,独木桥边,一个小小酒店。但见:

柴门半掩,布幙低垂。酸醨[②] 酒瓮土林边,墨画神仙尘壁上。村

---

① 梁园句——西汉梁孝王刘武在宋州造一规模可观的园囿,称梁园,名士枚乘、司马相如都曾应邀客居于此,但毕竟不是久留之所。

② 醨(lí)——薄酒。

童量酒，想非涤器之相如；丑妇当垆[①]，不是当时之卓氏[②]。墙间大字，村中学究醉时题；架上蓑衣，野外渔郎乘兴当。

智深、史进来到村中酒店内，一面吃酒，一面叫酒保买些肉来，借些米来，打火做饭。两个吃酒，诉说路上许多事务。吃了酒饭，智深便问史进道："你今投那里去？"史进道："我如今只得再回少华山去，投奔朱武等三人，入了伙，且过几时，却再理会。"智深见说了道："兄弟也是。"便打开包裹，取些金银，与了史进。二人拴了包裹，拿了器械，还了酒钱。

二人出得店门，离了村镇，又行不过五七里，到一个三岔路口。智深道："兄弟须要分手，洒家投东京去，你休相送。你打华州，须从这条路去，他日却得相会。若有个便人，可通个信息来往。"史进拜辞了智深，各自分了路，史进去了。

只说智深自往东京，在路又行了八九日，早望见东京。入得城来，但见：

千门万户，纷纷朱翠交辉；三市六街，济济衣冠聚集。凤阁列九重金玉，龙楼显一派玻璃。花街柳陌，众多娇艳名姬；楚馆秦楼，无限风流歌妓。豪门富户呼卢[③]会，公子王孙买笑来。

智深看见东京热闹，市井喧哗，来到城中，陪个小心问人道："大相国寺在何处？"街坊人答道："前面州桥便是。"智深提了禅杖便走，早来到寺前。入得山门看时，端的好一座大刹！但见：

山门高耸，梵宇清幽。当头敕额字分明，两下金刚形猛烈。五间大殿，龙鳞瓦砌碧成行；四壁僧房，龟背磨砖花嵌缝。钟楼森立，经阁巍峨。旛竿高峻接青云，宝塔依稀侵碧汉。木鱼横挂，云板高悬。佛前灯烛荧煌，炉内香烟缭绕。幢旛不断，观音殿接祖师堂；宝盖相连，水陆会通罗汉院。时时护法诸天降，岁岁降魔尊者来。

智深进得寺来，东西廊下看时，径投知客寮内去，道人撞见，报与知

---

① 垆(lú)——酒店安置酒瓮的土墩子，亦是酒店的代称。

② 卓氏——即卓文君。《史记·司马相如列传》载：卓文君居家守寡，爱上家徒四壁的司马相如，与之私奔，二人在临邛开酒店谋生。文君当垆卖酒，相如跑堂涤器。

③ 呼卢——赌博。卢，黑色，赌具中颜色的一种。

客。无移时,知客僧出来,见了智深生得凶猛,提着铁禅杖,跨着戒刀,背着个大包裹,先有五分惧他。知客问道:"师兄何方来?"智深放下包裹禅杖,打个问讯,知客回了问讯。智深说道:"小徒五台山来,本师真长老有书在此,着小僧来投上刹清大师长老处,讨个职事僧做。"知客道:"既是真大师长老有书札,合当同到方丈里去。"知客引了智深直到方丈,解开包裹,取出书来,拿在手里。知客道:"师兄,你如何不知体面,即目长老出来,你可解了戒刀,取出那七条坐具信香来礼拜长老使得。"智深道:"你却何不早说!"随即解了戒刀,包裹内取出片香一炷,坐具七条,半晌没做道理处。知客又与他披了袈裟,教他先铺坐具。

少刻,只见智清禅师出来,知客向前禀道:"这僧人从五台山来,有真禅师书在此。"清长老道:"师兄多时不曾有法帖来。"知客叫智深道:"师兄,快来礼拜长老。"只见智深先把那炷香插在炉内,拜了三拜,将书呈上。清长老接书拆开看时,中间备细说着鲁智深出家缘由,并今下山投托上刹之故,"万望慈悲收录,做个职事人员,切不可推故。此僧久后必当证果。"清长老读罢来书,便道:"远来僧人且去僧堂中暂歇,吃些斋饭。"智深谢了,收拾起坐具七条,提了包裹,拿了禅杖、戒刀,跟着行童去了。

清长老唤集两班许多职事僧人,尽到方丈,乃言:"汝等众僧在此,你看我师兄智真禅师好没分晓。这个来的僧人,原来是经略府军官,为因打死了人,落发为僧。二次在彼闹了僧堂,因此难着他。你那里安他不得,却推来与我。待要不收留他,师兄如此千万嘱咐,不可推故;待要着他在这里,倘或乱了清规,如何使得?"知客道:"便是弟子们看那僧人,全不似出家人模样,本寺如何安着得他?"都寺便道:"弟子寻思起来,只有酸枣门外退居廨宇[①] 后那片菜园,时常被营内军健[②] 们并门外那二十来个破落户侵害,纵放羊马,好生罗唣。一个老和尚在那里住持,那里敢管他?何不教智深去那里住持,倒敢管的下。"清长老道:"都寺说的是。"教侍者去僧堂内客房里等他吃罢饭,便唤将他来。

侍者去不多时,引着智深到方丈里。清长老道:"你既是我师兄真大师荐将来我这寺中挂搭,做个职事人员,我这敝寺有个大菜园,在酸枣门

---

① 廨(xiè)宇——官吏的办公处。廨,官署。

② 军健——士卒。

外岳庙间壁,你可去那里住持管领。每日教种地人纳十担菜蔬,余者都属你用度。”智深便道:“本师真长老着小僧投大刹,讨个职事僧做,却不教俺做个都寺、监寺,如何教洒家去管菜园?”首座便道:“师兄,你不省得,你新来挂搭,又不曾有功劳,如何便做得都寺?这管菜园也是个大职事人员了。”智深道:“洒家不管菜园,俺只要做都寺、监寺。”知客又道:“你听我说与你:僧门中职事人员,各有头项。且如小僧做个知客,只理会管待往来客官僧众。至如维那、侍者、书记、首座,这都是清职,不容易得做。都寺、监寺、提点、院主,这个都是掌管常住财物。你才到的方丈,怎便得上等职事。还有那管藏的,唤做藏主;管殿的,唤做殿主;管阁的,唤做阁主;管化缘的,唤做化主;管浴堂的,唤做浴主。这个都是主事人员,中等职事。还有那管塔的塔头,管饭的饭头,管茶的茶头,管东厕的净头,与这管菜园的菜头。这个都是头事人员,末等职事。假如师兄你管了一年菜园好,便升你做个塔头;又管了一年好,升你做个浴主;又一年好,才做监寺。”智深道:“既然如此,也有出身时,洒家明日便去。”清长老见智深肯去,就留在方丈里歇了。

当日议定了职事,随即写了榜文,先使人去菜园里退居廨宇内,挂起库司榜文,明日交割。当夜各自散了。次早,清长老升法座,押了法帖,委智深管菜园。智深到座前,领了法帖,辞了长老,背上包裹,跨了戒刀,提了禅杖,和两个送入院的和尚,直来酸枣门外廨宇里来住持。诗曰:

萍踪浪迹入东京,行尽山林数十程。
古刹今番经劫火,中原从此动刀兵。
相国寺中重挂搭[①],种蔬园内且经营。
自古白云无去住,几多变化任纵横。

且说菜园左近有二三十个赌博不成才破落户泼皮[②],泛常在园内偷盗菜蔬,靠着养身,因来偷菜,看见廨宇门上新挂一道库司榜文,上说:“大相国寺仰委管菜园僧人鲁智深前来住持,自明日为始掌管,并不许闲杂人等入园搅扰。”那几个泼皮看了,便去与众破落户商议道:“大相国寺里差一个和尚,甚么鲁智深,来管菜园。我们趁他新来,寻一场闹,一顿打下头

---

① 挂搭——游方僧人于所到寺院歇住居留。

② 泼皮——无赖,流氓,二流子。

来，教那厮伏我们。”数中一个道：“我有一个道理。他又不曾认得我，我们如何便去寻得闹？等他来时，诱他去粪窖边，只做参贺他，双手抢住脚，翻筋斗，攧那厮下粪窖去，只是小耍他。”众泼皮道：“好，好！”商量已定，且看他来。

却说鲁智深来到廨宇退居内房中，安顿了包裹行李，倚了禅杖，挂了戒刀。那数个种地道人，都来参拜了，但有一应锁钥，尽行交割。那两个和尚，同旧住持老和尚相别了，尽回寺去。且说智深出到菜园地上，东观西望，看那园圃。只见这二三十个泼皮，拿着些果盒、酒礼，都嘻嘻的笑道：“闻知和尚新来住持，我们邻舍街坊都来作庆。”智深不知是计，直走到粪窖边来。那伙泼皮一齐向前，一个来抢左脚，一个便抢右脚，指望来攧智深。只教智深脚尖起处，山前猛虎心惊；拳头落时，海内蛟龙丧胆。正是：方圆一片闲园圃，目下排成小战场。那伙泼皮怎的来攧智深，且听下回分解。

第　七　回

花和尚倒拔垂杨柳　豹子头误入白虎堂

话说那酸枣门外三二十个泼皮破落户中间，有两个为头的，一个叫做过街老鼠张三，一个叫做青草蛇李四。这两个为头接将来，智深也却好去粪窖边，看见这伙人都不走动，只立在窖边，齐道：“俺特来与和尚作庆[①]。”智深道：“你们既是邻舍街坊，都来廨宇里坐地。”张三、李四便拜在地上，不肯起来，只指望和尚来扶他，便要动手。

智深见了，心里早疑忌道：“这伙人不三不四，又不肯近前来，莫不要攧洒家？那厮却是倒来捋虎须！俺且走向前去，教那厮看洒家手脚。”智深大踏步近众人面前来，那张三、李四便道：“小人兄弟们特来参拜师父。”口里说，便向前去，一个来抢左脚，一个来抢右脚。智深不等他占身，右脚早起，腾的把李四先踢下粪窖里去；张三恰待走，智深左脚早起，两个泼皮

① 作庆——贺喜。

都踢在粪窖里挣扎。后头那二三十个破落户惊的目瞪口呆,都待要走。智深喝道:"一个走的,一个下去;两个走的,两个下去。"众泼皮都不敢动弹。

只见那张三、李四在粪窖里探起头来,原来那座粪窖没底似深,两个一身臭屎,头发上蛆虫盘满,立在粪窖里叫道:"师父饶恕我们。"智深喝道:"你那众泼皮,快扶那鸟上来,我便饶你众人。"众人打一救,搀到葫芦架边,臭秽不可近前。智深呵呵大笑道:"兀那蠢物,你且去菜园池子里洗了来,和你众人说话。"

两个泼皮洗了一回,众人脱件衣服,与他两个穿了。智深叫道:"都来廨宇里坐地说话。"智深先居中坐了,指着众人道:"你那伙鸟人,休要瞒洒家:你等都是甚么鸟人?来这里戏弄洒家!"那张三、李四并众火伴一齐跪下,说道:"小人祖居在这里,都只靠赌博讨钱为生。这片菜园是俺们衣饭碗,大相国寺里几番使钱,要奈何我们不得。师父却是那里来的长老,恁的了得!相国寺里不曾见有师父,今日我等愿情伏侍。"智深道:"洒家是关西延安府老种经略相公帐前提辖官,只为杀的人多,因此情愿出家,五台山来到这里。洒家俗姓鲁,法名智深。休说你这三二十个人直甚么,便是千军万马队中,俺敢直杀的入去出来。"众泼皮喏喏连声,拜谢了去。智深自来廨宇里房内,收拾整顿歇卧。

次日,众泼皮商量凑些钱物,买了十瓶酒,牵了一个猪来请智深,都在廨宇安排了,请鲁智深居中坐了,两边一带,坐定那二三十泼皮饮酒。智深道:"甚么道理叫你众人们坏钞[①]?"众人道:"我们有福,今日得师父在这里与我等众人做主。"智深大喜,吃到半酣里,也有唱的,也有说的,也有拍手的,也有笑的。

正在那里喧哄,只听得门外老鸦哇哇的叫。众人有叩齿的,齐道:"赤口上天,白舌入地。"智深道:"你们做甚么鸟乱?"众人道:"老鸦叫,怕有口舌。"智深道:"那里取这话?"那种地道人笑道:"墙角边绿杨树上新添了一个老鸦巢,每日只聒到晚。"众人道:"把梯子去上面拆了那巢便了。"有几个道:"我们便去。"智深也乘着酒兴,都到外面。

看时,果然绿杨树上一个老鸦巢。众人道:"把梯子上去拆了,也得耳

---

① 坏钞——破费。

根清净。”李四便道：“我与你盘上去，不要梯子。”智深相了一相，走到树前，把直裰脱了，用右手向下，把身倒缴着，却把左手拔住上截，把腰只一趁，将那株绿杨树带根拔起。众泼皮见了，一齐拜倒在地，只叫：“师父非是凡人，正是真罗汉身体，无千万斤气力，如何拔得起？”智深道：“打甚鸟紧？明日都看洒家演武，使器械。”众泼皮当晚各自散了。

从明日为始，这二三十个破落户见智深匾匾的伏[1]，每日将酒肉来请智深，看他演武使拳。过了数日，智深寻思道：“每日吃他们酒食多矣，洒家今日也安排些还席。”叫道人去城中买了几般果子，沽了两三担酒，杀翻一口猪，一腔羊。那时正是三月尽，天气正热。智深道：“天色热。”叫道人绿槐树下铺了芦席，请那许多泼皮团团坐定。大碗斟酒，大块切肉，叫众人吃得饱了，再取果子吃。

酒又吃得正浓。众泼皮道：“这几日见师父演力，不曾见师父使器械，怎得师父教我们看一看也好。”智深道：“说的是。”便去房内取出浑铁禅杖，头尾长五尺，重六十二斤。众人看了，尽皆吃惊，都道：“两臂膊没水牛大小气力，怎使得动？”智深接过来，飕飕的使动，浑身上下没半点儿参差。众人看了，一齐喝采。

智深正使得活泛，只见墙外一个官人看见，喝采道：“端的使得好！”智深听得，收住了手，看时，只见墙缺边立着一个官人，怎生打扮，但见：

头戴一顶青纱抓角儿头巾，脑后两个白玉圈连珠鬓环。身穿一领单绿罗团花战袍，腰系一条双搭尾龟背银带。穿一对磕瓜头朝样皂靴，手中执一把折迭纸西川扇子。

那官人生的豹头环眼，燕颔虎须，八尺长短身材，三十四五年纪，口里道：“这个师父，端的非凡，使的好器械！”众泼皮道：“这位教师喝采，必然是好。”智深问道：“那军官是谁？”众人道：“这官人是八十万禁军枪棒教头林武师，名唤林冲。”智深道：“何不就请来厮教。”那林教头便跳入墙来，两个就槐树下相见了，一同坐地。

林教头便问道：“师兄何处人氏？法讳唤做甚么？”智深道：“洒家是关西鲁达的便是。只为杀的人多，情愿为僧。年幼时也曾到东京，认得令尊林提辖。”林冲大喜，就当结义智深为兄。智深道：“教头今日缘何到此？”

---

① 匾匾的伏——服服贴贴。匾匾，顺从的样子。

林冲答道："恰才与拙荆[①] 一同来间壁岳庙里还香愿。林冲听得使棒，看得入眼，着女使锦儿自和荆妇去庙里烧香，林冲就只此间相等，不想得遇师兄。"智深道："洒家初到这里，正没相识，得这几个大哥每日相伴；如今又得教头不弃，结为弟兄，十分好了。"便叫道人再添酒来相待。

恰才饮得三杯，只见女使锦儿慌慌急急，红了脸，在墙缺边叫道："官人休要坐地！娘子在庙中和人合口[②]。"林冲连忙问道："在那里？"锦儿道："正在五岳楼下来，撞见个奸诈不及的，把娘子拦住了不肯放。"林冲慌忙道："却再来望师兄，休怪，休怪。"

林冲别了智深，急跳过墙缺，和锦儿径奔岳庙里来。抢到五岳楼看时，见了数个人，拿着弹弓、吹筒、粘竿，都立在栏干边。胡梯上一个年小的后生，独自背立着，把林冲的娘子拦着道："你且上楼去，和你说话。"林冲娘子红了脸道："清平世界，是何道理把良人调戏？"林冲赶到跟前，把那后生肩胛只一扳过来，喝道："调戏良人妻子，当得何罪？"恰待下拳打时，认的是本管高太尉螟蛉[③] 之子高衙内。

原来高俅新发迹，不曾有亲儿，无人帮助，因此过房这阿叔高三郎儿子在房内为子。本是叔伯弟兄，却与他做干儿子。因此，高太尉爱惜他。那厮在东京倚势豪强，专一爱淫垢人家妻女。京师人惧怕他权势，谁敢与他争口，叫他做花花太岁。有诗为证：

脸前花现丑难亲，心里花开爱妇人。
撞着年庚不顺利，方知太岁是凶神。

当时林冲扳将过来，却认得是本管高衙内，先自手软了。高衙内说道："林冲，干你甚事！你来多管！"原来高衙内不晓得他是林冲的娘子；若还晓得时，也没这场事。见林冲不动手，他发这话。众多闲汉见闹，一齐拢来劝道："教头休怪，衙内不认得，多有冲撞。"林冲怒气未消，一双眼睁着瞅那高衙内。众闲汉劝了林冲，和哄高衙内出庙上马去了。

---

① 拙荆——对别人谦称自己的妻子，同拙内。也作荆妇、荆妻、寒荆、老荆。以荆称妻，似渊自"荆钗布裙"。

② 合口——斗嘴，争吵。

③ 螟蛉(míng líng)——蛀食稻心的害虫。蜾蠃(guǒ luǒ)捕螟蛉喂幼虫。古人错认为它是养之为子，故多以"螟蛉"为养子的代称。

林冲将引妻小并使女锦儿，也转出廊下来，只见智深提着铁禅杖，引着那二三十个破落户，大踏步抢入庙来。林冲见了，叫道："师兄那里去？"智深道："我来帮你厮打。"林冲道："原来是本官高太尉的衙内，不认得荆妇，时间无礼。林冲本待要痛打那厮一顿，太尉面上须不好看。自古道：'不怕官，只怕管。'林冲不合吃着他的请受[1]，权且让他这一次。"智深道："你却怕他本官太尉，洒家怕他甚鸟？俺若撞见那撮鸟时，且教他吃洒家三百禅杖了去。"林冲见智深醉了，便道："师兄说得是。林冲一时被众人劝了，权且饶他。"智深道："但有事时，便来唤洒家与你去。"众泼皮见智深醉了，扶着道："师父，俺们且去，明日再得相会。"智深提着禅杖道："阿嫂休怪，莫要笑话。阿哥，明日再会。"智深相别，自和泼皮去了。林冲领了娘子并锦儿，取路回家，心中只是郁郁不乐。

且说这高衙内引了一班儿闲汉，自见了林冲娘子，又被他冲散了，心中好生着迷，快快不乐，回到府中纳闷。过了三两日，众多闲汉都来伺候，见衙内心焦，没撩没乱[2]，众人散了。数内有一个帮闲的，唤作乾鸟头富安，理会得高衙内意思，独自一个到府中伺候。见衙内在书房中闲坐，那富安走近前去道："衙内近日面色清减，心中少乐，必然有件不悦之事。"高衙内道："你如何省得？"富安道："小子一猜便着。"衙内道："你猜我心中甚事不乐。"富安道："衙内是思想那'双木'的，这猜如何？"衙内笑道："你猜得是，只没个道理得他。"富安道："有何难哉！衙内怕林冲是个好汉，不敢欺他，这个无伤。他现在帐下听使唤，大请大受，怎敢恶了太尉？轻则便刺配了他，重则害了他性命。小闲寻思有一计，使衙内能够得他。"高衙内听得，便道："自见了许多好女娘，不知怎的只爱他，心中着迷，郁郁不乐。你有甚见识能够他时，我自重重的赏你。"富安道："门下知心腹的陆虞候陆谦，他和林冲最好，明日衙内躲在陆虞候楼上深阁，摆下些酒食，却叫陆谦去请林冲出来吃酒，教他直去樊楼上深阁里吃酒。小闲便去他家，对林冲娘子说道：'你丈夫教头和陆谦吃酒，一时重气，闷倒在楼上，叫娘子快去看哩！'赚[3] 得他来到楼上，妇人家水性，见了衙内这般风流人物，再着

---

① 请受——俸禄。

② 没撩没乱——心绪不宁的样子。

③ 赚——骗。

些甜话儿调和[①]他,不由他不肯。小闲这一计如何?"高衙内喝采道:"好计!就今晚着人去唤陆虞候来吩咐了。"原来陆虞候家只在高太尉家隔壁巷内。次日,商量了计策,陆虞候一时听允,也没奈何;只要小衙内欢喜,却顾不得朋友交情。

且说林冲连日闷闷不已,懒上街去。巳牌时,听得门首有人叫道:"教头在家么?"林冲出来看时,却是陆虞候,慌忙道:"陆兄何来?"陆谦道:"特来探望兄,何故连日街前不见?"林冲道:"心里闷,不曾出去。"陆谦道:"我同兄长去吃三杯解闷。"林冲道:"少坐拜茶。"两个吃了茶起身,陆虞候道:"阿嫂,我同兄长到家去吃三杯。"林冲娘子赶到布帘下叫道:"大哥,少饮早归。"

林冲与陆谦出得门来,街上闲走了一回。陆虞候道:"兄长,我们休家去,只就樊楼内吃两杯。"当时两个上到樊楼内,占个阁儿,唤酒保吩咐,叫取两瓶上色好酒,希奇果子按酒。

两个叙说闲话,林冲叹了一口气,陆虞候道:"兄长何故叹气?"林冲道:"贤弟不知,男子汉空有一身本事,不遇明主,屈沉在小人之下,受这般腌臜的气!"陆虞候道:"如今禁军中虽有几个教头,谁人及得兄长的本事?太尉又看承得好,却受谁的气?"林冲把前日高衙内的事告诉陆虞候一遍。陆虞候道:"衙内必不认得嫂子,兄长休气,只顾饮酒。"林冲吃了八九杯酒,因要小遗,起身道:"我去净手了来。"

林冲下得楼来,出酒店门,投东小巷内去净了手,回身转出巷口,只见女使锦儿叫道:"官人寻得我苦,却在这里!"林冲慌忙问道:"做甚么?"锦儿道:"官人和陆虞候出来,没半个时辰,只见一个汉子慌慌急急奔来家里,对娘子说道:'我是陆虞候家邻舍。你家教头和陆谦吃酒,只见教头一口气不来,便蹥倒了,叫娘子且快来看视。'娘子听得,连忙央间壁王婆看了家,和我跟那汉子去,直到太尉府前小巷内一家人家。上至楼上,只见桌子上摆着些酒食,不见官人。恰待下楼,只见前日在岳庙里罗唣娘子的那后生出来道:'娘子少坐,你丈夫来也。'锦儿慌慌下得楼时,只听得娘子在楼上叫'杀人'。因此我一地里[②]寻官人不见,正撞着卖药的张先生

① 调和——撩拨,勾引。

② 一地里——到处。

道:‘我在樊楼前过,见教头和一个人入去吃酒。’因此特奔到这里。官人快去。”

林冲见说,吃了一惊,也不顾女使锦儿,三步做一步跑到陆虞候家,抢到胡梯上,却关着楼门,只听得娘子叫道:“清平世界,如何把我良人妻子关在这里?”又听得高衙内道:“娘子,可怜见救俺。便是铁石人,也告的回转。”林冲立在胡梯上叫道:“大嫂开门。”那妇人听的是丈夫声音,只顾来开门,高衙内吃了一惊,斡[①] 开了楼窗,跳墙走了。

林冲上的楼上,寻不见高衙内,问娘子道:“不曾被这厮点污了?”娘子道:“不曾。”林冲把陆虞候家打得粉碎。将娘子下楼,出得门外看时,邻舍两边都闭了门。女使锦儿接着,三个人一处归家去了。

林冲拿了一把解腕尖刀[②],径奔到樊楼前,去寻陆虞候,也不见了。却回来他门前等了一晚,不见回家,林冲自归。娘子劝道:“我又不曾被他骗了,你休得胡做。”林冲道:“叵耐这陆谦畜生!我和你如兄若弟,你也来骗我!只怕不撞见高衙内,也照管着他头面。”娘子苦劝,那里肯放他出门。陆虞候只躲在太尉府内,亦不敢回家。林冲一连等了三日,并不见面。府前人见林冲面色不好,谁敢问他。

第四日饭时候,鲁智深径寻到林冲家相探,问道:“教头如何连日不见面?”林冲答道:“小弟少冗[③],不曾探得师兄。既蒙到我寒家,本当草酌三杯,争奈一时不能周备。且和师兄一同上街间玩一遭,市沽两盏如何?”智深道:“最好。”两个同上街来,吃了一日酒,又约明日相会。自此每日与智深上街吃酒,把这件事都放慢了。正是:

　　丈夫心事有亲朋,谈笑酣歌散郁蒸。
　　只有女人愁闷处,深闺无语病难兴。

且说高衙内自从那日在陆虞候家楼上吃了那惊,跳墙脱走,不敢对太尉说知,因此在府中卧病。陆虞候和富安两个来府里望衙内,见他容颜不好,精神憔悴,陆谦道:“衙内何故如此精神少乐?”衙内道:“实不瞒你们说:我为林冲老婆,两次不能够得他,又吃他那一惊,这病越添得重了。眼

---

① 斡(wò)——旋转。

② 解腕尖刀——随身携带的小佩刀。

③ 少冗——小有繁忙。少,稍微,略微。冗,繁忙之事。

见的半年三个月性命难保。"二人道:"衙内且宽心,只在小人两个身上,好歹要共那妇人完聚,只除他自缢死了便罢。"正说间,府里老都管也来看衙内病证。只见:

不痒不痛,浑身上或寒或热;没撩没乱,满腹中又饱又饥。白昼忘餐,黄昏废寝。对爷[①]娘怎诉心中恨,见相识难遮脸上羞。

那陆虞候和富安见老都管来问病,两个商量道:"只除恁的。"等候老都管看病已了出来,两个邀老都管僻净处说道:"若要衙内病好,只除教太尉得知,害了林冲性命,方能够得他老婆和衙内在一处,这病便得好。若不如此,已定送了衙内性命。"老都管道:"这个容易。老汉今晚便禀太尉得知。"两个道:"我们已有了计,只等你回话。"

老都管至晚来见太尉说道:"衙内不害别的证,却害林冲的老婆。"高俅道:"几时见了他的浑家[②]?"都管禀道:"便是前月二十八日在岳庙里见来,今经一月有余。"又把陆虞候设的计,备细说了。高俅道:"如此因为他浑家,怎地害他?我寻思起来,若为惜林冲一个人时,须送了我孩儿性命,却怎生是好?"都管道:"陆虞候和富安有计较[③]。"高俅道:"既是如此,教唤二人来商议。"老都管随即唤陆谦、富安入到堂里,唱了喏。高俅问道:"我这小衙内的事,你两个有甚计较?救得我孩儿好了时,我自抬举你二人。"陆虞候向前禀道:"恩相在上,只除如此如此使得。"高俅见说了,喝采道:"好计!你两个明日便与我行。"不在话下。

再说林冲每日和智深吃酒,把这件事不记心了。那一日,两个同行到阅武坊巷口,见一条大汉,头戴一顶抓角儿头巾,穿一领旧战袍,手里拿着一口宝刀,插着个草标儿,立在街上,口里自言自语说道:"不遇识者,屈沉[④]了我这口宝刀。"

林冲也不理会,只顾和智深说着话走。那汉又跟在背后道:"好口宝刀,可惜不遇识者!"林冲只顾和智深走着,说得入港,那汉又在背后说道:"偌大一个东京,没一个识得军器的。"林冲听得说,回过头来,那汉飕的把

---

① 爷——爹,父亲。

② 浑家——妻子。

③ 计较——计策。

④ 屈沉——埋没。屈,委屈。沉,沉埋。

那口刀掣将出来，明晃晃的夺人眼目。林冲合当[①] 有事，猛可[②] 地道：“将来看。”那汉递将过来，林冲接在手内，同智深看了。但见：

清光夺目，冷气侵人。远看如玉沼春冰，近看似琼台瑞雪。花纹密布，如丰城狱内飞来；紫气横空[③]，似楚昭梦中收得[④]。太阿[⑤] 巨阙应难比，莫邪干将亦等闲。

当时林冲看了，吃了一惊，失口道：“好刀！你要卖几钱？”那汉道：“索价三千贯，实价二千贯。”林冲道：“值是值二千贯，只没个识主。你若一千贯肯时，我买你的。”那汉道：“我急要些钱使，你若端的要时，饶你五百贯，实要一千五百贯。”林冲道：“只是一千贯，我便买了。”那汉叹口气道：“金子做生铁卖了！罢，罢！一文也不要少了我的。”林冲道：“跟我来家中取钱还你。”回身却与智深道：“师兄，且在茶房里少待，小弟便来。”智深道：“洒家且回去，明日再相见。”

林冲别了智深，自引了卖刀的那汉，到家去取钱与他，就问那汉道：“你这口刀那里得来？”那汉道：“小人祖上留下。因为家道消乏，没奈何，将出来卖了。”林冲道：“你祖上是谁？”那汉道：“若说时，辱没杀人！”林冲再也不问。那汉得了银两，自去了。

林冲把这口刀翻来复去看了一回，喝采道：“端的好把刀！高太尉府中有一口宝刀，胡乱不肯教人看。我几番借看，也不肯将出来。今日我也买了这口好刀，慢慢和他比试。”林冲当晚不落手看了一晚，夜间挂在壁上。未等天明，又去看那刀。

次日，巳牌时分，只听得门首有两个承局叫道：“林教头，太尉钧旨，道

---

① 合当——应该。类似今口语“该着”。

② 猛可——突然。

③ 紫气句——《晋书·张华传》载：吴灭晋兴之际，天上牛、斗两宿之间常有紫气。雷焕认为是宝剑之精，上达于天，藏剑地在丰城。张华命雷焕为丰城令。雷在丰城狱中掘出宝剑两口，一名龙泉，一名太阿（ē），牛、斗间紫气消失。

④ 似楚昭句——春秋时越王请欧冶子铸名剑五口，并将其中的鱼肠、湛卢、豪曹献吴王僚。吴公子光为吴王阖闾请专诸用鱼肠剑刺僚。湛卢剑离吴往楚。楚昭王梦醒得湛卢剑于床榻之上。

⑤ 太阿（ē）——与下文巨阙、莫邪（yé）、干将，都是春秋战国时代的名剑。

你买一口好刀,就叫你将去比看,太尉在府里专等。”林冲听得说道:“又是甚么多口的报知了。”两个承局催得林冲穿了衣服,拿了那口刀,随这两个承局来。

林冲道:“我在府中不认得你。”两个人说道:“小人新近参随。”却早来到府前,进得到厅前。林冲立住了脚,两个又道:“太尉在里面后堂内坐地。”转入屏风至后堂,又不见太尉。林冲又住了脚,两个又道:“太尉直在里面等你,叫引教头进来。”又过了两三重门,到一个去处,一周遭都是绿栏杆。两个又引林冲到堂前,说道:“教头,你只在此少待,等我入去禀太尉。”林冲拿着刀,立在檐前,两个人自入去了。

一盏茶时,不见出来。林冲心疑,探头入帘看时,只见檐前额上有四个青字,写道:“白虎节堂”。林冲猛省道:“这节堂是商议军机大事处,如何敢无故辄[①] 入?”急待回身,只听的靴履响、脚步鸣,一个人从外面入来。林冲看时,不是别人,却是本管高太尉。林冲见了,执刀向前声喏。

太尉喝道:“林冲,你又无呼唤,安敢辄入白虎节堂?你知法度否?你手里拿着刀,莫非来刺杀下官?有人对我说,你两三日前,拿刀在府前伺候,必有歹心。”林冲躬身禀道:“恩相,恰才蒙两个承局呼唤林冲,将刀来比看。”太尉喝道:“承局在那里?”林冲道:“他两个已投堂里去了。”太尉道:“胡说!甚么承局,敢进我府堂里去!左右与我拿下这厮!”说犹未了,傍边耳房里走出二十余人,把林冲横推倒拽,恰似皂雕追紫燕,浑如猛虎啖羊羔。高太尉大怒道:“你既是禁军教头,法度也还不知道。因何手执利刃,故入节堂,欲杀本官?”叫左右把林冲推下,不知性命如何。不因此等,有分教,大闹中原,纵横海内。直教农夫背上添心号,渔父舟中插认旗。毕竟看林冲性命如何,且听下回分解。

---

① 辄(zhé)——就。

第八回

林教头刺配[1] 沧州道 鲁智深大闹野猪林

话说当时太尉喝叫左右排列军校，拿下林冲要斩，林冲大叫冤屈。太尉道："你来节堂有何事务？现今手里拿着利刃，如何不是来杀下官？"

林冲告道："太尉不唤，如何敢？现有两个承局望堂里去了，故赚林冲到此。"太尉喝道："胡说！我府中那有承局？这厮不服断遣。"喝叫左右解去开封府，吩咐滕府尹好生[2] 推问勘理，明白处决，就把宝刀封了去。左右领了钧旨，监押林冲投开封府来，恰好府尹坐衙未退。但见：

绯罗缴壁，紫绶卓围。当头额挂朱红，四下帘垂斑竹。官僚守正，戒石上刻御制四行；令史谨严，漆牌中书低声二字。提辖官能掌机密，客帐司专管牌单。吏兵沉重，节级严威。执藤条祗候立阶前，持大杖离班分左右。户婚词讼，断时有似玉衡明；斗殴是非，判处恰如金镜照。虽然一郡宰臣官，果是四方民父母。直使囚从冰上立，尽教人向镜中行。说不尽许多威仪，似塑就一堂神道。

高太尉干人把林冲押到府前，跪在阶下，将太尉言语对滕府尹说了，将上太尉封的那把刀，放在林冲面前，府尹道："林冲，你是个禁军教头，如何不知法度，手执利刃，故入节堂？这是该死的罪犯。"林冲告道："恩相明镜，念林冲负屈衔冤。小人虽是粗卤的军汉，颇识些法度，如何敢擅入节堂？为是前月二十八日，林冲与妻到岳庙还香愿，正迎见高太尉的小衙内，把妻子调戏，被小人喝散了。次后又使陆虞候赚小人吃酒，却使富安来骗林冲妻子到陆虞候家楼上调戏，亦被小人赶去，是把陆虞候家打了一场。两次虽不成奸，皆有人证。次日，林冲自买这口刀，今日太尉差两个承局来家呼唤林冲，叫将刀来府里比看。因此，林冲同二人到节堂下。两个承局进堂里去了，不想太尉从外面进来，设计陷害林冲。望恩相做主。"

---

① 刺配——面刺金字，发配充军。

② 好生——好好儿地。

府尹听了林冲口词，且叫与了回文，一面取刑具枷杻来枷了，推入牢里监下。林冲家里自来送饭，一面使钱。林冲的丈人张教头亦来买上告下，使用财帛。正值有个当案孔目，姓孙，名定，为人最鲠直，十分好善，只要周全人，因此人都唤做孙佛儿。他明知道这件事，转转宛宛在府上说知就里[①]，禀道："此事果是屈了林冲，只可周全他。"府尹道："他做下这般罪！高太尉批'仰定罪'，定要问他手执利刃，故入节堂，杀害本官。怎周全得他？"孙定道："这南衙开封府，不是朝廷的，是高太尉家的。"府尹道："胡说！"孙定道："谁不知高太尉当权，倚势豪强，更兼他府里无般不做，但有人小小触犯，便发来开封府，要杀便杀，要剐便剐，却不是他家官府？"府尹道："据你说时，林冲事怎的方便他，施行断遣？"孙定道："看林冲口词是个无罪的人，只是没拿那两个承局处。如今着他招认做不合腰悬利刃，误入节堂；脊杖二十，刺配远恶军州。"

滕府尹也知这件事了，自去高太尉面前再三禀说林冲口词。高俅情知理短，又碍府尹，只得准了。就此日府尹回来升厅，叫林冲除了长枷，断了二十脊杖，唤个文笔匠刺了面颊，量地方远近，该配沧州牢城。当厅打一面七斤半团头铁叶护身枷钉了，贴上封皮，押了一道牒文，差两个防送公人监押前去。

两个人是董超、薛霸。二人领了公文，押送林冲出开封府来，只见众邻舍并林冲的丈人张教头都在府前接着，同林冲两个公人到州桥下酒店里坐定。林冲道："多得孙孔目维持，这棒不毒，因此走动得。"张教头叫酒保安排案酒果子，管待两个公人。酒至数杯，只见张教头将出银两，赍发他两个防送公人已了。林冲执手对丈人说道："泰山在上，年灾月厄，撞了高衙内，吃了一场屈官司。今日有句话说，上禀泰山：自蒙泰山错爱，将令爱嫁事小人，已至三载，不曾有半些儿差池。虽不曾生半个儿女，未曾面红面赤，半点相争。今小人遭这场横事，配去沧州，生死存亡未保。娘子在家，小人心去不稳，诚恐高衙内威逼这头亲事，况兼青春年少，休为林冲误了前程；却是林冲自行主张，非他人逼迫。小人今日就高邻在此，明白立纸休书，任从改嫁，并无争执。如此林冲去的心稳，免得高衙内陷害。"张教头道："贤婿，甚么言语！你是天年不齐，遭了横事，又不是你作将出

① 就里——内情。

来的。今日权且去沧州躲灾避难,早晚天可怜见,放你回来时,依旧夫妻完聚。老汉家中也颇有些过活,便取了我女家去,并锦儿,不拣怎的,三年五载,养赡得他。又不叫他出入,高衙内便要见,也不能够。休要忧心,都在老汉身上。你在沧州牢城,我自频频寄书并衣服与你。休得要胡思乱想,只顾放心去。"

林冲道:"感谢泰山厚意。只是林冲放心不下,枉自两相耽误。泰山可怜见林冲,依允小人,便死也瞑目。"张教头那里肯应承。众邻舍亦说行不得。林冲道:"若不依允小人之时,林冲便挣扎得回来,誓不与娘子相聚。"张教头道:"既然恁地时,权且由你写下,我只不把女儿嫁人便了。"当时叫酒保寻个写文书的人来,买了一张纸来。那人写,林冲说道是:

东京八十万禁军教头林冲,为因身犯重罪,断配沧州,去后存亡不保。有妻张氏年少,情愿立此休书,任从改嫁,永无争执。委是自行情愿,即非相逼。恐后无凭,立此文约为照。年月日。

林冲当下看人写了,借过笔来,去年月下押个花字,打个手模。

正在阁里写了,欲付与泰山收时,只见林冲的娘子,号天哭地叫将来,女使锦儿抱着一包衣服,一路寻到酒店里。林冲见了,起身接着道:"娘子,小人有句话说,已禀过泰山了。为是林冲年灾月厄,遭这场屈事,今去沧州,生死不保,诚恐误了娘子青春。今已写下几字在此,万望娘子休等小人,有好头脑,自行招嫁,莫为林冲误了贤妻。"

那娘子听罢,哭将起来,说道:"丈夫,我不曾有半些儿点污,如何把我休了!"林冲道:"娘子,我是好意,恐怕日后两下相误,赚了你。"张教头便道:"我儿放心,虽是女婿恁的主张,我终不成下得将你来再嫁人!这事且由他放心去。他便不来时,我也安排你一世的终身盘费,只教你守志便了。"那妇人听得说,心中哽咽,又见了这封书,一时哭倒声绝在地。未知五脏如何,先见四肢不动。但见:

荆山玉损,可惜数十年结发成亲;宝鉴花残,枉费九十日东君匹配。花容倒卧,有如西苑芍药倚朱栏;檀口无言,一似南海观音来入定。小园昨夜东风恶,吹折江梅就地横。

林冲与泰山张教头救得起来,半晌方才苏醒,兀自哭不住。林冲把休书与教头收了。众邻居亦有妇人来劝林冲娘子,搀扶回去。张教头嘱咐林冲道:"你顾前程去挣扎,回来厮见。你的老小,我明日便取回去,养在家里,待你回来完聚。你但放心去,不要挂念。如有便人,千万频频寄些书信来。”林冲起身谢了,拜辞泰山并众邻舍,背了包裹,随着公人去了。张教头同邻舍取路回家,不在话下。

且说两个防送公人把林冲带来使臣房里,寄了监,董超、薛霸各自回家收拾行李。只说董超正在家里拴束包裹,只见巷口酒店里酒保来说道:“董端公,一位官人在小人店中请说话。”董超道:“是谁?”酒保道:“小人不认得,只叫请端公便来。”原来宋时的公人,都称呼端公。

当时董超便和酒保径到店中阁儿内看时,见坐着一个人,头戴顶万字头巾,身穿领皂纱背子,下面皂靴净袜。见了董超,慌忙作揖道:“端公请坐。”董超道:“小人自来不曾拜识尊颜,不知呼唤有何使令?”那人道:“请坐,少间便知。”董超坐在对席,酒保一面铺下酒盏,菜蔬、果品、按酒都搬来摆了一桌。那人问道:“薛端公在何处住?”董超道:“只在前边巷内。”那人唤酒保问了底脚,“与我去请将来。”酒保去了一盏茶时,只见请得薛霸到阁儿里。董超道:“这位官人请俺说话。”薛霸道:“不敢动问大人高姓?”那人又道:“少刻便知,且请饮酒。”

三人坐定,一面酒保筛酒。酒至数杯,那人去袖子里取出十两金子,放在桌上,说道:“二位端公各收五两,有些小事烦及。”二人道:“小人素不认得尊官,何故与我金子?”那人道:“二位莫不投沧州去?”董超道:“小人两个奉本府差遣,监押林冲直到那里。”那人道:“既是如此,相烦二位,我是高太尉府心腹人陆虞候便是。”董超、薛霸喏喏连声,说道:“小人何等样人,敢共对席。”陆谦道:“你二位也知林冲和太尉是对头。今奉着太尉钧旨,教将这十两金子送与二位,望你两个领诺,不必远去,只就前面僻静去处,把林冲结果了,就彼处讨纸回状,回来便了。若开封府但有话说,太尉自行分付,并不妨事。”董超道:“却怕使不得,开封府公文,只叫解活的去,却不曾教结果了他。亦且本人年纪又不高大,如何作的这缘故,倘有些兜搭[①],恐不方便。”薛霸道:“老董,你听我说:高太尉便叫你我死,也只得依他,莫说使这官人又送金子与俺。你不要多说,和你分了罢,落得做人情,日后也有照顾俺处。前头有的是大松林猛恶去处,不拣怎的,与他结果了罢。”

---

① 兜搭——麻烦,周折。

当下薛霸收了金子，说道：“官人放心，多是五站路，少便两程，便有分晓。”陆谦大喜道：“还是薛端公真是爽利！明日到地了时，是必揭取林冲脸上金印回来做表证，陆谦再包办二位十两金子相谢。专等好音，切不可相误。”原来宋时但是犯人徒流迁徙的，都脸上刺字，怕人恨怪，只唤做打金印。三个人又吃了一会酒，陆虞候算了酒钱，三人出酒肆来，各自分手。

只说董超、薛霸将金子分受入己，送回家中，取了行李包裹，拿了水火棍，便来使臣房里取了林冲，监押上路。当日出得城来，离城三十里多路歇了。宋时途路上客店人家，但是公人监押囚人来歇，不要房钱。当下董、薛二人带林冲到客店里，歇了一夜。第二日天明，起来打火，吃了饮食，投沧州路上来。

时遇六月天气，炎暑正热，林冲初吃棒时，倒也无事。次后三两日间，天道盛热，棒疮却发，又是个新吃棒的人，路上一步挨一步走不动。薛霸道：“好不晓事，此去沧州二千里有余的路，你这般样走，几时得到？”林冲道：“小人在太尉府里折了些便宜，前日方才吃棒，棒疮举发，这般炎热，上下只得担待一步。”董超道：“你自慢慢的走，休听咭咶。”薛霸一路上喃喃呐呐的口里埋冤叫苦，说道：“却是老爷们晦气，撞着你这个魔头。”看看天色又晚，但见：

火轮低坠，玉镜将悬。遥观野炊俱生，近睹柴门半掩。僧投古寺，云林时见鸦归；渔傍阴涯，风树犹闻蝉噪。急急牛羊来热坂，劳劳驴马息蒸途。

当晚三个人投村中客店里来，到得房内，两个公人放了棍棒，解下包裹。林冲也把包来解了，不等公人开口，去包里取些碎银两，央店小二买些酒肉、籴些米来，安排盘馔，请两个防送公人坐了吃。董超、薛霸又添酒来，把林冲灌得醉了，和枷倒在一边。

薛霸去烧一锅百沸滚汤[①]，提将来，倾在脚盆内，叫道：“林教头，你也洗了脚好睡。”林冲挣的起来，被枷碍了，曲身不得。薛霸便道：“我替你洗。”林冲忙道：“使不得。”薛霸道：“出路人那里计较的许多。”林冲不知是计，只顾伸下脚来，被薛霸只一按，按在滚汤里。林冲叫一声：“哎也！”急缩得起时，泡得脚面红肿了。林冲道：“不消生受。”薛霸道：“只见罪人伏

---

① 滚汤——滚开的热水。汤，热水。

侍公人，那曾有公人伏侍罪人。好意叫他洗脚，颠倒嫌冷嫌热，却不是好心不得好报！”口里喃喃的骂了半夜，林冲那里敢回话，自去倒在一边。他两个泼了这水，自换些水，去外边洗了脚收拾。

睡到四更，同店人都未起，薛霸起来烧了面汤，安排打火做饭吃。林冲起来晕了，吃不得，又走不动。薛霸拿了水火棍，催促动身。董超去腰里解下一双新草鞋，耳朵并索儿却是麻编的，叫林冲穿。林冲看时，脚上满面都是燎浆泡，只得寻觅旧草鞋穿，那里去讨。没奈何，只得把新草鞋穿上。

叫店小二算过酒钱，两个公人带了林冲出店，却是五更天气。林冲走不到三二里，脚上泡被新草鞋打破了，鲜血淋漓，正走不动，声唤不止。薛霸骂道："走便快走，不走便大棍搠将起来。"林冲道："上下方便，小人岂敢怠慢，俄延程途，其实是脚疼走不动。"董超道："我扶着你走便了。"搀着林冲，只得又挨了四五里路。看看正走不动了，早望见前面烟笼雾锁，一座猛恶林子。但见：

枯蔓层层如雨脚，乔枝郁郁似云头。

不知天日何年照，惟有冤魂不断愁。

这座林子有名唤做野猪林，此是东京去沧州路上第一个险峻去处。宋时这座林子内，但有些冤仇的，使用些钱与公人，带到这里，不知结果了多少好汉。今日这两个公人带林冲奔入这林子里来。董超道："走了一五更，走不得十里路程，似此，沧州怎的得到？"薛霸道："我也走不得了，且就林子里歇一歇。"

三个人奔到里面，解下行李包裹，都搬在树根头。林冲叫声："阿也！"靠着一株大树便倒了。只见董超、薛霸道："行一步，等一步，倒走得我困倦起来，且睡一睡却行。"放下水火棍，便倒在树边，略略闭得眼，从地下叫将起来。林冲道："上下[①] 做甚么？"董超、薛霸道："俺两个正要睡一睡，这里又无关锁，只怕你走了，我们放心不下，以此睡不稳。"林冲答道："小人是个好汉，官司既已吃了，一世也不走。"薛霸道："那里信得你说？要我们心稳，须得缚一缚。"林冲道："上下要缚便缚，小人敢道怎的？"

薛霸腰里解下索子来，把林冲连手带脚和枷紧紧的绑在树上，同董超

---

① 上下——宋时对公人的尊称。

两个跳将起来，转过身来，拿起水火棍，看着林冲说道："不是俺要结果你。自是前日来时，有那陆虞候传着高太尉钧旨，教我两个到这里结果你，立等金印回去回话。便多走的几日，也是死数，只今日就这里，倒作成[1]我两个回去快些。休得要怨我弟兄两个，只是上司差遣，不由自己。你须精细[2]着：明年今日是你周年。我等已限定日期，亦要早回话。"

林冲见说，泪如雨下，便道："上下，我与你二位往日无仇，近日无冤，你二位如何救得小人，生死不忘。"董超道："说甚么闲话？救你不得。"薛霸便提起水火棍来，望着林冲脑袋上劈将来，可怜豪杰束手就死。正是：万里黄泉无旅店，三魂今夜落谁家。毕竟林冲性命如何，且听下回分解。

第　九　回

柴进门招天下客　林冲棒打洪教头

话说当时薛霸双手举起棍来，望林冲脑袋上便劈下来。说时迟，那时快，薛霸的棍恰举起来，只见松树背后雷鸣也似一声，那条铁禅杖飞将来，把这水火棍一隔，丢去九霄云外，跳出一个胖大和尚来，喝道："洒家在林子里听你多时！"

两个公人看那和尚时，穿一领皂布直裰，跨一口戒刀，提起禅杖，抡起来打两个公人。林冲方才闪开眼看时，认得是鲁智深。林冲连忙叫道："师兄不可下手，我有话说。"智深听得，收住禅杖。两个公人呆了半晌，动弹不得。林冲道："非干他两个事，尽是高太尉使陆虞候吩咐他两个公人，要害我性命，他两个怎不依他？你若打杀他两个，也是冤屈。"

鲁智深扯出戒刀，把索子都割断了，便扶起林冲，叫："兄弟，俺自从和你买刀那日相别之后，洒家忧得你苦。自从你受官司，俺又无处去救你。打听的你断配沧州，洒家在开封府前又寻不见。却听得人说，监在使臣房内，又见酒保来请两个公人说道：'店里一位官人寻说话。'以此洒家疑心，

---

① 作成——成全，照应。

② 精细——清醒，明白。

放你不下。恐这厮们路上害你,俺特地跟将来。见这两个撮鸟带你入店里去,洒家也在那里歇。夜间听得那厮两个做神做鬼,把滚汤赚了你脚。那时俺便要杀这两个撮鸟,却被客店里人多,恐防救了。洒家见这厮们不怀好心,越放你不下。你五更里出门时洒家先投奔这林子里来,等杀这厮两个撮鸟,他到来这里害你,正好杀这厮两个。"

林冲劝道:"既然师兄救了我,你休害他两个性命。"鲁智深喝道:"你这两个撮鸟!洒家不看兄弟面时,把你这两个都剁做肉酱;且看兄弟面皮,饶你两个性命。"就那里插了戒刀,喝道:"你这两个撮鸟,快搀兄弟,都跟洒家来。"提了禅杖先走。两个公人那里敢回话,只叫:"林教头救俺两个。"依前背上包裹,提了水火棍,扶着林冲。又替他拕了包裹,一同跟出林子来。

行得三四里路程,见一座小小酒店在村口,四个人入来坐下。看那店时,但见:

前临驿路,后接溪村。数株桃柳绿阴浓,几处葵榴红影乱。门外森森麻麦,窗前猗猗荷花。轻轻酒旆舞薰风,短短芦帘遮酷日。壁边瓦瓮,白冷冷满贮村醪;架上磁瓶,香喷喷新开社酝。白发田翁亲涤器,红颜村女笑当垆。

当下深、冲、超、霸四人在村酒店中坐下,唤酒保买五七斤肉,打两角酒来吃,回些面来打饼。酒保一面整治,把酒来筛。两个公人道:"不敢拜问师父在那个寺里住持?"智深笑道:"你两个撮鸟问俺住处做甚么?莫不去教高俅做甚么奈何洒家?别人怕他,俺不怕他。洒家若撞着那厮,教他吃三百禅杖。"两个公人那里敢再开口。

吃了些酒肉,收拾了行李,还了酒钱,出离了村店。林冲问道:"师兄,今投那里去?"鲁智深道:"'杀人须见血,救人须救彻'。洒家放你不下,直送兄弟到沧州。"两个公人听了,暗暗地道:"苦也!却是坏了我们的勾当,转去时怎回话?且只得随顺他,一处行路。"有诗为证:

最恨奸谋欺白日,独持义气薄黄金。

迢遥不畏千程路,辛苦惟存一片心。

自此途中被鲁智深要行便行,要歇便歇,那里敢扭他?好便骂,不好便打。两个公人不敢高声,只怕和尚发作。行了两程,讨了一辆车子,林冲上车将息,三个跟着车子行着。两个公人怀着鬼胎,各自要保性命,只得小心随顺着行。鲁智深一路买酒买肉，将息林冲，那两个公人也吃。遇着客店，早歇晚行，都是那两个公人打火做饭，谁敢不依他？

二人暗商量："我们被这和尚监押定了，明日回去，高太尉必然奈何俺。"薛霸道："我听得大相国寺菜园廨宇里新来了个僧人，唤做鲁智深，想来必是他。回去实说：俺要在野猪林结果他，被这和尚救了，一路护送到沧州，因此下手不得。舍着还了他十两金子，着陆谦自去寻这和尚便了。我和你只要躲得身上干净。"董超道："也说的是。"两个暗商量了不题。

话休絮烦。被智深监押不离，行了十七八日，近沧州只有七十来里路程。一路去都有人家，再无僻净处了。鲁智深打听得实了，就松林里少歇。智深对林冲道："兄弟，此去沧州不远了。前路都有人家，别无僻净去处，洒家已打听实了。俺如今和你分手，异日再得相见。"林冲道："师兄回去，泰山处可说知，防护之恩，不死当以厚报。"鲁智深又取出一二十两银子与林冲，把三二两与两个公人道："你两个撮鸟，本是路上砍了你两个头，兄弟面上，饶你两个鸟命。如今没多路了，休生歹心。"两个道："再怎敢？皆是太尉差遣。"接了银子，却待分手，鲁智深看着两个公人道："你两个撮鸟的头，硬似这松树么？"二人答道："小人头是父母皮肉，包着些骨头。"智深抡起禅杖，把松树只一下，打的树有二寸深痕，齐齐折了，喝一声道："你两个撮鸟，但有歹心，教你头也与这树一般。"摆着手，拖了禅杖，叫声："兄弟保重。"自回去了。

董超、薛霸都吐出舌头来，半晌缩不入去。林冲道："上下，俺们自去罢。"两个公人道："好个莽和尚，一下打折了一株树。"林冲道："这个直得甚么？相国寺一株柳树，连根也拔将出来。"二人只把头来摇，方才得知是实。

二人当下离了松林，行到晌午，早望见官道上一座酒店。但见：

古道孤村，路傍酒店。杨柳岸，晓垂锦旆；莲花荡，风拂青帘。刘伶仰卧画床前，李白醉眠描壁上。社酝壮农夫之胆，村醪助野叟之容。神仙玉佩曾留下，卿相金貂也当来。

三个人入酒店里来，林冲让两个公人上首坐了。董、薛二人，半日方才得自在。只见那店里有几处座头，三五个筛酒的酒保，都手忙脚乱，搬东搬西。林冲与两个公人坐了半个时辰，酒保并不来问。林冲等得不耐烦，把桌子敲着说道："你这店主人好欺客，见我是个犯人，便不来睬着，我须不白吃你的,是甚道理!”主人说道:“你这是原来不知我的好意。”林冲道:“不卖酒肉与我,有甚好意?”店主人道:“你不知俺这村中有个大财主,姓柴名进,此间称为柴大官人,江湖上都唤做小旋风①,他是大周柴世宗子孙。自陈桥让位,太祖武德皇帝敕赐与他誓书铁券② 在家中,谁敢欺负他?专一招接天下往来的好汉,三五十个养在家中,常常嘱咐我们酒店里:‘如有流配来的犯人,可叫他投我庄上来,我自资助他。’我如今卖酒肉与你,吃得面皮红了,他道你自有盘缠,便不助你。我是好意。”林冲听了,对两个公人道:“我在东京教军时,常常听得军中人传说柴大官人名字,却原来在这里。我们何不同去投奔他。”董超、薛霸寻思道:“既然如此,有甚亏了我们处?”就便收拾包裹,和林冲问道:“酒店主人,柴大官人庄在何处,我等正要寻他。”店主人道:“只在前面,约过三二里路,大石桥边转弯抹角,那个大庄院便是。”

林冲等谢了店主人,三个出门,果然三二里,见座大石桥。过得桥来,一条平坦大路,早望见绿柳阴中显出那座庄院。四下一周遭一条涧河,两岸边都是垂杨大树,树阴中一遭粉墙。转弯来到庄前,看时,好个大庄院!但见:

门迎黄道,山接青龙。万枝桃绽武陵溪,千树花开金谷苑③。聚贤堂上,四时有不谢奇花;百卉厅前,八节赛长春佳景。堂悬敕额金牌,家有誓书铁券。朱甍碧瓦,掩映着九级高堂;画栋雕梁,真乃是三微精舍。不是当朝勋戚第,也应前代帝王家。

三个人来到庄上,见那条阔板桥上,坐着四五个庄客,都在那里乘凉。三个人来到桥边,与庄客施礼罢,林冲说道:“相烦大哥报与大官人知道:京师有个犯人,送配牢城,姓林的求见。”庄客齐道:“你没福,若是大官人在家时,有酒食钱财与你,今早出猎去了。”林冲道:“不知几时回来?”庄客道:“说不定,敢怕投东庄去歇,也不见得。许你不得。”林冲道:“如此是我

① 小旋风——当时金国的一种炮,称“旋风炮”,炮小却威力无比。

② 誓书铁券——古代帝王颁赐功臣的享有免罪等特权的证券。亦称“丹书铁券”。

③ 金谷苑——晋代大官僚、大富豪石崇在金谷涧建造的一座苑囿。此句连上句借指柴进庄园环境优美。

没福,不得相遇,我们去罢。"别了众庄客,和两个公人再回旧路,肚里好生愁闷。行了半里多路,只见远远的从林子深处,一簇人马飞奔庄上来,但见:

人人俊丽,个个英雄。数十匹骏马嘶风,两三面绣旗弄日。粉青毡笠,似倒翻荷叶高擎,绛色红缨,如烂熳莲花乱插。飞鱼袋内,高插着装金雀画细轻弓;狮子壶中,整攒着点翠雕翎端正箭。牵几只赶獐细犬,擎数对拿兔苍鹰。穿云俊鹘顿绒绦,脱帽锦雕寻护指。摽枪风利,就鞍边微露寒光;画鼓团圞,向马上时闻响震。鞍边拴系,无非天外飞禽;马上擎抬,尽是山中走兽。好似晋王临紫塞[①],浑如汉武到长杨。

那簇人马飞奔庄上来,中间捧着一位官人,骑一匹雪白卷毛马。马上那人,生得龙眉凤目,皓齿朱唇,三牙掩口髭须,三十四五年纪。头戴一顶皂纱转角簇花巾,身穿一领紫绣团胸绣花袍,腰系一条玲珑嵌宝玉环绦,足穿一双金线抹绿皂朝靴。带一张弓,插一壶箭,引领从人,都到庄上来。林冲看了,寻思道:"敢是柴大官人么?"又不敢问他,只自肚里踌躇。

只见那马上年少的官人纵马前来问道:"这位带枷的是甚人?"林冲慌忙躬身答道:"小人是东京禁军教头,姓林,名冲,为因恶了高太尉,寻事发下开封府,问罪断遣,刺配此沧州。闻得前面酒店里说,这里有个招贤纳士好汉柴大官人,因此特来相投。不期缘浅,不得相遇。"那官人滚鞍下马,飞近前来,说道:"柴进有失迎迓。"就草地上便拜。林冲连忙答礼。那官人携住林冲的手,同行到庄上来。那庄客们看见,大开了庄门,柴进直请到厅前。

两个叙礼罢,柴进说道:"小可[②]久闻教头大名,不期今日来踏贱地,足称平生渴仰之愿。"林冲答道:"微贱林冲,闻大人贵名,传播海宇,谁人不敬?不想今日因得罪犯,流配来此,得识尊颜,宿生[③]万幸。"柴进再三谦让,林冲坐了客席;董超、薛霸也一带坐了。跟柴进的伴当[④],各自牵了

---

① 紫塞——长城。也泛指北部边塞。晋崔豹《古今注·都邑》载:"秦筑长城,土色皆紫。"

② 小可——自称的谦词。

③ 宿生——平生。

④ 伴当——随从、仆人。

马,去院后歇息,不在话下。

柴进便唤庄客,叫将酒来。不移时,只见数个庄客托出一盘肉,一盘饼,温一壶酒;又一个盘子,托出一斗白米,米上放着十贯钱,都一发将出来。柴进见了道:"村夫不知高下,教头到此,如何恁地轻意? 快将进去。先把果盒酒来,随即杀羊相待,快去整治。"林冲起身谢道:"大官人,不必多赐,只此十分够了。"柴进道:"休如此说。难得教头到此,岂可轻慢。"庄客不敢违命,先捧出果盒酒来。柴进起身,一面手执三杯。林冲谢了柴进,饮酒罢,两个公人一同饮了。柴进说:"教头请里面少坐。"柴进随即解了弓袋箭壶,就请两个公人一同饮酒。

柴进当下坐了主席,林冲坐了客席,两个公人在林冲肩下。叙说些闲话,江湖上的勾当,不觉红日西沉。安排得酒食果品海味,摆在桌上,抬在各人面前。柴进亲自举杯,把了三巡,坐下叫道:"且将汤来吃。"吃得一道汤,五七杯酒,只见庄客来报道:"教师来也。"柴进道:"就请来一处坐地相会亦好,快抬一张桌来。"

林冲起身看时,只见那个教师入来,歪戴着一顶头巾,挺着脯子,来到后堂。林冲寻思道:"庄客称他做教师,必是大官人的师父。"急急躬身唱喏道:"林冲谨参。"那人全不睬着,也不还礼。林冲不敢抬头。柴进指着林冲对洪教头道;"这位便是东京八十万禁军枪棒教头林武师林冲的便是,就请相见。"林冲听了,看着洪教头便拜。那洪教头说道:"休拜,起来。"却不躬身答礼。柴进看了,心中好不快意。

林冲拜了两拜,起身让洪教头坐。洪教头亦不相让,便去上首便坐。柴进看了,又不喜欢。林冲只得肩下坐了,两个公人亦就坐了。洪教头便问道:"大官人今日何故厚礼管待配军?"柴进道:"这位非比其他的,乃是八十万禁军教头,师父如何轻慢?"洪教头道:"大官人只因好习枪棒,往往流配军人都来倚草附木,皆道我是枪棒教师,来投庄上,诱些酒食钱米。大官人如何忒① 认真?"林冲听了,并不做声。柴进说道:"凡人不可易相②,休小觑他。"

洪教头怪这柴进说"休小觑他",便跳起身来道:"我不信他! 他敢和

---

① 忒(tuī)——太,过分。

② 不可易相——不可轻易以貌取人。

我使一棒看，我便道他是真教头。”柴进大笑道：“也好，也好！林武师，你心下如何？”林冲道：“小人却是不敢。”洪教头心中忖量道：“那人必是不会，心中先怯了。”因此越来惹林冲使棒。柴进一来要看林冲本事，二者要林冲赢他，灭那厮嘴。柴进道：“且把酒来吃着，待月上来也罢。”

当下又吃过了五七杯酒，却早月上来了，照见厅堂里面，如同白日。柴进起身道：“二位教头较量一棒。”林冲自肚里寻思道：“这洪教头必是柴大官人师父，不争[①]我一棒打翻了他，须不好看。”柴进见林冲踌躇，便道：“此位洪教头也到此不多时，此间又无对手。林武师休得要推辞，小可也正要看二位教头的本事。”柴进说这话，原来只怕林冲碍柴进的面皮，不肯使出本事来。林冲见柴进说开就里，方才放心。只见洪教头先起身道：“来，来，来！和你使一棒看。”一齐都哄出堂后空地上。

庄客拿一束棍棒来，放在地下。洪教头先脱了衣裳，拽扎起裙子，掣条棒，使个旗鼓，喝道：“来，来，来！”柴进道：“林武师，请较量一棒。”林冲道：“大官人，休要笑话。”就地也拿了一条棒起来道：“师父请教。”洪教头看了，恨不得一口水吞了他。林冲拿着棒，使出山东大擂，打将入来。洪教头把棒就地下鞭了一棒，来抢林冲。两个教头就明月地下交手，真个好看。怎见是山东大擂，但见：

山东大擂，河北夹枪。大擂棒是鳅鱼穴内喷来，夹枪棒是巨蟒窠中窜出。大擂棒似连根拔怪树，夹枪棒如遍地卷枯藤。两条海内抢珠龙，一对岩前争食虎。

两个教头在明月地上交手，使了四五合棒，只见林冲托地跳出圈子外来，叫一声：“少歇。”柴进道：“教头如何不使本事？”林冲道：“小人输了。”柴进道：“未见二位较量，怎便是输了？”林冲道：“小人只多这具枷，因此，权当输了。”柴进道：“是小可一时失了计较。”大笑着道：“这个容易。”便叫庄客取十两银子，当时将至。柴进对押解两个公人道：“小可大胆，相烦二位下顾，权把林教头枷开了，明日牢城营内但有事务，都在小可身上，白银十两相送。”董超、薛霸见了柴进人物轩昂，不敢违他，落得做人情，又得了十两银子，亦不怕他走了。薛霸随即把林冲护身枷开了。柴进大喜道：“今番两位教师再试一棒。”

---

① 不争——如果，假使。

洪教头见他却才棒法怯了，肚里平欺他，便提起棒，却待要使。柴进叫道："且住！"叫庄客取出一锭银来，重二十五两。无一时，至面前。柴进乃言："二位教头比试，非比其他，这锭银子，权为利物[①]；若是赢的，便将此银子去。"柴进心中只要林冲把出本事来，故意将银子丢在地下。洪教头深怪林冲来，又要争这个大银子，又怕输了锐气，把棒来尽心使个旗鼓，吐个门户[②]，唤做把火烧天势。林冲想道："柴大官人心里只要我赢他。"也横着棒，使个门户，吐个势，唤做拨草寻蛇势。洪教头喝一声："来，来，来！"便使棒盖将入来。林冲望后一退，洪教头赶入一步，提起棒，又复一棒下来。林冲看他脚步已乱了，便把棒从地下一跳，洪教头措手不及，就那一跳里，和身一转，那棒直扫着洪教头臁儿骨[③]上，撇了棒，扑地倒了。

柴进大喜，叫快将酒来把盏。众人一齐大笑。洪教头那里挣扎起来。众庄客一头笑着，扶了洪教头，羞颜满面，自投庄外去了。

柴进携住林冲的手，再入后堂饮酒，叫将利物来，送还教师。林冲那里肯受，推托不过，只得收了。正是：

欺人意气总难堪，冷眼旁观也不甘。
请看受伤并折利，方知骄傲是羞惭。

柴进留林冲在庄上，一连住了几日，每日好酒好食相待。又住了五七日，两个公人催促要行。柴进又置席面相待送行；又写两封书，分付林冲道："沧州大尹也与柴进好，牢城管营、差拨，亦与柴进交厚。可将这两封书去下，必然看觑教头。"即捧出二十五两一锭大银，送与林冲，又将银五两赍发两个公人，吃了一夜酒。次日天明，吃了早饭，叫庄客挑了三个的行李，林冲依旧带上枷，辞了柴进便行。柴进送出庄门作别，分付道："待几日小可自使人送冬衣来与教头。"林冲谢道："如何报谢大官人！"两个公人相谢了。

三人取路投沧州来，将及午牌时候，已到沧州城里，虽是个小去处，亦有六街三市。径到州衙里下了公文，当厅引林冲参见了州官大尹，当下收了林冲，押了回文，一面帖下，判送牢城营内来。两个公人自领了回文，相

---

① 利物——赏给竞技优胜者的奖品。

② 门户——这里指架式。

③ 臁(lián)儿骨——胫骨。臁，小腿的两侧。

辞了，回东京去，不在话下。

只说林冲送到牢城营内来，看那牢城营时，但见：

门高墙壮，地阔池深。天王堂畔，两行细柳绿垂烟；点视厅前，一簇乔松青泼黛。来往的，尽是咬钉嚼铁汉；出入的，无非沥血剖肝人。

沧州牢城营内收管林冲，发在单身房里，听候点视，却有那一般的罪人，都来看觑他，对林冲说道："此间管营、差拨，十分害人，只是要诈人钱物。若有人情钱物送与他时，便觑的你好；若是无钱，将你撇在土牢里，求生不生，求死不死。若得了人情，入门便不打你一百杀威棒，只说有病，把来寄下；若不得人情时，这一百棒打得七死八活。"林冲道："众兄长如此指教。且如要使钱，把多少与他？"众人道："若要使得好时，管营把五两银子与他，差拨也得五两银子送他，十分好了。"

正说之间，只见差拨过来问道："那个是新来配军[①]？"林冲见问，向前答应道："小人便是。"那差拨不见他把钱出来，变了面皮，指着林冲骂道："你这个贼配军，见我如何不下拜？却来唱喏！你这厮可知在东京做出事来，见我还是大剌剌[②]的。我看这贼配军，满脸都是饿文，一世也不发迹！打不死，拷不杀的顽囚！你这把贼骨头，好歹落在我手里，教你粉骨碎身。少间叫你便见功效。"把林冲骂得一佛出世，那里敢抬头应答。众人见骂，各自散了。

林冲等他发作过了，去取五两银子，陪着笑脸告道："差拨哥哥，些小薄礼，休言轻微。"差拨看了道："你教我送与管营和俺的，都在里面？"林冲道："只是送与差拨哥哥的；另有十两银子就烦差拨哥哥送与管营。"差拨见了，看着林冲笑道："林教头，我也闻你的好名字，端的是个好男子！想是高太尉陷害你了。虽然目下暂时受苦，久后必然发迹。据你的大名，这表人物，必不是等闲之人，久后必做大官。"林冲笑道："皆赖差拨照顾。"差拨道："你只管放心。"又取出柴大官人的书礼，说道："相烦老哥将这两封书下一下。"差拨道："既有柴大官人的书，烦恼做甚？这一封书直一锭金子。我一面与你下书，少间管营来点你，要打一百杀威棒时，你便只说你'一路患病，未曾痊可。'我自来与你支吾，要瞒生人的眼目。"林冲道："多

---

① 配军——被判处发配充军的人。此为骂人话。

② 大剌剌——旁若无人，大模大样的神态。

谢指教。"差拨拿了银子并书,离了单身房,自去了。林冲叹口气道:"'有钱可以通神',此语不差。端的有这般的苦处。"

原来差拨落了五两银子,只将五两银子并书来见管营,备说林冲是个好汉,柴大官人有书相荐,在此呈上;已是高太尉陷害,配他到此,又无十分大事。管营道:"况是柴大官人有书,必须要看顾他。"便教唤林冲来见。

且说林冲正在单身房里闷坐,只见牌头叫道:"管营在厅上叫唤新到罪人林冲来点名。"林冲听得叫唤,来到厅前。管营道:"你是新到犯人,太祖武德皇帝留下旧制:新入配军,须吃一百杀威棒。左右与我驮起来。"林冲告道:"小人于路感冒风寒,未曾痊可,告寄打。"牌头道:"这人现今有病,乞赐怜恕。"管营道:"果是这人症候在身,权且寄下,待病痊可却打。"差拨道:"现今天王堂看守的,多时满了,可教林冲去替换他。"就厅上押了帖文,差拨领了林冲,单身房里取了行李,来天王堂交替。差拨道:"林教头,我十分周全你。教看天王堂时,这是营中第一样省气力的勾当,早晚只烧香扫地便了。你看别的囚徒,从早起直做到晚,尚不饶他;还有一等无人情的,拨他在土牢里,求生不生,求死不死。"林冲道:"谢得照顾。"又取三二两银子与差拨道:"烦望哥哥一发周全,开了项上枷更好。"差拨接了银子,便道:"都在我身上。"连忙去禀了管营,就将枷也开了。

林冲自此在天王堂内,安排宿食处,每日只是烧香扫地,不觉光阴早过了四五十日。那管营、差拨得了贿赂,日久情熟,由他自在,亦不来拘管他。柴大官人又使人来送冬衣并人事与他。那满营内囚徒,亦得林冲救济。

话不絮烦。时遇冬深将近,忽一日,林冲已牌时分,偶出营前闲走。正行之间,只听得背后有人叫道:"林教头,如何却在这里?"林冲回头过来看时,见了那人。有分教,林冲火烟堆里争些断送余生,风雪途中几被伤残性命。毕竟林冲见了的是甚人,且听下回分解。

第　十　回

林教头风雪山神庙　陆虞候火烧草料场

话说当日林冲正闲走间，忽然背后人叫，回头看时，却认得是酒生儿[①] 李小二。当初在东京时，多得林冲看顾。这李小二先前在东京时，不合偷了店主人家财，被捉住了，要送官司问罪，却得林冲主张陪话[②]，救了他，免送官司，又与他陪了些钱财，方得脱免。京中安不得身，又亏林冲赍发他盘缠，于路投奔人，不意今日却在这里撞见。

林冲道："小二哥，你如何地在这里？"李小二便拜道："自从得恩人救济，赍发小人，一地里投奔人不着，迤逦不想来到沧州，投托一个酒店里姓王，留小人在店中做过卖[③]。因见小人勤谨，安排的好菜蔬，调和的好汁水，来吃的人都喝采，以此买卖顺当。主人家有个女儿，就招了小人做女婿。如今丈人、丈母都死了，只剩得小人夫妻两个，权在营前开了个茶酒店。因讨钱过来，遇见恩人。恩人不知为何事在这里？"林冲指着脸上道："我因恶了高太尉，生事陷害，受了一场官司，刺配到这里。如今叫我管天王堂，未知久后如何。不想今日到此遇见。"

李小二就请林冲到家里面坐定，叫妻子出来拜了恩人。两口儿欢喜道："我夫妻二人正没个亲眷，今日得恩人到来，便是从天降下。"林冲道："我是罪囚，恐怕玷辱你夫妻两口。"李小二道："谁不知恩人大名？休恁地说。但有衣服，便拿来家里浆洗缝补。"当时管待林冲酒食，至夜送回天王堂。次日又来相请，因此林冲得店小二家来往，不时间送汤送水来营里，与林冲吃。林冲因见他两口儿恭敬孝顺，常把些银两与他做本银。

且把闲话休题，只说正话。迅速光阴，却早冬来。林冲的绵衣裙袄，都是李小二浑家整治缝补。忽一日，李小二正在门前安排菜蔬下饭，只见

---

① 酒生儿——酒保。

② 陪话——赔礼道歉。

③ 过卖——管买卖的伙计。

一个人闪将进来，酒店里坐下，随后又一人闪入来。看时，前面那个人是军官打扮，后面这个走卒模样，跟着也来坐下。李小二入来问道："可要吃酒？"只见那个人将出一两银子与小二道："且收放柜上，取三四瓶好酒来；客到时，果品酒馔只顾将来，不必要问。"李小二道："官人请甚客？"那人道："烦你与我去营里请管营、差拨两个来说话；问时，你只说有个官人请说话，商议些事务，专等专等。"

李小二应承了，来到牢城里，先请了差拨，同到管营家中请了管营，都到酒店里。只见那个官人和管营、差拨两个讲了礼。管营道："素不相识，动问官人高姓大名？"那人道："有书在此，少刻便知。且取酒来。"李小二连忙开了酒，一面铺下菜蔬果品酒馔，那人叫讨副劝盘[①] 来，把了盏，相让坐了。小二独自一个穿梭也似伏侍不暇。那跟来的人讨了汤桶，自行烫酒，约计吃过十数杯，再讨了按酒，铺放桌上。只见那人说道："我自有伴当烫酒，不叫你休来。我等自要说话。"

李小二应了，自来门首叫老婆道："大姐，这两个人来得不尴尬[②]。"老婆道："怎么的不尴尬？"小二道："这两个人语言声音是东京人。初时又不认得管营，向后我将按酒入去，只听得差拨口里讷出一句'高太尉'三个字来，这人莫不与林教头身上有些干碍？我自在门前理会。你且去阁子背后听说甚么。"老婆道："你去营中寻林教头来认他一认。"李小二道："你不省得。林教头是个性急的人，摸不着便要杀人放火。倘或叫的他来看了，正是前日说的甚么陆虞候，他肯便罢？做出事来，须连累了我和你。你只去听一听再理会。"老婆道："说得是。"便入去听了一个时辰，出来说道："他那三四个交头接耳说话，正不听得说甚么。只见那一个军官模样的人，去伴当怀里取出一帕子物事，递与管营和差拨，帕子里面的，莫不是金银。只见差拨口里说道：'都在我身上，好歹要结果他性命。'"

正说之时，阁子里叫将汤来。李小二急去里面换汤时，看见管营手里拿着一封书。小二换了汤，添些下饭，又吃了半个时辰，算还了酒钱，管营、差拨先去了。次后那两个低着头也去了。

---

① 劝盘——盛放劝杯（敬酒时用）的盘子。

② 不尴尬——实为尴尬。态度不正常。

转背[①]不多时，只见林冲走将入店里来，说道："小二哥，连日好买卖。"李小二慌忙道："恩人请坐，小二却待正要寻恩人，有些要紧话说。"有诗为证：

谋人动念震天门，悄语低言号六军。

岂独隔墙原有耳，满前神鬼尽知闻。

当下林冲问道："甚么要紧的事？"李小二请林冲到里面坐下，说道："却才有个东京来的尴尬人，在我这里请管营、差拨吃了半日酒。差拨口里讷出'高太尉'三个字来，小人心下疑惑。又着浑家听了一个时辰，他却交头接耳，说话都不听得，临了只见差拨口里应道：'都在我两个身上，好歹要结果了他。'那两个把一包金银递与管营、差拨；又吃一回酒，各自散了。不知甚么样人，小人心下疑，只怕恩人身上有些妨碍。"

林冲道："那人生得什么模样？"李小二道："五短身材，白净面皮，没甚髭须，约有三十余岁；那跟的也不长大，紫棠色面皮。"林冲听了大惊道："这三十岁的正是陆虞候。那泼贱贼，敢来这里害我！休要撞着我，只教骨肉为泥！"李小二道："只要提防他便了。岂不闻古人言：'吃饭防噎，走路防跌？'"

林冲大怒，离开李小二家。先去街上买把解腕尖刀，带在身上。前街后巷，一地里去寻。李小二夫妻两个捏着两把汗。当晚无事。次日天明起来，洗漱罢，带了刀，又去沧州城里城外，小街夹巷，团团寻了一日。牢城营里，都没动静。林冲又来对李小二道："今日又无事。"小二道："恩人，只愿如此。只是自放仔细便了。"林冲自回天王堂，过了一夜，街上寻了三五日，不见消耗[②]，林冲也自心下慢了。

到第六日，只见管营叫唤林冲到点视厅上，说道："你来这里许多时，柴大官人面皮，不曾抬举的你。此间东门外十五里有座大军草场，每月但是纳草纳料的，有些常例钱[③]取觅。原寻一个老军看管，如今我抬举你去替那老军来守天王堂，你在那里寻几贯盘缠。你可和差拨便去那里交

---

① 转背——离开，离去。

② 消耗——消息，音讯。

③ 常例钱——官吏凭借行政权力向下属或百姓索取的现金和礼物。

割[1]。"林冲应道:"小人便去。"

当时离了营中,径到李小二家,对他夫妻两个说道:"今日管营拨我去大军草料场管事,却如何?"李小二道:"这个差使,又好似天王堂。那里收草料时,有些常例钱钞。往常不使钱时,不能够[2] 这差使。"林冲道:"却不害我,倒与我好差使,正不知何意?"李小二道:"恩人休要疑心,只要没事便好了。只是小人家离得远了,过几时挪工夫来望恩人。"就在家里安排几杯酒,请林冲吃了。

话不絮烦,两个相别了。林冲自到天王堂取了包裹,带了尖刀,拿了条花枪,与差拨一同辞管营,两个取路投草料场来。正是严冬天气,彤云密布,朔风渐起,却早纷纷扬扬卷下一天大雪来。那雪早下得密了,但见:

凛凛严凝雾气昏,空中祥瑞降纷纷。须臾四野难分路,顷刻千山不见痕。银世界,玉乾坤,望中隐隐接昆仑。若还下到三更后,仿佛填平玉帝门。

林冲和差拨两个在路上,又没买酒吃处,早来到草料场外。看时,一周遭有些黄土墙,两扇大门,推开看里面时,七八间草屋做着仓廒,四下里都是马草堆,中间两座草厅。

到那厅里,只见那老军在里面向火。差拨说道:"管营差这个林冲来替你回天王堂看守,你可即便交割。"老军拿了钥匙,引着林冲分付道:"仓廒内自有官司封记;这几堆草,一堆堆都有数目。"老军都点见了堆数,又引林冲到草厅上,老军收拾行李,临了说道:"火盆、锅子、碗碟都借与你。"林冲道:"天王堂内,我也有在那里。你要,便拿了去。"老军指壁上挂一个大葫芦,说道:"你若买酒吃时,只出草场,投东大路去三二里,便有市井。"老军自和差拨回营里来。

只说林冲就床上放了包裹被卧,就坐上生些焰火起来。屋边有一堆柴炭,拿几块来生在地炉里。仰面看那草屋时,四下里崩坏了,又被朔风吹撼,摇振得动。林冲道:"这屋如何过得一冬?待雪晴了,去城中唤个泥水匠来修理。"向了一回火,觉得身上寒冷,寻思:"却才老军所说二里路外有那市井,何不去沽些酒来吃?"便去包裹里取些碎银子,把花枪挑了酒葫

---

① 交割——交接。

② 能够——能得到。

芦，将火炭盖了，取毡笠子戴上，拿了钥匙出来，把草厅门拽上，出到大门首，把两扇草场门反拽上锁了，带了钥匙，信步投东。雪地里踏着碎琼乱玉，迤逦背着北风而行。

那雪正下得紧，行不上半里多路，看见一所古庙，林冲顶礼道："神明庇祐，改日来烧纸钱。"又行了一回，望见一簇人家，林冲住脚看时，见篱笆中挑着一个草帚儿在露天里。林冲径到店里，主人问道："客人那里来？"林冲道："你认得这个葫芦么？"主人看了道："这葫芦是草料场老军的。"林冲道："原来如此。"店主道："既是草料场看守大哥，且请少坐；天气寒冷，且酌三杯，权当接风。"店家切一盘熟牛肉，烫一壶热酒，请林冲吃。又自买了些牛肉，又吃了数杯。就又买了一葫芦酒，包了那两块牛肉，留下些碎银子。把花枪挑着酒葫芦，怀内揣了牛肉，叫声相扰，便出篱笆门，仍旧迎着朔风回来。

看那雪，到晚越下得紧了。古时有个书生，做了一个词，单题那贫苦的恨雪：

广莫严风刮地，这雪儿下的正好。扯絮挦绵，裁几片大如拷栳。见林间竹屋茅茨，争些儿被他压倒。富室豪家，却言道压瘴犹嫌少。向的是兽炭红炉，穿的是绵衣絮袄。手拈梅花，唱道国家祥瑞，不念贫民些小。高卧有幽人，吟咏多诗草。

再说林冲踏着那瑞雪，迎着北风，飞也似奔到草场门口开了锁，入内看时，只叫得苦。原来天理昭然，佑护善人义士。因这场大雪，救了林冲的性命。那两间草厅，已被雪压倒了。林冲寻思："怎地好？"放下花枪、葫芦在雪里。恐怕火盆内有火炭延烧起来，搬开破壁子，探半身入去摸时，火盆内火种都被雪水浸灭了。林冲把手床上摸时，只拽得一条絮被。林冲钻将出来，见天色黑了，寻思："又没把火处，怎生安排？"想起："离了这半里路上，有一古庙，可以安身。我且去那里宿一夜，等到天明，却作理会。"把被卷了，花枪挑着酒葫芦，依旧把门拽上，锁了，望那庙里来。

入得庙门，再把门掩上，傍边止有一块大石头，掇将过来，靠了门。入得里面看时，殿上塑着一尊金甲山神，两边一个判官，一个小鬼，侧边堆着一堆纸。团团看来，又没邻舍，又无庙主。林冲把枪和酒葫芦放在纸堆上，将那条絮被放开，先取下毡笠子，把身上雪都抖了，把上盖白布衫脱将下来，早有五分湿了，和毡笠放在供桌上，把被扯来，盖了半截下身。却把葫芦冷酒提来慢慢地吃,就将怀中牛肉下酒。

正吃时,只听得外面必必剥剥地爆响。林冲跳起身来,就壁缝里看时,只见草料场里火起,刮刮杂杂的烧着。但见:

雪欺火势,草助火威。偏愁草上有风,更讶雪中送炭。赤龙斗跃,如何玉甲纷纷;粉蝶争飞,遮莫火莲焰焰。初疑炎帝纵神驹,此方刍牧;又猜南方逐朱雀,遍处营巢。谁知是白地里起灾殃,也须信暗室中开电目。看这火,能教烈士[①]无明发;对这雪,应使奸邪心胆寒。

当时林冲便拿了花枪,却待开门来救火,只听得外面有人说将话来。林冲就伏门边听时,是三个人脚步响,直奔庙里来,用手推门,却被石头靠住了,推也推不开。三人在庙檐下立地看火,数内一个道:"这条计好么?"一个应道:"端的亏管营、差拨两位用心!回到京师,禀过太尉,都保你二位做大官。这番张教头没的推故。"那人道:"林冲今番直吃我们对付了,高衙内这病必然好了。"又一个道:"张教头那厮,三回五次托人情去说:'你的女婿没了。'张教头越不肯应承,因此衙内病患看看重了。太尉特使俺两个央浼[②]二位干这件事,不想而今完备了。"又一个道:"小人直爬入墙里去,四下草堆上,点了十来个火把,待走那里去?"那一个道:"这早晚烧个八分过了。"又听得一个道:"便逃得性命时,烧了大军草料场,也得个死罪。"又一个道:"我们回城里去罢。"一个道:"再看一看,拾得他一两块骨头回京,府里见太尉和衙内时,也道我们也能会干事。"

林冲听得三个人时,一个是差拨,一个是陆虞候,一个是富安。自思道:"天可怜见林冲!若不是倒了草厅,我准定被这厮们烧死了!"轻轻把石头掇开,挺着花枪,左手拽开庙门,大喝一声:"泼贼那里去?"

三个人都急要走时,惊得呆了,正走不动。林冲举手,肐察的一枪,先拨倒差拨。陆虞候叫声:"饶命!"吓的慌了手脚,走不动。那富安走不到十来步,被林冲赶上,后心只一枪,又搠倒了。翻身回来,陆虞候却才行得三四步,林冲喝声道:"好贼,你待那里去!"批胸只一提,丢翻在雪地上,把枪搠在地里,用脚踏住胸脯,身边取出那口刀来,便去陆谦脸上搁着,喝道:"泼贼,我自来又和你无甚么冤仇,你如何这等害我?正是杀人可恕,

---

① 烈士——刚正勇烈之士,壮士。

② 央浼(měi)——央求,恳求。

情理难容！”陆虞候告道：“不干小人事，太尉差遣，不敢不来。”林冲骂道：“奸贼，我与你自幼相交，今日倒来害我，怎不干你事？且吃我一刀！”把陆谦上身衣服扯开，把尖刀向心窝里只一剜，七窍迸出血来，将心肝提在手里。回头看时，差拨正爬将起来要走。林冲按住喝道：“你这厮原来也恁的歹！且吃我一刀。”又早把头割下来，挑在枪上。回来，把富安、陆谦头都割下来，把尖刀插了，将三个人头发结做一处，提入庙里来，都摆在山神面前供桌上，再穿了白布衫，系了膊膊，把毡笠子带上，将葫芦里冷酒都吃尽了。被与葫芦都丢了不要，提了枪，便出庙门投东去。

走不到三五里，早见近村人家都拿着水桶钩子来救火。林冲道：“你们快去救应，我去报官了来。”提着枪只顾走，有诗为证：

天理昭昭不可诬，莫将奸恶作良图。
若非风雪沽村酒，定被焚烧化朽枯。
自谓冥中施计毒，谁知暗里有神扶。
最怜万死逃生地，真是魁奇伟丈夫。

那雪越下的猛，林冲投东走了两个更次，身上单寒，当不过那冷，在雪地里看时，离得草料场远了；只见前面疏林深处，树木交杂，远远地数间草屋，被雪压着，破壁缝里透出火光来。

林冲径投那草屋来，推开门，只见那中间坐着一个老庄客，周围坐着四五个小庄家向火，地炉里面焰焰地烧着柴火。林冲走到面前叫道：“众位拜揖，小人是牢城营差使人，被雪打湿了衣裳，借此火烘一烘，望乞方便。”庄客道：“你自烘便了，何妨得！”

林冲烘着身上湿衣服，略有些干，只见火炭边煨着一个瓮儿，里面透出酒香。林冲便道：“小人身边有些碎银子，望烦回[①]些酒吃。”老庄客道：“我们每夜轮流看米囤，如今四更天气正冷，我们这几个吃，尚且不够，那得回与你！休要指望！”林冲又道：“胡乱只回三两碗与小人挡寒。”老庄客道：“你那人休缠休缠。”林冲闻得酒香，越要吃，说道：“没奈何，回些罢！”众庄客道：“好意着你烘衣裳向火，便来要酒吃！去便去，不去时，将来吊在这里。”林冲怒道：“这厮们好无道理！”把手中枪看着块焰焰着的火柴头，望老庄家脸上只一挑将起来，又把枪去火炉里只一搅，那老庄家的

① 回——掉换，转让。这里是换取的意思。

髭须焰焰的烧着,众庄客都跳将起来。林冲把枪杆乱打,老庄家先走了,庄家们都动弹不得,被林冲赶打一顿,都走了。

林冲道:"都去了,老爷快活吃酒。"土炕上却有两个椰瓢,取一个下来,倾那瓮酒来,吃了一会,剩了一半。提了枪,出门便走。一步高,一步低,踉踉跄跄,捉脚不住。走不过一里路,被朔风一掉,随着那山涧边倒了,那里挣得起来。大凡醉人一倒,便起不得。当时林冲醉倒在雪地上。

却说众庄客引了二十余人,拖枪拽棒,都奔草屋下看时,不见了林冲,却寻着踪迹赶将来,只见倒在雪地里,花枪丢在一边。庄客一齐上,就地拿起林冲来,将一条索缚了。趁五更时分,把林冲解投一个去处来。不是别处,有分教,蓼儿洼内,前后摆数千只战舰艨艟①;水浒寨中,左右列百十个英雄好汉。正是:说时杀气侵人冷,讲处悲风透骨寒。毕竟看林冲被庄客解投甚处来,且听下回分解。

第十一回

朱贵水亭施号箭　林冲雪夜上梁山

话说豹子头林冲当夜醉倒在雪里地上，挣扎不起，被众庄客向前绑缚了，解送来一个庄院。只见一个庄客从院里出来，说道："大官人未起，众人且把这厮高吊起在门楼底下。"看天色晓来，林冲酒醒，打一看② 时，果然好个大庄院。林冲大叫道："甚么人敢吊我在这里?"那庄客听得叫，手拿着白木棍，从门里走出来，喝道："你这厮还自好口③!"那个被烧了髭须的老庄客道："休要问他，只顾打！等大官人起来，问明送官。"庄客一齐上，林冲被打，挣扎不得，只叫道："不要打我，我自有说处。"只见一个庄客来叫道："大官人来了。"林冲看时，只见个官人，背叉着手，行将出来，至廊下问道："你们在此打甚么

① 艨艟(méng chōng)——古代船体狭长的战船。

② 打一看——乍一看。

③ 好（hào）口——嘴硬。

人?”众庄客答道：“昨夜捉得个偷米贼人。”那官人向前来看时，认得是林冲，慌忙喝退庄客，亲自解下，问道：“教头缘何被吊在这里?”众庄客看见，一齐走了。

林冲看时，不是别人，却是小旋风柴进，连忙叫道：“大官人救我!”柴进道：“教头为何到此，被村夫耻辱?”林冲道：“一言难尽!”两个且到里面坐下，把这火烧草料场一事，备细告诉。柴进听罢道：“兄长如此命蹇[①]! 今日天假其便，但请放心，这里是小弟的东庄，且住几时，却再商量。”叫庄客取一笼衣裳出来，叫林冲彻里至外都换了，请去暖阁里坐地，安排酒食杯盘管待。自此林冲只在柴进东庄上住了五七日，不在话下。

却说沧州牢城营里管营首告：林冲杀死差拨、陆虞候、富安等三人，放火沿烧大军草料场。州尹大惊，随即押了公文帖，仰缉捕人员将带做公的，沿乡，历邑，道店，村坊，四处张挂，出三千贯信赏钱，捉拿正犯林冲。看看挨捕甚紧，各处村坊讲动了。

且说林冲在柴大官人东庄上，听得个信息紧急，俟[②]候柴进回庄，林冲便说道：“非是大官人不留小人，只因官司追捕甚紧，排家搜捉；倘或寻到大官人庄上，犹恐负累大官人不好。既蒙大官人仗义疏财，求借林冲些小盘缠，投奔他处栖身，异日不死，当效犬马之报。”柴进道：“既是兄长要行，小人有个去处，作书一封与兄长前去。”正是：

豪杰蹉跎[③]运未通，行藏[④]随处被牢笼。
不因柴进修书荐，焉得驰名水浒中。

林冲道：“若得大官人如此周济，教小人安身立命。只不知投何处去?”柴进道：“是山东济州管下一个水乡，地名梁山泊，方圆八百余里，中间是宛子城、蓼儿洼。如今有三个好汉，在那里扎寨。为头的唤做白衣秀士王伦，第二个唤做摸着天杜迁，第三个唤做云里金刚宋万。那三个好汉，聚集着七八百小喽罗，打家劫舍，多有做下迷天大罪的

---

① 蹇（jiǎn）——不顺利。

② 俟（sì）——等待。

③ 蹉跎（cuō tuó）——本指光阴虚度。这里指失意。

④ 行藏——指仕途的进退。渊出“用舍行藏”。

人，都投奔那里躲灾避难，他都收留在彼。三位好汉，亦与我交厚，尝寄书缄来。我今修一封书与兄长，去投那里入伙如何？”林冲道：“若得如此顾盼[①]最好！”柴进道：“只是沧州道口现今官司张挂榜文，又差两个军官在那里搜检，把住道口。兄长必用从那里经过。”柴进低头一想道：“再有个计策，送兄长过去。”林冲道：“若蒙周全，死而不忘。”

柴进当日先叫庄客背了包裹出关去等。柴进却备了三二十匹马，带了弓箭旗枪，驾了鹰雕，牵着猎狗，一行人马都打扮了，却把林冲杂在里面，一齐上马，都投关外。

却说把关军官坐在关上，看见是柴大官人，却都认得。原来这军官未袭职时，曾到柴进庄上，因此识熟。军官起身道：“大官人又去快活！”柴进下马问道：“二位官人缘何在此？”军官道：“沧州太尹行移文书，画影图形，捉拿犯人林冲，特差某等在此守把。但有过往客商，一一盘问，才放出关。”柴进笑道：“我这一伙人内中间夹带着林冲，你缘何不认得？”军官也笑道：“大官人是识法度的，不到得[②]肯夹带了出去？请尊便上马。”柴进又笑道：“只恁地相托得过，拿得野味回来相送。”作别了，一齐上马出关去了。

行得十四五里，却见先去的庄客在那里等候。柴进叫林冲下了马，脱去打猎的衣服，却穿上庄客带来的自己衣裳，系了腰刀，戴上红缨毡笠，背上包裹，提了衮刀，相辞柴进，拜别了便行。

只说那柴进一行人上马，自去打猎，到晚方回，依旧过关送些野味与军官，回庄上去了，不在话下。

且说林冲与柴大官人别后，上路行了十数日，时遇暮冬天气，彤云密布，朔风紧起，又见纷纷扬扬，下着满天大雪。行不到二十余里，只见满地如银。昔金完颜亮有篇词，名《百字令》，单题着大雪，壮那胸中杀气：

天丁震怒，掀翻银海，散乱珠箔。六出奇花飞滚滚，平填了山中丘壑。皓虎颠狂，素麟猖獗，掣断珍珠索。玉龙酣战，鳞甲满天飘落。谁念万里关山，征夫僵立，缟带霑旗脚。色映戈矛，光摇剑戟，

---

① 顾盼——原指看望，这里指受人照应，看顾。

② 不到得——不至于。也作不道得。

杀气横戎幕。貔虎[①]豪雄，偏裨英勇，共与谈兵略。须拼一醉，看取碧空寥廓。

话说林冲踏着雪只顾走，看看天色冷得紧切，渐渐晚了。远远望见枕溪靠湖一个酒店，被雪漫漫地压着。但见：

银迷草舍，玉映茅檐。数十株老树杈枒，三五处小窗关闭。疏荆篱落，浑如腻粉轻铺；黄土绕墙，却似铅华布就。千团柳絮飘帘幕，万片鹅毛舞酒旗。

林冲看见，奔入那酒店里来，揭开芦帘，拂身入去，倒侧身看时，都是座头。拣一处坐下，倚了衮刀，解放包裹，抬了毡笠，把腰刀也挂了。只见一个酒保来问道："客官打多少酒？"林冲道："先取两角酒来。"酒保将个桶儿打两角酒，将来放在桌上。林冲又问道："有甚么下酒？"酒保道："有生熟牛肉、肥鹅、嫩鸡。"林冲道："先切二斤熟牛肉来。"酒保去不多时，将来铺下一大盘牛肉，数盘菜蔬，放个大碗，一面筛酒。林冲吃了三四碗酒，只见店里一个人背叉着手，走出来门前看雪。那人问酒保道："甚么人吃酒？"林冲看那人时，头戴深檐暖帽，身穿貂鼠皮袄，脚着一双獐皮窄靿[②]靴，身材长大，貌相魁宏，双拳骨脸，三叉黄须，只把头来摸着看雪。

林冲叫酒保只顾筛酒。林冲说道："酒保，你也来吃碗酒。"酒保吃了一碗。林冲问道："此间去梁山泊还有多少路？"酒保答道："此间要去梁山泊，虽只数里，却是水路，全无旱路。若要去时，须用船去，方才渡得到那里。"林冲道："你可与我觅只船儿。"酒保道："这般大雪，天色又晚了，那里去寻船只？"林冲道："我多与你些钱，央你觅只船来，渡我过去。"酒保道："却是没讨处。"林冲寻思道："这般却怎的好？"又吃了几碗酒，闷上心来，蓦然想起："我先在京师做教头，每日六街三市游玩吃酒，谁想今日被高俅这贼坑陷了我这一场，文了面，直断送到这里，闪得[③]我有家难奔，有国难投，受此寂寞！"因感伤怀抱，问酒保借笔砚来，乘着一时酒兴，向那白粉壁上写下八句道：

---

① 貔（pí）虎——指猛兽。比喻勇猛的军队。

② 靿（yào）——靴筒。

③ 闪得——害得。

仗义是林冲，为人最朴忠。
江湖驰誉望，京国显英雄。
身世悲浮梗，功名类转蓬。
他年若得志，威镇泰山东。

撇下笔，再取酒来。

正饮之间，只见那个穿皮袄的汉子走向前来，把林冲劈腰揪住，说道："你好大胆！你在沧州做下迷天大罪，却在这里！现今官司出三千贯信赏钱捉你，却是要怎地?"林冲道："你道我是谁?"那汉道："你不是豹子头林冲?"林冲道："我自姓张。"那汉笑道："你莫胡说，现今壁上写下名字，你脸上文着金印，如何要赖得过?"林冲道："你真个要拿我!"那汉笑道："我却拿你做甚么?你跟我进来，到里面和你说话。"

那汉放了手，林冲跟着，到后面一个水亭上，叫酒保点起灯来，和林冲施礼，对面坐下。那汉问道："却才见兄长只顾问梁山泊路头，要寻船去，那里是强人山寨，你待要去做甚么?"林冲道："实不相瞒：如今官司追捕小人紧急，无安身处，特投这山寨里好汉入伙，因此要去。"那汉道："虽然如此，必有个人荐兄长来入伙。"林冲道："沧州横海郡故友举荐将来。"那汉道："莫非小旋风柴进么?"林冲道："足下何以知之?"那汉道："柴大官人与山寨中大王头领交厚，常有书信往来。"原来王伦当初不得第之时，与杜迁投奔柴进，多得柴进留在庄子上，住了几时。临起身，又赍发盘缠银两，因此有恩。

林冲听了，便拜道："有眼不识泰山，愿求大名。"那汉慌忙答礼，说道："小人是王头领手下耳目，姓朱，名贵，原是沂州沂水县人氏，江湖上但叫小弟做旱地忽律[①]。山寨里教小弟在此间开酒店为名，专一探听往来客商经过。但有财帛者，便去山寨里报知。但是孤单客人到此，无财帛的，放他过去；有财帛的，来到这里，轻则蒙汗药麻翻，重则登时结果，将精肉片为羓子[②]，肥肉煎油点灯。却才见兄长只顾问梁山泊路头，因此不敢下手。次后见写出大名来，曾有东京来的人，传说兄长的豪杰，不期今日得会。既有柴大官人书缄相荐，亦是兄长名震寰

① 忽律——鳄鱼。也作猽狆、忽雷等。
② 羓子——干肉。

海，王头领必当重用。”随即安排鱼肉、盘馔、酒肴，到来相待。两个在水亭上，吃了半夜酒。林冲道：“如何能够船来渡过去?”朱贵道：“这里自有船只，兄长放心，且暂宿一宵，五更却请起来同往。”当时两个各自去歇息。

睡到五更时分，朱贵自来叫林冲起来，洗漱罢，再取三五杯酒相待，吃了些肉食之类。此时天尚未明，朱贵把水亭上窗子开了，取出一张鹊画弓，搭上那一枝响箭，觑着对港败芦折苇里面射将去。林冲道：“此是何意?”朱贵道：“此是山寨里的号箭，少顷便有船来。”没多时，只见对过芦苇泊里三五个小喽罗，摇着一只快船过来，径到水亭下。朱贵当时引了林冲，取了刀仗行李下船。小喽罗把船摇开，望泊子里去奔金沙滩来。林冲看时，见那八百里梁山水泊，果然是个陷人去处！但见：

山排巨浪，水接遥天。乱芦攒万队刀枪，怪树列千层剑戟。濠边鹿角[①]，俱将骸骨攒成；寨内碗瓢，尽使骷髅做就。剥下人皮蒙战鼓，截来头发做缰绳。阻当官军，有无限断头港陌；遮拦盗贼，是许多绝径林峦。鹅卵石迭迭如山，苦竹枪森森似雨。断金亭上愁云起，聚义厅前杀气生。

当时小喽罗把船摇到金沙滩岸边，朱贵同林冲上了岸，小喽罗背了包裹，拿了刀杖，两个好汉上山寨来。那几个小喽罗，自把船摇到小港里去了。林冲看岸上时，两边都是合抱的大树，半山里一座断金亭子。再转将过来，见座大关，关前摆着枪、刀、剑、戟、弓、弩、戈、矛，四边都是擂木炮石。小喽罗先去报知。二人进得关来，两边夹道遍摆着队伍旗号。又过了两座关隘，方才到寨门口。林冲看见四面高山，三关雄壮，团团围定中间里镜面也似一片平地，可[②]方三五百丈，靠着山口，才是正门，两边都是耳房。

朱贵引着林冲来到聚义厅上，中间交椅上坐着一个好汉，正是白衣秀士王伦，左边交椅上坐着摸着天杜迁，右边交椅坐着云里金刚宋万。

---

① 鹿角——古代作战用的防御物，把带枝杈的树木、荆棘等置于营寨外沿，以阻敌进。

② 可——大约。

朱贵、林冲向前声喏了。林冲立在朱贵侧边，朱贵便道："这位是东京八十万禁军教头，姓林，名冲，绰号豹子头。因被高太尉陷害，刺配沧州，那里又被火烧了大军草料场，争奈杀死三人，逃走在柴大官人家，好生相敬。因此，特写书来举荐入伙。"

林冲怀中取书递上，王伦接来拆开看了，便请林冲来坐第四位交椅，朱贵坐了第五位。一面叫小喽罗取酒来，把了三巡，动问柴大官人近日无恙。林冲答道："每日只在郊外猎较乐情。"王伦动问了一回，蓦然寻思道："我却是个不及第[①]的秀才。因鸟气，合着杜迁来这里落草，续后宋万来，聚集这许多人马伴当。我又没十分本事，杜迁、宋万武艺也只平常。如今不争添了这个人，他是京师禁军教头，必然好武艺。倘若被他识破我们手段，他须占强，我们如何迎敌？不若只是一怪，推却事故，发付他下山去便了，免致后患。只是柴进面上却不好看，忘了日前之恩；如今也顾他不得。"正是：

未同豪气岂相求，纵遇英雄不肯留。

秀士自来多嫉妒，豹头空叹觅封侯。

当下王伦叫小喽罗一面安排酒食，整理筵宴，请林冲赴席，众好汉一同吃酒。将次席终，王伦叫小喽罗把一个盘子，托出五十两白银，两匹紵丝来。王伦起身说道："柴大官人举荐将教头来敝寨入伙，争奈小寨粮食缺少，屋宇不整，人力寡薄，恐日后误了足下，亦不好看。略有些薄礼，望乞笑留；寻个大寨安身歇马，切勿见怪。"林冲道："三位头领容复：小人'千里投名，万里投主'，凭托柴大官人面皮，径投大寨入伙。林冲虽然不才，望赐收录。当以一死向前，并无谄佞，实为平生之幸。不为银两赍发而来。乞头领照察。"王伦道："我这里是个小去处，如何安着得你？休怪，休怪。"

朱贵见了，便谏道："哥哥在上，莫怪小弟多言。山寨中粮食虽少，近村远镇，可以去借；山场水泊木植广有，便要盖千间房屋，却也无妨。这位是柴大官人力举荐来的人，如何教他别处去？抑且柴大官人自来与山上有恩，日后得知不纳此人，须不好看。这位又是有本事的人，他必然来出气力。"杜迁道："山寨中那争他一个！哥哥若不收留，柴大

① 不及第——科举没有考中。发榜时列有甲、乙等次第。及，到。

官人知道时见怪，显的我们忘恩背义。日前多曾亏了他，今日荐个人来，便恁推却，发付他去！”宋万也劝道：“柴大官人面上，可容他在这里做个头领也好；不然，见得我们无义气，使江湖上好汉见笑。”王伦道：“兄弟们不知，他在沧州虽是犯了迷天大罪，今日上山，却不知心腹。倘或来看虚实，如之奈何？”林冲道：“小人一身犯了死罪，因此来投入伙，何故相疑？”王伦道：“既然如此，你若真心入伙，把一个‘投名状’来。”林冲便道：“小人颇识几字，乞纸笔来便写。”朱贵笑道：“教头你错了。但凡好汉们入伙，须要纳投名状，是教你下山去杀得一个人，将头献纳，他便无疑心。这个便谓之投名状。”林冲道：“这事也不难，林冲便下山去等，只怕没人过。”王伦道：“与你三日限。若三日内有投名状来，便容你入伙；若三日内没时，只得休怪。”林冲应承了，自回房中宿歇，闷闷不已。正是：

愁怀郁郁若难开，可恨王伦忒弄乖。

明日早寻山路去，不知那个送头来。

当夜席散，朱贵相别下山，自去守店。

林冲到晚，取了刀仗行李，小喽罗引去客房内歇了一夜。次日早起来，吃些茶饭，带了腰刀，提了朴刀，叫一个小喽罗领路下山，把船渡过去，僻静小路上等候客人过往。从朝至暮，等了一日，并无一个孤单客人经过。林冲闷闷不已，和小喽罗再过渡来，回到山寨中。王伦问道：“投名状何在？”林冲答道：“今日并无一个过往，以此不曾取得。”王伦道：“你明日若无投名状时，也难在这里了。”林冲再不敢答应，心内自己不乐，来到房中，讨些饭吃了，又歇了一夜。

次日清早起来，和小喽罗吃了早饭，拿了朴刀，又下山来。小喽罗道：“俺们今日投南山路去等。”两个来到林子里潜伏等候，并不见一个客人过往。伏到午牌时候，一伙客人约有三百余人，结踪而过，林冲又不敢动手，看他过去。又等了一歇，看看天色晚来，又不见一个客人过。林冲对小喽罗道：“我恁地晦气，等了两日，不见一个孤单客人过往，如何是好？”小喽罗道：“哥哥且宽心，明日还有一日限，我和哥哥去东山路上等候。”当晚依旧上山。王伦说道：“今日投名状如何？”林冲不敢答应，只叹了一口气。王伦笑道：“想是今日又没了。我说与你三日限，今已两日了。若明日再无，不必相见了，便请挪步下山，投别处去。”

林冲回到房中，端的是心内好闷。有《临江仙》词一篇云：

闷似蛟龙离海岛，愁如虎困荒田，悲秋宋玉[①]泪涟涟。江淹初去笔[②]，项羽恨无船[③]。高祖荥阳遭困厄[④]，昭关伍相忧煎[⑤]，曹公赤壁火连天。李陵台上望，苏武陷居延[⑥]。

当晚林冲仰天长叹道：“不想我今日被高俅那贼陷害，流落到此，天地也不容我，直如此命蹇时乖！”

过了一夜，次日天明起来，讨些饭食吃了，打拴那包裹，撇在房中，跨了腰刀，提了朴刀，又和小喽罗下山过渡，投东山路上来。林冲道：“我今日若还取不得投名状时，只得去别处安身立命。”两个来到山下东路林子里潜伏等候，看看日头中了，又没一个人来。

时遇残雪初晴，日色明朗，林冲提着朴刀对小喽罗道：“眼见得又不济事了。不如趁早，天色未晚，取了行李，只得往别处去寻个所在。”小校用手指道：“好了！兀的不是一个人来？”林冲看时，叫声：“惭愧！”只见那个人远远在山坡下望见行来。

待他来得较近，林冲把朴刀捍剪了一下，蓦地跳将出来。那汉子见了林冲，叫声：“阿也！”撇了担子，转身便走。林冲赶将去，那里赶得

---

① 悲秋宋玉——楚国著名文学家宋玉，平生不得志，曾在《九辩》中借悲秋抒写忧奋。

② 江淹句——南朝梁时著名文学家，早年即以文章名，晚年诗文大不如前。《南史·江淹传》载：江淹梦一人，自称郭璞，向江索还寄于江手的五色笔。此后，江淹作文绝无佳句，时人便称“江郎才尽”。这里比喻声名凋落，遭际窘迫。

③ 项羽句——项羽兵败垓下，单骑至乌江，乌江亭长以船相待，劝其渡江。项羽谢绝说：“无面目见江东父老。”终未渡江。事出《史记·项羽本纪》。

④ 高祖句——楚汉战争中，刘邦被项羽困于荥阳。汉将纪信诈降，使刘邦得以突围。

⑤ 昭关句——昭关是春秋时吴楚两国的交通要冲。伍相，即伍子胥。伍子胥为逃避楚王斩杀，奔命吴国，有为过昭关而一夜愁白头的传说。

⑥ 李陵句——汉武帝时，苏武出使匈奴，被扣十九年。其间曾会见被迫投降的汉将李陵。李陵曾多次置酒高台，劝苏留匈，终为苏武所拒绝。居延，古县名。

上，那汉子闪过山坡去了。林冲道："你看，我命苦么！来了三日，甫能[1] 等得一个人来，又吃他走了。"小校道："虽然不杀得人，这一担财帛，可以抵当。"林冲道："你先挑了上山去，我再等一等。"小喽罗先把担儿挑出林去。

只见山坡下转出一个大汉来，林冲见了，说道："天赐其便。"只见那人挺着朴刀，大叫如雷，喝道："泼贼，杀不尽的强徒，将俺行李那里去！洒家正要捉你这厮们，倒来拔虎须。"飞也似踊跃而来。林冲见他来得势猛，也使步迎他。不是这个人来斗林冲，有分教，梁山泊内，添几个弄风白额大虫；水浒寨中，辏几只跳涧金睛猛兽。毕竟来与林冲斗的，正是甚人，且听下回分解。

第十二回

梁山泊林冲落草　汴京城杨志卖刀

话说林冲打一看时，只见那汉子头戴一顶范阳毡笠，上撒着一托红缨，穿一领白缎子征衫，系一条纵线绦，下面青白间道行缠，抓着裤子口，獐皮袜，带毛牛膀靴，跨口腰刀，提条朴刀，生得七尺五六身材，面皮上老大一搭青记，腮边微露些少赤须，把毡笠子掀在脊梁上，坦开胸脯，带着抓角儿软头巾，挺手中朴刀，高声喝道："你那泼贼，将俺行李财帛那里去了？"林冲正没好气，那里答应，睁圆怪眼，倒竖虎须，挺著朴刀，抢将来斗那个大汉。此时残雪初晴，薄云方散，溪边踏一片寒冰，岸畔涌两条杀气，一往一来，斗到三十来合，不分胜败。

两个又斗了十数合，正斗到分际，只见山高处叫道："两位好汉不要斗了！"林冲听得，蓦地跳出圈子外来。两个收住手中朴刀，看那山顶上时，却是白衣秀士王伦和杜迁、宋万，并许多小喽罗，走下山来，将船渡过了河，说道："两位好汉，端的好两口朴刀，神出鬼没！这个是俺的兄弟豹子头林冲。青面汉，你却是谁？愿通姓名。"

---

① 甫（fǔ）能——刚刚。

那汉道："洒家是三代将门之后，五侯杨令公之孙，姓杨，名志，流落在此关西。年纪小时，曾应过武举，做到殿司制使官，道君因盖万岁山，差一般十个制使去太湖边搬运花石纲[①]，赴京交纳。不想洒家时乖运蹇，押着那花石纲，来到黄河里，遭风打翻了船，失陷了花石纲，不能回京赴任，逃去他处避难。如今赦了俺们罪犯，洒家今来收的一担儿钱物，待回东京去枢密院使用，再理会本身的勾当，打从这里经过，顾倩[②]庄家挑那担儿，不想被你们夺了。可把来还洒家如何？"王伦道："你莫是绰号唤做青面兽的？"杨志道："洒家便是。"王伦道："既然是杨制使，就请到山寨吃三杯水酒，纳还行李如何？"杨志道："好汉既然认得洒家，便还了俺行李，更强似请吃酒。"王伦道："制使，小可数年前到东京应举时，便闻制使大名。今日幸得相见，如何教你空去！且请到山寨少叙片时，并无他意。"

杨志听说了，只得跟了王伦一行人等过了河，上山寨来。就叫朱贵同上山寨相会，都来到寨中聚义厅上。左边一带四把交椅，却是王伦、杜迁、宋万、朱贵；右边一带两把交椅，上首杨志，下首林冲，都坐定了。王伦叫杀羊置酒，安排筵宴，管待杨志，不在话下。

话休絮烦，酒至数杯，王伦心里想道："若留林冲，实形容[③]得我们不济[④]，不如我做个人情，并留了杨志，与他作敌。"因指着林冲对杨志道："这个兄弟，他是东京八十万禁军教头，唤做豹子头林冲，因这高太尉那厮安不得好人，把他寻事刺配沧州，那里又犯了事，如今也新到这里。却才制使要上东京勾当，不是王伦纠合[⑤]制使，小可兀自弃文就武，来此落草，制使又是有罪的人，虽经赦宥，难复前职。亦且高俅那厮现掌军权，他如何肯容你？不如只就小寨歇马，大秤分金银，大碗吃酒肉，同做好汉，不知制使心下主意若何？"杨志答道："重蒙众头领如此带携，只是洒家有个

---

① 花石纲——宋徽宗在东京营造"寿山艮岳"（即上文"万岁山"），使朱勔（miǎn）主持，搜刮民间奇花异石，调征民夫，以十人为一纲，经运河运往东京。运送花石的船队，便叫"花石纲"。此外还有"盐纲"、"茶纲"及后文的"生辰纲"。

② 顾倩（qìng）——雇佣。

③ 形容——显现，显得。

④ 不济——不顶用，不行。

⑤ 纠合——纠缠。

亲眷，现在东京居住。前者官事连累了他，不曾酬谢得。今日欲要投那里走一遭，望众头领还了洒家行李；如不肯还，杨志空手也去了。”王伦笑道：“既是制使不肯在此，如何敢勒逼入伙？且请宽心住一宵，明日早行。”杨志大喜，当日饮酒到一更方歇，各自去歇息了。

次日早起来，又置酒与杨志送行。吃了早饭，众头领叫一个小喽罗，把昨夜担儿挑了，一齐都送下山来，到路口与杨志作别。叫小喽罗渡河，送出大路。众人相别了，自回山寨。王伦自此方才肯教林冲坐第四位，朱贵坐第五位。从此五个好汉在梁山泊打家劫舍，不在话下。

只说杨志出了大路，寻个庄家挑了担子，发付小喽罗自回山寨。杨志取路，不数日，来到东京。入得城来，寻个客店安歇下；庄客交还担儿，与了些银两，自回去了。杨志到店中放下行李，解了腰刀、朴刀，叫店小二将些碎银子买些酒肉吃了。过数日，央人来枢密院打点，理会本等的勾当，将出那担儿内金银财物，买上告下，再要补殿司府制使职役。把许多东西都使尽了，方才得申文书，引去见殿帅高太尉。

来到厅前，那高俅把从前历事文书都看了，大怒道：“既是你等十个制使去运花石纲，九个回到京师交纳了，偏你这厮把花石纲失陷了；又不来首告，倒又在逃，许多时捉拿不着。今日再要勾当，虽经赦宥[①] 所犯罪名，难以委用。”把文书一笔都批倒了，将杨志赶出殿帅府来。

杨志闷闷不已，回到客店中，思量：“王伦劝俺，也见得是。只为洒家清白姓字，不肯将父母遗体来玷污了。指望把一身本事，边庭上一枪一刀，博个封妻荫子，也与祖宗争口气；不想又吃这一闪。高太尉，你忒毒害，恁地刻薄！”心中烦恼了一回。在客店里又住几日，盘缠都使尽了。正是：

花石纲原没纪纲，奸邪到底困忠良。

早知廊庙[②] 当权重，不若山林聚义长。

杨志寻思道：“却是恁地好？只有祖上留下这口宝刀，从来跟着洒家，如今事急无措，只得拿去街上货卖得千百贯钱钞，好做盘缠，投往他处安身。”当日将了宝刀，插了草标儿，上市去卖，走到马行街内，立了两个时

---

① 赦宥(shè yòu)——赦免罪过，予以饶恕。

② 廊庙——指朝廷。

辰，并无一个人问。将立到晌午时分，转来到天汉州桥热闹处去卖。

杨志立未久，只见两边的人都跑入河下巷内去躲。杨志看时，只见都乱撺，口里说道："快躲了！大虫来也！"杨志道："好作怪！这等一片锦城池，却那得大虫来！"当下立住脚看时，只见远远地黑凛凛一大汉，吃得半醉，一步一攧撞将来。杨志看那人时，形貌生得粗陋。但见：

面目依稀似鬼，身持仿佛如人。杈枒怪树，变为胣膪形骸；臭秽枯桩，化作腌臜魍魉。浑身遍体，都生渗渗濑濑沙鱼皮；夹脑连头，尽长拳拳弯弯卷螺发。胸前一片紧顽皮，额上三条强拗皱。

原来这人是京师有名的破落户泼皮，叫做没毛大虫牛二。专在街上撒泼、行凶、撞闹，连为几头官司，开封府也治他不下，以此满城人见那厮来都躲了。

却说牛二抢到杨志面前，就手里把那口宝刀扯将出来，问道："汉子，你这刀要卖几钱？"杨志道："祖上留下宝刀，要卖三千贯。"牛二喝道："甚么鸟刀，要卖许多钱！我三十文买一把，也切得肉，切得豆腐。你的鸟刀有甚好处，叫做宝刀！"杨志道："洒家的须[①] 不是店上卖的白铁刀，这是宝刀。"牛二道："怎的唤做宝刀？"杨志道："第一件，砍铜剁铁，刀口不卷；第二件，吹毛得过；第三件，杀人刀上没血。"牛二道："你敢剁铜钱么？"杨志道："你便将来剁与你看。"

牛二便去州桥下香椒铺里讨了二十文当三钱，一垛儿将来放在州桥栏干上，叫杨志道："汉子，你若剁得开时，我还你三千贯。"那时看的人，虽然不敢近前，向远远地围住了望。杨志道："这个直得甚么？"把衣袖卷起，拿刀在手，看的较准，只一刀，把铜钱剁做两半，众人都喝采。

牛二道："喝甚么鸟采！你且说第二件是甚么？"杨志道："吹毛得过：若把几根头发，望刀口上只一吹，齐齐都断。"牛二道："我不信。"自把头上拔下一把头发，递与杨志，"你且吹我看。"杨志左手接过头发，照着刀口上尽气力一吹，那头发都做两段，纷纷飘下地来，众人喝采，看的人越多了。

牛二又问："第三件是甚么？"杨志道："杀人刀上没血。"牛二道："怎么杀人刀上没血？"杨志道："把人一刀砍了，并无血痕，只是个快。"牛二道："我不信，你把刀来剁一个人我看。"杨志道："禁城之中，如何敢杀人？你

---

① 的(dí)须——实在，可，真是。

不信时，取一只狗来杀与你看。”牛二道：“你说杀人，不曾说杀狗！”杨志道：“你不买便罢，只管缠人做甚么？”牛二道：“你将来我看。”杨志道：“你只顾没了当[①]，洒家又不是你撩拨的！”牛二道：“你敢杀我？”杨志道：“和你往日无冤，昔日无仇，一物不成，两物见在[②]，没来由杀你做甚么？”

牛二紧揪住杨志说道：“我偏要买你这口刀。”杨志道：“你要买，将钱来。”牛二道：“我没钱。”杨志道：“你没钱，揪住洒家怎地？”牛二道：“我要你这口刀。”杨志道：“我不与你。”牛二道：“你好男子，剁我一刀！”

杨志大怒，把牛二推了一交。牛二爬将起来，钻入杨志怀里。杨志叫道：“街坊邻舍，都是证见：杨志无盘缠，自卖这口刀，这个泼皮强夺洒家的刀，又把俺打。”街坊人都怕这牛二，谁敢向前来劝。牛二喝道：“你说我打你，便打杀直甚么？”口里说，一面挥起右手一拳打来，杨志霍地躲过，拿着刀抢入来，一时性起，望牛二嗓根上搠个着，扑地倒了。杨志赶入去，把牛二胸脯上又连搠了两刀，血流满地，死在地上。杨志叫道：“洒家杀死这个泼皮，怎肯连累你们！泼皮既已死了，你们都来同洒家去官府里出首。”坊隅众人慌忙拢来，随同杨志径投开封府出首。

正值府尹坐衙，杨志拿着刀和地方邻舍众人都上厅来，一齐跪下，把刀放在面前。杨志告道：“小人原是殿司制使，为因失陷花石纲，削去本身职役，无有盘缠，将这口刀在街货卖。不期[③]被个泼皮破落户牛二强夺小人的刀，又用拳打小人，因此一时性起，将那人杀死，众邻舍都是证见。”众人亦替杨志告说，分诉了一回。

府尹道：“既是自行前来出首，免了这厮入门的款打。”且叫取一面长枷枷了。差两员相官带了仵作行人，监押杨志并众邻舍一干人犯，都来天汉州桥边登场检验了，迭成文案，众邻舍都出了供状，保放，随衙听候，当厅发落，将杨志于死囚牢里监守。但见：

推临狱内，拥入牢门。黄须节级，麻绳准备吊绷揪；黑面押牢，木匣安排牢锁镣。杀威棒，狱卒断时腰痛；撒子角，囚人见了心惊。休言死去见阎王，只此便如真地狱。

---

① 了当——完毕，完结，停当。

② 一物不成，两物见在——意为做买卖不成，大家无损失，不该伤和气。

③ 不期——不料。

且说杨志押到死囚牢里，众多押牢禁子、节级，见说杨志杀死没毛大虫牛二，都可怜他是个好男子，不来问他取钱，又好生看觑他。天汉州桥下众人，为是杨志除了街上害人之物，都敛些盘缠，凑些银两，来与他送饭，上下又替他使用。推司也觑他是个身首的好汉，又与东京街上除了一害，牛二家又没苦主，把款状都改得轻了。三推六问，却招做一时斗殴杀伤，误伤人命。待了六十日限满，当厅推司禀过府尹，将杨志带出厅前，除了长枷，断了二十脊杖，唤个文墨匠人刺了两行金印，迭配北京大名府留守司充军。那口宝刀没官[①]入库。

当厅押了文牒，差两个防送公人，免不得是张龙、赵虎，把七斤半铁叶子盘头护身枷钉了。分付两个公人，便教监押上路。天汉州桥那几个大户科敛[②]些银两钱物，等候杨志到来，请他两个公人一同到酒店里吃了些酒食，把出银两，赍发两位防送公人，说道："念杨志是个好汉，与民除害，今去北京，路途中望乞二位上下照觑，好生看他一看。"张龙、赵虎道："我两个也知他是好汉，亦不必你众位分付，但请放心。"杨志谢了众人，其余多的银两，尽送与杨志做盘缠，众人各自散了。

话里只说杨志同两个公人来到原下的客店里，算还了房钱，取了原寄的衣服行李，安排些酒食，请了两位公人，寻医士赎了几个棒疮的膏药，贴了棒疮；便同两个公人上路。三个望北京进发，五里单牌，十里双牌，逢州过县，买些酒肉，不时间请张龙、赵虎同吃。三个在路，夜宿旅馆，晓行驿道，不数日来到北京，入得城中，寻个客店安下。

原来北京大名府留守司，上马管军，下马管民，最有权势。那留守唤作梁中书，讳世杰，他是东京当朝太师蔡京的女婿。当日是二月初九日，留守升厅，两个公人解杨志到留守司厅前，呈上开封府公文。

梁中书看了，原在东京时，也曾认得杨志，当下一见了，备问情由。杨志便把高太尉不容复职，使尽钱财，将宝刀货卖，因而杀死牛二的实情通前一一告禀了。梁中书听得大喜，当厅就开了枷，留在厅前听用。押了批回与两个公人，自回东京了，不在话下。

只说杨志自在梁中书府中早晚殷勤听候使唤，梁中书见他勤谨，有心

---

① 没(mò)官——没收充公。

② 科敛(liǎn)——聚集，索纳。

要抬举他，欲要迁他做个军中副牌，月支一分请受，只恐众人不伏，因此传下号令，教军政司告示大小诸将人员，来日都要出东郭门都场中去演武试艺。当晚梁中书唤杨志到厅前，梁中书道："我有心要抬举你做个军中副牌，月支一分请受，只不知你武艺如何？"杨志禀道："小人应过武举出身，曾做殿司府制使职役。这十八般武艺，自小习学。今日蒙恩相抬举，如拨云见日一般，杨志若得寸进，当效衔环背鞍之报。"梁中书大喜，赐与一副衣甲。当夜无事。

次日天晓，时当二月中旬，正值风和日暖。梁中书早饭已罢，带领杨志上马，前遮后拥，往东郭门来，上得教场中，大小军卒，并许多官员接见，就演武厅前下马，到厅上，正面撒着一把浑银交椅，坐下。左右两边，齐臻臻地排着两行官员，指挥使、团练使、正制使、统领使、牙将、校尉、正牌军、副牌军，前后周围，恶狠狠地列着百员将校。正将台上立着两个都监：一个唤做李天王李成，一个唤做闻大刀闻达，二人皆有万夫不当之勇，统领着许多军马，一齐都来朝着梁中书呼三声喏；却早将台上竖起一面黄旗来，将台两边左右列着三五十对金鼓手，一齐发起擂来，品了三通画角，发了三通擂鼓，教场里面谁敢高声。又见将台上竖起一面净平旗来，前后五军，一齐整肃。将台上把一面引军红旗麾动，只见鼓声响处，五百军列成两阵，军士各执器械在手；将台上又把白旗招动，两阵马军齐齐地都立在面前，各把马勒住。

梁中书传下令来，叫唤副牌军周谨向前听令。右阵里周谨听得呼唤，跃马到厅前，跳下马，插了枪，暴雷也似声个大喏。梁中书道："着副牌军施逞本身武艺。"周谨得了将令，绰枪上马，在演武厅前，左盘右旋，右盘左旋，将手中枪使了几路，众人喝采。梁中书道："叫东京对拨来的军健杨志。"杨志转过厅前，唱个大喏。梁中书道："杨志，我知你原是东京殿司府制使军官，犯罪配来此间，即目盗贼猖狂，国家用人之际，你敢与周谨比试武艺高低？如若赢得，便迁你充其职役。"杨志道："若蒙恩相差遣，安敢有违钧旨。"

梁中书叫取一匹战马来，教甲仗库随行官吏应付军器，教杨志披挂上马，与周谨比试。杨志去厅后把取来衣甲穿了，拴束罢，带了头盔、弓、箭、腰刀，手拿长枪上马，从厅后跑将出来。梁中书看了道："着杨志与周谨先比枪。"周谨怒道："这个贼配军敢来与我交枪！"谁知恼犯了这个好汉，来与周谨斗武。不因这番比试,有分教,杨志在万马丛中闻姓字,千军队里夺头功。毕竟杨志与周谨比试,引出甚么人来,且听下回分解。

第十三回

青面兽北京斗武　急先锋东郭争功

话说当时周谨、杨志两个勒马,在于旗下,正欲出战交锋,只见兵马都监闻达喝道:"且住!"自上厅来禀复梁中书道:"复恩相:论这两个比试武艺,虽然未见本事高低,枪刀本是无情之物,只宜杀贼剿寇,今日军中自家比试,恐有伤损,轻则残疾,重则致命,此乃于军不利。可将两根枪去了枪头,各用毡片包裹,地下蘸了石灰,再各上马,都与皂衫穿着。但是枪杆厮搠,如白点多者,当输。"梁中书道:"言之极当。"随即传令下去。

两个领了言语,向这演武厅后去了枪尖,都用毡片包了,缚成骨朵,身上各换了皂衫,各用枪去石灰桶里蘸了石灰,再各上马,出到阵前。那周谨跃马挺枪,直取杨志;这杨志也拍战马,拈手中枪,来战周谨。两个在阵前,来来往往,番番复复,搅做一团,扭做一块,鞍上人斗人,坐下马斗马,两个斗了四五十合。看周谨时,恰似打翻了豆腐的,斑斑点点,约有三五十处;看杨志时,只有左肩脾下一点白。

梁中书大喜,叫唤周谨上厅,看了迹道:"前官参你做个军中副牌,量你这般武艺,如何南征北讨?怎生做得正请受的副牌?"教杨志替此人职役。管军兵马都监李成上厅禀复梁中书道:"周谨枪法生疏,弓马熟闲,不争把他来逐了职事,恐怕慢了军心。再教周谨与杨志比箭如何?"梁中书道:"言之极当。"再传下将令来,叫杨志与周谨比箭。

两个得了将令,都扎了枪,各关了弓箭。杨志就弓袋内取出那张弓来,扣得端正;擎了弓,跳上马,跑到厅前,立在马上,欠身禀复道:"恩相,弓箭发处,事不容情,恐有伤损,乞请钧旨。"梁中书道:"武夫比试,何虑伤残?但有本事,射死勿论。"杨志得令,回到阵前。

李成传下言语,叫两个比箭好汉,各关与一面遮箭牌,防护身体。两个各领遮箭防牌,绾在臂上。杨志说道:"你先射我三箭,后却还你三箭。"

周谨听了，恨不得把杨志一箭射个透明。杨志终是军官出身，识破了他手段，全不把他为事。怎见得两个比箭：

这个曾向山中射虎，那个惯从风里穿杨。彀满处，兔狐丧命；箭发时，雕鹗魂伤。较艺术，当场比并；施手段，对众揄扬。一个磨鞦解，实难抵当；一个闪身解，不可提防。顷刻内要观胜负，霎时间便见存亡。

当时将台上早把青旗麾动，杨志拍马望南边去，周谨纵马赶来，将缰绳搭在马鞍鞒上，左手拿着弓，右手搭上箭，拽得满满地望杨志后心飕地一箭。杨志听得背后弓弦响，霍地一闪，去镫里藏身，那枝箭早射个空。周谨见一箭射不着，却早慌了，再去壶中急取第二枝箭来，搭上弓弦，觑的杨志较亲，望后心再射一箭。杨志听得第二枝箭来，却不去镫里藏身，那枝箭风也似来，杨志那时也取弓在手，用弓梢只一拨，那枝箭滴溜溜拨下草地里去了。周谨见第二枝箭又射不着，心里越慌。

杨志的马早跑到教场尽头，霍地把马一兜，那马便转身望正厅上走回来；周谨也把马只一勒，那马也跑回，就势里赶将来去。那绿茸茸芳草地上，八个马蹄翻盏撒钹相似，勃喇喇地风团儿也似般走。周谨再取第三枝箭，搭在弓弦上，扣得满满地，尽平生气力，眼睁睁地看着杨志后心窝上只一箭射将来。杨志听得弓弦响，扭回身，就鞍上把那枝箭只一绰，绰在手里，便纵马入演武厅前，撇下周谨的箭。

梁中书见了大喜，传下号令，却叫杨志也射周谨三箭。将台上又把青旗麾动，周谨撇了弓箭，拿了防牌在手，拍马望南而走。杨志在马上把腰只一纵，略将脚一拍，那马泼喇喇的便赶。杨志先把弓虚扯一扯，周谨在马上听得脑后弓弦响，扭转身来，便把防牌来迎，却早接个空。周谨寻思道："那厮只会使枪，不会射箭；等他第二枝箭再虚诈时，我便喝住了他，便算我赢了。"周谨的马早到教场南尽头，那马便转望演武厅来。杨志的马见周谨马跑转来，那马也便回身。杨志早去壶中掣出一枝箭来，搭弓在弦上，心里想道："射中他后心窝，必至伤了他性命。他和我又没冤仇，洒家只射他不致命处便了。"左手如托太山，右手如抱婴孩，弓开如满月，箭去似流星，说时迟，那时快，一箭正中周谨左肩。周谨措手不及，翻身落马。那匹空马直跑过演武厅背后去了。众军卒自去救那周谨去了。梁中书见了大喜，叫军政司便呈文案来，教杨志截替了周谨职役。

杨志喜气洋洋，下了马，便向厅前来拜谢恩相，充其职役。正是：

得罪幽燕作配兵，当场比试死相争。

能将一箭穿杨手，夺得牌军半职荣。

不想阶下左边转上一个人来叫道："休要谢职，我和你两个比试！"杨志看那人时，身材七尺以上长短，面圆耳大，唇阔口方，腮边一部落腮胡须，威风凛凛，相貌堂堂，直到梁中书面前声了喏，禀道："周谨患病未痊，精神不在，因此误输与杨志。小将不才，愿与杨志比试武艺，如若小将折半点便宜[①]与杨志，休教截替周谨，便教杨志替了小将职役，虽死而不怨。"梁中书看时，不是别人，却是大名府留守司正牌军索超。为是他性急，撮盐入火，为国家面上，只要争气，当先厮杀，以此人都叫他做急先锋。李成听得，便下将台来，直到厅前禀复道："相公，这杨志既是殿司制使，必然好武艺，须知周谨不是对手；正好与索正牌比试武艺，便见优劣。"梁中书听了，心中想道："我指望一力要抬举杨志，众将不伏；一发等他赢了索超，他们也死而无怨，却无话说。"

梁中书随即唤杨志上厅问道："你与索超比试武艺如何？"杨志禀道："恩相将令，安敢有违。"梁中书道："既然如此，你去厅后换了装束，好生披挂，教甲仗库随行官吏取应用军器给与，就叫牵我的战马借与杨志骑，小心在意，休觑得等闲。"杨志谢了，自去结束。

却说李成分付索超道："你却难比别人，周谨是你徒弟，先自输了。你若有些疏失，吃他把大名府军官都看得轻了。我有一匹惯曾上阵的战马，并一副披挂，都借与你，小心在意，休教折了锐气。"索超谢了，也自去结束。

梁中书起身，走出阶前来，从人移转银交椅，直到月台栏干边放下，梁中书坐定；左右祗候两行，唤打伞的撑开那把银葫芦顶茶褐罗三檐凉伞来，盖定在梁中书背后。将台上传下将令，早把红旗招动。两边金鼓齐鸣，发一通擂；去那教场中两阵内，各放了个炮。炮响处，索超跑马入阵内，藏在门旗下；杨志也从阵里跑马入军中，直到门旗背后。将台上又把黄旗招动，又发了一通擂，两军齐呐一声喊；教场中谁敢做声，静荡荡的；再一声锣响，扯起净平白旗，两下众官没一个敢走动胡言说话，静静地立着！

---

① 折(shé)半点便宜——吃亏，占下风。半点，意极少。

将台上又把青旗招动，只见第三通战鼓响处，去那左边阵内门旗下看看分开，鸾铃响处，正牌军索超出马直到阵前，兜住马，拿军器在手，果是英雄豪杰。但见：头带一顶熟钢狮子盔，脑后斗大来一颗红缨；身披一副铁叶攒成铠甲，腰系一条镀金兽面束带，前后两面青铜护心镜；上笼着一领绯红团花袍，上面垂两条绿绒缕领带；下穿一双斜皮气跨靴；左带一张弓，右悬一壶箭；手里横着一柄金蘸斧；坐下李都临那匹惯战能征雪白马。看那马时，又是一匹好马。但见：

色按庚辛，仿佛南山白额虎；毛堆腻粉，如同北海玉麒麟。冲得阵，跳得溪，喜战鼓，性如君子；负得重，走得远，惯嘶风，必是龙媒①。胜如伍相梨花马，赛过秦王白玉驹。

左阵上急先锋索超兜住马，掗着金蘸斧，立马在阵前。

右边阵内门旗下看看分开，鸾铃响处，杨志提手中枪出马，直至阵前，勒住马，横着枪在手，果是勇猛。但见头戴一顶铺霜耀日镔铁盔，上撒着一把青缨；身穿一副钩嵌梅花榆叶甲，系一条红绒打就勒甲绦，前后兽面掩心；上笼着一领白罗生色花袍，垂着条紫绒飞带；脚登一双黄皮衬底靴；一张皮靶弓，数根凿子箭；手中挺着浑铁点钢枪；骑的是梁中书那匹火块赤千里嘶风马。看那马时，又是匹无敌的好马。但见：

鬃分火焰，尾摆朝霞。浑身乱扫胭脂，两耳对攒红叶。侵晨临紫塞，马蹄迸四点寒星；日暮转沙堤，就地滚一团火块。休言南极神驹，真乃寿亭赤兔②。

右阵上青面兽杨志拈手中枪，勒坐下马，立于阵前。两边军将暗暗地喝采，虽不知武艺如何，先见威风出众。

正南上旗牌官拿着销金令字旗，骤马而来，喝道："奉相公钧旨，教你两个俱各用心，如有亏误处，定行责罚；若是赢时，多有重赏。"二人得令，纵马出阵，都到教场中心，两马相交，二般兵器并举。索超忿怒，抡手中大斧，拍马来战杨志；杨志逞威，拈手中神枪，来迎索超。两个在教场中间，将台前面，二将相交，各赌平生本事。一来一往，一去一回，四条臂膊纵

① 龙媒——骏马。

② 寿亭赤兔——三国时，曹操大败刘备，俘蜀将关羽。曹礼遇甚厚，封关羽为汉寿亭侯，赐千里马一匹，名为赤兔。

横,八只马蹄撩乱。但见:

征旗蔽日,杀气遮天。一个金蘸斧直奔顶门,一个浑铁枪不离心坎。这个是扶持社稷毗沙门,托塔李天王;那个是整顿江山掌金阙,天蓬大元帅。一个枪尖上吐一条火焰,一个斧刃中迸几道寒光。那个是七国中袁达重生,这个是三分内张飞出世。一个是巨灵神忿怒,挥大斧劈碎山根;一个如华光藏生嗔,仗金枪搠开地府。这个圆彪彪睁开双眼,肐查查斜砍斧头来;那个必剥剥咬碎牙关,火焰焰摇得枪杆断。各人窥破绽,那放半些闲。

两个斗到五十余合,不分胜败。月台上梁中书看得呆了;两边众军官看了,喝采不迭;阵面上军士们递相厮觑道:“我们做了许多年军,也曾出了几遭征,何曾见这等一对好汉厮杀!”李成、闻达在将台上,不住声叫道:“好斗!”闻达心上只恐两个内伤了一个,慌忙招呼旗牌官,拿着令字旗,与他分了。将台上忽的一声锣响,杨志和索超斗到是处,各自要争功,那里肯回马。旗牌官飞来叫道:“两个好汉歇了,相公有令。”杨志、索超方才收了手中军器,勒坐下马,各跑回本阵来,立马在旗下,看那梁中书,只等将令。

李成、闻达下将台来,直到月台下,禀复梁中书道:“相公,据这两个武艺,一般皆可重用。”梁中书大喜,传下将令,唤杨志、索超。牌旗中传令,唤两个到厅前,都下了马,小校接了二人的军器,两个都上厅来,躬身听令。梁中书叫取两锭白银,两副表里,来赏赐二人,就叫军政司将两个都升做管军提辖使,便叫贴了文案,从今日便参了他两个。

索超、杨志都拜谢了梁中书,将着赏赐下厅来,解了枪刀弓箭,卸了头盔衣甲,换了衣裳。索超也自去了披挂,换了锦袄,都上厅来,再拜谢了众军官。梁中书叫索超、杨志两个也见了礼,入班做了提辖。众军卒便打着得胜鼓,把着那金鼓旗先散。

梁中书和大小军官,都在演武厅上筵宴。看看红日沉西,筵席已罢,梁中书上了马,众官员都送归府。马头前摆着这两个新参的提辖,上下肩都骑着马,头上亦都带着红花,迎入东郭门来。两边街道扶老携幼,都看了欢喜。梁中书在马上问道:“你那百姓,欢喜为何?”众老人都跪了禀道:“老汉等生在北京,长在大名府,不曾见今日这等两个好汉将军比试。今日教场中看了这般敌手,如何不欢喜?”梁中书在马上听了大喜,回到府中，众官各自散了。索超自有一班弟兄请去作庆饮酒；杨志新来，未有相识，自去梁府宿歇，早晚殷勤听候使唤，都不在话下。

且把这闲话丢过，只说正话。自东郭演武之后，梁中书十分爱惜杨志，早晚与他并不相离，月中又有一分请受，自渐渐地有人来结识他。那索超见了杨志手段高强，心中也自钦伏。不觉光阴迅速，又早春尽夏来，时逢端午，蕤宾[①] 节至，梁中书与蔡夫人在后堂家宴，庆贺端阳。但见：

盆栽绿艾，瓶插红榴。水晶帘卷虾须，锦绣屏开孔雀。菖蒲切玉，佳人笑捧紫霞杯；角黍堆银，美女高擎青玉案。食烹异品，果献时新。葵扇风中，奏一派声清韵美；荷衣香里，出百般舞态娇姿。

当日梁中书正在后堂与蔡夫人家宴，庆赏端阳，酒至数杯，食供两套，只见蔡夫人道："相公自从出身，今日为一统帅，掌握国家重任，这功名富贵从何而来？"梁中书道："世杰自幼读书，颇知经史，人非草木，岂不知泰山之恩，提携之力，感激不尽！"蔡夫人道："丈夫既知我父亲恩德，如何忘了他生辰？"梁中书道："下官如何不记得，泰山是六月十五日生辰，已使人将十万贯收买金珠宝贝，送上京师庆寿。一月之前，干人都关领去了。现今九分齐备，数日之间，也待打点停当，差人起程。只是一件，在此踌躇。上年收买了许多玩器并金珠宝贝，使人送去，不到半路，尽被贼人劫了，枉费了这一遭财物，至今严捕贼人不获。今年叫谁人去好？"蔡夫人道："帐前现有许多军校，你选择知心腹的人去便了。"梁中书道："尚有四五十日，早晚催并礼物完足，那时选择去人未迟。夫人不必挂心，世杰自有理会。"当日家宴，午牌至二更方散，自此不在话下。

不说梁中书收买礼物玩器，选人上京去庆贺蔡太师生辰，且说山东济州郓城县新到任一个知县，姓时，名文彬，此人为官清正，作事廉明，每怀恻隐之心，常有仁慈之念。争田夺地，辨曲直而后施行；闲殴相争，分轻重方才决断。闲暇时抚琴会客，忙迫里飞笔判词。名为县之宰官，实乃民之父母。

当日知县时文彬升厅公座，左右两边排着公吏人等。知县随即叫唤尉司捕盗官员并两个巡捕都头。本县尉司管下有两个都头：一个唤做步

---

① 蕤（ruí）宾——中国古代律制十二律中的第七律。古人把乐律和历法相连，蕤宾位于午，在五月，故代指农历五月，亦指代五月端午节。

兵都头,一个唤做马兵都头。这马兵都头,管着二十匹坐马弓手,二十个土兵;那步兵都头管着二十个使枪的头目,二十个土兵。这马兵都头姓朱名仝,身长八尺四五,有一部虎须髯,长一尺五寸,面如重枣,目若朗星,似关云长模样,满县人都称他做美髯公。原是本处富户,只因他仗义疏财,结识江湖上好汉,学得一身好武艺。怎见的朱仝气象,但见:

义胆忠肝豪杰,胸中武艺精通,超群出众果英雄。弯弓能射虎,提剑可诛龙。一表堂堂神鬼怕,形容凛凛威风。面如重枣色通红,云长重出世,人号美髯公。

那步兵都头姓雷名横,身长七尺五寸,紫棠色面皮,有一部扇圈胡须;为他膂力过人,跳二三丈阔涧,满县人都称他做插翅虎。原是本县打铁匠人出身,后来开张碓房,杀牛放赌,虽然仗义,只有些心地匾窄,也学得一身好武艺。怎见得雷横的气象,但见:

天上罡星临世上,就中[①] 一个偏能,都头好汉是雷横。拽拳神臂健,飞脚电光生。江海英雄推武勇,跳墙过涧身轻,豪雄谁敢与相争!山东插翅虎,寰海尽闻名。

那朱仝、雷横两个,专管擒拿贼盗。当日知县呼唤两个上厅来,声了喏,取台旨。知县道:"我自到任以来,闻知本府济州管下所属水乡梁山泊贼盗聚众打劫,拒敌官军。亦恐各处乡村盗贼猖狂,小人甚多,今唤你等两个,休辞辛苦,与我将带本管土兵人等,一个出西门,一个出东门,分投巡捕。若有贼人,随即剿获申解,不可扰动乡民。体知[②] 东溪村山上有株大红叶树,别处皆无,你们众人采几片来县里呈纳,方表你们曾巡到那里。若无红叶,便是汝等虚妄,定行责罚不恕。"两个都头领了台旨,各自回归,点了本管土兵,分投自去巡察。

不说朱仝引人出西门自去巡捕,只说雷横当晚引了二十个土兵出东门,绕村巡察,遍地里走了一遭,回来到东溪村山上,众人采了那红叶,就下村来。

行不到三二里,早到灵官庙前,见殿门不关,雷横道:"这殿里又没有庙祝,殿门不关,莫不有歹人在里面么?我们直入去看一看。"众人拿着

① 就中——其中。

② 体知——了解到。

火，一齐照将入来，只见供桌上赤条条地睡着一个大汉。天道又热，那汉子把些破衣裳团做一块作枕头，枕在项下，齁齁的沉睡着了在供桌上。

雷横看了道："好怪，好怪！知县相公忒神明，原来这东溪村真个有贼！"大喝一声，那汉却待要挣扎，被二十个土兵一齐向前，把那汉子一条索绑了，押出庙门，投一个保正庄上来。不是投那个去处，有分教，东溪村里，聚三四筹好汉英雄；郓城县中，寻十万贯金珠宝贝。正是：天上罡星来聚会，人间地煞得相逢。毕竟雷横拿住那汉，投解甚处来，且听下回分解。

第十四回

赤发鬼醉卧灵官殿　晁天王认义东溪村

话说当时雷横来到灵官殿上，见了这条大汉，睡在供桌上，众土兵向前，把条索子绑了，捉离灵官殿来，天色却早，是五更时分。雷横道："我们且押这厮去晁保正庄上讨些点心吃了，却解去县里取问。"一行众人却都奔这保正庄上来。

原来那东溪村保正姓晁，名盖，祖是本县本乡富户，平生仗义疏财，专爱结识天下好汉，但有人来投奔他的，不论好歹，便留在庄上住；若要去时，又将银两赍助他起身。最爱刺枪使棒，亦自身强力壮，不娶妻室，终日只是打熬筋骨。郓城县管下东门外有两个村坊，一个东溪村，一个西溪村，只隔着一条大溪。当初这西溪村常常有鬼，白日迷人下水，在溪里，无可奈何。忽一日，有个僧人经过，村中人备细说知此事，僧人指个去处，教用青石凿个宝塔，放于所在，镇住溪边。其时西溪村的鬼，都赶过东溪村来。那时晁盖得知了，大怒，从这里走将过去，把青石宝塔独自夺了过来东溪村放下，因此人皆称他做托塔天王。晁盖独霸在那村坊，江湖都闻他名字。

却早雷横并土兵押着那汉来到庄前敲门，庄里庄客闻知，报与保正。此时晁盖未起，听得报是雷都头到来，慌忙叫开门。庄客开得庄门，众土兵先把那汉子吊在门房里。雷横自引了十数个为头的人到草堂上坐下。晁盖起来接待，动问道："都头有甚公干到这里？"雷横答道："奉知县相公钧旨:着我与朱仝两个引了部下土兵,分投下乡村各处巡捕贼盗。因走得力乏,欲得少歇,径投贵庄暂息,有惊保正安寝。”晁盖道:“这个何妨!”一面叫庄客安排酒食管待,先把汤来吃。晁盖动问道:“敝村曾拿得个把小贼么?”雷横道:“却才前面灵官殿上有个大汉睡着在那里,我看那厮不是良善君子,以定是醉了,就便睡着。我们把索子缚绑了,本待便解去县里见官,一者忒早些,二者也要教保正知道,恐日后父母官问时,保正也好答应。现今吊在贵庄门房里。”晁盖听了,记在心,称谢道:“多亏都头见报。”少刻庄客捧出盘馔酒食,晁盖喝道:“此间不好说话,不如去后厅轩下少坐。”便叫庄客里面点起灯烛,请都头到里面酌杯。

晁盖坐了主位,雷横坐了客席。两个坐定,庄客铺下果品、按酒、菜蔬、盘馔。庄客一面筛酒,晁盖又叫买酒与土兵众人吃,庄客请众人都引去廊下客位里管待,大盘酒肉只管叫众人吃。晁盖一头相待雷横吃酒,一面自肚里寻思:“村中有甚小贼吃他拿了?我且自去看是谁。”相陪吃了五七杯酒,便叫家里一个主管出来:“陪奉都头坐一坐,我去净了手便来。”

那主管陪侍着雷横吃酒,晁盖却去里面拿了个灯笼,径来门楼下看时,土兵都去吃酒,没一个在外面。晁盖便问看门的庄客:“都头拿的贼吊在那里?”庄客道:“在门房里关着。”

晁盖去推开门,打一看时,只见高高吊起那汉子在里面,露出一身黑肉,下面抓扎起两条黑魆魆毛腿,赤着一双脚。晁盖把灯照那人脸时,紫黑阔脸,鬓边一搭朱砂记,上面生一片黑黄毛。晁盖便问道:“汉子,你是那里人?我村中不曾见有你。”那汉道:“小人是远乡客人,来这里投奔一个人,却把我来拿做贼,我须有分辨处。”晁盖道:“你来我这村中投奔谁?”那汉道:“我来这村中投奔一个好汉。”晁盖道:“这好汉叫做甚么?”那汉道:“他唤做晁保正。”晁盖道:“你却寻他有甚勾当?”那汉道:“他是天下闻名的义士好汉。如今我有一套富贵要与他说知,因此而来。”晁盖道:“你且住,只我便是晁保正。却要我救你,你只认我做娘舅之亲。少刻,我送雷都头那人出来时,你便叫我做阿舅,我便认你做外甥,只说四五岁离了这里,今番来寻阿舅,因此不认得。”那汉道:“若得如此救护,深感厚恩,义士提携则个!”正是:

黑甜[①] 一枕古祠中，被获高悬草舍东。

百万赃私天不佑，解围晁盖有奇功。

当时晁盖提了灯笼，自出房来，仍旧把门拽上，急入后厅来见雷横，说道："甚是慢客。"雷横道："多多相扰，理甚不当。"两个又吃了数杯酒，只见窗子外射入天光来，雷横道："东方动了，小人告退，好去县中画卯。"晁盖道："都头官身，不敢久留。若再到敝村公干，千万来走一遭。"雷横道："却得再来拜望，不须保正分付。请保正免送。"晁盖道："却罢，也送到庄门口。"

两个同走出来，那伙土兵众人都得了酒食，吃得饱了，各自拿了枪棒，便去门房里解了那汉，背剪缚着带出门外。晁盖见了，说道："好条大汉！"雷横道："这厮便是灵官庙里捉的贼。"说犹未了，只见那汉叫一声："阿舅，救我则个！"晁盖假意看他一看，喝问道："兀的这厮不是王小三么？"那汉道："我便是，阿舅救我。"

众人吃了一惊。雷横便问晁盖道："这人是谁？如何却认得保正？"晁盖道："原来是我外甥王小三。这厮如何在庙里歇？乃是家姐的孩儿，从小在这里过活，四五岁时随家姐夫和家姐上南京去住，一去了十数年。这厮十四五岁又来走了一遭，跟个本京客人来这里贩卖，向后再不曾见面。多听得人说这厮不成器，如何却在这里？小可本也认他不得，为他鬓边有这一搭朱砂记，因此影影认得。"晁盖喝道："小三，你如何不径来见我？却去村中做贼！"那汉叫道："阿舅，我不曾做贼。"晁盖喝道："你既不做贼，如何拿你在这里？"夺过土兵手里棍棒，劈头劈脸便打。雷横并众人劝道："且不要打，听他说。"那汉道："阿舅息怒，且听我说：自从十四五岁时来走了这遭，如今不是十年了？昨夜路上多吃了一杯酒，不敢来见阿舅，权去庙里睡得醒了，却来寻阿舅；不想被他们不问事由，将我拿了，却不曾做贼。"晁盖拿起棍来又要打，口里骂道："畜生！你却不径来见我，且在路上贪噇这口黄汤，我家中没有与你吃，辱没杀人！"雷横劝道："保正息怒，你令甥本不曾做贼。我们见他偌大一条大汉在庙里睡得跷蹊，亦且面生，又不认得，因此设疑，捉了他来这里。若早知是保正的令甥，定不拿他。"唤土兵快解了绑缚的索子，放还保正，众土兵登时放了那汉。雷横道："保正

① 黑甜——古时称梦境为"黑甜乡"。

休怪,早知是令甥,不致如此,甚是得罪,小人们回去。”晁盖道:“都头且住,请入小庄,再有话说。”

雷横放了那汉,一齐再入草堂里来。晁盖取出十两花银送与雷横,说道:“都头休嫌轻微,望赐笑留。”雷横道:“不当如此。”晁盖道:“若是不肯收受时,便是怪小人。”雷横道:“既是保正厚意,权且收受,改日却得报答。”晁盖叫那汉拜谢了雷横,晁盖又取些银两赏了众土兵,再送出庄门外。雷横相别了,引着土兵自去。

晁盖却同那汉到后轩下,取几件衣裳与他换了,取顶头巾与他戴了,便问那汉姓甚名谁,何处人氏。那汉道:“小人姓刘,名唐,祖贯东潞州人氏,因这鬓边有这塔[①] 朱砂记,人都唤小人做赤发鬼,特地送一套富贵[②]来与保正哥哥。昨夜晚了,因醉倒庙里,不想被这厮们捉住,绑缚了来,正是‘有缘千里来相会,无缘对面不相逢’。今日幸得在此,哥哥坐定,受刘唐四拜。”

拜罢,晁盖道:“你且说送一套富贵与我,现在何处?”刘唐道:“小人自幼飘荡江湖,多走途路,专好结识好汉,往往多闻哥哥大名,不期有缘得遇。曾见山东、河北做私商的,多曾来投奔哥哥,因此刘唐敢说这话。这里别无外人,方可倾心吐胆对哥哥说。”晁盖道:“这里都是我心腹人,但说不妨。”刘唐道:“小弟打听得北京大名府梁中书收买十万贯金珠、宝贝、玩器等物,送上东京,与他丈人蔡太师庆生辰。去年也曾送十万贯金珠宝贝,来到半路里,不知被谁人打劫了,至今也无捉处;今年又收买十万贯金珠宝贝,早晚安排起程,要赶这六月十五日生辰。小弟想此一套是不义之财,取之何碍!便可商议个道理去半路上取了,天理知之,也不为罪。闻知哥哥大名,是个真男子,武艺过人。小弟不才,颇也学得本事,休道三五个汉子,便是一二千军马队中,拿条枪,也不惧他。倘蒙哥哥不弃时,献此一套富贵,不知哥哥心内如何?”晁盖道:“壮哉!且再计较。你既来这里,想你吃了些艰辛,且去客房里将息少歇,待我从长商议,来日说话。”晁盖叫庄客引刘唐廊下客房里歇息,庄客引到房中,也自去干事了。

---

① 这塔——这儿。也作这答。

② 富贵——珍贵值钱的东西。

且说刘唐在房里寻思道:“我着甚来由,苦恼[①] 这遭!多亏晁盖完成,解脱了这件事。只叵耐雷横那厮平白骗了晁保正十两银子,又吊我一夜。想那厮去未远,我不如拿了条棒赶上去,齐打翻了那厮们,却夺回那银子,送还晁盖,也出一口恶气。此计大妙。”刘唐便出房门,去枪架上拿了一条朴刀,便出庄门,大踏步投南赶来。此时天色已明,但见:

北斗初横,东方欲白。天涯曙色才分,海角残星渐落。金鸡三唱,唤佳人傅粉施朱;宝马频嘶,催行客争名竞利。几缕丹霞横碧汉,一轮红日上扶桑[②]。

这赤发鬼刘唐挺着朴刀,赶了五六里路,却早望见雷横引着土兵,慢慢地行将去。刘唐赶上来,大喝一声:“兀那都头不要走!”

雷横吃了一惊,回过头来,见是刘唐拈着朴刀赶来。雷横慌忙去土兵手里夺条朴刀拿着,喝道:“你那厮赶将来做甚么?”刘唐道:“你晓事的,留下那十两银子还了我,我便饶了你!”雷横道:“是你阿舅送我的,干你甚事?我若不看你阿舅面上,直结果了你这厮性命,刬地[③] 问我取银子?”刘唐道:“我须不是贼,你却把我吊了一夜,又骗我阿舅十两银子。是会的将来还我,佛眼相看;你若不还我,叫你目前流血!”雷横大怒,指着刘唐大骂道:“辱门败户的谎贼,怎敢无礼!”刘唐道:“你那作害百姓的腌臜泼才,怎敢骂我!”雷横又骂道:“贼头贼脸贼骨头,必然要连累晁盖!你这等贼心贼肝,我行须[④] 使不得!”刘唐大怒道:“我来和你见个输赢。”拈着朴刀,直奔雷横。雷横见刘唐赶上来,呵呵大笑,挺手中朴刀来迎。两个就大路上厮并,但见:

一来一往,似凤翻身;一撞一冲,如鹰展翅。一个照搠,尽依良法;一个遮拦,自有悟头。这个丁字脚,抢将入来;那个四换头,奔将进去。两句道:“虽然不上凌烟阁,只此堪描入画图。”

当时雷横和刘唐就路上斗了五十余合,不分胜败。众土兵见雷横赢刘唐不得,却待都要一齐上并他。只见侧首篱门开处,一个人掣两条铜

---

① 苦恼——可怜。

② 扶桑——传说中的一种神树,是太阳所出之地。

③ 刬(chǎn)地——平白无故地。

④ 行须——难道。

链,叫道:"你们两个好汉且不要斗,我看了多时,权且歇一歇,我有话说。"便把铜链就中一隔。两个都收住了朴刀,跳出圈子外来,立住了脚。

看那人时,似秀才打扮,戴一顶桶子样抹眉梁头巾,穿一领皂沿边麻布宽衫,腰系一条茶褐銮带,下面丝鞋净袜,生得眉清目秀,面白须长。这人乃是智多星吴用,表字学究,道号加亮先生,祖贯本乡人氏。曾有一首《临江仙》赞吴用的好处:

万卷经书曾读过,平生机巧心灵,六韬三略究来精。胸中藏战将,腹内隐雄兵。谋略敢欺诸葛亮,陈平岂敌才能。略施小计鬼神惊。字称吴学究,人号智多星。

当时吴用手提铜链,指着刘唐叫道:"那汉且住,你因甚和都头争执?"刘唐光着眼看吴用道:"不干你秀才事!"雷横便道:"教授[①] 不知,这厮夜来赤条条地睡在灵官庙里,被我们拿了这厮,带到晁保正庄上,原来却是保正的外甥,看他母舅面上放了他。晁天王请我们吃了酒,送些礼物与我,这厮瞒了他阿舅,直赶到这里问我取,你道这厮大胆么?"吴用寻思道:"晁盖我都是自幼结交,但有些事,便和我相议计较。他的亲眷相识,我都知道,不曾见有这个外甥。亦且年甲也不相登[②],必有些跷蹊。我且劝开了这场闹,却再问他。"吴用便道:"大汉休执迷,你的母舅与我至交,又和这都头亦过得好,他便送些人情与这都头,你却来讨了,也须坏了你母舅面皮。且看小生面,我自与你母舅说。"刘唐道:"秀才,你不省得。这个不是我阿舅甘心与他,他诈取了我阿舅的银两;若是不还我,誓不回去。"雷横道:"只除是保正自来取,便还他,却不还你。"刘唐道:"你屈冤人做贼,诈了银子,怎地不还?"雷横道:"不是你的银子,不还,不还!"刘唐道:"你不还,只除问得我手里朴刀肯便罢。"吴用又劝:"你两个斗了半日,又没输赢,只管斗到几时是了?"刘唐道:"他不还我银子,直和他拼个你死我活便罢。"雷横大怒道:"我若怕你,添个土兵来并你,也不算好汉,我自好歹搠翻你便罢!"刘唐大怒,拍着胸前叫道:"不怕! 不怕!"便赶上来。这边雷横便指手划脚也赶拢来。

两个又要厮并,这吴用横身在里面劝,那里劝得住。刘唐拈着朴刀,

---

① 教授——老师。

② 相登——相当。

只待钻将过来。雷横口里千贼万贼骂，挺起朴刀，正待要斗。只见众土兵指道："保正来了。"

刘唐回身看时，只见晁盖披着衣裳，前襟摊开，从大路上赶来，大喝道："畜生不得无礼！"那吴用大笑道："须是保正自来，方才劝得这场闹。"晁盖赶得气喘，问道："你怎的赶来这里斗朴刀？"雷横道："你的令甥拿着朴刀赶来问我取银子，小人道：'不还你，我自送还保正，非干你事。'他和小人斗了五十合，教授解劝在此。"晁盖道："这畜生，小人并不知道，都头看小人之面请回，自当改日登门陪话。"雷横道："小人也知那厮胡为，不与他一般见识，又劳保正远出。"作别自去，不在话下。

且说吴用对晁盖说道："不是保正自来，几乎做出一场大事。这个令甥端的非凡，是好武艺。小生在篱笆里看了。这个有名惯使朴刀的雷都头，也敌不过，只办得架隔遮拦。若再斗几合，雷横必然有失性命，因此小人慌忙出来间隔了。这个令甥从何而来？往常时庄上不曾见有。"晁盖道："却待正要求请先生到敝庄商议句话，正欲使人来，只是不见了他，枪架上朴刀又没寻处，只见牧童报说，一个大汉拿条朴刀望南一直赶去，我慌忙随后追得来，早是得教授谏劝住了。请尊步同到敝庄，有句话计较计较。"那吴用还至书斋，挂了铜链在书房里，分付主人家道："学生来时，说道先生今日有干，权放一日假。"有诗为证：

文才不下武才高，铜链犹能劝朴刀。
只爱雄谈偕义士，岂甘枯坐伴儿曹。
放他众鸟笼中出，许尔群蛙野外跳。
自是先生多好动，学生欢喜主人焦。

吴用拽上书斋门，将锁锁了，同晁盖、刘唐到晁家庄上，晁盖径邀入后堂深处，分宾而坐。吴用问道："保正，此人是谁？"晁盖道："江湖上好汉，此人姓刘，名唐，是东潞州人氏。因此有一套富贵，特来投奔我。夜来他醉卧在灵官庙里，却被雷横捉了，拿到我庄上，我因认他做外甥，方得脱身。他说：'有北京大名府梁中书收买十万贯金珠宝贝，送上东京，与他丈人蔡太师庆生辰，早晚从这里经过，此等不义之财，取之何碍！'他来的意，正应我一梦。我昨夜梦见北斗七星，直坠在我屋脊上；斗柄上另有一颗小星，化道白光去了。我想星照本家，安得不利？今早正要求请教授商议，此一件事若何？"吴用笑道："小生见刘兄赶得来跷蹊，也猜个七八分了。

此一事却好,只是一件,人多做不得,人少又做不得。宅上空有许多庄客,一个也用不得。如今只有保正、刘兄、小生三人,这件事如何团弄[①]? 便是保正与刘兄十分了得,也担负不下。这段事须得七八个好汉方可,多也无用。”晁盖道:“莫非要应梦之星数?”吴用便道:“兄长这一梦也非同小可,莫非北地上再有扶助的人来?”

吴用寻思了半晌,眉头一纵,计上心来,说道:“有了! 有了!”晁盖道:“先生既有心腹好汉,可以便去请来,成就这件事。”吴用不慌不忙,迭两个指头,说出这句话来,有分教,东溪庄上聚义汉翻作强人,石碣村中打鱼船权为战舰。正是:指挥说地谈天口,来诱翻江搅海人。毕竟智多星吴用说出甚么人来,且听下回分解。

第十五回

吴学究说三阮撞筹[②] 公孙胜应七星聚义

话说当时吴学究道:“我寻思起来,有三个人,义胆包身,武艺出众,敢赴汤蹈火,同死同生。只除非得这三个人,方才完得这件事。”晁盖道:“这三个却是甚么样人? 姓甚名谁? 何处居住?”吴用道:“这三个人是弟兄三个,在济州梁山泊边石碣村住,日常只打鱼为生,亦曾在泊子里做私商勾当。本身姓阮,弟兄三人,一个唤做立地太岁阮小二,一个唤做短命二郎阮小五,一个唤做活阎罗阮小七。这三个是亲弟兄。小生旧日在那里住了数年,与他相交时,他虽是个不通文墨的人,为见他与人结交真有义气,是个好男子,因此和他来往,今已好两年不曾相见。若得此三人,大事必成。”晁盖道:“我也曾闻这阮家三弟兄的名字,只不曾相会。石碣村离这里只有百十里以下路程,何不使人请他们来商议?”吴用道:“着人去请,他们如何肯来? 小生必须自去那里,凭三寸不烂之舌,说他们入伙。”晁盖大喜道:“先生高见,几时可行?”吴用道:“事不宜迟,只今夜三更便去,明日

① 团弄——原意为揉搓,这里作摆布解。

② 撞筹——入伙。

晌午可到那里。"晁盖道:"最好。"

当时叫庄客且安排酒食来吃。吴用道:"北京到东京也曾行到,只不知生辰纲从那条路来,再烦刘兄休辞生受,连夜去北京路上探听起程的日期,端的从那条路上来。"刘唐道:"小弟只今夜也便去。"吴用道:"且住,他生辰是六月十五日,如今却是五月初头,尚有四五十日,等小生先去说了三阮弟兄回来,那时却教刘兄去。"晁盖道:"也是,刘兄弟只在我庄上等候。"

话休絮烦,当日吃了半晌酒食,至三更时分,吴用起来洗漱罢,吃了些早饭,讨了些银两,藏在身边,穿上草鞋,晁盖、刘唐送出庄门,吴用连夜投石碣村来。行到晌午时分,早来到那村中。但见:

青郁郁山峰迭翠,绿依依桑柘堆云。四边流水绕孤村,几处疏篁沿小径。茅檐傍涧,古木成林。篱外高悬沽酒旆,柳阴闲缆钓鱼船。

吴学究自来认得,不用问人,来到石碣村中,径投阮小二家来。到得门前看时,只见枯桩上缆着数只小渔船,疏篱外晒着一张破鱼网,倚山傍水,约有十数间草房。吴用叫一声道:"二哥在家么?"只见一个人从里面走出来,生得如何,但见:

眍兜脸两眉竖起,略绰口四面连拳。胸前一带盖胆黄毛,背上两枝横生板肋。臂膊有千百斤气力,眼睛射几万道寒光。休言村里一渔人,便是人间真太岁。

那阮小二走将出来,头戴一顶破头巾,身穿一领旧衣服,赤着双脚,出来见了是吴用,慌忙声喏道:"教授何来?甚风吹得到此?"吴用答道:"有些小事,特来相浼二郎。"阮小二道:"有何事,但说不妨。"吴用道:"小生自离了此间,又早二年。如今在一个大财主家做门馆,他要办筵席,用着十数尾重十四五斤的金色鲤鱼,因此特地来相投足下①。"阮小二笑了一声,说道:"小人且和教授吃三杯,却说。"吴用道:"小生的来意,也欲正要和二哥吃三杯。"阮小二道:"隔湖有几处酒店,我们就在船里荡将过去。"吴用道:"最好。也要就与五郎说句话,不知在家也不在?"阮小二道:"我们去寻他便了。"

两个来到泊岸边,枯桩上缆的小船解了一只,便扶着吴用下船去了。

① 足下——尊称,您。

树根头拿了一把桦楸，只顾荡。早荡将开去，望湖泊里来。正荡之间，只见阮小二把手一招，叫道："七哥，曾见五郎么？"吴用看时，只见芦苇丛中摇出一只船来。那汉生的如何，但见：

疙疸脸横生怪肉，玲珑眼突出双睛。腮边长短淡黄须，身上交加乌黑点。浑如生铁打成，疑是顽铜铸就。世上降生真五道，村中唤作活阎罗。

那阮小七头戴一顶遮日黑箬笠，身上穿个棋子布背心，腰系着一条生布裙，把那只船荡着，问道："二哥，你寻五哥做甚么？"吴用叫一声："七朗，小生特来相央你们说话。"阮小七道："教授恕罪，好几时不曾相见。"吴用道："一同和二哥去吃杯酒。"阮小七道："小人也欲和教授吃杯酒，只是一向不曾见面。"两只船厮跟着在湖泊里，不多时，划到个去处，团团都是水，高埠上有七八间草房，阮小二叫道："老娘，五哥在么？"那婆婆道："说不得，鱼又不得打，连日去赌钱，输得没了分文，却才讨了我头上钗儿，出镇上赌去了。"阮小二笑了一声，便把船划开。阮小七便在背后船上说道："哥哥，正不知怎地，赌钱只是输，却不晦气！莫说哥哥不赢，我也输得赤条条地。"吴用暗想道："中了我的计了。"两只船厮并着，投石碣村镇上来。

划了半个时辰，只见独木桥边一个汉子，把着两串铜钱，下来解船。阮小二道："五郎来了。"吴用看时，但见：

一双手浑如铁棒，两只眼有似铜铃。面上虽有些笑容，眉间却带着杀气。能生横祸，善降非灾。拳打来，狮子心寒；脚踢处，蚖蛇丧胆。何处觅行瘟使者，只此是短命二郎。

那阮小五斜戴着一顶破头巾，鬓边插朵石榴花，披着一领旧布衫，露出胸前刺着的青郁郁一个豹子来，里面匾扎起裤子，上面围着一条间道棋子布手巾。吴用叫一声道："五郎得采么？"阮小五道："原来却是教授，好两年不曾见面；我在桥上望你们半日了。"阮小二道："我和教授直到你家寻你，老娘说道出镇上赌钱去了，因此同来这里寻你。且来和教授去水阁上吃三杯。"

阮小五慌忙去桥边解了小船，跳在舱里，捉了桦楫，只一划，三只船厮并着划了一歇，早到那个水阁酒店前。看时，但见：

前临湖泊，后映波心。数十株槐柳绿如烟，一两荡荷花红照水。凉亭上窗开碧槛，水阁中风动朱帘。休言三醉岳阳楼，只此便是蓬岛客。

当下三只船撑到水亭下荷花荡中，三只船都缆了。扶吴学究上了岸，入酒店里来，都到水阁内拣一副红油桌凳。阮小二便道："先生休怪我三个弟兄粗俗，请教授上坐。"吴用道："却使不得。"阮小七道："哥哥只顾坐主位，请教授坐客席，我兄弟两个便先坐了。"吴用道："七郎只是性快。"四个人坐定了，叫酒保打一桶酒来。店小二把四只大盏子摆开，铺下四双箸，放了四盘菜蔬，打一桶酒，放在桌子上。阮小二道："有甚么下口？"小二哥道："新宰得一头黄牛，花糕也似好肥肉。"阮小二道："大块切十斤来。"阮小五道："教授休笑话，没甚孝顺。"吴用道："倒来相扰，多激恼你们。"阮小二道："休恁地说！"催促小二哥只顾筛酒，早把牛肉切做两盘，将来放在桌上。阮家三兄弟让吴用吃了几块，便吃不得了；那三个狼餐虎食，吃了一回。

阮小五动问道："教授到此贵干？"阮小二道："教授如今在一个大财主家做门馆教学，今来要对付十数尾金色鲤鱼，要重十四五斤的，特来寻我们。"阮小七道："若是每常要三五十尾也有；莫说十数个，再要多些，我兄弟们也包办得。如今便要重十斤的也难得。"阮小五道："教授远来，我们也对付十来个重五六斤的相送。"吴用道："小生多有银两在此，随算价钱，只是不用小的，须得十四五斤重的便好。"阮小七道："教授，却没讨处，便是五哥许五六斤的，也不能够，须是等得几日才得。我的船里有一桶小活鱼，就把来吃酒。"阮小七便去船内取将一桶小鱼上来，约有五七斤，自去灶上安排，盛做三盘，把来放在桌上。阮小七道："教授胡乱吃些个。"

四个又吃了一回，看看天色渐晚，吴用寻思道："这酒店里须难说话，今夜必是他家权宿，到那里却又理会。"阮小二道："今夜天色晚了，请教授权在我家宿一宵，明日却再计较。"吴用道："小生来这里走一遭，千难万难，幸得你们弟兄今日做一处，眼见得这席酒不肯要小生还钱，今晚借二郎家歇一夜，小生有些须银子在此，相烦就此店中沽一瓮酒，买些肉，村中寻一对鸡，夜间同一醉如何？"阮小二道："那里要教授坏钱，我们弟兄自去整理，不烦恼没对付处。"吴用道："径来要请你们三位。若还不依小生时，只此告退。"阮小七道："既是教授这般说时，且顺情吃了，却再理会。"吴用道："还是七郎性直爽快！"吴用取出一两银子，付与阮小七，就问主人家沽了一瓮酒，借个大瓮盛了，买了二十斤生熟牛肉，一对大鸡。阮小二道："我的酒钱，一发还你。"店主人道："最好！最好！"

四人离了酒店，再下了船，把酒肉都放在船舱里，解了缆索，径划将开去，一直投阮小二家来。到得门前，上了岸，把船仍旧缆在桩上，取了酒肉，四人一齐都到后面坐地，便叫点起灯来。原来阮家弟兄三个，只有阮小二有老小，阮小五、阮小七都不曾婚娶，四个人都在阮小二家后面水亭上坐定。阮小七宰了鸡，叫阿嫂同讨的小猴子[①] 在厨下安排。约有一更相次，酒肉都搬来摆在桌上。

吴用劝他弟兄们吃了几杯，又提起买鱼事来，说道："你这里偌大一个去处，却怎地没了这等大鱼？"阮小二道："实不瞒教授说，这般大鱼，只除梁山泊里便有，我这石碣湖中狭小，存不得这等大鱼。"吴用道："这里和梁山泊一望不远，相通一派之水，如何不去打些？"阮小二叹了一口气道："休说！"吴用又问道："二哥如何叹气？"阮小五接了说道："教授不知，在先这梁山泊是我弟兄们的衣饭碗，如今绝不敢去。"吴用道："偌大去处，终不成官司禁打鱼鲜。"阮小五道："甚么官司，敢来禁打鱼鲜！便是活阎王，也禁治不得！"吴用道："既没官司禁治，如何绝不敢去？"阮小五道："原来教授不知来历，且和教授说知。"吴用道："小生却不理会得。"阮小七接着便道："这个梁山泊去处，难说难言。如今泊子里新有一伙强人占了，不容打鱼。"吴用道："小生却不知，原来如今有强人，我这里并不曾闻得说。"

阮小二道："那伙强人，为头的是个落第举子，唤做白衣秀士王伦，第二个叫做摸着天杜迁，第三个叫做云里金刚宋万，以下有个旱地忽律朱贵，现在李家道口开酒店，专一探听事情，也不打紧。如今新来一个好汉，是东京禁军教头，甚么豹子头林冲，十分好武艺。这几个贼男女聚集了五七百人，打家劫舍，抢掳来往客人。我们有一年多不去那里打鱼，如今泊子里把住了，绝了我们的衣饭，因此一言难尽。"

吴用道："小生实是不知有这段事，如何官司不来捉他们？"阮小五道："如今那官司一处处动弹，便害百姓；但一声下乡村来，倒先把好百姓家养的猪、羊、鸡、鹅，尽都吃了，又要盘缠打发他。如今也好教这伙人奈何！那捕盗官司的人，那里敢下乡村来！若是那上司官员差他们缉捕人来，都吓得尿屎齐流，怎敢正眼儿看他！"阮小二道："我虽然不打得大鱼，也省了若干科差。"吴用道："恁地时，那厮们倒快活！"阮小五道："他们不怕天，不

① 小猴子——小孩。

怕地，不怕官司；论秤分金银，异样穿䌷锦；成瓮吃酒，大块吃肉，如何不快活？我们弟兄三个空有一身本事，怎地学得他们！"吴用听了，暗暗地欢喜道："正好用计了。"阮小七说道："人生一世，草生一秋，我们只管打鱼营生，学得他们过一日也好！"

吴用道："这等人学他做甚么？他做的勾当，不是笞杖五七十的罪犯，空自把一身虎威都撇下；倘或被官司拿住了，也是自做的罪。"阮小二道："如今该管官司没甚分晓，一片糊涂，千万犯了迷天大罪的，倒都没事！我弟兄们不能快活，若是但有肯带挈我们的，也去了罢。"阮小五道："我也常常这般思量，我弟兄三个的本事，又不是不如别人！谁是识我们的？"吴用道："假如便有识你们的，你们便如何肯去！"阮小七道："若是有识我们的，水里水里去，火里火里去。若能够受用得一日，便死了开眉展眼。"吴用暗暗喜道："这三个都有意了，我且慢慢地诱他。"吴用又劝他三个吃了两巡酒，正是：

只为奸邪屈有才，天教恶曜下凡来。

试看阮氏三兄弟，劫取生辰不义财。

吴用又说道："你们三个敢上梁山泊捉这伙贼么？"阮小七道："便捉的他们，那里去请赏？也吃江湖上好汉们笑话！"吴用道："小生短见：假如你们怨恨打鱼不得，也去那里撞筹却不是好？"阮小二道："先生，你不知，我弟兄们几遍商量要去入伙，听得那白衣秀士王伦的手下人都说道他心地窄狭，安不得人。前番那个东京林冲上山，怄尽他的气。王伦那厮，不肯胡乱着人①，因此我弟兄们看了这般样，一齐都心懒了。"阮小七道："他们若似老兄这等慷慨，爱我弟兄们便好！"阮小五道："那王伦若得似教授这般情分时，我们也去了多时，不到今日！我弟兄三个，便替他死也甘心！"吴用道："量小生何足道哉！如今山东、河北多少英雄豪杰的好汉！"阮小二道："好汉们尽有，我弟兄自不曾遇着。"

吴用道："只此间郓城县东溪村晁保正，你们曾认得他么？"阮小五道："莫不是叫做托塔天王的晁盖么？"吴用道："正是此人。"阮小七道："虽然与我们只隔得百十里路程，缘分浅薄，闻名不曾相会。"吴用道："这等一个仗义疏财的好男子，如何不与他相见！"阮小二道："我弟兄们无事也不曾

---

① 着人——要人。

到那里，因此不能够与他相见。"吴用道："小生这几年也只在晁保正庄上左近教些村学；如今打听得他有一套富贵待取，特地来和你们商议，我等就那半路里拦住取了，如何？"阮小五道："这个却使不得。他既是仗义疏财的好男子，我们却去坏他的道路，须吃江湖上好汉们知时笑话。"吴用道："我只道你们弟兄心志不坚，原来真个惜客好义。我对你们实说，果有协助之心，我教你们知此一事。我如今现在晁保正庄上住，保正闻知你三个大名，特地教我来请你们说话。"阮小二道："我弟兄三个，真真实实地并没半点儿假！晁保正敢有件奢遮的私商买卖，有心要带挈[①]我们，一定是烦老兄来。若还端的有这事，我三个若舍不得性命相帮他时，残酒为誓：教我们都遭横事，恶病临身，死于非命！"阮小五和阮小七把手拍着脖项道："这腔热血，只要卖与识货的！"

吴用道："你们三位弟兄在这里，不是我坏心术来诱你们，这件事非同小可的勾当！目今朝内蔡太师是六月十五日生辰，他的女婿是北京大名府梁中书，即目起解十万贯金珠宝贝与他丈人庆生辰。今有一个好汉姓刘，名唐，特来报知。如今欲要请你们去商议，聚几个好汉，向山凹僻静去处，取此一套富贵不义之财，大家图个一世快活。因此特教小生只做买鱼来请你们三个计较，成此一事，不知你们心意如何？"阮小五听了道："罢！罢！"叫道："七哥，我和你说甚么来！"阮小七跳起来道："一世的指望，今日还了愿心！正是搔着我痒处！我们几时去？"吴用道："请三位即便去来，明日起个五更，一齐都到晁天王庄上去。"阮家三弟兄大喜。有诗为证：

学究知书岂爱财，阮郎渔乐亦悠哉！
只因不义金珠去，致使群雄聚义来。

当夜过了一宿，次早起来，吃了早饭，阮家三弟兄分付了家中，跟着吴学究，四个人离了石碣村，拽开脚步，取路投东溪村来。

行了一日，早望见晁家庄，只见远远地绿槐树下晁盖和刘唐在那里等，望见吴用引着阮家三兄弟直到槐树前，两下都厮见了。晁盖大喜道："阮氏三雄名不虚传，且请到庄里说话。"六人俱从庄外入来，到得后堂，分宾主坐定。吴用把前话说了，晁盖大喜，便叫庄客宰杀猪羊，安排烧纸。阮家三弟兄见晁盖人物轩昂，语言洒落，三个说道："我们最爱结识好汉，

① 带挈(qiè)——带领，指点。这里含看重、重用意。

原来只在此间。今日不得吴教授相引,如何得会?”三个弟兄好生欢喜。当晚且吃了些饭,说了半夜话。

次日天晓,去后堂前面列了金钱、纸马、香花、灯烛,摆了夜来煮的猪羊、烧纸。众人见晁盖如此志诚,尽皆欢喜,个个说誓道:“梁中书在北京害民,诈得钱物,却把去东京与蔡太师庆生辰,此一等正是不义之财。我等六人中但有私意者,天地诛灭,神明鉴察。”六人都说誓了,烧化纸钱。

六筹好汉,正在后堂散福饮酒,只见一个庄客报说:“门前有个先生要见保正化斋粮。”晁盖道:“你好不晓事!见我管待客人在此吃酒,你便与他三五升米便了,何须直来问我!”庄客道:“小人化米与他,他又不要,只要面见保正。”晁盖道:“一定是嫌少!你便再与他三二斗米去。你说与他,保正今日在庄上请人吃酒,没工夫相见。”庄客去了多时,只见又来说道:“那先生,与了他三斗米,又不肯去;自称是一清道人,不为钱米而来,只要求见保正一面。”晁盖道:“你这厮不会答应,便说今日委实没工夫,教他改日却来相见拜茶。”庄客道:“小人也是这般说,那个先生说道:‘我不为钱米斋粮,闻知保正是个义士,特求一见。’”晁盖道:“你也这般缠,全不替我分忧!他若再嫌少时,可与他三四斗去,何必又来说!我若不和客人们饮时,便去厮见一面,打甚么紧!你去发付他罢,再休要来说!”

庄客去了没半个时,只听得庄门外热闹,又见一个庄客飞也似来报道:“那先生发怒,把十来个庄客都打倒了。”晁盖听得,吃了一惊,慌忙起身道:“众位弟兄少坐,晁盖自去看一看。”便从后堂出来。

到庄门前看时,只见那个先生身长八尺,道貌堂堂,生得古怪,正在庄门外绿槐树下打那众庄客。晁盖看那先生,但见:

头绾两枚鬅松双丫髻,身穿一领巴山短褐袍,腰系杂色彩丝绦,背上松纹古铜剑。白肉脚衬着多耳麻鞋,绵囊手拿着鳖壳扇子。八字眉,一双杏子眼;四方口,一部落腮胡。

那先生一头打,一头口里说道:“不识好人。”晁盖见了,叫道:“先生息怒,你来寻晁保正,无非是投斋化缘,他已与了你米,何故嗔怪如此?”那先生哈哈大笑道:“贫道不为酒食钱米而来。我觑得十万贯如同等闲,特地来寻保正,有句话说。叵耐村夫无理,毁骂贫道,因此性发。”晁盖道:“你可曾认得晁保正么?"那先生道:"只闻其名,不曾会面。"晁盖道:"小子[①]便是,先生有甚话说?"那先生看了道:"保正休怪,贫道稽首[②]。"晁盖道:"先生少请,到庄里拜茶如何?"那先生道:"多感。"

两个入庄里来,吴用见那先生入来,自和刘唐、三阮一处躲过。且说晁盖请那先生到后堂吃茶已罢,那先生道:"这里不是说话处。别有甚么去处可坐?"晁盖见说,便邀那先生又到一处小小阁儿内,分宾坐定。晁盖道:"不敢拜问先生高姓?贵乡何处?"那先生答道:"贫道复姓公孙,单讳一个胜字,道号一清先生。小道是蓟州人氏,自幼乡中好习枪棒,学成武艺多般,人但呼为公孙胜大郎。为因学得一家道术,亦能呼风唤雨,驾雾腾云,江湖上都称贫道做入云龙。贫道久闻郓城县东溪村晁保正大名,无缘不曾拜识,今有十万贯金珠宝贝,专送与保正,作进见之礼,未知义士肯纳受否?"晁盖大笑道:"先生所言,莫非北地生辰纲么?"那先生大惊道:"保正何以知之?"晁盖道:"小子胡猜,未知合先生意否?"公孙胜道:"此一套富贵,不可错过。古人有云:'当取不取,过后莫悔。'晁保正心下如何?"

正说之间,只见一个人从阁子外抢将入来,劈胸揪住公孙胜说道:"好呀!明有王法,暗有神灵,你如何商量这等的勾当!我听得多时也!"吓得这公孙胜面如土色。正是:机谋未就,争奈窗外人听;计策才施,又早萧墙祸起[③]。毕竟抢来揪住公孙胜的,却是何人,且听下回分解。

第十六回

杨志押送金银担 吴用智取生辰纲

话说当时公孙胜正在阁儿里对晁盖说这北京生辰纲是不义之财,取之何碍。只见一个人从外面抢将入来,揪住公孙胜道:"你好大胆!却才

---

① 小子——对自己的谦称。

② 稽首——古代最恭敬的一种跪拜礼。郑玄注为:"稽首,拜头至地也。"道士举一手向人行礼亦称稽首。此处指后一种。

③ 萧墙祸起——比喻灾祸起于内部。萧墙,照壁。又作"祸起萧墙"。

商议的事,我都知了也。"那人却是智多星吴学究。晁盖笑道:"教授休慌,且请相见。"两个叙礼罢,吴用道:"江湖上久闻人说入云龙公孙胜一清大名,不期今日此处得会!"晁盖道:"这位秀才先生,便是智多星吴学究。"公孙胜道:"吾闻江湖上多人曾说加亮先生大名,岂知缘法却在保正庄上得会。只是保正疏财仗义,以此天下豪杰,都投门下。"晁盖道:"再有几个相识在里面,一发请进后堂深处相见。"三个人入到里面,就与刘唐、三阮都相见了。正是:

金帛多藏祸有基,英雄聚会本无期。

一时豪侠欺黄屋,七宿光芒动紫薇。

众人道:"今日此一会,应非偶然,须请保正哥哥正面而坐。"晁盖道:"量小子是个穷主人,怎敢占上!"吴用道:"保正哥哥年长,依着小生,且请坐了。"晁盖只得坐了第一位,吴用坐了第二位,公孙胜坐了第三位,刘唐坐了第四位,阮小二坐了第五位,阮小五坐第六位,阮小七坐第七位。却才聚义饮酒,重整杯盘,再备酒肴,众人饮酌。

吴用道:"保正梦见北斗七星坠在屋脊上,今日我等七人聚义举事,岂不应天垂象!此一套富贵,唾手而取。前日所说央刘兄去探听路程从那里来,今日天晚,来早便请登程。"公孙胜道:"这一事不须去了。贫道已打听,知他来的路数了,只是黄泥冈大路上来。"晁盖道:"黄泥冈东十里路,地名安乐村,有一个闲汉,叫做白日鼠白胜,也曾来投奔我,我曾赍助他盘缠。"吴用道:"北斗上白光,莫不是应在这人?自有用他处。"刘唐道:"此处黄泥冈较远,何处可以容身?"吴用道:"只这个白胜家便是我们安身处,亦还要用了白胜。"晁盖道:"吴先生,我等还是软取,却是硬取?"吴用笑道:"我已安排定了圈套,只看他来的光景①,力则力取,智则智取。我有一条计策,不知中你们意否?如此,如此。"晁盖听了大喜,攧着脚道:"好妙计!不枉了称你做智多星!果然赛过诸葛亮!好计策!"吴用道:"休得再提,常言道:'隔墙须有耳,窗外岂无人。'只可你知我知。"晁盖便道:"阮家三兄且请回归,至期来小庄聚会;吴先生依旧自去教学;公孙先生并刘唐,只在敝庄权住。"当日饮酒至晚,各自去客房里歇息。

次日五更起来,安排早饭吃了,晁盖取出三十两花银,送与阮家三兄

① 光景——景象,情况。

弟道："权表薄意，切勿推却。"三阮那里肯受。吴用道："朋友之意，不可相阻。"三阮方才受了银两。一齐送出庄外来，吴用附耳低言道："这般这般，至期不可有误。"三阮相别了，自回石碣村去。晁盖留住公孙胜、刘唐在庄上，吴学究常来议事。正是：

取非其有官皆盗，损彼盈余盗是公。

计就只须安稳待，笑他宝担去匆匆。

话休絮烦，却说北京大名府梁中书收买了十万贯庆贺生辰礼物完备，选日差人起程，当下一日在后堂坐下，只见蔡夫人问道："相公，生辰纲几时起程？"梁中书道："礼物都已完备，明后日便用起身。只是一件事，在此踌躇未决。"蔡夫人道："有甚事踌躇未决？"梁中书道："上年费了十万贯收买金珠宝贝，送上东京去；只因用人不着，半路被贼人劫将去了，至今无获。今年帐前眼见得又没个了事的人送去，在此踌躇未决。"蔡夫人指着阶下道："你常说这个人十分了得，何不着他，委纸领状，送去走一遭，不致失误。"

梁中书看阶下那人时，却是青面兽杨志。梁中书大喜，随即唤杨志上厅说道："我正忘了你，你若与我送得生辰纲去，我自有抬举你处。"杨志叉手向前禀道："恩相差遣，不敢不依！只不知怎地打点？几时起身？"梁中书道："着落大名府差十辆太平车子，帐前拨十个厢禁军监押着车，每辆上各插一把黄旗，上写着'献贺太师生辰纲'。每辆车子再使个军健跟着，三日内便要起身去。"杨志道："非是小人推托，其实去不得，乞钧旨别差英雄精细的人去。"梁中书道："我有心要抬举你，这献生辰纲的札子内，另修一封书在中间，太师跟前重重保你受道敕命回来，如何倒生支调，推辞不去？"杨志道："恩相在上，小人也曾听得上年已被贼人劫去了，至今未获。今岁途中盗贼又多，此去东京，又无水路，都是旱路。经过的是紫金山、二龙山、桃花山、伞盖山、黄泥冈、白沙坞、野云渡、赤松林，这几处都是强人出没的去处，更兼单身客人亦不敢独自经过。他知道是金银宝物，如何不来抢劫？枉结果了性命，以此去不得。"梁中书道："恁地时，多着军校防护送去便了。"杨志道："恩相便差五百人去，也不济事；这厮们一声听得强人来时，都是先走了的。"梁中书道："你这般地说时，生辰纲不要送去了？"杨志又禀道："若依小人一件事，便敢送去。"梁中书道："我既委在你身上，如何不依你说。"杨志道："若依小人说时，并不要车子，把礼物都装做十余条担子，只做客人的打扮行货；也点十个壮健的厢禁军，却装做脚夫挑着；只消一个人和小人去，却打扮做客人，悄悄连夜上东京交付，恁地时方好。”梁中书道：“你甚说的是。我写书呈重重保你受道诰命回来。”杨志道：“深谢恩相抬举。”当日便叫杨志一面打拴担脚，一面选拣军人。

次日，叫杨志来厅前伺候，梁中书出厅来问道：“杨志，你几时起身？”杨志禀道：“告复恩相，只在明早准行，就委领状。”梁中书道：“夫人也有一担礼物，另送与府中宝眷，也要你领。怕你不知头路，特地再教奶公谢都管，并两个虞候，和你一同去。”杨志告道：“恩相，杨志去不得了。”梁中书说道：“礼物都已拴缚完备，如何又去不得？”杨志禀道：“此十担礼物都在小人身上，和他众人，都由杨志，要早行，便早行；要晚行，便晚行；要住，便住；要歇，便歇；亦依杨志提调。如今又叫老都管并虞候和小人去，他是夫人行[①] 的人，又是太师府门下奶公，倘或路上与小人别拗起来，杨志如何敢和他争执得？若误了大事时，杨志那其间如何分说？”梁中书道：“这个也容易，我叫他三个都听你提调便了。”杨志答道：“若是如此禀过，小人情愿便委领状；倘有疏失，甘当重罪。”梁中书大喜道：“我也不枉了抬举你，真个有见识！”随即唤老谢都管并两个虞候出来，当厅吩咐道：“杨志提辖情愿委了一纸领状，监押生辰纲，十一担金珠宝贝，赴京太师府交割，这干系都在他身上。你三人和他做伴去，一路上早起，晚行，住歇，都要听他言语，不可和他别拗。夫人处吩咐的勾当，你三人自理会，小心在意，早去早回，休教有失。”老都管一一都应了。

当日杨志领了，次日早起五更，在府里把担仗都摆在厅前，老都管和两个虞候又将一小担财帛，共十一担，拣了十一个壮健的厢禁军，都做脚夫打扮。杨志戴上凉笠儿，穿着青纱衫子，系了缠带行履麻鞋，跨口腰刀，提条朴刀；老都管也打扮做个客人模样；两个虞候假装做跟的伴当。各人都拿了条朴刀，又带几根藤条。梁中书付与了札付书呈，一行人都吃得饱了，在厅上拜辞梁中书。

看那军人担仗起程。杨志和谢都管、两个虞候监押着，一行共是十五人，离了梁府，出得北京城门，取大路投东京进发。此时正是五月半天气，

---

① 夫人行(háng)——夫人身边的人。行，表处所，用在人称后面，相当于“这里”、“那里”。

虽是晴明得好,只是酷热难行。昔日吴七郡王有八句诗道:

玉屏四下朱阑绕,簇簇游鱼戏萍藻。
簟铺八尺白虾须,头枕一枚红玛瑙。
六龙[①]惧热不敢行,海水煎沸蓬莱岛。
公子犹嫌扇力微,行人正在红尘道。

这八句诗单题着炎天暑月,那公子王孙在凉亭上水阁中浸着浮瓜沉李,调冰雪藕避暑,尚兀自嫌热;怎知客人为些微名薄利,又无枷锁拘缚,三伏内,只得在那途路中行。今日杨志这一行人要取六月十五日生辰,只得在路途上行。自离了这北京五七日,端的只是起五更,趁早凉便行,日中热时便歇。

五七日后,人家渐少,行路又稀,一站站都是山路。杨志却要辰牌起身,申时便歇。那十一个厢禁军,担子又重,无有一个稍轻,天气热了行不得,见着林子,便要去歇息,杨志赶着催促要行。如若停住,轻则痛骂,重则藤条便打,逼赶要行。两个虞候虽只背些包裹行李,也气喘了行不上。杨志也嗔道:"你两个好不晓事!这干系须是俺的,你们不替洒家打这夫子,却在背后也慢慢地挨[②],这路上不是耍处!"那虞候道:"不是我两个要慢走,其实热了行不动,因此落后。前日只是趁早凉走,如今怎地正热里要行,正是好歹不均匀[③]。"杨志道:"你这般说话,却似放屁!前日行的须是好地面,如今正是尴尬[④]去处,若不日里赶过去,谁敢五更半夜走?"两个虞候口里不道,肚中寻思:"这厮不直得便骂人。"杨志提了朴刀,拿着藤条,自去赶那担子。

两个虞候坐在柳阴树下,等得老都管来,两个虞候告诉道:"杨家那厮,强杀只是我相公门下一个提辖,直这般会做大老!"都管道:"须是相公当面吩咐道休要和他别拗,因此我不做声,这两日也看他不得,权且耐他。"两个虞候道:"相公也只是人情话儿,都管自做个主便了。"老都管又道:"且耐他一耐。"

---

① 六龙——在神话传说中,太阳乘着六条龙拉的车子。
② 挨——拖延,磨蹭。
③ 均匀——平衡,相当。
④ 尴尬——与惯常情况不同。

当日行到申牌时分，寻得一个客店里歇了。那十个厢禁军雨汗通流，都叹气吹嘘，对老都管说道："我们不幸，做了军健，情知道被差出来，这般火似热的天气，又挑着重担，这两日又不拣早凉行，动不动老大藤条打来，都是一般[①]父母皮肉，我们直恁地苦！"老都管道："你们不要怨怅，巴[②]到东京时，我自赏你。"众军汉道："若是似都管看待我们时，并不敢怨怅。"

又过了一夜，次日天色未明，众人起来，都要趁凉起身去，杨志跳起来喝道："那里去！且睡了，却理会。"众军汉道："趁早不走，日里热时走不得，却打我们。"杨志大骂道："你们省得甚么？"拿了藤条要打，众军忍气吞声，只得睡了。当日直到辰牌时分，慢慢地打火，吃了饭走，一路上赶打着，不许投凉处歇。那十一个厢禁军口里喃喃讷讷地怨怅，两个虞候在老都管面前絮絮聒聒地搬口；老都管听了，也不着意，心内自恼他。

话休絮烦，似此行了十四五日，那十四个人没一个不怨怅杨志。当日客店里辰牌时分慢慢地打火，吃了早饭行，正是六月初四日时节，天气未及晌午，一轮红日当天，没半点云彩，其日十分大热。古人有八句诗道：

祝融[③]南来鞭火龙，火旗焰焰烧天红。
日轮当午凝不去，万国如在红炉中。
五岳翠干云彩灭，阳侯[④]海底愁波竭。
何当一夕金风起，为我扫除天下热。

当日行的路，都是山僻崎岖小径，南山北岭，却监着那十一个军汉，约行了二十余里路程。那军人们思量要去柳阴树下歇凉，被杨志拿着藤条打将来，喝道："快走！教你早歇！"众军人看那天时，四下里无半点云彩，其时那热不可当。但见：

热气蒸人，嚣尘扑面。万里乾坤如甑，一轮火伞当天。四野无云，风寂寂树焚溪坼；千山灼焰，吣剥剥石裂灰飞。空中鸟雀命将休，倒撷入树林深处；水底鱼龙鳞角脱，直钻入泥土窖中。直教石虎喘无休，便是铁人须汗落。

---

① 一般——一样的。

② 巴——挣扎，坚持。

③ 祝融——传说中的火神。

④ 阳侯——在古代传说中，陵阳国侯溺水而为波涛之神。

当时杨志催促一行人在山中僻路里行，看看日色当午，那石头上热了，脚疼走不得。众军汉道："这般天气热，兀的[①] 不晒杀人！"杨志喝着军汉道："快走，赶过前面冈子去，却再理会。"正行之间，前面迎着那土冈子。众人看这冈子时，但见：

顶上万株绿树，根头一派黄沙。嵯峨浑似老龙形，险峻但闻风雨响。山边茅草，乱丝丝攒遍地刀枪；满地石头，磣可可睡两行虎豹，休道西川蜀道险，须知此是太行山。

当时一行十五人奔上冈子来，歇下担仗，那十四人都去松阴树下睡倒了。杨志说道："苦也！这里是甚么去处，你们却在这里歇凉？起来快走！"众军汉道："你便剁做我七八段，其实去不得了！"杨志拿起藤条，劈头劈脑打去，打得这个起来，那个睡倒，杨志无可奈何。

只见两个虞候和老都管气喘急急，也巴到冈子上松树下坐了喘气。看这杨志打那军健，老都管见了说道："提辖，端的热了走不得，休见他罪过。"杨志道："都管，你不知这里正是强人出没的去处，地名叫做黄泥冈。闲常太平时节，白日里兀自出来劫人，休道是这般光景，谁敢在这里停脚！"两个虞候听杨志说了，便道："我见你说好几遍了，只管把这话来惊吓人！"老都管道："权且教他们众人歇一歇，略过日中行如何？"杨志道："你也没分晓了！如何使得？这里下冈子去，兀自有七八里没人家，甚么去处，敢在此歇凉！"老都管道："我自坐一坐了走，你自去赶他众人先走。"

杨志拿着藤条喝道："一个不走的，吃俺二十棍。"众军汉一齐叫将起来，数内一个分说道："提辖，我们挑着百十斤担子，须不比你空手走的，你端的不把人当人！便是留守相公自来监押时，也容我们说一句，你好不知疼痒，只顾逞辩！"杨志骂道："这畜生不怄死俺！只是打便了。"拿起藤条，劈脸便打去。

老都管喝道："杨提辖，且住！你听我说：我在东京太师府里做奶公时，门下官军，见了无千无万，都向着我喏喏连声。不是我口划[②]，量你是个遭死的军人，相公可怜抬举你做个提辖，比得芥菜子大小的官职，直得恁地逞能！休说我是相公家都管，便是村庄一个老的，也合依我劝一劝；

① 兀的——莫非，难道。表示疑问的句头词。

② 口划——说话难听，刻薄。

只顾把他们打，是何看待?”杨志道:“都管，你须是城市里人，生长在相府里，那里知道途路上千难万难。”老都管道:“四川、两广也曾去来，不曾见你这般卖弄。”杨志道:“如今须不比太平时节。”都管道:“你说这话，该剜口割舌，今日天下恁地不太平?”

杨志却待再要回言，只见对面松林里影着一个人，在那里舒头探脑价望。杨志道:“俺说甚么? 兀的不是歹人来了!”撇下藤条，拿了朴刀，赶入松林里来喝一声道:“你这厮好大胆，怎敢看俺的行货!”正是:

说鬼便招鬼，说贼便招贼。

却是一家人，对面不能识。

杨志赶来看时，只见松林里一字儿摆着七辆江州车儿[①]，七个人脱得赤条条的在那里乘凉，一个鬓边老大一搭朱砂记，拿着一条朴刀，望杨志跟前来，七个人齐叫一声:“呵也!”都跳起来。杨志喝道:“你等是甚么人?”那七人道:“你是甚么人?”杨志又问道:“你等莫不是歹人?”那七人道:“你颠倒问，我等是小本经纪，那里有钱与你?”杨志道:“你等小本经纪人，偏俺有大本钱!”那七人问道:“你端的是甚么人?”杨志道:“你等且说那里来的人?”那七人道:“我等弟兄七人是濠州人，贩枣子上东京去，路途打从这里经过，听得多人说这里黄泥冈上时常有贼打劫客商。我等一面走，一头自说道:‘我七个只有些枣子，别无甚财赋。’只顾过冈子来。上得冈子，当不过这热，权且在这林子里歇一歇，待晚凉了行。只听得有人上冈子来，我们只怕是歹人，因此使这个兄弟出来看一看。”杨志道:“原来如此，也是一般的客人。却才见你们窥望，惟恐是歹人，因此赶来看一看。”那七个人道:“客官请[②] 几个枣子了去。”杨志道:“不必。”提了朴刀，再回担边来。老都管道:“既是有贼，我们去休。”杨志说道:“俺只道是歹人，原来是几个贩枣子的客人。”老都管道:“似你方才说时，他们都是没命的!”杨志道:“不必相闹，只要没事便好;你们且歇了，等凉些走。”众军汉都笑了。杨志也把朴刀插在地上，自去一边树下坐了歇凉。

没半碗饭时，只见远远地一个汉子挑着一副担桶，唱上冈子来，唱道:

赤日炎炎似火烧，野田禾稻半枯焦。

---

① 江州车儿——一种独轮手推车。据说是诸葛亮在川东江州所造。

② 请——取。此意也写作“擎”、“晴”，音 qíng，享受，承受意。

农夫心内如汤煮，公子王孙把扇摇。

那汉子口里唱着，走上冈子来，松林里头歇下担桶，坐地乘凉。众军看见了，便问那汉子道："你桶里是甚么东西？"那汉子应道："是白酒。"众军道："挑往那里去？"那汉子道："挑出村里卖。"众军道："多少钱一桶？"那汉子道："五贯足钱。"众军商量道："我们又热又渴，何不买些吃，也解暑气。"

正在那里凑钱，杨志见了，喝道："你们又做甚么？"众军道："买碗酒吃。"杨志调过朴刀杆便打，骂道："你们不得洒家言语，胡乱便要买酒吃，好大胆！"众军道："没事又来鸟乱！我们自凑钱买酒吃，干你甚事？也来打人！"杨志道："你这村鸟，理会的甚么！到来只顾吃嘴！全不晓得路途上的勾当艰难，多少好汉，被蒙汗药[①]麻翻了！"那挑酒的汉子看着杨志冷笑道："你这客官好不晓事！早是我不卖与你吃，却说出这般没气力的话来！"

正在松树边闹动争说，只见对面松林里那伙贩枣子的客人都提着朴刀，走出来问道："你们做甚么闹？"那挑酒的汉子道："我自挑这酒过冈子村里卖，热了，在此歇凉，他众人要问我买些吃，我又不曾卖与他；这个客官道我酒里有甚么蒙汗药，你道好笑么？说出这般话来！"那七个客人说道："我只道有歹人出来，原来是如此，说一声也不打紧。我们正想酒来解渴，既是他们疑心，且卖一桶与我们吃。"那挑酒的道："不卖！不卖！"这七个客人道："你这鸟汉子也不晓事，我们须不曾说你。你左右将到村里去卖，一般还你钱，便卖些与我们，打甚么不紧？看你不道得舍施了茶汤，便又救了我们热渴。"那挑酒的汉子便道："卖一桶与你，不争，只是被他们说的不好，又没碗瓢舀吃。"那七人道："你这汉子忒认真！便说了一声，打甚么不紧？我们自有椰瓢在这里。"只见两个客人去车子前取出两个椰瓢来，一个捧出一大捧枣子来，七个人立在桶边，开了桶盖，轮替换着舀那酒吃，把枣子过口。

无一时，一桶酒都吃尽了。七个客人道："正不曾问得你多少价钱？"那汉道："我一了不说价，五贯足钱一桶，十贯一担。"七个客人道："五贯便依你五贯，只饶我们一瓢吃。"那汉道："饶不的，做定的价钱。"一个客人把

① 蒙汗药——一种吃后能使人昏迷的药物。蒙，昏迷。汗，通"汉"。

钱还他，一个客人便去揭开桶盖，兜了一瓢，拿上便吃，那汉去夺时，这客人手拿半瓢酒，望松林里便走，那汉赶将去。只见这边一个客人从松林里走将出来，手里拿一个瓢，便来桶里舀了一瓢酒，那汉看见，抢来劈手夺住，望桶里一倾，便盖了桶盖，将瓢望地下一丢，口里说道："你这客人好不君子相！戴头识脸的，也这般罗唣！"

那对过众军汉见了，心内痒起来，都待要吃，数中一个看着老都管道："老爷爷与我们说一声，那卖枣子的客人买他一桶吃了。我们胡乱也买他这桶吃，润一润喉也好。其实热渴了，没奈何。这里冈子上又没讨水吃处，老爷方便。"老都管见众军所说，自心里也要吃得些，竟来对杨志说："那贩枣子客人已买了他一桶酒吃，只有这一桶，胡乱教他们买吃些避暑气，冈子上端的没处讨水吃。"杨志寻思道："俺在远远处望这厮们都买他的酒吃了，那桶里当面也见吃了半瓢，想是好的。打了他们半日，胡乱容他买碗吃罢。"杨志道："既然老都管说了，教这厮们买吃了，便起身。"

众军健听了这话，凑了五贯足钱，来买酒吃。那卖酒的汉子道："不卖了！不卖了！这酒里有蒙汗药在里头！"众军陪着笑说道："大哥直得便还言语！"那汉道："不卖了！休缠！"这贩枣子的客人劝道："你这个鸟汉子，他也说得差了，你也忒认真！连累我们也吃你说了几声。须不关他众人之事，胡乱卖与他众人吃些。"那汉道："没事讨别人疑心做甚么？"这贩枣子客人把那卖酒的汉子推开一边，只顾将这桶酒提与众军去吃。那军汉开了桶盖，无甚舀吃，陪个小心，问客人借这椰瓢用一用。众客人道："就送这几个枣子与你们过酒。"众军谢道："甚么道理。"客人道："休要相谢，都是一般客人，何争在这百十个枣子上。"众军谢了，先兜两瓢，叫老都管吃一瓢，杨提辖吃一瓢。

杨志那里肯吃。老都管自先吃了一瓢，两个虞候各吃一瓢。众军汉一发上，那桶酒登时吃尽了。杨志见众人吃了无事，自本不吃，一者天气甚热，二乃口渴难熬，拿起来只吃了一半，枣子分几个吃了。那卖酒的汉子说道："这桶酒被那客人饶一瓢吃了，少了你些酒，我今饶了你众人半贯钱罢。"众军汉凑出钱来还他。那汉子收了钱，挑了空桶，依然唱着山歌。自下冈子去了。

那七个贩枣子的客人，立在松树傍边，指着这一十五人说道："倒也！倒也！"只见这十五个人头重脚轻，一个个面面厮觑，都软倒了。那七个客人从松树林里推出这七辆江州车儿,把车子上枣子丢在地上,将这十一担金珠宝贝都装在车子内,遮盖好了,叫声:"聒噪!"一直望黄泥冈下推了去。正是:

诛求膏血庆生辰,不顾民生与死邻。

始信从来招劫盗,亏心必定有缘因。

杨志口里只是叫苦,软了身体,挣扎不起;十五人眼睁睁地看着那七个人都把这金宝装了去,只是起不来、挣不动、说不得。我且问你,这七人端的是谁?不是别人,原来正是晁盖、吴用、公孙胜、刘唐、三阮这七个。却才那个挑酒的汉子,便是白日鼠白胜。却怎地用药?原来挑上冈子时,两桶都是好酒。七个人先吃了一桶,刘唐揭起桶盖,又兜了半瓢吃,故意要他们看着,只是叫人死心塌地。次后吴用去松林里取出药来,抖在瓢里,只做走来饶他酒吃,把瓢去兜时,药已搅在酒里,假意兜半瓢吃,那白胜劈手夺来,倾在桶里,这个便是计策。那计较都是吴用主张,这个唤做智取生辰纲。

原来杨志吃的酒少,便醒得快,爬将起来,兀自捉脚不住。看那十四个人时,口角流涎,都动不得,正应俗语道:"饶你奸似鬼,吃了洗脚水。"杨志愤闷道:"不争你把了生辰纲去,教俺如何回去见得梁中书?这纸领状须缴不得,就扯破了。如今闪得俺有家难奔,有国难投,待走那里去?不如就这冈子上寻个死处。"撩衣破步,望着黄泥冈下便跳。正是:断送落花三月雨,摧残杨柳九秋霜。毕竟杨志在黄泥冈上寻死,性命如何,且听下回分解。

第十七回

花和尚单打二龙山　青面兽双夺宝珠寺

话说杨志当时在黄泥冈上,被取了生辰纲去,如何回转去见得梁中书,欲要就冈子上自寻死路。却待望黄泥冈下跃身一跳,猛可醒悟,曳住了脚,寻思道:"爹娘生下洒家,堂堂一表,凛凛一躯,自小学成十八般武艺在身,终不成只这般休了。比及今日寻个死处,不如日后等他拿得着时,却再理会。"回身再看那十四个人时,只是眼睁睁地看着杨志,没个挣扎得起。杨志指着骂道:"都是你这厮们不听我言语,因此做将出来,连累了洒家。"树根头拿了朴刀,挂了腰刀,周围看时,别无物件,杨志叹了口气,一直下冈子去了。

那十四个人,直到二更,方才得醒,一个个爬将起来,口里只叫得连珠箭的苦。老都管道:"你们众人不听杨提辖的好言语,今日送了我也!"众人道:"老爷,今日事已做出来了,且通个商量。"老都管道:"你们有甚见识?"众人道:"是我们不是了。古人有言:'火烧到身,各自去扫;蜂虿入怀,随即解衣。'若还杨提辖在这里,我们都说不过;如今他自去的不知去向,我们回去见梁中书相公,何不都推在他身上?只说道:'他一路上,凌辱打骂众人,逼迫得我们都动不得。他和强人做一路,把蒙汗药将俺们麻翻了,缚了手脚,将金宝都掳去了。'"老都管道:"这话也说的是。我们等天明,先去本处官司首告;留下两个虞候,随衙听候,捉拿贼人。我等众人,连夜赶回北京,报与本官知道,教动文书,申复太师得知,着落济州府,追获这伙强人便了。"次日天晓,老都管自和一行人来济州府该管官吏首告,不在话下。

且说杨志提着朴刀,闷闷不已,离黄泥冈,望南行了半日,看看又走了半夜,去林子里歇了,寻思道:"盘缠又没了,举眼无个相识,却是怎地好?"渐渐天色明亮,只得趁早凉了行。又走了二十余里,正是:

面皮青毒逞雄豪,白送金珠十一挑。

今日为何行急急,不知若个[①]打藤条。

当时杨志走得辛苦,到一酒店门前。杨志道:"若不得些酒吃,怎地打熬得过?"便入那酒店去,向这桑木桌凳座头上坐了,身边倚了朴刀。只见灶边一个妇人问道:"客官莫不要打火?"杨志道:"先取两角酒来吃,借些米来做饭,有肉安排些个,少停一发算钱还你。"只见那妇人先叫一个后生来面前筛酒,一面做饭,一边炒肉,都把来杨志吃了。杨志起身,绰了朴刀,便出店门。那妇人道:"你的酒肉饭钱都不曾有!"杨志道:"待俺回来还你,权赊咱一赊。"说了便走。

那筛酒的后生赶将出来,揪住杨志,被杨志一拳打翻了。那妇人叫起

① 若个——那个。

屈来。杨志只顾走，只听得背后一个人赶来，叫道："你那厮走那里去！"杨志回头看时，那人大脱着膊，拖着杆棒，抢奔将来。杨志道："这厮却不是晦气，倒来寻洒家！"立脚住了不走。看后面时，那筛酒后生也拿条梲叉，随后赶来，又引着三两个庄客，各拿杆棒，飞也似都奔将来。杨志道："结果了这厮一个，那厮们都不敢追来。"便挺了手中朴刀来斗这汉。这汉也抡转手中杆棒，抢来相迎。

两个斗三二十合，这汉怎地敌的杨志，只办得架隔遮拦，上下躲闪。那后来的后生并庄客，却待一发上，只见这汉托地跳出圈子外来叫道："且都不要动手！兀那使朴刀的大汉，你可通个姓名。"那杨志拍着胸道："洒家行不更名，坐不改姓，青面兽杨志的便是！"这汉道："莫不是东京殿司杨制使么？"杨志道："你怎地知道洒家是杨制使？"这汉撇了枪棒，便拜道："小人有眼不识泰山。"

杨志便扶这人起来，问道："足下是谁？"这汉道："小人原是开封府人氏，乃是八十万禁军都教头林冲的徒弟，姓曹，名正，祖代屠户出身。小人杀的好牲口，挑筋剐骨，开剥推剥，只此被人唤做操刀鬼。为因本处一个财主，将五千贯钱，教小人来此山东做客，不想折了本，回乡不得，在此入赘在这个庄农人家。却才灶边妇人，便是小人的浑家。这个拿梲叉的便是小人的妻舅。却才小人和制使交手，见制使手段和小人师父林教师一般，因此抵敌不住。"杨志道："原来你却是林教师的徒弟。你的师父，被高太尉陷害，落草去了。如今现在梁山泊。"曹正道："小人也听得人这般说将来，未知真实。且请制使到家少歇。"

杨志便同曹正再回到酒店里来。曹正请杨志里面坐下，叫老婆和妻舅都来拜了杨志，一面再置酒食相待。饮酒中间，曹正动问道："制使缘何到此？"杨志把做制使失陷花石纲，并如今又失陷了梁中书的生辰纲一事，从头备细告诉了。

曹正道："既然如此，制使且在小人家里住几时，再有商议。"杨志道："如此却是深感你的厚意。只恐官司追捕将来，不敢久住。"曹正道："制使这般说时，要投那里去？"杨志道："洒家欲投梁山泊，去寻你师父林教头。俺先前在那里经过时，正撞着他下山来，与洒家交手。王伦见了俺两个本事一般，因此都留在山寨里相会，以此认得你师父林冲。王伦当初苦苦相留，俺却不曾落草，如今脸上又添了金印，却去投奔他时，好没志气。因此踌躇未决,进退两难。"曹正道:"制使见的是。小人也听的人传说:王伦那厮,心地褊窄,安不得人;说我师父林教头上山时,受尽他的气。不若小人此间离不远,却是青州地面,有座山,唤做二龙山;山上有座寺,唤做宝珠寺。那座山生来却好,裹着这座寺,只有一条路上的去。如今寺里住持还了俗,养了头发,余者和尚都随顺了。说道他聚集的四五百人,打家劫舍。为头那人,唤做金眼虎邓龙。制使若有心落草时,到去那里入伙,足可安身。"杨志道:"既有这个去处,何不去夺来安身立命?"

当下就曹正家里住了一宿,借了些盘缠,拿了朴刀,相别曹正,曳开脚步,投二龙山来。行了一日,看看渐晚,却早望见一座高山。杨志道:"俺去林子里且歇一夜,明日却上山去。"转入林子里来,吃了一惊。只见一个胖大和尚,脱的赤条条的,背上刺着花绣,坐在松树根头乘凉。

那和尚见了杨志,就树根头绰了禅杖,跳将起来,大喝道:"兀那撮鸟,你是那里来的?"正是:

平将珠宝担落空,却问宝珠寺讨帐。

要投入寺里强人,先引出寺外和尚。

杨志听了道:"原来也是关西和尚。俺和他是乡中,问他一声。"杨志叫道:"你是那里来的僧人?"那和尚也不回说,抡起手中禅杖,只顾打来。杨志道:"怎奈这秃厮无礼,且把他来出口气!"挺起手中朴刀,来奔那和尚。两个就林子里,一来一往,一上一下,两个放对。但见:

两条龙竞宝,一对虎争餐。禅杖起如虎尾龙筋,朴刀飞似龙鬐虎爪。崒嵂嵂,忽喇喇,天崩地塌,阵云中黑气盘旋;恶狠狠,雄赳赳,雷吼风呼,杀气内金光闪烁。两条龙竞宝,吓得那身长力壮仗霜锋周处[①]眼无光;一对虎争餐,惊的这胆大心粗施雪刃卞庄[②]魂魄丧。两条龙竞宝,眼珠放彩,尾摆得水母[③]殿台摇;一对虎争餐,野兽奔驰,声震的山神毛发竖。

---

① 周处——晋人,品行不端,被时人与"南山之虎"、"长桥之蛟"并称"三害"。后处改过自新,射虎斩蛟,励志为善,成为历史上改恶从善的典型。

② 卞庄——春秋时鲁国大夫,因食邑于卞,死后谥号庄。他以孔武有力闻名,史载他曾只身刺杀双虎。

③ 水母——古代神话中的水神。

当时杨志和那和尚斗到四五十合,不分胜败。那和尚卖个破绽,托地跳出圈子外来,喝一声:“且歇!”两个都住了手。杨志暗暗地喝采道:“那里来的这个和尚!真好本事,手段高!俺却刚刚地只敌的他住!”那僧人叫道:“兀那青面汉子,你是甚么人?”杨志道:“洒家是东京制使杨志的便是。”那和尚道:“你不是在东京卖刀杀了破落户牛二的?”杨志道:“你不见俺脸上金印?”那和尚笑道:“却原来在这里相见。”杨志道:“不敢问师兄却是谁?缘何知道洒家卖刀?”那和尚道:“洒家不是别人,俺是延安府老种经略相公帐前军官鲁提辖的便是。为因三拳打死了镇关西,却去五台山净发为僧。人见洒家背上有花绣,都叫俺做花和尚鲁智深。”

杨志笑道:“原来是自家乡里,俺在江湖上多闻师兄大名。听得说道,师兄在大相国寺里挂搭,如今何故来在这里?”鲁智深道:“一言难尽。洒家在大相国寺管菜园,遇着那豹子头林冲,被高太尉要陷害他性命;俺却路见不平,直送他到沧州,救了他一命。不想那两个防送公人回来,对高俅那厮说道:‘正要在野猪林里结果林冲,却被大相国寺鲁智深救了。那和尚直送到沧州,因此害他不得。’这直娘贼恨杀洒家,分付寺里长老不许俺挂搭;又差人来捉洒家,却得一伙泼皮通报,不是着了那厮的手。吃俺一把火烧了那菜园里廨宇,逃走在江湖上,东又不着,西又不着。来到孟州十字坡过,险些儿被个酒店妇人害了性命,把洒家着蒙汗药麻翻了。得他的丈夫归来得早,见了洒家这般模样,又看了俺的禅杖、戒刀吃惊,连忙把解药救俺醒来。因问起洒家名字,留住俺过了几日,结义洒家做了弟兄。那人夫妻两个,亦是江湖上好汉有名的,都叫他做菜园子张青,其妻母夜叉孙二娘,甚是好义气。住了四五日,打听的这里二龙山宝珠寺可以安身,洒家特地来奔那邓龙入伙,叵耐那厮不肯安着洒家在这山上。和俺厮并,又敌洒家不过,只把这山下三座关,牢牢地拴住。又没别路上去,那撮鸟由你叫骂,只是不下来厮杀,气得洒家正苦在这里没个委结,不想却是大哥来。”

杨志大喜。两个就林子里剪拂了,就地坐了一夜。杨志诉说卖刀杀死牛二的事,并解生辰纲失陷一节,都备细说了。又说曹正指点来此一事,便道:“既是闭了关隘,俺们休在这里,如何得他下来?不若且去曹正家商议。”

两个厮赶着行离了那林子,来到曹正酒店里。杨志引鲁智深与他相见了，曹正慌忙置酒相待，商量要打二龙山一事。曹正道："若是端的闭了关时，休说道你二位，便有一万军马，也上去不得。似此只可智取，不可力求。"鲁智深道："叵耐那撮鸟，初投他时，只在关外相见。因不留俺，厮并起来，那厮小肚上，被俺一脚点翻了。却待要结果了他性命，被他那里人多，救了上山去，闭了这鸟关，由你自在下面骂，只是不肯下来厮杀。"杨志道："既然好去处，俺和你如何不用心去打！"鲁智深道："便是没做个道理上去，奈何不得他！"

曹正道："小人有条计策，不知中二位意也不中？"杨志道："愿闻良策则个。"曹正道："制使也休这般打扮，只照依小人这里近村庄家穿着。小人把这位师父禅杖、戒刀，都拿了，却叫小人的妻弟，带六个火家，直送到那山下，把一条索子，绑了师父，小人自会做活结头，却去山下叫道：'我们近村开酒店庄家，这和尚来我店中吃酒，吃得大醉了，不肯还钱，口里说道，去报人来打你山寨，因此我们听的；乘他醉了，把他绑缚在这里，献与大王。'那厮必然放我们上山去。到得他山寨里面，见邓龙时，把索子曳脱了活结头，小人便递过禅杖与师父。你两个好汉一发上，那厮走往那里去！若结果了他时，以下的人，不敢不伏。此计若何？"鲁智深、杨志齐道："妙哉！妙哉！"有诗为证：

乳虎称龙亦枉然，二龙山许二龙蟠。

人逢忠义情偏洽，事到颠危策愈全。

当晚众人吃了酒食，又安排了些路上干粮。次日五更起来，众人都吃得饱了。鲁智深的行李包裹，都寄放在曹正家。当日杨志、鲁智深、曹正，带了小舅并五七个庄家，取路投二龙山来。晌午后，直到林子里，脱了衣裳，把鲁智深用活结头使索子绑了，教两个庄家，牢牢地牵着索头，杨志戴了遮日头凉笠儿，身穿破布衫，手里倒提着朴刀，曹正拿着他的禅杖，众人都提着棍棒，在前后簇拥着到得山下。

看那关时，都摆着强弩硬弓，灰瓶炮石。小喽罗在关上，看见绑得这个和尚来，飞也似报上山去。多样时，只见两个小头目上关来问道："你等何处人？来我这里做甚么？那里捉得这个和尚来？"曹正答道："小人等是这山下近村庄家，开着一个小酒店。这个胖和尚，不时来我店中吃酒。吃得大醉，不肯还钱，口里说道：'要去梁山泊叫千百个人来，打此二龙山，和你这近村坊，都洗荡了！'因此小人只得又将好酒请他，灌得醉了，一条索子绑缚这厮,来献与大王,表我等村邻孝顺之心,免的村中后患。"两个小头目听了这话,欢天喜地,说道:"好了!众人在此少待一时。"

两个小头目就上山来报知邓龙,说拿得那胖和尚来,邓龙听了大喜,叫:"解上山来,且取这厮的心肝,来做下酒,消我这点冤仇之恨!"小喽罗得令,来把关隘门开了,便叫送上来。

杨志、曹正,紧押鲁智深解上山来,看那三座关时,端的险峻:两下里山环绕将来,包住这座寺;山峰生得雄壮,中间只一条路上关来;三重关上,摆着擂木炮石,硬弩强弓,苦竹枪密密地攒着。过得三处关闸,来到宝珠寺前看时,三座殿门,一段镜面也似平地,周遭都是木栅为城。

寺前山门下立着七八个小喽罗,看见缚的鲁智深来,都指手骂道:"你这秃驴,伤了大王,今日也吃拿了!慢慢的碎割了这厮!"鲁智深只不做声。押到佛殿看时,殿上都把佛来抬去了,中间放着一把虎皮交椅,众多小喽罗,拿着枪棒,立在两边。

少刻,只见两个小喽罗扶出邓龙来,坐在交椅上。曹正、杨志紧紧地帮着[①] 鲁智深到阶下。邓龙道:"你那厮秃驴,前日点翻了我,伤了小腹,至今青肿未消,今日也有见我的时节。"

鲁智深睁圆怪眼,大喝一声:"撮鸟休走!"两个庄家把索头只一曳,曳脱了活结头,散开索子,鲁智深就曹正手里接过禅杖,云飞抡动,杨志撇了凉笠儿,提起手中朴刀,曹正又抡起杆棒;众庄家一齐发作,并力向前。邓龙急待挣扎时,早被鲁智深一禅杖,当头打着,把脑盖劈作两半个,和交椅都打碎了。手下的小喽罗,早被杨志搠翻了四五个。曹正叫道:"都来投降!若不从者,便行扫除处死!"

寺前寺后,五六百小喽罗并几个小头目,惊吓的呆了,只得都来归降投伏。随即叫把邓龙等尸首,扛抬去后山烧化了。一面去点仓廒,整顿房舍,再去看那寺后有多少物件,且把酒肉安排些来吃。鲁智深并杨志做了山寨之主,置酒设宴庆贺。小喽罗们尽皆投伏了,仍设小头目管领。曹正别了二位好汉,领了庄家,自回家去了,不在话下。正是:

古刹雄奇隐翠微,翻为贼寨假慈悲。
天生神力花和尚,弄棒磨刀作住持。

---

① 帮着——靠近。

又有诗一首并及杨志：

有智能深助智深，绿林豪客主丛林。

降龙伏虎真同志，兽面谁知有佛心。

不说鲁智深、杨志自在二龙山落草，却说那押生辰纲老都管并这几个厢禁军，晓行夜住，赶回北京，到的梁中书府，直至厅前，齐齐都拜翻在地下告罪。梁中书道："你们路上辛苦，多亏了你众人。"又问："杨提辖何在？"众人告道："不可说！这人是个大胆忘恩的贼！自离了此间五七日后，行到黄泥冈时，天气大热，都在林子里歇凉。不想杨志和七个贼人通同，假装做贩枣子客商。杨志约会与他做一路，先推七辆江州车儿，在这黄泥冈上松林里等候；却叫一个汉子，挑一担酒来冈子上歇下。小的众人不合买他酒吃，被那厮把蒙汗药都麻翻了，又将索子捆缚众人。杨志和那七个贼人，却把生辰纲财宝并行李，尽装载车上将了去。现今去本管济州府呈告了，留两个虞候在那里随衙听候，捉拿贼人。小人等众人，星夜赶回来告知恩相。"

梁中书听了大惊，骂道："这贼配军！你是犯罪的囚徒，我一力抬举你成人，怎敢做这等不仁忘恩的事！我若拿住他时，碎尸万段！"随即便唤书吏，写了文书，当时差人星夜来济州投下，又写一封家书，着人也连夜上东京，报与太师知道。

且不说差人去济州下公文，只说着人上东京来到太师府报知。见了太师，呈上书札。蔡太师看了，大惊道："这班贼人，甚是胆大！去年将我女婿送来的礼物，打劫了去，至今未获，今年又来无礼，如何干罢！"随即押了一纸公文，着一个府干，亲自赍了，星夜望济州来，着落府尹，立等捉拿这伙贼人，便要回报。

且说济州府尹自从受了北京大名府留守司梁中书札付，每日理论不下。正忧闷间，只见门吏报道："东京太师府里，差府干现到厅前，有紧急公文，要见相公。"府尹听得，大惊道："多管是生辰纲的事！"慌忙升厅，来与府干相见了，说道："这件事，下官已受了梁府虞候的状子，已经差缉捕的人，跟捉贼人，未见踪迹。前日留守司又差人行札付到来，又经着仰尉司并缉捕观察，杖限跟捉，未曾得获。若有些动静消息，下官亲到相府回话。"府干道："小人是太师府里心腹人。今奉太师钧旨，特差来这里要这一干人。临行时，太师亲自分付，教小人到本府，只就州衙里宿歇，立等相公,要拿这七个贩枣子的,并卖酒一人,在逃军官杨志,各贼正身。限在十日捉拿完备,差人解赴东京。若十日不获得这件公事时,怕不先来请相公去沙门岛走一遭。小人也难回太师府里去,性命亦不知如何。相公不信,请看太师府里行来的钧帖。”

府尹看罢大惊,随即便唤缉捕人等。只见阶下一个声喏,立在帘前,太守道:“你是甚人?”那人禀道:“小人是三都缉捕使臣何涛。”太守道:“前日黄泥冈上打劫了去的生辰纲,是你该管么?”何涛答道:“禀复相公:何涛自从领了这件公事,昼夜无眠,差下本管眼明手快的公人,去黄泥冈上往来缉捕;虽是累经杖责,到今未见踪迹。非是何涛怠慢官府,实出于无奈。”府尹喝道:“胡说!‘上不紧则下慢’。我自进士出身,历任到这一郡诸侯,非同容易!今日东京太师府,差一干办,来到这里,领太师台旨:限十日内,须要捕获各贼正身,完备解京。若还违了限次,我非止罢官,必陷我投沙门岛走一遭。你是个缉捕使臣,倒不用心,以致祸及于我。先把你这厮迭配远恶军州,雁飞不到去处!”便唤过文笔匠来,去何涛脸上刺下“迭配……州”字样,空着甚处州名,发落道:“何涛,你若获不得贼人,重罪决不饶恕!”正是:

脸皮打稿太乖张,自要平安人受殃。

贱面可无烦作计,本心也合细商量。

却说何涛领了台旨,下厅前来到使臣房里,会集许多做公的,都到机密房中,商议公事。众做公的都面面相觑,如箭穿雁嘴,钩搭鱼腮,尽无言语。何涛道:“你们闲常时,都在这房里赚钱使用;如今有此一事难捉,都不做声。你众人也可怜我脸上刺的字样。”众人道:“上复观察:小人们人非草木,岂不省的?只是这一伙做客商的,必是他州外府深山旷野强人遇着,一时劫了他的财宝,自去山寨里快活,如何拿的着?便是知道,也只看得他一看。”何涛听了,当初只有五分烦恼,见说了这话,又添了五分烦恼,自离了使臣房里,上马回到家中,把马牵去后槽上拴了;独自一个,闷闷不已。正是:

双眉重上三锽锁,满腹填平万斛愁。

网里漏鱼何处觅?瓮中捉鳖向谁求?

只见老婆问道:“丈夫,你如何今日这般嘴脸?”何涛道:“你不知,前日太守委我一纸批文,为因黄泥冈上一伙贼人,打劫了梁中书与丈人蔡太师庆生辰的金珠宝贝,计十一担,正不知是甚么样人打劫了去。我自从领了这道钧批,到今未曾得获。今日正去转限,不想太师府又差干办来,立等要拿这一伙贼人解京。太守问我贼人消息,我回复道:'未见次第,不曾获得。'府尹将我脸上刺下'迭配……州'字样,只不曾填甚去处,在后知我性命如何!"老婆道:"似此怎地好?却是如何得了!"

正说之间,只见兄弟何清来望哥哥,何涛道:"你来做甚么?不去赌钱,却来怎地?"何涛的妻子乖觉,连忙招手说道:"阿叔,你且来厨下,和你说话。"何清当时跟了嫂嫂进到厨下坐了。嫂嫂安排些酒肉菜蔬,烫几杯酒,请何清吃。何清问嫂嫂道:"哥哥忒杀欺负人!我不中,也是你一个亲兄弟!你便奢遮杀[①],只做得个缉捕观察,便叫我一处吃盏酒,有甚么辱没了你!"阿嫂道:"阿叔,你不知道,你哥哥心里自过活不得哩!"何清道:"他每日起了大钱大物,那里去了?有的是钱和米,有甚么过活不得处?"阿嫂道:"你不知,为这黄泥冈上,前日一伙贩枣子的客人,打劫了北京梁中书庆贺蔡太师的生辰纲去;如今济州府尹奉着太师钧旨:限十日内,定要捉拿各贼解京;若还捉不着正身时,便要刺配远恶军州去。你不见哥哥先吃府尹刺了脸上'迭配……州'字样,只不曾填甚么去处,早晚捉不着时,实是受苦!他如何有心和你吃酒?我却才安排些酒食与你吃。他闷了几时了,你却怪他不得。"何清道:"我也诽诽地听得人说道:'有贼打劫了生辰纲去。'正在那里地面上?"阿嫂道:"只听的说道黄泥冈上。"何清道:"却是甚么样人劫了?"阿嫂道:"叔叔,你又不醉,我方才说了,是七个贩枣子的客人打劫了去。"何清呵呵的大笑道:"原来恁地。知道是贩枣子的客人了,却闷怎地?何不差精细的人去捉。"阿嫂道:"你倒说得好,便是没捉处。"何清笑道:"嫂嫂,倒要你忧。哥哥放着常来的一班儿好酒肉弟兄,闲常不睬的是亲兄弟,今日才有事,便叫没捉处。若是教兄弟得知,赚得几贯钱使,量这伙小贼,有甚难处!"阿嫂道:"阿叔,你倒敢[②]知得些风路[③]?"何清笑道:"直等哥哥临危之际,兄弟却来有个道理救他。"说了,便起身要去。阿嫂留住再吃两杯。

---

① 奢遮杀——好到顶点,充其量。奢遮,出众,不一般。

② 敢——莫非,难道。

③ 风路——风声,消息。

那妇人听了这话说得跷蹊，慌忙来对丈夫备细说了。何涛连忙叫请兄弟到面前。何涛陪着笑脸说道："兄弟，你既知此贼去向，如何不救我？"何清道："我不知甚么来历，我自和嫂子说耍。兄弟如何救得哥哥？"何涛道："好兄弟，休得要看冷暖。只想我日常的好处，休记我闲时的歹处，救我这条性命！"何清道："哥哥，你管下许多眼明手快的公人，也有三二百个，何不与哥哥出些大气？量兄弟一个，怎救得哥哥！"何涛道："兄弟休说他们，你的话眼里有些门路，休要把与别人做好汉。你且说与我些去向，我自有补报你处。正教我怎地心宽！"何清道："有甚么去向，兄弟不省的！"何涛道："你不要怄[①] 我，只看同胞共母之面。"何清道："不要慌。且待到至急处，兄弟自来出些气力，拿这伙小贼。"

阿嫂便道："阿叔，胡乱救你哥哥，也是弟兄情分。如今被太师府钧帖，立等要这一干人，天来大事，你却说小贼！"何清道："嫂嫂，你须知我只为赌钱上，吃哥哥多少言语。但是打骂，不曾和他争涉。闲常有酒有食，只和别人快活，今日兄弟也有用处。"何涛见他话眼有些来历，慌忙取一个十两银子，放在桌上，说道："兄弟，权将这锭银收了。日后捕得贼人时，金银缎匹赏赐，我一力包办。"何清笑道："哥哥正是'急来抱佛脚，闲时不烧香'。我若要你银子时，便是兄弟勒措你。你且把去收了，不要将来赚我。你若如此，我便不说。既是你两口儿我行陪话，我说与你，不要把银子出来惊我。"何涛道："银两都是官司信赏出的，如何没三五百贯钱？兄弟，你休推却。我且问你：这伙贼却在那里有些来历？"何清拍着大腿道："这伙贼，我都捉在便袋里了。"何涛大惊道："兄弟，你如何说这伙贼在你便袋里？"何清道："哥哥，你莫管我，自都有在这里便了。你只把银了收了去，不要将来赚我，只要常情便了。我却说与你知道。"何清不慌不忙，迭着两个指头说出来。有分教，郓城县里引出个仗义英雄，梁山泊中聚一伙擎天好汉。毕竟何清对何涛说出甚人来，且听下回分解。

---

① 怄——逗弄。

第十八回

美髯公智稳插翅虎　宋公明私放晁天王

当时何观察与兄弟何清道："这锭银子，是官司信赏的，非是我把来赚你，后头再有重赏。兄弟，你且说这伙人如何在你便袋里？"只见何清去身边招文袋内摸出一个经折儿来，指道："这伙贼人都在上面。"何涛道："你且说怎地写在上面？"何清道："不瞒哥哥说：兄弟前日为赌博输了，没一文盘缠，有个一般赌博的，引兄弟去北门外十五里，地名安乐村，有个王家客店内，凑些碎赌。为是官司行下文书来，着落本村，但凡开客店的，须要置立文簿，一面上用勘合印信；每夜有客商来歇宿，须要问他：'那里来？何处去？姓甚名谁？做甚买卖？'都要抄写在簿子上。官司查照时，每月一次，去里正处报名。为是小二哥不识字，央我替他抄了半个月。当日是六月初三日，有七个贩枣子的客人，推着七辆江州车儿来歇。我却认得一个为头的客人，是郓城县东溪村晁保正。因何认得他？我比先曾跟一个赌汉去投奔他，因此我认得。我写着文簿，问他道：'客人高姓？'只见一个三髭须白净面皮的抢将过来，答应道：'我等姓李，从濠州来贩枣子，去东京卖。'我虽写了，有些疑心。第二日，他自去了，店主带我去村里相赌，来到一处三叉路口，只见一个汉子挑两个桶来。我不认得他。店主人自与他厮叫道：'白大郎，那里去？'那人应道：'有担醋，将去村里财主家卖。'店主人和我说道：'这人叫做白日鼠白胜，他是个赌客。'我也只安在心里。后来听得沸沸扬扬地说道：'黄泥冈上一伙贩枣子的客人，把蒙汗药麻翻了人，劫了生辰纲去。'我猜不是晁保正，却是兀谁！如今只捕了白胜，一问便知端的。这个经折儿，是我抄的副本。"

何涛听了大喜，随即引了兄弟何清，径到州衙里见了太守。府尹问道："那公事有些下落么？"何涛禀道："略有些消息了。"府尹叫进后堂来说，仔细问了来历。何清一一禀说了。

当下便差八个做公的，一同何涛、何清，连夜来到安乐村，叫了店主人做眼，径奔到白胜家里，却是三更时分。叫店主人赚开门来打火，只听得白胜在床上做声。问他老婆时,却说道害热病,不曾得汗。从床上拖将起来,见白胜面色红白,就把索子绑了,喝道:“黄泥冈上做得好事!”白胜那里肯认。把那妇人捆了,也不肯招。

众做公的绕屋寻赃,寻到床底下,见地面不平;众人掘开,不到三尺深,众多公人发声喊,白胜面如土色,就地下取出一包金银,随即把白胜头脸包了,带他老婆,扛抬赃物,都连夜赶回济州城里来。

却好五更天明时分,把白胜押到厅前,便将索子捆了。问他主情造意[①],白胜抵赖,死不肯招晁保正等七人。连打三四顿,打的皮开肉绽,鲜血迸流。府尹喝道:“告的正主招了赃物,捕人已知是郓城县东溪村晁保正了,你这厮如何赖得过!你快说那六人是谁,便不打你了。”

白胜又挨了一歇,打熬不过,只得招道:“为首的是晁保正。他自同六人来纠合白胜,与他挑酒,其实不认得那六人。”知府道:“这个不难。只拿住晁保正,那六人便有下落。”先取一面二十斤死枷,枷了白胜;他的老婆也锁了,押去女牢里监收。

随即押一纸公文,就差何涛亲自带领二十个眼明手快的公人,径去郓城县投下,着落本县,立等要捉晁保正,并不知姓名六个正贼;就带原解生辰纲的两个虞候,作眼拿人。一同何观察领了一行人,去时不要大惊小怪,只恐怕走透了消息。

星夜来到郓城县,先把一行公人并两个虞候,都藏在客店里,只带一两个跟着,来下公文,径奔郓城县衙门前来。当下巳牌时分,却值知县退了早衙,县前静悄悄地,何涛走去县对门一个茶坊里坐下,吃茶相等。

吃了一个泡茶,问茶博士道:“今日如何县前恁地静?”茶博士说道:“知县相公早衙方散,一应公人和告状的,都去吃饭了未来。”何涛又问道:“今日县里不知是那个押司直日?”茶博士指着道:“今日直日的押司来也。”何涛看时,只见县里走出一个吏员来。看那人时,怎生模样,但见:

眼如丹凤,眉似卧蚕。滴溜溜两耳悬珠,明皎皎双睛点漆。唇方口正,髭须地阁轻盈;额阔顶平,皮肉天仓饱满。坐定时浑如虎相,走动时有若狼形。年及三旬,有养济万人之度量;身躯六尺,怀扫除四海之心机。志气轩昂,胸襟秀丽。刀笔敢欺萧相国,声名不让孟尝君。

---

① 主情造意——主谋,出谋划策的人。

那押司姓宋，名江，表字公明，排行第三，祖居郓城县宋家村人氏。为他面黑身矮，人都唤他做黑宋江，又且于家大孝，为人仗义疏财，人皆称他做孝义黑三郎。上有父亲在堂，母亲早丧；下有一个兄弟，唤做铁扇子宋清，自和他父亲宋太公在村中务农，守些田园过活。这宋江自在郓城县做押司。他刀笔精通，吏道纯熟；更兼爱习枪棒，学得武艺多般。平生只好结识江湖上好汉，但有人来投奔他的，若高若低，无有不纳，便留在庄上馆谷，终日追陪，并无厌倦；若要起身，尽力资助，端的是挥霍，视金似土。人问他求钱物，亦不推托；且好做方便，每每排难解纷，只是周全人性命。如常散施棺材药饵，济人贫苦，周人之急，扶人之困，以此山东、河北闻名，都称他做及时雨，却把他比做天上下的及时雨一般，能救万物。曾有一首《临江仙》赞宋江好处：

起自花村刀笔吏，英灵上应天星，疏财仗义更多能。事亲行孝敬，待士有声名。济弱扶倾心慷慨，高名水月双清。及时甘雨四方称，山东呼保义[①]，豪杰宋公明。

当时宋江带着一个伴当，走将出县前来。只见这何观察当街迎住，叫道："押司，此间请坐拜茶。"宋江见他似个公人打扮，慌忙答礼道："尊兄何处？"何涛道："且请押司到茶坊里面吃茶说话。"宋公明道："谨领。"两个人到茶坊里坐定，伴当都叫去门前等候。

宋江道："不敢拜问尊兄高姓？"何涛答道："小人是济州府缉捕使臣何观察的便是。不敢动问押司高姓大名？"宋江道："贱眼不识观察，少罪。小吏姓宋名江的便是。"何涛倒地便拜，说道："久闻大名，无缘不曾拜识。"宋江道："惶恐。观察请上坐。"何涛道："小人安敢占上？"宋江道："观察是上司衙门的人，又是远来之客。"两个谦让了一回，宋江坐了主位，何涛坐了客席。

宋江便叫茶博士将两杯茶来。没多时，茶到。两个吃了茶。宋江道："观察到敝县，不知上司有何公务"何涛道："实不相瞒，来贵县有几个要紧的人。"宋江道："莫非贼情公事否？"何涛道："有实封公文在此，敢烦押司作成。"宋江道："观察是上司差来捕盗的人，小吏怎敢怠慢？不知为甚么

---

① 呼保义——宋时相呼叫保义，犹通常称人为员外，或官吏未授职，呼为保义。宋时武正八品曰保义正尉，从八品曰保义副尉。

贼情紧事?”何涛道:“押司是当案的人,便说也不妨:敝府管下黄泥冈上一伙贼人,共是八个,把蒙汗药麻翻了北京大名府梁中书差遣送蔡太师的生辰纲军健一十五人,劫去了十一担珍珠宝贝,计该十万贯正赃。今捕得从贼一名白胜,指说七个正贼,都在贵县。这是太师府特差一个干办,在本府立等要这件公事,望押司早早维持。”宋江道:“休说太师处着落,便是观察自赍公文来要,敢不捕送?只不知道白胜供指那七人名字?”何涛道:“不瞒押司说:是贵县东溪村晁保正为首。更有六名从贼,不识姓名,烦乞用心。”

宋江听罢,吃了一惊,肚里寻思道:“晁盖是我心腹弟兄。他如今犯了迷天大罪,我不救他时,捕获将去,性命便休了!”心内自慌,却答应道:“晁盖这厮,奸顽役户,本县内上下人,没一个不怪他。今番做出来了,好教他受!”何涛道:“相烦押司便行此事。”宋江道:“不妨,这事容易,‘瓮中捉鳖,手到拿来。’只是一件,这实封公文,须是观察自己当厅投下,本官看了,便好施行发落,差人去捉,小吏如何敢私下擅开?这件公事,非是小可,不当轻泄于人。”何涛道:“押司高见极明,相烦引进。”宋江道:“本官发放一早晨事务,倦怠了少歇。观察略待一时,少刻坐厅时,小吏来请。”何涛道:“望押司千万作成。”宋江道:“理之当然,休这等说话。小吏略到寒舍,分拨了些家务便到,观察少坐一坐。”何涛道:“押司尊便,小弟只在此专等。”

宋江起身,出得阁儿,分付茶博士道:“那官人要再用茶,一发我还茶钱。”离了茶坊,飞也似跑到下处。先分付伴当去叫直司在茶坊门前伺候:“若知县坐衙时,便可去茶坊里安抚那公人道:‘押司稳便。’叫他略待一待。”却自槽上鞁了马,牵出后门外去,拿了鞭子,慌忙的跳上马,慢慢地离了县治。出得东门,打上两鞭,那马拨喇喇的望东溪村撺将去,没半个时辰,早到晁盖庄上。庄客见了,入去庄里报知。正是:

义重轻他不义财,奉天法网有时开。

剥民官府过于贼,应为知交放贼来。

且说晁盖正和吴用、公孙胜、刘唐在后园葡萄树下吃酒。此时三阮已得了钱财,自回石碣村去了。晁盖见庄客报说宋押司在门前。晁盖问道:“有多少人随从着?”庄客道:“只独自一个飞马而来,说快要见保正。”晁盖道:“必然有事。”慌忙出来迎接。

宋江道了一个喏,携了晁盖手,便投侧边小房里来。晁盖问道:“押司如何来的慌速?”宋江道:“哥哥不知,兄弟是心腹弟兄,我舍着条性命来救你。如今黄泥冈事发了!白胜已自拿在济州大牢里了,供出你等七人。济州府差一个何缉捕,带着若干人,奉着太师府钧帖,并本州文书,来捉你等七人,道你为首。天幸撞在我手里,我只推说知县睡着,且教何观察在县对门茶坊里等我。以此飞马而来,报道哥哥。‘三十六计,走为上计’。若不快走时,更待甚么?我回去引他当厅下了公文,知县不移时,便差人连夜下来,你们不可耽搁,倘有些疏失,如之奈何!休怨小弟不来救你。”

晁盖听罢,吃了一惊道:“贤弟大恩难报!”宋江道:“哥哥,你休要多说,只顾安排走路,不要缠障[①],我便回去也。”晁盖道:“七个人:三个是阮小二、阮小五、阮小七,已得了财,自回石碣村去了;后面有三个在这里,贤弟且见他一面。”宋江来到后园,晁盖指着道:“这三位:一个吴学究;一个公孙胜,蓟州来的;一个刘唐,东潞州人。”宋江略讲一礼,回身便走,嘱咐道:“哥哥保重,作急快走,兄弟去也。”

宋江出到庄前,上了马,打上两鞭,飞也似望县里来了。当时有个学究,为此事作诗一首,也说得是。诗曰:

保正缘何养贼曹,押司纵贼罪难逃。
须知守法清名重,莫谓通情义气高。
爵固畏鹯能害爵,猫如伴鼠岂成猫。
空持刀笔称文吏,羞说当年汉相萧。

且说晁盖与吴用、公孙胜、刘唐三人道:“你们认得那来相见的这个人么?”吴用道:“却怎地慌慌忙忙便去了?正是谁人?”晁盖道:“你三位还不知哩!我们不是他来时,性命只在咫尺休了!”三人大惊道:“莫不走了消息,这件事发了?”晁盖道:“亏杀这个兄弟,担着血海也似干系,来报与我们。原来白胜已自捉在济州大牢里了,供出我等七人。本州差个缉捕何观察,将带若干人,奉着太师钧帖来,着落郓城县,立等要拿我们七个。亏了他稳住那公人在茶坊里俟候,他飞马先来报知我们,如今回去下了公文,少刻便差人连夜到来,捕获我们,却是怎地好!”

吴用道:“若非此人来报,都打在网里。这大恩人姓甚名谁?”晁盖道:“他便是本县押司呼保义宋江的便是。”吴用道:“只闻宋押司大名,小生却

---

① 缠障——无休无止地纠缠,这里是罗嗦、絮叨意。也作缠帐。

不曾得会。虽是住居咫尺,无缘难得见面。"公孙胜、刘唐都道:"莫不是江湖上传说的及时雨宋公明?"晁盖点头道:"正是此人。他和我心腹相交,结义弟兄,吴先生不曾得会,四海之内,名不虚传,结义得这个兄弟,也不枉了。"

晁盖问吴用道:"我们事在危急,却是怎地解救?"吴学究道:"兄长不须商议,'三十六计,走为上计'。"晁盖道:"却才宋押司也教我们走为上计,却是走那里去好?"吴用道:"我已寻思[①] 在肚里了。如今我们收拾五七担挑了,一径都走奔石碣村三阮家里去。今急遣一人,先与他弟兄说知。"晁盖道:"三阮是个打鱼人家,如何安得我等许多人?"吴用道:"兄长,你好不精细!石碣村那里一步步近去,便是梁山泊。如今山寨里好生兴旺,官军捕盗,不敢正眼儿看他。若是赶得紧,我们一发入了伙。"晁盖道:"这一论极是上策,只恐怕他们不肯收留我们。"吴用道:"我等有的是金银,送献些与他,便入伙了。"正是:

无道之时多有盗,英雄进退两俱难。
只因秀士居山寨,买盗犹然似买官。

当时晁盖道:"既然恁地商量定了,事不宜迟。吴先生,你便和刘唐带了几个庄客,挑担先去阮家安顿了,却来旱路上接我们。我和公孙先生两个打并了便来。"吴用、刘唐把这生辰纲打劫得金珠宝贝,做五六担装了,叫五六个庄客,一发吃了酒食。吴用袖了铜链,刘唐提了朴刀,监押着五七担,一行十数人,投石碣村来。晁盖和公孙胜在庄上收拾。有些不肯去的庄客,赍发他些钱物,从他去投别主。有愿去的,都在庄上并迭财物,打拴行李。正是:

须信钱财是毒蛇,钱财聚处即亡家。
人称义士犹难保,天鉴贪官漫自夸。

再说宋江飞马去到下处,连忙到茶坊里来,只见何观察正在门前望。宋江道:"观察久等。却被村里有个亲戚,在下处说些家务,因此耽搁了些。"何涛道:"有烦押司引进。"宋江道:"请观察到县里。"两个入得衙门来,正值知县时文彬在厅上发落事务。宋江将着实封公文,引着何观察直至书案边,叫左右挂上回避牌,宋江向前禀道:"奉济州府公文,为贼情紧

① 寻思——琢磨对付。这里指主意,策略。

急公务，特差缉捕使臣何观察到此下文书。”知县接来拆开，就当厅看了，大惊，对宋江道：“这是太师府差干办来立等要回话的勾当。这一干贼，便可差人去捉。”宋江道：“日间去，只怕走了消息，只可差人就夜去捉。拿得晁保正来，那六人便有下落。”时知县道：“这东溪村晁保正，闻名是个好汉，他如何肯做这等勾当？”随即叫唤尉司并两个都头：一个姓朱，名仝；一个姓雷，名横。他两个，非是等闲人也。

当下朱仝、雷横，两个来到后堂，领了知县言语，和县尉上了马，径到尉司，点起马步弓手并土兵一百余人，就同何观察并两个虞候，作眼拿人。当晚都带了绳索军器，县尉骑着马，两个都头亦各乘马，各带了腰刀弓箭，手拿朴刀，前后马步弓手簇拥着，出得东门，飞奔东溪村晁家来。

到得东溪村里，已是一更天气，都到一个观音庵取齐。朱仝道：“前面便是晁家庄。晁盖家有前后两条路。若是一齐去打他前门，他望后门走了；一齐哄去打他后门，他奔前门走了。我须知晁盖好生了得，又不知那六人是甚么人，必须[1] 也不是善良君子。那厮们都是死命，倘或一齐杀出来，又有庄客协助，却如何抵敌他？只好声东击西，等那厮们乱窜，便好下手。不若我和雷都头分做两路：我与你分一半人，都是步行去，先望他后门埋伏了，等候唿哨响为号，你等向前门只顾打入来，见一个捉一个，见两个捉一双。”雷横道：“也说的是。朱都头，你和县尉相公，从前门打入来，我去截住后路。”朱仝道：“贤弟，你不省得。晁盖庄上有三条活路，我闲常时都看在眼里了；我去那里，须认得他的路数，不用火把便见。你还不知他出没的去处，倘若走漏了事情，不要耍处。”县尉道：“朱都头说得是，你带一半人去。”朱仝道：“只消得三十来个够了。”朱仝领了十个弓手，二十个土兵，先去了。县尉再上了马，雷横把马步弓手，都摆在前后，帮护着县尉。土兵等都在马前，明晃晃照着三二十个火把，拿着梲叉、朴刀、留客住、钩镰刀，一齐都奔晁家庄。

到得庄前，兀自有半里多路，只见晁盖庄里一缕火起，从中堂烧将起来，涌得黑烟遍地，红焰飞空。又走不到十数步，只见前后门四面八方，约有三四十把火发，焰腾腾地一齐都着。前面雷横挺着朴刀，背后众土兵发着喊，一齐把庄门打开，都扑入里面。看时，火光照得如同白日一般明亮，

---

① 必须——想必，一定。

并不曾见有一个人，只听得后面发着喊，叫将起来，叫前面捉人。原来朱仝有心要放晁盖，故意赚雷横去打前门。这雷横亦有心要救晁盖，以此争先要来打后门；却被朱仝说开了，只得去打他前门。故意这等大惊小怪，声东击西，要催逼晁盖走了。

朱仝那时到庄后时，兀自晁盖收拾未了。庄客看见，来报晁盖说道："官军到了！事不宜迟！"晁盖叫庄客四下里只顾放火，他和公孙胜引了十数个去的庄客，呐着喊，挺起朴刀，从后门杀将出来，大喝道："当吾者死！避吾者生！"朱仝在黑影里叫道："保正休走！朱仝在这里等你多时。"晁盖那里顾他说，与同公孙胜，舍命只顾杀出来。朱仝虚闪一闪，放开条路，让晁盖走了。

晁盖却叫公孙胜引了庄客先走，他独自押着后。朱仝使步弓手从后门扑入去，叫道："前面赶捉贼人！"雷横听的，转身便出庄门外，叫马步弓手分头去赶。雷横自在火光之下，东观西望做寻人。朱仝撇了土兵，挺着刀，去赶晁盖。晁盖一面走，口里说道："朱都头，你只管追我做甚么？我须没歹处！"朱仝见后面没人，方才敢说道："保正，你兀自不见我好处：我怕雷横执迷，不会做人情，被我赚他打你前门，我在后面等你出来放你。你见我闪开条路，让你过去。你不可投别处去，只除梁山泊可以安身。"晁盖道："深感救命之恩，异日必报！"有诗为证：

捕盗如何与盗通，官赃应与盗赃同。
莫疑官府能为盗，自有皇天不肯容。

朱仝正赶间，只听得背后雷横大叫道："休教走了人！"朱仝分付晁盖道："保正，你休慌，只顾一面走，我自使转他去。"朱仝回头叫道："有三个贼望东小路去了，雷都头，你可急赶。"雷横领了人，便投东小路上，并土兵众人赶去。朱仝一面和晁盖说着话，一面赶他，却如防送的相似。

渐渐黑影里不见了晁盖。朱仝只做失脚扑地，倒在地下。众土兵随后赶来，向前扶起，急救得。朱仝答道："黑影里不见路径，失脚走下野田里，滑倒了，闪挫了左腿。"县尉道："走了正贼，怎生奈何！"朱仝道："非是小人不赶，其实月黑了，没做道理处。这些土兵，全无几个有用的人，不敢向前。"县尉再叫土兵去赶，众土兵心里道："两个都头，尚兀自不济事，近他不得，我们有何用？"都去虚赶了一回，转来道："黑地里正不知那条路去了。"

雷横也赶了一直回来，心内寻思道："朱仝和晁盖最好，多敢是放了他去，我没来由做甚么恶人。我也有心亦要放他，今已去了，只是不见了人情。晁盖那人，也不是好惹的。"回来说道："那里赶得上？这伙贼端的了得！"县尉和两个都头回到庄前时，已是四更时分。何观察见众人四分五落，赶了一夜，不曾拿得一个贼人，只叫苦道："如何回得济州去见府尹！"县尉只得捉了几家邻舍去，解将郓城县里来。

这时知县一夜不曾得睡，立等回报，听得道："贼都走了，只拿得几个邻舍。"知县把一干拿到的邻舍，当厅勘问。众邻舍告道："小人等虽在晁保正邻近住居，远者三二里田地，近者也隔着些村坊。他庄上如常有搠枪使棒的人来，如何知他做这般的事？"知县逐一问了时，务要问他们一个下落。数内一个贴邻告道："若要知他端的，除非问他庄客。"知县道："说他家庄客，也都跟着走了。"邻舍告道："也有不愿去的，还在这里。"知县听了，火速差人，就带了这个贴邻做眼，来东溪村捉人。

无两个时辰，早拿到两个庄客。当厅勘问时，那庄客初时抵赖，吃打不过，只得招道："先是六个人商议，小人只认得一个，是本乡中教学的先生，叫做吴学究；一个叫做公孙胜，是全真先生；又有一个黑大汉，姓刘。更有那三个，小人不认得，却是吴学究合将来的。听的说道：'他姓阮，在石碣村住。他是打鱼的，弟兄三个。'只此是实。"知县取了一纸招状，把两个庄客交割与何观察，回了一道备细公文，申呈本府。宋江自周全那一干邻舍，保放回家听候。

且说这众人与何涛押解了两个庄客，连夜回到济州，正值府尹升厅。何涛引了众人到厅前，禀说晁盖烧庄在逃一事，再把庄客口词说一遍。府尹道："既是恁地说时，再拿出白胜来！"问道："那三个姓阮的，端的住在那里？"白胜抵赖不过，只得供说："三个姓阮的：一个叫做立地太岁阮小二，一个叫做短命二郎阮小五，一个是活阎罗阮小七，都在石碣湖村里住。"知府道："还有那三个姓甚么？"白胜告道："一个是智多星吴用，一个是入云龙公孙胜，一个叫做赤发鬼刘唐。"知府听了，便道："既有下落，且把白胜依原监了，收在牢里。"随即又唤何观察，差去石碣村，缉捕这几个贼人。不是何涛去石碣村去，有分教，天罡地煞来寻际会风云，水浒山城去聚纵横人马。毕竟何观察怎生差去石碣村缉捕，且听下回分解。

第十九回

林冲水寨大并火[①]　晁盖梁山小夺泊

话说当下何观察领了知府台旨下厅来，随即到机密房里与众人商议。众多做公的道："若说这个石碣村湖荡，紧靠着梁山泊，都是茫茫荡荡，芦苇水港。若不得大队官军，舟船人马，谁敢去那里捕捉贼人？"何涛听罢，说道："这一论也是。"再到厅上禀复府尹道："原来这石碣村湖泊，正傍着梁山水泊，周围尽是深港水汊，芦苇草荡。闲常时也兀自劫了人，莫说如今又添了那一伙强人在里面。若不起得大队人马，如何敢去那里捕获得人？"府尹道："既是如此说时，再差一员了得事的捕盗巡检，点与五百官兵人马，和你一处去缉捕。"

何观察领了台旨，再回机密房来，唤集这众多做公的，整选了五百余人，各各自去准备什物器械。次日，那捕盗巡检领了济州府帖文，与同何观察两个，点起五百军兵，同众多做公的，一齐奔石碣村来。

且说晁盖、公孙胜，自从把火烧了庄院，带同十数个庄客，来到石碣村，半路上撞见三阮弟兄，各执器械，却来接应到家，七个人都在阮小五庄上。那时阮小二已把老小搬入湖泊里，七人商议要去投梁山泊一事。吴用道："现今李家道口有那旱地忽律朱贵在那里开酒店，招接四方汉。但要入伙的，须是先投奔他。我们如今安排了船只，把一应的物件装在船里，将些人情送与他引进。"

大家正在那里商议投奔梁山泊，只见几个打鱼的来报道："官军人马，飞奔村里来也！"晁盖便起身叫道："这厮们赶来，我等休走！"阮小二道："不妨！我自对付他。叫那厮大半下水里去死，小半都搠杀他。"公孙胜道："休慌！且看贫道的本事！"晁盖道："刘唐兄弟，你和学究先生，且把财赋老小，装载船里，径撑去李家道口左侧相等；我们看些头势，随后便到。"阮小二选两只棹船，把娘和老小，家中财赋，都装下船里。吴用、刘唐各押

---

① 并火——同伙内部发生武装斗杀。

着一只，叫七八个伴当摇了船，先到李家道口去等；又分付阮小五、阮小七撑驾小船，如此迎敌。两个各棹船去了。

且说何涛并捕盗巡检，带领官兵，渐近石碣村，但见河埠有船，尽数夺了，便使会水的官兵，且下船里进发；岸上人马，船骑相迎，水陆并进。到阮小二家，一齐呐喊，人兵并起，扑将入去，早是一所空房，里面只有些粗重家火①。何涛道："且去拿几家附近渔户。"问时，说道："他的两个兄弟：阮小五、阮小七，都在湖泊里住，非船不能去。"何涛与巡检商议道："这湖泊里港汊又多，路径甚杂；抑且水荡坡塘，不知深浅；若是四分五落去捉时，又怕中了这贼人奸计；我们把马匹都教人看守在这村里，一发都下船里去。"当时捕盗巡检并何观察，一同做公的人等，都下了船。那时捉的船，非止百十只，也有撑的，亦有摇的，一齐都望阮小五打鱼庄上来。

行不到五六里水面，只听得芦苇中间，有人嘲歌。众人且住了船听时，那歌道：

打鱼一世蓼儿洼，不种青苗不种麻。

酷吏赃官都杀尽，忠心报答赵官家。

何观察并众人听了，尽吃一惊。只见远远地一个人，独棹一只小船儿唱将来。有认得的指道："这个便是阮小五。"何涛把手一招，众人并力向前，各执器械，挺着迎将去。只见阮小五大笑骂道："你这等虐害百姓的贼官，直如此大胆！敢来引老爷做甚么！却不是来捋虎须！"何涛背后有会射弓箭的，搭上箭，曳满弓，一齐放箭。阮小五见放箭来，拿着桦楸，翻筋斗钻下水里去。众人赶到跟前，拿个空。

又行不到两条港汊，只听得芦花荡里打唿哨，众人把船摆开，见前面两个人棹着一只船来。船头上立着一个人，头戴青箬笠，身披绿蓑衣，手里拈着条笔管枪，口里也唱着道：

老爷生长石碣村，禀性生来要杀人。

先斩何涛巡检首，京师献与赵王君。

何观察并众人听了，又吃一惊。一齐看时，前面那个人拈着枪，唱着歌，背后这个摇着橹。有认得的说道："这个正是阮小七。"何涛喝道："众人并力向前，先拿住这个贼！休教走了！"阮小七听得笑道："泼贼！"便把

① 家火——用具，东西。

枪只一点，那船便使转来，望小港里串着走。众人发着喊，赶将去。这阮小七和那摇船的，飞也似摇着橹，口里打着嗯哨，串着小港汊中只顾走。

众官兵赶来赶去，看见那水港窄狭了，何涛道："且住！把船且泊了，都傍岸边。"上岸看时，只见茫茫荡荡，都是芦苇，正不见一些旱路。何涛心内疑惑，却商议不定，便问那当村住的人，说道："小人们虽是在此居住，也不知道这里有许多去处。"何涛便教划着两只小船，船上各带三两个做公的，去前面探路。

去了两个时辰有余，不见回报。何涛道："这厮们好不了事！"再差五个做公的，又划两只船去探路。这几个做公的，划了两只船，又去了一个多时辰，并不见些回报。何涛道："这几个都是久惯做公的，四清六活的人，却怎地也不晓事，如何不着一只船转来回报？不想这些带来的官兵，人人亦不知颠倒！"天色又看看晚了，何涛思想："在此不着边际，怎生奈何！我须用自去走一遭。"拣一只疾快小船，选了几个老郎做公的，各拿了器械，桨起五六把桦楫，何涛坐在船头上，望这个芦苇港里荡将去。

那时已是日没沉西，划得船开，约行了五六里水面，看见侧边岸上一个人，提着把锄头走将来，何涛问道："兀那汉子，你是甚人？这里是甚么去处？"那人应道："我是这村里庄家。这里唤做断头沟，没路了。"何涛道："你曾见两只船过来么？"那人道："不是来捉阮小五的？"何涛道："你怎地知得是来捉阮小五的？"那人道："他们只在前面乌林里厮打。"何涛道："离这里还有多少路？"那人道："只在前面望得见便是。"何涛听得，便叫拢船，前去接应，便差两个做公的，拿了榄叉上岸来。

只见那汉提起锄头来，手到，把这两个做公的，一锄头一个，翻筋斗都打下水里去。何涛见了吃一惊，急跳起身来时，却待奔上岸，只见那只船忽地搪将开去，水底下钻起一个人来，把何涛两腿只一扯，扑通地倒撞下水里去。那几个船里的却待要走，被这提锄头的赶将上船来，一锄头一个，排头[①] 打下去，脑浆也打出来。

这何涛被水底下这人倒拖上岸来，就解下他的膊膊来捆了。看水底下这人，却是阮小七；岸上提锄头的那汉，便是阮小二。弟兄两个，看着何涛骂道："老爷弟兄三个，从来只爱杀人放火。量你这厮，直得甚么！你如

---

① 排头——逐个。

何大胆,特地引着官兵来捉我们!”何涛道:“好汉! 小人奉上命差遣,盖不由己。小人怎敢大胆,要来捉好汉? 望好汉可怜见家中有个八十岁的老娘,无人养赡,望乞饶恕性命则个!”阮家弟兄道:“且把他来捆做个粽子,撇在船舱里。”把那几个尸首,都撺去水里去了。个个胡哨一声,芦苇丛中钻出四五个打鱼的人来,都上了船。阮小二、阮小七各驾了一只船出来。

且说这捕盗巡检,领着官兵,都在那船里说道:“何观察他道做公的不了事,自去探路,也去了许多时,不见回来。”那时正是初更左右,星光满天。众人都在船上歇凉。忽然只见起一阵怪风,但见:

飞沙走石,卷水摇天。黑漫漫堆起乌云,昏邓邓催来急雨。倾翻荷叶,满波心翠盖交加;摆动芦花,绕湖面白旗缭乱。吹折昆仑山顶树,唤醒东海老龙君。

那一阵怪风从背后吹将来,吹得众人掩面大惊,只叫得苦,把那缆船索都刮断了。正没摆布处,只听得后面胡哨响,迎着风看时,只见芦花侧畔,射出一派火光来。众人道:“今番却休了!”那大船小船,约有四五十只,正被这大风刮得你撞我磕,捉摸不住,那火光却早来到面前。原来都是一丛小船,两只价帮住[①],上面满满堆着芦苇柴草,刮刮杂杂烧着,乘着顺风直冲将来。那四五十只官船,屯塞做一块,港汊又狭,又没回避处。那头等大船也有十数只,却被他火船推来,钻在大船队里一烧。水底下原来又有人扶助着船烧将来,烧得大船上官兵都跳上岸来逃命奔走,不想四边尽是芦苇野港,又没旱路;只见岸上芦苇又刮刮杂杂,也烧将起来。那捕盗官兵,两头没处走。风又紧,火又猛,众官兵只得钻去,都奔烂泥里立地。

火光丛中,只见一只小快船,船尾上一个摇着船,船头上坐着一个先生,手里明晃晃地拿着一口宝剑,口里喝道:“休教走了一个!”众兵都在烂泥里慌做一堆。说犹未了,只见芦苇东岸,两个人引着四五个打鱼的,都手里明晃晃拿着刀枪走来;这边芦苇西岸,又是两个人,也引着四五个打鱼的,手里也明晃晃拿着飞鱼钩走来。东西两岸,四个好汉并这伙人,一齐动手,排头儿搠将来。无移时,把许多官兵都搠死在烂泥里。

东岸两个:是晁盖、阮小五;西岸两个:是阮小二、阮小七;船上那个先

---

① 帮住——系牢,紧连。

生，便是祭风的公孙胜。五位好汉，引着十数个打鱼的庄家，把这伙官兵，都搠死在芦苇荡里。单单只剩得一个何观察，捆做粽子也似，丢在船舱里。

阮小二提将上岸来，指着骂道："你这厮，是济州一个诈害百姓的蠢虫！我本待把你碎尸万段，却要你回去对那济州府管事的贼驴说：俺这石碣村阮氏三雄，东溪村天王晁盖都不是好撩拨的！我也不来你城里借粮，他也休要来我这村中讨死！倘或正眼儿觑着，休道你是一个小小州尹，也莫说蔡太师差干人来要拿我们，便是蔡京亲自来时，我也搠他三二十个透明的窟窿。俺们放你回去，休得再来！传与你的那个鸟官人，教他休要讨死！这里没大路，我着兄弟送你出路口去。"当时阮小七把一只小快船载了何涛，直送他到大路口，喝道："这里一直去，便有寻路处。别的众人都杀了，难道只恁地好好放了你去，也吃你那州尹贼驴笑！且请下你两个耳朵来做表证！"阮小七身边拔起尖刀，把何观察两个耳朵割下来，鲜血淋漓，插了刀，解了膀膊，放上岸去。诗曰：

官兵尽付断头沟，要放何涛不便休。
留着耳朵听说话，旋将驴耳代驴头。

何涛得了性命，自寻路回济州去了。

且说晁盖、公孙胜和阮家三弟兄，并十数个打鱼的，一发都驾了五七只小船，离了石碣村湖泊，径投李家道口来。到得那里，相寻着吴用、刘唐船只，合做一处。吴用问起拒敌官兵一事，晁盖备细说了。吴用众人大喜。整顿船只齐了，一同来到旱地忽律朱贵酒店里来相投。

朱贵见了许多人来说投托入伙，慌忙迎接。吴用将来历实说与朱贵听了，大喜，逐一都相见了，请入厅上坐定，忙叫酒保安排分例酒来，管待众人，随即取出一张皮靶弓来，搭上一枝响箭，望着那对港芦苇中射去。响箭到处，早见有小喽罗摇出一只船来。朱贵急写了一封书呈，备细写众豪杰入伙姓名人数，先付与小喽罗赍了，教去寨里报知；一面又杀羊管待众好汉。

过了一夜，次日早起，朱贵唤一只大船，请众多好汉下船，就同带了晁盖等来的船只，一齐望山寨里来。行了多时，早来到一处水口，只听的岸上鼓响锣鸣。晁盖看时，只见七八个小喽罗，划出四只哨船来，见了朱贵，都声了喏，自依旧先去了。

再说一行人来到金沙滩上岸，便留老小船只并打鱼的人在此等候。又见数十个小喽罗，下山来接引到关上。王伦领着一班头领，出关迎接。晁盖等慌忙施礼，王伦答礼道："小可王伦，久闻晁天王大名，如雷灌耳。今日且喜光临草寨。"晁盖道："晁某是个不读书史的人，甚是粗卤，今日事在藏拙，甘心与头领帐下做一小卒，不弃幸甚。"王伦道："休如此说，且请到小寨，再有计议。"一行从人，都跟着两个头领上山来。

到得大寨聚义厅上，王伦再三谦让晁盖一行人上阶。晁盖等七人，在右边一字儿立下；王伦与众头领，在左边一字儿立下。一个个都讲礼罢，分宾主对席坐下。王伦唤阶下众小头目声喏已毕，一壁厢动起山寨中鼓乐。先叫小头目去山下管待来的从人，关下另有客馆安歇。诗曰：

人伙分明是一群，相留意气便须亲。
如何待彼为宾客，只恐身难作主人。

且说山寨里宰了两头黄牛十个羊，五个猪，大吹大擂筵席。众头领饮酒中间，晁盖把胸中之事，从头至尾，都告诉王伦等众位。王伦听罢，骇然了半晌，心内踌躇，做声不得，自己沉吟，虚应答筵宴。至晚席散，众头领送晁盖等众人关下客馆内安歇，自有来的人伏侍。

晁盖心中欢喜，对吴用等六人说道："我们造下这等迷天大罪，那里去安身？不是这王头领如此错爱①，我等皆已失所，此恩不可忘报！"吴用只是冷笑。晁盖道："先生何故只是冷笑？有事可以通知。"吴用道："兄长性直，你道王伦肯收留我们？兄长不看他的心，只观他的颜色动静规模②。"晁盖道："观他颜色怎地？"吴用道："兄长不见他早间席上与兄长说话，倒有交情；次后因兄长说出杀了许多官兵捕盗巡检，放了何涛，阮氏三雄如此豪杰，他便有些颜色变了。虽是口中应答，动静规模，心里好生不然。若是他有心收留我们，只就早上便议定了座位。杜迁、宋万，这两个自是粗卤的人，待客之事，如何省得？只有林冲那人，原是京师禁军教头，大郡的人，诸事晓得；今不得已，坐了第四位。早间见林冲看王伦答应兄长模样，他自便有些不平之气，频频把眼瞅这王伦，心内自己踌躇。我看这人，倒有顾盼之心，只是不得已。小生略放片言，教他本寨自相火并。"晁盖

---

① 错爱——承人关顾的谦词。

② 动静规模——动作、情势。

道:“全仗先生妙策良谋,可以容身。”

当夜七人安歇了。次早天明,只见人报道:“林教头相访。”吴用便对晁盖道:“这人来相探,中俺计了。”七个人慌忙起来迎接,邀请林冲入到客馆里面。吴用向前称谢道:“夜来重蒙恩赐,拜扰不当。”林冲道:“小可有失恭敬。虽有奉承之心,奈缘不在其位,望乞恕罪。”吴学究道:“我等虽是不才,非为草木,岂不见头领错爱之心,顾盼之意,感恩不浅。”晁盖再三谦让林冲上坐,林冲那里肯,推晁盖上首坐了,林冲便在下首坐定。吴用等六人一带坐下。晁盖道:“久闻教头大名,不想今日得会。”林冲道:“小人旧在东京时,与朋友有礼节,不曾有误。虽然今日能够得见尊颜,不得遂平生之愿,特地径来陪话。”晁盖称谢道:“深感厚意。”

吴用便动问道:“小生旧日久闻头领在东京时,十分豪杰,不知缘何与高俅不睦,致被陷害。后闻在沧州,亦被火烧了大军草料场,又是他的计策。向后不知谁荐头领上山?”林冲道:“若说高俅这贼陷害一节,但提起,毛发植立!又不能报得此仇!来此容身,皆是柴大官人举荐到此。”吴用道:“柴大官人,莫非是江湖上人称为小旋风柴进的么?”林冲道:“正是此人。”晁盖道:“小可多闻人说柴大官人仗义疏财,接纳四方豪杰,说是大周皇帝嫡派子孙,如何能够会他一面也好。”

吴用又对林冲道:“据这柴大官人,名闻寰海,声播天下的人,教头若非武艺超群,他如何肯荐上山?非是吴用过称,理合王伦让这第一位头领坐。此天下之公论,也不负了柴大官人之书信。”林冲道:“承先生高谈,只因小可犯下大罪,投奔柴大官人,非他不留林冲,诚恐负累他不便,自愿上山。不想今日去住无门!非在位次低微,且王伦只心术不定,语言不准,难以相聚。”吴用道:“王头领待人接物,一团和气,如何心地倒恁窄狭?”林冲道:“今日山寨,天幸得众多豪杰到此,相扶相助,似锦上添花,如旱苗得雨。此人只怀妒贤嫉能之心,但恐众豪杰势力相压。夜来因见兄长所说众位杀死官兵一节,他便有些不然,就怀不肯相留的模样,以此请众豪杰来关下安歇。”吴用便道:“既然王头领有这般之心,我等休要待他发付,自投别处去便了。”林冲道:“众豪杰休生见外之心,林冲自有分晓。小可只恐众豪杰生退去之意,特来早早说知。今日看他如何相待。若这厮语言有理，不似昨日，万事罢论；倘若这厮今朝有半句话参差[①]时，尽在林冲身上。”晁盖道：“头领如此错爱，俺兄弟皆感厚恩。”吴用便道：“头领为我弟兄面上，倒教头领与旧弟兄分颜[②]。若是可容即容，不可容时，小生等登时告退。”林冲道：“先生差矣！古人有言：‘惺惺惜惺惺，好汉惜好汉。’量这一个泼男女，腌臜畜生，终作何用！众豪杰且请宽心。”林冲起身别了众人，说道：“少间相会。”众人相送出来，林冲自上山去了。正是：

如何此处不留人，休言自有留人处。

应留人者怕人留，身苦难留留客住。

当日没多时，只见小喽罗到来相请，说道：“今日山寨里头领，相请众好汉，去山南水寨亭上筵会。”晁盖道：“上复头领，少间便到。”小喽罗去了，晁盖问吴用道：“先生，此一会如何？”吴学究笑道：“兄长放心，此一会倒有分做山寨之主。今日林教头必然有火并王伦之意。他若有些心懒，小生凭着三寸不烂之舌，不由他不火并。兄长身边各藏了暗器，只看小生把手来拈须为号，兄长便可协力。”晁盖等众人暗喜。

辰牌已后，三四次人来催请。晁盖和众头领身边各各带了器械，暗藏在身上，结束[③]得端正，却来赴席。

只见宋万亲自骑马，又来相请，小喽罗抬过七乘山轿，七个人都上轿子，一径投南山水寨里来。到得山南看时，端的景物非常，直到寨后水亭子前下了轿，王伦、杜迁、林冲、朱贵，都出来相迎，邀请到那水亭子上，分宾主坐定。看那水亭一遭景致时，但见：

四面水帘高卷，周回花压朱阑。满目香风，万朵芙蓉铺绿水；迎眸翠色，千枝荷叶绕芳塘。华檐外阴阴柳影，锁窗前细细松声。江山秀气满亭台，豪杰一群来聚会。

当下王伦与四个头领：杜迁、宋万、林冲、朱贵坐在左边主位上；晁盖与六个好汉：吴用、公孙胜、刘唐、三阮坐在右边客席。阶下小喽罗轮番把盏。酒至数巡，食供两次，晁盖和王伦盘话，但提起聚义一事，王伦便把闲话支吾开去。吴用把眼来看林冲时，只见林冲侧坐交椅上，把眼瞅王伦身

---

① 参差——原指不一致，这里是差错，违背常理的意思。

② 分颜——翻脸，反目。颜，脸，脸上的表情。

③ 结束——装束，穿戴。

上。

看看饮酒至午后，王伦回头叫小喽罗取来。三四个人去不多时，只见一人捧个大盘子，里放着五锭大银。王伦便起身把盏，对晁盖说道："感蒙众豪杰到此聚义，只恨敝山小寨，是一洼之水，如何安得许多真龙？聊备些小薄礼，万望笑留，烦投大寨歇马，小可使人亲到麾下纳降。"晁盖道："小子久闻大山招贤纳士，一径地特来投托入伙，若是不能相容，我等众人自行告退。重蒙所赐白金，决不敢领。非敢自夸丰富，小可聊有些盘缠使用。速请纳回厚礼，只此告别。"王伦道："何故推却？非是敝山不纳众位豪杰，奈缘只为粮少房稀，恐日后误了足下，众位面皮不好，因此不敢相留。"

说言未了，只见林冲双眉剔起，两眼圆睁，坐在交椅上大喝道："你前番我上山来时，也推道粮少房稀。今日晁兄与众豪杰到此山寨，你又发出这等言语来，是何道理？"吴用便说道："头领息怒。自是我等来的不是，倒坏了你山寨情分。今日王头领以礼发付我们下山，送与盘缠，又不曾热赶将去，请头领息怒，我等自去罢休。"林冲道："这是笑里藏刀，言清行浊的人！我其实今日放他不过！"王伦喝道："你看这畜生！又不醉了，倒把言语来伤触我，却不是反失上下①！"林冲大怒道："量你是个落第穷儒，胸中又没文学②，怎做得山寨之主！"吴用便道："晁兄，只因我等上山相投，反坏了头领面皮。只今办了船只，便当告退。"晁盖等七人便起身，要下亭子。

王伦留道："且请席终了去。"林冲把桌子只一脚，踢在一边，抢起身来，衣襟底下掣出一把明晃晃刀来，搭的火杂杂③。吴用便把手将髭须一摸，晁盖、刘唐便上亭子来，虚拦住王伦叫道："不要火并！"吴用一手扯住林冲，便道："头领不可造次④！"公孙胜假意劝道："休为我等坏了大义。"阮小二便去帮住杜迁，阮小五便帮住宋万，阮小七帮住朱贵，吓得小喽罗们目瞪口呆。

---

① 上下——指主属关系。
② 文学——指文墨、学识。
③ 火杂杂——非常有力的样子。
④ 造次——鲁莽，轻率。

林冲拿住王伦骂道："你是一个村野穷儒，亏了杜迁得到这里。柴大官人这等资助你，周给盘缠，与你相交，举荐我来，尚且许多推却。今日众豪杰特来相聚，又要发付他下山去。这梁山泊便是你的！你这嫉贤妒能的贼，不杀了，要你何用！你也无大量大才，也做不得山寨之主！"杜迁、宋万、朱贵本待要向前来劝，被这几个紧紧帮着，那里敢动。王伦那时也要寻路走，却被晁盖、刘唐两个拦住。

王伦见头势不好，口里叫道："我的心腹都在那里？"虽有几个身边知心腹的人，本待要来救，见了林冲这般凶猛头势，谁敢向前。林冲即时拿住王伦，又骂了一顿，去心窝里只一刀，肐察地搠倒在亭上。可怜王伦做了多年寨主，今日死在林冲之手，正应古人言："量大福也大，机深祸亦深。"有诗为证：

独据梁山志可羞，嫉贤傲士少宽柔。
只将寨主为身有，却把群英作寇仇。
酒席欢时生杀气，杯盘响处落人头。
胸怀褊狭真堪恨，不肯留贤命不留。

晁盖见杀了王伦，各掣刀在手。林冲早把王伦首级割下来，提在手里，吓得那杜迁、宋万、朱贵都跪下说道："愿随哥哥执鞭坠镫！"晁盖等慌忙扶起三人来。吴用就血泊里曳过头把交椅来，便纳[①]林冲坐地，叫道："如有不伏者，将王伦为例！今日扶林教头为山寨之主。"林冲大叫道："先生差矣！我今日只为众豪杰义气为重上头，火并了这不仁之贼，实无心要谋此位。今日吴兄却让此第一位与林冲坐，岂不惹天下英雄耻笑？若欲相逼，宁死而已！弟有片言，不知众位肯依我么？"众人道："头领所言，谁敢不依？愿闻其言。"

林冲言无数句，话不一席，有分教，断金亭上招多少断金之人，聚义厅前开几番聚义之会。正是：替天行道人将至，仗义疏财汉便来。毕竟林冲对吴用说出甚言语来，且听下回分解。

① 纳——按着。

第二十回

梁山泊义士尊晁盖　郓城县月夜走刘唐

话说林冲杀了王伦，手拿尖刀，指着众人说道："据林冲虽系禁军遭配到此，今日为众豪杰至此相聚，争奈王伦心胸狭隘，嫉贤妒能，推故不纳，因此火并了这厮，非林冲要图此位。据着[①]我胸襟胆气，焉敢拒敌官军，剪除君侧元凶首恶？今有晁兄，仗义疏财，智勇足备，方今天下人闻其名，无有不伏。我今日以义气为重，立他为山寨之主，好么？"众人道："头领言之极当。"晁盖道："不可。自古'强兵不压主'。晁盖强杀[②]，只是个远来新到的人，安敢便来占上？"林冲把手向前，将晁盖推在交椅上，叫道："今日事已到头，请勿推却。若有不从者，将王伦为例。"再三再四，扶晁盖坐了。林冲喝叫众人就于亭前参拜了。一面使小喽罗去大寨里摆下筵席，一面叫人抬过了王伦尸首，一面又着人去山前山后唤众多小头目，都来大寨里聚义。

林冲等一行人，请晁盖上了轿马，都投大寨里来。到得聚义厅前，下了马，都上厅来。众人扶晁天王去正中第一位交椅上坐定，中间焚起一炉香来。林冲向前道："小可林冲，只是个粗卤匹夫，不过只会些枪棒而已，无学无才，无智无术。今日山寨，天幸得众豪杰相聚，大义既明，非比往日苟且。学究先生在此，便请做军师，执掌兵权，调用将校，须坐第二位。"吴用答道："吴某村中学究，胸次又无经纶济世之才；虽只读些孙吴兵法，未曾有半粒微功，怎敢占上？"林冲道："事已到头，不必谦让。"吴用只得坐了第二位。林冲道："公孙先生请坐第三位。"晁盖道："却使不得。若是这等推让之时，晁盖必须退位。"林冲道："晁兄差矣。公孙先生，名闻江湖，善能用兵，有鬼神不测之机，呼风唤雨之法，谁能及得？"公孙胜道："虽有些小之法，亦无济世之才，如何便敢占上？还是头领请坐。"林冲道："只今番

---

① 据着——凭着，凭借。

② 强杀——充其量，大不了。

克敌制胜，便见得先生妙法。正是鼎分三足，缺一不可，先生不必推却。”公孙胜只得坐了第三位。

林冲再要让时，晁盖、吴用、公孙胜都不肯。三人俱道：“适蒙头领所说，鼎分三足，以此不敢违命。我三人占上，头领再要让人时，晁盖等只得告退。”三人扶住林冲，只得坐了第四位。晁盖道：“今番须请宋、杜二头领来坐。”那杜迁、宋万见杀了王伦，寻思道：“自身本事低微，如何近的他们，不若做个人情。”苦苦地请刘唐坐了第五位，阮小二坐了第六位，阮小五坐了第七位，阮小七坐了第八位，杜迁坐了第九位，宋万坐了第十位，朱贵坐了第十一位。

梁山泊自此是十一位好汉坐定。山前山后，共有七八百人，都来厅前拜了，分立在两下。晁盖道：“你等众人在此：今日林教头扶我做山寨之主，吴学究做军师，公孙先生同掌兵权，林教头等共管山寨。汝等众人，各依旧职，管领山前山后事务，守备寨栅滩头，休教有失。各人务要竭力同心，共聚大义。”再教收拾两边房屋，安顿了阮家老小，便教取出打劫得的生辰纲、金珠宝贝，并自家庄上过活的金银财帛，就当厅赏赐众小头目并众多小喽罗。

当下椎牛宰马，祭祀天地神明，庆贺重新聚义。众头领饮酒至半夜方散。次日，又办筵宴庆会，一连吃了数日筵席。晁盖与吴用等众头领计议：整点仓廒，修理寨栅，打造军器，枪、刀、弓、箭、衣甲、头盔，准备迎敌官军；安排大小船只，教演人兵水手上船厮杀，好做提备，不在话下。

自此梁山泊十一位头领聚义，真乃是交情浑似股肱[①]，义气如同骨肉。有诗为证：

古人交谊断黄金，心若同时谊亦深。
水浒请看忠义士，死生能守岁寒心。

因此林冲见晁盖作事宽洪，疏财仗义，安顿各家老小在山，蓦然思念妻子在京师，存亡未保，遂将心腹备细诉与晁盖道：“小人自从上山之后，欲要搬取妻子上山来，因见王伦心术不定，难以过活，一向蹉跎过了。流落东京，不知死活。”晁盖道：“贤弟既有宝眷在京，如何不去取来完聚？你

---

① 股肱(gōng)——股，大腿骨。肱，上臂骨。均为人体中最坚实的骨头。引申为辅佐君王的得力将臣，这里比喻情同骨肉。

快写书,便教人下山去,星夜取上山来,多少是好。"林冲当下写了一封书,叫两个自身边心腹小喽罗下山去了。

不过两个月,小喽罗还寨说道:"直至东京城内殿帅府前,寻到张教头家,闻说娘子被高太尉威逼亲事,自缢身死,已故半载。张教头亦为忧疑,半月之前,染患身故。止剩得女使锦儿,已招赘丈夫在家过活。访问邻里,亦是如此说。打听得真实,回来报与头领。"林冲见说,潸然泪下,自此杜绝了心中挂念。晁盖等见说了,怅然嗟叹。山寨中自此无话,每日只是操练人兵,准备抵敌官军。

忽一日,众头领正在聚义厅上商议事务,只见小喽罗报上山来说道:"济州府差拨军官,带领约有一千人马,乘驾大小船四五百只,现在石碣村湖荡里屯住,特来报知。"晁盖大惊,便请军师吴用商议道:"官军将至,如何迎敌?"吴用笑道:"不须兄长挂心,吴某自有措置。自古道:'水来土掩,兵到将迎。'"随即唤阮氏三雄,附耳低言道:"如此如此。"又唤林冲、刘唐受计道:"你两个便这般这般。"再叫杜迁、宋万,也分付了。正是:

西迎项羽三千阵,今日先施第一功。

且说济州府尹点差团练使黄安并本府捕盗官一员,带领一千余人,拘集本处船只,就石碣村湖荡调拨,分开船只作两路来取泊子。

且说团练使黄安,带领人马上船,摇旗呐喊,杀奔金沙滩来,看看渐近滩头,只听得水面上呜呜咽咽吹将起来。黄安道:"这不是画角之声?且把船来分作两路,去那芦花荡中湾住。"看时,只见水面上远远地三只船来。看那船时,每只船上只有五个人:四个人摇着双橹,船头上立着一个人,头带绛红巾,都一样身穿红罗绣袄,手里各拿着留客住,三只船上人,都一般打扮。于内有人认得的,便对黄安说道:"这三只船上三个人,一个是阮小二,一个是阮小五,一个是阮小七。"黄安道:"你众人与我一齐并力向前,拿这三个人!"两边有四五十只船,一齐发着喊,杀奔前去。那三只船嗯哨了一声,一齐便回。黄团练把手内枪拈搭动,向前来叫道:"只顾杀这贼,我自有重赏。"那三只船前面走,背后官军船上,把箭射将去。那三阮去船舱里,各拿起一片青狐皮来遮那箭矢。后面船只只顾赶。

赶不过二三里水港,黄安背后一只小船,飞也似划来报道:"且不要赶!我们那一条杀人去的船只,都被他杀下水里去,把船都夺去了。"黄安问道:"怎的着了那厮的手!"小船上人答道:"我们正行船时,只见远远地两只船来,每船上各有五个人。我们并力杀去赶他,赶不过三四里水面,四下里小港钻出七八只小船来。船上弩箭似飞蝗一般射将来,我们急把船回时,来到窄狭港口,只见岸上约有二三十人,两头牵一条大篾索,横截在水面上。却待向前看索时,又被他岸上灰瓶、石子,如雨点一般打将来。众官军只得弃了船只,下水逃命。我众人逃得出来,到旱路边看时,那岸上人马皆不见了,马也被他牵去了,看马的军人,都杀死在水里。我们芦花荡边,寻得这只小船儿,径来报与团练。"

黄安听得说了,叫苦不迭,便把白旗招动,教众船不要去赶,且一发回来。那众船才拨得转头,未曾行动,只见背后那三只船,又引着十数只船,都只是这三五个人,把红旗摇着,口里吹着胡哨,飞也似赶来。黄安却待把船摆开迎敌时,只听得芦苇丛中炮响。黄安看时,四下里都是红旗摆满,慌了手脚。后面赶来的船上叫道:"黄安留下了首级回去!"黄安把船尽力摇过芦苇岸边,却被两边小港里钻出四五十只小船来,船上弩箭如雨点射将来。黄安就箭林里夺路时,只剩得三四只小船了。黄安便跳过快船内,回头看时,只见后面的人,一个个都扑通的跳下水里去了。有和船被拖去的,大半都被杀死。黄安驾着小快船,正走之间,只见芦花荡边一只船上,立着刘唐,一挠钩搭住黄安的船,托地跳将过来,只一把拦腰提住,喝道:"不要挣扎!"别的军人能识水者,水里被箭射死;不敢下水的,就船里都活捉了。

黄安被刘唐扯到岸边,上了岸,远远地晁盖、公孙胜山边骑着马,挺着刀,引五六十人,三二十匹马,齐来接应。一行人生擒活捉得一二百人,夺的船只,尽数都收在山南水寨里安顿了。大小头领,一齐都到山寨。晁盖下了马,来到聚义厅上坐定。众头领各去了戎装军器,团团坐下,捉那黄安绑在将军柱上;取过金银缎匹,赏了小喽罗。点检共夺得六百余匹好马,这是林冲的功劳,东港是杜迁、宋万的功劳,西港是阮氏三雄的功劳,捉得黄安,是刘唐的功劳。

众头领大喜,杀牛宰马,山寨里筵会。自酝的好酒,水泊里出的新鲜莲藕并鲜鱼,山南树上,自有时新的桃、杏、梅、李、枇杷、山枣、柿、栗之类;自养的鸡、猪、鹅、鸭等品物,不必细说。众头领只顾庆赏。新到山寨,得获全胜,非同小可。有诗为证:

堪笑王伦妄自矜,庸才大任岂能胜!

一从火并归新主，会见梁山事业新。

正饮酒间，只见小喽罗报道："山下朱头领使人到寨。"晁盖唤来问有甚事。小喽罗道："朱头领探听得一起客商，有数十人结联一处，今晚必从旱路经过，特来报知。"晁盖道："正没金帛使用，谁领人去走一遭？"三阮道："我弟兄们去。"晁盖道："好兄弟，小心在意，速去早来。"三阮便下厅去，换了衣裳，跨了腰刀，拿了朴刀、梲叉、留客住，点起一百余人上厅来，别了头领，便下山，就金沙滩把船载过朱贵酒店里去了。

晁盖恐三阮担负不下，又使刘唐点起一百余人，教领了下山去接应，又吩咐道："只可善取金帛财物，切不可伤害客商性命。"刘唐去了。晁盖到三更，不见回报，又使杜迁、宋万，引五十余人下山接应。

晁盖与吴用、公孙胜、林冲饮酒至天明，只见小喽罗报喜道："亏得朱头领，得了二十余辆车子金银财物，并四五十匹驴骡头口。"晁盖又问道："不曾杀人么？"小喽罗答道："那许多客人，见我们来得头势猛了，都撇下车子、头口、行李，逃命去了，并不曾伤害他一个。"晁盖见说大喜："我等初到山寨，不可伤害于人。"取一锭白银，赏了小喽罗，便叫将了酒果下山来，直接到金沙滩上。见众头领尽把车辆扛上岸来，再叫撑船去载头口马匹，众头领大喜。把盏已毕，教人去请朱贵上山来筵宴。

晁盖等众头领，都上到山寨聚义厅上，簸箕掌栲栳圈坐定。[①] 叫小喽罗扛抬过许多财物在厅上，一包包打开，将彩帛衣服堆在一边，行货等物堆在一边，金银宝贝堆在正面。众头领看了打劫得许多财物，心中欢喜，便叫掌库的小头目，每样取一半，收贮在库，听候支用。这一半分做两分：厅上十一位头领，均分一分；山上山下众人，均分一分。把这新拿到的军健，脸上刺了字号，选壮浪的分拨去各寨喂马砍柴；软弱的，各处看车切草。黄安锁在后寨监房内。晁盖道："我等今日初到山寨，当初只指望逃灾避难，投托王伦帐下，为一小头目，多感林教头贤弟推让我为尊，不想连得了两场喜事：第一赢得官军，收得许多人马船只，捉了黄安；二乃又得了若干财物金银。此不是皆托众弟兄的才能？"众头领道："皆托得大哥哥的福廕，以此得采。"

晁盖再与吴用道："俺们弟兄七人的性命，皆出于宋押司、朱都头两

① 簸箕句——指坐成圆圈形，簸箕和栲栳都是竹柳编织的圆形椭圆形的器物。

个。古人道:'知恩不报,非为人也!'今日富贵安乐,从何而来?早晚将些金银,可使人亲到郓城县走一遭,此是第一件要紧的事务。再有白胜陷在济州大牢里,我们必须要去救他出来。"吴用道:"兄长不必忧心,小生自有刅划[①]。宋押司是个仁义之人,紧地[②]不望我们酬谢。然虽如此,礼不可缺,早晚待山寨粗安,必用一个兄弟自去。白胜的事,可教蓦生人去那里使钱,买上嘱下,松宽他,便好脱身。我等且商量屯粮,造船,制办军器,安排寨栅、城垣,添造房屋,整顿衣袍、铠甲,打造枪、刀、弓、箭,防备迎敌官军。"晁盖道:"既然如此,全仗军师妙策指教。"吴用当下调拨众头领,分派去办,不在话下。

且不说梁山泊自从晁盖上山,好生兴旺。却说济州府太守见黄安手下逃回的军人,备说梁山泊杀死官军,生擒黄安一事;又说梁山泊好汉,十分英雄了得,无人近傍得他,难以收捕;抑且[③]水路难认,港汊多杂,以此不能取胜。府尹听了,只叫得苦,向太师府干办说道:"何涛先折了许多人马,独自一个逃得性命回来,已被割了两个耳朵,自回家将息,至今不能痊;去的五百人,无一个回来。因此又差团练使黄安并本府捕盗官,带领军兵前去追捉,亦皆失陷。黄安已被活捉上山,杀死官军,不知其数,又不能取胜,怎生是好!"太守肚里正怀着鬼胎,没个道理处,只见承局来报说:"东门接官亭上,有新官到来,飞报到此。"

太守慌忙上马,来到东门外接官亭上,望见尘土起处,新官已到亭子前下马。府尹接上亭子,相见已了,那新官取出中书省更替文书来,度与府尹。太守看罢,随即和新官到州衙里,交割牌印,一应府库钱粮等项。当下安排筵席,管待新官。旧太守备说梁山泊贼盗浩大,杀死官军一节。说罢,新官面如土色,心中思忖[④]道:"蔡太师将这件勾当抬举我,却是此等地面,这般府分。又没强兵猛将,如何收捕得这伙强人?倘或这厮们来城里借粮时,却怎生奈何?"旧官太守次日收拾了衣装行李,自回东京听罪,不在话下。

---

① 刅(bāi)划——安排,筹划。也作"摆划"、"擘划"、"百划"。

② 紧地——实在,当真。也作"赤紧"。

③ 抑且——表轻微的转折意。

④ 思忖(cǔn)——想,琢磨。

且说新官宗府尹到任之后，请将一员新调来镇守济州的军官来，当下商议招军买马，集草屯粮，招募悍勇民夫，智谋贤士，准备收捕梁山泊好汉；一面申呈中书省，转行牌仰附近州郡，并力剿捕；一面自行下文书所属州县，知会收剿，及仰属县，着令守御本境。这个都不在话下。

且说本州孔目，差人赍一纸公文，行下所属郓城县，教守御本境，防备梁山泊贼人。郓城县知县看了公文，教宋江迭成文案，行下各乡村，一体守备。宋江见了公文，心内寻思道："晁盖等众人，不想做下这般大事，犯了大罪，劫了生辰纲，杀了做公的，伤了何观察，又损害了许多官军人马，又把黄安活捉上山。如此之罪，是灭九族的勾当。虽是被人逼迫，事非得已，于法度上却饶不得。倘有疏失，如之奈何？"自家一个心中纳闷。吩咐贴书后司张文远将此文书立成文案，行下各乡各保。张文远自理会文卷，宋江却信步走出县来。

走不过三二十步，只听得背后有人叫声："押司！"宋江转回头来看时，却是做媒的王婆，引着一个婆子，却与他说道："你有缘，做好事的押司来也！"宋江转身来问道："有甚么话说？"王婆拦住，指着阎婆对宋江说道："押司不知，这一家儿，从东京来，不是这里人家，嫡亲三口儿。夫主阎公，有个女儿婆惜。他那阎公，平昔是个好唱的人，自小教得他那女儿婆惜，也会唱诸般耍令；年方一十八岁，颇有些颜色。三口儿因来山东投奔一个官人不着，流落在此郓城县。不想这里的人，不喜风流宴乐，因此不能过活，在这县后一个僻净巷内权住。昨日他的家公因害时疫死了，这阎婆无钱津送①，没做道理② 处，央及老身做媒。我道：'这般时节，那里有这等恰好？'又没借换处，正在这里走头没路的，只见押司打从这里过，以此老身与这阎婆赶来，望押司可怜见他则个③，作成一具棺材。"宋江道："原来恁地。你两个跟我来，去巷口酒店里，借笔砚写个帖子，与你去县东陈三郎家，取具棺材。"宋江又问道："你有结果使用么？"阎婆答道："实不瞒押司说，棺材尚无，那讨使用？"宋江道："我再与你银子十两，做使用钱。"阎婆道："便是重生的父母，再长的爷娘，做驴做马，报答押司。"宋江道："休

---

① 津送——办理丧事。

② 做道理——想办法。

③ 则个——表祈使、疑问等语气。也作"一些"、"些个"。

要如此说。”随即取出一锭银子，递与阎婆，自回下处去了。且说这婆子将了帖子，径来县东街陈三郎家，取了一具棺材，回家发送了当[①]，兀自余剩下五六两银子，娘儿两个，把来盘缠，不在话下。

忽一朝，那阎婆因来谢宋江，见他下处，没有一个妇人家面，回来问间壁王婆道：“宋押司下处，不见一个妇人面，他曾有娘子也无？”王婆道：“只闻宋押司家里在宋家村住，却不曾见说他有娘子。在这县里做押司，只是客居。常常见他散施棺材药饵，极肯济人贫苦，敢怕是未有娘子。”阎婆道：“我这女儿长得好模样，又会唱曲儿，省得诸般耍笑；从小儿在东京时，只去行院人家串，那一个行院不爱他！有几个上行首，要问我过房几次，我不肯。只因我两口儿，无人养老，因此不过房与他。不想今来倒苦了他。我前日去谢宋押司，见他下处没娘子，因此央你与我对宋押司说，他若要讨人时，我情愿把婆惜与他。我前日得你作成，亏了宋押司救济，无可报答他，与他做个亲眷来往。”

王婆听了这话，次日来见宋江，备细说了这件事。宋江初时不肯，怎当这婆子撮合山[②]的嘴撺掇，宋江依允了，就在县西巷内，讨了一所楼房，置办些家火什物，安顿了阎婆惜娘儿两个，在那里居住。没半月之间，打扮得阎婆惜满头珠翠，遍体绫罗。正是：

花容袅娜，玉质娉婷。髻横一片乌云，眉扫半弯新月。金莲窄窄，湘裙微露不胜情；玉笋纤纤，翠袖半笼无限意。星眼浑如点漆，酥胸真似截肪[③]。金屋美人[④]离御苑，蕊珠仙子下尘寰。

宋江又过几日，连那婆子，也有若干头面衣服，端的养的婆惜丰衣足食。

初时宋江夜夜与婆惜一处歇卧，向后渐渐来得慢了。却是为何？原来宋江是个好汉，只爱学使枪棒，于女色上不十分要紧。这阎婆惜水也似

① 了当——停当，完毕。

② 撮合山——媒人。

③ 截肪——喻胸肤色白质润。

④ 金屋美人——汉武帝初封胶东王时，长公主指其女问曰：“阿娇好否？”刘彻曰：“若得阿娇作妇，当金屋贮之也。”有成语“金屋藏娇”。

后生[①],况兼十八九岁,正在妙龄之际,因此宋江不中那婆娘意。

一日,宋江不合带后司帖书张文远来阎婆惜家吃酒。这张文远,却是宋江的同房押司,那厮唤做小张三,生得眉清目秀,齿白唇红,平昔只爱去三瓦两舍,飘蓬浮荡,学得一身风流俊俏,更兼品竹调丝,无有不会。这婆惜是个酒色娼妓,一见张三,心里便喜,倒有意看上他。那张三见这婆惜有意以目送情,等宋江起身净手,倒把言语来嘲惹张三。常言道:"风不来,树不动;船不摇,水不浑。"那张三亦是酒色之徒,这事如何不晓得。因见这婆娘眉来眼去,十分有情,便记在心里。向后[②]宋江不在时,这张三便去那里,假意儿只做来寻宋江。那婆娘留住吃茶,言来语去,成了此事。谁想那婆娘自从和那张三两个搭识上了,打得火块一般热。亦且这张三又是个惯弄此事的,岂不闻古人有言:"一不将,二不带。"只因宋江千不合,万不合,带这张三来他家里吃酒,以此看上了他。自古道:"风流茶说合,酒是色媒人。"正犯着这条款。

阎婆惜自从和那小张三两个搭上,并无半点儿情分在这宋江身上。宋江但若来时,只把言语伤他,全不兜揽[③]他些个。这宋江是个好汉,不以这女色为念,因此半月十日,去走得一遭。那张三和这婆惜,如胶似漆,夜去明来,街坊上人也都知了。却有些风声吹在宋江耳朵里。宋江半信不信,自肚里寻思道:"又不是我父母匹配的妻室,他若无心恋我,我没来由惹气做甚么?我只不上门便了。"自此有几个月不去。阎婆累使人来请,宋江只推事故不上门去。正是:

花娘有意随流水,义士无心恋落花。

婆爱钱财娘爱俏,一般行货两家茶。

话分两头。忽一日将晚,宋江从县里出来,去对过茶房里坐定吃茶,只见一个大汉,头带白范阳毡笠儿,身穿一领黑绿罗袄,下面腿絣护膝,八搭麻鞋,腰里跨着一口腰刀,背着一个大包,走得汗雨通流,气急喘促,把脸别转着看那县里。宋江见了这个大汉走得跷蹊,慌忙起身赶出茶房来,

---

① 水也似后生——水,也作"水性"。旧时喻女子性情浮荡,如水一样随势而流。后生,多指青年男性,这里指年纪轻。

② 向后——以后。

③ 兜揽——接近,勾引。这里指亲近。

跟着那汉走。约走了三二十步，那汉回过头来，看了宋江，却不认得。宋江见了这人，略有些面熟，"莫不是那里曾厮会来？"心中一时思量不起。那汉见宋江看了一回，也有些认得，立住了脚，定睛看那宋江，又不敢问。宋江寻思道："这个人好作怪[①]！却怎地只顾看我？"宋江亦不敢问他。只见那汉去路边一个篦头铺里问道："大哥，前面那个押司是谁？"篦头待诏应道："这位是宋押司。"那汉提着朴刀，走到面前，唱个大喏，说道："押司认得小弟么？"宋江道："足下有些面善。"那汉道："可借一步说话。"宋江便和那汉入一条僻净小巷。那汉道："这个酒店里好说话。"

两个上到酒楼，拣个僻净阁儿里坐下。那汉倚了朴刀，解下包裹，撇在桌子底下，那汉扑翻身便拜。宋江慌忙答礼道："不敢拜问足下高姓？"那人道："大恩人，如何忘了小弟？"宋江道："兄长是谁？真个有些面熟，小人失忘了。"那汉道："小弟便是晁保正庄上曾拜识尊颜蒙恩救了性命的赤发鬼刘唐便是。"宋江听了大惊，说道："贤弟，你好大胆！早是没做公的看见，险些儿惹出事来！"刘唐道："感承大恩，不惧一死，特地来酬谢。"宋江道："晁保正弟兄们，近日如何？兄弟，谁教你来？"刘唐道："晁头领哥哥，再三拜上大恩人。得蒙救了性命，现今做了梁山泊主都头领。吴学究做了军师，公孙胜同掌兵权。林冲一力维持，火并了王伦。山寨里原有杜迁、宋万、朱贵，和俺弟兄七个，共是十一个头领。现今山寨里聚集得七八百人，粮食不计其数。只想兄长大恩，无可报答，特使刘唐赍一封书，并黄金一百两，相谢押司，并朱、雷二都头。"刘唐打开包裹，取出书来，便递与宋江。

宋江看罢，便拽起褶子前襟，摸出招文袋，打开包儿时，刘唐取出金子放在桌上。宋江把那封书——就取了一条金子和这书包了——插在招文袋内，放下衣襟，便道："贤弟，将此金子依旧包了。"随即便唤量酒的打酒来，叫大块切一盘肉来，铺下些菜蔬果子之类，叫量酒人筛酒与刘唐吃。

看看天色晚了，刘唐吃了酒，把桌上金子包打开，要取出来。宋江慌忙拦住道："贤弟，你听我说：你们七个弟兄初到山寨，正要金银使用。宋江家中颇有些过活，且放在你山寨里，等宋江缺少盘缠时，却教兄弟宋清来取。今日非是宋江见外，于内已受了一条。朱仝那人，也有些家私，不

① 作怪——奇怪。

用与他，我自与他说知人情便了；雷横这人，又不知我报与保正，况兼这人贪赌，倘或将些出去赌时，便惹出事来，不当稳便，金子切不可与他。贤弟，我不敢留你相请去家中住，倘或有人认得时，不是要处。今夜月色必然明朗，你便可回山寨去，莫在此停搁。宋江再三申意众头领，不能前来庆贺，切乞恕罪。"刘唐道："哥哥大恩，无可报答，特令小弟送些人情来与押司，微表孝顺之心。保正哥哥今做头领，学究军师号令非比旧日，小弟怎敢将回去？到山寨中必然受责。"宋江道："既是号令严明，我便写一封回书，与你将去便了。"

刘唐苦苦相央宋江收受，宋江那里肯接，随即取一幅纸来，借酒家笔砚，备细写了一封回书，与刘唐收在包内。刘唐是个直性的人，见宋江如此推却，想是不肯受了，便将金子依前包了。看看天色晚来，刘唐道："既然兄长有回书，小弟连夜便去。"宋江道："贤弟，不及相留，以心相照。"刘唐又下了四拜。宋江教量酒人[①]来道："有此位官人留下白银一两在此，我明日却自来算。"刘唐背上包裹，拿了朴刀，跟着宋江下楼来。

离了酒楼，出到巷口，天色昏黄，是八月半天气，月轮上来，宋江携住刘唐的手，吩咐道："贤弟保重，再不可来。此间做公的多，不是要处。我更不远送，只此相别。"刘唐见月色明朗，拽开脚步，望西路便走，连夜回梁山泊来。

再说宋江与刘唐别了，自慢慢行回下处来，一头走，一面肚里寻思道："早是没做公的看见，争些儿惹出一场大事来！"一头想："那晁盖倒去落了草，直如此大弄。"转不过两个弯，只听得背后有人叫一声："押司，那里去来，好两日不见面。"宋江回头看时，正是阎婆。不因这番，有分教，宋江小胆翻为大胆，善心变做恶心。毕竟宋江怎地发付阎婆，且听下回分解。

---

① 量(liáng)酒人——酒保，堂倌。

第二十一回

虔婆[1] 醉打唐牛儿　宋江怒杀阎婆惜

话说宋江别了刘唐，乘着月色满街，信步自回下处来，却好的遇着阎婆，赶上前来叫道："押司，多日使人相请，好贵人，难见面！便是小贱人有些言语高低，伤触了押司，也看得老身薄面，自教训他与押司陪话。今晚老身有缘，得见押司，同走一遭去。"宋江道："我今日县里事务忙，摆拨不开，改日却来。"阎婆道："这个使不得。我女儿在家里专望，押司胡乱温顾他便了。直恁地下得！"宋江道："端的忙些个，明日准来。"阎婆道："我今晚要和你去。"便把宋江衣袖扯住了，发话道："是谁挑拨你？我娘儿两个，下半世过活，都靠着押司。外人说的闲事闲非，都不要听他，押司自做个主张。我女儿但有差错，都在老身身上。押司胡乱去走一遭。"宋江道："你不要缠，我的事务分拨不开在这里。"阎婆道："押司便误了些公事，知县相公不到得便责罚你。这回错过，后次难逢。押司只得和老身去走一遭，到家里自有告诉。"宋江是个快性的人，吃那婆子缠不过，便道："你放了手，我去便了。"阎婆道："押司不要跑了去，老人家赶不上。"宋江道："直恁地这等？"两个厮跟着来到门前，正是：

酒不醉人人自醉，花不迷人人自迷。

直饶今日能知悔，何不当初莫去为？

宋江立住了脚，阎婆把手一拦，说道："押司来到这里，终不成不入去了。"宋江进到里面凳子上坐了，那婆子是乖的，自古道："老虔婆如何出得他手。"只怕宋江走去，便帮在身边坐了，叫道："我儿，你心爱的三郎在这里。"那阎婆惜倒在床上，对着盏孤灯，正在没可寻思处，只等这小张三来。听得娘叫道："你的心爱的三郎在这里。"那婆娘只道是张三郎，慌忙起来，把手掠一掠云髻，口里喃喃的骂道："这短命，等得我苦也！老娘先打两个耳刮子着！"飞也似跑下楼来，就槅子眼里张时，堂前琉璃灯却明亮，照见

---

① 虔(qián)婆——妓女的养母。也作骂人话。

是宋江，那婆娘复翻身转又上楼去，依前倒在床上。

阎婆听得女儿脚步下楼来了，又听得再上楼去了，婆子又叫道："我儿，你的三郎在这里，怎地倒走了去。"那婆惜在床上应道："这屋里多远，他不会来。他又不瞎，如何自不上来，直等我来迎接他，没了当絮絮聒聒地。"阎婆道："这贱人真个望不见押司来，气苦了。恁地说，也好教押司受他两句儿。"婆子笑道："押司，我同你上楼去。"宋江听了那婆娘说这几句，心里自有五分不自在，被这婆子来扯，勉强只得上楼去。

原来是一间六椽楼屋。前半间安一副春台，桌凳；后半间铺着卧房，贴里安一张三面棱花的床，两边都是栏干，上挂着一顶红罗幔帐，侧首放个衣架，搭着手巾，这边放着个洗手盆，一张金漆桌子上，放一个锡灯台，边厢两个杌子[1]，正面壁上挂一幅仕女，对床排着四把一字交椅。宋江来到楼上，阎婆便拖入房里去。宋江便向杌子上朝着床边坐下。阎婆就床上拖起女儿来，说道："押司在这里。我儿，你只是性气不好，把言语来伤触他，恼得押司不上门，闲时却在家里思量。我如今不容易请得他来，你却不起来陪句话儿，颠倒使性！"婆惜把手拓开，说那婆子："你做甚么这般鸟乱！我又不曾做了歹事！他自不上门，教我怎地陪话！"

宋江听了，也不做声。婆子便推过一把交椅，在宋江肩下，便推他女儿过来，说道："你且和三郎坐一坐。不陪话便罢，不要焦躁。你两个多时不见，也说一句有情的话儿。"那婆娘那里肯过来，便去宋江对面坐了。宋江低了头不做声。婆子看女儿时，也别转了脸。阎婆道："没酒没浆，做甚么道场？老身有一瓶儿好酒在这里，买些果品来，与押司陪话。我儿，你相陪押司坐地，不要怕羞，我便来也。"宋江自寻思道："我吃这婆子钉住了，脱身不得。等他下楼去，我随后也走了。"那婆子瞧见宋江要走的意思，出得房门去，门上却有屈戌[2]，便把房门拽上，将屈戌搭了。宋江暗忖道："那虔婆倒先算了我。"

且说阎婆下楼来，先去灶前点起个灯，灶里现成烧着一锅脚汤，再凑上些柴头，拿了些碎银子，出巷口去买得些时新果品、鲜鱼、嫩鸡、肥鲊之类。归到家中，都把盘子盛了，取酒倾在盆里，舀半旋子，在锅里烫热了，

---

① 杌(wù)子——小凳子。

② 屈戌——门窗上的搭扣。

倾在酒壶里。收拾了数盆菜蔬，三只酒盏，三双箸，一桶盘托上楼来，放在春台上。开了房门，搬将入来，摆在桌子上。看宋江时，只低着头；看女儿时，也朝着别处。

阎婆道："我儿起来把盏酒。"婆惜道："你们自吃，我不耐烦[①]！"婆子道："我儿，爷娘手里从小儿惯了你性儿，别人面上须使不得。"婆惜道："不把盏便怎地？终不成飞剑来取了我头！"那婆子倒笑起来，说道："又是我的不是了。押司是个风流人物，不和你一般见识。你不把酒便罢，且回过脸来吃盏酒儿。"婆惜只不回过头来。那婆子自把酒来劝宋江，宋江勉意吃了一盏。婆子笑道："押司莫要见责。闲话都打迭起，明日慢慢告诉。外人见押司在这里，多少干热的不怯气，胡言乱语，放屁辣臊，押司都不要听，且只顾吃酒。"筛了三盏在桌子上，说道："我儿不要使小孩儿的性，胡乱吃一盏酒。"婆惜道："没得只顾缠我！我饱了，吃不得。"阎婆道："我儿，你也陪侍你的三郎吃盏酒使得。"

婆惜一头听了，一面肚里寻思："我只心在张三身上，兀谁耐烦相伴这厮！若不把他灌得醉了，他必来缠我。"婆惜只得勉意拿起酒来，吃了半盏。婆子笑道："我儿只是焦躁，且开怀吃两盏儿睡。押司也满饮几杯。"宋江被他劝不过，连饮了三五杯。婆子也连连吃了几杯，再下楼去烫酒。

那婆子见女儿不吃酒，心中不悦，才见女儿回心吃酒，欢喜道："若是今夜兜得他住，那人恼恨都忘了。且又和他缠几时，却再商量。"婆子一头寻思，一面自在灶前吃了三大钟酒，觉得有些痒麻上来，却又筛了一碗吃，旋了大半旋，倾在注子里，爬上楼来，见那宋江低着头不做声，女儿也别转着脸弄裙子。这婆子哈哈地笑道："你两个又不是泥塑的，做甚么都不做声？押司，你不合是个男子汉，只得装些温柔，说些风话儿[②]耍。"宋江正没做道理处，口里只不做声，肚里好生进退不得。阎婆惜自想道："你不来睬我，指望老娘一似闲常时，来陪你话，相伴你耍笑，我如今却不耍。"那婆子吃了许多酒，口里只管夹七带八嘈，正在那里张家长，李家短，说白道绿。有诗为证：

只要孤老不出门，花言巧语弄精魂。

---

① 不耐烦——耐不住。

② 风话儿——不正经的话，挑逗的话。

几多聪慧遭他陷，死后应须拔舌根。

却有郓城县一个卖糟腌的唐二哥，叫做唐牛儿，如常在街上只是帮闲，常常得宋江赍助他，但有些公事去告宋江，也落得几贯钱使。宋江要用他时，死命向前。这一日晚，正赌钱输了，没做道理处，却去县前寻宋江，奔到下处寻不见。街坊都道："唐二哥，你寻谁？这般忙？"唐牛儿道："我喉急了，要寻孤老，一地里不见他。"众人道："你的孤老是谁？"唐牛儿道："便是县里宋押司。"众人道："我方才见他和阎婆两个过去，一路走着。"唐牛儿道："是了。这阎婆惜贼贱虫，他自和张三两个打得火块也似热，只瞒着宋押司一个，他敢也知些风声，好几时不去了。今晚必然吃那老咬虫[①]假意儿缠了去。我正没钱使，喉急了，胡乱去那里寻几贯钱使，就帮两碗酒吃。"一径奔到阎婆门前，见里面灯明，门却不关。入到胡梯边，听得阎婆在楼上呵呵地笑。唐牛儿捏脚捏手，上到楼上，板壁缝里张时，见宋江和婆惜两个都低着头，那婆子坐在横头桌子边，口里七十三八十四只顾嘈。

唐牛儿闪将入来，看着阎婆和宋江、婆惜，唱了三个喏，立在边头。宋江寻思道："这厮来的最好。"把嘴望下一努。唐牛儿是个乖人，便瞧科[②]，看着宋江便说道："小人何处不寻过，原来却在这里吃酒耍，好吃得安稳！"宋江道："莫不是县里有甚么要紧事？"唐牛儿道："押司，你怎地忘了？便是早间那件公事，知县相公在厅上发作，着四五替公人来下处寻押司，一地里又没寻处，相公焦躁做一片。押司便可动身。"宋江道："恁地要紧，只得去。"便起身要下楼，吃那婆子拦住道："押司不要使这科分[③]。这唐牛儿捻泛[④]过来，你这精贼也瞒老娘！正是'鲁班手里调大斧'！这早晚知县自回衙去，和夫人吃酒取乐，有甚么事务得发作？你这般道儿，只好瞒魍魉，老娘手里说不过去。"

唐牛儿便道："真个是知县相公紧等的勾当，我却不会说谎。"阎婆道："放你娘狗屁！老娘一双眼，却是琉璃葫芦儿一般，却才见押司努嘴过来，

---

① 老咬虫——骂老年妇女的话。

② 瞧科——察觉，看见。

③ 科分——手段，伎俩。也作"名堂"解。

④ 捻泛——暗示，示意。

叫你发科,你倒不撺掇押司来我屋里,颠倒[①] 打抹[②] 他去。常言道:'杀人可恕,情理难容。'"这婆子跳起身来,便把那唐牛儿劈脖子只一叉,踉踉跄跄,直从房里叉下楼来。唐牛儿道:"你做甚么便叉我?"婆子喝道:"你不晓得破人买卖衣饭,如杀父母妻子,你高做声,便打你这贼乞丐!"唐牛儿钻将过来道:"你打!"这婆子乘着酒兴,叉开五指,去那唐牛儿脸上连打两掌,直攧出帘子外去。婆子便扯帘子,撇放门背后,却把两扇门关上,拿拴拴了,口里只顾骂。

那唐牛儿吃了这两掌,立在门前大叫道:"贼老咬虫,不要慌!我不看宋押司面皮,教你这屋里粉碎!教你双日不着单日着!我不结果了你,不姓唐!"拍着胸大骂了去。

婆子再到楼上,看着宋江道:"押司没事睬那乞丐做甚么?那厮一地里去搪酒吃,只是搬是搬非。这等倒街卧巷的横死贼,也来上门上户欺负人!"宋江是个真实的人,吃这婆子一篇道着了真病,倒抽身不得。婆子道:"押司不要心里见责,老身只恁地知重得了。我儿和押司只吃这杯。我猜着你两个多时不见,以定要早睡,收拾了罢休。"婆子又劝宋江吃两杯,收拾杯盘下楼来,自去灶下去。

宋江在楼上,自肚里寻思说:"这婆子女儿,和张三两个有事,我心里半信不信,眼里不曾见真实。待要去来,只道我村[③]。况且夜深了,我只得权睡一睡,且看这婆娘怎地,今夜与我情分如何。"只见那婆子又上楼来说道:"夜深了,我叫押司两口儿早睡。"那婆娘应道:"不干你事,你自去睡。"婆子笑下楼来,口里道:"押司安置。今夜多欢,明日慢慢地起。"婆子下楼来,收拾了灶上,洗了脚手,吹灭了灯,自去睡了。

却说宋江坐在杌子上,只指望那婆娘似比先时,先来偎倚陪话,胡乱又将就几时。谁想婆惜心里寻思道:"我只思量张三,吃他搅了,却似眼中钉一般,那厮倒直指望我一似先前时来下气,老娘如今却不要耍。只见说撑船就岸,几曾有撑岸就船。你不来睬我,老娘倒落得!"

看官听说,原来这色最是怕人。若是他有心恋你时,身上便有刀剑水

---

① 颠倒——反而。

② 打抹——怂恿。

③ 村——粗俗。

火，也拦他不住，他也不怕；若是他无心恋你时，你便身坐在金银堆里，他也不睬你。常言道："佳人有意村夫俏，红粉无心浪子村。"宋公明是个勇烈大丈夫，为女色的手段却不会。这阎婆惜被那张三小意儿百依百随，轻怜重惜，卖俏迎奸，引乱这婆娘的心，如何肯恋宋江？

当夜两个在灯下，坐着对面，都不做声，各自肚里踌躇，却似等泥干掇入庙。看看天色夜深，窗间月上，但见：

银河耿耿，玉漏迢迢。穿窗斜月映寒光，透户凉风吹夜气。谯楼禁鼓，一更未尽一更催；别院寒砧，千捣将残千捣起。画檐间叮当铁马，敲碎旅客孤怀；银台上闪烁清灯，偏照闺人长叹。贪淫妓女心如火，仗义英雄气似虹。

当下宋江坐在杌子上睃那婆娘时，复地叹口气。约莫也是二更天气，那婆娘不脱衣裳，便上床去，自倚了绣枕，扭过身，朝里壁自睡了。宋江看了，寻思道："可奈这贱人全不睬我些个，他自睡了。我今日吃这婆子言来语去，央了几杯酒，打熬不得，夜深只得睡了罢。"把头上巾帻除下，放在桌子上，脱下上盖衣裳，搭在衣架上，腰里解下鸾带，上有一把解衣刀和招文袋，却挂在床边栏干子上，脱去了丝鞋净袜，便上床去那婆娘脚后睡了。

半个更次，听得婆惜在脚后冷笑。宋江心里气闷，如何睡得着。自古道："欢娱嫌夜短，寂寞恨更长。"看看三更交半夜，酒却醒了。挨到五更，宋江起来，面桶里冷水洗了脸，便穿了上盖衣裳，带了巾帻，口里骂道："你这贼贱人好生无礼！"婆惜也不曾睡着，听得宋江骂时，扭过身来回道："你不羞这脸。"宋江忍那口气，便下楼来。阎婆听得脚步响，便在床上说道："押司且睡歇，等天明去。没来由起五更做甚么？"宋江也不应，只顾来开门。婆子又道："押司出去时，与我拽上门。"宋江出得门来，就拽上了。忍那口气没出处，一直要奔回下处来。却从县前过，见一碗灯明，看时，却是卖汤药的王公来到县前赶早市。

那老儿见是宋江来，慌忙道："押司如何今日出来得早？"宋江道："便是夜来酒醉，错听更鼓。"王公道："押司必然伤酒，且请一盏醒酒二陈汤。"宋江道："最好。"就凳上坐了。那老子浓浓的奉一盏二陈汤，递与宋江吃。宋江吃了，蓦然想起道："时常吃他的汤药，不曾要我还钱。我旧时曾许他一具棺材，不曾与得他。想起昨日有那晁盖送来的金子，受了他一条，在招文袋里，何不就与那老儿做棺材钱，教他欢喜。"宋江便道："王公，我日前曾许你一具棺木钱,一向不曾把得与你。今日我有些金子在这里,把与你,你便可将去陈三郎家,买了一具棺材,放在家里。你百年归寿时,我却再与你些送终之资。"王公道:"恩主时常觑老汉,又蒙与终身寿具,老子今世不能报答,后世做驴做马,报答押司。"

宋江道:"休如此说。"便揭起背子前襟去取那招文袋时,吃了一惊道:"苦也!昨夜正忘在那贱人的床头栏干子上,我一时气起来,只顾走了,不曾系得在腰里。这几两金子值得甚么,须有晁盖寄来的那一封书,包着这金。我本欲在酒楼上刘唐前烧毁了,他回去说时,只道我不把他来为念。正要将到下处来烧,却被这阎婆缠将我去。昨晚要就灯下烧时,恐怕露在贱人眼里,因此不曾烧得。今早走得慌,不期忘了。我常时见这婆娘看些曲本,颇识几字,若是被他拿了,倒是利害!"便起身道:"阿公休怪。不是我说谎,只道金子在招文袋里,不想出来得忙,忘了在家。我去取来与你。"王公道:"休要去取。明日慢慢的与老汉不迟。"宋江道:"阿公,你不知道,我还有一个物事,做一处放着,以此要去取。"宋江慌慌急急,奔回阎婆家里来,正是:

合是英雄有事来,无教遗失箧中财。

已知着爱皆冤对,岂料酬恩是祸胎!

且说这阎婆惜听得宋江出门去了,爬将起来,口里自言自语道:"那厮搅了老娘一夜睡不着。那厮含脸,只指望老娘陪气下情。我不信你,老娘自和张三过得好,谁耐烦睬你!你不上门来倒好!"口里说着,一头铺被,脱下上截袄儿,解了下面裙子,袒开胸前,脱下截衬衣。床面前灯却明亮,照见床头栏干子上拖下条紫罗鸾带。

婆惜见了,笑道:"黑三那厮乞嚯[①] 不尽,忘了鸾带在这里,老娘且捉了,把来与张三系。"便用手去一提,提起招文袋和刀子来,只觉袋里有些重,便把手抽开,望桌子上只一抖,正抖出那包金子和书来。这婆娘拿起来看时,灯下照见是黄黄的一条金子。婆惜笑道:"天教我和张三买物事吃。这几日我见张三瘦了,我也正要买些东西和他将息。"将金子放下,却把那纸书展开来灯下看时,上面写着晁盖并许多事务。婆惜道:"好呀!我只道'吊桶落在井里',原来也有'井落在吊桶里'。我正要和张三两个

---

① 乞嚯——吃喝。"嚯"是"喝"的转音。

做夫妻。单单只多你这厮,今日也撞在我手里！原来你和梁山泊强贼通同往来,送一百两金子与你。且不要慌,老娘慢慢地消遣你。”就把这封书依原包了金子,还插在招文袋里,“不怕你教五圣来摄了去。”

正在楼上自言自语,只听得楼下呀地门响。婆子问道:“是谁?”宋江道:“是我。”婆子道:“我说早哩,押司却不信要去,原来早了又回来。且再和姐姐睡一睡,到天明去。”宋江也不回话,一径奔上楼来。

那婆娘听得是宋江回来,慌忙把鸾带、刀子、招文袋,一发卷做一块,藏在被里,紧紧地靠了床里壁,只做齁齁假睡着。宋江撞到房里,径去床头栏干上取时,却不见了。宋江心内自慌,只得忍了昨夜的气,把手反摇那妇人道:“你看我日前的面,还我招文袋。”那婆惜假睡着,只不应。宋江又摇道:“你不要急躁,我自明日与你陪话。”婆惜道:“老娘正睡哩,是谁搅我?”宋江道:“你情知是我,假做甚么?”婆惜扭转身道:“黑三,你说甚么?”宋江道:“你还了我招文袋。”婆惜道:“你在那里交付与我手里,却来问我讨?”宋江道:“忘了在你脚后小栏干上。这里又没人来,只是你收得。”婆惜道:“呸！你不见鬼来!”宋江道:“夜来是我不是了,明日与你陪话。你只还了我罢,休要作耍。”婆惜道:“谁和你作耍？我不曾收得!”宋江道:“你先时不曾脱衣裳睡,如今盖着被子睡,以定是起来铺被时拿了。”

只见那婆惜柳眉踢竖,星眼圆睁,说道:“老娘拿是拿了,只是不还你！你使官府的人,便拿我去做贼断。”宋江道:“我须不曾冤你做贼。”婆惜道:“可知老娘不是贼哩!”宋江见这话,心里越慌,便说道:“我须不曾歹看承你娘儿两个,还了我罢！我要去干事。”婆惜道:“闲常也只嗔老娘和张三有事。他有些不如你处,也不该一刀的罪犯,不强似你和打劫贼通同。”宋江道:“好姐姐,不要叫,邻舍听得,不是要处。”婆惜道:“你怕外人听得,你莫做不得！这封书,老娘牢牢地收着。若要饶你时,只依我三件事便罢!”宋江道:“休说三件事,便是三十件事也依你。”婆惜道:“只怕依不得。”宋江道:“当行即行。敢问那三件事。”

阎婆惜道:“第一件,你可从今日便将原典我的文书来还我;再写一纸,任从我改嫁张三,并不敢再来争执的文书。”宋江道:“这个依得。”婆惜道:“第二件,我头上带的,我身上穿的,家里使用的,虽都是你办的,也委一纸文书,不许你日后来讨。”宋江道:“这个也依得。”阎婆惜又道:“只怕你第三件依不得。”宋江道:“我已两件都依你,缘何这件依不得?”婆惜道:

"有那梁山泊晁盖送与你的一百两金子,快把来与我,我便饶你这一场天字第一号官司,还你这招文袋里的款状。"宋江道:"那两件倒都依得。这一百两金子,果然送来与我,我不肯受他的,依前教他把了回去。若端的有时,双手便送与你。"婆惜道:"可知哩!常言道:'公人见钱,如蝇子见血。'他使人送金子与你,你岂有推了转去的?这话却似放屁!做公人的,那个猫儿不吃腥?阎罗王面前,须没放回的鬼!你待瞒谁!便把这一百两金子与我,值得甚么!你怕是贼赃时,快熔过了与我。"宋江道:"你也须知我是老实的人,不会说谎。你若不信,限我三日,我将家私变卖一百两金子与你。你还了我招文袋。"婆惜冷笑道:"你这黑三倒乖,把我一似小孩儿般捉弄。我便先还了你招文袋,这封书,歇三日却问你讨金子,正是'棺材出了,讨挽歌郎钱。'我这里一手交钱,一手交货。你快把来两相交割。"宋江道:"果然不曾有这金子。"婆惜道:"明朝到公厅上,你也说不曾有这金子?"

宋江听了"公厅"两字,怒气直起,那里按纳得住,睁着眼道:"你还也不还!"那妇人道:"你恁地狠,我便还你不迭!"宋江道:"你真个不还!"婆惜道:"不还!再饶你一百个不还!若要还时,在郓城县还你!"

宋江便来扯那婆惜盖的被。妇人身边却有这件物,倒不顾被,两手只紧紧地抱住胸前。宋江扯开被来,却见这鸾带头正在那妇人胸前拖下来。宋江道:"原来却在这里!"一不做,二不休,两手便来夺。那婆娘那里肯放,宋江在床边舍命的夺,婆惜死也不放。宋江恨命只一拽,倒拽出那把压衣刀子在席上,宋江便抢在手里。那婆娘见宋江抢刀在手,叫:"黑三郎杀人也!"只这一声,提起宋江这个念头来。那一肚皮气,正没出处。婆惜却叫第二声时,宋江左手早按住那婆娘,右手却早刀落,去那婆惜颡子上只一勒,鲜血飞出,那妇人兀自吼哩。宋江怕他不死,再复一刀,那颗头,伶伶仃仃,落在枕头上。但见:

手到处青春丧命,刀落时红粉亡身。七魄悠悠,已赴森罗殿上;三魂渺渺,应归枉死城中。紧闭星眸,直挺挺尸横席上;半开檀口,湿津津头落枕边。从来美兴一时休,此日娇容堪恋否。

宋江一时怒起,杀了阎婆惜,取过招文袋,抽出那封书来,便就残灯下烧了;系上鸾带,走下楼来。那婆子在下面睡,听他两口儿论口,倒也不着在意里。只听得女儿叫一声"黑三郎杀人也!"正不知怎地,慌忙跳起来,穿了衣裳，奔上楼来，却好和宋江打个胸厮撞。阎婆问道："你两口儿做甚么闹？"宋江道："你女儿忒无礼，被我杀了！"婆子笑道："却是甚话？便是押司生的眼凶，又酒性不好，专要杀人，押司休取笑老身。"宋江道："你不信时，去房里看，我真个杀了。"婆子道："我不信。"推开房门看时，只见血泊里挺着尸首。婆子道："苦也！却是怎地好？"宋江道："我是烈汉！一世也不走，随你要怎地。"婆子道："这贱人果是不好，押司不错杀了，只是老身无人养赡。"宋江道："这个不妨，既是你如此说时，你却不用忧心。我颇有家计，只教你丰衣足食便了，快活过半世。"阎婆道："恁地时却是好也，深谢押司。我女儿死在床上，怎地断送？"宋江道："这个容易。我去陈三郎家，买一具棺材与你。仵作行人入殓时，我自吩咐他来。我再取十两银子与你结果。"婆子谢道："押司只好趁天未明时讨具棺材盛了，邻舍街坊都不要见影。"宋江道："也好。你取纸笔来，我写个票子与你去取。"阎婆道："票子也不济事，须是押司自去取，便肯早早发来。"宋江道："也说得是。"

两个下楼来，婆子去房里拿了锁钥，出到门前，把门锁了，带了钥匙。宋江与阎婆两个投县前来。此时天色尚早，未明，县门却才开。那婆子约莫到县前左侧，把宋江一把结住，发喊叫道："有杀人贼在这里！"吓得宋江慌做一团，连忙掩住口道："不要叫。"那里掩得住。县前有几个做公的走将拢来，看时，认得是宋江，便劝道："婆子闭嘴！押司不是这般的人，有事只消得好说。"阎婆道："他正是凶首，与我捉住，同到县里。"原来宋江为人最好，上下爱敬，满县人没一个不让他。因此做公的都不肯下手拿他，又不信这婆子说。有诗为证：

好人有难皆怜惜，奸恶无灾尽诧憎。
可见生平须自检，临时情义始堪凭。

正在那里没个解救，恰好唐牛儿托一盘子洗净的糟姜来县前赶趁，正见这婆子结扭住宋江在那里叫冤屈。唐牛儿见是阎婆一把扭结住宋江，想起昨夜的一肚子鸟气来，便把盘子放在卖药的老王凳子上，钻将过来，喝道："老贼虫，你做甚么结扭住押司？"婆子道："唐二，你不要来打夺人去，要你偿命也！"唐牛儿大怒，那里听他说，把婆子手一拆，拆开了，不问事由，叉开五指，去阎婆脸上只一掌，打个满天星。那婆子昏撒了，只得放手。宋江得脱，往闹里一直走了。

婆子便一把去结扭住唐牛儿叫道:"宋押司杀了我的女儿,你却打夺去了。"唐牛儿慌道:"我那里得知!"阎婆叫道:"上下替我捉一捉杀人贼则个! 不时,须要带累你们。"众做公的,只碍宋江面皮,不肯动手;拿唐牛儿时,须不耽搁。众人向前,一个带住婆子,三四个拿住唐牛儿,把他横拖倒拽,直推进郓城县里来。正是:祸福无门,唯人自召,披麻救火,惹焰烧身。毕竟唐牛儿被阎婆结住,怎地脱身,且听下回分解。

第二十二回

阎婆大闹郓城县　朱仝义释宋公明

话说当时众做公的拿住唐牛儿,解进县里来。知县听得有杀人的事,慌忙出来升厅。众做公的把这唐牛儿簇拥在厅前。知县看时,只见一个婆子跪在左边,一个汉子跪在右边。知县问道:"甚么杀人公事?"婆子告道:"老身姓阎。有个女儿唤做婆惜,典与宋押司做外宅。昨夜晚间,我女儿和宋江一处吃酒,这个唐牛儿一径来寻闹,叫骂出门,邻里尽知。今早宋江出去走了一遭,回来把我女儿杀了。老身结扭到县前,这唐二又把宋江打夺了去,告相公做主。"知县道:"你这厮怎敢打夺了凶身?"唐牛儿告道:"小人不知前后因依。只因昨夜去寻宋江搪碗酒吃,被这阎婆叉小人出来。今早小人自出来卖糟姜,遇见阎婆结扭宋押司在县前。小人见了,不合去劝他,他便走了。却不知他杀死他女儿的缘由。"知县喝道:"胡说! 宋江是个君子诚实的人,如何肯造次杀人? 这人命之事,必然在你身上! 左右在那里?"便唤当厅公吏。

当下转上押司张文远来,见说阎婆告宋江杀了他女儿,"正是我的表子。"随即取了各人口词,就替阎婆写了状子,迭了一宗案,便唤当地方件作、行人,并地厢、里正、邻佑一干人等,来到阎婆家,开了门,取尸首登场检验了。身边放着行凶刀子一把。当日再三看验得,系是生前项上被刀勒死。众人登场了当,尸首把棺木盛了,寄放寺院里,将一干人带到县里。

知县却和宋江最好,有心要出脱他,只把唐牛儿来再三推问。唐牛儿供道:"小人并不知前后。"知县道:"你这厮如何隔夜去他家寻闹? 一定你有干涉[1]!"唐牛儿告道:"小人一时撞去搪碗酒吃。"知县道:"胡说! 打这厮!"左右两边狼虎一般公人,把这唐牛儿一索捆翻了,打到三五十,前后语言一般。知县明知他不知情,一心要救宋江,只把他来勘问,且叫取一面枷来钉了,禁了牢里。

那张文远上厅来禀道:"虽然如此,现有刀子是宋江的压衣刀,必须去拿宋江来对问,便有下落。"知县吃他三回五次来禀,遮掩不住,只得差人去宋江下处捉拿。宋江已自在逃去了,只拿得几家邻人来回话:"凶身宋江在逃,不知去向。"张文远又禀道:"犯人宋江逃去,他父亲宋太公并兄弟宋清,现在宋家村居住,可以勾追到官,责限比捕,跟寻宋江到官理问。"知县本不肯行移,只要朦胧[2] 做在唐牛儿身上,日后自慢慢地出[3] 他。怎当这张文远立主文案,唆使阎婆上厅,只管来告。知县情知阻当不住,只得押纸公文,差三两个做公的,去宋家庄勾追宋太公并兄弟宋清。

公人领了公文,来到宋家村宋太公庄上。太公出来迎接,至草厅上坐定。公人将出文书,递与太公看了。宋太公道:"上下请坐,容老汉告禀:老汉祖代务农,守此田园过活。不孝之子宋江,自小忤逆,不肯本分生理,要去做吏,百般说他不从。因此,老汉数年前,本县官长处告了他忤逆,出了他籍,不在老汉户内人数。他自在县里住居,老汉自和孩儿宋清,在此荒村,守些田亩过活。他与老汉水米无交,并无干涉。老汉也怕他做出事来,连累不便,因此在前官手里告了,执凭文帖,在此存照。老汉取来,教上下看。"众公人都是和宋江好的,明知道这个是预先开的门路,苦死不肯做冤家。众人回说道:"太公既有执凭,把将来我们看,抄去县里回话。"

太公随即宰杀些鸡鹅,置酒管待了众人,赍发了十数两银子,取出执凭公文,教他众人抄了。众公人相辞了宋太公,自回县去回知县的话,说道:"宋太公三年前出了宋江的籍,告了执凭文帖,见有抄白在此,难以勾捉。"知县又是要出脱宋江的,便道:"既有执凭公文,他又别无亲族,只可出一千贯赏钱,行移诸处,海捕捉拿便了。"

那张三又挑唆阎婆去厅上披头散发来告道:"宋江实是宋清隐藏在

① 干涉——牵扯,关联。

② 朦胧——这里是遮遮掩掩,蒙混的意思。

③ 出——释放,出脱。

家,不令出官。相公如何不与老身做主去拿宋江?”知县喝道:“他父亲已自三年前告了他忤逆在官,出了他籍,现有执凭公文存照,如何拿得他父亲兄弟来比捕?”阎婆告道:“相公,谁不知道他叫做孝义黑三郎?这执凭是个假的,只是相公做主则个!”知县道:“胡说!前官手里押的印信公文,如何是假的?”阎婆在厅下叫屈叫苦,哽哽咽咽地价哭告相公道:“人命大如天,若不肯与老身做主时,只得去州里告状。只是我女儿死得甚苦!”那张三又上厅来替他禀道:“相公不与他行移拿人时,这阎婆上司去告状,倒是利害。倘或来提问时,小吏难去回话。”知县情知有理,只得押了一纸公文,便差朱仝、雷横二都头,当厅发落:“你等可带多人,去宋家村宋大户庄上,搜捉犯人宋江来。”有诗为证:

不关心事总由他,路上何人怨折花?
为惜如花婆惜死,俏冤家做恶冤家。

朱、雷二都头领了公文,便来点起土兵四十余人,径奔宋家庄上来。宋太公得知,慌忙出来迎接。朱仝、雷横二人说道:“太公休怪我们。上司差遣,盖不由己。你的儿子押司现在何处?”宋太公道:“两位都头在上:我这逆子宋江,他和老汉并无干涉。前官手里,已告开了他,现告的执凭在此。已与宋江三年多各户另籍,不同老汉一家过活,亦不曾回庄上来。”朱仝道:“然虽如此,我们凭书请客,奉帖勾人,难凭你说不在庄上。你等我们搜一搜看,好去回话。”便叫土兵三四十人,围了庄院。“我自把定前门,雷都头,你先入去搜。”雷横便入进里面,庄前庄后搜了一遍,出来对朱仝说道:“端的不在庄里。”朱仝道:“我只是放心不下,雷都头,你和众弟兄把了门,我亲自细细地搜一遍。”宋太公道:“老汉是识法度的人,如何敢藏在庄里?”朱仝道:“这个是人命的公事,你却嗔怪我们不得。”太公道:“都头尊便,自细细地去搜。”朱仝道:“雷教头,你监着太公在这里,休教他走动。”

朱仝自进庄里,把朴刀倚在壁边,把门来拴了,走入佛堂内去,把供床拖在一边,揭起那片地板来。板底下有条索头,将索子头只一拽,铜铃一声响,宋江从地窨子里钻将出来,见了朱仝,吃那一惊。

朱仝道:“公明哥哥,休怪小弟今来捉你。闲常时和你最好,有的事都不相瞒。一日酒中,兄长曾说道:‘我家佛座底下有个地窨子,上面放着三世佛,佛堂内有片地板盖着,上面设着供床。你有些紧急之事,可来这里躲避。'小弟那时听说,记在心里。今日本县知县,差我和雷横两个来时,没奈何,要瞒生人眼目。相公也有觑兄长之心,只是被张三和这婆子在厅上发言发语,道本县不做主时,定要在州里告状,因此上又差我两个来搜你庄上。我只怕雷横执着,不会周全人,倘或见了兄长,没个做圆活处,因此小弟赚他在庄前,一径自来和兄长说话。此地虽好,也不是安身之处,倘或有人知得,来这里搜着,如之奈何?"宋江道:"我也自这般寻思。若不是贤兄如此周全,宋江定遭缧绁[①]之厄。"朱仝道:"休如此说。兄长却投何处去好?"宋江道:"小可寻思有三个安身之处:一是沧州横海郡小旋风柴进庄上,二乃是青州清风寨小李广花荣处,三者是白虎山孔太公庄上。他有两个孩儿:长男叫做毛头星孔明,次子叫做独火星孔亮,多曾来县里相会。那三处在这里踌躇未定,不知投何处去好。"朱仝道:"兄长可以作急寻思,当行即行。今晚便可动身,切勿迟延自误。"宋江道:"上下官司之事,全望兄长维持,金帛使用,只顾来取。"朱仝道:"这事放心,都在我身上。兄长只顾安排去路。"宋江谢了朱仝,再入地窨子去。

朱仝依旧把地板盖上,还将供床压了,开门拿朴刀,出来说道:"真个没在庄里。"叫道:"雷都头,我们只拿了宋太公去如何?"雷横见说要拿宋太公去,寻思:"朱仝那人,和宋江最好。他怎地颠倒要拿宋太公。这话以定是反说。他若再提起,我落得做人情。"朱仝、雷横叫拢土兵,都入草堂上来。宋太公慌忙置酒管待众人。朱仝道:"休要安排酒食。且请太公和四郎同到本县里走一遭。"雷横道:"四郎如何不见?"宋太公道:"老汉使他去近村打些农器,不在庄里。宋江那厮,自三年已前,把这逆子告出了户,现有一纸执凭公文在此存照。"朱仝道:"如何说得过!我两个奉着知县台旨,叫拿你父子二人,自去县里回话。"雷横道:"朱都头,你听我说:宋押司他犯罪过,其中必有缘故,也未便该死罪。既然太公已有执凭公文,系是印信官文书,又不是假的,我们看宋押司日前交往之面,权且担负他些个,只抄了执凭去回话便了。"朱仝寻思道:"我自反说,要他不疑。"朱仝道:"既然兄弟这般说了,我没来由做甚么恶人。"

宋太公谢了道:"深感二位都头相觑。"随即排下酒食,犒赏众人,将出二十两银子,送与两位都头。朱仝、雷横坚执不受,把来散与众人四十个

① 缧绁(léi xiè)——捆绑犯人的绳子。

土兵分了。抄了一张执凭公文,相别了宋太公,离了宋家村。朱、雷二位都头,自引了一行人回县去了。

县里知县正值升厅,见朱仝、雷横回来了,便问缘由。两个禀道:"庄前庄后,四围村坊,搜遍了二次,其实没这个人。宋太公卧病在床,不能动止,早晚临危;宋清已自前月出外未回。因此只把执凭抄白在此。"知县道:"既然如此……"一面申呈本府,一面动了一纸海捕文书,不在话下。

县里有那一等和宋江好的相交之人,都替宋江去张三处说开。那张三也耐不过众人面皮,况且婆娘已死了,张三又平常亦受宋江好处,因此也只得罢了。朱仝自凑些钱物,把与阎婆,教不要去州里告状。这婆子也得了些钱物,没奈何,只得依允了。朱仝又将若干银两,教人上州里去使用,文书不要驳将下来。又得知县一力主张,出一千贯赏钱,行移开了一个海捕文书,只把唐牛儿问做成个"故纵凶身在逃",脊杖二十,刺配五百里外。干连的人,尽数保放宁家。这是后话。有诗为证:

一身狼狈为烟花,地窨藏身亦可拿。

临别叮咛好趋避,髯公端不愧朱家。

且说宋江,他是个庄农之家,如何有这地窨子?原来故宋时,为官容易,做吏最难。为甚的为官容易?皆因那时朝廷奸臣当道,谗佞专权,非亲不用,非财不取。为甚做吏最难?那时做押司的,但犯罪责,轻则刺配远恶军州,重则抄扎家产,结果了残生性命,以此预先安排下这般去处躲身,又恐连累父母,教爹娘告了忤逆,出了籍册,各户另居,官给执凭公文存照,不相来往,却做家私在屋里。宋时多有这般算的。

且说宋江从地窨子出来,和父亲、兄弟商议:"今番不是朱仝相觑,须吃官司,此恩不可忘报。如今我和兄弟两个,且去逃难。天可怜见,若遇宽恩大赦,那时回来,父子相见。父亲可使人暗暗地送些金银去与朱仝,央他上下使用,及资助阎婆些少,免得他上司去告扰。"太公道:"这事不用你忧心。你自和兄弟宋清,在路小心。若到了彼处,那里使个得托的人寄封信来。"

当晚弟兄两个,拴束包裹。到四更时分起来,洗漱罢,吃了早饭,两个打扮动身。宋江戴着白范阳毡笠儿,上穿白缎子衫,系一条梅红纵线绦,下面缠脚絣衬着多耳麻鞋。宋清做伴当打扮,背了包裹,都出草厅前,拜辞了父亲宋太公。三人洒泪不住,太公吩咐道:"你两个前程万里,休得烦恼。"宋江、宋清却吩咐大小庄客,小心看家,早晚殷勤伏侍太公,休教饮食有缺。兄弟两个,各跨了一口腰刀,都拿了一条朴刀,径出离了宋家村。

两个取路登程,正遇着秋末冬初天气。但见:

柄柄芰荷枯,叶叶梧桐坠。

蛩吟腐草中,雁落平沙地。

细雨湿枫林,霜重寒天气。

不是路行人,怎谙秋滋味。

话说宋江弟兄两个行了数程,在路上思量道:"我们却投奔兀谁的是?"宋清答道:"我只闻江湖上人传说沧州横海郡柴大官人名字,说他是大周皇帝嫡派子孙,只不曾拜识,何不只去投奔他?人都说仗义疏财,专一结识天下好汉,救助遭配的人,是个现世的孟尝君。我两个只投奔他去。"宋江道:"我也心里是这般思想。他虽和我常常书信来往,无缘分上不曾得会。"两个商量了,径望沧州路上来。途中免不得登山涉水,过府冲州。但凡客商在路,早晚安歇,有两件事免不得:吃癞碗,睡死人床。

且把闲话提过,只说正话。宋江弟兄两个,不则一日,来到沧州界分,问人道:"柴大官人庄在何处?"问了地名,一径投庄前来,便问庄客:"柴大官人在庄上也不?"庄客答道:"大官人在东庄上收租米,不在庄上。"宋江便问:"此间到东庄有多少路?"庄客道:"有四十余里。"宋江道:"从何处落路去?"庄客道:"不敢动问二位官人高姓?"宋江道:"我是郓城县宋江的便是。"庄客道:"莫不是及时雨宋押司么?"宋江道:"便是。"庄客道:"大官人时常说大名,只怨怅不能相会。既是宋押司时,小人引去。"庄客慌忙便领了宋江、宋清,径投东庄来。没三个时辰,早来到东庄。宋江看时,端的好一所庄院,十分齐整。但见:

前迎阔港,后靠高峰。数千株槐柳成林,三五处厅堂待客。转屋角牛羊满地,打麦场鹅鸭成群。饮馔豪华,赛过那孟尝食客;田园主管,不数他程郑家僮。正是家有余粮鸡犬饱,户无差役子孙闲。

当下庄客便道:"二位官人且在此亭上坐一坐,待小人去通报大官人出来相接。"宋江道:"好。"自和宋清在山亭上倚了朴刀,解下腰刀,歇了包裹,坐在亭子上。那庄客入去不多时,只见那座中间庄门大开,柴大官人引着三五个伴当,慌忙跑将出来,亭子上与宋江相见。

柴大官人见了宋江,拜在地下,口称道:"端的想杀柴进,天幸今日甚风吹得到此，大慰平生渴仰之念，多幸！多幸！”宋江也拜在地下答道：“宋江疏顽小吏，今日特来相投。”柴进扶起宋江来，口里说道：“昨夜灯花报，今早喜鹊噪，不想却是贵兄来。”满脸堆下笑来。宋江见柴进接得意重，心里甚喜，便唤兄弟宋清，也来相见了。柴进喝叫伴当收拾了宋押司行李，在后堂西轩下歇处。

柴进携住宋江的手，入到里面正厅上，分宾主坐定。柴进道：“不敢动问，闻知兄长在郓城县勾当，如何得暇来到荒村敝处？”宋江答道：“久闻大官人大名，如雷灌耳。虽然节次收得华翰[①]，只恨贱役无闲，不能够相会。今日宋江不才，做出一件没出豁[②] 的事来，弟兄二人寻思，无处安身，想起大官人仗义疏财，特来投奔。”柴进听罢，笑道：“兄长放心。遮莫做下十恶大罪，既到敝庄，但不用忧心。不是柴进夸口，任他捕盗官军，不敢正眼儿觑着小庄。”

宋江便把杀了阎婆惜的事，一一告诉了一遍。柴进笑将起来，说道：“兄长放心，便杀了朝廷的命官，劫了府库的财物，柴进也敢藏在庄里。”说罢，便请宋江弟兄两个洗浴，随即将出两套衣服、巾帻、丝鞋、净袜，教宋江弟兄两个换了出浴的旧衣裳。两个洗了浴，都穿了新衣服。庄客自把宋江弟兄的旧衣裳送在歇宿处。柴进邀宋江去后堂深处，已安排下酒食了，便请宋江正面坐地，柴进对席。宋清有宋江在上，侧首坐了。

三人坐定，有十数个近上的庄客并几个主管，轮替着把盏，伏侍劝饮。柴进再三劝宋江弟兄宽怀饮几杯，宋江称谢不已。酒至半酣，三人各诉胸中朝夕相爱之念。看看天色晚了，点起灯烛。宋江辞道：“酒止。”柴进那里肯放，直吃到初更左右。

宋江起身去净手。柴进唤一个庄客，提碗灯笼，引领宋江东廊尽头处去净手，便道：“我且躲杯酒。”大宽转穿出前面廊下来。俄延[③] 走着，却转到东廊前面。宋江已有八分酒，脚步趄了，只顾踏去。那廊下有一个大汉，因害疟疾，当不住那寒冷，把一锨火在那里向。宋江仰着脸，只顾踏将

---

① 华翰——对他人来信的美称。

② 没出豁——没出息。

③ 俄延——缓慢地。

去,正跐[①] 在火锨柄上,把那火锨里炭火,都掀在那汉脸上。那汉吃了一惊,惊出一身汗来。

那汉气将起来,把宋江劈胸揪住,大喝道:"你是甚么鸟人?敢来消遣我!"宋江也吃一惊。正分说不得,那个提灯笼的庄客,慌忙叫道:"不得无礼!这位是大官人最相待的客官。"那汉道:"'客官'?'客官'?我初来时,也是'客官',也曾相待的厚。如今却听庄客搬口,便疏慢了我,正是'人无千日好,花无百日红'。"却待要打宋江,那庄客撇了灯笼,便向前来劝。正劝不开,只见两三碗灯笼飞也似来。柴大官人亲赶到说:"我接不着押司,如何却在这里闹?"

那庄客便把跐了火锨的事说一遍。柴进笑道:"大汉,你不认的这位奢遮[②] 的押司?"那汉道:"奢遮!奢遮!他敢比不得郓城宋押司少些儿!"柴进大笑道:"大汉,你认得宋押司不?"那汉道:"我虽不曾认得,江湖上久闻他是个及时雨宋公明,且又仗义疏财,扶危济困,是个天下闻名的好汉。"柴进问道:"如何见的他是天下闻名的好汉?"那汉道:"却才说不了,他便是真大丈夫,有头有尾,有始有终,我如今只等病好时,便去投奔他。"柴进道:"你要见他么?"那汉道:"我可知要见他哩!"柴进道:"大汉,远便十万八千里,近便只在面前。"柴进指着宋江,便道:"此位便是及时雨宋公明。"那汉道:"真个也不是?"宋江道:"小可便是宋江。"

那汉定睛看了看,纳头便拜,说道:"我不是梦里么?与兄长相见!"宋江道:"何故如此错爱?"那汉道:"却才甚是无礼,万望恕罪。有眼不识泰山!"跪在地下,那里肯起来。宋江慌忙扶住道:"足下高姓大名?"柴进指着那汉,说出他姓名,叫甚讳字。有分教,山中猛虎见时魄散魂离,林下强人撞着心惊胆裂。正是:说开星月无光彩,道破江山水倒流。毕竟柴大官人说出那汉还是何人,且听下回分解。

---

① 跐——踩,踏。

② 奢遮——出众,非同一般。

第二十三回

横海郡柴进留宾　景阳冈武松打虎

话说宋江因躲一杯酒，去净手了，转出廊下来，跐了火锨柄，引得那汉焦躁，跳将起来，就欲要打宋江。柴进赶将出来，偶叫起宋押司，因此露出姓名来。那大汉听得是宋江，跪在地下，那里肯起，说道："小人'有眼不识泰山'！一时冒渎兄长，望乞恕罪。"宋江扶起那汉，问道："足下是谁？高姓大名？"柴进指着道："这人是清河县人氏，姓武，名松，排行第二，今在此间一年矣。"宋江道："江湖上多闻说武二郎名字，不期今日却在这里相会。多幸，多幸！"柴进道："偶然豪杰相聚，实是难得。就请同做一席说话。"

宋江大喜，携住武松的手，一同到后堂席上，便唤宋清与武松相见。柴进便邀武松坐地。宋江连忙让他一同在上面坐。武松那里肯坐，谦了半晌，武松坐了第三位。柴进教再整杯盘来，劝三人痛饮。宋江在灯下看那武松时，果然是一条好汉。但见：

身躯凛凛，相貌堂堂。一双眼光射寒星，两弯眉浑如刷漆。胸脯横阔，有万夫难敌之威风；语话轩昂，吐千丈凌云之志气。心雄胆大，似撼天狮子下云端；骨健筋强，如摇地貔貅临座上。如同天上降魔主，真是人间太岁神。

当下宋江在灯下看了武松这表人物，心中甚喜，便问武松道："二郎因何在此？"武松答道："小弟在清河县，因酒后醉了，与本处机密相争，一时间怒起，只一拳，打得那厮昏沉。小弟只道他死了，因此一径地逃来，投奔大官人处，躲灾避难，今已一年有余。后来打听得那厮却不曾死，救得活了。今欲正要回乡去寻哥哥，不想染患疟疾，不能够动身回去。却才正发寒冷，在那廊下向火，被兄长跐了锨柄，吃了那一惊，惊出一身冷汗，觉得这病好了。"宋江听了大喜。当夜饮至三更。酒罢，宋江就留武松在西轩下做一处安歇。

次日起来，柴进安排席面，杀羊宰猪，管待宋江，不在话下。过了数日，宋江将出些银两来与武松做衣裳。柴进知道，那里肯要他坏钱，自取出一箱缎匹绸绢，门下自有针工，便教做三人的称体衣裳。

说话的，柴进因何不喜武松？原来武松初来投奔柴进时，也一般接纳管待，次后在庄上，但吃醉了酒，性气刚，庄客有些顾管不到处，他便要下拳打他们，因此满庄里庄客，没一个道他好。众人只是嫌他，都去柴进面前，告诉他许多不是处。柴进虽然不赶他，只是相待得他慢了。却得宋江每日带挈他一处，饮酒相陪，武松的前病都不发了。

相伴宋江住了十数日，武松思乡，要回清河县看望哥哥。柴进、宋江两个都留他再住几时，武松道："小弟的哥哥多时不通信息，因此要去望他。"宋江道："实是二郎要去，不敢苦留。如若得闲时，再来相会几时。"武松相谢了宋江。柴进取出些金银，送与武松，武松谢道："实是多多相扰了大官人。"武松缚了包裹，拴了哨棒，要行。柴进又治酒食送路。武松穿了一领新纳红绸袄，戴着个白范阳毡笠儿，背上包裹，提了杆棒，相辞了便行。宋江道："贤弟少等一等。"回到自己房内，取了些银两，赶出到庄门前来，说道："我送兄弟一程。"宋江和兄弟宋清两个送武松，待他辞了柴大官人，宋江也道："大官人，暂别了便来。"

三个离了柴进东庄，行了五七里路，武松作别道："尊兄远了，请回。柴大官人必然专望。"宋江道："何妨再送几步。"路上说些闲话，不觉又过了三二里。武松挽住宋江说道："尊兄不必远送。常言道：'送君千里，终须一别。'"宋江指着道："容我再行几步。兀那官道上有个小酒店，我们吃三钟了作别。"

三个来到酒店里，宋江上首坐了，武松倚了哨棒，下席坐了。宋清横头坐定。便叫酒保打酒来，且买些盘馔、果品、菜蔬之类，都搬来摆在桌子上。三人饮了几杯，看看红日平西，武松便道："天色将晚，哥哥不弃武二时，就此受武二四拜，拜为义兄。"宋江大喜。武松纳头拜了四拜，宋江叫宋清身边取出一锭十两银子，送与武松。武松那里肯受，说道："哥哥，客中自用盘费。"宋江道："贤弟不必多虑。你若推却，我便不认你做兄弟。"武松只得拜受了，收放缠袋里。宋江取些碎银子，还了酒钱。武松拿了哨棒，三个出酒店前来作别。武松堕泪，拜辞了自去。

宋江和宋清立在酒店门前，望武松不见了，方才转身回来。行不到五里路头，只见柴大官人骑着马，背后牵着两匹空马来接。宋江望见了大喜，一同上马回庄上来。下了马，请入后堂饮酒。宋江弟兄两个，自此只在柴大官人庄上。

话分两头。只说武松自与宋江分别之后，当晚投客店歇了。次日早，起来打火，吃了饭，还了房钱，拴束包裹，提了哨棒，便走上路，寻思道："江湖上只闻说及时雨宋公明，果然不虚。结识得这般弟兄，也不枉了！"

武松在路上行了几日，来到阳谷县地面。此去离县治还远。当日晌午时分，走得肚中饥渴，望见前面有一个酒店，挑着一面招旗在门前，上头写着五个字道："三碗不过冈"。

武松入到里面坐下，把哨棒倚了，叫道："主人家，快把酒来吃。"只见店主人把三只碗，一双箸，一碟热菜，放在武松面前，满满筛一碗酒来。武松拿起碗，一饮而尽，叫道："这酒好生有气力！主人家，有饱肚的买些吃酒。"酒家道："只有熟牛肉。"武松道："好的，切二三斤来吃酒。"店家去里面切出二斤熟牛肉，做一大盘子，将来放在武松面前；随即再筛一碗酒。武松吃了道："好酒！"又筛了一碗。恰好吃了三碗酒，再也不来筛。武松敲着桌子叫道："主人家，怎的不来筛酒？"酒家道："客官要肉便添来。"武松道："我也要酒，也再切些肉来。"酒家道："肉便切来添与客官吃，酒却不添了。"武松道："却又作怪！"便问主人家道："你如何不肯卖酒与我吃？"酒家道："客官，你须见我门前招旗上面明明写道：'三碗不过冈'。"

武松道："怎地唤做'三碗不过冈'？"酒家道："俺家的酒，虽是村酒，却比老酒的滋味；但凡客人来我店中，吃了三碗的，便醉了，过不得前面的山冈去，因此唤做'三碗不过冈'。若是过往客人到此，只吃三碗，更不再问。"武松笑道："原来恁地。我却吃了三碗，如何不醉？"酒家道："我这酒叫做透瓶香，又唤做出门倒。初入口时，醇醲好吃，少刻时便倒。"武松道："休要胡说！没地不还你钱，再筛三碗来我吃！"酒家见武松全然不动，又筛三碗。武松吃道："端的好酒！主人家，我吃一碗，还你一碗钱，只顾筛来。"酒家道："客官休只管要饮，这酒端的要醉倒人，没药医。"武松道："休得胡鸟说！便是你使蒙汗药在里面，我也有鼻子。"店家被他发话[①]不过，一连又筛了三碗。武松道："肉便再把二斤来吃。"酒家又切了二斤熟牛肉，再筛了三碗酒。武松吃得口滑，只顾要吃，去身边取出些碎银子，叫道："主人家，你且来看我银子，还你酒肉钱够么？"酒家看了道："有余。还

① 发话——吭声，说话。这里指武松的再三催要。

有些贴钱与你。”武松道：“不要你贴钱。只将酒来筛。”酒家道：“客官，你要吃酒时，还有五六碗酒哩！只怕你吃不得了。”武松道：“就有五六碗多时，你尽数筛将来。”酒家道：“你这条长汉，倘或醉倒了时，怎扶的你住？”武松答道：“要你扶的，不算好汉。”酒家那里肯将酒来筛。武松焦躁道：“我又不白吃你的！休要引老爷性发，通教你屋里粉碎！把你这鸟店子倒翻转来！”酒家道：“这厮醉了，休惹他。”再筛了六碗酒，与武松吃了。前后共吃了十五碗，绰了哨棒，立起身来道：“我却又不曾醉！”走出门前来笑道：“却不说‘三碗不过冈’！”手提哨棒便走。

酒家赶出来叫道：“客官那里去！”武松立住了，问道：“叫我做甚么？我又不少你酒钱，唤我怎地？”酒家叫道：“我是好意。你且回来我家，看抄白[①]官司榜文。”武松道：“甚么榜文？”酒家道：“如今前面景阳冈上有只吊睛白额大虫，晚了出来伤人，坏了三二十条大汉性命。官司如今杖限猎户擒捉发落。冈子路口，多有榜文，可教往来客人，结伙成队，于巳、午、未三个时辰过冈，其余寅、卯、申、酉、戌、亥六个时辰，不许过冈。更兼单身客人，务要等伴结伙而过。这早晚正是未末申初时分，我见你走都不问人，枉送了自家性命。不如就我此间歇了，等明日慢慢凑的三二十人，一齐好过冈子。”武松听了，笑道：“我是清河县人氏，这条景阳冈上，少也走过一二十遭，几时见说有大虫？你休说这般鸟话来吓我。便有大虫，我也不怕！”酒家道：“我是好意救你，你不信时，进来看官司榜文。”武松道：“你鸟子声！便真个有虎，老爷也不怕！你留我在家里歇，莫不半夜三更，要谋我财，害我性命，却把鸟大虫唬吓我。”酒家道：“你看么！我是一片好心，反做恶意，倒落得你恁地！你不信我时，请尊便自行！”正是：

前车倒了千千辆，后车过了亦如然。
分明指与平川路，却把忠言当恶言。

那酒店里主人摇着头，自进店里去了。这武松提了哨棒，大着步，自过景阳冈来。约行了四五里路，来到冈子下，见一大树，刮去了皮，一片白，上写两行字。武松也颇识几字，抬头看时，上面写道：

近因景阳冈大虫伤人，但有过往客商，可于巳、午、未三个时辰，结伙成队过冈，勿请自误。

---

① 抄白——抄本。

武松看了，笑道："这是酒家诡诈，惊吓那等客人，便去那厮家里宿歇。我却怕甚么鸟！"横拖着哨棒，便上冈子来。

那时已有申牌时分，这轮红日，厌厌地相傍下山。武松乘着酒兴，只管走上冈子来。走不到半里多路，见一个败落的山神庙。行到庙前，见这庙门上贴着一张印信榜文。武松住了脚读时，上面写道：

阳谷县示：为景阳冈上，新有一只大虫，伤害人命。现今杖限各乡里正并猎户人等行捕，未获。如有过往客商人等，可于巳、午、未三个时辰，结伴过冈；其余时分及单身客人，不许过冈，恐被伤害性命。各宜知悉。

武松读了印信榜文，方知端的有虎。欲待转身再回酒店里来，寻思道："我回去时，须吃他耻笑[①]，不是好汉，难以转去。"存想了一回，说道："怕甚么鸟！且只顾上去看怎地！"

武松正走，看看酒涌上来，便把毡笠儿背在脊梁上，将哨棒绾在肋下，一步步上那冈子来。回头看这日色时，渐渐地坠下去了。此时正是十月间天气，日短夜长，容易得晚。武松自言自说道："那得甚么大虫？人自怕了，不敢上山。"武松走了一直，酒力发作，焦热起来。一只手提着哨棒，一只手把胸膛前袒开，踉踉跄跄，直奔过乱树林来。见一块光挞挞大青石，把那哨棒倚在一边，放翻身体。却待要睡，只见发起一阵狂风来。古人有四句诗单道那风：

无形无影透人怀，四季能吹万物开。

就树撮将黄叶去，入山推出白云来。

原来但凡世上云生从龙，风生从虎。那一阵风过处，只听得乱树背后扑地一声响，跳出一只吊睛白额大虫来。武松见了，叫声："阿呀！"从青石上翻将下来，便拿那条哨棒在手里，闪在青石边。

那个大虫又饥又渴，把两只爪在地下略按一按，和身望上一扑，从半空里撺将下来。武松被那一惊，酒都做冷汗出了。说时迟，那时快，武松见大虫扑来，只一闪，闪在大虫背后。那大虫背后看人最难，便把前爪搭在地下，把腰胯一掀，掀将起来。武松只一躲，躲在一边。大虫见掀他不着，吼一声，却似半天里起个霹雳，振得那山冈也动，把这铁棒也似虎尾，

---

① 吃他耻笑——遭受他的嘲笑。吃，遭受。

倒竖起来只一剪。武松却又闪在一边。原来那大虫拿人,只是一扑,一掀,一剪;三般提不着时,气性先自没了一半。那大虫又剪不着,再吼了一声,一兜兜将回来。武松见那大虫复翻身回来,双手抡起哨棒,尽平生气力只一棒,从半空劈将下来。只听得一声响,簌簌地将那树连枝带叶劈脸打将下来,定睛看时,一棒劈不着大虫,原来打急了,正打在枯树上,把那条哨棒折做两截,只拿得一半在手里。

那大虫咆哮,性发起来,翻身又只一扑,扑将来。武松又只一跳,却退了十步远。那大虫恰好把两只前爪搭在武松面前。武松将半截棒丢在一边,两只手就势把大虫顶花皮肐膣地揪住,一按按将下来。那只大虫急要挣扎,被武松尽气力纳定,那里肯放半点儿松宽。武松把只脚望大虫面门上、眼睛里,只顾乱踢。那大虫咆哮起来,把身底下爬起两堆黄泥,做了一个土坑。

武松把那大虫嘴直按下黄泥坑里去,那大虫吃武松奈何得没了些气力。武松把左手紧紧地揪住顶花皮,偷出右手来,提起铁锤般大小拳头,尽平生之力,只顾打。打到五七十拳,那大虫眼里、口里、鼻子里、耳朵里,都迸出鲜血来。那武松尽平昔神威,仗胸中武艺,半歇儿把大虫打做一堆,却似挡着一个锦皮袋。有一篇古风单道景阳冈武松打虎:

景阳冈头风正狂,万里阴云霾日光。
触目晚霞挂林薮,侵人冷雾弥穹苍。
忽闻一声霹雳响,山腰飞出兽中王。
昂头踊跃逞牙爪,麋鹿之属皆奔忙。
清河壮士酒未醒,冈头独坐忙相迎。
上下寻人虎饥渴,一掀一扑何狰狞!
虎来扑人似山倒,人往迎虎如岩倾。
臂腕落时坠飞炮,爪牙爬处成泥坑。
拳头脚尖如雨点,淋漓两手猩红染。
腥风血雨满松林,散乱毛须坠山奄。
近看千钧势有余,远观八面威风敛。
身横野草锦斑销,紧闭双睛光不闪。

当下景阳冈上那只猛虎,被武松没顿饭之间,一顿拳脚,打得那大虫动弹不得,使得口里兀自气喘。武松放了手,来松树边寻那打折的棒橛,拿在手里,只怕大虫不死,把棒橛又打了一回。那大虫气都没了。武松再寻思道:“我就地拖得这死大虫下冈子去。”就血泊里双手来提时,那里提得动,原来使尽了气力,手脚都酥软了。

武松再来青石坐了半歇,寻思道:“天色看看黑了,倘或又跳出一只大虫来时,却怎地斗得他过?且挣扎下冈子去,明早却来理会。”就石头边寻了毡笠儿,转过乱树林边,一步步挨下冈子来。

走不到半里多路,只见枯草丛中,钻出两只大虫来。武松道:“阿呀!我今番罢了[①]!”只见那两个大虫,于黑影里直立起来。武松定睛看时,却是两个人,把虎皮缝做衣裳,紧紧拼在身上。那两个人手里各拿着一条五股叉,见了武松,吃一惊道:“你那人吃了㺀律心、豹子肝、狮子腿,胆倒包着身躯,如何敢独自一个,昏黑将夜,又没器械,走过冈子来!不知你是人是鬼?”武松道:“你两个是甚么人?”那个人道:“我们是本处猎户。”武松道:“你们上岭来做甚么?”两个猎户失惊道:“你兀自不知哩!如今景阳冈上,有一只极大的大虫,夜夜出来伤人。只我们猎户,也折了七八个;过往客人,不计其数,都被这畜生吃了。本县知县着落当乡里正和我们猎户人等捕捉。那业畜[②]势大难近,谁敢向前!我们为他,正不知吃了多少限棒,只捉他不得!今夜又该我们两个捕猎,和十数个乡夫在此,上上下下,放了窝弓药箭等他。正在这里埋伏,却见你大剌剌地从冈子上走将下来,我两个吃了一惊。你却正是甚人?曾见大虫么?”武松道:“我是清河县人氏,姓武,排行第二。却才冈子上乱树林边,正撞见那大虫,被我一顿拳脚打死了。”两个猎户听得痴呆了,说道:“怕没这话?”武松道:“你不信时,只看我身上兀自有血迹。”两个道:“怎地打来?”武松把那打大虫的本事,再说了一遍。

两个猎户听了,又惊又喜,叫拢那十个乡夫来。只见这十个乡夫,都拿着钢叉、踏弩、刀、枪,随即拢来。武松问道:“他们众人,如何不随着你两个上山?”猎户道:“便是那畜生利害,他们如何敢上来?”一伙十数个人,都在面前。两个猎户把武松打杀大虫的事,说向众人,众人都不肯信。武松道:“你众人不信时,我和你去看便了。”众人身边都有火刀、火石,随即

---

① 罢了——完了,结束了。

② 业畜——造孽的畜生。

发出火来,点起五七个火把。众人都跟着武松,一同再上冈子来,看见那大虫做一堆儿死在那里。众人见了大喜,先叫一个去报知本县里正并该管上户。这里五七个乡夫,自把大虫缚了,抬下冈子来。

到得岭下,早有七八十人,都哄将来,先把死大虫抬在前面,将一乘兜轿,抬了武松,径投本处一个上户家来。那户里正,都在庄前迎接,把这大虫扛到草厅上。却有本乡上户,本乡猎户,三二十人,都来相探武松。众人问道:"壮士高姓大名?贵乡何处?"武松道:"小人是此间邻郡清河县人氏,姓武,名松,排行第二。因从沧州回乡来,昨晚在冈子那边酒店吃得大醉了,上冈子来,正撞见这畜生。"把那打虎的身分、拳脚,细说了一遍。众上户道:"真乃英雄好汉!"众猎户先把野味将来与武松把杯。武松因打大虫困乏了,要睡;大户便叫庄客打并客房,且教武松歇息。

到天明,上户先使人去县里报知,一面合具虎床,安排端正,迎送县里去。天明,武松起来洗漱罢,众多上户牵一腔羊,挑一担酒,都在厅前伺候。武松穿了衣裳,整顿巾帻,出到前面,与众人相见。众上户把盏说道:"被这个畜生,正不知害了多少人性命,连累猎户,吃了几顿限棒。今日幸得壮士来到,除了这个大害。第一,乡中人民有福;第二,客侣通行:实出壮士之赐!"武松谢道:"非小子之能,托赖众长上福荫。"众人都来作贺。吃了一早晨酒食,抬出大虫,放在虎床上。众乡村上户,都把缎匹花红,来挂与武松。武松有些行李包裹,寄在庄上。一齐都出庄门前来。早有阳谷县知县相公,使人来接武松,都相见了,叫四个庄客,将乘凉轿,来抬了武松。把那大虫扛在前面,挂着花红缎匹,迎到阳谷县里来。

那阳谷县人民,听得说一个壮士打死了景阳冈上大虫,迎喝将来,尽皆出来看,哄动了那个县治。武松在轿上看时,只见亚肩迭背,闹闹穰穰,屯街塞巷,都来看迎大虫。到县前衙门口,知县已在厅上专等。武松下了轿,扛着大虫,都到厅前,放在甬道上。

知县看了武松这般模样,又见了这个老大锦毛大虫,心中自忖道:"不是这个汉,怎地打的这个猛虎!"便唤武松上厅来。武松去厅前声了喏,知县问道:"你那打虎的壮士,你却说怎生打了这个大虫?"武松就厅前,将打虎的本事,说了一遍。厅上厅下众多人等都惊的呆了,知县就厅上赐了几杯酒,将出上户凑的赏赐钱一千贯,给与武松。武松禀道:"小人托赖相公的福荫,偶然侥幸,打死了这个大虫,非小人之能,如何敢受赏赐?小人闻知这众猎户,因这个大虫,受了相公责罚,何不就把这一千贯给散与众人去用?"知县道:"既是如此,任从壮士。"武松就把这赏钱,在厅上散与众人猎户。知县见他忠厚仁德,有心要抬举他,便道:"虽你原是清河县人氏,与我这阳谷县只在咫尺。我今日就参你在本县做个都头如何?"武松跪谢道:"若蒙恩相抬举,小人终身受赐。"知县随即唤押司立了文案,当日便参武松做了步兵都头。众上户都来与武松作贺庆喜,连连吃了三五日酒。武松自心中想道:"我本要入清河县去看望哥哥,谁想倒来做了阳谷县都头。"自此上官见爱,乡里闻名。

又过了三二日,那一日,武松走出县前来闲玩,只听得背后一个人叫声:"武都头,你今日发迹了,如何不看觑我则个?"武松回过头来看了,叫声:"阿呀!你如何却在这里?"不是武松见了这个人,有分教,阳谷县里,尸横血染。直教钢刀响处人头滚,宝剑挥时热血流。毕竟叫唤武都头的正是甚人,且听下回分解。

第二十四回

王婆贪贿说风情　郓哥不忿闹茶肆

话说当日武都头回转身来,看见那人,扑翻身便拜。那人原来不是别人,正是武松的嫡亲哥哥武大郎。武松拜罢,说道:"一年有余不见哥哥,如何却在这里?"武大道:"二哥,你去了许多时,如何不寄封书来与我?我又怨你,又想你。"武松道:"哥哥如何是怨我,想我?"武大道:"我怨你时,当初你在清河县里,要便吃酒醉了,和人相打,时常吃官司,教我要便随衙听候,不曾有一个月净办①,常教我受苦:这个便是怨你处。想你时,我近来取得一个老小②,清河县人,不怯气都来相欺负,没人做主;你在家时,谁敢来放个屁?我如今在那里安不得身,只得搬来这里赁房居住:因此便是想你处。"

① 净办——清静。

② 取得一个老小——娶了一个妻。老小,有时包括父母。

看官听说:原来武大与武松,是一母所生两个。武松身长八尺,一貌堂堂,浑身上下,有千百斤气力,不恁地,如何打得那个猛虎?这武大郎,身不满五尺,面目丑陋,头脑可笑。清河县人见他生得短矮,起他一个诨名,叫做“三寸丁谷树皮”[①]。

那清河县里有一个大户人家,有个使女,小名唤做潘金莲,年方二十余岁,颇有些颜色,因为那个大户要缠他,这女使只是去告主人婆,意下不肯依从。那个大户以此记恨于心,却倒赔些房奁,不要武大一文钱,白白地嫁与他。自从武大娶得那妇人之后,清河县里有几个奸诈的浮浪子弟们,却来他家里薅恼。原来这妇人,见武大身材短矮,人物猥猥,不会风流。这婆娘倒诸般好,为头的爱偷汉子。有诗为证:

金莲容貌更堪题,笑蹙春山八字眉。
若遇风流清子弟,等闲云雨便偷期。

却说那潘金莲过门之后,武大是个懦弱依本分的人,被这一班人不时间在门前叫道:“好一块羊肉,倒落在狗口里!”因此武大在清河县住不牢,搬来这阳谷县紫石街赁房居住,每日仍旧挑卖炊饼。

此日正在县前做买卖,当下见了武松,武大道:“兄弟,我前日在街上听得人沸沸地说道:‘景阳冈上一个打虎的壮士,姓武,县里知县参他做个都头。’我也八分猜道是你,原来今日才得撞见。我且不做买卖,一同和你家去。”武松道:“哥哥家在那里?”武大用手指着:“只在前面紫石街便是。”武松替武大挑了担儿,武大引着武松,转弯抹角,一径望紫石街来。

转过两个弯,来到一个茶坊间壁,武大叫一声:“大嫂开门。”只见芦帘起处,一个妇人出到帘子下应道:“大哥,怎地半早便归?”武大道:“你的叔叔在这里,且来厮见。”武大郎接了担儿入去,便出来道:“二哥,入屋里来,和你嫂嫂相见。”武松揭起帘子,入进里面,与那妇人相见。武大说道:“大嫂,原来景阳冈上打死大虫新充做都头的,正是我这兄弟。”那妇人叉手向前道:“叔叔万福。”武松道:“嫂嫂请坐。”武松当下推金山,倒玉柱[②],纳头

① 三寸丁谷树皮——古时称成年男子为“丁”。三寸丁,言其身材短小。谷树,皮有斑花,此处喻其皮色麻斑粗陋。

② 推金山,倒玉柱——比喻壮伟男子跪下去的样子。

便拜。那妇人向前扶住武松道："叔叔，折杀[1] 奴家。"武松道："嫂嫂受礼。"那妇人道："奴家也听得说道：'有个打虎的好汉，迎到县前来。'奴家也正待要去看一看。不想去得迟了，赶不上，不曾看见，原来却是叔叔。且请叔叔到楼上去坐。"武松看那妇人时，但见：

眉似初春柳叶，常含着雨恨云愁；脸如三月桃花，暗藏着风情月意。纤腰袅娜，拘束的燕懒莺慵；檀口轻盈，勾引得蜂狂蝶乱。玉貌妖娆花解语，芳容窈窕玉生香。

当下那妇人叫武大请武松上楼，主客席里坐地。三个人同到楼上坐了，那妇人看着武大道："我陪侍着叔叔坐地，你去安排些酒食来，管待叔叔。"武大应道："最好。二哥，你且坐一坐，我便来也。"武大下楼去了。

那妇人在楼上，看了武松这表人物，自心里寻思道："武松与他是嫡亲一母兄弟，他又生的这般长大。我嫁得这等一个，也不枉了为人一世！你看我那三寸丁谷树皮，三分象人，七分似鬼，我直恁地晦气！据着武松，大虫也吃他打倒了，他必然好气力。说他又未曾婚娶，何不叫他搬来我家里住？不想这段因缘，却在这里！"那妇人脸上堆下笑来问武松道："叔叔，来这里几日了？"武松答道："到此间十数日了。"妇人道："叔叔在那里安歇？"武松道："胡乱权在县衙里安歇。"那妇人道："叔叔，恁地时，却不便当。"武松道："独自一身，容易料理。早晚自有土兵伏侍。"妇人道："那等人伏侍叔叔，怎地顾管得到，何不搬来一家里住？早晚要些汤水吃时，奴家亲自安排与叔叔吃，不强似这伙腌臜人。叔叔便吃口清汤，也放心得下。"武松道："深谢嫂嫂。"那妇人道："莫不别处有婶婶，可取来厮会也好。"武松道："武二并不曾婚娶。"妇人又问道："叔叔青春多少？"武松道："虚度二十五岁。"那妇人道："长奴三岁。叔叔今番从那里来？"武松道："在沧州住了一年有余。只想哥哥在清河县住，不想却搬在这里。"那妇人道："一言难尽！自从嫁得你哥哥，吃他忒善了，被人欺负，清河县里住不得，搬来这里。若得叔叔这般雄壮，谁敢道个不字！"武松道："家兄从来本分，不似武二撒泼。"那妇人笑道："怎地这般颠倒说？常言道：'人无刚骨，安身不牢。'奴家平生快性，看不得这般三答不回头，四答和身转的人。"武松道："家兄却不到得惹事，要嫂嫂忧心。"

---

① 折杀——折寿。因受到不该有的优遇而不安，谦词。

正在楼上说话未了,武大买了些酒肉果品归来,放在厨下,走上楼来叫道:“大嫂,你下来安排。”那妇人应道:“你看那不晓事的,叔叔在这里坐地,却教我撇了下来。”武松道:“嫂嫂请自便。”那妇人道:“何不去叫间壁王干娘安排便了?只是这般不见便!”

武大自去央了间壁王婆,安排端正了,都搬上楼来,摆在桌子上,无非是些鱼肉果菜之类,随即烫酒上来。武大叫妇人坐了主位,武松对席,武大打横。三个人坐下,武大筛酒在各人面前。那妇人拿起酒来道:“叔叔休怪,没甚管待,请酒一杯。”武松道:“感谢嫂嫂,休这般说。”武大只顾上下筛酒烫酒,那里来管别事。那妇人笑容可掬,满口儿叫:“叔叔,怎地鱼和肉也不吃一块儿?”拣好的递将过来。武松是个直性的汉子,只把做亲嫂嫂相待。谁知那妇人是个使女出身,惯会小意儿[①]。武大又是个善弱的人,那里会管待人。

那妇人吃了几杯酒,一双眼只看着武松的身上,武松吃他看不过,只低了头,不恁么理会。当日吃了十数杯酒,武松便起身。武大道:“二哥,再吃几杯了去。”武松道:“只好恁地,却又来望哥哥。”都送下楼来。那妇人道:“叔叔是必搬来家里住。若是叔叔不搬来时,教我两口儿也吃别人笑话,亲兄弟难比别人。大哥,你便打点一间房,请叔叔来家里过活,休教邻居街坊道个不是。”武大道:“大嫂说的是。二哥,你便搬来,也教我争口气。”武松道:“既是哥哥、嫂嫂恁地说时,今晚有些行李,便取了来。”那妇人道:“叔叔是必记心,奴这里专望。”那妇人情意十分殷勤,正是:

叔嫂通言礼禁严,手援须识是从权[②]。

英雄只念连枝树,淫妇偏思并蒂莲。

武松别了哥嫂,离了紫石街,径投县里来,正值知县在厅上坐衙。武松上厅来禀道:“武松有个亲兄,搬在紫石街居住;武松欲就家里宿歇,早晚衙门中听候使唤。不敢擅去,请恩相钧旨。”知县道:“这是孝悌的勾当,我如何阻你?你可每日来县里伺候。”武松谢了,收拾行李铺盖。有那新制的衣服,并前者赏赐的物件,叫个土兵挑了,武松引到哥哥家里。那妇

---

① 小意儿——小殷勤。

② 手援句——典出《孟子·离娄》,依照礼制,男女不能亲手递接,但若女子掉到水里,男子才可用手援救,这是权宜变通之法。

人见了，却比半夜里拾金宝的一般欢喜，堆下笑来。武大叫个木匠，就楼上整了一间房，铺下一张床，里面放一条桌子，安两个杌子，一个火炉。武松先把行李安顿了，吩咐土兵自回去，当晚就哥嫂家里歇卧。

次日早起，那妇人慌忙起来，烧洗面汤，舀漱口水。叫武松洗漱了口面，裹了巾帻，出门去县里画卯。那妇人道："叔叔画了卯，早些个归来吃饭，休去别处吃。"武松道："便来也。"径去县里画了卯，伺候了一早晨，回到家里。那妇人洗手剔甲，齐齐整整，安排下饭食，三口儿共桌儿吃。武松吃了饭，那妇人双手捧一盏茶，递与武松吃。武松道："教嫂嫂生受，武松寝食不安。县里拨一个土兵来使唤。"那妇人连声叫道："叔叔却怎地这般见外？自家的骨肉，又不伏侍了别人。便拨一个土兵来使用，这厮上锅上灶地不干净，奴眼里也看不得这等人。"武松道："恁地时，却生受嫂嫂。"话休絮烦。自从武松搬将家里来，取些银子与武大，教买饼馓茶果，请邻舍吃茶。众邻舍斗分子来与武松人情，武大又安排了回席，都不在话下。

过了数日，武松取出一匹彩色缎子与嫂嫂做衣裳。那妇人笑嘻嘻道："叔叔，如何使得！既然叔叔把与奴家，不敢推辞，只得接了。"武松自此只在哥哥家里宿歇。武大依前上街挑卖炊饼。武松每日自去县里画卯，承应差使。不论归迟归早，那妇人顿羹顿饭，欢天喜地伏侍武松，武松倒过意不去。那妇人常把些言语来撩拨他，武松是个硬心直汉，却不见怪。

有话即长，无话即短。不觉过了一月有余，看看是十一月天气。连日朔风紧起，四下里彤云密布，又早纷纷扬扬，飞下一天大雪来。怎见得好雪，正是：

眼波飘瞥任风吹，柳絮沾泥若有私。

粉态轻狂迷世界，巫山云雨未为奇。

当日那雪，直下到一更天气，却似银铺世界，玉碾乾坤。次日，武松清早出去县里画卯，直到日中未归。武大被这妇人赶出去做买卖。央及间壁王婆，买下些酒肉之类，去武松房里簇了一盆炭火，心里自想道："我今日着实撩斗[①] 他一撩斗，不信他不动情。"那妇人独自一个，冷冷清清立在帘儿下等着，只见武松踏着那乱琼碎玉归来。那妇人揭起帘子，陪着笑脸迎接道："叔叔寒冷。"武松道："感谢嫂嫂忧念。"入得门来，便把毡笠儿

---

① 撩斗——挑逗，勾引。

除将下来。那妇人双手去接,武松道:“不劳嫂嫂生受。”自把雪来拂了,挂在壁上,解了腰里缠袋,脱了身上鹦哥绿纻丝衲袄,入房里搭了。那妇人便道:“奴等一早起,叔叔怎地不归来吃早饭?”武松道:“便是县里一个相识,请吃早饭。却才又有一个作杯,我不奈烦,一直走到家来。”那妇人道:“恁地,叔叔向火。”武松道:“好。”便脱了油靴,换了一双袜子,穿了暖鞋,掇个杌子,自近火边坐地。

那妇人把前门上了拴,后门也关了,却搬些按酒、果品、菜蔬,入武松房里来,摆在桌子上。武松问道:“哥哥那里去未归?”妇人道:“你哥哥每日自出去做买卖,我和叔叔自饮三杯。”武松道:“一发等哥哥家来吃。”妇人道:“那里等的他来!等他不得!”说犹未了,早暖了一注子酒来。武松道:“嫂嫂坐地,等武二去烫酒正当。”妇人道:“叔叔,你自便。”那妇人也掇个杌子,近火边坐了。火头边桌儿上,摆着杯盘。那妇人拿盏酒,擎在手里,看着武松道:“叔叔满饮此杯。”武松接过手来,一饮而尽。那妇人又筛一杯酒来说道:“天色寒冷,叔叔饮个成双杯儿。”武松道:“嫂嫂自便。”接来又一饮而尽。武松却筛一杯酒,递与那妇人吃。妇人接过酒来吃了,却拿注子再斟酒来,放在武松面前。

那妇人脸上堆着笑容说道:“我听得一个闲人说道:叔叔在县前东街上,养着一个唱的[①],敢端的有这话么?”武松道:“嫂嫂休听外人胡说,武二从来不是这等人。”妇人道:“我不信,只怕叔叔口头不似心头。”武松道:“嫂嫂不信时,只问哥哥。”那妇人道:“他晓的甚么!晓的这等事时,不卖炊饼了。叔叔且请一杯。”连筛了三四杯酒饮了。那妇人也有三杯酒落肚,只管把闲话来说。武松也知了八九分,自家只把头来低了。

那妇人起身去烫酒,武松自在房里拿起火箸簇火。那妇人暖了一注子酒来到房里,一只手拿着注子,一只手便去武松肩胛上只一捏,说道:“叔叔,只穿这些衣裳不冷?”武松已自有五分不快意,也不应他。那妇人见他不应,劈手便来夺火箸,口里道:“叔叔,你不会簇火,我与你拨火,只要一似火盆常热便好。”武松有八分焦躁,只不做声。

那妇人不看武松焦躁,便放了火箸,却筛一盏酒来,自呷了一口,剩下大半盏,看着武松道:“你若有心,吃我这半盏儿残酒。”

---

① 唱的——歌妓。

武松劈手夺来,泼在地下,说道:"嫂嫂休要恁地不识羞耻!"把手只一推,争些儿把那妇人推一交。武松睁起眼来道:"武二是个顶天立地、噙齿戴发[①] 男子汉,不是那等败坏风俗、没人伦的猪狗。嫂嫂休要这般不识廉耻,为此等的勾当。倘有些风吹草动,武二眼里认得是嫂嫂,拳头却不认得是嫂嫂!再来休要恁地!"那妇人通红了脸,便收拾了杯盘盏碟,口里说道:"我自作乐耍子,不值得便当真起来,好不识人敬重!"搬了家火,自向厨下去了。有诗为证:

酒作媒人色胆张,贪淫不顾坏纲常。

席间便欲求云雨,激得雷霆怒一场。

却说潘金莲勾搭武松不动,反被抢白一场。武松自在房里气忿忿地。天色却早,未牌时分,武大挑了担儿,归来推门,那妇人慌忙开门。武大进来,歇了担儿,随到厨下。见老婆双眼哭的红红的。武大道:"你和谁闹来。"那妇人道:"都是你不争气,教外人来欺负我。"武大道:"谁人敢来欺负你?"妇人道:"情知是有谁!争奈武二那厮,我见他大雪里归来,连忙安排酒请他吃;他见前后没人,便把言语来调戏我。"武大道:"我的兄弟不是这等人,从来老实;休要高做声,吃邻舍家笑话!"

武大撇了老婆,来到武松房里叫道:"二哥,你不曾吃点心,我和你吃些个。"武松只不则声。寻思了半晌,再脱了丝鞋,依旧穿上油膀靴,着了上盖,带上毡笠儿,一头系缠袋,一面出门。武大叫道:"二哥那里去?"也不应,一直地只顾去了。

武大回到厨下来问老婆道:"我叫他又不应,只顾望县前这条路走了去,正是不知怎地了。"那妇人哭道:"糊突桶[②],有甚么难见处!那厮羞了,没脸儿见你,走了出去。我猜他已定叫个人来搬行李,不要在这里宿歇。"武大道:"他搬了去,须吃别人笑话。"那妇人道:"混沌魍魉,他来调戏我,倒不吃别人笑。你要便自和他道话,我却做不的这样的人。你还了我一纸休书来,你自留他便了。"武大那里敢再开口。

正在家中两口儿絮聒,只见武松引了一个土兵,拿着条扁担,径来房里,收拾了行李,便出门去。武大赶出来叫道:"二哥,做甚么便搬了去?"

---

① 噙齿戴发——意为像个人的样子。

② 糊突桶——糊涂虫。骂人话。

武松道:“哥哥不要问,说起来,装你的幌子[①]。你只由我自去便了。”武大那里敢再问备细,由武松搬了去。那妇人在里面喃喃呐呐的骂道:“却也好!人只道一个亲兄弟做都头,怎地养活了哥嫂,却不知反来嚼咬人!正是‘花木瓜,空好看’。你搬了去,倒谢天地,且得冤家离眼前。”武大见老婆这等骂,正不知怎地,心中只是咄咄不乐,放他不下。

自从武松搬了去县衙里宿歇,武大自依然每日上街挑卖炊饼。本待要去县里寻兄弟说话,却被这婆娘千叮万嘱吩咐,教不要去兜揽他,因此武大不敢去寻武松。

捻指间,岁月如流,不觉雪晴,过了十数日。却说本县知县自到任已来,却得二年半多了,赚得好些金银,欲待要使人送上东京去,与亲眷处收贮使用,谋个升转,却怕路上被人劫了去,须得一个有本事的心腹人去便好,猛可想起武松来:“须是此人可去。有这等英雄了得!”当日便唤武松到衙内商议道:“我有一个亲戚,在东京城里住,欲要送一担礼物去,就捎封书问安则个。只恐途中不好行,须是得你这等英雄好汉,方去得。你可休辞辛苦,与我去走一遭,回来我自重重赏你。”武松应道:“小人得蒙恩相抬举,安敢推故?既蒙差遣,只得便去。小人也自来不曾到东京,就那里观看光景一遭。相公明日打点端正了便行。”知县大喜,赏了三杯,不在话下。

且说武松领下知县言语,出县门来,到得下处,取了些银两,叫了个土兵,却上街来买了一瓶酒并鱼肉果品之类,一径投紫石街来,直到武大家里。武大恰好卖炊饼了回来,见武松在门前坐地,叫土兵去厨下安排。那妇人余情不断,见武松把将酒食来,心中自想道:“莫不这厮思量我了,却又回来。那厮以定强不过我,且慢慢地相问他!”那妇人便上楼去,重匀粉面,再整云鬟,换些艳色衣服穿了,来到门前迎接武松。

那妇人拜道:“叔叔,不知怎地错见了?好几日并不上门,教奴心里没理会处。每日叫你哥哥来县里寻叔叔陪话,归来只说道:‘没寻处。’今日且喜得叔叔家来,没事坏钱做甚么?”武松答道:“武二有句话,特来要和哥哥、嫂嫂说知则个。”那妇人道:“既是如此,楼上去坐地。”

三个人来到楼上客位里,武松让哥嫂上首坐了,武松掇个杌子,横头

---

① 装幌子——露乖,出丑。也作“妆幌子”、“妆谎子”。

坐了。土兵搬将酒肉上楼来,摆在桌子上。武松劝哥哥、嫂嫂吃酒。那妇人只顾把眼来睃武松,武松只顾吃酒。酒至五巡,武松讨付劝杯,叫土兵筛了一杯酒,拿在手里,看着武大道:"大哥在上:今日武二蒙知县相公差往东京干事,明日便要起程,多是两个月,少是四五十日便回。有句话,特来和你说知:你从来为人懦弱,我不在家,恐怕被外人来欺负。假如你每日卖十扇笼炊饼,你从明日为始,只做五扇笼出去卖;每日迟出早归,不要和人吃酒。归到家要,便下了帘子,早闭上门,省了多少是非口舌。如若有人欺负你,不要和他争执,待我回来,自和他理论。大哥依我时,满饮此杯。"武大接了酒道:"我兄弟见得是,我都依你说。"吃过了一杯酒。

武松再筛第二杯酒,对那妇人说道:"嫂嫂是个精细的人,不必用武松多说。我哥哥为人质朴,全靠嫂嫂做主看觑他。常言道:'表壮不如里壮。'嫂嫂把得家定,我哥哥烦恼做甚么?岂不闻古人言:'篱牢犬不入。'"那妇人听了这话,被武松说了这一篇,一点红从耳朵边起,紫涨了面皮,指着武大便骂道:"你这个腌臜混沌!有甚么言语,在外人处说来,欺负老娘!我是一个不戴头巾男子汉,叮叮当当响的婆娘!拳头上立得人,胳膊上走得马[①],人面上行的人,不是那等搠不出的鳖老婆[②]。自从嫁了武大,真个蝼蚁也不敢入屋里来,有甚么篱笆不牢,犬儿钻得入来!你胡言乱语,一句句都要下落;丢下砖头瓦儿,一个个也要着地。"武松笑道:"若得嫂嫂这般做主最好;只要心口相应,却不要心头不似口头。既然如此,武二都记得嫂嫂说的话了,请饮过此杯。"那妇人推开酒盏,一直跑下楼来,走到半胡梯上发话道:"你既是聪明伶俐,却不道'长嫂为母'!我当初嫁武大时,曾不听得说有甚么阿叔,那里走得来!'是亲不是亲,便要做乔家公'。自是老娘晦气了,鸟撞着许多事!"哭下楼去了。有诗为证:

良言逆听即为仇,笑眼登时有泪流。
只是两行淫祸水,不因悲苦不因羞。

且说那妇人做出许多奸伪张致[③],那武大、武松弟兄两个吃了几杯。

---

① 拳头句——表示自己站得端正,清清白白。

② 搠(shuò)不出的鳖老婆——胆小而不敢出头露面的人。鳖老婆,窝囊、无能的女人。

③ 张致——扩大,夸张。

武松拜辞哥哥,武大道:“兄弟去了,早早回来,和你相见。”口里说,不觉眼中堕泪。武松见武大眼中垂泪,便说道:“哥哥便不做得买卖也罢,只在家里坐地。盘缠兄弟自送将来。”武大送武松下楼来,临出门,武松又道:“大哥,我的言语,休要忘了。”

武松带了土兵,自回县前来收拾。次日早起来,拴束了包裹,来见知县。那知县已自先差下一辆车儿,把箱笼都装载车子上,点两个精壮土兵,县衙里拨两个心腹伴当,都吩咐了。那四个跟了武松,就厅前拜辞了知县,曳扎起,提了朴刀,监押车子,一行五人,离了阳谷县,取路望东京去了。

话分两头。只说武大郎自从武松说了去,整整的吃那婆娘骂了三四日。武大忍气吞声,由他自骂,心里只依着兄弟的言语,真个每日只做一半炊饼出去卖,未晚便归。一脚歇了担儿,便去除了帘子,关上大门,却来家里坐地。那妇人看了这般,心内焦躁,指着武大脸上骂道:“混沌浊物,我倒不曾见日头在半天里,便把着丧门关了,也须吃别人道我家怎地禁鬼!听你那兄弟鸟嘴,也不怕别人笑耻。”武大道:“由他们笑道说我家禁鬼。我的兄弟说的是好话,省了多少是非。”那妇人道:“呸!浊物!你是个男子汉,自不做主,却听别人调遣。”武大摇手道:“由他。他说的话,是金子言语。”自武松去了十数日,武大每日只是晏出早归,归到家里,便关了门。那妇人也和他闹了几场。向后闹惯了,不以为事。自此这妇人约莫到武大归时,先自去收了帘子,关上大门。武大见了,自心里也喜,寻思道:“恁地时却好!”

又过了三二日,冬已将残,天色回阳微暖。当日武大将次归来,那妇人惯了,自先向门前来叉那帘子。也是合当有事,却好一个人从帘子边走过。自古道:“没巧不成话。”这妇人正手里拿叉竿不牢,失手滑将倒去,不端不正,却好打在那人头巾上。

那人立住了脚,正待要发作,回过脸来看时,是个生的妖娆的妇人,先自酥了半边,那怒气直钻过爪洼国去了,变作笑吟吟的脸儿。这妇人情知不是,叉手深深地道个万福,说道:“奴家一时失手,官人休怪。”那人一头把手整头巾,一面把腰曲着地还礼道:“不妨事。娘子请尊便。”

却被这间壁的王婆见了。那婆子正在茶局子里水帘底下看见了,笑道:“兀谁教大官人打这屋檐边过?打得正好!”那人笑道:“倒是小人不是。冲撞娘子,休怪。”那妇人答道:“官人不要见责。”那人又笑着,大大地唱个肥喏道:“小人不敢。”那一双眼,却只在这妇人身上,临动身,也回了七八遍头,自摇摇摆摆,踏着八字脚去了。这妇人自收了帘子叉竿归去,掩上大门,等武大归来。诗曰:

篱不牢时犬会钻,收帘对面好相看。
王婆莫负能勾引,须信叉竿是钓竿。

再说来人姓甚名谁?那里居住?原来只是阳谷县一个破落户财主,就县前开着个生药铺。从小也是一个奸诈的人,使得些好拳棒;近来暴发迹,专在县里管些公事,与人放刁把滥[①],说事过钱,排陷官吏。因此,满县人都饶让他些个。那人复姓西门,单讳一个庆字,排行第一,人都唤他做西门大郎。近来发迹有钱,人都称他做西门大官人。

不多时,只见那西门庆一转踅入王婆茶坊里来,便去里边水帘下坐了。王婆笑道:“大官人却才唱得好个大肥喏!”西门庆也笑道:“干娘,你且来,我问你:间壁这个雌儿[②],是谁的老小?”王婆道:“他是阎罗大王的妹子,五道将军的女儿,问他怎地?”西门庆道:“我和你说正话,休要取笑。”王婆道:“大官人怎么不认得?他老公便是每日在县前卖熟食的。”西门庆道:“莫非是卖枣糕徐三的老婆?”王婆摇手道:“不是。若是他的,正是一对儿。大官人再猜。”西门庆道:“可是银担子李二的老婆?”王婆摇头道:“不是。若是他的时,也倒是一双。”西门庆道:“倒敢是花肐膊陆小乙的妻子?”王婆大笑道:“不是。若他的时,也又是好一对儿。大官人再猜一猜。”西门庆道:“干娘,我其实猜不着。”王婆哈哈笑道:“好教大官人得知了笑一声。他的盖老,便是街上卖炊饼的武大郎。”西门庆跌脚笑道:“莫不是人叫他三寸丁谷树皮的武大郎?”王婆道:“正是他。”西门庆听了,叫起苦来说道:“好块羊肉,怎地落在狗口里!”王婆道:“便是这般苦事。自古道:‘骏马却驮痴汉走,美妻常伴拙夫眠。’月下老偏生要是这般配合!”西门庆道:“王干娘,我少你多少茶钱?”王婆道:“不多,由他歇些时却算。”西门庆又道:“你儿子跟谁出去?”王婆道:“说不得。跟一个客人淮上去,至今不归,又不知死活。”西门庆道:“却不叫他跟我?”王婆笑道:“若得

---

① 放刁把滥——讹诈刁难。
② 雌儿——对年轻女子的轻薄称呼。

大官人抬举他，十分之好。”西门庆道：“等他归来，却再计较。”再说了几句闲话，相谢起身去了。

约莫未及两个时辰，又踅将来王婆店门口帘边坐地，朝着武大门前。半歇，王婆出来道：“大官人，吃个梅汤？”西门庆道：“最好多加些酸。”王婆做了一个梅汤，双手递与西门庆。西门庆慢慢地吃了，盏托放在桌子上。西门庆道：“王干娘，你这梅汤做得好，有多少在屋里？”王婆笑道：“老身做了一世媒，那讨一个在屋里？”西门庆道：“我问你梅汤，你却说做媒，差了多少。”王婆道：“老身只听的大官人问这媒做得好，老身只道说做媒。”

西门庆道：“干娘，你既是撮合山，也与我做头媒，说头好亲事，我自重重谢你。”王婆道：“大官人，你宅上大娘子得知时，婆子这脸，怎吃得耳刮子？”西门庆道：“我家大娘子最好，极是容得人。现今也讨几个身边人在家里，只是没一个中得我意的。你有这般好的，与我主张一个，便来说不妨。就是回头人也好，只要中得我意。”王婆道：“前日有一个倒好，只怕大官人不要。”西门庆道：“若好时，你与我说成了，我自谢你。”王婆道：“生得十二分人物，只是年纪大些。”西门庆道：“便差一两岁，也不打紧。真个几岁？”王婆道：“那娘子戊寅生，属虎的，新年恰好九十三岁。”西门庆笑道：“你看这风婆子，只要扯着风脸取笑。”西门庆笑了起身去。

看看天色晚了，王婆却才点上灯来，正要关门，只见西门庆又踅将来，径去帘底下那座头上坐了，朝着武大门前只顾望。王婆道：“大官人，吃个和合汤如何？”西门庆道：“最好。干娘放甜些。”王婆点一盏和合汤，递与西门庆吃。坐个一晚，起身道：“干娘记了帐目，明日一发还钱。”王婆道：“不妨，伏惟安置，来日早请过访。”西门庆又笑了去。

当晚无事。次日清早，王婆却才开门，把眼看门外时，只见这西门庆又在门前两头来往踅。王婆见了道：“这个刷子[①] 踅得紧！你看我着些甜糖抹在这厮鼻子上，只叫他舐不着。那厮会讨县里人便宜，且教他来老娘手里纳些败缺[②]。”原来这个开茶坊的王婆，也是不依本分的。端的这婆子：

---

① 刷子——不务正业的二流子。

② 败缺——苦头，亏欠。

开言欺陆贾[①]，出口胜隋何[②]。只鸾孤凤，霎时间交仗成双；寡妇鳏男，一席话搬唆捉对。略施妙计，使阿罗汉抱住比丘尼；稍用机关，教李天王搂定鬼子母。甜言说诱，男如封涉也生心；软语调和，女似麻姑能动念。教唆得织女害相思，调弄得嫦娥寻配偶。

且说王婆却才开得门，正在茶局子里生炭，整理茶锅。张见西门庆从早晨在门前踅了几遭，一径奔入茶房里来，水帘底下，望着武大门前帘子里坐了看。王婆只做不看见，只顾在茶局里煽风炉子，不出来问茶。西门庆叫道："干娘，点两盏茶来。"王婆应道："大官人来了。连日少见，且请坐。"便浓浓的点两盏姜茶，将来放在桌子上。西门庆道："干娘相陪我吃个茶。"王婆哈哈笑道："我又不是影射[③]的。"西门庆也笑了一回，问道："干娘，间壁卖甚么？"王婆道："他家卖拖蒸河漏子热烫温和大辣酥。"西门庆笑道："你看这婆子只是风。"王婆笑道："我不风，他家自有亲老公。"西门庆道："干娘，和你说正经话：说他家如法做得好炊饼，我要问他做三五十个，不知出去在家？"王婆道："若要买炊饼，少间等他街上回了买，何消得上门上户？"西门庆道："干娘说的是。"吃了茶，坐了一回，起身道："干娘记了帐目。"王婆道："不妨事。老娘牢牢写在帐上。"西门庆笑了去。

王婆只在茶局子里张时，冷眼睃见西门庆又在门前踅过东去，又看一看；走过西来，又睃一睃；走了七八遍，径踅入茶坊里来。王婆道："大官人稀行，好几时不见面。"西门庆笑将起来，去身边摸出一两来银子，递与王婆，说道："干娘权收了做茶钱。"婆子笑道："何消得许多？"西门庆道："只顾放着。"婆子暗暗地喜欢道："来了，这刷子当败。"且把银子来藏了，便道："老身看大官人有些渴，吃个宽煎叶儿茶如何？"西门庆道："干娘如何便猜得着？"婆子道："有甚么难猜。自古道：'入门休问荣枯事，观着容颜便得知。'老身异样跷蹊作怪的事，都猜得着。"西门庆道："我有一件心上的事，干娘若猜的着时，输与你五两银子。"

王婆笑道："老娘也不消三智五猜，只一智便猜个十分。大官人，你把耳朵来。你这两日脚步紧，赶趁得频，以定是记挂着隔壁那个人。我这猜

---

① 陆贾——汉初政论家，足智善辩。

② 隋何——汉高祖刘邦谋臣，善口辩。

③ 影射——以假充真。原意为假冒他人字号、招牌。

如何?”西门庆笑起来道:“干娘,你端的智赛隋何,机强陆贾!不瞒干娘说:我不知怎地吃他那日叉帘子时,见了这一面,却似收了我三魂七魄的一般,只是没做个道理入脚处。不知你会弄手段么?”王婆哈哈的笑起来道:“老身不瞒大官人说:我家卖茶,叫做鬼打更①。三年前六月初三下雪的那一日,卖了一个泡茶,直到如今不发市,专一靠些杂趁② 养口。”

西门庆问道:“怎地叫做杂趁?”王婆笑道:“老身为头是做媒,又会做牙婆③,也会抱腰④,也会收小的,也会说风情⑤,也会做马泊六⑥。”西门庆道:“干娘端的与我说得这件事成,便送十两银子与你做棺材本。”王婆道:“大官人,你听我说,但凡‘挨光’⑦ 的两个字最难,要五件事俱全,方才行得。第一件,潘安⑧ 的貌;第二件,驴儿大的行货;第三件,要似邓通⑨ 有钱;第四件,小,就要绵里针⑩ 忍耐;第五件,要闲功夫。此五件,唤作‘潘、驴、邓、小、闲’。五件俱全,此事便获着。”

西门庆道:“实不瞒你说,这五件事,我都有些。第一,我的面儿虽比不得潘安,也充得过;第二,我小时也曾养得好大龟;第三,我家里也颇有贯伯钱财⑪,虽不及邓通,也颇得过;第四,我最耐得,他便打我四百顿,休想我回他一下;第五,我最有闲功夫,不然,如何来的恁频?干娘,你只作成我。完备了时,我自重重的谢你。”

王婆道:“大官人,虽然你说五件事都全,我知道还有一件事打搅,也多是劄地⑫ 不得。”西门庆说:“你且道甚么一件事打搅?”王婆道:“大官

---

① 鬼打更——没指望。
② 杂趁——多种非正经职业,做零活。
③ 牙婆——买卖人口时从中牵线的妇女。
④ 抱腰——接生。下文“收小的”同意。
⑤ 说风情——讲男女相悦弄情的话。
⑥ 马泊六——诱引男女搞不正当关系的人,也作“马百六”。
⑦ 挨光——调情,勾引女子。
⑧ 潘安——即潘岳,西晋著名诗人。相貌俊秀出众,世称美男子。
⑨ 邓通——汉文帝时深受宠幸,许其铸钱,邓氏钱遍天下。
⑩ 绵里针——喻要小心。
⑪ 贯伯钱财——千百文钱。这是客气话。一千文钱为一贯,伯通“百”。
⑫ 劄(zhá)地——圆满、落实。

人,休怪老身直言:但凡挨光最难,十分光时,使钱到九分九厘,也有难成就处。我知你从来悭吝,不肯胡乱便使钱。只这一件打搅。"西门庆道:"这个极容易医治,我只听你的言语便了。"

王婆道:"若是大官人肯使钱时,老身有一条计,便教大官人和这雌儿会一面。只不知官人肯依我么?"西门庆道:"不拣怎地,我都依你。干娘有甚妙计?"王婆笑道:"今日晚了,且回去。过半年三个月,却来商量。"西门庆便跪下道:"干娘休要撒科[①],你作成我则个!"

王婆笑道:"大官人却又慌了。老身那条计,是个上着;虽然入不得武成王庙,端的强似孙武子教女兵,十捉九着。大官人,我今日对你说:这个人原是清河县大户人家讨来的养女,却做得一手好针线。大官人,你便买一匹白绫,一匹蓝绸,一匹白绢,再用十两好绵,都把来与老身。我却走将过去,问他讨茶吃,却与这雌儿说道:'有个施主官人,与我一套送终衣料,特来借历头[②],央及娘子与老身拣个好日,去请个裁缝来做。'他若见我这般说,不睬我时,此事便休了。他若说:'我替你做。'不要我叫裁缝时,这便有一分光了;我便请他家来做。他若说:'将来我家里做。'不肯过来,此事便休了。他若欢天喜地说:'我来做,就替你裁。'这光便有二分了;若是肯来我这里做时,却要安排些酒食点心请他。第一日,你也不要来。第二日,他若说不便,当时定要将家去做,此事便休了。他若依前肯过我家做时,这光便有三分了;这一日,你也不要来。到第三日晌午前后,你整整齐齐打扮了来,咳嗽为号。你便在门前说道:'怎地连日不见王干娘?'我便出来,请你入房里来。若是他见你入来,便起身跑了归去,难道我拖住他?此事便休了。他若见你入来,不动身时,这光便有四分了;坐下时,便对雌儿说道:'这个便是与我衣料的施主官人。亏煞[③]他!'我夸大官人许多好处,你便卖弄[④]他的针线。若是他不来兜揽应答,此事便休了。他若口里应答说话时,这光便有五分了;我却说道:'难得这个娘子与我作成出

① 撒科——打趣,开玩笑。

② 历头——历书。

③ 亏煞——多亏,幸亏。

④ 卖弄——夸奖,称赞。

手[1]做。亏煞你两个施主:一个出钱的,一个出力的。不是老身路歧相央,难得这个娘子在这里,官人好做个主人,替老身与娘子浇手[2]。'你便取出银子来央我买。若是他抽身便走时,不成[3]扯住他?此事便休了。他若是不动身时,事务易成,这光便有六分了;我却拿了银子,临出门对他道:'有劳娘子相待大官人坐一坐。'他若也起身走了家去时,我也难道阻当他?此事便休了。若是他不起身走动时,此事又好了,这光便有七分了;等我买得东西来,摆在桌子上,我便说:'娘子且收拾生活[4],吃一杯儿酒,难得这位官人坏钞。'他若不肯和你同桌吃时,走了回去,此事便休了。若是他只口里说要去,却不动身时,此事又好了,这光便有八分了;待他吃的酒浓时,正说得入港,我便推道没了酒,再叫你买,你便又央我去买。我只做去买酒,把门曳上,关你和他两个在里面。他若焦躁,跑了归去,此事便休了。他若由我曳上门,不焦躁时,这光便有九分了;只欠一分光了便完就。这一分倒难。大官人,你在房里,着几句甜净的话儿,说将入去。你却不可躁暴,便去动手动脚,打搅了事,那时我不管你。先假做把袖子在桌上拂落一双箸去,你只做去地下拾箸,将手去他脚上捏一捏,他若闹将起来,我自来搭救,此事也便休了,再也难得成。若是他不做声时,此是十分光了。他必然有意,这十分事做得成。这条计策如何?"

西门庆听罢,大喜道:"虽然上不得凌烟阁[5],端的好计!"王婆道:"不要忘了许我的十两银子!"西门庆道:"但得一片橘皮吃,莫便忘了洞庭湖!'这条计几时可行?"王婆道:"只在今晚,便有回报。我如今趁武大未归,走过去细细地说诱他。你却便使人将绫绸绢匹并绵子来。"西门庆道:"得干娘完成得这件事,如何敢失信?"作别了王婆,便去市上绸绢铺里买了绫绸绢缎,并十两清水好绵。家里叫个伴当,取包袱包了,带了五两碎银,径送入茶坊里。王婆接了这物,吩咐伴当回去。诗曰:

岂是风流胜可争?迷魂阵里出奇兵。

---

① 出手——出力。

② 浇手——以酒物酬谢为自己办事的人。

③ 不成——难道。

④ 生活——活计。

⑤ 凌烟阁——古代君王为表彰功臣而修建的高阁,绘有功臣图像。

安排十面挨光计，只取亡身入陷坑。

这王婆开了后门，走过武大家里来。那妇人接着请去楼上坐地。那王婆道："娘子怎地不过贫家吃茶？"那妇人道："便是这几日身体不快，懒走去的。"王婆道："娘子家里有历日么？借与老身看一看，要选个裁衣日。"那妇人道："干娘裁甚么衣裳？"王婆道："便是老身十病九痛，怕有些山高水低，头先要制办些送终衣服。难得近处一个财主，见老身这般说，布施与我一套衣料，绫绸绢缎，又与若干好绵，放在家里一年有余，不能够做。今年觉得身体好生不济，又撞着如今闰月，趁这两日要做；又被那裁缝勒掯，只推生活忙，不肯来做。老身说不得这等苦！"那妇人听了笑道："只怕奴家做得不中干娘意；若不嫌时，奴出手与干娘做如何？"那婆子听了这话，堆下笑来说道："若得娘子贵手做时，老身便死来也得好处去。久闻娘子好手针线，只是不敢来相央。"那妇人道："这个何妨。既是许了干娘，务要与干娘做了。将历头去叫人拣个黄道好日，奴便与你动手。"王婆道："若得娘子肯与老身做时，娘子是一点福星，何用选日？老身也前日央人看来，说道明日是个黄道好日。老身只道裁衣不用黄道日了，不记他。"那妇人道："归寿衣正要黄道日好，何用别选日？"王婆道："既是娘子肯作成老身时，大胆只是明日起动[①] 娘子到寒家则个。"那妇人道："干娘，不必。将过来做不得？"王婆道："便是老身也要看娘子做生活则个，又怕家里没人看门前。"那妇人道："既是干娘恁地说时，我明日饭后便来。"

那婆子千恩万谢下楼去了。当晚回复了西门庆的话，约定后日准来。当夜无语。次日清早，王婆收拾房里干净了，买了些线索，安排了些茶水，在家里等候。

且说武大吃了早饭，打当了担儿，自出去做道路。那妇人把帘儿挂了，从后门走过王婆家里来。那婆子欢喜无限，接入房里坐下，便浓浓地点道茶，撒上些出白松子、胡桃肉，递与这妇人吃了。抹得桌子干净，便将出那绫绸绢缎来。妇人将尺量了长短，裁得完备，便缝起来。婆子看了，口里不住声价喝采道："好手段！老身也活了六七十岁，眼里真个不曾见这般好针线。"那妇人缝到日中，王婆便安排些酒食请他，下了一斤面，与那妇人吃了。再缝了一歇，将次晚来，便收拾起生活，自归去。

---

① 起动——劳驾，烦劳。

恰好武大归来，挑着空担儿进门，那妇人曳开门，下了帘子。武大入屋里来，看见老婆面色微红，便问道："你那里吃酒来？"那妇人应道："便是间壁王干娘，央我做送终的衣裳，日中安排些点心请我。"武大道："啊呀！不要吃他的，我们也有央及他处。他便央你做得件把衣裳，你便自归来吃些点心，不值得搅恼他。你明日倘或再去做时，带了些钱在身边，也买些酒食与他回礼。常言道：'远亲不如近邻。'休要失了人情。他若是不肯要你还礼时，你便只是拿了家来，做去还他。"那妇人听了，当晚无话。有诗为证：

可奈虔婆设计深，大郎混沌不知因。
带钱买酒酬奸诈，却把婆娘白送人。

且说王婆子设计已定，赚潘金莲来家。次日饭后，武大自出去了，王婆便踅过来相请。去到他房里，取出生活，一面缝将起来。王婆自一边点茶来吃了。不在话下。看看日中，那妇人取出一贯钱付与王婆说道："干娘，奴和你买杯酒吃。"王婆道："阿呀！那里有这个道理？老身央及娘子在这里做生活，如何颠倒教娘子坏钱？"那妇人道："却是拙夫吩咐奴来。若还干娘见外时，只是将了家去做还干娘。"那婆子听了，连声道："大郎直恁地晓事。既然娘子这般说时，老身权且收下。"这婆子生怕打脱了这事，自又添钱去买些好酒好食、希奇果子来，殷勤相待。

看官听说：但凡世上妇人，由[①] 你十八分精细，被人小意儿过纵，十个九个着了道儿[②]。再说王婆安排了点心，请那妇人吃了酒食，再缝了一歇，看看晚来，千恩万谢归去了。

话休絮烦。第三日早饭后，王婆只张[③] 武大出去了，便走过后头来叫道："娘子，老身大胆……"那妇人从楼上下来道："奴却待来也。"两个厮见了，来到王婆房里坐下，取过生活来缝。那婆子随即点盏茶来，两个吃了。那妇人看看缝到晌午前后。

却说西门庆巴不到[④] 这一日，裹了顶新头巾，穿了一套整整齐齐衣

---

① 由——任凭。
② 着道儿——上当，中圈套。
③ 张——看，望。
④ 巴不到——即"巴到"。巴，盼望，等待。

服,带了三五两碎银子,径投这紫石街来。到得茶坊门首,便咳嗽道:"王干娘,连日如何不见?"那婆子瞧科,便应道:"兀谁叫老娘?"西门庆道:"是我。"那婆子赶出来,看了笑道:"我只道是谁,却原来是施主大官人。你来得正好,且请你人去看一看。"把西门庆袖子一拖,拖进房里,看着那妇人道:"这个便是那施主,与老身这衣料的官人。"西门庆见了那妇人,便唱个喏。那妇人慌忙放下生活,还了万福。

王婆却指着这妇人对西门庆道:"难得官人与老身缎匹,放了一年,不曾做得。如今又亏杀这位娘子出手与老身做成全了。真个是布机也似好针线,又密又好,其实难得!大官人,你且看一看。"西门庆把起来看了喝采,口里说道:"这位娘子怎地传得这手好生活,神仙一般的手段!"那妇人笑道:"官人休笑话!"西门庆问王婆道:"干娘,不敢问,这位是谁家宅上娘子?"王婆道:"大官人,你猜。"西门庆道:"小人如何猜得着?"王婆吟吟的笑道:"便是间壁的武大郎的娘子。前日叉竿打得不疼,大官人便忘了?"那妇人赤着脸便道:"那日奴家偶然失手,官人休要记怀。"西门庆道:"说那里话。"王婆便接口道:"这位大官人,一生和气,从来不会记恨,极是好人。"西门庆道:"前日小人不认得,原来却是武大郎的娘子。小人只认的大郎一个养家经纪人,且是在街上做些买卖,大大小小,不曾恶了一个人,又会赚钱,又且好性格,真个难得这等人。"王婆道:"可知哩。娘子自从嫁得这个大郎,但是有事,百依百随。"那妇人应道:"拙夫是无用之人,官人休要笑话。"西门庆道:"娘子差矣。古人道:'柔软是立身之本,刚强是惹祸之胎。'似娘子的大郎所为良善时,'万丈水无涓滴漏'。"王婆打着搟鼓儿[①] 道:"说的是。"

西门庆奖了一回,便坐在妇人对面。王婆又道:"娘子,你认得这个官人么?"那妇人道:"奴不认得。"婆子道:"这个大官人,是这本县一个财主,知县相公也和他来往,叫做西门大官人。万万贯钱财,开着个生药铺在县前。家里钱过北斗,米烂陈仓;赤的是金,白的是银,圆的是珠,光的是宝。也有犀牛头上角,亦有大象口中牙。"那婆子只顾夸奖西门庆,口里假嘈[②]。那妇人就低了头缝针线。

---

① 打着搟鼓儿——从旁搟掇,即敲边鼓。

② 假嘈——胡乱应付。

西门庆得见潘金莲十分情思，恨不就做一处[①]。王婆便去点两盏茶来，递一盏与西门庆，一盏递与这妇人，说道："娘子相待大官人则个。"吃罢茶，便觉有些眉目送情。王婆看着西门庆，把一只手在脸上摸，西门庆心里瞧科，已知有五分了。

王婆便道："大官人不来时，老身也不敢来宅上相请。一者缘法，二乃来得恰好。常言道：'一客不烦二主。'大官人便是出钱的，这位娘子便是出力的。不是老身路歧相烦，难得这位娘子在这里，官人好做个主人，替老身与娘子浇手。"西门庆道："小人也见不到，这里有银子在此。"便取出来，和帕子递与王婆，备办些酒食。

那妇人便道："不消生受得。"口里说，却不动身。王婆将了银子便去，那妇人又不起身。婆子便出门，又道："有劳娘子相陪大官人坐一坐。"那妇人道："干娘，免了。"却亦是不动身。也是因缘，却都有意了。西门庆这厮一双眼只看着那妇人；这婆娘一双眼也把来偷睃西门庆，见了这表人物，心中倒有五七分意了，又低着头自做生活。

不多时，王婆买了些现成的肥鹅、熟肉、细巧果子归来，尽把盘子盛了；果子菜蔬，尽都装了，搬来房里桌子上，看着那妇人道："娘子且收拾过生活，吃一杯儿酒。"那妇人道："干娘自便，相待大官人，奴却不当。"依旧原不动身。那婆子道："正是专与娘子浇手，如何却说这话？"

王婆将盘馔都摆在桌子上，三人坐定，把酒来斟。这西门庆拿起酒盏来说道："娘子，满饮此杯。"那妇人谢道："多感官人厚意。"王婆道："老身知得娘子洪饮，且请开怀吃两盏儿。"有诗为证：

从来男女不同筵，卖俏迎奸最可怜。
不记都头昔日语，犬儿今已到篱边。

又诗曰：

须知酒色本相连，饮食能成男女缘。
不必都头多嘱咐，开篱日待犬来眠。

却说那妇人接酒在手，那西门庆拿起箸来道："干娘，替我劝娘子请些个。"那婆子拣好的递将过来，与那妇人吃。一连斟了三巡酒，那婆子便去烫酒来。

---

① 做一处——在一起，在一处。

西门庆道："不敢动问[①]娘子青春多少？"那妇人应道："奴家虚度二十三岁。"西门庆道："小人痴长五岁。"那妇人道："官人将天比地。"王婆便插口道："好个精细的娘子，不惟做得好针线，诸子百家皆通。"西门庆道："却是那里去讨？武大郎好生有福！"王婆便道："不是老身说是非，大官人宅里枉有许多，那里讨一个赶得上这娘子的！"西门庆道："便是这等一言难尽！只是小人命薄，不曾招得一个好的。"王婆道："大官人先头娘子须好。"西门庆道："休说！若是我先妻在时，却不怎地家无主，屋倒竖。如今枉自有三五七口人吃饭，都不管事。"那妇人问道："官人恁地里，殁了大娘子得几年了？"西门庆道："说不得。小人先妻，是微末出身，却倒百伶百俐，是件件都替的小人；如今不幸他殁了，已得三年，家里的事，都七颠八倒。为何小人只是走了出来？在家里时，便要怄气！"那婆子道："大官人，休怪老身直言：你先头娘子，也没有武大娘子这手针线。"西门庆道："便是小人先妻，也没此娘子这表人物。"

那婆子笑道："官人，你养的外宅[②]在东街上，如何不请老身去吃茶？"西门庆道："便是唱慢曲儿的张惜惜。我见他是路岐[③]人，不喜欢。"婆子又道："官人，你和李娇娇却长久。"西门庆道："这个人，现今取在家里。若得他会当家时，自册正了他多时。"王婆道："若有这般中的官人意的来宅上说，没妨事么？"西门庆道："我的爹娘俱已没了，我自主张，谁敢道个'不'字！"王婆道："我自说要，急切那里有中得官人意的？"西门庆道："做甚么了便没！只恨我夫妻缘分上薄，自不撞着。"

西门庆和这婆子，一递一句，说了一回。王婆便道："正好吃酒，却又没了。官人休怪老身差拨，再买一瓶儿酒来吃如何？"西门庆道："我手帕里有五两来碎银子，一发撒在你处，要吃时只顾取来，多的干娘便就收了。"那婆子谢了官人，起身睃这粉头[④]时，一钟酒落肚，哄动春心，又自两个言来语去，都有意了，只低了头，却不起身。

那婆子满脸堆下笑来说道："老身去取瓶儿酒来，与娘子再吃一杯儿。

---

① 动问——请问。

② 外宅——指与男子并无妻亲关系而同居的妇女。

③ 路岐——旧时对民间艺人的俗称。

④ 粉头——油头粉面的女人，也称妓女。

有劳娘子相待大官人坐一坐。注子里有酒没?便再筛两盏儿,和大官人吃。老身直去县前那家,有好酒买一瓶来,有好歇儿耽搁。"那妇人口里说道:"不用了。"坐着却不动身。婆子出到房门前,便把索儿缚了房门,却来当路坐了。

且说西门庆自在房里,便斟酒来劝那妇人,却把袖子在桌上一拂,把那双箸拂落地下。也是缘法凑巧,那双箸正落在妇人脚边。西门庆连忙蹲身下去拾,只见那妇人尖尖的一双小脚儿,正跻在箸边。

西门庆且不拾箸,便去那妇人绣花鞋儿上捏一把。那妇人便笑将起来,说道:"官人休要罗唣!你真个要勾搭我?"西门庆便跪下道:"只是娘子作成小生。"那妇人便把西门庆搂将起来。当时两个就王婆房里脱衣解带,共枕同欢。

正似:

交颈鸳鸯戏水,并头鸾凤穿花。喜孜孜连理枝生,美甘甘同心带结。将朱唇紧贴,把粉面斜偎。罗袜高挑,肩膊上露一弯新月;金钗倒溜,枕头边堆一朵乌云。誓海盟山,抟弄得千般旖旎;羞云怯雨,揉搓的万种妖娆。恰恰莺声,不离耳畔。津津甜唾,笑吐舌尖。杨柳腰脉脉春浓,樱桃口呀呀气喘。星眼朦胧,细细汗流香玉颗;酥胸荡漾,涓涓露滴牡丹心。直饶匹配眷姻偕,真实偷期滋味美。

当下二人云雨才罢,正欲各整衣襟,只见王婆推开房门入来,怒道:"你两个做得好事!"西门庆和那妇人都吃了一惊。那婆子便道:"好呀,好呀!我请你来做衣裳,不曾叫你来偷汉子!武大得知,须连累我,不若我先去出首。"回身便走。那妇人扯住裙儿道:"干娘饶恕则个!"西门庆道:"干娘低声!"王婆笑道:"若要我饶恕你们,都要依我一件事。"那妇人便道:"休说一件,便是十件,奴也依干娘。"王婆道:"你从今日为始,瞒着武大,每日不要失约负了大官人,我便罢休;若是一日不来,我便对你武大说。"那妇人道:"只依着干娘便了。"王婆又道:"西门大官人,你自不用老身说得。这十分好事,已都完了。所许之物,不可失信。你若负心,我也要对武大说。"西门庆道:"干娘放心,并不失信。"三人又吃杯酒,已是下午的时分,那妇人便起身道:"武大那厮将归来,奴自回去。"便踅过后门归家,先去下了帘子,武大恰好进门。

且说王婆看着西门庆道:"好手段么?"西门庆道:"端的亏了干娘!我

到家里，便取一锭银送来与你，所许之物，岂敢昧心。”王婆道：“‘眼望旌节至，专等好消息。’不要叫老身‘棺材出了讨挽歌郎钱’[①]。”西门庆笑了去，不在话下。

那妇人自当日为始，每日踅过王婆家里来，和西门庆做一处，恩情似漆，心意如胶。自古道：“好事不出门，恶事传千里。”不到半月之间，街坊邻舍，都知得了，只瞒着武大一个不知。有诗为证：

半晌风流有何益，一般滋味不须夸。

他时祸起萧墙内，悔杀今朝恋野花。

断章句，话分两头。且说本县有个小的，年方十五六岁，本身姓乔。因为做军在郓州生养的，就取名叫做郓哥。家中止有一个老爹。那小厮生得乖觉，自来只靠县前这许多酒店里卖些时新果品，时常得西门庆赍发他些盘缠。其日，正寻得一篮儿雪梨，提着来绕街寻问西门庆。又有一等的多口人说道：“郓哥，你若要寻他，我教你一处去寻。”郓哥道：“聒噪阿叔，叫我去寻得他见，赚得三五十钱养活老爹也好。”那多口的道：“西门庆他如今刮上了卖炊饼的武大老婆，每日只在紫石街上王婆茶房里坐地，这早晚多定正在那里。你小孩子家，只顾撞入去不妨。”

那郓哥得了这话，谢了阿叔指教。这小猴子提了篮儿，一直望紫石街走来，径奔入茶坊里去，却好正见王婆坐在小凳儿上绩绪。郓哥把篮儿放下，看着王婆道：“干娘拜揖。”那婆子问道：“郓哥，你来这里做甚么？”郓哥道：“要寻大官人，赚三五十钱，养活老爹。”婆子道：“甚么大官人？”郓哥道：“干娘情知是那个，便只是他那个。”婆子道：“便是大官人，也有个姓名。”郓哥道：“便是两个字的。”婆子道：“甚么两个字的？”郓哥道：“干娘只是要作耍。我要和西门大官人说句话。”望里面便走。那婆子一把揪住道：“小猴子，那里去？人家屋里，各有内外。”郓哥道：“我去房里便寻出来。”王婆道：“含鸟猢狲，我屋里那得甚么西门大官人！”郓哥道：“干娘，不要独自吃呵！也把些汁水与我呷一呷！我有甚么不理会得！”婆子便骂道：“你那小猢狲，理会得甚么！”郓哥道：“你正是‘马蹄刀木杓里切菜，水泄不漏，[②] 半点儿也没得落地’。直要我说出来，只怕卖炊饼的哥哥发

---

① 棺材句——比喻事后再补办，为时已晚。

② 马蹄刀句——一人独占，不给别人一点好处。

作。”

那婆子吃他这两句道着他真病，心中大怒，喝道：“含鸟猢狲，也来老娘屋里放屁辣臊！”郓哥道：“我是小猢狲，你是马泊六！”那婆子揪住郓哥，凿上两个栗暴[①]。郓哥叫道：“做甚么便打我！”婆子骂道：“贼猢狲，高则声，大耳刮子打出你去！”郓哥道：“老咬虫，没事得便打我！”

这婆子一头叉，一头大栗暴凿，直打出街上去，雪梨篮儿也丢出去。那篮雪梨四分五落，滚了开去。这小猴子打那虔婆不过，一头骂，一头哭，一头走，一头街上拾梨儿，指着那王婆茶坊里骂道：“老咬虫，我教你不要慌！我不去说与他！不做出来[②] 不信！”提了篮儿，径奔去寻这个人。正是：从前作过事，没兴一齐来。直教掀翻狐兔窝中草，惊起鸳鸯沙上眠。毕竟这郓哥寻甚么人，且听下回分解。

第二十五回

王婆计啜西门庆　淫妇药鸩武大郎

话说当下郓哥被王婆打了这几下，心中没出气处，提了雪梨篮儿，一径奔来街上，直来寻武大郎。转了两条街，只见武大挑着炊饼担儿，正从那条街上来。郓哥见了，立住了脚，看着武大道：“这几时不见你，怎么吃得肥了？”武大歇下担儿道：“我只是这般模样，有甚么吃得肥处？”郓哥道：“我前日要籴些麦稃，一地里没籴处，人都道你屋里有。”武大道：“我屋里又不养鹅鸭，那里有这麦稃？”郓哥道：“你说没麦稃，怎地栈得肥䏲䏲地，便颠倒提起你来，也不妨，煮你在锅里也没气。”武大道：“含鸟猢狲，倒骂得我好！我的老婆又不偷汉子，我如何是鸭[③]。”郓哥道：“你老婆不偷汉子，只偷子汉。”武大扯住郓哥道：“还我主来！”郓哥道：“我笑你只会扯我，却不咬下他左边的来。”武大道：“好兄弟，你对我说是兀谁，我把十个炊饼

---

① 栗暴——用拳头或指头的关节处击人的头颅，被击处暴起为栗。

② 做出来——出了事。

③ 鸭——对其妻有外遇者的称呼，类今日所谓“乌龟”、“王八”。

送你。”郓哥道:“炊饼不济事。你只做个小主人,请我吃三杯,我便说与你。”武大道:“你会吃酒?跟我来。”

武大挑了担儿,引着郓哥,到一个小酒店里,歇了担儿,拿了几个炊饼,买了些肉,讨了一旋酒,请郓哥吃。那小厮又道:“酒便不要添了,肉再切几块来。”武大道:“好兄弟,你且说与我则个。”郓哥道:“且不要慌,等我一发吃了,却说与你。你却不要气苦,我自帮你打捉。”武大看那猴子吃了酒肉,道:“你如今却说与我。”郓哥道:“你要得知,把手来摸我头上肐膝。”武大道:“却怎地来有这肐膝?”郓哥道:“我对你说:我今日将这一篮雪梨,去寻西门大郎挂一小勾子[①],一地里没寻处。街上有人说道:‘他在王婆茶房里,和武大娘子勾搭上了,每日只在那里行走。’我指望去赚三五十钱使,叵耐那王婆老猪狗,不放我去房里寻他,大栗暴打我出来。我特地来寻你。我方才把两句话来激你,我不激你时,你须不来问我。”武大道:“真个有这等事?”郓哥道:“又来了!我道你是这般的鸟人,那厮两个落得快活,只等你出来,便在王婆房里做一处。你兀自问道真个也是假。”武大听罢道:“兄弟,我实不瞒你说:那婆娘每日去王婆家里做衣裳,归来时便脸红,我自也有些疑忌。这话正是了!我如今寄了担儿,便去捉奸,如何?”郓哥道:“你老大一个人,原来没些见识。那王婆老狗,恁么利害怕人,你如何出得他手?他须三人也有个暗号,见你入来拿他,把你老婆藏过了。那西门庆须了得,打你这般二十来个。若捉他不着,干吃他一顿拳头。他又有钱有势,反告了一纸状子,你便用吃他一场官司,又没人做主,干结果了你。”武大道:“兄弟,你都说得是。却怎地出得这口气?”郓哥道:“我吃那老猪狗打了,也没出气处。我教你一着:你今日晚些归去,都不要发作,也不可露一些嘴脸,只做每日一般。明朝便少做些炊饼出来卖,我自在巷口等你。若是见西门庆入去时,我便来叫你。你便挑着担儿,只在左近等我,我便先去惹那老狗。必然来打我,我先将篮儿丢出街来,你却抢来。我便一头顶住那婆子,你便只顾奔入房里去,叫起屈来。此计如何?”武大道:“既是如此,却是亏了兄弟。我有数贯钱,与你把去籴米,明日早早来紫石街巷口等我。”郓哥得了数贯钱,几个炊饼,自去了。武大还了酒钱,挑了担儿,去卖了一遭归去。

---

① 挂一小勾子——敲一小笔竹杠。

原来这妇人往常时只是骂武大，百般的欺负他，近日来也自知无礼，只得窝伴[①]他些个。诗曰：

泼性淫心讵[②]肯回，聊将假意强相陪。
只因隔壁偷好汉，遂使身中怀鬼胎。

当晚武大挑了担儿归家，也只和每日一般，并不说起。那妇人道："大哥，买盏酒吃？"武大道："却才和一般经纪人买三碗吃了。"那妇人安排晚饭与武大吃了，当夜无话。

次日饭后，武大只做三两扇炊饼，安在担儿上。这妇人一心只想着西门庆，那里来理会武大做多做少。当日武大挑了担儿，自出去做买卖。这妇人巴不能够他出去了，便踅过王婆房里来等西门庆。

且说武大挑着担儿，出到紫石街巷口，迎见郓哥提着篮儿在那里张望。武大道："如何？"郓哥道："早些个。你且去卖一遭了来。他七八分来了，你只在左近处伺候。"武大飞云也似去卖了一遭回来，郓哥道："你只看我篮儿撇出来，你便奔入去。"武大自把担儿寄下，不在话下。

却说郓哥提着篮儿，走入茶坊里来，骂道："老猪狗，你昨日做甚么便打我！"那婆子旧性不改，便跳起身来喝道："你这小猢狲，老娘与你无干，你做甚么又来骂我！"郓哥道："便骂你这马泊六，做牵头的老狗，直甚么屁！"那婆子大怒，揪住郓哥便打。郓哥叫一声："你打我！"把篮儿丢出当街上来。那婆子却待揪他，被这小猴子叫声"你打"时，就把王婆腰里带个住，看着婆子小肚上，只一头撞将去，争些儿跌倒，却得壁子碍住不倒。那猴子死顶住在壁上，只见武大裸起衣裳，大踏步直抢入茶坊里来。

那婆子见了是武大来，急待要拦，当时却被这小猴子死命顶住，那里肯放，婆子只叫得："武大来也！"那婆娘正在房里做手脚不迭，先奔来顶住了门，这西门庆便钻入床底下躲去。武大抢到房门边，用手推那房门时，那里推得开，口里只叫得："做得好事！"那妇人顶住着门，慌做一团，口里便说道："闲常时，只如鸟嘴卖弄杀好拳棒。急上场时，便没些用，见个纸虎，也吓一交。"那妇人这几句话，分明教西门庆来打武大，夺路了走。

西门庆在床底下听了妇人这几句言语，提醒他这个念头，便钻出来说

---

① 窝伴——陪伴，抚慰。

② 讵——哪里。

道:“娘子,不是我没本事,一时间没这智量。”便来拔开门,叫声:“不要打!”武大却待要揪他,被西门庆早飞起右脚。武大矮短,正踢中心窝里,扑地望后便倒了。西门庆见踢倒了武大,打闹里一直走了。郓哥见不是话头,撇了王婆撒开,街坊邻舍,都知道西门庆了得,谁敢来多管?

王婆当时就地下扶起武大来,见他口里吐血,面皮蜡查也似黄了,便叫那妇人出来,舀碗水来,救得苏醒,两个上下肩搀着,便从后门扶归楼上去,安排他床上睡了,正是:

三寸丁儿没干才,西门驴货甚雄哉!

亲夫却教奸夫害,淫毒皆成一套来。

当夜无话。次日西门庆打听得没事,依前自来和这妇人做一处,只指望武大自死。

武大一病五日,不能够起。更兼要汤不见,要水不见,每日叫那妇人不应,又见他浓妆艳抹了出去,归来时便面颜红色。武大几遍气得发昏,又没人来睬着。武大叫老婆来吩咐道:“你做的勾当,我亲手来捉着你奸;你倒挑拨奸夫,踢了我心,至今求生不生,求死不死,你们却自去快活!我死自不妨,和你们争不得了!我的兄弟武二,你须得知他性格。倘或早晚归来,他肯干休?你若肯可怜我,早早伏侍我好了,他归来时,我都不提。你若不看觑我时,待他归来,却和你们说话。”

这妇人听了这话,也不回言,却踅过来,一五一十,都对王婆和西门庆说了。那西门庆听了这话,却似提在冰窨子里,说道:“苦也!我须知景阳冈上打虎的武都头,他是清河县第一个好汉!我如今却和你眷恋日久,情孚意合,却不恁地理会。如今这等说时,正是怎地好?却是苦也!”王婆冷笑道:“我倒不曾见你是个把舵的,我是趁船的,我倒不慌,你倒慌了手脚。”西门庆道:“我枉自做了男子汉,到这般去处,却摆布不开。你有甚么主见,遮藏我们则个。”

王婆道:“你们却要长做夫妻,短做夫妻?”西门庆道:“干娘,你且说如何是长做夫妻,短做夫妻?”王婆道:“若是短做夫妻,你们只就今日便分散。等武大将息好了起来,与他陪了话,武二归来,都没言语。待他再差使出去,却再来相约。这是短做夫妻。你们若要长做夫妻,每日同一处,不担惊受怕,我却有一条妙计,只是难教你。”西门庆道:“干娘周全了我们则个,只要长做夫妻。”王婆道:“这条计,用着件东西,别人家里都没,天生天化,大官人家里却有。"西门庆道:"便是要我的眼睛,也剜来与你。却是甚么东西?"

王婆道:"如今这捣子[①] 病得重,趁他狼狈里,便好下手。大官人家里取些砒霜来,却教大娘子自去赎一帖[②] 心疼的药来,把这砒霜下在里面,把这矮子结果了。一把火烧得干干净净的,没了踪迹,便是武二回来,待敢怎地? 自古道:'嫂叔不通问。''初嫁从亲,再嫁由身。'阿叔如何管得? 暗地里来往半年一载,等待夫孝满日,大官人娶了家去,这个不是长远夫妻,谐老同欢? 此计如何?"西门庆道:"干娘此计甚妙。自古道:'欲求生快活,须下死工夫。'罢,罢,罢! 一不做,二不休!"王婆道:"可知好哩! 这是斩草除根,萌芽不发;若是斩草不除根,春来萌芽再发。官人便去取些砒霜来,我自教娘子下手。事了时,却要重重谢我。"西门庆道:"这个自然,不消你说。"有诗为证:

恋色迷花不肯休,机谋只望永绸缪。
谁知武二刀头毒,更比砒霜狠一筹。

且说西门庆去不多时,包了一包砒霜来,把与王婆收了。这婆子却看着那妇人道:"大娘子,我教你下药的法度:如今武大不对你说道教你看活[③] 他? 你便把些小意儿贴恋他。他若问你讨药吃时,便把这砒霜调在心疼药里。待他一觉身动,你便把药灌将下去,却便走了起身。他若毒药转时,必然肠胃迸裂,大叫一声,你却把被只一盖,都不要人听得。预先烧下一锅汤,煮着一条抹布。他若毒药发时,必然七窍内流血,口唇上有牙齿咬的痕迹。他若放了命,便揭起被来,却将煮的抹布一揩,都没了血迹;便入在棺材里,扛出去烧了,有甚么鸟事?"那妇人道:"好却是好,只是奴手软了,临时安排不得尸首。"王婆道:"这个容易。你只敲壁子,我自过来相帮你。"西门庆道:"你们用心整理,明日五更来讨回报。"西门庆说罢,自去了。王婆把这砒霜用手捻为细末,把与那妇人将去藏了。

那妇人却踅将归来,到楼上看武大时,一丝没两气,看看待死,那妇人坐在床边假哭。武大道:"你做甚么来哭?"那妇人拭着眼泪说道:"我的一

① 捣子——穷汉,光棍。

② 赎一帖——买药,抓一副药。

③ 看活——服侍,照料。

时间不是了,吃那厮局骗了。谁想却踢了你这脚!我问得一处好药,我要去赎来医你,又怕你疑忌了,不敢去取。”武大道:“你救得我活,无事了,一笔都勾,并不记怀;武二家来,亦不提起。快去赎药来救我则个!”

那妇人拿了些铜钱,径来王婆家里坐地,却叫王婆去赎了药来,把到楼上,教武大看了,说道:“这帖心疼药,太医叫你半夜里吃。吃了倒头把一两床被发些汗,明日便起得来。”武大道:“却是好也。生受大嫂,今夜醒睡些个,半夜里调来我吃。”那妇人道:“你自放心睡,我自伏侍你。”

看看天色黑了,那妇人在房里点上碗灯,下面先烧了一大锅汤,拿了一片抹布,煮在汤里。听那更鼓时,却好正打三更。那妇人先把毒药倾在盏子里,却舀一碗白汤,把到楼上,叫声:“大哥,药在那里?”武大道:“在我席子底下枕头边,你快调来与我吃。”那妇人揭起席子,将那药抖在盏子里,把那药贴安了,将白汤冲在盏内,把头上银牌儿只一搅,调得匀了,左手扶起武大,右手把药便灌。

武大呷了一口,说道:“大嫂,这药好难吃!”那妇人道:“只要他医治得病,管甚么难吃。”武大再呷第二口时,被这婆娘就势只一灌,一盏药都灌下喉咙去了。那妇人便放倒武大,慌忙跳下床来。武大哎了一声,说道:“大嫂,吃下这药去,肚里倒疼起来。苦呀!苦呀!倒当不得了!”这妇人便去脚后扯过两床被来,没头没脸只顾盖。武大叫道:“我也气闷。”那妇人道:“太医吩咐:教我与你发些汗,便好得快。”武大再要说时,这妇人怕他挣扎,便跳上床来,骑在武大身上,把手紧紧地按住被角,那里肯放些松宽。正似:

油煎肺腑,火燎肝肠。心窝里如雪刃相侵,满腹中似钢刀乱搅。浑身冰冷,七窍血流。牙关紧咬,三魂赴枉死城中;喉管枯干,七魄投望乡台上。地狱新添食毒鬼,阳间没了捉奸人。

那武大哎了两声,喘息了一回,肠胃迸断,呜呼哀哉,身体动不得了。那妇人揭起被来,见了武大咬牙切齿,七窍流血,怕将起来,只得跳下床来,敲那壁子。王婆听得,走过后门头咳嗽。那妇人便下楼来,开了后门,王婆问道:“了也未?”那妇人道:“了便了了,只是我手脚软了,安排不得。”王婆道:“有甚么难处,我帮你便了。”

那婆子便把衣袖卷起,舀了一桶汤,把抹布撇在里面,掇上楼来。卷过了被,先把武大嘴边唇上都抹了,却把七窍淤血痕迹拭净,便把衣裳盖在尸上。两个从楼上一步一掇，扛将下来，就楼下将扇旧门停了；与他梳了头，戴上巾帻，穿了衣裳，取双鞋袜与他穿了，将片白绢盖了脸，拣床干净被盖在死尸身上；却上楼来，收拾得干净了。王婆自转将归去了。

那婆娘却号号地假哭起养家人来。看官听说：原来但凡世上妇人，哭有三样：有泪有声谓之哭，有泪无声谓之泣，无泪有声谓之号。当下那妇人干号半夜，却早五更，天色未晓，西门庆奔来讨信，王婆说了备细。西门庆取银子把与王婆，教买棺材津送，就叫那妇人商议。这婆娘过来和西门庆说道："我的武大今日已死，我只靠着你做主。"西门庆道："这个何须得你说。"王婆道："只有一件事最要紧：地坊上团头何九叔，他是个精细的人；只怕他看出破绽，不肯殓。"西门庆道："这个不妨。我自吩咐他便了。他不肯违我的言语。"王婆道："大官人便用去吩咐他，不可迟误。"西门庆去了。

到天大明，王婆买了棺材，又买些香烛纸钱之类，归来与那妇人做羹饭，点起一盏随身灯。邻舍坊厢，都来吊问。那妇人虚掩着粉脸假哭。众街坊问道："大郎因甚病患便死了？"那婆娘答道："因害心疼病症，一日日越重了，看看不能够好，不幸昨夜三更死了。"又哽哽咽咽假哭起来。众邻舍明知道此人死得不明，不敢死问他，只自人情劝道："死自死了，活的自要过，娘子省烦恼。"那妇人只得假意儿谢了，众人各自散了。王婆取了棺材，去请团头何九叔。但是入殓用的，都买了，并家里一应物件，也都买了。就叫了两个和尚，晚些伴灵。多样时，何九叔先拨几个火家来整顿。

且说何九叔到巳牌时分，慢慢地走出来，到紫石街巷口，迎见西门庆叫道："九叔何往？"何九叔答道："小人只去前面殓这卖炊饼的武大郎尸首。"西门庆道："借一步说话则个。"何九叔跟着西门庆来到转角头一个小酒店里，坐下在阁儿内。西门庆道："何九叔，请上坐。"何九叔道："小人是何等之人，对官人一处坐地？"西门庆道："九叔何故见外，且请坐。"二人坐定，叫取瓶好酒来。小二一面铺下菜蔬果品按酒之类，即便筛酒。

何九叔心中疑忌，想道："这人从来不曾和我吃酒，今日这杯酒必有跷蹊。"两个吃了半个时辰，只见西门庆去袖子里摸出一锭十两银子，放在桌上，说道："九叔休嫌轻微，明日别有酬谢。"何九叔叉手道："小人无半点效力之处，如何敢受大官人见赐银两？若是大官人便有使令小人处，也不敢受。"西门庆道："九叔休要见外，请收过了却说。"何九叔道："大官人但说不妨,小人依听。"西门庆道:"别无甚事,少刻他家也有些辛苦钱。只是如今殓武大的尸首,凡百事周全,一床锦被遮盖则个,别无多言。"何九叔道:"是这些小事,有甚利害,如何敢受银两?"西门庆道:"九叔不收时,便是推却。"那何九叔自来惧怕西门庆是个刁徒,把持官府的人,只得受了。

两个又吃了几杯,西门庆叫酒保来记了帐,明日来铺里支钱。两个下楼,一同出了店门。西门庆道:"九叔记心,不可泄漏,改日别有报效。"吩咐罢,一直去了。何九叔心中疑忌,肚里寻思道:"这件事却又作怪!我自去殓武大郎尸首,他却怎地与我许多银子?这件事必定有跷蹊。"

来到武大门前,只见那几个火家在门首伺候,何九叔问道:"这武大是甚病死了?"火家答道:"他家说害心疼病死了。"何九叔揭起帘子入来,王婆接着道:"久等阿叔多时了。"何九叔应道:"便是有些小事绊住了脚,来迟了一步。"只见武大老婆,穿着些素淡衣裳,从里面假哭出来。何九叔道:"娘子省烦恼。可伤大郎归天去了!"那妇人虚掩着泪眼道:"说不可尽!不想拙夫心疼症候,几日儿便休了,撇得奴好苦。"何九叔上上下下看得那婆娘的模样,口里自暗暗地道:"我从来只听的说武大娘子,不曾认得他,原来武大却讨着这个老婆!西门庆这十两银子,有些来历。"

何九叔看着武大尸首,揭起千秋旛,扯开白绢,用五轮八宝犯着两点神水眼,定睛看时,何九叔大叫一声,望后便倒,口里喷出血来。但见指甲青,唇口紫,面皮黄,眼无光,正是:身如五鼓衔山月,命似三更油尽灯。毕竟何九叔性命如何,且听下回分解。

第二十六回

偷骨殖何九叔送丧　供人头武二郎设祭

话说当时何九叔跌倒在地下,众火家扶住,王婆便道:"这是中了恶,快将水来!"喷了两口,何九叔渐渐地动转,有些苏醒。王婆道:"且扶九叔回家去,却理会。"两个火家,使扇板门,一径抬何九叔到家里,大小接着,就在床上睡了。老婆哭道:"笑欣欣出去,却怎地这般归来!闲时曾不知中恶。"坐在床边啼哭。

何九叔觑得火家都不在面前，踢那老婆道："你不要烦恼，我自没事。却才去武大家入殓，到得他巷口，迎见县前开药铺的西门庆，请我去吃了一席酒，把十两银子与我，说道：'所殓的尸首，凡事遮盖则个。'我到武大家，见他的老婆是个不良的人，我心里有八九分疑忌。到那里揭起千秋旛看时，见武大面皮紫黑，七窍内津津出血，唇口上微露齿痕，定是中毒身死。我本待声张起来，却怕他没人做主，恶了西门庆，却不是去撩蜂剔蝎。待要胡卢提[①] 入了棺殓了，武大有个兄弟，便是前日景阳冈上打虎的武都头。他是个杀人不眨眼的男子，倘或早晚归来，此事必然要发。"

老婆便道："我也听得前日有人说道：'后巷住的乔老儿子郓哥，去紫石街帮武大捉奸，闹了茶坊。'正是这件事了。你却慢慢的访问他。如今这事有甚难处，只使火家自去殓了，就问他几时出丧。若是停丧在家，待武松归来出殡，这个便没甚么皂丝麻线。若他便出去埋葬了，也不妨。若是他便要出去烧他时，必有跷蹊。你到临时，只做去送丧，张人眼错[②]，拿了两块骨头，和这十两银子收着，便是个老大证见。若他回来，不问时便罢，却不留了西门庆面皮，做一碗饭却不好。"

何九叔道："家有贤妻，见得极明。"随即叫火家吩咐："我中了恶，去不得，你们便自去殓了。就问他几时出丧，快来回报。得的钱帛，你们分了，都要停当。若与我钱帛，不可要。"火家听了，自来武大家入殓，停丧安灵已罢，回报何九叔道："他家大娘子说道：'只三日便出殡，去城外烧化。'"火家各自分钱散了。何九叔对老婆道："你说的话正是了。我至期，只去偷骨殖便了。"

且说王婆一力撺掇，那婆娘当夜伴灵。第二日请四僧念些经文。第三日早，众火家自来扛抬棺材，也有几家邻舍街坊相送。那妇人带上孝，一路上假哭养家人。来到城外化人场上，便叫举火烧化。只见何九叔手里提着一陌纸钱，来到场里，王婆和那妇人接见道："九叔，且喜得贵体没事了。"何九叔道："小人前日买了大郎一扇笼子母炊饼，不曾还得钱，特地把这陌纸来烧与大郎。"王婆道："九叔如此志诚。"何九叔把纸钱烧了，就

---

① 胡卢提——糊里糊涂，含含糊糊的意思。也作"葫芦提"，是"葫芦倒提"的省语。

② 张人眼错——趁人不注意。

撺掇烧化棺材。王婆和那妇人谢道："难得何九叔撺掇，回家一发相谢。"何九叔道："小人到处只是出热。娘子和干娘自稳便，斋堂里去相待众邻舍街坊。小人自替你照顾。"使转了这妇人和那婆子，把火挟去，拣两块骨头，拿去潵骨池内只一浸，看那骨头酥黑。何九叔收藏了，也来斋堂里和哄了一回。棺木过了，杀火，收拾骨殖，潵在池子里，众邻舍各自分散。那何九叔将骨头归到家中，把幅纸都写了年月日期，送丧的人名字，和这银子一处包了，做一个布袋儿盛着，放在房里。

再说那妇人归到家中，去槅子前面设个灵牌，上写"亡夫武大郎之位"。灵床子前，点一盏琉璃灯，里面贴些经旛、钱垛、金银锭、采缯之属。每日却自和西门庆在楼上任意取乐，却不比先前在王婆房里，只是偷鸡盗狗之欢，如今家中又没人碍眼，任意停眠整宿。自此西门庆整三五夜不归去，家中大小亦各不喜欢。原来这女色坑陷得人，有成时必须有败，有诗为证：

参透风流二字禅，好姻缘是恶姻缘。

山妻小妾家常饭，不害相思不损钱。

且说西门庆和那婆娘终朝取乐，任意歌饮，交得熟了，却不顾外人知道，这条街上远近人家，无有一人不知此事。却都惧怕西门庆那厮是个刁徒泼皮，谁肯来多管？

常言道："乐极生悲，否极泰来①。"光阴迅速，前后又早② 四十余日。却说武松自从领了知县言语，监送车仗到东京亲戚处，投下了来书，交割了箱笼，街上闲行了几日，讨了回书，领一行人取路回阳谷县来。前后往回，恰好将及两个月。去时新春天气，回来三月初头。于路上只觉得神思不安，身心恍惚，赶回要见哥哥，且先去县里交纳了回书。知县见了大喜。看罢回书，已知金银宝物交得明白，赏了武松一锭大银，酒食管待，不必用说。

武松回到下处房里，换了衣服鞋袜，戴上个新头巾，锁上了房门，一径投紫石街来。两边众邻舍看见武松回了，都吃一惊，大家捏两把汗，暗暗地说道："这番萧墙祸起了！这个太岁归来，怎肯干休？必然弄出事来！"

---

① 否(pǐ)极泰来——由坏转好。是讲事物坏到极点，就要向好的方面转化。

② 早——早已。

且说武松到门前，揭起帘子，探身入来，见了灵床子，写着“亡夫武大郎之位”七个字，呆了，睁开双眼道：“莫不是我眼花了？”叫声：“嫂嫂，武二归来！”

那西门庆正和这婆娘在楼上取乐，听得武松叫一声，惊得屁滚尿流，一直奔后门，从王婆家走了。那妇人应道：“叔叔少坐，奴便来也。”原来这婆娘自从药死了武大，那里肯带孝，每日只是浓妆艳抹，和西门庆做一处取乐。听得武松叫声“武二归来了”，慌忙去面盆里洗落了脂粉，拔去了首饰钗环，蓬松挽了个髻儿，脱去了红裙绣袄，旋穿上孝裙孝衫，便从楼上哽哽咽咽假哭下来。

武松道：“嫂嫂且住，休哭！我哥哥几时死了？得甚么症候？吃谁的药？”那妇人一头哭，一面说道：“你哥哥自从你转背一二十日，猛可的害急心疼起来；病了八九日，求神问卜，甚么药不吃过，医治不得，死了，撇得我好苦！”隔壁王婆听得，生怕决撒，即便走过来帮他支吾。武松又道：“我的哥哥从来不曾有这般病，如何心疼便死了？”王婆道：“都头却怎地这般说？‘天有不测风云，人有暂时祸福’。谁保得长没事？”那妇人道：“亏杀了这个干娘。我又是个没脚蟹[①]，不是这个干娘，邻舍家谁肯来帮我！”武松道：“如今埋在那里？”妇人道：“我又独自一个，那里去寻坟地？没奈何，留了三日，把出去烧化了。”武松道：“哥哥死得几日了？”妇人道：“再两日，便是断七。”

武松沉吟了半晌，便出门去，径投县里来，开了锁，去房里换了一身素净衣服，便叫土兵打了一条麻绦，系在腰里，身边藏了一把尖长柄短背厚刃薄的解腕刀，取了些银两带在身边，叫一个土兵锁上了房门，去县前买了些米、面、椒料等物，香、烛、冥纸，就晚到家敲门。

那妇人开了门，武松叫土兵去安排羹饭。武松就灵床子前，点起灯烛，铺设酒肴。到两个更次，安排得端正，武松扑翻身便拜道：“哥哥阴魂不远！你在世时软弱，今日死后，不见分明。你若是负屈衔冤，被人害了，托梦与我，兄弟替你做主报仇。”把酒浇奠了，烧化冥用纸钱，便放声大哭，哭得那两边邻舍，无不悽惶。那妇人也在里面假哭。武松哭罢，将羹饭酒肴和土兵吃了，讨两条席子，叫土兵中门傍边睡。武松把条席子，就灵床

---

① 没脚蟹——喻没有帮手，无依无靠。

子前睡。那妇人自上楼去，下了楼门自睡。

约莫将近三更时候，武松翻来复去睡不着。看那土兵时，齁齁的却似死人一般挺着。武松爬将起来，看了那灵床子前琉璃灯，半明半灭；侧耳听那更鼓时，正打三更三点。武松叹了一口气，坐在席子上，自言自语，口里说道："我哥哥生时懦弱，死了却有甚分明。"说犹未了，只见灵床子下卷起一阵冷气来，真个是盘旋侵骨冷，凛烈透肌寒。昏昏暗暗，灵前灯火失光明；惨惨幽幽，壁上纸钱飞散乱。那阵冷气逼得武松毛发皆竖，定睛看时，只见个人从灵床底下钻将出来，叫声："兄弟，我死得好苦！"武松看不仔细，却待向前来再问时，只见冷气散了，不见了人。武松一交颠翻在席子上坐地，寻思是梦非梦。回头看那土兵时，正睡着。武松想道："哥哥这一死，必然不明。却才正要报我知道，又被我的神气冲散了他的魂魄。"放在心里不题，等天明却又理会。诗曰：

可怪人称三寸丁，生前混沌死精灵。
不因同气能相感，冤鬼何从夜现形？

天色渐明了，土兵起来烧汤。武松洗漱了，那妇人也下楼来，看着武松道："叔叔夜来烦恼？"武松道："嫂嫂，我哥哥端的甚么病死了？"那妇人道："叔叔却怎地忘了，夜来已对叔叔说了，害心疼病死了。"武松道："却赎谁的药吃？"那妇人道："现有药贴在这里。"武松道："却是谁买棺材？"那妇人道："央及隔壁王干娘去买。"武松道："谁来扛抬出去？"那妇人道："是本处团头何九叔。尽是他维持出去。"武松道："原来恁地。且去县里画卯，却来。"便起身带了土兵，走到紫石街巷口，问土兵道："你认得团头何九叔么？"土兵道："都头恁地忘了？前项他也曾来与都头作庆，他家只在狮子街巷内住。"武松道："你引我去。"

土兵引武松到何九叔门前，武松道："你自先去。"土兵去了。武松却揭起帘子，叫声："何九叔在家么？"这何九叔却才起来，听得是武松来寻，吓得手忙脚乱，头巾也戴不迭，急急取了银子和骨殖藏在身边，便出来迎接道："都头几时回来？"武松道："昨日方回到这里，有句话闲说则个，请挪尊步同往。"何九叔道："小人便去，都头且请拜茶。"武松道："不必，免赐。"

两个一同出到巷口酒店里坐下，叫量酒人打两角酒来。何九叔起身道："小人不曾与都头接风，何故反扰？"武松道："且坐。"何九叔心里已猜八九分，量酒人一面筛酒，武松更不开口，且只顾吃酒。何九叔见他不做声,倒捏两把汗,却把些话来撩他。武松也不开言,并不把话来提起。

酒已数杯,只见武松揭起衣裳,飕地掣出把尖刀来,插在桌子上。量酒的都惊得呆了,那里肯近前。看何九叔面色青黄,不敢吐气。武松捋起双袖,握着尖刀,指何九叔道:"小子粗疏,还晓得'冤各有头,债各有主'。你休惊怕,只要实说,对我一一说知武大死的缘故,便不干涉[①]你!我若伤了你,不是好汉!倘若有半句儿差,我这口刀立定教你身上添三四百个透明的窟窿!闲言不道,你只直说我哥哥死的尸首,是怎地模样?"武松道罢,一双手按住肐膝,两只眼睁得圆彪彪地,看着何九叔。

何九叔便去袖子里取出一个袋儿,放在桌子上道:"都头息怒。这个袋儿,便是一个大证见。"武松用手打开,看那袋儿里时,两块酥黑骨头,一锭十两银子,便问道:"怎地见得是老大证见?"何九叔道:"小人并然不知前后因地,忽于正月二十二日在家,只见开茶坊的王婆来呼唤小人殓武大郎尸首。至日,行到紫石街巷口,迎见县前开生药铺的西门庆大郎,拦住,邀小人同去酒店里吃了一瓶酒。西门庆取出这十两银子,付与小人,吩咐道:'所殓的尸首,凡百事遮盖。'小人从来得知道那人是个刁徒,不容小人不接。吃了酒食,收了这银子,小人去到大郎家里,揭起千秋旛,只见七窍内有瘀血,唇口上有齿痕,系是生前中毒的尸首。小人本待声张起来,只是又没苦主;他的娘子,已自道是害心疼病死了。因此小人不敢声言,自咬破舌尖,只做中了恶,扶归家来了。只是火家自去殓了尸首,不曾接受一文。第三日,听得扛出去烧化,小人买了一陌纸,去山头假做人情;使转了王婆并令嫂,暗拾了这两块骨头,包在家里。这骨殖酥黑,系是毒药身死的证见。这张纸上写着年月日时,并送丧人的姓名,便是小人口词了。都头详察。"

武松道:"奸夫还是何人?"何九叔道:"却不知是谁。小人闲听得说来,有个卖梨儿的郓哥,那小厮曾和大郎去茶坊里捉奸。这条街上,谁人不知。都头要知备细,可问郓哥。"武松道:"是。既然有这个人时,一同去走一遭。"武松收了刀,藏了骨头、银子,算还酒钱,便同何九叔望郓哥家里来。

却好走到他门前,只见那小猴子挽着个柳笼栲栳在手里,籴米归来。

---

① 干涉——牵连,牵扯。

何九叔叫道："郓哥，你认得这位都头么？"郓哥道："解大虫来时，我便认得了。你两个寻我做甚么？"郓哥那小厮，也瞧了八分，便说道："只是一件：我的老爹六十岁，没人养赡，我却难相伴你们吃官司耍。"武松道："好兄弟。"便去身边取五两来银子道："郓哥，你把去与老爹做盘缠，跟我来说话。"郓哥自心里想道："这五两银子，如何不盘缠得三五个月？便陪他吃官司也不妨。"将银子和米把与老儿，便跟了二人出巷口一个饭店楼上来。武松叫过卖造三分饭来，对郓哥道："兄弟，你虽年纪幼小，倒有养家孝顺之心，却才与你这些银子，且做盘缠。我有用着你处。事务了毕时，我再与你十四五两银子做本钱。你可备细说与我：你怎地和我哥哥去茶坊里捉奸？"

郓哥道："我说与你，你却不要气苦。我从今年正月十三日，提得一篮儿雪梨，我去寻西门庆大郎挂一勾子，一地里没寻他处。问人时，说道：'他在紫石街王婆茶坊里，和卖炊饼的武大老婆做一处；如今刮上了他，每日只在那里。'我听得了这话，一径奔去寻他，叵耐王婆老猪狗，拦住不放我入房里去。吃我把话来侵他底子，那猪狗便打我一顿栗暴，直叉我出来，将我梨儿都倾在街上。我气苦了，去寻你大郎，说与他备细，他便要去捉奸。我道："你不济事。西门庆那厮，手脚了得，你若捉他不着，反吃他告了，倒不好。我明日和你约在巷口取齐，你便少做些炊饼出来。我若张见西门庆入茶坊里去时，我先入去，你便寄了担儿等着。只看我丢出篮儿来，你便抢入来捉奸。'我这日又提了一篮梨儿，径去茶坊里。被我骂那老猪狗，那婆子便来打我，吃我先把篮儿撇出街上，一头顶住那老狗在壁上。武大郎却抢入去时，婆子要去拦截，却被我顶住了，只叫得：'武大来也！'原来倒吃他两个顶住了门。大郎只在房门外声张，却不提防西门庆那厮开了房门，奔出来，把大郎一脚踢倒了。我见那妇人随后便出来，扶大郎不动，我慌忙也自走了。过得五七日，说大郎死了。我却不知怎地死了。"

武松问道："你这话是实了？你却不要说谎。"郓哥道："便到官府，我也只是这般说。"武松道："说得是，兄弟。"便讨饭来吃了，还了饭钱，三个人下楼来。何九叔道："小人告退。"武松道："且随我来，正要你们与我证一证。"把两个一直带到县厅上。

知县见了问道："都头告甚么？"武松告说："小人亲兄武大，被西门庆与嫂通奸，下毒药谋杀性命。这两个便是证见，要相公做主则个。"知县先问了何九叔并郓哥口词,当日与县吏商议。原来县吏都是与西门庆有首尾① 的,官人自不必说,因此官吏通同计较道:"这件事难以理问。"知县道:"武松,你也是个本县都头,不省得法度。自古道:'捉奸见双,捉贼见赃,杀人见伤。'你那哥哥的尸首又没了,你又不曾捉得他奸;如今只凭这两个言语,便问他杀人公事,莫非忒偏向么?你不可造次,须要自己寻思,当行即行。"武松怀里去取出两块酥黑骨头、十两银子、一张纸,告道:"复告相公:这个须不是小人捏合出来的。"知县看了道:"你且起来,待我从长商议。可行时,便与你拿问。"何九叔、郓哥,都被武松留在房里。当日西门庆得知,却使心腹人来县里许官吏银两。

次日早晨,武松在厅上告禀,催逼知县拿人。谁想这官人贪图贿赂,回出骨殖并银子来,说道:"武松,你休听外人挑拨你和西门庆做对头;这件事不明白,难以对理。圣人云:'经目之事,犹恐未真;背后之言,岂能全信?'不可一时造次。"狱吏便道:"都头,但凡人命之事,须要尸、伤、病、物、踪,五件事全,方可推问得。"武松道:"既然相公不准所告,且却又理会。"收了银子和骨殖,再付与何九叔收了,下厅来到自己房内,叫土兵安排饭食与何九叔同郓哥吃,"留在房里相等一等,我去便来也。"

又自带了三两个土兵,离了县衙,将了砚瓦、笔、墨,就买了三五张纸,藏在身边;就叫两个土兵,买了个猪首,一只鹅,一只鸡,一担酒,和些果品之类,安排在家里。约莫也是巳牌时候,带了土兵,来到家中。那妇人已知告状不准,放下心,不怕他,大着胆看他怎的。武松叫道:"嫂嫂下来,有句话说。"那婆娘慢慢地行下楼来,问道:"有甚么话说?"武松道:"明日是亡兄断七,你前日恼了众邻舍街坊,我今日特地来把杯酒,替嫂嫂相谢众邻。"那妇人大刺刺地说道:"谢他们怎地!"武松道:"礼不可缺。"唤土兵先去灵床子前,明晃晃地点起两枝蜡烛,焚起一炉香,列下一陌纸钱,把祭物去灵前摆了,堆盘满宴,铺下酒食果品之类。叫一个土兵,后面荡酒;两个土兵,门前安排桌凳,又有两个,前后把门。武松自吩咐定了,便叫:"嫂嫂,来待客,我去请来。"

先请隔壁王婆。那婆子道:"不消生受,教都头作谢。"武松道:"多多相扰了干娘,自有个道理。先备一杯菜酒,休得推故。"那婆子取了招儿,

---

① 首尾——关系,勾搭。也作"手尾"。

收拾了门户,从后门走过来。武松道:“嫂嫂坐主位,干娘对席。”婆子已知道西门庆回话了,放着心吃酒。两个都心里道:“看他怎地!”武松又请这边下邻开银铺的姚二郎姚文卿。二郎道:“小人忙些,不劳都头生受。”武松拖住便道:“一杯淡酒,又不长久,便请到家。”那姚二郎只得随顺到来,便教去王婆肩下坐了。又去对门请两家,一家是开纸马铺的赵四郎赵仲铭。四郎道:“小人买卖撇不得,不及陪奉。”武松道:“如何使得! 众高邻都在那里了。”不由他不来,被武松扯到家里道:“老人家爷父一般,便请在嫂嫂肩下坐了。”又请对门那卖冷酒店的胡正卿。那人原是吏员出身,便瞧道有些尴尬,那里肯来;被武松不管他,拖了过来,却请去赵四郎肩下坐了。武松道:“王婆,你隔壁是谁。”王婆道:“他家是卖馉饳儿的张公。”却正好在屋里,见武松入来,吃了一惊道:“都头,没甚话说。”武松道:“家间多扰了街坊,相请吃杯淡酒。”那老儿道:“哎呀! 老子不曾有些礼数到都头家,却如何请老子吃酒?”武松道:“不成微敬,便请到家。”老儿吃武松拖了过来,请去姚二郎肩下坐地。

说话的,为何先坐的不走了? 原来都有土兵前后把着门,都似监禁的一般。

且说武松请到四家邻舍,并王婆和嫂嫂,共是六人。武松掇条凳子,却坐在横头,便叫土兵把前后门关了。那后面土兵,自来筛酒。武松唱个大喏,说道:“众高邻:休怪小人粗卤,胡乱请些个。”众邻舍道:“小人们都不曾与都头洗泥接风,如今倒来反扰。”武松笑道:“不成意思,众高邻休得笑话则个。”土兵只顾筛酒。众人怀着鬼胎,正不知怎地。看看酒至三杯,那胡正卿便要起身,说道:“小人忙些个。”武松叫道:“去不得! 既来到此,便忙也坐一坐。”那胡正卿心头十五个吊桶打水,七上八下,暗暗地寻思道:“既是好意请我们吃酒,如何却这般相待,不许人动身?”只得坐下。武松道:“再把酒来筛。”土兵斟到第四杯酒,前后共吃了七杯酒过,众人却似吃了吕太后一千个筵宴。

只见武松喝叫土兵,且收拾过了杯盘,少间再吃。武松抹了桌子。众邻舍却待起身,武松把两只手只一拦道:“正要说话。一干高邻在这里,中间高邻那位会写字?”姚二郎便道:“此位胡正卿极写得好。”武松便唱个喏道:“相烦则个。”便卷起双袖,去衣裳底下,飕地只一掣,掣出那口尖刀来! 右手四指笼着刀靶,大母指按住掩心,两只圆彪彪怪眼睁起道:“诸位高邻在此：小人冤各有头，债各有主，只要众位做个证见。”

只见武松左手拿住嫂嫂，右手指定王婆，四家邻舍惊得目睁口呆，罔知所措，都面面厮觑，不敢做声。武松道：“高邻休怪，不必吃惊。武松虽是粗卤汉子，便死也不怕，还省得有冤报冤，有仇报仇，并不伤犯众位，只烦高邻做个证见。若有一位先走的，武松翻过脸来休怪。教他先吃我五七刀了去，武二便偿他命也不妨。”众邻舍俱目瞪口呆，再不敢动。

武松看着王婆喝道：“兀那老猪狗听着！我的哥哥这个性命，都在你的身上，慢慢地却问你！”回过脸来，看着妇人骂道：“你那淫妇听着！你把我的哥哥性命，怎地谋害了，从实招了，我便饶你。”那妇人道：“叔叔，你好没道理！你哥哥自害心疼病死了，干我甚事！”说犹未了，武松把刀胳查子插在桌子上，用左手揪住那妇人头髻，右手劈胸提住，把桌子一脚踢倒了，隔桌子把这妇人轻轻地提将过来，一交放翻在灵床面前，两脚踏住，右手拔起刀来，指定王婆道：“老猪狗，你从实说！”那婆子要脱身，脱不得，只得道：“不消都头发怒，老身自说便了。”

武松叫土兵取过纸、墨、笔、砚，排好在桌子上，把刀指着胡正卿道：“相烦你与我听一句，写一句。”胡正卿肐膊抖着道：“小人便写。”讨了些砚水，磨起墨来，胡正卿拿起笔，拂开纸道：“王婆，你实说！”那婆子道：“又不干我事，教说甚么？”武松道：“老猪狗，我都知了，你赖那个去！你不说时，我先剐了这个淫妇，后杀你这老狗。”提起刀来，望那妇人脸上便撇两撇。那妇人慌叫道：“叔叔，且饶我！你放我起来，我说便了。”武松一提，提起那婆娘，跪在灵床子前。武松喝一声：“淫妇快说！”

那妇人惊得魂魄都没了，只得从实招说：将那时放帘子，因打着西门庆起，并做衣裳，入马[①]通奸，一一地说。次后来怎生踢了武大，因何设计下药，王婆怎地教唆拨置，从头至尾，说了一遍。武松叫他说一句，却叫胡正卿写一句。王婆道：“咬虫，你先招了，我如何赖得过，只苦了老身！”王婆也只得招认了。把这婆子口词，也叫胡正卿写了。从头至尾，都说在上面。叫他两个都点指画了字，就叫四家邻舍书了名，也画了字。叫土兵解搭膊来，背剪绑了这老狗，卷了口词，藏在怀里。叫土兵取碗酒来，供养在灵床子前，拖过这妇人来，跪在灵前，喝那婆子也跪在灵前。武松道：“哥

---

① 入马——勾搭得手，

哥灵魂不远，兄弟武二与你报仇雪恨！”叫土兵把纸钱点着。

那妇人见势头不好，却待要叫，被武松脑揪倒来，两只脚踏住他两只肐膊，扯开胸脯衣裳。说时迟，那时快，把尖刀去胸前只一剜，口里衔着刀，双手去挖开胸脯，抠出心肝五脏，供养在灵前；肐查一刀，便割下那妇人头来，血流满地。四家邻舍，吃了一惊，都掩了脸，见他凶了，又不敢动，只得随顺他。武松叫土兵去楼上取下一床被来，把妇人头包了，揩了刀，插在鞘里，洗了手，唱个喏说道：“有劳高邻，甚是休怪。且请众位楼上少坐，待武二便来。”四家邻舍，都面面相看，不敢不依他，只得都上楼去坐了。武松吩咐土兵，也教押那婆子上楼去。关了楼门，着两个土兵在楼下看守。

武松包了妇人那颗头，一直奔西门庆生药铺前来，看着主管，唱个喏，问道：“大官人在么？”主管道：“却才出去。”武松道：“借一步闲说一句话。”那主管也有些认得武松，不敢不出来。武松一引引到侧首僻净巷内，武松翻过脸来道：“你要死，却是要活？”主管慌道：“都头在上：小人又不曾伤犯了都头。”武松道：“你要死，休说西门庆去向；你若要活，实对我说西门庆在那里。”主管道：“却才和……一个相识，去……狮子桥下大酒楼上吃酒。”武松听了，转身便走。那主管惊得半晌，移脚不动，自去了。

且说武松径奔到狮子桥下酒楼前，便问酒保道：“西门庆大郎和甚人吃酒？”酒保道：“和一个一般的财主，在楼上边街阁儿里吃酒。”武松一直撞到楼上，去阁子前张时，窗眼里见西门庆坐着主位，对面一个坐着客席，两个唱的粉头坐在两边。武松把那被包打开一抖，那颗人头，血渌渌的滚出来。武松左手提了人头，右手拔出尖刀，挑开帘子，钻将入来，把那妇人头望西门庆脸上掼将来。

西门庆认得是武松，吃了一惊，叫声：“哎呀！”便跳起在凳子上去，一只脚跨上窗槛，要寻走路，见下面是街，跳不下去，心里正慌。说时迟，那时快，武松却用手略按一按，托地已跳在桌子上，把些盏儿、碟儿，都踢下来。两个唱的行院，惊得走不动。那个财主官人，慌了脚手，也惊倒了。西门庆见来得凶，便把手虚指一指，早飞起右脚来。武松只顾奔入去，见他脚起，略闪一闪，恰好那一脚正踢中武松右手，那口刀踢将起来，直落下街心里去。

西门庆见踢去了刀，心里便不怕他，右手虚照一照，左手一拳，照着武松心窝里打来,却被武松略躲个过,就势里从胁下钻入来,左手带住头,连肩胛只一提,右手早捽住西门庆左脚,叫声:“下去!”那西门庆一者冤魂缠定,二乃天理难容,三来怎当武松勇力?只见头在下,脚在上,倒撞落在当街心里去了,跌得个发昏章第十一[①]。街上两边人,都吃了一惊。

武松伸手去凳子边提了淫妇的头,也钻出窗子外,涌身望下只一跳,跳在当街上;先抢了那口刀在手里,看这西门庆已自跌得半死,直挺挺在地下,只把眼来动。武松按住,只一刀,割下西门庆的头来;把两颗头相结做一处,提在手里,把着那口刀,一直奔回紫石街来。叫土兵开了门,将两颗人头供养在灵前;把那碗冷酒浇奠了,说道:“哥哥灵魂不远,早生天界!兄弟与你报仇:杀了奸夫和淫妇,今日就行烧化。”便叫土兵楼上请高邻下来,把那婆子押在前面。

武松拿着刀,提了两颗人头,再对四家邻舍道:“我还有一句话,对你们四位高邻说则个。”那四家邻舍叉手拱立,尽道:“都头但说,我众人一听尊命。”武松说出这几句话来,有分教,景阳冈好汉屈做囚徒,阳谷县都头变作行者。直教名标千古,声播万年。毕竟武松说出甚话来,且听下回分解。

第二十七回

母夜叉孟州道卖人肉 武都头十字坡遇张青

话说当下武松对四家邻舍道:“小人因与哥哥报仇雪恨,犯罪正当其理,虽死而不怨;却才甚是惊吓了高邻。小人此一去,存亡未保,死活不知,我哥哥灵床子,就今烧化了。家中但有些一应物件,望烦四位高邻与小人变卖些钱来,作随衙用度之资,听候使用。今去县里首告,休要管小人罪犯轻重,只替小人从实证一证。”随即取灵牌和纸钱烧化了。楼上有两个箱笼,取下来,打开看了,付与四邻收贮变卖;却押那婆子,提了两颗

---

① 发昏章第十一——这是句谐语。古书常有“某某章第一”、“某某章第二”,故用“发昏章”,表晕头胀脑意。

人头,径投县里来。

此时哄动了一个阳谷县,街上看的人,不计其数。知县听得人来报了,先自骇然,随即升厅。武松押那王婆在厅前跪下,行凶刀子和两颗人头,放在阶下。武松跪在左边,婆子跪在中间,四家邻舍跪在右边。武松怀中取出胡正卿写的口词,从头至尾,告诉一遍。知县叫那令史,先问了王婆口词,一般供说。四家邻舍,指证明白,又唤过何九叔、郓哥,都取了明白供状。唤当该仵作行人,委吏一员,把这一干人押到紫石街,检验了妇人身尸;狮子桥下酒楼前,检验了西门庆身尸。明白填写尸单格目,回到县里,呈堂立案。知县叫取长枷,且把武松同这婆子枷了,收在监内;一干平人,寄监在门房里。

且说县官念武松是个义气烈汉,又想他上京去了这一遭,一心要周全他,又寻思他的好处,便唤该吏商议道:"念武松那厮是个有义的汉子,把这人们招状从新做过,改作:'武松因祭献亡兄武大,有嫂不容祭祀,因而相争,妇人将灵床推倒,救护亡兄神主,与嫂斗殴,一时杀死。次后西门庆因与本妇通奸,前来强护,因而斗殴;互相不伏,扭打至狮子桥边,以致斗杀身死。'"读款状与武松听了,写一道申解公文,将这一干人犯,解本管东平府申请发落。

这阳谷县虽是个小县分,倒有仗义的人:有那上户之家,都资助武松银两;也有送酒食钱米与武松的。武松到下处,将行李寄顿土兵收了,将了十二三两银子,与了郓哥的老爹。武松管下的土兵,大半相送酒肉不迭。当下县吏领了公文,抱着文卷,并何九叔的银子、骨殖、招词、刀杖,带了一干人犯,上路望东平府来。

众人到得府前,看的人哄动了衙门口。且说府尹陈文昭听得报来,随即升厅。那官人:

平生正直,禀性贤明。幼曾雪案攻书[①],长向金銮对策。户口增,钱粮办,黎民称德满街衢;词讼减,盗贼休,父老赞歌喧市井。慷慨文章欺李杜,贤良德政胜龚黄[②]。

那陈府尹是个聪察的官,已知这件事了,便叫押过这一干人犯,就当

---

① 雪案攻书——晋人孙康家贫好学,常在雪夜借白雪的反光苦读。

② 龚黄——龚遂、黄霸,二人都是历史上遵理守法的循吏,治绩卓然。

厅先把阳谷县申文看了，又把各人供状、招款看过，将这一干人，一一审录一遍，把赃物并行凶刀杖封了，发与库子收领上库，将武松的长枷，换了一面轻罪枷枷了，下在牢里，把这婆子换一面重囚枷钉了，禁在提事司监死囚牢里收了。唤过县吏，领了回文，发落何九叔、郓哥、四家邻舍："这六人且带回县去，宁家[①] 听候。本主西门庆妻子，留在本府羁管听候，等朝廷明降，方始结断。"那何九叔、郓哥、四家邻舍，县吏领了自回本县去了。武松下在牢里，自有几个土兵送饭。

且说陈府尹哀怜武松是个仗义的烈汉，时常差人看觑他，因此节级、牢子都不要他一文钱，倒把酒食与他吃。陈府尹把这招稿卷宗都改得轻了，申去省院，详审议罪，却使个心腹人，赍了一封紧要密书，星夜投京师来替他干办。那刑部官有和陈文昭好的，把这件事直禀过了省院官，议下罪犯："据王婆生情造意，哄诱通奸，唆使本妇下药毒死亲夫；又令本妇赶逐武松，不容祭祀亲兄，以致杀伤人命，唆令男女故失人伦。拟合凌迟处死。据武松虽系报兄之仇，斗杀西门庆奸夫人命，亦则自首，难以释免；脊杖四十，刺配二千里外。奸夫淫妇，虽该重罪，已死勿论。其余一干人犯，释放宁家。文书到日，即便施行。"

东平府尹陈文昭看了来文，随即行移，拘到何九叔、郓哥，并四家邻舍，和西门庆妻小，一干人等，都到厅前听断。牢中取出武松，读了朝廷明降，开了长枷，脊杖四十；上下公人都看觑他，止有五七下着肉；取一面七斤半铁叶团头护身枷钉了，脸上免不得刺了两行金印，迭配孟州牢城。其余一干众人，省谕发落，各放宁家。

大牢里取出王婆，当厅听命。读了朝廷明降，写了犯由牌，画了伏状，便把这婆子推上木驴，四道长钉，三条绑索，东平府尹判了一个"剐"字，拥出长街。两声破鼓响，一棒碎锣鸣；犯由前引，混棍后催；两把尖刀举，一朵纸花摇，带去东平府市心里，吃了一剐。

话里只说武松带上行枷，看剐了王婆，有那原旧的上邻姚二郎，将变卖家私什物的银两，交付与武松收受，作别自回去了。当厅押了文帖，着两个防送公人领了，解赴孟州交割。府尹发落已了。只说武松与两个防送公人上路，有那原跟的土兵付与了行李，亦回本县去了。武松自和两个

---

① 宁家——回家。

公人离了东平府，迤逦取路投孟州来。那两个公人，知道武松是个好汉，一路只是小心去伏侍他，不敢轻慢他些个。武松见他两个小心，也不和他计较；包裹内有的是金银，但过村坊铺店，便买酒肉，和他两个公人吃。

话休絮烦。武松自从三月初头杀了人，坐了两个月监房，如今来到孟州路上，正是六月前后，炎炎火日当天，烁石流金之际，只得赶早凉而行。约莫也行了二十余日，来到一条大路，三个人已到岭上，却是巳牌时分。武松道："你们且休坐了，赶下岭去，寻买些酒肉吃。"两个公人道："也说得是。"三个人奔过岭来，只一望时，见远远地土坡下约有十数间草屋，傍着溪边柳树上挑出个酒帘儿。武松见了，把手指道："兀那里不有个酒店！"三个人奔下岭来，山冈边见个樵夫，挑一担柴过来。武松叫道："汉子，借问这里地名叫做甚么去处？"樵夫道："这岭是孟州道。岭前面大树林边，便是有名的十字坡。"

武松问了，自和两个公人一直奔到十字坡边看时，为头一株大树，四五个人抱不交，上面都是枯藤缠着。看看抹过大树边，早望见一个酒店，门前窗槛边坐着一个妇人，露出绿纱衫儿来，头上黄烘烘的插着一头钗镮，鬓边插着些野花。见武松同两个公人来到门前，那妇人便走起身来迎接。下面系一条鲜红生绢裙，搽一脸胭脂铅粉，敞开胸脯，露出桃红纱主腰①，上面一色金钮。见那妇人如何？

眉横杀气，眼露凶光。辘轴般蠢坌腰肢，棒锤似粗莽手脚。厚铺着一层腻粉，遮掩顽皮；浓搽就两晕胭脂，直侵乱发。金钏牢笼魔女臂，红衫照映夜叉精。

当时那妇人倚门迎接，说道："客官，歇脚了去。本家有好酒、好肉，要点心时，好大馒头！"两个公人和武松入到里面，一副柏木桌凳座头上，两个公人倚了棍棒，解下那缠袋，上下肩坐了。武松先把脊背上包裹解下来，放在桌子上，解了腰间搭膊，脱下布衫。两个公人道："这里又没人看见，我们担些利害，且与你除了这枷，快活吃两碗酒。"便与武松揭开了封皮，除了枷来，放在桌子底下，都脱了上半截衣裳，搭在一边窗槛上。只见那妇人笑容可掬道："客官要打多少酒？"武松道："不要问多少，只顾烫来；

① 主腰——肚兜。

肉便切三五斤来。一发算钱还你。”那妇人道：“也有好大馒头[1]。”武松道：“也把三二十个来做点心。”

那妇人嘻嘻地笑着入里面，托出一大桶酒来。放下三只大碗，三双箸，切出两盘肉来；一连筛了四五巡酒，去灶上取一笼馒头来，放在桌子上。两个公人拿起来便吃。武松取一个拍开看了，叫道：“酒家，这馒头是人肉的？是狗肉的？”那妇人嘻嘻笑道：“客官休要取笑。清平世界，荡荡乾坤，那里有人肉的馒头，狗肉的滋味？我家馒头，积祖是黄牛的。”武松道：“我从来走江湖上，多听得人说道：‘大树十字坡，客人谁敢那里过？肥的切做馒头馅，瘦的却把去填河。’”那妇人道：“客官，那得这话？这是你自捏出来的。”武松道：“我见这馒头馅肉有几根毛，一象人小便处的毛一般，以此疑忌。”武松又问道：“娘子，你家丈夫却怎地不见？”那妇人道：“我的丈夫出外做客未回。”武松道：“恁地时，你独自一个须冷落。”那妇人笑着寻思道：“这贼配军却不是作死，倒来戏弄老娘！正是‘灯蛾扑火，惹焰烧身’。不是我来寻你，我且先对付那厮。”这妇人便道：“客官，休要取笑。再吃几碗了，去后面树下乘凉。要歇，便在我家安歇不妨。”

武松听了这话，自家肚里寻思道：“这妇人不怀好意了。你看我且先要他。”武松又道：“大娘子，你家这酒，好生淡薄。别有甚好的，请我们吃几碗。”那妇人道：“有些十分香美的好酒，只是浑些。”武松道：“最好。越浑越好吃。”那妇人心里暗喜，便去里面托出一旋浑色酒来。武松看了道：“这个正是好生酒，只宜热吃最好。”那妇人道：“还是这位客官省得，我烫来你尝看。”妇人自忖道：“这个贼配军正是该死，倒要热吃。这药却是发作得快，那厮当是我手里行货！”烫得热了，把将过来筛做三碗，便道：“客官，试尝这酒。”两个公人那里忍得饥渴，只顾拿起来吃了。武松便道：“大娘子，我从来吃不得寡酒。你再切些肉来，与我过口。”张得那妇人转身入去，却把这酒泼在僻暗处，口中虚把舌头来咂道：“好酒，还是这酒冲得人动！”

那妇人那曾去切肉，只虚转一遭，便出来拍手叫道：“倒也！倒也！”那两个公人，只见天旋地转，禁了口，望后扑地便倒。武松也把眼来虚闭紧了，扑地仰倒在凳边。那妇人笑道：“着了！由你奸似鬼，吃了老娘的洗脚

① 馒头——即包子。

水。"便叫:"小二、小三,快出来!"只见里面跳出两个蠢汉来,先把两个公人扛了进去,这妇人后来桌上,提了武松的包裹并公人的缠袋,捏一捏看,约莫里面是些金银。那妇人欢喜道:"今日得这三头行货,倒有好两日馒头卖,又得这若干东西。"把包裹缠袋提了入去,却出来,看这两个汉子扛抬武松。那里扛得动,直挺挺在地下,却似有千百斤重的。那妇人看了,见这两个蠢汉,拖扯不动,喝在一边说道:"你这鸟男女,只会吃饭吃酒,全没些用,直要老娘亲自动手。这个鸟大汉,却也会戏弄老娘。这等肥胖,好做黄牛肉卖。那两个瘦蛮子,只好做水牛肉卖。扛进去,先开剥这厮。"那妇人一头说,一面先脱去了绿纱衫儿,解下了红绢裙子,赤膊着,便来把武松轻轻提将起来。武松就势抱住那妇人,把两只手一拘拘将拢来,当胸前搂住,却把两只腿望那妇人下半截只一挟,压在妇人身上,那妇人杀猪也似叫起来。那两个汉子急待向前,被武松大喝一声,惊的呆了。那妇人被按压在地上,只叫道:"好汉饶我!"那里敢挣扎,正是:

麻翻打虎人,馒头要发酵。

谁知真英雄,却会恶取笑。

牛肉卖不成,反做杀猪叫!

只见门前一人挑一担柴,歇在门首,望见武松按倒那妇人在地上,那人大踏步跑将进来叫道:"好汉息怒!且饶恕了,小人自有话说。"武松跳将起来,把左脚踏住妇人,提着双拳,看那人时,头带青纱凹面巾,身穿白布衫,下面腿絣护膝,八搭麻鞋,腰系着缠袋。生得三拳骨叉脸儿,微有几根髭髯,年近三十五六。看着武松,叉手不离方寸,说道:"愿闻好汉大名。"武松道:"我行不更名,坐不改姓,都头武松的便是!"那人道:"莫不是景阳冈打虎的武都头?"武松回道:"然也。"那人纳头便拜道:"闻名久矣,今日幸得拜识。"武松道:"你莫非是这妇人的丈夫?"那人道:"是小人的浑家,有眼不识泰山,不知怎地触犯了都头。可看小人薄面,望乞恕罪。"正是:

自古嗔拳输笑面,从来礼数服奸邪。

只因义勇真男子,降伏凶顽母夜叉。

武松见他如此小心,慌忙放起妇人来,便问:"我看你夫妻两个,也不是等闲的人,愿求姓名。"那人便叫妇人穿了衣裳,快近前来,拜了都头。武松道:"却才冲撞,阿嫂休怪。"那妇人便道:"有眼不识好人。一时不是,望伯伯恕罪。且请去里面坐地。”武松又问道:“你夫妻二位,高姓大名,如何知我姓名?”那人道:“小人姓张,名青,原是此间光明寺种菜园子。为因一时间争些小事,性起,把这光明寺僧行杀了,放把火烧做白地[①],后来也没对头,官司也不来问,小人只在此大树坡下剪径。忽一日,有个老儿挑担子过来,小人欺负他老,抢出来和他厮并,斗了二十余合,被那老儿一扁担打翻。原来那老儿年纪小时,专一剪径;因见小人手脚活,便带小人归去到城里,教了许多本事,又把这个女儿招赘小人做个女婿。城里怎地住得?只得依旧来此间盖些草屋,卖酒为生;实是只等客商过往,有那入眼的,便把些蒙汗药与他吃了便死。将大块好肉,切做黄牛肉卖;零碎小肉,做馅子包馒头。小人每日也挑些去村里卖,如此度日。小人因好结识江湖上好汉,人都叫小人做菜园子张青。俺这浑家姓孙,全学得他父亲本事,人都唤他做母夜叉孙二娘。小人却才回来,听得浑家叫唤,谁想得遇都头。小人多曾吩咐浑家道:‘三等人不可坏他。第一,是云游僧道:他又不曾受用过分了,又是出家的人。’则恁地也争些儿坏了一个惊天动地的人:原是延安府老种经略相公帐前提辖,姓鲁,名达,为因三拳打死了一个镇关西,逃走上五台山,落发为僧,因他脊梁上有花绣,江湖上都呼他做花和尚鲁智深;使一条浑铁禅杖,重六十来斤;也从这里经过。浑家见他生得肥胖,酒里下了些蒙汗药,扛入在作坊里。正要动手开剥,小人恰好归来;见他那条禅杖非俗,却慌忙把解药救起来,结拜为兄。打听得他近日占了二龙山宝珠寺,和一个甚么青面兽杨志,霸在那方落草。小人几番收得他相招的书信,只是不能够去。”武松道:“这两个,我也在江糊上多闻他名。”张青道:“只可惜了一个头陀,长七八尺一条大汉,也把来麻坏了。小人归得迟了些个,已把他卸下四足。如今只留得一个箍头的铁界尺,一领皂直裰,一张度牒在此。别的都不打紧,有两件物最难得:一件是一百单八颗人顶骨做成的数珠[②];一件是两把雪花镔铁打成的戒刀。想这个头陀也自杀人不少。直到如今,那刀要便半夜里啸响。小人只恨道不曾救得这个人,心里常常忆念他。又吩咐浑家道:‘第二等是江湖上行院妓女

① 白地——空地。这里作“废墟”。

② 数珠——即念珠,亦称“佛珠”。佛教徒念佛号、经文时用以计数的工具。一般由一百零八颗珠子穿成,故亦叫“百八丸”。

之人：他们是冲州撞府，逢场作戏，陪了多少小心得来的钱物；若还结果了他，那厮们你我相传，去戏台上说得我等江湖上好汉不英雄。'又吩咐浑家道：'第三等是各处犯罪流配的人，中间多有好汉在里头，切不可坏他。'不想浑家不依小人的言语，今日又冲撞了都头，幸喜小人归得早些。却是如何了起这片心？"

母夜叉孙二娘道："本是不肯下手。一者见伯伯包裹沉重，二乃怪伯伯说起风话，因此一时起意。"武松道："我是斩头沥血的人，何肯戏弄良人！我见阿嫂瞧得我包裹紧，先疑忌了，因此特地说些风话，漏你下手。那碗酒我已泼了，假做中毒，你果然来提我。一时拿住，甚是冲撞了嫂子，休怪！"

张青大笑起来，便请武松直到后面客席里坐定。武松道："兄长，你且放出那两个公人则个。"张青便引武松到人肉作坊里，看时，见壁上绷着几张人皮，梁上吊着五七条人腿；见那两个公人，一颠一倒，挺着在剥人凳上。武松道："大哥，你且救起他两个来。"张青道："请问都头：今得何罪？配到何处去？"武松把杀西门庆并嫂的缘由，一一说了一遍。张青夫妻两个，称赞不已，便对武松说道："小人有句话说，未知都头如何？"武松道："大哥但说不妨。"

张青不慌不忙，对武松说出那几句话来，有分教，武松大闹了孟州城，哄动了安平寨。直教打翻拽象拖牛汉，攧倒擒龙捉虎人。毕竟张青对武松说出甚言语来，且听下回分解。

第二十八回

武松威镇安平寨　施恩义夺快活林

话说当下张青对武松说道："不是小人心歹，比及都头去牢城营里受苦，不若就这里把两个公人做翻，且只在小人家里过几时。若是都头肯去落草时，小人亲自送至二龙山宝珠寺，与鲁智深相聚入伙如何？"武松道："最是兄长好心，顾盼小弟。只是一件：武松平生只要打天下硬汉，这两个公人，于我分上，只是小心，一路上服侍我来。我若害了他，天理也不容我。你若敬爱我时,便与我救起他两个来,不可害他。"张青道:"都头既然如此仗义,小人便救醒了。"

当下张青叫火家便从剥人凳上搀起两个公人来。孙二娘便调一碗解药来,张青扯住耳朵,灌将下去。没半个时辰,两个公人,如梦中睡觉的一般爬将起来,看了武松说道:"我们却如何醉在这里?这家恁么好酒!我们又吃不多,便恁地醉了!记着他家,回来再问他买吃。"武松笑将起来,张青、孙二娘也笑,两个公人正不知怎地。那两个火家,自去宰杀鸡鹅,煮得熟了,整顿杯盘端正。张青教摆在后面葡萄架下,放了桌凳坐头。张青便邀武松并两个公人到后园内。

武松便让两个公人上面坐了,张青、武松在下面朝上坐了,孙二娘坐在横头。两个汉子轮番斟酒,来往搬摆盘馔。张青劝武松饮酒。至晚,取出那两口戒刀来,叫武松看了。果是镔铁打的,非一日之功。两个又说些江湖上好汉的勾当,却是杀人放火的事。武松又说:"山东及时雨宋公明仗义疏财,如此豪杰,如今也为事逃在柴大官人庄上。"两个公人听得,惊得呆了,只是下拜。武松道:"难得你两个送我到这里了,终不成有害你之心?我等江湖上好汉们说话,你休要吃惊,我们并不肯害为善的人。你只顾吃酒,明日到孟州时,自有相谢。"当晚就张青家里歇了。

次日,武松要行,张青那里肯放,一连留住,管待了三日。武松因此感激张青夫妻两个厚意。论年齿张青却长武松五年,因此武松结拜张青为兄。武松再辞了要行,张青又置酒送路,取出行李、包裹、缠袋,交还了,又送十来两银子与武松,把二三两零碎银子,赍发两个公人。武松就把这十两银子一发与了两个公人,再带上行枷,依旧贴了封皮。张青和孙二娘送出门前,武松作别了,自和公人投孟州来。诗曰:

结义情如兄弟亲,劝言落草尚逡巡。
须知愤杀奸淫者,不作违条犯法人。

未及晌午,早来到城里。直至州衙,当厅投下了东平府文牒。州尹看了,收了武松,自押了回文,与两个公人回去,不在话下。随即却把武松帖发本处牢城营来。当日武松来到牢城营前,看见一座牌额,上书三个大字,写着道:"安平寨。"公人带武松到单身房里,公人自去下文书,讨了收管,不必得说。

武松自到单身房里,早有十数个一般的囚徒来看武松,说道:"好汉,你新到这里，包裹里若有人情的书信，并使用的银两，取在手头，少刻差拨到来，便可送与他。若吃杀威棒时，也打得轻。若没人情送与他时，端的狼狈！我和你是一般犯罪的人，特地报你知道。岂不闻'兔死狐悲，物伤其类'？我们只怕你初来不省得，通你得知。"武松道："感谢你们众位指教我。小人身边略有些东西。若是他好问我讨时，便送些与他；若是硬问我要时，一文也没。"众囚徒道："好汉，休说这话，古人道：'不怕官，只怕管。''在人矮檐下，怎敢不低头！'只是小心便好。"说犹未了，只见一个道："差拨官人来了。"众人都自散了。

武松解了包裹，坐在单身房里，只见那个人走将入来，问道："那个是新到囚徒？"武松道："小人便是。"差拨道："你也是安眉带眼[①] 的人，直须要我开口说。你是景阳冈打虎的好汉，阳谷县做都头，只道你晓事，如何这等不达时务！你敢来我这里，猫儿也不吃你打了！"武松道："你倒来发话，指望老爷送人情与你，半文也没。我精拳头有一双相送！金银有些，留了自买酒吃，看你怎地奈何我？没地里倒把我发回阳谷县去不成！"那差拨大怒去了。又有众囚徒走拢来说道："好汉，你和他强了，少间苦也！他如今去和管营相公说了，必然害你性命！"武松道："不怕！随他怎么奈何我，文来文对，武来武对！"

正在那里说言未了，只见三四个人来单身房里，叫唤新到囚人武松。武松应道："老爷在这里，又不走了，大呼小喝做甚么！"那来的人把武松一带，带到点视厅前，那管营相公正在厅上坐。五六个军汉，押武松在当面，管营喝叫除了行枷，说道："你那囚徒，省得太祖武德皇帝旧制：但凡初到配军，须打一百杀威棒。那兜拕的，背将起来。"武松道："都不要你众人闹动，要打便打，也不要兜拕。我若是躲闪一棒的，不是好汉，从先打过的都不算，从新再打起。我若叫一声，也不是好男子！"两边看的人都笑道："这痴汉弄死，且看他如何熬！"武松又道："要打便打毒些，不要人情棒儿，打我不快活。"两下众人都笑起来。

那军汉拿起棍来，却待下手，只见管营相公身边立着一个人：六尺以上身材，二十四五年纪；白净面皮，三柳髭须；额头上缚着白手帕，身上穿着一领青纱上盖，把一条白绢搭膊络着手。那人便去管营相公耳朵边，略

---

① 安眉带眼——心明眼亮，聪明懂事，乖巧。

说了几句话。只见管营道："新到囚徒武松，你路上途中曾害甚病来？"武松道："我于路不曾害，酒也吃得，肉也吃得，饭也吃得，路也走得。"管营道："这厮是途中得病到这里，我看他面皮才好，且寄下他这顿杀威棒。"两边行杖的军汉低低对武松道："你快说病。这是相公将就[①] 你，你快只推曾害便了。"武松道："不曾害，不曾害，打了倒干净！我不要留这一顿寄库棒，寄下倒是钩肠债，几时得了！"两边看的人都笑。管营也笑道："想是这汉子多管害热病了，不曾得汗，故出狂言。不要听他，且把去禁在单身房里。"

三四个军人引武松依前送在单身房里。众囚徒都来问道："你莫不有甚好相识书信与管营么？"武松道："并不曾有。"众囚徒道："若没时，寄下这顿棒，不是好意，晚间必然来结果你！"武松道："他还是怎地来结果我？"众囚徒道："他到晚把两碗干黄仓米饭，和些臭鲞鱼来，与你吃了，趁饱带你去土牢里去，把索子捆翻着，一床干稿荐把你卷了，塞住了你七窍，颠倒竖在壁边；不消半个更次，便结果了你性命。这个唤做盆吊。"武松道："再有怎地安排我？"众人道："再有一样，也是把你来捆了，却把一个布袋，盛一袋黄沙，将来压在你身上；也不消一个更次，便是死的。这个唤土布袋。"武松又问道："还有甚么法度害我？"众人道："只是这两件怕人些，其余的也不打紧。"

众人说犹未了，只见一个军人托着一个盒子入来，问道："那个是新配来的武都头？"武松答道："我便是。甚么话说？"那个答道："管营叫送点心在这里。"武松来看时，一大旋酒，一盘肉，一盘子面，又是一大碗汁。武松寻思道："敢是把这些点心与我吃了，却来对付我？我且落得吃了，却又理会。"武松把那旋酒来一饮而尽，把肉和面都吃尽了。那人收拾家火回去了。

武松坐在房里寻思，自己冷笑道："看他怎地来对付我！"看看天色晚来，只见头先那个人，又顶一个盒子入来，武松问道："你又来怎地？"那人道："叫送晚饭在这里。"摆下几盘菜蔬，又是一大旋酒，一大盘煎肉，一碗鱼羹，一大碗饭。武松见了，暗暗自忖道："吃了这顿饭食，必然来结果我。且由他，便死也做个饱鬼。落得吃了，却再计较。"那人等武松吃了，收拾

---

① 将就——关照，照顾。

碗碟回去了。

不多时,那个人又和一个汉子两个来:一个提着浴桶,一个提一个大桶汤来,看着武松道:"请都头洗浴。"武松想道:"不要等我洗浴了来下手?我也不怕他,且落得洗一洗。"那两个汉子安排倾下汤,武松跳在浴桶里面,洗了一回,随即送过浴裙手巾,教武松拭了,穿了衣裳。一个自把残汤倾了,提了浴桶去。一个便把藤簟、纱帐,将来挂起;铺了藤簟,放个凉枕,叫了安置,也回去了。

武松把门关上,拴了,自在里面思想道:"这个是甚么意思?随他便了,且看如何。"放倒头,便自睡了,一夜无事。

天明起来,才开得房门,只见夜来那个人,提着桶洗面汤进来,教武松洗了面,又取漱口水漱了口,又带个篦头待诏来,替武松篦了头,绾个髻子,裹了巾帻。又是一个人,将个盒子入来,取出菜蔬下饭,一大碗肉汤,一大碗饭。武松想道:"由你走道儿,我且落得吃了。"武松吃罢饭,便是一盏茶。却才茶罢,只见送饭的那个人来请道:"这里不好安歇,请都头去那壁房里安歇,搬茶搬饭却便当。"武松道:"这番来了!我且跟他去,看如何!"一个便来收拾行李被卧,一个引着武松,离了单身房里,来到前面一个去处。推开房门来,里面干干净净的床帐,两边都是新安排的桌凳什物。武松来到房里看了,存想道:"我只道送我入土牢里去,却如何来到这般去处?比单身房好生齐整!"

鸡鸣狗盗君休笑,曾向函关出孟尝[①]。
今日配军为上客,孟州赢得姓名扬。

武松坐到日中,那个人又将一个提盒子入来,手里提着一注子酒。将到房中,打开看时,摆下四般果子,一只熟鸡,又有许多蒸卷儿。那个便把熟鸡来撕了,将注子里好酒筛下,请都头吃。武松心里忖道:"毕竟是何如?"到晚又是许多下饭;又请武松洗浴了,乘凉歇息。武松自思道:"众囚徒也是这般说,我也这般想,却是怎地这般请我?"

---

① 鸡鸣狗盗二句——"战国四公子"之一齐国的孟尝君以养士闻名。一次出使秦国被拘禁。秦王宠姬答应从中说合,并索要已献秦王之狐白裘。食客中有善窃者入宫得之。孟尝君半夜逃至函谷关。守规鸡鸣方可开关。食客中有学鸡叫的,引鸡齐鸣。孟尝君得以出逃。

到第三日，依前又是如此送饭送酒。武松那日早饭罢，行出寨里来闲走，只见一般的囚徒，都在那里担水的，劈柴的，做杂工的，却在晴日头里晒着。正是五六月炎天，那里去躲这热。武松却背叉着手，问道："你们却如何在这日头里做工？"众囚徒都笑起来，回说道："好汉，你自不知，我们拨在这里做生活时，便是人间天上了！如何敢指望嫌热坐地？还别有那没人情的，将去锁在大牢里，求生不得生，求死不得死，大铁链锁着，也要过哩！"

武松听罢，去天王堂前后转了一遭，见纸炉边一个青石墩，有个关眼，是缚竿脚的，好块大石。武松就石上坐了一会，便回房里来，坐地了自存想，只见那个人又搬酒和肉来。

话休絮烦。武松自到那房里，住了数日，每日好酒好食，搬来请武松吃，并不见害他的意，武松心里正委决不下。当日晌午，那人又搬将酒食来，武松忍耐不住，按定盒子问那人道："你是谁家伴当？怎地只顾将酒食来请我？"那人答道："小人前日已禀都头说了，小人是管营相公家里体己[①]人。"武松道："我且问你：每日送的酒食，正是谁教你将来请我？吃了怎地？"那人道："是管营相公家里的小管营教送与都头吃。"武松道："我是个囚徒犯罪的人，又不曾有半点好处到管营相公处，他如何送东西与我吃？"那人道："小人如何省得？小管营吩咐道，教小人且送半年三个月却说话。"武松道："却又作怪！终不成将息得我肥胖了，却来结果我。这个鸟闷葫芦，教我如何猜得破？这酒食不明，我如何吃得安稳？你只说与我：你那小管营是甚么样人？在那里曾和我相会？我便吃他的酒食。"那个人道："便是前日都头初来时，厅上立的那个白手帕包头络着右手，那人便是小管营。"武松道："莫不是穿青纱上盖立在管营相公身边的那个人？"那人道："正是老管营相公儿子。"武松道："我待吃杀威棒时，敢是他说，救了我，是么？"那人道："正是。小管营对他父亲说了，因此不打都头。"武松道："却又跷蹊！我自是清河县人氏，他自是孟州人，自来素不相识，如何这般看觑我，必有个缘故。我且问你：那小管营姓甚名谁？"那人道："姓施，名恩，使得好拳棒，人都叫他做金眼彪施恩。"武松听了，道："想他必是个好男子，你且去请他出来，和我相见了，这酒食便可吃你的；你若不请他

---

① 体己——这里指心腹，亲随的人。也作"梯己"。

出来和我厮见时,我半点儿也不吃。"那人道:"小管营吩咐小人道:休要说知备细,教小人待半年三个月方才说知相见。"武松道:"休要胡说！你只去请小管营出来,和我相会了便罢。"那人害怕,那里肯去。武松焦躁起来,那人只得去里面说知。

多时,只见施恩从里面跑将出来,看着武松便拜。武松慌忙答礼,说道:"小人是个治下的囚徒,自来未曾拜识尊颜;前日又蒙救了一顿大棒,今又蒙每日好酒好食相待,甚是不当;又没半点儿差遣,正是无功受禄,寝食不安。"施恩答道:"小人久闻兄长大名,如雷灌耳;只恨云程阻隔,不能够相见。今日幸得兄长到此,正要拜识威颜;只恨无物款待,因此怀羞,不敢相见。"武松问道:"却才听得伴当所说,且教武松过半年三个月,却有话说。正是小管营要与小人说甚么?"施恩道:"村仆不省得事,脱口便对兄长说知道,却如何造次说得?"武松道:"管营恁地时,却是秀才耍！倒教武松憋破肚皮,闷了,怎地过得？你且说正是要我怎地?"施恩道:"既是村仆说出了,小弟只得告诉:因为兄长是个大丈夫,真男子,有件事欲要相央,除是兄长便行得;只是兄长远路到此,气力有亏,未经完足;且请将息半年三五个月,待兄长气力完足,那时却对兄长说知备细。"

武松听了,呵呵大笑道:"管营听禀:我去年害了三个月疟疾,景阳冈上,酒醉里打翻了一只大虫,也只三拳两脚,便自打死了,何况今日！"施恩道:"而今且未可说。且等兄长再将养几时,待贵体完完备备,那时方敢告诉。"武松道:"只是道我没气力了。既是如此说时,我昨日看见天王堂前那个石墩,约有多少斤重?"施恩道:"敢怕有四五百斤重。"武松道:"我且和你去看一看,武松不知拔得动也不。"施恩道:"请吃罢酒了同去。"武松道:"且去了回来吃未迟。"

两个来到天王堂前,众囚徒见武松和小管营同来,都躬身唱喏。武松把石墩略摇一摇,大笑道:"小人真个娇惰了,那里拔得动。"施恩道:"三五百斤石头,如何轻视得他！"武松笑道:"小管营,也信真个拿不起？你众人且躲开,看武松拿一拿。"武松便把上半截衣裳脱下来,拴在腰里,把那个石墩只一抱,轻轻地抱将起来,双手把石墩只一撇,扑地打下地里一尺来深。众囚徒见了,尽皆骇然。武松再把右手去地里一提,提将起来,望空只一掷,掷起来离地一丈来高;武松双手只一接,接来轻轻地放在原旧安处,回过身来,看着施恩并众囚徒,武松面上不红,心头不跳,口里不喘。

施恩近前抱住武松便拜道:"兄长非凡人也!真天神!"众囚徒一齐都拜道:"真神人也!"诗曰:

神力惊人心胆寒,皆因义勇气弥漫。

掀天揭地英雄手,拔石应宜似弄丸。

施恩便请武松到私宅堂上请坐了。武松道:"小管营今番须用说知,有甚事使令我去?"施恩道:"且请少坐,待家尊出来相见了时,却得相烦告诉。"武松道:"你要教人干事,不要这等儿女象,颠倒恁地,不是干事的人了。便是一刀一割的勾当,武松也替你去干!若是有些谄佞的,非为人也!"那施恩叉手不离方寸,才说出这件事来。有分教,武松显出那杀人的手段,重施这打虎的威风。正是:双拳起处云雷吼,飞脚来时风雨惊。毕竟施恩对武松说出甚事来,且听下回分解。

第二十九回

施恩重霸孟州道　武松醉打蒋门神

话说当时施恩向前说道:"兄长请坐,待小弟备细告诉衷曲之事。"武松道:"小管营,不要文文诌诌,只拣紧要的话直说来。"施恩道:"小弟自幼从江湖上师父学得些小枪棒在身,孟州一境,起小弟一个诨名,叫做金眼彪。小弟此间东门外,有一座市井,地名唤做快活林,但是山东、河北客商们,都来那里做买卖;有百十处大客店,三二十处赌坊兑坊。往常时,小弟一者倚仗随身本事,二者捉着营里有八九十个拼命囚徒,去那里开着一个酒肉店,都分与众店家和赌钱兑坊里。但有过路妓女之人,到那里来时,先要来参见小弟,然后许他去趁食。那许多去处,每朝每日,都有闲钱;月终也有三二百两银子寻觅,如此赚钱。近来被这本营内张团练新从东路州来,带一个人到此。那厮姓蒋名忠,有九尺来长身材,因此江湖上起他一个诨名,叫做蒋门神。那厮不特长大,原来有一身好本事,使得好枪棒,拽拳飞脚,相扑为最。自夸大言道:'三年上泰岳争交,不曾有对;普天之下,没我一般的了!'因此来夺小弟的道路。小弟不肯让他,吃那厮一顿拳脚打了,两个月起不得床。前日兄长来时,兀自包着头,兜着手,直到如今,疮痕未消。本待要起人去和他厮打,他却有张团练那一班儿正军,若是闹将起来,和营中先自折理,有这一点无穷之恨,不能报得。久闻兄长是个大丈夫,怎地得兄长与小弟出得这口无穷之怨气,死而瞑目!只恐兄长远路辛苦,气未完,力未足;因此且教将息半年三月,等贵体气完力足,方请商议。不期村仆脱口,失言说了,小弟当以实告。"

武松听罢,呵呵大笑,便问道:"那蒋门神还是几颗头,几条臂膊?"施恩道:"也只是一颗头,两条臂膊,如何有多?"武松笑道:"我只道他三头六臂,有哪吒的本事,我便怕他;原来只是一颗头,两条臂膊!既然没哪吒的模样,却如何怕他?"施恩道:"只是小弟力薄艺疏,便敌他不过。"武松道:"我却不是说嘴,凭着我胸中本事,平生只是打天下硬汉,不明道德的人。既是恁地说了,如今却在这里做甚么?有酒时,拿了去路上吃。我如今便和你去,看我把这厮和大虫一般结果他,拳头重时打死了,我自偿命。"施恩道:"兄长少坐。待家尊出来相见了,当行即行,未敢造次。等明日先使人去那里探听一遭,若是本人在家时,后日便去;若是那厮不在家时,却再理会。空自去打草惊蛇,倒吃他做了手脚,却是不好。"武松焦躁道:"小管营,你可知着他打了!原来不是男子汉做事!去便去,等甚么今日明日!要去便走,怕他准备!"

正在那里劝不住,只见屏风背后转出老管营来,叫道:"义士,老汉听你多时也。今日幸得相见义士一面,愚男如拨云见日一般。且请到后堂少叙片时。"武松跟了到里面,老管营道:"义士且请坐。"武松道:"小人是个囚徒,如何敢对相公坐地?"老管营道:"义士休如此说。愚男万幸,得遇足下,何故谦让?"武松听罢,唱个无礼喏,相对便坐了。施恩却立在面前。武松道:"小管营如何却立地?"施恩道:"家尊在上相陪,兄长请自尊便。"武松道:"恁地时,小人却不自在。"老管营道:"既是义士如此,这里又无外人。"便叫施恩也坐了。仆从搬出酒肴、果品、盘馔之类,老管营亲自与武松把盏,说道:"义士如此英雄,谁不钦敬。愚男原在快活林中做些买卖,非为贪财好利,实是壮观孟州,增添豪侠气象;不期今被蒋门神倚势豪强,公然夺了这个去处。非义士英雄,不能报仇雪恨。义士不弃愚男,满饮此杯,受愚男四拜,拜为长兄,以表恭敬之心。"武松答道:"小人有何才学,如何敢受小管营之礼?枉自折了武松的草料!"当下饮过酒,施恩纳头便拜了四拜。武松连忙答礼,结为兄弟。当日武松欢喜饮酒,吃得大醉了,便叫人扶去房中安歇,不在话下。

次日,施恩父子商议道:“武松昨夜痛醉,必然中酒,今日如何敢叫他去?且推道使人探听来,其人不在家里,延挨一日,却再理会。”当日施恩来见武松,说道:“今日且未可去:小弟已使人探知这厮不在家里。明日饭后,却请兄长去。”武松道:“明日去时不打紧,今日又气我一日。”

早饭罢,吃了茶,施恩与武松来营前闲走了一遭。回来到客房里,说些枪法,较量些拳棒。看看晌午,邀武松到家里,只具数杯酒相待,下饭按酒,不记其数。武松正要吃酒,见他只把按酒添来相劝,心中不快意。吃了晌午饭,起身别了,回到客房里坐地。只见那两个仆人,又来伏侍武松洗浴。武松问道:“你家小管营,今日如何只将肉食出来请我,却不多将些酒出来与我吃,是甚意故?”仆人答道:“不敢瞒都头说:今早老管营和小管营议论,今日本是要央都头去,怕都头夜来酒多,恐今日中酒,怕误了正事,因此不敢将酒出来。明日正要央都头去干正事。”武松道:“恁地时,道我醉了,误了你大事?”仆人道:“正是这般计较。”

当夜武松巴不得天明,早起来洗漱罢,头上裹了一顶万字头巾,身上穿了一领土色布衫,腰里系条红绢搭膊,下面腿绑护膝,八搭麻鞋。讨了一个小膏药,贴了脸上金印。施恩早来请去家里吃早饭。武松吃了茶饭罢,施恩便道:“后槽有马,备来骑去。”武松道:“我又不脚小,骑那马怎地?只要依我一件事。”施恩道:“哥哥但说不妨,小弟如何敢道不依?”武松道:“我和你出得城去,只要还我无三不过望。”施恩道:“兄长,如何是无三不过望?小弟不省其意。”武松笑道:“我说与你:你要打蒋门神时,出得城去,但遇着一个酒店,便请我吃三碗酒,若无三碗时,便不过望子去。这个唤做无三不过望。”施恩听了,想道:“这快活林离东门去,有十四五里田地,算来卖酒的人家,也有十二三家;若要每户吃三碗时,恰好有三十五六碗酒,才到得那里。恐哥哥醉了,如何使得?”

武松大笑道:“你怕我醉了没本事,我却是没酒没本事。带一分酒,便有一分本事;五分酒,五分本事。我若吃了十分酒,这气力不知从何而来。若不是酒醉后了胆大,景阳冈上如何打得这只大虫?那时节我须烂醉了,好下手,又有力,又有势。”施恩道:“却不知哥哥是恁地。家下有的是好酒,只恐哥哥醉了失事,因此夜来不敢将酒出来,请哥哥深饮。既是哥哥酒后愈有本事时,恁地先教两个仆人,自将了家里的好酒、果品、肴馔,去前路等候，却和哥哥慢慢地饮将去。”武松道：“恁么却才中我意！去打蒋门神，教我也有些胆量。没酒时，如何使得手段出来？还你今朝打倒那厮，教众人大笑一场！”施恩当时打点了，叫两个仆人，先挑食箩酒担，拿了些铜钱去了。老管营又暗暗地选拣了一二十条壮健大汉，慢慢的随后来接应，都吩咐下了。

且说施恩和武松两个，离了安平寨，出得孟州东门外来。行过得三五百步，只见官道旁边，早望见一座酒肆，望子挑出在檐前；那两个挑食担的仆人，已先在那里等候。施恩邀武松到里面坐下，仆人已先安下肴馔，将酒来筛。武松道：“不要小盏儿吃。大碗筛来，只斟三碗。”仆人排下大碗，将酒便斟。武松也不谦让，连吃了三碗便起身。仆人慌忙收拾了器皿，奔前去了。武松笑道：“却才去肚里发一发，我们去休。”两个便离了这坐酒肆，出得店来。

此时正是七月间天气，炎暑未消，金风乍起。两个解开衣襟，又行不得一里多路，来到一处，不村不郭，却早又望见一个酒旗儿，高挑出在树林里。来到林木丛中看时，却是一座卖村醪小酒店。但见：

古道村坊，傍溪酒店。杨柳阴森门外，荷华旖旎池中。飘飘酒旆舞金风，短短芦帘遮酷日。磁盆架上，白冷冷满贮村醪；瓦瓮灶前，香喷喷初蒸社酝。未必开樽香十里，也应隔壁醉三家。

当时施恩、武松来到村坊酒肆门前，施恩立住了脚问道：“此间是个村醪酒店，哥哥饮么？”武松道：“遮莫酸咸苦涩，是酒还须饮三碗。若是无三，不过帘便了。”两个人来坐下，仆人排了果品按酒。武松连吃了三碗，便起身走。仆人急急收了家火什物，赶前去了。两个出得店门来，又行不到一二里，路上又见个酒店。武松入来，又吃了三碗便走。

话休絮烦。武松、施恩，两个一处走着，但遇酒店，便入去吃三碗。约莫也吃过十来处好酒肆，施恩看武松时，不十分醉。武松问施恩道：“此去快活林，还有多少路？”施恩道：“没多了。你在前面远远地望见那个林子便是。”武松道：“既是到了，你且在别处等我，我自去寻他。”施恩道：“这话最好。小弟自有安身去处。望兄长在意，切不可轻敌。”武松道：“这个却不妨，你只要叫仆人送我。前面再有酒店时，我还要吃。”施恩叫仆人仍旧送武松。施恩自去了。

武松又行不到三四里路，再吃过十来碗酒。此时已有午牌时分，天色正热,却有些微风。武松酒却涌上来,把布衫摊开。虽然带着五七分酒,却装做十分醉的,前颠后偃,东倒西歪。来到林子前,那仆人用手指道:"只前头丁字路口,便是蒋门神酒店。"武松道:"既是到了,你自去躲得远着。等我打倒了,你们却来。"

武松抢过林子背后,见一个金刚来大汉,披着一领白布衫,撒开一把交椅,拿着蝇拂子,坐在绿槐树下乘凉。武松看那人时,生得如何,但见:

形容丑恶,相貌粗疏。一身紫肉横铺,几道青筋暴起。黄髯斜卷,唇边几阵风生;怪眼圆睁,眉下一双星闪。真是神荼郁垒象,却非立地顶天人。

这武松假醉佯颠,斜着眼看了一看,心中自忖道:"这个大汉,以定是蒋门神了。"直抢过去。

又行不到三五十步,早见丁字路口一个大酒店,檐前立着望竿,上面挂着一个酒望子,写着四个大字道:"河阳风月"。转过来看时,门前一带绿油栏杆,插着两把销金旗,每把上五个金字,写道:"醉里乾坤大,壶中日月长。"一壁厢肉案、砧头、操刀的家生,一壁厢蒸作馒头烧柴的厨灶,去里面一字儿摆着三只大酒缸,半截埋在地里,缸里面各有大半缸酒,正中间装列着柜身子,里面坐着一个年纪小的妇人,正是蒋门神初来孟州新娶的妾,原是西瓦子里唱说诸般宫调的顶老[①]。那妇人生得如何?

眉横翠岫,眼露秋波。樱桃口浅晕微红,春笋手轻舒嫩玉。冠儿小明铺鱼魫[②],掩映乌云;衫袖窄巧染榴花,薄笼瑞雪。金钗插凤,宝钏围龙。尽教崔护去寻浆[③],疑是文君重卖酒。

武松看了,瞅着醉眼,径奔入酒店里来,便去柜身相对一付座头上坐了;把双手按着桌子上,不转眼看那妇人。那妇人瞧见,回转头看了别处。

---

① 顶老——市人对艺妓的称呼。

② 鱼魫(zhěn)——宋时妇女中盛行一种鱼魫冠,是用鱼的魫骨缀饰而成。魫,鱼脑骨。

③ 崔护寻浆——唐诗人崔护清明郊游,至一庄户求水,户中姑娘殷勤相待。次年清明,崔护再访,门墙依旧,人却不在了。崔护题诗门上:"去年今日此门中,人面桃花相映红。人面不知何处去,桃花依旧笑春风。"数日后又去,闻内有哭声。人告之:姑娘见诗伤感,刚刚病去。崔护入内痛哭。姑娘复活,终成眷属。

武松看那店里时，也有五七个当撑的酒保。武松却敲着桌子叫道："卖酒的主人家在那里？"一个当头的酒保过来，看着武松道："客人要打多少酒？"武松道："打两角酒。先把些来尝看。"那酒保去柜上叫那妇人舀两角酒下来，倾放桶里，烫一碗过来道："客人尝酒。"武松拿起来闻一闻，摇着头道："不好，不好，换将来！"酒保见他醉了，将来柜上道："娘子，胡乱换些与他。"那妇人接来，倾了那酒，又舀些上等酒下来。酒保将去，又烫一碗过来。武松提起来呷了一口，叫道："这酒也不好，快换来，便饶你！"

酒保忍气吞声，拿了酒去柜边道："娘子，胡乱再换些好的与他，休和他一般见识。这客人醉了，只要寻闹相似，便换些上好的与他罢。"那妇人又舀了一等上色的好酒来与酒保，酒保把桶儿放在面前，又烫一碗过来。武松吃了道："这酒略有些意思。"问道："过卖，你那主人家姓甚么？"酒保答道："姓蒋。"武松道："却如何不姓李？"那妇人听了道："这厮那里吃醉了，来这里讨野火① 么！"酒保道："眼见得是个外乡蛮子，不省得了，休听他放屁！"松武问道："你说甚么？"酒保道："我们自说话，客人，你休管，自吃酒。"

武松道："过卖，叫你柜上那妇人下来，相伴我吃酒。"酒保喝道："休胡说！这是主人家娘子。"武松道："便是主人家娘子，待怎地？相伴我吃酒也不打紧！"那妇人大怒，便骂道："杀才！该死的贼！"推开柜身子，却待奔出来。

武松早把土色布衫脱下，上半截揣在怀里，便把那桶酒只一泼，泼在地上，抢入柜身子里，却好接着那妇人。武松手硬，那里挣扎得；被武松一手接住腰胯，一手把冠儿捏做粉碎，揪住云髻，隔柜身子提将出来，望浑酒缸里只一丢。听得"扑通"的一声响，可怜这妇人，正被直丢在大酒缸里。武松托地从柜身前踏将出来。有几个当撑的酒保，手脚活些个的，都抢来奔武松。武松手到，轻轻地只一提，提一个过来，两手揪住，也望大酒缸里只一丢，桩在里面；又一个酒保奔来，提着头只一掠，也丢在酒缸里；再有两个来的酒保，一拳一脚，却被武松打倒了。先头三个人，在三只酒缸里，那里挣扎得起。后面两个人，在地下爬不动。这几个火家捣子②，打得屁

---

① 野火——苦头。麻烦。

② 捣子——小子。含贬义。

滚尿流,乖的走了一个。武松道:"那厮必然去报蒋门神来,我就接将去,大路上打倒他好看,教众人笑一笑。"武松大踏步赶将出来。

那个捣子径奔去报了蒋门神。蒋门神见说,吃了一惊,踢翻了交椅,丢去蝇拂子,便钻将来。武松却好迎着,正在大阔路上撞见。蒋门神虽然长大,近因酒色所迷,淘虚了身子,先自吃了那一惊,奔将来,那步不曾停住,怎地及得武松虎一般似健的人,又有心来算他。蒋门神见了武松,心里先欺他醉,只顾赶将入来。

说时迟,那时快,武松先把两个拳头去蒋门神脸上虚影一影[①],忽地转身便走。蒋门神大怒,抢将来,被武松一飞脚踢起,踢中蒋门神小腹上,双手按了,便蹲下去。武松一踅,踅将过来,那只右脚早踢起,直飞在蒋门神额角上,踢着正中,望后便倒。武松追入一步,踏住胸脯,提起这醋钵儿大小拳头,望蒋门神脸上便打。原来说过的打蒋门神扑手:先把拳头虚影一影,便转身,却先飞起左脚,踢中了,便转过身来,再飞起右脚。这一扑,有名唤做玉环步,鸳鸯脚。这是武松平生的真才实学,非同小可。打的蒋门神在地下叫饶。武松喝道:"若要我饶你性命,只要依我三件事。"蒋门神在地下叫道:"好汉饶我!休说三件,便是三百件,我也依得!"武松指定蒋门神,说出那三件事。有分教,改头换面来寻主,剪发齐眉去杀人。毕竟武松说出那三件事来,且听下回分解。

第三十回

施恩三入死囚牢　武松大闹飞云浦

话说当时武松踏住蒋门神在地下道:"若要我饶你性命,只依我三件事便罢!"蒋门神便道:"好汉但说,蒋忠都依。"武松道:"第一件,要你便离了快活林,将一应家火什物,随即交还原主金眼彪施恩。谁教你强夺他的?"蒋门神慌忙应道:"依得,依得。"武松道:"第二件,我如今饶了你起

① 影一影——晃一晃。

来，你便去央请快活林为头为脑的英雄豪杰，都来与施恩陪话[①]。"蒋门神道："小人也依得。"武松道："第三件，你从今日交割还了，便要你离了这快活林，连夜回乡去，不许你在孟州住！在这里不回去时，我见一遍，打你一遍，我见十遍，打十遍；轻则打你半死，重则结果了你命。你依得么？"蒋门神听了，要挣扎性命，连声应道："依得，依得，蒋忠都依。"武松就地下提起蒋门神来，看时，打得脸青嘴肿，脖子歪在半边，额角头流出鲜血来。武松指着蒋门神说道："休言你这厮鸟蠢汉！景阳冈上那只大虫，也只三拳两脚，我兀自打死了！量你这个，值得甚的！快交割还他！但迟了些个，再是一顿，便一发结果了你这厮！"蒋门神此时方才知是武松，只得喏喏连声告饶。

正说之间，只见施恩早到，带领着三二十个悍勇军健，都来相帮，却见武松赢了蒋门神，不胜之喜，团团拥定武松。武松指着蒋门神道："本主已自在这里了。你一面便搬，一面快去请人来陪话。"蒋门神答道："好汉，且请去店里坐地。"

武松带一行人都到店里看时，满地都是酒浆，这两个鸟男女，正在缸里扶墙摸壁挣扎。那妇人方才从缸里爬得出来，头脸都吃磕破了，下半截淋淋漓漓都拖着酒浆；那几个火家酒保，走得不见影了。

武松与众人入到店里坐下，喝道："你等快收拾起身！"一面安排车子，收拾行李，先送那妇人去了；一面叫不着伤的酒保，去镇上请十数个为头的豪杰，都来店里，替蒋门神与施恩陪话。尽把好酒开了，有的是按酒[②]，都摆列了桌面，请众人坐地。武松叫施恩在蒋门神上首坐定。各人面前放只大碗，叫把酒只顾筛来。

酒至数碗，武松开话道："众位高邻，都在这里：小人武松自从阳谷县杀了人，配在这里，便听得人说道：'快活林这座酒店，原是小施管营造的屋宇等项买卖；被这蒋门神倚势豪强，公然夺了，白白地占了他的衣饭。'你众人休猜道是我的主人，他和我并无干涉。我从来只要打天下这等不明道德的人。我若路见不平，真乃拔刀相助，我便死也不怕。今日我本待把蒋家这厮，一顿拳脚打死，就除了一害；我看你众高邻面上，权寄下这厮

---

① 陪话——说劝解、调停的话。

② 按酒——下酒的菜肴果品。

一条性命。只今晚便叫他投外府去。若不离了此间,再撞见我时,景阳冈上大虫,便是模样。"众人才知道他是景阳冈上打虎的武都头,都起身替蒋门神陪话道:"好汉息怒。教他便搬了去,奉还本主。"那蒋门神吃他一吓,那里敢再做声。施恩便点了家火什物,交割了店肆。蒋门神羞惭满面,相谢了众人,自唤了一辆车儿,就装了行李,起身去了,不在话下。

且说武松邀众高邻,直吃得尽醉方休。至晚,众人散了,武松一觉,直睡到次日辰牌方醒。却说施老管营听得儿子施恩重霸得快活林酒店,自骑了马,直来店里,相谢武松,连日在店内饮酒作贺。快活林一境之人,都知武松了得,那一个不来拜见武松。自此重整店面,开张酒肆,老管营自回安平寨理事。施恩使人打听蒋门神带了老小,不知去向。这里只顾自做买卖,且不去理他,就留武松在店里居住。自此施恩的买卖,比往常加增三五分利息,各店里并各赌坊兑坊,加利倍送闲钱来与施恩。施恩得武松争了这口气,把武松似爷娘一般敬重。施恩似此重霸得孟州道快活林,不在话下。正是:

夺人道路人还夺,义气多时利亦多。

快活林中重快活,恶人自有恶人磨。

荏苒光阴,早过了一月之上。炎威渐退,玉露生凉,金风去暑,已及深秋。有话即长,无话即短。当日施恩正和武松在店里闲坐说话,论些拳棒枪法,只见店门前两三个军汉,牵着一匹马,来店里寻问主人道:"那个是打虎的武都头?"施恩却认得是孟州守御兵马都监张蒙方衙内亲随人。施恩便向前问道:"你等寻武都头则甚?"那军汉说道:"奉都监相公钧旨:闻知武都头是个好男子,特地差我们将马来取他,相公有钧帖在此。"施恩看了,寻思道:"这张都监是我父亲的上司官,属他调遣;今者武松又是配来的囚徒,亦属他管下,只得教他去。"施恩便对武松道:"兄长,这几位郎中,是张都监相公处差来取你。他既着人牵马来,哥哥心下如何?"武松是个刚直的人,不知委曲,便道:"他既是取我,只得走一遭,看他有甚话说。"随即换了衣裳巾帻,带了个小伴当,上了马,一同众人,投孟州城里来。

到得张都监宅前,下了马,跟着那军汉,直到厅前参见那张都监。那张蒙方在厅上,见了武松来,大喜道:"教进前来相见。"武松到厅下,拜了张都监,叉手立在侧边。张都监便对武松道:"我闻知你是个大丈夫,男子汉,英雄无敌,敢与人同死同生。我帐前现缺恁地一个人,不知你肯与我做亲随体己人么?”武松跪下称谢道:“小人是个牢城营内囚徒。若蒙恩相抬举,小人当以执鞭随镫,伏侍恩相。”张都监大喜,便叫取果盒酒出来。张都监亲自赐了酒,叫武松吃的大醉。就前厅廊下,收拾一间耳房,与武松安歇。次日,又差人去施恩处,取了行李来,只在张都监家宿歇。早晚都监相公,不住地唤武松进后堂与酒与食,放他穿房入户,把做亲人一般看待;又叫裁缝与武松彻里彻外做秋衣。武松见了,也自欢喜,心内寻思道:“难得这个都监相公,一力要抬举我。自从到这里住了,寸步不离,又没工夫去快活林与施恩说话。虽是他频频使人来相看我,多管是不能够入宅里来。”

武松自从在张都监宅里,相公见爱;但是人有些公事来央浼他的,武松对都监相公说了,无有不依。外人俱送些金银、财帛、缎匹等件。武松买个柳藤箱子,把这送的东西,都锁在里面,不在话下。

时光迅速,却早又是八月中秋。怎见得中秋好景,但见:

玉露冷冷,金风淅淅。井畔梧桐落叶,池中菡萏成房。新雁声悲,寒蛩韵急。舞风杨柳半摧残,带雨芙蓉逞娇艳。秋色平分催节序,月轮端正照山河。

当时张都监向后堂深处鸳鸯楼下,安排筵宴,庆赏中秋,叫唤武松到里面饮酒。武松见夫人宅眷,都在席上,吃了一杯,便待转身出来。张都监唤住武松问道:“你那里去?”武松答道:“恩相在上:夫人宅眷在此饮宴,小人理合回避。”张都监大笑道:“差了,我敬你是个义士,特地请将你来一处饮酒,如自家一般,何故却要回避?”便教坐了。武松道:“小人是个囚徒,如何敢与恩相坐地?”张都监道:“义士,你如何见外? 此间又无外人,便坐不妨。”武松三回五次,谦让告辞,张都监那里肯放,定要武松一处坐地。武松只得唱个无礼喏,远远地斜着身坐下。张都监着丫嬛、养娘相劝,一杯两盏。

看看饮过五七杯酒,张都监叫抬上果桌饮酒,又进了一两套食,次说些闲话,问了些枪法。张都监道:“大丈夫饮酒,何用小杯!”叫取大银赏钟斟酒与义士吃。连珠箭劝了武松几钟。看看月明光彩,照入东窗。武松吃的半醉,却都忘了礼数,只顾痛饮。张都监叫唤一个心爱的养娘,叫做玉兰,出来唱曲。那玉兰生得如何,但见:

脸如莲萼,唇似樱桃。两弯眉画远山青,一对眼明秋水润。纤腰袅娜,绿罗裙掩映金莲;素体馨香,绛纱袖轻笼玉笋。凤钗斜插笼云髻,象板高擎立玳筵[1]。

那张都监指着玉兰道:"这里别无外人,只有我心腹之人武都头在此。你可唱个中秋对月时景的曲儿,教我们听则个。"玉兰执着象板,向前各道个万福,顿开喉咙,唱一只东坡学士中秋《水调歌》,唱道是:

明月几时有,把酒问青天。不知天上宫阙,今夕是何年?我欲乘风归去,只恐琼楼玉宇,高处不胜寒。起舞弄清影,何似在人间。　高卷珠帘,低绮户,照无眠。不应有恨,何事常向别时圆?人有悲欢离合,月有阴晴圆缺,此事古难全。但愿人长久,万里共婵娟。

这玉兰唱罢,放下象板,又各道了一个万福,立在一边。张都监又道:"玉兰,你可把一巡酒。"这玉兰应了,便拿了一副劝盘,丫嬛斟酒,先递了相公,次劝了夫人,第三便劝武松饮酒。张都监叫斟满着。武松那里敢抬头,起身远远地接过酒来,唱了相公、夫人两个大喏,拿起酒来,一饮而尽,便还了盏子。张都监指着玉兰对武松道:"此女颇有些聪明伶俐,善知音律,极能针指。如你不嫌低微,数日之间,择了良时,将来与你做个妻室。"武松起身再拜道:"量小人何者之人,怎敢望恩相宅眷为妻?枉自折武松的草料。"张都监笑道:"我既出了此言,必要与你。你休推故阻,我必不负约。"

当时一连又饮了十数杯酒。约莫酒涌上来,恐怕失了礼节,便起身拜谢了相公、夫人,出到前厅廊下房门前。开了门,觉道酒食在腹,未能便睡,去房里脱了衣裳,除了巾帻,拿条哨棒来厅心里,月明下,使几回棒,打了几个轮头,仰面看天时,约莫三更时分。

武松进到房里,却待脱衣去睡,只听得后堂里一片声叫起有贼来。武松听得道:"都监相公如此爱我,他后堂内里有贼,我如何不去救护。"武松献勤,提了一条哨棒,径抢入后堂里来。只见那个唱的玉兰,慌慌张张走出来指道:"一个贼奔入后花园里去了!"武松听得这话,提着哨棒,大踏步直赶入花园里去寻时,一周遭不见。

复翻身却奔出来,不提防黑影里撇出一条板凳,把武松一交绊翻,走

---

① 象板句——象牙制的拍板,歌唱时以调节乐曲板眼。玳筵,以玳瑁装饰坐具的宴席。

出七八个军汉,叫一声:“捉贼!”就地下把武松一条麻索绑了。武松急叫道:“是我!”那众军汉那里容他分说。

只见堂里灯烛荧煌,张都监坐在厅上,一片声叫道:“拿将来!”众军汉把武松一步一棍,打到厅前。武松叫道:“我不是贼,是武松。”张都监看了大怒,变了面皮,喝骂道:“你这个贼配军,本是个强盗,贼心贼肝的人,我倒要抬举你一力成人,不曾亏负了你半点儿,却才教你一处吃酒,同席坐地,我指望要抬举,与你个官,你如何却做这等的勾当?”武松大叫道:“相公,非干我事!我来捉贼,如何倒把我捉了做贼?武松是个顶天立地的好汉,不做这般的事。”张都监喝道:“你这厮休赖!且把他押去他房里,搜看有无赃物。”

众军汉把武松押着,径到他房里,打开他那柳藤箱子看时,上面都是些衣服,下面却是些银酒器皿,约有一二百两赃物。武松见了,也自目睁口呆,只叫得屈。众军汉把箱子抬出厅前,张都监看了大骂道:“贼配军,如此无礼,赃物正在你箱子里搜出来,如何赖得过!常言道:‘众生好度人难度!’原来你这厮外貌象人,倒有这等贼心贼肝!既然赃证明白,没话说了。”连夜便把赃物封了,且叫送去机密房里监收,天明却和这厮说话。武松大叫冤屈,那里肯容他分说,众军汉扛了赃物,将武松送到机密房里收管了。张都监连夜使人去对知府说了,押司孔目上下都使用了钱。

次日天明,知府方才坐厅,左右缉捕观察,把武松押至当厅,赃物都扛在厅上。张都监家心腹人,赍着张都监被盗的文书,呈上知府看了。那知府喝令左右把武松一索捆翻。牢子节级将一束问事狱具放在面前。武松却待开口分说,知府喝道:“这厮原是远流配军,如何不做贼,以定是一时见财起意。既是赃证明白,休听这厮胡说,只顾与我加力打!”那牢子狱卒,拿起批头竹片,雨点地打下来。

武松情知不是话头,只得屈招做:“本月十五日,一时见本官衙内许多银酒器皿,因而起意,至夜乘势窃取入己。”与了招状。知府道:“这厮正是见财起意,不必说了,且取枷来钉了监下。”牢子将过长枷,把武松枷了,押下死囚牢里监禁了。诗曰:

都监贪污实可嗟,出妻献婢售奸邪。
如何太守心堪买,也把平人当贼拿。

且说武松下到大牢里,寻思道:“叵耐张都监那厮,安排这般圈套坑陷我。我若能够挣得性命出去时,却又理会。"牢子狱卒,把武松押在大牢里,将他一双脚昼夜匣着,又把木钮钉住双手,那里容他些松宽。

话里却说施恩,已有人报知此事,慌忙入城来和父亲商议。老管营道:"眼见得是张团练替蒋门神报仇,买嘱张都监,却设出这条计策陷害武松。必然是他着人去上下都使了钱,受了人情贿赂,众人以此不由他分说,必然要害他性命。我如今寻思起来,他须不该死罪。只是买求两院押牢节级,便好可以存他性命。在外却又别作商议。"施恩道:"现今当牢节级姓康的,和孩儿最过得好。只得去求浼他如何?"老管营道:"他是为你吃官司,你不去救他,更待何时?"

施恩将了一二百两银子,径投康节级,却在牢未回。施恩教他家着人去牢里说知。不多时,康节级归来与施恩相见。施恩把上件事一一告诉了一遍。康节级答道:"不瞒兄长说:此一件事,皆是张都监和张团练两个,同姓结义做兄弟。现今蒋门神躲在张团练家里,却央张团练买嘱这张都监,商量设出这条计来,一应上下之人,都是蒋门神用贿赂,我们都接了他钱。厅上知府,一力与他作主,定要结果武松性命,只有当案一个叶孔目不肯,因此不敢害他。这人忠直仗义,不肯要害平人,以此武松还不吃亏。今听施兄所说了,牢中之事,尽是我自维持;如今便去宽他,今后不教他吃半点儿苦。你却快央人去,只嘱叶孔目,要求他早断出去,便可救得他性命。"施恩取一百两银子与康节级。康节级那里肯受,再三推辞,方才收了。

施恩相别出门来,径回营里,又寻一个和叶孔目知契[①]的人,送一百两银子与他,只求早早紧急决断。那叶孔目已知武松是个好汉,亦自有心周全他,已把那文案做得活着,只被这知府受了张都监贿赂嘱托,不肯从轻。勘来武松窃取人财,又不得死罪,因此互相延挨,只要牢里谋他性命。今来又得了这一百两银子,亦知是屈陷武松,却把这文案都改得轻了,尽出豁[②]了武松,只待限满决断。有诗为证:

赃吏纷纷据要津,公然白日受黄金。
西厅孔目心如水,不把真心作贼心。

---

① 知契——知心,投合。契,合。

② 出豁——开脱。也作"出活"。

且说施恩于次日安排了许多酒馔，甚是齐备，来央康节级引领，直进大牢里看视武松，见面送饭。此时武松已自得康节级看觑[①]，将这刑禁都放宽了。施恩又取三二十两银子，分俵与众小牢子。取酒食叫武松吃了。施恩附耳低言道："这场官司，明明是都监替蒋门神报仇，陷害哥哥。你且宽心，不要忧念。我已央人和叶孔目说通了，甚有周全你的好意。且待限满断决你出去，却再理会。"此时武松得松宽了，已有越狱之心；听得施恩说罢，却放了那片心。施恩在牢里安慰了武松，归到营中。

过了两日，施恩再备些酒食钱财，又央康节级引领入牢里，与武松说话；相见了，将酒食管待；又分俵了些零碎银子与众人做酒钱。回归家来，又央浼人上下去使用，催趱打点文书。过得数日，施恩再备了酒肉，做了几件衣裳，再央康节级维持，相引将来牢里，请众人吃酒，买求看觑武松，叫他更换了些衣服，吃了酒食。出入情熟，一连数日，施恩来了大牢里三次。却不提防被张团练家心腹人见了，回去报知。那张团练便去对张都监说了其事。张都监却再使人送金帛来与知府，就说与此事。那知府是个赃官，接受了贿赂，便差人常常下牢里来闸看；但见闲人，便要拿问。施恩得知了，那里敢再去看觑，武松却自得康节级和众牢子自照管他。施恩自此早晚只去得康节级家里讨信，得知长短，都不在话下。

看看前后将及两月。有这当案叶孔目一力主张，知府处早晚说开就里；那知府方才知道张都监接受了蒋门神若干银子，通同张团练，设计排陷武松，自心里想道："你倒赚了银两，教我与你害人！"因此心都懒了，不来管看。

挨到六十日限满，牢中取出武松，当厅开了枷。当案叶孔目读了招状，就拟下罪名，脊杖二十，刺配恩州牢城，原盗赃物，给还本主。张都监只得着家人当官领了赃物。当厅把武松断了二十脊杖，刺了金印，取一面七斤半铁叶盘头枷钉了，押一纸公文，差两个壮健公人，防送武松，限了时日要起身。那两个公人，领了牒文，押解了武松出孟州衙门便行。原来武松吃断棒之时，却得老管营使钱通了，叶孔目又看觑他，知府亦知他被陷害，不十分来打重。因此断得棒轻。

武松忍着那口气，带上行枷，出得城来，两个公人监在后面。约行得

---

① 看觑(qù)——照料，照顾。

一里多路,只见官道旁边酒店里钻出施恩来,看着武松道:“小弟在此专等。”武松看施恩时,又包着头,络着[①]手臂。武松问道:“我好几时不见你,如何又做恁地模样?”施恩答道:“实不相瞒哥哥说:小弟自从牢里三番相见之后,知府得知了,不时差人下来牢里点闸,那张都监又差人在牢门口左右两边巡看着,因此小弟不能够再进大牢里看望兄长,只到得康节级家里讨信。半月之前,小弟正在快活林中店里,只见蒋门神那厮,又领着一伙军汉到来厮打。小弟被他又痛打一顿,也要小弟央浼人陪话,却被他仍复夺了店面,依旧交还了许多家火什物。小弟在家将息未起,今日听得哥哥断配恩州,特有两件绵衣,送与哥哥路上穿着。煮得两只熟鹅在此,请哥哥吃了两块去。”

施恩便邀两个公人,请他入酒肆,那两个公人那里肯进酒店里去,便发言发语道:“武松这厮,他是个贼汉,不争[②]我们吃你的酒食,明日官府上须惹口舌。你若怕打,快走开去。”施恩见不是话头,便取十来两银子,送与他两个公人。那厮两个,那里肯接,恼忿忿地,只要催促武松上路。施恩讨两碗酒,叫武松吃了,把一个包裹拴在武松腰里,把这两只熟鹅挂在武松行枷上。施恩附耳低言道:“包裹里有两件绵衣,一帕子散碎银子,路上好做盘缠;也有两只八搭麻鞋在里面。只是要路上仔细提防,这两个贼男女,不怀好意。”武松点头道:“不须吩咐,我已省得了。再着两个来,也不惧他。你自回去将息。且请放心,我自有措置。”施恩拜辞了武松,哭着去了,不在话下。

武松和两个公人上路,行不到数里之上,两个公人悄悄地商议道:“不见那两个来。”武松听了,自暗暗地寻思,冷笑道:“没你娘鸟兴,那厮倒来扑复老爷!”武松右手却吃钉住在行枷上,左手却散着。武松就枷上取下那熟鹅来,只顾自吃,也不睬那两个公人。又行了四五里路,再把这只熟鹅除来,右手扯着,把左手撕来,只顾自吃。行不过五里路,把这两只熟鹅都吃尽了。

约莫离城也有八九里多路,只见前面路边,先有两个人,提着朴刀,各跨口腰刀,先在那里等候。见了公人监押武松到来,便帮着一路走。武松

---

① 络着——缠着。

② 不争——如果。

又见这两个公人，与那两个提朴刀的挤眉弄眼，打些暗号。武松早睃见，自瞧了八分尴尬，只安在肚里，却且只做不见。

又走不数里多路，只见前面来到一处济济荡荡鱼浦，四面都是野港阔河。五个人行至浦边一条阔板桥，一座牌楼上有牌额写着道"飞云浦"三字。武松见了，假意问道："这里地名，唤做甚么去处？"两个公人应道："你又不眼瞎，须见桥边牌额上写道'飞云浦'。"武松站住道："我要净手则个。"那两个提朴刀的走近一步，却被武松叫声："下去！"一飞脚早踢中，翻筋斗踢下水去了。这一个急待转身，武松右脚早起，扑通地也踢下水里去。那两个公人慌了，望桥下便走。武松喝一声："那里去！"把枷只一扭，折做两半个，赶将下桥来。那两个先自惊倒了一个。武松奔上前去，望那一个走的后心上，只一拳打翻，就水边拿起朴刀来，赶上去，搠上几朴刀，死在地下，却转身回来，把那个惊倒的，也搠几刀。

这两个踢下水去的，才挣得起，正待要走，武松追着，又砍倒一个，赶入一步，劈头揪住一个喝道："你这厮实说，我便饶你性命！"那人道："小人两个是蒋门神徒弟。今被师父和张团练定计，使小人两个来相帮防送公人，一处来害好汉。"武松道："你师父蒋门神今在何处？"那人道："小人临来时，和张团练都在张都监家里后堂鸳鸯楼上吃酒，专等小人回报。"武松道："原来恁地，却饶你不得。"手起刀落，也把这人杀了；解下他腰刀来，拣好的带了一把，把两个尸首，都撺在浦里。又怕那两个不死，提起朴刀，每人身上又搠了几刀，立在桥上看了一会，思量道："虽然杀四个贼男女①，不杀得张都监、张团练、蒋门神，如何出得这口恨气！"提着朴刀，踌躇了半晌，一个念头，竟奔回孟州城里来。

不因这番，有分教，武松杀几个贪夫，出一口怨气。定教画堂深处尸横地，红烛光中血满楼。毕竟武松再回孟州城来，怎地结果，且听下回分解。

---

①　男女——原意是奴仆，这里是"坏蛋"、"奴才"意。

第三十一回

张都监血溅鸳鸯楼　武行者夜走蜈蚣岭

话说张都监听信这张团练说诱嘱托,替蒋门神报仇,要害武松性命,谁想四个人,倒都被武松搠杀在飞云浦了。当时武松立于桥上,寻思了半晌,踌躇起来,怨恨冲天:"不杀得张都监,如何出得这口恨气!"便去死尸身边,解下腰刀,选好的取把,将来跨了,拣条好朴刀提着,再径回孟州城里来。

进得城中,早是黄昏时候,只见家家闭户,处处关门。但见:

十字街荧煌灯火,九曜寺香霭钟声。一轮明月挂青天,几点疏星明碧汉。六军营内,呜呜画角频吹;五鼓楼头,点点铜壶正滴。两两佳人归绣幙,双双士子掩书帏。

当下武松入得城来,径踅去张都监后花园墙外,却是一个马院。武松就在马院边伏着,听得那后槽[①]却在衙里,未曾出来。正看之间,只见呀地角门开,后槽提着个灯笼出来,里面便关了角门。武松却躲在黑影里,听那更鼓时,早打一更四点。那后槽上了草料,挂起灯笼,铺开被卧,脱了衣裳,上床便睡。

武松却来门边挨那门响,后槽喝道:"老爷方才睡,你要偷我衣裳,也早些哩!"武松把朴刀倚在门边,却掣出腰刀在手里,又呀呀地推门。那后槽那里忍得住,便从床上赤条条地跳将起来,拿了搅草棍,拔了櫎,却待开门,被武松就势推开去,抢入来,把这后槽擗头揪住,却待要叫,灯影下见明晃晃地一把刀在手里,先自惊得八分软了,口里只叫得一声:"饶命!"武松道:"你认得我么?"后槽听得声音,方才知是武松,便叫道:"哥哥,不干我事,你饶了我罢!"武松道:"你只实说,张都监如今在那里?"后槽道:"今日和张团练、蒋门神,他三个吃了一日酒。如今兀自在鸳鸯楼上吃哩。"武松道:"这话是实么?"后槽道:"小人说谎,就害疔疮。"武松道:"恁地却饶

① 后槽——屋后养马的地方,这里指马夫。

你不得!"手起一刀,把这后槽杀了。一脚踢过尸首,把刀插入鞘里,就烛影下,去腰里解下施恩送来的绵衣,将出来,脱了身上旧衣裳,把那两件新衣穿了,拴缚得紧凑,把腰刀和鞘跨在腰里,却把后槽一床单被,包了散碎银两,入在缠袋里,却把来挂在门边。又将两扇门立在墙边,先去吹灭了灯火,却闪将出来,拿了朴刀,从门上一步步爬上墙来。

此时却有些月光明亮。武松从墙头上一跳,却跳在墙里,便先来开了角门,掇过了门扇,复翻身入来,虚掩上角门。摭都提过了,武松却望灯明处来,看时,正是厨房里。只见两个丫环,正在那汤罐边埋冤说道:"伏侍了一日,兀自不肯去睡,只是要茶吃。那两个客人也不识羞耻,噇得这等醉了,也兀自不肯下楼去歇息,只说个不了。"

那两个女使,正口里喃喃讷讷地怨怅,武松却倚了朴刀,掣出腰里那口带血刀来,把门一推,呀地推开门,抢入来,先把一个女使髽角儿揪住,一刀杀了。那一个却待要走,两只脚一似钉住了的,再要叫时,口里又似哑了的,端的是惊得呆了。休道是两个丫环,便是说话的见了,也惊得口里半舌不展。武松手起一刀,也杀了。却把这两个尸首,拖放灶前,去了厨下灯火,趁着那窗外月光,一步步挨入堂里来。

武松原在衙里出入的人,已都认得路数。径踅到鸳鸯楼胡梯边来,捏脚捏手,摸上楼来。此时亲随的人,都伏事得厌烦,远远地躲去了。只听得那张都监、张团练、蒋门神三个说话。武松在胡梯口听,只听得蒋门神口里称赞不了,只说:"亏了相公与小人报了冤仇,再当重重的报答恩相。"这张都监道:"不是看我兄弟张团练面上,谁肯干这等的事!你虽费用了些钱财,却也安排得那厮好。这早晚多是在那里下手,那厮敢是死了,只教在飞云浦结果他。待那四人明早回来,便见分晓。"张团练道:"这四个对付他一个,有甚么不了?再有几个性命,也没了。"蒋门神道:"小人也吩咐徒弟来:只教就那里下手,结果了,快来回报。"正是:

暗室从来不可欺,古今奸恶尽诛夷。

金风未动蝉先噪,暗送无常死不知。

武松听了,心头那把无明业火,高三千丈,冲破了青天,右手持刀,左手叉开五指,抢入楼中,只见三五枝画烛荧煌,一两处月光射入,楼上甚是明朗,面前酒器,皆不曾收。蒋门神坐在交椅上,见是武松,吃了一惊,把这心肝五脏,都提在九霄云外。说时迟,那时快,蒋门神急要挣扎时,武松早落一刀，劈脸剁着，和那交椅都砍翻了。武松便转身回过刀来，那张都监方才伸得脚动，被武松当时一刀，齐耳根连脖子砍着，扑地倒在楼板上。两个都在挣命。这张团练终是个武官出身，虽然酒醉，还有些气力，见剁翻了两个，料道走不迭，便提起一把交椅抡将来。武松早接个住，就势只一推；休说张团练酒后，便清醒白醒时，也近不得武松神力，扑地望后便倒了。武松赶入去，一刀先剁下头来。蒋门神有力，挣得起来。武松左脚早起，翻筋斗踢一脚，按住也割了头。转身来，把张都监也割了头。见桌子上有酒有肉，武松拿起酒钟子，一饮而尽，连吃了三四钟，便去死尸身上割下一片衣襟来，蘸着血，去白粉壁上，大写下八字道："杀人者打虎武松也。"把桌子上器皿踏扁了，揣几件在怀里。却待下楼，只听得楼下夫人声音叫道："楼上官人们都醉了，快着两个上去搀扶！"说犹未了，早有两个人上楼来。

武松却闪在胡梯边，看时，却是两个自家亲随人，便是前日拿捉武松的。武松在黑处让他过去，却拦住去路。两个入进楼中，见三个尸首，横在血泊里，惊得面面厮觑，做声不得，正如"分开八片顶阳骨，倾下半桶冰雪水"。急待回身，武松随在背后，手起刀落，早剁翻了一个。那一个便跪下讨饶，武松道："却饶你不得！"揪住也砍了头。杀得血溅画楼，尸横灯影。武松道："一不做，二不休，杀了一百个，也只是这一死。"提了刀，下楼来。

夫人问道："楼上怎地大惊小怪？"武松抢到房前，夫人见条大汉入来，兀自问道："是谁？"武松的刀早飞起，劈面门剁着，倒在房前声唤。武松按住，将去割时，刀切头不入。武松心疑，就月光下看那刀时，已自都砍缺了。武松道："可知割不下头来！"便抽身去后门外去拿取朴刀，丢了缺刀，复翻身再入楼下来。只见灯明，前番那个唱曲儿的养娘玉兰，引着两个小的，把灯照见夫人被杀死在地下，方才叫得一声："苦也！"武松握着朴刀，向玉兰心窝里搠着。两个小的，亦被武松搠死，一朴刀一个结果了。走出中堂，把櫦拴了前门，又入来，寻着两三个妇女，也都搠死了在房里。

武松道："我方才心满意足，走了罢休！"撇了刀鞘，提了朴刀，出到角门外来，马院里除下缠袋来，把怀里踏扁的银酒器，都装在里面，拴在腰里，拽开脚步，倒提朴刀便走。到城边，寻思道："若等开门，须吃拿了，不如连夜越城走。"便从城边踏上城来。这孟州城是个小去处，那土城苦不甚高，就女墙边望下，先把朴刀虚按一按，刀尖在上，棒梢向下，托地只一跳，把棒一拄，立在濠堑边。月明之下，看水时，只有一二尺深。此时正是十月半天气，各处水泉皆涸。武松就濠堑边脱了鞋袜，解下腿絣护膝，抓扎起衣服，从这城濠里走过对岸。却想起施恩送来的包裹里有双八搭麻鞋，取出来穿在脚上。

听城里更点时，已打四更三点。武松道："这口鸟气，今日方才出得松㬹。'梁园虽好，不是久恋之家'，只可撒开。"提了朴刀，投东小路便走。诗曰：

只图路上开刀，还喜楼中饮酒。

一人害却多人，杀心惨于杀手。

不然冤鬼相缠，安得抽身便走。

走了一五更，天色朦朦胧胧，尚未明亮。武松一夜辛苦，身体困倦，棒疮发了又疼，那里熬得过。望见一座树林里，一个小小古庙，武松奔入里面，把朴刀倚了，解下包裹来做了枕头，扑翻身便睡。却待合眼，只见庙外边探入两把挠钩，把武松搭住。两个人便抢入来，将武松按定，一条绳索绑了，那四个男女道："这鸟汉子却肥，好送与大哥去。"武松那里挣扎得脱，被这四个人夺了包裹朴刀，却似牵羊的一般，脚不点地，拖到村里来。这四个男女，于路上自言自说道："看这汉子一身血迹，却是那里来？莫不做贼着了手来？"武松只不做声，由他们自说。

行不到三五里路，早到一所草屋内，把武松推将进去。侧首一个小门里面，尚点着碗灯，四个男女，将武松剥了衣裳，绑在亭柱上。武松看时，见灶边梁上，挂着两条人腿。武松自肚里寻思道："却撞在横死神手里，死得没了分晓。早知如此时，不若去孟州府里首告了，便吃一刀一剐，却也留得一个清名于世。"正是：

杀尽奸邪恨始平，英雄逃难不逃名。

千秋意气生无愧，七尺身躯死不轻。

那四个男女，提着那包裹，口里叫道："大哥，大嫂，快起来！我们张得一头好行货在这里了。"只听得前面应道："我来也！你们不要动手，我自来开剥。"没一盏茶时，只见两个人入屋后来。武松看时，前面一个妇人，背后一个大汉。两个定睛看了武松，那妇人便道："这个不是叔叔武都头！"那大汉道："快解了我兄弟！"

武松看时，那大汉不是别人，却正是菜园子张青，这妇人便是母夜叉孙二娘。这四个男女吃了一惊，便把索子解了，将衣服与武松穿了。头巾已自扯碎，且拿个毡笠子与他戴上。原来这张青十字坡店面作坊，却有几处，所以武松不认得。张青即便请出前面客席里，叙礼罢，张青大惊，连忙问道："贤弟如何恁地模样？"

武松答道："一言难尽！自从与你相别之后，到得牢城营里，得蒙施管营儿子，唤做金眼彪施恩，一见如故，每日好酒好肉管顾我。为是他有一座酒肉店，在城东快活林内，甚是趁钱[1]，却被一个张团练带来的蒋门神那厮，倚势豪强，公然白白地夺了。施恩如此告诉，我却路见不平，醉打了蒋门神，复夺了快活林，施恩以此敬重我。后被张团练买嘱张都监，定了计谋，取我做亲随，设智陷害，替蒋门神报仇：八月十五日夜，只推有贼，赚我到里面；却把银酒器皿，预先放在我箱笼内，拿我解送孟州府里，强扭做贼，打招了，监在牢里；却得施恩上下使钱透了，不曾受害。又得当案叶孔目仗义疏财，不肯陷害平人。又得当牢一个康节级，与施恩最好。两个一力维持，待限满脊杖，转配恩州。昨夜出得城来，叵耐张都监设计，教蒋门神使两个徒弟和防送公人相帮，就路上要结果我。到得飞云浦僻静去处，正欲要动手，先被我两脚，把两个徒弟踢下水里去。赶上这两个鸟公人，也是一朴刀一个搠死了，都撇在水里。思量这口气怎地出得，因此再回孟州城里去。一更四点，进去马院里，先杀了一个养马的后槽；爬入墙内，去就厨房里杀了两个丫鬟；直上鸳鸯楼上，把张都监、张团练、蒋门神三个都杀了，又砍了两个亲随。下楼来，又把他老婆、儿女、养娘，都戳死了。连夜逃走，跳城出来。走了一五更路，一时困倦，棒疮发了又疼，因行不得，投一小庙里权歇一歇，却被这四个绑缚将来。"

那四个捣子，便拜在地下道："我们四个，都是张大哥的火家。因为连日赌钱输了，去林子里寻些买卖。却见哥哥从小路来，身上淋淋漓漓，都是血迹，却在土地庙里歇，我四个不知是甚人。早是张大哥这几时吩咐道：'只要捉活的。'因此我们只拿挠钩套索出去，不吩咐时，也坏了大哥性命。正是'有眼不识泰山'，一时误犯着哥哥，恕罪则个！"张青夫妻两个笑道："我们因有挂心，这几时只要他们拿活的行货。他这四个，如何省的我

---

① 趁钱——赚钱。

心里事。若是我这兄弟不困乏时，不说你这四个男女，更有四十个，也近他不得。”那四个捣子只顾磕头。武松唤起他来道：“既然他们没钱去赌，我赏你些。”便把包裹打开，取十两银子，把与四人将去分。那四个捣子拜谢武松。张青看了，也取三二两银子，赏与他们四个，自去分了。

张青道：“贤弟不知我心！从你去后，我只怕你有些失支脱节，或早或晚回来，因此上分付这几个男女：但凡拿得行货，只要活的。那厮们慢仗[①]些的趁活捉了，敌他不过的，必致杀害；以此不教他们将刀仗出去，只与他挠钩套索。方才听得说，我便心疑，连忙吩咐，等我自来看，谁想果是贤弟！”孙二娘道：“只听得叔叔打了蒋门神，又是醉了赢他，那一个来往人不吃惊！有在快活林做买卖的客商，常说到这里，却不知向后的事。叔叔困倦，且请去客房里将息，却再理会。”

张青引武松去客房里睡了。两口儿自去厨下安排些佳肴美馔酒食，管待武松。不移时，整治齐备，专等武松起来相叙。有诗为证：

金宝昏迷刀剑醒，天高帝远总无灵。

如何廊庙多凶曜，偏是江湖有救星。

却说孟州城里张都监衙内，也有躲得过的，直到五更才敢出来。众人叫起里面亲随，外面当直的军牢，都来看视，声张起来，街坊邻舍，谁敢出来？挨到天明时分，却来孟州府里告状。知府听说罢，大惊，火速差人下来，检点了杀死人数，行凶人出没去处，填画了图样格目，回府里禀复知府道：“先从马院里入来，就杀了养马的后槽一人，有脱下旧衣二件。次到厨房里灶下，杀死两个丫鬟，后门边遗下行凶缺刀一把。楼上杀死张都监一员并亲随二人。外有请到客官张团练与蒋门神二人。白粉壁上，衣襟蘸血，大写八字道：‘杀人者打虎武松也’。楼下搠死夫人一口，在外搠死玉兰并奶娘二口，儿女三口。共计杀死男女一十五名，掳掠去金银酒器六件。”知府看罢，便差人把住孟州四门；点起军兵并缉捕人员，城中坊厢里正，逐一排门搜捉凶人武松。

次日，飞云浦地里保正人等告称：“杀死四人在浦内，见有杀人血痕在飞云浦桥下，尸首俱在水中。”知府接了状子，当差本县县尉下来，一面着人打捞起四个尸首，都检验了。两个是本府公人，两个自有苦主，各备棺

① 慢仗——武艺不精，本领不强。

木盛殓了尸首，尽来告状，催促捉拿凶首偿命。城里闭门三日，家至户到，逐一挨查，五家一连，十家一保，那里不去搜寻。知府押了文书，委官下该管地面，各乡，各保，各都，各村，尽要排家搜捉，缉捕凶首。写了武松乡贯、年甲、貌相、模样，画影图形，出三千贯信赏钱。如有人知得武松下落，赴州告报，随文给赏；如有人藏匿犯人在家宿食者，事发到官，与犯人同罪。遍行邻近州府，一同缉捕。

且说武松在张青家里，将息了三五日，打听得事务篾刺[①]一般紧急，纷纷攘攘有做公人出城来各乡村缉捕。张青知得，只得对武松说道："二哥，不是我怕事，不留你久住，如今官司搜捕得紧急，排门挨户，只恐明日有些疏失，必须怨恨我夫妻两个。我却寻个好安身去处与你，在先也曾对你说来，只不知你终心肯去也不？"武松道："我这几日也曾寻思：想这事必然要发，如何在此安得身牢？止有一个哥哥，又被嫂嫂不仁害了；甫能来到这里，又被人如此陷害；祖家亲戚都没了。今日若得哥哥有这好去处，叫武松去，我如何不肯去？只不知是那里地面？"张青道："是青州管下一座二龙山宝珠寺。花和尚鲁智深和一个青面兽好汉杨志，在那里打家劫舍，霸着一方落草。青州官军捕盗，不敢正眼觑他。贤弟只除那里去安身，方才免得；若投别处去，终久要吃拿了。他那里常常有书来取我入伙，我只为恋土难移，不曾去的。我写一封书，备细说二哥的本事，于我面上，如何不着你入伙。"武松道："大哥也说的是。我也有心，恨时辰未到，缘法不能凑巧。今日既是杀了人，事发了没潜身处，此为最妙。大哥，你便写书与我去，只今日便行。"

张青随即取幅纸来，备细写了一封书，把与武松，安排酒食送路。只见母夜叉孙二娘指着张青说道："你如何便只这等叫叔叔去，前面定吃人捉了。"武松道："阿嫂，你且说我怎地去不得？如何便吃人捉了？"孙二娘道："阿叔，如今官司遍处都有了文书，出三千贯信赏钱，画影图形，明写乡贯年甲，到处张挂。阿叔脸上，现今明明地两行金印，走到前路，须赖不过。"张青道："脸上贴了两个膏药便了。"孙二娘笑道："天下只有你乖，你说这痴话，这个如何瞒得过做公的？我却有个道理，只怕叔叔依不得。"武松道："我既要逃灾避难，如何依不得？"孙二娘大笑道："我说出来，阿叔却

① 篾刺——传送紧急命令的凭证，也叫"火签"、"火票"。

不要嗔怪。”武松道：“阿嫂但说的便依。”孙二娘道：“二年前，有个头陀打从这里过，吃我放翻了，把来做了几日馒头馅。却留得他一个铁界箍，一身衣服，一领皂布直裰，一条杂色短缌绦，一本度牒，一串一百单八颗人顶骨数珠，一个沙鱼皮鞘子，插着两把雪花镔铁打成的戒刀。这刀如常半夜里鸣啸的响，叔叔前番也曾看见。今既要逃难，只除非把头发剪了，做个行者[①]，须遮得额上金印。又且得这本度牒做护身符，年甲貌相，又和叔叔相等，却不是前缘前世？阿叔便应了他的名字，前路去，谁敢来盘问？这件事好么？”张青拍手道：“二娘说得是，我倒忘了这一着。”正是：

缉捕急如星火，颠危好似风波。

若要免除灾祸，且须做个头陀。

张青道：“二哥，你心里如何？”武松道：“这个也使得，只恐我不象出家人模样。”张青道：“我且与你扮一扮看。”孙二娘去房中取出包裹来，打开，将出许多衣裳，教武松里外穿了。武松自看道：“却一似与我身上做的。”着了皂直裰，系了绦，把毡笠儿除下来，解开头发，折迭起来，将界箍儿箍起，挂着数珠。张青、孙二娘看了，两个喝采道：“却不是前生注定！”武松讨面镜子照了，也自哈哈大笑起来。张青道：“二哥为何大笑？”武松道：“我照了自也好笑，我也做得个行者。大哥，便与我剪了头发。”张青拿起剪刀，替武松把前后头发都剪了。诗曰：

打虎从来有李忠，武松绰号尚悬空。

幸有夜叉能说法，顿教行者显神通。

武松见事务看看紧急，便收拾包裹要行。张青又道：“二哥，你听我说，不是我要便宜，你把那张都监家里的酒器，留下在这里，我换些零碎银两，与你路上去做盘缠，万无一失。”武松道：“大哥见的分明。”尽把出来与了张青，换了一包散碎金银，都拴在缠袋内，系在腰里。

武松饱吃了一顿酒饭，拜辞了张青夫妻二人，腰里跨了这两口戒刀，当晚都收拾了。孙二娘取出这本度牒，就与他缝个锦袋盛了，教武松挂在贴肉胸前。武松拜谢了他夫妻两个。临行，张青又吩咐道：“二哥于路小心在意，凡事不可托大。酒要少吃，休要与人争闹，也做些出家人行径。诸事不可躁性，省得被人看破了。如到了二龙山，便可写封回信寄来。我

---

① 行者——行脚僧，带发修行。

夫妻两个在这里，也不是长久之计，敢怕随后收拾家私，也来山上入伙。二哥保重保重，千万拜上鲁、杨二头领。”

武松辞了出门，插起双袖，摇摆着便行。张青夫妻看了，喝采道：“果然好个行者！”但见：

前面发掩映齐眉，后面发参差际颈。皂直裰好似乌云遮体，杂色绦如同花蟒缠身。额上界箍儿灿烂，依稀火眼金睛；身间布衲袄斑斓，仿佛铜筋铁骨。戒刀两口，擎来杀气横秋；顶骨百颗，念处悲风满路。啖人罗刹须拱手，护法金刚也皱眉。

当晚武行者辞了张青夫妻二人，离了大树十字坡，便落路走。此时是十月间天气，日正短，转眼便晚了。约行不到五十里，早望见一座高岭。武行者趁着月明，一步步上岭来，料道只是初更天色。武行者立在岭头上看时，见月从东边上来，照得岭上草木生辉。正看之间，只听得前面林子里，有人笑声，武行者道：“又来作怪！这般一条净荡荡高岭，有甚么人笑语？”

走过林子那边去打一看，只见松树林中，傍山一座坟庵，约有十数间草屋，推开着两扇小窗，一个先生搂着一个妇人，在那窗前看月戏笑。武行者看了，怒从心上起，恶向胆边生，便想道：“这是山间林下出家人，却做这等勾当！”便去腰里掣出那两口烂银也似戒刀来，在月光下看了道：“刀却是好，到我手里，不曾发市①，且把这个鸟先生试刀。”手腕上悬了一把，再将这把插放鞘内，把两只直裰袖，结起在背上，竟来到庵前敲门。那先生听得，便把后窗关上。

武行者拿起块石头，便去打门。只见呀地侧首门开，走出一个道童来，喝道：“你是甚人，如何敢半夜三更，大惊小怪，敲门打户做甚么？”武行者睁圆怪眼，大喝一声：“先把这鸟童祭刀！”说犹未了，手起处，铮地一声响，道童的头落在一边，倒在地下。只见庵里那个先生大叫道：“谁敢杀我道童！”托地跳将出来。那先生手抡着两口宝剑，竟奔武行者。武松大笑道：“我的本事，不要箱儿里去取，正是挠着我的痒处。”便去鞘里，再拔了那口戒刀，抡起双戒刀来，迎那先生。

两个就月明之下，一来一往，一去一回，两口剑寒光闪闪，双戒刀冷气

① 发市——原意是商贩在一天内的首次成交，这里指尚未杀过人。

森森。斗了良久，浑如飞凤迎鸾；战不多时，好似角鹰拿兔。两个斗了十数合，只听得山岭旁边一声响亮，两个里倒了一个。但见寒光影里人头落，杀气丛中血雨喷。毕竟两个里厮杀，倒了一个的是谁，且听下回分解。

第三十二回

武行者醉打孔亮　锦毛虎义释宋江

当时两个斗了十数合，那先生被武行者卖个破绽，让那先生两口剑斫将入来，被武行者转过身来，看得亲切，只一戒刀，那先生的头，滚落在一边，尸首倒在石上。

武行者大叫："庵里婆娘出来，我不杀你，只问你个缘故。"只见庵里走出那个妇人来，倒地便拜。武行者道："你休拜我。你且说，这里是甚么去处？那先生却是你的甚么人？"那妇人哭着道："奴是这岭下张太公家女儿。这庵是奴家祖上坟庵。这先生不知是那里人，来我家里投宿，言说善习阴阳，能识风水。我家爹娘，不合留他在庄上，因请他来这里坟上观看地理，被他说诱，又留他住了几日。那厮一日见了奴家，便不肯去了。住了三两个月，把奴家爹娘哥嫂都害了性命，却把奴家强骗在此坟庵里住。这个道童，也是别处掳掠来的，这岭唤做蜈蚣岭。这先生见这条岭好风水，以此他便自号飞天蜈蚣王道人。"武行者道："你还有亲眷么？"那妇人道："亲戚自有几家，都是庄农之人，谁敢和他争论？"武行者道："这厮有些财帛么？"妇人道："他也积蓄得一二百两金银。"武行者道："有时，你快去收拾。我便要放火烧庵也。"那妇人问道："师父，你要酒肉吃么？"武行者道："有时，将来请我。"那妇人道："请师父进庵里去吃。"武行者道："怕别有人暗算我么？"那妇人道："奴有几颗头，敢赚得师父？"

武行者随那妇人入到庵里，见小窗边桌子上，摆着酒肉。武行者讨大碗，吃了一回。那妇人收拾得金银财帛已了，武行者便就里面放起火来。那妇人捧着一包金银，献与武行者，乞性命。武行者道："我不要你的，你自将去养身。快走！快走！"那妇人拜谢了，自下岭去。武行者把那两个尸首，都撺在火里烧了，插了戒刀，连夜自过岭来，迤逦取路，望着青州地面来。

又行了十数日,但遇村坊道店,市镇乡城,果然都有榜文张挂在彼处,捕获武松。到处虽有榜文,武松已自做了行者,于路却没人盘诘他。时遇十一月间,天色好生严寒。当日武行者一路上买酒买肉吃,只是敌不过寒威。上得一条土冈,早望见前面有一座高山,生得十分险峻。武行者下土冈子来,走得三五里路,早见一个酒店。门前一道清溪,屋后都是颠石乱山。看那酒店时,却是个村落小酒肆。但见:

门迎溪涧,山映茅茨。疏篱畔梅开玉蕊,小窗前松偃苍龙。乌皮桌椅,尽列着瓦钵磁瓯;黄土墙垣,都画着酒仙诗客。一条青旆舞寒风,两句诗词招过客。端的是走骠骑闻香须住马,使风帆知味也停舟。

武行者过得那土冈子来,径奔入那村酒店里坐下,便叫道:"店主人家,先打两角酒来。肉便买些来吃。"店主人应道:"实不瞒师父说:酒却有些茅柴白酒,肉却都卖没了。"武行者道:"且把酒来挡寒。"店主人便去打两角酒,大碗价筛来,教武行者吃,将一碟熟菜,与他过口。片时间,吃尽了两角酒,又叫再打两角酒来,店主人又打了两角酒,大碗筛来。武行者只顾吃。比及过冈子时,先有三五分酒了;一发吃过这四角酒,又被朔风一吹,酒却涌上。武松却大呼小叫道:"主人家,你真个没东西卖?你便自家吃的肉食,也回些与我吃了,一发还你银子。"店主人笑道:"也不曾见这个出家人,酒和肉只顾要吃,却那里去取?师父,你也只好罢休。"武行者道:"我又不白吃你的,如何不卖与我?"店主人道:"我和你说过,只有这些白酒,那得别的东西卖?"正在店里论口,只见外面走入一条大汉,引着三四个人店里来。武行者看那大汉时,但见:

顶上头巾鱼尾赤,身上战袍鸭头绿。脚穿一对踢土靴,腰系数尺红搭膊。面圆耳大,唇阔口方。长七尺以上身材,有二十四五年纪。相貌堂堂强壮士,未侵女色少年郎。

那条大汉引着众人入进店里,主人笑容可掬迎接道:"大郎请坐。"那汉道:"我吩咐你的,安排也未?"店主人答道:"鸡与肉,都已煮熟了,只等大郎来。"那汉道:"我那青花瓮酒在那里?"店主人道:"有在这里。"那汉引了众人,便向武行者对席上头坐了;那同来的三四人,却坐在肩下。店主人却捧出一樽青花瓮酒来,开了泥头,倾在一个大白盆里。武行者偷眼看时,却是一瓮窨下的好酒,被风吹过酒的香味来。

武行者闻了那酒香味，喉咙痒将起来，恨不得钻过来抢吃。只见店主人又去厨下，把盘子托出一对熟鸡、一大盘精肉来，放在那汉面前，便摆了菜蔬，用杓子舀酒去烫。武行者看了自己面前，只是一碟儿熟菜，不由的不气。正是眼饱肚中饥，武行者酒又发作，恨不得一拳打碎了那桌子，大叫道："主人家，你来！你这厮好欺负客人！"店主人连忙来问道："师父，休要焦躁。要酒便好说。"武行者睁着双眼喝道："你这厮好不晓道理！这青花瓮酒和鸡肉之类，如何不卖与我？我也一般还你银子。"店主人道："青花瓮酒和鸡肉，都是那大郎家里自将来的，只借我店里坐地吃酒。"武行者心中要吃，那里听他分说，一片声喝道："放屁！放屁！"店主人道："也不曾见你这个出家人，恁地蛮法！"武行者喝道："怎地是老爷蛮法？我白吃你的！"那店主人道："我倒不曾见出家人自称老爷。"武行者听了，跳起身来，叉开五指望店主人脸上只一掌，把那店主人打个踉跄，直撞过那边去。

那对席的大汉，见了大怒。看那店主人时，打得半边脸都肿了，半日挣扎不起。那大汉跳起身来，指定武松道："你这个鸟头陀，好不依本分！却怎地便动手动脚！却不道是：'出家人勿起嗔心'！"武行者道："我自打他，干你甚事！"那大汉怒道："我好意劝你，你这鸟头陀，敢把言语伤我！"武行者听得大怒，便把桌子推开，走出来喝道："你那厮说谁！"那大汉笑道："你这鸟头陀，要和我厮打，正是来太岁头上动土！"那大汉便点手叫道："你这贼行者，出来和你说话！"武行者喝道："你道我怕你，不敢打你！"一抢抢到门边，那大汉便闪出门外去。

武行者赶到门外，那大汉见武松长壮，那里敢轻敌，便做个门户等着他。武行者抢入去，接住那汉手。那大汉却待用力跌武松，怎禁得他千百斤神力，就手一扯，扯入怀来，只一拨，拨将去，恰似放翻小孩子的一般，那里做得半分手脚。那三四个村汉看了，手颤脚麻，那里敢上前来，武行者踏住那大汉，提起拳头来，只打实落处。打了二三十拳，就地下提起来，望门外溪里只一丢。那三四个村汉叫声苦，不知高低，都下溪里来救起那大汉，自搀扶着投南去了。这店主人吃了这一掌，打得麻了，动弹不得，自入屋后去躲避了。

武行者道："好呀！你们都去了，老爷却吃酒肉！"把个碗去白盆内舀那酒来，只顾吃。桌子上那对鸡，一盘子肉，都未曾吃动。武行者且不用箸，双手扯来任意吃。没半个时辰，把这酒肉和鸡都吃个八分。武行者醉饱了，把直裰袖结在背上，便出店门，沿溪而走。却被那北风卷将起来，武行者捉脚不住，一路上抢将来。

离那酒店，走不得四五里路，旁边土墙里，走出一只黄狗，看着武松叫。武行者看时，一只大黄狗赶着吠。武行者大醉，正要寻事，恨那只狗赶着他只管吠，便将左手鞘里掣出一口戒刀来，大踏步赶。那只黄狗绕着溪岸叫。武行者一刀斫将去，却斫个空，使得力猛，头重脚轻，翻筋斗倒撞下溪里去，却起不来。冬月天道，溪水正涸，虽是只有一二尺深浅的水，却寒冷的当不得。爬起来，淋淋的一身水，却见那口戒刀，浸在溪里。武行者便低头去捞那刀时，扑地又落下去了，只在那溪水里滚。

岸上侧首墙边，转出一伙人来，当先一个大汉，头戴毡笠子，身穿鹅黄纻丝衲袄，手里拿着一条哨棒，背后十数个人跟着，都拿木杷白棍。数内一个指道："这溪里的贼行者，便是打了小哥哥的。如今小哥哥寻不见大哥哥，自引了二三十个庄客，径奔酒店里捉他去了。他却来到这里。"说犹未了，只见远远地那个吃打的汉子，换了一身衣服，手里提着一条朴刀，背后引着三二十个庄客，都是有名的汉子。怎见的，正是叫做：

长王三，矮李四。急三千，慢八百。笆上粪，屎里蛆。米中虫，饭内屁。鸟上刺，沙小生。木伴哥，牛筋等。

这一二十个尽是为头的庄客，余者皆是村中捣子，都拖枪拽棒，跟着那个大汉，吹风胡哨[①] 来寻武松。赶到墙边，见了，指着武松，对那穿鹅黄袄子的大汉道："这个贼头陀，正是打兄弟的。"那个大汉道："且捉这厮，去庄里细细拷打。"那汉喝声："下手！"三四十人一发上，可怜武松醉了，挣扎不得，急要爬起来，被众人一齐下手，横拖倒拽，捉上溪来。

转过侧首墙边一所大庄院，两下都是高墙粉壁，垂柳乔松，围绕着墙院。众人把武松推抢入去，剥了衣裳，夺了戒刀、包裹，揪过来绑在大柳树上，教取一束藤条来，细细的打那厮。却才打得三五下，只见庄里走出一个人来，问道："你兄弟两个，又打甚么人？"只见这两个大汉叉手道："师父听禀：兄弟今日和邻庄三四个相识，去前面小路店里吃三杯酒，叵耐这个贼行者倒来寻闹，把兄弟痛打了一顿，又将来撺在水里，头脸都磕破了，险些冻死，却得相识救了回来。归家换了衣服，带了人，再去寻他。那厮把

---

① 吹风胡哨——指嘈嘈吵吵，咋咋唬唬的样子。

我酒肉都吃了,却大醉倒在门前溪里;因此捉拿在这里,细细的拷打。看起这贼头陀来,也不是出家人,脸上现刺着两个金印,这贼却把头发披下来遮了,必是个避罪在逃的囚徒。问出那厮根原,解送官司理论。"这个吃打伤的大汉道:"问他做甚么!这秃贼打得我一身伤损,不着一两个月,将息不起。不如把这秃贼一顿打死了,一把火烧了罢,才与我消得这口恨气。"说罢,拿起藤条,恰待又打,只见出来的那人说道:"贤弟,且休打,待我看他一看,这人也象是一个好汉。"

此时武行者心中已自酒醒了,理会得,只把眼来闭了,由他打,只不做声。那个人先去背上看了杖疮,便道:"作怪,这模样想是决断不多时的疤痕。"转过面前看了,便将手把武松头发揪起来,定睛看了,叫道:"这个不是我兄弟武二郎!"武行者方才闪开双眼,看了那人道:"你不是我哥哥!"那人喝叫:"快与我解下来,这是我的兄弟。"那穿鹅黄袄子的并吃打的尽皆吃惊,连忙问道:"这个行者,如何却是师父的兄弟?"那人便道:"他便是我时常和你们说的那景阳冈上打虎的武松。我也不知他如今怎地做了行者。"那弟兄两个听了,慌忙解下武松来,便讨几件干衣服,与他穿了,便扶入草堂里来。武松便要下拜,那个人惊喜相半,扶住武松道:"兄弟酒还未醒,且坐一坐说话。"武松见了那人,欢喜上来,酒早醒了五分。讨些汤水洗漱了,吃些醒酒之物,便来拜了那人,相叙旧话。

那人不是别人,正是郓城县人氏,姓宋,名江,表字公明。武行者道:"只想哥哥在柴大官人庄上,却如何来在这里?兄弟莫不是和哥哥梦中相会么?"宋江道:"我自从和你在柴大官人庄上分别之后,我却在那里住得半年。不知家中如何,恐父亲烦恼,先发付兄弟宋清归去。后却收拾得家中书信说道:'官司一事,全得朱、雷二都头气力,已自家中无事,只要缉捕正身;因此已动了个海捕文书,各处追获。'这事已自慢了。却有这里孔太公,屡次使人去庄上问信。后见宋清回家,说道宋江在柴大官人庄上。因此,特地使人直来柴大官人庄上,取我在这里。此间便是白虎山。这庄便是孔太公庄上。恰才和兄弟相打的,便是孔太公小儿子;因他性急,好与人厮闹,到处叫他做独火星孔亮。这个穿鹅黄袄子的,便是孔太公大儿子,人都叫他做毛头星孔明。因他两个好习枪棒,却是我点拨他些个,以此叫我做师父。我在此间住半年了。我如今正欲要上清风寨走一遭,这两日方欲起身。我在柴大官人庄上时,只听得人传说道兄弟在景阳冈上打了大虫，又听知你在阳谷县做了都头；又闻斗杀了西门庆。向后不知你配到何处去。兄弟如何做了行者？"

武松答道："小弟自从柴大官人庄上别了哥哥，去到得景阳冈上打了大虫，送去阳谷县，知县就抬举我做了都头。后因嫂嫂不仁，与西门庆通奸，药死了我先兄武大，被武松把两个都杀了，自首告到本县，转发东平府。后得陈府尹一力救济，断配孟州。"至十字坡，怎生遇见张青、孙二娘；到孟州，怎地会施恩，怎地打了蒋门神，如何杀了张都监一十五口，又逃在张青家；"母夜叉孙二娘教我做了头陀行者的缘故；过蜈蚣岭试刀，杀了王道人；至村店吃酒，醉打了孔兄。"把自家的事，从头备细告诉了宋江一遍。

孔明、孔亮两个听了大惊，扑翻身便拜。武松慌忙答礼道："却才甚是冲撞，休怪，休怪！"孔明、孔亮道："我弟兄两个'有眼不识泰山'，万望恕罪！"武行者道："既然二位相觑武松时，却是与我烘焙度牒、书信，并行李衣服，不可失落了那两口戒刀，这串数珠。"孔明道："这个不须足下挂心，小弟已自着人收拾去了，整顿端正拜还。"武行者拜谢了。宋江请出孔太公，都相见了。孔太公置酒设席管待，不在话下。

当晚宋江邀武松同榻，叙说一年有余的事，宋江心内喜悦。武松次日天明起来，都洗漱罢，出到中堂相会，吃早饭。孔明自在那里相陪。孔亮挨着痛疼，也来管待。孔太公便叫杀羊宰猪，安排筵宴。是日，村中有几家街坊亲戚，都来相探；又有几个门下人，亦来谒见。宋江心中大喜。

当日筵宴散了，宋江问武松道："二哥，今欲往何处安身？"武松道："昨夜已对哥哥说了：菜园子张青写书与我，着兄弟投二龙山宝珠寺花和尚鲁智深那里入伙。他也随后便上山来。"宋江道："也好。我不瞒你说：我家近日有书来，说道清风寨知寨小李广花荣，他知道我杀了阎婆惜，每每寄书来与我，千万教我去寨里住几时。此间又离清风寨不远，我这两日正待要起身去；因见天气阴晴不定，未曾起程。早晚要去那里走一遭，不若和你同往如何？"武松道："哥哥，怕不是好情分，带携兄弟投那里去住几时！只是武松做下的罪犯至重，遇赦不宥，因此发心[1]，只是投二龙山落草避难。亦且我又做了头陀，难以和哥哥同往。路上被人设疑，倘或有些决

---

[1] 发心——下决心。

撒[①]了,须连累了哥哥。便是哥哥与兄弟同死同生,也须累及了花荣山寨不好。只是由兄弟投二龙山去了罢。天可怜见,异日不死,受了招安,那时却来寻访哥哥未迟。"宋江道:"兄弟既有此心归顺朝廷,皇天必祐。若如此行,不敢苦劝,你只相陪我住几日了去。"

自此,两个在孔太公庄上,一住过了十日之上,宋江与武松要行,孔太公父子那里肯放。又留住了三五日,宋江坚执要行,孔太公只得安排筵席送行。管待一日了,次日,将出新做的一套行者衣服,皂布直裰,并带来的度牒、书信、界箍、数珠、戒刀、金银之类,交还武松,又各送银五十两,权为路费。宋江推却不受,孔太公父子那里肯,只顾将来拴缚在包裹里。宋江整顿了衣服器械,武松依前穿了行者的衣裳,带上铁界箍,挂了人顶骨数珠,跨了两口戒刀,收拾了包裹,拴在腰里。宋江提了朴刀,悬口腰刀,带上毡笠子,辞别了孔太公。孔明、孔亮叫庄客背了行李,弟兄二人直送了二十余里路,拜辞了宋江、武行者两个。宋江自把包裹背了,说道:"不须庄客远送,我自和武兄弟去。"孔明、孔亮相别,自和庄客归家,不在话下。

只说宋江和武松两个,在路上行着,于路说些闲话,走到晚,歇了一宵,次日早起,打伙又行。两个吃罢饭,又走了四五十里,却来到一市镇上,地名唤做瑞龙镇,却是个三岔路口。宋江借问那里人道:"小人们欲投二龙山、清风镇上,不知从那条路去?"那镇上人答道:"这两处不是一条路去了:这里要投二龙山去,只是投西落路;若要投清风镇去,须用投东落路,过了清风山便是。"宋江听了备细,便道:"兄弟,我和你今日分手,就这里吃三杯相别。"词寄《浣溪沙》,单题别意:

握手临期话别难,山林景物正阑珊,壮怀寂寞客囊殚。 旅次愁来魂欲断,邮亭宿处铗空弹[②],独怜长夜苦漫漫。

武行者道:"我送哥哥一程,方却回来。"宋江道:"不顾如此。自古道:'送君千里,终有一别。'兄弟,你只顾自己前程万里,早早的到了彼处。入伙之后,少戒酒性。如得朝廷招安,你便可撺掇鲁智深、杨志投降了。日后但是去边上,一刀一枪,博得个封妻荫子,久后青史上留一个好名,也不

---

① 决撒——露马脚,败露。

② 铗空弹——孟尝君门客冯谖曾扣剑而歌"食无鱼"、"出无车"、"无以为家",叹自己的不满。这里喻指壮志难申。

枉了为人一世。我自百无一能,虽有忠心,不能得进步。兄弟,你如此英雄,决定做得大事业,可以记心。听愚兄之言,图个日后相见。"武行者听了,酒店上饮了数杯,还了酒钱。二人出得店来,行到市镇梢头,三岔路口,武行者下了四拜。宋江洒泪,不忍分别,又吩咐武松道:"兄弟,休忘了我的言语,少戒酒性。保重,保重!"武行者自投西去了,看官牢记话头,武行者自来二龙山投鲁智深、杨志入伙了,不在话下。

且说宋江自别了武松,转身望东,投清风山路上来,于路只忆武行者。又自行了几日,却早远远的望见清风山。看那山时,但见:

八面嵯峨,四围险峻。古怪乔松盘鹤盖。杈枒老树挂藤萝。瀑布飞流,寒气逼人毛发冷;绿阴散下,清光射目梦魂惊。涧水时听,樵人斧响;峰峦特起,山鸟声哀。麋鹿成群,穿荆棘往来跳跃;狐狸结队,寻野食前后呼号。若非佛祖修行处,定是强人打劫场。

宋江看见前面那座高山,生得古怪,树木稠密,心中欢喜,观之不足,贪走了几程,不曾问的宿头。看看天色晚了,宋江心内惊慌,肚里寻思道:"若是夏月天道,胡乱在林子里歇一夜;却恨又是仲冬天气,风霜正冽,夜间寒冷,难以打熬。倘或走出一个毒虫虎豹来时,如何抵当?却不害了性命!"只顾望东小路里撞将去。约莫走了也是一更时分,心里越慌,看不见地下,蹦了一条绊脚索。树林里铜铃响,走出十四五个伏路小喽罗来,发声喊,把宋江捉翻,一条麻索缚了,夺了朴刀、包裹,吹起火把,将宋江解上山来。宋江只得叫苦。却早押到山寨里。

宋江在火光下看时,四下里都是木栅,当中一座草厅,厅上放着三把虎皮交椅,后面有百十间草房。小喽罗把宋江捆做粽子相似,将来绑在将军柱上,有几个在厅上的小喽罗说道:"大王方才睡,且不要去报。等大王酒醒时,却请起来,剖这牛子心肝,做醒酒汤,我们大家吃块新鲜肉。"宋江被绑在将军柱上,心里寻思道:"我的造物①,只如此偃蹇,只为杀了一个烟花妇人,变出得如此之苦。谁想这把骨头,却断送在这里!"只见小喽罗点起灯烛荧煌。宋江已自冻得身体麻木了,动弹不得,只把眼来四下里张望,低了头叹气。

约有二三更天气,只见厅背后走出三五个小喽罗来叫道:"大王起来

---

① 造物——造化,运气。

了。”便去把厅上灯烛剔得明亮。宋江偷眼看时，只见那个出来的大王，头上绾着鹅梨角儿，一条红绢帕裹着，身上披着一领枣红纻丝衲袄，便来坐在当中虎皮交椅上，看那大王时，生得如何，但见：

赤发黄须双眼圆，臂长腰阔气冲天。

江湖称作锦毛虎，好汉原来却姓燕。

那个好汉，祖贯山东莱州人氏，姓燕，名顺，绰号锦毛虎，原是贩羊马客人出身，因为消折了本钱，流落在绿林丛内打劫。那燕顺酒醒起来，坐在中间交椅上，问道：“孩儿们那里拿得这个牛子？”小喽罗答道：“孩儿们正在后山伏路，只听得树林里铜铃响。原来这个牛子，独自个背些包裹，撞了绳索，一交绊翻，因此拿得来，献与大王做醒酒汤。”燕顺道：“正好！快去与我请得二位大王来同吃。”

小喽罗去不多时，只见厅侧两边走上两个好汉来：左边一个，五短身材，一双光眼。怎生打扮，但见：

天青衲袄锦绣补，形貌峥嵘性粗卤。

贪财好色最强梁，放火杀人王矮虎。

这个好汉，祖贯两淮人氏，姓王，名英，为他五短身材，江湖上叫他做矮脚虎，原是车家出身，为因半路里见财起意，就势劫了客人，事发到官，越狱走了，上清风山，和燕顺占住此山，打家劫舍；右边这个，生的白净面皮，三牙掩口髭须，瘦长膀阔，清秀模样，也裹着顶绛红头巾。怎地结束，但见：

衲袄销金油绿，狼腰紧系征裙。

山寨红巾好汉，江湖白面郎君。

这个好汉，祖贯浙西苏州人氏，姓郑，双名天寿；为他生得白净俊俏，人都号他做白面郎君。原是打银为生，因他自小好习枪棒，流落在江湖上，因来清风山过，撞着王矮虎，和他斗了五六十合，不分胜败。因此燕顺见他好手段，留在山上，坐了第三把交椅。

当下三个头领坐下，王矮虎便道：“孩儿们，正好做醒酒汤。快动手，取下这牛子心肝来，造三分醒酒酸辣汤来。”只见一个小喽罗掇一大铜盆水来，放在宋江面前，又一个小喽罗卷起袖子，手中明晃晃拿着一把剜心尖刀。那个掇水的小喽罗，便把双手泼起水来，浇那宋江心窝里。原来但凡人心，都是热血裹着，把这冷水泼散了热血，取出心肝来时，便脆了好吃。那小喽罗把水直泼到宋江脸上,宋江叹口气道:“可惜宋江死在这里!”

燕顺亲耳听得“宋江”两字,便喝住小喽罗道:“且不要泼水。”燕顺问道:“他那厮说甚么‘宋江’?”小喽罗答道:“这厮口里说道:‘可惜宋江死在这里。’”燕顺便起身来问道:“兀那汉子,你认得宋江?”宋江道:“只我便是宋江。”燕顺走近跟前,又问道:“你是那里的宋江?”宋江答道:“我是济州郓城县做押司的宋江。”燕顺道:“你莫不是山东及时雨宋公明,杀了阎婆惜,逃出在江湖上的宋江么?”宋江道:“你怎得知?我正是宋三郎。”

燕顺听罢,吃了一惊,便夺过小喽罗手内尖刀,把麻索都割断了,便把自身上披的枣红纻丝衲袄脱下来,裹在宋江身上,抱在中间虎皮交椅上,唤起王矮虎、郑天寿快下来。三人纳头便拜。宋江滚下来答礼,问道:“三位壮士,何故不杀小人,反行重礼?此意如何?”亦拜在地。那三个好汉一齐跪下。

燕顺道:“小弟只要把尖刀剜了自己的眼睛,原来不识好人。一时间见不到处,少问个缘由,争些儿坏了义士。若非天幸,使令仁兄自说出大名来,我等如何得知仔细!小弟在江湖上绿林丛中,走了十数年,闻得贤兄仗义疏财,济困扶危的大名,只恨缘分浅薄,不能拜识尊颜。今日天使相会,真乃称心满意。”宋江答道:“量宋江有何德能,教足下如此挂心错爱。”燕顺道:“仁兄礼贤下士,结纳豪杰,名闻寰海,谁不钦敬!梁山泊近来如此兴旺,四海皆闻。曾有人说道,尽出仁兄之赐。不知仁兄独自何来?今却到此?”宋江把救晁盖一节,杀阎婆惜一节,却投柴进同孔太公许多时,并今次要往清风寨寻小李广花荣,这几件事,一一备细说了。

三个头领大喜,随即取套衣服,与宋江穿了;一面叫杀羊宰马,连夜筵席,当夜直吃到五更,叫小喽罗伏侍宋江歇了。次日辰牌起来,诉说路上许多事务,又说武松如此英雄了得。三个头领跌脚懊恨道:“我们无缘,若得他来这里,十分是好,却恨他投那里去了。”话休絮烦。宋江自到清风山,住了五七日,每日好酒好食管待,不在话下。

时当腊月初旬,山东人年例,腊日上坟。只见小喽罗山下报上来说道:“大路上有一乘轿子,七八个人跟着,挑着两个盒子,去坟头化纸。”王矮虎是个好色之徒,见报了,想此轿子,必是个妇人,点起三五十小喽罗,便要下山。宋江、燕顺那里拦当得住。绰了枪刀,敲一棒铜锣,下山去了。

宋江、燕顺、郑天寿三人，自在寨中饮酒。

那王矮虎去了约有三两个时辰，远探小喽罗报将来，说道："王头领直赶到半路里，七八个军汉都走了，拿得轿子里抬着的一个妇人。只有一个银香盒，别无物件财物。"燕顺问道："那妇人如今抬到那里？"小喽罗道："王头领已自抬在山后房中去了。"燕顺大笑。宋江道："原来王英兄弟，要贪女色，不是好汉的勾当。"燕顺道："这个兄弟，诸般都肯向前，只是有这些毛病。"宋江道："二位和我同去劝他。"

燕顺、郑天寿便引了宋江，直来到后山王矮虎房中，推开房门，只见王矮虎正搂住那妇人求欢。见了三位入来，慌忙推开那妇人，请三位坐。宋江看那妇人时，但见：

身穿缟素，腰系孝裙。不施脂粉，自然体态妖娆；懒染铅华，生定天姿秀丽。云含春黛，恰如西子颦眉；雨滴秋波，浑似骊姬垂涕。

宋江看见那妇人，便问道："娘子，你是谁家宅眷？这般时节，出来闲走，有甚么要紧？"那妇人含羞向前，深深地道了三个万福，便答道："侍儿是清风寨知寨的浑家。为因母亲弃世，今得小祥，特来坟前化纸。那里敢无事出来闲走？告大王垂救性命！"宋江听罢，吃了一惊，肚里寻思道："我正来投奔花知寨，莫不是花荣之妻？我如何不救？"宋江问道："你丈夫花知寨，如何不同你出来上坟？"那妇人道："告大王：侍儿不是花知寨的浑家。"宋江道："你恰才说是清风寨知寨的恭人①。"那妇人道："大王不知：这清风寨如今有两个知寨，一文一武。武官便是知寨花荣；文官便是侍儿的丈夫，知寨刘高。"

宋江寻思道："他丈夫既是和花荣同僚，我不救时，明日到那里，须不好看。"宋江便对王矮虎说道："小人有句话说，不知你肯依么？"王英道："哥哥有话，但说不妨。"宋江道："但凡好汉犯了'溜骨髓'② 三个字的，好生惹人耻笑，我看这娘子说来，是个朝廷命官的恭人。怎生看在下薄面，并江湖上'大义'两字，放他下山回去，教他夫妻完聚如何？"王英道："哥哥听禀：王英自来没个押寨夫人做伴，况兼如今世上，都是那大头巾弄得歹了，哥哥管他则甚？胡乱容小弟这些个。"宋江便跪一跪道："贤弟若要押

① 恭人——对官员妻子的敬称。

② 溜骨髓——比喻男子好色，放纵情欲。

寨夫人时，日后宋江拣一个停当[①]好的，在下纳财进礼，娶一个伏侍贤弟。只是这个娘子，是小人友人同僚正官之妻，怎地做个人情，放了他则个。”燕顺、郑天寿一齐扶住宋江道：“哥哥且请起来，这个容易。”宋江又谢道：“恁的时，重承不阻。”

燕顺见宋江坚意要救这妇人，因此不顾王矮虎肯与不肯，喝令轿夫抬了去。那妇人听了这话，插烛也似拜谢宋江，一口一声叫道：“谢大王！”宋江道：“恭人你休谢我：我不是山寨里大王，我自是郓城县客人。”那妇人拜谢了下山，两个轿夫也得了性命，抬着那妇人下山来，飞也似走，只恨爷娘少生了两只脚。

这王矮虎又羞又闷，只不做声，被宋江拖出前厅劝道：“兄弟你不要焦躁。宋江日后好歹要与兄弟完娶一个，教你欢喜便了。小人并不失信。”燕顺、郑天寿都笑起来。王矮虎一时被宋江以礼义缚了，虽不满意，敢怒而不敢言，只得陪笑。自同宋江在山寨中吃筵席，不在话下。

且说清风寨军人，一时间被掳了恭人去，只得回来，到寨里报与刘知寨，说道：“恭人被清风山强人掳去了。”刘高听了大怒，喝骂去的军人不了事，如何撇了恭人，大棍打那去的军汉。众人分说道：“我们只有五七个，他那里三四十人，如何与他敌得！”刘高喝道：“胡说！你们若不去夺得恭人回来时，我都把你们下在牢里问罪。”那几个军人吃逼不过，没奈何，只得央浼本寨内军健七八十人，各执枪棒，用意来夺；不想来到半路，正撞见两个轿夫，抬得恭人飞也似来了。

众军汉接见恭人问道：“怎地能够下山？”那妇人道：“那厮捉我到山寨里，见我说道是知寨的夫人，唬得那厮慌忙拜我，便叫轿夫送我下山来。”众军汉道：“恭人可怜见我们，只对相公说我们打夺得恭人回来。权救我众人这顿打。”那妇人道：“我自有道理说便了。”众军汉拜谢了，簇拥着轿子便行。众人见轿夫走得快，便说道：“你两个闲常在镇上抬轿时，只是鹅行鸭步，如今却怎地这等走得快？”那两个轿夫应道：“本是走不动，却被背后老大栗暴打将来。”众人笑道：“你莫不见鬼，背后那得人？”轿夫方才敢回头，看了道：“哎也！是我走的慌了，脚后跟直打着脑杓子。”众人都笑。簇着轿子，回到寨中。

---

① 停当——适当。

刘知寨见了大喜，便问恭人道："你得谁人救了你回来？"那妇人道："便是那厮们掳我去，不从奸骗，正要杀我；见我说是知寨的恭人，不敢下手，慌忙拜我，却得这许多人来抢夺得我回来。"刘高听了这话，便叫取十瓶酒，一口猪，赏了众人，不在话下。

且说宋江自救了那妇人下山，又在山寨中住了五七日，思量要来投奔花知寨，当时作别要下山。三个头领，苦留不住，做了送路筵席饯行，各送些金宝与宋江，打缚在包裹里。当日宋江早起来，洗漱罢，吃了早饭，拴束了行李，作别了三位头领下山。那三个好汉，将了酒果肴馔，直送到山下二十余里官道旁边，把酒分别。三人不舍，叮嘱道："哥哥去清风寨回来，是必再到山寨相会几时。"宋江背上包裹，提了朴刀，说道："再得相见。"唱个大喏，分手去了。

若是说话的同时生，并肩长，拦腰抱住，把臂拖回。宋公明只因要来投奔花知寨，险些儿死无葬身之地。正是：遭逢坎坷皆天数，际会风云岂偶然。毕竟宋江来寻花知寨，撞着甚人，且听下回分解。

第三十三回

宋江夜看小鳌山[①]　花荣大闹清风寨

话说这清风山离青州不远，只隔得百里来路。这清风寨却在青州三岔路口，地名清风镇。因为这三岔路上，通三处恶山，因此特设这清风寨在这清风镇上。那里也有三五千人家，却离这清风山只有一站多路，当日三位头领自上山去了。

只说宋公明独自一个，背着些包裹，迤逦来到清风镇上，便借问花知寨住处。那镇上人答道："这清风寨衙门，在镇市中间。南边有个小寨，是文官刘知寨住宅；北边那个小寨，正是武官花知寨住宅。"宋江听罢，谢了那人，便投北寨来。到得门首，见有几个把门军汉，问了姓名，入去通报。

---

① 鳌山——结扎成的五彩灯山。鳌山，原是传说中浮现于海中的仙山，这里指用彩纸扎缚的能插灯点烛的山棚。

只见寨里走出那个少年的军官来，拖住宋江便拜。那人生得如何，但见：

齿白唇红双眼俊，两眉入鬓常清，细腰宽膀似猿形。能骑乖劣马，爱放海东青。百步穿杨神臂健，弓开秋月分明，雕翎箭发迸寒星。人称小李广，将种是花荣。

出来的年少将军不是别人，正是清风寨武知寨小李广花荣。那花荣怎生打扮，但见：

身上战袍金翠绣，腰间玉带嵌山犀。
渗青巾帻双环小，文武花靴抹绿低。

花荣见宋江拜罢，喝叫军汉接了包裹、朴刀、腰刀，扶住宋江，直到正厅上，便请宋江当中凉床上坐了。花荣又纳头拜了四拜，起身道："自从别了兄长之后，屈指又早五六年矣，常常念想。听得兄长杀了一个泼烟花，官司行文书各处追捕。小弟闻得，如坐针毡，连连写了十数封书，去贵庄问信，不知曾到也不？今日天赐，幸得哥哥到此，相见一面，大慰平生。"说罢又拜。宋江扶住道："贤弟休只顾讲礼。请坐了，听在下告诉。"花荣斜坐着。宋江把杀阎婆惜一事，和投奔柴大官人，并孔太公庄上遇见武松，清风山上被捉，遇燕顺等事，细细地都说了一遍。花荣听罢，答道："兄长如此多磨难，今日幸得仁兄到此，且住数年，却又理会。"宋江道："若非兄弟宋清寄书来孔太公庄上时，在下也特地要来贤弟这里走一遭。"花荣便请宋江去后堂里坐，唤出浑家崔氏，来拜伯伯。拜罢，花荣又叫妹子出来拜了哥哥，便请宋江更换衣裳鞋袜，香汤沐浴，在后堂安排筵席洗尘。

当日筵宴上，宋江把救了刘知寨恭人的事，备细对花荣说了一遍。花荣听罢，皱了双眉说道："兄长没来由，救那妇人做甚么？正好教灭这厮的口！"宋江道："却又作怪！我听得说是清风寨知寨的恭人，因此把做贤弟同僚面上，特地不顾王矮虎相怪，一力要救他下山。你却如何恁的说？"花荣道："兄长不知：不是小弟说口，这清风寨是青州紧要去处，若还是小弟独自在这里守把时，远近强人，怎敢把青州搅得粉碎！近日除将这个穷酸饿醋[①]来做个正知寨，这厮又是文官，又没本事，自从到任，把此乡间些少上户诈骗，乱行法度，无所不为。小弟是个武官副知寨，每每被这厮怄

① 穷酸饿醋——指贫穷的读书人。

气，恨不得杀了这滥污贼禽兽。兄长却如何救了这厮的妇人？打紧[①]这婆娘极不贤，只是调拨他丈夫行不仁的事，残害良民，贪图贿赂，正好叫那贱人受些玷辱。兄长错救了这等不才的人。”

宋江听了，便劝道：“贤弟差矣！自古道：‘冤仇可解不可结。’他和你是同僚官，虽有些过失，你可隐恶而扬善。贤弟休如此浅见。”花荣道：“兄长见得极明。来日公廨内见刘知寨时，与他说过救了他老小之事。”宋江道：“贤弟若如此，也显你的好处。”花荣夫妻几口儿，朝暮臻臻至至，献酒供食，伏侍宋江。当晚安排床帐，在后堂轩下请宋江安歇。次日，又备酒食筵宴管待。

话休絮烦。宋江自到花荣寨里，吃了四五日酒。花荣手下有几个体己人，一日换一个，拨些碎银子在他身边。每日教相陪宋江去清风镇街上，观看市井喧哗，村落宫观寺院，闲走乐情。自那日为始，这体己人相陪着闲走，邀宋江去市井上闲玩。那清风镇上也有几座小勾栏，并茶坊酒肆，自不必说得。当日宋江与这体己人，在小勾栏里闲看了一回，又去近村寺院道家宫观游赏一回，请去市镇上酒肆中饮酒。临起身时，那体己人取银两还酒钱。宋江那里肯要他还钱，却自取碎银还了。宋江归来，又不对花荣说。那个同饮的人欢喜，又落得银子，又得身闲，自此每日拨一个相陪，和宋江去闲走。每日又只是宋江使钱。自从到寨里，无一个不敬爱他的。宋江在花荣寨里，住了将及一月有余，看看腊尽春回，又早元宵节近。

且说这清风寨镇上居民，商量放灯一事，准备庆赏元宵。科敛钱物，去土地大王庙前扎缚起一座小鳌山，上面结彩悬花，张挂五六百碗花灯；土地大王庙内，逞赛诸般社火。家家门前，扎起灯棚，赛悬灯火。市镇上，诸行百艺都有。虽然比不得京师，只此也是人间天上。当下宋江在寨里和花荣饮酒，正值元宵。是日晴明得好，花荣到巳牌前后，上马去公廨内点起数百个军士，教晚间去市镇上弹压；又点差许多军汉，分头去四下里守把栅门。未牌时分回寨来。邀宋江吃点心。宋江对花荣说道：“听闻此间市镇上今晚点放花灯，我欲去看看。”花荣答道：“小弟本欲陪侍兄长，奈缘我职役在身，不能够闲步同往。今夜兄长自与家间二三人去看灯，早早

---

① 打紧——实在。

的便回。小弟在家专待家宴三杯,以庆佳节。”宋江道:“最好。”却早天色向夜,东边推出那轮明月上来。正是:

玉漏铜壶且莫催,星桥火树彻明开。

鳌山高耸青云上,何处游人不看来!

当晚宋江和花荣家亲随体己人两三个,跟随着缓步徐行。到这清风镇上看灯时,只见家家门前,搭起灯棚,悬挂花灯,灯上画着许多故事,也有剪彩飞白牡丹花灯,并芙蓉荷花异样灯火。四五个人,手厮挽着,来到大王庙前,看那小鳌山时,但见:

山石穿双龙戏水,云霞映独鹤朝天。金莲灯,玉梅灯,晃一片琉璃;荷花灯,芙蓉灯,散千团锦绣。银蛾斗彩,双双随绣带香球;雪柳争辉,缕缕拂华旛翠幙。村歌社鼓,花灯影里竞喧阗;织妇蚕奴,画烛光中同赏玩。虽无佳丽风流曲,尽贺丰登大有年。

当下宋江等四人在鳌山前看了一回,迤逦投南走。不过五七百步,只见前面灯烛荧煌,一伙人围住在一个大墙院门首热闹。锣声响处,众人喝采。宋江看时,却是一伙舞鲍老的。宋江矮矬,人背后看不见。那相陪的体己人,却认的社火队里,便教分开众人,让宋江看。那跳鲍老的身躯扭得村村势势① 的,宋江看了,呵呵大笑。

只见这墙院里面,却是刘知寨夫妻两口儿,和几个婆娘在里面看。听得宋江笑声,那刘知寨的老婆,于灯下却认的宋江,便指与丈夫道:“兀那个黑矮汉子,便是前日清风山抢掳下我的贼头。”刘知寨听了,吃一惊,便唤亲随六七人,叫捉那个笑的黑汉子。宋江听得,回身便走。走不过十余家,众军汉赶上,把宋江捉住,拿了来,恰似皂雕追紫燕,正如猛虎啖羊羔。拿到寨里,用四条麻索绑了,押至厅前。那三个体己人,见捉了宋江去,自跑回来报与花荣知道。

且说刘知寨坐在厅上,叫解过那厮来,众人把宋江簇拥在厅前跪下。刘知寨喝道:“你这厮是清风山打劫强贼,如何敢擅自来看灯!今被擒获,有何理说?”宋江告道:“小人自是郓城县客人张三,与花知寨是故友。来此间多日了,从不曾在清风山打劫。”刘知寨老婆,却从屏风背后转将出来,喝道:“你这厮兀自赖哩!你记得教我叫你做大王时?”宋江告道:“恭

---

① 村村势势——土里土气。

人差矣。那时小人不对恭人说来:'小人自是郓城县客人,亦被掳掠在此间,不能够下山去。'"刘知寨道:"你既是客人,被掳劫在那里,今日如何能够下山来,却到我这里看灯?"那妇人便说道:"你这厮在山上时,大剌剌的坐在中间交椅上,由我叫大王,那里睬人!"宋江道:"恭人,全不记我一力救你下山,如何今日倒把我强扭做贼!"那妇人听了大怒,指着宋江骂道:"这等赖皮赖骨,不打如何肯招!"刘知寨道:"说得是。"喝叫取过批头来打那厮。一连打了两料,打得宋江皮开肉绽,鲜血迸流。便叫把铁锁锁了,明日合个囚车,把郓城虎张三解上州里去。

却说相陪宋江的体己人,慌忙奔回来报知花荣。花荣听罢大惊,连忙写一封书,差两个能干亲随人,去刘知寨处取。亲随人赍了书,急忙到刘知寨门前。把门军士入去报复道:"花知寨差人在门前下书。"刘高叫唤至当厅。那亲随人将书呈上,刘高拆开封皮读道:

花荣拜上僚兄相公座前:所有薄亲刘丈,近日从济州来,因看灯火,误犯尊威,万乞情恕放免,自当造谢。草字不恭,烦乞照察不宣。

刘高看了大怒,把书扯的粉碎,大骂道:"花荣这厮无礼!你是朝廷命官,如何却与强贼通同,也来瞒我。这贼已招是郓城县张三,你却如何写道是刘丈?俺须不是你侮弄的。你写他姓刘,是和我同姓,恁的我便放了他!"喝令左右把下书人推将出去。

那亲随人被赶出寨门,急急归来,禀复花荣知道。花荣听了,只叫得:"苦了哥哥!快备我的马来!"花荣披挂,拴束了弓箭,绰枪上马,带了三五十名军汉,都拖枪拽棒,直奔到刘高寨里来。把门军人见了,那里敢拦当,见花荣头势不好,尽皆吃惊,都四散走了。花荣抢到厅前,下了马,手中拿着枪,那三五十人,都摆在厅前。花荣口里叫道:"请刘知寨说话。"刘高听得,惊的魂飞魄散,惧怕花荣是个武官,那里敢出来相见。花荣见刘高不出来,立了一回,喝叫左右去两边耳房里搜人。那三五十军汉一齐去搜时,早从廊下耳房里寻见宋江,被麻索高吊起在梁上,又使铁索锁着,两腿打得肉绽。几个军汉便把绳索割断,铁锁打开,救出宋江。花荣便叫军士先送回家里去。花荣上了马,绰枪在手,口里发话道:"刘知寨,你便是个正知寨,待怎的奈何了花荣!谁家没个亲眷!你却甚么意思?我的一个表兄,直拿在家里,强扭做贼。好欺负人,明日和你说话。"花荣带了众人,自回到寨里来看视宋江。

却说刘知寨见花荣救了人去,急忙点起一二百人,也叫来花荣寨夺人。那二百人内,新有两个教头。为首的教头,虽然了得些枪刀,终不及花荣武艺,不敢不从刘高,只得引了众人,奔花荣寨里来。把门军士入去报知花荣。

此时天色未甚明亮,那二百来人拥在门首,谁敢先入去,都惧怕花荣了得。看看天大明了,却见两扇大门不关,只见花知寨在正厅上坐着,左手拿着弓,右手挽着箭。众人都拥在门前,花荣竖起弓,大喝道:"你这军士们,不知冤各有头,债各有主。刘高差你来,休要替他出色。你那两个新参教头,还未见花知寨的武艺,今日先教你众人看花知寨弓箭,然后你那厮们要替刘高出色,不怕的入来。看我先射大门上左边门神的骨朵头!"搭上箭,拽满弓,只一箭,喝声:"着!"正射中门神骨朵头。

众人看了,都吃一惊。花荣又取第二枝箭,大叫道:"你们众人,再看我这第二枝箭,要射右边门神的头盔上朱缨。"飕的又一箭,不偏不斜,正中缨头上。那两枝箭却射定在两扇门上。花荣再取第三枝箭,喝道:"你众人看我第三枝箭,要射你那队里穿白的教头心窝。"那人叫声:"哎呀!"便转身先走。众人发声喊,一齐都走了。

花荣且叫闭上寨门,却来后堂看觑宋江。花荣说道:"小弟误了哥哥,受此之苦。"宋江答道:"我却不妨,只恐刘高那厮,不肯和你干休。我们也要计较个长便。"花荣道:"小弟舍着弃了这道官诰,和那厮理会。"宋江道:"不想那妇人将恩作怨,教丈夫打我这一顿。我本待自说出真名姓来,却又怕阎婆惜事发,因此只说郓城客人张三。叵耐刘高无礼,要把我做郓城虎张三,解上州去,合个囚车盛我。要做清风山贼首时,顷刻便是一刀一剐。不得贤弟自来力救,便有铜唇铁舌,也和他分辨不得。"花荣道:"小弟寻思,只想他是读书人,须念同姓之亲,因此写了'刘丈',不想他直恁没些人情。如今既已救了来家,且却又理会。"宋江道:"贤弟差矣。既然仗你豪势,救了人来,凡事要三思。自古道:'吃饭防噎,行路防跌。'他被你公然夺了人来,急使人来抢,又被你一吓,尽都散了,我想他如何肯干罢,必然要和你动文书。今晚我先走上清风山去躲避,你明日却好和他白赖,终久只是文武不和相殴的官司。我若再被他拿出去时,你便和他分说不过。"花荣道:"小弟只是一勇之夫,却无兄长的高明远见。只恐兄长伤重了,走不动。"宋江道:"不妨。事急难以耽搁,我自挨到山下便了。"当日敷贴了膏药，吃了些酒肉，把包裹都寄在花荣处。黄昏时分，便使两个军汉，送出栅外去了。宋江自连夜挨去，不在话下。

再说刘知寨见军士一个个都散回寨里来，说道："花知寨十分英勇了得，谁敢去近前当他弓箭！"两个教头道："着他一箭时，射个透明窟窿，却是都去不得。"刘高那厮终是个文官，意思深狠，有些算计。当下刘高寻思起来："想他这一夺去，必然连夜放他上清风山去了，明日却来和我白赖。便争竞到上司，也只是文武不和斗殴之事，我却如何奈何的他？我今夜差二三十军汉，去五里路头等候。倘若天幸捉着时，将来悄悄的关在家里，却暗地使人连夜去州里，报知军官下来取，就和花荣一发拿了，都害了他性命。那时我独自霸着这清风寨，省得受那厮们的气。"当晚点了二十余人，各执枪棒，连夜去了。

约莫有二更时候，去的军汉，背剪绑得宋江到来。刘知寨见了，大喜道："不出吾之所料。且与我囚在后院里，休教一个人得知。"连夜便写了实封申状，差两个心腹之人，星夜来青州府飞报。次日，花荣只道宋江上清风山去了，坐视在家，心里自道："我且看他怎的！"竟不来睬着。刘高也只做不知，两下都不说着。

且说这青州府知府，正值升厅公座。那知府复姓慕容，双名彦达，是今上徽宗天子慕容贵妃之兄。倚托妹子的势，要在青州横行，残害良民，欺罔僚友，无所不为。正欲回衙早饭，只见左右公人，接上刘知寨申状，飞报贼情公事。知府接来，看了刘高的文书，吃了一惊，便道："花荣是个功臣之子，如何结连清风山强贼？这罪犯非小，未委虚的。"便教唤那本州兵马都监，来到厅上，吩咐他去。

原来那个都监姓黄，名信。为他本身武艺高强，威镇青州，因此称他为"镇三山"。那青州地面，所管下有三座恶山：第一便是清风山，第二便是二龙山，第三便是桃花山。这三处都是强人草寇出没的去处。黄信却自夸要捉尽三山人马，因此唤做"镇三山"。这兵马都监黄信上厅来，领了知府的言语，出来点起五十个壮健军汉，披挂了衣甲，马上擎着那口丧门剑，连夜便下清风寨来，径到刘高寨前下马。

刘知寨出来接着，请到后堂，叙礼罢，一面安排酒食管待，一面犒赏军士。后面取出宋江来，教黄信看了。黄信道："这个不必问了。连夜合个囚车，把这厮盛在里面。"头上抹了红绢，插一个纸旗，上写着"清风山贼首郓城虎张三”。宋江那里敢分辩,只得由他们安排。黄信再问刘高道:“你拿得张三时,花荣知也不知?”刘高道:“小官夜来二更拿了他,悄悄的藏在家里,花荣只道去了,安坐在家。”黄信道:“既是恁的,却容易。明早安排一副羊酒,去大寨里公厅上摆着,却教四下里埋伏下三五十人,预备着。我却自去花荣家请得他来,只推道:‘慕容知府听得你文武不和,因此特差我来置酒劝谕。’赚到公厅,只看我掷盏为号,就下手拿住了,一同解上州里去。此计如何?”刘高喝采道:“还是相公高见,此计大妙,却似‘瓮中捉鳖,手到拿来’。”

当夜定了计策,次日天晓,先去大寨左右两边帐幕里,预先埋伏了军士,厅上虚设着酒食筵宴。早饭前后,黄信上了马,只带三两个从人,来到花荣寨前。军人入去传报,花荣问道:“来做甚么?”军汉答道:“只听得教报道黄都监特来相探。”花荣听罢,便出来迎接。

黄信下马,花荣请至厅上,叙礼罢,便问道:“都监相公,有何公干到此?”黄信道:“下官蒙知府呼唤,发落道:为是你清风寨内,文武官僚不和,未知为甚缘由,知府诚恐二位因私仇而误公事,特差黄某赍到羊酒前来,与你二位讲和。已安排在大寨公厅上,便请足下上马同往。”花荣笑道:“花荣如何敢欺罔刘高,他又是个正知寨。只是本人累累要寻花荣的过失,不想惊动知府,有劳都监下临草寨,花荣将何以报?”黄信附耳低言道:“知府只为足下一人。倘有些刀兵动时,他是文官,做得何用?你只依着我行。”花荣道:“深谢都监过爱。”黄信便邀花荣同出门首上马。花荣道:“且请都监少叙三杯了去。”黄信道:“待说开了,畅饮何妨。”花荣只得叫备马。

当时两个并马而行,直来到大寨,下了马,黄信携着花荣的手,同上公厅来,只见刘高已自先在公厅上。三个人都相见了。黄信叫取酒来,从人已自先把花荣的马牵将出去,闭了寨门。花荣不知是计,只想黄信是一般武官,必无歹意。黄信擎一盏酒来,先劝刘高道:“知府为因听得你文武二官,同僚不和,好生忧心。今日特委黄信到来,与你二公陪话。烦望只以报答朝廷为重,再后有事,和同商议。”刘高答道:“量刘高不才,颇识些理法,直教知府恩相,如此挂心。我二人也无甚言语争执,此是外人妄传。”黄信大笑道:“妙哉!”刘高饮过酒,黄信又斟第二杯酒,来劝花荣道:“虽然是刘知寨如此说了,想必是闲人妄传,故是如此,且请饮一杯。”

花荣接过酒吃了，刘高拿副台盏，斟一盏酒，回劝黄信道："动劳都监相公降临敝地，满饮此杯。"黄信接过酒来，拿在手里，把眼四下一看，有十数个军汉，簇上厅来。黄信把酒盏望地下一掷，只听得后堂一声喊起，两边帐幕里，走出三五十个壮健军汉，一发上，把花荣拿倒在厅前。

黄信喝道："绑了！"花荣一片声叫道："我得何罪？"黄信大笑，喝道："你兀自敢叫哩！你结连清风山强贼，一同背反朝廷，当得何罪！我念你往日面皮，不去惊动拿你家老小。"花荣叫道："也须有个证见。"黄信道："还你一个证见，教你看真赃真贼，我不屈你。左右，与我推将来。"无移时，一辆囚车，一个纸旗儿，一条红抹额，从外面推将入来。花荣看时，却是宋江。目睁口呆，面面厮觑，做声不得。黄信喝道："这须不干我事，现有告人刘高在此。"花荣道："不妨，不妨，这是我的亲眷。他自是郓城县人，你要强扭他做贼，到上司自有分辩处。"黄信道："你既然如此说时，我只解你上州里，你自去分辩。"便叫刘知寨点起一百寨兵防送。花荣便对黄信说道："都监赚我来，虽然捉了我，便到朝廷，和他还有分辩。可看我和都监一般武职官面，休去我衣服，容我坐在囚车里。"黄信道："这一件容易，便依着你。就叫刘知寨一同去州里折辩明白，休要枉害人性命。"

当时黄信与刘高都上了马，监押着两辆囚车，并带三五十军士，一百寨兵，簇拥着车子，取路奔青州府来。有分教，火焰堆里，送数百间屋宇人家；刀斧丛中，杀一二千残生性命。正是：生事事生君莫怨，害人人害汝休嗔。毕竟解宋江投青州来，怎地脱身，且听下回分解。

第三十四回

镇三山大闹青州道　霹雳火夜走瓦砾场

话说那黄信上马，手中横着这口丧门剑；刘知寨也骑着马，身上披挂些戎衣，手中拿一把叉。那一百四五十军汉寨兵，各执着缨枪棍棒，腰下都带短刀利剑，两下鼓，一声锣，解宋江和花荣望青州来。

众人都离了清风寨，行不过三四十里路头，前面见一座大林子。正来到那山嘴边，前头寨兵指道："林子里有人窥望。"都立住了脚。黄信在马上问道："为甚不行？"军汉答道："前面林子里有人窥看。"黄信喝道："休睬他，只顾走！"

看看渐近林子前，只听得当当的二三十面大锣，一齐响起来。那寨兵人等，都慌了手脚，只待要走。黄信喝道："且住，都与我摆开。"叫道："刘知寨，你压着囚车。"刘高在马上，死应不得，只口里念道："救苦救难天尊。"便许下十万卷经，三百座寺，救一救。惊的脸如成精的东瓜，青一回，黄一回。这黄信是个武官，终有些胆量，便拍马向前看时，只见林子四边齐齐的分过三五百个小喽罗来，一个个身长力壮，都是面恶眼凶，头裹红巾，身穿衲袄，腰悬利剑，手执长枪，早把一行人围住。林子中跳出三个好汉来：一个穿青，一个穿绿，一个穿红，都戴着一顶销金万字头巾，各跨一口腰刀，又使一把朴刀，当住去路。中间是锦毛虎燕顺，上首是矮脚虎王英，下首是白面郎君郑天寿。

三个好汉大喝道："来往的到此当住脚，留下三千两买路黄金，任从过去。"黄信在马上大喝道："你那厮们，不得无礼，镇三山在此！"三个好汉睁着眼，大喝道："你便是镇万山，也要三千两买路黄金；没时，不放你过去。"黄信说道："我是上司取公事的都监，有甚么买路钱与你？"那三个好汉笑道："莫说你是上司一个都监，便是赵官家驾过，也要三千贯买路钱；若是没有，且把公事人当在这里，待你取钱来赎。"黄信大怒，骂道："强贼，怎敢如此无礼！"喝叫左右擂鼓鸣锣。黄信拍马舞剑，直奔燕顺。三个好汉一齐挺起朴刀，来战黄信。

黄信见三个好汉都来并他，奋力在马上斗了十合，怎地当得他三个住；亦且刘高是个文官，又向前不得，见了这般势头，只待要走。黄信怕吃他三个拿了，坏了名声，只得一骑马，扑喇喇跑回旧路，三个头领，挺着朴刀赶将来。黄信那里顾得众人，独自飞马奔回清风镇去了。众军见黄信回马时，已自发声喊，撇了囚车，都四散走了。只剩得刘高，见势头不好，慌忙勒转马头，连打三鞭；那马正待跑时，被那小喽罗拽起绊马索，早把刘高的马掀翻，倒撞下来。

众小喽罗一发向前，拿了刘高，抢了囚车，打开车辆，花荣已把自己的囚车掀开了，便跳出来，将这缚索都挣断了，却打碎那个囚车，救出宋江来。自有那几个小喽罗，已自反剪了刘高，又向前去抢得他骑的马，亦有三匹驾车的马，却剥了刘高的衣服，与宋江穿了，把马先送上山去。这三个好汉，一同花荣并小喽罗，把刘高赤条条的绑了押回山寨来。

原来这三位好汉，为因不知宋江消息，差几个能干的小喽罗下山，直来清风镇上探听，闻人说道："都监黄信掷盏为号，拿了花知寨并宋江，陷车囚了，解投青州来。"因此报与三个好汉得知，带了人马，大宽转兜出大路来，预先截住去路，小路里亦差人伺候。因此救了两个，拿得刘高，都回山寨里来。

当晚上的山时，已是二更时分，都到聚义厅上相会，请宋江、花荣当中坐定，三个好汉对席相陪，一面且备酒食管待。燕顺吩咐，叫孩儿们各自都去吃酒。花荣在厅上称谢三个好汉，说道："花荣与哥哥皆得三位壮士救了性命，报了冤仇，此恩难报。只是花荣还有妻小妹子在清风寨中，必然被黄信擒捉，却是怎生救得？"燕顺道："知寨放心：料应黄信不敢便拿恭人；若拿时，也须从这条路里经过。我明日弟兄三个下山，去取恭人和令妹还知寨。"便差小喽罗下山，先去探听。花荣谢道："深感壮士大恩。"宋江便道："且与我拿过刘高那厮来。"燕顺便道："把他绑在将军柱上，割腹取心，与哥哥庆喜。"花荣道："我亲自下手割这厮。"

宋江骂道："你这厮，我与你往日无冤，近日无仇，你如何听信那不贤的妇人害我！今日擒来，有何理说？"花荣道："哥哥问他则甚？"把刀去刘高心窝里只一剜，那颗心献在宋江面前；小喽罗自把尸首拖在一边。宋江道："今日虽杀了这厮滥污匹夫，只有那个淫妇，不曾杀得，出那口大气。"王矮虎便道："哥哥放心，我明日自下山去，拿那妇人，今番还我受用。"众皆大笑。当夜饮酒罢，各自歇息。次日起来，商议打清风寨一事。燕顺道："昨日孩儿们走得辛苦了，今日歇他一日，明日早下山去也未迟。"宋江道："也见得是，正要将息人强马壮，不在促忙。"

不说山寨整点军马起程，且说都监黄信一骑马奔回清风镇上大寨内，便点寨兵人马，紧守四边栅门。黄信写了申状，叫两个教军头目，飞马报与慕容知府。知府听得飞报军情紧急公务，连夜升厅，看了黄信申状：反了花荣，结连清风山强盗，时刻清风寨不保，事在告急，早遣良将保守地方。知府看了大惊，便差人去请青州指挥司总管本州兵马秦统制，急来商议军情重事。那人原是山后开州人氏，姓秦，讳个明字，因他性格急躁，声若雷霆，以此人都呼他做"霹雳火"秦明。祖是军官出身，使一条狼牙棒，有万夫不当之勇。

那人听得知府请唤，径到府里来见知府，各施礼罢。那慕容知府将出那黄信的飞报申状来，教秦统制看了，秦明大怒道："红头子敢如此无礼！不须公祖忧心，不才便起军马，不拿了这贼，誓不再见公祖！"慕容知府道："将军若是迟慢，恐这厮们去打清风寨。"秦明答道："此事如何敢迟误？只今连夜便去点起人马，来日早行。"知府大喜，忙叫安排酒肉干粮，先去城外等候赏军。秦明见说反了花荣，怒忿忿地上马，奔到指挥司里，便点起一百马军、四百步军，先叫出城去取齐，摆布了起身。

却说慕容知府先在城外寺院里蒸下馒头，摆了大碗，烫下酒，每一个人三碗酒，两个馒头，一斤熟肉。方才备办得了，却望见军马出城，看那军马时，摆得整齐。但见：

烈烈旌旗似火，森森戈戟如麻。阵分八卦摆长蛇，委实神惊鬼怕。枪见绿沉紫焰，旗飘绣带红霞，马蹄来往乱交加。乾坤生杀气，成败属谁家。

当日清早，秦明摆布军马，出城取齐，引军红旗上大书"兵马总管秦统制"，领兵起行。慕容知府看见秦明全副披挂了出城来，果是英雄无比。但见：

盔上红缨飘烈焰，锦袍血染猩猩，连环锁甲砌金星。云根靴抹绿，龟背铠堆银。坐下马如同獬豸，狼牙棒密嵌铜钉，怒时两目便圆睁。性如霹雳火，虎将是秦明。

当下霹雳火秦明在马上出城来，见慕容知府在城外赏军，慌忙叫军汉接了军器，下马来和知府相见，施礼罢，知府把了盏，将些言语嘱咐总管道："善觑方便，早奏凯歌。"赏军已罢，放起信炮，秦明辞了知府，飞身上马，摆开队伍，催趱军兵，大刀阔斧，径奔清风寨来。原来这清风镇却在青州东南上，从正南取清风山较近，可早到山北小路。

却说清风山寨里这小喽罗们探知备细，报上山来。山寨里众好汉正待要打清风寨去，只听的报道："秦明引兵马到来。"都面面厮觑，俱各骇然。花荣便道："你众位俱不要慌。自古兵临告急，必须死敌，教小喽罗饱吃了酒饭，只依着我行。先须力敌，后用智取，如此如此，好么？"宋江道："好计！正是如此行。"当日宋江、花荣先定了计策，便叫小喽罗各自去准备。花荣自选了一骑好马，一副衣甲，弓箭铁枪，都收拾了等候。

再说秦明领兵来到清风山下，离山十里，下了寨栅。次日五更造饭，军士吃罢，放起一个信炮，直奔清风山来，拣空阔去处，摆开人马，发起擂鼓，只听见山上锣声震天响，飞下一彪人马出来。秦明勒住马，横着狼牙棒，睁着眼看时，却见众小喽罗簇拥着小李广花荣下山来。

到得山坡前，一声锣响，列成阵势，花荣在马上擎着铁枪，朝秦明声个喏。秦明大喝道："花荣，你祖代是将门之子，朝廷命官，教你做个知寨，掌握一境地方，食禄于国，有何亏你处？却去结连贼寇，反背朝廷。我今特来捉你，会事的下马受缚，免得腥手污脚。"花荣陪着笑道："总管容复听禀：量花荣如何肯反背朝廷？实被刘高这厮，无中生有，官报私仇，逼迫得花荣有家难奔，有国难投，权且躲避在此，望总管详察救解。"秦明道："你兀自不下马受缚，更待何时？划地花言巧语，煽惑军心。"喝叫左右两边擂鼓。秦明抡动狼牙棒，直奔花荣。花荣大笑道："秦明，你这厮原来不识好人饶让。我念你是个上司官，你道俺真个怕你！"便纵马挺枪，来战秦明。两个就清风山下厮杀，真乃是棋逢敌手难藏幸[①]，将遇良材好用功。这两个将军比试，但见：

一对南山猛虎，两条北海苍龙。龙怒时头角峥嵘，虎斗处爪牙狞恶。爪牙狞恶，似银钩不离锦毛团；头角峥嵘，如铜叶振摇金色树。翻翻复复，点钢枪没半米放闲；往往来来，狼牙棒有千般解数。狼牙棒当头劈下，离顶门只隔分毫；点钢枪用力刺来，望心坎微争半指。使点钢枪的壮士，威风上逼斗牛寒；舞狼牙棒的将军，怒气起如云电发。一个是扶持社稷天蓬将，一个是整顿江山黑煞神。

当下秦明和花荣两个交手，斗到四五十合，不分胜败。花荣连斗了许多合，卖个破绽，拨回马望山下小路便走。秦明大怒，赶将来。花荣把枪去了事环[②]上带住，把马勒个定，左手拈起弓，右手拔箭，拽满弓，扭过身躯，望秦明盔顶上只一箭，正中盔上，射落斗来大那颗红缨，却似报个信与他。秦明吃了一惊，不敢向前追赶，霍地拨回马，恰待赶杀，众小喽罗一哄地都上山去了。花荣自从别路，也转上山寨去了。

秦明见他都走散了，心中越怒道："叵耐这草寇无礼！"喝叫鸣锣擂鼓，取路上山。众军齐声呐喊，步军先上山来。转过三两个山头，只见上面擂

① 藏幸——指下棋时不露机关。

② 了事环——马鞍上设置的用以搁兵器的铜环。

木、炮石、灰瓶、金汁，从险峻处打将下来。向前的退步不迭，早打倒三五十个，只得再退下山来。

秦明是个性急的人，心头火起，那里按纳得住，带领军马，绕山下来，寻路上山。寻到午牌时分，只见西山边锣响，树林丛中闪出一对红旗军来。秦明引了人马，赶将去时，锣也不响，红旗都不见了。秦明看那路时，又没正路，都只是几条砍柴的小路，却把乱树折木，交叉当了路口，又不能上去得。

正待差军汉开路，只见军汉来报道："东山边锣响，一阵红旗军出来。"秦明引了人马，飞也似奔过东山边来，看时，锣也不鸣，红旗也不见了。秦明纵马去四下里寻路时，都是乱树折木，断塞了砍柴的路径。

只见探事的又来报道："西边山上锣又响，红旗军又出来了。"秦明拍马再奔来西山边，看时，又不见一个人，红旗也没了。秦明是个急性的人，恨不得把牙齿都咬碎了。

正在西山边气忿忿的，又听得东山边锣声震地价响，急带了人马，又赶过来东山边，看时，又不见有一个贼汉，红旗都不见了。

秦明气满胸脯，又要赶军汉上山寻路，只听得西山边又发起喊来。秦明怒气冲天，大驱兵马，投西山边来，山上山下看时，并不见一个人。秦明喝叫军汉，两边寻路上山，数内有一个军人禀说道："这里都不是正路，只除非东南上有一条大路，可以上去。若是只在这里寻路上去时，惟恐有失。"秦明听了，便道："既有那条大路时，连夜赶将去。"便驱一行军马奔东南角上来。

看看天色晚了，又走得人困马乏，巴得到那山下时，正欲下寨造饭，只见山上火把乱起，锣鼓乱鸣。秦明转怒，引领四五十马军跑上山来。只见山上树林内乱箭射将下来，又射伤了些军士，秦明只得回马下山，且教军士只顾造饭。恰才举得火着，只见山上有八九十把火光，呼风唿哨下来。秦明急待引军赶时，火把一齐都灭了。当夜虽有月光，亦被阴云笼罩，不甚明朗。秦明怒不可当，便叫军士点起火把，烧那树木，只听得山嘴上鼓笛之声。秦明纵马上来看时，见山顶上点着十余个火把，照见花荣陪侍着宋江在上面饮酒。秦明看了，心中没出气处，勒着马，在山下大骂。花荣回言道："秦统制，你不必焦躁，且回去将息着，我明日和你并个你死我活的输赢便罢。"秦明大叫道："反贼，你便下来，我如今和你并个三百合，却再做理会。"花荣笑道:"秦总管,你今日劳困了,我便赢得你,也不为强。你且回去,明日却来。"秦明越怒,只管在山下骂,本待寻路上山,却又怕花荣的弓箭,因此只在山坡下骂。

正叫骂之间,只听得本部下军马发起喊来。秦明急回到山下看时,只见这边山上,火炮火箭,一齐烧将下来;背后二三十个小喽罗做一群,把弓弩在黑影里射人。众军马发喊,一齐都拥过那边山侧深坑里去躲。此时已有三更时分,众军马正躲得弩箭时,只叫得苦,上溜头滚下水来,一行人马却都在溪里,各自挣扎性命。爬得上岸的,尽被小喽罗挠钩搭住,活捉上山去了;爬不上岸的,尽淹死在溪里。

且说秦明此时怒气冲天,脑门粉碎,却见一条小路在侧边,秦明把马一拨,抢上山来。走不到三五十步,和人连马撷下陷坑里去。两边埋伏下五十个挠钩手,把秦明搭将起来,剥了浑身战袄、衣甲、头盔、军器,拿条绳索绑了,把马也救起来,都解上清风山来。

原来这般圈套,都是花荣和宋江的计策。先使小喽罗或在东,或在西,引诱的秦明人困马乏,策立不定;预先又把这土布袋填住两溪的水,等候夜深,却把人马逼赶溪里去,上面却放下水来。那急流的水都结果了军马。你道秦明带出的五百人马,一大半淹死在水中,都送了性命;生擒活捉得一百五七十人,夺了七八十匹好马,不曾逃得一个回去。次后陷马坑里活捉了秦明。

当下一行小喽罗捉秦明到山寨里,早是天明时候。五位好汉坐在聚义厅上,小喽罗缚绑秦明解在厅前。花荣见了,连忙跳离交椅,接下厅来,亲自解了绳索,扶上厅来,纳头拜在地下。秦明慌忙答礼,便道:"我是被擒之人,由你们碎尸而死,何故却来拜我?"花荣跪下道:"小喽罗不识尊卑,误有冒渎,切乞恕罪。"随即便取衣服与秦明穿了。秦明问花荣道:"这位为头的好汉,却是甚人?"花荣道:"这位是花荣的哥哥,郓城县宋押司宋江的便是。这三位是山寨之主:燕顺、王英、郑天寿。"秦明道:"这三位我自晓得,这宋押司莫不是唤做山东及时雨宋公明么?"宋江答道:"小人便是。"秦明连忙下拜道:"闻名久矣,不想今日得会义士!"宋江慌忙答礼不迭。秦明见宋江腿脚不便,问道:"兄长如何贵足不便?"宋江却把自离郓城县起头,直至刘知寨拷打的事故,从头对秦明说了一遍。秦明只把头来摇道:"若听一面之词,误了多少缘故。容秦明回州去对慕容知府说知此事。”燕顺相留且住数日，随即便叫杀牛宰马，安排筵席饮宴。拿上山的军汉，都藏在山后房里，也与他酒食管待。

秦明吃了数杯，起身道：“众位壮士，既是你们的好情分，不杀秦明，还了我盔甲、马匹、军器，回州去。”燕顺道：“总管差矣。你既是引了青州五百兵马，都没了，如何回得州去？慕容知府如何不见你罪责？不如权在荒山草寨住几时。本不堪歇马，权就此间落草，论秤分金银，整套穿衣服，不强似受那大头巾的气？”秦明听罢，便下厅道：“秦明生是大宋人，死是大宋鬼。朝廷教我做到兵马总管，兼受统制使官职，又不曾亏了秦明，我如何肯做强人，背反朝廷？你们众位要杀时，便杀了我，休想我随顺你们。”花荣赶下厅来拖住道：“秦兄长息怒，听小弟一言：我也是朝廷命官之子，无可奈何，被逼迫的如此。总管既是不肯落草，如何相逼得你随顺？只且请少坐，席终了时，小弟讨衣甲、头盔、鞍马、军器还兄长去。”秦明那里肯坐。花荣又劝道：“总管夜来劳神费力了一日一夜，人也尚自当不得，那匹马如何不喂得他饱了去？”秦明听了，肚内寻思，也说得是。再上厅来，坐了饮酒。

那五位好汉轮番把盏，陪话劝酒。秦明一则软困，二乃吃众好汉劝不过，开怀吃得醉了，扶入帐房睡了。这里众人自去行事，不在话下。

且说秦明一觉直睡到次日辰牌方醒，跳将起来，洗漱罢，便要下山。众好汉都来相留道：“总管，且吃早饭动身，送下山去。”秦明性急的人，便要下山。众人慌忙安排些酒食管待了；取出头盔、衣甲，与秦明披挂了，牵过那匹马来，并狼牙棒，先叫人在山下伺候，五位好汉都送秦明下山来，相别了，交还马匹军器。

秦明上了马，拿着狼牙棒，趁天色大明，离了清风山，取路飞奔青州来。到得十里路头，恰好巳牌前后，远远地望见烟尘乱起，并无一个人来往。秦明见了，心中自有八分疑忌，到得城外看时，原来旧有数百人家，却都被火烧做白地，一片瓦砾场上，横七竖八，杀死的男子妇人，不计其数。

秦明看了大惊，打那匹马在瓦砾场上，跑到城边，大叫开门时，只见门边吊桥高拽起了，都摆列着军士旌旗，擂木炮石。秦明勒着马大叫：“城上放下吊桥，度我入城。”城上早有人看见是秦明，便擂起鼓来，呐着喊。秦明叫道：“我是秦总管，如何不放我入城？”只见慕容知府立在城上女墙边大喝道：“反贼，你如何不识羞耻！昨夜引人马来打城子，把许多好百姓杀了,又把许多房屋烧了;今日兀自又来赚哄城门。朝廷须不曾亏负了你,你这厮倒如何行此不仁!已自差人奏闻朝廷去了,早晚拿住你时,把你这厮碎尸万段。"

秦明大叫道:"公祖差矣。秦明因折了人马,又被这厮们捉了上山去,方才得脱,昨夜何曾来打城子?"知府喝道:"我如何不认的你这厮的马匹、衣甲、军器、头盔,城上众人明明地见你指拨红头子杀人放火,你如何赖得过?便做你输了被擒,如何五百军人没一个逃得回来报信?你如今指望赚开城门取老小,你的妻子,今早已都杀了。你若不信,与你头看。"军士把枪将秦明妻子首级挑起在枪上,教秦明看。秦明是个性急的人,看了浑家首级,气破胸脯,分说不得,只叫得苦屈。城上弩箭如雨点般射将下来,秦明只得回避,看见遍野处火焰,尚兀自未灭。

秦明回马在瓦砾场上,恨不得寻个死处,肚里寻思了半晌,纵马再回旧路。行不得十来里,只见林子里转出一伙人马来,当先五匹马上五个好汉,不是别人,宋江、花荣、燕顺、王英、郑天寿,随从一二百小喽罗。宋江在马上欠身道:"总管何不回青州?独自一骑投何处去?"秦明见问,怒气道:"不知是那个天不盖,地不载,该剐的贼,装做我去打了城子,坏了百姓人家房屋,杀害良民,倒结果了我一家老小,闪得我如今上天无路,入地无门,我若寻见那人时,直打碎这条狼牙棒便罢!"宋江便道:"总管息怒,既然没了夫人,不妨,小人自当与总管做媒。我有个好见识,请总管回去,这里难说。且请到山寨里告禀,一同便往。"秦明只得随顺,再回清风山来。

于路无话,早到山亭前下马,众人一齐都进山寨内,小喽罗已安排酒果肴馔在聚义厅上,五个好汉,邀请秦明上厅,都让他中间坐定。五个好汉齐齐跪下。秦明连忙答礼,也跪在地。

宋江开话道:"总管休怪,昨日因留总管在山,坚意不肯,却是宋江定出这条计来,叫小卒似总管模样的,却穿了足下的衣甲、头盔;骑着那马,横着狼牙棒,直奔青州城下,点拨红头子杀人;燕顺、王矮虎带领五十余人助战,只做总管去家中取老小。因此杀人放火,先绝了总管归路的念头。今日众人特地请罪。"秦明见说了,怒气于心,欲待要和宋江等厮并,却又自肚里寻思:一则是上界星辰契合,二乃被他们软困,以礼待之,三则又怕斗他们不过,因此只得纳了这口气,便说道:"你们弟兄虽是好意,要留秦明,只是害得我忒毒些个,断送了我妻小一家人口。"宋江答道:"不恁地时,兄长如何肯死心塌地?若是没了嫂嫂夫人,宋江恰知得花知寨有一妹,甚是贤惠,宋江情愿主婚,陪备财礼,与总管为室如何?”秦明见众人如此相敬相爱,方才放心归顺。

众人都让宋江在居中坐了,秦明上首,花荣肩下,三位好汉依次而坐,大吹大擂饮酒,商议打清风寨一事。秦明道:“这事容易,不须众弟兄费心。黄信那人,亦是治下;二者是秦明教他的武艺;三乃和我过的最好。明日我便先去叫开栅门,一席话,说他入伙投降,就取了花知寨宝眷,拿了刘高的泼妇,与仁兄报仇雪恨,作进见之礼如何?”宋江大喜道:“若得总管如此慨然相许,却是多幸多幸!”当日筵席散了,各自歇息。次日早起来,吃了早饭,都各各披挂了。秦明上马,先下山来,拿了狼牙棒,飞奔清风镇来。

却说黄信自到清风镇上,发放镇上军民,点起寨兵,晓夜提防,牢守栅门,又不敢出战,累累使人探听,不见青州调兵策应。当日只听得报道:“栅外有秦统制独自一骑马到来,叫开栅门。”黄信听了,便上马飞奔门边看时,果是一人一骑,又无伴当。黄信便叫开栅门,放下吊桥,迎接秦总管入来,直到大寨公厅前下马,请上厅来,叙礼罢,黄信便问道:“总管缘何单骑到此?”

秦明当下先说了损折军马等情,后说:“山东及时雨宋公明疏财仗义,结识天下好汉,谁不钦敬他?如今现在清风山上,我今次也在山寨入了伙。你又无老小,何不听我言语,也去山寨入伙,免受那文官的气。”黄信答道:“既然恩官在彼,黄信安敢不从?只是不曾听得说有宋公明在山上,今次却说及时雨宋公明,自何而来?”秦明笑道:“便是你前日解去的郓城虎张三便是,他怕说出真名姓,惹起自己的官司,以此只认说是张三。”黄信听了,跌脚道:“若是小弟得知是宋公明时,路上也自放了他;一时见不到处,只听了刘高一面之词,险不坏了他性命。”

秦明、黄信两个正在公廨内商量起身,只见寨兵报道:“有两路军马,鸣锣擂鼓,杀奔镇上来。”秦明、黄信听得,都上了马,前来迎敌。军马到得栅门边望时,只见尘土蔽日,杀气遮天,两路军兵投镇上,四条好汉下山来。毕竟秦明、黄信怎地迎敌,且听下回分解。

第三十五回

石将军村店寄书　小李广梁山射雁

当下秦明和黄信两个到栅门外看时，望见两路来的军马，却好都到。一路是宋江、花荣，一路是燕顺、王矮虎，各带一百五十余人。黄信便叫寨兵放下吊桥，大开寨门，迎接两路人马都到镇上。宋江早传下号令：休要害一个百姓，休伤一个寨兵；叫先打入南寨，把刘高一家老小尽都杀了。王矮虎自先夺了那个妇人。小喽罗尽把应有家私、金银、财物、宝货之资，都装上车子；再有马匹牛羊，尽数牵了。花荣自到家中，将应有的财物等项，装载上车，搬取妻小、妹子，内有清风镇上人数，都发还了。众多好汉收拾已了，一行人马离了清风镇，都回到山寨里来。

车辆人马，都到山寨，郑天寿迎接向聚义厅上相会。黄信与众好汉讲礼罢，坐于花荣肩下。宋江叫把花荣老小安顿一所歇处，将刘高财物分赏与众小喽罗。王矮虎拿得那妇人，将去藏在自己房内。燕顺便问道："刘高的妻，今在何处？"王矮虎答道："今番须与小弟做个押寨夫人。"燕顺道："与却与你。且唤他出来，我有一句话说。"宋江便道："我正要问他。"王矮虎便唤到厅前，那婆娘哭着告饶。宋江喝道："你这泼妇，我好意救你下山，念你是个命官的恭人，你如何反将冤报？今日擒来，有何理说？"燕顺跳起身来便道："这等淫妇，问他则甚？"拔出腰刀，一刀挥为两段。

王矮虎见砍了这妇人，心中大怒，夺过一把朴刀，便要和燕顺交并，宋江等起身来劝住。宋江便道："燕顺杀了这妇人也是。兄弟，你看我这等一力救了他下山，教他夫妻团圆完聚，尚兀自转过脸来，叫丈夫害我。贤弟，你留在身边，久后有损无益。宋江日后别娶一个好的，教贤弟满意。"燕顺道："兄弟便是这等寻思，不杀了，要他无用，久后必被他害了。"王矮虎被众人劝了，默默无言。燕顺喝叫小喽罗打扫过尸首血迹，且排筵席庆贺。

次日，宋江和黄信主婚，燕顺、王矮虎、郑天寿做媒说合，要花荣把妹子嫁与秦明，一应礼物，都是宋江和燕顺出备。吃了三五日筵席。自成亲之后，又过了五七日，小喽罗探得事情，上山来报道："打听得青州慕容知府申将文书，去中书省奏说，反了花荣、秦明、黄信，要起大军来征剿，扫荡清风山。"众好汉听罢，商量道："此间小寨，不是久恋之地。倘或大军到来，四面围住，如何迎敌？"宋江道："小可有一计，不知中得诸位心否？"当下众好汉都道："愿闻良策。"宋江道："自这南方有个去处，地名唤做梁山泊，方圆八百余里，中间宛子城、蓼儿洼，晁天王聚集着三五千军马，把住着水泊，官兵捕盗，不敢正眼觑他。我等何不收拾起人马，去那里入伙？"秦明道："既然有这个去处，却是十分好。只是没人引进，他如何肯便纳我们？"宋江大笑，却把这打劫生辰纲金银一事，直说到："刘唐寄书，将金子谢我，因此上杀了阎婆惜，逃去在江湖上。"秦明听了大喜道："恁地，兄长正是他那里大恩人。事不宜迟，可以收拾起快去。"

只就当日商量定了，便打并起十数辆车子，把老小并金银财物、衣服、行李等件，都装载车子上，共有三二百匹好马。小喽罗们有不愿去的，赍发他些银两，任从他下山去投别主；有愿去的，编入队里，就和秦明带来的军汉，通有三五百人。宋江教分作三起下山，只做去收捕梁山泊的官军。山上都收拾的停当，装上车子，放起火来，把山寨烧作光地，分为三队下山。宋江便与花荣引着四五十人，三五十骑马，簇拥着五七辆车子，老小队仗先行；秦明、黄信引领八九十匹马，和这应用车子，作第二起；后面便是燕顺、王矮虎、郑天寿三个，引着四五十匹马。一二百人离了清风山，取路投梁山泊来。于路中见了这许多军马，旗号上又明明写着收捕草寇官军，因此无人敢来阻当。在路行五七日，离得青州远了。

且说宋江、花荣两个骑马在前头，背后车辆载着老小，与后面人马只隔着二十来里远近。前面到一个去处，地名唤对影山，两边两座高山，一般形势，中间却是一条大阔驿路。两个在马上正行之间，只听得前山里锣鸣鼓响。花荣便道："前面必有强人。"把枪带住，取弓箭来整顿得端正，再插放飞鱼袋内，一面叫骑马的军士，催趱后面两起军马上来，且把车辆人马扎住了。宋江和花荣两个引了二十余骑军马，向前探路。

至前面半里多路，早见一簇人马，约有一百余人，前面簇拥着一个年少的壮士。怎生打扮，但见：

头上三叉冠，金圈玉钿；身上百花袍，织锦团花。甲披千道火龙鳞，带束一条红玛瑙。骑一匹胭脂抹就如龙马，使一条朱红画杆方天戟。

背后小校，尽是红衣红甲。

那个壮士，横戟立马，在山坡前大叫道："今日我和你比试，分个胜败，见个输赢。"只见对过山冈子背后早拥出一队人马来，也有百十余人，前面也拥着一个穿白年少的壮士。怎生模样，但见：

头上三叉冠，顶一团瑞雪；身上镔铁甲，披千点寒霜。素罗袍光射太阳，银花带色欺明月。坐下骑一匹征宛玉兽，手中抡一枝寒戟银绞。背后小校，都是白衣白甲。

这个壮士，手中也使一枝方天画戟。这边都是素白旗号，那壁都是绛红旗号。只见两边红白旗摇，震地花腔鼓擂。那两个壮士更不打话，各挺手中画戟，纵坐下马，两个就中间大阔路上交锋，比试胜败。

花荣和宋江见了，勒住马看时，果然是一对好厮杀。但见：

旗仗盘旋，战衣飘飏。绛霞影里，卷几片拂地飞云；白雪光中，滚数团燎原烈火。故园冬暮，山茶和梅蕊争辉；上苑春浓，李粉共桃脂斗彩。这个按南方丙丁火，似焰摩天上走丹炉；那个按西方庚辛金，如泰华峰头翻玉井。宋无忌忿怒，骑火骡子奔走霜林；冯夷神生嗔，跨玉狻猊纵横花界。

两个壮士各使方天画戟，斗到三十余合，不分胜败。花荣和宋江两个在马上看了喝采。花荣一步步趱马向前看时，只见那两个壮士斗到深涧里。这两枝戟上，一枝是金钱豹子尾，一枝是金钱五色旛，却搅做一团，上面绒绦结住了，那里分拆得开。花荣在马上看见了，便把马带住，左手去飞鱼袋内取弓，右手向走兽壶中拔箭，搭上箭，曳满弓，觑着豹尾绒绦较亲处，飕的一箭，恰好正把绒绦射断。只见两枝画戟分开做两下，那二百余人一齐喝声采。

那两个壮士便不斗，都纵马跑来，直到宋江、花荣马前，就马上欠身声喏，都道："愿求神箭将军大名。"花荣在马上答道："我这个义兄，乃是郓城县押司、山东及时雨宋公明；我便是清风镇知寨小李广花荣。"那两个壮士听罢，扎住了戟，便下马推金山，倒玉柱，都拜道："闻名久矣。"

宋江、花荣慌忙下马，扶起那两位壮士道："且请问二位壮士高姓大名？"那个穿红的说道："小人姓吕，名方，祖贯潭州人氏，平昔爱学吕布为人，因此习学这枝方天画戟，人都唤小人做小温侯吕方。因贩生药到山东，消折了本钱，不能够还乡，权且占住这对影山打家劫舍。近日走这个壮士来，要夺吕方的山寨，和他各分一山，他又不肯，因此每日下山厮杀。不想原来缘法注定，今日得遇尊颜。”宋江又问这穿白的壮士高姓，那人答道：“小人姓郭，名盛，祖贯西川嘉陵人氏，因贩水银货卖，黄河里遭风翻了船，回乡不得。原在嘉陵学得本处兵马张提辖的方天戟，向后使得精熟，人都称小人做赛仁贵郭盛。江湖上听得说对影山有个使戟的占住了山头，打家劫舍，因此一径来比并戟法。连连战了十数日，不分胜败。不期今日得遇二公，天与之幸。”

宋江把上件事都告诉了，便道：“既幸相遇，就与二位劝和如何？”两个壮士大喜，都依允了。诗曰：

铜链劝刀犹易事，箭锋劝戟更希奇。
须知豪杰同心处，利断坚金不用疑。

后队人马已都到了，一个个都引着相见了。吕方先请上山，杀牛宰马筵会。次日，却是郭盛置酒设席筵宴。宋江就说他两个撞筹入伙，辏队上梁山泊去，投奔晁盖聚义。那两个欢天喜地，都依允了，便将两山人马点起，收拾了财物，待要起身，宋江便道：“且住，非是如此去。假如我这里有三五百人马投梁山泊去，他那里亦有探细的人，在四下里探听，倘或只道我们真是来收捕他，不是要处。等我和燕顺先去报知了，你们随后却来，还作三起而行。”花荣、秦明道：“兄长高见，正是如此计较，陆续进程。兄长先行半日，我等催督人马，随后起身来。”

且不说对影山人马陆续登程，只说宋江和燕顺各骑了马，带领随行十数人，先投梁山泊来。在路上行了两日，当日行到晌午时分，正走之间，只见官道旁边一个大酒店。宋江看了道：“孩儿们走得困乏，都叫买些酒吃了过去。”当时宋江和燕顺下了马，入酒店里来，叫孩儿们松了马肚带，都入酒店里坐。

宋江和燕顺先入店里来看时，只有三副大座头，小座头不多几副。只见一副大座头上，先有一个在那里占了。宋江看那人时，怎生打扮，但见：

裹一顶猪嘴头巾，脑后两个太原府金不换纽丝铜镮。上穿一领皂袖衫，腰系一条白搭膊。下面腿绑护膝，八答麻鞋。桌子边倚着短棒，横头上放着个衣包。

那人生得八尺来长，淡黄骨查脸，一双鲜眼，没根髭髯。宋江便叫酒保过来说道：“我的伴当人多，我两个借你里面坐一坐，你叫那个客人移换那副大座头与我伴当们坐地吃些酒。”酒保应道：“小人理会得。”宋江与燕顺里面坐了，先叫酒保：“打酒来，大碗先与伴当一人三碗，有肉便买些来与他众人吃，却来我这里斟酒。”酒保又见伴当们都立满在垆边，酒保却去看着那个公人模样的客人道：“有劳上下，挪借这副大座头与里面两个官人的伴当坐一坐。”那汉嗔怪呼他做上下，便焦躁道：“也有个先来后到。甚么官人的伴当，要换座头！老爷不换！”燕顺听了，对宋江道：“你看他无礼么！”宋江道：“由他便了，你也和他一般见识！”却把燕顺按住了。

只见那汉转头看了宋江、燕顺冷笑。酒保又陪小心道：“上下，周全小人的买卖，换一换有何妨。”那汉大怒，拍着桌子道：“你这鸟男女，好不识人，欺负老爷独自一个，要换座头。便是赵官家，老爷也别[①]鸟不换。高则声[②]，大脖子拳不认得你。”酒保道：“小人又不曾说甚么！”那汉喝道：“量你这厮敢说甚么！”燕顺听了，那里忍耐得住，便说道：“兀那汉子，你也鸟强，不换便罢，没可得鸟吓他。”那汉便跳起来，绰了短棒在手里，便应道：“我自骂他，要你多管！老爷天下只让得两个人，其余的都把来做脚底下的泥。”燕顺焦躁，便提起板凳，却待要打将去。

宋江因见那人出语不俗，横身在里面劝解：“且都不要闹。我且请问你：你天下只让的那两个人？”那汉道：“我说与你，惊得你呆了。”宋江道：“愿闻那两个好汉大名。”那汉道：“一个是沧州横海郡柴世宗的孙子，唤做小旋风柴进柴大官人。”宋江暗暗地点头，又问道：“那一个是谁？”那汉道：“这一个又奢遮，是郓城县押司山东及时雨呼保义宋公明。”宋江看了燕顺暗笑，燕顺早把板凳放下了。那汉又道：“老爷只除了这两个，便是大宋皇帝，也不怕他。”宋江道：“你且住，我问你：你既说起这两个人，我却都认得。你在那里与他两个厮会？”那汉道：“你既认得，我不说谎，三年前在柴大官人庄上住了四个月有余，只不曾见得宋公明。”宋江道：“你便要认黑三郎么？”那汉道：“我如今正要去寻他。”宋江问道：“谁教你寻他？”那汉道：“他的亲兄弟铁扇子宋清教我寄家书去寻他。”

宋江听了大喜，向前拖住道：“‘有缘千里来相会，无缘对面不相逢’，只我便是黑三郎宋江。”那汉相了一面，便拜道：“天幸使令小弟得遇哥哥，

① 别(biè)——别拗。

② 则声——出声，吱声。

争些儿错过,空去孔太公那里走一遭。”宋江便把那汉拖入里面问道:“家中近日没甚事?”那汉道:“哥哥听禀:小人姓石,名勇,原是大名府人氏,日常只靠放赌为生。本乡起小人一个异名,唤做石将军。为因赌博上一拳打死了个人,逃走在柴大官人庄上。多听得往来江湖上人说哥哥大名,因此特去郓城县投奔哥哥,却又听得说道为事出外,因见四郎,听得小人说起柴大官人来,却说哥哥在白虎山孔太公庄上。因小弟要拜识哥哥,四郎特写这封家书,与小人寄来孔太公庄上。如寻见哥哥时,可叫兄长作急回来。”宋江见说,心中疑惑,便问道:“你到我庄上住了几日?曾见我父亲么?”石勇道:“小人在彼只住的一夜,便来了,不曾得见太公。”宋江把上梁山泊一节都对石勇说了。石勇道:“小人自离了柴大官人庄上,江湖中只闻得哥哥大名,疏财仗义,济困扶危。如今哥哥既去那里入伙,是必携带。”宋江道:“这不必你说,何争[①] 你一个人!且来和燕顺厮见。”叫酒保且来这里斟酒三杯。酒罢,石勇便去包裹内取出家书,慌忙递与宋江。

宋江接来看时,封皮逆封着,又没“平安”二字。宋江心内越是疑惑,连忙扯开封皮,从头读至一半,后面写道:

父亲于今年正月初头因病身故,现今停丧在家,专等哥哥来家迁葬。千万,千万,切不可误!宋清泣血奉书。

宋江读罢,叫声苦,不知高低,自把胸脯捶将起来,自骂道:“不孝逆子,做下非为,老父身亡,不能尽人子之道,畜生何异!”自把头去壁上磕撞,大哭起来。燕顺、石勇拘住。宋江哭得昏迷,半晌方才苏醒。燕顺、石勇两个劝道:“哥哥且省烦恼。”宋江便吩咐燕顺道:“不是我寡情薄意,其实只有这个老父记挂,今已没了,只得星夜赶归去,教兄弟们自上山则个。”燕顺劝道:“哥哥,太公既已没了,便到家时,也不得见了。世上人无有不死的父母,且请宽心,引我们弟兄去了。那时小弟却陪侍哥哥归去奔丧,未为晚矣。自古道:‘蛇无头而不行。’若无仁兄去时,他那里如何肯收留我们?”宋江道:“若等我送你们上山去时,误了我多少日期,却是使不得。我只写一封备细书札,都说在内,就带了石勇一发入伙,等他们一处上山。我如今不知便罢;既是天教我知了,正是度日如年,烧眉之急。我马也不要,从人也不带一个,连夜自赶回家。”燕顺、石勇那里留得住。

① 何争——不在乎。

宋江问酒保借笔砚，讨了一幅纸，一头哭着，一面写书，再三叮咛在上面。写了，封皮不粘，交与燕顺收了，讨石勇的八答麻鞋穿上，取了些银两，藏放在身边，跨了一口腰刀，就拿了石勇的短棒，酒食都不肯沾唇，便出门要走。燕顺道："哥哥也等秦总管、花知寨都来，相见一面了，去也未迟。"宋江道："我不等了，我的书去，并无阻滞。石家贤弟，自说备细。可为我上复众兄弟们，可怜见宋江奔丧之急，休怪则个。"宋江恨不得一步跨到家中，飞也似独自一个去了。

且说燕顺同石勇只就那店里吃了些酒食、点心，还了酒钱，却教石勇骑了宋江的马，带了从人，只离酒店三五里路，寻个大客店歇了等候。次日辰牌时分，全伙都到。燕顺、石勇接着，备细说宋江哥哥奔丧去了。众人都埋怨燕顺道："你如何不留他一留？"石勇分说道："他闻得父亲没了，恨不得自也寻死，如何肯停脚，巴不得飞到家里。写了一封备细书札在此，教我们只顾去，他那里看了书，并无阻滞。"花荣与秦明看了书，与众人商议道："事在途中，进退两难：回又不得，散了又不成。只顾且去，还把书来封了，都到山上看，那里不容，却别作道理。"

九个好汉并作一伙，带了三五百人马，渐近梁山泊，来寻大路上山。一行人马正在芦苇中过，只见水面上锣鼓振响。众人看时，漫山遍野，都是杂彩旗旛，水泊中棹出两只快船来。当先一只船上，摆着三五十个小喽罗，船头上中间坐着一个头领，乃是豹子头林冲。背后那只哨船上，也是三五十个小喽罗，船头上也坐着一个头领，乃是赤发鬼刘唐。

前面林冲在船上喝问道："汝等是甚么人？那里的官军？敢来收捕我们？教你人人皆死，个个不留，你也须知俺梁山泊的大名！"花荣、秦明等都下马，立在岸边答应道："我等众人非是官军，有山东及时雨宋公明哥哥书札在此，特来相投大寨入伙。"林冲听了道："既有宋公明兄长的书札，且请过前面，到朱贵酒店里，先请书来看了，却来相请厮会。"船上把青旗只一招，芦苇里棹出一只小船，内有三个渔人，一个看船，两个上岸来说道："你们众位将军都跟我来。"水面上见两只哨船，一只船上把白旗招动，铜锣响处，两只哨船，一齐去了。

一行众人看了，都惊呆了，说道："端的此处，官军谁敢侵傍？我等山寨如何及得？"众人跟着两个渔人，从大宽转直到旱地忽律朱贵酒店里。朱贵见说了，迎接众人，都相见了，便叫放翻两头黄牛，散了分例酒食，讨书札看了。先向水亭上放一枝响箭，射过对岸芦苇中，早摇过一只快船来。朱贵便唤小喽罗吩咐罢，叫把书先赍上山去报知，一面店里杀宰猪羊，管待九个好汉，把军马屯住在四散歇了。

第二日辰牌时分，只见军师吴学究自来朱贵酒店里迎接众人，一个个都相见了。叙礼罢，动问备细，早有二三十只大白棹船来接。吴用、朱贵邀请九位好汉下船，老小车辆，人马行李，亦各自都搬在各船上，前望金沙滩来。上得岸，松树径里，众多好汉随着晁头领，全副鼓乐来接。晁盖为头，与九个好汉相见了，迎上关来。各自乘马坐轿，直到聚义厅上，一对对讲礼罢。左边一带交椅上，却是晁盖、吴用、公孙胜、林冲、刘唐、阮小二、阮小五、阮小七、杜迁、宋万、朱贵、白胜。那时白日鼠白胜，数月之前，已从济州大牢里越狱逃走，到梁山上入伙，皆是吴学究使人去用度，救得白胜脱身；右边一带交椅上，却是花荣、秦明、黄信、燕顺、王英、郑天寿、吕方、郭盛、石勇。列两行坐下，中间焚起一炉香来，各设了誓。当日大吹大擂，杀牛宰马筵宴，一面叫新到火伴厅下参拜了，自和小头目管待筵席。收拾了后山房舍，教搬老小家眷都安顿了。秦明、花荣在席上称赞宋公明许多好处，清风山报冤相杀一事，众头领听了大喜。后说吕方、郭盛两个比试戟法，花荣一箭射断绒绦，分开画戟。晁盖听罢，意思不信，口里含糊应道："直如此射得亲切，改日却看比箭。"

当日酒至半酣，食供数品，众头领都道："且去山前闲玩一回，再来赴席。"当下众头领相谦相让，下阶闲步乐情，观看山景。行至寨前第三关上，只听得空中数行宾鸿① 嘹亮。花荣寻思道："晁盖却才意思不信我射断绒绦，何不今日就此施逞些手段，教他们众人看，日后敬伏我。"把眼一观，随行人伴数内却有带弓箭的，花荣便问他讨过一张弓来，在手看时，却是一张泥金鹊画细弓，正中花荣意，急取过一枝好箭，便对晁盖道："恰才兄长见说花荣射断绒绦，众头领似有不信之意，远远的有一行雁来，花荣未敢夸口，这枝箭要射雁行内第三只雁的头上。射不中时，众头领休笑。"花荣搭上箭，曳满弓，觑得亲切，望空中只一箭射去。但见：

鹊画弓弯满月，雕翎箭迸飞星。挽手既强，离弦甚疾。雁排空如张皮鹄，人发矢似展胶竿。影落云中，声在草内。天汉雁行惊折断，英雄

---

① 宾鸿——大雁。

雁序喜相联。

当下花荣一箭，果然正中雁行内第三只，直坠落山坡下。急叫军士取来看时，那枝箭正穿在头雁上。晁盖和众头领看了，尽皆骇然，都称花荣做神臂将军。吴学究称赞道："休言将军比小李广，便是养由基[①] 也不及神手，真乃是山寨有幸！"自此梁山泊无一个不钦敬花荣。

众头领再回厅上筵会，到晚各自歇息。次日，山寨中再备筵席，议定坐次。本是秦明才及花荣，因为花荣是秦明大舅，众人推让花荣在林冲肩下，坐了第五位，秦明坐第六位，刘唐坐第七位，黄信坐第八位，三阮之下，便是燕顺、王矮虎、吕方、郭盛、郑天寿、石勇、杜迁、宋万、朱贵、白胜，一行共是二十一个头领。坐定，庆贺筵宴已毕，山寨中添造大船、屋宇、车辆、什物，打造枪刀、军器、铠甲、头盔，整顿旌旗、袍袄、弓弩、箭矢，准备抵敌官军，不在话下。

却说宋江自离了村店，连夜赶归。当日申牌时候，奔到本乡村口张社长酒店里暂歇一歇。那张社长却和宋江家来往得好。张社长见了宋江容颜不乐，眼泪暗流，张社长动问道："押司有年半来不到家中，今日且喜归来，如何尊颜有些烦恼，心中为甚不乐？且喜官事已遇赦了，必是减罪了。"宋江答道："老叔自说得是。家中官事且靠后，只有一个生身老父殁了，如何不烦恼？"张社长大笑道："押司真个，也是作耍[②]？令尊太公却才在我这里吃酒了回去，只有半个时辰来去，如何却说这话？"宋江道："老叔休要取笑小侄。"便取出家书，教张社长看了。"兄弟宋清明明写道父亲于今年正月初头殁了，专等我归来奔丧。"张社长看罢，说道："呸，那里这般事！只午时前后和东村王太公在我这里吃酒了去，我如何肯说谎？"宋江听了，心中疑影，没做道理处。寻思了半晌，只等天晚，别了社长，便奔归家。

入得庄门看时，没些动静。庄客见了宋江，都来参拜，宋江便问道："我父亲和四郎有么？"庄客道："太公每日望得押司眼穿，今得归来，却是欢喜。方才和东村里王社长在村口张社长店里吃酒了回来，睡在里面房

---

① 养由基——春秋时楚国大夫，善射，能百步穿杨。楚晋交兵，晋将魏锜射中楚王眼，养由基回射，一箭毙魏锜，后连射连中，阻晋追兵。

② 作耍——玩笑、开玩笑。

内。"宋江听了大惊,撇了短棒,径入草堂上来,只见宋清迎着哥哥便拜。宋江见了兄弟不戴孝,心中十分大怒,便指着宋清骂道:"你这忤逆畜生,是何道理!父亲见今在堂,如何却写书来戏弄我?教我两三遍自寻死处,一哭一个昏迷。你做这等不孝之子!"

宋清却待分说,只见屏风背后转出宋太公来叫道:"我儿不要焦躁,这个不干你兄弟之事。是我每日思量,要见你一面,因此教四郎只写道我殁了,你便归得快。我又听得人说,白虎山地面多有强人,又怕你一时被人撺掇,落草去了,做个不忠不孝的人,为此急急寄书去,唤你归家;又得柴大官人那里来的石勇,寄书去与你。这件事尽都是我主意,不干四郎之事,你休埋怨他。我恰才在张社长店里回来,听得是你归来了。"

宋江听罢,纳头便拜太公,忧喜相伴。宋江又问父亲道:"不知近日官司如何?已经赦宥,必然减罪。适间张社长也这般说了。"宋太公道:"你兄弟宋清未回之先,多有朱仝、雷横的气力,向后只动了一个海捕文书,再也不曾来勾扰。我如今为何唤你归来,近闻朝廷册立皇太子,已降了一道赦书,应有民间犯了大罪,尽减一等科断,俱已行开各处施行。便是发露到官,也只该个徒流之罪,不到得害了性命。且由他,却又别作道理。"宋江又问道:"朱、雷二都头曾来庄上么?"宋清说道:"我前日听得说来,这两个都差出去了。朱仝差往东京去,雷横不知差到那里去了。如今县里却是新添两个姓赵的勾摄公事。"宋太公道:"我儿远路风尘,且去房里将息几时。"合家欢喜,不在话下。

天色看看将晚,玉兔东生,约有一更时分,庄上人都睡了,只听得前后门发喊起来,看时,四下里都是火把,团团围住宋家庄,一片声叫道:"不要走了宋江!"太公听了,连声叫苦。不因此起,有分教,大江岸上聚集好汉英雄,闹市丛中来显忠肝义胆。毕竟宋公明在庄上怎地脱身,且听下回分解。

第三十六回

梁山泊吴用举戴宗　　揭阳岭宋江逢李俊

话说当时宋太公掇个梯子上墙来看时，只见火把丛中约有一百余人，当头两个，便是郓城县新参的都头，却是弟兄两个：一个叫做赵能，一个叫做赵得。

两个便叫道："宋太公，你若是晓事的，便把儿子宋江献将出来，我们自将就他；若是不教他出官时，和你这老子一发捉了去。"宋太公道："宋江几时回来？"赵能道："你便休胡说！有人在村口见他从张社长家店里吃了酒归来，亦有人跟到这里。你如何赖得过？"宋江在梯子边说道："父亲，你和他论甚口！孩儿便挺身出官也不妨。县里府上都有相识，况已经赦宥的事了，必当减罪。求告这厮们做甚么？赵家那厮是个刁徒，如今暴得做个都头，知道甚么义理！他又和孩儿没人情，空自求他。"宋太公哭道："是我苦了孩儿。"宋江道："父亲休烦恼，官司见了，倒是有幸；明日孩儿躲在江湖上，撞了一班儿杀人放火的弟兄们，打在网里，如何能够见父亲面？便断配在他州外府，也须有程限，日后归来，也得早晚伏侍父亲终身。"宋太公道："既是孩儿恁的说时，我自来上下使用，买个好去处。"

宋江便上梯来叫道："你们且不要闹。我的罪犯，今已赦宥，定是不死。且请二位都头进敝庄少叙三杯，明日一同见官。"赵能道："你休使见识，赚我入来。"宋江道："我如何连累父亲、兄弟？你们只顾进家里来。"

宋江便下梯子来，开了庄门，请两个都头到庄里堂上坐下，连夜杀鸡宰鹅，置酒相待。那一百土兵人等，都与酒食管待，送些钱物之类，取二十两花银，把来送与两位都头做好看钱。正是：

都头见钱便好，无钱恶眼相看。

因此钱名好看，只钱无法无官。

当夜两个都头在宋江庄上歇了。次早五更，同到县前等待。天明解到县里来时，知县才出升堂。见都头赵能、赵得押解宋江出官，知县时文彬见了大喜，责令宋江供状。当下宋江一笔供招：

不合于前年秋间典赡到阎婆惜为妾，为因不良，一时恃酒争论斗殴，致被误杀身死，一向避罪在逃。今蒙缉捕到官，取勘前情，所供甘服罪无词。

知县看罢，且叫收禁牢里监候。满县人见说拿得宋江，谁不爱惜他，都替他去知县处告说讨饶，备说宋江平日的好处。知县自心里也有八分开豁他，当时依准了供状，免上长枷手杻，只散禁在牢里。宋太公自来买上告下，使用钱帛。那时阎婆已自身故了半年，没了苦主；这张三又没了粉头，不来做甚冤家。县里迭成文案，待六十日限满，结解上济州听断。本州府尹看了申解情由，赦前恩宥之事，已成减罪，把宋江脊杖二十，刺配江州牢城。本州官吏亦有认得宋江的，更兼他又有钱帛使用，名唤做断杖刺配，又无苦主执证，众人维持下来，都不甚深重。当厅带上行枷，押了一道牒文，差两个防送公人，无非是张千、李万。

当下两个公人领了公文，监押宋江到州衙前，宋江的父亲宋太公同兄弟宋清，都在那里等候，置酒管待两个公人，赍发了些银两。教宋江换了衣服，打拴了包裹，穿上麻鞋。宋太公唤宋江到僻静处叮嘱道："我知江州是个好地面，鱼米之乡，特地使钱买将那里去。你可宽心守耐，我自使四郎来望你，盘缠有便人常常寄来。你如今此去，正从梁山泊过，倘或他们下山来劫夺你入伙，切不可依随他，教人骂做不忠不孝。此一节，牢记于心。孩儿路上慢慢地去，天可怜见，早得回来，父子团圆，兄弟完聚。"宋江洒泪拜辞了父亲，兄弟宋清送一程路。宋江临别时嘱咐兄弟道："我此去不要你们忧心。只有父亲年纪高大，我又累被官司缠扰，背井离乡而去。兄弟，你早晚只在家侍奉，休要为我到江州来，弃撇父亲，无人看顾。我自江湖上相识多，见的那一个不相助，盘缠自有对付处。天若见怜，有一日归来也！"宋清洒泪拜辞了，自回家中去侍奉父亲宋太公，不在话下。

只说宋江和两个公人上路，那张千、李万已得了宋江银两，又因他是个好汉，因此于路上只是伏侍宋江。三个人上路行了一日，到晚投客店安歇了，打火做些饭吃，又买些酒肉请两个公人。宋江对他说道："实不瞒你两个说，我们今日此去，正从梁山泊边过。山寨上有几个好汉，闻我的名字，怕他下山来夺我，枉惊了你们。我和你两个明日早起些，只拣小路里过去，宁可多走几里不妨。"两个公人道："押司，你不说，俺们如何得知？我们自认得小路过去，定不得撞着他们。"

当夜计议定了，次日起个五更来打火。两个公人和宋江离了客店，只从小路里走。约莫也走了三十里路，只见前面山坡背后转出一伙人来。宋江看了，只叫得苦。来的不是别人，为头的好汉，正是赤发鬼刘唐，将领着三五十人，便来杀那两个公人。这张千、李万唬做一堆儿，跪在地下。宋江叫道："兄弟，你要杀谁？"刘唐道："哥哥，不杀了这两个男女，等甚么？"宋江道："不要你污了手，把刀来我杀便了。"两个人只叫得苦："今番倒不好了。"刘唐把刀递与宋江。诗曰：

有罪当官不肯逃，逢人救解愈坚牢。

存心厚处生机巧，不杀公人却借刀。

宋江接过，问刘唐道："你杀公人何意？"刘唐说道："奉山上哥哥将令，特使人打听得哥哥吃官司，直要来郓城县劫牢，却知道哥哥不曾在牢里，不曾受苦。今番打听得断配江州，只怕路上错了路道，教大小头领吩咐去四路等候，迎接哥哥，便请上山。这两个公人不杀了如何？"宋江道："这个不是你们弟兄抬举宋江，倒要陷我于不忠不孝之地。若是如此来挟我，只是逼宋江性命，我自不如死了。"把刀望喉下自刎。刘唐慌忙攀住胳膊道："哥哥，且慢慢地商量。"就手里夺了刀，宋江道："你弟兄们若是可怜见宋江时，容我去江州牢城听候限满回来，那时却待与你们相会。"刘唐道："哥哥这话，小弟不敢主张。前面大路上有军师吴学究同花知寨在那里专等，迎迓哥哥。容小弟着小校请来商议。"宋江道："我只是这句话，由你们怎地商量。"

小喽罗去报不多时，只见吴用、花荣两骑马在前，后面数十骑马跟着，飞到面前。下马叙礼罢，花荣便道："如何不与兄长开了枷？"宋江道："贤弟，是甚么话！此是国家法度，如何敢擅动！"吴学究笑道："我知兄长的意了。这个容易，只不留兄长在山寨便了。晁头领多时不曾得与仁兄相会，今次也正要和兄长说几句心腹的话，略请到山寨少叙片时，便送登程。"宋江听了道："只有先生便知道宋江的意。"扶起两个公人来，宋江道："要他两个放心，宁可我死，不可害他。"两个公人道："全靠押司救命。"

一行人都离了大路，来到芦苇岸边，已有船只在彼。当时载过山前大路，却把山轿教人抬了，直到断金亭上歇了。叫小喽罗四下里去请众头领，都来聚会，迎接上山，到聚义厅上相见。晁盖说道："自从郓城救了性命，兄弟们到此，无日不想大恩。前者又蒙引荐诸位豪杰上山，光辉草寨，思报无门。”宋江答道：“小可自从别后，杀死淫妇，逃在江湖上，去了年半。本欲上山相探兄长一面，偶然村店里遇得石勇，捎寄家书，只说父亲弃世。不想却是父亲恐怕宋江随众好汉入伙去了，因此诈写书来唤我回家。虽然明吃官司，多得上下之人看觑，不曾重伤。今配江州，亦是好处。适蒙呼唤，不敢不至。今来既见了尊颜，奈我限期相逼，不敢久住，只此告辞。”晁盖道：“直如此忙！且请少坐。”两个中间坐了，宋江便叫两个公人只在交椅后坐，与他寸步不离。

晁盖叫许多头领都来参拜了宋江，分两行坐下，小头目一面斟酒。先是晁盖把盏了，向后军师吴学究、公孙胜起，至白胜，把盏下来。酒至数巡，宋江起身相谢道：“足见弟兄们相爱之情。宋江是个得罪囚人，不敢久停，只此告辞。”晁盖道：“仁兄直如此见怪！虽然贤兄不肯要坏两个公人，多与他些金银，发付他回去，只说我梁山泊抢掳了去，不道得治罪于他。”宋江道：“兄这话休题。这等不是抬举宋江，明明的是苦我。家中上有老父在堂，宋江不曾孝敬得一日，如何敢违了他的教训，负累了他？前者一时乘兴，与众位来相投，天幸使令石勇在村店里撞见在下，指引回家。父亲说出这个缘故，情愿教小可明吃了官司，急断配出来，又频频嘱咐。临行之时，又千叮万嘱，教我休为快乐，苦害家中，免累老父怆惶惊恐。因此父亲明明训教宋江，小可不争随顺了，便是上逆天理，下违父教，做了不忠不孝的人，在世虽生何益？如不肯放宋江下山，情愿只就众位手里乞死。”说罢，泪如雨下，便拜倒在地。晁盖、吴用、公孙胜一齐扶起。众人道：“既是哥哥坚意欲往江州，今日且请宽心住一日，明日早送下山。”三回五次留得宋江就山寨里吃了一日酒。教去了枷，也不肯除，只和两个公人同起同坐。

当晚住了一夜，次日早起来，坚心要行。吴学究道：“兄长听禀：吴用有个至爱相识，现在江州充做两院押牢节级，姓戴，名宗，本处人称为戴院长。为他有道术，一日能行八百里，人都唤他做神行太保。此人十分仗义疏财。夜来小生修下一封书在此，与兄长去，到彼时可和本人做个相识。但有甚事，可教众兄弟知道。”众头领挽留不住，安排筵宴送行，取出一盘金银，送与宋江，又将二十两银子送与两个公人。就与宋江挑了包裹，都送下山来，一个个都作别了。吴学究和花荣直送过渡，到大路二十里外。众头领回上山去。

只说宋江自和两个防送公人取路投江州来，那个公人见了山寨里许多人马，众头领一个个都拜宋江，又得他那里若干银两，一路上只是小心伏侍宋江。三个人在路约行了半月之上，早来到一个去处，望见前面一座高岭。两个公人说道："好了！过得这条揭阳岭，便是浔阳江，到江州却是水路，相去不远。"宋江道："天色暄暖，趁早走过岭去，寻个宿头。"公人道："押司说得是。"三个人厮赶着奔过岭来。

行了半日，巴过岭头，早看见岭脚边一个酒店，背靠颠崖，门临怪树，前后都是草房。去那树荫之下，挑出一个酒旆儿来。宋江见了，心中欢喜，便与公人道："我们肚里正饥渴哩！原来这岭上有个酒店，我们且买碗酒吃再走。"三个人入酒店来，两个公人把行李歇了，将水火棍靠在壁上。宋江让他两个公人上首坐定，宋江下首坐了。半个时辰，不见一个人出来，宋江叫道："怎地不见有主人家？"只听得里面应道："来也！来也！"侧首屋下，走出一个大汉来，怎生模样：

赤色虬须乱撒，红丝虎眼睁圆。

揭岭杀人魔祟，酆都催命判官。

那人出来，头上一顶破头巾，身穿一领布背心，露着两臂，下面围一条布手巾，看着宋江三个人唱个喏道："客人，打多少酒？"宋江道："我们走得肚饥，你这里有甚么肉卖？"那人道："只有熟牛肉和浑白酒。"宋江道："最好。你先切二斤熟牛肉来，打一角酒来。"那人道："客人休怪说，我这里岭上卖酒，只是先交了钱，方才吃酒。"宋江道："倒是先还了钱吃酒，我也喜欢。等我先取银子与你。"宋江便去打开包裹，取出些碎银子。那人立在侧边偷眼睃着，见他包裹沉重，有些油水，心内自有八分欢喜。接了宋江的银子，便去里面舀一桶酒，切一盘牛肉出来，放下三只大碗，三双箸，一面筛酒。

三个人一头吃，一面口里说道："如今江湖上歹人，多有万千好汉着了道儿的。酒肉里下了蒙汗药，麻翻了，劫了财物，人肉把来做馒头馅子。我只是不信，那里有这话！"那卖酒的人笑道："你三个说了，不要吃，我这酒和肉里面都有了麻药。"宋江笑道："这个大哥瞧见我们说着麻药，便来取笑。"两个公人道："大哥，热吃一碗也好。"那人道："你们要热吃，我便将去烫来。"那人烫热了，将来筛做三碗。正是饥渴之中，酒肉到口，如何不吃？三人各吃了一碗下去，只见两个公人瞪了双眼，口角边流下涎水来，你揪我扯,望后便倒。宋江跳起来道:“你两个怎地吃的一碗,便恁醉了?”向前来扶他,不觉自家也头晕眼花,扑地倒了,光着眼,都面面厮觑,麻木了,动弹不得。

酒店里那人道:“惭愧!好几日没买卖,今日天送这三头行货来与我。”先把宋江倒拖了,入去山岩边人肉作房里,放在剥人凳上,又来把这两个公人也拖了入去。那人再来,却把包裹行李都提在后屋内。解开看时,都是金银,那人自道:“我开了许多年酒店,不曾遇着这等一个囚徒。量这等一个罪人,怎地有许多财物?却不是从天降下,赐与我的!”那人看罢包裹,却再包了,且去门前,望几个火家归来开剥。

立在门前看了一回,不见一个男女归来,只见岭下这边三个人奔上岭来。那人却认得,慌忙迎接道:“大哥,那里去来?”那三个内一个大汉应道:“我们特地上岭来接一个人,料道是来的程途日期了。我每日出来,只在岭下等候,不见到,正不知在那里耽搁了。”那人道:“大哥却是等谁?”那大汉道:“等个奢遮的好男子。”那人问道:“甚么奢遮的好男子?”那大汉答道:“你敢也闻他的大名,便是济州郓城县宋押司宋江。”那人道:“莫不是江湖上说的山东及时雨宋公明?”那大汉道:“正是此人。”那人又问道:“他却因甚打这里过?”那大汉道:“我本不知,近日有个相识从济州来,说道:‘郓城县宋押司宋江,不知为甚么事发在济州府,断配江州牢城。’我料想他必从这里过来,别处又无路。他在郓城县时,我尚且要去和他厮会,今次正从这里经过,如何不结识他?因此在岭下连日等候,接了他四五日,并不见有一个囚徒过来。我今日同这两个兄弟信步踱上山岭,来你这里买碗酒吃,就望你一望。近日你店里买卖如何?”那人道:“不瞒大哥说,这几个月里好生没买卖,今日谢天地,捉得三个行货,又有些东西。”那大汉慌忙问道:“三个甚样人?”那人道:“两个公人,和一个罪人。”那汉失惊道:“这囚徒莫不是黑矮肥胖的人?”那人应道:“真个不十分长大,面貌紫棠色。”那大汉连忙问道:“不曾动手么?”那人答道:“方才拖进作房去,等火家未回,不曾开剥。”那大汉道:“等我认他一认。”

当下四个人进山岩边人肉作房里,只见剥人凳上挺着宋江和两个公人,颠倒头放在地下。那大汉看见宋江,却又不认得,相他脸上金印,又不分晓。没可寻思处,猛想起道:“且取公人的包裹来,我看他公文便知。”那人道:“说得是。”便去房里取过公人的包裹打开,见了一锭大银,上有若干散碎银两，解开文书袋来，看了差批，众人只叫得："惭愧！"那大汉便道："天使令我今日上岭来，早是不曾动手，争些儿误了我哥哥性命。"正是：

冤仇还报难回避，机会遭逢莫远图。

踏破铁鞋无觅处，得来全不费工夫。

那大汉便叫那人："快讨解药来，先救起我哥哥。"那人也慌了，连忙调了解药，便和那大汉去作房里，先开了枷，扶将起来，把这解药灌将下去。

四个人将宋江扛出前面客位里，那大汉扶住着，渐渐醒来，光着眼，看了众人立在面前，又不认得，只见那大汉教两个兄弟扶住了宋江，纳头便拜。宋江问道："是谁？我不是梦中么？"只见卖酒的那人也拜。宋江答礼道："两位大哥请起。这里正是那里？不敢动问二位高姓？"那大汉道："小弟姓李，名俊，祖贯庐州人氏，专在扬子江中撑船艄公为生，能识水性，人都呼小弟做混江龙李俊便是。这个卖酒的，是此间揭阳岭人，只靠做私商道路，人尽呼他做催命判官李立。这两个兄弟，是此间浔阳江边人，专贩私盐来这里货卖，却是投奔李俊家安身。大江中伏得水，驾得船。是弟兄两个，一个唤做出洞蛟童威，一个叫做翻江蜃童猛。"两个也拜了宋江四拜。

宋江问道："却才麻翻了宋江，如何却知我姓名？"李俊道："小弟有个相识，近日做买卖从济州回来，说起哥哥大名，为事发在江州牢城。李俊往常思念，只要去贵县拜识哥哥，只为缘分浅薄，不能够去。今闻仁兄来江州，必从这里经过，小弟连连在岭下等接仁兄五七日了，不见来。今日无心，天幸使令李俊同两个弟兄上岭来，就买杯酒吃，遇见李立，说将起来。因此小弟大惊，慌忙去作房里看了，却又不认得哥哥。猛可思量起来，取讨公文看了，才知道是哥哥。不敢拜问仁兄，闻知在郓城县做押司，不知为何事配来江州？"宋江把这杀了阎婆惜，直至石勇村店寄书，回家事发，今次配来江州，备细说了一遍，四人称叹不已。

李立道："哥哥何不只在此间住了，休上江州牢城去受苦。"宋江答道："梁山泊苦死相留，我尚兀自肯住，恐怕连累家中老父。此间如何住得？"李俊道："哥哥义士，必不肯胡行，你快救起那两个公人来。"李立连忙叫了火家，已都归来了，便把公人扛出前面客位里来，把解药灌将下去，救得两个公人起来，面面厮觑道："我们想是行路辛苦，恁地容易得醉！"众人听了都笑。

当晚李立置酒管待众人,在家里过了一夜。次日,又安排酒食管待,送出包裹,还了宋江并两个公人。当时相别了,宋江自和李俊、童威、童猛、两个公人下岭来,径到李俊家歇下。置备酒食,殷勤相待,结拜宋江为兄,留住家里过了数日。宋江要行,李俊留不住,取些银两赍发两个公人。宋江再带上行枷,收拾了包裹行李,辞别李俊、童猛、童威,离了揭阳岭下,取路望江州来。

三个人行了半日,早是未牌时分,行到一个去处,只见人烟辏集,井市喧哗。正来到市镇上,只见那里一伙人围住着看。宋江分开人丛,挨入去看时,却原来是一个使枪棒卖膏药的。宋江和两个公人立住了脚,看他使了一回枪棒。那教头放下了手中枪棒,又使了一回拳,宋江喝采道:"好枪棒拳脚!"那人却拿起一个盘子来,口里开呵道:"小人远方来的人,投贵地特来就事,虽无惊人的本事,全靠恩官作成,远处夸称,近方卖弄,如要筋重膏药,当下取赎;如不用膏药,可烦赐些银两铜钱赍发,休教空过了。"那教头把盘子掠了一遭,没一个出钱与他。那汉又道:"看官高抬贵手。"又掠了一遭,众人都白着眼看,又没一个出钱赏他。宋江见他惶恐,掠了两遭,没人出钱,便叫公人取出五两银子来。宋江叫道:"教头,我是个犯罪的人,没甚与你。这五两白银,权表薄意,休嫌轻微!"那汉子得了这五两白银,托在手里,便收呵道:"恁地一个有名的揭阳镇上,没一个晓事的好汉,抬举咱家!难得这位恩官,本身现自为事在官,又是过往此间,颠倒赍发五两白银。正是:

当年却笑郑元和,只向青楼买笑歌。

惯使不论家豪富,风流不在着衣多。

这五两银子强似别的五十两。自家拜揖,愿求恩官高姓大名,使小人天下传扬。"宋江答道:"教师,量这些东西,值得几多,不须致谢。"

正说之间,只见人丛里一条大汉,分开人众,抢近前来,大喝道:"兀那厮是甚么鸟汉?那里来的囚徒?敢来灭俺揭阳镇上威风!"掿着双拳来打宋江。不因此起相争,有分教,浔阳江上,聚数筹搅海苍龙的好汉;梁山泊中,添一伙爬山猛虎的英雄。毕竟那汉为甚么要打宋江,且听下回分解。

第三十七回

没遮拦追赶及时雨　　船火儿大闹浔阳江

话说当下宋江不合将五两银子赍发了那个教师，只见这揭阳镇上众人丛中钻过这条大汉，睁着眼喝道："这厮那里学得这些鸟枪棒，来俺这揭阳镇上逞强，我已吩咐了众人休睬他，你这厮如何卖弄有钱，把银子赏他，灭俺揭阳镇上的威风！"宋江应道："我自赏他银两，却干你甚事？"那大汉揪住宋江喝道："你这贼配军敢回我话？"宋江道："做甚么不敢回你话？"那大汉提起双拳，劈脸打来，宋江躲个过。那大汉又赶入一步来，宋江却待要和他放对，只见那个使枪棒的教头从人背后赶将来，一只手揪住那大汉头巾，一只手提住腰胯，望那大汉肋骨上只一兜，踉跄一交，颠翻在地。那大汉却待挣扎起来，又被这教头只一脚踢翻了。两个公人劝住教头，那大汉从地下爬将起来，看了宋江和教头说道："使得使不得，叫你两个不要慌。"一直望南去了。

宋江且请问："教头高姓？何处人氏？"教头答道："小人祖贯河南洛阳人氏，姓薛，名永，祖父是老种经略相公帐前军官，为因恶了同僚，不得升用，子孙靠使枪棒卖药度日，江湖上但呼小人病大虫薛永。不敢拜问恩官高姓大名？"宋江道："小可姓宋，名江，祖贯郓城县人氏。"薛永道："莫非山东及时雨宋公明么？"宋江道："小可便是。"薛永听罢，便拜，宋江连忙扶住道："少叙三杯如何？"薛永道："好！正要拜识尊颜，小人无门得遇兄长。"慌忙收拾起枪棒和药囊，同宋江便往邻近酒肆内去吃酒。只见酒家说道："酒肉自有，只是不敢卖与你们吃。"宋江问道："缘何不卖与我们吃？"酒家道："却才和你们厮打的大汉，已使人吩咐了：若是卖与你们吃时，把我这店子都打得粉碎。我这里却是不敢恶他。这人是此间揭阳镇上一霸，谁敢不听他说？"宋江道："既然恁地，我们去休，那厮必然要来寻闹。"薛永道："小人也去店里算了房钱还他，一两日间，也来江州相会。兄长先行。"宋江又取一二十两银子与了薛永，辞别了自去。

宋江只得自和两个公人也离了酒店，又自去一处吃酒，那店家说道：

"小郎已自都吩咐了,我们如何敢卖与你们吃? 你枉走,甘自费力,不济事。"宋江和两个公人都则声不得。连连走了几家,都是一般话说。三个来到市梢尽头,见了几家打火小客店,正待要去投宿,却被他那里不肯相容。宋江问时,都道:"他已着小郎连连吩咐去了,不许安着你们三个。"当下宋江见不是话头,三个便拽开脚步,望大路上走着,看见一轮红日低坠,天色昏暗。但见:

暮烟迷远岫,寒雾锁长空。群星拱皓月争辉,绿水共青山斗碧。疏林古寺,数声钟韵悠扬;小浦渔舟,几点残灯明灭。枝上子规啼夜月,园中粉蝶宿花丛。

宋江和两个公人见天色晚了,心里越慌。三个商量道:"没来由看使枪棒,恶了这厮! 如今闪得前不巴村,后不着店,却是投那里去宿是好?"只见远远地小路上望见隔林深处射出灯光来。宋江见了道:"兀那里灯光明处,必有人家,遮莫怎地陪个小心,借宿一夜,明日早行。"公人看了道:"这灯光处又不在正路上。"宋江道:"没奈何。虽然不在正路上,明日多行三二里,却打甚么不紧。"三个人当时落路来,行不到二里多路,林子背后闪出一座大庄院来。

宋江和两个公人来到庄院前敲门,庄客听得,出来开门道:"你是甚人? 黄昏半夜来敲门打户!"宋江陪着小心答道:"小人是个犯罪配送江州的人,今日错过了宿头,无处安歇,欲求贵庄借宿一宵,来早依例拜纳房金。"庄客道:"既是恁地,你且在这里少待,待我入去报知庄主太公,可容即歇。"庄客入去通报了,复翻身出来说道:"太公相请。"宋江和两个公人到里面草堂上参见了庄主太公,太公吩咐,教庄客领去门房里安歇,就与他们些晚饭吃。庄客听了,引去门首草房下,点起一碗灯,教三个歇定了,取三分饭食、羹汤、菜蔬,教他三个吃了。庄客收了碗碟,自入里面去。

两个公人道:"押司,这里又无外人,一发除了行枷,快活睡一夜,明日早行。"宋江道:"说得是。"当时去了行枷,和两个公人去房外净手,看见星光满天,又见打麦场边屋后,是一条村僻小路,宋江看在眼里。三个净了手,入进房里,关上门去睡。宋江和两个公人说道:"也难得这个庄主太公留俺们歇这一夜。"正说间,听得庄里有人点火把来打麦场上,一到处照看。宋江在门缝里张时,见是太公引着三个庄客,把火一到处照看。宋江对公人道:"这太公和我父亲一般,件件都要自来照管。这早晚也未曾去睡，一地里亲自点看。"

正说之间，只听得外面有人叫开庄门，庄客连忙来开了门，放入五七个人来，为头的手里拿着朴刀，背后的都拿着稻叉棍棒。火把光下，宋江张看时，"那个提朴刀的，正是在揭阳镇上要打我们的那汉。"宋江又听得那太公问道："小郎，你那里去来？和甚人厮打？日晚了，拖枪拽棒？"那大汉道："阿爹不知，哥哥在家里么？"太公道："你哥哥吃得醉了，去睡在后面亭子上。"那汉道："我自去叫他起来，我和他赶人。"太公道："你又和谁合口，叫起哥哥来时，他却不肯干休。你且对我说这缘故。"那汉道："阿爹，你不知，今日镇上一个使枪棒卖药的汉子，叵耐那厮不先来见我弟兄两个，便去镇上撇科卖药，教使枪棒，被我都吩咐了镇上的人，分文不要与他赏钱，不知那里走一个囚徒来，那厮做好汉出尖[①]，把五两银子赏他，灭俺揭阳镇上威风。我正要打那厮，堪恨那卖药的脑揪翻我，打了一顿，又踢了我一脚，至今腰里还疼。我已教人四下里吩咐了酒店客店，不许着这厮们吃酒安歇，先教那厮三个今夜没存身处。随后吃我叫了赌房里一伙人，赶将去客店里，拿得那卖药的来，尽气力打了一顿，如今把来吊在都头家里。明日送去江边，捆做一块，抛在江里，出那口鸟气。却只赶这两个公人押的囚徒不着，前面又没客店，竟不知投那里去宿了。我如今叫起哥哥来，分投赶去，捉拿这厮。"

太公道："我儿休恁地短命相。他自有银子赏那卖药的，却干你甚事！你去打他做甚么？可知道着他打了，也不曾伤重。快依我口便罢，休教哥哥得知。你吃人打了，他肯干罢？又是去害人性命！你依我说，且去房里睡了。半夜三更，莫去敲门打户，激恼村坊。你也积些阴德。"那汉不顾太公说，拿着朴刀，径入庄内去了。太公随后也赶入去。

宋江听罢，对公人说道："这般不巧的事，怎生是好？却又撞在他家投宿，我们只宜走了好。倘或这厮得知，必然吃他害了性命。便是太公不说，庄客如何敢瞒？"两个公人都道："说的是，事不宜迟，及早快走。"宋江道："我们休从大路出去，掇开屋后一堵壁子出去罢。"两个公人挑了包裹，宋江自提了行枷，便从房里挖开屋后一堵壁子，三个人便趁星月之下，望林木深处小路上只顾走。正是慌不择路，走了一个更次，望见前面满目芦

---

① 出尖——领头，冒尖。

花，一派大江，滔滔浪滚，正来到浔阳江边。有诗为证：

撞入天罗地网来，宋江时蹇实堪哀。
才离黑煞凶神难，又遇丧门白虎灾。

只听得背后喊叫，火把乱明，吹风胡哨赶将来，宋江只叫得苦道："上苍救一救则个！"三个躲在芦苇丛中，望后面时，那火把渐近，三人心里越慌，脚高步低，在芦苇里撞。前面一看，不到天尽头，早到地尽处。定目一观，看见大江拦截，侧边又是一条阔港。宋江仰天叹道："早知如此的苦，权且在梁山泊也罢。谁想直断送在这里！"

宋江正在危急之际，只见芦苇丛中悄悄地忽然摇出一只船来。宋江见了，便叫："梢公，且把船来救我们三个，俺与你几两银子。"那梢公在船上问道："你三个是甚么人？却走在这里来？"宋江道："背后有强人打劫我们，一味地撞在这里。你快把船来渡我们，我多与你些银两。"那梢公听得多与银两，把船便放拢来，三个连忙跳上船去，一个公人便把包裹丢下舱里，一个公人便将水火棍摂开了船。那梢公一头搭上橹，一面听着包裹落舱，有些好响声，心里暗喜欢。把橹一摇，那只小船早荡在江心里去。

岸上那伙赶来的人，早赶到滩头，有十数个火把，为头两个大汉，各挺着一条朴刀，随后有二十余人，各执枪棒，口里叫道："你那梢公，快摇船拢来！"宋江和两个公人做一块儿伏在船舱里，说道："梢公，却是不要拢船，我们自多与你些银子相谢。"那梢公点头，只不应岸上的人，把船望上水咿咿哑哑的摇将去。那岸上这伙人大喝道："你那梢公，不摇拢船来，教你都死！"那梢公冷笑几声，也不应。岸上那伙人又叫道："你是那个梢公？直恁大胆！不摇拢来！"那梢公冷笑应道："老爷叫做张梢公，你不要咬我鸟。"岸上火把丛中那个长汉说道："原来是张大哥，你见我弟兄两个么？"那梢公应道："我又不瞎，做甚么不见你？"那长汉道："你既见我时，且摇拢来和你说话。"那梢公道："有话明朝来说，趁船的要去得紧。"那长汉道："我弟兄两个正要捉这趁船的三个人。"那梢公道："趁船的三个都是我家亲眷，衣食父母，请他归去吃碗板刀面子来。"那长汉道："你且摇拢来和你商量。"那梢公又道："我的衣饭，倒摇拢来把与你，倒乐意！"那长汉道："张大哥，不是这般说，我弟兄只要捉这囚徒，你且拢来。"那梢公一头摇橹，一面说道："我自好几日接得这个主顾，却是不摇拢来，倒吃你接了去！你两个只得休怪，改日相见。"

宋江不晓得梢公话里藏阄，在船舱里悄悄的和两个公人说："也难得这个梢公救了我们三个性命。又与他分说，不要忘了他恩德。却不是幸得这只船来渡了我们。"

却说那梢公摇开船去，离得江岸远了，三个人在舱里望岸上时，火把也自去芦苇中明亮。宋江道："惭愧！正是'好人相逢，恶人远离'。且得脱了这场灾难。"只见那梢公摇着橹，口里唱起湖州歌来。唱道：

老爷生长在江边，不怕官司不怕天。

昨夜华光来趁我，临行夺下一金砖。

宋江和两个公人听了这首歌，都酥软了。宋江又想道："他是唱耍。"三个正在那里议论未了，只见那梢公放下橹，说道："你这个撮鸟，两个公人，平日最会诈害做私商的人，今日却撞在老爷手里！你三个却是要吃板刀面？却是要吃馄饨？"宋江道："家长休要取笑！怎地唤做板刀面？怎地是馄饨？"那梢公睁着眼道："老爷和你要甚鸟！若还要吃板刀面时，俺有一把泼风也似快刀在这艎板底下，我不消三刀五刀，我只一刀一个，都剁你三个人下水去；你若要吃馄饨时，你三个快脱了衣裳，都赤条条地跳下江里自死。"

宋江听罢，扯定两个公人说道："却是苦也！正是'福无双至，祸不单行'。"那梢公喝道："你三个好好商量，快回我话。"宋江答道："梢公不知，我们也是没奈何，犯下了罪，迭配江州的人，你如何可怜见饶了我三个！"那梢公喝道："你说甚么闲话！饶你三个！我半个也不饶你。老爷唤做有名的狗脸张爷爷，来也不认得爹，去也不认得娘。你便都闭了鸟嘴，快下水里去！"宋江又求告道："我们都把包裹内金银、财帛、衣服等项，尽数与你，只饶了我三人性命。"那梢公便去艎板底下摸出那把明晃晃板刀来，大喝道："你三个要怎地？"宋江仰天叹道："为因我不敬天地，不孝父母，犯下罪责，连累了你两个。"那两个公人也扯着宋江道："押司，罢，罢！我们三个一处死休。"那梢公又喝道："你三个好好快脱了衣裳，跳下江去。跳便跳，不跳时，老爷便剁下水里去。"

宋江和那两个公人抱做一块，恰待要跳水，只见江面上咿咿哑哑橹声响，宋江探头看时，一只快船飞也似从上水头摇将下来。船上有三个人，一条大汉手里横着托叉，立在船头上，梢头两个后生，摇着两把快橹，星光之下，早到面前。那船头上横叉的大汉便喝道："前面是甚么梢公，敢在当港行事？船里货物，见者有分。"这船梢公回头看了，慌忙应道："原来却是李大哥，我只道是谁来。大哥又去做买卖，只是不曾带挈兄弟。"大汉道："张家兄弟，你在这里又弄这一手！船里甚么行货？有些油水么？"梢公答道："教你得知好笑。我这几日没道路，又赌输了，没一文，正在沙滩上闷坐，岸上一伙人赶着三头行货来我船里。却是鸟两个公人，解一个黑矮囚徒，正不知是那里人。他说道，迭配江州来的，却又项上不带行枷。赶来的岸上一伙人，却是镇上穆家哥儿两个，定要讨他，我见有些油水吃，我不还他。"船上那大汉道："咄！莫不是我哥哥宋公明？"宋江听得声音厮熟，便舱里叫道："船上好汉是谁？救宋江则个！"那大汉失惊道："真个是我哥哥，早不做出来。"宋江钻出船上来看时，星光明亮，那立在船头上的大汉，不是别人，正是：

家住浔阳江浦上，最称豪杰英雄。眉浓眼大面皮红，髭须垂铁线，语话若铜钟。凛凛身躯长八尺，能挥利剑霜锋，冲波跃浪立奇功。庐州生李俊，绰号混江龙。

那船头上立的大汉，正是混江龙李俊。背后船梢上两个摇橹的，一个是出洞蛟童威，一个是翻江蜃童猛。

这李俊听得是宋公明，便跳过船来，口里叫苦道："哥哥惊恐。若是小弟来得迟了些个，误了仁兄性命。今日天使李俊在家坐立不安，棹船出来江里，赶些私盐，不想又遇着哥哥在此受难！"

那梢公呆了半晌，做声不得，方才问道："李大哥，这黑汉便是山东及时雨宋公明么？"李俊道："可知是哩！"那梢公便拜道："我那爷，你何不早通个大名，省得着我做出歹事来，争些儿伤了仁兄。"宋江问李俊道："这个好汉是谁？高姓何名？"李俊道："哥哥不知，这个好汉却是小弟结义的兄弟，原是小孤山下人氏，姓张，名横，绰号船火儿，专在此浔阳江做这件稳善[①]的道路。"宋江和两个公人都笑起来。

当时两只船并着摇奔滩边来，缆了船，舱里扶宋江并两个公人上岸。李俊又与张横说道："兄弟，我常和你说，天下义士，只除非山东及时雨郓城宋押司，今日你可仔细认看。"张横敲开火石，点起灯来，照着宋江，扑翻身，又在沙滩上拜道："望哥哥恕兄弟罪过！"宋江看那张横时，但见：

---

① 稳善——妥善。此为隐语，打劫意。

七尺身躯三角眼，黄髯赤发红睛，浔阳江上有声名。冲波如水怪，跃浪似飞鲸，恶水狂风都不惧，蛟龙见处魂惊。天差列宿害生灵。小孤山下住，船火号张横。

张横拜罢问道："义士哥哥为何事配来此间？"李俊便把宋江犯罪的事说了，今来迭配江州。张横听了说道："好教哥哥得知，小弟一母所生的亲弟兄两个，长的便是小弟，我有个兄弟，却又了得。浑身雪练也似一身白肉，没得四五十里水面，水底下伏得七日七夜，水里行一似一根白条，更兼一身好武艺。因此人起他一个异名，唤做浪里白跳张顺。当初我弟兄两个，只在扬子江边做一件依本分的道路。"宋江道："愿闻则个。"张横道："我弟兄两个，但赌输了时，我便先驾一只船渡在江边净处做私渡。有那一等客人贪省贯百钱的，又要快，便来下我船。等船里都坐满了，却教兄弟张顺也扮做单身客人，背着一个大包，也来趁船。我把船摇到半江里，歇了橹，抛了钉，插一把板刀，却讨船钱，本合五百足钱一个人，我便定要他三贯。却先问兄弟讨起，教他假意不肯还我，我便把他来起手，一手揪住他头，一手提定腰胯，扑通地撺下江里，排头儿定要三贯，一个个都惊得呆了，把出来不迭。都敛得足了，却送他到僻净处上岸。我那兄弟自从水底下走过对岸，等没了人，却与兄弟分钱去赌。那时我两个只靠这件道路过日。"宋江道："可知江边多有主顾来寻你私渡！"李俊等都笑起来。张横又道："如今我弟兄两个都改了业，我便只在这浔阳江里做些私商。兄弟张顺，他却如今自在江州做卖鱼牙子。如今哥哥去时，小弟寄一封书去；只是不识字，写不得。"李俊道："我们去村里央个门馆先生来写。"留下童威、童猛看船。三个人跟了李俊，张横提了灯，投村里来。

走不过半里路，看见火把还在岸上明亮。张横说道："他弟兄两个还未归去。"李俊道："你说兀谁弟兄两个？"张横道："便是镇上那穆家哥儿两个。"李俊道："一发叫他两个来拜见哥哥。"宋江连忙说道："使不得，他两个赶着要捉我。"李俊道："仁兄放心，他弟兄不知是哥哥。他亦是我们一路人。"李俊用手一招，胡哨了一声，只见火把人伴都飞奔将来。看见李俊、张横都恭奉着宋江做一处说话，那弟兄二人大惊道："二位大哥如何与这三人厮熟？"李俊大笑道："你道他是兀谁？"那二人道："便是不认得。只见他在镇上出银两赏那使枪棒的，灭俺镇上威风，正待要捉他。"李俊道："他便是我日常和你们说的山东及时雨郓城宋押司公明哥哥。你两个还不快拜。"

那弟兄两个撇了朴刀,扑翻身便拜道:"闻名久矣,不期今日方得相会。却才甚是冒渎,犯伤了哥哥,望乞怜悯恕罪。"宋江扶起二位道:"壮士,愿求大名。"李俊便道:"这弟兄两个富户,是此间人:姓穆,名弘,绰号没遮拦;兄弟穆春,唤做小遮拦。是揭阳镇上一霸。我这里有三霸,哥哥不知,一发说与哥哥知道。揭阳岭上岭下,便是小弟和李立一霸;揭阳镇上,是他弟兄两个一霸;浔阳江边做私商的,却是张横、张顺两个一霸。以此谓之三霸。"宋江答道:"我们如何省得?既然都是自家弟兄情分,望乞放还了薛永。"穆弘笑道:"便是使枪棒的那厮?哥哥放心,随即便教兄弟穆春去取来还哥哥。我们且请仁兄到敝庄伏礼请罪。"李俊说道:"最好,最好!便到你庄上去。"穆弘叫庄客着两个去看了船只,就请童威、童猛一同都到庄上去相会。一面又着人去庄上报知,置办酒食,杀羊宰猪,整理筵宴。

一行众人等了童威、童猛,一同取路投庄上来,却好五更天气。都到庄里,请出穆太公来相见了,就草堂上分宾主坐下。宋江看那穆弘时,端的好表人物。但见:

面似银盆身似玉,头圆眼细眉单,威风凛凛逼人寒。灵官离斗府,佑圣下天关。武艺高强心胆大,阵前不肯空还,攻城野战夺旗旛。穆弘真壮士,人号没遮拦。

宋江与穆太公对坐。说话未久,天色明朗,穆春已取到病大虫薛永进来,一处相会了。穆弘安排筵席,管待宋江等众位饮宴,至晚都留在庄上歇宿。次日,宋江要行,穆弘那里肯放,把众人都留庄上,陪侍宋江去镇上闲玩,观看揭阳市村景致。又住了三日,宋江怕违了限次,坚意要行,穆弘并众人苦留不住,当日做个送路筵席。

次日早起来,宋江作别穆太公并众位好汉,临行吩咐薛永,且在穆弘处住几时,却来江州,再得相会。穆弘道:"哥哥但请放心,我这里自看顾他。"取出一盘金银,送与宋江,又赍发两个公人些银两。临动身,张横在穆弘庄上央人修了一封家书,央宋江付与张顺,当时宋江收放包裹内了。一行人都送到浔阳江边。穆弘叫只船来,取过先头行李下船。众人都在江边,安排行枷,取酒食上船饯行,当下众人洒泪而别。李俊、张横、穆弘、穆春、薛永、童威、童猛一行人,各自回家,不在话下。

只说宋江自和两个公人下船投江州来。这梢公非比前番，拽起一帆风篷，早送到江州上岸。宋江依前带上行枷，两个公人取出文书，挑了行李，直至江州府前来，正值府尹升厅。原来那江州知府，姓蔡，双名得章，是当朝蔡太师蔡京的第九个儿子，因此江州人叫他做蔡九知府。那人为官贪滥，作事骄奢。为这江州是个钱粮浩大的去处，抑且人广物盈，因此太师特地教他来做个知府。

当时两个公人当厅下了公文，押宋江投厅下。蔡九知府看见宋江一表非俗，便问道："你为何枷上没了本州的封皮？"两个公人告道："于路上春雨淋漓，却被水湿坏了。"知府道："快写个帖来，便送下城外牢城营里去，本府自差公人押解下去。"这两个公人就送宋江到牢城营内交割。当时江州府公人赍了文帖，监押宋江并同公人，出州衙，前来酒店里买酒吃。宋江取三两来银子，与了江州府公人，当讨了收管，将宋江押送单身房里听候。那公人先去对管营差拨处替宋江说了方便，交割，讨了收管，自回江州府去了。这两个公人也交还了宋江包裹行李，千酬万谢，相辞了入城来。两个自说道："我们虽是吃了惊恐，却赚得许多银两。"自到州衙府里伺候，讨了回文，两个取路往济州去了。

话里只说宋江又自央浼人情，差拨到单身房里，送了十两银子与他，管营处又自加倍送十两并人事，营里管事的人，并使唤的军健人等，都送些银两与他们买茶吃，因此无一个不欢喜宋江。少刻引到点视厅前，除了行枷，参见管营，为得了贿赂，在厅上说道："这个新配到犯人宋江听着：先朝太祖武德皇帝圣旨事例，但凡新入流配的人，须先吃一百杀威棒，左右与我捉去背起来。"宋江告道："小人于路感冒风寒时症，至今未曾痊可。"管营道："这汉端的似有病的，不见他面黄肌瘦，有些病症。且与他权寄下这顿棒。此人既是县吏出身，着他本营抄事房做个抄事。"就时立了文案，便教发去抄事。

宋江谢了，去单身房取了行李，到抄事房安顿了。众囚徒见宋江有面目，都买酒来与他庆贺。次日，宋江置备酒食，与众人回礼。不时间，又请差拨牌头递杯，管营处常常送礼物与他。宋江身边有的是金银财帛，自落的结识他们。住了半月之间，满营里没一个不欢喜他。自古道："世情看冷暖，人面逐高低。"

宋江一日与差拨在抄事房吃酒，那差拨说与宋江道："贤兄，我前日和你说的那个节级常例人情,如何多日不使人送去与他？今已一旬之上了。他明日下来时,须不好看。”宋江道:“这个不妨。那人要钱,不与他。若是差拨哥哥但要时,只顾问宋江取不妨。那节级要时,一文也没。等他下来,宋江自有话说。”差拨道:“押司,那人好生利害,更兼手脚了得。倘或有些言语高低,吃了他些羞辱,却道我不与你通知。”宋江道:“兄长由他,但请放心,小可自有措置。敢是送些与他,也不见得。他有个不敢要我的,也不见得。”

正恁的说未了,只见牌头来报道:“节级下在这里了,正在厅上大发作,骂道:‘新到配军,如何不送常例钱来与我!’”差拨道:“我说是么,那人自来,连我们都怪。”宋江笑道:“差拨哥哥休罪,不及陪侍,改日再得作杯。小可且去和他说话。”差拨也起身道:“我们不要见他。”宋江别了差拨,离了抄事房,自来点视厅上,见这节级。

不是宋江来和这人厮见,有分教,江州城里翻为虎窟狼窝,十字街头变作尸山血海。直教撞破天罗归水浒,掀开地网上梁山。毕竟宋江来与这个节级怎么相见,且听下回分解。

第三十八回

及时雨会神行太保　黑旋风斗浪里白跳

话说当时宋江别了差拨,出抄事房来,到点视厅上看时,见那节级掇条凳子坐在厅前,高声喝道:“那个是新配到囚徒?”牌头指着宋江道:“这个便是。”那节级便骂道:“你这黑矮杀才,倚仗谁的势要,不送常例钱来与我?”宋江道:“‘人情人情,在人情愿。’你如何逼取人财？好小哉相!”两边看的人听了,倒捏两把汗。那人大怒,喝骂:“贼配军,安敢如此无礼！颠倒说我小哉！那兜驮的,与我背起来,且打这厮一百讯棍。”两边营里众人都是和宋江好的,见说要打他,一哄都走了,只剩得那节级和宋江。那人见众人都散了,肚里越怒,拿起讯棍,便奔来打宋江。宋江说道:“节级,你要打我,我得何罪?”那人大喝道:“你这贼配军,是我手里行货,轻咳嗽便是罪过。”宋江道:“你便寻我过失,也不到得该死。”那人怒道:“你说不该死，我要结果你也不难，只似打杀一个苍蝇。"

宋江冷笑道："我因不送得常例钱便该死时，结识梁山泊吴学究的，却该怎地？"那人听了这话，慌忙丢了手中讯棍，便问道："你说甚么？"宋江又答道："自说那结识军师吴学究的，你问我怎的？"那人慌了手脚，拖住宋江问道："你正是谁？那里得这话来？"宋江笑道："小可便是山东郓城县宋江。"那人听了大惊，连忙作揖说道："原来兄长正是及时雨宋公明。"宋江道："何足挂齿！"那人便道："兄长，此间不是说话处，未敢下拜。同往城里叙怀，请兄长便行。"宋江道："好，节级少待，容宋江锁了房门便来。"

宋江慌忙到房里取了吴用的书，自带了银两，出来锁上房门，吩咐牌头看管，便和那人离了牢城营内，奔入江州城里来，去一个临街酒肆中楼上坐下。那人问道："兄长何处见吴学究来？"宋江怀中取出书来，递与那人。那人拆开封皮，从头读了，藏在袖内，起身望着宋江便拜。宋江慌忙答礼道："适间言语冲撞，休怪，休怪！"那人道："小弟只听得说有个姓宋的发下牢城营里来。往常时，但是发来的配军，常例送银五两，今番已经十数日，不见送来，今日是个闲暇日头，因此下来取讨，不想却是仁兄。恰才在营内甚是言语冒渎了哥哥，万望恕罪！"

宋江道："差拨亦曾常对小可说起大名。宋江有心要拜识尊颜，又不知足下住处，亦无因入城，特地只等尊兄下来，要与足下相会一面，以此耽误日久。不是为这五两银子不舍得送来，只想尊兄必是自来，故意延挨。今日幸得相见，以慰平生之愿。"说话的，那人是谁？便是吴学究所荐的江州两院押牢节级戴院长戴宗。那时故宋时金陵一路节级，都称呼"家长"；湖南一路节级，都称呼做"院长"。原来这戴院长有一等惊人的道术，但出路时，赍书飞报紧急军情事，把两个甲马[①] 拴在两只腿上，作起神行法来，一日能行五百里；把四个甲马拴在腿上，便一日能行八百里。因此人都称做神行太保戴宗。有《临江仙》为证：

面阔唇方神眼突，瘦长清秀人材，皂纱巾畔翠花开。黄旗书令字，红串映宣牌。　　健足欲追千里马，罗衫常惹尘埃，神行太保术奇哉。程途八百里，朝去暮还来。

当下戴院长与宋公明说罢了来情去意，戴宗、宋江俱各大喜。两个坐

---

① 甲马——画有神像或符咒的符箓。

在阁子里，叫那卖酒的过来，安排酒果、肴馔、菜蔬来，就酒楼上两个饮酒。宋江诉说一路上遇见许多好汉，众人相会的事务，戴宗也倾心吐胆，把和这吴学究相交来往的事，告诉了一遍。

两个正说到心腹相爱之处，才饮得两三杯酒，只听楼下喧闹起来，过卖连忙走入阁子来，对戴宗说道："这个人只除非是院长说得他下，没奈何，烦院长去解拆则个。"戴宗问道："在楼下作闹的是谁？"过卖道："便是时常同院长走的那个唤做铁牛李大哥，在底下寻主人家借钱。"戴宗笑道："又是这厮在下面无礼，我只道是甚么人。兄长少坐，我去叫了这厮上来。"

戴宗便起身下去，不多时，引着一个黑凛凛大汉上楼来。宋江看见，吃了一惊，便问道："院长，这大哥是谁？"戴宗道："这个是小弟身边牢里一个小牢子，姓李，名逵，祖贯是沂州沂水县百丈村人氏。本身一个异名，唤做黑旋风李逵。他乡中都叫他做李铁牛。因为打死了人，逃走出来，虽遇赦宥，流落在此江州，不曾还乡。为他酒性不好，多人惧他。能使两把板斧，及会拳棍，现今在此牢里勾当。"有诗为证：

家住沂州翠岭东，杀人放火恣行凶。
不搽煤墨浑身黑，似着朱砂两眼红。
闲向溪边磨巨斧，闷来岩畔斫乔松。
力如牛猛坚如铁，撼地摇天黑旋风。

李逵看着宋江问戴宗道："哥哥，这黑汉子是谁？"戴宗对宋江笑道："押司，你看这厮恁么粗卤，全不识些体面。"李逵便道："我问大哥：怎地是粗卤？"戴宗道："兄弟，你便请问这位官人是谁便好，你倒却说'这黑汉子是谁'，这不是粗卤，却是甚么？我且与你说知：这位仁兄，便是闲常你要去投奔他的义士哥哥。"李逵道："莫不是山东及时雨黑宋江？"戴宗喝道："咄！你这厮敢如此犯上，直言叫唤，全不识些高低，兀自不快下拜等几时？"李逵道："若真个是宋公明，我便下拜；若是闲人，我却拜甚鸟！节级哥哥，不要瞒我拜了，你却笑我。"宋江便道："我正是山东黑宋江。"李逵拍手叫道："我那爷，你何不早说些个，也教铁牛欢喜。"扑翻身躯便拜。宋江连忙答礼，说道："壮士大哥请坐。"戴宗道："兄弟，你便来我身边坐了吃酒。"李逵道："不耐烦小盏吃，换个大碗来筛。"

宋江便问道："却才大哥为何在楼下发怒？"李逵道："我有一锭大银，

解了十两小银使用了，却问这主人家挪借十两银子，去赎那大银出来，便还他，自要些使用。叵耐这鸟主人不肯借与我，却待要和那厮放对，打得他家粉碎，却被大哥叫了我上来。”宋江道：“只用十两银子去取，再要利钱么？”李逵道：“利钱已有在这里了，只要十两本钱去讨。”宋江听罢，便去身边取出一个十两银子，把与李逵，说道：“大哥，你将去赎来用度[①]。”戴宗要阻当时，宋江已把出来了。李逵接得银子，便道：“却是好也！两位哥哥只在这里等我一等，赎了银子便来送还，就和宋哥哥去城外吃碗酒。”宋江道：“且坐一坐，吃几碗了去。”李逵道：“我去了便来。”推开帘子，下楼去了。

戴宗道：“兄长休借这银与他便好。却才小弟正欲要阻，兄长已把在他手里了。”宋江道：“却是为何？”戴宗道：“这厮虽是耿直，只是贪酒好赌。他却几时有一锭大银解了，兄长吃他赚漏了这个银去。他慌忙出门，必是去赌。若还赢得时，便有的送来还哥哥；若是输了时，那里讨这十两银来还兄长？戴宗面上须不好看。”宋江笑道：“院长尊兄何必见外，量这些银两，何足挂齿，由他去赌输了罢。我看这人倒是个忠直汉子。”戴宗道：“这厮本事自有，只是心粗胆大不好。在江州牢里，但吃醉了时，却不奈何罪人，只要打一般强的牢子。我也被他连累得苦。专一路见不平，好打强汉，以此江州满城人都怕他。”诗曰：

贿赂公行法枉施，罪人多受不平亏。
以强凌弱真堪恨，天使拳头付李逵。

宋江道：“俺们再饮两杯，却去城外闲玩一遭。”戴宗道：“小弟也正忘了和兄长去看江景则个。”宋江道：“小可也要看江州的景致，如此最好。”

且不说两个再饮酒，只说李逵得了这个银子，寻思道：“难得宋江哥哥，又不曾和我深交，便借我十两银子，果然仗义疏财，名不虚传。如今来到这里，却恨我这几日赌输了，没一文做好汉请他。如今得他这十两银子，且将去赌一赌，倘或赢得几贯钱来，请他一请也好看。”当时李逵慌忙跑出城外小张乙赌房里来，便去场上将这十两银子撇在地下，叫道：“把头钱过来我博。”那小张乙得知李逵从来赌直，便道：“大哥且歇这一博，下来便是你博。”李逵道：“我要先赌这一博。”小张乙道：“你便傍猜也好。”李逵

---

① 用度——开支，费用。

道："我不傍猜，只要博这一博，五两银子做一注。"

有那一般赌的，却待要博，被李逵擗手夺过头钱来，便叫道："我博兀谁？"小张乙道："便博我五两银子。"李逵叫一声，肐膝的博一个叉。小张乙便拿了银子过来，李逵叫道："我的银子是十两。"小张乙道："你再博我五两，快，便还了你这锭银子。"李逵又拿起头钱，叫声："快！"肐膝的又博个叉。小张乙笑道："我叫你休抢头钱，且歇一博，不听我口，如今一连博上两个叉。"李逵道："我这银子是别人的。"小张乙道："遮莫是谁的，也不济事了。你既输了，却说甚么？"李逵道："没奈何，且借我一借，明日便送来还你。"小张乙道："说甚么闲话？自古赌钱场上无父子，你明明地输了，如何倒来革争[1]？"李逵把布衫拽起在前面，口里喝道："你们还我也不还？"小张乙道："李大哥，你闲常最赌的直，今日如何恁么没出豁？"李逵也不答应他，便就地下掳了银子，又抢了别人赌的十来两银子，都搂在布衫兜里，睁起双眼，就道："老爷闲常赌直，今日权且不直一遍。"小张乙急待向前夺时，被李逵一指一交。十二三个赌博的一齐上，要夺那银子，被李逵指东打西，指南打北。李逵把这伙人打得没地躲处，便出到门前，把门的问道："大郎那里去？"被李逵提在一边，一脚踢开了门，便走。那伙人随后赶将出来，都只在门前叫道："李大哥，你恁地没道理，都抢了我们众人的银子去！"只在门前叫喊，没一个敢近前来讨。诗曰：

世人无事不嬲[2]帐，直道只用在赌上。
李逵不直亦不妨，又为赌贼作榜样。

李逵正走之时，听得背后一人赶上来，扳住肩臂喝道："你这厮如何却抢掳别人财物？"李逵口里应道："干你鸟事！"回过脸来看时，却是戴宗，背后立着宋江。李逵见了，惶恐满面，便道："哥哥休怪，铁牛闲常只是赌直，今日不想输了哥哥的银子，又没得些钱来相请哥哥，喉急了，时下做出这些不直来。"宋江听了，大笑道："贤弟但要银子使用，只顾来问我讨。今日既是明明地输与他了，快把来还他。"李逵只得从布衫兜里取出来，都递在宋江手里。宋江便叫过小张乙前来，都付与他。

小张乙接过来说道："二位官人在上，小人只拿了自己的，这十两原

① 革争——争执。

② 嬲(niǎo)——赖。

银，虽是李大哥两博输与小人，如今小人情愿不要他的，省的记了冤仇。”宋江道：“你只顾将去，不要记怀。”小张乙那里肯。宋江便道：“他不曾打伤了你们么？”小张乙道：“讨头的，拾钱的，和那把门的，都被他打倒在里面。”宋江道：“既是恁的，就与他众人做将息钱，兄弟自不敢来了，我自着他去。”小张乙收了银子，拜谢了回去。

宋江道：“我们和李大哥吃三杯去。”戴宗道：“前面靠江有那琵琶亭酒馆，是唐朝白乐天古迹。我们去亭上酌三杯，就观江景则个。”宋江道：“可于城中买些肴馔之物将去。”戴宗道：“不用，如今那亭上有人在里面卖酒。”宋江道：“恁地时却好。”当时三人便望琵琶亭上来。

到得亭子上看时，一连靠着浔阳江，一边是店主人家房屋。琵琶亭上有十数付座头，戴宗便拣一付干净座头，让宋江坐了头位，戴宗坐在对席，肩下便是李逵。三个坐定，便叫酒保铺下菜蔬、果品、海鲜、按酒之类，酒保取过两樽玉壶春酒，此是江州有名的上色好酒，开了泥头。宋江纵目观看那江时，端的是景致非常。但见：

云外遥山耸翠，江边远水翻银。隐隐沙汀，飞起几行鸥鹭；悠悠小浦，撑回数只渔舟。翻翻雪浪拍长空，拂拂凉风吹水面。紫霄峰上接穹苍，琵琶亭半临江岸。四围空阔，八面玲珑。栏干影浸玻璃，窗外光浮玉壁。昔日乐天声价重，当年司马泪痕多。

当时三人坐下，李逵便道：“酒把大碗来筛，不耐烦小盏价吃。”戴宗喝道：“兄弟好村，你不要做声，只顾吃酒便了。”宋江吩咐酒保道：“我两个面前放两只盏子，这位大哥面前放个大碗。”酒保应了，下去取只碗来，放在李逵面前，一面筛酒，一面铺下肴馔。李逵笑道：“真个好个宋哥哥，人说不差了，便知做兄弟的性格，结拜得这位哥哥，也不枉了。”酒保斟酒，连筛了五七遍。

宋江因见了这两人，心中欢喜，吃了几杯，忽然心里想要鱼辣汤吃，便问戴宗道：“这里有好鲜鱼么？”戴宗笑道：“兄长，你不见满江都是渔船，此间正是鱼米之乡，如何没有鲜鱼？”宋江道：“得些辣鱼汤醒酒最好。”戴宗便唤酒保，教造三分加辣点红白鱼汤来。顷刻造了汤来，宋江看见道：“美食不如美器，虽是个酒肆之中，端的好整齐器皿。”拿起箸来，相劝戴宗、李逵吃，自也吃了些鱼，呷了几口汤汁。李逵也不使箸，便把手去碗里捞起鱼来，和骨头都嚼吃了。宋江看见，忍笑不住，呷了两口汁，便放下箸不吃了。戴宗道:“兄长,已定这鱼腌了,不中仁兄吃。”宋江道:“便是不才酒后,只爱口鲜鱼汤吃,这个鱼真是不甚好。”戴宗应道:“便是小弟也吃不得,是腌的,不中吃。”李逵嚼了自碗里鱼,便道:“两位哥哥都不吃,我替你们吃了。”便伸手去宋江碗里捞将过来吃了,又去戴宗碗里也捞过来吃了,滴滴点点淋一桌子汁水。

宋江见李逵把三碗鱼汤和骨头都嚼吃了,便叫酒保来吩咐道:“我这大哥想是肚饥,你可去大块肉切二斤来与他吃,少刻一发算钱还你。”酒保道:“小人这里只卖羊肉,却没牛肉,要肥羊尽有。”李逵听了,便把鱼汁擗脸泼将去,淋那酒保一身。戴宗喝道:“你又做甚么!”李逵应道:“叵耐这厮无礼,欺负我只吃牛肉,不卖羊肉与我吃。”酒保道:“小人问一声,也不多话。”宋江道:“你去只顾切来,我自还钱。”酒保忍气吞声去切了二斤羊肉,做一盘,将来放在桌子上。李逵见了,也不谦让,大把价揸来只顾吃,拈指间把这二斤羊肉都吃了。宋江看了道:“壮哉,真好汉也!”李逵道:“这宋大哥便知我的鸟意,吃肉不强似吃鱼。”戴宗叫酒保来问道:“却才鱼汤,家生甚是整齐,鱼却腌了,不中吃。别有甚好鲜鱼时,另造些辣汤来,与我这位官人醒酒。”酒保答道:“不敢瞒院长说,这鱼端的是昨夜的。今日的活鱼还在船内,等鱼牙主人不来,未曾敢卖动,因此未有好鲜鱼。”李逵跳起来道:“我自去讨两尾活鱼来与哥哥吃。”戴宗道:“你休去,只央酒保去回几尾来便了。”李逵道:“船上打鱼的,不敢不与我,值得甚么!”戴宗拦当不住,李逵一直去了。

戴宗对宋江说道:“兄长休怪小弟引这等人来相会,全没些个体面,羞辱杀人!”宋江道:“他生性是恁的,如何教他改得?我倒敬他真实不假。”两个自在琵琶亭上笑语说话取乐。诗曰:

湓江烟景出尘寰,江上峰峦拥髻鬟。
明月琵琶人不见,黄芦苦竹暮潮还。

却说李逵走到江边看时,见那渔船一字排着,约有八九十只,都缆系在绿杨树下。船上渔人,有斜枕着船梢睡的,有在船头上结网的,也有在水里洗浴的。此时正是五月半天气,一轮红日,将及沉西,不见主人来开舱卖鱼。李逵走到船边,喝一声道:“你们船上活鱼把两尾来与我。”那渔人应道:“我们等不见渔牙主人来,不敢开舱。你看,那行贩都在岸上坐地。”李逵道:“等甚么鸟主人!先把两尾鱼来与我。”那渔人又答道:“纸也未曾烧,如何敢开舱?那里先拿鱼与你?”李逵见他众人不肯拿鱼,便跳上一只船去,渔人那里拦当得住。

李逵不省得船上的事,只顾便把竹笆篾一拔,渔人在岸上只叫得:“罢了!”李逵伸手去艎板底下一绞摸时,那里有一个鱼在里面。原来那大江里渔船,船尾开半截大孔,放江水出入,养着活鱼,却把竹笆篾拦住,以此船舱里活水往来,养放活鱼,因此江州有好鲜鱼。这李逵不省得,倒先把竹笆篾提起了,将那一舱活鱼都走了。李逵又跳过那边船上去拔那竹篾,那七八十渔人都奔上船,把竹篙来打李逵。

李逵大怒,焦躁起来,便脱下布衫,里面单系着一条棋子布手巾儿,见那乱竹篙打来,两只手一驾,早抢了五六条在手里,一似扭葱般都扭断了。渔人看见,尽吃一惊,却都去解了缆,把船撑开去了。李逵忿怒,赤条条地拿两截折竹篙,上岸来赶打行贩,都乱纷纷地挑了担走。

正热闹里,只见一个人从小路里走出来,众人看见叫道:“主人来了,这黑大汉在此抢鱼,都赶散了渔船。”那人道:“甚么黑大汉,敢如此无礼!”众人把手指道:“那厮兀自在岸边寻人厮打。”那人抢将过去,喝道:“你这厮吃了豹子心大虫胆,也不敢来搅乱老爷的道路!”

李逵看那人时,六尺五六身材,三十二三年纪,三柳掩口黑髯,头上裹顶青纱万字巾,掩映着穿心红一点鬏儿,上穿一领白布衫,腰系一条绢搭膊,下面青白衮脚,多耳麻鞋,手里提条行秤。那人正来卖鱼,见了李逵在那里横七竖八打人,便把秤递与行贩接了,赶上前来大喝道:“你这厮要打谁?”李逵也不回话,抡过竹篙,却望那人便打。那人抢入去,早夺了竹篙,李逵便一把揪住那人头发,那人便奔他下三面,要跌李逵。怎敌得李逵水牛般气力,直推将开去,不能够拢身,那人便望肋下擢得几拳,李逵那里着在意里。那人又飞起脚来踢,被李逵直把头按将下去,提起铁锤般大小拳头,去那人脊梁上擂鼓也似打。那人怎生挣扎?

李逵正打哩,一个人在背后劈腰抱住,一个人便来帮住手,喝道:“使不得,使不得!”李逵回头看时,却是宋江、戴宗。李逵便放了手,那人略得脱身,一道烟走了。戴宗埋怨李逵道:“我教你休来讨鱼,又在这里和人厮打。倘或一拳打死了人,你不去偿命坐牢?”李逵应道:“你怕我连累你,我自打死了一个,我自去承当。”宋江便道:“兄弟休要论口,拿了布衫,且去吃酒。”李逵向那柳树根头拾起布衫,搭在胳膊上,跟了宋江、戴宗便走。

行不得十数步，只听的背后有人叫骂道："黑杀才今番来和你见个输赢。"李逵回转头来看时，便是那人，脱得赤条条地，匾扎起一条水裩儿，露出一身雪练也似白肉，头上除了巾帻，显出那个穿心一点红俏髻儿来，在江边独自一个把竹篙撑着一只渔船赶将来，口里大骂道："千刀万剐的黑杀才，老爷怕你的，不算好汉！走的，不是好男子！"李逵听了大怒，吼了一声，撇了布衫，抢转身来，那人便把船略拢来，凑在岸边，一手把竹篙点定了船，口里大骂着。李逵也骂道："好汉便上岸来。"那人把竹篙去李逵腿上便搠，撩拨得李逵火起，托地跳在船上。说时迟，那时快，那人只要诱得李逵上船，便把竹篙望岸边一点，双脚一蹬，那只渔船，一似狂风飘败叶，箭也似投江心里去了。

李逵虽然也识得水，却不甚高，当时慌了手脚。那个人也不叫骂，撇了竹篙，叫声："你来，今番和你定要见个输赢。"便把李逵肐膊拿住，口里说道："且不和你厮打，先教你吃些水。"两只脚把船只一晃，船底朝天，英雄落水，两个好汉扑通地都翻筋斗撞下江里去。

宋江、戴宗急赶至岸边，那只船已翻在江里，两个只在岸上叫苦。江岸边早拥上三五百人，在柳阴树下看，都道："这黑大汉今番却着道儿，便挣扎得性命，也吃了一肚皮水。"宋江、戴宗在岸边看时，只见江面开处，那人把李逵提将起来，又渰将下去，两个正在江心里面清波碧浪中间，一个显浑身黑肉，一个露遍体霜肤。两个打做一团，绞做一块，江岸上那三五百人没一个不喝采。但见：

一个是沂水县成精异物，一个是小孤山作怪妖魔。这个是酥团结就肌肤，那个如炭屑凑成皮肉。一个是马灵官白蛇托化，一个是赵元帅黑虎投胎。这个似万万锤打就银人，那个如千千火炼成铁汉。一个是五台山银牙白象，一个是九曲河铁甲老龙。这个如布漆罗汉显神通，那个似玉碾金刚施勇猛。一个盘旋良久，汗流遍体迸真珠；一个揪扯多时，水浸浑身倾墨汁。那个学华光教主，向碧波深处显形骸；这个象黑煞天神，在雪浪堆中呈面目。正是玉龙搅暗天边日，黑鬼掀开水底天。

当时宋江、戴宗看见李逵被那人在水里揪住，浸得眼白，又提起来，又纳下去，何止渰了数十遭，正是：

舟行陆地力能为，拳到江心无可施。

真是黑风吹白浪，铁牛儿作水牛儿。

宋江见李逵吃亏,便叫戴宗央人去救。戴宗问众人道:“这白大汉是谁?”有认得的说道:“这个好汉便是本处卖鱼主人,唤做张顺。”宋江听得,猛省道:“莫不是绰号浪里白跳的张顺?”众人道:“正是,正是。”宋江对戴宗说道:“我有他哥哥张横的家书在营里。”戴宗听了,便向岸边高声叫道:“张二哥不要动手,有你令兄张横家书在此。这黑大汉是俺们兄弟,你且饶了他,上岸来说话。”

张顺在江心里见是戴宗叫他,却也时常认得,便放了李逵,赴到岸边,爬上岸来,看着戴宗唱个喏道:“院长休怪小人无礼。”戴宗道:“足下可看我面,且去救了我这兄弟上来,却教你相会一个人。”张顺再跳下水里,赴将开去,李逵正在江里探头探脑,假挣扎赴水。张顺早汊到分际,带住了李逵一只手,自把两条腿踏着水浪,如行平地,那水浸不过他肚皮,渰着脐下,摆了一只手,直托李逵上岸来,江边看的人个个喝采。宋江看得呆了。半晌,张顺、李逵都到岸上,李逵喘做一团,口里只吐白水。戴宗道:“且都请你们到琵琶亭上说话。”张顺讨了布衫穿着,李逵也穿了布衫,四个人再到琵琶亭上来。

戴宗便对张顺道:“二哥,你认得我么?”张顺道:“小人自识得院长,只是无缘,不曾拜会。”戴宗指着李逵问张顺道:“足下日常曾认得他么?今日倒冲撞了你。”张顺道:“小人如何不认的李大哥?只是不曾交手。”李逵道:“你也渰得我够了。”张顺道:“你也打得我好了。”戴宗道:“你两个今番却做个至交的弟兄。常言道:‘不打不成相识。’”李逵道:“你路上休撞着我。”张顺道:“我只在水里等你便了。”四人都笑起来,大家唱个无礼喏。

戴宗指着宋江对张顺道:“二哥,你曾认得这位兄长么?”张顺看了道:“小人却不认得,这里亦不曾见。”李逵跳起身来道:“这哥哥便是黑宋江。”张顺道:“莫非是山东及时雨郓城宋押司?”戴宗道:“正是公明哥哥。”张顺纳头便拜道:“久闻大名,不想今日得会,多听的江湖上来往的人说兄长清德,扶危济困,仗义疏财。”宋江答道:“量小可何足道哉!前日来时,揭阳岭下混江龙李俊家里住了几日,后在浔阳江上,因穆弘相会,得遇令兄张横,修了一封家书,寄来与足下,放在营内,不曾带得来。今日便和戴院长并李大哥来这里琵琶亭吃三杯,就观江景。宋江偶然酒后思量些鲜鱼汤醒酒,怎当的他定要来讨鱼,我两个阻他不住。只听得江岸上发喊热闹,叫酒保看时,说道是黑大汉和人厮打,我两个急急走来劝解,不想却与壮士相会。今日宋江一朝得遇三位豪杰,岂非天幸!且请同坐,菜酌三杯。”再唤酒保重整杯盘,再备肴馔。

张顺道:“既然哥哥要好鲜鱼吃,兄弟去取几尾来。”宋江道:“最好。”李逵道:“我和你去讨。”戴宗喝道:“又来了,你还吃的水不快活。”张顺笑将起来,绾了李逵手说道:“我今番和你去讨鱼,看别人怎地!”正是:

上殿相争似虎,落水斗亦如龙。

果然不失和气,斯为草泽英雄。

两个下琵琶亭来,到得江边,张顺略哨一声,只见江上渔船都撑拢来到岸边,张顺问道:“那个船里有金色鲤鱼?”只见这个应道:“我船上来。”那个应道:“我船里有。”一霎时却凑拢十数尾金色鲤鱼来。张顺选了四尾大的,把柳条穿了,先教李逵将来亭上整理。张顺自点了行贩,吩咐小牙子去把秤卖鱼,张顺却自来琵琶亭上陪侍宋江。宋江谢道:“何须许多,但赐一尾,也十分够了。”张顺答道:“些小微物,何足挂齿!兄长食不了时,将回行馆做下饭。”两个序齿,李逵年长,坐了第三位,张顺坐第四位。再叫酒保讨两樽玉壶春上色酒来,并些海鲜、按酒、果品之类。张顺吩咐酒保,把一尾鱼做辣汤,用酒蒸,一尾叫酒保切鲙。

四人饮酒中间,各叙胸中之事,正说得入耳,只见一个女娘,年方二八,穿一身纱衣,来到跟前,深深的道了四个万福,顿开喉音便唱。李逵正待要卖弄胸中许多豪杰的事务,却被他唱起来一搅,三个且都听唱,打断了他的话头。李逵怒从心起,跳起身来,把两个指头去那女娘子额上一点,那女子大叫一声,蓦然倒地。众人近前看时,只见那女娘桃腮似土,檀口无言。那酒店主人一发向前拦住四人,要去经官告理。正是:怜香惜玉无情绪,煮鹤焚琴惹是非。毕竟宋江等四人在酒店里怎地脱身,且听下回分解。

第三十九回

浔阳楼宋江吟反诗　　梁山泊戴宗传假信

话说当下李逵把指头捺倒了那女娘,酒店主人拦住说道:“四位官人如何是好?"主人心慌,便叫酒保过卖都向前来救他,就地下把水喷噀,看看苏醒,扶将起来。看时,额角上抹脱了一片油皮,因此那女子晕昏倒了,救得醒来,千好万好。他的爹娘听得说是黑旋风,先是惊得呆了半晌,那里敢说一言。看那女子,已自说得话了,娘母取个手帕,自与他包了头,收拾了钗镮。

宋江问道:"你姓甚么？那里人家?"那老妇人道:"不瞒官人说,老身夫妻两口儿,姓宋,原是京师人。只有这个女儿,小字玉莲,他爹自教得他几个曲儿,胡乱叫他来这琵琶亭上卖唱养口。为他性急,不看头势,不管官人说话,只顾便唱,今日这哥哥失手,伤了女儿些个,终不成经官动词,连累官人。"宋江见他说得本分,便道:"你着甚人跟我到营里,我与你二十两银子,将息女儿,日后嫁个良人,免在这里卖唱。"那夫妻两口儿便拜谢道:"怎敢指望许多!"宋江道:"我说一句是一句,并不会说谎。你便叫你老儿自跟我去讨与他。"那夫妻二人拜谢道:"深感官人救济。"戴宗埋怨李逵道:"你这厮要便与人合口,又教哥哥坏了许多银子。"李逵道:"只指头略擦得一擦,他自倒了,不曾见这般鸟女子恁地娇嫩。你便在我脸上打一百拳,也不妨。"宋江等众人都笑起来。张顺便叫酒保去说,这席酒钱我自还他。酒保听得道:"不妨,不妨！只顾去。"宋江那里肯,便道:"兄弟,我劝二位来吃酒,倒要你还钱!"张顺苦死要还,说道:"难得哥哥会面,仁兄在山东时,小弟哥儿两个也兀自要来投奔哥哥,今日天幸得识尊颜,权表薄意,非足为礼。"戴宗道:"公明兄长,既然是张二哥相敬之心,只得曲允。"宋江道:"既然兄弟还了,改日却另置杯复礼。"张顺大喜,就将了两尾鲤鱼,和戴宗、李逵带了这个宋老儿,都送宋江离了琵琶亭,来到营里,五个人都进抄事房里坐下。宋江先取两锭小银二十两,与了宋老儿,那老儿拜谢了去,不在话下。

天色已晚,张顺送了鱼,宋江取出张横书,付与张顺,相别去了。宋江又取出五十两一锭大银对李逵道:"兄弟,你将去使用。"戴宗、李逵也自作别,赶入城去了。

只说宋江把一尾鱼送与管营,留一尾自吃。宋江因见鱼鲜,贪爱爽口,多吃了些,至夜四更,肚里绞肠刮肚价疼,天明时,一连泻了二十来遭,昏晕倒了,睡在房中。宋江为人最好,营里众人都来煮粥烧汤,看觑伏侍他。次日,张顺因见宋江爱鱼吃,又将得好金色大鲤鱼两尾送来,就谢宋江寄书之义，却见宋江破腹，泻倒在床，众囚徒都在房里看视。张顺见了，要请医人调治。宋江道："自贪口腹，吃了些鲜鱼，坏了肚腹，你只与我赎一贴止泻六和汤来吃便好了。"叫张顺把这两尾鱼，一尾送与王管营，一尾送与赵差拨。张顺送了鱼，就赎了一贴六和汤药来与宋江了自回去，不在话下。营内自有众人煎药伏侍。次日，戴宗、李逵备了酒肉，径来抄事房看望宋江。只见宋江暴病才可，吃不得酒肉，两个自在房面前吃了，直至日晚，相别去了，亦不在话下。

只说宋江自在营中将息了五七日，觉得身体没事，病症已痊，思量要入城中去寻戴宗。又过了一日，不见他一个来。次日早膳罢，辰牌前后，揣了些银子，锁上房门，离了营里。信步出街来，径走入城，去州衙前左边寻问戴院长家。有人说道："他又无老小，只在城隍庙间壁观音庵里歇。"宋江听了，寻访直到那里，已自锁了门出去了。却又来寻问黑旋风李逵时，多人说道："他是个没头神，又无家室，只在牢里安身。没地里的巡检，东边歇两日，西边歪几时，正不知他那里是住处。"宋江又寻问卖鱼牙子张顺时，亦有人说道："他自在城外村里住，便自卖鱼时，也只在城外江边。只除非讨赊钱入城来。"

宋江听罢，又寻出城来，直要问到那里，独自一个闷闷不已，信步再出城外来，看见那一派江景非常，观之不足。正行到一座酒楼前过，仰面看时，旁边竖着一根望竿，悬挂着一个青布酒旆子，上写道："浔阳江正库"。雕檐外一面牌额，上有苏东坡大书"浔阳楼"三字。宋江看了，便道："我在郓城县时，只听得说江州好座浔阳楼，原来却在这里。我虽独自一个在此，不可错过，何不且上楼去自己看玩一遭？"宋江来到楼前看时，只见门边朱红华表，柱上两面白粉牌，各有五个大字，写道："世间无比酒，天下有名楼"。宋江便上楼来，去靠江占一座阁子里坐了。凭阑举目看时，端的好座酒楼。但见：

雕檐映日，画栋飞云。碧阑干低接轩窗，翠帘幕高悬户牖[①]。消磨醉眼，倚青天万迭云山；勾惹吟魂，翻瑞雪一江烟水。白苹渡口，时闻渔父鸣榔；红蓼滩头，每见钓翁击楫。楼畔绿槐啼野鸟，门前翠柳击花骢。

宋江看罢，喝采不已。酒保上楼来问道："官人还是要待客，只是自消

---

① 户牖（yǒu）——门窗。

遣？”宋江道：“要待两位客人，未见来，你且先取一樽好酒，果品、肉食只顾卖来，鱼便不要。”酒保听了，便下楼去。少时，一托盘把上楼来，一樽蓝桥风月美酒，摆下菜蔬，时新果品、按酒，列几般肥羊、嫩鸡、酿鹅、精肉，尽使朱红盘碟。宋江看了，心中暗喜，自夸道：“这般整齐肴馔，济楚器皿，端的是好个江州。我虽是犯罪远流到此，却也看了些真山真水。我那里虽有几座名山古迹，却无此等景致。”

独自一个，一杯两盏，倚阑畅饮，不觉沉醉，猛然蓦上心来，思想道：“我生在山东，长在郓城，学吏出身，结识了多少江湖好汉，虽留得一个虚名，目今三旬之上，名又不成，功又不就，倒被文了双颊，配来在这里。我家乡中老父和兄弟，如何得相见？”不觉酒涌上来，潸然泪下，临风触目，感恨伤怀，忽然做了一首《西江月》词，便唤酒保索借笔砚来。

起身观玩，见白粉壁上多有先人题咏，宋江寻思道：“何不就书于此？倘若他日身荣，再来经过，重睹一番，以记岁月，想今日之苦。”乘着酒兴，磨得墨浓，蘸得笔饱，去那白粉壁上挥毫便写道：

自幼曾攻经史，长成亦有权谋。恰如猛虎卧荒丘，潜伏爪牙忍受。

不幸刺文双颊，那堪配在江州。他年若得报冤仇，血染浔阳江口。

宋江写罢，自看了大喜大笑，一面又饮了数杯酒，不觉欢喜，自狂荡起来，手舞足蹈，又拿起笔来，去那《西江月》后再写下四句诗，道是：

心在山东身在吴，飘蓬江海谩嗟吁。

他时若遂凌云志，敢笑黄巢不丈夫！

宋江写罢诗，又去后面大书五字道：“郓城宋江作”。写罢，掷笔在桌上，又自歌了一回。再饮过数杯酒，不觉沉醉，力不胜酒，便唤酒保计算了，取些银子算还，多的都赏了酒保，拂袖下楼来。踉踉跄跄，取路回营里来。开了房门，便倒在床上，一觉直睡到五更。酒醒时，全然不记得昨日在浔阳江楼上题诗一节。当时害酒，自在房里睡卧，不在话下。

且说这江州对岸，另有个城子，唤做无为军，却是个野去处。城中有个在闲通判，姓黄，又名文炳。这人虽读经书，却是阿谀谄佞之徒，心地褊窄，只要嫉贤妒能，胜如己者害之，不如己者弄之，专在乡里害人。闻知这蔡九知府是当朝蔡太师儿子，每每来浸润他，时常过江来谒访知府，指望他引荐出职，再欲做官。也是宋江命运合当受苦，撞了这个对头。

当时这黄文炳在私家闲坐，无可消遣，带了两个仆人，买了些时新礼物,自家一只快船渡过江来,径去府里探望蔡九知府。恰恨撞着府里公宴,不敢进去。却再回船,正好那只船仆人已缆在浔阳楼下。黄文炳因见天气暄热,且去楼上闲玩一回。

信步入酒库里来,看了一遭,转到酒楼上,凭栏消遣,观见壁上题咏甚多,也有做得好的,亦有歪谈乱道的。黄文炳看了冷笑。正看到宋江题《西江月》词,并所吟四句诗,大惊道:"这个不是反诗?谁写在此?"后面却书道:"郓城宋江作"五个大字。黄文炳再读道:"自幼曾攻经史,长成亦有权谋。"冷笑道:"这人自负不浅。"又读道:"恰如猛虎卧荒丘,潜伏爪牙忍受。"黄文炳道:"那厮也是个不依本分的人。"又读:"不幸刺文双颊,那堪配在江州。"黄文炳道:"也不是个高尚其志的人,看来只是个配军。"又读道:"他年若得报冤仇,血染浔阳江口。"黄文炳道:"这厮报仇兀谁?却要在此生事!量你是个配军,做得甚用!"又读诗道:"心在山东身在吴,飘蓬江海谩嗟吁。"黄文炳道:"这两句兀自可恕。"又读道:"他时若遂凌云志,敢笑黄巢不丈夫!"黄文炳摇着头道:"这厮无礼,他却要赛过黄巢,不谋反待怎地?"再看了"郓城宋江作"。黄文炳道:"我也多曾闻这个名字,那人多管是个小吏。"便唤酒保来问道:"作这两篇诗词,端的是何人题下在此?"酒保道:"夜来一个人独自吃了一瓶酒,醉后疏狂,写在这里。"黄文炳道:"约莫甚么样人?"酒保道:"面颊上有两行金印,多管是牢城营内人。生得黑矮肥胖。"黄文炳道:"是了。"就借笔砚取幅纸来抄了,藏在身边,吩咐酒保休要刮去了。

黄文炳下楼,自去船中歇了一夜。次日饭后,仆人挑了盒仗[①],一径又到府前,正值知府退堂在衙内,使人入去报复。多样时,蔡九知府遣人出来,邀请在后堂。蔡九知府却出来与黄文炳叙罢寒温已毕,送了礼物,分宾坐下。黄文炳禀说道:"文炳夜来渡江到府拜望,闻知公宴,不敢擅入,今日重复拜见恩相。"蔡九知府道:"通判乃是心腹之交,径入来同坐何妨!下官有失迎迓。"左右执事人献茶。

茶罢,黄文炳道:"相公在上,不敢拜问,不知近日尊府太师恩相曾使人来否?"知府道:"前日才有书来。"黄文炳道:"不敢动问,京师近日有何新闻?"知府道:"家尊写来书上吩咐道:近日太史院司天监奏道,夜观天

① 盒仗——礼物、礼品。

象，罡星照临吴、楚，敢有作耗之人，随即体察剿除。更兼街市小儿谣言四句道：'耗国因家木，刀兵点水工。纵横三十六，播乱在山东。'因此嘱咐下官，紧守地方。"黄文炳寻思了半晌，笑道："恩相，事非偶然也！"

黄文炳袖中取出所抄之诗，呈与知府道："不想却在此处。"蔡九知府看了道："这是个反诗，通判那里得来？"黄文炳道："小生夜来不敢进府，回至江边，无可消遣，却去浔阳楼上避热闲玩，观看前人吟咏，只见白粉壁上，新题下这篇。"知府道："却是何等样人写下？"黄文炳回道："相公，上面明题着姓名，道是'郓城宋江作'。"知府道："这宋江却是甚么人？"黄文炳道："他分明写着'不幸刺文双颊，那堪配在江州'。眼见得只是个配军，牢城营犯罪的囚徒。"知府道："量这个配军，做得甚么！"

黄文炳道："相公不可小觑了他。恰才相公所言尊府恩相家书说小儿谣言，正应在本人身上。"知府道："何以见得？"黄文炳道："'耗国因家木'，耗散国家钱粮的人，必是'家'头着个'木'字，明明是个'宋'字；第二句'刀兵点水工'，兴起刀兵之人，水边着个'工'字，明是个'江'字。这个人姓宋，名江，又作下反诗，明是天数，万民有福。"知府又问道："何谓'纵横三十六，播乱在山东'？"黄文炳答道："或是六六之年，或是六六之数；'播乱在山东'，今郓城县正是山东地方。这四句谣言，已都应了。"知府又道："不知此间有这个人么？"黄文炳回道："小生夜来问那酒保时，说道这人只是前日写下了去。这个不难，只取牢城营文册一查，便见有无。"知府道："通判高见极明。"便唤从人叫库子取过牢城营里文册簿来看。

当时从人于库内取至文册，蔡九知府亲自检看，见后面果有五月间新配到囚徒一名"郓城县宋江"。黄文炳看了道："正是应谣言的人，非同小可。如是迟缓，诚恐走透了消息，可急差人捕获，下在牢里，却再商议。"知府道："言之极当。"随即升厅，叫唤两院押牢节级过来。

厅下戴宗声喏。知府道："你与我带了做公的人，快下牢城营里，捉拿浔阳楼吟反诗的犯人郓城县宋江来，不可时刻违误。"戴宗听罢，吃了一惊，心里只叫得苦。随即出府来，点了众节级牢子，都叫各去家里取了各人器械，"来我下处间壁城隍庙里取齐。"

戴宗吩咐了众人，各自归家去，戴宗却自作起神行法，先来到牢城营里，径入抄事房，推开门看时，宋江正在房里，见是戴宗入来，慌忙迎接，便道："我前日入城来，那里不寻遍。因贤弟不在，独自无聊，自去浔阳楼上饮了一瓶酒。这两日迷迷不好,正在这里害酒。"戴宗道:"哥哥,你前日却写下甚言语在楼上?"宋江道:"醉后狂言,谁个记得。"戴宗道:"却才知府唤我当厅发落,叫多带从人,'拿捉浔阳楼上题反诗的犯人郓城县宋江正身赴官。'兄弟吃了一惊,先去稳住众做公的在城隍庙等候。如今我特来先报知哥哥,却是怎地好?如何解救?"宋江听罢,搔头不知痒处,只叫得苦:"我今番必是死也。"戴宗道:"我教仁兄一着解手,未知如何?如今小弟不敢耽搁,回去便和人来捉你,你可披乱了头发,把尿屎泼在地上,就倒在里面,诈作风魔。我和众人来时,你便口里胡言乱语,只做失心风[①]便好,我自去替你回复知府。"宋江道:"感谢贤弟指教,万望维持则个。"

戴宗慌忙别了宋江,回到城里,径来城隍庙,唤了众做公的,一直奔入牢城营里来,假意喝问:"那个是新配来的宋江?"牌头引众人到抄事房里,只见宋江披散头发,倒在尿屎坑里滚,见了戴宗和做公的人来,便说道:"你们是甚么鸟人?"戴宗假意大喝一声:"捉拿这厮!"宋江白着眼,却乱打将来,口里乱道:"我是玉皇大帝的女婿,丈人教我领十万天兵来杀你江州人,阎罗大王做先锋,五道将军做合后,与我一颗金印,重八百余斤,杀你这般鸟人。"众做公的道:"原来是个失心风的汉子,我们拿他去何用?"戴宗道:"说得是。我们且去回话,要拿时再来。"

众人跟了戴宗回到州衙里,蔡九知府在厅上专等回报。戴宗和众做公的在厅下回复知府道:"原来这宋江是个失心风的人。尿屎秽污全不顾,口里胡言乱语,浑身臭粪不可当,因此不敢拿来。"

蔡九知府正待要问缘故时,黄文炳早在屏风背后转将出来,对知府道:"休信这话。本人作的诗词,写的笔迹,不是有风症的人,其中有诈。好歹只顾拿来。便走不动,扛也扛将来。"蔡九知府道:"通判说得是。"便发落戴宗:"你们不拣怎地,只与我拿得来。"

戴宗领了钧旨,只叫得苦,再将带了众人下牢城营里来,对宋江道:"仁兄,事不谐矣。兄长只得去走一遭。"便把一个大竹箩,扛了宋江,直抬到江州府里,当厅歇下。知府道:"拿过这厮来。"众做公的把宋江押于阶下。宋江那里肯跪,睁着眼,见了蔡九知府道:"你是甚么鸟人,敢来问我!我是玉皇大帝的女婿。丈人教我引十万天兵,杀你江州人,阎罗大王做先

① 失心风——即今"精神病"。

锋，五道将军做合后，有一颗金印，重八百余斤。你也快躲了我，不时，教你们都死。”

蔡九知府看了，没做理会处。黄文炳又对知府道：“且唤本营差拨并牌头来问，这人来时有风，近日却才风？若是来时风，便是真症候；若是近日才风，必是诈风。”知府道：“言之极当。”便差人唤到管营、差拨，问他两个时，那里敢隐瞒，只得直说道：“这人来时不见有风病，敢只是近日举发此症。”知府听了，大怒。唤过牢子狱卒，把宋江捆翻，一连打上五十下，打得宋江一佛出世，二佛涅槃，皮开肉绽，鲜血淋漓。戴宗看了，只叫得苦，又没做道理救他处。宋江初时也胡言乱语，次后吃拷打不过，只得招道：“自不合一时酒后，误写反诗，别无主意。”蔡九知府即取了招状，将一面二十五斤死囚枷枷了，推放大牢里收禁。宋江吃打得两腿走不动，当厅钉了，直押赴死囚牢里来。却得戴宗一力维持，吩咐了众小牢子，都教好觑此人。戴宗自安排饭食，供给宋江，不在话下。

再说蔡九知府退厅，邀请黄文炳到后堂称谢道：“若非通判高明远见，下官险些儿被这厮瞒过了。”黄文炳又道：“相公在上，此事也不宜迟。只好急急修一封书，便差人星夜上京师，报与尊府恩相知道，显得相公干了这件国家大事，就一发禀道：‘若要活的，便着一辆陷车解上京；如不要活的，恐防路途走失，就于本处斩首号令，以除大害。’便是今上得知必喜。”蔡九知府道：“通判所言有理，下官即日也要使人回家，书上就荐通判之功，使家尊面奏天子，早早升授富贵城池，去享荣华。”黄文炳拜谢道：“小生终身皆依托门下，自当衔环背鞍之报。”黄文炳就撺掇蔡九知府写了家书，印上图书。黄文炳问道：“相公差那个心腹人去？”知府道：“本州自有个两院节级，唤做戴宗，会使神行法，一日能行八百里路程，只来早便差此人径往京师，只消旬日，可以往回。”黄文炳道：“若得如此之快，最好，最好！”蔡九知府就后堂置酒，管待了黄文炳，次日相辞知府，自回无为军去了。

且说蔡九知府安排两个信笼，打点了金珠宝贝玩好之物，上面都贴了封皮。将日早晨，唤过戴宗到后堂嘱咐道：“我有这般礼物，一封家书，要送上东京太师府里去，庆贺我父亲六月十五日生辰。日期将近，只有你能干去得，你休辞辛苦，可与我星夜去走一遭，讨了回书便转来，我自重重的赏你。你的程途，都在我心上。我已料着你神行的日期，专等你回报；切不可沿途耽搁,有误事情。”

戴宗听了,不敢不依,只得领了家书、信笼,便拜辞了知府,挑回下处安顿了,却来牢里对宋江说道:“哥哥放心,知府差我上京师去,只旬日之间便回。就太师府里使些见识,解救哥哥的事。每日饭食,我自吩咐在李逵身上,委着他安排送来,不教有缺。仁兄且宽心守耐几日。”宋江道:“望烦贤弟救宋江一命则个。”戴宗叫过李逵,当面吩咐道:“你哥哥误题了反诗,在这里吃官司,未知如何。我如今又吃差往东京去,早晚便回。哥哥饭食,朝暮全靠着你看觑他则个。”李逵应道:“吟了反诗,打甚么鸟紧!万千谋反的,倒做了大官。你自放心东京去,牢里谁敢奈何他!好便好,不好,我使老大斧头砍他娘。”戴宗临行又嘱咐道:“兄弟小心,不要贪酒,失误了哥哥饭食。休得出去噇醉了,饿着哥哥。”李逵道:“哥哥,你自放心去。若是这等疑忌时,兄弟从今日就断了酒,等你回来去开。早晚只在牢里伏侍宋江哥哥,有何不可?”戴宗听了,大喜道:“兄弟若得如此发心,坚意守看哥哥更好。”当日作别自去了。李逵真个不吃酒,早晚只在牢里伏侍宋江,寸步不离。

不说李逵自看觑宋江,且说戴宗回到下处,换了腿绑、护膝、八答麻鞋,穿上杏黄衫,整了臜膊,腰里插了宣牌,换了巾帻,便袋里藏了书信盘缠,挑上两个信笼,出到城外,身边取出四个甲马,去两只腿上,每只各拴两个,口里念起神行法咒语来。怎见得神行法效验?

仿佛浑如驾雾,依稀好似腾云。如飞两脚荡红尘,越岭登山去紧。顷刻才离乡镇,片时又过州城。金钱甲马果通神,千里如同眼近。

当日戴宗离了江州,一日行到晚,投客店安歇,解下甲马,取数陌金纸烧送了。过了一宿,次日早起来,吃了酒食,离了客店,又拴上四个甲马,挑起信笼,放开脚步便行。端的是耳边风雨之声,脚不点地。路上略吃些素饭、素酒、点心又走。看看日暮,戴宗早歇了,又投客店宿歇一夜。次日起个五更,赶早凉行,拴上甲马,挑上信笼,又走。约行过了三二百里,已是巳牌时分,不见一个干净酒店。

此时正是六月初旬天气,蒸得汗雨淋漓,满身蒸湿,又怕中了暑气。正饥渴之际,早望见前面树林侧首一座傍水临湖酒肆,戴宗拈指间走到跟前,看时,干干净净有二十付座头,尽是红油桌凳,一带都是槛窗。戴宗挑着信笼入到里面,拣一付稳便座头,歇下信笼,解下腰里臜膊,脱下杏黄衫，喷口水晾在窗栏上。戴宗坐下，只见个酒保来问道："上下，打几角酒？要甚么肉食下酒，或猪、羊、牛肉？"戴宗道："酒便不要多，与我做口饭来吃。"酒保又道："我这里卖酒卖饭，又有馒头粉汤。"戴宗道："我却不吃荤腥，有甚么素汤下饭？"酒保道："加料麻辣熝豆腐如何？"戴宗道："最好，最好！"酒保去不多时，熝一碗豆腐，放两碟菜蔬，连筛三大碗酒来。戴宗正饥又渴，一上把酒和豆腐都吃了，却待讨饭吃，只见天旋地转，头晕眼花，就凳边便倒。酒保叫道："倒了！"只见店里走出一个人来，怎生模样，但见：

臂阔腿长腰细，待客一团和气。

梁山作眼英雄，旱地忽律朱贵。

当下朱贵从里面出来，说道："且把信笼将入去，先搜那厮身边，有甚东西。"便有两个火家去他身上搜看，只见便袋里搜出一个纸包，包着一封书，取过来，递与朱头领。朱贵扯开，却是一封家书，见封皮上面写道："平安家信，百拜奉上父亲大人膝下，男蔡德章谨封。"朱贵便拆开，从头看去，见上面写道："现今拿得应谣言题反诗山东宋江监收在牢一节，听候施行。"

朱贵看罢，惊得呆了，半晌则声不得。火家正把戴宗扛起来，背入杀人作房里去开剥，只见凳头边溜下搭膊，上挂着朱红绿漆宣牌。朱贵拿起来看时，上面雕着银字道是："江州两院押牢节级戴宗"。朱贵看了道："且不要动手，我常听的军师说这江州有个神行太保戴宗，是他至爱相识。莫非正是此人？如何倒送书去害宋江？这一段事，却又天幸撞在我手里。"叫火家："且与我把解药救醒他来，问个虚实缘由。"

当时火家把水调了解药，扶起来，灌将下去。须臾之间，只见戴宗舒眉展眼，便爬起来。却见朱贵拆开家书在手里看，戴宗便喝道："你是甚人？好大胆，却把蒙汗药麻翻了我！如今又把太师府书信擅开拆，毁了封皮，却该甚罪？"朱贵笑道："这封鸟书，打甚么不紧！休说拆开了太师府书札，俺这里兀自要和大宋皇帝做个对头的。"戴宗听了大惊，便问道："好汉，你却是谁？愿求大名。"朱贵答道："俺这里行不更名，坐不改姓，梁山泊好汉旱地忽律朱贵的便是。"戴宗道："既然是梁山泊头领时，定然认得吴学究先生。"朱贵道："吴学究是俺大寨里军师，执掌兵权。足下如何认得他？"戴宗道："他和小可至爱相识。"朱贵道："兄长莫非是军师常说的江州神行太保戴院长么?"戴宗道:"小可便是。"

朱贵又问道:"前者宋公明断配江州,经过山寨,吴军师曾寄一封书与足下,如今却缘何倒去害宋三郎性命?"戴宗道:"宋公明和我又是至爱兄弟,他如今为吟了反诗,救他不得。我如今正要往京师寻门路救他,如何肯害他性命?"朱贵道:"你不信,请看蔡九知府的来书。"戴宗看了,自吃一惊,却把吴学究初寄的书,与宋公明相会的话,并宋江在浔阳楼醉后误题反诗一事,备细说了一遍。朱贵道:"既然如此,请院长亲到山寨里,与众头领商议良策,可救宋公明性命。"

朱贵慌忙叫备分例酒食,管待了戴宗,便向水亭上,觑着对港,放了一枝号箭。响箭到处,早有小喽罗摇过船来。朱贵便同戴宗带了信笼下船。到金沙滩上岸,引至大寨。吴用见报,连忙下关迎接。见了戴宗,叙礼道:"间别久矣!今日甚风吹得到此?且请到大寨里来,与众头领相见了。"朱贵说起戴宗来的缘故,如今宋公明现监在彼。晁盖听得,慌忙请戴院长坐地,备问宋三郎吃官司为甚么事起。戴宗却把宋江吟反诗的事一一说了。晁盖听罢大惊,便要起请众头领点了人马,下山去打江州,救取宋三郎上山。

吴用谏道:"哥哥不可造次。江州离此间路远,军马去时,诚恐因而惹祸,打草惊蛇,倒送宋公明性命。此一件事,不可力敌,只可智取。吴用不才,略施小计,只在戴院长身上,定要救宋三郎性命。"晁盖道:"愿闻军师妙计。"吴学究道:"如今蔡九知府却差院长送书上东京,去讨太师回报,只这封书上,将计就计,写一封假回书,教院长回去。书上只说,'教把犯人宋江切不可施行,便须密切差的当人员解赴东京,问了详细,定行处决示众,断绝童谣。'等他解来此间经过,我这里自差人下山夺了。此计如何?"晁盖道:"倘若不从这里过时,却不误了大事!"公孙胜便道:"这个何难。我们自着人去远近探听,遮莫从那里过,务要等着,好歹夺了。只怕不能够他解来。"

晁盖道:"好却是好,只是没人会写蔡京笔迹。"吴学究道:"吴用已思量心里了。如今天下盛行四家字体，是苏东坡、黄鲁直[①]、米元章[②]、蔡京四家字体。苏、黄、米、蔡，宋朝'四绝'。小生曾和济州城里一个秀才做相识。那人姓萧，名让。因他会写诸家字体，人都唤他做圣手书生，又会使枪弄棒，舞剑抡刀。吴用知他写得蔡京笔迹，不若央及戴院长就到他家赚道：'泰安州岳庙里要写道碑文，先送五十两银子在此，作安家之资。'便要他来。随后却使人赚了他老小上山，就教本人入伙，如何？"晁盖道："书有他写，便好了，也须要使个图书印记。"吴学究又道："小生再有个相识，亦思量在肚里了。这人也是中原一绝，现在济州城里居住。本身姓金，双名大坚，开得好石碑文，剔得好图书、玉石、印记；亦会枪棒厮打。因为他雕得好玉石，人都称他做玉臂匠。也把五十两银去，就赚他来镌碑文；到半路上，却也如此行便了。这两个人，山寨里亦有用他处。"晁盖道："妙哉！"当日且安排筵席，管待戴宗，就晚歇了。

次日早饭罢，烦请戴院长打扮做太保模样，将了一二百两银子，拴上甲马便下山，把船渡过金沙滩上岸，拽开脚步，奔到济州来。没两个时辰，早到城里，寻问圣手书生萧让住处，有人指道："只在州衙东首文庙前居住。"戴宗径到门首，咳嗽一声，问道："萧先生有么？"只见一个秀才从里面出来。见了戴宗，却不认得，便问道："太保何处？有甚见教？"戴宗施礼罢，说道："小可是泰安州岳庙里打供太保，今为本庙重修五岳楼，本州上户要刻道碑文，特地教小可赍白银五十两，作安家之资，请秀才便挪尊步，同到庙里作文则个。选定了日期，不可迟滞。"萧让道："小生只会作文及书丹，别无甚用。如要立碑，还用刊字匠作。"戴宗道："小可再有五十两白银，就要请玉臂匠金大坚刻石。拣定了好日，万望指引，寻了同行。"

萧让得了五十两银子，便和戴宗同来寻请金大坚。正行过文庙，只见萧让把手指道："前面那个来的，便是玉臂匠金大坚。"当下萧让唤住金大坚，教与戴宗相见，具说泰安州岳庙里重修五岳楼，众上户要立道碑文碣石之事，"这太保特地各赍五十两银子，来请我和你两个去。"金大坚见了

---

① 黄鲁直——北宋著名文学家、书法家黄庭坚，字鲁直，号谷阳道人，是苏轼的学生。

② 米元章——北宋著名书法家，画家米芾(fú)，字元章，师法王献之笔意，人称"米癫"。

银子,心中欢喜。

两个邀请戴宗就酒肆中市沽三杯,置些蔬食,管待了。戴宗就付与金大坚五十两银子,作安家之资,又说道:“阴阳人已拣定了日期,请二位今日便烦动身。”萧让道:“天气暄热,今日便动身,也行不多路,前面赶不上宿头。只是来日起个五更,挨门出去。”金大坚道:“正是如此说。”两个都约定了来早起身,各自归家收拾动用。萧让留戴宗在家宿歇。

次日五更,金大坚持了包裹行头,来和萧让、戴宗三人同行。离了济州城里,行不过十里多路,戴宗道:“二位先生慢来,不敢催逼,小可先去报知众上户来接二位。”拽开步数,争先去了。这两个背着些包裹,自慢慢而行。看看走到未牌时候,约莫也走过了七八十里路,只见前面一声胡哨响,山城坡下跳出一伙好汉,约有四五十人,当头一个好汉,正是那清风山王矮虎,大喝一声道:“你两个是甚么人?那里去?孩儿们拿这厮取心来吃酒。”萧让告道:“小人两个是上泰安州刻石镌文的,又没一分财赋,止有几件衣服。”王矮虎喝道:“俺不要你财赋衣服。只要你两个聪明人的心肝做下酒!”

萧让和金大坚焦躁,倚仗各人胸中本事,便挺着杆棒,径奔王矮虎。王矮虎也挺朴刀来斗两个。三人各使手中器械,约战了五七合,王矮虎转身便走。两个却待去赶,听得山上锣声又响,左边走出云里金刚宋万,右边走出摸着天杜迁,背后却是白面郎君郑天寿。各带三十余人,一发上,把萧让、金大坚横拖倒拽,捉投林子里来。

四筹好汉道:“你两个放心,我们奉着晁天王的将令,特来请你二位上山入伙。”萧让道:“山寨里要我们何用?我两个手无缚鸡之力,只好吃饭。”杜迁道:“吴军师一来与你相识,二乃知你两个武艺本事,特使戴宗来宅上相请。”萧让、金大坚都面面厮觑,做声不得。当时都到旱地忽律朱贵酒店里,相待了分例酒食,连夜唤船,便送上山来。到得大寨,晁盖、吴用并头领众人都相见了,一面安排筵席相待,且说修蔡京回书一事,“因请二位上山入伙,共聚大义。”两个听了,都扯住吴学究道:“我们在此趋侍不妨,只恨各家都有老小在彼,明日官司知道,必然坏了。”吴用道:“二位贤弟不必忧心,天明时便有分晓。”当夜只顾吃酒歇了。

次日天明,只见小喽罗报道:“都到了。”吴学究道:“请二位贤弟亲自去接宝眷。”萧让、金大坚听得,半信半不信。两个下至半山,只见数乘轿子抬着两家老小上山来。两个惊得呆了,问其备细。老小说道:"你昨日出门之后,只见这一行人将着轿子来,说家长只在城外客店里中了暑风,快叫取老小来看救。出得城时,不容我们下轿,直抬到这里。"两家都一般说。萧让听了,与金大坚两个闭口无言,只得死心塌地,再回山寨入伙,安顿了两家老小。

吴学究却请出来,与萧让商议写蔡京字体回书,去救宋公明。金大坚便道:"从来雕得蔡京的诸样图书[①] 名讳字号。"当时两个动手完成,安排了回书,备个筵席,便送戴宗起程,吩咐了备细书意。戴宗辞了众头领,相别下山,小喽罗已把船只渡过金沙滩,送至朱贵酒店里。戴宗取四个甲马,拴在腿上,作别朱贵,拽开脚步,登程去了。

且说吴用送了戴宗过渡,自同众头领再回大寨筵席。正饮酒间,只见吴学究叫声苦,不知高低。众头领问道:"军师何故叫苦?"吴用便道:"你众人不知:是我这封书,倒送了戴宗和宋公明性命也。"众头领大惊,连忙问道:"军师书上却是怎地差错?"吴学究道:"是我一时只顾其前,不顾其后,书中有个老大脱卯[②]。"萧让便道:"小生写的字体和蔡太师字体一般,语句又不曾差了。请问军师,不知那一处脱卯?"金大坚又道:"小生雕的图书,亦无纤毫差错,怎地见得有脱卯处?"吴学究迭两个指头,说出这个差错脱卯处。有分教,众好汉大闹江州城,鼎沸白龙庙。直教弓弩丛中逃性命,刀枪林里救英雄。毕竟军师吴学究说出怎生脱卯来,且听下回分解。

第四十回

梁山泊好汉劫法场　白龙庙英雄小聚义

话说当时晁盖并众人听了,请问军师道:"这封书如何有脱卯处?"吴用说道:"早间戴院长将去的回书,是我一时不仔细,见不到处,才使的那

---

① 图书——印章。

② 脱卯——漏洞,破绽。卯,木器的榫(sǔn)头,脱卯即脱榫。

个图书,不是玉箸篆文'翰林蔡京'四字?只是这个图书,便是教戴宗吃官司。"金大坚便道:"小弟每每见蔡太师书缄,并他的文章,都是这样图书。今次雕得无纤毫差错,如何有破绽?"吴学究道:"你众位不知,如今江州蔡九知府是蔡太师儿子,如何父写书与儿子,却使个讳字图书,因此差了。是我见不到处。此人到江州,必被盘诘,问出实情,却是利害。"晁盖道:"快使人去赶唤他回来,别写如何?"吴学究道:"如何赶得上?他作起神行法来,这早晚已走过五百里了。只是事不宜迟,我们只得恁地,可救他两个。"晁盖道:"怎生去救?用何良策?"吴学究便向前与晁盖耳边说道:"这般这般,如此如此。主将便可暗传下号令,与众人知道,只是如此动身,休要误了日期。"众多好汉得了将令,各各拴束行头,连夜下山,望江州来,不在话下。说话的如何不说计策出,管教下面便见。

且说戴宗扣着日期,回到江州,当厅下了回书。蔡九知府见了戴宗如期回来,好生欢喜,先取酒来赏了三钟,亲自接了回书,便道:"你曾见我太师么?"戴宗禀道:"小人只住得一夜便回了,不曾得见恩相。"知府拆开封皮,看见前面说信笼内许多物件都收了,背后说妖人宋江,今上自要他看,可令牢固陷车,盛载密切,差的当人员,连夜解上京师,沿途休教走失;书尾说黄文炳早晚奏过天子,必然自有除授。蔡九知府看了,喜不自胜,叫取一锭二十五两花银赏了戴宗,一面吩咐教合陷车,商量差人解发起身。戴宗谢了,自回下处,买了些酒肉,来牢里看觑宋江,不在话下。

且说蔡九知府催并合成陷车,过得一二日,正要起程,只见门子来报道:"无为军黄通判特来相探。"蔡九知府叫请至后堂相见,又送些礼物、时新酒果。知府谢道:"累承厚意,何以克当。"黄文炳道:"村野微物,何足挂齿。"知府道:"恭喜早晚必有荣除之庆。"黄文炳道:"公相何以知之?"知府道:"昨日下书人已回,妖人宋江,教解京师。通判只在早晚奏过今上,升擢高任。家尊回书,备说此事。"黄文炳道:"既是恁地,深感恩相主荐。那个人下书,真乃神行人也。"知府道:"通判如不信时,就教观看家书,显得下官不谬。"黄文炳道:"小生只恐家书不敢擅看。如若相托,求借一观。"知府便道:"通判乃心腹之交,看有何妨。"便令从人取过家书,递与黄文炳看。

黄文炳接书在手,从头至尾读了一遍。卷过来,看了封皮,又见图书新鲜,黄文炳摇着头道:"这封书不是真的。"知府道:"通判错矣。此是家尊亲手笔迹,真正字体,如何不是真的?”黄文炳道:“公相容复:往常家书来时,曾有这个图书么?”知府道:“往常来的家书,却不曾有这个图书,只是随手写的。今番以定是图书匣在手边,就便印了这个图书在封皮上。”黄文炳道:“相公休怪小生多言,这封书被人瞒过了相公。方今天下盛行苏、黄、米、蔡四家字体,谁不习学得?况兼这个图书,是令尊恩相做翰林学士时使出来,法帖文字上,多有人曾见。如今升转太师丞相,如何肯把翰林图书使出来?更兼亦是父寄书与子,须不当用讳字图书。令尊太师恩相,是个识穷天下、高明远见的人,安肯造次错用?相公不信小生之言,可细细盘问下书人,曾见府里谁来。若说不对,便是假书。休怪小生多说,因蒙错爱至厚,方敢僭言。”

蔡九知府听了,说道:“这事不难,此人自来不曾到东京,一盘问便显虚实。”知府留住黄文炳在屏风背后坐地,随即升厅,叫唤戴宗有委用的事。当下做公的领了钧旨,四散去寻。有诗为证:

反诗假信事相牵,为与梁山盗结连。
不是黄蜂针痛处,蔡龟虽大总徒然。

且说戴宗自回到江州,先去牢里见了宋江,附耳低言,将前事说了,宋江心中暗喜。次日,又有人请去酌杯,戴宗正在酒肆中吃酒,只见做公的四下来寻。当时把戴宗唤到厅上,蔡九知府问道:“前日有劳你走了一遭,真个办事,不曾重重赏你。”戴宗答道:“小人是承奉恩相差使的人,如何敢怠慢?”知府道:“我正连日事忙,未曾问得你个仔细。你前日与我去京师,那座门入去?”戴宗道:“小人到东京时,那日天色晚了,不知唤做甚么门。”知府又道:“我家府里门前,谁接着你?留你在那里歇?”戴宗道:“小人到府前寻见一个门子,接了书入去。少刻,门子出来,交收了信笼,着小人自去寻客店里歇了。次日早五更去府门前伺候时,只见那门子回书出来。小人怕误了日期,那里敢再问备细,慌忙一径来了。”知府再问道:“你见我府里那个门子,却是多少年纪?或是黑瘦,也白净肥胖?长大,也是矮小?有须的,也是无须的?”戴宗道:“小人到府里时,天色黑了。次早回时,又是五更时候,天色昏暗。不十分看得仔细,只觉不恁么长,中等身材,敢是有些髭须。”

知府大怒,喝一声:“拿下厅去!”旁边走过十数个狱卒牢子,将戴宗驱翻在当面。戴宗告道:“小人无罪。”知府喝道:“你这厮该死!我府里老门子王公已死了数年,如今只是个小王看门,如何却道他年纪大,有髭髯?况兼门子小王不能够入府堂里去,但有各处来的书信缄帖,必须经由府堂里张干办,方才去见李都管,然后达知里面,才收礼物。便要回书,也须得伺候三日。我这两笼东西,如何没个心腹的人出来,问你个常便[①]备细,就胡乱收了。我昨日一时间仓卒,被你这厮瞒过了。你如今只好好招说这封书那里得来!"戴宗道:"小人一时心慌,要赶程途,因此不曾看得分晓。"蔡九知府喝道:"胡说!这贼骨头,不打如何肯招?左右与我加力打这厮!"狱卒牢子情知不好,觑不得面皮,把戴宗捆翻,打得皮开肉绽,鲜血迸流。戴宗挨不过拷打,只得招道:"端的这封书是假的。"知府道:"你这厮怎地得这封假书来?"

戴宗告道:"小人路经梁山泊过,走出那一伙强人来,把小人劫了,绑缚上山,要割腹剖心。去小人身上搜出书信看了,把信笼都夺了,却饶了小人。情知回乡不得,只要山中乞死,他那里却写这封书与小人,回来脱身。一时怕见罪责,小人瞒了恩相。"知府道:"是便是了,中间还有些胡说,眼见得你和梁山泊贼人通同造意,谋了我信笼物件,却如何说这话?再打那厮!"戴宗由他拷讯,只不肯招和梁山泊通情。

蔡九知府再把戴宗拷讯了一回,语言前后相同,说道:"不必问了。取具大枷枷了,下在牢里。"却退厅来称谢黄文炳道:"若非通判高见,下官险些儿误了大事。"黄文炳又道:"眼见得这人也结连梁山泊,通同造意,谋叛为党,若不祛除,必为后患。"知府道:"便把这两个问成了招状,立了文案,押去市曹[②]斩首,然后写表申朝。"黄文炳道:"相公高见极明。似此,一者朝廷见喜,知道相公干这件大功;二者免得梁山泊草寇来劫牢。"知府道:"通判高见甚远,上官自当动文书,亲自保举通判。"当日管待了黄文炳,送出府门,自回无为军去了。

次日,蔡九知府升厅,便叫当案孔目来吩咐道:"快教迭了文案,把这宋江、戴宗的供状招款粘连了。一面写下犯由牌,教来日押赴市曹,斩首施行。自古谋逆之人,决不待时,斩了宋江、戴宗,免致后患。"当案却是黄孔目,本人与戴宗颇好,却无缘便救他,只替他叫得苦。当日禀道:"明日

---

① 常便——妥善的办法,也作"长便"。

② 市曹——市中的大道,常在此行刑。

是个国家忌日，后日又是七月十五日中元之节，皆不可行刑，大后日亦是国家景命[1]。直至五日后，方可施行。”一者天幸救济宋江，二乃梁山泊好汉未至。

蔡九知府听罢，依准黄孔目之言，直待第六日早晨，先差人去十字路口，打扫了法场，饭后点起土兵和刀仗刽子，约有五百余人，都在大牢门前伺候。巳牌时候，狱官禀了知府，亲自来做监斩官。黄孔目只得把犯由牌呈堂，当厅判了两个“斩”字，便将片芦席贴起来。江州府众多节级牢子虽然和戴宗、宋江过得好，却没做道理救得他，众人只替他两个叫苦。当时打扮已了，就大牢里把宋江、戴宗两个匾扎起，又将胶水刷了头发，绾个鹅梨角儿，各插上一朵红绫子纸花。驱至青面圣者神案前，各与了一碗长休饭、永别酒。吃罢，辞了神案，漏转身来，搭上利子。六七十个狱卒早把宋江在前，戴宗在后，推拥出牢门前来。宋江和戴宗两个面面厮觑，各做声不得。宋江只把脚来跌，戴宗低了头只叹气。江州府看的人，真乃压肩迭背，何止一二千人。但见：

愁云荏苒，怨气氛氲。头上日色无光，四下悲风乱吼。缨枪对对，数声鼓响丧三魂；棍棒森森，几下锣鸣催七魄。犯由牌高贴，人言此去几时回；白纸花双摇，都道这番难再活。长休饭，嗓内难吞；永别酒，口中怎咽！狰狞刽子仗钢刀，丑恶押牢持法器。皂纛旗下，几多魍魉跟随；十字街头，无限强魂等候。监斩官忙施号令，仵作子准备扛尸。

刽子叫起恶杀，都来将宋江和戴宗前推后拥，押到市曹十字路口，团团枪棒围住，把宋江面南背北，将戴宗面北背南，两个纳坐下，只等午时三刻，监斩官到来开刀。那众人仰面看那犯由牌上写道：“江州府犯人一名宋江，故吟反诗，妄造妖言，结连梁山泊强寇，通同造反，律斩。犯人一名戴宗，与宋江暗递私书，勾结梁山泊强寇，通同谋叛，律斩。监斩官江州府知府蔡某。”那知府勒住马，只等报来。

只见法场东边一伙弄蛇的丐者，强要挨入法场里看，众土兵赶打不退。正相闹间，只见法场西边一伙使枪棒卖药的，也强挨将入来。土兵喝道：“你那伙人好不晓事，这是那里，强挨入来要看。”那伙使枪棒的说道：

① 景命——上天授予王位之命，即帝王登基的庆日，故不宜处决罪犯。

“你倒鸟村，我们冲州撞府，那里不曾去，到处看出人[①]。便是京师天子杀人，也放人看。你这小去处，砍得两个人，闹动了世界，我们便挨入来看一看，打甚么鸟紧！”正和土兵闹将起来，监斩官喝道：“且赶退去，休放过来。”闹犹未了，只见法场南边一伙挑担的脚夫，又要挨将入来，土兵喝道：“这里出人，你挑那里去？”那伙人说道：“我们挑东西送与知府相公去的，你们如何敢阻当我？”土兵道：“便是相公衙里人，也只得去别处过一过。”那伙人就歇了担子，都掣了扁担，立在人丛里看。只见法场北边一伙客商，推两辆车子过来，定要挨入法场上来。土兵喝道：“你那伙人那里去？”客人应道：“我们要赶路程，可放我等过去。”土兵道：“这里出人，如何肯放你？你要赶路程，从别路过去。”那伙客人笑道：“你倒说的好。俺们便是京师来的人，不认得你这里鸟路，只是从这大路走。”土兵那里肯放，那伙客人齐齐地挨定了不动，四下里吵闹不住。这蔡九知府见禁治不得，又见这伙客人都盘在车子上立定了看。

没多时，法场中间人分开处，一个报，报道一声：“午时三刻！”监斩官便道：“斩讫报来。”两势下刀棒刽子，便去开枷，行刑之人，执定法刀在手。说时迟，一个个要见分明；那时快，闹攘攘一齐发作。只见那伙客人在车子上听得“斩”字，数内一个客人便向怀中取出一面小锣儿，立在车子上当当地敲得两三声，四下里一齐动手。有诗为证：

闲来乘兴入江楼，渺渺烟波接素秋。
呼酒谩浇千古恨，吟诗欲泻百重愁。
雁书不遂英雄志，失脚翻成狴犴囚。
搔动梁山诸义士，一齐云拥闹江州。

又见十字路口茶坊楼上一个虎形黑大汉，脱得赤条条的，两只手握两把板斧，大吼一声，却似半天起个霹雳，从半空中跳将下来。手起斧落，早砍翻了两个行刑的刽子，便望监斩官马前砍将来。众土兵急待把枪去搠时，那里拦当得住，众人且簇拥蔡九知府逃命去了。

只见东边那伙弄蛇的丐者，身边都掣出尖刀，看着土兵便杀；西边那伙使抢棒的，大发喊声，只顾乱杀将来，一派杀倒土兵狱卒；南边那伙挑担的脚夫，抡起扁担，横七竖八，都打翻了土兵和那看的人；北边那伙客人，

---

① 出人——杀人。

都跳下车来，推过车子，拦住了人。两个客商钻将入来，一个背了宋江，一个背了戴宗。其余的人，也有取出弓箭来射的，也有取出石子来打的，也有取出标枪来标的。原来扮客商的这伙，便是晁盖、花荣、黄信、吕方、郭盛；那伙扮使枪棒的，便是燕顺、刘唐、杜迁、宋万；扮挑担的，便是朱贵、王矮虎、郑天寿、石勇；那伙扮丐者的，便是阮小二、阮小五、阮小七、白胜——这一行梁山泊共是十七个头领到来，带领小喽罗一百余人，四下里杀将起来。

只见那人丛里那个黑大汉，抡两把板斧，一味地砍将来，晁盖等却不认得，只见他第一个出力，杀人最多。晁盖猛省起来：戴宗曾说一个黑旋风李逵，和宋三郎最好，是个莽撞之人。晁盖便叫道："前面那好汉，莫不是黑旋风？"那汉那里肯应，火杂杂地抡着大斧，只顾砍人。晁盖便叫背宋江、戴宗的两个小喽罗，只顾跟着那黑大汉走。当下去十字街口，不问军官百姓，杀得尸横遍野，血流成渠，推倒倾翻的，不计其数。众头领撇了车轮担仗，一行人尽跟了黑大汉，直杀出城来。背后花荣、黄信、吕方、郭盛，四张弓箭，飞蝗般望后射来。那江州军民百姓，谁敢近前。这黑大汉直杀到江边来，身上血溅满身，兀自在江边杀人。晁盖便挺朴刀叫道："不干百姓事，休只管伤人！"那汉那里来听叫唤，一斧一个，排头儿砍将去。约莫离城沿江上也走了五七里路，前面望见尽是淘淘一派大江，却无了旱路。晁盖看见，只叫得苦，那黑大汉方才叫道："不要慌，且把哥哥背来庙里。"

众人都来看时，靠江边一所大庙，两扇门紧紧闭着。黑大汉两斧砍开，便抢入来。晁盖众人看时，两边都是老桧苍松，林木遮映，前面牌额上四个金书大字，写道："白龙神庙"。小喽罗把宋江、戴宗背到庙里歇下，宋江方才敢开眼，见了晁盖等众人，哭道："哥哥，莫不是梦中相会？"晁盖便劝道："恩兄不肯在山，致有今日之苦。这个出力杀人黑大汉是谁？"宋江道："这个便是叫做黑旋风李逵。他几番就要大牢里放了我，却是我怕走不脱，不肯依他。"晁盖道："却是难得这个人出力最多，又不怕刀斧箭矢。"花荣便叫："且将衣服与俺二位兄长穿了。"

正相聚间，只见李逵提着双斧，从廊下走出来。宋江便叫住道："兄弟那里去？"李逵应道："寻那庙祝，一发杀了，叵耐那厮不来接我们，倒把鸟庙门闭上了。我指望拿他来祭门，却寻那厮不见。"宋江道："你且来，先和我哥哥头领相见。"李逵听了，丢了双斧，望着晁盖跪了一跪，说道："大哥休怪铁牛粗卤。”与众人都相见了，却认得朱贵是同乡人，两个大家欢喜。花荣便道：“哥哥，你教众人只顾跟着李大哥走，如今来到这里，前面又是大江拦截住，断头路了，却又没一只船接应，倘或城中官军赶杀出来，却怎生迎敌？将何接济？”李逵便道：“不要慌，我与你们再杀入城去，和那个鸟蔡九知府一发都砍了便走。”戴宗此时方才苏醒，便叫道：“兄弟，使不得莽性，城里有五七千军马，若杀入去，必然有失。”阮小七便道：“远望隔江，那里有数只船在岸边，我兄弟三个赴水过去，夺那几只船过来载众人如何？”晁盖道：“此计是最上着。”

当时阮家三弟兄都脱剥了衣服，各人插把尖刀，便钻入水里去。约莫赴开得半里之际，只见江面上溜头流下三只棹船，吹风胡哨，飞也似摇将来。众人看时，见那船上各有十数个人，都手里拿着军器，众人却慌将起来。宋江听得说了，便道：“我命里这般合苦也。”奔出庙前看时，只见当头那只船上坐着一条大汉，倒提一把明晃晃五股叉，头上挽个空心红，一点鬏儿，下面拽起条白绢水裩，口里吹着胡哨。宋江看时，不是别人，正是：

东去长江万里，内中一个雄夫。面如傅粉体如酥，履水如同平土。胆大能探禹穴，心雄欲摘骊珠[①]。翻波跳浪性如鱼，张顺名传千古。

当时张顺在船头上看见喝道：“你那伙是甚么人？敢在白龙庙里聚众？”宋江挺身出庙前说道：“兄弟救我。”张顺等见是宋江，大叫道：“好了！”那三只棹船飞也似摇到岸边，三阮看见，也赴过来。一行众人都上岸来到庙前。宋江看见张顺自引十数个壮汉在那只船头上。张横引着穆弘、穆春、薛永，带十数个庄客在一只船上。第三只船上，李俊引着李立、童威、童猛，也带十数个卖盐火家，都各执枪棒上岸来。张顺见了宋江，喜从天降，便拜道：“自从哥哥吃官司，兄弟坐立不安，又无路可救。近日又听得拿了戴院长。李大哥又不见面。我只得去寻了我哥哥，引到穆太公庄上，叫了许多相识。今日我们正要杀入江州，要劫牢救哥哥，不想仁兄已有好汉们救出，来到这里。不敢拜问，这伙豪杰，莫非是梁山泊义士晁天王么？”宋江指着上首立的道：“这个便是晁盖哥哥，你等众位都来庙里叙礼则个。”张顺等九人，晁盖等十七人，宋江、戴宗、李逵，共是二十九人，

① 胆大二句——禹穴，大禹葬地，在今浙江会稽山，又传说是大禹葬书处；骊珠，一种极珍贵的珠子，传说出于骊龙（一种黑色的龙）的颔下。

都入白龙庙聚会。这个唤做白龙庙小聚会。

当下二十九筹好汉,各各讲礼已罢,只见小喽罗慌慌忙忙入庙来报道:“江州城里鸣锣擂鼓,整顿军马,出城来追赶。远远望见旗旛蔽日,刀剑如麻,前面都是带甲马军,后面尽是擎枪兵将,大刀阔斧,杀奔白龙庙路上来。”

李逵听了,大叫一声:“杀将去!”提了双斧,便出庙门,晁盖叫道:“一不做,二不休,众好汉相助着晁某,直杀尽江州军马,方才回梁山泊去。”众英雄齐声应道:“愿依尊命。”一百四五十人一齐呐喊,杀奔江州岸上来。有分教,血染波红,尸如山积。直教跳浪苍龙喷毒火,爬山猛虎吼天风。毕竟晁盖等众好汉怎地脱身,且听下回分解。

第四十一回

宋江智取无为军　张顺活捉黄文炳

话说江州城外白龙庙中,梁山泊好汉劫了法场,救得宋江、戴宗。正是晁盖、花荣、黄信、吕方、郭盛、刘唐、燕顺、杜迁、宋万、朱贵、王矮虎、郑天寿、石勇、阮小二、阮小五、阮小七、白胜,共是一十七人,领带着八九十个悍勇壮健小喽罗。浔阳江上来接应的好汉张顺、张横、李俊、李立、穆弘、穆春、童威、童猛、薛永九筹好汉,也带四十余人,都是江面上做私商的火家,撑驾三只大船,前来接应。城里黑旋风李逵引众人杀至浔阳江边。两路救应,通共有一百四五十人,都在白龙庙里聚义。

只听得小喽罗报道:“江州城里军兵擂鼓,摇旗鸣锣,发喊追赶到来。”那黑旋风李逵听得,大吼了一声,提两把板斧,先出庙门,众好汉呐声喊,都挺手中军器,齐出庙来迎敌。刘唐、朱贵先把宋江、戴宗护送上船;李俊同张顺、三阮整顿船只。就江边看时,见城里出来的官军,约有五七千马军,当先都是顶盔衣甲,全副弓箭,手里都使长枪,背后步军簇拥,摇旗呐喊,杀奔前来。这里李逵当先,抡着板斧,赤条条地飞奔砍将入去;背后便是花荣、黄信、吕方、郭盛四将拥护。

花荣见前面的军马都扎住了枪,只怕李逵着伤,偷手取弓箭出来,搭上箭，拽满弓，望着为头领的一个马军，飕地一箭，只见翻筋斗射下马去。那一伙马军，吃了一惊，各自奔命，拨转马头便走，倒把步军先冲倒了一半。这里众多好汉们一齐冲突将去，杀得那官军尸横野烂，血染江红，直杀到江州城下，城上策应官军早把擂木炮石打将下来。官军慌忙入城，关上城门，好几日不敢出来。众多好汉拖转黑旋风，回到白龙庙前下船，晁盖整点众人完备，都叫分头下船。开江[①]便走。

却值顺风，拽起风帆，三只大船载了许多人马头领，却投穆太公庄上来。一帆顺风，早到岸边埠头，一行众人，都上岸来。穆弘邀请众好汉到庄内堂上，穆太公出来迎接，宋江等众人都相见了。太公道："众头领连夜劳神，且请客房中安歇，将息贵体。"各人且去房里暂歇将养，整理衣服器械。当日穆弘叫庄客宰了一头黄牛，杀了十数个猪、羊、鸡、鹅、鱼、鸭，珍肴异馔，排下筵席，管待众头领。饮酒中间，说起许多情节。晁盖道："若非是二哥众位把船相救，我等皆被陷于缧绁。"穆太公道："你等如何却打从那条路上来？"李逵道："我自只拣人多处杀将去，他们自要跟我来，我又不曾叫他。"众人听了，都大笑。

宋江起身与众人道："小人宋江，若无众好汉相救时，和戴院长皆死于非命。今日之恩，深于沧海，如何报答得众位？只恨黄文炳那厮搜根剔齿[②]，几番唆毒，要害我们。这冤仇如何不报？怎地启请众位好汉，再做个天大人情，去打了无为军，杀得黄文炳那厮，也与宋江消了这口无穷之恨。那时回去如何？"晁盖道："我们众人偷营劫寨，只可使一遍，如何再行得？似此奸贼已有提备，不若且回山寨去，聚起大队人马，一发和学究、公孙二先生，并林冲、秦明，都来报仇，也未为晚。"宋江道："若是回山去了，再不能够得来。一者山遥路远，二乃江州必然申开明文，各处谨守。不要痴想，只是趁这个机会，便好下手，不要等他做了准备。"花荣道："哥哥见得是。虽然如此，只是无人识得路境，不知他地理如何。先得个人去那里城中探听虚实，也要看无为军出没的路径去处，就要认黄文炳那贼的住处了，然后方好下手。"薛永便起身说道："小弟多在江湖上行，此处无为军最熟，我去探听一遭如何？"宋江道："若得贤弟去走一遭最好。"薛永当日别

① 开江——船只解缆离岸。
② 搜根剔齿——制造事端。

了众人自去了。

只说宋江自和众头领在穆弘庄上商议要打无为军一事,整顿军器枪刀,安排弓弩箭矢,打点大小船只等项。提备已了,只见薛永去了两日,带将一个人回到庄上来,拜见宋江。宋江便问道:"兄弟,这位壮士是谁?"薛永答道:"这人姓侯,名健,祖居洪都人氏。做得第一手裁缝,端的是飞针走线。更兼惯习枪棒,曾拜薛永为师。人见他黑瘦轻捷,因此唤他做通臂猿。现在这无为军城里黄文炳家做生活。小弟因见了,就请在此。"

宋江大喜,便教同坐商议。那人也是一座地煞星之数,自然义气相投。宋江便问江州消息,无为军路径如何,薛永说道:"如今蔡九知府计点官军、百姓被杀死有五百余人;带伤中箭者,不计其数。现今差人星夜申奏朝廷去了。城门日中后便关,出入的好生盘问得紧。原来哥哥被害一事,倒不干蔡九知府事,都是黄文炳那厮三回五次,点拨知府,教害二位。如今见劫了法场,城中甚慌,晓夜提备。小弟又去无为军打听,正撞见侯健这个兄弟出来吃饭,因是得知备细。"宋江道:"侯兄何以知之?"侯健道:"小人自幼只爱习学枪棒,多得薛师父指教,因此不敢忘恩,近日黄通判特取小人来他家做衣服,因出来遇见师父,提起仁兄大名,说起此一节事来。小人要结识仁兄,特来报知备细。这黄文炳有个嫡亲哥哥,唤做黄文烨,与这文炳是一母所生二子。这黄文烨平生只是行善事,修桥补路,塑佛斋僧,扶危济困,救拔贫苦,那无为军城中,都叫他黄佛子。这黄文炳虽是罢闲通判,心里只要害人,惯行歹事,无为军都叫他做黄蜂刺。他弟兄两个分开做两处住,只在一条巷内出入,靠北门里便是他家。黄文炳贴着城住,黄文烨近着大街。小人在他那里做生活,却听得黄通判回家来说这件事:'蔡九知府已被瞒过了,却是我点拨他,教知府先斩了,然后奏去。'黄文烨听得说时,只在背后骂说道:'又做这等短命促掐[①]的事。于你无干,何故定要害他?倘或有天理之时,报应只在目前,却不是反招其祸。'这两日听得劫了法场,好生吃惊,昨夜去江州探望蔡九知府,与他计较,尚兀自未回来。"

宋江道:"黄文炳隔着他哥哥家多少路?"侯健道:"原是一家分开的,如今只隔着中间一个菜园。"宋江道:"黄文炳家多少人口?有几房头?"侯

---

① 促掐——刻薄。

健道:“男子妇人通有四五十口。”宋江道:“天教我报仇,特地送这个人来。虽是如此,全靠众弟兄维持。”众人齐声应道:“当以死向前,正要驱除这等赃滥奸恶之人,与哥哥报仇雪恨。”宋江又道:“只恨黄文炳那贼一个,却与无为军百姓无干。他兄既然仁德,亦不可害他,休教天下人骂我等不仁。众弟兄去时,不可分毫侵害百姓。今去那里,我有一计,只望众人扶助扶助。”众头领齐声道:“专听哥哥指教。”

宋江道:“有烦穆太公对付八九十个叉袋,又要百十束芦柴,用着五只大船,两只小船。央及张顺、李俊驾两只小船,在江面上与他如此行;五只大船上,用着张横、三阮、童威和识水的人护船:此计方可。”穆弘道:“此间芦苇、油柴、布袋都有,我庄上的人都会使水驾船,便请哥哥行事。”宋江道:“却用侯家兄弟引着薛永并白胜,先去无为军城中藏了,来日三更二点为期,且听门外放起带铃鹁鸽,便教白胜上城策应,先插一条白绢号带,近黄文炳家,便是上城去处。再又教石勇、杜迁扮做丐者,去城门边左近埋伏,只看火为号,便要下手杀把门军士。李俊、张顺只在江面上往来巡绰,等候策应。”

宋江分拨已定。薛永、白胜、侯健先自去了。随后再是石勇、杜迁扮做丐者,身边各藏了短刀暗器,也去了。这里自一面扛抬沙土布袋和芦苇、油柴,上船装载。众好汉至期各各拴束了,身上都准备了器械,船仓里埋伏军汉,众头领分拨下船。晁盖、宋江、花荣在童威船上;燕顺、王矮虎、郑天寿在张横船上;戴宗、刘唐、黄信在阮小二船上;吕方、郭盛、李立在阮小五船上;穆弘、穆春、李逵在阮小七船上。只留下朱贵、宋万在穆太公庄,看理江州城里消息。先使童猛棹一只打鱼快船,前去探路。小喽罗并军健都伏在仓里,大家庄客、水手,撑驾船只,当夜密地望无为军来。此时正是七月尽天气,夜凉风静,月白江清,水影山光,上下一碧。昔日参廖子[①]有首诗,题这江景,道是:

洪涛滚滚烟波杳,月淡风清九江晓。
欲从舟子问如何,但觉庐山眼中小。

是夜初更前后,大小船只都到无为江岸边,拣那有芦苇深处,一字儿缆定了船只,只见童猛回船来报道:“城里并无些动静。”宋江便叫手下众

---

① 参廖子——即参寥子。宋诗僧道潜的别号,有《参寥子诗集》传世。

人，把这沙土布袋和芦苇干柴都搬上岸，望城边来。听那更鼓时，正打二更。宋江叫小喽罗各各抡了沙土布袋并芦柴，就城边堆垛了。众好汉各挺手中军器，只留张横、三阮、两童守船接应，其余头领都奔城边来。望城上时，约离北门有半里之路，宋江便叫放起带铃鹁鸽。只见城上一条竹竿，缚着白号带，风飘起来。宋江见了，便叫军士就这城边堆起沙土布袋，吩咐军汉，一面挑担芦苇、油柴上城。只见白胜已在那里接应等候，把手指与众军汉道："只那条巷便是黄文炳住处。"宋江问白胜道："薛永、侯健在那里？"白胜道："他两个潜入黄文炳家里去了，只等哥哥到来。"宋江又问道："你曾见石勇、杜迁么？"白胜道："他两个在城门边左近伺候。"宋江听罢，引了众好汉下城来，径到黄文炳门前。

只见侯健闪在房檐下，宋江唤来，附耳低言道："你去将菜园门开了，放他军士把芦苇、油柴堆放里面，可教薛永寻把火来点着，却去敲黄文炳门道：'间壁大官人家失火，有箱笼什物搬来寄顿。'敲得门开，我自有摆布。"

宋江教众好汉分几个把住两头。侯健先去开了菜园门，军汉把芦柴搬来，堆在里面。侯健就讨了火种，递与薛永，将来点着。侯健便闪出来，却去敲门叫道："间壁大官人家失火，有箱笼搬来寄顿，快开门则个。"里面听得，便起来看时，望见隔壁火起，连忙开门出来。晁盖、宋江等呐声喊，杀将入去。众好汉亦各动手，见一个，杀一个，见两人，杀一双，把黄文炳一门内外大小四五十口，尽皆杀了，不留一人，只不见了文炳一个。众好汉把他从前酷害良民积攒下许多家私金银，收拾俱尽。大哨一声，众多好汉都扛了箱笼家财，却奔城上来。

且说石勇、杜迁见火起，各掣出尖刀，便杀把门军人，又见前街邻舍拿了水桶梯子，都来救火。石勇、杜迁大喝道："你那百姓，休得向前。我们是梁山泊好汉数千在此，来杀黄文炳一门良贱，与宋江、戴宗报仇，不干你百姓事。你们快回家躲避了，休得出来闲管事。"众邻舍还有不信的，立住了脚看，只见黑旋风李逵抡起两把板斧，着地卷将来，众邻舍方才呐声喊，抬了梯子水桶，一哄都走了。这边后巷也有几个守门军汉，带了些人，挖了麻搭火钩，都奔来救火。早被花荣张起弓，当头一箭，射翻了一个，大喝道："要死的，便来救火。"那伙军汉一齐都退去了。只见薛永拿着火把，便就黄文炳家里前后点着，乱乱杂杂火起。看那火时，但见：

黑云匝地，红焰飞天。猝律律走万道金蛇，焰腾腾散千团火块。狂风相助，雕梁画栋片时休。炎焰涨空，大厦高堂弹指没。这不是火，却是：文炳心头恶，触恼丙丁神①。害人施毒焰，惹火自烧身。

当时石勇、杜迁已杀倒把门军士，李逵砍断铁锁，大开了城门，一半人从城上出去，一半人从城门下出去。张横、三阮、两童都来接应，合做一处，扛抬财物上船。无为军已知江州被梁山泊好汉劫了法场，杀死无数的人，如何敢出来追赶，只得回避了。这宋江一行众好汉只恨拿不着黄文炳，都上了船去，摇开了，自投穆弘庄上来，不在话下。

却说江州城里望见无为军火起，蒸天价红，满城中讲动，只得报知本府。这黄文炳正在府里议事，听得报说了，慌忙来禀知府道："敝乡失火，急欲回家看觑。"蔡九知府听得，忙叫开城门，差一只官船相送。黄文炳谢了知府，随即出来，带了从人，慌速下船，摇开江面，望无为军来。看见火势猛烈，映得江面上都红，艄公说道："这火只是北门里火。"

黄文炳见说了，心里越慌。看看摇到江心里，只见一只小船从江面上摇过去了，不多时，又是一只小船摇将过来，却不径过，望着官船直撞将来。从人喝道："甚么船，敢如此直撞来！"只见那小船上一个大汉跳起来，手里拿着挠钩，口里应道："去江州报失火的船。"黄文炳便钻出来问道："那里失火？"那大汉道："北门里黄通判家，被梁山泊好汉杀了一家人口，劫了家私，如今正烧着哩！"黄文炳失口叫声苦，不知高低。

那汉听了，一挠钩搭住了船，便跳过来。黄文炳是个乖觉的人，早瞧了八分，便奔船梢后走，望江里踊身便跳。忽见江面上一只船，水底下早钻过一个人，把黄文炳劈腰抱住，拦头揪起，扯上船来。船上那个大汉早来接应，便把麻索绑了。水底下活捉了黄文炳的，便是浪里白跳张顺，船上把挠钩的，便是混江龙李俊，两个好汉立在船上。那摇官船的艄公只顾下拜。李俊说道："我不杀你们，只要捉黄文炳这厮，你们自回去说与蔡九知府那贼驴知道，俺梁山泊好汉们权寄下他那颗驴头，早晚便要来取。"艄公战抖抖的道："小人去说。"李俊、张顺拿了黄文炳过自己的小船上，放那官船去了。

两个好汉棹了两只快船，径奔穆弘庄上，早摇到岸边，望见一行头领，

① 丙丁神——火神。五行中丙丁属火。

都在岸上等候，搬运箱笼上岸。见说拿得黄文炳，宋江不胜之喜，众好汉一齐心中大喜，说："正要此人见面。"李俊、张顺早把黄文炳带上岸来，众人看了，监押着，离了江岸，到穆太公庄上来。朱贵、宋万接着众人，入到庄里草厅上坐下。宋江把黄文炳剥了湿衣服，绑在柳树上，请众头领团团坐定。宋江叫取一壶酒来，与众人把盏。上自晁盖，下至白胜，共是三十位好汉，都把遍了。

宋江大骂黄文炳："你这厮，我与你往日无冤，近日无仇，你如何只要害我，三回五次，教唆蔡九知府杀我两个。你既读圣贤之书，如何要做这等毒害的事？我又不与你有杀父之仇，你如何定要谋我？你哥哥黄文烨，与你这厮一母所生，他怎恁般修善，久闻你那城中都称他做黄佛子，我昨夜分毫不曾侵犯他。你这厮在乡中只是害人，交结权势，浸润官长①，欺压良善，我知道无为军人民都叫你做黄峰刺，我今日且替你拔了这个刺。"黄文炳告道："小人已知过失，只求早死。"晁盖喝道："你那贼驴，怕你不死！你这厮早知今日，悔不当初。"宋江便问道："那个兄弟替我下手？"只见黑旋风李逵跳起身来说道："我与哥哥动手割这厮。我看他肥胖了，倒好烧吃。"晁盖道："说得是，教取把尖刀来，就讨盆炭火来，细细地割这厮烧来下酒，与我贤弟消这怨气。"

李逵拿起尖刀，看着黄文炳笑道："你这厮在蔡九知府后堂且会说黄道黑，拨置害人，无中生有撺掇他。今日你要快死，老爷去要你慢死。"便把尖刀先从腿上割起，拣好的，就当面炭火上炙来下酒。割一块，炙一块，无片时，割了黄文炳，李逵方才把刀割开胸膛，取出心肝，把来与众头领做醒酒汤。众多好汉看割了黄文炳，都来草堂上与宋江贺喜。有诗为证：

文炳趋炎巧计乖，却将忠义苦挤排。

奸谋未遂身先死，难免刳心炙肉灾。

只见宋江先跪在地下，众头领慌忙都跪下，齐道："哥哥有甚事，但说不妨，兄弟们敢不听。"宋江便道："小可不才，自小学吏。初世为人，便要结识天下好汉。奈缘力薄才疏，不能接待，以遂平生之愿。自从刺配江州，多感晁头领并众豪杰苦苦相留，宋江因见父亲严训，不曾肯住。正是天赐机会，于路直至浔阳江上，又遭际许多豪杰。不想小可不才，一时间

---

① 浸润官长——在官长前进谗言。浸润，喻谗言多积。

酒后狂言,险累了戴院长性命。感谢众位豪杰不避凶险,来虎穴龙潭,力救残生;又蒙协助,报了冤仇。如此犯下大罪,闹了两座州城,必然申奏去了。今日不由宋江不上梁山泊投托哥哥去,未知众位意下若何。如是相从者,只今收拾便行。如不愿去的,一听尊命。只恐事发,反遭负累,烦可寻思。”说言未绝,李逵跳将起来,便叫道:“都去,都去!但有不去的,吃我一鸟斧,砍做两截便罢!”宋江道:“你这般粗卤说话,全在各人弟兄们心肯意肯,方可同去。”众人议论道:“如今杀死了许多官军人马,闹了两处州郡,他如何不申奏朝廷,必然起军马来擒获。今若不随哥哥去,同死同生,却投那里去?”

宋江大喜,谢了众人。当日先叫朱贵和宋万前回山寨里去报知,次后分作五起进程:头一起,便是晁盖、宋江、花荣、戴宗、李逵;第二起,便是刘唐、杜迁、石勇、薛永、侯健;第三起,便是李俊、李立、吕方、郭盛、童威、童猛;第四起,便是黄信、张顺、张横、阮家三弟兄;第五起,便是燕顺、王矮虎、穆弘、穆春、郑天寿、白胜。五起二十八个头领,带了一干人等,将这所得黄文炳家财各各分开,装载上车子。穆弘带了太公并家小人等,将应有家财金宝装载车上。庄客数内有不愿去的,都赍发他些银两,自投别主去;佣工有愿去的,一同便往。前四起陆续去了,已自行动。穆弘收拾庄内已了,放起十数个火把,烧了庄院,撇下了田地,自投梁山泊来。

且不说五起人马登程,节次进发,只隔二十里而行。先说第一起晁盖、宋江、花荣、戴宗、李逵五骑马,带着车仗人伴,在路行了三日,前面来到一个去处,地名唤做黄门山。宋江在马上与晁盖说道:“这座山生得形势怪恶,莫不有大伙在内?可着人催趱后面人马上来,一同过去。”说犹未了,只见前面山嘴上锣鸣鼓响。宋江道:“我说么!且不要走动,等后面人马到来,好和他厮杀。”花荣便拈弓搭箭在手,晁盖、戴宗各执朴刀,李逵拿着双斧,拥护着宋江,一齐趱马向前。

只见山坡边闪出三五百个小喽罗,当先簇拥出四筹好汉,各挺军器在手,高声喝道:“你等大闹了江州,劫掠了无为军,杀害了许多官军百姓,待回梁山泊去?我四个等你多时。会事的只留下宋江,都饶了你们性命。”宋江听得,便挺身出去,跪在地下,说道:“小可宋江被人陷害,冤屈无伸,今得四方豪杰救了性命,小可不知在何处触犯了四位英雄,万望高抬贵手,饶恕残生。”

那四筹好汉见了宋江跪在前面,都慌忙滚鞍下马,撇了军器,飞奔前来,拜倒在地下,说道:"俺弟兄四个只闻山东及时雨宋公明大名,想杀也不能够见面。俺听知哥哥在江州为事吃官司,我弟兄商议定了,正要来劫牢,只是不得个实信。前日使小喽罗直到江州来打听,回来说道:'已有多少好汉闹了江州,劫了法场,救出往揭阳镇去了;后又烧了无为军,劫掠黄通判家。'料想哥哥必从这里来。节次使人路中来探望,犹恐未真,故反作此一番诘问。冲撞哥哥,万勿见罪。今日幸见仁兄,小寨里略备薄酒粗食,权当接风。请众好汉同到敝寨盘桓片时。"

宋江大喜,扶起四位好汉,逐一请问大名。为头的那人姓欧,名鹏,祖贯是黄州人氏,守把大江军户,因恶了本官,逃走在江湖上绿林中,熬出这个名字,唤做摩云金翅。第二个好汉姓蒋,名敬,祖贯是湖南潭州人氏,原是落科举子出身,科举不第,弃文就武,颇有谋略,精通书算,积万累千,纤毫不差,亦能刺枪使棒,布阵排兵,因此人都唤他做神算子。第三个好汉姓马,名麟,祖贯是南京建康人氏,原是小番子闲汉出身,吹得双铁笛,使得好大滚刀,百十人近他不得,因此人都唤他做铁笛仙。第四个好汉姓陶,名宗旺,祖贯是光州人氏,庄家田户出身,惯使一把铁锹,有的是气力,亦能使枪抡刀,因此人都唤做九尾龟。

怎见得四个好汉英雄,有《西江月》为证:

力壮身强无赛,行时捷似飞腾,摩云金翅是欧鹏,首位黄山排定。

幼恨毛锥① 失利,长从韬略搜精,如神算法善行兵,文武全才蒋敬。

铁笛一声山裂,铜刀两口神惊,马麟形貌更狰狞,厮杀场中超乘。

宗旺力如猛虎,铁锹到处无情,神龟九尾喻多能,都是英雄头领。

这四筹好汉接住宋江,小喽罗早捧过果盒,一大壶酒,两大盘肉,托过来把盏。先递晁盖、宋江,次递花荣、戴宗、李逵,与众人都相见了。一面递酒。没两个时辰,第二起头领又到了,一个个尽都相见。把盏已遍,邀请众位上山。两起十位头领先来到黄门山寨内,那四筹好汉便叫椎牛宰马管待。却教小喽罗陆续下山,接请后面那三起十八位头领上山来筵宴。

未及半日,三起好汉已都来到了,尽在聚义厅上筵席相会。宋江饮酒中间,在席上开话道:"今次宋江投奔了哥哥晁天王,上梁山泊去,一同聚

① 毛锥——毛笔,亦指文字或考卷。

义,未知四位好汉肯弃了此处,同往梁山泊大寨相聚否?”四个好汉齐答道:“若蒙二位义士不弃贫贱,情愿执鞭坠镫。”宋江、晁盖大喜,便说道:“既是四位肯从大义,便请收拾起程。”众多头领俱各欢喜。在山寨住了一日,过了一夜。

次日,宋江、晁盖仍旧做头一起,下山进发先去;次后依例而行,只隔着二十里远近。四筹好汉收拾起财帛金银等项,带领了小喽罗三五百人,便烧毁了寨栅,随作第六起登程。宋江又合得这四个好汉,心中甚喜,于路在马上对晁盖说道:“小弟来江湖上走了这几遭,虽是受了些惊恐,却也结识得这许多好汉。今日同哥哥上山去,这回只得死心塌地,与哥哥同死同生。”一路上说着闲话,不觉早来到朱贵酒店里了。

且说四个守山寨的头领吴用、公孙胜、林冲、秦明和两个新来的萧让、金大坚,已得朱贵、宋万先回报知,每日差小头目棹船出来酒店里迎接,一起起都到金沙滩上岸,擂鼓吹笛,众好汉们都乘马轿,迎上寨来。到得关下,军师吴学究等六人,把了接风酒,都到聚义厅上,焚起一炉好香。晁盖便请宋江为山寨之主,坐第一把交椅。宋江那里肯,便道:“哥哥差矣!感蒙众位不避刀斧,救拔宋江性命,哥哥原是山寨之主,如何却让不才?若要坚执如此相让,宋江情愿就死。”晁盖道:“贤弟如何这般说!当初若不是贤弟担那血海般干系,救得我等七人性命上山,如何有今日之众?你正是山寨之恩主。你不坐,谁坐?”宋江道:“仁兄,论年齿,兄长也大十岁,宋江若坐了,岂不自羞。”再三推晁盖坐了第一位,宋江坐了第二位,吴学究坐了第三位,公孙胜坐了第四位。

宋江道:“休分功劳高下,梁山泊一行旧头领去左边主位上坐,新到头领去右边客位上坐,待日后出力多寡,那时另行定夺。”众人齐道:“哥哥言之极当。”左边一带,是林冲、刘唐、阮小二、阮小五、阮小七、杜迁、宋万、朱贵、白胜;右边一带,论年甲次序,互相推让,花荣、秦明、黄信、戴宗、李逵、李俊、穆弘、张横、张顺、燕顺、吕方、郭盛、萧让、王矮虎、薛永、金大坚、穆春、李立、欧鹏、蒋敬、童威、童猛、马麟、石勇、侯健、郑天寿、陶宗旺。共是四十位头领坐下。大吹大擂,且吃庆喜筵席。

宋江说起江州蔡九知府捏造谣言一事,说与众人:“叵耐黄文炳那厮,事又不干他已,却在知府面前胡言乱道,解说道:‘耗国因家木’,耗散国家钱粮的人,必是家头着个‘木’字,不是个‘宋’字?‘刀兵点水工’,兴动刀兵之人，必是三点水着个‘工’字，不是个‘江’字？这个正应宋江身上。那后两句道：‘纵横三十六，播乱在山东。’合主宋江造反在山东。以此拿了小可。不期戴院长又传了假书，以此黄文炳那厮撺掇知府，只要先斩后奏。若非众好汉救了，焉得到此！”

李逵跳将起来道：“好哥哥，正应着天上的言语，虽然吃了他些苦，黄文炳那贼也吃我割得快活。放着我们有许多军马，便造反，怕怎地？晁盖哥哥便做了大皇帝，宋江哥哥便做了小皇帝，吴先生做个丞相，公孙道士便做个国师，我们都做个将军，杀去东京，夺了鸟位，在那里快活，却不好？不强似这个鸟水泊里？”戴宗连忙喝道：“铁牛，你这厮胡说！你今日既到这里，不可使你那在江州性儿，须要听两位头领哥哥的言语号令，亦不许你胡言乱语，多嘴多舌。再如此多言插口，先割了你这颗头来为令，以警后人。”李逵道：“阿哎！若割了我这颗头，几时再长的一个出来。我只吃酒便了。”众多好汉都笑。

宋江又题起拒敌官军一事，说道：“那时小可初闻这个消息，好不惊恐，不期今日轮到宋江身上。”吴用道：“兄长当初若依了弟兄之言，只住山上快活，不到江州，不省了多少事？这都是天数注定如此。”宋江道：“黄安那厮，如今在那里？”晁盖道：“那厮住不够两三个月，便病死了。”宋江嗟叹不已。当日饮酒，各各尽欢。晁盖先叫安顿穆太公一家老小。叫取过黄文炳的家财，赏劳了众多出力的小喽罗。取出原将来的信笼，交还戴院长收用。戴宗那里肯要，定教收放库内，公支使用。晁盖叫众多小喽罗参拜了新头领李俊等，都参见了。连日山寨里杀牛宰马，作庆贺筵席，不在话下。

再说晁盖教向山前山后各拨定房屋居住，山寨里再起造房舍，修理城垣。至第三日，酒席上宋江起身对众头领说道：“宋江还有一件大事，正要禀众弟兄：小可今欲下山走一遭，乞假数日，未知众位肯否？”晁盖便问道：“贤弟今欲要往何处，干甚么大事？”宋江不慌不忙，说出这个去处。有分教，枪刀林里再逃一遍残生，山岭边旁传授千年勋业。正是：只因玄女书三卷，留得清风史数篇。毕竟宋公明要往何处去走一遭，且听下回分解。

第四十二回

还道村受三卷天书　宋公明遇九天玄女

话说当下宋江在筵上对众好汉道："小可宋江自蒙救护上山，到此连日饮宴，甚是快乐，不知老父在家，正是何如。即目江州申奏京师，必然行移济州，着落郓城县追捉家属，比捕正犯，恐老父存亡不保。宋江想念，欲往家中搬取老父上山，以绝挂念，不知众弟兄还肯容否？"晁盖道："贤弟，这件是人伦中大事，不成我和你受用快乐，倒教家中老父吃苦，如何不依贤弟？只是众兄弟们连日辛苦，寨中人马未定，再停两日，点起山寨人马，一径去取了来。"宋江道："仁兄，再过几日不妨，只恐江州行文到济州追捉家属，以此事不宜迟。今也不须点多人去，只宋江潜地自去，和兄弟宋清搬取老父连夜上山来，那时乡中神不知，鬼不觉；若还多带了人伴去，必然惊吓乡里，反招不便。"晁盖道："贤弟路中倘有疏失，无人可救。"宋江道："若为父亲，死而无怨。"

当日苦留不住，宋江坚执要行，便取个毡笠带了，提条短棒，腰带利刃，便下山去。众头领送过金沙滩自回。

且说宋江过了渡，到朱贵酒店里上岸，出大路投郓城县来。路上少不得饥餐渴饮，夜住晓行。一日奔宋家村，晚了，到不得，且投客店歇了。次日趱行到宋家村时，却早，且在林子里伏了，等待到晚，却投庄上来敲后门。庄里听得，只见宋清出来开门，见了哥哥，吃那一惊，慌忙道："哥哥，你回家来怎地？"宋江道："我特来家取父亲和你。"宋清道："哥哥，你在江州做了的事，如今这里都知道了。本县差下这两个赵都头，每日来勾取，管定了我们，不得转动，只等江州文书到来，便要捉我们父子二人，下在牢里监禁，听候拿你。日里夜间，一二百土兵巡绰。你不宜迟，快去梁山泊请下众头领来，救父亲并兄弟。"

宋江听了，惊得一身冷汗，不敢进门，转身便走，奔梁山泊路上来。是夜月色朦胧，路不分明，宋江只顾拣僻静小路去处走。约莫也走了一个更次，只听得背后有人发喊起来。宋江回头听时，只隔一二里路，看见一簇火把照亮,只听得叫道:“宋江休走!”宋江一头走,一面肚里寻思:“不听晁盖之言,果有今日之祸,皇天可怜,垂救宋江则个。”远远望见一个去处,只顾走。少间风扫薄云,现出那轮明月,宋江方才认得仔细,叫声苦,不知高低。看了那个去处,有名唤做还道村。原来团团都是高山峻岭,山下一遭涧水,中间单单只一条路。入来这村,左来右去走,只是这条路,更没第二条路。宋江认的这个村口,欲待回身,却被背后赶来的人,已把住了路口,火把照耀如同白日。宋江只得奔入村里来,寻路躲避。抹过一座林子,早看见一所古庙。但见:

墙垣颓损,殿宇倾斜。两廊画壁长苍苔,满地花砖生碧草。门前小鬼,折臂膊不显狰狞;殿上判官,无幞头不成礼数。供床上蜘蛛结网,香炉内蝼蚁营窠。狐狸常睡纸炉中,蝙蝠不离神帐里。

宋江只得推开庙门,乘着月光,入进庙里来,寻个躲避处。前殿后殿,相了一回,安不得身,心里越慌。只听得外面有人道:“都管只走在这庙里!”宋江听得时,是赵能声音,急没躲处,见这殿上一所神厨,宋江揭起帐幔,望里面探身便钻入神厨里,安了短棒,做一堆儿伏在厨内,气也不敢喘。只听的外面拿着火把,照将入来。

宋江在神厨里偷眼看时,赵能、赵得引着四五十人,拿着火把,各到处照,看看照上殿来。宋江道:“我今番走了死路,望阴灵庇护则个,神明庇佑。”一个个都走过了,没人看着神厨里。宋江道:“却不是天幸!”只见赵得将火把来神厨内照一照,宋江道:“我这番端的受缚。”赵得一只手将朴刀杆挑起神帐,上下把火只一照,火烟冲将起来,冲下一片黑尘来,正落在赵得眼里,眯了眼,便将火把丢在地下,一脚踏灭了,走出殿门外来,对土兵们道:“这厮不在庙里。别又无路,却走向那里去了?”众土兵道:“多应[①] 这厮走入村中树林里去了。这里不怕他走脱。这个村唤做还道村,只有这条路出入,里面虽有高山林木,却无路上的去。都头只把住村口,他便会插翅飞上天去,也走不脱了。待天明,村里去细细搜捉。”赵得道:“也是。”引了土兵下殿去了。

宋江道:“却不是神明护佑!若还得了性命,必当重修庙宇,再建祠堂,阴灵保佑则个。”说犹未了,只听的有几个土兵在于庙门前叫道:“都

① 多应——多半,大概是。

头，在这里了。”赵能、赵得和众人一伙抢入来。宋江道：“却不又是晦气，这遭必被擒捉。”赵能到庙前问道：“在那里？”土兵道：“都头，你来看庙门上两个尘手迹，以定是却才推开庙门，闪在里面去了。”赵能道：“说的是，再仔细搜一搜看。”

这伙人再入庙里来搜看，宋江道：“我命运这般蹇拙，今番必是休了。”那伙人去殿前殿后搜遍，只不曾翻过砖来。众人又搜了一回，火把看看照上殿来。赵能道：“多是只在神厨里。却才兄弟看不仔细，我自照一照看。”一个土兵拿着火把，赵能一手揭起帐幔，五七个人伸头来看。不看万事俱休，才看一看，只见神厨里卷起一阵恶风，将那火把都吹灭了，黑腾腾罩了庙宇，对面不见。赵能道：“却又作怪。平地里卷起这阵恶风来，想是神明在里面，定嗔怪我们只管来照，因此起这阵恶风显应。我们且去罢。只守住村口，待天明再来寻。”赵得道：“只是神厨里不曾看得仔细，再把枪去搠一搠。”赵能道：“也是。”

两个却待向前，只听的殿后又卷起一阵怪风，吹的飞沙走石，滚将下来，摇的那殿宇吸吸地动，罩下一阵黑云，布合了上下，冷气侵人，毛发竖起。赵能情知不好，叫了赵得道：“兄弟快走，神明不乐。”众人一哄都奔下殿来，望庙门外跑走，有几个攧翻了的，也有闪朒腿的，爬得起来，奔命走出庙门。只听得庙里有人叫：“饶恕我们！”赵能再入来看时，两三个土兵跌倒在龙墀里，被树根钩住了衣服，死也挣不脱，手里丢了朴刀，扯着衣裳叫饶。宋江在神厨里听了，忍不住笑。

赵能把土兵衣服解脱了，领出庙门去。有几个在前面的土兵说道：“我说这神道最灵，你们只管在里面缠障，引的小鬼发作起来。我们只去守住了村口等他，须不吃他飞了去。”赵能、赵得道：“说得是。只消村口四下里守定。”众人都望村口去了。

只说宋江在神厨里口称惭愧道：“虽不被这厮们拿了，却怎能够出村口去？”正在厨内寻思，百般无计，只听得后面廊下有人出来。宋江道：“却又是苦也！早是不钻出去。”只见两个青衣童子，径到厨边举口道：“小童奉娘娘法旨，请星主说话。”宋江那里敢做声答应。外面童子又道：“娘娘有请，星主可行。”宋江也不敢答应。外面童子又道：“宋星主休得迟疑，娘娘久等。”宋江听的莺声燕语，不是男子之音，便从神柜底下钻将出来，看时，却是两个青衣女童侍立在床边。宋江吃了一惊，却是两个泥神。只听的外面又说道:“宋星主,娘娘有请。”宋江分开帐幔,钻将出来,只见是两个青衣螺髻女童,齐齐躬身,各打个稽首。宋江看那女童时,但见:

朱颜绿发,皓齿明眸。飘飘不染尘埃,耿耿天仙风韵。螺蛳髻山峰堆拥,凤头鞋莲瓣轻盈。领抹深青,一色织成银缕;带飞真紫,双环结就金霞。依稀阆苑董双成①,仿佛蓬莱花鸟使。

当下宋江问道:“二位仙童自何而来?”青衣道:“奉娘娘法旨,有请星主赴宫。”宋江道:“仙童差矣。我自姓宋,名江,不是甚么星主。”青衣道:“如何差了?请星主便行,娘娘久等。”宋江道;“甚么娘娘?亦不曾拜识,如何敢去?”青衣道:“星主到彼便知,不必询问。”宋江道:“娘娘在何处?”青衣道:“只在后面宫中。”青衣前引便行,宋江随后跟下殿来。

转过后殿侧首一座子墙角门,青衣道:“宋星主从此间进来。”宋江跟入角门来看时,星月满天,香风拂拂,四下里都是茂林修竹。宋江寻思道:“原来这庙后又有这个去处。早知如此,却不来这里躲避,不受那许多惊恐。”

宋江行时,觉道香坞两行夹种着大松树,都是合抱不交的,中间平坦一条龟背大街。宋江看了,暗暗寻思道:“我倒不想古庙后有这般好路径。”跟着青衣,行不过一里来路,听得潺潺的涧水响。看前面时,一座青石桥,两边都是朱栏杆,岸上栽种奇花、异草、苍松、茂竹、翠柳、夭桃,桥下翻银滚雪般的水,流从石洞里去。过的桥基看时,两行奇树,中间一座大朱红棂星门。宋江入的棂星门看时,抬头见一所宫殿。但见:

金钉朱户,碧瓦雕檐。飞龙盘柱戏明珠,双凤帏屏明晓日。红泥墙壁,纷纷御柳间宫花;翠霭楼台,淡淡祥光笼瑞影。窗横龟背,香风冉冉透黄纱;帘卷虾须,皓月团团悬紫绮。若非天上神仙府,定是人间帝主家。

宋江见了,寻思道:“我生居郓城县,不曾听的说有这个去处。”心中惊恐,不敢动脚。青衣催促请星主行。一引,引入门内,有个龙墀,两廊下尽是朱红亭柱,都挂着绣帘,正中一所大殿,殿上灯烛荧煌。青衣从龙墀内一步步引到月台上,听得殿上阶前又有几个青衣道:“娘娘有请星主进来。”宋江到大殿上,不觉肌肤战慄,毛发倒竖,下面都是龙凤砖阶。青衣

① 董双成——传说中西王母的侍女。

入帘内奏道:“请至宋星主在阶前。”宋江到帘前御阶之下,躬身再拜,俯伏在地,口称:“臣乃下浊庶民,不识圣上,伏望天慈,俯赐怜悯。”御帘内传旨,教请星主坐。宋江那里敢抬头。教四个青衣扶上锦墩坐,宋江只得勉强坐下。殿上喝声卷帘,数个青衣早把珠帘卷起,搭在金钩上。娘娘问道:“星主别来无恙?”宋江起身再拜道:“臣乃庶民,不敢面觑圣容。”娘娘道:“星主既然至此,不必多礼。”宋江恰才敢抬头舒眼,看见殿上金碧交辉,点着龙灯凤烛;两边都是青衣女童,持笏捧圭,执旌擎扇侍从;正中七宝九龙床上,坐着那个娘娘。宋江看时,但见:

头绾九龙飞凤髻,身穿金缕绛绡衣。蓝田玉带曳长裙,白玉圭璋擎彩袖。脸如莲萼,天然眉目映云环;唇似樱桃,自在规模端雪体。正大仙容描不就,威严形象画难成。

那娘娘口中说道:“请星主到此。”命童子献酒。两下青衣女童,执着奇花宝瓶,捧酒过来,斟在玉杯内。一个为首的女童,执玉杯递酒,来劝宋江。宋江起身,不敢推辞,接过玉杯,朝娘娘跪饮了一杯。宋江觉道这酒馨香馥郁,如醍醐灌顶[①],甘露洒心。又是一个青衣,捧过一盘仙枣,上劝宋江。宋江战战兢兢,怕失了体面,尖着指头,拿了一枚,就而食之,怀核在手。青衣又斟过一杯酒来劝宋江,宋江又一饮而尽。娘娘法旨,教再劝一杯,青衣再斟一杯酒过来劝宋江,宋江又饮了。仙女托过仙枣,又食了两枚。共饮过三杯仙酒,三枚仙枣。宋江便觉道春色微醺,又怕酒后醉失体面,再拜道:“臣不胜酒量,望乞娘娘免赐。”殿上法旨道:“既是星主不能饮酒,可止。教取那三卷天书赐与星主。”青衣去屏风背后,玉盘中托出黄罗袱子,包着三卷天书,度与宋江。

宋江看时,可长五寸,阔三寸,厚三寸,不敢开看,再拜祇受[②],藏于袖中。娘娘法旨道:“宋星主,传汝三卷天书,汝可替天行道为主,全忠仗义为臣,辅国安民,去邪归正。吾有四句天言,汝当记取,终身佩受,勿忘勿泄。”宋江再拜,愿受天言。娘娘法旨道:

遇宿重重喜,逢高不是凶。

---

① 醍醐(tí hú)灌顶——佛教比喻智慧输于人,使人彻悟。醍醐,酥酪上凝结的油,味极美。

② 祇(zhī)受——敬受。祇,恭敬。

外夷及内寇，几处见奇功。

宋江听毕，再拜谨受。娘娘法旨道："玉帝因为星主魔心未断，道行未完，暂罚下方，不久重登紫府，切不可分毫懈怠！若是他日罪下酆都，吾亦不能救汝。此三卷之书，可以善观熟视，只可与天机星同观，其他皆不可见。功成之后，便可焚之，勿留在世。所嘱之言，汝当记取。目今天凡相隔，难以久留，汝当速回。"便令童子急送星主回去，"他日琼楼金阙，再当重会。"

宋江便谢了娘娘，跟随青衣女童下得殿庭来，出得棂星门，送至石桥边，青衣道："恰才星主受惊，不是娘娘护祐，已被擒拿。天明时，自然脱离了此难。星主看石桥下水里二龙相戏。"宋江凭栏看时，果见二龙戏水。二青衣望下一推，宋江大叫一声，却撞在神厨内，觉来乃是南柯一梦。

宋江爬将起来看时，月影正午，料是三更时分。宋江把袖子里摸时，手内枣核三个，袖里帕子包着天书。摸将出来看时，果是三卷天书，又只觉口里酒香。宋江想道："这一梦真乃奇异，似梦非梦。若把做梦来，如何有这天书在袖子里，口中又酒香，枣核在手里，说与我的言语，都记得，不曾忘了一句？不把做梦来，我自分明在神厨里，一交攧将入来。有甚难见处？想是此间神圣最灵，显化如此。只是不知是何神明？"揭起帐幔看时，九龙椅上坐着一个妙面娘娘，正和梦中一般。

宋江寻思道："这娘娘呼我做星主，想我前生非等闲人也。这三卷天书，必然有用。吩咐我的四句天言，不曾忘了。青衣女童道：'天明时自然脱离此村之厄。'如今天色渐明，我却出去。"便探手去厨里摸了短棒，把衣服拂拭了，一步步走下殿来，便从左廊下转出庙前，仰面看时，旧牌额上刻着四个金字道："玄女之庙"。宋江以手加额称谢道："惭愧！原来是九天玄女娘娘传受与我三卷天书，又救了我的性命。如若能够再见天日之面，必当来此重修庙宇，再建殿庭。伏望圣慈俯垂护祐。"称谢已毕，只得望着村口悄悄出来。

离庙未远，只听得前面远远地喊声连天。宋江寻思道："又不济了。立住了脚，且未可出去。我若到他面前，定吃他拿了。不如且在这里路旁树背后躲一躲。"却才闪得入树背后去，只见数个土兵急急走得喘做一堆，把刀枪拄着，一步步攧将入来，口里声声都只叫道："神圣救命则个。"宋江在树背后看了，寻思道："却又作怪。他们把着村口，等我出来拿我，却又怎地抢入来?”再看时,赵能也抢入来,口里叫道:“我们都是死也!”宋江道:“那厮如何恁地慌?”却见背后一条大汉追将入来。那大汉上半截不着一丝,露出鬼怪般肉,手里拿着两把夹钢板斧,口里喝道:“含鸟休走!”远观不睹,近看分明,正是黑旋风李逵。宋江想道:“莫非是梦里么?”不敢走出去。

那赵能正走到庙前,被松树根只一绊,一交撷在地下。李逵赶上,就势一脚踏住脊背,手起大斧,却待要砍,背后又是两筹好汉赶上来,把毡笠儿掀在脊梁上,各挺一条朴刀,上首的是欧鹏,下首的是陶宗旺。李逵见他两个赶来,恐怕争功,坏了义气,就手把赵能一斧,砍做两半,连胸脯都砍开了,跳将起来,把土兵赶杀,四散走了。宋江兀自不敢便走出来。

背后只见又赶上三筹好汉,也杀将来。前面赤发鬼刘唐,第二石将军石勇,第三催命判官李立。这六筹好汉说道:“这厮们都杀散了,只寻不见哥哥,却怎生是好?”石勇叫道:“兀那松树背后一个人立在那里!”宋江方才敢挺身出来,说道:“感谢众兄弟们又来救我性命,将何以报大恩?”六筹好汉见了宋江,大喜道:“哥哥有了! 快去报与晁头领得知。”石勇、李立分头去了。

宋江问刘唐道:“你们如何得知,来这里救我?”刘唐答道:“哥哥前脚下得山来,晁头领与吴军师放心不下,便叫戴院长随即下来,探听哥哥下落。晁头领又自己放心不下,再着我等众人前来接应,只恐哥哥有些疏失,半路里撞见戴宗道:‘两个贼驴追赶捕捉哥哥。’晁头领大怒,吩咐戴宗去山寨,只教留下吴军师、公孙胜、阮家三兄弟、吕方、郭盛、朱贵、白胜看守寨栅,其余兄弟,都叫来此间寻觅哥哥,听得人说道:‘赶宋江入还道村去了。’村口守把的这厮们,尽数杀了,不留一个,只有这几个奔进村里来。随即李大哥追来,我等都赶入来,不想哥哥在这里。”

说犹未了,石勇引将晁盖、花荣、秦明、黄信、薛永、蒋敬、马麟到来,李立引将李俊、穆弘、张横、张顺、穆春、侯健、萧让、金大坚,一行众多好汉都相见了。

宋江作谢众位头领。晁盖道:“我叫贤弟不须亲自下山,不听愚兄之言,险些儿又做出来。”宋江道:“小可兄弟,只为父亲这一事,悬肠挂肚,坐卧不安,不由宋江不来取。”晁盖道:“好教贤弟欢喜,令尊并令弟家眷,我先叫戴宗引杜迁、宋万、王矮虎、郑天寿、童威、童猛送去,已到山寨中了。”

宋江听得,大喜,拜谢晁盖道:“得仁兄如此施恩,宋江死亦无怨!”

晁盖、宋江俱各欢喜,与众头领各各上马,离了还道村口,宋江在马上以手加额,望空顶礼,称谢神明庇祐之力,容日专当拜还心愿。有古风一篇,单道宋江忠义得天之助:

昏朝气运将颠覆,四海英雄起微族。
流光垂象在山东,天罡上应三十六。
瑞气盘旋绕郓城,此乡生降宋公明。
幼年涉猎诸经史,长来为吏惜人情。
仁义礼智信皆备,兼受九天玄女经。
豪杰交游满天下,逢凶化吉天生成。
他年直上梁山泊,替天行道动天兵。

且说一行人马离了还道村,径回梁山泊来。吴学究领了守山头领,直到金沙滩,都来迎接,前到得大寨聚义厅上,众好汉都相见了。宋江急问道:“老父何在?”晁盖便叫请宋太公出来,不多时,铁扇子宋清策[①]着一乘山轿,抬着宋太公到来,众人扶策下轿上厅来。宋江见了,喜从天降,笑逐颜开。宋江再拜道:“老父惊恐,宋江做了不孝之子,负累了父亲吃惊受怕。”宋太公道:“叵耐赵能那厮弟兄两个,每日拨人来守定了我们,只待江州公文到来,便要捉取我父子二人,解送官司。听得你在庄后敲门,此时已有八九个土兵在前面草厅上,续后不见了,不知怎地赶出去了。到三更时候,又有二百余人把庄门开了,将我搭扶上轿,抬了,教你兄弟四郎收拾了箱笼,放火烧了庄院。那时不由我问个缘由,径来到这里。”宋江道:“今日父子团圆相见,皆赖众兄弟之力也。”叫兄弟宋清拜谢了众头领,晁盖众人都来参拜宋太公已毕,一面杀牛宰马,且做庆喜筵席,作贺宋公明父子团圆。当日尽醉方散,次日又排筵席贺喜,大小头领尽皆欢喜。

第三日,晁盖又体已备个筵席,庆贺宋江父子完聚,忽然感动[②]公孙胜一个念头:思忆老母在蓟州,离家日久,未知如何。众人饮酒之时,只见公孙胜起身对众头领说道:“感蒙众位豪杰相带贫道许多时,恩同骨肉。只是小道自从跟着晁头领到山,逐日宴乐,一向不曾还乡看视老母。亦恐

① 策——这里是扶的意思。

② 感动——引动,引起。

我真人本师悬望，欲待回乡省视一遭，暂别众头领三五个月，再回来相见，以满小道之愿，免致老母挂念悬望。”晁盖道：“向日已闻先生所言，令堂在北方无人侍奉，今既如此说时，难以阻当，只是不忍分别。虽然要行，再待来日相送。”公孙胜谢了。当日尽醉方散，各自归房安歇。次日早，就关下排了筵席，与公孙胜饯行。

且说公孙胜依旧做云游道士打扮了，腰裹腰包、肚包，背上雌雄宝剑，肩胛上挂着棕笠，手中拿把鳖壳扇，便下山来。众头领接住，就关下筵席，各各把盏送别。饯行已遍，晁盖道：“一清先生，此去难留，却不可失信。本是不容先生去，只是老尊堂在上，不敢阻当。百日之外，专望鹤驾降临，切不可爽约。”公孙胜道：“重蒙列位头领看待许久，小道岂敢失信！回家参过本师真人，安顿了老母，便回山寨。”宋江道：“先生何不将带几个人去，一发就搬取老尊堂上山，早晚也得侍奉。”公孙胜道：“老母平生只爱清幽，吃不得惊唬，因此不敢取来。家中自有田产山庄，老母自能料理。小道只去省视一遭，便来再得聚义。”宋江道：“既然如此，专听尊命。只望早早降临为幸！”晁盖取出一盘黄白之资相送，公孙胜道：“不消许多，但只够盘缠足矣。”晁盖定教收了一半，打拴在腰包里，打个稽首，别了众人，过金沙滩便行，望蓟州去了。

众头领席散，却待上山，只见黑旋风李逵就关下放声大哭起来。宋江连忙问道：“兄弟，你如何烦恼？”李逵哭道：“干鸟气么！这个也去取爷，那个也去望娘，偏铁牛是土掘坑里钻出来的。”晁盖便问道：“你如今待要怎地？”李逵道：“我只有一个老娘在家里。我的哥哥，又在别人家做长工，如何养得我娘快乐？我要去取他来这里快乐几时也好。”晁盖道：“兄弟说的是。我差几个人同你去，取了上山来，也是十分好事。”宋江便道：“使不得。李家兄弟生性不好，回乡去必然有失。若是教人和他去，亦是不好。况且他性如烈火，到路上必有冲撞。他又在江州杀了许多人，那个不认得他是黑旋风？这几时，官司如何不行移文书到那里了，必然原籍追捕。你又形貌凶恶，倘有疏失，路程遥远，如何得知？你且过几时，打听得平静了去取未迟。”

李逵焦躁，叫道：“哥哥，你也是个不平心的人。你的爷，便要取上山来快活，我的娘，由他在村里受苦。兀的不是气破了铁牛的肚子！”宋江道：“兄弟，你不要焦躁。既是要去取娘，只依我三件事，便放你去。”李逵道："你且说那三件事？"宋江点两个指头，说出这三件事来。有分教，李逵施为撼地摇天手，来斗巴山跳涧虫。毕竟宋江对李逵说出那三件事来，且听下回分解。

第四十三回

假李逵剪径劫单人　黑旋风沂岭杀四虎

话说李逵道："哥哥，你且说那三件事？"宋江道："你要去沂州沂水县搬取母亲，第一件，径回，不可吃酒；第二件，因你性急，谁肯和你同去，你只自悄悄地取了娘便来；第三件，你使的那两把板斧，休要带去，路上小心在意，早去早回。"李逵道："这三件事，有甚么依不得！哥哥放心，我只今日便行，我也不住了。"当下李逵拽扎得爽利，只跨一口腰刀，提条朴刀，带了一锭大银，三五个小银子，吃了几杯酒，唱个大喏，别了众人，便下山来，过金沙滩去了。

晁盖、宋江与众头领送行已罢，回到大寨里聚义厅上坐定。宋江放心不下，对众人说道："李逵这个兄弟，此去必然有失。不知众兄弟们，谁是他乡中人？可与他那里探听个消息。"杜迁便道："只有朱贵原是沂州沂水县人，与他是乡里。"宋江听罢，说道："我却忘了。前日在白龙庙聚会时，李逵已自认得朱贵是同乡人。"宋江便着人去请朱贵，小喽罗飞报下山来，直至店里，请的朱贵到来。宋江道："今有李逵兄弟前往家乡搬取老母。因他酒性不好，为此不肯差人与他同去，诚恐路上有失。今知贤弟是他乡中人，你可去他那里探听，走一遭。"朱贵答道："小弟是沂州沂水县人，现在一个兄弟唤做朱富，在本县西门外开着个酒店。这李逵他是本县百丈村董店东住。有个哥哥，唤做李达，专与人家做长工。这李逵自小凶顽，因打死了人，逃走在江湖上，一向不曾回归。如今着小弟去那里探听也不妨，只怕店里无人看管。小弟也多时不曾还乡，亦就要回家探望兄弟一遭。"宋江道："这个看店，不必你忧心，我自教侯健、石勇替你暂管几时。"朱贵领了这言语，相辞了众头领下山来，便走到店里，收拾包裹，交割铺面与石勇、侯健，自奔沂州去了。

这里宋江与晁盖在寨中,每日筵席,饮酒快乐,与吴学究看习天书,不在话下。

且说李逵独自一个离了梁山泊,取路来到沂水县界。于路,李逵端的不吃酒,因此不惹事,无有话说。行至沂水县西门外,见一簇人围着榜看,李逵也立在人丛中,听得读道:“榜上第一名正贼宋江,系郓城县人;第二名从贼戴宗,系江州两院押狱;第三名从贼李逵,系沂州沂水县人。”李逵在背后听了,正待指手画脚,没做奈何处,只见一个人抢向前来,拦腰抱住,叫道:“张大哥,你在这里做甚么?”李逵扭过身看时,认得是旱地忽律朱贵。李逵问道:“你如何也来这里?”朱贵道:“你且跟我来说话。”

两个一同来西门外近村一个酒店内,直入到后面一间静房中坐了。朱贵指着李逵道:“你好大胆!那榜上明明写着赏一万贯钱捉宋江,五千钱捉戴宗,三千钱捉李逵,你却如何立在那里看榜?倘或被眼疾手快的拿了送官,如之奈何?宋公明哥哥只怕你惹事,不肯教人和你同来,又怕你到这里做出怪来,续后特使我赶来探听你的消息。我迟下山来一日,又先到你一日,你如何今日才到这里?”李逵道:“便是哥哥吩咐,教我不要吃酒,以此路上走得慢了。你如何认得这个酒店里?你是这里人,家在那里住?”朱贵道:“这个酒店,便是我兄弟朱富家里。我原是此间人,因在江湖上做客,消折了本钱,就于梁山泊落草,今次方回。”又叫兄弟朱富来与李逵相见了。

朱富置酒管待李逵。李逵道:“哥哥吩咐,教我不要吃酒,今日我已到乡里了,便吃两碗儿,打甚么鸟紧!”朱贵不敢阻当他,由他吃。

当夜直吃到四更时分,安排些饭食,李逵吃了,趁五更晓星残月,霞光明朗,便投村里去。朱贵吩咐道:“休从小路去,只从大朴树转弯,投东大路,一直往百丈村去,便是董店东。快取了母亲来,和你早回山寨去。”李逵道:“我自从小路去,却不近?大路走,谁耐烦!”朱贵道:“小路走,多大虫,又有乘势夺包裹的剪径贼人。”李逵应道:“我却怕甚鸟!”戴上毡笠儿,提了朴刀,跨了腰刀,别了朱贵、朱富,便出门投百丈村来。

约行了数十里,天色渐渐微明,去那露草之中,赶出一只白兔儿来,望前路去了。李逵赶了一直,笑道:“那畜生倒引了我一程路。”有诗为证:

山径崎岖静复深,西风黄叶满疏林。
偶因逐兔过前界,不记仓忙行路心。

正走之间，只见前面有五十来株大树丛杂，时值新秋，叶儿正红。李逵来到树林边厢，只见转过一条大汉，喝道："是会的留下买路钱，免得夺了包裹。"李逵看那人时，戴一顶红绢抓髷儿头巾，穿一领粗布衲袄，手里拿着两把板斧，把黑墨搽在脸上。李逵见了，大喝一声："你这厮是甚么鸟人？敢在这里剪径！"那汉道："若问我名字，吓碎你心胆，老爷叫做黑旋风。你留下买路钱并包裹，便饶了你性命，容你过去。"

李逵大笑道："没你娘鸟兴！你这厮是甚么人？那里来的？也学老爷名目，在这里胡行。"李逵挺起手中朴刀，来奔那汉，那汉那里抵当得住，却待要走，早被李逵腿股上一朴刀，搠翻在地，一脚踏住胸脯，喝道："认得老爷么？"那汉在地下叫道："爷爷，饶恁孩儿性命！"李逵道："我正是江湖上的好汉黑旋风李逵，便是你这厮辱莫老爷名字。"那汉道："小人虽然姓李，不是真的黑旋风。为是爷爷江湖上有名目，提起好汉大名，神鬼也怕，因此小人盗学爷爷名目，胡乱在此剪径。但有孤单客人经过，听得说了黑旋风三个字，便撇了行李，逃奔了去，以此得这些利息，实不敢害人。小人自己的贱名叫做李鬼，只在这前村住。"李逵道："叵耐这厮无礼，却在这里夺人的包裹行李，坏我的名目，学我使两把板斧，且教他先吃我一斧。"劈手夺过一把斧来便砍。李鬼慌忙叫道："爷爷杀我一个，便是杀我两个。"李逵听得，住了手问道："怎的杀你一个，便是杀你两个？"李鬼道："小人本不敢剪径，家中因有个九十岁的老母，无人养赡，因此小人单题爷爷大名唬吓人，夺些单身的包裹，养赡老母。其实并不曾敢害了一个人。如今爷爷杀了小人，家中老母，必是饿杀。"

李逵虽是个杀人不眨眼的魔君，听的说了这话，自肚里寻思道："我特地归家来取娘，却倒杀了一个养娘的人，天地也不祐我。罢，罢！我饶了你这厮性命。"放将起来，李鬼手提着斧，纳头便拜。李逵道："只我便是真黑旋风，你从今以后，休要坏了俺的名目。"李鬼道："小人今番得了性命，自回家改业，再不敢倚着爷爷名目，在这里剪径。"李逵道："你有孝顺之心，我与你十两银子做本钱，便去改业。"李逵便取出一锭银子，把与李鬼，拜谢去了。

李逵自笑道："这厮却撞在我手里。既然他是个孝顺的人，必去改业，我若杀了他，也不合天理。我也自去休。"拿了朴刀，一步步投山僻小路而来。诗曰：

李逵迎母却逢伤，李鬼何曾为养娘。

可见世间忠孝处，事情言语贵参详。

走到巳牌时分，看看肚里又饥又渴，四下里都是山径小路，不见有一个酒店饭店。正走之间，只见远远在山凹里露出两间草屋。李逵见了，奔到那人家里来，只见后面走出一个妇人来，髽髻鬓边插一簇野花，搽一脸胭脂铅粉。李逵放下朴刀道："嫂子，我是过路客人，肚中饥饿，寻不着酒食店，我与你一贯足钱，央你回些酒饭吃。"

那妇人见了李逵这般模样，不敢说没，只得答道："酒便没买处，饭便做些与客人吃了去。"李逵道："也罢。只多做些个，正肚中饥出鸟来。"那妇人道："做一升米不少么？"李逵道："做三升米饭来吃。"那妇人向厨中烧起火来，便去溪边淘了米，将来做饭。

李逵却转过屋后山边来净手，只见一个汉子攧手攧脚从山后归来。李逵转过屋后听时，那妇人正要上山讨菜，开后门，见了，便问道："大哥，那里闪朒了腿？"那汉子应道："大嫂，我险些儿和你不厮见了，你道我晦鸟气么？指望出去等个单身的过，整整等了半个月，不曾发市，甫能今日抹着一个，你道是谁？原来正是那真黑旋风。却恨撞着那驴鸟，我如何敌得他过？倒吃他一朴刀，搠翻在地，定要杀我，吃我假意叫道：'你杀我一个，却害了我两个。'他便问我缘故，我便告道：'家中有个九十岁的老娘，无人养赡，定是饿死。'那驴鸟真个信我，饶了我性命，又与我一个银子做本钱，教我改了业养娘。我恐怕他省悟了，赶将来，且离了那林子里僻静处睡了一回，从后山走回家来。"

那妇人道："休要高声。却才一个黑大汉来家中，教我做饭，莫不正是他。如今在门前坐地，你去张一张看。若是他时，你去寻些麻药来，放在菜内，教那厮吃了，麻翻在地，我和你却对付了他，谋得他些金银，搬往县里住，去做些买卖，却不强似在这里剪径！"

李逵已听得了，便道："叵耐这厮，我倒与了他一个银子，又饶了性命，他倒又要害我。这个正是情理难容。"一转踅到后门边。这李鬼恰待出门，被李逵劈髯揪住，那妇人慌忙自望前门走了。李逵捉住李鬼，按翻在地，身边掣出腰刀，早割下头来。拿着刀，却奔前门寻那妇人时，正不知走那里去了。再入屋内来，去房中搜看，只见有两个竹笼，盛些旧衣裳，底下搜得些碎银两并几件钗环，李逵都拿了。又去李鬼身边搜了那锭小银子，都打缚在包裹里。却去锅里看时,三升米饭早熟了,只没菜蔬下饭。李逵盛饭来吃了一回,看看自笑道:“好痴汉,放着好肉在面前,却不会吃。”拔出腰刀,便去李鬼腿上割下两块肉来,把些水洗净了,灶里抓些炭火来便烧。一面烧,一面吃。吃得饱了,把李鬼的尸首拖放屋下,放了把火,提了朴刀,自投山路里去了。

比及赶到董店东时,日已平西。径奔到家中,推开门,入进里面,只听得娘在床上问道:“是谁人来?”李逵看时,见娘双眼都盲了,坐在床上念佛。李逵道:“娘,铁牛来家了。”娘道:“我儿,你去了许多时,这几年正在那里安身?你的大哥,只是在人家做长工,止博得些饭食吃,养娘全不济事。我时常思量你,眼泪流干,因此瞎了双目。你一向正是如何?”李逵寻思道:“我若说在梁山泊落草,娘定不肯去,我只假说便了。”李逵应道:“铁牛如今做了官,上路特来取娘。”娘道:“恁地却好也!只是你怎生和我去得?”李逵道:“铁牛背娘到前路,却觅一辆车儿载去。”娘道:“你等大哥来,却商议。”李逵道:“等做甚么?我自和你去便了。”恰待要行,只见李达提了一罐子饭来。

入得门,李逵见了,便拜道:“哥哥,多年不见。”李达骂道:“你这厮归来则甚?又来负累人。”娘便道:“铁牛如今做了官,特地家来取我。”李达道:“娘呀!休信他放屁。当初他打杀了人,教我披枷带锁,受了万千的苦。如今又听得他和梁山泊贼人通同,劫了法场,闹了江州,现在梁山泊做了强盗。前日江州行移公文到来,着落原籍追捕正身,却要捉我到官比捕,又得财主替我官司分理[①],说他兄弟已自十来年不知去向,亦不曾回家,莫不是同名同姓的人冒供乡贯?又替我上下使钱,因此不吃官司杖限追要。现今出榜赏三千钱捉他。你这厮不死,却走家来胡说乱道!”李逵道:“哥哥不要焦躁,一发和你同上山去快活,多少是好。”李达大怒,本待要打李逵,却又敌他不过,把饭罐撇在地下,一直去了。

李逵道:“他这一去,必然报人来捉我,却是脱不得身,不如及早走罢。我大哥从来不曾见这大银,我且留下一锭五十两的大银子,放在床上。大哥归来见了,必然不赶来。”李逵便解下腰包,取一锭大银,放在床上,叫道:“娘,我自背你去休。”娘道:“你背我那里去?”李逵道:“你休问我,只顾

---

① 分理——说明,分辩。

去快活便了。我自背你去不妨。”李逵当下背了娘，提了朴刀，出门望小路里便走。

却说李达奔来财主家报了，领着十来个庄客，飞也似赶到家里看时，不见了老娘，只见床上留下一锭大银子。李达见了这锭大银，心中忖道：“铁牛留下银子，背娘去那里藏了。必是梁山泊有人和他来，我若赶去，倒吃他坏了性命。想他背娘，必去山寨里快活。”众人不见了李逵，都没做理会处。李达却对众庄客说道：“这铁牛背娘去，不知往那条路去了，这里小路甚杂，怎地去赶他？”众庄客见李达没理会处，俄延了半晌，也各自回去了，不在话下。

这里只说李逵怕李达领人赶来，背着娘只望乱山深处僻静小路而去。看看天色晚了，但见：

暮烟横远岫，宿雾锁奇峰。慈鸦撩乱投林，百鸟喧呼傍树。行行雁阵，坠长空飞入芦花；点点萤光，明野径偏依腐草。卷起金风飘败叶，吹来霜气布深山。

当下李逵背娘到岭下，天色已晚了。娘双眼不明，不知早晚。李逵却自认得这条岭，唤做沂岭。过那边去，方才有人家。娘儿两个，趁着星明月朗，一步步挨上岭来。娘在背上说道：“我儿，那里讨口水来我吃也好。”李逵道：“老娘，且待过岭去，借了人家安歇了，做些饭吃。”娘道：“我日中吃了些干饭，口渴的当不得。”李逵道：“我喉咙里也烟发火出。你且等我背你到岭上，寻水与你吃。”娘道：“我儿，端的渴杀我也！救我一救！”李逵道：“我也困倦的要不得。”李逵看看挨得到岭上，松树边一块大青石上，把娘放下，插了朴刀在侧边，吩咐娘道：“耐心坐一坐，我去寻水来你吃。”李逵听得溪涧里水响，闻声寻将去，盘过了两三处山脚，到得那涧边看时，一溪好水。怎见得，有诗为证：

穿崖透壑不辞劳，远望方知出处高。
溪涧岂能留得住，终归大海作波涛。

李逵来到溪边，捧起水来，自吃了几口，寻思道：“怎生能够得这水去，把与娘吃？”立起身来，东观西望，远远地山顶上见个庵儿，李逵道：“好了。”攀藤揽葛，上到庵前，推开门看时，却是个泗州大圣祠堂。面前有个石香炉。李逵用手去掇，原来却是和座子凿成的。李逵拔了一回，那里拔得动，一时性起来，连那座子掇出，前面石阶上一磕，把那香炉磕将下来，拿了再到溪边,将这香炉水里浸了,拔起乱草,洗得干净,挽了半香炉水,双手擎来,再寻旧路,夹七夹八走上岭来。

到得松树里边,石头上不见了娘,只见朴刀插在那里。李逵叫娘吃水,杳无踪迹,叫了几声不应。李逵心慌,丢了香炉,定住眼四下里看时,并不见娘。走不到三十余步,只见草地上一团血迹。李逵见了,心里越疑惑,趁着那血迹寻将去。寻到一处大洞口,只见两个小虎儿在那里舐一条人腿。正是:

假黑旋风真捣鬼,生时欺心死烧腿。

谁知娘腿亦遭伤,饿虎饿人皆为嘴。

李逵心里忖道:“我从梁山泊归来,特为老娘来取他,千辛万苦,背到这里,却把来与你吃了。那鸟大虫拖着这条人腿,不是我娘的是谁的?”心头火起,赤黄须竖立起来,将手中朴刀挺起来,搠那两个小虎。这小大虫被搠得慌,也张牙舞爪钻向前来,被李逵手起,先搠死了一个,那一个望洞里便钻了入去。李逵赶到洞里,也搠死了。李逵却钻入那大虫洞内,伏在里面张外面时,只见那母大虫张牙舞爪望窝里来。李逵道:“正是你这业畜吃了我娘。”放下朴刀,胯边掣出腰刀。那母大虫到洞口,先把尾去窝里一剪,便把后半截身躯坐将入去。李逵在窝内看得仔细,把刀朝母大虫尾底下尽平生气力舍命一戳,正中那母大虫粪门。李逵使得力重,和那刀靶,也直送入肚里去了。那母大虫吼了一声,就洞口带着刀,跳过涧边去了。李逵却拿了朴刀,就洞里赶将出来,那老虎负疼,直抢下山石岩下去了。

李逵恰待要赶,只见就树边卷起一阵狂风,吹得败叶树木如雨一般打将下来。自古道:“云生从龙,风生从虎。”那一阵风起处,星月光辉之下,大吼了一声,忽地跳出一只吊睛白额虎来。那大虫望李逵势猛一扑,那李逵不慌不忙,趁着那大虫的势力,手起一刀,正中那大虫颔下。那大虫不曾再展再扑,一者护那疼痛,二者伤着他那气管。那大虫退不够五七步,只听得响一声,如倒半壁山,登时间死在岩下。

那李逵一时间杀了子母四虎,还又到虎窝边,将着刀复看了一遍,只恐还有大虫,已无有踪迹。李逵也困乏了,走向泗州大圣庙里,睡到天明。次日早晨,李逵却来收拾亲娘的两腿及剩的骨殖,把布衫包裹了。直到泗州大圣庵后掘土坑葬了。李逵大哭了一场,有诗为证:

沂岭西风九月秋，雌雄虎子聚林丘。

因将老母残躯啖，致使英雄血泪流。

猛拼一身探虎穴，立诛四虎报冤仇。

泗州庙后亲埋葬，千古传名李铁牛。

这李逵肚里又饥又渴，不免收拾包裹，拿了朴刀，寻路慢慢的走过岭来。只见五七个猎户都在那里收窝弓弩箭，见了李逵一身血污，行将下岭来，众猎户吃了一惊，问道："你这客人莫非是山神土地，如何敢独自过岭来？"李逵见问，自肚里寻思道："如今沂水县出榜，赏三千贯钱捉我，我如何敢说实话？只谎说罢。"答道："我是客人。昨夜和娘过岭来，因我娘要水吃，我去岭下取水，被那大虫把我娘拖去吃了。我直寻到虎窝里，先杀了两个小虎，后杀了两个大虎，泗州大圣庙里睡到天明，方才下来。"众猎户齐叫道："不信你一个人如何杀得四个虎？便是李存孝和子路也只打得一个。这两个小虎且不打紧，那两个大虎非同小可。我们为这两个畜生，不知都吃了几顿棍棒。这条沂岭自从有了这窝虎在上面，整三五个月，没有敢行。我们不信，敢是你哄我？"李逵道："我又不是此间人，没来由哄你做甚么？你们不信，我和你上岭去，寻讨与你。就带些人去扛了下来。"众猎户道："若端的有时，我们自重重的谢你。却是好也！"

众猎户打起胡哨来，一霎时聚起三五十人，都拿了挠钩枪棒，跟着李逵，再上岭来。此时天大明朗，都到那山顶上。远远望见窝边果然杀死两个小虎，一个在窝内，一个在外面；一只母大虫死在山岩边，一只雄虎死在泗州大圣庙前。众猎户见了杀死四个大虫，尽皆欢喜，便把索子抓缚起来，众人扛抬下岭，就邀李逵同去请赏，一面先使人报知里正上户，都来迎接着，抬到一个大户人家，唤做曹太公庄上。

那人原是闲吏，专一在乡放刁把滥。近来暴有几贯浮财，只是为人行短[①]。当时曹太公亲自接来相见了，邀请李逵到草堂上坐定，动问那杀虎的缘由。李逵却把夜来同娘到岭上要水吃，因此杀死大虫的话，说了一遍。众人都呆了。曹太公动问壮士高姓名讳，李逵答道："我姓张，无名，只唤做张大胆。"诗曰：

人言只有假李逵，从来再无李逵假。

---

① 行短——行为不端。

如何李四冒张三，谁假谁真皆作耍。

曹太公道："真乃是大胆壮士，不恁地胆大，如何杀的四个大虫！"一壁厢叫安排酒食管待，不在话下。

且说当村里得知沂岭上杀了四个大虫，抬在曹太公家，讲动了村坊道店，哄的前村后村，山僻人家，大男幼女，成群拽队，都来看虎，入见曹太公，相待着打虎的壮士，在厅上吃酒。

数中却有李鬼的老婆，逃在前村爹娘家里，随着众人也来看虎，却认得李逵的模样，慌忙来家对爹娘说道："这个杀虎的黑大汉，便是杀我老公，烧了我屋的。他正是梁山泊黑旋风李逵。"爹娘听得，连忙来报知里正。里正听了道："他既是黑旋风时，正是岭后百丈村打死了人的李逵，逃走在江州，又做出事来，行移到本县原籍追捉，如今官司出三千贯赏钱拿他，他却走在这里！"暗地使人去请得曹太公到来商议。

曹太公推道更衣，急急的到里正家。里正说这个杀虎的壮士，便是岭后百丈村里的黑旋风李逵，现今官司着落拿他。曹太公道："你们要打听得仔细。倘不是时，倒惹得不好；若真个是时，却不妨。要拿他时也容易，只怕不是他时却难。"里正道："现有李鬼的老婆认得他。曾来李鬼家做饭吃，杀了李鬼。"曹太公道："既是如此，我们且只顾置酒请他，却问他：'今番杀了大虫，还是要去县请功，只是要村里讨赏？'若还他不肯去县里请功时，便是黑旋风了，着人轮换把盏，灌得醉了，缚在这里，却去报知本县，差都头来取去，万无一失。"有诗为证：

常言芥投针孔，窄路每遇冤家。
李鬼鬼魂不散，旋风风色非佳。
打虎功思县赏，杀人身被官拿。
试看螳螂黄雀，劝君得意休夸。

众人道："说得是。"里正与众人商量定了。曹太公回家来款住李逵，一面且置酒来相待，便道："适间抛撇，请勿见怪。且请壮士解下腰间包裹，放下朴刀，宽松坐一坐。"李逵道："好，好！我的腰刀已搠在雌虎肚里了，只有刀鞘在这里。若是开剥时，可讨来还我。"曹太公道："壮士放心，我这里有的是好刀，相送一把与壮士悬带。"李逵解了腰刀、尖刀，并缠袋、包裹，都递与庄客收贮，便把朴刀倚在壁边。曹太公叫取大盘肉、大壶酒来。众多大户并里正、猎户人等，轮番把盏，大碗大钟，只顾劝李逵。曹太公又请问道："不知壮士要将这虎解官请功，只是在这里讨些赍发？"李逵道："我是过往客人，忙些个，偶然杀了这窝猛虎，不须去县里请功。只此有些赍发，便罢；若无，我也去了。"曹太公道："如何敢轻慢了壮士？少刻村中敛取盘缠相送。我这里自解虎到县里去。"李逵道："布衫先借一领与我换了上盖。"曹太公道："有，有。"当时便取一领细青布衲袄，就与李逵换了身上的血污衣裳。

只见门前鼓响笛鸣，都将酒来，与李逵把盏作庆，一杯冷，一杯热。李逵不知是计，只顾开怀畅饮，全不记宋江吩咐的言语。不两个时辰，把李逵灌得酩酊大醉，立脚不住。众人扶到后堂空屋下，放翻在一条板凳上，就取两条绳子，连板凳绑住了。便叫里正带人，飞也似去县里报知。就引李鬼老婆去做原告，补了一纸状子。

此时哄动了沂水县里，知县听得大惊，连忙升厅问道："黑旋风拿住在那里？这是谋叛的人，不可走了。"原告人并猎户答应道："现缚在本乡曹大户家，为是无人禁得他，诚恐有失，路上走了，不敢解来。"知县随即叫唤本县都头去取来。就厅前转过一个都头来声喏，那人是谁，有诗为证：

面阔眉浓须鬓赤，双睛碧绿似番人。

沂水县中青眼虎，豪杰都头是李云。

当下知县唤李云上厅来，吩咐道："沂岭下曹大户庄上拿住黑旋风李逵，你可多带人去，密地解来，休要哄动村坊，被他走了。"李都头领了台旨，下厅来，点起三十个老郎土兵，各带了器械，便奔沂岭村中来。

这沂水县是个小去处，如何掩饰得过？此时街市上讲动了，说道："拿着了闹江州的黑旋风。如今差李都头去拿来。"朱贵在东庄门外朱富家听了这个消息，慌忙来后面对兄弟朱富说道："这黑厮又做出来了，如何解救？宋公明特为他，诚恐有失，差我来打听消息。如今他吃拿了，我若不救得他时，怎的回寨去见哥哥，似此怎生是好？"朱富道："大哥且不要慌。这李都头一身好本事，有三五十人近他不得，我和你只两个同心合意，如何敢近傍他？只可智取，不可力敌。李云日常时最是爱我，常常教我使些器械，我却有个道理对他，只是在这里安不得身了。今晚煮了三二十斤肉，将十数瓶酒，把肉大块切了，却将些蒙汗药拌在里面，我两个五更带数个火家挑着，去半路里僻静处等候他解来时，只做与他把酒贺喜，将众人都麻翻了，却放李逵，如何？"朱贵道："此计大妙。事不宜迟，可以整顿，及早便去。”

朱富道：“只是李云不会吃酒，便麻翻了，终久醒得快。还有件事：倘或日后得知，须在此安身不得。”朱贵道：“兄弟，你在这时里卖酒，也不济事。不如带领老小，跟我上山，一发入了伙，论秤分金银，换套穿衣服，却不快活？今夜便叫两个火家觅了一辆车儿，先送妻子和细软行李起身，约在十里牌等候，都去上山。我如今包裹内带得一包蒙汗药在这里，李云不会吃酒时，肉里多糁些，逼着他多吃些，也麻倒了，救得李逵同上山去，有何不可。”朱富道：“哥哥说得是。”便叫人去觅下了一辆车儿，打拴了三五个包箱，捎在车儿上，家中粗物都弃了，叫浑家和儿女上了车子，吩咐两个火家，跟着车子，只顾先去。

且说朱贵、朱富当夜煮熟了肉，切做大块，将药来拌了，连酒装做两担，带了二三十个空碗。又有若干菜蔬，也把药来拌了。恐有不吃肉的，也教他着手。两担酒肉，两个火家各挑一担。弟兄两个，自提了些果盒之类，四更前后，直接将来僻静山路口坐。等到天明，远远地只听得敲着锣响，朱贵接到路口。

且说那三十来个土兵自村里吃了半夜酒，四更前后，把李逵背剪绑了，解将来。后面李都头坐在马上，看看来到面前。朱富便向前拦住，叫道：“师父且喜，小弟将来接力。”桶内舀一壶酒来，斟一大钟，上劝李云。朱贵托着肉来，火家捧过果盒。李云见了，慌忙下马，跳向前来，说道：“贤弟，何劳如此远接。”朱富道：“聊表徒弟孝顺之心。”李云接过酒来，到口不吃，朱富跪下道：“小弟已知师父不饮酒。今日这个喜酒，也饮半盏儿。”李云推却不过，略呷了两口。朱富便道：“师父不饮酒，须请些肉。”李云道：“夜间已饱，吃不得了。”朱富道：“师父行了许多路，肚里也饥了。虽不中吃，胡乱请些，也免小弟之羞。”拣两块好的，递将过来。李云见他如此殷勤，只得勉意吃了两块。

朱富把酒来劝上户、里正，并猎户人等，都劝了三钟，朱贵便叫土兵、庄客众人都来吃酒。这伙男女那里顾个冷热、好吃不好吃，酒肉到口，只顾吃，正如这风卷残云，落花流水，一齐上来，抢着吃了。

李逵光着眼，看了朱贵兄弟两个，已知用计，故意道：“你们也请我吃些。”朱贵喝道：“你是歹人，有何酒肉与你吃，这般杀才，快闭了口。”李云看着土兵，喝道叫走，只见一个个都面面厮觑，走动不得，口颤脚麻，都跌倒了。李云急叫:“中了计了。”恰待向前,不觉自家也头重脚轻,晕倒了,软做一堆,睡在地下。当时朱贵、朱富各夺了一条朴刀,喝声:“孩儿们休走!”两个挺起朴刀,来赶这伙不曾吃酒肉的庄客,并那看的人。走得快的,走了;走得迟的,就搠死在地。

李逵大叫一声,把那绑缚的麻绳都挣断了,便夺过一条朴刀来杀李云。朱富慌忙拦住叫道:“不要害他。他是我的师父,为人最好,你只顾先走。”李逵应道:“不杀得曹太公老驴,如何出得这口气!”李逵赶上,手起一朴刀,先搠死曹太公,并李鬼的老婆,续后里正也杀了。性起来,把猎户排头儿一味价搠将去,那三十来个土兵都被搠死了。这看的人和众庄客只恨爹娘少生两只脚,都望深村野路逃命去了。

李逵还只顾寻人要杀,朱贵喝道:“不干看的人事,休只管伤人。”慌忙拦住,李逵方才住了手,就土兵身上剥了两件衣服穿上。三个人提着朴刀,便要从小路里走。朱富道:“不好,却是我送了师父性命。他醒时,如何见的知县,必然赶来。你两个先行,我等他一等。我想他日前教我的恩义,且是为人忠直,等他赶来,就请他一发上山入伙,也是我的恩义,免得教回县去吃苦。”朱贵道:“兄弟,你也见的是,我便先去跟了车子行,留李逵在路旁帮你等他。只有李云那厮吃的药少,没一个时辰便醒。若是他不赶来时,你们两个休执迷等他。”朱富道:“这是自然了。”

当下朱贵前行去了。只说朱富和李逵坐在路旁边等候,果然不到一个时辰,只见李云挺着一条朴刀,飞也似赶来,大叫道:“强贼休走!”李逵见他来的凶,跳起身,挺着朴刀,来斗李云,恐伤朱富。正是有分教,梁山泊内添双虎,聚义厅前庆四人。毕竟黑旋风斗青眼虎,二人胜败如何,且听下回分解。

第四十四回

锦豹子小径逢戴宗　病关索长街遇石秀

话说当时李逵挺着朴刀来斗李云,两个就官路旁边斗了五七合,不分胜败。朱富便把朴刀去中间隔开,叫道:“且不要斗,都听我说。”二人都住了手。朱富道："师父听说，小弟多蒙错爱，指教枪棒，非不感恩；只是我哥哥朱贵现在梁山泊做了头领，今奉及时雨宋公明将令，着他来照管李大哥。不争被你拿了解官，教我哥哥如何回去见得宋公明？因此做下这场手段。却才李大哥乘势要坏师父，却是小弟不肯容他下手，只杀了这些土兵。我们本待去得远了，猜道师父回去不得，必来赶我。小弟又想师父日常恩念，特地在此相等。师父，你是个精细的人，有甚不省得？如今杀害了许多人性命，又走了黑旋风，你怎生回去见得知县？你若回去时，定吃官司，又无人来相救，不如今日和我们一同上山，投奔宋公明，入了伙。未知尊意若何？"

李云寻思了半晌，便道："贤弟，只怕他那里不肯收留我。"朱富笑道："师父，你如何不知山东及时雨大名，专一招贤纳士，结识天下好汉？"李云听了，叹口气道："闪得我有家难奔，有国难投，只喜得我又无妻小，不怕吃官司拿了，只得随你们去休。"李逵便笑道："我哥哥，你何不早说？"便和李云剪拂了。这李云不曾娶老小，亦无家当，当下三人合作一处，来赶车子，半路上朱贵接见了大喜。

四筹好汉跟了车仗便行，于路无话。看看相近梁山泊路上，又迎着马麟、郑天寿，都相见了，说道："晁、宋二头领又差我两个下山来探听你消息。今既见了，我两个先去回报。"当下二人先上山来报知。次日，四筹好汉带了朱富家眷，都至梁山泊大寨聚义厅来。

朱贵向前，先引李云拜见晁、宋二头领，相见众好汉，说道："此人是沂水县都头，姓李，名云，绰号青眼虎。"次后朱贵引朱富参拜众位说道："这是舍弟朱富，绰号笑面虎。"都相见了。李逵拜了宋江，给还了两把板斧，诉说取娘至沂岭，被虎吃了，因此杀了四虎。又说假李逵剪径被杀一事，众人大笑。晁、宋二人笑道："被你杀了四个猛虎，今日山寨里又添得两个活虎，正宜作庆。"众多好汉大喜，便教杀羊宰马，做筵席庆贺两个新到头领。晁盖便叫去左边白胜上首坐定。

吴用道："近来山寨十分兴旺，感得四方豪杰望风而来，皆是晁、宋二兄之德，亦众弟兄之福也。然是如此，还请朱贵仍复掌管山东酒店，替回石勇、侯健。朱富老小，另拨一所房舍住居。目今山寨事业大了，非同旧日，可再设三处酒馆，专一探听吉凶事情，往来义士上山。如若朝廷调遣官兵捕盗，可以报知如何进兵，好做准备。西山地面广阔，可令童威、童猛弟兄带领十数个火伴那里开店，令李立带十数个火家去山南边那里开店，令石勇也带十来个伴当去北山那里开店。仍复都要设立水亭号箭，接应船只，但有缓急军情，飞捷报来。山前设置三座大关，专令杜迁总行守把，但有一应委差，不许调遣，早晚不得擅离。又令陶宗旺把总监工，掘港汊，修水路，开河道，整理宛子城垣，修筑山前大路。他原是庄户出身，修理久惯。令蒋敬掌管库藏仓廒，支出纳入，积万累千，书算帐目。令萧让设置寨中寨外，山上山下，三关把隘，许多行移关防文约，大小头领号数。烦令金大坚刊造雕刻，一应兵符、印信、牌面等项。令侯健管造衣袍铠甲五方旗号等件。令李云监造梁山泊一应房舍、厅堂。令马麟监管修造大小战船。令宋万、白胜去金沙滩下寨。令王矮虎、郑天寿去鸭嘴滩下寨。令穆春、朱富管收山寨钱粮。吕方、郭盛于聚义厅两边耳房安歇。令宋清专管筵宴。"都分拨已定，筵席了三日，不在话下。梁山泊自此无事，每日只是操练人马，教演武艺。水寨里头领都教习驾船，赴水，船上厮杀，亦不在话下。

忽一日，宋江与晁盖、吴学究并众人闲话道："我等弟兄众位今日都共聚大义，只有公孙一清不见回还。我想他回蓟州探母参师，期约百日便回，今经日久，不知信息，莫非昧信不来。可烦戴宗兄弟与我去走一遭，探听他虚实下落，如何不来。"戴宗愿往。宋江大喜，说道："只有贤弟去得快，旬日便知信息。"当日戴宗别了众人，次早打扮做承局，下山去了。正是：

虽为走卒，不占军班。一生常作异乡人，两腿欠他行路债。监司出入，皂花藤杖挂宣牌；帅府行军，黄色绢旗书令字。家居千里，日不移时；紧急军情，时不过刻。早向山东餐黍米，晚来魏府吃鹅梨。

且说戴宗自离了梁山泊，取路望蓟州来。把四个甲马拴在腿上，作起神行法来，于路只吃些素茶素食。在路行了三日，来到沂水县界，只闻人说道："前日走了黑旋风，伤了好多人，连累了都头李云不知去向，至今无获处。"戴宗听了冷笑。

当日正行之次，只见远远地转过一个人来，手里提着一根浑铁笔管枪。那人看见戴宗走得快，便立住了脚，叫一声："神行太保！"戴宗听得，回过脸来，定睛看时，见山坡下小径边，立着一个大汉，生得头圆耳大，鼻直口方，眉秀目疏，腰细膀阔。戴宗连忙回转身来问道："壮士素不曾拜识，如何呼唤贱名？”那汉慌忙答道：“足下果是神行太保！”撇了枪，便拜倒在地。

戴宗连忙扶住答礼，问道：“足下高姓大名？”那汉道：“小弟姓杨，名林，祖贯彰德府人氏，多在绿林丛中安身，江湖上都叫小弟做锦豹子杨林。数月之前，路上酒肆里遇见公孙胜先生，同在店中吃酒相会，备说梁山泊晁、宋二公招贤纳士，如此义气，写下一封书，教小弟自来投大寨入伙，只是不敢轻易擅进。公孙先生又说：‘李家道口旧有朱贵开酒店在彼，招引上山入伙的人。山寨中亦有一个招贤飞报头领，唤做神行太保戴院长，日行八百里路。’今见兄长行步非常，因此唤一声看，不想果是仁兄，正是天幸，无心得遇。”戴宗道：“小可特为公孙胜先生回蓟州去，杳无音信，今奉晁、宋二公将令，差遣来蓟州探听消息，寻取公孙胜还寨，不期却遇足下。”杨林道：“小弟虽是彰德府人，这蓟州管下地方州郡都走遍了。倘若不弃，就随侍兄长同去走一遭。”戴宗道：“若得足下作伴，实是万幸。寻得公孙先生见了，一同回梁山泊去未迟。”

杨林见说了，大喜，就邀住戴宗，结拜为兄。戴宗收了甲马，两个缓缓而行，到晚就投村店歇了。杨林置酒请戴宗，戴宗道：“我使神行法，不敢食荤。”两个只买些素馔相待。过了一夜，次日早起，打火吃了早饭，收拾动身。杨林便问道：“兄长使神行法走路，小弟如何走得上？只怕同行不得！”戴宗笑道：“我的神行法也带得人同走。我把两个甲马拴在你腿上，作起法来，也和我一般走得快，要行便行，要住便住。不然，你如何赶得我走？”杨林道：“只恐小弟是凡胎浊骨，比不得兄长神体。”戴宗道：“不妨，我这法，诸人都带得。作用了时，和我一般行；只是我自吃素，并无妨碍。”当时取两个甲马，替杨林缚在腿上，戴宗也只缚了两个，作用了神行法，吹口气在上面，两个轻轻地走了去，要紧要慢，都随着戴宗行。两个于路闲说些江湖上的事，虽只见缓缓而行，正不知走了多少路。

两个行到巳牌时分，前面来到一个去处，四围都是高山，中间一条驿路。杨林却自认得，便对戴宗说道：“哥哥，此间地名，唤做饮马川，前面兀那高山里常常有大伙在内，近日不知如何。因为山势秀丽，水绕峰环，以此唤做饮马川。”两个正来到山边过，只听得忽地一声锣响，战鼓乱鸣，走出一二百小喽罗，拦住去路，当先拥着两筹好汉，各挺一条朴刀，大喝道：“行人须住脚。你两个是甚么鸟人？那里去的？会事的快把买路钱来，饶你两个性命！"杨林笑道："哥哥，你看我结果那呆鸟。"拈着笔管枪抢将入去。

那两个好汉见他来得凶，走近前来看了，上首的那个便叫道："且不要动手，兀的不是杨林哥哥么！"杨林见了，却才认得。上首那个大汉提着军器向前剪拂了，便唤下首这个长汉都来施礼罢。杨林请过戴宗说道："兄长且来和这两个弟兄相见。"戴宗问道："这两个壮士是谁？如何认得贤弟？"杨林便道："这个认得小弟的好汉，他原是盖天军襄阳府人氏，姓邓，名飞。为他双睛红赤，江湖上人都唤他做火眼狻猊[①]。能使一条铁链，人皆近他不得。多曾合伙，一别五年，不曾见面，谁想今日却在这里相遇着！"邓飞便问道："杨林哥哥，这位兄长是谁，必不是等闲人也。"杨林道："我这仁兄，是梁山泊好汉中神行太保戴宗的便是。"邓飞听了道："莫不是江州的戴院长，能行八百里路程的？"戴宗答道："小可便是。"那两个头领慌忙剪拂道："平日只听得说大名，不想今日在此拜识尊颜！"戴宗看那邓飞时，生得如何，有诗为证：

原是襄阳闲扑汉，江湖飘荡不思归。
多餐人肉双睛赤，火眼狻猊是邓飞。

当下二位壮士施礼罢，戴宗又问道："这位好汉高姓大名？"邓飞道："我这兄弟，姓孟，名康，祖贯是真定州人氏，善造大小船只。原因押送花石纲，要造大船，嗔怪这提调官催并责罚他，把本官一时杀了，弃家逃走在江湖上绿林中安身，已得年久。因他长大白净，人都见他一身好肉体，起他一个绰号，叫他做玉幡竿孟康。"戴宗见说，大喜。看那孟康怎生模样，有诗为证：

能攀强弩冲头阵，善造艨艟越大江。
真州妙手楼船匠，白玉幡竿是孟康。

当时戴宗见了二人，心中甚喜。四筹好汉说话间，杨林问道："二位兄弟在此聚义几时了？"邓飞道："不瞒兄长说，也有一年多了。只半载前在这直西地面上遇着一个哥哥，姓裴，名宣，祖贯是京兆府人氏，原是本府六案孔目出身，极好刀笔，为人忠直聪明，分毫不肯苟且，本处人都称他铁面孔目，亦会拈枪使棒，舞剑抡刀，智勇足备。为因朝廷除将一员贪滥知府

① 狻猊(suān ní)——传说中的一种猛兽。

到来，把他寻事刺配沙门岛，从我这里经过，被我们杀了防送公人，救了他在此安身，聚集得三二百人。这裴宣极使得好双剑，让他年长，现在山寨中为主。烦请二位义士同往小寨，相会片时。”便叫小喽罗牵过马来，请戴宗、杨林都上了马，四骑马望山寨来。行不多时，早到寨前，下了马，裴宣已有人报知，连忙出寨，降阶而接。戴宗、杨林看裴宣时，果然好表人物，生得面白肥胖，四平八稳，心中暗喜。有诗为证：

问事时巧智心灵，落笔处神号鬼哭。

心平恕毫发无私，称裴宣铁面孔目。

当下裴宣请邀二位义士到聚义厅上，俱各讲礼罢，谦让戴宗正面坐了，次是裴宣、杨林、邓飞、孟康，五筹好汉，宾主相待，坐定筵宴，当日大吹大擂饮酒。看官听说，这也都是地煞星之数，时节到来，天幸自然义聚相逢，有诗为证：

豪杰遭逢信有因，连环钩锁共相寻。

汉廷将相由屠钓[①]，莫怪梁山错用心。

当下众人饮酒中间，戴宗在筵上说起晁、宋二头领招贤纳士，结识天下四方豪杰，待人接物，一团和气，仗义疏财，许多好处。众头领同心协力，八百里梁山泊如此雄壮，中间宛子城、蓼儿洼，四下里都是茫茫烟水，更有许多兵马，何愁官兵来到。只管把言语说他三个。裴宣回道：“小弟寨中也有三百来人马，财赋亦有十余辆车子，粮食草料不算，倘若仁兄不弃微贱时，引荐于大寨入伙，愿听号令效力。未知尊意若何？”戴宗大喜道：“晁、宋二公待人接物，并无异心；更得诸公相助，如锦上添花。若果有此心，可便收拾下行李，待小可和杨林去蓟州见了公孙胜先生回来，那时一同扮做官军，星夜前往。”众人大喜。酒至半酣，移去后山断金亭上，看那饮马川景致吃酒，端的好个饮马川。但见：

一望茫茫野水，周回隐隐青山。几多老树映残霞，数片彩云飘远岫。荒田寂寞，应无稚子看牛；古渡凄凉，那得奚人饮马。只好强人安寨栅，偏宜好汉展旌旗。

戴宗看了这饮马川一派山景，喝采道：“好山好水，真乃秀丽，你等二

---

① 汉廷句——意汉初的开国功臣中多出身驳杂，因意气相投而聚义图强。屠，樊哙曾“以屠狗为事”，钓，韩信曾垂钓于淮阴城下。

位如何来得到此?”邓飞道:“原是几个不成材小厮们在这里屯扎,后被我两个来夺了这个去处。”众皆大笑。五筹好汉吃得大醉。裴宣起身舞剑助酒,戴宗称赞不已。至晚,各自回寨内安歇。次日,戴宗定要和杨林下山,三位好汉苦留不住,相送到山下作别,自回寨里收拾行装,整理动身,不在话下。

且说戴宗和杨林离了饮马川山寨,在路晓行夜住,早来到蓟州城外,投个客店安歇了。杨林便道:“哥哥,我想公孙胜先生是个出家人,必是山间林下村落中住,不在城里。”戴宗道:“说得是。”当时二人先去城外,到处询问公孙胜先生下落消息,并无一个人晓得他。住了一日,次早起来,又去远远村坊街市访问人时,亦无一个认得。两个又回店中歇了。第三日,戴宗道:“敢怕城中有人认得他。”当日和杨林却入蓟州城里来寻他。两个寻问老成人时,都道:“不认得,敢不是城中人。只怕是外县名山大刹居住。”

杨林正行到一个大街,只见远远地一派鼓乐,迎将一个人来。戴宗、杨林立在街上看时,前面两个小牢子,一个驮着许多礼物花红,一个捧着若干缎子彩缯之物;后面青罗伞下,罩着一个押狱刽子。那人生得好表人物,露出蓝靛般一身花绣,两眉入鬓,凤眼朝天,淡黄面皮,细细有几根髭髯。那人祖贯是河南人氏,姓杨,名雄,因跟一个叔伯哥哥来蓟州做知府,一向流落在此。续后一个新任知府,却认得他,因此就参他做两院押狱,兼充市曹行刑刽子。因为他一身好武艺,面貌微黄,以此人都称他做病关索杨雄。有一首《临江仙》词,单道着杨雄好处:

两臂雕青镌嫩玉,头巾环眼嵌玲珑。鬓边爱插翠芙蓉。背心书刽字,衫串染猩红。　问事厅前逞手段,行刑刀利如风。微黄面色细眉浓。人称病关索[①],好汉是杨雄。

当时杨雄在中间走着,背后一个小牢子擎着鬼头靶法刀。原来才去市心里决刑了回来,众相识与他挂红贺喜,送回家去,正从戴宗、杨林面前迎将过来。一簇人在路口拦住了把盏,只见侧首小路里又撞出七八个军汉来,为头的一个,叫做踢杀羊张保。这汉是蓟州守御城池的军,带着这

① 病关索——关索,关羽之子,武艺高强。杨雄艺高而“淡黄面皮”,故以“病关索”称之。

几个，都是城里城外时常讨闲钱使的破落户汉子，官司累次奈何他不改，为见杨雄原是外乡人来蓟州，却有人惧怕他，因此不怯气。

当日正见他赏赐得许多缎匹，带了这几个没头神，吃得半醉，却好赶来要惹他。又见众人拦住他在路口把盏，那张保拨开众人，钻过面前叫道："节级拜揖。"杨雄道："大哥来吃酒。"张保道："我不要吃酒，我特来问你借百十贯钱使用。"杨雄道："虽是我认得大哥，不曾钱财相交，如何问我借钱？"张保道："你今日诈得百姓许多财物，如何不借我些？"杨雄应道："这都是别人与我做好看的，怎么是诈得百姓的？你来放刁，我与你军卫有司，各无统属。"张保不应，便叫众人向前一哄，先把花红缎子都抢了去。杨雄叫道："这厮们无礼。"却待向前打那抢物事的人，被张保劈胸带住，背后又是两个来拖住了手，那几个都动起手来，小牢子们各自回避了。

杨雄被张保并两个军汉逼住了，施展不得，只得忍气，解拆不开。正闹中间，只见一条大汉挑着一担柴来，看见众人逼住杨雄，动弹不得。那大汉看了，路见不平，便放下柴担，分开众人，前来劝道："你们因甚打这节级？"那张保睁起眼来喝道："你这打脊[①] 饿不死冻不杀的乞丐，敢来多管！"那大汉大怒，焦躁起来，将张保劈头只一提，一交颠翻在地。那几个帮闲的见了，却待要来动手，早被那大汉一拳一个，都打的东倒西歪。杨雄方才脱得身，把出本事来施展动，一对拳头穿梭相似，那几个破落户都打翻在地。张保见不是头，爬将起来，一直走了。杨雄忿怒，大踏步赶将去。张保跟着抢包袱的走，杨雄在后面追着，赶转小巷去了。那大汉兀自不歇手，在路口寻人厮打。戴宗、杨林看了，暗暗地喝采道："端的是好汉，此乃'路见不平，拔刀相助'，真壮士也！"正是：

匣里龙泉[②] 争欲出，只因世有不平人。

旁观能辨非和是，相助安知疏与亲。

当时戴宗、杨林便向前邀住劝道："好汉看我二人薄面，且罢休了。"两个把他扶劝到一个巷内。杨林替他挑了柴担，戴宗挽住那汉手，邀入酒店里来。杨林放下柴担，同到阁儿里面。那大汉叉手道："感蒙二位大哥解救了小人之祸。"戴宗道："我弟兄两个也是外乡人，因见壮士仗义之事，只

---

① 打脊——宋时刑罚的一种，比打臀更重。此处骂人是犯重罪的囚徒。

② 龙泉——古宝剑名。

恐一时拳手太重,误伤人命,特地做这个出场,请壮士酌三杯,到此相会结义则个。”那大汉道:“多得二位仁兄解拆小人这场,却又蒙赐酒相待,实是不当。”杨林便道:“‘四海之内,皆兄弟也’,有何伤乎?且请坐。”戴宗相让,那汉那里肯僭上[①],戴宗、杨林一带坐了,那汉坐于对席。叫过酒保,杨林身边取出一两银子来,把与酒保道:“不必来问,但有下饭,只顾买来与我们吃了,一发总算。”酒保接了银子去,一面铺下菜蔬、果品、按酒之类。

三人饮过数杯,戴宗问道:“壮士高姓大名?贵乡何处?”那汉答道:“小人姓石,名秀,祖贯是金陵建康府人氏。自小学得些枪棒在身,一生执意,路见不平,便要去相助,人都呼小弟作‘拼命三郎’。因随叔父来外乡贩羊马卖,不想叔父半途亡故,消折了本钱,还乡不得,流落在此蓟州卖柴度日。既蒙拜识,当以实告。”戴宗道:“小可两个因来此间干事,得遇壮士。如此豪杰流落在此卖柴,怎能够发迹?不若挺身江湖上去,做个下半世快乐也好。”石秀道:“小人只会使些枪棒,别无甚本事,如何能够发达快乐?”戴宗道:“这般时节认不得真,一者朝廷不明,二乃奸臣闭塞。小可一个薄识,因一口气去投奔了梁山泊宋公明入伙,如今论秤分金银,换套穿衣服,只等朝廷招安了,早晚都做个官人。”

石秀叹口气道:“小人便要去,也无门路可进。”戴宗道:“壮士若肯去时,小可当以相荐。”石秀道:“小人不敢拜问二位官人贵姓?”戴宗道:“小可姓戴名宗,兄弟姓杨名林。”石秀道:“江湖上听的说个江州神行太保,莫非正是足下?”戴宗道:“小可便是。”叫杨林身边包袱内取一锭十两银子,送与石秀做本钱。石秀不敢受,再三谦让,方才收了,才知道他是梁山泊神行太保。正欲诉说些心腹之话,投托入伙,只听得外面有人寻问入来。三个看时,却是杨雄带领着二十余人,都是做公的,赶入酒店里来。戴宗、杨林见人多,吃了一惊,乘闹哄里,两个慌忙走了。

石秀起身迎住道:“节级那里去来?”杨雄便道:“大哥,何处不寻你,却在这里饮酒。我一时被那厮封住了手,施展不得,多蒙足下气力,救了我这场便宜。一时间只顾赶了那厮去,夺他包袱,却撇了足下。这伙兄弟听得我厮打,都来相助,依还夺得抢去的花红缎匹回来,只寻足下不见。却

① 僭(jiàn)上——超越本分。

才有人说道：'两个客人，劝他去酒店里吃酒。'因此才知得，特地寻将来。"石秀道："却才是两个外乡客人，邀在这里酌三杯，说些闲话，不知节级呼唤。"杨雄大喜，便问道："足下高姓大名？贵乡何处？因何在此？"石秀答道："小人姓石，名秀，祖贯是金陵建康府人氏。平生性直，路见不平，便要去舍命相护，以此都唤小人做'拼命三郎'。因随叔父来此地贩卖羊马，不期叔父半途亡故，消折了本钱，流落在此蓟州卖柴度日。"杨雄看石秀时，好个壮士，生得上下相等。有首《西江月》词，单道着石秀好处。但见：

身似山中猛虎，性如火上浇油。心雄胆大有机谋，到处逢人搭救。

全仗一条杆棒，只凭两个拳头，掀天声价满皇州，拼命三郎石秀。

当下杨雄又问石秀道："却才和足下一处饮酒的客人何处去了？"石秀道："他两个见节级带人进来，只道相闹，以此去了。"杨雄道："恁地时，先唤酒保取两瓮酒来，大碗叫众人一家三碗，吃了去，明日却得来相会。"众人都吃了酒，自去散了。杨雄便道："石秀三郎，你休见外。想你此间必无亲眷，我今日就结义你做个弟兄如何？"石秀见说大喜，便说道："不敢动问节级贵庚？"杨雄道："我今年二十九岁。"石秀道："小弟今年二十八岁，就请节级坐，受小弟拜为哥哥。"石秀拜了四拜。杨雄大喜，便叫酒保安排饮馔酒果来，"我和兄弟今日吃个尽醉方休。"

正饮酒之间，只见杨雄的丈人潘公，带领了五七个人，直寻到酒店里来。杨雄见了，起身道："泰山来做甚么？"潘公叫："我听得你和人厮打，特地寻将来。"杨雄道："多谢这个兄弟救护了我，打得张保那厮见影也害怕。我如今就认义了石家兄弟做我兄弟。"潘公叫："好，好，且叫这几个弟兄吃碗酒了去。"杨雄便叫酒保讨酒来，每人三碗吃了去，便叫潘公中间坐了，杨雄对席上首，石秀下首。三人坐下，酒保自来斟酒。

潘公见了石秀这等英雄长大，心中甚喜，便说道："我女婿得你做个兄弟相帮，也不枉了公门中出入，谁敢欺负他！"又问道："叔叔原曾做甚买卖道路？"石秀道："先父原是操刀屠户。"潘公道："叔叔省得杀牲口的勾当么？"石秀笑道："自小吃屠家饭，如何不省得宰杀牲口？"潘公道："老汉原是屠户出身，只因年老做不得了，止有这个女婿，他又自一身入官府差遣，因此撇下这行衣饭。"三人酒至半酣，计算酒钱，石秀将这担柴也都准折了。

三人取路回来，杨雄入得门，便叫："大嫂，快来与这叔叔相见。"只见

布帘里面应道:“大哥,你有甚叔叔?”杨雄道:“你且休问,先出来相见。”布帘起处,走出那个妇人来。生得如何?但见:

黑鬒鬒鬓儿,细弯弯眉儿,光溜溜眼儿,香喷喷口儿,直隆隆鼻儿,红乳乳腮儿,粉莹莹脸儿,轻袅袅身儿,玉纤纤手儿,一捻捻腰儿,软脓脓肚儿,翘尖尖脚儿,花簇簇鞋儿,肉奶奶胸儿,白生生腿儿。更有一件窄湫湫,紧㧐㧐,红鲜鲜,紫稠稠,正不知是什么东西。

有诗为证:

二八佳人体似酥,腰悬月铲杀愚夫。
虽然不见人头落,暗里教君骨髓枯。

原来那妇人是七月七日生的,因此小字唤做巧云。先嫁了一个吏员,是蓟州人,唤做王押司,两年前身故了,方才晚嫁得杨雄,未及一年夫妻。石秀见那妇人出来,慌忙向前施礼道:“嫂嫂请坐。”石秀便拜,那妇人道:“奴家年轻,如何敢受礼?”杨雄道:“这个是我今日新认义的兄弟,你是嫂嫂,可受半礼。”当下石秀推金山,倒玉柱,拜了四拜。那妇人还了两礼,请入来里面坐地,收拾一间空房,教叔叔安歇。

话休絮烦。次日,杨雄自出去应当官府,吩咐家中道:“安排石秀衣服巾帻。”客店内有些行李包裹,都教去取来杨雄家里安放了。

却说戴宗、杨林自酒店里看见那伙做公的人来寻访石秀,闹哄里两个自走了,回到城外客店中歇了。次日,又去寻问公孙胜两日,绝无人认得,又不知他下落住处,两个商量了且回去。当日收拾了行李,便起身离了蓟州,自投饮马川来,和裴宣、邓飞、孟康一行人马,扮作官军,星夜望梁山泊来。戴宗要见他功劳,又纠合得许多人马上山,山上自做庆贺筵席,不在话下。

再说有杨雄的丈人潘公,自和石秀商量,要开屠宰作坊。潘公道:“我家后门头是一条断路小巷,又有一间空房在后面,那里井水又便,可做作坊,就教叔叔做房在里面,又好照管。”石秀见了也喜,“端的便益。”潘公再寻了个旧时识熟副手,“只央叔叔掌管帐目。”石秀应承了,叫了副手,便把大青大绿妆点起肉案子、水盆、砧头,打磨了许多刀杖,整顿了肉案,打并了作坊、猪圈,起上十数个肥猪,选个吉日,开张肉铺。众邻舍亲戚都来挂红贺喜,吃了一两日酒,杨雄一家,得石秀开了店,都欢喜。自此无话。一向潘公、石秀,自做买卖。

不觉光阴迅速,又早过了两个月有余。时值秋残冬到,石秀里里外外,身上都换了新衣穿着。石秀一日早起五更,出外县买猪,三日了方回家来,只见铺店不开,却到家里看时,肉店砧头也都收过了,刀杖家火亦藏过了。

石秀是个精细的人,看在肚里便省得了,自心中忖道:"常言:'人无千日好,花无百日红。'哥哥自出外去当官,不管家事,必然嫂嫂见我做了这些衣裳,以定背后有说话;又见我两日不回,必有人搬口弄舌,想是疑心,不做买卖。我休等他言语出来,我自先辞了回乡去休。自古道:'那得长远心的人?'"石秀已把猪赶在圈里,却去房中换了脚手,收拾了包裹行李,细细写了一本清帐,从后面入来。

潘公已安排下些素酒食,请石秀坐定吃酒。潘公道:"叔叔远出劳心,自赶猪来辛苦。"石秀道:"丈丈,礼当。且收过了这本明白帐目。若上面有半点私心,天地诛灭。"潘公道:"叔叔何故出此言?并不曾有个甚事。"石秀道:"小人离乡五七年了,今欲要回家去走一遭,特地交还帐目。今晚辞了哥哥,明早便行。"潘公听了,大笑起来道:"叔叔差矣。你且住,听老汉说。"那老子言无数句,话不一席。有分教,报恩壮士提三尺[①],破戒沙门丧九泉。毕竟潘公说出甚言语来,且听下回分解。

第四十五回

杨雄醉骂潘巧云　石秀智杀裴如海

话说石秀回来,见收过店面,便要辞别出门,潘公说道:"叔叔且住,老汉已知叔叔的意了。叔叔两夜不曾回家,今日回来,见收拾过了家火什物,叔叔已定心里只道是不开店了,因此要去。休说恁地好买卖,便不开店时,也养叔叔在家。不瞒叔叔说,我这小女先嫁得本府一个王押司,不幸没了,今得二周年,做些功果与他,因此歇了这两日买卖。明日请下报恩寺僧人来做功德,就要央叔叔管待则个。老汉年纪高大,熬不得夜,因

---

① 三尺——即"三尺剑。"

此一发和叔叔说知。"石秀道:"既然丈丈恁地说时,小人再纳定性过几时。"潘公道:"叔叔今后并不要疑心,只顾随分且过。"当时吃了几杯酒,并些素食,收过了杯盘。

只见道人挑将经担到来,铺设坛场,摆放佛像、供器、鼓、钹、钟、磬、香花、灯烛,厨下一面安排斋食。杨雄到申牌时分,回家走一遭,吩咐石秀道:"贤弟,我今夜却限当牢,不得前来,凡事央你支持则个。"石秀道:"哥哥放心自去,晚间兄弟替你料理。"

杨雄去了,石秀自在门前照管。没多时,只见一个年纪小的和尚,揭起帘子入来。石秀看那和尚时,端的整齐。但见:

一个青旋旋光头新剃,把麝香松子匀搽;一领黄烘烘直裰初缝,使沉速栴檀[1]香染。山根鞋履,是福州染到深青;九缕丝绦,系西地买来真紫。光溜溜一双贼眼,只睃趁施主娇娘;美甘甘满口甜言,专说诱丧家少妇。淫情发处,草庵中去觅尼姑;色胆动时,方丈内来寻行者。

那和尚入到里面,深深地与石秀打个问讯[2]。石秀答礼道:"师父少坐。"随背后一个道人,挑两个盒子入来,石秀便叫:"丈丈,有个师父在这里。"潘公听得,从里面出来,那和尚便道:"干爷如何一向不到敝寺。"老子道:"便是开了这些店面,却没工夫出来。"那和尚便道:"押司周年,无甚罕物相送,些少挂面,几包京枣。"老子道:"阿也,甚么道理,教师父坏钞!"教叔叔收过了。石秀自搬入去,叫点茶出来,门前请和尚吃。

只见那妇人从楼上下来,不敢十分穿重孝,只是淡汝轻抹,便问:"叔叔,谁送物事来?"石秀道:"一个和尚,叫丈丈做干爷的送来。"那妇人便笑道:"是师兄海阇黎裴如海,一个老实的和尚。他便是裴家绒线铺里小官人,出家在报恩寺中。因他师父是家里门徒,结拜我父做干爷,长奴两岁,因此上叫他做师兄。他法名叫做海公。叔叔,晚间你只听他请佛念经,有这般好声音。"石秀道:"原来恁地。"自肚里已有些瞧科。

那妇人便下楼来见和尚,石秀却背叉着手,随后跟出来,布帘里张看。只见那妇人出到外面,那和尚便起身向前来,合掌深深的打个问讯。那妇人便道:"甚么道理,教师兄坏钞!"和尚道:"贤妹,些少薄礼微物,不足挂

---

① 沉速栴(zhān)檀——即沉香、速香和檀香。栴檀即檀香。

② 问讯——问候。

齿。”那妇人道:“师兄何故这般说? 出家人的物事,怎的消受得?”和尚道:“敝寺新造水陆堂,也要来请贤妹随喜,只恐节级见怪。”那妇人道:“家下拙夫却不恁地计较,老母死时,也曾许下血盆[①] 愿心,早晚也要到上刹相烦还了。”和尚道:“这是自家的事,如何恁地说? 但是吩咐如海的事,小僧便去办来。”那妇人道:“师兄,多与我娘念几卷经便好。”只见里面丫环捧茶出来,那妇人拿起一盏茶来,把帕子去茶钟口边抹一抹,双手递与和尚。那和尚一头接茶,两只眼涎瞪瞪的只顾看那妇人身上,这妇人也嘻嘻的笑着看这和尚。人道色胆如天,却不防石秀在布帘里张见。

石秀自肚里暗忖道:“‘莫信直中直,须防仁不仁。’我几番见那婆娘常常的只顾对我说些风话,我只以亲嫂嫂一般相待,原来这婆娘到不是个良人。莫教撞在石秀手里,敢替杨雄做个出场[②],也不见的。”石秀此时已有三分在意了,但揭起布帘,走将出来。那贼秃放下茶盏,便道:“大郎请坐。”这妇人便插口道:“这个叔叔,便是拙夫新认义的兄弟。”那和尚虚心冷气,动问道:“大郎贵乡何处? 高姓大名?”石秀道:“我姓石,名秀,金陵人氏。因为只好闲管,替人出力,以此叫做‘拚命三郎’。我是个粗卤汉子,礼数不到,和尚休怪!”裴如海道:“不敢,不敢。小僧去接众僧来赴道场。”相别出门去了。那妇人道:“师兄早来些个。”那和尚应道:“便来了。”妇人送了和尚出门,自入里面来了。石秀却在门前低了头,只顾寻思。

看官听说,原来但凡世上的人,惟有和尚色情最紧,为何说这句话? 且如俗人出家人,都是一般父精母血所生,缘何见得和尚家色情最紧? 这上三卷书中所说潘、驴、邓、小、闲,惟有和尚家第一闲。一日三餐,吃了檀越施主的好斋好供,住了那高堂大殿僧房,又无俗事所烦,房里好床好铺睡着,没得寻思,只是想着此一件事。假如譬喻说一个财主家,虽然十相俱足,一日有多少闲事恼心,夜间又被钱物挂念,到三更二更才睡,总有娇妻美妾,同床共枕,那得情越。又有那一等小百姓们,一日价辛辛苦苦挣扎,早晨巴不到晚,起的是五更,睡的是半夜。到晚来,未上床,先去摸一摸米瓮看,到底没颗米,明日又无钱,总然妻子有些颜色,也无些甚么意

---

① 血盆——指白莲正教血盆经,为佛经之一,民间广为流通。

② 出场——出路,结果。下场。

兴[①]。因此上输与这和尚们一心闲静,专一理会这等勾当。那时古人评论到此去处,说这和尚们真个利害,因此苏东坡学士道:“不秃不毒,不毒不秃,转秃转毒,转毒转秃。”和尚们还有四句言语,道是:

一个字便是僧,两个字是和尚,
三个字鬼乐官,四字色中饿鬼。

且说这石秀自在门前寻思了半晌,又且去支持管待。不多时,只见行者先来点烛烧香。少刻,海阇黎引领众僧却来赴道场,潘公、石秀接着,相待茶汤已罢,打动鼓钹,歌咏赞扬。只见海阇黎同一个一般年纪小的和尚做阇黎,播动铃杵,发牒请佛,献斋赞供,诸大护法监坛主盟,“追荐亡夫王押司早生天界”。只见那妇人乔素梳妆,来到法坛上,执着手炉,拈香礼佛。那海阇黎越逞精神,摇着铃杵,念动真言。这一堂和尚见了杨雄老婆这等模样,都七颠八倒起来。

那众僧都在法坛上看见了这妇人,自不觉都手之舞之,足之蹈之,一时间愚迷了佛性禅心,拴不定心猿意马,以此上德行高僧世间难得。石秀却在侧边看了,也自冷笑道:“似此有甚功德,正谓之作福不如避罪。”

少间,证盟已了,请众和尚就里面吃斋,海阇黎却在众僧背后,转过头来,看着那妇人嘻嘻的笑,那婆娘也掩着口笑。两个都眉来眼去,以目送情。石秀都看在眼里,自有五分来不快意。

众僧都坐了吃斋,先饮了几杯素酒,搬出斋来,都下了衬钱。潘公道:“众师父饱斋则个。”少刻,众僧斋罢,都起身行食去了。转过一遭,再入道场。石秀心中好生不快意,只推肚疼,自去睡在板壁后了。

那妇人一点情动,那里顾的防备人看见,便自去支持[②]众僧,又打了一回鼓钹动事,把些茶食果品煎点。海阇黎着众僧用心看经,请天王拜忏,设浴召亡,参礼三宝。追荐到三更时分,众僧困倦,这海阇黎越逞精神,高声看诵。那妇人在布帘下看了,便教丫环请海和尚说话。那贼秃慌忙来到妇人面前。这婆娘扯住和尚袖子说道:“师兄明日来取功德钱时,就对爹爹说血盆愿心一事,不要忘了。”和尚道:“小僧记得。只说要还愿,也还了好。”和尚又道:“你家这个叔叔好生利害。”妇人应道:“这个睬他则

① 意兴——兴趣,兴致。
② 支持——支使。这里是照应的意思。

甚！又不是亲骨肉。”海阇黎道：“恁地小僧却才放心。我只道是节级的至亲兄弟。”

两个又戏笑了一回，那和尚自出去判斛送亡。不想石秀却在板壁后假睡，正张得着，都看在肚里了。当夜五更道场满散，送佛化纸已了，众僧作谢回去，那妇人自上楼去睡了。石秀却自寻思了，气道：“哥哥恁的豪杰，却恨撞了这个淫妇。”忍了一肚皮鸟气，自去作坊里睡了。

次日，杨雄回家，俱各不提。饭后杨雄又出去了。只见海阇黎又换了一套整整齐齐的僧衣，径到潘公家来。那妇人听得是和尚来了，慌忙下楼，出来接着，邀入里面坐地，便叫点茶来。那妇人谢道：“夜来多教师兄劳神，功德钱未曾拜纳。”海阇黎道：“不足挂齿。小僧夜来所说血盆忏愿心这一事，特禀知贤妹。要还时，小僧寺里现在念经，只要都疏一道就是。”那妇人道：“好，好。”便叫丫环请父亲出来商量。潘公便出来谢道：“老汉打熬不得，夜来甚是有失陪侍。不想石叔叔又肚疼倒了，无人管待，却是休怪，休怪。”那和尚道：“干爷正当自在。”那妇人便道：“我要替娘还了血盆忏旧愿，师兄说道，明日寺中做好事，就附答还了。先教师兄去寺里念经，我和你明日饭罢去寺里，只要证明忏疏，也是了当一头事。”潘公道：“也好，明日只怕买卖紧，柜上无人。”那妇人道：“放着石叔叔在家照管，却怕怎的？”潘公道：“我儿出口为愿，明日只得要去。”那妇人就取些银子做功果钱，与和尚去，“有劳师兄，莫责轻微，明日准来上刹讨素面吃。”海阇黎道：“谨候拈香。”收了银子，便起身谢道：“多承布施，小僧将去分俵众僧，来日专等贤妹来证盟。”那妇人直送和尚到门外去了。石秀自在作坊里安歇，起来宰猪赶趁。诗曰：

古来佛殿有奇逢，偷约欢期情倍浓。

也学裴航勤玉杵，巧云移处鹊桥通。

却说杨雄当晚回来安歇，妇人待他吃了晚饭，洗了脚手，却教潘公对杨雄说道：“我的阿婆临死时，孩儿许下血盆经忏愿心在这报恩寺中，我明日和孩儿去那里证盟酬了便回，说与你知道。”杨雄道：“大嫂，你便自说与我，何妨。”那妇人道：“我对你说，又怕你嗔怪，因此不敢与你说。”当晚无话，各自歇了。

次日五更，杨雄起来，自去画卯，承应官府。石秀起来，自理会做买卖。只见那妇人起来，浓汝艳饰，打扮得十分济楚，包了香盒，买了纸烛，讨了一乘轿子。石秀自一早晨顾买卖，也不来管他。饭罢，把丫环迎儿也打扮了。巳牌时候，潘公换了一身衣裳，来对石秀道："小弟相烦叔叔照管门前，老汉和拙女同去还些愿心便回。"石秀笑道："小人自当照管；丈丈但照管嫂嫂，多烧些好香早早来。"石秀自肚里已知了。

且说潘公和迎儿跟着轿子，一径望报恩寺里来。古人有篇偈子[①]说得好，道是：

朝看释伽经，暮念华严咒。
种瓜还得瓜，种豆还得豆。
经咒本慈悲，冤结如何救？
照见本来心，方便多竟究。
心地若无私，何用求天祐？
地狱与天堂，作者还自受。

这篇言语，古人留下，单说善恶报应，如影随形，既修六度万缘，当守三归五戒。叵耐缁流之辈，专为狗彘之行，辱莫前修，遗谤后世。

却说海阇黎这贼秃，单为这妇人结拜潘公做干爷，只吃杨雄阻滞碍眼，因此不能够上手。自从和这妇人结识起，只是眉来眼去送情，未见真实的事。因这一夜道场里，才见他十分有意。期日约定了。那贼秃磨枪备剑，整顿精神，先在山门下伺候，看见轿子到来，喜不自胜，向前迎接。潘公道："甚是有劳和尚。"那妇人下轿来谢道："多多有劳师兄。"海阇黎道："不敢，不敢！小僧已和众僧都在水陆堂上，从五更起来诵经，到如今未曾住歇，只等贤妹来证盟，却是多有功德。"把这妇人和老子引到水陆堂上，已自先安排下花果香烛之类，有十数个僧人在彼看经。那妇人都道了万福，参礼了三宝，海阇黎引到地藏菩萨面前证盟忏悔。通罢疏头，便化了纸，请众僧自去吃斋，着徒弟陪侍。

海和尚却请："干爷和贤妹去小僧房里拜茶。"一邀把这妇人引到僧房里深处，预先都准备下了，叫声："师哥拿茶来。"只见两个侍者捧出茶来，白雪锭器盏内，朱红托子，绝细好茶。吃罢，放下盏子。"请贤妹里面坐一坐。"又引到一个小小阁儿里，琴光黑漆春台，排几幅名人书画，小桌儿上焚一炉妙香。潘公和女儿一台坐了，和尚对席，迎儿立在侧边。那妇人

---

① 偈(jì)子——佛经中的唱词。

道:“师兄端的是好个出家人去处,清幽静乐。”海阇黎道:“妹子休笑话,怎生比得贵宅上。”潘公道:“生受了师兄一日,我们回去。”那和尚那里肯,便道:“难得干爷在此,又不是外人,今日斋食已是贤妹做施主,如何不吃箸面了去? 师哥快搬来!”说言未了,却早托两盘进来,都是日常里藏下的希奇果子,异样菜蔬,并诸般素馔之物,摆满春台。那妇人便道:“师兄何必治酒,反来打搅。”和尚笑道:“不成礼数,微表薄情而已。”师哥将酒来斟在杯中。和尚道:“干爷多时不来,试尝这酒。”老儿饮罢道:“好酒,端的味重。”和尚道:“前日一个施主家传得此法,做了三五石米,明日送几瓶来与令婿吃。”老儿道:“甚么道理?”和尚又劝道:“无物相酬贤妹娘子,胡乱告饮一杯。”两个小师哥儿轮番筛酒,迎儿也吃劝了几杯。那妇人道:“酒住,吃不去了。”和尚道:“难得贤妹到此,再告饮几杯。”潘公叫轿夫入来,各人与他一杯酒吃。和尚道:“干爷不必记挂,小僧都吩咐了。已着道人邀在外面,自有坐处吃酒。干爷放心,且请开怀自饮几杯。”原来这贼秃为这个妇人,特地对付下这等有力气的好酒,潘公吃央不过,多吃了两杯,当不住醉了。和尚道:“且扶干爷去床上睡一睡。”和尚叫两个师哥只一扶,把这老儿搀在一个冷净房里去睡了。

这里,和尚自劝道:“娘子开怀再饮几杯。”那妇人一者有心,二乃酒入情怀,自古道:“酒乱性,色迷人。”那妇人三杯酒落肚,便觉有些朦朦胧胧上来,口里嘈道:“师兄,你只顾央我吃酒做甚么?”和尚扯着口嘻嘻的笑道:“只是敬重娘子。”那妇人道:“我吃不得了。”和尚道:“请娘子去小僧房里看佛牙。”那妇人便道:“我正要看佛牙则个。”这和尚把那妇人一引,引到一处楼上,却是海阇黎的卧房,铺设得十分整齐。那妇人看了,先自五分欢喜,便道:“你端的好个卧房,干干净净。”和尚笑道:“只是少一个娘子。”那妇人也笑道:“你便讨一个不得?”和尚道:“那里得这般施主。”妇人道:“你且教我看佛牙则个。”和尚道:“你叫迎儿下去了,我便取出来。”那妇人道:“迎儿,你且下去看老爷醒也未。”迎儿自下的楼来去看潘公,和尚把楼门关上。

那妇人道:“师兄,你关我在这里怎的?”这贼秃淫心荡漾,向前搂住那妇人说道:“我把娘子十分爱慕。我为你下了两年心路,今日难得娘子到此这个机会,作成小僧则个。”那妇人又道:“我的老公不是好惹的,你却要骗我。倘若他得知,却不饶你。”和尚跪下道:“只是娘子可怜见小僧则个。"那妇人张着手说道:"和尚家倒会缠人,我老大耳刮子打你。"和尚嘻嘻的笑着,说道:"任从娘子打,只怕娘子闪了手。"那妇人淫心也动,便搂起和尚道:"我终不成当真打你?"和尚便抱住这妇人,向床前卸衣解带,共枕欢娱。正是:

不顾如来法教,难遵佛祖遗言。一个色胆歪邪,管甚丈夫利害。一个淫心荡漾,从他长老埋怨。这个气喘声嘶,却似牛齁柳影;那个娇言语涩,浑如莺啭花间。一个耳边诉云意雨情,一个枕上说海誓山盟。阇黎房里,翻为快活道场;报恩寺中,真是极乐世界。可惜菩提甘露水,一朝倾在巧云中。

从古及今,先人留下两句言语,单道这和尚家是铁里蛀虫。铁最实没缝的,也要钻进去,凡俗人家,岂可惹他。自古说这秃子道:

色中饿鬼兽中狨,弄假成真说祖风。

此物只可林下看,岂堪引入画堂中。

当时那贼秃说道:"你既有心于我,我身死而无怨。只是今日虽然亏你作成了我,只得一霎时的恩爱快活,久后必然害杀小僧。"那妇人便道:"你且不要慌,我已寻思一条计较。我的老公,一个月倒有二十来日当牢上宿,我自买了迎儿,教他每日在后门里伺候。若是夜晚,老公不在家时,便掇一个香桌儿出来,烧夜香为号,你便放心入来。若怕五更睡着了,不知省觉,却那里寻得一个报晓的头陀,买他来后门头,大敲木鱼,高声叫佛,便好出去。若买得这等一个时,一者得他外面策望,二乃不叫你失了晓。"和尚听了这话,大喜道:"妙哉!你只顾如此行,我这里自有个头陀胡道人,我自吩咐他来策望便了。"那妇人道:"我不敢留恋长久,恐这厮们疑忌,我快回去是得,你只不要误约。"那妇人连忙再整云鬟,重匀粉面,开了楼门便下楼来,教迎儿叫起潘公,慌忙便出僧房来。轿夫吃了酒面,已在寺门前伺候。海阇黎直送那妇人出山门外,那妇人作别了上轿,自和潘公、迎儿归家,不在话下。

却说这海阇黎自来寻报晓头陀。本房原有个胡道人,在寺后退居里小庵中过活,诸人都叫他做胡头陀,每日只是起五更,来敲木鱼报晓,劝人念佛;天明时,收掠斋饭。海和尚唤他来房中,安排三杯好酒相待了他,又取些银子送与胡道。胡道起身说道:"弟子无功,怎敢受禄?屡承师父的恩惠。"海阇黎道:"我自看你是个志诚的人。我早晚出些钱,贴买道度牒,剃你为僧。这些银子,权且将去,买些衣服穿着。"

原来这海阇黎日常时只是教师哥不时送些午斋与胡道吃,已下又带挈他去念经,得些斋衬钱。胡道感恩不浅,尚未报他,"今日又与我银两,必有用我处,何必等他开口?"胡道便道:"师父有事,若用小道处,即当向前。"海阇黎道:"胡道,你既如此好心,有件事不瞒你,所有潘公的女儿,要和我来往,约定后门口摆设香桌儿在外时,便是教我来。我也难去那里踅,若得你先去看探有无,我才好去;又要烦你五更起来叫人念佛时,可就来那里后门头,看没人,便把木鱼大敲报晓,高声叫佛,我便好出来。"胡道便道:"这个有何难哉!"当时应允了。

其日先来潘公后门首讨斋饭,只见迎儿出来说道:"你这道人,如何不来前门讨斋饭,却在后门里来?"那胡道便念起佛来,里面这妇人听得了,已自瞧科,便出来后门问道:"你这道人,莫不是五更报晓的头陀?"胡道应道:"小道便是五更报晓的头陀,教人省睡,晚间宜烧些香,教人积福。"那妇人听了大喜,便叫迎儿去楼上取一串铜钱来布施他。这头陀张得迎儿转身,便对那妇人说道:"小道便是海阇黎心腹之人,特地使我前来探路。"那妇人道:"我已知道了。今夜晚间,你可来看,如有香桌儿在外,你可便报与他则个。"胡道把头来点着。迎儿就将铜钱来,与胡道去了。那妇人来到楼上,却把心腹之事对迎儿说了。自古道:"人家女使,谓之奴才。"但得须些小便宜,如何不随顺了,天大之事,也都做了。因此人家妇人女使,可用而不可信,却又少他不得。有诗为证:

送暖偷寒起祸胎,坏家端的是奴才。

请看当日红娘事,却把莺莺哄出来。

却说杨雄此日正该当牢,未到晚,先来取了铺盖去,自监里上宿。这迎儿得了些小意儿,巴不到晚,自去安排了香桌儿,黄昏时掇在后门外,那妇人却闪在旁边伺候。初更左侧,一个人戴顶头巾,闪将入来,迎儿问道:"是谁?"那人也不答应,便除下头巾,露出光顶来。这妇人在侧边见是海和尚,轻轻地骂一声:"贼秃,倒好见识。"两个上楼去了。迎儿自来掇过了香桌儿,关上了后门,也自去睡了。他两个当夜如胶似漆,如糖似蜜,如酥似髓,如鱼似水,快活淫戏了一夜。

自古道:"莫说欢娱嫌夜短,只要金鸡报晓迟。"两个正好睡哩,只听得咯咯地木鱼响,高声念佛,和尚和妇人梦中惊觉。海阇黎披衣起来道:"我去也,今晚再相会。"那妇人道:"今后但有香桌儿在后门外,你便不可负约;如无香桌儿在后门,你便切不可来。"和尚下床,依前戴上头巾,迎儿开了后门,放他去了。

自此为始,但是杨雄出去当牢上宿,那和尚便来家中。只有这个老儿,未晚先自要睡;迎儿这个丫头,已自做一路了;只要瞒着石秀一个。两个一似被摄了魂魄的一般。这和尚只待头陀报了,便离寺来。那妇人专得迎儿做脚,放他出入,因此快活偷养和尚戏耍。自此往来,将近一月有余。这和尚也来了十数遍。

且说这石秀每日收拾了店时,自在坊里歇宿,常有这件事挂心,每日委决不下,却又不曾见这和尚往来。每日五更睡觉,不时跳将起来,料度这件事。只听得报晓头陀直来巷里敲木鱼,高声叫佛。石秀是个乖觉的人,早瞧了八分,冷地里思量道:"这条巷是条死巷,如何有这头陀连日来这里敲木鱼叫佛？事有可疑。"

当是十一月中旬之日,五更时分,石秀正睡不着,只听得木鱼敲响,头陀直敲入巷里来,到后门口高声叫道:"普度众生,救苦救难,诸佛菩萨!"石秀听得叫的跷蹊,便跳将起来,去门缝里张时,只见一个人戴顶头巾从黑影里闪将出来,和头陀去了,随后便是迎儿来关门。石秀见了,自说道:"哥哥如此豪杰,却恨讨了这个淫妇,倒被这婆娘瞒过了,做成这等勾当。"巴得天明,把猪出去门前挑了,卖个早市。饭罢,讨了一遭赊钱,日中前后,径到州衙前来寻杨雄。

却好行至州桥边,正迎见杨雄。杨雄便问道:"兄弟,那里去来?"石秀道:"因讨赊钱,就来寻哥哥。"杨雄道:"我常为官事忙,并不曾和兄弟快活吃三杯,且来这里坐一坐。"杨雄把这石秀引到州桥下一个酒楼上,拣一处僻净阁儿里,两个坐下,叫酒保取瓶好酒来,安排盘馔、海鲜、案酒。

二人饮过三杯,杨雄见石秀只低了头寻思,杨雄是个性急的人,便问道:"兄弟心中有些不乐,莫不家里有甚言语伤触你处?"石秀道:"家中也无有甚话。兄弟感承哥哥把做亲骨肉一般看待,有句话敢说么?"杨雄道:"兄弟何故今日见外？有的话,但说不妨。"

石秀道:"哥哥每日出来,只顾承当官府,却不知背后之事。这个嫂嫂不是良人,兄弟已看在眼里多遍了,且未敢说。今日见得仔细,忍不住来寻哥哥,直言休怪。"杨雄道:"我自无背后眼,你且说是谁?"石秀道:"前者家里做道场，请那个贼秃海阇黎来，嫂嫂便和他眉来眼去，兄弟都看见。第三日又去寺里还血盆忏愿心，两个都带酒归来。我近日只听得一个头陀直来巷内敲木鱼叫佛，那厮敲得作怪。今日五更被我起来张时，看见果然是这贼秃，戴顶头巾，从家里出去。似这等淫妇，要他何用。”

杨雄听了大怒道：“这贱人怎敢如此！”石秀道：“哥哥且息怒。今晚都不要提，只和每日一般；明日只推做上宿，三更后却再来敲门，那厮必然从后门先走，兄弟一把拿来，从哥哥发落。”杨雄道：“兄弟见得是。”石秀又吩咐道：“哥哥今晚且不可胡发说话。”杨雄道：“我明日约你便是。”两个再饮了几杯，算还了酒钱，一同下楼来，出得酒肆，各散了。

只见四五个虞候叫杨雄道：“那里不寻节级？知府相公在花园里坐地，教寻节级来和我们使棒，快走，快走。”杨雄便吩咐石秀道：“本官唤我，只得去应答，兄弟，你先回家去。”石秀当下自归家里来，收拾了店面，自去作坊里歇息。

且说杨雄被知府唤去到后花园中，使了几回棒，知府看了大喜，叫取酒来，一连赏了十大赏钟。杨雄吃了，都各散了，众人又请杨雄去吃酒。至晚，吃得大醉，扶将归来。诗曰：

曾闻酒色气相连，浪子酣寻花柳眠。
只有英雄心里事，醉中触愤不能蠲[①]。

那妇人见丈夫醉了，谢了众人，却自和迎儿搀上楼梯去，明晃晃地点着灯烛。杨雄坐在床上，迎儿去脱翰鞋，妇人与他除头巾，解巾帻。杨雄看了那妇人，一时蓦上心来，自古道：“醉是醒时言。”指着那妇人骂道：“你这贱人，贼妮子，好歹是我结果了你！”那妇人吃了一惊，不敢回话，且伏侍杨雄睡了。杨雄一头上床睡，一头口里恨恨的骂道：“你这贱人，腌臜泼妇，那厮敢大虫口里倒涎。我手里不到得轻轻地放了你。”那妇人那里敢喘气，直待杨雄睡着。

看看到五更。杨雄酒醒了，讨水吃，那妇人便起舀碗水，递与杨雄吃了，桌上残灯尚明。杨雄吃了水，便问道：“大嫂，你夜来不曾脱衣裳睡？”那妇人道：“你吃得烂醉了，只怕你要吐，那里敢脱衣裳，只在脚后倒了一夜。”杨雄道：“我不曾说甚言语？”那妇人道：“你往常酒性好，但吃醉了便

---

① 蠲(juān)——除去，减免。

睡,我夜来只有些儿放不下。”杨雄又问道:“石秀兄弟这几日不曾和他快活吃得三杯,你家里也自安排些请他。”那妇人也不应,自坐在踏床上,眼泪汪汪,口里叹气。

杨雄又说道:“大嫂,我夜来醉了,又不曾恼你,做甚么了烦恼?”那妇人掩着泪眼只不应。杨雄连问了几声,那妇人掩着脸假哭。杨雄就踏床上扯起那妇人在床上,务要问他为何烦恼。那妇人一头哭,一面口里说道:“我爹娘当初把我嫁王押司,只指望一竹竿打到底,谁想半路相抛!今日嫁得你十分豪杰,却又是好汉,谁想你不与我做主!”杨雄道:“又作怪,谁敢欺负你,我不做主?”那妇人道:“我本待不说,却又怕你着他道儿;欲待说来,又怕你忍气。”杨雄听了,便道:“你且说怎么地来。”那妇人道:“我说与你,你不要气苦。自从你认义了这个石秀家来,初时也好,向后看看放出刺来。见你不归时,时常看了我说道:‘哥哥今日又不来,嫂嫂自睡也好冷落。’我只不睬他,不是一日了。这个且休说。昨日早晨,我在厨房洗脖项,这厮从后走出来,看见没人,从背后伸只手来摸我胸前道:‘嫂嫂,你有孕也无?’被我打脱了手。本待要声张起来,又怕邻舍得知笑话,装你的望子;巴得你归来,却又滥泥也似醉了,又不敢说。我恨不得吃了他,你兀自来问石秀兄弟怎的!”正是:

淫妇从来多巧言,丈夫耳软易为昏。

自今石秀前门出,好放阇黎进后门。

杨雄听了,心中火起,便骂道:“‘画龙画虎难画骨,知人知面不知心。’这厮倒来我面前又说海阇黎许多事,说得个没巴鼻[1]。眼见得那厮慌了,便先来说破,使个见识[2]。”口里恨恨地道:“他又不是我亲兄弟,赶了出去便罢。”

杨雄到天明,下楼来对潘公说道:“宰了的牲口,腌了罢,从今日便休要做买卖。”一霎时,把柜子和肉案都拆了。石秀天明正将了肉出来门前开店,只见肉案并柜子都拆翻了。石秀是个乖觉的人,如何不省得,笑道:“是了。因杨雄醉后出言,走透了消息,倒吃这婆娘使个见识,撺定是反说我无礼。他教丈夫收了肉店,我若便和他分辨,教杨雄出丑。我且退一步

---

① 没巴鼻——即“有巴鼻”。巴鼻,根据,来由。意与今“有鼻子有眼儿”相类。

② 见识——诡计,计策。

了,却别作计较。"石秀便去作坊里收拾了包裹。杨雄怕他羞耻,也自去了。石秀提了包裹,跨了解腕尖刀,来辞潘公道:"小人在宅上打搅了许多时,今日哥哥既是收了铺面,小人告回,帐目已自明明白白,并无分文来去。如有毫厘昧心,天诛地灭。"潘公被女婿吩咐了,也不敢留他。有诗为证:

枕边言易听,背后眼难开。

直道驱将去,奸邪漏进来。

石秀相辞了,却只在近巷内寻个客店安歇,赁了一间房住下。石秀却自寻思道:"杨雄与我结义,我若不明白得此事,枉送了他的性命。他虽一时听信了这妇人说,心中怪我,我也分别[①] 不得,务要与他明白了此一事。我如今且去探听他几时当牢上宿,起个四更,便见分晓。"在店里住了两日,却去杨雄门前探听。当晚只见小牢子取了铺盖出去,石秀道:"今晚必然当牢,我且做些工夫看便了。"

当晚回店里,睡到四更起来,跨了这口防身解腕尖刀,悄悄地开了店门,径踅到杨雄后门头巷内。伏在黑影里张时,却好交五更时候,只见那个头陀挟着木鱼,来巷口探头探脑。石秀一闪,闪在头陀背后,一只手扯住头陀,一只手把刀去脖子上搁着,低声喝道:"你不要挣扎。若高则声,便杀了你。你只好好实说,海和尚叫你来怎地?"那头陀道:"好汉,你饶我便说。"石秀道:"你快说,我不杀你。"头陀道:"海阇黎和潘公女儿有染,每夜来往,教我只看后门头有香桌儿为号,唤他入钹[②];五更里却教我来敲木鱼叫佛,唤他出钹。"石秀道:"他如今在那里?"头陀道:"他还在他家里睡着。我如今敲得木鱼响,他便出来。"石秀道:"你且借你衣服木鱼与我。"头陀身上剥了衣服,夺了木鱼。头陀把衣服正脱下来,被石秀将刀就颈上一勒,杀倒在地。头陀已死了,石秀却穿上直裰、护膝,一边插了尖刀,把木鱼直敲入巷里来。海阇黎在床上,却好听得木鱼咯咯地响,连忙起来,披衣下楼。

迎儿先来开门,和尚随后从后门里闪将出来。石秀兀自把木鱼敲响,那和尚悄悄喝道:"只顾敲甚么!"石秀也不应他,让他走到巷口,一交放

---

① 分别——分辩。

② 入钹(bó)——"入门"的隐语。

翻,按住喝道:“不要高则声!高声,便杀了你。只等我剥了衣服便罢。”海阇黎知道是石秀,那里敢挣扎则声。被石秀都剥了衣裳,赤条条不著一丝,悄悄去屈膝边拔出刀来,三四刀搠死了。却把刀来放在头陀身边,将了两个衣服,卷做一捆包了,再回客店里,轻轻地开了门进去,悄悄地关上了自去睡,不在话下。

却说本处城中一个卖糕粥的王公,其日早挑着担糕粥,点着个灯笼,一个小猴子跟着出来赶早市。正来到死尸边过,却被绊一交,把那老子一担糕粥倾泼在地下,只见小猴子叫道:“苦也!一个和尚醉倒在这里。”老子摸得起来,摸了两手血迹,叫声苦,不知高低。几家邻舍听得,都开了门出来,把火照时,只见遍地都是血粥,两个尸首躺在地上。众邻舍一把拖住老子,要去官司陈告。正是:祸从天降,灾向地生。毕竟王公怎地脱身,且听下回分解。

第四十六回

病关索大闹翠屏山　拚命三火烧祝家店

话说当下众邻舍结住王公,直到蓟州府里首告。知府却才升厅,一行人跪下告道:“这老子挑着一担糕粥,泼翻在地下,看时,却有两个死尸在地下:一个是和尚,一个是头陀,俱各身上无一丝,头陀身边有刀一把。”老子告道:“老汉每日常卖糕糜营生,只是五更出来赶趁。今朝起得早了些个,和这铁头猴子只顾走,不看下面,一交绊翻,碗碟都打碎了,只见两个死尸血渌渌的在地上,一时失惊,叫起来,倒被邻舍扯住到官。望相公明镜,可怜见辨察。”

知府随即取了供词,行下公文,委当方里甲,带了仵作公人,押了邻舍、王公一干人等,下来检验尸首,明白回报。

众人登场看检已了,回州禀复知府:“被杀死僧人系是报恩寺阇黎裴如海,旁边头陀,系是寺后胡道。和尚不穿一丝,身上三四道搠伤致命方死;胡道身边见有凶刀一把,只见项上有勒死痕伤一道,想是胡道掣刀搠死和尚,惧罪自行勒死。”知府叫拘本寺僧鞫问缘故,俱各不知情由,知府也没个决断，当案孔目禀道："眼见得这和尚裸形赤体，必是和那头陀干甚不公不法的事，互相杀死，不干王公之事。邻舍都教召保听候，尸首着仰本寺住持即备棺木盛殓，放在别处，立个互相杀死的文书便了。"知府道："也说得是。"随即发落了一干人等，不在话下。

蓟州城里有些好事的子弟，做成一调儿，道是：

巨耐秃囚无状，做事直恁狂荡，暗约娇娥，要为夫妇，永同鸳帐。怎禁贯恶满盈，玷辱诸多和尚，血泊内横尸里巷。今日赤条条甚么模样，立雪齐腰，投岩喂虎，全不想祖师经上。目莲救母生天，这贼秃为婆娘身丧。

后来书会们备知了这件事，拿起笔来，又做了这只《临江仙》词，教唱道：

淫行沙门招杀报，暗中不爽[①]分毫。头陀尸首亦蹊跷，一丝真不挂，立地吃屠刀。　　大和尚此时精血丧，小和尚昨夜风骚。空门里刎颈见相交，拼死争同穴，残生送两条。

这件事，满城都讲动了。那妇人也惊得呆了，自不敢说，只是肚里暗暗地叫苦。

杨雄在蓟州府里，有人告道杀死和尚、头陀，心里早瞧了七八分，寻思："此一事，准是石秀做出来的。我前日一时间错怪了他，我今日闲些，且去寻他，问他个真实。"正走过州桥前来，只听得背后有人叫道："哥哥，那里去？"杨雄回过头来，见是石秀，便道："兄弟，我正没寻你处。"石秀道："哥哥且来我下处，和你说话。"把杨雄引到客店里小房内，说道："哥哥，兄弟不说谎么？"杨雄道："兄弟，你休怪我。是我一时愚蠢，不是了，酒后失言，反被那婆娘瞒过了，怪兄弟相闹不得。我今特来寻贤弟，负荆请罪。"石秀道："哥哥，兄弟虽是个不才小人，却是顶天立地的好汉，如何肯做这等之事？怕哥哥日后中了奸计，因此来寻哥哥，有表记教哥哥看。"将过和尚、头陀的衣裳，"尽剥在此。"

杨雄看了，心头火起，便道："兄弟休怪。我今夜碎割了这贱人，出这口恶气。"石秀笑道："你又来了。你既是公门中勾当的人，如何不知法度？你又不曾拿得他真奸，如何杀得人？倘或是小弟胡说时，却不错杀了人。"杨雄道："似此怎生罢休得？"石秀道："哥哥只依着兄弟的言语，教你做个

---

① 不爽——不差。

好男子。”杨雄道:“贤弟,你怎地教我做个好男子?”石秀道:“此间东门外有一座翠屏山,好生僻静。哥哥到明日,只说道,我多时不曾烧香,我今来和大嫂同去,把那妇人赚将出来,就带了迎儿同到山上。小弟先在那里等候着,当头对面,把这是非都对得明白了,哥哥那时写与一纸休书,弃了这妇人,却不是上着?”杨雄道:“兄弟,何必说得,你身上清洁,我已知了,都是那妇人谎说。”石秀道:“不然,我也要哥哥知道他往来真实的事。”杨雄道:“既然兄弟如此高见,必然不差,我明日准定和那贱人来,你却休要误了。”石秀道:“小弟不来时,所言俱是虚谬。”

杨雄当下别了石秀,离了客店,且去府里办事,至晚回来,并不提起,亦不说甚,只和每日一般。次日天明起来,对那妇人说道:“我昨夜梦见神人叫我,说有旧愿不曾还得。向日许下东门外岳庙里那炷香愿,未曾还得,今日我闲些,要去还了,须和你同去。”那妇人道:“你便自去还了罢,要我去何用?”杨雄道:“这愿心却是当初说亲时许下的,必须要和你同去。”那妇人道:“既是恁地,我们早吃些素饭,烧汤沐浴了去。”杨雄道:“我去买香纸,顾轿子,你便洗浴了,梳头插带了等我,就叫迎儿也去走一遭。”

杨雄又来客店里,相约石秀:“饭罢便来,兄弟休误。”石秀道:“哥哥,你若抬得来时,只教在半山里下了轿,你三个步行上来,我自在上面一个僻处等你,不要带闲人上来。”杨雄约了石秀,买了纸烛,归来吃了早饭。那妇人不知此事,只顾打扮的齐齐整整,迎儿也插带了,轿夫扛轿子,早在门前伺候。杨雄道:“泰山看家,我和大嫂烧香了便回。”潘公道:“多烧香,早去早回。”

那妇人上了轿子,迎儿跟着,杨雄也随在后面,出得东门来,杨雄低低吩咐轿夫道:“与我抬上翠屏山去,我自多还你些轿钱。”不到两个时辰,早来到翠屏山上。原来这座翠屏山,却在蓟州东门外二十里,都是人家的乱坟,上面一望,尽是青草白杨,并无庵舍寺院。当下杨雄把那妇人抬到半山,叫轿夫歇下轿子,拔去葱管,搭起轿帘,叫那妇人出轿来。妇人问道:“却怎地来这山里?”杨雄道:“你只顾且上去。轿夫只在这里等候,不要来,少刻一发打发你酒钱。”轿夫道:“这个不妨,小人自只在此间伺候便了。”杨雄引着那妇人并迎儿,三个人上了四五层山坡,只见石秀坐在上面。那妇人道:“香纸如何不将来?”杨雄道:“我自先使人将上去了。”把妇人一引,引到一处古墓里,石秀便把包裹、腰刀、杆棒,都放在树根前,来道:“嫂嫂拜揖。”那妇人连忙应道:“叔叔怎地也在这里?”一头说,一面肚里吃了一惊。石秀道:“在此专等多时。”杨雄道:“你前日对我说道:叔叔多遍把言语调戏你,又将手摸着你胸前,问你有孕也无。今日这里无人,你两个对的明白。”那妇人道:“哎呀,过了的事,只顾说甚么?”石秀睁着眼来道:“嫂嫂,你怎么说?这须不是闲话,正要哥哥面前对个明白。”那妇人道:“叔叔,你没事自把鬅儿提做甚么?”石秀道:“嫂嫂,你休要硬诤,教你看个证见。”便去包裹里,取出海阇黎并头陀的衣服来,撒放地下道:“你认得么?”那妇人看了,飞红了脸,无言可对。石秀飕地掣出腰刀,便与杨雄说道:“此事只问迎儿,便知端的。”

杨雄便揪过那丫头跪在面前,喝道:“你这小贱人,快好好实说:怎地在和尚房里入奸,怎生约会把香桌儿为号,如何教头陀来敲木鱼。实对我说,饶你这条性命;但瞒了一句,先把你剁做肉泥。”迎儿叫道:“官人,不干我事,不要杀我,我说与你。”却把僧房里吃酒,上楼看佛牙,赶他下楼来看潘公酒醒说起,“两个背地里约下,第三日教头陀来化斋饭,叫我取铜钱布施与他,娘子和他约定:但是官人当牢上宿,要我掇香桌儿放在后门外,便是暗号。头陀来看了,却去报知和尚。当晚海阇黎扮做俗人,带顶头巾入来,五更里只听那头陀来敲木鱼响,高声念佛为号,叫我开后门放他出去。但是和尚来时,瞒我不得,只得对我说了。娘子许我一副钏镯,一套衣裳,我只得随顺了。似此往来,通有数十遭,后来便吃杀了。又与我几件首饰,教我对官人说石叔叔把言语调戏一节。这个我眼里不曾见,因此不敢说。只此是实,并无虚谬。”

迎儿说罢,石秀便道:“哥哥得知么?这般言语,须不是兄弟教他如此说。请哥哥却问嫂嫂备细缘由。”杨雄揪过那妇人来,喝道:“贼贱人,丫头已都招了,便你一些儿休赖,再把实情对我说了,饶了这贼人一条性命。”那妇人说道:“我的不是了。你看我旧日夫妻之面,饶恕了我这一遍。”石秀道:“哥哥含糊不得,须要问嫂嫂一个明白备细缘由。”杨雄喝道:“贱人,你快说!”那妇人只得把偷和尚的事,从做道场夜里说起,直至往来,一一都说了。石秀道:“你却怎地对哥哥倒说我来调戏你?”那妇人道:“前日他醉了骂我,我见他骂得跷蹊,我只猜是叔叔看见破绽,说与他。到五更里,又提起来问叔叔如何,我却把这段话来支吾,实是叔叔并不曾恁地。”石秀道:“今日三面说得明白了,任从哥哥心下如何措置。”

杨雄道："兄弟，你与我拔了这贼人的头面[1]，剥了衣裳，我亲自伏侍他。"石秀便把那妇人头面首饰衣服都剥了，杨雄割两条裙带来，亲自用手把妇人绑在树上。石秀也把迎儿的首饰都去了，递过刀来说道："哥哥，这个小贱人，留他做甚么？一发斩草除根。"杨雄应道："果然，兄弟把刀来，我自动手。"迎儿见头势不好，却待要叫，杨雄手起一刀，挥作两段。那妇人在树上叫道："叔叔劝一劝。"石秀道："嫂嫂，哥哥自来伏侍你。"杨雄向前，把刀先挖出舌头，一刀便割了，且教那妇人叫不的。杨雄却指着骂道："你这贼贱人，我一时间误听不明，险些被你瞒过了。一者坏了我兄弟情分，二乃久后必然被你害了性命。不如我今日先下手为强。我想你这婆娘心肝五脏怎地生着，我且看一看。"一刀从心窝里直割到小肚子下，取出心肝五脏，挂在松树上。杨雄又将这妇人七事件[2] 分开了，却将头面衣服都拴在包裹里了。

杨雄道："兄弟，你且来，和你商量一个长便。如今一个奸夫，一个淫妇，都已杀了，只是我和你投那里去安身？"石秀道："兄弟已寻思下了，自有个所在，请哥哥便行，不可耽迟。"杨雄道："却是那里去？"石秀道："哥哥杀了人，兄弟又杀人，不去投梁山泊入伙，却投那里去？"杨雄道："且住。我和你又不曾认得他那里一个人，如何便肯收录我们？"石秀道："哥哥差矣。如今天下江湖上皆闻山东及时雨宋公明招贤纳士，结识天下好汉，谁不知道？放着我和你一身好武艺，愁甚不收留！"杨雄道："凡事先难后易，免得后患，我却不合是公人，只恐他疑心，不肯安着我们。"石秀笑道："他不是押司出身？我教哥哥一发放心。前者哥哥认义兄弟那一日，先在酒店里和我吃酒的那两个人，一个是梁山泊神行太保戴宗，一个是锦豹子杨林。他与兄弟十两一锭银子，尚兀自在包里，因此可去投托他。"杨雄道："既有这条门路，我去收拾了些盘缠便走。"石秀道："哥哥，你也这般搭缠[3]。倘或入城事发拿住，如何脱身？放着包裹里现有若干钗钏首饰，兄弟又有些银两，再有三五个人，也够用了，何须又去取讨。惹起是非来，如何解救？这事少时便发，不要迟滞，我们只好望山后走。"

① 头面——首饰。

② 七事件——人的五脏和肠胃。

③ 搭缠——搅不清，缠扯。

石秀便背上包裹，拿了杆棒，杨雄插了腰刀在身边，提了朴刀，却待要离古墓，只见松树后走出一个人来叫道："清平世界，荡荡乾坤，把人割了，却去投奔梁山泊入伙，我听得多时了。"杨雄、石秀看时，那人纳头便拜。杨雄却认得这人，姓时，名迁，祖贯是高唐州人氏，流落在此，只一地里做些飞檐走壁，跳篱骗马的勾当。曾在蓟州府里吃官司，却是杨雄救了他。人都叫做鼓上蚤。有诗为证：

骨软身躯健，眉浓眼目鲜。
形容如怪族，行走似飞仙。
夜静穿墙过，更深绕屋悬。
偷营高手客，鼓上蚤时迁。

当时杨雄便问时迁："你如何在这里？"时迁道："节级哥哥听禀：小人近日没甚道路，在这山里掘些古坟，觅两分东西。因见哥哥在此行事，不敢出来冲撞，却听说去投梁山泊入伙。小人如今在此，只做得些偷鸡盗狗的勾当，几时是了。跟随的二位哥哥上山去，却不好？未知尊意肯带挈小人么？"石秀道："既是好汉中人物，他那里如今招纳壮士，那争你一个。若如此说时，我们一同去。"时迁道："小人却认得小路去。"当下引了杨雄、石秀，三个人自取小路下后山，投梁山泊去了。

却说这两个轿夫在半山里等到红日平西，不见三个下来，吩咐了，又不敢上去。挨不过了，不免信步寻上山来，只见一群老鸦成团打块在古墓上。两个轿夫上去看时，原来却是老鸦夺那肚肠吃，以此聒噪。轿夫看了，吃那一惊，慌忙回家报与潘公，一同去蓟州府里首告。知府随即差委一员县尉，带了仵作行人，来翠屏山检验尸首已了，回复知府，禀道："检得一口妇人潘巧云，割在松树边；使女迎儿，杀死在古墓下。坟边遗下一堆妇人与和尚、头陀衣服。"知府听了，想起前日海和尚、头陀的事，备细询问潘公。那老子把这僧房酒醉一节，和这石秀出去的缘由，细说了一遍。知府道："眼见得这妇人与和尚通奸，那女使、头陀做脚。想石秀那厮，路见不平，杀死头陀、和尚；杨雄这厮，今日杀了妇人、女使无疑，定是如此。只拿得杨雄、石秀，便知端的。"当即行移文书，出给赏钱，捕获杨雄、石秀，其余轿夫人等，各放回听候。潘公自去买棺木，将尸首殡葬，不在话下。

再说杨雄、石秀、时迁离了蓟州地面，在路夜宿晓行，不则一日。行到郓州地面，过得香林洼，早望见一座高山，不觉天色渐渐晚了，看见前面一

所靠溪客店,三个人行到门首看时,但见:

前临官道,后傍大溪。数百株垂柳当门,一两树梅花傍屋。荆榛篱落,周回绕定茅茨;芦苇帘栊,前后遮藏土炕。右壁厢一行,书写“庭幽暮接五湖宾”;左势下七字,题道“户敞朝迎三岛客”。虽居野店荒村外,亦有高车驷马来。

当日黄昏时候,店小二却待关门,只见这三个人撞将入来,小二问道:“客人来路远,以此晚了。”时迁道:“我们今日走了一百里以上路程,因此到得晚了。”小二哥放他三个人来安歇,问道:“客人不曾打火么?”时迁道:“我们自理会。”小二道:“今日没客歇,灶上有两只锅干净,客人自用不妨。”时迁问道:“店里有酒肉卖么?”小二道:“今日早起有些肉,都被近村人家买了去,只剩得一瓮酒在这里,并无下饭。”时迁道:“也罢,先借五升米来做饭,却理会。”小二哥取出米来与时迁,就淘了,做起一锅饭来,石秀自在房中安顿行李,杨雄取出一只钗儿,把与店小二,先回他这瓮酒来吃,明日一发算帐。

小二哥收了钗儿,便去里面掇出那瓮酒来开了,将一碟儿熟菜放在桌子上。时迁先提一桶汤来,叫杨雄、石秀洗了脚手,一面筛酒来,就来请小二哥一处坐地吃酒,放下四只大碗,斟下酒来吃。

石秀看见店中檐下,插着十数把好朴刀,问小二哥道:“你家店里怎的有这军器?”小二哥应道:“都是主人家留在这里。”石秀道:“你家主人是甚么样人?”小二道:“客人,你是江湖上走的人,如何不知我这里的名字?前面那座高山,便唤做独龙山。山前有一座凛巍巍冈子,便唤做独龙冈,上面便是主人家住宅。这里方圆三十里,却唤做祝家庄。庄主太公祝朝奉有三个儿子,称为祝氏三杰。庄前庄后,有五七百人家,都是佃户,各家分下两把朴刀与他。这里唤作祝家店。常有数十个家人来店里上宿,以此分下朴刀在这里。”石秀道:“他分军器在店里何用?”小二道:“此间离梁山泊不远,只恐他那里贼人来借粮,因此准备下。”石秀道:“与你些银两,回与我一把朴刀用如何?”小二哥道:“这个却使不得,器械上都编着字号。我小人吃不得主人家的棍棒,我这主人法度不轻。”石秀笑道:“我自取笑你,你却便慌。且只顾吃酒。”小二道:“小人吃不得了,先去歇了,客人自便宽饮几杯。”小二哥去了。

杨雄、石秀又自吃了一回酒,只见时迁道:“哥哥要肉吃么?”杨雄道:

“店小二说没了肉卖，你又那里得来？”时迁嘻嘻的笑着，去灶上提出一只老大公鸡来。杨雄问道：“那里得这鸡来？”时迁道：“兄弟却才去后面净手，见这只鸡在笼里，寻思没甚与哥哥吃酒，被我悄悄把去溪边杀了，提桶汤去后面，就那里挦得干净，煮得熟了，把来与二位哥哥吃。”杨雄道：“你这厮还是这等贼手贼脚。”石秀笑道：“还不改本行。”三个笑了一回，把这鸡来手撕开吃了，一面盛饭来吃。

只见那店小二略睡一睡，放心不下，爬将起来，前后去照管，只见厨桌上有些鸡毛和鸡骨头，却去灶上看时，半锅肥汁，小二慌忙去后面笼里看时，不见了鸡，连忙出来问道：“客人，你们好不达道理，如何偷了我店里报晓的鸡吃！”时迁道：“见鬼了。耶耶，我自路上买得这只鸡来吃，何曾见你的鸡！”小二道：“我店里的鸡，却那里去了？”时迁道：“敢被野猫拖了，黄猩子[①] 吃了，鹞鹰扑了去，我却怎地得知！”小二道：“我的鸡才在笼里，不是你偷了是谁？”石秀道：“不要争，直几钱，赔了你便罢。”店小二道：“我的是报晓鸡，店内少他不得，你便赔我十两银子也不济，只要还我鸡。”石秀大怒道：“你诈哄谁？老爷不赔你，便怎地？”店小二笑道：“客人，你们休要在这里讨野火吃！只我店里不比别处客店，拿你到庄上，便做梁山泊贼寇解了去。”石秀听了，大骂道：“便是梁山泊好汉，你怎么拿了我去请赏！”杨雄也怒道：“好意还你些钱，不赔你，怎地拿我去！”

小二叫一声：“有贼！”只见店里赤条条地走出三五个大汉来，径奔杨雄、石秀来，被石秀手起，一拳一个，都打翻了。小二哥正待要叫，被时迁一掌，打肿了脸，作声不得。这几个大汉都从后门走了。杨雄道：“兄弟，这厮们以定去报人来，我们快吃了饭走了罢。”三个当下吃饱了，把包裹分开腰了，穿上麻鞋，跨了腰刀，各人去枪架上拣了一条好朴刀。石秀道：“左右只是左右，不可放过了他。”便去灶前寻了把草，灶里点个火，望里面四下焠着。看那草房被风一煽，刮刮杂杂火起来。那火顷刻间天也似般大。三个拽开脚步，望大路便走。正是：

只为偷儿攘一鸡，从教杰士竞追麑。
梁山水泊兴波浪，祝氏山庄化作泥。

三个人行了两个更次，只见前面后面火把不计其数，约有一二百人，

---

① 黄猩子——黄鼠狼。

发着喊，赶将来。石秀道："且不要慌，我们且拣小路走。"杨雄道："且住。一个来，杀一个；两个来，杀一双。待天色明朗却走。"说犹未了，四下里合拢来。杨雄当先，石秀在后，时迁在中，三个挺着朴刀，来战庄客。那伙人初时不知，抢着枪棒赶来。杨雄手起朴刀，早戳翻了五七个。前面的便走，后面的急待要退，石秀赶入去，又戳翻了六七人。四下里庄客见说杀伤了十数人，都是要性命的，思量不是头，都退了去。三个得一步，赶一步。正走之间，喊声又起，枯草里舒出两把挠钩，正把时迁一挠钩搭住，拖入草窝去了。石秀急转身来救时迁，背后又舒出两把挠钩来，却得杨雄眼快，便把朴刀一拨，两把挠钩拨开去了，将朴刀望草里便戳，发声喊，都走了。两个见捉了时迁，怕深入重地，亦无心恋战，顾不得时迁了，只四下里寻路走罢。见远远的火把乱明，小路上又无丛林树木，照得有路便走，一直望东边去了。众庄客四下里赶不着，自救了带伤的人去，将时迁背剪绑了，押送祝家庄来。

且说杨雄、石秀走到天明，望见一座村落酒店，石秀道："哥哥，前头酒肆里买碗酒饭吃了去，就问路程。"两个便入村店里来，倚了朴刀，对面坐下，叫酒保取些酒来，就做些饭吃。酒保一面铺下菜蔬、案酒，烫将酒来。方欲待吃，只见外面一个大汉奔走入来，生得阔脸方腮，眼鲜耳大，貌丑形粗，穿一领茶褐绸衫，戴一顶万字头巾，系一条白绢搭膊，下面穿一双油膀靴，叫道："大官人教你们挑担来庄上纳。"店主人连忙应道："装了担，少刻便送到庄上。"那人吩咐了，便转身，又说道："快挑来。"却待出门，正从杨雄、石秀面前过，杨雄却认得他，便叫一声："小郎，你如何却在这里？不看我一看？"那人回转头来，看了一看，却也认得，便叫道："恩人如何来到这里？"望着杨雄便拜。不是杨雄撞见了这个人，有分教，三庄盟誓成虚谬，众虎咆哮起祸殃。毕竟杨雄、石秀遇见的那人是谁，且听下回分解。

第四十七回

扑天雕双修生死书　宋公明一打祝家庄

话说当时杨雄扶起那人来，叫与石秀相见。石秀便问道："这位兄长是谁?"杨雄道:"这个兄弟,姓杜,名兴,祖贯是中山府人氏,因为他面颜生得粗莽,以此人都叫他做鬼脸儿。上年间做买卖,来到蓟州,因一口气上,打死了同伙的客人,吃官司,监在蓟州府里。杨雄见他说起拳棒都省得,一力维持救了他。不想今日在此相会。"杜兴便问道:"恩人,为何公事来到这里?"杨雄附耳低言道:"我在蓟州杀了人命,欲要投梁山泊去入伙。昨晚在祝家店投宿,因同一个来的伙伴时迁,偷了他店里报晓鸡吃,一时与店小二闹将起来,性起,把他店屋放火都烧了。我三个连夜逃走,不提防背后赶来。我弟兄两个搠翻了他几个,不想乱草中间,舒出两把挠钩,把时迁搭了去。我两个乱撞到此,正要问路,不想遇见贤弟。"杜兴道:"恩人不要慌,我叫放时迁还你。"杨雄道:"贤弟少坐,同饮一杯。"

三人坐下,当下饮酒,杜兴便道:"小弟自从离了蓟州,多得恩人的恩惠,来到这里,感承此间一个大官人见爱,收录小弟在家中,做个主管,每日拨万论千,尽托付与杜兴身上,甚是信任,以此不想回乡去。"

杨雄道:"此间大官人是谁?"杜兴道:"此间独龙冈前面,有三座山冈,列着三个村坊。中间是祝家庄,西边是扈家庄,东边是李家庄。这三处庄上,三村里算来,总有一二万军马人家。惟有祝家庄最豪杰,为头家长,唤做祝朝奉,有三个儿子,名为祝氏三杰。长子祝龙,次子祝虎,三子祝彪。又有一个教师,唤做铁棒栾延玉,此人有万夫不当之勇。庄上自有一二千了得的庄客。西边那个扈家庄,庄主扈太公,有个儿子,唤做飞天虎扈成,也十分了得;惟有一个女儿最英雄,名唤一丈青[①] 扈三娘,使两口日月双刀,马上如法了得。这里东村庄上,却是杜兴的主人,姓李,名应,能使一条浑铁点钢枪,背藏飞刀五口,百步取人,神出鬼没。这三村结下生死誓愿,同心共意,但有吉凶,递相救应。惟恐梁山泊好汉过来借粮,因此三村准备下抵敌他。如今小弟引二位到庄上,见了李大官人,求书去搭救时迁。"杨雄又问道:"你那李大官人,莫不是江湖上唤扑天雕的李应?"杜兴道:"正是他。"石秀道:"江湖上只听得说独龙冈有个扑天雕李应是好汉,却原来在这里。多闻他真个了得,是好男子,我们去走一遭。"杨雄便唤酒保,计算酒钱。杜兴那里肯要他还,便自招了酒钱。

三个离了村店,便引杨雄、石秀来到李家庄上。杨雄看时,真个好大

---

① 一丈青——一种形状细长的簪子。这里喻扈三娘身材苗条。

庄院，外面周回一遭阔港，粉墙傍岸，有数百株合抱不交的大柳树，门外一座吊桥，接着庄门。入得门来，到厅前，两边有二十余座枪架，明晃晃的都插满军器。杜兴道："两位哥哥在此少等，待小弟入去报知，请大官人出来相见。"

杜兴入去，不多时，只见李应从里面出来。杨雄、石秀看时，果然好表人物，有《临江仙》词为证：

鹘眼鹰睛头似虎，燕颔猿臂狼腰，疏财仗义结英豪。爱骑雪白马，喜著绛红袍。　背上飞刀藏五把，点钢枪斜嵌银条，性刚谁敢犯分毫。李应真壮士，名号扑天雕。

当时李应出到厅前，杜兴引杨雄、石秀上厅拜见。李应连忙答礼，便教上厅请坐，杨雄、石秀再三谦让，方才坐了。李应便教取酒来且相待。杨雄、石秀两个再拜道："望乞大官人致书与祝家庄，来救时迁性命，生死不敢有忘。"李应教请门馆先生来商议，修了一封书缄，填写名讳，使个图书印记，便差一个副主管赍了，备一匹快马，星火去祝家庄取这个人来。

那副主管领了东人书札，上马去了，杨雄、石秀拜谢罢。李应道："二位壮士放心，小人书去，便当放来。"杨雄、石秀又谢了。李应道："且请去后堂，少叙三杯等待。"两个随进里面，就具早膳相待。饭罢，吃了茶，李应问些枪法，见杨雄、石秀说的有理，心中甚喜。

巳牌时分，那个副主管回来，李应唤到后堂问道："去取的这人在那里？"主管答道："小人亲见朝奉，下了书，倒有放还之心，后来走出祝氏三杰，反焦躁起来，书也不回，人也不放，定要解上州去。"李应失惊道："他和我三家村里结生死之交，书到便当依允，如何恁地起来？必是你说得不好，以致如此。杜主管，你须自去走一遭，亲见祝朝奉，说个仔细缘由。"杜兴道："小人愿去，只求东人亲笔书缄，到那里方才肯放。"李应道："说得是。"急取一幅花笺纸来，李应亲自写了书札，封皮面上，使一个讳字图书，把与杜兴接了。

后槽牵过一匹快马，备上鞍辔，拿了鞭子，便出庄门，上马加鞭，奔祝家庄去了。李应道："二位放心，我这封亲笔书去，少刻定当放还。"杨雄、石秀深谢了，留在后堂饮酒等待。

看看天色待晚，不见杜兴回来，李应心中疑惑，再教人去接，只见庄客报道："杜主管回来了。"李应问道："几个人回来？"庄客道："只是主管独自一个跑马回来。”李应摇着头道：“却又作怪。往常这厮，不是这等兜搭，今日缘何恁地？”杨雄、石秀都跟出前厅来看时，只见杜兴下了马，入得庄门，见他模样，气得紫涨了面皮，龇牙露嘴，半晌说不的话。有诗为证：

面貌天生本异常，怒时古怪更难当。

三分不象人模样，一似酆都焦面王。

李应出到厅前，连忙问道：“你且言备细缘故，怎么地来。”杜兴气定了，方才道：“小人赍了东人书札，到他那里第三重门下，却好遇见祝龙、祝虎、祝彪弟兄三个坐在那里，小人声了三个喏，祝彪喝道：‘你又来做甚么？’小人躬身禀道：‘东人有书在此拜上。’祝彪那厮变了脸，骂道：‘你那主人恁地不晓人事！早晌使个泼男女，来这里下书，要讨那个梁山泊贼人时迁。如今我正要解上州里去，又来怎地？’小人说道：‘这个时迁不是梁山泊伙内人数，他自是蓟州来的客人。今投见敝庄东人，不想误烧了官人店屋，明日东人自当依旧盖还，万望俯看薄面，高抬贵手，宽恕宽恕。’祝家三个都叫道：‘不还，不还！’小人又道：‘官人请看东人亲笔书札在此。’祝彪那厮接过书去，也不拆开来看，就手扯的粉碎，喝叫把小人直叉出庄门。祝彪、祝虎发话道：‘休要惹老爷性发，把你那李应捉来，也做梁山泊强寇解了去。’小人本不敢尽言，实被那三个畜生无礼，把东人百般秽骂，便喝叫庄客来拿小人，被小人飞马走了。于路上气死小人，叵耐那厮枉与他许多年结生死之交，今日全无些仁义。”

诗曰：

徒闻似漆与如胶，利害场中忍便抛。

平日若无真义气，临时休说死生交。

李应听罢，心头那把无明业火，高举三千丈，按纳不下，大呼：“庄客，快备我那马来！”杨雄、石秀谏道：“大官人息怒，休为小人们坏了贵处义气。”李应那里肯听，便去房中披上一副黄金锁子甲，前后兽面掩心，穿一领大红袍，背胯边插着飞刀五把，拿了点钢枪，戴上凤翅盔，出到庄前，点起三百悍勇庄客。杜兴也披一副甲，持把枪上马，带领二十余骑马军。杨雄、石秀也抓扎起，挺着朴刀，跟着李应的马，径奔祝家庄来。

日渐衔山时分，早到独龙冈前，便将人马排开。原来祝家庄又盖得好，占着这座独龙山冈，四下一遭阔港。那庄正造在冈上，有三层城墙，都是顽石垒砌的，约高二丈。前后两座庄门，两条吊桥。墙里四边，都盖窝铺,四下里遍插着枪刀军器,门楼上排着战鼓铜锣。李应勒马,在庄前大叫:“祝家三子,怎敢毁谤老爷!”只见庄门开处,拥出五六十骑马来,当先一骑似火炭赤的马上,坐着祝朝奉第三子祝彪。怎生装束:

头戴缕金荷叶盔,身穿锁子梅花甲,腰悬锦袋弓和箭,手执纯钢刀与枪。马额下垂照地红缨,人面上生撞天杀气。

李应见了祝彪,指着大骂道:“你这厮口边奶腥未退,头上胎发犹存,你爷与我结生死之交,誓愿同心共意,保护村坊。你家但有事情,要取人时,早来早放;要取物件,无有不奉。我今一个平人,二次修书来讨,你如何扯了我的书札,耻辱我名,是何道理?”祝彪道:“俺家虽和你结生死之交,誓愿同心协意,共捉梁山泊反贼,扫清山寨,你如何却结连反贼,意在谋叛?”李应喝道:“你说他是梁山泊甚人?你这厮却冤平人做贼,当得何罪?”祝彪道:“贼人时迁已自招了,你休要在这里胡说乱道,遮掩不过。你去便去,不去时,连你捉了,也做贼人解送。”

李应大怒,拍坐下马,挺手中枪,便奔祝彪。祝彪纵马去战李应。两个就独龙冈前,一来一往,一上一下,斗了十七八合,祝彪战李应不过,拨回马便走。李应纵马赶将去,祝彪把枪横担在马上,左手拈弓,右手取箭,搭上箭,拽满弓,觑得较亲,背翻身一箭。李应急躲时,臂上早着。李应翻筋斗,坠下马来,祝彪便勒转马来抢人。杨雄、石秀见了,大喝一声:拈两条朴刀,直奔祝彪马前杀将来。祝彪抵当不住,急勒回马便走,早被杨雄一朴刀,戳在马后股上。那马负疼,壁直立起来,险些儿把祝彪掀在马下,却得随从马上的人,都搭上箭射将来。杨雄、石秀见了,自思又无衣甲遮身,只得退回不赶。杜兴也自把李应救起上马,先去了。杨雄、石秀跟了众庄客也走了。祝家庄人马赶了二三里路,见天色晚来,也自回去了。

杜兴扶着李应,回到庄前,下了马,同入后堂坐。众宅眷都出来看视,拔了箭矢,伏侍卸了衣甲,便把金疮药敷了疮口,连夜在后堂商议。杨雄、石秀与杜兴说道:“既是大官人被那厮无礼,又中了箭,时迁亦不能够出来,都是我等连累大官人了。我弟兄两个,只得上梁山泊去,恳告晁、宋二公并众头领,来与大官人报仇,就救时迁。”因辞谢了李应。李应道:“非是我不用心,实出无奈。两位壮士,只得休怪。”叫杜兴取些金银相赠,杨雄、石秀那里肯受。李应道:“江湖之上,二位不必推却。”两个方才收受,拜辞了李应,杜兴送出村口,指与大路。杜兴作别了,自回李家庄,不在话下。

且说杨雄、石秀取路投梁山泊来，早望见远远一处新造的酒店，那酒旗儿直挑出来。两个人到店里，买些酒吃，就问路程。这酒店却是梁山泊新添设做眼的酒店，正是石勇掌管。两个一面吃酒，一头动问酒保上梁山泊路程。石勇见他两个非常，便来答应道："你两位客人从那里来？要问上山去怎地？"杨雄道："我们从蓟州来。"石勇猛可想起道："莫非足下是石秀么？"杨雄道："我乃是杨雄，这个兄弟是石秀。大哥如何得知石秀名？"石勇慌忙道："小子不认得。前者戴宗哥哥到蓟州回来，多曾称说兄长。闻名久矣，今得上山，且喜，且喜。"三个叙礼罢，杨雄、石秀把上件事都对石勇说了。石勇随即叫酒保置办分例酒来相待。推开后面水亭上窗子，拽起弓，放了一枝响箭。只见对港芦苇丛中，早有小喽罗摇过船来。石勇便邀二位上船，直送到鸭嘴滩上岸。石勇已自先使人上山去报知。早见戴宗、杨林下山来迎接，俱各叙礼罢，一同上至大寨里。

众头领知道有好汉上山，都来聚会，大寨坐下。戴宗、杨林引杨雄、石秀，上厅参见晁盖、宋江，并众头领。相见已罢，晁盖细问两个踪迹，杨雄、石秀把本身武艺，投托入伙先说了，众人大喜，让位而坐。

杨雄渐渐说到有个来投托大寨同入伙的时迁，不合偷了祝家店里报晓鸡，一时争闹起来，石秀放火烧了他店屋，时迁被捉，李应二次修书去讨，怎当祝家三子坚执不放，誓愿要捉山寨里好汉，且又千般辱骂，叵耐那厮十分无礼。不说万事皆休，才然说罢，晁盖大怒，喝叫："孩儿们将这两个与我斩讫报来！"正是：

杨雄石秀少商量，引带时迁行不臧①。
豪杰心肠虽似火，绿林法度却如霜。

宋江慌忙劝道："哥哥息怒，两个壮士，不远千里而来，同心协助，如何却要斩他？"晁盖道："俺梁山泊好汉，自从火并王伦之后，便以忠义为主，全施仁德于民。一个个兄弟下山去，不曾折了锐气。新旧上山的兄弟们，各各都有豪杰的光彩。这厮两个，把梁山泊好汉的名目去偷鸡吃，因此连累我等受辱。今日先斩了这两个，将这厮首级去那里号令，便起军马去，就洗荡了那个村坊，不要输了锐气。孩儿们快斩了报来。"宋江劝住道："不然。哥哥不听这两位贤弟却才所说，那个鼓上蚤时迁，他原是此等人，

① 臧(zāng)——善、好。

以致惹起祝家那厮来,岂是这二位贤弟要玷辱山寨?我也每每听得有人说,祝家庄那厮,要和俺山寨敌对。即目山寨人马数多,钱粮缺少,非是我等要去寻他,那厮倒来吹毛求疵,因而正好乘势去拿那厮。若打得此庄,倒有三五年粮食。非是我们生事害他,其实那厮无礼。哥哥权且息怒,小可不才,亲领一支军马,启请几位贤弟们下山,去打祝家庄。若不洗荡得那个村坊,誓不还山。一是与山寨报仇,不折了锐气;二乃免此小辈被他耻辱;三则得许多粮食,以供山寨之用;四者就请李应上山入伙。"

吴学究道:"公明哥哥之言最好,岂可山寨自斩手足之人?"戴宗便道:"宁乃斩了小弟,不可绝了贤路。"众头领力劝,晁盖方才免了二人。杨雄、石秀也自谢罪。宋江抚谕道:"贤弟休生异心,此是山寨号令,不得不如此。便是宋江,倘有过失,也须斩首,不敢容情。如今新近又立了铁面孔目裴宣做军政司,赏功罚罪,已有定例。贤弟只得恕罪恕罪。"杨雄、石秀拜罢,谢罪已了,晁盖叫去坐在杨林之下。

山寨里都唤小喽罗来参贺新头领已毕,一面杀牛宰马,且做庆喜筵席,拨定两所房屋,教杨雄、石秀安歇,每人拨十个小喽罗伏侍。当晚席散,次日再备筵席,会众商量议事。

宋江教唤铁面孔目裴宣,计较下山人数,启请诸位头领,同宋江去打祝家庄,定要洗荡了那个村坊。商量已定,除晁盖头领镇守山寨不动外,留下吴学究、刘唐,并阮家三弟兄、吕方、郭盛,护持大寨,原拨定守滩、守关、守店有职事人员,俱各不动,又拨新到头领孟康管造船只,顶替马麟监督战船;写下告示,将下山打祝家庄头领分作两起:头一拨,宋江、花荣、李俊、穆弘、李逵、杨雄、石秀、黄信、欧鹏、杨林,带领三千小喽罗,三百马军,披挂已了,下山前进;第二拨便是林冲、秦明、戴宗、张横、张顺、马麟、邓飞、王矮虎、白胜,也带三千小喽罗,三百马军,随后接应;再着金沙滩、鸭嘴滩二处小寨,只教宋万、郑天寿守把,就行接应粮草。晁盖送路已了,自回山寨。

且说宋江并众头领径奔祝家庄来,于路无话。早来到独龙山前,尚有一里多路,前军下了寨栅。宋江在中军帐里坐下,便和花荣商议道:"我听得说祝家庄里路径甚杂,未可进兵,且先使两个人去探听路途曲折,知得顺逆路程,却才进去,与他敌对。"李逵便道:"哥哥,兄弟闲了多时,不曾杀得一人,我便先去走一遭。"宋江道:"兄弟,你去不得。若是破阵冲敌,用着你先去。这是做细作的勾当,用你不着。”李逵笑道:“量这个鸟庄,何须哥哥费力,只兄弟自带三二百个孩儿杀将去,把这个鸟庄上人都砍了,何须要人先去打听。”宋江喝道:“你这厮休胡说!且一壁厢去,叫你便来。”李逵走开去了,自说道:“打死几个苍蝇,也何须大惊小怪。”

宋江便唤石秀来说道:“兄弟曾到彼处,可和杨林走一遭。”石秀便道:“如今哥哥许多人马到这里,他庄上如何不提备,我们扮作甚么人入去好?”杨林便道:“我自打扮了解魇的法师去,身边藏了短刀,手里擎着法环,于路摇将入去。你只听我法环响,不要离了我前后。”石秀道:“我在蓟州原曾卖柴,我只是挑一担柴进去卖便了。身边藏了暗器,有些缓急,扁担也用得着。”杨林道:“好,好。我和你计较了,今夜打点,五更起来便行。”正是:只为一鸡小忿,致令众虎相争,所以古人有篇《西江月》道得好:

软弱安身之本,刚强惹祸之胎。无争无竞是贤才,亏我些儿何碍!钝斧锤砖易碎,快刀劈水难开。但看发白齿牙衰,惟有舌根不坏。

且说石秀挑着柴担先入去,行不到二十来里,只见路径曲折多杂,四下里弯环相似,树木丛密,难认路头,石秀便歇下柴担不走。听得背后法环响得渐近,石秀看时,却见杨林头带一个破笠子,身穿一领旧法衣,手里擎着法环,于路摇将进来。石秀见没人,叫住杨林说道:“看见路径弯杂难认,不知那里是我前日跟随李应来时的路。天色已晚,他们众人都是熟路,正看不仔细。”杨林道:“不要管他路径曲直。只顾拣大路走便了。”

石秀又挑了柴,只顾望大路先走。见前面一村人家,数处酒店肉店。石秀挑着柴,便望酒店门前歇了,只见各店内都把刀枪插在门前,每人身上穿一领黄背心,写个大“祝”字,往来的人,亦各如此。石秀见了,便看着一个年老的人,唱个喏,拜揖道:“丈人,请问此间是何风俗?为甚都把刀枪插在当门?”那老人道:“你是那里来的客人?原来不知,只可快走。”石秀道:“小人是山东贩枣子的客人,消折了本钱,回乡不得,因此担柴来这里卖,不知此间乡俗地理。”老人道:“只可快走别处躲避,这里早晚要大厮杀也。”

石秀道:“此间这等好村坊去处,怎地了大厮杀?”老人道:“客人,你敢真个不知,我说与你。俺这里唤做祝家村,冈上便是祝朝奉衙里。如今恶了梁山泊好汉,现今引领军马在村口,要来厮杀。却怕我这村里路杂,未敢入来,现今驻扎在外面。如今祝家庄上行号令下来,每户人家,要我们精壮后生准备着,但有令传来,便去策应。”石秀道:“丈人村中,总有多少人家?”老人道:“只我这祝家村,也有一二万人家,东西还有两村人接应。东村唤做扑天雕李应李大官人,西村唤扈太公庄,有个女儿,唤做扈三娘,绰号一丈青,十分了得。”石秀道:“似此,如何却怕梁山泊做甚么?”那老人道:“若是我们初来时,不知路的,也要吃捉了。”石秀道:“丈人,怎地初来时要吃捉了?”老人道:“我这村里的路,有首诗说道:‘好个祝家庄,尽是盘陀[①]路。容易入得来,只是出不去。’”石秀听罢,便哭起来,扑翻身便拜,向那老人道:“小人是个江湖上折了本钱,归乡不得的人,倘或卖了柴出去,撞见厮杀,走不脱,却不是苦?爷爷,怎地可怜见小人,情愿把这担柴相送爷爷,只指小人出去的路罢。”那老人道:“我如何白要你的柴?我就买你的。你且入来,请你吃些酒饭。”

石秀便谢了,挑着柴,跟那老人入到屋里。那老人筛下两碗白酒,盛一碗糕糜,叫石秀吃了。石秀再拜谢道:“爷爷指教出去的路径。”那老人道:“你便从村里走去,只看有白杨树,便可转弯,不问路道阔狭,但有白杨树的转弯,便是活路,没那树时,都是死路,如有别的树木转弯,也不是活路。若还走差了,左来右去,只走不出去。便兼死路里地下埋藏着竹签铁蒺藜,若是走差了,踏着飞签,准定吃捉了,待走那里去。”石秀拜谢了,便问:“爷爷高姓?”那老人道:“这村里姓祝的最多,惟有我复姓钟离,土居在此。”石秀道:“酒饭小人都吃够了,改日当厚报。”

正说之间,只听得外面闹吵。石秀听得道拿了一个细作[②]。石秀吃了一惊,跟那老人出来看时,只见七八十个军人背绑着一个人过来。石秀看时,却是杨林,剥得赤条条的,索子绑着。石秀看了,只暗暗地叫苦,悄悄假问老人道:“这个拿了的是甚么人?为甚事绑了他?”那老人道:“你不见说他是宋江那里来的细作?”石秀又问道:“怎地吃他拿了?”那老人道:“说这厮也好大胆,独自一个来做细作,打扮做个解魇法师,闪入村里来。却又不认这路,只拣大路走了,左来右去,只走了死路,又不晓的白杨树转

---

① 盘陀——螺旋形。

② 细作——奸细,作探。

弯抹角的消息[①]。人见他走得差了，来路跷蹊，报与庄上官人们来捉他，这厮方才又掣出刀来，手起伤了四五个人。当不住这里人多，一发上，因此吃拿了，有人认得他从来是贼，叫做锦豹子杨林。”

说言未了，只听得前面喝道，说是庄上三官人巡绰过来。石秀在壁缝里张时，看见前面摆着二十对缨枪，后面四五个人骑战马，都弯弓插箭，又有三五对青白哨马，中间拥着一个年少的壮士，坐在一匹雪白马上，全副披挂了弓箭，手执一条银枪。石秀自认得他，特地问老人道：“过去相公是谁？”那老人道：“这个正是祝朝奉第三子，唤做祝彪，定着西村扈家庄一丈青为妻。弟兄三个，只有他第一了得。”石秀拜谢道：“老爷爷指点寻路出去。”那老人道：“今日晚了，前面倘或厮杀，枉送了你性命。”石秀道：“爷爷，可救一命则个。”那老人道：“你且在我家歇一夜，明日打听得没事，便可出去。”石秀拜谢了，坐在他家，只听得门前四五替报马报将来，排门吩咐道：“你那百姓，今夜只看红灯为号，齐心并力，捉拿梁山泊贼人，解官请赏。”叫过去了。石秀问道：“这个人是谁？”那老人道：“这个官人是本处捕盗巡检，今夜约会要捉宋江。”石秀见说，心中自忖了一回，讨个火把，叫了安置[②]，自去屋后草窝里睡了。

却说宋江军马在村口屯驻，不见杨林、石秀出来回报，随后又使欧鹏去到村口，出来回报道：“听得那里讲动，说道捉了一个细作，小弟见路径又杂难认，不敢深入重地。”宋江听罢，忿怒道：“如何等得回报了进兵？又吃拿了一个细作，必然陷了两个兄弟，我们今夜只顾进兵，杀将入去，也要救他两个兄弟。未知你众头领意下如何？”只见李逵便道：“我先杀入去，看是如何？”宋江听得，随即便传将令，教军士都披挂了。李逵、杨雄前一队做先锋，使李俊等引军做合后，穆弘居左，黄信在右，宋江、花荣、欧鹏等中军头领，摇旗呐喊，擂鼓鸣锣，大刀阔斧，杀奔祝家庄来。

比及杀到独龙冈上，是黄昏时分，宋江催趱前军打庄。先锋李逵脱得赤条条的，挥两把夹钢板斧，火剌剌地杀向前来。到得庄前看时，已把吊桥高高地拽起了，庄门里不见一点火。李逵便要下水过去，杨雄扯住道：“使不得。关闭庄门，必有计策。待哥哥来，别有商议。”李逵那里忍得住，

---

① 消息——这里指规律、机关、奥秘。

② 安置——休息。此指睡前的请安。

拍着双斧，隔岸大骂道："那鸟祝太公老贼，你出来，黑旋风爷爷在这里！"庄上只是不应。宋江中军人马到来，杨雄接着，报说庄上并不见人马，亦无动静。宋江勒马看时，庄上不见刀枪人马，心中疑惑，猛省道："我的不是了。天书上明明戒说，临敌休急暴。是我一时见不到，只要救两个兄弟，以此连夜进兵，不期深入重地。直到了他庄前，不见敌军，他必有计策，快教三军且退。"李逵叫道："哥哥，军马到这里了，休要退兵，我与你先杀过去，你们都跟我来。"

说犹未了，庄上早知，只听得祝家庄里一个号炮，直飞起半天里去，那独龙冈上千百把火把，一齐点着，那门楼上弩箭如雨点般射将来。宋江急取旧路回军，只见后军头领李俊人马先发起喊来，说道："来的旧路都阻塞了，必有埋伏。"宋江教军马四下里寻路走。李逵挥起双斧，往来寻人厮杀，不见一个敌军。只见独龙冈上山顶又放一个炮来，响声未绝，四下里喊声震地，惊的宋公明目睁口呆，罔知所措。你便有文韬武略，怎逃出地网天罗？正是：安排缚虎擒龙计，要捉惊天动地人。毕竟宋公明并众头领怎地脱身，且听下回分解。

第四十八回

一丈青单捉王矮虎　宋公明两打祝家庄

话说当下宋江在马上看时，四下里都有埋伏军马，且教小喽罗只往大路杀将去，只听得五军屯塞住了，众人都叫起苦来。宋江问道："怎么叫苦？"众军都道："前面都是盘陀路，走了一遭，又转到这里。"宋江道："教军马望火把亮处，有房屋人家，取路出去。"又走不多时，只见前军又发起喊来，叫道："甫能[①] 望火把亮处取路，又有苦竹签、铁蒺藜，遍地撒满鹿角，都塞了路口。"宋江道："莫非天丧我也。"

正在慌急之际，只听得左军中间穆弘队里闹动，报来说道："石秀来了。"宋江看时，见石秀拈着口刀，奔到马前道："哥哥休慌，兄弟已知路了。

① 甫能——刚刚。

暗传下将令，教五军只看有白杨树，便转弯走去，不要管他路阔路狭。"宋江催趱人马，只看有白杨树便转。

宋江去约走过五六里路，只见前面人马越添得多了。宋江疑忌，便唤石秀问道："兄弟，怎么前面贼兵众广？"石秀道："他有烛灯为号。"花荣在马上看见，把手指与宋江道："哥哥，你看见那树影里这碗烛灯么？只看我等投东，他便把那烛灯望东扯；若是我们投西，他便把那烛灯望西扯。只那些儿，想来便是号令。"宋江道："怎地奈何的他那碗灯？"花荣道："有何难哉！"便拈弓搭箭，纵马向前，望着影中只一箭，不端不正，恰好把那碗红灯射将下来。四下里埋伏军兵不见了那碗红灯，便都自乱撺起来。宋江叫石秀引路，且杀出村口去。只听得前山喊声连起，一带火把纵横撩乱，宋江教前军扎住，且使石秀领路去探。不多时，回来报道："是山寨中第二拨军马到了接应，杀散伏兵。"

宋江听罢，进兵夹攻，夺路奔出村口，祝家庄人马四散去了。会合着林冲、秦明等众人军马，同在村口驻扎。却好天明，去高阜处下了寨栅，整点人马，数内不见了镇三山黄信。宋江大惊，询问缘故，有昨夜跟去的军人见的来说道："黄头领听着哥哥将令，前去探路，不提防芦苇丛中，舒出两把挠钩，拖翻马脚，被五七个人活捉去了，救护不得。"宋江听罢大怒，要杀随行军汉，如何不早报来，林冲、花荣劝住宋江。

众人纳闷道："庄又不曾打得，倒折了两个兄弟，似此怎生奈何？"杨雄道："此间有三个村坊结并，所有东村李大官人，前日已被祝彪那厮射了一箭，现今在庄上养病，哥哥何不去与他计议？"宋江道："我正忘了他。他便知本处地理虚实。"吩咐教取一对缎匹羊酒，选一骑好马并鞍辔，亲自上门去求见，林冲、秦明权守栅寨。宋江带同花荣、杨雄、石秀上了马，随行三百马军，取路投李家庄来。

到得庄前，早见门楼紧闭，吊桥高拽起了，墙里摆着许多庄兵人马。门楼上早擂起鼓来。宋江在马上叫道："俺是梁山泊义士宋江，特来谒见大官人，别无他意，休要提备。"庄门上杜兴看见有杨雄、石秀在彼，慌忙开了庄门，放只小船过来，与宋江声喏。宋江慌忙下马来答礼。杨雄、石秀近前禀道："这位兄弟，便是引小弟两个投李大官人的，唤做鬼脸儿杜兴。"宋江道："原来是杜主管。相烦足下对李大官人说，俺梁山泊宋江久闻大官人大名，无缘不曾拜会。今因祝家庄要和俺们做对头，经过此间，特献彩缎名马，羊酒薄礼，只求一见，别无他意。”

杜兴领了言语，再渡过庄来，直到厅前，李应带伤披被坐在床上，杜兴把宋江要求见的言语说了。李应道：“他是梁山泊造反的人，我如何与他厮见，无私有意[①]。你可回他话道，只说我卧病在床，动止不得，难以相见，改日却得拜会。所赐礼物，不敢祇受。”

杜兴再渡过来见宋江，禀道：“俺东人再三拜上头领，本欲亲身迎迓，奈缘中伤，患躯在床，不能相见，容日专当拜会。适蒙所赐厚礼，并不敢受。”宋江道：“我知你东人的意了。我因打祝家庄失利，欲求相见则个，他恐祝家庄见怪，不肯出来相见。”杜兴道：“非是如此，委实患病。小人虽是中山人氏，到此多年了，颇知此间虚实事情。中间是祝家庄，东是俺李家庄，西是扈家庄。这三村庄上，誓愿结生死之交，有事互相救应，今番恶了俺东人，自不去救应，只恐西村扈家庄上要来相助。他庄上别的不打紧，只有一个女将，唤做一丈青扈三娘，使两口日月刀，好生了得，却是祝家庄第三子祝彪定为妻室，早晚要娶。若是将军要打祝家庄时，不须提备东边，只要紧防西路。祝家庄上前后有两座庄门：一座在独龙冈前，一座在独龙冈后。若打前门，却不济事，须是两面夹攻，方可得破。前门打紧，路杂难认，一遭都是盘陀路径，阔狭不等。但有白杨树，便可转弯，方是活路，如无此树，便是死路。”石秀道：“他如今都把白杨树木斫伐去了，将何为记？”杜兴道：“虽然斫伐了树，如何起得根尽，也须有树根在彼。只宜白日进兵攻打，黑夜不可进兵。”

宋江听罢，谢了杜兴，一行人马却回寨里来。林冲等接着，都到大寨里坐下。宋江把李应不肯相见并杜兴说的话对众头领说了。李逵便插口道：“好意送礼与他，那厮不肯出来迎接哥哥，我自引三百人去打开鸟庄，脑揪这厮出来拜见哥哥。”宋江道：“兄弟，你不省的，他是富贵良民，惧怕官府，如何造次肯与我们相见？”李逵笑道：“那厮想是个小孩子，怕见。”众人一齐都笑起来。宋江道：“虽然如此说了，两个兄弟陷了，不知性命存亡，你众兄弟可竭力向前，跟我再去攻打祝家庄。”

众人都起身说道：“哥哥将令，谁敢不听！不知教谁前去？”黑旋风李逵说道：“你们怕小孩子，我便前去。”宋江道：“你做先锋不利，今番用你不

---

① 无私有意——即我虽无私，人谓有意。此意是要避嫌。

着。”李逵低了头忍气。宋江便点马麟、邓飞、欧鹏、王矮虎四个，“跟我亲自做先锋去。”第二点戴宗、秦明、杨雄、石秀、李俊、张横、张顺、白胜，准备下水路用人；第三点林冲、花荣、穆弘、李逵，分作两路策应。众军标拨已定，都饱食了，披挂上马。

且说宋江亲自要去做先锋，攻打头阵，前面打着一面大红帅字旗，引着四个头领，一百五十骑马军，一千步军，直杀奔祝家庄来。于路着人探路，直到独龙冈前。宋江勒马看那祝家庄时，果然雄壮，有篇诗赞，便见祝家庄气象：

独龙山前独龙冈，独龙冈上祝家庄。
绕冈一带长流水，周遭环匝皆垂杨。
墙内森森罗剑戟，门前密密排刀枪。
对敌尽皆雄壮士，当锋都是少年郎。
祝龙出阵真难敌，祝虎交锋莫可当。
更有祝彪多武艺，咤叱喑呜比霸王。
朝奉祝公谋略广，金银罗绮有千箱。
白旗一对门前立，上面明书字两行：
“填平水泊擒晁盖，踏破梁山捉宋江。”

当下宋江在马上，看了祝家庄那两面旗，心中大怒，设誓道：“我若打不得祝家庄，永不回梁山泊。”众头领看了，一齐都怒起来。宋江听得后面人马都到了，留下第二拨头领攻打前门，宋江自引了前部人马，转过独龙冈后面来看祝家庄时，后面都是铜墙铁壁，把得严整。正看之时，只见直西一彪军马，呐着喊，从后杀来。宋江留下马麟、邓飞，把住祝家庄后门，自带了欧鹏、王矮虎，分一半人马前来迎接。山坡下来军约有二三十骑马军，当中簇拥着一员女将。怎生结束，但见：

蝉鬓金钗双压，凤鞋宝镫斜踏。连环铠甲衬红纱，绣带柳腰端跨。霜刀把雄兵乱砍，玉纤将猛将生拿。天然美貌海棠花，一丈青当先出马。

那来军正是扈家庄女将一丈青扈三娘，一骑青鬃马上，抡两口日月双刀，引着三五百庄客，前来祝家庄策应。宋江道：“刚说扈家庄有这个女将，好生了得，想来正是此人，谁敢与他迎敌？”说犹未了，只见这王矮虎是个好色之徒，听得说是个女将，指望一合便捉得过来。当时喊了一声，骤马向前，挺手中枪，便出迎敌。两军呐喊，那扈三娘拍马舞刀，来战王矮虎。一个双刀的熟闲，一个单枪的出众。

两个斗敌十数合之上，宋江在马上看时，见王矮虎枪法架隔不住。原来王矮虎初见一丈青，恨不得便捉过来，谁想斗过十合之上，看看的手颤脚麻，枪法便都乱了。不是两个性命相扑时，王矮虎却要做光① 起来。那一丈青是个乖觉的人，心中道："这厮无理。"便将两把双刀，直上直下砍将入来，这王矮虎如何敌得过，拨回马，却待要走，被一丈青纵马赶上，把右手刀挂了，轻舒猿臂，将王矮虎提离雕鞍，活捉去了。众庄客齐上，把王矮虎横拖倒拽捉去了。有诗为证：

色胆能拼不顾身，肯将性命值微尘。

销金帐里无强将，丧魄亡精与妇人。

欧鹏见捉了王英，便挺枪来救。一丈青纵马跨刀，接着欧鹏，两个便斗。原来欧鹏祖是军班子弟出身，使得好一条铁枪，宋江看了，暗暗的喝采。怎的欧鹏枪法精熟，也敌不得那女将半点便宜。邓飞在远远处看见捉了王矮虎，欧鹏又战那女将不下，跑着马，舞起一条铁链，大发喊赶将来。祝家庄上已看多时，诚恐一丈青有失，慌忙放下吊桥，开了庄门，祝龙亲自引了三百余人，骤马提枪，来捉宋江。马麟看见，一骑马使起双刀，来迎住祝龙厮杀。邓飞恐宋江有失，不离左右，看他两边厮杀，喊声迭起。宋江见马麟斗祝龙不过，欧鹏斗一丈青不下，正慌哩，只见一彪军马从刺斜里杀将来。宋江看时，大喜，却是霹雳火秦明，听得庄后厮杀，前来救应。宋江大叫："秦统制，你可替马麟。"

秦明是个急性的人，更兼祝家庄捉了他徒弟黄信，正没好气，拍马飞起狼牙棍，便来直取祝龙。祝龙也挺枪来敌秦明。马麟引了人，却夺王矮虎。那一丈青看见了马麟来夺人，便撇了欧鹏，却来接住马麟厮杀。两个都会使双刀，马上相迎着，正如这风飘玉屑，雪撒琼花，宋江看得眼也花了。这边秦明和祝龙斗到十合之上，祝龙如何敌得秦明过，庄门里面那教师栾廷玉带了铁锤，上马挺枪，杀将出来。欧鹏便来迎住栾廷玉厮杀。栾廷玉也不来交马，带住枪时，刺斜里便走。欧鹏赶将去，被栾廷玉一飞锤，正打着，翻筋斗攧下马去。邓飞大叫："孩儿们救人！"舞着铁链，径奔栾廷

① 做光——勾引，挑逗。

玉。宋江急唤小喽罗，救得欧鹏上马。那祝龙当敌秦明不住，拍马便走。栾廷玉也撇了邓飞，却来战秦明，两个斗了一二十合，不分胜败。栾廷玉卖个破绽，落荒即走，秦明舞棍，径赶将来。栾廷玉便望荒草之中，跑马入去，秦明不知是计，也追入去。原来祝家庄那等去处，都有人埋伏，见秦明马到，拽起绊马索来，连人和马都绊翻了，发声喊，捉住了秦明。邓飞见秦明坠马，慌忙来救，急见绊马索拽，却待回身，两下里叫声着，挠钩似乱麻一般搭来，就马上活捉了去。

宋江看见，只叫得苦，止救得欧鹏上马。马麟撇了一丈青，急奔来保护宋江，望南而走，背后栾廷玉、祝龙、一丈青，分投赶将来。看看没路，正待受缚，只见正南上一个好汉飞马而来，背后随从约有五百人马。宋江看时，乃是没遮拦穆弘。东南上也有三百余人，两个好汉飞奔前来：一个是病关索杨雄，一个是拼命三郎石秀。东北上又一个好汉，高声大叫："留下人着！"宋江看时，乃是小李广花荣。三路人马一齐都到，宋江心下大喜，一发并力来战栾廷玉、祝龙。

庄上望见，恐怕两个吃亏，且教祝虎守把住庄门，小郎君祝彪骑一匹劣马，使一条长枪，自引五百余人马，从庄后杀将出来，一齐混战。庄前李俊、张横、张顺，下水过来，被庄上乱箭射来，不能下手；戴宗、白胜，只在对岸呐喊。宋江见天色晚了，急叫马麟先保护欧鹏出村口去。宋江又叫小喽罗筛锣，聚拢众好汉，且战且走。

宋江自拍马到处寻了看，只恐弟兄们迷了路。正行之间，只见一丈青飞马赶来，宋江措手不及，便拍马望东而走，背后一丈青紧追着，八个马蹄翻盏撒钹相似，赶投深村处来。一丈青正赶上宋江，待要下手，只听得山坡上有人大叫道："那鸟婆娘赶我哥哥那里去？"宋江看时，却是黑旋风李逵，抡两把板斧，引着七八十个小喽罗，大踏步赶将来。

一丈青便勒转马，望这树林边去。宋江也勒住马看时，只见树林边转出十数骑马军来，当先簇拥着一个壮士。怎生结束，但见：

嵌宝头盔稳戴，磨银铠甲重披。
素罗袍上绣花枝，狮蛮带琼瑶密砌。
丈八蛇矛紧挺，霜花骏马频嘶。
满山都唤小张飞，豹子头林冲便是。

那来军正是豹子头林冲，在马上大喝道："兀那婆娘走那里去？"一丈青飞刀纵马，直奔林冲，林冲挺丈八蛇矛迎敌。两个斗不到十合，林冲卖个破绽，放一丈青两口刀砍入来，林冲把蛇矛逼个住，两口刀逼斜了，赶拢去，轻舒猿臂，款扭狼腰，把一丈青只一拽，活挟过马来。

宋江看见，喝声采，不知高低。林冲叫军士绑了，骤马向前道："不曾伤犯哥哥么？"宋江道："不曾伤着。"便叫李逵快走村中接应众好汉，且教来村口商议，天色已晚，不可恋战。黑旋风领本部人马去了。林冲保护宋江，押着一丈青在马上，取路出村口来。当晚众头领不得便宜，急急都赶出村口来。祝家庄人马也收回庄上去了，满村中杀死的人，不计其数。祝龙教把捉到的人都将来陷车囚了，一发拿住宋江，却解上东京去请功，扈家庄已把王矮虎解送到祝家庄去了。

且说宋江收回大队人马，到村口下了寨栅，先教将一丈青过来，唤二十个老成的小喽罗，着四个头目，骑四匹快马，把一丈青拴了双手，也骑一匹马，"连夜与我送上梁山泊去，交与我父亲宋太公收管，便来回话。待我回山寨，自有发落。"众头领都只道宋江自要这个女子，尽皆小心送去。先把一辆车儿教欧鹏上山去将息。一行人都领了将令，连夜去了。宋江其夜在帐中纳闷，一夜不睡，坐而待旦。

次日，只见探事人报来，说军师吴学究引将三阮头领，并吕方、郭盛，带五百人马到来。宋江听了，出寨迎接了军师吴用，到中军帐里坐下。吴学究带将酒食来，与宋江把盏贺喜，一面犒赏三军众将。吴用道："山寨里晁头领多听得哥哥先次进兵不利，特地使将吴用并五个头领来助战。不知近日胜败如何？"宋江道："一言难尽。叵耐祝家那厮，他庄门上立两面白旗，写道：'填平水泊擒晁盖，踏破梁山捉宋江。'这厮无礼。先一遭进兵攻打，因为失其地利，折了杨林、黄信，夜来进兵，又被一丈青捉了王矮虎，栾廷玉锤打伤了欧鹏，绊马索拖翻捉了秦明、邓飞。如此失利，若不得林教头恰活捉得一丈青时，折尽锐气。今来似此，如之奈何？若是宋江打不得祝家庄破，救不出这几个兄弟来，情愿自死于此地，也无面目回去见得晁盖哥哥。"吴学究笑道："这个祝家庄也是合当天败，却限有这个机会。吴用想来，事在旦夕可破。"宋江听罢，十分惊喜，连忙问道："这祝家庄如何旦夕可破？机会自何而来？"吴学究笑着，不慌不忙，迭两个指头，说出这个机会来。正是空中伸出拿云手[①],救出天罗地网人。毕竟军师吴用说出甚么机会来,且听下回分解。

第四十九回

解珍解宝双越狱　孙立孙新大劫牢

话说当时吴学究对宋公明说道:“今日有个机会,却是石勇面上来投入伙的人,又与栾廷玉那厮最好,亦是杨林、邓飞的至爱相识。他知道哥哥打祝家庄不利,特献这条计策来入伙,以为进身之报,随后便至。五日之内,可行此计,却是好么?”宋江听了,大喜道:“妙哉!”方才笑逐颜开。说话的,却是甚么计策,下来便见。看官牢记这段话头。原来和宋公明初打祝家庄时,一同事发。却难这边说一句,那边说一回,因此权记下这两打祝家庄的话头,却先说那一回来投入伙的人乘机会的话,下来接着关目[②]。

原来山东海边有个州郡,唤做登州。登州城外有一座山,山上多有豺狼虎豹,出来伤人,因此登州知府拘集猎户,当厅委了杖限文书,捉捕登州山上大虫。又仰山前山后里正之家,也要捕虎文状,限外不行解官,痛责枷号不恕。且说登州山下有一家猎户,兄弟两个,哥哥唤做解珍,兄弟唤做解宝。弟兄两个,都使浑铁点钢叉,有一身惊人的武艺。当州里的猎户们,都让他第一。那解珍一个绰号唤做两头蛇,这解宝绰号叫做双尾蝎。二人父母俱亡,不曾婚娶。那哥哥七尺以上身材,紫棠色面皮,腰细膀阔;这个兄弟解宝,更是利害,也有七尺以上身材,面圆身黑,两只腿上刺着两个飞天夜叉,有时性起,恨不得腾天倒地,拔树摇山。有一篇《西江月》,单道他弟兄的好处:

> 世本登州猎户,生来骁勇英豪。穿山越岭健如猱,麋鹿见时惊倒。　手执莲花铁镋,腰悬蒲叶尖刀。豹皮裙子虎筋绦,解氏二难

---

① 拿云手——伸手可抓得云片。喻本领高强。

② 关目——情节。

年少。

那弟兄两个当官受了甘限文书，回到家中，整顿窝弓药箭，弩子镋叉，穿了豹皮裤，虎皮套体，拿了铁叉，两个径奔登州山上，下了窝弓，去树上等了一日，不济事了，收拾窝弓下去。次日，又带了干粮，再上山伺候，看看天晚，弟兄两个再把窝弓下了，爬上树去，直等到五更，又没动静。两个移了窝弓，却来西山边下了，坐到天明，又等不着。两个心焦，说道："限三日内要纳大虫，迟时须用受责，却是怎地好！"

两个到第三日夜，伏至中更时分，不觉身体困倦。两个背厮靠着且睡，未曾合眼，忽听得窝弓发响。两个跳将起来，拿了钢叉，四下里看时，只见一个大虫中了药箭，在那地上滚。两个拈着钢叉向前来，那大虫见了人来，带着箭便走。两个追将向前去，不到半山里时，药力透来，那大虫当不住，吼了一声，骨渌渌滚将下山去了。解宝道："好了。我认得这山，是毛太公庄后园里，我和你下去他家取讨大虫。"

当时弟兄两个提了钢叉，径下山来，投毛太公庄上敲门。此时方才天明，两个敲开庄门入去，庄客报与太公知道。多时，毛太公出来，解珍、解宝放下钢叉，声了喏，说道："伯伯，多时不见，今日特来拜扰。"毛太公道："贤侄如何来得这等早？有甚话说？"解珍道："无事不敢惊动伯伯睡寝。如今小侄因为官司委了甘限文书，要捕获大虫，一连等了三日，今早五更，射得一个，不想从后山滚下，在伯伯园里，望烦借一路，取大虫则个。"毛太公道："不妨，既是落在我园里，二位且少坐，敢是肚饥了，吃些早饭去取。"叫庄客且去安排早膳来相待。当时劝二位吃了酒饭，解珍、解宝起身谢道："感承伯伯厚意，望烦引去，取大虫还小侄。"毛太公道："既是在我庄后，却怕怎地？且坐吃茶，却去取未迟。"解珍、解宝不敢相违，只得又坐下，庄客拿茶来，叫二位吃了。毛太公道："如今我和贤侄去取大虫。"解珍、解宝道："深谢伯伯。"

毛太公引了二人，入到庄后，叫庄客把钥匙来开门，百般开不开。毛太公道："这园多时不曾有人来开，敢是锁镄锈了，因此开不得，去取铁锤来打开了罢。"庄客便将铁锤来，敲开了锁，众人都入园里去看时，遍山边去看，寻不见。毛太公道："贤侄，你两个莫不错看了，认不仔细？敢不曾落在我园里？"解珍道："怎地得我两个错看了？是这里生长的人，如何不认得？"毛太公道："你自寻便了，有时自抬去。"解宝道："哥哥，你且来看，这里一带草，滚得平平地都倒了；又有血路在上头，如何说不在这里？必是伯伯家庄客抬过了。"毛太公道："你休这等说，我家庄上的人，如何得知有大虫在园里？便又抬得过？你也须看见方才当面敲开锁来，和你两个一同入园里来寻。你如何这般说话！"解珍道："伯伯，你须还我这个大虫去解官。"毛太公道："你这两个好无道理！我好意请你吃酒饭，你颠倒赖我大虫。"解宝道："有甚么赖处！你家也现当里正，官府中也委了甘限文书，却没本事去捉，倒来就我现成，你倒将去请功，教我兄弟两个吃限棒。"毛太公道："你吃限棒，干我甚事！"解珍、解宝睁起眼来，便道："你敢教我搜一搜么？"毛太公道："我家比你家，各有内外。你看这两个教化头倒来无礼。"解宝抢近厅前寻不见，心中火起，便在厅前打将起来；解珍也就厅前攀折栏杆，打将入去。毛太公叫道："解珍、解宝白昼抢劫！"那两个打碎了厅前椅桌，见庄上都有准备，两个便拔步出门，指着庄上骂道："你赖我大虫，和你官司里去理会。"

解氏深机捕获，毛家巧计牢笼。

当日因争一虎，后来引起双龙。

那两个正骂之间，只见两三匹马投庄上来，引着一伙伴当。解珍认得是毛太公儿子毛仲义，接着说道："你家庄上庄客捉过了我大虫，你爹不讨还我，颠倒要打我弟兄两个。"毛仲义道："这厮村人不省事，我父亲必是被他们瞒过了。你两上不要发怒，随我到家里，讨还你便了。"解珍、解宝谢了毛仲义，叫开庄门，教他两个进去。

待得解珍、解宝入得门来，便叫关上庄门，喝一声："下手！"两廊下走出二三十个庄客，并恰才马后带来的，都是做公的。那兄弟两个措手不及，众人一发上，把解珍、解宝绑了。毛仲义道："我家昨夜自射得一个大虫，如何来白赖我的？乘势抢掳我家财，打碎家中什物，当得何罪？解上本州，也与本州除了一害。"原来毛仲义五更时，先把大虫解上州里去了，却带了若干做公的来捉解珍、解宝。不想他这两个不识局面[①]，正中了他的计策，分说不得。毛太公教把他两个使的钢叉并一包赃物，扛抬了许多打碎的家伙什物，将解珍、解宝剥得赤条条地，背剪绑了，解上州里来。

本州有个六案孔目，姓王，名正，却是毛太公的女婿，已自先去知府面

① 局面——情势。

前禀说了。才把解珍、解宝押到厅前,不由分说,捆翻便打,定要他两个招做混赖大虫,各执钢叉,因而抢掳财物。解珍、解宝吃拷不过,只得依他招了。知府教取两面二十五斤的重枷来枷了,钉下大牢里去。毛太公、毛仲义自回庄上商议道:"这两个男女,却放他不得,不如一发结果了他,免致后患。"当时子父二人自来州里,吩咐孔目王正:"与我一发斩草除根,萌芽不发,我这里自行与知府的打关节。"

却说解珍、解宝押到死囚牢里,引至亭心上来,见这个节级。为头的那人,姓包,名吉,已自得了毛太公银两,并听信王孔目之言,教对付他两个性命,便来亭心里坐下。小牢子对他两个说道:"快过来,跪在亭子前。"包节级喝道:"你两个便是甚么两头蛇、双尾蝎,是你么?"解珍道:"虽然别人叫小人们这等混名,实不曾陷害良善。"包节级喝道:"你这两个畜生,今番我手里教你两头蛇做一头蛇,双尾蝎做单尾蝎,且与我押入大牢里去。"

那一个小牢子把他两个带在牢里来,见没人,那小节级便道:"你两个认得我么？我是你哥哥的妻舅。"解珍道:"我只亲弟兄两个,别无那个哥哥。"那小牢子道:"你两个须是孙提辖的兄弟。"解珍道:"孙提辖是我姑舅哥哥,我却不曾与你相会。足下莫非是乐和舅?"那小节级道:"正是,我姓乐,名和,祖贯茅州人氏。先祖挈家到此,将姐姐嫁与孙提辖为妻。我自在此州里勾当,做小牢子。人见我唱得好,都叫我做铁叫子乐和。姐夫见我好武艺,教我学了几路枪法在身。"怎见得,有诗为证:

玲珑心地衣冠整,俊俏肝肠语话清。
能唱人称铁叫子,乐和聪慧自天生。

原来这乐和是一个聪明伶俐的人,诸般乐品,尽皆晓得,学着便会。作事见头知尾。说起枪棒武艺,如糖似蜜价爱。为见解珍、解宝是个好汉,有心要救他,只是单丝不成线,孤掌岂能鸣,只报得他一个信。乐和说道:"好教你两个得知:如今包节级得受了毛太公钱财,必然要害你两个性命,你两个却是怎生好?"解珍道:"你不说起孙提辖则休,你既说起他来,只央你寄一个信。"

乐和道:"你却教我寄信与谁?"解珍道:"我有个姐姐,是我爷面上的[1],却与孙提辖兄弟为妻,现在东门外十里牌住。他是我姑娘的女儿,

---

① 爷面上的——父系的亲属。

叫做母大虫顾大嫂，开张酒店，家里又杀牛开赌。我那姐姐有三二十人近他不得，姐夫孙新这等本事，也输与他。只有那个姐姐，和我弟兄两个最好。孙新、孙立的姑娘，却是我母亲，以此他两个又是我姑舅哥哥。央烦的你暗暗地寄个信与他，把我的事说知，姐姐必然自来救我。"

乐和听罢，吩咐说："贤亲，你两个且宽心着。"先去藏些烧饼肉食，来牢里开了门，把与解珍、解宝吃了。推了事故，锁了牢门，教别个小节级看守了门，一径奔到东门外，望十里牌来。

早望见一个酒店，门前悬挂着牛羊等肉，后面屋下一簇人在那里赌博。乐和见酒店里一个妇人坐在柜上，但见：

眉粗眼大，胖面肥腰。插一头异样钗镮，露两个时兴钏镯。有时怒起，提井栏便打老公头；忽地心焦，拿石锥敲翻庄客腿。生来不会拈针线，弄棒持枪当女工。

乐和入进店内，看着顾大嫂，唱个喏道："此间姓孙么？"顾大嫂慌忙答道："便是。足下却要沽酒，却要买肉？如要赌钱，后面请坐。"乐和道："小人便是孙提辖妻弟乐和的便是。"顾大嫂笑道："原来却是乐和舅，可知尊颜和姆姆[①]一般模样。且请里面拜茶。"

乐和跟进里面客位里坐下，顾大嫂便动问道："闻知得舅舅在州里勾当，家下穷忙少闲，不曾相会。今日甚风吹得到此？"乐和答道："小人无事，也不敢来相恼。今日厅上偶然发下两个罪人进来，虽不曾相会，多闻他的大名。一个是两头蛇解珍，一个是双尾蝎解宝。"顾大嫂道："这两个是我的兄弟，不知因甚罪犯下在牢里？"乐和道："他两个因射得一个大虫，被本乡一个财主毛太公赖了，又把他两个强扭做贼，抢掳家财，解入州里来。他又上上下下都使了钱物，早晚间要教包节级牢里做翻他两个，结果了性命。小人路见不平，独力难救。只想一者沾亲，二乃义气为重，特地与他通个消息。他说道：'只除是姐姐便救得他。'若不早早用心着力，难以救拔。"

顾大嫂听罢，一片声叫起苦来，便叫火家快去寻得二哥家来说话。有几个火家去不多时，寻得孙新归来，与乐和相见。怎见得孙新的好处，有诗为证：

---

① 姆姆——妯娌间弟妇称兄妇为姆姆。

军班才俊子，眉目有神威。
身在蓬莱寓，家从琼海移。
自藏鸿鹄志，恰配虎狼妻。
鞭举龙双见，枪来蟒独飞。
年似孙郎少，人称小尉迟。

原来这孙新祖是琼州人氏，军官子孙，因调来登州驻扎，弟兄就此为家。孙新生得身长力壮，全学得他哥哥的本事，使得几路好鞭枪，因此多人把他弟兄两个比尉迟恭[①]，叫他做小尉迟。顾大嫂把上件事对孙新说了，孙新道："既然如此，叫舅舅先回去。他两个已下在牢里，全望舅舅看觑则个。我夫妻商量个长便道理，却径来相投。"乐和道："但有用着小人处，尽可出力向前。"顾大嫂置酒相待已了，将了一包碎银，付与乐和："望烦舅舅将去牢里，散与众人并小牢子们，好生周全他两个弟兄。"乐和谢了，收了银两，自回牢里来替他使用，不在话下。

且说顾大嫂和孙新商议道："你有甚么道理，救我两个兄弟？"孙新道："毛太公那厮，有钱有势，他防你两个兄弟出来，须不肯干休，定要做翻了他两个，似此必然死在他手。若不去劫牢，别样也救他不得。"顾大嫂道："我和你今夜便去。"孙新笑道："你好粗卤。我和你也要算个长便，劫了牢，也要个去向。若不得我那哥哥，和这两个人时，行不得这件事。"顾大嫂道："这两个是谁？"孙新道："便是那叔侄两个最好赌的邹渊、邹润，如今现在登云山台峪里，聚众打劫。他和我最好，若得他两个相帮助，此事便成。"顾大嫂道："登云山离这里不远，你可连夜去请他叔侄两个来商议。"孙新道："我如今便去。你可收拾了酒食肴馔，我去定请得来。"顾大嫂吩咐火家，宰了一口猪，铺下数盘果品按酒，排下桌子。

天色黄昏时候，只见孙新引了两筹好汉归来。那个为头的姓邹，名渊，原是莱州人氏，自小最好赌钱，闲汉出身，为人忠良慷慨，更兼一身好武艺，性气高强，不肯容人，江湖上唤他绰号出林龙。第二个好汉，名唤邹润，是他侄儿，年纪与叔叔仿佛，二人争差不多，身材长大，天生一等异相，脑后一个肉瘤，以此人都唤他做独角龙。那邹润往常但和人争闹，性起来，一头撞去，忽然一日，一头撞折了涧边一株松树，看的人都惊呆了。有

① 尉(yù)迟恭——唐初大将，助李渊、李世民夺取帝位。

《西江月》一首,单道他叔侄的好处:

厮打场中为首,呼卢队里称雄。天生忠直气如虹,武艺惊人出众。
结寨登云台上,英名播满山东。翻江搅海似双龙,岂作池中玩弄?

当时顾大嫂见了,请入后面屋下坐地,却把上件事告诉与他,次后商量劫牢一节。邹渊道:"我那里虽有八九十人,只有二十来个心腹的。明日干了这件事,便是这里安身不得了。我却有个去处,我也有心要去多时,只不知你夫妇二人肯去么?"顾大嫂道:"遮莫甚么去处,都随你去,只要救了我两个兄弟。"邹渊道:"如今梁山泊十分兴旺,宋公明大肯招贤纳士。他手下现有我的三个相识在彼:一个是锦豹子杨林,一个是火眼狻猊邓飞,一个是石将军石勇,都在那里入伙了多时。我们救了你两个兄弟,都一发上梁山泊投奔入伙去如何?"顾大嫂道:"最好,有一个不去的,我便乱枪戳死他。"邹润道:"还有一件,我们倘或得了人,诚恐登州有些军马追来,如之奈何?"孙新道:"我的亲哥哥现做本州军马提辖,如今登州只有他一个了得。几番草寇临城,都是他杀散了,到处闻名。我明日自去请他来,要他依允便了。"邹渊道:"只怕他不肯落草。"孙新说道:"我自有良法。"

当夜吃了半夜酒,歇到天明,留下两个好汉在家里,却使一个火家带领了一两个人,推一辆车子,"快走城中营里,请我哥哥孙提辖并嫂嫂乐大娘子,说道:'家中大嫂害病沉重,便烦来家看觑。'"顾大嫂吩咐火家道:"只说我病重临危,有几句紧要的话,须是便来,只有几番相见嘱咐。"火家推车儿去了。孙新专在门前伺候,等接哥哥。

饭罢时分,远远望见车儿来了,载着乐大娘子,背后孙提辖骑着马,十数个军汉跟着,望十里牌来。孙新入去报与顾大嫂得知,说:"哥嫂来了。"顾大嫂吩咐道:"只依我如此行。"孙新出来,接见哥嫂,且请嫂嫂下了车儿,同到房里,看视弟媳妇病症。

孙提辖下了马,入门来,端的好条大汉,淡黄面皮,落腮胡须,八尺以上身材,姓孙,名立,绰号病尉迟,射得硬弓,骑得劣马,使一管长枪,腕上悬一条虎眼竹节钢鞭,海边人见了,望风而降。有诗为证:

胡须黑雾飘,性格流星急。
鞭枪最熟惯,弓箭常温习。
阔脸似妆金,双睛如点漆。

军中显姓名，病尉迟孙立。

当下病尉迟孙立下马来，进得门便问道："兄弟，婶子害甚么病？"孙新答道："他害得症候病得跷蹊，请哥哥到里面说话。"孙立便入来。孙新吩咐火家，着这伙跟马的军士去对门店里吃酒，便教火家牵过马，请孙立入到里面来坐下。良久，孙新道："请哥哥、嫂嫂去房里看病。"孙立同乐大娘子入进房里，见没有病人，孙立问道："婶子病在那里房内？"只见外面走入顾大嫂来，邹渊、邹润跟在背后。

孙立道："婶子，你正是害甚么病？"顾大嫂道："伯伯拜了。我害些救兄弟的病。"孙立道："却又作怪，救甚么兄弟？"顾大嫂道："伯伯，你不要推聋妆哑。你在城中，岂不知道他两个是我兄弟，偏不是你的兄弟。"孙立道："我并不知因由。是那两个兄弟？"

顾大嫂道："伯伯在上，今日事急，只得直言拜禀：这解珍、解宝被登云山下毛太公与同王孔目设计陷害，早晚要谋他两个性命。我如今和这两个好汉商量已定，要去城中劫牢，救出他两个兄弟，都投梁山泊入伙去，恐怕明日事发，先负累伯伯，因此我只推患病，请伯伯、姆姆到此说个长便。若是伯伯不肯去时，我们自去上梁山泊去了。如今朝廷有甚分晓，走了的倒没事，见在的便吃官司。常言道：'近火先焦。'伯伯便替我们吃官司坐牢，那时又没人送饭来救你。伯伯尊意如何？"孙立道："我却是登州的军官，怎地敢做这等事！"顾大嫂道："既是伯伯不肯，我们今日先和伯伯并个你死我活。"顾大嫂身边便掣出两把刀来，邹渊、邹润各拔出短刀在手。

孙立叫道："婶子且住，休要急速行，我从长计较，慢慢地商量。"乐大娘子惊得半晌做声不得。顾大嫂又道："既是伯伯不肯去时，即便先送姆姆前行，我们自去下手。"孙立道："虽要如此行时，也待我归家去收拾包裹行李，看个虚实，方可行事。"顾大嫂道："伯伯，你的乐阿舅透风与我们了。一就去劫牢，一就去取行李不迟。"孙立叹了一口气，说道："你众人既是如此行了，我怎地推却得开，不成日后倒要替你们吃官司？罢，罢，罢，都做一处商议了行。"先叫邹渊去登云山寨里收拾起财物人马，带了那二十个心腹的人，来店里取齐，邹渊去了。又使孙新入城里来，问乐和讨信，就约会了，暗通消息解珍，解宝得知。

次日，登云山寨里邹渊收拾金银已了，自和那起人到来相助。孙新家里也有七八个知心腹的火家，并孙立带来的十数个军汉，共有四十余人。

孙新宰了两口猪，一腔羊，众人尽吃了一饱。顾大嫂贴肉藏了尖刀，扮做个送饭的妇人先去。孙新跟着孙立，邹渊领了邹润，各带了火家，分作两路入去。正是：

捉虎翻成纵虎灾，虎官虎吏枉安排。

全凭铁叫通关节，始得牢城铁瓮开。

且说登州府牢里包节级得了毛太公钱物，只要陷害解珍、解宝的性命。当日乐和拿着水火棍，正立在牢门里狮子口边，只听得拽铃子响，乐和道："甚么人？"顾大嫂应道："送饭的妇人。"乐和已自瞧科了，便来开门，放顾大嫂入来，再关了门。将过廊下去，包节级正在亭心里，看见便喝道："这妇人是甚么人？敢进牢里来送饭？自古狱不通风。"乐和道："这是解珍、解宝的姐姐，自来送饭。"包节级喝道："休要教他入去，你们自与他送进去便了。"乐和讨了饭，却来开了牢门，把与他两个。

解珍、解宝问道："舅舅夜来所言的事如何？"乐和道："你姐姐入来了，只等前后相应。"乐和便把匣床与他两个开了。只听的小牢子入来报道："孙提辖敲门，要走入来。"包节级道："他自是营官，来我牢里有何事干？休要开门！"顾大嫂一踅，踅下亭心边去。

外面又叫道："孙提辖焦躁了打门。"包节级忿怒，便下亭心来，顾大嫂大叫一声："我的兄弟在那里？"身边便掣出两把明晃晃尖刀来。包节级见不是头，望亭心外便走。解珍、解宝提起枷，从牢眼里钻将出来，正迎着包节级。包节级措手不及，被解宝一枷梢打重，把脑盖擗得粉碎。当时顾大嫂手起，早戳翻了三五个小牢子，一齐发喊，从牢里打将出来。孙立、孙新把两个当住了，见四个从牢里出来，一发望州衙前便走。邹渊、邹润早从州衙里提出王孔目头来。

街市上人大喊起，先奔出城去。孙提辖骑着马，弯着弓，搭着箭，压在后面。街上人家都关上门，不敢出来，州里做公的人，认得是孙提辖，谁敢向前拦当。众人簇拥着孙立，奔出城门去，一直望十里牌来，扶搀乐大娘子上了车儿。顾大嫂上了马，帮着便行。解珍、解宝对众人道："叵耐毛太公老贼冤家，如何不报了去？"孙立道："说得是。"便令兄弟孙新与舅舅乐和先护持车儿前行着，"我们随后赶来。"孙新、乐和簇拥着车儿先行去了。

孙立引着解珍、解宝、邹渊、邹润，并火家伴当，一径奔毛太公庄上来，正值毛仲义与太公在庄上庆寿饮酒，却不提备。一伙好汉呐声喊，杀将入去，就把毛太公、毛仲义，并一门老小，尽皆杀了，不留一个。去卧房里搜检得十数包金银财宝，后院里牵得七八匹好马，把四匹捎带驮载，解珍、解宝拣几件好的衣服穿了，将庄院一把火，齐放起烧了。各人上马，带了一行人，赶不到三十里路，早赶上车仗人马，一处上路行程。于路庄户人家，又夺得三五匹好马，一行星夜奔上梁山泊去。有《西江月》为证：

忠义立身之本，奸邪坏国之端。狼心狗幸滥居官，致使英雄扼腕[①]。 夺虎机谋可恶，劫牢计策堪观。登州城廓痛悲酸，顷刻横尸遍满。

不一二日，来到石勇酒店里，那邹渊与他相见了，问起杨林、邓飞二人。石勇答言，说起宋公明去打祝家庄，二人都跟去，两次失利，听得报来说，杨林、邓飞俱被陷在那里，不知如何。备闻祝家庄三子豪杰，又有教师铁棒栾廷玉相助，因此二次打不破那庄。

孙立听罢，大笑道："我等众人来投大寨入伙，正没半分功劳，献此一条计策打破祝家庄，为进身之报如何？"石勇大喜道："愿闻良策。"孙立道："栾廷玉那厮，和我是一个师父教的武艺。我学的枪刀，他也知道；他学的武艺，我也尽知。我们今日只做登州对调来郓州守把，经过来此相望，他必然出来迎接。我们进身入去，里应外合，必成大事。此计如何？"

正与石勇说计未了，只见小校报道："吴学究下山来，前往祝家庄救应去。"石勇听得，便叫小校快去报知军师，请来这里相见。说犹未了，已有军马来到店前，乃是吕方、郭盛并阮氏三雄，随后军师吴用带领五百人马到来。石勇接入店内，引着这一行人都相见了，备说投托入伙，献计一节。吴用听了大喜，说道："既然众位好汉肯作成山寨，且休上山，便烦请往祝家庄行此一事，成全这段功劳如何？"孙立等众人皆喜，一齐都依允了。吴用道："小生今去，也如此见阵，我人马前行，众位好汉随后一发便来。"

吴学究商议已了，先来宋江寨中，见宋公明眉头不展，面带忧容，吴用置酒与宋江解闷，备说起石勇、杨林、邓飞三个的一起相识，是登州兵马提辖病尉迟孙立，和这祝家庄教师栾廷玉是一个师父教的。今来共有八人，投托大寨入伙，特献这条计策，以为进身之报。今已计较定了，里应外合，如此行事，随后便来参见兄长。宋江听说罢，大喜，把愁闷都撇在九霄云

① 扼腕——用手握腕，表示激动的情绪。

外,忙叫寨内置酒,安排筵席等来相待。

却说孙立教自己的伴当人等,跟着车仗人马,投一处歇下,只带了解珍、解宝、邹渊、邹润、孙新、顾大嫂、乐和,共是八人,来参宋江,都讲礼已毕,宋江置酒设席管待,不在话下。吴学究暗传号令与众人,教第三日如此行,第五日如此行。吩咐已了,孙立等众人领了计策,一行人自来和车仗人马投祝家庄进身行事。

再说吴学究道:"启动戴院长到山寨里走一遭,快与我取将这四个头领来,我自有用他处。"不是教戴宗连夜来取这四个人来,有分教,水泊重添新羽翼,山庄无复旧衣冠。毕竟吴学究取那四个人来,且听下回分解。

第五十回

吴学究双掌连环计　宋公明三打祝家庄

话说当时军师吴用启烦戴宗道:"贤弟可与我回山寨去取铁面孔目裴宣、圣手书生萧让、通臂猿侯健、玉臂匠金大坚。可教此四人带了如此行头,连夜下山来,我自有用他处。"戴宗去了。

只见寨外军士来报,西村扈家庄上扈成牵牛担酒,特来求见。宋江叫请入来。扈成来到中军帐前,再拜恳告道:"小妹一时粗卤,年幼不省人事,误犯威颜,今者被擒,望乞将军宽恕。奈缘小妹原许祝家庄上,前者不合奋一时之勇,陷于缧绁。如蒙将军饶放,但用之物,当依命拜奉。"宋江道:"且请坐说话。祝家庄那厮,好生无礼,平白欺负俺山寨,因此行兵报仇,须与你扈家无冤。只是令妹引人捉了我王矮虎,因此还礼,拿了令妹。你把王矮虎放回还我,我便把令妹还你。"扈成答道:"不期已被祝家庄拿了这个好汉去。"吴学究便道:"我这王矮虎,今在何处?"扈成道:"如今拘锁在祝家庄上,小人怎敢去取?"宋江道:"你不去取得王矮虎来还我,如何能够得你令妹回去?"吴学究道:"兄长休如此说,只依小生一言:今后早晚祝家庄上,但有些响亮[①],你的庄上,切不可令人来救护。倘或祝家庄上

---

① 响亮——这里指动静,风声。

有人投奔你处,你可就缚在彼。若是捉下得人时,那时送还令妹到贵庄。只是如今不在本寨,前日已使人送在山寨,奉养在宋太公处。你且放心回去,我这里自有个道理。”扈成道:“今番断然不敢去救应他,若是他庄上果有人来投我时,定缚来奉献将军麾下。”宋江道:“你若是如此,便强似送我金帛。”扈成拜谢了去。

且说孙立却把旗号上改唤作“登州兵马提辖孙立”,领了一行人马,都来到祝家庄后门前。庄上墙里望见是登州旗号,报入庄里去。栾廷玉听得是登州孙提辖到来相望,说与祝氏三杰道:“这孙提辖是我弟兄,自幼与他同师学艺,今日不知如何到此?”带了二十余人马,开了庄门,放下吊桥,出来迎接。

孙立一行人都下了马,众人讲礼已罢,栾廷玉问道:“贤弟在登州守把,如何到此?”孙立答道:“总兵府行下文书,对调我来此间郓州守把城池,提防梁山泊强寇,便道经过,闻知仁兄在此祝家庄,特来相探。本待从前门来,因见村口庄前俱屯下许多军马,不好冲突,特地寻觅村里,从小路问到庄后,入来拜望仁兄。”栾廷玉道:“便是这几时连日与梁山泊强寇厮杀,已拿得他几个头领在庄里了,只要捉了宋江贼首,一并解官。天幸今得贤弟来此间镇守,正如锦上添花,旱苗得雨。”孙立笑道:“小弟不才,且看相助捉拿这厮们,成全兄长之功。”栾廷玉大喜,当下都引一行人进庄里来,再拽起了吊桥,关上了庄门。孙立一行人安顿车仗人马,更换衣裳,都在前厅来相见。祝朝奉与祝龙、祝虎、祝彪三杰,都相见了,一家儿都在厅前相接。

栾廷玉引孙立等上到厅上相见,讲礼已罢,便对祝朝奉说道:“我这个贤弟孙立,绰号病尉迟,任登州兵马提辖。今奉总兵府对调他来,镇守此间郓州。”祝朝奉道:“老夫亦是治下。”孙立道:“卑小之职,何足道哉!早晚也要望朝奉提携指教。”祝氏三杰相请众位尊坐。

孙立动问道:“连日相杀,征阵劳神。”祝龙答道:“也未见胜败。众位尊兄,鞍马劳神不易。”孙立便叫顾大嫂引了乐大娘子叔伯姆两个去后堂见拜宅眷,唤过孙新、解珍、解宝参见了,说道:“这三个是我兄弟。”指着乐和便道:“这位是此间郓州差来取的公吏。”指着邹渊、邹润道:“这两个是登州送来的军官。”祝朝奉并三子虽是聪明,却见他又有老小,并许多行李车仗人马,又是栾廷玉教师的兄弟,那里有疑心,只顾杀牛宰马,做筵席管待众人，且饮酒食。

过了一两日，到第三日，庄兵报道："宋江又调军马杀奔庄上来了。"祝彪道："我自去上马拿此贼。"便出庄门，放下吊桥，引一百余骑马军杀将出来。早迎见一彪军马，约有五百来人，当先拥出那个头领，弯弓插箭，拍马抡枪，乃是小李广花荣。祝彪见了，跃马挺枪，向前来斗，花荣也纵马来战祝彪。两个在独龙冈前，约斗了十数合，不分胜败。花荣卖个破绽，拨回马便走，引他赶来。祝彪正待要纵马追去，背后有认得的说道："将军休要去赶，恐防暗器，此人深好弓箭。"祝彪听罢，便勒转马来不赶，领回人马投庄上来，拽起吊桥，看花荣时，也引军马回去了。

祝彪直到厅前下马，进后堂来饮酒。孙立动问道："小将军今日拿得甚贼？"祝彪道："这厮们伙里有个甚么小李广花荣，枪法好生了得。斗了五十余合，那厮走了，我却待要赶去追他，军人们道那厮好弓箭，因此各自收兵回来。"孙立道："来日看小弟不才，拿他几个。"当日筵席上叫乐和唱曲，众人皆喜。

至晚席散，又歇了一夜，到第四日午牌，忽有庄兵报道："宋江军马又来在庄前了。"堂下祝龙、祝虎、祝彪三子都披挂了，出到庄前门外，远远地望见，早听得鸣锣擂鼓，呐喊摇旗，对面早摆下阵势。这里祝朝奉坐在庄门上，左边栾廷玉，右边孙提辖，祝家三杰，并孙立带来的许多人伴，都摆在两边。早见宋江阵上豹子头林冲高声叫骂，祝龙焦躁，喝叫放下吊桥，绰枪上马，引一二百人马，大喊一声，直奔林冲阵上。

庄门下擂起鼓来，两边各把弓弩射住阵脚。林冲挺起丈八蛇矛，和祝龙交战，连斗到三十余合，不分胜败。两边鸣锣，各回了马。祝虎大怒，提刀上马，跑到阵前，高声大叫宋江决战。说言未了，宋江阵上早有一将出马，乃是没遮拦穆弘来战祝虎。两个斗了三十余合，又没胜败。祝彪见了大怒，便绰枪飞身上马，引二百余骑，奔到阵前。宋江队里病关索杨雄，一骑马，一条枪，飞枪出来战祝彪。

孙立看见两队儿在阵前厮杀，心中忍耐不住，便唤孙新："取我的鞭枪来，就将我的衣甲、头盔、袍袄把来披挂了。"牵过自己马来，这骑马号乌骓马，鞴上鞍子，扣了三条肚带，腕上悬了虎眼钢鞭，绰枪上马。

祝家庄上，一声锣响，孙立出马在阵前。宋江阵上林冲、穆弘、杨雄都勒住马，立于阵前。孙立早跑马出来，说道："看小可捉这厮们。"孙立把马兜住,喝问道:“你那贼兵阵上有好厮杀的,出来与我决战。”宋江阵内鸾铃响处,一骑马跑将出来,众人看时,乃是拼命三郎石秀来战孙立。两马相交,双枪并举。两个斗到五十合,孙立卖个破绽,让石秀枪搠入来,虚闪一个过,把石秀轻轻的从马上捉过来,直挟到庄前撇下,喝道:“把来缚了。”祝家三子把宋江军马一搅,都赶散了。

三子收军回到门楼下,见了孙立,众皆拱手钦伏。孙立便问道:“共是捉得几个贼人?”祝朝奉道:“起初先捉得一个时迁,次后拿得一个细作杨林,又捉得一个黄信;扈家庄一丈青捉得一个王矮虎;阵上拿得两个:秦明、邓飞;今番将军又捉得这个石秀,这厮正是烧了我店屋的。共是七个了。”孙立道:“一个也不要坏他,快做七辆囚车装了,与些酒饭,将养身体,休教饿损了他,不好看。他日拿了宋江,一并解上东京去,教天下传名,说这个祝家庄三杰。”祝朝奉谢道:“多幸得提辖相助,想是这梁山泊当灭也。”邀请孙立到后堂筵宴,石秀自把囚车装了。

看官听说,石秀的武艺不低似孙立,要赚祝家庄人,故意教孙立捉了,使他庄上人一发信他。孙立又暗暗地使邹渊、邹润、乐和去后房里把门户都看了出入的路数。杨林、邓飞见了邹渊、邹润,心中暗喜。乐和张看得没人,便透个消息与众人知了。顾大嫂与乐大娘子在里面已看了房户出入的门径。

至第五日,孙立等众人都在庄上闲行,当日辰牌时候,早饭以后,只见庄兵报道:“今日宋江分兵做四路,来打本庄。”孙立道:“分十路待怎地?你手下人且不要慌,早作准备便了。先安排些挠钩套索,须要活捉,拿死的也不算。”庄上人都披挂了,祝朝奉亲自率引着一班儿上门楼来看时,见正东上一彪人马,当先一个头领,乃是豹子头林冲,背后便是李俊、阮小二,约有五百以上人马在此。正西上又有五百来人马,当先一个头领,乃是小李广花荣,随背后是张横、张顺。正南门楼上望时,也有五百来人马,当先三个头领,乃是没遮拦穆弘、病关索杨雄、黑旋风李逵。四面都是兵马,战鼓齐鸣,喊声大举。

栾廷玉听了道:“今日这厮们厮杀,不可轻敌。我引了一队人马出后门,杀这正西北上的人马。”祝龙道:“我出前门,杀这正东上的人马。”祝虎道:“我也出后门,杀那西南上的人马。”祝彪道:“我自出前门,捉宋江,是要紧的贼首。”祝朝奉大喜,都赏了酒。各人上马,尽带了三百余骑奔出庄门,其余的都守庄院门楼前呐喊。

此时,邹渊、邹润已藏了大斧,只守在监门左侧。解珍、解宝藏了暗器,不离后门。孙新、乐和已守定前门左右。顾大嫂先拨军兵保护乐大娘子,却自拿了两把双刀在堂前踅,只听风声,便乃下手。

且说祝家庄上擂了三通战鼓,放了一个炮,把前后门都开,放下吊桥,一齐杀将出来。四路军兵出了门,四下里分投去厮杀。临后孙立带了十数个军兵,立在吊桥上。门里孙新便把原带来的旗号插起在门楼上,乐和便提着枪,直唱将出来。邹渊、邹润听得乐和唱,便唿哨了几声,抡动大斧,早把守监门的庄兵砍翻了数十个,便开了陷车,放出七只大虫来,各各寻了器械,一声喊起。顾大嫂掣出两把刀,直奔入房里,把应有妇人,一刀一个,尽都杀了。祝朝奉见头势不好了,却待要投井时,早被石秀一刀剁翻,割了首级。那十数个好汉,分投来杀庄兵。后门头解珍、解宝便去马草堆里放起把火,黑焰冲天而起。

四路人马见庄上火起,并力向前。祝虎见庄里火起,先奔回来。孙立守在吊桥上,大喝一声:"你那厮那里去?"拦住吊桥。祝虎省口[①],便拨转马头,再奔宋江阵上来。这里吕方、郭盛两戟齐举,早把祝虎和人连马搠翻在地,众军乱上,剁做肉泥。前军四散奔走。孙立、孙新迎接宋公明入庄。

且说东路祝龙斗林冲不住,飞马望庄后而来。到得吊桥边,见后门头解珍、解宝把庄客的尸首一个个撺将下来火焰里,祝龙急回马,望北而走。猛然撞着黑旋风,踊身便到,抡动双斧,早砍翻马脚。祝龙措手不及,倒撞下来,被李逵只一斧,把头劈翻在地。祝彪见庄兵走来报知,不敢回,直望扈家庄投奔,被扈成叫庄客捉了,绑缚下,正解将来见宋江。恰好遇着李逵,只一斧,砍翻祝彪头来,庄客都四散走了。李逵再抡起双斧,便看着扈成砍来。扈成见局面不好,投马落荒而走,弃家逃命,投延安府去了。后来中兴内也做了个军官武将。

且说李逵正杀得手顺,直抢入扈家庄里,把扈太公一门老幼,尽数杀了,不留一个。叫小喽罗牵了有的马匹,把庄里一应有的财赋,捎搭有四五十驮,将庄院门一把火烧了,却回来献纳。

---

① 省口——不说话。

再说宋江已在祝家庄上正厅坐下,众头领都来献功,生擒得四五百人,夺得好马五百余匹,活捉牛羊不计其数。宋江见了,大喜道:"只可惜杀了栾廷玉那个好汉。"正嗟叹间,闻人报道:黑旋风烧了扈家庄,砍得头来献纳。宋江便道:"前日扈成已来投降,谁教他杀了此人?如何烧了他庄院?"只见黑旋风一身血污,腰里插着两把板斧,直到宋江面前,唱个大喏,说道:"祝龙是兄弟杀了,祝彪也是兄弟砍了,扈成那厮走了,扈太公一家,都杀得干干净净,兄弟特来请功。"宋江喝道:"祝龙曾有人见你杀了,别的怎地是你杀了?"黑旋风道:"我砍得手顺,望扈家庄赶去,正撞见一丈青的哥哥,解那祝彪出来,被我一斧砍了,只可惜走了扈成那厮。他家庄上,被我杀得一个也没了。"宋江喝道:"你这厮,谁叫你去来?你也须知扈成前日牵牛担酒,前来投降了,如何不听得我的言语,擅自去杀他一家,故违了我的将令?"李逵道:"你便忘记了,我须不忘记。那厮前日教那个鸟婆娘赶着哥哥要杀,你今却又做人情。你又不曾和他妹子成亲,便又思量阿舅、丈人。"宋江喝道:"你这铁牛,休得胡说!我如何肯要这妇人?我自有个处置。你这黑厮,拿得活的有几个?"李逵答道:"谁鸟耐烦,见着活的便砍了。"宋江道:"你这厮违了我的军令,本合斩首,且把杀祝龙、祝彪的功劳折过了,下次违令,定行不饶。"黑旋风笑道:"虽然没了功劳,也吃我杀得快活。"

只见军师吴学究引着一行人马,都到庄上来与宋江把盏贺喜。宋江与吴用商议道,要把这祝家庄村坊洗荡了。石秀禀说起:"这钟离老人仁德之人,指路之力,救济大忠,也有此等善心良民在内,亦不可屈坏了这等好人。"宋江听罢,叫石秀去寻那老人来。石秀去不多时,引着那个钟离老人来到庄上,拜见宋江、吴学究。宋江取一包金帛赏与老人,永为乡民:"不是你这个老人面上有恩,把你这个村坊,尽数洗荡了,不留一家。因为你一家为善,以此饶了你这一境村坊人民。"那钟离老人只是下拜。宋江又道:"我连日在此搅扰你们百姓,今日打破祝家庄,与你村中除害,所有各家赐粮米一石,以表人心。"就着钟离老人为头给散,一面把祝家庄多余粮米,尽数装载上车;金银财赋,犒赏三军众将;其余牛羊骡马等物,将去山中支用。

打破祝家庄,得粮五十万石。宋江大喜。大小头领,将军马收拾起身,又得若干新到头领,孙立、孙新、解珍、解宝、邹渊、邹润、乐和、顾大嫂,并救出七个好汉。孙立等将自己马也捎带了自己的财赋，同老小乐大娘子，跟随了大队军马上山。当有村坊乡民，扶老挈幼，香花灯烛，于路拜谢。宋江等众将一齐上马，将军兵分作三队摆开，前队鞭敲金镫，后军齐唱凯歌。正是：

盗可盗，非常盗；强可强，真能强。只因灭恶除凶，聊作打家劫舍。地方恨土豪欺压，乡村喜义士济施。众虎有情，为救偷鸡钓狗；独龙无助，难留飞虎扑雕。谨具上万资粮，填平水泊；更赔许多人畜，踏破梁山。

话分两头，且说扑天雕李应恰才将息得箭疮平复，闭门在庄上不出，暗地使人常常去探听祝家庄消息，已知被宋江打破了，惊喜相半。只见庄客入来报说，有本州知府带领三五十部汉到庄，便问祝家庄事情。李应慌忙叫杜兴开了庄门，放下吊桥，迎接入庄。李应把条白绢搭膊络着手，出来迎迓，邀请进庄里前厅。

知府下了马，来到厅上，居中坐了，侧首坐着孔目，下面一个押番，几个虞候，阶下尽是许多节级、牢子。李应拜罢，立在厅前，知府问道："祝家庄被杀一事如何？"李应答道："小人因被祝彪射了一箭，有伤左臂，一向闭门，不敢出去，不知其实。"知府道："胡说！祝家庄现有状子，告你结连梁山泊强寇，引诱他军马，打破了庄，前日又受他鞍马、羊酒、彩缎、金银，你如何赖得过？"李应告道："小人是知法度的人，如何敢受他的东西？"知府道："难信你说，且提去府里，你自与他对理明白。"喝教狱卒牢子捉了，带他州里去，与祝家分辩。两下押番虞候，把李应缚了，众人簇拥知府上了马。知府又问道："那个是杜主管杜兴？"杜兴道："小人便是。"知府道："状上也有你名，一同带去，也与他锁了。"一行人都出庄门。当时拿了李应、杜兴，离了李家庄，脚不停地解来。

行不过三十余里，只见林子边撞出宋江、林冲、花荣、杨雄、石秀一班人马，拦住去路。林冲大喝道："梁山泊好汉，合伙在此！"那知府人等不敢抵敌，撇了李应、杜兴，逃命去了。宋江喝叫赶上，众人赶了一程，回来说道："我们若赶上时，也把这个鸟知府杀了，但自不知去向。"便与李应、杜兴解了缚索，开了锁，便牵两匹马过来，与他两个骑了。宋江便道："且请大官人上梁山泊躲几时，如何？"李应道："却是使不得。知府是你们杀了，不干我事。"宋江笑道："官司里怎肯与你如此分辩？我们去了，必然要负累了你。既然大官人不肯落草，且在山寨消停几日，打听得没事了时，再下山来不迟。”

当下不由李应、杜兴不行，大队军马中间，如何回得来？一行三军人马，迤逦回到梁山泊了。寨里头领晁盖等众人擂鼓吹笛，下山来迎接，把了接风酒，都上到大寨里聚义厅上，扇圈也似坐下，请上李应与众头领都相见了。两个讲礼已罢，李应禀宋江道：“小可两个已送将军到大寨了，既与众头领亦都相见了，在此趋侍不妨，只不知家中老小如何？可教小人下山则个。”吴学究笑道：“大官人差矣！宝眷已都取到山寨了。贵庄一把火已都烧做白地，大官人却回到那里去？”李应不信，早见车仗人马，队队上山来。李应看时，却见是自家的庄客，并老小人等。

李应连忙来问时，妻子说道：“你被知府捉了来，随后又有两个巡检，引着四个都头，带领三百来土兵，到来抄扎家私，把我们好好地教上车子，将家里一应箱笼、牛羊、马匹、驴骡等项，都拿了去，又把庄院放起火来都烧了。”李应听罢，只叫得苦。晁盖、宋江都下厅伏罪道：“我等兄弟们端的久闻大官人好处，因此行出这条计来，万望大官人情恕。”李应见了如此言语，只得随顺了。宋江道：“且请宅眷后厅耳房中安歇。”李应又见厅前厅后这许多头领亦有家眷老小在彼，便与妻子道：“只得依允他过。”宋江等当时请至厅前叙说闲话，众皆大喜。

宋江便取笑道：“大官人，你看我叫过两个巡检并那知府过来相见。”那扮知府的是萧让，扮巡检的两个是戴宗、杨林，扮孔目的是裴宣，扮虞候的是金大坚，侯健。又叫唤那四个都头，却是李俊、张顺、马麟、白胜。李应都看了，目睁口呆，言语不得。宋江喝叫小头目快杀牛宰马，与大官人陪话，庆贺新上山的十二位头领，乃是李应、孙立、孙新、解珍、解宝、邹渊、邹润、杜兴、乐和、时迁，女头领扈三娘、顾大嫂，同乐大娘子、李应宅眷另做一席，在后堂饮酒。大小三军，自有犒赏。正厅上大吹大擂，众多好汉，饮酒至晚方散。新到头领，俱各拨房安顿。

次日，又作席面会请众头领作主张。宋江唤王矮虎来说道：“我当初在清风山时，许下你一头亲事，悬悬挂在心中，不曾完得此愿。今日我父亲有个女儿，招你为婿。”宋江自去请出宋太公来，引着一丈青扈三娘到筵前。宋江亲自与他陪话，说道：“我这兄弟王英虽有武艺，不及贤妹，是我当初曾许下他一头亲事，一向未曾成得，今日贤妹你认义我父亲了，众头领都是媒人，今朝是个良辰吉日，贤妹与王英结为夫妇。”一丈青见宋江义气深重，推却不得，两口儿只得拜谢了。晁盖等众人皆喜，都称颂宋公明真乃有德有义之士。当日尽皆筵宴饮酒庆贺。

正饮宴间，只见山下有人来报道：“朱贵头领酒店里，有个郓城县人在那里，要来见头领。”晁盖、宋江听得报了，大喜道：“既是这恩人上山来入伙，足遂平生之愿。”正是：恩仇不辨非豪杰，黑白分明是丈夫。毕竟来的是郓城县甚么人，且听下回分解。

第五十一回

插翅虎枷打白秀英　美髯公误失小衙内

话说宋江主张一丈青与王英配为夫妇，众人都称赞宋公明仁德，当日又设席庆贺。正饮宴间，只见朱贵酒店里使人上山来报道：“林子前大路上一伙客人经过，小喽罗出去拦截，数内一个称是郓城县都头雷横，朱头领邀请住了。现在店里饮分例酒食，先使小校报知。”晁盖、宋江听了大喜，随即同军师吴用三个下山迎接。

朱贵早把船送至金沙滩上岸。宋江见了，慌忙下拜道：“久别尊颜，常切思想，今日缘何经过贱处？”雷横连忙答礼道：“小弟蒙本县差遣，往东昌府公干回来，经过路口，小喽罗拦讨买路钱，小弟提起贱名，因此朱兄坚意留住。”宋江道：“天与之幸！”请到大寨，教众头领都相见了，置酒管待。一连住了五日，每日与宋江闲话。晁盖动问朱仝消息，雷横答道：“朱仝现今参做本县当牢节级，新任知县好生欢喜。”宋江宛曲[①] 把话来说雷横上山入伙，雷横推辞老母年高，不能相从，“待小弟送母终年之后，却来相投。”雷横当下拜辞了下山，宋江等再三苦留不住。众头领各以金帛相赠，宋江、晁盖自不必说。雷横得了一大包金银下山，众头领都送至路口作别，把船渡过大路，自回郓城县去了，不在话下。

且说晁盖、宋江回至大寨聚义厅上，起请军师吴学究定议山寨职事。

---

① 宛曲——委婉曲折。

吴用已与宋公明商议已定,次日会合众头领听号令。先拨外面守店头领。宋江道:“孙新、顾大嫂原是开酒店之家,着令夫妇二人替回童威、童猛别用。”再令时迁去帮助石勇,乐和去帮助朱贵,郑天寿去帮助李立,东南西北四座店内卖酒卖肉,招接四方入伙好汉。每店内设两个头领。一丈青、王矮虎后山下寨,监督马匹。金沙滩小寨,童威、童猛弟兄两个守把。鸭嘴滩小寨、邹渊、邹润叔侄两个守把。山前大路,黄信、燕顺部领马军下寨守护。解珍、解宝守把山前第一关。杜迁、宋万守把宛子城第二关。刘唐、穆弘守把大寨口第三关。阮家三雄守把山南水寨。孟康仍前监造战船。李应、杜兴、蒋敬总管山寨钱粮金帛。陶宗旺、薛永监筑梁山泊内城垣雁台。侯健专管监造衣袍、铠甲、旌旗、战袄。朱富、宋清提调筵宴。穆春、李云监造屋宇寨栅。萧让、金大坚掌管一应宾客书信公文。裴宣专管军政司赏功罚罪。其余吕方、郭盛、孙立、欧鹏、马麟、邓飞、杨林、白胜分调大寨八面安歇。晁盖、宋江、吴用居于山顶寨内。花荣、秦明居于山左寨内,林冲、戴宗居于山右寨内。李俊、李逵居于山前。张横、张顺居于山后。杨雄、石秀守护聚义厅两侧。一班头领,分拨已定,每日轮流一位头领做筵席庆贺,山寨体统,甚是齐整。有诗为证:

巍巍高寨水中央,列职分头任所长。

只为朝廷无驾驭,遂令草泽有鹰扬[①]。

再说雷横离了梁山泊,背了包裹,提了朴刀,取路回到郓城县,到家参见老母,更换些衣服,赍了回文,径投县里来拜见了知县,回了话,销缴公文批帖,且自归家暂歇。依旧每日县中书画卯酉,听候差使。因一日行到县衙东首,只听得背后有人叫道:“都头,几时回来?”雷横回过脸来看时,却是本县一个帮闲的李小二。雷横答道:“我却才前日来家。”李小二道:“都头出去了许多时,不知此处近日有个东京新来打踅[②] 的行院[③],色艺双绝,叫做白秀英。那妮子来参都头,却值公差出外不在,如今现在勾栏里说唱诸般品调,每日有那一般打散[④],或是戏舞,或是吹弹,或是歌唱,

---

① 鹰扬——鹰击长空,威猛雄壮。这里有显威扬名之意。

② 打踅——卖艺。

③ 行(háng)院——指演杂剧或院本的艺人。

④ 打散——杂技、曲艺。

赚得那人山人海价看。都头如何不去睃一睃？端的是好个粉头！”雷横听了，又遇心闲，便和那李小二径到勾栏里来看。

只见门首挂着许多金字帐额，旗杆吊着等身靠背。入到里面，便去青龙头上第一位坐了。看戏台上，却做笑乐院本[①]。那李小二人丛里撇了雷横，自出外面赶碗头脑[②]去了。院本下来，只见一个老儿，裹着磕脑儿头巾，穿着一领茶褐罗衫，系一条皂绦，拿把扇子，上来开呵道：“老汉是东京人氏，白玉乔的便是。如今年迈，只凭女儿秀英歌舞吹弹，普天下伏侍看官。”锣声响处，那白秀英早上戏台，参拜四方，拈起锣棒，如撒豆般点动，拍下一声界方[③]，念了四句七言诗，便说道：“今日秀英招牌上明写着这场话本，是一段风流蕴藉的格范，唤做豫章城双渐赶苏卿。[④]”说了，开话又唱，唱了又说，合棚价众人喝采不绝。

雷横坐在上面看那妇人时，果然是色艺双绝。但见：

罗衣迭雪，宝髻堆云。樱桃口，杏脸桃腮；杨柳腰，兰心蕙性。歌喉宛转，声如枝上莺啼；舞态蹁跹，影似花间凤转。腔依古调，音出天然，高低紧慢按宫商，轻重疾徐依格范。笛吹紫竹篇篇锦，板拍红牙[⑤]字字新。

那白秀英唱到务头[⑥]，这白玉乔按喝道：“虽无买马博金艺，要动聪明鉴事人。看官喝采道是去过了，我儿且回一回，下来便是衬交鼓儿的院本。”白秀英拿起盘子，指着道：“财门上起，利地上住，吉地上过，旺地上行，手到面前，休教空过。”白玉乔道：“我儿且走一遭，看官都待赏你。”

白秀英托着盘子，先到雷横面前，雷横便去身边袋里摸时，不想并无一文。雷横道：“今日忘了，不曾带得些出来，明日一发赏你。”白秀英笑道：“‘头醋不酽彻底薄’，[⑦]官人坐当其位，可出个标首[⑧]。”雷横通红了面

① 笑乐院本——宋元时行院中演唱的戏剧。
② 头脑——一种用羊肉与杂味配合的汤酒。
③ 界方——说唱艺人用以击鸣惊众的短而厚的木尺。
④ 豫章句——古戏文名。剧已佚，本事见《青泥莲花记》卷七。
⑤ 红牙——一种调节乐曲板眼的红檀木拍板，或牙板。
⑥ 务头——说唱过程中精彩之处。
⑦ 头醋句——开头不行，以后一直好不了。
⑧ 标首——位居第一的赏钱。

皮道:"我一时不曾带得出来,非是我舍不得。"白秀英道:"官人既是来听唱,如何不记得带钱出来?"雷横道:"我赏你三五两银子,也不打紧,却恨今日忘记带来。"白秀英道:"官人今日见一文也无,提甚三五两银子,正是教俺望梅止渴,画饼充饥。"

白玉乔叫道:"我儿,你自没眼,不看城里人村里人,只顾问他讨甚么?且过去自问晓事的恩官,告个标首。"雷横道:"我怎地不是晓事的?"白玉乔道:"你若省得这子弟门庭[①]时,狗头上生角。"众人齐和起来。雷横大怒,便骂道:"这忤奴,怎敢辱我?"白玉乔道:"便骂你这三家村使牛的,[②]打甚么紧?"有认得的喝道:"使不得,这个是本县雷都头。"白玉乔道:"只怕是驴筋头[③]。"雷横那里忍耐得住,从坐椅上直跳下戏台来,揪住白玉乔,一拳一脚,便打得唇绽齿落。众人见打得凶,都来解拆开了,又劝雷横自回去了。勾栏里人,一哄尽散了。

原来这白秀英却和那新任知县旧在东京两个来往,今日特地在郓城县开勾栏。那娼妓见父亲被雷横打了,又带重伤,叫一乘轿子,径到知县衙内,诉告雷横"殴打父亲,搅散勾拦,意在欺骗奴家"。知县听了,大怒道:"快写状来。"这个唤做"枕边灵"。便教白玉乔写了状子,验了伤痕,指定证见。本处县里有人都和雷横好的,替他去知县处打关节,怎当那婆娘守定在衙内,撒娇撒痴,不由知县不行。立等知县差人把雷横捉拿到官,当厅责打,取了招状,将具枷来枷了,押出去号令示众。那婆娘要逞好手,又去知县行说了,定要把雷横号令[④]在勾栏门首。

第二日,那婆娘再去做场,知县却教把雷横号令在勾栏门首。这一班禁子人等,都是和雷横一般的公人,如何肯绷扒[⑤]他?这婆娘寻思一会,既是出名奈何了他,只是一怪,走出勾栏门,去茶坊里坐下,叫禁子过去发话道:"你们都和他有首尾,却放他自在,知县相公教你们绷扒他,你倒做

① 子弟门庭——优闲公子的规矩。

② 三家村句——毫无见识的村夫粗汉。三家村,偏远的小村落,使牛的,用牛耕田的农夫。

③ 驴筋头——粗话。

④ 号令——示众。

⑤ 绷(bēng)扒——捆绑。

人情。少刻我对知县说了，看道奈何得你们也不？”禁子道：“娘子不必发怒，我们自去绑扒他便了。”白秀英道：“恁地时，我自将钱赏你。”禁子们只得来对雷横说道：“兄长，没奈何，且胡乱绑一绑。”把雷横绑扒在街上。

人闹里，却好雷横的母亲正来送饭，看见儿子吃他绑扒在那里，便哭起来，骂那禁子们道：“你众人也和我儿一般在衙门里出入的人，钱财直这般好使！谁保的常没事？”禁子答道：“我那老娘听我说，我们却也要容情，怎禁被原告人监定在这里要绑，我们也没做道理处。不时，便要去和知县说，苦害我们，因此上做不的面皮。”那婆婆道：“几曾见原告人自监着被告号令的道理。”禁子们又低低道：“老娘，他和知县来往得好，一句话便送了我们，因此两难。”那婆婆一面自去解索，一头口里骂道：“这个贼贱人直恁的倚势！我且解了这索子，看他如今怎的！”

白秀英却在茶坊里听得，走将过来，便道：“你那老婢子，却才道甚么？”那婆婆那里有好气，便指着骂道：“你这贱母狗，做甚么倒骂我！”白秀英听得，柳眉倒竖，星眼圆睁，大骂道：“老咬虫，吃贫婆，贱人，怎敢骂我？”婆婆道：“我骂你待怎的？你须不是郓城县知县。”白秀英大怒，抢向前只一掌，把那婆婆打个踉跄。那婆婆却待挣扎，白秀英再赶入去，老大耳光子，只顾打。这雷横是个大孝的人，见了母亲吃打，一时怒从心发，扯起枷来，望着白秀英脑盖上打将下来。那一枷梢打个正着，劈开了脑盖，扑地倒了。众人看时，那白秀英打得脑浆迸流，眼珠突出，动弹不得，情知死了。

众人见打死了白秀英，就押带了雷横，一发来县里首告，见知县备诉前事。知县随即差人押雷横下来，会集相官，拘唤里正、邻佑人等，对尸检验已了，都押回县来。雷横一面都招承了，并无难意。他娘自保领回家听候。把雷横枷了，下在牢里。

当牢节级却是美髯公朱仝，见发下雷横来，也没做奈何处，只得安排些酒食管待，教小牢子打扫一间净房，安顿了雷横。少间，他娘来牢里送饭，哭着哀告朱仝道：“老身年纪六旬之上，眼睁睁地只看着这个孩儿，望烦节级哥哥看日常间弟兄面上，可怜见我这个孩儿，看觑看觑。”朱仝道：“老娘自请放心归去，今后饭食不必来送，小人自管待他。倘有方便处，可以救之。”雷横娘道：“哥哥救得孩儿，却是重生父母。若孩儿有些好歹，老身性命也便休了。”朱仝道：“小人专记在心，老娘不必挂念。”那婆婆拜谢去了。

朱仝寻思了一日,没做道理救他处。朱仝自央人去知县处打关节,上下替他使用人情。那知县虽然爱朱仝,只是恨这雷横打死了他表子白秀英,也容不得他说了。又怎奈白玉乔那厮催并,迭成文案,要知县断教雷横偿命。因在牢里六十日,限满断结,解上济州,主案押司抱了文卷先行,却教朱仝解送雷横。

朱仝引了十数个小牢子,监押雷横,离了郓城县,约行了十数里地,见个酒店,朱仝道:"我等众人就此吃两碗酒去。"众人都到店里吃酒,朱仝独自带过雷横,只做水火①,来后面僻净处开了枷,放了雷横,吩咐道:"贤弟自回,快去家里取了老母,星夜去别处逃难,这里我自替你吃官司。"雷横道:"小弟走了自不妨,必须要连累了哥哥。"朱仝道:"兄弟,你不知,知县怪你打死了他表子,把这文案却做死了,解到州里,必是要你偿命。我放了你,我须不该死罪。况兼我又无父母挂念,家私尽可赔偿。你顾前程万里自去。"雷横拜谢了,便从后门小路奔回家里,收拾了细软包裹,引了老母,星夜自投梁山泊入伙去了,不在话下。

却说朱仝拿着空枷撺在草里,却出来对众小牢子说道:"吃雷横走了,却是怎地好?"众人道:"我们快赶去他家里捉。"朱仝故意延迟了半晌,料着雷横去得远了,却引众人来县里出首。朱仝告道:"小人自不小心,路上被雷横走了,在逃无获,情愿甘罪无辞。"知县本爱朱仝,有心将就出脱他,被白玉乔要赴上司陈告朱仝故意脱放雷横,知县只得把朱仝所犯情由申将济州去。朱仝家中,自着人去上州里使钱透了,却解朱仝到济州来,当厅审录明白,断了二十脊杖,刺配沧州牢城。朱仝只得带上行枷,两个防送公人领了文案,押送朱仝上路。家间自有人送衣服盘缠,先赍发了两个公人。当下离了郓城县,迤逦望沧州横海郡来,于路无话。

到得沧州,入进城中,投州衙里来,正值知府升厅,两个公人押朱仝在厅阶下,呈上公文。知府看了,见朱仝一表非俗,貌如重枣,美髯过腹,知府先有八分欢喜,便教这个犯人休发下牢城营里,只留在本府听候使唤。当下除了行枷,便与了回文,两个公人相辞了自回。

只说朱仝自在府中,每日只在厅前伺候呼唤。那沧州府里押番、虞

---

① 水火——解手。

候、门子、承局、节级、牢子，都送了些人情[①]；又见朱仝和气，因此上都欢喜他。忽一日，本官知府正在厅上坐堂，朱仝在阶侍立，知府唤朱仝上厅，问道："你缘何放了雷横，自遭配在这里？"朱仝禀道："小人怎敢故放了雷横，只是一时间不小心，被他走了。"知府道："你如何得此重罪？"朱仝道："被原告人执定[②]，要小人如此招做故放，以此问得重了。"知府道："雷横如何打死了那娼妓？"朱仝却把雷横上项的事，备细说了一遍。知府道："你敢见他孝道，为义气上放了他？"朱仝道："小人怎敢欺公罔上？"

正问之间，只见屏风背后转出一个小衙内来，方年四岁，生得端严美貌，乃是知府亲子，知府爱惜如金似玉。那小衙内见了朱仝，径走过来，便要他抱，朱仝只得抱起小衙内在怀里。那小衙内双手扯住朱仝长髯，说道："我只要这胡子抱。"知府道："孩儿快放了手，休要罗唣。"小衙内又道："我只要这胡子抱，和我去耍。"朱仝禀道："小人抱衙内去府前闲走，耍一回了来。"知府道："孩儿既是要你抱，你和他去耍一回了来。"

朱仝抱了小衙内，出府衙前来，买些细糖果子与他吃，转了一遭，再抱入府里来。知府看见，问衙内道："孩儿那里去来？"小衙内道："这胡子和我街上看耍，又买糖和果子请我吃。"知府说道："你那里得钱买物事与孩儿吃？"朱仝禀道："微表小人孝顺之心，何足挂齿！"知府教取酒来与朱仝吃。府里侍婢捧着银瓶果合筛酒，连与朱仝吃了三大赏钟。知府道："早晚孩儿要你耍时，你可自行去抱他耍去。"朱仝道："恩相台旨，怎敢有违？"自此为始，每日来和小衙内上街闲耍。朱仝囊箧又有，只要本官见喜，小衙内面上尽自倍费。

时过半月之后，便是七月十五日盂兰盆大斋之日，年例各处点放河灯，修设好事。当日天晚，堂里侍婢奶子叫道："朱都头，小衙内今夜要去看河灯，夫人吩咐，你可抱他去看一看。"朱仝道："小人抱去。"那小衙内穿一领绿纱衫儿，头上角儿拴两条珠子头须，从里面走出来。朱仝托在肩头上，转出府衙内前来，望地藏寺里去看点放河灯。那时恰才是初更时分，但见：

钟声杳霭，幡影招摇。炉中焚百和名香，盘内贮诸般素食。僧持金

---

① 人情——礼品，礼物。

② 执定——肯定，认定。

杵，诵真言荐拔幽魂；人列银钱，挂孝服超升滞魄。合堂功德，画阴司八难三涂；绕寺庄严，列地狱四生六道。杨柳枝头分净水，莲花池内放明灯。

当时朱仝肩背着小衙内，绕寺看了一遭，却来水陆堂放生池边看放河灯，那小衙内爬在栏杆上，看了笑耍。只见背后有人拽朱仝袖子道："哥哥借一步说话。"朱仝回头看时，却是雷横，吃了一惊，便道："小衙内且下来，坐在这里。我去买糖来与你吃，切不要走动。"小衙内道："你快来，我要去桥上看河灯。"朱仝道："我便来也。"转身却与雷横说话。

朱仝道："贤弟因何到此？"雷横扯朱仝到净处拜道："自从哥哥救了性命，和老母无处归着，只得上梁山泊，投奔了宋公明入伙。小弟说哥哥恩德，宋公明亦然思想哥哥旧日放他的恩念，晁天王和众头领，皆感激不浅，因此特地教吴军师同兄弟前来相探。"朱仝道："吴先生现在何处？"背后转过吴学究道："吴用在此。"言罢便拜。朱仝慌忙答礼道："多时不见，先生一向安乐。"吴学究道："山寨里头领多多致意，今番教吴用和雷都头特来相请足下上山，同聚大义。到此多日了，不敢相见，今夜伺候得着，请仁兄便挪尊步，同赴山寨，以满晁、宋二公之意。"

朱仝听罢，半晌答应不得，便道："先生差矣！这话休题，恐被外人听了不好。雷横兄弟，他自犯了该死的罪，我因义气放了他，出头不得，上山入伙；我亦为他配在这里，天可怜见，一年半载，挣扎还乡，复为良民，我却如何肯做这等的事？你二位便可请回，休在此间惹口面[①]不好。"雷横道："哥哥在此，无非只是在人之下，伏侍他人，非大丈夫男子汉的勾当。不是小弟裹合上山，端的晁、宋二公仰望哥哥久矣，休得迟延自误。"朱仝道："兄弟，你是甚么言语？你不想我为你母老家寒上放了你去，今日你倒来陷我为不义！"吴学究道："既然都头不肯去时，我们自告退，相辞了去休。"朱仝道："说我贱名，上复众位头领。"一同到桥边。

朱仝回来，不见了小衙内，叫起苦来，两头没路去寻。雷横扯住朱仝道："哥哥休寻，多管是我带来的两个伴当，听得哥哥不肯去，因此倒抱了小衙内去了，我们一同去寻。"朱仝道："兄弟，不是要处。这个小衙内，是知府相公的性命，吩咐在我身上。"雷横道："哥哥且跟我来。"朱仝帮住雷

① 惹口面——招麻烦。

横、吴用三个离了地藏寺,径出城外。

朱仝心慌,便问道:“你的伴当,抱小衙内在那里?”雷横道:“哥哥且走,到我下处,包还你小衙内。”朱仝道:“迟了时,恐知府相公见怪。”吴用道:“我那带来的两个伴当,是个没分晓的,以定直抱到我们的下处去了。”朱仝道:“你那伴当姓甚名谁?”雷横答道:“我也不认得,只听闻叫做黑旋风李逵。”朱仝失惊道:“莫不是江州杀人的李逵么?”吴用道:“便是此人。”朱仝跌脚叫苦,慌忙便赶。

离城约走到二十里,只见李逵在前面叫道:“我在这里。”朱仝抢近前来问道:“小衙内放在那里?”李逵唱个喏道:“拜揖节级哥哥,小衙内有在这里。”朱仝道:“你好好的抱出小衙内还我。”李逵指着头上道:“小衙内头须儿却在我头上。”朱仝看了,又问小衙内正在何处。李逵道:“被我拿些麻药,抹在口里,直拕出城来,如今睡在林子里,你自请去看。”朱仝乘着月色明朗,径抢入林子里寻时,只见小衙内倒在地上。朱仝便把手去扶时,只见头劈做两半个,已死在那里。

当时朱仝心下大怒,奔出林子来,早不见了三个人。四下里望时,只见黑旋风远远地拍着双斧叫道:“来,来,来,和你斗二三十合。”朱仝性起,奋不顾身,拽扎起布衫,大踏步赶将来。李逵回身便走,背后朱仝赶来。这李逵却是穿山度岭惯走的人,朱仝如何赶得上,先自喘做一块。李逵却在前面,又叫:“来,来,来,和你并个你死我活。”朱仝恨不得一口气吞了他,只是赶他不上。赶来赶去,天色渐明。李逵在前面急赶急走,慢赶慢行,不赶不走。看看赶入一个大庄院里去了。朱仝看了道:“那厮既有下落,我和他干休不得。”

朱仝直赶入庄院内厅前去,见里面两边都插着许多军器,朱仝道:“想必也是个官宦之家。”立住了脚,高声叫道:“庄里有人么?”只见屏风背后转出一个人来。那人是谁?正是:

累代金枝玉叶,先朝凤子龙孙。丹书铁券护家门,万里招贤名振。待客一团和气,挥金满面阳春。能文会武孟尝君,小旋风聪明柴进。

出来的正是小旋风柴进,问道:“兀的是谁?”朱仝见那人人物轩昂,资质秀丽,慌忙施礼,答道:“小人是郓城县当牢节级朱仝,犯罪刺配到此。昨晚因和知府的小衙内出来看放河灯,被黑旋风杀了小衙内,现今走在贵庄,望烦添力捉拿送官。”

柴进道："既是美髯公，且请坐。"朱仝道："小人不敢拜问官人高姓？"柴进答道："小可姓柴名进，小旋风便是。"朱仝道："久闻大名。"连忙下拜，又道："不期今日得识尊颜！"柴进说道："美髯公，亦久闻名，且请后堂说话。"朱仝随着柴进直到里面。朱仝道："黑旋风那厮，如何却敢径入贵庄躲避？"柴进道："容复：小可平生专爱结识江湖上好汉。为是家间祖上有陈桥让位之功，先朝曾敕赐丹书铁券，但有做下不是的人，停藏在家，无人敢搜。近间有个爱友，和足下亦是旧交，目今在那梁山泊内做头领，名唤及时雨宋公明，写一封密书，令吴学究、雷横、黑旋风俱在敝庄安歇，礼请足下上山，同聚大义。因见足下推阻不从，故意教李逵杀害了小衙内，先绝了足下归路，只得上山坐把交椅。吴先生、雷兄，如何不出来陪话？"

只见吴用、雷横从侧首阁子里出来，望着朱仝便拜，说道："兄长，望乞恕罪，皆是宋公明哥哥将令，吩咐如此。若到山寨，自有分晓。"朱仝道："是则是你们弟兄好情意，只是忒毒些个！"柴进一力相劝，朱仝道："我去则去，只教我见黑旋风面罢！"柴进道："李大哥，你快出来陪话。"李逵也从侧首出来，唱个大喏。朱仝见了，心头一把无明业火，高三千丈，按纳不下，起身抢近前来，要和李逵性命相搏。柴进、雷横、吴用三个苦死劝住。朱仝道："若要我上山时，依得我一件事，我便去。"吴用道："休说一件事，遮莫几十件，也都依你。愿闻那一件事。"不争朱仝说出这件事来，有分教，大闹高唐州，惹动梁山泊，直教昭贤国戚遭刑法，好客皇亲丧土坑。毕竟朱仝说出甚么事来，且听下回分解。

第五十二回

李逵打死殷天锡　柴进失陷高唐州

话说当下朱仝对众人说道："若要我上山时，你只杀了黑旋风，与我出了这口气，我便罢。"李逵听了大怒道："教你咬我鸟！晁、宋二位哥哥将令，干我屁事！"朱仝怒发，又要和李逵厮并，三个又劝住了。朱仝道："若有黑旋风时，我死也不上山去！"柴进道："恁地也却容易，我自有个道理，只留下李大哥在我这里便了。你们三个自上山去，以满晁、宋二公之意。"

朱仝道："如今做下这件事了，知府必然行移文书，去郓城县追捉，拿我家小，如之奈何？"吴学究道："足下放心，此时多敢宋公明已都取宝眷在山上了。"朱仝方才有些放心。柴进置酒相待，就当日送行。三个临晚辞了柴大官人便行。柴进叫庄客备三骑马送出关外，临别时，吴用又吩咐李逵道："你且小心，只在大官人庄上住几时，切不可胡乱惹事累人。待半年三个月，等他性定，却来取你还山，多管也来请柴大官人入伙。"三个自上马去了。

不说柴进和李逵回庄，且只说朱仝随吴用、雷横来梁山泊入伙，行了一程，出离沧州地界，庄客自骑了马回去。三个取路投梁山泊来，于路无话。早到朱贵酒店里，先使人上山寨报知。

晁盖、宋江引了大小头目，打鼓吹笛，直到金沙滩迎接，一行人都相见了。各人乘马回到山上大寨前下了马，都到聚义厅上，叙说旧话。朱仝道："小弟今蒙呼唤到山，沧州知府必然行移文书去郓城县捉我老小，如之奈何？"宋江大笑道："我教兄长放心，尊嫂并令郎已取到这里多日了。"朱仝又问道："现在何处？"宋江道："奉养在家父太公歇处，兄长请自己去问慰便了。"朱仝大喜。宋江着人引朱仝直到宋太公歇所，见了一家老小，并一应细软行李，妻子说道："近日有人赍书来，说你已在山寨入伙了，因此收拾星夜到此。"朱仝出来拜谢了众人。宋江便请朱仝、雷横山顶下寨，一面且做筵席，连日庆贺新头领，不在话下。

却说沧州知府至晚不见朱仝抱小衙内回来，差人四散去寻了半夜，次日有人见杀死在林子里，报与知府知道。府尹听了大怒，亲自到林子里看了，痛哭不已，备办棺木烧化。次日升厅，便行移公文，诸处缉捕捉拿朱仝正身。郓城县已自申报朱仝妻子挈家在逃，不知去向，行开各州县出给赏钱捕获，不在话下。

只说李逵在柴进庄上住了一个来月，忽一日，见一个人赍一封书火急奔庄上来，柴大官人却好迎着，接书看了，大惊道："既是如此，我只得去走一遭。"李逵便问道："大官人有甚紧事？"柴进道："我有个叔叔柴皇城，现在高唐州居住，今被本州知府高廉的老婆兄弟殷天锡那厮，来要占花园，怄了一口气。卧病在床，早晚性命不保，必有遗嘱的言语吩咐，特来唤我。想叔叔无儿无女，必须亲身去走一遭。"李逵道："既是大官人去时，我也跟大官人去走一遭如何？"柴进道："大哥肯去时，就同走一遭。"柴进即便收拾行李，选了十数匹好马，带了几个庄客。次日五更起来，柴进、李逵并从人，都上了马，离了庄院，望高唐州来。

不一日，来到高唐州，入城直至柴皇城宅前下马，留李逵和从人在外面厅房内。柴进自径入卧房里来，看视那叔叔柴皇城时，但见：

面如金纸，体似枯柴。悠悠无七魄三魂，细细只一丝两气。牙关紧急，连朝水米不沾唇；心膈膨胀，尽日药丸难下肚。丧门吊客已随身，扁鹊卢医难下手。

柴进看了柴皇城，自坐在叔叔榻前，放声恸哭。皇城的继室出来劝柴进道："大官人鞍马风尘不易，初到此间，且休烦恼。"柴进施礼罢，便问事情。继室答道："此间新任知府高廉，兼管本州兵马，是东京高太尉的叔伯兄弟，倚仗他哥哥势，要在这里无所不为。带将一个妻舅殷天锡来，人尽称他做殷直阁。那厮年纪却小，又倚仗他姐夫高廉的权势，在此间横行害人。有那等献勤的卖科，对他说我家宅后有个花园水亭，盖造得好。那厮带将许多奸诈不及的三二十人，径入家里来宅子后看了，便要发遣我们出去，他要来住。皇城对他说道：'我家是金枝玉叶，有先朝丹书铁券在门，诸人不许欺侮。你如何敢夺占我的住宅，赶我老小那里去？'那厮不容所言，定要我们出屋。皇城去扯他，反被这厮推抢殴打，因此受这口气，一卧不起，饮食不吃，服药无效，眼见得上天远，入地近。今日得大官人来家做个主张，便有些山高水低，也更不忧。"

柴进答道："尊婶放心，只顾请好医士调治叔叔，但有门户①，小侄自使人回沧州家里，去取丹书铁券来，和他理会。便告到官府今上御前，也不怕他！"继室道："皇城干事，全不济事，还是大官人理论是得。"

柴进看视了叔叔一回，却出来和李逵并带来人从说知备细。李逵听了，跳将起来说道："这厮好无道理！我有大斧在这里，教他吃我几斧，却再商量。"柴进道："李大哥，你且息怒，没来由，和他粗卤做甚么？他虽是倚势欺人，我家放着有护持圣旨，这里和他理论不得，须是京师也有大似他的，放着明明的条例，和他打官司。"李逵道："条例，条例，若还依得，天下不乱了！我只是前打后商量。那厮若还去告，和那鸟官一发都砍了。"柴进笑道："可知朱仝要和你厮并，见面不得。这里是禁城之内，如何比得

① 有门户——能徇私，私通人情。

你小寨里横行?"李逵道:"禁城便怎地? 江州无为军偏我不曾杀人?"柴进道:"等我看了头势,用着大哥时,那时相央,无事只在房里请坐。"正说之间,里面侍妾慌忙来请大官人看视皇城。

柴进入到里面卧榻前,只见皇城阁着两眼泪,对柴进说道:"贤侄志气轩昂,不辱祖宗。我今日被殷天锡怄死,你可看骨肉之面,亲赍书往京师拦驾告状,与我报仇,九泉之下,也感贤侄亲意。保重! 保重! 再不多嘱!"言罢,便放了命。柴进痛哭了一场。继室恐怕昏晕,劝住柴进道:"大官人烦恼有日,且请商量后事。"柴进道:"誓书在我家里,不曾带得来,星夜教人去取,须用将往东京告状。叔叔尊灵,且安排棺椁盛殓,成了孝服,却再商量。"柴进教依官制,备办内棺外椁,依礼铺设灵位,一门穿了重孝,大小举哀。李逵在外面听得堂里哭泣,自己摩拳擦掌价气,问从人都不肯说。宅里请僧修设好事功果。

至第三日,只见这殷天锡骑着一匹撺行的马,将引闲汉三二十人,手执弹弓、川弩、吹筒、气球、拈竿、乐器,城外游玩了一遭,带五七分酒,佯醉假颠,径来到柴皇城宅前,勒住马,叫里面管家的人出来说话。柴进听得说,挂着一身孝服,慌忙出来答应。

那殷天锡在马上问道:"你是他家甚么人?"柴进答道:"小可是柴皇城亲侄柴进。"殷天锡道:"前日我吩咐道,教他家搬出屋去,如何不依我言语?"柴进道:"便是叔叔卧病,不敢移动,夜来已自身故,待断七了搬出去。"殷天锡道:"放屁! 我只限你三日便要出屋,三日外不搬,先把你这厮枷号起,先吃我一百讯棍!"柴进道:"直阁休恁相欺! 我家也是龙子龙孙,放着先朝丹书铁券,谁敢不敬?"殷天锡喝道:"你将出来我看!"柴进道:"现在沧州家里,已使人去取来。"殷天锡大怒道:"这厮正是胡说! 便有誓书铁券,我也不怕,左右与我打这厮!"

众人却待动手,原来黑旋风李逵在门缝里都看见,听得喝打柴进,便拽开房门,大吼一声,直抢到马边,早把殷天锡揪下马来,一拳打翻。那二三十人却待抢他,被李逵手起,早打倒五六个,一哄都走了。李逵拿殷天锡提起来,拳头脚尖一发上,柴进那里劝得住。看那殷天锡时,呜呼哀哉,伏惟尚飨。有诗为证:

惨刻侵谋倚横豪,岂知天理竟难逃。
李逵猛恶无人敌,不见阎罗不肯饶。

李逵将殷天锡打死在地，柴进只叫得苦，便教李逵且去后堂商议。柴进道："眼见得便有人到这里，你安身不得了。官司我自支吾，你快走回梁山泊去。"李逵道："我便走了，须连累你。"柴进道："我自有誓书铁券护身，你便去是，事不宜迟。"李逵取了双斧，带了盘缠，出后门，自投梁山泊去了。

不多时，只见二百余人各执刀杖枪棒，围住柴皇城家。柴进见来捉人，便出来说道："我同你们府里分诉去。"众人先缚了柴进，便入家里搜捉行凶黑大汉不见，只把柴进绑到州衙内，当厅跪下。

知府高廉听得打死了他的舅子殷天锡，正在厅上咬牙切齿忿恨，只待拿人来。早把柴进驱翻在厅前阶下，高廉喝道："你怎敢打死了我殷天锡？"柴进告道："小人是柴世宗嫡派子孙，家门有先朝太祖誓书铁券，现在沧州居住。为是叔叔柴皇城病重，特来看视，不幸身故，现今停丧在家。殷直阁将带三二十人到家，定要赶逐出屋，不容柴进分说，喝令众人殴打，被庄客李大救护，一时行凶打死。"高廉喝道："李大现在那里？"柴进道："心慌逃走了。"高廉道："他是个庄客，不得你的言语，如何敢打死人！你又故纵他逃走了，却来瞒昧官府。你这厮，不打如何肯招？牢子下手，加力与我打这厮！"柴进叫道："庄客李大救主，误打死人，非干我事！放着先朝太祖誓书，如何便下刑法打我？"高廉道："誓书有在那里？"柴进道："已使人回沧州去取来也。"高廉大怒，喝道："这厮正是抗拒官府，左右腕头加力，好生痛打！"众人下手，把柴进打得皮开肉绽，鲜血迸流，只得招做使令庄客李大打死殷天锡，取面二十五斤死囚枷钉了，发下牢里监收。

殷天锡尸首检验了，自把棺木殡葬，不在话下。这殷夫人要与兄弟报仇，教丈夫高廉抄扎了柴皇城家私，监禁下人口，占住了房屋围院，柴进自在牢中受苦。有诗为证：

脂唇粉面毒如蛇，铁券金书空里花。
可怪祖宗能让位，子孙犹不保身家。

却说李逵连夜回梁山泊，到得寨里，来见众头领。朱仝一见李逵，怒从心起，掣条朴刀，径奔李逵。黑旋风拔出双斧，便斗朱仝。晁盖、宋江，并众头领，一齐向前劝住。宋江与朱仝陪话道："前者杀了小衙内，不干李逵之事，却是军师吴学究因请兄长不肯上山，一时定的计策。今日既到山寨，便休记心，只顾同心协助，共兴大义，休教外人耻笑。"便叫李逵兄弟与朱仝陪话。李逵睁着怪眼，叫将起来，说道："他直恁般做得起！我也多曾在山寨出气力，他又不曾有半点之功，却怎地倒教我陪话！"宋江道："兄弟，却是你杀了小衙内，虽是军师严令，论齿序他也是你哥哥，且看我面，与他伏个礼，我却自拜你便了。"李逵吃宋江央及不过，便道："我不是怕你，为是哥哥逼我，没奈何了，与你陪话。"李逵吃宋江逼住了，只得撇了双斧，拜了朱仝两拜，朱仝方才消了这口气。山寨里晁头领且教安排筵席，与他两个和解。

李逵说起："柴大官人因去高唐州看亲叔叔柴皇城病症，却被本州高知府妻舅殷天锡，要夺屋宇花园，殴骂柴进，吃我打死了殷天锡那厮。"宋江听罢，失惊道："你自走了，须连累柴大官人吃官司。"吴学究道："兄长休惊，等戴宗回山，便有分晓。"李逵问道："戴宗哥哥那里去了？"吴用道："我怕你在柴大官人庄上惹事不好，特地教他来唤你回山。他到那里，不见你时，必去高唐州寻你。"说言未绝，只见小校来报戴院长回来了。宋江便去迎接。

到了堂上坐下，便问柴大官人一事。戴宗答道："去到柴大官人庄上，已知同李逵投高唐州去了。径奔那里去打听，只见满城人传道殷天锡因争柴皇城庄屋，被一个黑大汉打死了，现今负累了柴大官人陷于缧绁，下了牢里。柴皇城一家人口家私，尽都抄扎了。柴大官人性命，早晚不保。"晁盖道："这个黑厮又做出来了，但到处便惹口面。"李逵道："柴皇城被他打伤，怄气死了，又来占他房屋，又喝教打柴大官人，便是活佛，也忍不得！"

晁盖道："柴大官人自来与山寨有恩，今日他有危难，如何不下山去救他？我亲自去走一遭。"宋江道："哥哥是山寨之主，如何可便轻动？小可和柴大官人旧来有恩，情愿替哥哥下山。"吴学究道："高唐州城池虽小，人物稠穰①，军广粮多，不可轻敌。烦请林冲、花荣、秦明、李俊、吕方、郭盛、孙立、欧鹏、杨林、邓飞、马麟、白胜，十二个头领，部引马步军兵五千，作前队先锋；军中主帅宋公明、吴用，并朱仝、雷横、戴宗、李逵、张顺、杨雄、石秀十个头领，部引马步军兵三千策应。"共该二十二位头领，辞了晁盖等众人，离了山寨，望高唐州进发。端的好整齐，但见：

---

① 稠穰——众多繁盛。

绣旗飘号带，画角间铜锣。三股叉，五股叉，灿灿秋霜；点钢枪，芦叶枪，纷纷瑞雪。蛮牌遮路，强弓硬弩当先；火炮随车，大戟长戈拥后。鞍上将似南山猛虎，人人好斗能争；坐下马如北海苍龙，骑骑能冲敢战。端的枪刀流水急，果然人马撮风行。

梁山泊前军已到高唐州地界，早有军卒报知高廉。高廉听了，冷笑道："你这伙草贼，在梁山泊窝藏，我兀自要来剿捕你，今日你倒来就缚，此是天教我成功。左右，快传下号令，整点军马出城迎敌，着那众百姓上城守护。"这高知府上马管军，下马管民，一声号令下去，那帐前都统、监军、统领、统制、提辖军职一应官员，各各部领军马，就教场里点视已罢，诸将便摆布出城迎敌。高廉手下有三百体己军士，号为飞天神兵，一个个都是山东、河北、江西、湖南、两淮、两浙选来的精壮好汉。那三百飞天神兵怎生结束，但见：

头披乱发，脑后撒一把烟云；身挂葫芦，背上藏千条火焰。黄抹额齐分八卦，豹皮甲尽按四方。熟铜面具似金装，镔铁滚刀如扫帚。掩心铠甲，前后竖两面青铜；照眼旌旗，左右列千层黑雾。疑是天蓬离斗府，正如月孛下云衢。

那知府高廉亲自引了三百神兵，披甲背剑，上马出到城外，把部下军官周回排成阵势，却将三百神兵列在中军，摇旗呐喊，擂鼓鸣金，只等敌军到来。却说林冲、花荣、秦明引领五千人马到来。两军相迎，旗鼓相望，各把强弓硬弩射住阵脚。两军中吹动画角，发起擂鼓。花荣、秦明带同十个头领，都到阵前，把马勒住。

头领林冲横丈八蛇矛，跃马出阵，厉声高叫："高唐州纳命的出来！"高廉把马一纵，引着三十余个军官，都出到门旗下，勒住马，指着林冲骂道："你这伙不知死的叛贼，怎敢直犯俺的城池？"林冲喝道："你这个害民强盗，我早晚杀到京师，把你那厮欺君贼臣高俅，碎尸万段，方是愿足。"高廉大怒，回头问道："谁人出马先捉此贼去？"军官队里转出一个统制官，姓于名直，拍马抡刀，竟出阵前。林冲见了，径奔于直，两个战不到五合，于直被林冲心窝里一蛇矛刺着，翻筋斗颠下马去。高廉见了大惊："再有谁人出马报仇？"军官队里又转出一个统制官，姓温，双名文宝，使一条长枪，骑一匹黄骠马，銮铃响，珂珮鸣，早出到阵前，四只马蹄荡起征尘，直奔林冲。秦明见了，大叫："哥可稍歇，看我立斩此贼。"林冲勒住马，收了点钢矛，让秦明战温文宝。两个约斗十合之上,秦明放个门户,让他枪搠入来,手起棍落,把温文宝削去半个天灵盖,死于马上,那马跑回本阵去了。两阵军相对,齐呐声喊。

高廉见连折二将,便去背上掣出那口太阿宝剑来,口中念念有词,喝声道:"疾!"只见高廉队中卷起一道黑气。那道气散至半空里,飞沙走石,撼地摇天,刮起怪风,径扫过对阵来。林冲、秦明、花荣等众将,对面不能相顾,惊得那坐下马乱窜咆哮,众人回身便走。高廉把剑一挥,指点那三百神兵,从阵里杀将出来,背后官军协助,一掩过来,赶得林冲等军马星落云散,七断八续,呼兄唤弟,觅子寻爷,五千军兵折了一千余人,直退回五十里下寨。高廉见人马退去,也收了本部军兵,入高唐州城里安下。

却说宋江中军人马到来,林冲等接着,且说前事。宋江、吴用听了大惊,与军师道:"是何神术,如此利害!"吴学究道:"想是妖法,若能回风返火,便可破敌。"宋江听罢,打开天书看时,第三卷上有回风返火破阵之法。宋江大喜,用心记了咒语并秘诀,整点人马,五更造饭吃了,摇旗擂鼓,杀进城下来。

有人报入城中,高廉再点了得胜人马,并三百神兵,开放城门,布下吊桥,出来摆成阵势。宋江带剑纵马出阵前,望见高廉军中一簇皂旗,吴学究道:"那阵内皂旗,便是使神师计的军兵。但恐又使此法,如何迎敌?"宋江道:"军师放心,我自有破阵之法。诸军众将勿得惊疑,只顾向前杀去。"高廉吩咐大小将校:"不要与他强敌挑斗,但见牌响,一齐并力擒获宋江,我自有重赏。"两军喊声起处,高廉马鞍鞒上挂着那面聚兽铜牌,上有龙章凤篆,手里拿着宝剑,出阵前。

宋江指着高廉骂道:"昨夜我不曾到,兄弟们误折一阵,今日我必要把你诛尽杀绝。"高廉喝道:"你这伙反贼,快早早下马受缚,省得我腥手污脚!"言罢,把剑一挥,口中念念有词,喝声道:"疾!"黑气起处,早卷起怪风来。宋江不等那风到,口中也念念有词,左手捏诀,右手提剑一指,说声道:"疾!"那阵风不望宋江阵里来,倒望高廉神兵队里去了。宋江却待招呼人马杀将过去,高廉见回了风,急取铜牌,把剑敲动,向那神兵队里卷一阵黄沙,就中军走出一群猛兽。但见:

狻猊舞爪,狮子摇头。闪金獬豸逞威雄,奋锦貔貅施勇猛。豺狼作对吐獠牙,直奔雄兵;虎豹成群张巨口,来喷劣马。带刺野猪冲阵入,卷毛恶犬撞人来。如龙大蟒扑天飞,吞象顽蛇钻地落。

高廉铜牌响处,一群怪兽毒虫直冲过来,宋江阵里众多人马惊呆了。宋江撇了剑,拨回马先走;众头领簇捧着,尽都逃命;大小军校,你我不能相顾,夺路而走。高廉在后面把剑一挥,神兵在前,官军在后,一齐掩杀将来。宋江人马,大败亏输。高廉赶杀二十余里,鸣金收军,城中去了。

宋江来到土坡下,收住人马,扎下寨栅,虽是损折了些军卒,却喜众头领都有。屯住军马,便与军师吴用商议道:"今番打高唐州,连折了两阵,无计可破神兵,如之奈何?"吴学究道:"若是这厮会使神师计,他必然今夜要来劫寨,可先用计提备,此处只可屯扎些少军马,我等去旧寨内驻扎。"宋江传令,只留下杨林、白胜看寨,其余人马,退去旧寨内将息。

且说杨林、白胜引人离寨半里草坡内埋伏,等到一更时分。但见:

云生四野,雾涨八方。摇天撼地起狂风,倒海翻江飞急雨。雷公忿怒,倒骑火兽逞神威;电母生嗔,乱掣金蛇施圣力。大树和根拔去,深波彻底卷干。若非灌口斩蛟龙,疑是泗州降水母。

当夜风雷大作,杨林、白胜引着三百余人伏在草里看时,只见高廉步走,引领三百神兵,吹风唿哨,杀入寨里来,见是空寨,回身便走。杨林、白胜呐声喊,高廉只怕中了计,四散便走,三百神兵各自奔逃。杨林、白胜乱放弩箭,只顾射去,一箭正中高廉左肩,众军四散,冒雨赶杀。高廉引领了神兵去得远了,杨林、白胜人少,不敢深入。少刻,雨过云收,复见一天星斗,月光之下,草坡前捌翻射死拿得神兵二十余人,解赴宋公明寨内,具说雷雨风云之事。

宋江、吴用见说,大惊道:"此间只隔得五里远近,却又无雨无风!"众人议道:"正是妖法只在本处,离地只有三四十丈,云雨气味,是左近水泊中摄将来的。"杨林说道:"高廉也自披发仗剑,杀入寨中,身上中了我一弩箭,回城中去了。为是人少,不敢去追。"宋江分赏杨林、白胜,把拿来的中伤神兵斩了,分拨众头领下了七八个小寨,围绕大寨,提备再来劫寨,一面使人回山寨,取军马协助。

且说高廉自中了箭,回到城中养病,令军士守护城池,晓夜提备,"且休与他厮杀,待我箭疮平复起来,捉宋江未迟。"

却说宋江见折了人马,心中忧闷,和军师吴用商量道:"只这回高廉尚且破不得,倘或别添他处军马,并力来劫,如之奈何?"吴学究道:"我想要破高廉妖法，只除非依我如此如此。若不去请这个人来，柴大官人性命，也是难救。高唐州城子，永不能得。”正是：要除起雾兴云法，须请通天彻地人。毕竟吴学究说这个人是谁，且听下回分解。

第五十三回

戴宗智取公孙胜　李逵斧劈罗真人

话说当下吴学究对宋公明说道：“要破此法，只除非快教人去蓟州寻取公孙胜来，便可破得。”宋江道：“前番戴宗去了几时，全然打听不着，却那里去寻？”吴用道：“只说蓟州，有管下多少县治、镇市、乡村，他须不曾寻得到。我想公孙胜，他是个清高的人，必然在个名山洞府、大川真境居住。今番教戴宗可去绕蓟州管下县道名山仙境去处，寻觅一遭，不愁不见他。”

宋江听罢，随即叫请戴院长商议：可往蓟州寻取公孙胜。戴宗道：“小可愿往，只是得一个做伴的去方好。”吴用道：“你作起神行法来，谁人赶得你上？”戴宗道：“若是同伴的人，我也把甲马拴在他腿上，教他也走得许多路程。”李逵便道：“我与戴院长做伴走一遭。”戴宗道：“你若要跟我去，须要一路上吃素，都听我的言语。”李逵道：“这个有甚难处？我都依你便了。”宋江、吴用吩咐道：“路上小心在意，休要惹事。若得见了，早早回来。”李逵道：“我打死了殷天锡，却教柴大官人吃官司。我如何不要救他？今番并不敢惹事了。”二人各藏了暗器，拴缚了包裹，拜辞宋江并众人，离了高唐州，取路投蓟州来。

走了二十余里，李逵立住脚道：“大哥，买碗酒吃了走也好。”戴宗道：“你要跟我作神行法，须要只吃素酒。且向前面去。”李逵答道：“便吃些肉，也打甚么紧。”戴宗道：“你又来了。今日已晚，且寻客店宿了，明日早行。”两个又走了三十余里，天色昏黑，寻着一个客店歇了，烧起火来做饭，沽一角酒来吃。李逵搬一碗素饭，并一碗菜汤，来房里与戴宗吃。戴宗道：“你如何不吃饭？”李逵应道：“我且未要吃饭哩。”戴宗寻思道：“这厮必然瞒着我背地里吃荤。”戴宗自把素饭吃了，却悄悄地来后面张时，见李逵讨两角酒，一盘牛肉，在那里自吃。戴宗道：“我说甚么？且不要道破他，明日小小地耍他耍便了。"戴宗自去房里睡了。李逵吃了一回酒肉,恐怕戴宗说他,自暗暗的来房里睡了。

到五更时分,戴宗起来叫李逵打火,做些素饭吃了,各分行李在背上,算还了房客钱,离了客店。行不到二里多路,戴宗说道:"我们昨日不曾使神行法,今日须要赶程途,你先把包裹拴得牢了,我与你作法,行八百里便住。"戴宗取四个甲马,去李逵两只腿上也缚了吩咐道:"你前面酒食店里等我。"戴宗念念有词,吹口气在李逵腿上,李逵拽开脚步,浑如驾云的一般,飞也似去了。戴宗笑道:"且着他忍一日饿。"戴宗也自拴上甲马,随后赶来。

李逵不省得这法,只道和他走路一般。只听耳朵边风雨之声,两边房屋树木,一似连排价倒了的,脚底下如云催雾趱。李逵怕将起来,几遍待要住脚,两条腿那里收拾得住,却似有人在下面推的相似,脚不点地,只管的走去了。看见酒肉饭店,又不能够入去买吃,李逵只得叫:"爷爷,且住一住!"看看走到红日平西,肚里又饥又渴,越不能够住脚,惊得一身臭汗,气喘做一团。戴宗从背后赶来,叫道:"李大哥,怎的不买些点心吃了去?"李逵应道:"哥哥,救我一救,饿杀铁牛也!"戴宗怀里摸出几个炊饼来自吃。李逵叫道:"我不能够住脚买吃,你与我两个充饥。"戴宗道:"兄弟,你走上来与你吃。"李逵伸着手,只隔一丈来远近,只接不着。李逵叫道:"好哥哥,等我一等。"戴宗道:"便是今日有些跷蹊,我的两条腿也不能够住。"李逵道:"阿也!我的这鸟脚不由我半分,自这般走了去,只好把大斧砍了那下半截下来。"戴宗道:"只除是恁的般方好;不然,直走到明年正月初一日,也不能住。"李逵道:"好哥哥,休使道儿[①]要我,砍了腿下来,你却笑我。"戴宗道:"你敢是昨夜不依我?今日连我也走不得住,你自走去。"李逵叫道:"好爷爷,你饶我住一住!"戴宗道:"我的这法,不许吃荤,第一戒的是牛肉。若还吃了一块牛肉,直要走十万里,方才得住。"李逵道:"却是苦也!我昨夜不合瞒着哥哥,真个偷买几斤牛肉吃了,正是怎么好!"戴宗道:"怪得今日连我的这腿也收不住,只用去天尽头走一遭了,慢慢地却得三五年,方才回得来。"李逵听罢,叫起撞天屈[②]来。

---

① 道儿——门道,办法。

② 撞天屈——比喻特大的冤屈。

戴宗笑道："你从今以后，只依得我一件事，我便罢得这法。"李逵道："老爹，我今都依你便了。"戴宗道："你如今敢再瞒着我吃荤么？"李逵道："今后但吃荤，舌头上生碗来大疔疮！我见哥哥要吃素，铁牛却吃不得，因此上瞒着哥哥，今后并不敢了。"戴宗道："既是恁地，饶你这一遍！"退后一步，把衣袖去李逵腿上只一拂，喝声："住！"李逵却似钉住了的一般，两只脚立定地下，挪移不动。戴宗道："我先去，你且慢慢的来。"李逵正待抬脚，那里移得动，拽也拽不起，一似生铁铸就了的。李逵大叫道："又是苦也！晚夕怎地得去？"便叫道："哥哥救我一救。"戴宗转回头来笑道："你今番依我说么？"李逵道："你是我亲爷，却是不敢违了你的言语。"戴宗道："你今番却要依我。"便把手绾了李逵，喝声："起！"两个轻轻地走了去。

李逵道："哥哥，可怜见铁牛，早歇了罢！"前面到一个客店，两个且来投宿。戴宗、李逵入到房里去，腿上都卸下甲马来，取出几陌纸钱烧送了，问李逵道："今番却如何？"李逵道："这两条腿，方才是我的了。"戴宗道："谁着你夜来私买酒肉吃？"李逵道："为是你不许我吃荤，偷了些吃，也吃你耍得我好了。"

戴宗叫李逵安排些素酒素饭吃了，烧汤洗了脚，上床歇了。睡到五更起来，洗漱罢，吃了饭，还了房钱，两个又上路。行不到三里多路，戴宗取出甲马道："兄弟，今日与你只缚两个，教你慢行些。"李逵道："亲爷，我不要缚了。"戴宗道："你既依我言语，我和你干大事，如何肯弄你？你若不依我，教你一似夜来只钉住在这里，只等我去蓟州寻见了公孙胜，回来放你。"李逵慌忙叫道："我依，我依。"戴宗与李逵当日各缚两个甲马，作起神行法，扶着李逵两个一同走。原来戴宗的法，要行便行，要住便住。李逵从此那里敢违他言语，于路上只是买些素酒素饭，吃了便行。话休絮烦。两个用神行法，不旬日，迤逦来蓟州城外客店里歇了。

次日，两个入城来，戴宗扮做主人，李逵扮做仆者。绕城中寻了一日，并无一个认得公孙胜的，两个自回店里歇了。次日，又去城中小街狭巷，寻了一日，绝无消耗。李逵心焦，骂道："这个乞丐道人，却鸟躲在那里！我若见时，脑揪将去见哥哥。"戴宗说道："你又来了，若不听我言语，我又教你吃苦。"李逵笑道："我自这般说耍。"戴宗又埋怨了一回，李逵不敢回话。两个又来店里歇了。

次日早起，却去城外近村镇市寻觅。戴宗但见老人，便施礼拜问公孙胜先生家在那里居住,并无一人认得。戴宗也问过数十处。当日晌午时分,两个走得肚饥,路旁边见一个素面店,两个直入来,买些点心吃。

只见里面都坐满,没一个空处,戴宗、李逵立在当路。过卖问道:"客官要吃面时,和这老人合坐一坐。"戴宗见个老丈,独自一个占着一付大座头,便与他施礼,唱个喏,两个对面坐了。李逵坐在戴宗肩下,吩咐过卖造四个壮面来。戴宗道:"我吃一个,你吃三个不少么?"李逵道:"不济事。一发做六个来,我都包办。"过卖见了也笑。等了半日,不见把面来。李逵却见都搬入里面去了,心中已有五分焦躁。只见过卖却搬一个热面,放在合坐老人面前。那老人也不谦让,拿起面来便吃。那分面却热,老儿低着头,伏桌儿吃。

李逵性急,见不搬面来,叫一声:"过卖!"骂道:"却教老爷等了这半日。"把那桌子只一拍,溅那老人一脸热汁,那分面都泼翻了。老儿焦躁,便来揪住李逵,喝道:"你是何道理,打翻我面?"李逵捻起拳头,要打老儿。戴宗慌忙喝住,与他陪话道:"丈丈休和他一般见识,小可赔丈丈一分面。"那老人道:"客官不知:老汉路远,早要吃了面回去听讲,迟时误了程途。"戴宗问道:"丈丈何处人氏? 却听谁人讲甚么?"老儿答道:"老汉是本处蓟州管下九宫县二仙山下人氏。因来这城中买些好香回去,听山上罗真人讲说长生不老之法。"戴宗寻思道:"莫不公孙胜也在那里?"便问老人道:"丈丈贵庄,曾有个公孙胜么?"老人道:"客官问别人定不知,多有人不认的他。老汉和他是邻舍。他只有个老母在堂。这个先生,一向云游在外,此时唤做公孙一清。如今出姓[①],都只叫他清道人,不叫做公孙胜。此是俗名,无人认得。"戴宗道:"正是'踏破铁鞋无觅处,得来全不费工夫'。"戴宗又拜问丈丈道:"九宫县二仙山离此间多少路? 清道人在家么?"老人道:"二仙山只离本县四十五里便是。清道人,他是罗真人上首[②]徒弟。他本师不放离左右。"

戴宗听了大喜,连忙催趱面来吃,和那老儿一同吃了,算还面钱,同出店肆,问了路途。戴宗道:"丈丈先行。小可买些香纸,也便来也。"老人作别去了。

---

① 出姓——僧道出家后去掉姓氏。

② 上首——原指首座,这里喻指最好的。

戴宗、李逵回到客店里，取了行李包裹，再拴上甲马，离了客店，两个取路投九宫县二仙山来。戴宗使起神行法，四十五里，片时到了。二人来到县前，问二仙山时，有人指道："离县投东，只有五里便是。"两个又离了县治，投东而行。果然行不到五里，早望见那座仙山，委实秀丽。但见：

青山削翠，碧岫堆云。两崖分虎踞龙盘，四面有猿啼鹤唳。朝看云封山顶，暮观日挂林梢。流水潺漫，涧内声声鸣玉珮；飞泉瀑布，洞中隐隐奏瑶琴。若非道侣修行，定有仙翁炼药。

当下戴宗、李逵来到二仙山下，见个樵夫，戴宗与他施礼，说道："借问此间清道人家在何处居住？"樵夫指道："只过这东山嘴，门外有条小石桥的便是。"两个抹过山嘴来，见有十数间草房，一周围矮墙，墙外一座小小石桥。两个来到桥边，见一个村姑提一篮新果子出来。戴宗施礼问道："娘子从清道人家出来，清道人在家么？"村姑答道："在屋后炼丹。"戴宗心中暗喜，吩咐李逵道："你且去树背后躲一躲，待我自入去，见了他，却来叫你。"

戴宗自入到里面看时，一带三间草房，门上悬挂一个芦帘。戴宗咳嗽了一声，只见一个白发婆婆从里面出来。戴宗看那婆婆，但见：

苍然古貌，鹤发酡颜。眼昏似秋月笼烟，眉白如晓霜映日。青裙素服，依稀紫府元君；布袄荆钗，仿佛骊山老姥。形如天上翔云鹤，貌似山中傲雪松。

戴宗当下施礼道："告禀老娘：小可欲求清道人相见一面。"婆婆问道："官人高姓？"戴宗道："小可姓戴，名宗，从山东到此。"婆婆道："孩儿出外云游，不曾还家。"戴宗道："小可是旧时相识，要说一句紧要的话，求见一面。"婆婆道："不在家里，有甚话说，留下在此不妨。待回家，自来相见。"戴宗道"小可再来。"就辞了婆婆，却来门外对李逵道："今番须用着你。方才他娘说道，不在家里，如今你可去请他。他若说不在时，你便打将起来，却不得伤犯他老母。我来喝住，你便罢。"

李逵先去包裹里取出双斧，插在两胯下，入的门里，叫一声："着个出来！"婆婆慌忙迎着问道："是谁？"见了李逵睁着双眼，先有八分怕他，问道："哥哥有甚话说？"李逵道："我是梁山泊黑旋风。奉着哥哥将令，教我来请公孙胜。你叫他出来，佛眼相看；若还不肯出来，放一把鸟火，把你家当都烧做白地。莫言不是。早早出来！"婆婆道："好汉莫要恁地。我这里不是公孙胜家，自唤做清道人。"李逵道："你只叫他出来，我自认得他鸟脸。"婆婆道："出外云游未归。"李逵拔出大斧，先砍翻一堵壁。婆婆向前拦住，李逵道："你不叫你儿子出来，我只杀了你。"拿起斧来便砍，把那婆婆惊倒在地。

只见公孙胜从里面走将出来，叫道："不得无礼！"有诗为证：

药炉丹灶学神仙，遁迹深山了万缘。

不是凶神来屋里，公孙安肯出堂前。

戴宗便来喝道："铁牛，如何吓倒老母！"戴宗连忙扶起。李逵撇了大斧，便唱个喏道："阿哥休怪。不恁地，你不肯出来。"

公孙胜先扶娘入去了，却出来拜请戴宗、李逵，邀进一间净室坐下，问道："亏二位寻得到此。"戴宗道："自从师父下山之后，小可先来蓟州寻了一遍，并无打听处，只纠合得一伙弟兄上山。今次宋公明哥哥，因去高唐州救柴大官人，致被知府高廉两三阵用妖法赢了，无计奈何，只得教小可和李逵来寻请足下。绕遍蓟州，并无寻处。偶因素面店中，得个此间老丈指引到此。却见村姑说足下在家烧炼丹药，老母只是推却，因此使李逵激出师父来。这个太莽了些，望乞恕罪。哥哥在高唐州界上，度日如年。请师父便可行程，以见始终成全大义之美。"

公孙胜道："贫道幼年飘荡江湖，多与好汉们相聚。自从梁山泊分别回乡，非是昧心：一者母亲年老，无人奉侍；二乃本师罗真人留在屋前，恐怕有人寻来，故改名清道人，隐藏在此。"戴宗道："今者宋公明正在危急之际，师父慈悲，只得去走一遭。"公孙胜道："干碍老母无人养赡，本师罗真人如何肯放。其实去不得了。"戴宗再拜恳告，公孙胜扶起戴宗，说道："再容商议。"公孙胜留戴宗、李逵在净室里坐定，安排些素酒素食相待。

三个吃了一回，戴宗又苦苦哀告道："若是师父不肯去时，宋公明必被高廉捉了，山寨大义，从此休矣！"公孙胜道："且容我去禀问本师真人。若肯容许，便一同去。"戴宗道："只今便去启问本师。"公孙胜道："且宽心住一宵，明日早去。"戴宗道："哥哥在彼一日，如度一年，烦请师父同往一遭。"公孙胜便起身，引了戴宗、李逵，离了家里，取路上二仙山来。

此时已是秋残冬初时分，日短夜长，容易得晚，来到半山腰，却早红轮西坠。松阴里面一条小路，直到罗真人观前，见有朱红牌额，上写三个金字，书着"紫虚观"。三人来到观前，看那二仙山时，果然是好座仙境。但见：

青松郁郁，翠柏森森。一群白鹤听经，数个青衣碾药。青梧翠竹，洞门深锁碧窗寒；白雪黄芽，石室云封丹灶暖。野鹿衔花穿径去，山猿擎果度岩来。时闻道士谈经，每见仙翁论法。虚皇坛畔，天风吹下步虚声；礼斗殿中，鸾背忽来环珮韵。只此便为真紫府，更于何处觅蓬莱？

三人就着衣亭上，整顿衣服，从廊下入来，径投殿后松鹤轩里去。两个童子，看见公孙胜领人入来，报知罗真人，传法旨，教请三人入来。当下公孙胜引着戴宗、李逵，到松鹤轩内，正值真人朝真才罢，坐在云床上。公孙胜向前行礼起居，躬身侍立。戴宗、李逵看那罗真人时，端的有神游八极之表。但见：

星冠攒玉叶，鹤氅缕金霞。长髯广颊，修行到无漏之天；碧眼方瞳，服食造长生之境。每啖安期之枣，曾尝方朔之桃。气满丹田，端的绿筋紫脑；名登玄箓，定知苍肾青肝。正是三更步月鸾声远，万里乘云鹤背高。

戴宗当下见了，慌忙下拜。李逵只管着眼看。罗真人问公孙胜道："此二位何来？"公孙胜道："便是昔日弟子曾告我师，山东义友是也。今为高唐州知府高廉显逞异术，有兄宋江特令二弟来此，呼唤弟子。未敢擅便，故来禀问我师。"罗真人道："吾弟子既脱火坑，学炼长生，何得再慕此境？"戴宗再拜道："容乞暂请公孙先生下山，破了高廉，便送还山。"罗真人道："二位不知：此非出家人闲管之事。汝等自下山去商议。"

公孙胜只得引了二人，离了松鹤轩，连晚下山来。李逵问道："那老仙先生说甚么？"戴宗道："你偏不听得？"李逵道："便是不省得这般鸟则声。"戴宗道："便是他的师父说道教他休去。"李逵听了，叫起来道："教我两个走了许多路程，千难万难寻见了，却放出这个屁来。莫要引老爷性发，一只手捻碎你这道冠儿，一只手提住腰胯，把那老贼道倒直撞下山去。"戴宗瞅着道："你又要钉住了脚！"李逵道："不敢，不敢，我自这般说一声儿耍。"

三个再到公孙胜家里，当夜安排些晚饭吃了。公孙胜道："且权宿一宵，明日再去恳告本师。若肯时，便去。"戴宗至夜叫了安置，两个收拾行李，都来净室里睡了。两个睡到五更左侧，李逵悄悄地爬将起来。只得戴宗齁齁的睡着，自己寻思道："却不是干鸟气么？你原是山寨里人，却来问甚么鸟师父！明朝那厮又不肯，却不误了哥哥的大事？我忍不得了，只是杀了那个老贼道,教他没问处,只得和我去。"

李逵当时摸了两把板斧,悄悄地开了房门,乘着星月明朗,一步步摸上山来。到得紫虚观前,却见两扇大门关了。旁边篱墙苦不甚高,李逵腾地跳将过去,开了大门,一步步摸入里面来。直至松鹤轩前,只听隔窗有人看诵玉枢宝经之声。李逵爬上来,舐破窗纸张时,见罗真人独自一个坐在云床上,面前桌儿上烧着一炉好香,点着两枝画烛,朗朗诵经。李逵道:"这贼道却不是当死!"一踅踅过门边来,把手只一推,呀的两扇亮槅齐开。李逵抢将入去,提起斧头,便望罗真人脑门上劈将下来,砍倒在云床上,流出白血来。李逵看了,笑道:"眼见的这贼道是童男子身,颐养得元阳真气,不曾走泄,正没半点的红。"李逵再仔细看时,连那道冠儿劈做两半,一颗头直砍到项下。李逵道:"今番且除了一害,不烦恼公孙胜不去。"便转身出了松鹤轩,从侧首廊下奔将出来,只见一个青衣童子拦住李逵,喝道:"你杀了我本师,待走那里去!"李逵道:"你这个小贼道,也吃我一斧!"手起斧落,把头早砍下台基边去。二人都被李逵砍了,李逵笑道:"只好撒开。"径取路出了观门,飞也似奔下山来。

到得公孙胜家里,闪入来,闭上了门,净室里听戴宗时,兀自未觉,李逵依然原又去睡了。直到天明,公孙胜起来安排早饭,相待两个吃了。戴宗道:"再请先生同引我二人上山,恳告真人。"李逵听了,暗暗地冷笑。

三个依原旧路,再上山来。入到紫虚观里松鹤轩中,见两个童子。公孙胜问道:"真人何在?"童子答道:"真人坐在云床上养性。"李逵听说,吃了一惊,把舌头伸将出来,半日缩不入去。三个揭起帘子,入来看时,见罗真人坐在云床上中间。李逵暗暗想道:"昨夜莫非是错杀了?"罗真人便道:"汝等三人又来何干?"戴宗道:"特来哀告我师慈悲,救取众人免难。"罗真人道:"这黑大汉是谁?"戴宗答道:"是小可义弟,姓李,名逵。"真人笑道:"本待不教公孙胜去,看他的面上,教他去走一遭。"戴宗拜谢,李逵自暗暗寻思道:"那厮知道我要杀他,却又鸟说!"

只见罗真人道:"我教你三人片时便到高唐州如何?"三个谢了,戴宗寻思:"这罗真人又强似我的神行法。"真人唤道童取三个手帕来。戴宗道:"上告我师:却是怎生教我们便能够到高唐州?"罗真人便起身道:"都跟我来。"三个人随出观门外石岩上来。先取一个红手帕,铺在石上道:"吾弟子可登。"公孙胜双脚在上面,罗真人把袖一拂,喝声道:"起!"那手帕化做一片红云，载了公孙胜，冉冉腾空便起，离山约有二十余丈。罗真人喝声："住！"那片红云不动。却铺下一个青手帕，教戴宗踏上，喝声："起！"那手帕却化作一片青云，载了戴宗，起在半空里去了。那两片青红二云，如芦席大，起在天上转，李逵看得呆了。罗真人却把一个白手帕铺在石上，唤李逵踏上。李逵笑道："你不是耍，若跌下来，好个大疙瘩。"罗真人道："你见二人么？"李逵立在手帕上，罗真人说一声："起！"那手帕化做一片白云，飞将起来。李逵叫道："阿呀！我的不稳，放我下来。"罗真人把右手一招，那青红二云平平坠将下来。戴宗拜谢，侍立在面前，公孙胜侍立在左手。

李逵在上面叫道："我也要撒尿撒屎，你不着我下来，我劈头便撒下来也！"罗真人问道："我等自是出家人，不曾恼犯了你，你因何夜来越墙而过，入来把斧劈我？若是我无道德，已被杀了，又杀了我一个道童。"李逵道："不是我，你敢错认了？"罗真人笑道："虽然只是砍了我两个葫芦，其心不善，且教你吃些磨难。"把手一招喝声："去！"一阵恶风，把李逵吹入云端里。只见两个黄巾力士，押着李逵，耳边只听得风雨之声，不觉径到蓟州地界，唬得魂不着体，手脚摇战。忽听得刮剌剌地响一声，却从蓟州府厅屋上骨碌碌滚将下来。

当日正值府尹马士弘坐衙，厅前立着许多公吏人等，看见半天里落下一个黑大汉来，众皆吃惊。马知府见了，叫道："且拿这厮过来！"当下十数个牢子狱卒，把李逵驱至当面。马府尹喝道："你这厮是那里妖人？如何从半天里吊将下来？"李逵吃跌得头破额裂，半晌说不出话来。马知府道："必然是个妖人，教去取些法物来。"牢子节级将李逵捆翻，驱下厅前草地里，一个虞候，掇一盆狗血，没头一淋；又一个提一桶尿粪来，望李逵头上直浇到脚底下。李逵口里，耳朵里，都是尿屎。李逵叫道："我不是妖人，我是跟罗真人的伴当。"原来蓟州人都知道罗真人是个现世的活神仙，因此不肯下手伤他，再驱李逵到厅前，早有吏人禀道："这蓟州罗真人，是天下有名的得道活神仙。若是他的从者，不可加刑。"马府尹笑道："我读千卷之书，每闻今古之事，未见神仙有如此徒弟，即系妖人。牢子，与我加力打那厮！"众人只得拿翻李逵，打得一佛出世，二佛涅槃。马知府喝道："你那厮快招了妖人，便不打你。"李逵只得招做"妖人李二"。取一面大枷钉了，押下大牢里去。

李逵来到死囚狱里，说道："我是直日神将，如何枷了我？好歹教你这蓟州一城人都死。"那押牢节级、禁子，都知罗真人道德清高，谁不钦服，都来问李逵："你端的是甚么人？"李逵道："我是罗真人亲随直日神将，因一时有失。恶了真人，把我撇在此间，教我受此苦难，三两日必来取我。你们若不把些酒食来将息我时，我教你们众人全家都死。"那节级、牢子见了他说，倒都怕他，只得买酒买肉请他吃。李逵见他们害怕，越说起风话来。牢里众人越怕了，又将热水来与他洗浴了，换些干净衣裳。李逵道："若还缺了我酒食，我便飞了去，教你们受苦。"牢里禁子只得倒陪告他。

李逵陷在蓟州牢里不提。且说罗真人把上项[①] 的事，一一说与戴宗。戴宗只是苦苦哀告，求救李逵。罗真人留住戴宗在观里宿歇，动问山寨里事务。戴宗诉说晁天王、宋公明仗义疏财，专只替天行道，誓不损害忠臣烈士，孝子贤孙，义夫节妇，许多好处。罗真人听罢甚喜。一住五日，戴宗每日磕头礼拜，求告真人，乞救李逵。罗真人道："这等人只可驱除了，休带回去。"戴宗告道："真人不知：李逵虽是愚蠢，不省理法，也有些小好处：第一，鲠直，分毫不肯苟取于人；第二，不会阿谄于人，虽死，其忠不改；第三，并无淫欲邪心，贪财背义，敢勇当先，因此宋公明甚是爱他。不争没了这个人回去，教小可难见兄长宋公明之面。"罗真人笑道："贫道已知这人是上界天杀星之数。为是下土众生作业太重，故罚他下来杀戮。吾亦安肯逆天，坏了此人；只是磨他一会，我叫取来还你。"戴宗拜谢。

罗真人叫一声："力士安在？"就鹤轩前起一阵风。风过处，一尊黄巾力士出现。但见：

面如红玉，须似皂绒。仿佛有一丈身材，纵横有千斤气力。黄巾侧畔，金环日耀喷霞光；绣袄中间，铁甲霜铺吞月影。常在坛前护法，每来世上降魔。

那个黄巾力士上告："我师有何法旨？"罗真人道："先差你押去蓟州的那人，罪业已满。你还去蓟州牢里取他回来，速去速回。"力士声喏去了。约有半个时辰，从虚空里把李逵撇将下来。

戴宗连忙扶住李逵，问道："兄弟这两日在那里？"李逵看了罗真人，只管磕头拜说道："铁牛不敢了也！"罗真人道："你从今以后，可以戒性，竭力

---

① 上项——前头。

扶持宋公明,休生歹心。”李逵再拜道:“敢不遵依真人言语?”戴宗道:“你正去那里走了这几日?”李逵道:“自那日一阵风,直刮我去蓟州府里,从厅屋脊上直滚下来,被他府里众人拿住。那个马知府,道我是妖人,捉翻我捆了,却教牢子狱卒,把狗血和尿屎,淋我一头一身;打得我两腿肉烂,把我枷了,下在大牢里去。众人问我,是何神从天上落下来?我因说是罗真人的亲随直日神将,因有些过失,罚受此苦。过二三日,必来取我。虽是吃了一顿棍棒,却也诈得些酒食噇,那厮们惧怕真人,却与我洗浴,换了一身衣裳。方才正在亭心里诈酒肉吃,只见半空里跳下这个黄巾力士,把枷锁开了,喝我闭眼,一似睡梦中,直扶到这里。”

公孙胜道:“师父似这般的黄巾力士,有一千余员,都是本师真人的伴当。”李逵听了叫道:“活佛,你何不早说,免教我做了这般不是!”只顾下拜。戴宗也再拜恳告道:“小可端的来的多日了,高唐州军马甚急,望乞师父慈悲,放公孙先生同弟子去救哥哥宋公明,破了高廉,便送还山。”罗真人道:“我本不教他去,今为汝大义为重,权教他去走一遭。我有片言,汝当记取。”公孙胜向前跪听真人指教。正是:满还济世安邦愿,来作乘鸾跨凤人。毕竟罗真人对公孙胜说出甚话来,且听下回分解。

第五十四回

入云龙斗法破高廉　黑旋风探穴救柴进

话说当下罗真人道:“弟子,你往日学的法术,却与高廉的一般。吾今传授与汝五雷天罡正法,依此而行,可救宋江,保国安民,替天行道。休被人欲所缚,误了大事,专精从前学道之心。你的老母,我自使人早晚看视,勿得忧念。汝应上界天闲星,以此容汝去助宋公明。吾有八个字,汝当记取,休得临期有误。”罗真人说那八个字,道是:“逢幽而止,遇汴而还。”公孙胜拜受了诀法,便和戴宗、李逵三个,拜辞了罗真人,别了众道伴下山。

归到家中，收拾了道衣，宝剑二口，并铁冠如意[①] 等物了当，拜辞了老母，离山上路。行过了三四十里路程，戴宗道："小可先去报知哥哥，先生和李逵大路上来，却得再来相接。"公孙胜道："正好。贤弟先往报知，吾亦趱行来也。"戴宗吩咐李逵道："于路小心伏侍先生。但有些差池，教你受苦。"李逵道："他和罗真人一般的法术，我如何敢轻慢了他？"戴宗拴上甲马，作起神行法来，预先去了。

却说公孙胜和李逵两个，离了二仙山九宫县，取大路而行，到晚寻店安歇。李逵惧怕罗真人法术，十分小心伏侍公孙胜，那里敢使性。两个行了三日，来到一个去处，地名唤做武冈镇。只见街市人烟辏集，公孙胜道："这两日于路走的困倦，买碗素酒素面吃了行。"李逵道："也好。"却见驿道旁边一个小酒店，两个人来店里坐下。公孙胜坐了上首，李逵解了腰包，下首坐了。叫过卖一面打酒，就安排些素馔来，与二人吃。公孙胜道："你这里有甚素点心卖？"过卖道："我店里只卖酒肉，没有素点心。市口人家有枣糕卖。"李逵道："我去买些来。"便去包内取了铜钱，径投市镇上来，买了一包枣糕。欲待回来，只听得路旁侧首有人喝采道："好气力！"李逵看时，一伙人围定一个大汉，把铁瓜锤在那里使，众人看了喝采他。

李逵看那大汉时，七尺以上身材，面皮有麻，鼻子上一条大路。李逵看那铁锤时，约有三十来斤。那汉使的发了，一瓜锤正打在压街石上，把那石头打做粉碎，众人喝采。李逵忍不住，便把枣糕揣在怀中，便来拿那铁锤。那汉喝道："你是甚么鸟人？敢来拿我的锤！"李逵道："你使的甚么鸟好，教众人喝采！看了倒污眼！你看老爷使一回，教众人看。"那汉道："我借与你，你若使不动时，且吃我一顿脖子拳了去。"李逵接过瓜锤，如弄弹丸一般。使了一回，轻轻放下，面又不红，心头不跳，口内不喘。那汉看了，倒身下拜，说道："愿求哥哥大名。"李逵道："你家在那里住？"那汉道："只在前面便是。"引了李逵到一个所在，见一把锁锁着门。那汉把钥匙开了门，请李逵到里面坐地。李逵看他屋里都是铁砧、铁锤、火炉、钳、凿家火，寻思道："这人必是个打铁匠人，山寨里正用得着，何不叫他也去入伙？"

---

① 如意——一种象征祥瑞的器物，用金、玉、竹、骨等制作，端作灵芝形或云形，柄微曲，专供指划或赏玩。

李逵又道："汉子，你通个姓名，教我知道。"那汉道："小人姓汤，名隆。父亲原是延安府知寨官，因为打铁上，遭际老种经略相公帐前叙用。近年父亲在任亡故，小人贪赌，流落在江湖上，因此权在此间打铁度日。入骨好使枪棒。为是自家浑身有麻点，人都叫小人做'金钱豹子'。敢问哥哥高姓大名？"李逵道："我便是梁山泊好汉黑旋风李逵。"

汤隆听了，再拜道："多闻哥哥威名，谁想今日偶然得遇。"李逵道："你在这里，几时得发迹，不如跟我上梁山泊入伙，叫你也做个头领。"汤隆道："若得哥哥不弃，肯带携兄弟时，愿随鞭镫。"就拜李逵为兄。李逵认汤隆为弟。汤隆道："我又无家人伴当，同哥哥去市镇上吃三杯淡酒，表结拜之意。今晚歇一夜，明日早行。"李逵道："我有个师父在前面酒店里，等我买枣糕去吃了便行，耽搁不得，只可如今便行。"汤隆道："如何这般要紧？"李逵道："你不知宋公明哥哥，现今在高唐州界首厮杀，只等我这师父到来救应。"汤隆道："这个师父是谁？"李逵道："你且休问，快收拾了去。"汤隆急急拴了包裹、盘缠、银两，戴上毡笠儿，跨了口腰刀，提条朴刀，弃了家中破房旧屋，粗重家火，跟了李逵，直到酒店里来见公孙胜。

公孙胜埋怨道："你如何去了许多时？再来迟些，我依前回去了。"李逵不敢做声回话。引过汤隆拜了公孙胜，备说结义一事。公孙胜见说他是打铁出身，心中也喜。李逵取出枣糕，叫过卖将去整理。三个一同饮了几杯酒，吃了枣糕，算还了酒钱。李逵、汤隆各背上包裹，与公孙胜离了武冈镇，迤逦望高唐州来。

三个于路，三停[①]中走了两停多路，那日早，却好迎着戴宗来接。公孙胜见了大喜，连忙问道："近日相战如何？"戴宗道："高廉那厮，近日箭疮平复，每日领兵来搦战。哥哥坚守，不敢出敌，只等先生到来。"公孙胜道："这个容易。"李逵引着汤隆拜见戴宗，说了备细，四人一处奔高唐州来。

离寨五里远，早有吕方、郭盛，引一百余骑军马迎接着。四人都上了马，一同到寨，宋江、吴用等出寨迎接。各施礼罢，摆了接风酒，叙问间阔之情，请入中军帐内，众头领亦来作庆。李逵引过汤隆来参见宋江、吴用，并众头领等。讲礼已罢，寨中且做庆贺筵席。

次日中军帐上，宋江、吴用、公孙胜商议破高廉一事，公孙胜道："主将

---

① 三停——三分，三等分。

传令，且着拔寨都起，看敌军如何，贫道自有区处。"当日宋江传令各寨，一齐引军起身，直抵高唐州城壕，下寨已定。次早五更造饭，军人都披挂衣甲。宋公明、吴学究、公孙胜，三骑马直到军前，摇旗擂鼓，呐喊筛锣，杀到城下来。

再说知府高廉在城中箭疮已痊，隔夜小军来报知宋江军马又到，早晨都披挂了衣甲，便开了城门，放下吊桥，将引三百神兵并大小将校，出城迎敌。两军渐近，旗鼓相望，各摆开阵势。两阵里花腔鼍鼓擂，杂彩绣旗摇。宋江阵门开处，分十骑马来，雁翅般摆开在两边。左手下五将：花荣、秦明、朱仝、欧鹏、吕方；右手下五将：是林冲、孙立、邓飞、马麟、郭盛；中间三骑马上，为头是主将宋公明，怎生打扮：

头顶茜红巾，腰系狮蛮带。锦征袍大鹏贴背，水银盔彩凤飞檐。抹绿靴斜踏宝镫，黄金甲光动龙鳞。描金鞯随定紫丝鞭，锦鞍鞯稳称桃花马。

左边那骑马上，坐着的便是梁山泊掌握兵权军师吴学究，怎生打扮：

五明扇齐攒白羽，九纶巾巧簇乌纱。素罗袍香皂沿边，碧玉环丝绦束定。凫舄[①]稳踏葵花镫，银鞍不离紫丝缰。两条铜链腰间挂，一骑青骢出战场。

右边那骑马上，坐着的便是梁山泊掌握行兵布阵副军师公孙胜，怎生打扮：

星冠耀日，神剑飞霜。九霞衣服绣春云，六甲风雷藏宝诀。腰间系杂色短须绦，背上悬松文古定剑。穿一双云头点翠早朝靴，骑一匹分鬃昂首黄花马。名标蕊芨玄功著，身列仙班道行高。

三个总军主将，三骑马出到阵前。看对阵金鼓齐鸣，门旗开处，也有二三十个军官，簇拥着高唐州知府高廉出在阵前，立马于门旗下。怎生结束，但见：

束发冠珍珠嵌就，绛红袍锦绣攒成。连环铠甲耀黄金，双翅银盔飞彩凤。足穿云缝吊墩靴，腰系狮蛮金鞓带。手内剑横三尺水，阵前马跨一条龙。

---

① 凫舄(fú xì)——凫，野鸭。舄，古代一种复底鞋。传说东汉时叶县令王乔尝化两舄为双凫，乘之至京师。

那知府高廉出到阵前，厉声高叫，喝骂道："你那水洼草贼，既有心要来厮杀，定要分个胜败，见个输赢，走的不是好汉！"宋江听罢，问一声："谁人出马立斩此贼？"小李广花荣挺枪跃马，直至垓心。高廉见了，喝问道："谁与我直取此贼去？"那统制官队里转出一员上将，唤做薛元辉，使两口双刀，骑一匹劣马，飞出垓心，来战花荣。

两个在阵前斗了数合，花荣拨回马，望本阵便走。薛元辉不知是计，纵马舞刀，尽力来赶。花荣略带住了马，拈弓取箭，扭转身躯，只一箭，把薛元辉头重脚轻，射下马去。两军齐呐声喊。高廉在马上见了大怒，急去马鞍鞒前，取下那面聚兽铜牌，把剑去击。那里敲得三下，只见神兵队里卷起一阵黄砂来，罩的天昏地暗，日色无光。喊声起处，豺狼虎豹，怪兽毒虫，就这黄砂内卷将出来。众军恰待都走，公孙胜在马上，早掣出那一把松文古定剑来，指着敌军，口中念念有词，喝声道："疾！"只见一道金光射去，那伙怪兽毒虫，都就黄砂中乱纷纷坠于阵前。众军人看时，却都是白纸剪的虎豹走兽，黄砂尽皆荡散不起。宋江看了，鞭梢一指，大小三军，一齐掩杀过去；但见人亡马倒，旗鼓交横。高廉急把神兵退走入城。宋江军马赶到城下，城上急拽起吊桥，闭上城门，擂木炮石，如雨般打将下来。宋江叫且鸣金，收聚军马下寨，整点人数，各获大胜。回帐称谢公孙先生神功道德，随即赏劳三军。

次日，分兵四面围城，尽力攻打，公孙胜对宋江、吴用道："昨夜虽是杀败敌军大半，眼见得那三百神兵退入城中去了。今日攻击得紧，那厮夜间必来偷营劫寨。今晚可收军一处，至夜深，分去四面埋伏。这里虚扎寨栅，教众将只听霹雳响，看寨中火起，一齐进兵。"传令已了。当日攻城至未牌时分，都收四面军兵还寨，却在营中大吹大擂饮酒。看看天色渐晚，众头领暗暗分拨开去，四面埋伏已定。

却说宋江、吴用、公孙胜、花荣、秦明、吕方、郭盛上土坡等候。是夜，高廉果然点起三百神兵，背上各带铁葫芦，于内藏着硫黄焰硝，烟火药料；各人俱执钩刃、铁扫帚，口内都衔芦哨。二更前后，大开城门，放下吊桥，高廉当先，驱领神兵前进，背后却带三十余骑，奔杀前来。离寨渐近，高廉在马上作起妖法，却早黑气冲天，狂风大作，飞砂走石，播土扬尘。三百神兵各取火种，去那葫芦口上点着，一声芦哨齐响，黑气中间，火光罩身，大刀阔斧，滚入寨里来。高埠处，公孙胜仗剑作法，就空寨中平地上刮剌剌起个霹雳。三百神兵急待退步,只见那空寨中火起,光焰乱飞,上下通红,无路可出。四面伏兵齐赶,围定寨栅,黑处遍见。三百神兵,不曾走得一个,都被杀在寨里。

高廉急引了三十余骑,奔走回城。背后一枝军马追赶将来,乃是豹子头林冲。看看赶上,急叫得放下吊桥,高廉只带得八九骑入城,其余尽被林冲和人连马生擒活捉了去。高廉进到城中,尽点百姓上城守护。高廉军马神兵,被宋江、林冲杀个尽绝。

次日,宋江又引军马四面围城甚急。高廉寻思:"我数年学得术法,不想今日被他破了,似此如之奈何?只得使人去邻近州府求救。"急急修书二封,教去东昌、寇州,二处离此不远,"这两个知府,都是我哥哥抬举的人。"教星夜起兵来接应。差了两个帐前统制官,赍擎书信,放开西门,杀将出来,投西夺路去了。众将却待去追赶,吴用传令:"且放他出去,可以将计就计。"宋江问道:"军师如何作用?"吴学究道:"城中兵微将寡,所以他去求救。我这里可使两枝人马,诈作救应军兵,于路混战。高廉必然开门助战,乘势一面取城,把高廉引入小路,必然擒获。"宋江听了大喜。令戴宗回梁山泊另取两枝军马,分作两路而来。

且说高廉每夜在城中空阔处,堆积柴草,竟天价放火为号,城上只望救兵到来。过了数日,守城军兵望见宋江阵中不战自乱,急忙报知。高廉听了,连忙披挂上城瞻望,只见两路人马战尘蔽日,喊杀连天,冲奔前来;四面围城军马,四散奔走。高廉知是两路救军到了,尽点在城军马,大开城门,分头掩杀出去。

且说高廉撞到宋江阵前,看见宋江引着花荣、秦明,三骑马望小路而走。高廉引了人马,急去追赶,忽听得山坡后连珠炮响,心中疑惑,便收转人马回来。两边锣响,左手下吕方,右手下郭盛,各引五百人马冲将出来。高廉急夺路走时,部下军马折其大半,奔走脱得垓心时,望见城上已都是梁山泊旗号。举眼再看,无一处是救应军马,只得引着些败卒残兵,投山僻小路而走。行不到十里之外,山背后撞出一彪人马,当先拥出病尉迟孙立,拦住去路,厉声高叫:"我等你多时,好好下马受缚!"高廉引军便回,背后早有一彪人马,截住去路,当先马上却是美髯公朱仝。两头夹攻将来,四面截了去路,高廉便弃了坐下马便走上山。四下里部军一齐赶上山去,高廉慌忙口中念念有词,喝声道:"起!"驾一片黑云,冉冉腾空,直上山顶。

只见山坡边转出公孙胜来，见了，便把剑在马上望空作用，口中也念念有词，喝声道："疾！"将剑望上一指，只见高廉从云中倒撞下来。侧首抢过插翅虎雷横，一朴刀把高廉挥做两段。可怜五马诸侯贵，化作南柯梦里人。有诗为证：

上临之以天鉴，下察之以地祇。
明有王法相继，暗有鬼神相随。
行凶毕竟逢凶，恃势还归失势。
劝君自警平生，可叹可惊可畏。

且说雷横提了首级，都下山来，先使人去飞报主帅。宋江已知杀了高廉，收军进高唐州城内，先传下将令，休得伤害百姓；一面出榜安民，秋毫无犯；且去大牢中救出柴大官人来。那时当牢节级、押狱禁子，已都走了，止有三五十个罪囚，尽数开了枷锁释放。数中只不见柴大官人一个，宋江心中忧闷。寻到一处监房内，却监着柴皇城一家老小；又一座牢内，监着沧州提捉到柴进一家老小，同监在彼，为是连日厮杀，未曾取问发落，只是没寻柴大官人处。

吴学究教唤集高唐州押狱禁子跟问时，数内有一个禀道："小人是当牢节级蔺仁。前日蒙知府高廉所委，专一牢固监守柴进，不得有失。又吩咐道：'但有凶吉，你可便下手。'三日之前，知府高廉要取柴进出来施刑。小人为见本人是个好男子，不忍下手，只推道：'本人病至八分，不必下手。'后又催并得紧，小人回称'柴进已死'。因是连日厮杀，知府不闲，小人却恐他差人下来看视，必见罪责，昨日引柴进去后面枯井边，开了枷锁，推放里面躲避，如今不知存亡。"

宋江听了，慌忙着蔺仁引入。直到后牢枯井边望时，见里面黑洞洞地，不知多少深浅。上面叫时，那得人应，把索子放下去探时，约有八九丈深。宋江道："柴大官人眼见得多是没了。"宋江垂泪。吴学究道："主帅且休烦恼。谁人敢下去探看一遭，便见有无。"说犹未了，转过黑旋风李逵来，大叫道："等我下去。"宋江道："正好。当初也是你送了他，今日正宜报本。"李逵笑道："我下去不怕，你们莫割断了绳索。"吴学究道："你却也忒奸猾。"且取一个大篾箩，把索子络了，接长索头，扎起一个架子，把索挂在上面。李逵脱得赤条条的，手拿两把板斧，坐在箩里，却放下井里去，索上缚两个铜铃。

渐渐放到底下，李逵却从箩里爬将出来，去井底下摸时，摸着一堆，却是骸骨。李逵道："爷娘，甚鸟东西在这里！"又去这边摸时，底下湿漉漉的，没下脚处。李逵把双斧拔放箩里，两手去摸底下，四边却宽。一摸摸着一个人，做一堆儿蹲在水坑里。李逵叫一声："柴大官人！"那里见动，把手去摸时，只觉口内微微声唤。李逵道："谢天地，恁地时，还有救哩！"随即爬在箩里，摇动铜铃，众人扯将上来。李逵说下面的事，宋江道："你可再下去，先把柴大官人放在箩里，先发上来，却再放箩下来取你。"李逵道："哥哥不知我去蓟州，着了两道儿，今番休撞第三遍。"宋江笑道："我如何肯弄你？你快下去。"李逵只得再坐箩里，又下井去。

到得底下，李逵爬将出箩去，却把柴大官人抱在箩里，摇动索上铜铃。上面听得，早扯起来。到上面，众人看了大喜。宋江见柴进头破额裂，两腿皮肉打烂，眼目略开又闭。宋江心中甚是凄惨，叫请医生调治。李逵却在井底下发喊大叫。宋江听得，急叫把箩放将下去，取他上来。李逵到得上面，发作道："你们也不是好人，便不把箩放下来救我！"宋江道："我们只顾看顾柴大官人，因此忘了你，休怪。"

宋江就令众人把柴进扛扶上车睡了。先把两家老小，并夺转许多家财，共有二十余辆车子，叫李逵、雷横，先护送上梁山泊去。却把高廉一家老小良贱三四十口，处斩于市。赏谢了蔺仁，再把府库财帛，仓廒粮米，并高廉所有家私，尽数装载上山。大小将校离了高唐州，得胜回梁山泊。所过州县，秋毫无犯。在路已经数日，回到大寨，柴进扶病起来，称谢晁、宋二公并众头领。晁盖教请柴大官人就山顶宋公明歇处，另建一所房子，与柴进并家眷安歇。晁盖、宋江等众皆大喜。自高唐州回来，又添得柴进、汤隆两个头领，且作庆贺筵席，不在话下。

再说东昌、寇州两处，已知高唐州杀了高廉，失陷了城池，只得写表差人申奏朝廷。又有高唐州逃难官员，都到京师说知真实。高太尉听了，知道杀死他兄弟高廉。次日五更，在待漏院中，专等景阳钟[①]响。百官各具公服，直临丹墀，伺候朝见。当日五更三点，道君皇帝升殿。净鞭三下响，文武两班齐。天子驾坐，殿头官喝道："有事出班启奏，无事卷帘退

---

① 景阳钟——南齐武帝因宫深，难闻端门的更漏声，便置钟于景阳楼上，宫人闻声即可早起梳妆。

朝。”高太尉出班奏曰：“今有济州梁山泊贼首晁盖、宋江累造大恶：打劫城池，抢掳仓廒，聚集凶徒恶党，现在济州杀害官军，闹了江州无为军，今又将高唐州官民杀戮一空，仓廒库藏，尽被掳去。此是心腹大患，若不早行诛剿，他日养成贼势，难以制伏。伏乞圣断。”天子闻奏大惊，随即降下圣旨，就委高太尉选将调兵，前去剿捕，务要扫清水泊，杀绝种类。

高太尉又奏道：“量此草寇，不必兴举大兵。臣保一人，可去收复。”天子道：“卿若举用，必无差错，即令起行，飞捷报功，加官赐赏，高迁任用。”高太尉奏道：“此人乃开国之初，河东名将呼延赞嫡派子孙，单名唤个灼字；使两条铜鞭，有万夫不当之勇。现受汝宁郡都统制，手下多有精兵勇将。臣举保此人，可以征剿梁山泊。可授兵马指挥使，领马步精锐军士，克日扫清山寨，班师还朝。”天子准奏，降下圣旨：“着枢密院即便差人赍敕前往汝宁州，星夜宣取。”

当日朝罢，高太尉就于帅府着枢密院拨一员军官，赍擎圣旨，前去宣取。当日起行，限时定日，要呼延灼赴京听命。

却说呼延灼在汝宁州统军司坐衙，听得门人报道：“有圣旨特来宣取将军赴京，有委用的事。”呼延灼与本州官员出郭迎接到统军司。开读已罢，设宴管待使臣，火急收拾了头盔衣甲，鞍马器械，带引三四十从人，一同使命，离了汝宁州，星夜赴京。于路无话，早到京师城内殿司府前下马，来见高太尉。当日高俅正在殿帅府坐衙，门吏报道：“汝宁州宣到呼延灼，现在门外。”高太尉大喜，叫唤进来参见了。看那呼延灼一表非俗，正是：

开国功臣后裔，先朝良将玄孙。家传鞭法最通神，英武熟经战阵。仗剑能探虎穴，弯弓解射雕群。将军出世定乾坤，呼延灼威名大振。

当下高太尉问慰已毕，与了赏赐。次日早朝，引见道君皇帝。徽宗天子看了呼延灼一表非俗，喜动天颜，就赐踢雪乌骓一匹。那马浑身墨锭似黑，四蹄雪练价白，因此名为踢雪乌骓。那马日行千里。圣旨赐与呼延灼骑坐。呼延灼就谢恩已罢，随高太尉再到殿帅府，商议起军，剿捕梁山泊一事。呼延灼道：“禀明恩相：小人觑探梁山泊兵多将广，武艺高强，不可轻敌小觑。乞保二将为先锋，同提军马到彼，必获大功。”高太尉听罢大喜，问道：“将军所保谁人，可为前部先锋？”不争呼延灼举保此二将，有分教，宛子城重添良将，梁山泊大破官军。且教功名未上凌烟阁，姓字先标聚义厅。毕竟呼延灼对高太尉保出谁来，且听下回分解。

第五十五回

高太尉大兴三路兵　呼延灼摆布连环马

话说高太尉问呼延灼道："将军所保何人，可为先锋？"呼延灼禀道："小人举保陈州团练使，姓韩，名滔；原是东京人氏，曾应过武举出身；使一条枣木槊，人呼为百胜将军。此人可为正先锋。又有一人，乃是颍州团练使，姓彭，名玘；亦是东京人氏，乃累代将门之子，使一口三尖两刃刀，武艺出众，人呼为天目将军。此人可为副先锋。"高太尉听了大喜道："若是韩、彭二将为先锋，何愁狂寇！"当日高太尉就殿帅府押了两道牒文，着枢密院差人，星夜往陈、颍二州，调取韩滔、彭玘，火速赴京。

不旬日之间，二将已到京师，径来殿帅府，参见了太尉并呼延灼。次日，高太尉带领众人，都往御教场中，操演武艺。看军了当，却来殿帅府，会同枢密院官，计议军机重事。高太尉问道："你等三路，总有多少人马？"呼延灼答道："三路军马，计有五千，连步军，数及一万。"高太尉道："你三人亲自回州，拣选精锐马军三千，步军五千，约会起程，收剿梁山泊。"呼延灼禀道："此三路马步军兵，都是训练精熟之士，人强马壮，不必殿帅忧虑；但恐衣甲未全，只怕误了日期，取罪不便，乞恩相宽限。"高太尉道："既是如此说时，你三人可就京师甲仗库内，不拘数目，任意选拣衣甲盔刀，关领[①]前去。务要军马整齐，好与对敌。出师之日，我自差官来点视。"

呼延灼领了钧旨，带人往甲仗库关支。呼延灼选讫铁甲三千副，熟皮马甲五千副，铜铁头盔三千顶，长枪二千根，滚刀一千把，弓箭不计其数，火炮铁炮五百余架，都装载上车。临辞之日，高太尉又拨与战马三千匹。三个将军，各赏了金银缎匹，三军尽关了粮赏。呼延灼和韩滔、彭玘，都与了必胜军状，辞别了高太尉并枢密院等官，三人上马，都投汝宁州来。于路无话。

到得本州，呼延灼便道："韩滔、彭玘，各往陈、颍二州起军，前来汝宁

---

① 关领——支领，领取。

会合。”不到半月之上，三路兵马，都已完足。呼延灼便把京师关到衣甲盔刀、旗枪鞍马，并打造连环、铁铠、军器等物，分俵三军已了，伺候出军。高太尉差到殿帅府两员军官，前来点视。犒赏三军已罢，呼延灼摆布三路兵马出城，端的是：

鞍上人披铁铠，坐下马带铜铃。旌旗红展一天霞，刀剑白铺千里雪。弓弯鹊画，飞鱼袋半露龙梢；箭插雕翎，狮子壶紧拴豹尾。人顶深盔垂护项，微漏双睛；马披重甲带朱缨，单悬四足。开路人兵，齐担大斧；合后军将，尽拈长枪。数千甲马离州城，三个将军来水泊。

当下起军，摆布兵马出城，前军开路韩滔，中军主将呼延灼，后军催督彭玘，马步三军人等，浩浩荡荡，杀奔梁山泊来。

却说梁山泊远探报马，径到大寨，报知此事。聚义厅上，当中晁盖、宋江，上首军师吴用，下首法师公孙胜并众头领，各与柴进贺喜，终日筵宴，听知报道：“汝宁州双鞭呼延灼，引着军马到来征进。”众皆商议迎敌之策。吴用便道：“我闻此人，祖乃开国功臣河东名将呼延赞之后，嫡派子孙。此人武艺精熟，使两条铜鞭，人不可近。必用能征敢战之将，先以力敌，后用智擒。”说言未了，黑旋风李逵便道：“我与你去捉这厮。”宋江道：“你如何去得？我自有调度：可请霹雳火秦明打头阵，豹子头林冲打第二阵，小李广花荣打第三阵，一丈青扈三娘打第四阵，病尉迟孙立打第五阵；将前面五阵，一队队战罢如纺车般转作后军。我亲自带引十个弟兄，引大队人马押后。左军五将——朱仝、雷横、穆弘、黄信、吕方；右军五将——杨雄、石秀、欧鹏、马麟、郭盛。水路中可请李俊、张横、张顺、阮家三弟兄，驾船接应。却教李逵与杨林，引步军分作两路，埋伏救应。”宋江调拨已定，前军秦明早引人马下山，向平原旷野之处，列成阵势。此时虽是冬天，却喜和暖。等候了一日，早望见官军到来，先锋队里，百胜将韩滔领兵扎下寨栅，当晚不战。

次日天晓，两军对阵，三通画鼓，出到阵前。马上横着狼牙棍，望对阵门旗开处，先锋将韩滔横槊勒马，大骂秦明道：“天兵到此，不思早早投降，还敢抗拒，不是讨死！我直把你水泊填平，梁山踏碎，生擒活捉你这伙反贼解京，碎尸万段！”秦明本是性急的人，听了也不打话，便拍马舞起狼牙棍，直取韩滔。韩滔挺槊跃马，来战秦明。两个斗到二十余合，韩滔力怯，只待要走。背后中军主将呼延灼已到，见韩滔战秦明不下，便从中军舞起双鞭，纵坐下那匹御赐踢雪乌骓，咆哮嘶喊，来到阵前。

秦明见了，欲待来战呼延灼，第二拨豹子头林冲已到，便叫："秦统制少歇，看我战三百合，却理会！"林冲挺起蛇矛，直奔呼延灼，秦明自把军马从左边踅向山坡后去。这里呼延灼自战林冲。两个正是对手：枪来鞭去花一团，鞭去枪来锦一簇。两个斗到五十合之上，不分胜败。第三拨小李广花荣军到，阵门下大叫道："林将军少息，看我擒捉这厮！"林冲拨转马便走。呼延灼因见林冲武艺高强，也回本阵。

林冲自把本部军马一转，转过山坡后去，让花荣挺枪出马。呼延灼后军也到，天目将彭玘横着那三尖两刃四窍八环刀，骤着五明千里黄花马，出阵大骂花荣道："反国逆贼，何足为道！与吾并个输赢！"花荣大怒，也不答话，便与彭玘交马。两个战二十余合，呼延灼看见彭玘力怯，纵马舞鞭，直奔花荣。斗不到三合，第四拨一丈青扈三娘人马已到，大叫："花将军少歇，看我捉这厮。"花荣也引军望右边踅转山坡下去了。彭玘来战一丈青未定，第五拨病尉迟孙立军马早到，勒马于阵前摆着，看这扈三娘去战彭玘。

两个正在征尘影里，杀气阴中：一个使大杆刀，一个使双刀。两个斗到二十余合，一丈青把双刀分开，回马便走。彭玘要逞功劳，纵马赶来，一丈青便把双刀挂在马鞍鞒上，袍底下取出红锦套索，上有二十四个金钩，等彭玘马来得近，扭过身躯，把套索望空一撒，看得亲切，彭玘措手不及，早拖下马来。孙立喝教众军一发向前，把彭玘捉了。

呼延灼看见大怒，忿力向前来救，一丈青便拍马来迎敌。呼延灼恨不得一口水吞了那一丈青。两个斗到十合之上，急切赢不得一丈青，呼延灼心中想道："这个泼妇人在我手里斗了许多合，倒恁地了得！"心忙意急，卖个破绽，放他入来，却把双鞭只一盖，盖将下来。那双刀却在怀里。提起右手铜鞭，望一丈青顶门上打下来。却被一丈青眼明手快，早起刀只一隔，右手那口刀，望上直飞起来。却好那一鞭打将下来，正在刀口上，铮地一声响，火光迸散，一丈青回马望本阵便走。呼延灼纵马赶来，病尉迟孙立见了，便挺枪纵马向前，迎住厮杀。背后宋江却好引十对良将都到，列成阵势。一丈青自引了人马，也投山坡下去了。

宋江见活捉得天目将彭玘，心中甚喜，且来阵前看孙立与呼延灼交战。孙立也把枪带住，手腕上绰起那条竹节钢鞭，来迎呼延灼。两个都使钢鞭，那更一般打扮：病尉迟孙立是交角铁幞头，大红罗抹额，百花点翠皂罗袍，乌油戗金甲，骑一匹乌骓马，使一条竹节虎眼鞭，赛过尉迟恭；这呼延灼却是冲天角铁幞头，锁金黄罗抹额，七星打钉皂罗袍，乌油对嵌铠甲，骑一匹御赐踢雪乌骓，使两条水磨八棱钢鞭，左手的重十二斤，右手重十三斤，真似呼延赞。两个在阵前左盘右旋，斗到三十余合，不分胜败。宋江看了，喝采不已。有诗为证：

各跨乌骓健似龙，呼延赞对尉迟恭。

双鞭遇敌真奇事，更好同归水浒中。

官军阵里韩滔，见说折了彭玘，便去后军队里，尽起军马，一发向前厮杀。宋江只怕冲将过来，便把鞭梢一指，十个头领，引了大小军士，掩杀过去；背后四路军兵，分作两路夹攻拢来。呼延灼见了，急收转本部军马，各敌个住。为何不能全胜？却被呼延灼阵里都是连环马官军。马带马甲，人披铁铠。马带甲，只露得四蹄悬地；人披铠，只露着一对眼睛。宋江阵上虽有甲马，只上红缨面具，铜铃雉尾而已。这里射将箭去，那里甲都护住了。那三千马军，各有弓箭，对面射来，因此不敢近前。宋江急叫鸣金收军，呼延灼也退二十余里下寨。

宋江收军，退到山西下寨，屯住军马，且教左右群刀手，簇拥彭玘过来。宋江望见，便起身喝退军士，亲解其缚，扶入帐中，分宾而坐。宋江便拜。彭玘连忙答礼拜道："小子被擒之人，理合就死，何故将军以宾礼待之？"宋江道："某等众人，无处容身，暂占水泊，权时避难，造恶甚多。今者朝廷差遣将军前来收捕，本合延颈就缚。但恐不能存命，因此负罪交锋，误犯虎威，敢乞恕罪。"彭玘答道："素知将军仗义行仁，扶危济困，不想果然如此义气！倘蒙存留微命，当以捐躯保奏。"宋江道："某等众兄弟也只待圣主宽恩，赦宥重罪，忘生报国，万死不辞。"诗曰：

忠为君王恨贼臣，义连兄弟且藏身。

不因忠义心如一，安得团圆百八人。

宋江当日就将天目将彭玘，使人送上大寨，教与晁天王相见，留在寨里。这里自一面犒赏三军并众头领，计议军情。

再说呼延灼收军下寨，自和韩滔商议，如何取胜梁山水泊。韩滔道："今日这厮们见俺催军近前，他便慌忙掩击过来，明日尽数驱马军向前，必获大胜。"呼延灼道："我已如此安排下了，只要和你商量相通。"随即传下将令:“教三千匹马军,做一排摆着,每三十匹一连,却把铁环连锁;但遇敌军,远用箭射,近则使枪,直冲入去;三千连环马军,分作一百队锁定;五千步军,在后策应。明日休得挑战,我和你押后掠阵。但若交锋,分作三面冲将过去。”计策商量已定,次日天晓出战。

却说宋江次日把军马分作五队在前,后军十将簇拥,两路伏兵,分于左右。秦明当先,搦呼延灼出马交战,只见对阵但只呐喊,并不交锋。为头五军,都一字儿摆在阵前:中是秦明,左是林冲、一丈青,右是花荣,孙立在后。随即宋江引十将也到,重重迭迭,摆着人马。看对阵时,约有一千步军,只是擂鼓发喊,并无一人出马交锋。宋江看了,心中疑惑,暗传号令:“教后军且退。”却纵马直到花荣队里窥望。

猛听对阵里连珠炮响,一千步军,忽然分作两下,放出三面连环马军,直冲将来;两边把弓箭乱射,中间尽是长枪。宋江看了大惊,急令众军把弓箭施放,那里抵敌得住。每一队三十匹马,一齐跑发,不容你不向前走。那连环马军,漫山遍野,横冲直撞将来。前面五队军马望见,便乱跑了,策立不定;后面大队人马,拦当不住,各自逃生。宋江飞马慌忙便走,十将拥护而行。背后早有一队连环马军追将来,却得伏兵李逵、杨林引人从芦苇中杀出来,救得宋江。逃至水边,却有李俊、张横、张顺、三阮六个水军头领,摆下战船接应。宋江急急上船,便传将令:教分头去救应众头领下船。那连环马直赶到水边,乱箭射来,船上却有傍牌遮护,不能损伤。慌忙把船棹到鸭嘴滩头,尽行上岸。就水寨里整点人马,折其大半,却喜众头领都全;虽然折了些马匹,都救得性命。

少刻,只见石勇、时迁、孙新、顾大嫂,都逃命上山,却说:“步军冲杀将来,把店屋平拆了去。我等若无号船接应,尽被擒捉。”宋江一一亲自抚慰,计点众头领时,中箭者六人:林冲、雷横、李逵、石秀、孙新、黄信;小喽罗中伤带箭者,不计其数。晁盖闻知,同吴用、公孙胜下山来动问。

宋江眉头不展,面带忧容。吴用劝道:“哥哥休忧,胜败乃兵家常事,何必挂心?别生良策,可破连环军马。”晁盖便传号令:吩咐水军,牢固寨栅船只,保守滩头,晓夜提备,请宋公明上山安歇。宋江不肯上山,只就鸭嘴滩寨内驻扎,只教带伤头领上山养病。

却说呼延灼大获全胜,回到本寨,开放连环马,都次第前来请功。杀死者不计其数,生擒的五百余人,夺得战马三百余匹。随即差人前去京师报捷，一面犒赏三军。

却说高太尉正在殿帅府坐衙，门上报道："呼延灼收捕梁山泊得胜，差人报捷。"心中大喜。次日早朝，越班奏闻天子。徽宗甚喜，敕赏黄封御酒十瓶，锦袍一领；差官一员，赍钱十万贯，前去行营赏军。高太尉领了圣旨，同到殿帅府，随即差官赍捧前去。

却说呼延灼已知有天使到，与韩滔出二十里外迎接。接到寨中，谢恩受赏已毕，置酒管待天使；一面令韩先锋俵钱赏军，且将捉到五百余人，囚在寨中，待拿得贼首，一并解赴京师，示众施行。天使问："彭团练如何失陷？"呼延灼道："为因贪捉宋江，深入重地，致被擒捉。今次群贼必不敢再来。小可分兵攻打，务要肃清山寨，扫尽水洼，擒获众贼，拆毁巢穴；但恨四面是水，无路可进。遥观寨栅，只除非得火炮飞打，以碎贼巢。久闻东京有个炮手凌振，名号轰天雷。此人善造火炮，能去十四五里远近，石炮落处，天崩地陷，山倒石裂。若得此人，可以攻打贼巢。更兼他深通武艺，弓马熟娴。若得天使回京，于太尉前言知此事，可以急急差遣到来，克日可取贼巢。"使命应允。次日起程，于路无话。

回到京师，来见高太尉，备说呼延灼求索炮手凌振，要建大功。高太尉听罢，传下钧旨，教唤甲仗库副炮手凌振那人来。原来凌振祖贯燕陵人，是宋朝盛世第一个炮手，人都呼他是轰天雷。更兼武艺精熟。曾有四句诗赞凌振的好处：

强火发时城郭碎，烟云散处鬼神愁。

金轮子母轰天振，炮手名闻四百州。

当下凌振来参见了高太尉，就受了行军统领官文凭，便教收拾鞍马军器起身。且说凌振把应用的烟火、药料，就将做下的诸色火炮，并一应的炮石、炮架，装载上车，带了随身衣甲盔刀行李等件，并三四十个军汉，离了东京，取路投梁山泊来。到得行营，先来参见主将呼延灼，次见先锋韩滔，备问水寨远近路程。山寨险峻去处，安排三等炮石攻打：第一是风火炮，第二是金轮炮，第三是子母炮。先令军健整顿炮架，直去水边竖起，准备放炮。

却说宋江在鸭嘴滩上小寨内，和军师吴学究商议破阵之法，无计可施。有探细人来报道："东京新差一个炮手，号作轰天雷凌振，即日在于水边竖起架子，安排施放火炮，攻打寨栅。"吴学究道："这个不妨。我山寨四面都是水泊，港汊甚多，宛子城离水又远，纵有飞天火炮，如何能够打得到城边？且弃了鸭嘴滩小寨，看他怎地设法施放，却做商议。”

当下宋江弃了小寨，便都起身，且上关来。晁盖、公孙胜接到聚义厅上，问道：“似此如何破敌？”动问未绝，早听得山下炮响。一连放了三个火炮，两个打在水里，一个直打到鸭嘴滩边小寨上。宋江见说，心中展转忧闷，众头领尽皆失色。吴学究道：“若得一人，诱引凌振到水边，先捉了此人，方可商议破敌之法。”晁盖道：“可着李俊、张横、张顺、三阮，六人棹船如此行事，岸上朱仝、雷横如此接应。”

且说六个水军头领，得了将令，分作两队：李俊和张横先带了四五十个会水的军士，用两只快船，从芦苇深处，悄悄过去；背后张顺、三阮，掌四十余只小船接应。再说李俊、张横上到对岸，便去炮架子边呐声喊，把炮架推翻。军士慌忙报与凌振知道，凌振便带了风火二炮，拿枪上马，引了一千余人赶将来。李俊、张横领人便走。

凌振追至芦苇滩边，看见一字儿摆开四十余只小船，船上共有百十余个水军。李俊、张横早跳在船上，故意不把船开。看看人马到来，呐声喊，都跳下水里去了。凌振人马已到，便来抢船。朱仝、雷横却在对岸呐喊擂鼓。凌振夺得许多船只，叫军健尽数上船，便杀过去。船才行到波心之中，只见岸上朱仝、雷横鸣起锣来；水底下早钻起四五十水军，尽把船尾楔子拔了，水都滚入船里来；外边就势扳翻船，军健都撞在水里。凌振急待回船，船尾舵橹，已自被拽下水底去了。两边却钻上两个头领来，把船只一扳，仰合转来，凌振却被合[①] 下水里去。水底下却是阮小二，一把抱住，直拖到对岸来。岸上早有头领接着，便把索子绑了，先解上山来。水中生擒二百余人，一半水中淹死，些少逃得性命回去。诗曰：

怎许船军便渡河，不施火炮却如何。
空说半天轰霹雳，却愁尺水起风波。

呼延灼得知，急领军马赶将来时，船都已过鸭嘴滩去了。箭又射不着，人都不见了，只忍得气。呼延灼恨了半晌，只得引了人马回去。

且说众头领捉得轰天雷凌振，解上山寨，先使人报知。宋江便同满寨头领下第二关迎接，见了凌振，连忙亲解其缚，便埋怨众人道：“我叫你们

① 合——翻。

礼请统领上山,如何恁的无礼!”凌振拜谢不杀之恩,宋江便与他把盏已了,自执其手,相请上山。到大寨,见了彭玘已做了头领,凌振闭口无言。彭玘劝道:“晁、宋二头领,替天行道,招纳豪杰,专等招安,与国家出力。既然我等到此,只得从命。”宋江却又陪话,凌振答道:“小的在此趋侍不妨;争奈老母妻子,都在京师,倘或有人知觉,必遭诛戮,如之奈何!”宋江道:“但请放心,限日取还统领。”凌振谢道:“若得头领如此周全,死而瞑目。”晁盖道:“且教做筵席庆贺。”

次日,厅上大聚会众头领。饮酒之间,宋江与众人商议破连环马之策。正无良法,只见金钱豹子汤隆起身道:“小人不材,愿献一计。除是得这般军器和我一个哥哥,可以破得连环甲马。”吴学究便问道:“贤弟,你且说用何等军器?你这个令亲哥哥是谁?”

汤隆不慌不忙,叉手向前,说出这般军器和那个人来。有分教,四五个头领直往京师,三千余马军尽遭毒手。正是:计就玉京擒獬豸,谋成金阙捉狻猊。毕竟汤隆对众说出那般军器,甚么人来,且听下回分解。

第五十六回

吴用使时迁盗甲　汤隆赚徐宁上山

话说当时汤隆对众头领说道:“小可是祖代打造军器为生。先父因此艺上,遭际老种经略相公,得做延安知寨。先朝曾用这连环甲马取胜。欲破阵时,须用钩镰枪可破。汤隆祖传已有画样在此,若要打造,便可下手。汤隆虽是会打,却不会使。若要会使的人,只除非是我那个姑舅哥哥。会使这钩镰枪法,只有他一个教头,他家祖传习学,不教外人。或是马上,或是步行,都有法则,端的使动,神出鬼没!”

说言未了,林冲问道:“莫不是现做金枪班教师徐宁?”汤隆应道:“正是此人。”林冲道:“你不说起,我也忘了。这徐宁的金枪法、钩镰枪法,端的是天下独步。在京师时,多与我相会,较量武艺,彼此相敬相爱。只是如何能够得他上山来?”

汤隆道:“徐宁先祖留下一件宝贝,世上无对,乃是镇家之宝。汤隆比时，曾随先父知寨往东京视探姑姑时，多曾见来。是一副雁翎砌就圈金甲。这一副甲，披在身上，又轻又稳，刀剑箭矢，急不能透，人都唤做赛唐猊。多有贵公子要求一见，造次不肯与人看。这副甲，是他的性命；用一个皮匣子盛着，直挂在卧房中梁上。若是先对付得他这副甲来时，不由他不到这里。”

吴用道：“若是如此，何难之有？放着有高手弟兄在此，今次却用着鼓上蚤时迁去走一遭。”时迁随即应道：“只怕无此一物在彼；若端的有时，好歹定要取了来。”汤隆道：“你若盗得甲来，我便包办赚他上山。”

宋江问道：“你如何去赚他上山？”汤隆去宋江耳边低低说了数句，宋江笑道：“此计大妙！”吴学究道：“再用得三个人，同上东京走一遭。一个到京收买烟火、药料，并炮内用的药材；两个去取凌统领家老小。”彭玘见了，便起身禀道：“若得一人到颍州取得小弟家眷上山，实拜成全之德。”宋江便道：“团练放心。便请二位修书，小可自教人去。”便唤杨林，可将金银书信，带领伴当，前往颍州取彭玘将军老小；薛永扮作使枪棒卖药的，往东京取凌统领老小；李云扮作客商，同往东京收买烟火、药料等物；乐和随汤隆同行，又挈薛永往来作伴。一面先送时迁下山去了。次后，且叫汤隆打起一把钩镰枪做样，却教雷横提调监督，原来雷横祖上也是打铁出身。再说汤隆打起钩镰枪样子，教山寨里打军器的照着样子打造，自有雷横提调监督，不在话下。大寨做个送路筵席，当下杨林、薛永、李云、乐和、汤隆，辞别下山去了。次日又送戴宗下山，往来探听事情。这段话一时难尽。

这里且说时迁离了梁山泊，身边藏了暗器，诸般行头，在路迤逦来到东京，投个客店安下了。次日踅进城来，寻问金枪班教师徐宁家，有人指点道：“入得班门里，靠东第五家黑角子门便是。”时迁转入班门里，先看了前门，次后踅来，相了后门，见是一带高墙，墙里望见两间小巧楼屋，侧首却是一根戗柱。时迁看了一回，又去街坊问道：“徐教师在家里么？”人应道：“敢在内里随直未归。”时迁又问道：“不知几时归？”人应道：“直到晚方归来，五更便去内里随班。”

时迁叫了相扰，且回客店里来，取了行头，藏在身边，吩咐店小二道：“我今夜多敢是不归，照管房中则个。”小二道：“但放心自去，并不差池。”

时迁再入到城里，买了些晚饭吃了，却踅到金枪班徐宁家，左右看时，没一个好安身去处。看看天色黑了，时迁捵入班门里面。是夜，寒冬天色,却无月光。时迁看见土地庙后一株大柏树,便把两只腿夹定,一节节爬将上去树头顶,骑马儿坐在枝柯上。悄悄望时,只见徐宁归来,望家里去了。又见班里两个人提着灯笼出来关门,把一把锁锁了,各自归家去了。

早听得谯楼禁鼓,却转初更。云寒星斗无光,露散霜花渐白。时迁见班里静悄悄地,却从树上溜将下来,踅到徐宁后门边,从墙上下来,不费半点气力,爬将过去,看里面时,却是个小小院子。时迁伏在厨房外张时,见厨房下灯明,两个丫环,兀自收拾未了。时迁却从戗柱上盘到膊风板边,伏做一块儿,张那楼上时,见那金枪手徐宁和娘子对坐炉边向火,怀里抱着一个六七岁孩儿。时迁看那卧房里时,见梁上果然有个大皮匣拴在上面;房门口挂着一副弓箭,一口腰刀;衣架上挂着各色衣服。徐宁口里叫道:"梅香,你来与我折了衣服。"下面一个丫环上来,就侧首春台上,先折了一领紫绣圆领;又折一领官绿衬里袄子,并下面五色花绣踢串,一个护项彩色锦帕,一条红绿结子,并手帕一包;另用一个小黄帕儿,包着一条双獭尾荔枝金带,也放在包袱内,把来安在烘笼上。时迁多看在眼里。

约至二更以后,徐宁收拾上床,娘子问道:"明日随直也不?"徐宁道:"明日正是天子驾幸龙符宫,须用早起五更去伺候。"娘子听了,便吩咐梅香道:"官人明日要起五更,出去随班;你们四更起来烧汤,安排点心。"时迁自忖道:"眼见得梁上那个皮匣子,便是盛甲在里面。我若趁半夜下手便好;倘若闹将起来,明日出不得城,却不误了大事?且挨到五更里下手不迟。"

听得徐宁夫妻两口儿上床睡了,两个丫环在房门外打铺。房里桌上,却点着碗灯。那五个人都睡着了。两个梅香一日伏侍到晚,精神困倦,亦皆睡了。时迁溜下来,去身边取个芦管儿,就窗棂眼里只一吹,把那碗灯早吹灭了。看看伏到四更左侧,徐宁起来,便唤丫环起来烧汤。那两个使女,从睡梦里起来,看房里没了灯,叫道:"阿呀,今夜却没了灯!"徐宁道:"你不去后面讨灯,等几时!"那个梅香开楼门,下胡梯响。时迁听得,却从柱上只一溜,来到后门边黑影里伏了。听得丫环正开后门出来,便去开墙门,时迁却潜入厨房里,贴身在厨桌下。梅香讨了灯火入来看时,又去关门,却来灶前烧火。这个女使也起来生炭火上楼去。多时汤滚,捧面汤上去,徐宁洗漱了,叫烫些热酒上来。丫环安排肉食炊饼上去,徐宁吃罢,叫把饭与外面当直的吃。时迁听得徐宁下来,叫伴当吃了饭,背着包袱,拿了金枪出门。两个梅香点着灯,送徐宁出去,时迁却从厨桌下出来,便上楼去,从槅子边直踅到梁上,却把身躯伏了。两个丫环,又关闭了门户,吹灭了灯火,上楼来,脱了衣裳,倒头便睡。

时迁听那两个梅香睡着了,在梁上把那芦管儿指灯一吹,那灯又早灭了。时迁却从梁上轻轻解了皮匣,正要下来,徐宁的娘子觉来,听得响,叫梅香道:“梁上甚么响?”时迁做老鼠叫。丫环道:“娘子不听得是老鼠叫?因厮打,这般响。”时迁就便学老鼠厮打,溜将下来,悄悄地开了楼门,款款地背着皮匣,下得胡梯,从里面直开到外门。

来到班门口,已自有那随班的人出门,四更便开了锁。时迁得了皮匣,从入队里,趁闹出去了,一口气奔出城外,到客店门前。此时天色未晓,敲开店门,去房里取出行李,拴束做一担儿挑了,计算还了房钱,出离店肆,投东便走。

行到四十里外,方才去食店里打火做些饭吃,只见一个人也撞将入来。时迁看时,不是别人,却是神行太保戴宗。见时迁已得了物,两个暗暗说了几句话,戴宗道:“我先将甲投山寨去,你与汤隆慢慢地来。”时迁打开皮匣,取出那副雁翎锁子甲来,做一包袱包了。戴宗拴在身上,出了店门,作起神行法,自投梁山泊去了。

时迁却把空皮匣子明明的拴在担子上,吃了饭食,还了打火钱,挑上担儿,出店门便走。到二十里路上,撞见汤隆,两个便入酒店里商量。汤隆道:“你只依我从这条路去,但过路上酒店、饭店、客店,门上若见有白粉圈儿,你便可就在那店里买酒买肉吃;客店之中,就便安歇;特地把这皮匣子放在他眼睛头。离此间一程外等我。”时迁依计去了。汤隆慢慢地吃了一回酒,却投东京城里来。

且说徐宁家里,天明,两个丫环起来,只见楼门也开了,下面中门大门都不关,慌忙家里看时,一应物件都有,两个丫环上楼来,对娘子说道:“不知怎的门户都开了,却不曾失了物件。”娘子便道:“五更里听得梁上响,你说是老鼠厮打,你且看那皮匣子没甚么事?”两个丫环看了,只叫得苦:“皮匣子不知那里去了!”那娘子听了,慌忙起来道:“快央人去龙符宫里,报与官人知道,教他早来跟寻!”丫环急急寻人去龙符宫报徐宁,连央了三四替人,都回来说道:“金枪班直随驾内苑去了,外面都是亲军护御守把,谁人能够入去？直须等他自归。”徐宁妻子并两个丫环，如热鏊子上蚂蚁，走投无路，不茶不饭，慌做一团。

徐宁直到黄昏时候，方才卸了衣袍服色，着当直的背了，将着金枪，径回家来。到得班门口，邻舍说道：“娘子在家失盗，等候得观察，不见回来。”徐宁吃了一惊，慌忙走到家里，两个丫环迎门道：“官人五更出去，却被贼人闪将入来，单单只把梁上那个皮匣子盗将去了。”徐宁听罢，只叫那连声的苦，从丹田底下直滚出口角来。娘子道：“这贼正不知几时闪在屋里？”徐宁道：“别的都不打紧；这副雁翎甲，乃是祖宗留传四代之宝，不曾有失。花儿王太尉曾还我三万贯钱，我不曾舍得卖与他；恐怕久后军前阵后要用，生怕有些差池，因此拴在梁上。多少人要看我的，只推没了。今次声张起来，枉惹他人耻笑，今却失去，如之奈何！”徐宁一夜睡不着，思量道：“不知是甚么人盗了去！也是曾知我这副甲的人。”娘子想道：“敢是夜来灭了灯时，那贼已躲在家里了？必然是有人爱你的，将钱问你买不得，因此使这个高手贼来盗了去。你可央人慢慢缉访出来，别作商议，且不要打草惊蛇。”徐宁听了，到天明起来，坐在家中纳闷。好似：

蜀王春恨①，宋玉秋悲，吕虔遗腰下之刀②，雷焕失狱中之剑。珠亡照乘③，璧碎连城④。王恺之珊瑚已毁，无可赔偿；裴航之玉杵未逢，难谐欢好。正是凤落荒坡凋锦羽，龙居浅水失明珠。

这日徐宁正在家中纳闷，早饭时分，只听得有人扣门，当直的出去问了名姓，入去报道：“有个延安府汤知寨儿子汤隆，特来拜望。”徐宁听罢，教请进客位里相见。汤隆见了徐宁，纳头拜下，说道：“哥哥一向安乐？”徐宁答道：“闻知舅舅归天去了，一者官身羁绊，二乃路途遥远，不能前来吊问。并不知兄弟信息，一向正在何处？今次自何而来？”汤隆道：“言之不

---

① 蜀王春恨——周朝末年，杜宇在蜀称帝，后让位。早春，子鹃鸟鸣，蜀人怀念杜宇，因称鸟为杜鹃；一说此鸟为杜宇魂化，当春而鸣，以寄怨望。

② 吕虔句——三国时魏人吕虔有口宝刀，相者说此刀唯有位登三公之人才可佩带。吕虔便将宝刀送人。遗(wèi)，赠送。

③ 珠亡照乘——意即“亡照乘之珠”。亡，丢失。照乘珠，光亮能照明车辆的宝珠。

④ 璧碎连城——意即“碎连城璧”。春秋时越赵王得楚和氏璧，秦王愿以十五城易之，故称连城璧。

尽,自从父亲亡故之后,时乖运蹇,一向流落江湖。今从山东径来京师,探望兄长。”徐宁道:“兄弟少坐。”便叫安排酒食相待。汤隆去包袱内取出两锭蒜条金,重二十两,送与徐宁,说道:“先父临终之日,留下这些东西,教寄与哥哥做遗念。为因无心腹之人,不曾捎来。今次兄弟特地到京师纳还哥哥。”徐宁道:“感承舅舅如此挂念,我又不曾有半分孝顺处,怎地报答!”汤隆道:“哥哥休恁地说。先父在日之时,常是想念哥哥这一身武艺;只恨山遥水远,不能够相见一面,因此留这些物与哥哥做遗念。”徐宁谢了汤隆,交收过了,且安排酒来管待。

汤隆和徐宁饮酒中间,徐宁只是眉头不展,面带忧容。汤隆起身道:“哥哥如何尊颜有些不喜?心中必有忧疑不决之事。”徐宁叹口气道:“兄弟不知,一言难尽,夜来家间被盗。”汤隆道:“不知失去了何物?”徐宁道:“单单只盗去了先祖留下那副雁翎锁子甲,又唤做赛唐猊。昨夜失了这件东西,以此心下不乐。”汤隆道:“哥哥那副甲,兄弟也曾见来,端的无比,先父常常称赞不尽。却是放在何处被盗了去?”徐宁道:“我把一个皮匣子盛着,拴缚在卧房中梁上,正不知贼人甚么时候入来盗了去。”汤隆问道:“却是甚等样皮匣子盛着?”徐宁道:“是个红羊皮匣子盛着,里面又用香绵裹住。”汤隆假意失惊道:“红羊皮匣子?不是上面有白线刺着绿云头如意,中间有狮子滚绣球的?”徐宁道:“兄弟,你那里见来?”汤隆道:“小弟夜来离城四十里,在一个村店里沽些酒吃,见个鲜眼睛黑瘦汉子,担儿上挑着。我见了,心中也自暗忖道:‘这个皮匣子,却是盛甚么东西的?’临出门时,我问道:‘你这皮匣子作何用?’那汉子应道:‘原是盛甲的,如今胡乱放些衣服。’必是这个人了。我见那厮却似闪肭了腿的,一步步挑着了走。何不我们追赶他去?”徐宁道:“若是赶得着时,却不是天赐其便!”汤隆道:“既是如此,不要耽搁,便赶去罢。”

徐宁听了,急急换上麻鞋,带了腰刀,提条朴刀,便和汤隆两个出了东郭门,拽开脚步,迤逦赶来。前面见壁上有白圈酒店里,汤隆道:“我们且吃碗酒了赶,就这里问一声。”汤隆入得门坐下,便问道:“主人家,借问一问,曾有个鲜眼黑瘦汉子,挑个红羊皮匣子过去么?”店主人道:“昨夜晚,是有这般一个人挑着个红羊皮匣子过去了;一似腿上吃跌了的,一步一攧走。”汤隆道:“哥哥,你听却如何?”徐宁听了,做声不得。

两个连忙还了酒钱,出门便去。前面又见一个客店,壁上有那白圈,汤隆立住了脚，说道："哥哥，兄弟走不动了，和哥哥且就这客店里歇了。明日早去赶。"徐宁道："我却是官身，倘或点名不到，官司必然见责，如之奈何？"汤隆道："这个不用兄长忧心，嫂嫂必自推个事故。"当晚又在客店里问时，店小二答道："昨夜有一个鲜眼黑瘦汉子，在我店里歇了一夜，直睡到今日小日中，方才去了；口里只问山东路程。"汤隆道："恁地可以赶了。明日起个四更，定是赶着，拿住那厮，便有下落。"

当夜两个歇了，次日起个四更，离了客店，又迤逦赶来。汤隆但见壁上有白粉圈儿，便做买酒买食吃了问路，处处皆说得一般。徐宁心中急切要那副甲，只顾跟随着汤隆赶了去。看看天色又晚了，望见前面一所古庙，庙前树下，时迁放着担儿，在那里坐地。汤隆看见，叫道："好了！前面树下那个，不是哥哥盛甲的匣子？"徐宁见了，抢向前来，一把揪住时迁，喝道："你这厮好大胆！如何盗了我这副甲来！"时迁道："住，住！不要叫！是我盗了你这副甲来，你如今却是要怎地？"徐宁喝道："畜生无礼！倒问我要怎的！"时迁道："你且看匣子里有甲也无？"汤隆便把匣子打开看时，里面却是空的。徐宁道："你这厮把我这副甲那里去了！"时迁道："你听我说：小人姓张，排行第一，泰安州人氏，本州有个财主，要结识老种经略相公；知道你家有这副雁翎锁子甲，不肯货卖，特地使我同一个李三，两人来你家偷盗，许俺们一万贯。不想我在你家柱子上跌下来，闪肭了腿，因此走不动。先教李三把甲拿了去，只留得空匣在此。你若要奈何我时，便到官司，只是拼着命，就打死我也不招，休想我指出别人来。若还肯饶我官司时，我和你去讨这副甲来还你。"徐宁踌躇半晌，决断不下。汤隆便道："哥哥，不怕他飞了去！只和他去讨甲！若无甲时，须有本处官司告理。"徐宁道："兄弟也说的是。"三个厮赶着，又投客店里来息了。徐宁、汤隆监住时迁一处宿歇。原来时迁故把些绢帛扎缚了腿，只做闪肭了腿。徐宁见他又走不动，因此十分中只有五分防他。三个又歇了一夜，次日早起来再行，时迁一路买酒买肉陪告。又行了一日。

次日，徐宁在路上心焦起来，不知毕竟有甲也无。正走之间，只见路旁边三四个头口，拽出一辆空车子，背后一个人驾车；旁边一个客人，看着汤隆，纳头便拜。汤隆问道："兄弟因何到此？"那人答道："郑州做了买卖，要回泰安州去。"汤隆道："最好。我三个要搭车子，也要到泰安州去走一遭。"那人道："莫说三个上车，再多些也不计较。"汤隆大喜，叫与徐宁相见。徐宁问道:"此人是谁?"汤隆答道:"我去年在泰安州烧香,结识得这个兄弟,姓李,名荣,是个有义气的人。"徐宁道:"既然如此,这张一又走不动,都上车子坐地。"只叫车客驾车子行。四个人坐在车子上,徐宁问道:"张一,你且说与我那个财主姓名。"时迁吃逼不过,三回五次推托,只得胡乱说道:"他是有名的郭大官人。"徐宁却问李荣道:"你那泰安州曾有个郭大官人么?"李荣答道:"我那本州郭大官人,是个上户财主,专好结识官宦来往,门下养着多少闲人。"徐宁听罢,心中想道:"既有主坐[①],必不碍事。"又见李荣一路上说些枪棒,唱几个曲儿,不觉的又过了一日。

话休絮烦。看看到梁山泊只有两程多路,只见李荣叫车客把葫芦去沽些酒来,买些肉来,就车子上吃三杯。李荣把出一个瓢来,先倾一瓢,来劝徐宁,徐宁一饮而尽。李荣再叫倾酒,车客假做手脱,把这一葫芦酒,都倾翻在地下。李荣喝骂车客再去沽些,只见徐宁口角流涎,扑地倒在车子上了。李荣是谁?却是铁叫子乐和。三个从车上跳将下来,赶着车子,直送到旱地忽律朱贵酒店里。众人就把徐宁扛扶下船,都到金沙滩上岸。

宋江已有人报知,和众头领下山接着。徐宁此时麻药已醒,众人又用解药解了。徐宁开眼见了众人,吃了一惊,便问汤隆道:"兄弟,你如何赚我到这里?"汤隆道:"哥哥听我说:小弟今次闻知宋公明招接四方豪杰,因此上在武冈镇拜黑旋风李逵做哥哥,投托大寨入伙。今被呼延灼用连环甲马冲阵,无计可破,是小弟献此钩镰枪法。只除是哥哥会使。由此定这条计:使时迁先来盗了你的甲,却教小弟赚哥哥上路,后使乐和假做李荣,过山时,下了蒙汗药,请哥哥上山来坐把交椅。"徐宁道:"却是兄弟送了我也!"

宋江执杯向前陪告道:"现今宋江暂居水泊,专待朝廷招安,尽忠竭力报国;非敢贪财好杀,行不仁不义之事;万望观察怜此真情,一同替天行道。"林冲也来把盏陪话道:"小弟亦到此间,多说兄长清德,休要推却。"徐宁道:"汤隆兄弟,你却赚我到此,家中妻子,必被官司擒捉,如之奈何!"宋江道:"这个不妨。观察放心,只在小可身上,早晚便取宝眷到此完聚。"晁盖、吴用、公孙胜,都来与徐宁陪话,安排筵席作庆。一面选拣精壮小喽罗,学使钩镰枪法,一面使戴宗和汤隆星夜往东京,搬取徐宁老小。旬日

① 主坐——主使的人。

之间，杨林自颍州取到彭玘老小，薛永自东京取到凌振老小，李云收买到五车烟火、药料回寨。更过数日，戴宗、汤隆取到徐宁老小上山。

徐宁见了妻子到来，吃了一惊，问是如何便到得这里。妻子答道："自你转背，官司点名不到，我使了些金银首饰，只推道患病在床，因此不来叫唤。忽见汤叔叔赍着雁翎甲来，说道：'甲便夺得来了；哥哥只是于路染病，将次死在客店里，叫嫂嫂和孩儿便来看视。'把我赚上车子，我又不知路径，迤逦来到这里。"徐宁道："兄弟，好却好了，只可惜将我这副甲陷在家里了。"汤隆笑道："好教哥哥欢喜：打发嫂嫂上车之后，我便复翻身去赚了这甲，诱了这两个丫环，收拾了家中应有细软，做一担儿挑在这里。"徐宁道："恁地时，我们不能够回东京去了。"汤隆道："我又教哥哥再知一件事：来在半路上，撞见一伙客人，我把哥哥的雁翎甲穿了，搽画了脸，说哥哥名姓，劫了那伙客人的财物；这早晚东京已自遍行文书，捉拿哥哥。"徐宁道："兄弟，你也害得我不浅！"晁盖、宋江都来陪话道："若不是如此，观察如何肯在这里住？"随即拨定房屋，与徐宁安顿老小。众头领且商议破连环马军之法。

此时雷横监造钩镰枪已都完备。宋江、吴用等启请徐宁，教众军健学使钩镰枪法。徐宁道："小弟今当尽情剖露，训练众军头目，拣选身材长壮之士。"众头领都在聚义厅上看徐宁选军，说那个钩镰枪法。有分教，三千甲马登时破，一个英雄指日降。毕竟金枪徐宁怎的敷演钩镰枪法，且听下回分解。

第五十七回

徐宁教使钩镰枪　宋江大破连环马

话说晁盖、宋江、吴用、公孙胜与众头领，就聚义厅上启请徐宁，教使钩镰枪法。众人看徐宁时，果是一表好人物，六尺五六长身体，团团的一个白脸，三牙细黑髭髯，十分腰围膀阔。曾有一篇《西江月》单道徐宁模样：

臂健开弓有准，身轻上马如飞。弯弯两道卧蚕眉，凤翥鸾翔子弟。

战铠细穿柳叶，乌巾斜带花枝。常随宝驾侍丹墀，枪手徐宁无对。

当下徐宁选军已罢，便下聚义厅来，拿起一把钩镰枪，自使一回。众人见了喝采。徐宁便教众军道："但凡马上使这般军器，就腰胯里做步上来，上中七路，三钩四拨，一搠一分，共使九个变法。若是步行使这钩镰枪，亦最得用。先使八步四拨，荡开门户；十二步一变，十六步大转身。分钩镰搠缴，二十四步，挪上攒下，钩东拨西；三十六步，浑身盖护，夺硬斗强：此是钩镰枪正法。有诗诀为证：'四拨三钩通七路，共分九变合神机。二十四步挪前后，一十六翻大转围。'"徐宁将正法一路路敷演，教众头领看。众军汉见了徐宁使钩镰枪，都喜欢。就当日为始，将选拣精锐壮健之人，晓夜习学。又教步军藏林伏草，钩蹄拽腿，下面三路暗法。不到半月之间，教成山寨五七百人，宋江并众头领看了大喜，准备破敌。

却说呼延灼自从折了彭玘、凌振，每日只把马军来水边搦战。山寨中只教水军头领牢守各处滩头，水底钉了暗桩。呼延灼虽是在山西山北两路出哨，决不能够到山寨边。梁山泊却叫凌振制造了诸般火炮，克日定时，下山对敌；学使钩镰枪军士，已都学成。宋江道："不才浅见，未知合众位心意否？"吴用道："愿闻其略。"宋江道："明日并不用一骑马军，众头领都是步战。孙吴兵法，却利于山林沮泽。今将步军下山，分作十队诱敌；但见军马冲掩将来，都望芦苇荆棘林中乱走。却先把钩镰枪军士埋伏在彼，每十个会使钩镰枪的，间着十个挠钩手，但见马到，一搅钩翻，便把挠钩搭将入去捉了。平川窄路，也如此埋伏。此法如何？"吴学究道："正应如此藏兵捉将。"徐宁道："钩镰枪并挠钩，正是此法。"

宋江当日分拨十队步军人马：刘唐、杜迁引一队；穆弘、穆春引一队；杨雄、陶宗旺引一队；朱仝、邓飞引一队；解珍、解宝引一队；邹渊、邹润引一队；一丈青、王矮虎引一队；薛永、马麟引一队；燕顺、郑天寿引一队；杨林、李云引一队。这十队步军，先行下山诱引敌军。再差李俊、张横、张顺、三阮、童威、童猛、孟康，九个水军头领，乘驾战船接应；再叫花荣、秦明、李应、柴进、孙立、欧鹏，六个头领，乘马引军，只在山边搦战，凌振、杜兴，专放号炮；却叫徐宁、汤隆，总行招引使钩镰枪军士；中军宋江、吴用、公孙胜、戴宗、吕方、郭盛，总制军马，指挥号令；其余头领俱各守寨。

宋江分拨已定，是夜三更，先载使钩镰枪军士过渡，四面去分头埋伏已定。四更，却渡十队步军过去。凌振、杜兴，载过风火炮，架上高阜去处，竖起炮架，搁上火炮。徐宁、汤隆，各执号带渡水。平明时分，宋江守中军人马，隔水擂鼓呐喊摇旗。

呼延灼正在中军帐内，听得探子报知，传令便差先锋韩滔先来出哨。随即锁上连环甲马，呼延灼全身披挂，骑了踢雪乌骓马，仗着双鞭，大驱车马，杀奔梁山泊来。隔水望见宋江引着许多人马，呼延灼教摆开马军。先锋韩滔来与呼延灼商议道："正南上一队步军，不知多少的？"呼延灼道："休问他多少，只顾把连环马冲将去！"韩滔引着五百马军，飞哨出去。又见东南上一队军兵起来，却欲分兵去哨，只见西南上又有起一队旗号，招飐呐喊。韩滔再引军回来，对呼延灼道："南边三队贼兵，都是梁山泊旗号。"呼延灼道："这厮许多时不出来厮杀，必有计策。"说犹未了，只听得北边一声炮响。呼延灼骂道："这炮必是凌振从贼，教他施放。"众人平南一望，只见北边又拥起三队旗号，呼延灼对韩滔道："此必是贼人奸计。我和你把人马分为两路：我去杀北边人马，你去杀南边人马。"正欲分兵之际，只见西边又是四队人马起来，呼延灼心慌；又听的正北上连珠炮响，一带直接到土坡上。那一个母炮周回接着四十九个子炮，名为"子母炮"，响处风威大作。呼延灼军兵，不战自乱，急和韩滔各引马步军兵四下冲突。这十队步军，东赶东走，西赶西走，呼延灼看了大怒，引兵望北冲将来。宋江军兵尽投芦苇中乱走，呼延灼大驱连环马，卷地而来。那甲马一齐跑发，收勒不住，尽望败苇折芦之中，枯草荒林之内跑了去。只听里面胡哨响处，钩镰枪一齐举手。先钩倒两边马脚，中间的甲马，便自咆哮起来。那挠钩手军士，一齐搭住，芦苇中只顾缚人。呼延灼见中了钩镰枪计，便勒马回南边去赶韩滔。背后风火炮当头打将下来；这边那边，漫山遍野，都是步军追赶着。韩滔、呼延灼部领的连环甲马，乱滚滚都攧入荒草芦苇之中，尽被捉了。

二人情知中了计策，纵马去四面跟寻马军，夺路奔走时，更兼那几条路上，麻林般摆着梁山泊旗号，不敢投那几条路走，一直便望西北上来。行不到五六里路，早拥出一队强人，当先两个好汉拦路：一个是没遮拦穆弘，一个是小遮拦穆春，拈两条朴刀大喝道："败将休走！"呼延灼忿怒，舞起双鞭，纵马直取穆弘、穆春。略斗四五合，穆春便走。呼延灼只怕中了计，不来追赶，望正北大路而走。

山坡下又转出一队强人，当先两个好汉拦路：一个是两头蛇解珍，一个是双尾蝎解宝。各挺钢叉,直奔前来。呼延灼舞起双鞭,来战两个。斗不到五七合,解珍、解宝拔步便走。呼延灼赶不过半里多路,两边钻出二十四把钩镰枪,着地卷将来。呼延灼无心恋战,拨转马头,望东北上大路便走;又撞着王矮虎、一丈青夫妻二人,截住去路。呼延灼见路径不平,四下兼有荆棘遮拦,拍马舞鞭,杀开条路,直冲过去。王矮虎、一丈青赶了一直,赶不上,呼延灼自投东北上去了。杀的大败亏输,雨零星乱。有诗为证:

十路军兵振地来,乌骓踢雪望风回。
连环尽被钩镰破,剩得双鞭出九垓[①]。

话分两头。且说宋江鸣金收军回山,各请功赏。三千连环甲马,有停半[②]被钩镰枪拨倒,伤损了马蹄,剥去皮甲,把来做菜马食;二停多好马,牵上山去喂养,作坐马。带甲军士,都被生擒上山。五千步军,被三面围得紧急,有望中军躲的,都被钩镰枪拖翻捉了;望水边逃命的,尽被水军头领围裹上船去,拽过滩头,拘捉上山。先前被拿去的马匹并捉去军士,尽行复夺回寨。把呼延灼寨栅尽数拆来,水边泊内,搭盖小寨,再造两处做眼酒店房屋等项,仍前着孙新、顾大嫂、石勇、时迁,两处开店。刘唐、杜迁拿得韩滔,把来绑缚,解到山寨。宋江见了,亲解其缚,请上厅来,以礼陪话,相待筵宴,令彭玘、凌振说他入伙。韩滔也是七十二煞之数,自然意气相投,就梁山泊做了头领。宋江便教修书,使人往陈州搬取韩滔老小,来山寨中完聚。

宋江喜得破了连环马,又得了许多军马、衣甲、盔刀,每日做筵席庆喜;仍旧调拨各路守把,提防官兵,不在话下。

却说呼延灼折了许多官军人马,不敢回京,独自一个骑着那匹踢雪乌骓马,把衣甲拴在马上,于路逃难,却无盘缠;解下束腰金带,卖来盘缠,在路寻思道:"不想今日闪得我如此,却是去投谁好?"猛然想起:"青州慕容知府,旧与我有一面相识,何不去那里投奔他,却打慕容贵妃的关节,那时再引军来报仇未迟。"

在路行了二日,当晚又饥又渴。见路旁一个村酒店,呼延灼下马,把

① 九垓(gāi)——九州。

② 停半——一半。停,将总数分成若干份,每份称"停"。

马拴在门前树上；入来店内，把鞭子放在桌上，坐下了，叫酒保取酒肉来吃。酒保道："小人这里只卖酒，要肉时，村里却才杀羊；若要，小人去回买。"呼延灼把腰里料袋[①] 解下来，取出些金带倒换的碎银两，把与酒保道："你可回一脚羊肉，与我煮了，就对付草料，喂养我这匹马。今夜只就你这里宿一宵，明日自投青州府里去。"酒保道："官人，此间宿不妨，只是没好床帐。"呼延灼道："我是出军的人，但有歇处便罢。"酒保拿了银子，自去买羊肉。呼延灼把马背上捎的衣甲取将下来，松了肚带，坐在门前，等了半晌，只见酒保提一脚羊肉归来。呼延灼便叫煮了，回三斤面来打饼，打两角酒来。酒保一面煮肉打饼，一面烧脚汤，与呼延灼洗了脚，便把马牵放屋后小屋下。酒保一面切草煮料，呼延灼先讨热酒吃了一回。

少刻肉熟，呼延灼叫酒保，也与他些酒肉吃了，吩咐道："我是朝廷军官，为因收捕梁山泊失利，待往青州投慕容知府，你好生与我喂养这匹马。是今上御赐的，名为踢雪乌骓马。明日我重重赏你。"酒保道："感承相公。却有一件事教相公得知：离此间不远，有座山，唤做桃花山。山上有一伙强人，为头的是打虎将李忠，第二个是小霸王周通，聚集着五七百小喽罗，打家劫舍，时常来搅恼村坊。官司累次着仰捕盗官军来，收捕他不得，相公夜间须用小心醒睡。"呼延灼说道："我有万夫不当之勇，便道那厮们全伙都来，也待怎生！只与我好生喂养这匹马。"吃了一回酒肉饼子，酒保就店里打了一铺，安排呼延灼睡了。

一者呼延灼连日心闷，二乃又多了几杯酒，就和衣而卧。一觉直睡到三更方醒，只听得屋后酒保在那里叫屈起来。呼延灼听得，连忙跳将起来，提了双鞭，走去屋后问道："你如何叫屈？"酒保道："小人起来上草，只见篱笆推翻，被人将相公的马偷将去了。远远地望见三四里火把尚明，一定是那里去了。"呼延灼道："那里正是何处？"酒保道："眼见得那条路上，正是桃花山小喽罗偷得去了。"呼延灼吃了一惊，便叫酒保引路，就田塍[②]上赶了二三里。火把看看不见，正不知投那里去了。呼延灼说道："若无了御赐的马，却怎的是好！"酒保道："相公明日须去州里告了，差官军来剿捕，方才能够这匹马。"

---

① 料袋——出行在外的人用于盛装物品的布袋。

② 田塍(chéng)——田间的土埂子。

呼延灼闷闷不已，坐到天明，叫酒保挑了衣甲，径投青州。来到城里时，天色已晚了，且在客店里歇了一夜。次日天晓，径到府堂阶下，参拜了慕容知府。知府大惊，问道："闻知将军收捕梁山泊草寇，如何却到此间？"呼延灼只得把上项诉说了一遍。慕容知府听了道："虽是将军折了许多人马，此非慢功之罪，中了贼人奸计，亦无奈何。下官所辖地面，多被草寇侵害。将军到此，可先扫清桃花山，夺取那匹御赐的马；却连那二龙山、白虎山两处强人，一发剿捕了时，下官自当一力保奏，再教将军引兵复仇如何？"呼延灼再拜道："深谢恩相主监。若蒙如此，誓当效死报德！"慕容知府教请呼延灼去客房里暂歇，一面更衣宿食。那挑甲酒保，自叫他回去了。

一住三日，呼延灼急欲要这匹御赐马，又来禀复知府，便教点军。慕容知府便点马步军二千，借与呼延灼，又与了一匹青鬃马。呼延灼谢了恩相，披挂上马，带领军兵前来夺马，径往桃花山进发。

且说桃花山上打虎将李忠与小霸王周通，自得了这匹踢雪乌骓马，每日在山上庆喜饮酒。当日有伏路小喽罗报道："青州军马来也！"小霸王周通起身道："哥哥守寨，兄弟去退官军。"便点起一百小喽罗，绰枪上马，下山来迎敌官军。

却说呼延灼引起二千兵马来到山前，摆开阵势。呼延灼当先出马，厉声高叫："强贼早来受缚！"小霸王周通将小喽罗一字摆开，便挺枪出马。怎生打扮：

身着团花宫锦袄，手持走水绿沉枪。

声雄面阔须如戟，尽道周通赛霸王。

呼延灼见了周通，便纵马向前来战。周通也跃马来迎。二马相交，斗不到六七合，周通气力不加，拨转马头，往山上便走。呼延灼赶了一直，怕有计策，急下山来，扎住寨栅，等候再战。

却说周通回寨，见了李忠，诉说："呼延灼武艺高强，遮拦不住，只得且退上山；倘或他赶到寨前来，如之奈何！"李忠道："我闻二龙山宝珠寺花和尚鲁智深在彼，多有人伴；更兼有个甚么青面兽杨志，又新有个行者武松，都有万夫不当之勇。不如写一封书，使小喽罗去那里求救。若解得危难，拚得投托他大寨，月终纳他些进奉也好。"周通道："小弟也多知他那里豪杰，只恐那和尚记当初之事，不肯来救。"李忠笑道："他那时又打了你，又得了我们许多金银酒器，如何倒有见怪之心？他是个直性的好人，使人到彼，必然亲引军来救应。"周通道："哥哥也说得是。"就写了一封书，差两个了事的小喽罗，从后山踅将下去，取路投二龙山来。行了两日，早到山下，那里小喽罗问了备细来情。

且说宝珠寺里大殿上坐着三个头领：为首是花和尚鲁智深，第二是青面兽杨志，第三是行者二郎武松。前面山门下坐着四个小头领：一个是金眼彪施恩，原是孟州牢城施管营的儿子，为因武松杀了张都监一家人口，官司着落他家追捉凶身，以此连夜挈家逃走在江湖上，后来父母俱亡，打听得武松在二龙山，连夜投奔入伙，一个是操刀鬼曹正，原是同鲁智深、杨志收夺宝珠寺，杀了邓龙，后来入伙；一个是菜园子张青，一个是母夜叉孙二娘。这是夫妻两个，原是孟州道十字坡卖人肉馒头的，因鲁智深、武松连连寄书招他，亦来投奔入伙。

曹正听得说桃花山有书，先来问了详细，直去殿上，禀复三个大头领知道。智深便道："洒家当初离五台山时，到一个桃花村投宿，好生打了那周通撮鸟一顿。李忠那厮，却来认得洒家，却请去上山吃了一日酒，结识洒家为兄，留俺做个寨主。俺见这厮们悭吝，被俺卷了若干金银酒器撒开他。如今来求救，且看他说甚么。放那小喽罗上关来。"

曹正去不多时，把那小喽罗引到殿下，唱了喏，说道："青州慕容知府，近日收得个征进梁山泊失利的双鞭呼延灼。如今慕容知府，先教扫荡俺这里桃花山、二龙山、白虎山几座山寨，却借军与他收捕梁山泊复仇。俺的头领，今欲启请大头领将军，下山相救，明朝无事了时，情愿来纳进奉。"杨志道："俺们各守山寨，保护山头，本不去救应的是。洒家一者怕坏了江湖上豪杰，二者恐那厮得了桃花山，便小觑了洒家这里。可留下张青、孙二娘、施恩、曹正，看守寨栅，俺三个亲自走一遭。"随即点起五百小喽罗，六十余骑军马，各带了衣甲军器，径往桃花山来。

却说李忠知二龙山消息，自引了三百小喽罗下山策应。呼延灼闻知，急领所部军马，拦路列阵，舞鞭出马，来与李忠相持。怎见李忠模样：

头尖骨脸似蛇形，枪棒林中独擅名。

打虎将军心胆大，李忠祖是霸陵生。

原来李忠祖贯濠州定远人氏，家中祖传靠使枪棒为生；人见他身材壮健，因此呼他做"打虎将"。当时下山来与呼延灼交战，李忠如何敌得呼延灼过，斗了十合之上，见不是头，拨开军器便走。呼延灼见他本事低微，纵马赶上山来。小霸王周通正在半山里看见，便飞下鹅卵石来，呼延灼慌忙回马下山来。只见官军迭头呐喊，呼延灼便问道："为何呐喊?"后军答道："远望见一彪军马飞奔而来。"呼延灼听了，便来后军队里看时，见尘头起处，当头一个胖大和尚，骑一匹白马，那人是谁？正是：

自从落发寓禅林，万里曾将壮士寻。臂负千斤扛鼎力，天生一片杀人心。欺佛祖，喝观音，戒刀禅杖冷森森。不看经卷花和尚，酒肉沙门鲁智深。

鲁智深在马上大喝道："那个是梁山泊杀败的撮鸟，敢来俺这里唬吓人！"呼延灼道："先杀你这个秃驴，豁我心中怒气！"鲁智深抡动铁禅杖，呼延灼舞起双鞭，二马相交，两边呐喊。斗四五十合，不分胜败。呼延灼暗暗喝采道："这个和尚，倒恁地了得！"两边鸣金，各自收军暂歇。

呼延灼少停，再纵马出阵，大叫："贼和尚再出来，与你定个输赢，见个胜败！"鲁智深却待正要出马，侧首恼犯了这个英雄，叫道："大哥少歇，看洒家去捉这厮！"那人舞刀出马。来战呼延灼的是谁？正是：

曾向京师为制使，花石纲累受艰难。虹霓气逼牛斗寒。刀能安宇宙，弓可定尘寰。虎体狼腰猿臂健，跨龙驹稳坐雕鞍。英雄声价满梁山。人称青面兽，杨志是军班。

当下杨志出马，来与呼延灼交锋。两个斗到四十余合，不分胜败。呼延灼见杨志手段高强，寻思道："怎的那里走出这两个来？好生了得！不是绿林中手段！"杨志也见呼延灼武艺高强，卖个破绽，拨回马，跑回本阵。呼延灼也勒转马头，不来追赶。两边各自收军。

鲁智深便和杨志商议道："俺们初到此处，不宜逼近下寨。且退二十里，明日却再来厮杀。"带领小喽罗，自过附近山冈下寨去了。

却说呼延灼在帐中纳闷，心内想道："指望到此势如劈竹，便拿了这伙草寇，怎知却又逢着这般对手！我直如此命薄！"正没摆布处，只见慕容知府使人来唤道："叫将军且领兵回来，保守城中。今有白虎山强人孔明、孔亮，引人马来青州借粮，怕府库有失，特令来请将军回城守备。"呼延灼听了，就这机会，带领军马，连夜回青州去了。

次日，鲁智深与杨志、武松，又引了小喽罗摇旗呐喊，直到山下来看时，一个军马也无了，倒吃了一惊。山上李忠、周通，引人下来，拜请三位头领上到山寨里，杀牛宰马，筵席相待，一面使人下山，探听前路消息。

且说呼延灼引军回到城下，却见了一彪军马，正来到城边。为头的乃是白虎山下孔太公的儿子毛头星孔明、独火星孔亮。两个因和本乡一个财主争竞，把他一门良贱尽都杀了，聚集起五七百人，占住白虎山，打家劫舍。因为青州城里有他的叔叔孔宾，被慕容知府捉了，监在牢里，孔明、孔亮特地点起山寨小喽罗，来打青州，要救叔叔孔宾。正迎着呼延灼军马，两边拥着，敌住厮杀，呼延灼便出马到阵前。慕容知府在城楼上观看，见孔明当先，挺枪出马，直取呼延灼。两马相交，斗到二十余合，呼延灼要在知府跟前显本事；又值孔明武艺不精，只办得架隔遮拦，斗到间深里，被呼延灼就马上把孔明活捉了去，孔亮只得引了小喽罗便走。慕容知府在敌楼上指着，叫呼延灼引军去赶，官兵一掩，活捉得百十余人。孔亮大败，四散奔走，至晚寻个古庙安歇。

却说呼延灼活捉得孔明，解入城中，来见慕容知府。知府大喜，叫把孔明大枷钉下牢里，和孔宾一处监收；一面赏劳三军；一面管待呼延灼，备问桃花山消息。呼延灼道："本待是'瓮中捉鳖，手到拿来'，无端又被一伙强人前来救应；数内一个和尚，一个青脸大汉，二次交锋，各无胜败。这两个武艺不比寻常，不是绿林中手段，因此未曾拿得。"慕容知府道："这个和尚，便是延安府老种经略帐前军官提辖鲁达，今次落发为僧，唤做花和尚鲁智深。这一个青脸大汉，亦是东京殿帅府制使官，唤做青面兽杨志。再有一个行者，唤做武松，原是景阳冈打虎的武都头。这三个占住二龙山，打家劫舍，累次拒敌官军，杀了三五个捕盗官，直至如今，未曾捉得。"呼延灼道："我见这厮们武艺精熟，原来却是杨制使和鲁提辖，名不虚传！恩相放心，呼延灼已见他们本事了。只在早晚，一个个活捉了解官。"知府大喜，设筵管待已了，且请客房内歇，不在话下。

却说孔亮引了败残人马，正行之间，猛可里树林中撞出一彪军马，当先一筹好汉，怎生打扮，有《西江月》为证：

直裰冷披黑雾，戒箍光射秋霜。额前剪发拂眉长，脑后护头齐项。　顶骨数珠灿白，杂绒绦结微黄。钢刀两口迸寒光，行者武松形象。

孔亮见了是武松，慌忙滚鞍下马，便拜道："壮士无恙？"武松连忙答应，扶起问道："闻知足下弟兄们占住白虎山聚义，几次要来拜望，一者不得下山，二乃路途不顺，以此难得相见。今日何事到此？”孔亮把救叔叔孔宾陷兄之事，告诉了一遍。武松道：“足下休慌。我有六七个弟兄，现在二龙山聚义。今为桃花山李忠、周通，被青州官军攻击得紧，来我山寨求救。鲁、杨二头领引了孩儿们先来与呼延灼交战。两个厮并了一日，呼延灼夜间去了。山寨中留我弟兄三人筵宴，把这匹御赐马送与我们。今我部领头队人马回山，他二位随后便到。我叫他去打青州，救你叔兄如何？”

孔亮拜谢武松，等了半晌，只见鲁智深、杨志两个并马都到。武松引孔亮拜见二位，备说：“那时我与宋江在他庄上相会，多有相扰。今日俺们可以义气为重，聚集三山人马，攻打青州，杀了慕容知府，擒获呼延灼，各取府库钱粮，以供山寨之用，如何？”鲁智深道：“洒家也是这般思想。便使人去桃花山报知，叫李忠、周通引孩儿们来，俺三处一同去打青州。”

杨志便道：“青州城池坚固，人马强壮，又有呼延灼那厮英勇；不是俺自灭威风，若要攻打青州时，只除非依我一言，指日可得。”武松道：“哥哥，愿闻其略。”那杨志言无数句，话不一席。有分教，青州百姓，家家瓦裂烟飞；水浒英雄，个个摩拳擦掌。毕竟杨志对武松说出怎地打青州，且听下回分解。

第五十八回

三山聚义打青州　众虎同心归水泊

当有武松引孔亮拜告鲁智深、杨志，求救哥哥孔明，并叔叔孔宾。鲁智深便要聚集三山人马，前去攻打。杨志道：“若要打青州，须用大队军马，方可打得。俺知梁山泊宋公明大名，江湖上都唤他做及时雨宋江，更兼呼延灼是他那里仇人。俺们弟兄和孔家弟兄的人马，都并做一处，洒家这里，再等桃花山人马齐备，一面且去攻打青州。孔亮兄弟，你可亲身星夜去梁山泊，请下宋公明来，并力攻城，此为上计。亦且宋三郎与你至厚，你们弟兄心下如何？”鲁智深道：“正是如此。我只见今日也有人说宋三郎好，明日也有人说宋三郎好，可惜洒家不曾相会。众人说他的名字，聒得洒家耳朵也聋了，想必其人是个真男子，以至天下闻名。前番和花知寨在清风山时，洒家有心要去和他厮会，及至洒家去时，又听得说道去了，以此无缘不得相见。罢了！孔亮兄弟，你要救你哥哥时，快亲自去那里告请他们，洒家等先在这里和那撮鸟们厮杀。"孔亮交付小喽罗与了鲁智深，只带一个伴当，扮做客商，星夜投梁山泊来。

且说鲁智深、杨志、武松三人，去山寨里唤将施恩、曹正，再带一二百人下山来相助。桃花山李忠、周通得了消息，便带本山人马，尽数起点，只留三五十个小喽罗看守寨栅，其余都带下山来青州城下聚集，一同攻打城池，不在话下。

却说孔亮自离了青州，迤逦来到梁山泊边催命判官李立酒店里买酒吃，问路。李立见他两个来得面生，便请坐地，问道："客人从那里来？"孔亮道："从青州来。"李立问道："客人要去梁山泊寻谁？"孔亮答道："有个相识在山上，特来寻他。"李立道："山上寨中，都是大王住处，你如何去得？"孔亮道："便是要寻宋大王。"李立道："既是来寻宋头领，我这里有分例。"便叫火家快去安排分例酒来相待。孔亮道："素不相识，如何见款[①]？"李立道："客官不知，但是来寻山寨头领，必然是社火中人故旧交友，岂敢有失祗应！便当去报。"孔亮道："小人便是白虎山前庄户孔亮的便是。"李立道："曾听得宋公明哥哥说大名来，今日且喜上山。"二人饮罢分例酒，随即开窗，就水亭上放了一枝响箭。见对港芦苇深处，早有小喽罗棹过船来。到水亭下，李立便请孔亮下了船，一同摇到金沙滩上岸，却上关来。孔亮看见三关雄壮，枪刀剑戟如林，心下想道："听得说梁山泊兴旺，不想做下这等大事业！"

已有小喽罗先去报知，宋江慌忙下来迎接。孔亮见了，连忙下拜。宋江问道："贤弟缘何到此？"孔亮拜罢，放声大哭。宋江道："贤弟心中有何危厄不决之难，但请尽说不妨。便当不避水火，力为救解，与汝相助，贤弟且请起来。"孔亮道："自从师父离别之后，老父亡化，哥哥孔明与本乡上户争些闲气起来，杀了他一家老小，官司来捕捉得紧。因此反上白虎山，聚得五七百人，打家劫舍。青州城里，却有叔父孔宾，被慕容知府捉了，重枷钉在狱中；因此我弟兄两个去打城子，指望救取叔叔孔宾。谁想去到城下，正撞了一个使双鞭的呼延灼。哥哥与他交锋，致被他捉了，解送青州，

---

① 见款——承蒙款待。

下在牢里,存亡未保,小弟又被他追杀一阵。次日,正撞着武松,说起师父大名来,他便引我去拜见同伴的:一个是花和尚鲁智深,一个是青面兽杨志。他二人一见如故,更商议救兄一事。他道:'我请鲁、杨二头领并桃花山李忠、周通,聚集三山人马,攻打青州;你可连夜快去梁山泊内,告你师父宋公明,来救你叔兄两个。'以此今日一径到此。"宋江道:"此是易为之事,你且放心。先来拜见晁头领,共同商议。"

宋江便引孔亮参见晁盖、吴用、公孙胜,并众头领,备说呼延灼走在青州,投奔慕容知府,今来捉了孔明,以此孔亮来到,恳告求救。晁盖道:"既然他两处好汉,尚兀自仗义行仁,今者三郎和他至爱交友,如何不去?三郎贤弟,你连次下山多遍,今番权且守寨,愚兄替你走一遭。"宋江道:"哥哥是山寨之主,不可轻动。这个是兄弟的事。既是他远来相投,小可若自不去,恐他弟兄们心下不安;小可情愿请几位弟兄同走一遭。"说言未了,厅上厅下一齐都道:"愿效犬马之劳,跟随同去。"宋江大喜。

当日设筵管待孔亮。饮筵之间,宋江唤铁面孔目裴宣定拨下山人数,分作五军起行:前军便差花荣、秦明、燕顺、王矮虎,开路作先锋;第二队,便差穆弘、杨雄、解珍、解宝;中军便是主将宋江、吴用、吕方、郭盛;第四队便是朱仝、柴进、李俊、张横;后军便差孙立、杨林、欧鹏、凌振,摧军作合后。梁山泊点起五军,共计二十个头领,马步军兵三千人马。其余头领,自与晁盖守把寨栅。当下宋江别了晁盖,自同孔亮下山来。梁山人马分作五军起发,正是:

初离水泊,浑如海内纵蛟龙;乍出梁山,却似风中奔虎豹。五军并进,前后列二十辈英雄;一阵同行,首尾分三千名士卒。绣彩旗如云似雾,蘸钢刀灿雪铺霜。鸾铃响,战马奔驰;画鼓振,征夫踊跃。卷地黄尘霭霭,漫天土雨蒙蒙。宝纛旗中,簇拥着多智足谋吴学究;碧油幢下,端坐定替天行道宋公明。过去鬼神皆拱手,回来民庶尽歌谣。

话说宋江引了梁山泊二十个头领,三千人马,分作五军前进,于路无事,所过州县,秋毫无犯。已到青州,孔亮先到鲁智深等军中,报知众好汉,安排迎接。宋江中军到了,武松引鲁智深、杨志、李忠、周通、施恩、曹正,都来相见了。宋江让鲁智深坐地,鲁智深道:"久闻阿哥大名,无缘不曾拜会,今日且喜认得阿哥。"宋江答道:"不才何足道哉!江湖上义士,甚称吾师清德。今日得识慈颜,平生甚幸。"杨志也起身再拜道:"杨志旧日经过梁山泊，多蒙山寨重义相留；为是洒家愚迷，不曾肯住。今日幸得义士壮观山寨，此是天下第一好事。"宋江答道："制使威名，播于江湖，只恨宋江相会太晚。"鲁智深便令左右置酒管待，一一都相见了。

次日，宋江问："青州一节，近日胜败如何？"杨志道："自从孔亮去了，前后也交锋三五次，各无输赢。如今青州只凭呼延灼一个；若是拿得此人，觑此城子，如汤泼雪[1]。"吴学究笑道："此人不可力敌，可用智擒。"宋江道："用何智可获此人？"吴学究道："只除如此如此。"宋江大喜道："此计大妙！"当日分拨了人马。

次早起军，前到青州城下，四面尽着军马围住，擂鼓摇旗，呐喊搦战。城里慕容知府见报，慌忙教请呼延灼商议："今次群贼又去报知梁山泊宋江到来，似此如之奈何？"呼延灼道："恩相放心。群贼到来，先失地利。这厮们只好在水泊里张狂，今却擅离巢穴，一个来，捉一个，那厮们如何施展得？请恩相上城，看呼延灼厮杀。"呼延灼连忙披挂衣甲上马，叫开城门，放下吊桥，领了一千人马，近城摆开。宋江阵中，一将出马。那人手揸狼牙棍，厉声高骂知府："滥官，害民贼徒！把我全家诛戮，今日正好报仇雪恨！"慕容知府认得秦明，便骂道："你这厮是朝廷命官，国家不曾负你，缘何敢造反？若拿住你时，碎尸万段！可先下手拿这贼！"呼延灼听了，舞起双鞭，纵马直取秦明。秦明也出马，舞动狼牙大棍，来迎呼延灼。二将交马，正是对手。有《西江月》为证：

鞭舞两条龙尾，棍横一串狼牙。三军看得眼睛花，二将纵横交马。

使棍的军班领袖，使鞭的将种堪夸。天昏地惨日扬沙，这厮杀鬼神须怕。

两个斗到四五十合，不分胜败。慕容知府见斗得多时，恐怕呼延灼有失，慌忙鸣金收军入城。秦明也不追赶，退回本阵。宋江教众头领军校，且退十五里下寨。

却说呼延灼回到城中，下马来见慕容知府，说道："小将正要拿那秦明，恩相如何收军？"知府道："我见你斗了许多合，但恐劳困，因此收军暂歇。秦明那厮，原是我这里统制，与花荣一同背反，这厮亦不可轻敌。"呼

---

① 如汤泼雪——像热水浇在雪上，雪立刻便会融化。喻事情极易解决。汤，热水。

延灼道："恩相放心，小将必要擒此背义之贼！适间和他斗时，棍法已自乱了。来日教恩相看我立斩此贼！"知府道："既是将军如此英雄，来日若临敌之时，可杀开条路，送三个人出去：一个教他去往东京求救；两个教他去邻近府州，会合起兵，相助剿捕。"呼延灼道："恩相高见极明。"当日知府写了求救文书，选了三个军官，都发放了当。

只说呼延灼回到歇处，卸了衣甲暂歇。天色未明，只听的军校来报道："城北门外土坡上，有三骑私自在那里看城：中间一个穿红袍骑白马的；两边两个，只认得右边的是小李广花荣，左边那个道妆打扮。"呼延灼道："那个穿红的，眼见是宋江了；道妆的，必是军师吴用。你们且休惊动了他，便点一百马军，跟我捉这三个。"

呼延灼连忙披挂上马，提了双鞭，带领一百余骑马军，悄悄地开了北门，放下吊桥，引军赶上坡来。宋江、吴用、花荣三个，只顾呆了脸看城。呼延灼拍马上坡，三个勒转马头，慢慢走去。呼延灼奋力赶到前面几株枯树边厢，宋江、吴用、花荣三个齐齐的勒住马。呼延灼方才赶到枯树边，只听得呐声喊，呼延灼正踏着陷坑，人马都跌将下坑去了。两边走出五六十个挠钩手，先把呼延灼钩将起来，绑缚了拿去，后面牵着那匹马。这许多赶来的马军，却被花荣拈弓搭箭，射倒当头五七个，后面的勒转马，一哄都走了。

宋江回到寨里坐，左右群刀手，却把呼延灼推将过来。宋江见了，连忙起身，喝叫："快解了绳索！"亲自扶呼延灼上帐坐定，宋江拜见。呼延灼道："何故如此？"宋江道："小可宋江怎敢背负朝廷？盖为官吏污滥，威逼得紧，误犯大罪；因此权借水泊里随时避难，只待朝廷赦罪招安。不想起动将军，致劳神力。实慕将军虎威。今者误有冒犯，切乞恕罪。"呼延灼道："被擒之人，万死尚轻，义士何故重礼陪话？"宋江道："量宋江怎敢坏得将军性命？皇天可表寸心。"只是恳告哀求。呼延灼道："兄长尊意，莫非教呼延灼往东京告请招安，到山赦罪？"宋江道："将军如何去得？高太尉那厮，是个心地褊窄之徒，忘人大恩，记人小过。将军折了许多军马钱粮，他如何不见你罪责？如今韩滔、彭玘、凌振，已多在敝山入伙。倘蒙将军不弃山寨微贱，宋江情愿让位与将军；等朝廷见用，受了招安，那时尽忠报国，未为晚矣。"

呼延灼沉思了半晌，一者是天罡之数，自然义气相投；二者见宋江礼貌甚恭，语言有理，叹了一口气，跪下在地道："非是呼延灼不忠于国，实感兄长义气过人，不容呼延灼不依，愿随鞭镫。事既如此，决无还理。"有诗为证：

亲承天语净狼烟[①]，不着先鞭愿执鞭。

岂昧忠心翻作贼，降魔殿内有因缘。

宋江大喜，请呼延灼和众头领相见了，叫问李忠、周通，讨这匹踢雪乌骓马，送将军骑坐。众人再商议救孔明之计，吴用道："只除教呼延灼将军赚开城门，唾手可得！更兼绝了呼延灼将军念头。"宋江听了，来与呼延灼陪话道："非是宋江贪劫城池，实因孔明叔侄，陷在缧绁之中，非将军赚开城门，必不可得。"呼延灼答道："小将既蒙兄长收录，理当效力。"当晚点起秦明、花荣、孙立、燕顺、吕方、郭盛、解珍、解宝、欧鹏、王英，十个头领，都扮作军士衣服模样，跟了呼延灼，共是十一骑军马，来到城边，直至濠堑上，大呼："城上开门，我逃得性命回来！"

城上人听得是呼延灼声音，慌忙报与慕容知府。此时知府为折了呼延灼，正纳闷间，听得报说呼延灼逃得回来，心中欢喜，连忙上马，奔到城上；望见呼延灼有十数骑马跟着，又不见面颜，只认得呼延灼声音，知府问道："将军如何走得回来？"呼延灼道："我被那厮的陷坑捉了我到寨里，却有原跟我的头目，暗地盗这匹马与我骑，就跟我来了。"

知府只听得呼延灼说了，便叫军士开了城门，放下吊桥。十个头领跟到城门里，迎着知府，早被秦明一棍，把慕容知府打下马来。解珍、解宝便放起火来。欧鹏、王矮虎奔上城，把军士杀散。宋江大队人马，见城上火起，一齐拥将入来。宋江急急传令：休教残害百姓，且收仓库钱粮。就大牢里救出孔明，并他叔叔孔宾一家老小，便教救灭了火。把慕容知府一家老幼，尽皆斩首，抄扎家私，分俵众军。天明，计点在城百姓被火烧之家，给散粮米救济。把府库金帛，仓廒米粮，装载五六百车，又得了二百余匹好马，就青州府里做个庆喜筵席，请三山头领同归大寨。

李忠、周通使人回桃花山，尽数收拾人马钱粮下山，放火烧毁寨栅。鲁智深也使施恩、曹正回二龙山，与张青、孙二娘收拾人马钱粮，也烧了宝

---

① 狼烟——古代用于边关报警的通讯手段。据说狼粪燃起之烟直而团聚，风吹不易斜散。这里喻指战事。

珠寺寨栅。数日之间，三山人马都皆完备。宋江领了大队人马，班师回山。先叫花荣、秦明、呼延灼、朱仝四将开路，所过州县，分毫不扰。乡村百姓，扶老挈幼，烧香罗拜迎接。数日之间，已到梁山泊边。众多水军头领，具舟迎接。晁盖引领山寨马步头领，都在金沙滩迎接。直至大寨，向聚义厅上列位坐定。大排筵庆贺新到山寨头领，呼延灼、鲁智深、杨志、武松、施恩、曹正、张青、孙二娘、李忠、周通、孔明、孔亮，共十二位新上山头领。坐间，林冲说起相谢鲁智深相救一事。鲁智深动问道："洒家自与教头沧州别后，曾知阿嫂信息否？"林冲答道："小可自火并王伦之后，使人回家搬取老小，已知拙妇被高太尉逆子所逼，随即自缢而死；妻父亦为忧疑，染病而亡。"杨志举起旧日王伦手内上山相会之事，众人皆道："此皆注定，非偶然也！"晁盖说起黄泥冈劫取生辰纲一事，众皆大笑。次日轮流做筵席，不在话下。

且说宋江见山寨又添了许多人马，如何不喜，便叫汤隆做铁匠总管，提督打造诸般军器，并铁叶连环等甲；侯健管做旌旗袍服总管，添造三才、九曜、四斗、五方、二十八宿等旗，飞龙、飞虎、飞熊、飞豹旗，黄钺白旄，朱缨皂盖。山边四面筑起墩台。重造西路南路二处酒店，招接往来上山好汉，一就探听飞报军情。山西路酒店，今令张青、孙二娘夫妻二人，原是酒家，前去看守；山南路酒店，仍令孙新、顾大嫂夫妻看守；山东路酒店，依旧朱贵、乐和；山北路酒店，还是李立、时迁。三关上添造寨栅，分调头领看守。部领已定，各各遵依，不在话下。

忽一日，花和尚鲁智深来对宋公明说道："智深有个相识，李忠兄弟也曾认的，唤做九纹龙史进；现在华州华阴县少华山上，和那一个神机军师朱武，又有一个跳涧虎陈达，一个白花蛇杨春，四个在那里聚义。洒家常常思念他。昔日在瓦罐寺救助洒家，思念不曾有忘。洒家要去那里探望他一遭，就取他四个同来入伙，未知尊意如何？"宋江道："我也曾闻得史进大名，若得吾师去请他来，最好。虽然如此，不可独自去，可烦武松兄弟相伴走一遭。他是行者，一般出家人，正好同行。"武松应道："我和师父去。"当日便收拾腰包行李，鲁智深只做禅和子打扮，武松妆做随侍行者。两个相辞了众头领下山，过了金沙滩，晓行夜住，不止一日，来到华州华阴县界，径投少华山来。

且说宋江自鲁智深、武松去后，一时容他下山，常自放心不下，便唤神行太保戴宗随后跟来,探听消息。

再说鲁智深、武松两个,来到少华山下,伏路小喽罗出来拦住问道:"你两个出家人那里来?"武松便答道:"这山上有史大官人么?"小喽罗说道:"既是要寻史大王的,且在这里少等。我上山报知头领,便下来迎接。"武松道:"你只说鲁智深到来相探。"小喽罗去不多时,只见神机军师朱武,并跳涧虎陈达、白花蛇杨春,三个下山来接鲁智深、武松,却不见有史进。鲁智深便问道:"史大官人在那里?却如何不见他?"朱武近前上复道:"吾师不是延安府鲁提辖么?"鲁智深道:"洒家便是。这行者便是景阳冈打虎都头武松。"三个慌忙剪拂道:"闻名久矣!听知二位在二龙山扎寨,今日缘何到此?"鲁智深道:"俺们如今不在二龙山了,投托梁山泊宋公明大寨入伙,今者特来寻史大官人。"朱武道:"既是二位到此,且请到山寨中,容小可备细告诉。"鲁智深道:"有话便说,待一待,谁鸟耐烦?"武松道:"师父是个性急的人,有话便说何妨。"

朱武道:"小人等三个在此山寨,自从史大官人上山之后,好生兴旺。近日史大官人下山,因撞见一个画匠,原是北京大名府人氏,姓王,名义。因许下西岳华山金天圣帝庙内妆画影壁,前去还愿。因为带将一个女儿,名唤玉娇枝同行,却被本州贺太守,原是蔡太师门人,那厮为官贪滥,非理害民。一日,因来庙里行香,不想正见了玉娇枝有些颜色,累次着人来说,要娶他为妾。王义不从,太守将他女儿强夺了去为妾,又把王义刺配远恶军州。路经这里过,正撞见史大官人,告说这件事。史大官人把王义救在山上,将两个防送公人杀了,直去府里要刺贺太守;被人知觉,倒吃拿了,现监在牢里。又要聚起军马,扫荡山寨,我等正在这里无计可施!"

鲁智深听了道:"这撮鸟敢如此无礼!倒恁么利害!洒家与你结果了那厮!"朱武道:"且请二位到寨里商议。"一行五个头领,都到少华山寨中坐下,便叫王义见鲁智深、武松,诉说贺太守贪酷害民,强占良家女子。朱武等一面杀牛宰马,管待鲁智深、武松。饮筵间,鲁智深想道:"贺太守那厮好没道理,我明日与你去州里打死那厮罢!"武松道:"哥哥不得造次。我和你星夜回梁山泊去报知,请宋公明领大队人马来打华州,方可救得史大官人。"鲁智深叫道:"等俺们去山寨里叫得人来,史家兄弟性命不知那里去了。"武松道:"便杀了太守,也怎地救得史大官人?"武松却决不肯放鲁智深去。朱武又劝道:"吾师且息怒。武都头也论得是。"鲁智深焦躁起来，便道："都是你这般慢性的人，以此送了俺史家兄弟；你也休去梁山泊报知，看洒家去如何！"众人那里劝得住，当晚又谏不从。明早起个四更，提了禅杖，带了戒刀，径奔华州去了。武松道："不听人说，此去必然有失。"朱武随即差两个精细的小喽罗，前去打听消息。

却说鲁智深奔到华州城里，路旁借问州衙在那里，人指道："只过州桥，投东便是。"鲁智深却好来到浮桥上，只见人都道："和尚且躲一躲，太守相公过来。"鲁智深道："俺正要寻他，却正好撞在洒家手里！那厮多敢是当死！"贺太守头踏[①] 一对对摆将过来。看见太守那乘轿子，却是暖轿；轿窗两边，各有十个虞候簇拥着，人人手执鞭枪铁链，守护两下。鲁智深看了寻思道："不好打那撮鸟，若打不着，倒吃他笑。"贺太守却在轿窗眼里，看见了鲁智深欲进不进。过了渭桥，到府中下了轿，便叫两个虞候吩咐道："你与我去请桥上那个胖大和尚到府里赴斋。"

虞候领了言语，来到桥上，对鲁智深说道："太守相公请你赴斋。"鲁智深想道："这厮合当死在洒家手里。俺却才正要打他，只怕打不着，让他过去。俺要寻他，他却来请洒家。"鲁智深便随了虞候，径到府里。

太守已自吩咐下了，一见鲁智深进到厅前，太守叫放了禅杖，去了戒刀，请后堂赴斋。鲁智深初时不肯，众人说道："你是出家人，好不晓事，府堂深处，如何许你带刀杖入去？"鲁智深想："只俺两个拳头，也打碎了那厮脑袋！"廊下放了禅杖、戒刀，跟虞候入来。贺太守正在后堂坐定，把手一招，喝声："捉下这秃贼！"两边壁衣内，走出三四十个做公的来，横拖倒拽，捉了鲁智深。你便是哪吒太子，怎逃地网天罗？火首金刚，难脱龙潭虎窟！正是：飞蛾投火身倾丧，怒鳖吞钩命必伤。毕竟鲁智深被贺太守拿下，性命如何，且听下回分解。

---

① 头踏——随从仪仗，也作"头搭"。

第五十九回

吴用赚金铃吊挂　宋江闹西岳华山

话说贺太守把鲁智深赚到后堂内，喝声："拿下！"众多做公的，把鲁智深簇拥到厅阶下。贺太守喝道："你这秃驴，从那里来？"鲁智深应道："洒家有甚罪犯？"太守道："你只实说，谁教你来刺我？"鲁智深道："俺是出家人，你却如何问俺这话？"太守喝道："却才见你这秃驴，意欲要把禅杖打我轿子，却又思量，不敢下手。你这秃驴好好招了。"鲁智深道："洒家又不曾杀你，你如何拿住洒家，妄指平人？"太守喝骂："几曾见出家人自称洒家。这秃驴必是个关西五路打家劫舍的强盗，来与史进那厮报仇，不打如何肯招？左右好生加力打那秃驴。"鲁智深大叫道："不要打伤老爷。我说与你，俺是梁山泊好汉花和尚鲁智深。我死倒不打紧，洒家的哥哥宋公明得知，下山来时，你这颗驴头趁早儿都砍了送去。"贺太守听了大怒，把鲁智深拷打了一回，教取面大枷来钉了，押下死囚牢里去。一面申闻都省，乞请明降。禅杖、戒刀，封入府堂里去了。

此时闹动了华州一府。小喽罗得了这个消息，飞报上山来。武松大惊道："我两个来华州干事，折了一个，怎地回去见众头领。"正没理会处，只见山下小喽罗报道："有个梁山泊差来的头领，唤做神行太保戴宗，现在山下。"武松慌忙下来迎接上山，和朱武等三人都相见了，诉说鲁智深不听谏劝失陷一事。戴宗听了，大惊道："我不可久停了！就便回梁山泊报与哥哥知道，早遣兵将，前来救取！"武松道："小弟在这里专等，万望兄长早去急来。"戴宗吃了些素食，作起神行法，再回梁山泊来。

三日之间，已到山寨。见了晁、宋二头领，便说鲁智深因救史进，要刺贺太守被陷一事。宋江听罢，失惊道："既然两个兄弟有难，如何不救？我今不可耽搁。便须点起人马，作三队而行。"前军点五员先锋：花荣、秦明、林冲、杨志、呼延灼，引领一千甲马，二千步军先行，逢山开路，遇水迭桥；中军领兵主将宋公明、军师吴用、朱仝、徐宁、解珍、解宝，共是六个头领，马步军兵二千；后军主掌粮草，李应、杨雄、石秀、李俊、张顺，共是五个头领押后，马步军兵二千，共计七千人马，离了梁山泊，直取华州来。在路趱行，不止一日，早过了半路，先使戴宗去报少华山上。朱武等三人，安排下猪羊牛马，酝造下好酒等候。

再说宋江军马三队都到少华山下，武松引了朱武、陈达、杨春三人，下山拜请宋江、吴用，并众头领，都到山寨里坐下。宋江备问城中之事，朱武道："两个头领，已被贺太守监在牢里，只等朝廷明降发落。"宋江与吴用说道："怎地定计去救取史进、鲁智深？"朱武说道："华州城郭广阔，濠沟深远，急切难打；只除非得里应外合，方可取得。"吴学究道："明日且去城边看那城池如何，却再商量。"宋江饮酒到晚，巴不得天明，要去看城。吴用谏道："城中监着两只大虫在牢里，如何不做提备？白日未可去看。今夜月色必然明朗，申牌前后下山，一更时分，可到那里窥望。"

当日挨到午后，宋江、吴用、花荣、秦明、朱仝，共是五骑马下山，迤逦前行。初更时分，已到华州城外。在山坡高处，立马望华州城里时，正是二月中旬天气，月华如昼，天上无一片云彩；看见华州周围有数座城门，城高地壮，堑濠深阔。看了半晌，远远地望见那西岳华山时，端的是好座名山。但见：

峰名仙掌，观隐云台。上连玉女洗头盆，下接天河分派水。乾坤皆秀，尖峰仿佛接云根；山岳推尊，怪石巍峨侵斗柄。青如澄黛，碧若浮蓝。张僧繇妙笔画难成，李龙眠天机描不就。深沉洞府，月光飞万道金霞；崒嵂岩崖，日影动千条紫焰。旁人遥指，云池波内藕如船；故老传闻，玉井水中花十丈。巨灵神忿怒，劈开山顶逞神通；陈处士清高，结就茅庵来盹睡。千古传名推华岳，万年香火祀金天。

宋江等看了西岳华山，见城池厚壮，形势坚牢，无计可施。吴用道："且回寨里去，再作商议。"五骑马连夜回到少华山上。宋江眉头不展，面带忧容。吴学究道："且差十数个精细小喽罗下山，去远近探听消息。"

两日内，忽有一人上山来报道："如今朝廷差个殿司太尉，将领御赐金铃吊挂来西岳降香，从黄河入渭河而来。"吴用听了，便道："哥哥休忧，计在这里了。"便叫李俊、张顺："你两个与我如此如此而行。"李俊道："只是无人识得地境，得一个引领路道最好。"白花蛇杨春便道："小弟相帮同去如何？"宋江大喜。三个下山去了。次日，吴学究请宋江、李应、朱仝、呼延灼、花荣、秦明、徐宁，共七个人，悄悄止带五百余人下山。径到渭河渡口，李俊、张顺、杨春已夺下十数只大船在彼。吴用便叫花荣、秦明、徐宁、呼延灼四个埋伏在岸上；宋江、吴用、朱仝、李应下在船里；李俊、张顺、杨春把船都去滩头藏了。

众人等候了一夜。次日天明，听得远远地锣鸣鼓响，三只官船到来，船上插着一面黄旗，上写“钦奉圣旨西岳降香太尉宿元景”。宋江看了，心中暗喜道：“昔日玄女有言，‘遇宿重重喜’，今日既见此人，必有主意。”太尉官船将近河口，朱仝、李应各执长枪，立在宋江、吴用背后。太尉船到当港截住。船里走出紫衫银带虞候二十余人，喝道：“你等甚么船只，敢当港拦截住大臣？”宋江执着骨朵，躬身声喏。吴学究立在船头上说道：“梁山泊义士宋江，谨参祗候。”船上客帐司出来答道：“此是朝廷太尉，奉圣旨去西岳降香；汝等是梁山泊乱寇，何故拦截！”吴用道：“俺们义士，只要求见太尉尊颜，有告复的事。”客帐司道：“你等是何等人，敢造次要见太尉！”两边虞候喝道：“低声！”宋江说道：“暂请太尉到岸上，自有商量的事。”客帐司道：“休胡说！太尉是朝廷命臣，如何与你商量？”宋江道：“太尉不肯相见，只怕孩儿们惊了太尉。”朱仝把枪上小号旗只一招动，岸上花荣、秦明、徐宁、呼延灼，引出马军来，一齐搭上弓箭，都到河口，摆列在岸上。那船上艄公，都惊得钻入舱里去了。客帐司人慌了，只得入去禀复。宿太尉只得出到船头上坐定。

宋江躬身唱喏道：“宋江等不敢造次。”宿太尉道：“义士何故如此邀截船只？”宋江道：“某等怎敢邀截太尉？只欲求请太尉上岸，别有禀复。”宿太尉道：“我今特奉圣旨，自去西岳降香，与义士有何商议？朝廷大臣，如何轻易登岸？”宋江道：“太尉不肯时，只怕下面伴当亦不相容。”李应把号带枪一招，李俊、张顺、杨春一齐撑出船来。宿太尉看见大惊。李俊、张顺明晃晃掣出尖刀在手，早跳过船来，手起先把两个虞候撷下水里去。宋江连忙喝道：“休得胡做，惊了贵人！”李俊、张顺扑地也跳下水去，早把两个虞候又送上船来。张顺、李俊在水面上如登平地，托地又跳上船来，吓得宿太尉魂不着体。宋江喝道：“孩儿们且退去，休得惊着贵人，俺自慢慢地请太尉登岸。”宿太尉道：“义士有甚事？就此说不妨。”宋江道：“这里不是说话处，谨请太尉到山寨告禀，并无损害之心；若怀此念，西岳神灵诛灭！”到此时候，不容太尉不上岸，宿太尉只得离船上了岸。众人牵过一匹马来，扶策太尉上了马，不得已随众同行。宋江先叫花荣、秦明陪奉太尉上山。宋江随后也上了马，吩咐教把船上一应人等，并御香、祭物、金铃吊挂，齐齐收拾上山，只留下李俊、张顺，带领一百余人看船。

一行众头领都到山上，宋江下马入寨，把宿太尉扶在聚义厅上当中坐定，众头领两边侍立着。宋江下了四拜，跪在面前，告复道："宋江原是郓城县小吏，为被官司所逼，不得已啃聚山林，权借梁山水泊避难，专等朝廷招安，与国家出力。今有两个兄弟，无事被贺太守生事陷害，下在牢里。欲借太尉御香、仪从，并金铃吊挂，去赚华州；事毕并还，于太尉身上，并无侵犯。乞太尉钧鉴。"宿太尉道："不争你将了御香等物去，明日事露，须连累下官。"宋江道："太尉回京，都推在宋江身上便了。"宿太尉看了那一班人模样，怎生推托得？只得应允了。

宋江执盏擎杯，设筵拜谢。就把太尉带来的人穿的衣服都借穿了。于小喽罗数内，选拣一个俊俏的，剃了髭须，穿了太尉的衣服，扮做宿元景，宋江、吴用扮做客帐司，解珍、解宝、杨雄、石秀扮做虞候，小喽罗都是紫衫银带，执着旌节、旗旛、仪仗、法物，擎抬了御香、祭礼、金铃吊挂，花荣、徐宁、朱仝、李应扮做四个衙兵，朱武、陈达、杨春款住[①] 太尉并跟随一应人等，置酒管待，却教秦明、呼延灼引一队人马，林冲、杨志引一队人马，分作两路取城，教武松预先去西岳门下伺候，只听号起行事。

话休絮烦。且说一行人等，离了山寨，径到河口下船而行，不去报与华州太守，一径奔西岳庙来。戴宗先去报知云台观观主，并庙里职事人等，直至船边，迎接上岸。香花灯烛，幢旛宝盖，摆列在前；先请御香上了香亭，庙里人夫扛抬了，导引金铃吊挂前行。观主拜见了太尉，吴学究道："太尉一路染病不快，且把轿子来。"左右人等，扶策太尉上轿，径到岳庙里官厅内歇下。客帐司吴学究对观主道："这是特奉圣旨，赍捧御香、金铃吊挂，来与圣帝供养；缘何本州官员轻慢，不来迎接？"观主答道："已使人去报了，敢是便到。"

说犹未了，本州先使一员推官，带领做公的五七十人，将着酒果，来见太尉。原来那扮太尉的小喽罗虽然模样相似，却语言发放不得，因此只教装做染病，把靠褥围定在床上坐。推官看了，见来的旌节、门旗、牙仗等物，都是内府制造出的，如何不信？客帐司假意出入，禀复了两遭，却引推

---

① 款住——殷勤地留住。

官人去,远远地阶下参拜了。那假太尉只把手指,并不听得说甚么。吴用引到面前,埋怨推官道:“太尉是天子前近幸大臣,不辞千里之遥,特奉圣旨到此降香,不想于路染病未痊,本州众官,如何不来远接!”推官答道:“前路官司虽有文书到州,不见近报,因此有失迎迓。不期太尉先到庙里,本是太守便来,奈缘少华山贼人,纠合梁山泊草盗,要打城池,每日在彼提防,以此不敢擅离。特差小官先来贡献酒礼,太守随后便来参见。”吴学究道:“太尉涓滴不饮,只叫太守快来商议行礼。”推官随即教取酒来,与客帐司亲随人把盏了。吴学究又入去禀一遭,将了钥匙出来,引着推官去看金铃吊挂,开了锁,就香帛袋中取出那御赐金铃吊挂来,叫推官看,便把条竹竿叉起。看时,果然制造得无比。但见:

浑金打就,五彩妆成。双悬缨络金铃,上挂珠玑宝盖。黄罗密布,中间八爪玉龙盘;紫带低垂,外壁双飞金凤递。对嵌珊瑚玛瑙,重围琥珀珍珠。碧琉璃掩映绛纱灯,红菡萏参差青翠叶。堪宜金屋琼楼挂,雅称瑶台宝殿悬。

这一对金铃吊挂乃是东京内府高手匠人做成的,浑是七宝珍珠嵌造,中间点着碗红纱灯笼,乃是圣帝殿上正中挂的,不是内府降来,民间如何做得?吴用叫推官看了,再收入柜匣内锁了,又将出中书省许多公文,付与推官,便叫太守来商议,拣日祭祀。推官和众多做公的,都见了许多物件文凭,便辞了客帐司,径回到华州府里,来报贺太守。

却说宋江暗暗地喝采道:“这厮虽然奸猾,也骗得他眼花心乱了。”此时武松已在庙门下了。吴学究又使石秀藏了尖刀,也来庙门下,相帮武松行事,却又叫戴宗扮虞候。云台观主进献素斋,一面教执事人等安排铺陈岳庙。宋江闲步看那西岳庙时,果然是盖造的好,殿宇非凡,真乃人间天上。宋江来到正殿上,拈香再拜,暗暗祈祷已罢,回至官厅前,门人报道:“贺太守来也。”宋江便叫花荣、徐宁、朱仝、李应四个衙兵,各执着器械,分列在两边,解珍、解宝、杨雄、戴宗,各带暗器,侍立在左右。

却说贺太守将带三百余人,来到庙前下马,簇拥入来,假客帐司吴学究、宋江见贺太守带着三百余人,都是带刀公吏人等入来,吴学究喝道:“朝廷太尉在此,闲杂人不许近前!”众人立住了脚,贺太守独自进前来拜见太尉。客帐司道:“太尉教请太守入来厮见。”贺太守入到官厅前,望着假太尉便拜。吴学究道:“太守,你知罪么?”太守道:“贺某不知太尉到来,伏乞恕罪。"吴学究道:"太尉奉敕到此西岳降香,如何不来远接?"太守答道:"不曾有近报到州,有失迎迓。"吴学究喝声:"拿下!"解珍、解宝弟兄两个,身边早掣出短刀来,一脚把贺太守踢翻,便割了头。宋江喝道:"兄弟们动手!"早把那跟来的人三百余个,惊得呆了,正走不动。花荣等一发向前,把那一干人,算子般都倒在地下;有一半抢出庙门下,武松、石秀舞刀杀将入来,小喽罗四下赶杀,三百余人不剩一个回去。续后到庙里的,都被张顺、李俊杀了。

宋江急叫收了御香、吊挂下船,都赶到华州时,早见城中两路火起,一齐杀将入来,先去牢中救了史进、鲁智深,就打开库藏,取了财帛,装载上车。一行人离了华州,上船回到少华山上,都来拜见宿太尉,纳还了御香、金铃吊挂、旌节、门旗、仪仗等物,拜谢了太尉恩相。

宋江教取一盘金银相送太尉,随从人等,不分高低,都与了金银,就山寨里做了个送路筵席,谢承太尉。众头领直送下山,到河口交割了一应什物船只,一些不少,还了原来的人等。

宋江谢别了宿太尉,回到少华山上,便与四筹好汉商议,收拾山寨钱粮,放火烧了寨栅。一行人等,军马粮草,都望梁山泊来。

且说宿太尉下船来,到华州城中,已知被梁山泊贼人杀死军兵人马,劫了府库钱粮;城中杀死军校一百余人,马匹尽皆掳去。西岳庙中,又杀了许多人性命,便叫本州推官动文书申达中书省起奏,都做"宋江先在途中劫了御香、吊挂,因此赚知府到庙,杀害性命"。宿太尉到庙里焚了御香,把这金铃吊挂吩咐与了云台观主,星夜急急自回京师,奏知此事,不在话下。

再说宋江救了史进、鲁智深,带了少华山四个好汉,仍旧作三队,分俵人马,向梁山泊来,所过州县,秋毫无犯。先使戴宗前来上山报知,晁盖并众头领下山迎接宋江等,一同到山寨里聚义厅上,都相见已罢,一面做庆喜筵席。次日,史进、朱武、陈达、杨春,各以己财做筵宴,拜谢晁、宋二公并众头领。

过了数日,话休絮烦。忽一日,有旱地忽律朱贵上山报说:"徐州沛县芒砀山中,新有一伙强人,聚集着三千人马。为头一个先生,姓樊,名瑞,绰号混世魔王,能呼风唤雨,用兵如神。手下两个副将:一个姓项,名充,绰号八臂哪吒,能使一面团牌,牌上插飞刀二十四把,手中仗一条铁标枪。

又有一个姓李，名衮，绰号飞天大圣，也使一面团牌，牌上插标枪二十四根，手中使一口宝剑。这三个结为兄弟，占住芒砀山，打家劫舍。三个商量了，要来吞并俺梁山泊大寨。小弟听得说，不得不报。”宋江听了，大怒道：“这贼怎敢如此无礼！我便再下山走一遭！”只见九纹龙史进便起身道：“小弟等四个初到大寨，无半米之功，情愿引本部人马，前去收捕这伙强人。”宋江大喜。当下史进点起本部人马，与同朱武、陈达、杨春，都披挂了，来辞宋江下山。把船渡过金沙滩，上路径奔芒砀山来。三日之内，早望见那座山，乃是昔日汉高祖斩蛇起义之处。三军人马来到山下，早有伏路小喽罗上山报知。

且说史进把少华山带来的人马摆开，史进全身披挂，骑一匹火炭赤马，当先出阵。怎见得史进的英雄，但见：

久在华州城外住，出身原是庄农，学成武艺惯心胸。三尖刀似雪，浑赤马如龙。体挂连环镔铁铠，战袍风飐猩红，雕青镌玉更玲珑。江湖称史进，绰号九纹龙。

当时史进首先出马，手中横着三尖两刃刀；背后三个头领，中间的便是神机军师朱武。那人原是定远县人氏，平生足智多谋，亦能使两口双刀，出到阵前。亦有八句诗单道朱武好处：

道服裁棕叶，云冠剪鹿皮。
脸红双眼俊，面目细髯垂。
智可张良比，才将范蠡欺。
今堪副吴用，朱武号神机。

上首马上坐着一筹好汉，手中横着一条出白点钢枪，绰号跳涧虎陈达，原是邺城人氏。当时提枪跃马，出到阵前，也有一首诗单道着陈达好处：

每见力人能虎跳，亦知猛虎跳山溪。
果然陈达人中虎，跃马腾枪奋鼓鼙。

下首马上坐着一筹好汉，手中使一口大杆刀，绰号白花蛇杨春，原是解良县蒲城人氏。当下挺刀立马，守住阵门。也有一首诗单题杨春的好处：

杨春名姓亦奢遮，劫客多年在少华。
伸臂展腰长有力，能吞巨象白花蛇。

四个好汉勒马在阵前，望不多时，只见芒砀山上飞下一彪人马来，当先两个好汉：为头那一个，便是徐州沛县人氏，姓项，名充，绰号八臂哪吒，使一面团牌，背插飞刀二十四把，百步取人，无有不中，右手仗一条标枪，后面打着一面认军旗，上书“八臂哪吒”，步行下山。有八句诗单题项充：

铁帽深遮顶，铜环半掩腮。
傍牌悬兽面，飞刃插龙胎。
脚到如风火，身先降祸灾。
哪吒号八臂，此是项充来。

次后那个，便是邳县人氏，姓李，名衮，绰号飞天大圣，会使一面团牌，背插二十四把标枪，亦能百步取人；左手挽牌，右手仗剑，后面打着一面认军旗，上书“飞天大圣”，出到阵前。有八句诗单道李衮：

缨盖盔兜顶，袍遮铁掩襟。
胸藏拖地胆，毛盖杀人心。
飞刃齐攒玉，蛮牌满画金。
飞天号大圣，李衮众人钦。

当下两个步行下山，见了对阵史进、朱武、陈达、杨春四骑马在阵前，并不打话，小喽罗筛起锣来，两个好汉舞动团牌，齐上直滚入阵来。史进等拦当不住，后军先走，史进前军抵敌，朱武等中军呐喊，乱窜起来，正所谓人住马不住，杀得退走三四十里。史进险些儿中了飞刀，杨春转身得迟，被一飞刀，战马着伤，弃了马，逃命走了。史进点军，折了一半，和朱武等商议，欲要差人回梁山泊求救。

正忧疑之间，只见军士来报：“北边大路上，尘头起处，约有二千军马到来。”史进等直迎来时，却是梁山泊旗号，当先马上两员上将：一个是小李广花荣，一个是金枪手徐宁。史进接着，备说项充、李衮蛮牌滚动，军马遮拦不住。花荣道：“宋公明哥哥见兄长来了，放心不下，好生懊悔，特遣我两个到来帮助。”史进等大喜，合兵一处下寨。

次日天晓，正欲起兵对敌，军士报道：“北边大路上又有军马到来。”花荣、徐宁、史进一齐上马接时，却是宋公明亲自和军师吴学究、公孙胜、柴进、朱仝、呼延灼、穆弘、孙立、黄信、吕方、郭盛，带领三千人马来到。史进备说项充、李衮飞刀、标枪、滚牌难近，折了人马一事。宋江大惊，吴用道：“且把军马扎下寨栅，别作商议。”宋江性急，要起兵剿捕，直到山下。此时天色已晚，望见芒砀山上，都是青色灯笼，公孙胜看了，便道：“此寨中青色灯笼，必有个会行妖法之人在内。我等且把军马退去，来日贫道献一个阵法，要捉此二人。”宋江大喜，传令教军马且退二十里扎住营寨。次日清晨，公孙胜献出这个阵法。有分教，魔王拱手上梁山，神将倾心归水泊。毕竟公孙胜献出甚么阵法来，且听下回分解。

第六十回

公孙胜芒砀山降魔　晁天王曾头市中箭

话说公孙胜对宋江、吴用献出那个阵图：“便是汉末三分，诸葛孔明摆石为阵的法：四面八方，分八八六十四队，中间大将居之；其象四头八尾，左旋右转，按天地风云之机，龙虎鸟蛇之状。待他下山冲入阵来，两军齐开，如若伺候他入阵，只看七星号带起处，把阵变为长蛇之势。贫道作起道法，教这三人在阵中前后无路，左右无门。却于坎地上掘一陷坑，直逼此三人到那里。两边埋伏下挠钩手，准备捉将。”宋江听了大喜，便传将令，叫大小将校依令而行。再用八员猛将守阵，那八员：呼延灼、朱仝、花荣、徐宁、穆弘、孙立、史进、黄信，却叫柴进、吕方、郭盛权摄中军；宋江、吴用、公孙胜带领陈达磨旗①，叫朱武指引五个军士，在近山高坡上看对阵报事。

是日巳牌时分，众军近山摆开阵势，摇旗擂鼓搦战。只见芒砀山上有三二十面锣声震地价响，三个头领一齐来到山下，便将三千余人摆开；左右两边，项充、李衮；中间马上，拥出那个为头的好汉，姓樊，名瑞，祖贯濮州人氏，幼年作全真先生，江湖上学得一身好武艺。马上惯使一个流星锤，神出鬼没，斩将搴旗②，人不敢近，绰号混世魔王。怎见得樊瑞英雄，有《西江月》为证：

头散青丝细发，身穿绒绣皂袍，连环铁甲晃寒霄，惯使铜锤神妙。
好似北方真武，世间伏怪除妖，云游江海把名标，混世魔王绰号。

那个混世魔王樊瑞骑一匹黑马，立于阵前。上首是项充，下首是李

---

① 磨旗——摇动旗号。

② 搴(qiān)旗——拔取敌方旗帜，形容英勇善战，所向无敌。

衮。那樊瑞虽会使神术妖法,却不识阵势。看了宋江军马,四面八方,摆成阵势,心中暗喜道:"你若摆阵,中我计了!"吩咐项充、李衮道:"若见风起,你两个便引五百滚刀手杀入阵去。"项充、李衮得令,各执定蛮牌,挺着标枪飞剑,只等樊瑞作用。

只看樊瑞立于马上,左手挽定流星铜锤,右手仗着混世魔王宝剑,口中念念有词,喝声道:"疾!"只见狂风四起,飞沙走石,天昏地暗,日月无光。项充、李衮呐声喊,带了五百滚刀手,杀将过去。

宋江军马见杀将过去,便分开做两下。项充、李衮,一搅入阵,两下里强弓硬弩,射住来人,只带得四五十人入去,其余的都回本阵去了。宋江在高坡上望见项充、李衮已入阵里了,便叫陈达把七星号旗只一招,那座阵势,纷纷滚滚,变作长蛇之阵。项充、李衮正在阵里东赶西走,左盘右转,寻路不见。高坡上朱武把小旗在那里指引:他两个投东,朱武便望东指;若是投西,便望西指。原来公孙胜在高埠处看了,已先拔出那松文古定剑来,口中念动咒语,喝声道:"疾!"将那风尽随着项充、李衮脚跟边乱卷。两个在阵中,只见天昏地暗,日色无光,四边并不见一个军马,一望都是黑气。后面跟的都不见了。

项充、李衮心慌起来,只要夺路回阵,百般地没寻归路处。正走之间,忽然地雷大振一声,两个在阵叫苦不迭,一齐趓了双脚,翻筋斗颠下陷马坑里去。两边都是挠钩手,早把两个搭将起来,便把麻绳绑缚了,解上山坡请功。宋江把鞭梢一指,三军一齐掩杀过去,樊瑞引人马奔走上山,走不迭的,折其大半。

宋江收军,众头领都在帐前坐下,军健早解项充、李衮到于麾下。宋江见了,忙叫解了绳索,亲自把盏,说道:"二位壮士,其实休怪,临敌之际,不如此不得。小可宋江,久闻三位壮士大名,欲来礼请上山,同聚大义;盖因不得其便,因此错过。倘若不弃,同归山寨,不胜万幸。"两个听了,拜伏在地道:"已闻及时雨大名,只是小弟等无缘,不曾拜识。原来兄长果有大义!我等两个不识好人,要与天地相拗;今日既被擒获,万死尚轻,反以礼待;若蒙不杀,誓当效死,报答大恩!樊瑞那人,无我两个,如何行得?义士头领若肯放我们一个回去,就说樊瑞来投拜,不知头领尊意如何?"宋江便道:"壮士,不必留一人在此为当,便请二位同回贵寨。宋江来日专候佳音。"两个拜谢道:"真乃大丈夫!若是樊瑞不从投降,我等擒来,奉献头领麾下。”宋江听说大喜，请入中军，待了酒食，换了两套新衣，取两匹好马，呼小喽罗拿了枪牌，送二人下山回寨。

两个于路，在马上感恩不尽。来到芒砀山下，小喽罗见了大惊，接上山寨。樊瑞问两个来意如何。项充、李衮道：“我等逆天之人，合该万死！”樊瑞道：“兄弟，如何说这话？”两个便把宋江如此义气，说了一遍。樊瑞道：“既然宋公明如此大贤，义气最重，我等不可逆天，来早都下山投拜。”两个道：“我们也为如此而来。”当夜把寨内收拾已了，次日天晓，三个一齐下山，直到宋江寨前，拜伏在地。

宋江扶起三人，请入帐中坐定。三个见了宋江，没半点相疑之意，彼此倾心吐胆，诉说平生之事。三人拜请众头领，都到芒砀山寨中，杀牛宰马，管待宋公明等众多头领，一面赏劳三军。饮宴已罢，樊瑞就拜公孙胜为师。宋江立主教公孙胜传授五雷天心正法与樊瑞，樊瑞大喜。数日之间，牵牛拽马，卷了山寨钱粮，驮了行李，收聚人马，烧毁了寨栅，跟宋江等班师回梁山泊，于路无话。

宋江同众好汉军马，已到梁山泊边，却欲过渡，只见芦苇岸边大路上，一个大汉望着宋江便拜。宋江慌忙下马扶住，问道：“足下姓甚名谁？何处人氏？”那汉答道：“小人姓段，双名景住。人见小弟赤发黄须，都呼小人为金毛犬。祖贯是涿州人氏，平生只靠去北边地面盗马。今春去到枪竿岭北边，盗得一匹好马，雪练也似价白，浑身并无一根杂毛，头至尾，长一丈，蹄至脊，高八尺。那马又高又大，一日能行千里，北方有名，唤做‘照夜玉狮子马’①，乃是大金王子骑坐的，放在枪竿岭下，被小人盗得来。江湖上只闻及时雨大名，无路可见，欲将此马前来进献与头领，权表我进身之意。不期来到凌州西南上曾头市过，被那曾家五虎夺了去。小人称说是梁山泊宋公明的，不想那厮多有污秽的言语，小人不敢尽说。逃走得脱，特来告知。”宋江看这人时，虽是骨瘦形粗，却甚生得奇怪。怎见得，有诗为证：

焦黄头发髭须卷，捷足不辞千里远。
但能盗马不看家，如何唤做金毛犬？

宋江见了段景住一表非俗，心中暗喜，便道：“既然如此，且同到山寨里商

---

① 照夜玉狮子马——唐有名马照夜白、狮子骢。此为二马名之合称。

议。”带了段景住，一同都下船，到金沙滩上岸。晁天王并众头领接到聚义厅上，宋江教樊瑞、项充、李衮和众头领相见，段景住一同都参拜了，打起聒厅鼓来，且做庆贺筵席。宋江见山寨连添了许多人马，四方豪杰，望风而来，因此叫李云、陶宗旺监工，添造房屋，并四边寨栅。段景住又说起那匹马的好处，宋江叫神行太保戴宗，去曾头市探听那匹马的下落。

戴宗去了四五日，回来对众头领说道：“这个曾头市上，共有三千余家，内有一家，唤做曾家府。这老子原是大金国人，名为曾长者；生下五个孩儿，号为曾家五虎：大的儿子，唤做曾涂，第二个唤做曾密，第三个唤做曾索，第四个唤做曾魁，第五个唤做曾升。又有一个教师史文恭，一个副教师苏定。去那曾头市上，聚集着五七千人马，扎下寨栅，造下五十余辆陷车，发愿说，他与我们势不两立，定要捉尽俺山寨中头领，做个对头。那匹千里玉狮子马，现今与教师史文恭骑坐。更有一般堪恨那厮之处，杜撰几句言语，教市上小儿们都唱道：‘摇动铁镮铃，神鬼尽皆惊。铁车并铁锁，上下有尖钉。扫荡梁山清水泊，剿除晁盖上东京！生擒及时雨，活捉智多星！曾家生五虎，天下尽闻名！’”

晁盖听罢，心中大怒道：“这畜生怎敢如此无礼！我须亲自走一遭，不捉的此辈，誓不回山！”宋江道：“哥哥是山寨之主，不可轻动，小弟愿往。”晁盖道：“不是我要夺你的功劳，你下山多遍了，厮杀劳困，我今替你走一遭，下次有事，却是贤弟去。”宋江苦谏不听，晁盖忿怒，便点起五千人马，请启二十个头领相助下山，其余都和宋公明保守山寨。

晁盖点那二十个头领：林冲、呼延灼、徐宁、穆弘、刘唐、张横、阮小二、阮小五、阮小七、杨雄、石秀、孙立、黄信、杜迁、宋万、燕顺、邓飞、欧鹏、杨林、白胜，共是二十个头领，部领三军人马下山，征进曾头市。宋江与吴用、公孙胜众头领，就山下金沙滩饯行。饮酒之间，忽起一阵狂风，正把晁盖新制的认军旗，半腰吹折。众人见了，尽皆失色。

吴学究谏道：“此乃不祥之兆，兄长改日出军。”宋江劝道：“哥哥方才出军，风吹折认旗，于军不利；不若停待几时，却去和那厮理会。”晁盖道：“天地风云，何足为怪？趁此春暖之时，不去拿他，直待养成那厮气势，却去进兵，那时迟了。你且休阻我，遮莫怎地要去走一遭！”宋江那里别拗得住，晁盖引兵渡水去了。宋江悒怏不已。回到山寨，再叫戴宗下山，去探听消息。

且说晁盖领着五千人马，二十个头领，来到曾头市相近，对面下了寨栅。次日，先引众头领，上马去看曾头市。众多好汉立马看时，果然这曾头市是个险隘去处。但见：

周回一遭野水，四围三面高冈，堑边河港似蛇盘，濠下柳林如雨密。凭高远望，绿阴浓不见人家；附近潜窥，青影乱深藏寨栅。村中壮汉，出来的勇似金刚；田野小儿，生下地便如鬼子。果然是铁壁铜墙，端的尽人强马壮。

晁盖与众头领正看之间，只见柳林中飞出一彪人马来，约有七八百人，当先一个好汉，戴熟铜盔，披连环甲，使一条点钢枪，骑着匹冲阵马，乃是曾家第四子曾魁，高声喝道："你等是梁山泊反国草寇，我正要来拿你解官请赏，原来天赐其便！还不下马受缚，更待何时！"晁盖大怒，回头一观，早有一将出马，去战曾魁。那人是梁山初结义的好汉豹子头林冲。两个交马，斗了二十余合，不分胜败。曾魁斗到二十合之后，料道斗林冲不过，掣枪回马，便往柳林中走，林冲勒住马不赶。

晁盖领转军马回寨，商议打曾头市之策。林冲道："来日直去市口搦战，就看虚实如何，再作商议。"

次日平明，引领五千人马，向曾头市口平川旷野之地，列成阵势，擂鼓呐喊。曾头市上炮声响处，大队人马出来，一字儿摆着七个好汉：中间便是都教师史文恭，上首副教师苏定，下首便是曾家长子曾涂，左边曾密、曾魁，右边曾升、曾索，都是全身披挂。教师史文恭弯弓插箭，坐下那匹却是千里玉狮子马，手里使一枝方天画戟。三通鼓罢，只见曾家阵里推出数辆陷车，放在阵前，曾涂指着对阵骂道："反国草贼，见俺陷车么？我曾家府里杀你死的，不算好汉！我一个个直要捉你活的，装载陷车里，解上东京，碎尸万段。你们趁早纳降，再有商议。"晁盖听了大怒，挺枪出马，直奔曾涂。众将怕晁盖有失，一发掩杀过去，两军混战。曾家军马，一步步退入村里。林冲、呼延灼紧护定晁盖，东西赶杀。林冲见路途不好，急退回来收兵。看得两边各皆折了些人马。

晁盖回到寨中，心中甚忧。众将劝道："哥哥且宽心，休得愁闷，有伤贵体。往常宋公明哥哥出军，亦曾失利，好歹得胜回寨，今日混战，各折了些军马，又不曾输了与他，何须忧闷？"晁盖只是郁郁不乐。在寨内一连三日，每日搦战，曾头市上并不曾见一个。

第四日，忽有两个和尚直到晁盖寨里来投拜，军人引到中军帐前，两个和尚跪下告道："小僧是曾头市上东边法华寺里监寺僧人，今被曾家五虎不时常来本寺作践罗唣，索要金银财帛，无所不为。小僧已知他的备细出没去处，特地前来拜请头领入去劫寨，剿除了他时，当坊有幸。"晁盖见说大喜，便请两个和尚坐了，置酒相待。

林冲谏道："哥哥休得听信，其中莫非有诈。"和尚道："小僧是个出家人，怎敢妄语？久闻梁山泊行仁义之道，所过之处，并不扰民，因此特来拜投，如何故来掇赚将军？况兼曾家未必赢得头领大军，何故相疑？"晁盖道："兄弟休生疑心，误了大事。今晚我自去走一遭。"林冲道："哥哥休去，我等分一半人马去劫寨，哥哥在外面接应。"晁盖道："我不自去，谁肯向前？你可留一半军马在外接应。"林冲道："哥哥带谁入去？"晁盖道："点十个头领，分二千五百人马入去。"十个头领是：刘唐、阮小二、呼延灼、阮小五、欧鹏、阮小七、燕顺、杜迁、宋万、白胜。

当晚造饭吃了，马摘鸾铃，军士衔枚[①]，黑夜疾走，悄悄地跟了两个和尚，直奔法华寺内，看时，是一个古寺。晁盖下马，入到寺内，见没僧众，问那两个和尚道："怎地这个大寺院，没一个僧众？"和尚道："便是曾家畜生薅恼，不得已各自归俗去了；只有长老并几个侍者，自在塔院里居住。头领暂且屯住了人马，等更深些，小僧直引到那厮寨里。"晁盖道："他的寨在那里？"和尚道："他有四个寨栅，只是北寨里，便是曾家弟兄屯军之处。若只打得那个寨子时，别的都不打紧。这三个寨便罢了。"晁盖道："那个时分可去？"和尚道："如今只是二更天气，且待三更时分，他无准备。"初时听得曾头市上，整整齐齐打更鼓响。又听了半个更次，绝不闻更点之声。和尚道："军人想是已睡了，如今可去。"和尚当先引路。晁盖带同诸将上马，领兵离了法华寺，跟着和尚。

行不到五里多路，黑影处不见了两个僧人，前军不敢行动。看四边路杂难行，又不见有人家。军士却慌起来，报与晁盖知道。呼延灼便叫急回旧路。走不到百十步，只见四下里金鼓齐鸣，喊声震地，一望都是火把。晁盖众将引军夺路而走，才转得两个弯，撞出一彪军马，当头乱箭射将来，

① 衔枚——古人行军作战，有时口中含一木棒，以防出声。有"人衔枚，马摘铃"语。衔，含，叼着。枚，短木棒。

不期一箭，正中晁盖脸上，倒撞下马来，却得呼延灼、燕顺两骑马，死并将去，背后刘唐、白胜，救得晁盖上马，杀出村中来。村口林冲等，引军接应，刚才敌得住。两军混战，直杀到天明，各自归寨。

林冲回来点军时，三阮、宋万、杜迁，水里逃得性命；带入去二千五百人马，止剩得一千二三百人，跟着欧鹏，都回到帐中。

众头领且来看晁盖时，那枝箭正射在面颊上，急拔得箭出，血晕倒了。看那箭时，上有"史文恭"字，林冲叫取金枪药敷贴上，原来却是一枝药箭。晁盖中了箭毒，已自言语不得。林冲叫扶上车子，便差三阮、杜迁、宋万先送回山寨。其余十五个头领，在寨中商议："今番晁天王哥哥下山来，不想遭这一场，正应了风折认旗之兆；我等只可收兵回去，这曾头市急切不能取得。"呼延灼道："须等宋公明哥哥将令来，方可回军。"当日众头领闷闷不已，众军亦无恋战之心，人人都有还山之意。

当晚二更时分，天色微明，十五个头领，都在寨中纳闷，正是蛇无头而不行，鸟无翅而不飞，嗟咨叹惜，进退无措。忽听的伏路小校，慌急来报："前面四五路军马杀来，火把不计其数。"林冲听了，一齐上马。三面山字火把齐明，照见如同白日，四下里呐喊到寨前。林冲领了众头领，不去抵敌，拔寨都起，回马便走。曾家军马，背后卷杀将来，两军且战且走。走过了五六十里，方才得脱。计点人兵，又折了五七百人。大败亏输，急取旧路，望梁山泊回来。

退到半路，正迎着戴宗传下军令，教众头领引军且回山寨，别作良策。众将得令，引军回到水浒寨上山，都来看视晁头领时，已自水米不能入口，饮食不进，浑身虚肿。宋江等守定在床前啼哭，亲手敷贴药饵，灌下汤散。众头领都守在帐前看视。

当日夜至三更，晁盖身体沉重，转头看着宋江嘱咐道："贤弟保重。若那个捉得射死我的，便教他做梁山泊主！"言罢，便瞑目而死。宋江见晁盖死了，比似丧考妣[①] 一般，哭得发昏。众头领扶策宋江出来主事。吴用、公孙胜劝道："哥哥且省烦恼，生死人之分定，何故痛伤？且请理会大事。"宋江哭罢，便教把香汤沐浴了尸首，装殓衣服巾帻，停在聚义厅上。众头领都来举哀祭祀。一面合造内棺外椁，选了吉时，盛放在正厅上，建起灵

---

① 考妣(bǐ)——分别指故去的父母亲。

帏，中间设个神主，上写道："梁山泊主天王晁公神主"。山寨中头领，自宋公明以下，都带重孝；小头目并众小喽罗，亦带孝头巾。把那枝誓箭，就供养在灵前。寨内扬起长旛，请附近寺院僧众上山做功德，追荐晁天王。宋江每日领众举哀，无心管理山寨事务。林冲与公孙胜、吴用，并众头领商议，立宋公明为梁山泊主，诸人拱听号令。

次日清晨，香花灯烛，林冲为首，与众等请出宋公明在聚义厅上坐定。吴用、林冲开话道："哥哥听禀：'国一日不可无君，家一日不可无主。'晁头领是归天去了，山寨中事业，岂可无主？四海之内，皆闻哥哥大名，来日吉日良辰，请哥哥为山寨之主，诸人拱听号令。"宋江道："晁天王临死时嘱咐：'如有人捉得史文恭者，便立为梁山泊主。'此话众头领皆知，今骨肉未寒，岂可忘了？又不曾报得仇，雪得恨，如何便居得此位？"吴学究又劝道："晁天王虽是如此说，今日又未曾捉得那人，山寨中岂可一日无主？若哥哥不坐时，谁人敢当此位？寨中人马如何管领？然虽遗言如此，哥哥权且尊临此位，坐一坐，待日后别有计较。"

宋江道："军师言之极当。今日小可权当此位，待日后报仇雪恨已了，拿住史文恭的，不拘何人，须当此位。"黑旋风李逵在侧边叫道："哥哥休说做梁山泊主，便做了大宋皇帝，却不好！"宋江喝道："这黑厮又来胡说！再休如此乱言，先割了你这厮舌头！"李逵道："我又不教哥哥做社长，请哥哥做皇帝，倒要割了我舌头！"吴学究道："这厮不识尊卑的人，兄长不要和他一般见识。且请哥哥主张大事。"

宋江焚香已罢，权居主位，坐了第一把椅子。上首军师吴用，下首公孙胜；左一带林冲为头，右一带呼延灼居长。众人参拜了，两边坐下。宋江乃言道："小可今日权居此位，全赖众兄弟扶助，同心合意，共为股肱，一同替天行道。如今山寨，人马数多，非比往日，可请众兄弟分做六寨驻扎。聚义厅今改为忠义堂。前后左右立四个旱寨，后山两个小寨，前山三座关隘，山下一个水寨，两滩两个小寨，今日各请弟兄分投去管。忠义堂上，是我权居尊位。第二位军师吴学究，第三位法师公孙胜，第四位花荣，第五位秦明，第六位吕方，第七位郭盛；左军寨内：第一位林冲，第二位刘唐，第三位史进，第四位杨雄，第五位石秀，第六位杜迁，第七位宋万；右军寨内：第一位呼延灼，第二位朱仝，第三位戴宗，第四位穆弘，第五位李逵，第六位欧鹏，第七位穆春；前军寨内：第一位李应，第二位徐宁，第三位鲁智深，第四位武松，第五位杨志，第六位马麟，第七位施恩；后军寨内：第一位柴进，第二位孙立，第三位黄信，第四位韩滔，第五位彭玘，第六位邓飞，第七位薛永；水军寨内：第一位李俊，第二位阮小二，第三位阮小五，第四位阮小七，第五位张横，第六位张顺，第七位童威，第八位童猛。六寨计四十三员头领。山前第一关，令雷横、樊瑞守把；第二关，令解珍、解宝守把；第三关，令项充、李衮守把。金沙滩小寨内，令燕顺、郑天寿、孔明、孔亮四个守把；鸭嘴滩小寨内，令李忠、周通、邹渊、邹润四个守把。山后两个小寨：左一个旱寨内，令王矮虎、一丈青、曹正，右一个旱寨内，令朱武、陈达、杨春六人守把。忠义堂内，左一带房中，掌文卷，萧让；掌赏罚，裴宣；掌印信，金大坚；掌算钱粮，蒋敬。右一带房中，管炮，凌振；管造船，孟康；管造衣甲，侯健；管筑城垣，陶宗旺。忠义堂后两厢房中管事人员：监造房屋，李云；铁匠总管，汤隆；监造酒醋，朱富；监备筵宴，宋清；掌管什物，杜兴、白胜。山下四路作眼酒店，原拨定朱贵、乐和、时迁、李立、孙新、顾大嫂、张青、孙二娘，已自定数。管北地收买马匹，杨林、石勇、段景住。分拨已定，各自遵守，毋得违犯。”

梁山泊水浒寨内，大小头领，自从宋公明为寨主，尽皆欢喜，拱听约束。一日，宋江聚众商议，欲要与晁盖报仇，兴兵去打曾头市。军师吴用谏道：“哥哥，庶民居丧，尚且不可轻动，哥哥兴师，且待百日之后，方可举兵。”宋江依吴学究之言，守住山寨，每日修设好事，只做功果，追荐晁盖。

一日，请到一僧，法名大圆，乃是北京大名府在城龙华寺僧人，只为游方来到济宁，经过梁山泊，就请在寨内做道场。因吃斋之次，闲话间，宋江问起北京风土人物，那大圆和尚说道：“头领如何不闻河北玉麒麟之名？”宋江、吴用听了，猛然省起，说道：“你看我们未老，却恁地忘事！北京城里是有个卢大员外，双名俊义，绰号玉麒麟，是河北三绝，祖居北京人氏，一身好武艺，棍棒天下无对。梁山泊寨中若得此人时，何怕官军缉捕，岂愁兵马来临？”吴用答道：“哥哥何故自丧志气？若要此人上山，有何难哉！”宋江答道：“他是北京大名府第一等长者[①]，如何能够得他来落草？”吴学究道：“吴用也在心多时了，不想一向忘却。小生略施小计，便教本人[②]

---

① 长者——这里指有声望、有地位，并不指年齿。

② 本人——他。这里不是自称。

上山。”宋江便道：“人称足下为智多星，端的名不虚传！敢问军师用甚计策，赚得本人上山？”吴用不慌不忙，迭两个指头，说出这段计来。有分教，卢俊义撇却锦簇珠围，来试龙潭虎穴。正是只为一人归水浒，致令百姓受兵戈。毕竟吴学究怎地赚卢俊义上山，且听下回分解。

第六十一回

吴用智赚玉麒麟　张顺夜闹金沙渡

话说这龙华寺僧人，说出三绝玉麒麟卢俊义名字与宋江，吴用道：“小生凭三寸不烂之舌，直往北京说卢俊义上山，如探囊取物，手到拈来，只是少一个粗心大胆的伴当，和我同去。”说犹未了，只见黑旋风李逵高声叫道：“军师哥哥，小弟与你走一遭。”宋江喝道：“兄弟，你且住着！若是上风放火，下风杀人，打家劫舍，冲州撞府，合用着你。这是做细作的勾当，你性子又不好，去不的。”李逵道：“你们都道我生的丑，嫌我，不要我去。”宋江道：“不是嫌你，如今大名府做公的极多，倘或被人看破，枉送了你的性命。”李逵叫道：“不妨。我定要去走一遭。”吴用道：“你若依的我三件事，便带你去；若依不的，只在寨中坐地。”李逵道：“莫说三件，便是三十件也依你！”吴用道：“第一件，你的酒性如烈火，自今日去，便断了酒，回来你却开；第二件，于路上做道童打扮，随着我，我但叫你，不要违拗；第三件最难，你从明日为始，并不要说话，只做哑子一般。依的这三件，便带你去。”李逵道：“不吃酒，做道童，却依得；闭着这个嘴不说话，却是憋杀我！”吴用道：“你若开口，便惹出事来。”李逵道：“也容易，我只口里衔着一文铜钱便了！”宋江道：“兄弟，你坚执要去，若有疏失，休要怨我。”李逵道：“不妨，不妨。我这两把板斧拿了去，少也砍他娘千百个鸟头才罢。”众头领都笑，那里劝的住。

当日忠义堂上做筵席送路。至晚，各自去歇息。次日清早，吴用收拾了一包行李，教李逵打扮做道童，挑担下山。宋江与众头领都在金沙滩送行，再三吩咐吴用小心在意，休教李逵有失。吴用、李逵，别了众人下山，宋江等回寨。

且说吴用、李逵二人往北京去，行了四五日路程，每日天晚投店安歇，平明打火上路，于路上，吴用被李逵怄的苦。行了几日，赶到北京城外店肆里歇下。当晚李逵去厨下做饭，一拳打的店小二吐血。小二哥来房里告诉吴用道："你家哑道童忒狠，小人烧火迟了些，就打的小人吐血。"吴用慌忙与他陪话，把十数贯钱与他将息，自埋怨李逵，不在话下。

过了一夜，次日天明，起来安排些饭食吃了。吴用唤李逵入房中吩咐道："你这厮苦死要来，一路上怄死我也！今日入城，不是要处，你休送了我的性命！"李逵道："不敢，不敢。"吴用道："我再和你打个暗号：若是我把头来摇时，你便不可动弹。"李逵应承了。

两个就店里打扮入城：吴用戴一顶乌绉纱抹眉头巾，穿一领皂沿边白绢道服，系一条杂彩吕公绦，着一双方头青布履，手里拿一副赛黄金熟铜铃杵。李逵戗几根蓬松黄发，绾两枚浑骨丫髻，黑虎躯穿一领粗布短褐袍，飞熊腰勒一条杂色短须绦，穿一双蹬山透土靴，担一条过头木拐棒，挑着个纸招儿，上写着："讲命谈天，卦金一两。"吴用、李逵两个打扮了，锁上房门，离了店肆，望北京城南门来。

行无一里，却早望见城门，端的好个北京！但见：

城高地险，堑阔濠深。一周回鹿角交加，四下里排叉密布。鼓楼雄壮，缤纷杂彩旗幡；堞道[①]坦平，簇摆刀枪剑戟。钱粮浩大，人物繁华。东西院鼓乐喧天，南北店货财满地。千员猛将统层城，百万黎民居上国。

此时天下各处盗贼生发，各州府县俱有军马守把。惟此北京，是河北第一个去处，更兼又是梁中书统领大军镇守，如何不摆得整齐？

且说吴用、李逵两个，摇摇摆摆，却好来到城门下，守门的约有四五十军士，簇捧着一个把门的官人在那里坐定。吴用向前施礼，军士问道："秀才那里来？"吴用答道："小生姓张，名用。这个道童姓李。江湖上卖卦营生，今来大郡，与人讲命。"身边取出假文引[②]，教军士看了。众人道："这个道童的鸟眼，恰象贼一般看人！"李逵听得，正待要发作，吴用慌忙把头来摇，李逵便低了头。吴用向前与把门军士陪话道："小生一言难尽！这

---

① 堞道——城上的道路。堞，城上齿形的矮墙，也叫女墙。

② 文引——通行证。

个道童，又聋又哑，只有一分蛮气力，却是家生的孩儿[①]，没奈何带他出来。这厮不省人事，望乞恕罪！"辞了便行。李逵跟在背后，脚高步低，望市心里来。吴用手中摇着铃杵，口里念四句口号道：

甘罗发早子牙迟[②]，彭祖颜回寿不齐[③]。

范丹贫穷石崇富[④]，八字生来各有时。

吴用又道："乃时也，运也，命也。知生，知死，知贵，知贱。若要问前程，先赐银一两。"说罢，又摇铃杵。北京城内小儿约有五六十个，跟着看了笑。却好转到卢员外解库门首，自歌自笑，去了复又回来，小儿们哄动。

卢员外正在解库厅前坐地，看着那一班主管收解，只听得街上喧哄，唤当直的[⑤]问道："如何街上热闹？"当直的报复："员外，端的好笑！街上一个别处来的算命先生，在街上卖卦，要银一两算一命，谁人舍的。后头一个跟的道童，且是生的渗濑，走又走的没样范，小的们跟定了笑。"卢俊义道："既出大言，必有广学。当直的，与我请他来。"当直的慌忙去叫道："先生，员外有请。"吴用道："是何人请我？"当直的道："卢员外相请。"吴用便与道童跟着转来，揭起帘子，入到厅前，教李逵只在鹅项椅上坐定等候。吴用转过前来，见卢员外时，那人生的如何，有《满庭芳》词为证：

目炯双瞳，眉分八字，身躯九尺如银。威风凛凛，仪表似天神。惯使一条棍棒，护身龙，绝技无伦。京城内，家传清白，积祖富豪门。杀场，临敌处，冲开万马，扫退千军。更忠肝贯日，壮气凌云。慷慨疏财仗义，论英名，播满乾坤。卢员外，双名俊义，绰号玉麒麟。

当时吴用向前施礼，卢俊义欠身答礼问道："先生贵乡何处？尊姓高

---

① 家生的孩儿——奴仆的子女，仍在主人家当奴仆的。

② 甘罗句——甘罗十二岁时被秦王封为上卿。辅佐周武王的姜子牙，据传八十岁时才遇周文王，拜为丞相。发，发迹，作官。

③ 彭祖句——传说中的彭祖活到八百多岁，而孔子得意的学生颜回只活了二十九岁。

④ 范丹句——东汉人范丹博通五经，终生隐居，生活极穷困。西晋大官僚石崇是当时天下首富。

⑤ 当直的——值班的。

名?”吴用答道:“小生姓张,名用,自号谈天口[①],祖贯山东人氏,能算皇极先天数,知人生死贵贱。卦金白银一两,方才算命。”卢俊义请入后堂小阁儿里,分宾坐定。茶汤已罢,叫当直的取过白银一两,奉作命金,“烦先生看贱造则个。”吴用道:“请贵庚月日下算。”卢俊义道:“先生,君子问灾不问福,不必道在下豪富,只求推算目下行藏则个。在下今年三十二岁,甲子年,乙丑月,丙寅日,丁卯时。”吴用取出一把铁算子来,排在桌上,算了一回,拿起算子桌上一拍,大叫一声:“怪哉!”卢俊义失惊问道:“贱造[②]主何吉凶?”吴用道:“员外若不见怪,当以直言。”卢俊义道:“正要先生与迷人指路,但说不妨。”吴用道:“员外这命,目下不出百日之内,必有血光之灾:家私不能保守,死于刀剑之下。”卢俊义笑道:“先生差矣。卢某生于北京,长在豪富之家。祖宗无犯法之男,亲族无再婚之女,更兼俊义作事谨慎,非理不为,非财不取,如何能有血光之灾?”吴用改容变色,急取原银付还,起身便走,嗟叹而言:“天下原来都要人阿谀谄佞!罢,罢!分明指与平川路,却把忠言当恶言。小生告退。”

卢俊义道:“先生息怒。前言特地戏耳,愿听指教。”吴用道:“小生直言,切勿见怪!”卢俊义道:“在下专听,愿勿隐匿。”吴用道:“员外贵造,一向都行好运。但今年时犯岁君,正交恶限。目今百日之内,尸首异处。此乃生来分定,不可逃也。”卢俊义道:“可以回避否?”吴用再把铁算子搭了一回,便回员外道:“只除非去东南方巽地上,一千里之外,方可免此大难。虽有些惊恐,却不伤大体。”卢俊义道:“若是免的此难,当以厚报。”吴用道:“命中有四句卦歌,小生说与员外,写于壁上。日后应验,方知小生灵处。”卢俊义叫取笔砚来,便去白粉壁上写。吴用口歌四句:

芦花丛里一扁舟,俊杰俄从此地游。
义士若能知此理,反躬逃难可无忧。

当时卢俊义写罢,吴用收拾起算子,作揖便行。卢俊义留道:“先生少坐,过午了去。”吴用答道:“多蒙员外厚意,误了小生卖卦,改日再来拜会。”抽身便起。卢俊义送到门首,李逵拿了拐棒,走出门外。

---

① 谈天口——战国时阴阳家邹衍善于论辩宇宙之事,称为“谈天衍”,后世也称高谈阔论为“谈天”。

② 贱造——对自己生辰八字的谦称。

吴学究别了卢俊义，引了李逵，径出城来，回到店中，算还房宿饭钱，收拾行李包裹。李逵挑出卦牌，出离店肆，对李逵说道："大事了也！我们星夜赶回山寨，安排圈套，准备机关，迎接卢俊义，他早晚便来也！"

且不说吴用、李逵还寨，却说卢俊义自从算卦之后，寸心如割，坐立不安，也是天罡星合当聚会，听了这算命的话，一日耐不得，便叫当直的，去唤众主管商议事务。少刻都到。

那一个为头管家私的主管，姓李，名固。这李固原是东京人，因来北京投奔相识不着，冻倒在卢员外门前。卢俊义救了他性命，养在家中。因见他勤谨，写的算的，教他管顾家间事务。五年之内，直抬举他做了都管。一应里外家私，都在他身上，手下管着四五十个行财管干，一家内都称他做李都管。当日大小管事之人，都随李固来堂前声喏。

卢员外看了一遭，便道："怎生不见我那一个人？"说犹未了，阶前走过一人来。但见：

六尺以上身材，二十四五年纪，三牙掩口细髯，十分腰细膀阔。带一顶木瓜心攒顶头巾，穿一领银丝纱团领白衫，系一条蜘蛛斑红线压腰，着一双土黄皮油膀夹靴。脑后一对挨兽金环，护项一枚香罗手帕，腰间斜插名人扇，鬓畔常簪四季花。

这人是北京土居人氏，自小父母双亡，卢员外家中养的他大。为见他一身雪练也似白肉，卢俊义叫一个高手匠人，与他刺了这一身遍体花绣[①]，却似玉亭柱上铺着软翠。若赛锦体，由你是谁，都输与他。不则一身好花绣，更兼吹的、弹的、唱的、舞的、拆白道字[②]、顶真续麻[③]，无有不能，无有不会；亦是说的诸路乡谈，省的诸行百艺的市语。更且一身本事，无人比的：拿着一张川弩，只用三枝短箭，郊外落生[④]，并不放空，箭到物落；晚间入城，少杀也有百十个虫蚁。若赛锦标社，那里利物，管取都是他的。亦且此人百伶百俐，道头知尾。本身姓燕，排行第一，官名单讳个青

① 花绣——纹身。

② 拆白道字——一种文字游戏，把要说的话用拆字解说的方法讲出。

③ 顶真续麻——也是一种文字游戏，上一句诗的末字要是下句诗的首字，一句一句续下去。顶真，也作"顶针"。

④ 落生——用箭射落鸟雀。

字。北京城里人口顺，都叫他做浪子燕青。曾有一篇《沁园春》词单道着燕青的好处，但见：

唇若涂朱，睛如点漆，面似堆琼。有出人英武，凌云志气，资禀聪明。仪表天然磊落，梁山上端的夸能。伊州古调，唱出绕梁声，果然是艺苑专精，风月丛中第一名。听鼓板喧云，笙声嘹亮，畅叙幽情。棍棒参差，揎拳飞脚，四百军州到处惊。人都羡英雄领袖，浪子燕青。

原来这燕青是卢俊义家心腹人，也上厅声喏了，做两行立住：李固立在左边，燕青立在右边。

卢俊义开言道："我夜来算了一命，道我有百日血光之灾，只除非出去东南上一千里之外躲避。我想东南方有个去处，是泰安州，那里有东岳泰山天齐仁圣帝金殿，管天下人民生死灾厄。我一者去那里烧柱香，消灾灭罪；二者躲过这场灾晦；三者做些买卖，观看外方景致。李固，你与我觅十辆太平车子，装十辆山东货物，你就收拾行李，跟我去走一遭。燕青小乙看管家里，库房钥匙只今日便与李固交割。我三日之内，便要起身。"

李固道："主人误矣。常言道：'卖卜卖卦，转回说话。'休听那算命的胡言乱语，只在家中，怕做甚么？"卢俊义道："我命中注定了，你休逆我。若有灾来，悔却晚矣。"燕青道："主人在上，须听小乙愚言：这一条路，去山东泰安州，正打从梁山泊边过。近年泊内，是宋江一伙强人在那里打家劫舍，官兵捕盗，近他不得。主人要去烧香，等太平了去。休信夜来那个算命的胡讲。倒敢是梁山泊歹人，假装做阴阳人，来煽惑主人。小乙可惜夜来不在家里，若在家时，三言两语，盘倒那先生，到敢有场好笑。"卢俊义道："你们不要胡说，谁人敢来赚我！梁山泊那伙贼男女，打甚么紧！我观他如同草芥，兀自要去特地捉他，把日前学成武艺，显扬于天下，也算个男子大丈夫！"

说犹未了，屏风背后走出娘子来，乃是卢员外的浑家，年方二十五岁，姓贾，嫁与卢俊义，才方五载。娘子贾氏便道："丈夫，我听你说多时了。自古道：'出外一里，不如屋里。'休听那算命的胡说，撇下海阔一个家业，耽惊受怕，去虎穴龙潭里做买卖。你且只在家内，清心寡欲，高居静坐，自然无事。"卢俊义道："你妇人家省得甚么？宁可信其有，不可信其无，自古祸出师人口，必主吉凶。我既主意定了，你都不得多言多语！"

燕青又道："小人靠主人福荫，学得些个棒法在身。不是小乙说嘴，帮着主人去走一遭,路上便有些个草寇出来,小人也敢发落的三五十个开去,留下李都管看家,小人伏侍主人走一遭。"卢俊义道:"便是我买卖上不省的,要带李固去。他须省的,又替我大半气力。因此留你在家看守。自有别人管帐,只教你做个桩主。"李固又道:"小人近日有些脚气的症候,十分走不的多路。"卢俊义听了,大怒道:"'养兵千日,用在一朝!'我要你跟我去走一遭,你便有许多推故。若是那一个再阻我的,教他知我拳头的滋味。"李固吓得面如土色,众人谁敢再说,各自散了。

李固只的忍气吞声,自去安排行李,讨了十辆太平车子,唤了十个脚夫,四五十拽车头口,把行李装上车子,行货拴缚完备。卢俊义自去结束。第三日烧了神福,给散了家中大男小女,一个个都吩咐了。当晚先叫李固引两个当直的尽收拾了出城。李固去了,娘子看了车仗,流泪而去。次日五更,卢俊义起来沐浴罢,更换一身新衣服,吃了早膳,取出器械,到后堂里辞别了祖先香火。临时出门上路,吩咐娘子好生看家,多便三个月,少只四五十日便回。贾氏道:"丈夫路上小心,频寄书信回来。"说罢,燕青在面前拜了。卢俊义吩咐道:"小乙在家,凡事向前,不可出去三瓦两舍[①]打哄[②]。"燕青道:"主人如此出行,小乙怎敢怠慢?"

卢俊义提了棍棒,出到城外。有诗一首,单道卢俊义这条好棒:

挂壁悬崖欺瑞雪,撑天柱地撼狂风。
虽然身上无牙爪,出水巴山秃尾龙。

李固接着,卢俊义道:"你可引两个伴当先去。但有干净客店,先做下饭等候。车仗脚夫,到来便吃,省得耽搁了路程。"李固也提条杆棒,先和两个伴当去了。卢俊义和数个当直的随后押着车仗行,但见途中山明水秀,路阔坡平,心中欢喜道:"我若是在家,那里见这般景致!"行了四十余里,李固接着主人,吃点心中饭罢,李固又先去了。再行四五十里,到客店里,李固接着车仗人马宿食。卢俊义来到店房内,倚了棍棒,挂了毡笠儿,解下腰刀,换了鞋袜,宿食皆不必说。次日清早起来,打火做饭,众人吃了,收拾车辆头口,上路又行。

---

① 三瓦两舍——宋时称游戏场及茶楼、酒肆、妓院、赌场等地为"瓦舍",也叫"瓦子"、"瓦肆"。

② 打哄——凑热闹。胡闹。

自此在路夜宿晓行，已经数日。来到一个客店里宿食，天明要行，只见店小二哥对卢俊义说道："好教官人得知：离小人店不得二十里路，正打梁山泊边口子前过去。山上宋公明大王，虽然不害来往客人，官人须是悄悄过去，休得大惊小怪。"卢俊义听了道："原来如此。"便叫当直的取下了衣箱，打开锁，去里面提出一个包，内取出四面白绢旗。问小二哥讨了四根竹竿，每一根缚起一面旗来，每面栲栳大小几个字，写道：

慷慨北京卢俊义，远驮货物离乡地。

一心只要捉强人，那时方表男儿志。

李固等众人看了，一齐叫起苦来。店小二问道："官人莫不和山上宋大王是亲么？"卢俊义道："我自是北京财主，却和这贼们有甚么亲！我特地要来捉宋江这厮！"小二哥道："官人低声些，不要连累小人，不是耍处！你便有一万人马，也近他不的。"卢俊义道："放屁！你这厮们都和那贼人做一路！"店小二叫苦不迭，众车脚夫都痴呆了。李固跪在地下告道："主人可怜见众人，留了这条性命回乡去，强似做罗天大醮！"卢俊义喝道："你省的甚么！这等燕雀，安敢和鸿鹄厮并？我思量平生学的一身本事，不曾逢着买主，今日幸然逢此机会，不就这里发卖，更待何时！我那车子上叉袋里，已准备下一袋熟麻索，倘或这贼们当死合亡，撞在我手里，一朴刀一个砍翻，你们众人，与我便缚在车子上。撇了货物不打紧，且收拾车子捉人，把这贼首解上京师，请功受赏，方表我平生之愿。若你们一个不肯去的，只就这里把你们先杀了。"前面摆四辆车子，上插了四把绢旗；后面六辆车子，随从了行。那李固和众人，哭哭啼啼，只得依他。卢俊义取出朴刀，装在杆棒上，三个丫儿扣牢了，赶着车子，奔梁山泊路上来。李固等见了崎岖山路，行一步，怕一步，卢俊义只顾赶着要行。

从清早起来，行到巳牌时分，远远地望见一座大林，有千百株合抱不交的大树。却好行到林子边，只听得一声胡哨响，吓的李固和两个当直的没躲处。卢俊义教把车仗押在一边。车夫众人都躲在车子底下叫苦。卢俊义喝道："我若搠翻，你们与我便缚！"说犹未了，只见林子边走出四五百小喽罗来，听得后面锣声响处，又有四五百小喽罗截住后路。林子里一声炮响，托地跳出一筹好汉。怎地模样，但见：

茜红头巾，金花斜袅；

铁甲凤盔，锦衣绣袄。

血染髭髯，虎威雄暴；

大斧一双，人皆吓倒。

当下李逵手掿双斧，厉声高叫："卢员外，认得哑道童么？"卢俊义猛省，喝道："我时常有心要来拿你这伙强盗，今日特地到此，快教宋江那厮下山投拜！倘或执迷，我片时间教你人人皆死，个个不留！"李逵呵呵大笑道："员外，你今日中了俺的军师妙计，快来坐把交椅！"卢俊义大怒，掿着手中朴刀，来斗李逵，李逵抡起双斧来迎。两个斗不到三合，李逵托地跳出圈子外来，转过身，望林子里便走。卢俊义挺着朴刀，随后赶去。李逵在林木丛中东闪西躲，引得卢俊义性发，破一步，抢入林来，李逵飞奔乱松丛中去了。

卢俊义赶过林子这边，一个人也不见了，却待回身，只听得松林旁边转出一伙人来，一个人高声大叫："员外不要走，认的俺么？"卢俊义看时，却是一个胖大和尚：身穿皂直裰，倒提铁禅杖。卢俊义喝道："你是那里来的和尚！"鲁智深大笑道："洒家是花和尚鲁智深，今奉军师将令，着俺来迎接员外上山。"卢俊义焦躁，大骂："秃驴敢如此无礼！"拈手中宝刀，直取那和尚。鲁智深抡起铁禅杖来迎。两个斗不到三合，鲁智深拨开朴刀，回身便走，卢俊义赶将去。正赶之间，喽罗里走出行者武松，抡两口戒刀，直奔将来。卢俊义不赶和尚，来斗武松。又不到三合，武松拔步便走。卢俊义哈哈大笑："我不赶你。你这厮们何足道哉！"说犹未了，只见山坡下一个人在那里叫道："卢员外，你如何省得！岂不闻'人怕落荡，铁怕落炉'？哥哥定下的计策，你待走那里去！"卢俊义喝道："你这厮是谁！"那人笑道："小可便是赤发鬼刘唐。"卢俊义骂道："草贼休走！"挺手中朴刀，直取刘唐。方才斗得三合，刺斜里一个人大叫道："好汉没遮拦穆弘在此！"当时刘唐、穆弘，两个两条朴刀，双斗卢俊义。正斗之间，不到三合，只听的背后脚步响。卢俊义喝声："着！"刘唐、穆弘跳退数步。卢俊义便转身斗背后的好汉，却是扑天雕李应。三个头领，丁字脚围定。卢俊义全然不慌，越斗越健。正好步斗，只听得山顶上一声锣响，三个头领各自卖个破绽，一齐拔步去了。

卢俊义又斗得一身臭汗，不去赶他；再回林子边，来寻车仗人伴时，十辆车子，人伴头口，都不见了。卢俊义便向高阜处，四下里打一望，只见远远地山坡下，一伙小喽罗，把车仗头口，赶在前面，将李固一干人，连连串串，缚在后面，鸣锣擂鼓，解投松树那边去。卢俊义望见，心如火炽，气似烟生，提着朴刀，直赶将去。约莫离山坡不远，只见两筹好汉喝一声道："那里去！"一个是美髯公朱仝，一个是插翅虎雷横。卢俊义见了，高声骂道："你这伙草贼，好好把车仗人马还我！"朱仝手拈长须大笑道："卢员外，你还恁地不晓事？中了俺军师妙计，便肋生双翅，也飞不出去。快来大寨坐把交椅。"卢俊义听了大怒，挺起朴刀，直奔二人。朱仝、雷横，各将兵器相迎。斗不到三合，两个回身便走。

卢俊义寻思道："须是赶翻一个，却才讨得车仗。"舍着性命，赶转山坡，两个好汉，都不见了。只听得山顶上鼓板吹箫，仰面看时，风刮起那面杏黄旗来，上面绣着"替天行道"四字。转过来打一望，望见红罗销金伞下，盖着宋江，左有吴用，右有公孙胜。一行部从二百余人，一齐声喏道："员外，别来无恙！"卢俊义见了越怒，指名叫骂山上。吴用劝道："员外且请息怒。宋公明久慕威名，特令吴某亲诣门墙，迎员外上山，一同替天行道，请休见责。"卢俊义大骂："无端草贼，怎敢赚我！"宋江背后转过小李广花荣，拈弓取箭，看着卢俊义喝道："卢员外休要逞能，先教你看花荣神箭！"说犹未了，飕地一箭，正中卢俊义头上毡笠儿的红缨。吃了一惊，回身便走。山上鼓声震地，只见霹雳火秦明、豹子头林冲，引一彪军马，摇旗呐喊，从山东边杀出来；又见双鞭将呼延灼、金枪手徐宁，也领一彪军马，摇旗呐喊，从山西边杀出来，吓得卢俊义走投没路。看看天色将晚，脚又疼，肚又饥，正是慌不择路，望山僻小径只顾走。

约莫黄昏时分，烟迷远水，雾锁深山，星月微明，不分丛莽。正走之间，不到天尽头，须到地尽处，看看走到鸭嘴滩头，只一望时，都见满目芦花，茫茫烟水。卢俊义看见，仰天长叹道："是我不听好人言，今日果有恓惶事。"

正烦恼间，只见芦苇里面一个渔人，摇着一只小船出来，那渔人倚定小船叫道："客官好大胆！这是梁山泊出没的去处，半夜三更，怎地来到这里！"卢俊义道："便是我迷踪失路，寻不着宿头，你救我则个！"渔人道："此间大宽转有一个市井，却用走三十余里向开路程，更兼路杂，最是难认；若是水路去时，只有三五里远近。你舍得十贯钱与我，我便把船载你过去。"卢俊义道："你若渡得我过去，寻得市井客店，我多与你些银两。"那渔人摇船傍岸，扶卢俊义下船，把铁篙撑开。

约行三五里水面，只听得前面芦苇丛中橹声响，一只小船飞也似来，船上有两个人：前面一个，赤条条地拿着一条水篙，后面那个摇着橹。前面的人横定篙，口里唱着山歌道：

　　生来不会读诗书，且就梁山泊里居。

　　准备窝弓射猛虎，安排香饵钓鳌鱼。

卢俊义听得，吃了一惊，不敢做声。又听得右边芦苇丛中，也是两个人，摇一只小船出来；后面的摇着橹，有咿哑之声；前面横定篙，口里也唱山歌道：

　　乾坤生我泼皮身，赋性从来要杀人。

　　万两黄金浑不爱，一心要捉玉麒麟。

卢俊义听了，只叫得苦。只见当中一只小船，飞也似摇将来，船头上立着一个人，倒提铁钻木篙，口里亦唱着山歌道：

　　芦花丛里一扁舟，俊杰俄从此地游。

　　义士若能知此理，反躬逃难可无忧。

歌罢，三只船一齐唱喏。中间是阮小二，左边是阮小五，右边是阮小七。那三只小船，一齐撞将来。卢俊义听了，心内转惊，自想又不识水性，连声便叫渔人："快与我拢船近岸！"那渔人哈哈大笑，对卢俊义说道："上是青天，下是绿水；我生在浔阳江，来上梁山泊，三更不改名，四更不改姓，绰号混江龙李俊的便是！员外若还不肯降时，枉送了你性命！"卢俊义大惊，一声说道："不是你，便是我！"拿着朴刀，望李俊心窝里搠将来，李俊见朴刀搠将来，拿定棹牌，一个背抛筋斗，扑通的翻下水去了。那只船滴溜溜在水面上转，朴刀又搠将下水去了。只见船尾一个人从水底下钻出来，叫一声，乃是浪里白跳张顺，把手挟住船梢，脚踏水浪，把船只一侧，船底朝天，英雄落水。正是：铺排打凤牢龙计，坑陷惊天动地人。毕竟卢俊义性命如何，且听下回分解。

第六十二回

放冷箭燕青救主　劫法场石秀跳楼

话说这卢俊义虽是了得，却不会水，被浪里白跳张顺排翻了船，倒撞下水去。张顺却在水底下拦腰抱住，又钻过对岸来，抢了朴刀，张顺把卢俊义直奔岸边来。早点起火把，有五六十人在那里等，接上岸来，团团围住，解了腰刀，尽脱下湿衣服，便要将索绑缚。只见神行太保戴宗传令，高叫将来："不得伤犯了卢员外贵体！"随即差人，将一包袱锦衣绣袄，与卢俊义穿着。

八个小喽罗，抬过一乘轿来，扶卢员外上轿便行。只见远远地，早有二三十对红纱灯笼，照着一簇人马，动着鼓乐，前来迎接。为头宋江、吴用、公孙胜，后面都是众头领，一齐下马，卢俊义慌忙下轿，宋江先跪，后面众头领排排地都跪下。卢俊义亦跪下还礼道："既被擒捉，愿求早死！"宋江大笑，说道："且请员外上轿。"

众人一齐上马，动着鼓乐，迎上三关，直到忠义堂前下马，请卢俊义到厅上，明晃晃地点着灯烛。宋江向前陪话道："小可久闻员外大名，如雷贯耳，今日幸得拜识，大慰平生。却才众兄弟甚是冒渎，万乞恕罪。"吴用上前说道："昨奉兄长之命，特令吴某亲诣门墙，以卖卦为由，赚员外上山，共聚大义，一同替天行道。"宋江便请卢员外坐第一把交椅。卢俊义答礼道："不才无识无能，误犯虎威，万死尚轻，何故相戏？"宋江陪笑道："怎敢相戏。实慕员外威德，如饥如渴。万望不弃鄙处，为山寨之主，早晚共听严命。"卢俊义回说："宁就死亡，实难从命。"吴用道："来日却又商议。"当时置备酒食管待。卢俊义无计奈何，只得饮了几杯，小喽罗请去后堂歇了。

次日，宋江杀羊宰马，大排筵宴，请出卢员外来赴席，再三再四，谦让在中间里坐了。酒至数巡，宋江起身把盏，陪话道："夜来甚是冲撞，幸望宽恕。虽然山寨窄小，不堪歇马，员外可看'忠义'二字之面，宋江情愿让位，休得推却。"卢俊义答道："头领差矣！小可身无罪累，颇有些少家私。生为大宋人，死为大宋鬼，宁死实难听从。"吴用并众头领一个个说，卢俊义越不肯落草。吴用道:“员外既然不肯,难道逼勒?只留得员外身,留不得员外心。只是众弟兄难得员外到此,既然不肯入伙,且请小寨略住数日,却送还宅。”卢俊义道:“小可在此不妨,只恐家中老小,不知这般的消息。”吴用道:“这事容易,先教李固送了车仗回去,员外迟去几日,却何妨?”吴用问道:“李都管,你的车仗货物都有么?”李固应道:“一些儿不少。”宋江叫取两个大银,把与李固;两个小银,打发当直的;那十个车脚,共与他白银十两。众人拜谢。卢俊义吩咐李固道:“我的苦,你都知了。你回家中,说与娘子,不要忧心,我过三五日,便回也。”李固只要脱身,满口应说:“但不妨事。”辞了便下忠义堂去。吴用随即便起身说道:“员外宽心少坐,小生发送李都管下山,便来也。”

吴用只推发送李固,却先到金沙滩等候。少刻,李固和两个当直的,并车仗、头口、人伴,都下山来。吴用将引五百小喽罗围在两边,坐在柳阴树下,便唤李固近前说道:“你的主人,已和我们商议定了,今坐第二把交椅。此乃未曾上山时,预先写下四句反诗,在家里壁上。我教你们知道:壁上二十八个字,每一句包着一个字。‘芦花荡里一扁舟’,包个‘卢’字,‘俊杰那能此地游’,包个‘俊’字,‘义士手提三尺剑’,包个‘义’字,‘反时须斩逆臣头’,包个‘反’字!这四句诗,包藏‘卢俊义反’四字。今日上山,你们怎知?本待把你众人杀了,显得我梁山泊行短。今日放你们星夜自回去,休想望你主人回来!”李固等只顾下拜。吴用教把船送过渡口。一行人上路,奔回北京。正是:鳌鱼脱却金钩去,摆尾摇头更不回。

话分两处。不说李固等归家,且说吴用回到忠义堂上,再入酒席,用巧言说诱卢俊义,筵会直到二更方散。次日,山寨里再排筵会庆贺,卢俊义说道:“感承众头领好意相留,只是小可度日如年,今日告辞。”宋江道:“小可不才,幸识员外,来日宋江体己聊备小酌,对面论心一会,勿请推却。”又过了一日。明日宋江请,后日吴用请,大后日公孙胜请。话休絮烦,三十余个上厅头领,每日轮一个做筵席。光阴荏苒,日月如梭,早过一月有余。卢俊义寻思,又要告别。宋江道:“非是不留员外,争奈急急要回;来日忠义堂上,安排薄酒送行。”

次日,宋江又体己送路,只见众头领都道:“俺哥哥敬员外十分,俺等众人当敬员外十二分!偏我哥哥筵席便吃,‘砖儿何厚,瓦儿何薄!’”李逵在内大叫道:“我舍着一条性命,直往北京请得你来,却不吃我弟兄们筵席，我和你眉尾相结，性命相扑！”吴学究大笑道：“不曾见这般请客的，甚是粗卤。员外休怪，见他众人薄意，再住几时。”不觉又过了四五日。卢俊义坚意要行，只见神机军师朱武，将引一班头领，直到忠义堂上开话道：“我等虽是以次弟兄，也曾与哥哥出气力，偏我们酒中藏着毒药？卢员外若是见怪，不肯吃我们的，我自不妨，只怕小兄弟们做出事来，悔之晚矣。”吴用起身便道：“你们都不要烦恼，我与你央及员外，再住几时，有何不可。常言道：‘将酒劝人，终无恶意。’”卢俊义抑众人不过，只得又住了几日。前后却好三五十日。

自离北京，是五月的话，不觉在梁山泊早过了两个多月。但见金风淅淅，玉露泠泠，又早是中秋节近。卢俊义思想归期，对宋江诉说。宋江见卢俊义思归苦切，便道：“这个容易，来日金沙滩送别。”卢俊义大喜。有诗为证：

一别家山岁月赊[1]，寸心无日不思家。

此身恨不生双翼，欲借天风过水涯。

次日，还把旧时衣裳刀棒，送还员外，一行众头领都送下山。宋江把一盘金银相送。卢俊义推道：“非是卢某说口，金帛钱财，家中颇有，但得到北京盘缠足矣。赐与之物，决不敢受。”宋江等众头领直送过金沙滩，作别自回，不在话下。

不说宋江回寨，只说卢俊义拽开脚步，星夜奔波，行了旬日，到得北京。日已薄暮，赶不入城，就在店中歇了一夜。次日早晨，卢俊义离了村店，飞奔入城，尚有一里多路，只见一人头巾破碎，衣裳褴褛，看着卢俊义纳头便拜。卢俊义抬眼看时，却是浪子燕青，便问：“小乙，你怎地这般模样？”燕青道：“这里不是说话处。”

卢俊义转过土墙侧首，细问缘故。燕青说道：“自从主人去后，不过半月，李固回来，对娘子说道：‘主人归顺了梁山泊宋江，坐了第二把交椅。’当时便去官司首告了。他已和娘子做了一路，嗔怪燕青违拗，将我赶逐出门。将一应衣服尽行夺了，赶出城外；更兼吩咐一应亲戚相识：但有人安着燕青在家歇的，他便舍半个家私，和他打官司，因此无人敢着小乙。在城中安不得身，只得来城外求乞度日，权在庵内安身。正要往梁山泊寻见

---

① 赊(shē)——长，久。

主人,又不敢造次。若主人果自泊里来,可听小乙言语,再回梁山泊去,别做个商议。若入城中,必中圈套。”

卢俊义喝道:“我的娘子不是这般人,你这厮休来放屁!”燕青又道:“主人脑后无眼,怎知就里?主人平昔只顾打熬气力,不亲女色,娘子旧日和李固原有私情,今日推门相就,做了夫妻;主人若去,必遭毒手!”卢俊义大怒,喝骂燕青道:“我家五代在北京住,谁不识得?量李固有几颗头,敢做恁般勾当?莫不是你做出歹事来,今日倒来反说!我到家中问出虚实,必不和你干休!”燕青痛哭,拜倒地下,拖住主人衣服。卢俊义一脚踢倒燕青,大踏步便入城来。

奔到城内,径入家中,只见大小主管都吃一惊。李固慌忙前来迎接,请到堂上,纳头便拜。卢俊义便问:“燕青安在?”李固答道:“主人且休问,端的一言难尽!只怕发怒,待歇息定了却说。”贾氏从屏风后哭将出来,卢俊义说道:“娘子休哭,且说燕小乙怎地来。”贾氏道:“丈夫且休问,慢慢地却说。”卢俊义心中疑虑,定死要问燕青来历。

李固便道:“主人且请换了衣服,吃了早膳,那时诉说不迟。”一边安排饭食与卢员外吃。方才举箸,只听得前门后门喊声齐起,二三百个做公的抢将入来。卢俊义惊得呆了,就被做公的绑了,一步一棍,直打到留守司来。

其时梁中书正坐公厅,左右两行,排列狼虎一般公人七八十个,把卢俊义拿到当面,贾氏和李固也跪在侧边。厅上梁中书大喝道:“你这厮是北京本处百姓良民,如何却去投降梁山泊落草,坐了第二把交椅?如今倒来里勾外连,要打北京!今被擒来,有何理说!”卢俊义道:“小人一时愚蠢,被梁山泊吴用,假做卖卦先生来家,口出讹言,煽惑良心,掇赚到梁山泊,软监了两个多月。今日幸得脱身归家,并无歹意,望恩相明镜。”梁中书喝道:“如何说得过!你在梁山泊中,若不通情,如何住了许多时!现放着你的妻子并李固告状出首,怎地是虚?”李固道:“主人既到这里,招伏了罢。家中壁上现写下藏头反诗,便是老大的证见,不必多说。”贾氏道:“不是我们要害你,只怕你连累我,常言道:‘一人造反,九族全诛!’”卢俊义跪在厅下,叫起屈来。李固道:“主人不必叫屈,是真难灭,是假易除。早早招了,免致吃苦。”贾氏道:“丈夫,虚事难入公门,实事难以抵对。你若做出事来,送了我的性命。不奈有情皮肉,无情杖子。你便招了,也只吃得有数的官司。"李固上下都使了钱，张孔目厅上禀说道："这个顽皮赖骨，不打如何肯招！"梁中书道："说的是！"喝叫一声："打！"左右公人，把卢俊义捆翻在地，不由分说，打的皮开肉绽，鲜血迸流，昏晕去了三四次。卢俊义打熬不过，仰天叹曰："是我命中合当横死，我今屈招了罢！"张孔目当下取了招状，讨一面一百斤死囚枷钉了，押去大牢里监禁。府前府后看的人，都不忍见。当日推入牢门，吃了三十杀威棒，押到庭心内，跪在面前，狱子炕上坐着。

那个两院押牢节级带管刽子，把手指道："你认的我么？"卢俊义看了，不敢则声。那人是谁，有诗为证：

两院押牢称蔡福，堂堂仪表气凌云。
腰间紧系青鸾带，头上高悬垫角巾。
行刑问事人倾胆，使索施枷鬼断魂。
满郡夸称铁臂膊，杀人到处显精神。

这两院押狱，兼充行刑刽子，姓蔡，名福，北京土居人氏。因为他手段高强，人呼他为铁臂膊。旁边立着一个嫡亲兄弟，叫做蔡庆，有诗为证：

押狱丛中称蔡庆，眉浓眼大性刚强。
茜红衫上描鸂鶒[①]，茶褐衣中绣木香。
曲曲领沿深染皂，飘飘博带浅涂黄。
金环灿烂头巾小，一朵花枝插鬓旁。

这个小押狱蔡庆，生来爱带一枝花，河北人顺口，都叫他做一枝花蔡庆。那人拄着一条水火棍，立在哥哥侧边。蔡福道："你且把这个死囚带在那一间牢里，我家去走一遭便来。"蔡庆把卢俊义自带去了。

蔡福起身，出离牢门来，只见司前墙下转过一个人来，手里提个饭罐，面带忧容。蔡福认的是浪子燕青。蔡福问道："燕小乙哥，你做甚么？"燕青跪在地下，擎着两行眼泪，告道："节级哥哥，可怜见小人的主人卢员外吃屈官司，又无送饭的钱财！小人城外叫化得这半罐子饭，权与主人充饥。节级哥哥，怎地做个方便。"说罢，泪如雨下，拜倒在地。蔡福道："我知此事，你自去送饭，把与他吃。"燕青拜谢了，自进牢里去送饭。

蔡福转过州桥来，只见一个茶博士，叫住唱喏道："节级，有个客人在

---

① 鸂鶒(xī chì)——古书上的一种水鸟，形似鸳鸯，羽多紫色，亦称紫鸳鸯。

小人茶房内楼上,专等节级说话。"蔡福来到楼上看时,却是主管李固。各施礼罢,蔡福道:"主管有何见教?"李固道:"奸不厮瞒,俏不厮欺,小人的事,都在节级肚里。今夜晚间,只要光前绝后[①]。无甚孝顺,五十两蒜条金在此,送与节级。厅上官吏,小人自去打点。"蔡福笑道:"你不见正厅戒石上,刻着'下民易虐,上苍难欺'。你那瞒心昧己勾当,怕我不知!你又占了他家私,谋了他老婆,如今把五十两金子与我,结果了他性命;日后提刑官下马,我吃不的这等官司。"李固道:"只是节级嫌少,小人再添五十两。"蔡福道:"李固,你割猫儿尾,拌猫儿饭[②]!北京有名恁地一个卢员外,只值得这一百两金子?你若要我倒地他,不是我诈你,只把五百两金子与我。"李固便道:"金子有在这里,便都送与节级,只要今夜晚些成事。"蔡福收了金子,藏在身边,起身道:"明日早来扛尸。"李固拜谢,欢喜去了。

蔡福回到家里,却才进门,只见一人揭起芦帘,随即入来,那人叫声:"蔡节级相见。"蔡福看时,但见那一个人生得十分标致,且是打扮得整齐:身穿鸦翅青团领,腰系羊脂玉闹妆,头带鵔鸃冠,足蹑珍珠履。那人进得门,看着蔡福便拜。蔡福慌忙答礼,便问道:"官人高姓?有何见教?"那人道:"可借里面说话。"

蔡福便请入来,一个商议阁里,分宾坐下。那人开话道:"节级休要吃惊。在下便是沧州横海郡人氏,姓柴,名进,大周皇帝嫡派子孙,绰号小旋风的便是。只因好义疏财,结识天下好汉,不幸犯罪,流落梁山泊。今奉宋公明哥哥将令,差遣前来,打听卢员外消息。谁知被赃官污吏,淫妇奸夫,通情陷害,监在死囚牢里,一命悬丝,尽在足下之手。不避生死,特来到宅告知:如是留得卢员外性命在世,佛眼相看,不忘大德;但有半米儿[③]差错,兵临城下,将至濠边,无贤无愚,无老无幼,打破城池,尽皆斩首!久闻足下是个仗义全忠的好汉,无物相送,今将一千两黄金薄礼在此。倘若要捉柴进,就此便请绳索,誓不皱眉。"蔡福听罢,吓得一身冷汗,半晌答应不的。柴进起身道:"好汉做事,休要踌躇,便请一决。"蔡福道:"且请壮士回步,小人自有措置。"柴进便拜道:"既蒙语诺,当报大恩。"出门唤个从

---

① 光前绝后——指干净利落地杀人,不留痕迹。

② 割猫儿尾句——民谚,意同于今日"羊毛出在羊身上"。

③ 半米儿——言极小。

人，取出黄金，递与蔡福，唱个喏便走。外面从人，乃是神行太保戴宗，又是一个不会走的。

蔡福得了这个消息，摆拨不下，思量半晌，回到牢中，把上项的事，却对兄弟说了一遍。蔡庆道："哥哥生平最会断决，量这些小事，有何难哉？常言道：'杀人须见血，救人须救彻！'既然有一千两金子在此，我和你替他上下使用。梁中书、张孔目，都是好利之徒，接了贿赂，必然周全卢俊义性命。葫芦提配将出去，救得救不得，自有他梁山泊好汉，俺们干的事便了也。"蔡福道："兄弟这一论，正合我意。你且把卢员外安顿好处，早晚把些好酒食将息他，传个消息与他。"蔡福、蔡庆两个商议定了，暗地里把金子买上告下，关节已定。

次日，李固不见动静，前来蔡福家催并。蔡庆回说："我们正要下手结果他，中书相公不肯，已有人吩咐，要留他性命。你自去上面使用，嘱咐下来，我这里何难？"李固随即又央人去上面使用。

中间过钱人去嘱托，梁中书道："这是押牢节级的勾当，难道教我下手？过一两日，教他自死。"两下里厮推，张孔目已得了金子，只管把文案拖延了日期，蔡福就里又打关节，教及早发落。张孔目将了文案来禀。梁中书道："这事如何决断？"张孔目道："小吏看来，卢俊义虽有原告，却无实迹。虽是在梁山泊住了许多时，这个是扶同诖误[①]，难问真犯。脊杖四十，刺配三千里，不知相公意下如何？"梁中书道："孔目见得极明，正与下官相合。"随唤蔡福牢中取出卢俊义来，就当厅除了长枷，读了招状文案，决了四十脊杖；换一具二十斤铁叶盘头枷，就厅前钉了，便差董超、薛霸，管押前去，直配沙门岛。原来这董超、薛霸，自从开封府做公人，押解林冲去沧州路上，害不得林冲，回来被高太尉寻事，刺配北京。梁中书因见他两个能干，就留在留守司勾当。今日又差他两个监押卢俊义。

当下董超、薛霸，领了公文，带了卢员外，离了州衙，把卢俊义监在使臣房里，各自归家，收拾行李包裹，即便起程。诗曰：

不亲女色丈夫身，为甚离家忆内人？

---

① 扶同诖(guà)误——受欺骗牵连而犯了过失。扶同，牵连。诖，欺骗。

谁料室中狮子吼[①]，却能断送玉麒麟！

且说李固得知，只叫得苦，便叫人来请两个防送公人说话。董超、薛霸到得那里酒店内，李固接着，请至阁儿里坐下，一面铺排酒食管待。三杯酒罢，李固开言说道："实不相瞒：卢员外是我仇家。如今配去沙门岛，路途遥远，他又没一文，教你两个空费了盘缠。急待回来，也得三四个月。我没甚的相送，两锭大银，权为压手。多只两程，少无数里，就僻静去处，结果了他性命，揭取脸上金印回来表证，教我知道，每人再送五十两蒜条金与你。你们只动得一张文书，留守司房里，我自理会。"董超、薛霸，两两相觑，沉吟了半晌，见了两个大银，如何不起贪心。董超道："只怕行不得。"薛霸便道："哥哥，这李官人也是个好男子，我们也把这件事结识了他。若有急难之处，要他照管。"李固道："我不是忘恩失义的人，慢慢地报答你两个。"

董超、薛霸收了银子，相别归家，收拾包裹，连夜起身，卢俊义道："小人今日受刑，杖疮疼痛，容在明日上路。"薛霸骂道："你便闭了鸟嘴！老爷自晦气，撞着你这穷神！沙门岛往回六千里有余，费多少盘缠，你又没一文，教我们如何布摆！"卢俊义诉道："念小人负屈含冤，上下看觑则个。"董超骂道："你这财主们，闲常一毛不拔；今日天开眼，报应得快！你不要怨怅，我们相帮你走。"卢俊义忍气吞声，只得走动行出东门。董超、薛霸把衣包雨伞，都挂在卢员外枷头上。卢员外一生财主，今做了囚人，无计奈何。那堪又值晚秋天气，纷纷黄叶坠，对对塞鸿飞，忧闷之中，只听的横笛之声。正是：

谁家玉笛弄秋清，撩乱无端恼客情。

自是断肠听不得，非干吹出断肠声。

两个公人，一路上做好做恶，管押了行。看看天色傍晚，约行了十四五里，前面一个村镇，寻觅客店安歇。当时小二哥引到后面房里，安放了包裹，薛霸说道："老爷们苦杀是个公人，那里倒来伏侍罪人。你若要饭吃，快去烧火！"卢俊义只得带着枷，来到厨下，问小二哥讨了个草柴，缚做一块，来灶前烧火。小二哥替他淘米做饭，洗刷碗盏。卢俊义是财主出

① 狮子吼——即"河东狮吼"。苏轼友妻柳氏性悍而妒，饮宴时若有歌女在，则以杖击墙，大声叫喊。河东为柳姓之地。后以"河东狮"喻悍蛮的妻子。

身,这般事却不会做。草柴火把又湿,又烧不着,一齐灭了,甫能尽力一吹,被灰眯了眼睛。董超又喃喃讷讷地骂。做得饭熟,两个都盛去了,卢俊义并不敢讨吃。两个自吃了一回,剩下些残汤冷饭,与卢俊义吃了。薛霸又不住声骂了一回。吃了晚饭,又叫卢俊义去烧脚汤。等得汤滚,卢俊义方敢去房里坐地。两个自洗了脚,掇一盆百煎滚汤,赚卢俊义洗脚。方才脱得草鞋,被薛霸扯两条腿,纳在滚汤里,大痛难禁。薛霸道:"老爷伏侍你,颠倒做嘴脸!"两个公人自去炕上睡了,把一条铁索,将卢员外锁在房门背后。声唤到四更,两个公人起来,叫小二哥做饭。自吃饱了,收拾包裹要行。卢俊义看脚时,都是潦浆泡,点地不得。

当日秋雨纷纷,路上又滑。卢俊义一步一攧,薛霸拿起水火棍,拦腰便打,董超假意去劝,一路上埋冤叫苦。离了村店,约行了十余里,到一座大林,卢俊义道:"小人其实挺不动了,可怜见权歇一歇!"两个公人带入林子来,正是东方渐明,未有人行。薛霸道:"我两个起得早了,好生困倦,欲要就林子里睡一睡,只怕你走了。"卢俊义道:"小人插翅也飞不去。"薛霸道:"莫要着你道儿,且等老爷缚一缚。"腰间解下麻索来,兜住卢俊义肚皮,去那松树上只一勒,反拽过脚来,绑在树上。薛霸对董超道:"大哥,你去林子外立着,若有人来撞着,咳嗽为号。"董超道:"兄弟,放手快些个。"薛霸道:"你放心,去看着外面。"说罢,拿起水火棍,看着卢员外道:"你休怪我两个,你家主管李固,教我们路上结果你。便到沙门岛,也是死,不如及早打发了你!阴司地府,不要怨我们。明年今日,是你周年。"卢俊义听了,泪如雨下,低头受死。薛霸两只手拿起水火棍,望着卢员外脑门上劈将下来。

董超在外面,只听得一声扑地响,慌忙走入林子里来看时,卢员外依旧缚在树上,薛霸倒仰卧树下,水火棍撇在一边。董超道:"却又作怪!莫不是他使的力猛,倒吃一交?"仰着脸四下里看时,不见动静。薛霸口里出血,心窝里露出三四寸长一枝小小箭杆。却待要叫,只见东北角树上坐着一个人。听的叫声:"着!"撒手响处,董超脖项上早中了一箭,两脚蹬空,扑地也倒了。

那人托地从树上跳将下来,拔出解腕尖刀,割断绳索,劈碎盘头枷,就树边抱住卢员外,放声大哭。卢俊义开眼看时,认得是浪子燕青,叫道:"小乙,莫不是魂魄和你相见么?"燕青道:"小乙直从留守司前跟定这厮两个。见他把主人监在使臣房里，又见李固请去说话，小乙疑猜这厮们要害主人，连夜直跟出城来。主人在村店里时，小乙伏侍在外头，比及五更里起来，小乙先在这里等候。想这厮们必来这林子里下手。被我两弩箭结果了他两个，主人见么？"这浪子燕青那把弩弓，三枝快箭，端的是百发百中。怎见得弩箭好处：

弩桩劲裁乌木，山根对嵌红牙。拨手轻衬水晶，弦索半抽金线。背缠锦袋，弯弯如秋月未圆；稳放雕翎，急急似流星飞迸。

卢俊义道："虽是你强救了我性命，却射死这两个公人，这罪越添得重了，待走那里去的是？"燕青道："当初都是宋公明苦了主人，今日不上梁山泊时，别无去处。"卢俊义道："只是我杖疮发作，脚皮破损，点地不得。"燕青道："事不宜迟，我背着主人去。"便去公人身边，搜出银两，带着弩弓，插了腰刀，拿了水火棍，背着卢俊义，一直望东边行走。不到十数里，早驮不动。见一个小小村店，入到里面，寻房安下，买些酒肉，权且充饥。两个暂时安歇这里。

却说过往人看见林子里射死两个公人在彼，近处社长，报与里正得知，却来大名府里首告。随即差官下来检验，却是留守司公人董超、薛霸。回复梁中书，着落大名府缉捕观察，限了日期，要捉凶身。做公的人，都来看了。论这弩箭，眼见得是浪子燕青的。事不宜迟，一二百做公的分头去，一到处贴了告示，说那两个模样，晓谕远近村坊道店，市镇人家，挨捕捉拿。

却说卢俊义正在村店房中将息杖疮，又走不动，只得在那里且住。店小二听得有杀人公事，村坊里排头说来，画两个模样，小二见了，连忙去报本处社长："我店里有两个人，好生脚叉[①]。不知是也不是。"社长转报做公的去了。

却说燕青为无下饭，拿了弩子，去近边处寻几个虫蚁[②]吃。却待回来，只听得满村里发喊。燕青躲在树林里张时，看见一二百做公的，枪刀围定，把卢俊义缚在车子上，推将过去。燕青要抢出去救时，又无军器，只叫得苦，寻思道："若不去梁山泊报与宋公明得知，叫他来救，却不是我误

① 脚叉——蹊跷，奇怪。

② 虫蚁——泛指小动物。

了主人性命?”

当时取路,行了半夜,肚里又饥,身边又没一文。走到一个土冈子上,丛丛杂杂,有些树木,就林子里睡到天明,心中忧闷,只听得树枝上喜雀咶咶噪噪,寻思道:“若是射得下来,村坊人家,讨些水,煮瀑得熟,也得充饥。”走出林子外,抬头看时,那喜雀朝着燕青噪。燕青轻轻取出弩弓,暗暗问天买卦,望空祈祷,说道:“燕青只有这一只箭了。若是救的主人性命,箭到处,灵雀坠空;若是主人命运合休,箭到,灵雀飞去。”搭上箭,叫声:“如意子,不要误我!”弩子响处,正中喜雀后尾,带了那枝箭,直飞下冈子去。燕青大踏步赶下冈子去,不见了喜雀。正寻之间,只见两个人从前面走来。怎生打扮,但见:

> 前头的,带顶猪嘴头巾,脑后两个金裹银环,上穿香皂罗衫,腰系销金膊。穿半膝软袜麻鞋,提一条齐眉棍棒;后面的,白范阳遮尘笠子,茶褐攒线袖衫。腰系绯红缠袋,脚穿踢土皮鞋。背了衣包,提条短棒,跨口腰刀。

这两个来的人,正和燕青打个肩厮拍。燕青转回身,看了这两个,寻思道:“我正没盘缠,何不两拳打倒两个,夺了包裹,却好上梁山泊。”揣了弩弓,抽身回来。这两个低着头只顾走。燕青赶上,把后面带毡笠儿的后心一拳,扑地打倒,却待拽拳再打那前面的,反被那汉子手起棒落,正中燕青左腿,打翻在地。后面那汉子爬将起来,踏住燕青,掣出腰刀,劈面门便剁。燕青大叫道:“好汉,我死不妨,却谁为主人报信!”那汉便不下刀,收住了手,提起燕青问道:“你这厮报甚么音信?”燕青道:“你问我待怎地?”那前面的好汉把燕青手一拖,却露出手腕上花绣,慌忙问道:“你不是卢员外家甚么浪子燕青?”燕青想道,左右是死,索性说了,教他捉去,和主人阴魂做一处!便道:“我正是卢员外家浪子燕青。今要上梁山泊报信,教宋公明救我主人则个。”

二人见说,呵呵大笑,说道:“早是不杀了你,原来正是燕小乙哥!你认得我两个么?”穿皂的不是别人,梁山泊头领病关索杨雄,后面的便是拼命三郎石秀。杨雄道:“我两个今奉哥哥将令,差往北京,打听卢员外消息。军师与戴院长亦随后下山,专候通报。”燕青听得是杨雄、石秀,把上件事都对两个说了。杨雄道:“既是如此说时,我和燕青上山寨,报知哥哥,别做个道理。你可自去北京,打听消息,便来回报。”石秀道:“最好。”

便把包裹与燕青背了,跟着杨雄,连夜上梁山泊来。见了宋江,燕青把上项事备细说了一遍。宋江大惊,便会众头领商议良策。

且说石秀只带自己随身衣服,来到北京城外,天色已晚,入不得城,就城外歇了一宿。次日早饭罢,入得城来,但见人人嗟叹,个个伤情。石秀心疑。来到市心里,只见人家闭户关门,石秀问市户人家时,只见一个老丈回言道:“客人,你不知我这北京有个卢员外,等地财主,因被梁山泊贼人掳掠前去,逃得回来,倒吃了一场屈官司,迭配去沙门岛。又不知怎地路上坏了两个公人。昨夜拿来,今日午时三刻,解来这里市曹上斩他,客人可看一看。”

石秀听罢,走来市曹上看时,十字路口,是个酒楼,石秀便来酒楼上,临街占个阁儿坐了。酒保前来问道:“客官,还是请人?只是独自酌杯?”石秀睁着怪眼说道:“大碗酒,大块肉,只顾卖来,问甚么鸟!”酒保倒吃了一惊,打两角酒,切一大盘牛肉将来。石秀大碗大块,吃了一回。坐不多时,只听得楼下街上热闹,石秀便去楼窗外看时,只见家家闭户,铺铺关门。酒保上楼来道:“客官醉也?楼下出公事,快算了酒钱,别处去回避!”石秀道:“我怕甚么鸟!你快走下去,莫要讨老爷打!”酒保不敢做声,下楼去了。不多时,只见街上锣鼓喧天价来。但见:

两声破鼓响,一棒碎锣鸣。皂纛旗招展如云,柳叶枪交加似雪。犯由牌前引,白混棍后随。押牢节级狰狞,仗刃公人猛勇。高头马上,监斩官胜似活阎罗;刀剑林中,掌法吏犹如追命鬼。可怜十字街心里,要杀含冤负屈人!

石秀在楼窗外看时,十字路口,周回围住法场,十数对刀棒刽子,前排后拥,把卢俊义绑押到楼前跪下。铁臂膊蔡福,拿着法刀,一枝花蔡庆,扶着枷梢,说道:“卢员外,你自精细看,不是我弟兄两个救你不的,事做拙了。前面五圣堂里,我已安排下你的坐位了,你可一魂去那里领受。”说罢,人丛里一声叫道:“午时三刻到了!”一边开枷,蔡庆早拿住了头,蔡福早掣出法刀在手。当案孔目高声读罢犯由牌,众人齐和一声。

楼上石秀,只就那一声和里,掣着腰刀在手,应声大叫:“梁山泊好汉全伙在此!”蔡福、蔡庆撇了卢员外,扯了绳索先走。石秀从楼上跳将下来,手举钢刀,杀人似砍瓜切菜,走不迭的,杀翻十数个,一只手拖住卢俊义,投南便走。

原来这石秀不认得北京的路，更兼卢员外惊得呆了，越走不动，梁中书听得报来，大惊，便点帐前头目，引了人马，分头去把城四门关上，差前后做公的，合将拢来。随你好汉英雄，怎出高城峻垒？正是：分开陆地无牙爪，飞上青天欠羽毛。毕竟卢员外同石秀当下怎地脱身，且听下回分解。

第六十三回

宋江兵打北京城　关胜议取梁山泊

话说当时石秀和卢俊义两个，在城内走投没路，四下里人马合来，众做公的把挠钩搭住，套索绊翻，可怜悍勇英雄，方信寡不敌众。两个当下尽被捉了，解到梁中书面前，叫押过劫法场的贼来。石秀押在厅下，睁圆怪眼，高声大骂："你这败坏国家害百姓的贼，我听着哥哥将令：早晚便引军来，打你城子，踏为平地，把你砍做三截！先教老爷来和你们说知。"石秀在厅前千贼万贼价骂，厅上众人都唬呆了。

梁中书听了，沉吟半晌，叫取大枷来，且把二人枷了，监放死囚牢里，吩咐蔡福在意看管，休教有失。蔡福要结识梁山泊好汉，把他两个做一处牢里关着，每日好酒好肉与他两个吃，因此不曾吃苦，倒将养得好了。

却说梁中书唤本州新任王太守当厅发落，就城中计点被伤人数。杀死的有七八十个，跌伤头面，磕损皮肤，撞折腿脚者，不计其数。报名在官，梁中书支给官钱，医治烧化了当。次日，城里城外报说将来："收得梁山泊没头帖子数十张，不敢隐瞒，只得呈上。"梁中书看了，吓得魂飞天外，魄散九霄。帖子上写道：

梁山泊义士宋江，仰示大名府，布告天下。今为大宋朝滥官当道，污吏专权，殴死良民，涂炭万姓。北京卢俊义乃豪杰之士，今者启请上山，一同替天行道，如何妄徇奸贿，杀害善良！特令石秀先来报知，不期俱被擒捉。如是存得二人性命，献出淫妇奸夫，吾无侵扰；倘若故伤羽翼，屈坏股肱，便当拔寨兴师，同心雪恨，大兵到处，玉石俱焚。剿除奸诈，殄灭愚顽，天地咸扶，鬼神共祐，谈笑入城，并无轻恕。义夫节妇，孝子顺孙,好义良民,清慎官吏,切勿惊惶,各安职业。谕众知悉。

当时梁中书看了没头告示,便唤王太守到来商议:“此事如何剖决?”王太守是个善懦之人,听得说了这话,便禀梁中书道:“梁山泊这一伙,朝廷几次尚且收捕他不得,何况我这里一郡之力?倘若这亡命之徒,引兵到来,朝廷救兵不迭,那时悔之晚矣!若论小官愚意:且姑存此二人性命,一面写表,申奏朝廷;二即奉书呈上蔡太师恩相知道;三者可教本处军马出城下寨,提备不虞。如此,可保北京无事,军民不伤。若将这两个一时杀坏,诚恐寇兵临城,一者无兵解救,二者朝廷见怪,三乃百姓惊慌,城中扰乱,深为未便。”

梁中书听了道:“知府言之极当。”先唤押牢节级蔡福来,便道:“这两个贼徒,非同小可。你若是拘束得紧,诚恐丧命;若教你宽松,又怕他走了。你弟兄两个,早早晚晚,可紧可慢,在意坚固管候发落,休得时刻怠慢。”蔡福听了,心中暗喜:“如此发放,正中下怀。”领了钧旨,自去牢中安慰他两个,不在话下。

只说梁中书便唤兵马都监大刀闻达、天王李成两个,都到厅前商议。梁中书备说梁山泊没头告示,王太守所言之事。两个都监听罢,李成便道:“量这伙草寇,如何敢擅离巢穴?相公何必有劳神思?李某不才,食禄多矣,无功报德,愿施犬马之劳,统领军卒,离城下寨,草寇不来,别作商议。如若那伙强寇,年衰命尽,擅离巢穴,领众前来,不是小将夸口,定令此贼片甲不回!”梁中书听了大喜,随即取金花绣缎,赏劳二将。两个辞谢,别了梁中书,各回营寨安歇。

次日,李成升帐,唤大小官军,上帐商议。旁边走过一人,威风凛凛,相貌堂堂,便是急先锋索超,又出头相见。李成传令道:“宋江草寇,早晚临城,要来打俺北京,你可点本部军兵,离城三十五里下寨,我随后却领军来。”索超得了将令,次日点起本部军兵,至三十五里,地名飞虎峪,靠山下了寨栅。次日,李成引领正偏将,离城二十五里,地名槐树坡,下了寨栅。周围密布枪刀,四下深藏鹿角,三面掘下陷坑。众军摩拳擦掌,诸将协力同心,只等梁山泊军马到来,便要建功。

话分两头。原来这没头帖子,却是吴学究闻得燕青、杨雄报信,又叫戴宗打听得卢员外、石秀都被擒捉,因此虚写告示,向没人处撇下,及桥梁道路上贴放,只要保全卢俊义、石秀二人性命。戴宗回到梁山泊,把上项事备细与众头领说知。宋江听罢大惊,就忠义堂上打鼓集众,大小头领,各依次序而坐。宋江开话对吴学究道:“当初军师好意,启请卢员外上山来聚义,今日不想却教他受苦,又陷了石秀兄弟。当用何计可救?”吴用道:“兄长放心。小生不才,愿献一计,乘此机会,就取北京钱粮,以供山寨之用。明日是个吉辰,请兄长分一半头领,把守山寨,其余尽随我等去打城池。”宋江道:“军师之言极当。”便唤铁面孔目裴宣,派拨大小军兵,来日起程。

黑旋风李逵便道:“我这两把大斧,多时不曾发市,听得打州劫县,他也在厅边欢喜。哥哥拨与我五百小喽罗,抢到北京,把梁中书砍做肉泥,拿住李固和那婆娘,碎尸万段。救取卢员外、石秀二人性命,是我心愿。”宋江道:“兄弟虽然勇猛,这北京非比别处州府,且梁中书又是蔡太师女婿,更兼手下有李成、闻达,都是万夫不当之勇,不可轻敌。”李逵大叫道:“哥哥,这般长别人志气,灭自己威风,且看兄弟去如何。若还输了,誓不回山。”吴用道:“既然你要去,便教做先锋,点与五百好汉相随,就充头阵,来日下山。”当晚宋江和吴用商议,拨定了人数。裴宣写了告示,送到各寨,各依拨次施行,不得时刻有误。

此时秋末冬初天气,征夫容易披挂,战马易得肥满,军卒久不临阵,皆生战斗之心;各恨不平,尽想报仇之念。得蒙差遣,欢天喜地,收拾枪刀,拴束鞍马,摩拳擦掌,时刻下山。第一拨:当先哨路黑旋风李逵,部领小喽罗五百。第二拨:两头蛇解珍、双尾蝎解宝、毛头星孔明、独火星孔亮,部领小喽罗一千。第三拨:女头领一丈青扈三娘,副将母夜叉孙二娘、母大虫顾大嫂,部领小喽罗一千。第四拨:扑天雕李应,副将九纹龙史进、小尉迟孙新,部领小喽罗一千。中军主将都头领宋江,军师吴用。簇帐头领四员:小温侯吕方、赛仁贵郭盛、病尉迟孙立、镇三山黄信。前军头领,霹雳火秦明,副将百胜将韩滔、天目将彭玘。后军头领,豹子头林冲,副将铁笛仙马麟、火眼狻猊邓飞。左军头领,双鞭呼延灼,副将摩云金翅欧鹏、锦毛虎燕顺。右军头领,小李广花荣,副将跳涧虎陈达、白花蛇杨春。并带炮手轰天雷凌振,接应粮草。探听军情头领一员,神行太保戴宗。军兵分拨已定,平明,各头领依次而行,当日进发。只留下副军师公孙胜,并刘唐、朱仝、穆弘,四个头领,统领马步军兵,守把山寨。三关水寨中,自有李俊等守把,不在话下。

却说索超正在飞虎峪寨中坐地，只见流星报马前来报说："宋江军马大小人兵，不计其数，离寨约有二三十里，将近到来。"索超听的，飞报李成槐树坡寨内。李成听了，一面报马入城，一面自备了战马，直到前寨。索超接着，说了备细，次日五更造饭，平明拔寨都起，前到庾家疃，列成阵势，摆开一万五千人马。李成、索超，全副披挂，门旗下勒住战马。平东一望，远远地尘土起处，约有五百余人，飞奔前来。李成鞭梢一指，军健脚踏硬弩，手拽强弓。

梁山泊好汉在庾家疃一字儿摆成阵势。只见：

人人都带茜红巾，个个齐穿绯衲袄。鹭鸶腿紧系脚绷，虎狼腰牢拴裹肚。三股叉直迸寒光，四棱简横拖冷雾。柳叶枪，火尖枪，密布如麻；青铜刀，偃月刀，纷纷似雪。满地红旗飘火焰，半空赤帜耀霞光。

东阵上只见一员好汉，当前出马，乃是黑旋风李逵，手搦双斧，睁圆怪眼，咬碎钢牙，高声大叫："认得梁山泊好汉黑旋风么？"李成在马上看了，与索超大笑道："每日只说梁山泊好汉，原来只是这等腌臜草寇，何足为道！先锋，你看么？何不先捉此贼？"索超笑道："割鸡焉用牛刀，自有战将建功，不必主将挂念。"言未绝，索超马后一员首将，姓王，名定，手拈长枪，引领部下一百马军，飞奔冲将过来。李逵胆勇过人，虽是带甲遮护，怎当马军一冲，当时四下奔走。索超引军直赶过庾家疃来，只见山坡背后，锣鼓喧天，早撞出两彪军马：左有解珍、孔亮，右有孔明、解宝，各领五百小喽罗，冲杀将来。索超见他有接应军马，方才吃惊，不来追赶，勒马便回。

李成问道："如何不拿贼来？"索超道："赶过山去，正要拿他，原来这厮们倒有接应人马，伏兵齐起，难以下手。"李成道："这等草寇，何足惧哉！"将引前部军兵，尽数杀过庾家疃来。只见前面摇旗呐喊，擂鼓鸣锣，又是一彪军马：当先一骑马上，却是一员女将，结束得十分标致。有《念奴娇》为证：

玉雪肌肤，芙蓉模样，有天然标格[①]。金铠辉煌，鳞甲动，银渗红罗抹额。玉手纤纤，双持宝刀。恁英雄烜赫，眼溜秋波，万种妖娆堪摘。

漫驰宝马当前，霜刃如风，要把官兵斩馘[②]。粉面尘飞，征袍汗湿，

① 标格——风姿。

② 馘(guó)——古代战时割取所杀敌人的左耳以计功。亦指所割下的左耳。

杀气腾胸腋。战士消魂，敌人丧胆，女将中间奇特。得胜归来，隐隐笑生双颊。

且说这扈三娘引军，红旗上金书大字"女将一丈青"，左有顾大嫂，右有孙二娘，引一千余军马，尽是七长八短汉，四山五岳人。李成看了道："这等军人，作何用处！先锋与我向前迎敌，我却分兵勒捕四下草寇。"索超领了将令，手拈金蘸斧，拍坐下马，杀奔前来。一丈青勒马回头，望山凹里便走。李成分开人马，四下里赶杀，正赶之间，只听的喊声震地，雾气遮天，一彪人马，飞也似追来。李成急急退兵十四五里，首尾不能管顾，急退入庾家疃时，左冲出解珍、孔亮，部领人马，赶杀将来；右冲出孔明、解宝，部领人马，又杀到来。三员女将，拨转马头，随后杀来，赶的李成军马四分五落。急待回寨，黑旋风李逵当先拦住。李成、索超冲开人马，夺路而去。比及回寨，大折一阵。宋江军马也不追赶，一面收兵暂歇，扎下营寨。

且说李成、索超，慌忙差人入城。报知梁中书，连夜再差闻达速领本部军马，前来助战。李成接着，就槐树坡寨内，商议退兵之策。闻达笑道："疥癞之疾，何足挂意！闻某不才，来日愿决一阵，务要全胜。"当夜商议定了，传令与军士得知，四更造饭，五更披挂，平明进兵。

战鼓三通，拔寨都起，前到庾家疃。早见宋江军马，泼风也似价来。但见：

征云冉冉飞晴空，征尘漠漠迷西东。
十万貔貅声震地，车厢火炮如雷轰。
鼙鼓冬冬撼山谷，旌旗猎猎摇天风。
枪影摇空翻玉蟒，剑光耀日飞苍龙。
六师鹰扬鬼神泣，三军英勇貔虎同。
罡星煞曜降凡世，天蓬丁甲离青穹。
银盔金甲灈冰雪，强弓硬弩真难攻。
人人只欲尽忠义，擒王斩将非邀功。
大刀闻达不知量，狂言逞技真雕虫！
飞虎峪中兵四起，星驰电逐无前锋。
闭关收拾残戈甲，有如脱兔潜葭蓬。

当日大刀闻达,便教将军马摆开,强弓硬弩,射住阵脚。花腔鼍鼓[①]擂,杂彩绣旗摇。宋江阵中,早已捧出一员大将,红旗银字,大书"霹雳火秦明",怎生打扮:

头戴朱红漆笠,身穿绛色袍鲜,连环锁甲兽吞肩。抹绿战靴云嵌,凤翅明盔耀日,狮蛮宝带腰悬。狼牙混棍手中拈,凛凛英雄罕见。

秦明勒马,厉声高叫:"北京滥官污吏听着!多时要打你这城子,诚恐害了百姓良民。好好将卢俊义、石秀送将过来,淫妇奸夫,一同解出,我便退兵罢战,誓不相侵!若是执迷不悟,便教昆冈[②]火起,玉石俱焚,只在目前。有话早说,休得俄延。"说犹未了,闻达大怒,便问首将:"谁与我力擒此贼?"说言未了,脑后铃鸾响处,一员大将,当先出马。怎生打扮:

耀日兜鍪[③]晃晃,连环铁甲重重,团花点翠锦袍红,金带钗成双凤。鹊画弓藏袋内,狼牙箭插壶中。雕鞍稳定五花龙,大斧手中摩弄。

这个是北京上将,姓索,名超,因为此人性急,人皆呼他为急先锋,出到阵前,高声喝道:"你这厮是朝廷命官,国家有何负你?你好人不做,却去落草为贼!我今拿住你时,碎尸万段,死有余辜。"这个秦明,又是一个性急的人,听了这话,正是炉中添炭,火上浇油,拍马向前,抡狼牙棍直奔将来;索超纵马,直挺秦明。二匹劣马相交,两般军器并举,众军呐喊。斗过二十余合,不分胜败。宋江军中先锋队里转过韩滔,就马上拈弓搭箭,觑的索超较亲,飕地只一箭,正中索超左臂,撇了大斧,回马望本阵便走。宋江鞭梢一指,大小三军,一齐卷杀过来。杀的尸横遍野,流血成河,大败亏输。直追过庾家疃,随即夺了槐树坡小寨。当晚闻达直奔飞虎峪,计点军兵,三停去一。宋江就槐树坡寨内屯扎,吴用道:"军兵败走,心中必怯。若不乘势追赶,诚恐养成勇气,急忙难得。"宋江道:"军师之言极当。"随即传令:当晚就将精锐得胜军将,分作四路,连夜进发,杀奔城来。

再说闻达奔到飞虎峪,忙忙似丧家之犬,急急如漏网之鱼。正在寨中商议计策,小校来报:"近山上一带火起!"闻达带领军兵,上马看时,只见东边山上,火把不知其数,照的遍山遍野通红。闻达便引军兵迎敌,山后

---

① 鼍(tuó)鼓——用鼍皮蒙制的鼓,其声响亮宏大。鼍,即扬子鳄。

② 昆冈——即昆仑山,传说多产美玉。

③ 兜鍪(móu)——古代军士戴的头盔,秦汉以前称胄(zhòu)。

又是马军来到，当先首将小李广花荣，引副将杨春、陈达，横杀将来。闻达措手不及，领兵便回飞虎峪。西边山上，火把不知其数，当先首将双鞭呼延灼，引副将欧鹏、燕顺，冲击将来。后面喊声又起，却是首将霹雳火秦明，引副将韩滔、彭玘，并力杀来。闻达军马大乱，拔寨都起。只见前面喊声又起，火光晃耀，却是轰天雷凌振，将带副手，从小路直转飞虎峪那边，放起炮来。闻达引军夺路，奔城而去。只见前面鼓声响处，早有一彪军马拦路，火光丛中，闪出首将豹子头林冲，引副将马麟、邓飞，截住归路。四下里战鼓齐鸣，烈火竞起，众军乱撺，各自逃生。闻达手舞大刀，杀开条路走，正撞着李成，合兵一处，且战且走。战到天明，已至城下。梁中书听的这个消息，惊的三魂荡荡，七魄幽幽，连忙点军出城，接应败残人马，紧闭城门，坚守不出。次日，宋江军马追来，直抵东门下寨，准备攻城。

且说梁中书在留守司聚众商议，难以解救。李成道："贼兵临城，事在告急，若是迟延，必至失陷。相公可修告急家书，差心腹之人，星夜赶上京师，报与蔡太师知道，早奏朝廷，调遣精兵前来救应，此是上策；第二，作紧行文，关报邻近府县，亦教早早调兵接应；第三，北京城内，着仰大名府起差民夫上城，同心协助，守护城池，准备擂木炮石，踏弩硬弓，灰瓶金汁，晓夜提备，如此可保无虞。"梁中书道："家书随便修下，谁人去走一遭？"当日差下首将王定，全副披挂；又差数个马军，领了密书，放开城门吊桥，望东京飞报声息，及关报邻近府分，发兵救应；先仰王太守起集民夫，上城守护，不在话下。

且说宋江分调众将，引军围城，东西北三面下寨，只空南门不围，每日引军攻打一面；向山寨中催取粮草，为久屯之计，务要打破北京，救取卢员外、石秀二人。李成、闻达，连日提兵出城交战，不能取胜，索超箭疮，将息未得痊可。

不说宋江军兵打城，且说首将王定赍领密书，三骑马直到东京太师府前下马。门吏转报入去，太师教唤王定进来，直到后堂拜罢，呈上密书。蔡太师拆开封皮看了，大惊，问其备细。王定把卢俊义的事，一一说了。"如今宋江领兵围城，声势浩大，不可抵敌。"庾家疃、槐树坡、飞虎峪三处厮杀，尽皆说罢。蔡京道："鞍马劳困，你且去馆驿内安下，待我会官商议。”王定又禀道：“太师恩相：大名危如累卵[1]，破在旦夕，倘或失陷，河北县郡，如之奈何？望太师恩相，早早发兵剿除！”蔡京道：“不必多说，你且退去。”王定去了。太师随即差当日府干，请枢密院官，急来商议军情重事。

不移时，东厅枢密使童贯引三衙太尉，都到节堂，参见太师。蔡京把大名危急之事，备细说了一遍：“如今将何计策，用何良将，可退贼兵，以保城郭？”说罢，众官互相厮觑，各有惧色。只见那步司太尉背后转出一人，乃是衙门防御使保义，姓宣，名赞，掌管兵马。此人生的面如锅底，鼻孔朝天，卷发赤须，彪形八尺，使口钢刀，武艺出众。先前在王府曾做郡马，人呼为丑郡马，因对连珠箭赢了番将，郡王爱他武艺，招做女婿。谁想郡主嫌他丑陋，怀恨而亡，因此不得重用，只做得个兵马保义使。童贯是个阿谀谄佞之徒，与他不能相下，常有嫌疑之心。

当时此人忍不住，出班来禀太师道：“小将当初在乡中，有个相识。此人乃是汉末三分义勇武安王[2] 嫡派子孙，姓关，名胜，生的规模，与祖上云长相似，使一口青龙偃月刀，人称为大刀关胜。现做蒲东巡检，屈在下僚。此人幼读兵书，深通武艺，有万夫不当之勇。若以礼币请他，拜为上将，可以扫清水寨，殄灭狂徒，保国安民。乞取钧旨。”蔡京听罢大喜，就差宣赞为使，赍了文书鞍马，连夜星火，前往蒲东，礼请关胜赴京计议。众官皆退。

话休絮烦。宣赞领了文书，上马进发，带将三五个从人，不则一日，来到蒲东巡检司前下马。当日关胜正和郝思文在衙内论说古今兴废之事，闻说东京有使命至，关胜忙与郝思文出来迎接。各施礼罢，请到厅上坐地。关胜问道：“故人久不相见，今日何事，远劳亲自到此？”宣赞回言：“为因梁山泊草寇攻打北京，宣某在太师面前，一力保举兄长，有安邦定国之策，降兵斩将之才，特奉朝廷敕旨，太师钧命，彩币鞍马，礼请起行。兄长勿得推却，便请收拾赴京。”关胜听罢，大喜，与宣赞说道：“这个兄弟，姓

---

① 累(lěi)卵——一层层堆起来的蛋。比喻局势极不稳定，随时会逢凶遭祸。

② 义勇武安王——即关羽。宋时封关羽为武安王，又封为义勇武安王。

郝，双名思文，是我拜义弟兄。当初他母亲梦井木犴[①]投胎，因而有孕，后生此人，因此人唤他做井木犴。这兄弟十八般武艺，无有不能。得蒙太师呼唤，一同前去，协力报国，有何不可？”宣赞喜诺，就行催请登程。

当下关胜吩咐老小，一同郝思文，将引关西汉十数个人，收拾刀马、盔甲、行李，跟随宣赞连夜起程。来到东京，径投太师府前下马。门吏转报蔡太师得知，教唤进。宣赞引关胜、郝思文，直到节堂，拜见已罢，立在阶下。蔡京看了关胜，端的好表人材：堂堂八尺五六身躯，细细三柳髭须，两眉入鬓，凤眼朝天，面如重枣[②]，唇若涂朱。太师大喜，便问：“将军青春多少？”关胜答道：“小将三旬有二。”蔡太师道：“梁山泊草寇，围困北京城郭，请问良将，愿施妙策，以解其围。”关胜禀道：“久闻草寇占住水洼，惊群动众。今擅离巢穴，自取其祸。若救北京，虚劳人力。乞假精兵数万，先取梁山，后拿贼寇，教他首尾不能相顾。”

太师见说大喜，与宣赞道：“此乃围魏救赵之计，正合吾心。”随即唤枢密院官，调拨山东、河北精锐军兵一万五千，教郝思文为先锋，宣赞为合后，关胜为领兵指挥使，步军太尉段常接应粮草。犒赏三军，限日下起行，大刀阔斧，杀奔梁山泊来。直教龙离大海，不能驾雾腾云；虎到平川，怎办张牙舞爪？正是：贪观天上中秋月，失却盘中照殿珠。毕竟宋江军马怎地结果，且听下回分解。

第六十四回

呼延灼月夜赚关胜　宋公明雪天擒索超

话说蒲东关胜，这人惯使口大刀，英雄盖世，义勇过人。当日辞了太师，统领着一万五千人马，分为三队，离了东京，望梁山泊来。

话分两头。且说宋江与同众将，每日北京攻打城池不下，李成、闻达

---

① 犴（àn）——即狴（bì）犴，传说中的一种走兽，古人常把它的形象画在牢狱狱门上。井木犴，星宿名，井宿为木豻。豻同犴。

② 重枣——重阳节时的枣儿，色深红鲜亮。

那里敢出对阵。索超箭疮深重,又未平复,更无人出战。宋江见攻打城子不破,心中纳闷,离山已久,不见输赢。是夜在中军帐里闷坐,点上灯烛,取出玄女天书,正看之间,猛然想起围城既久,不见有救军接应,戴宗回去,尚不见来,默然觉得神思恍惚,寝食不安。

忽小校报说:"军师来见。"吴用到得中军帐内,与宋江道:"我等众军围许多时,如何杳无救军来到,城中又不出战?向有三骑马奔出城去,必是梁中书使人去京师告急。他丈人蔡太师必然上紧遣兵,中间必有良将。倘用围魏救赵之计,且不来解此处之危,反去取我梁山大寨,如之奈何!兄长不可不虑。我等先着军士收拾,未可都退。"正说之间,只见神行太保戴宗到来报说:"东京蔡太师,拜请关菩萨玄孙,蒲东郡大刀关胜,引一彪军马,飞奔梁山泊来。寨中头领主张不定,请兄长军师早早收兵回来,且解山寨之难。"吴用道:"虽然如此,不可急还。今夜晚间先教步军前行,留下两支军马,就飞虎峪两边埋伏。城中知道我等退军,必然追赶;若不如此,我兵先乱。"宋江道:"军师言之极当。"传令便差小李广花荣,引五百军兵,去飞虎峪左边埋伏;豹子头林冲,引五百军兵,飞虎峪右边埋伏。再叫双鞭呼延灼,引二十五骑马军,带着凌振,将了风火等炮,离城十数里远近,但见追兵过来,随即施放号炮,令其两下伏兵,齐去并杀追兵。一面传令,前队退兵,倒拖旌旗,不鸣战鼓,却如雨散云行,遇兵勿战,慢慢退回。步军队里,半夜起来,次第而行。直至次日巳牌前后,方才尽退。

城上望见宋江军马,手拖旗幡,肩担刀斧,纷纷滚滚,拔寨都起,有还山之状。城上看了仔细,报与梁中书知道:"梁山泊军马,今日尽数收兵,都回去了。"梁中书听的,随即唤李成、闻达商议。闻达道:"想是京师救军去取他梁山泊,这厮们恐失巢穴,慌忙归去。可以乘势追杀,必擒宋江。"说犹未了,城外报马到来,赍东京文字,约会引兵去取贼巢;他若退兵,可以速追。梁中书便叫李成、闻达,各带一支军马,从东西两路追赶宋江军马。

且说宋江引兵退回,见城中调兵追赶,舍命便走。直退到飞虎峪那边,只听的背后火炮齐响。李成、闻达吃了一惊,勒住战马看时,后面只见旗幡对刺,战鼓乱鸣。李成、闻达火急回军,左手下撞出小李广花荣,右手下撞出豹子头林冲,各引五百军马,两边杀来。措手不及,知道中了奸计,火速回军。前面又撞出呼延灼,引着一支马军,大杀一阵,杀的李成、闻达金盔倒纳,衣甲飘零,退入城中,闭门不出。宋江军马,次第而回。早转近梁山泊边,却好迎着丑郡马宣赞拦路。宋江约住军兵,权且下寨,暗地使人从偏僻小路,赴水上山报知,约会水陆军兵,两下救应。

且说水寨内头领船火儿张横,与兄弟浪里白跳张顺当时议定:“我和你弟兄两个,自来寨中,不曾建功。只看着别人夸能说会,倒受他气。如今蒲东大刀关胜,三路调军,打我寨栅,不若我和你两个,先去劫了他寨,捉得关胜,立这件大功,众兄弟面前,也好争口气。”张顺道:“哥哥,我和你只管的些水军,倘或不相救应,枉惹人耻笑。”张横道:“你若这般把细,何年月日,能够建功?你不去便罢,我今夜自去。”张顺苦谏不听。当夜张横点了小船五十余只,每船上只有三五人,浑身都是软战,手执苦竹枪,各带蓼叶刀,趁着月光微明,寒露寂静,把小船直抵旱路。此时约有二更时分。

却说关胜正在中军帐里,点灯看书,有伏路小校,悄悄来报:“芦花荡里,约有小船四五十只,人人各执长枪,尽去芦苇里面两边埋伏,不知何意,特来报知。”关胜听了,微微冷笑。当时暗传号令,教众军俱各如此准备。三军得令,各自潜伏。

且说张横将引三二百人,从芦苇中间,藏踪蹑迹,直到寨边,拔开鹿角,径奔中军。望见帐中灯烛荧煌,关胜手拈髭髯,坐看兵书。张横暗喜,手搭长枪,抢入帐房里来。旁边一声锣响,众军喊动,如天崩地塌,山倒江翻,吓的张横倒拖长枪,转身便走。四下里伏兵乱起,可怜会水张横,怎脱平川罗网。二三百人,不曾走的一个,尽数被缚,推到帐前。关胜看了,笑骂:“无端草贼,安敢侮吾!”将张横陷车盛了,其余者尽数监了,直等捉了宋江,一并解上京师。

不说关胜捉了张横,却说水寨内三阮头领,正在寨中商议,使人去宋江哥哥处听令,只见张顺到来,报说:“我哥哥因不听小弟苦谏,去劫关胜营寨,不料被捉,囚车监了。”阮小七听了,叫将起来,说道:“我兄弟们同死同生,吉凶相救,你是他嫡亲兄弟,却怎地教他独自去,被人捉了?你不去救,我弟兄三个自去救他。”张顺道:“为不曾得哥哥将令,却不敢轻动。”阮小七道:“若等将令来时,你哥哥吃他剐做八段。”阮小二、阮小五都道:“说的是。”张顺逆他三个不过,只得依他。当夜四更,点起大小水寨头领,各架船一百余只,一齐杀奔关胜寨来。

岸上小军,望见水面上战船如蚂蚁相似,都傍岸边,慌忙报知主帅。

关胜笑道:“无见识贼奴,何足为虑!”随即唤首将,附耳低言,如此如此。

且说三阮在前,张顺在后,呐声喊,抢入寨来。只见寨内枪刀竖立,旌旗不倒,并无一人。三阮大惊,转身便走。帐前一声锣响,左右两边,马军步军,分作八路,簸箕掌,栲栳圈,重重迭迭,围裹将来。张顺见不是头,扑通的先跳下水去。三阮夺路便走,急到的水边,后军赶上,挠钩齐下,套索飞来,把这活阎罗阮小七搭住,横拖倒拽捉去了。阮小二、阮小五、张顺,却得混江龙李俊带的童威、童猛死救回去。

不说阮小七被捉,囚在陷车之中。且说水军报上梁山泊来,刘唐便使张顺从水路里直到宋江寨中,报说这个消息。宋江便与吴用商议,怎生退的关胜。吴用道:“来日决战,且看胜败如何。”说犹未了,猛听得战鼓齐鸣,却是丑郡马宣赞,部领三军,直到大寨。宋江举众出迎,看了宣赞在门旗下勒战,便唤:“首将那个出马,先拿这厮。”只见小李广花荣拍马持枪,直取宣赞。宣赞舞刀来迎,一来一往,一上一下,斗到十合,花荣卖个破绽,回马便走。宣赞赶来,花荣就了事环带住钢枪,拈弓取箭,侧坐雕鞍,轻舒猿臂,翻身一箭。宣赞听得弓弦响,却好箭来,把刀只一隔,铮地一声响,射在刀面上。花荣见一箭不中,再取第二枝箭,看的较近,望宣赞胸膛上射来。宣赞镫里藏身,又躲过了。宣赞见他弓箭高强,不敢追赶,霍地勒回马,路回本阵。花荣见他不赶,连忙便勒转马头,望宣赞赶来。又取第三枝箭,望得宣赞后心较近,再射一箭。只听得铛地一声响,正射在背后护心镜上。

宣赞慌忙驰马入阵,便使人报与关胜。关胜得知,便唤小校:“快牵过战马来!”那匹马,头至尾长一丈,蹄至脊高八尺,浑身上下,没一根杂毛,纯是火炭般赤。拴一副皮甲,束三条肚带。关胜全装披挂,绰刀上马,直临阵前。门旗开处,便乃出马,有《西江月》一首为证:

汉国功臣苗裔,三分良将玄孙。绣旗飘挂动天兵,金甲绿袍相称。赤兔马腾腾紫霞,青龙刀凛凛寒冰。蒲东郡内产豪英,义勇大刀关胜。

宋江看了关胜一表非俗,与吴用暗暗地喝采,回头与众多良将道:“将军英雄,名不虚传!”说言未了,林冲忿怒,便道:“我等弟兄,自上梁山泊,大小五七十阵,未尝挫了锐气,军师何故灭自己威风!”说罢,便挺枪出马,直取关胜。关胜见了,大喝道:“水泊草寇,汝等怎敢背负朝廷!单要宋江与吾决战。"宋江在门旗下喝住林冲，纵马亲自出阵，欠身与关胜施礼，说道："郓城小吏宋江到此谨参，惟将军问罪。"关胜道："汝为小吏，安敢背叛朝廷？"宋江答道："盖为朝廷不明，纵容奸臣当道，谗佞专权，设除滥官污吏，陷害天下百姓。宋江等替天行道，并无异心。"关胜大喝："天兵到此，尚然抗拒，巧言令色，怎敢瞒吾！若不下马受降，着你粉骨碎身！"

霹雳火秦明听得大怒，手舞狼牙棍，纵坐下马，直抢过来。关胜也纵马出迎，来斗秦明。林冲怕他夺了头功，猛可里飞抢过来，径奔关胜。三骑马向征尘影里，转灯般厮杀。宋江看了，恐伤关胜，便教鸣金收军。林冲、秦明回马阵前，说道："正待擒捉这厮，兄长何故收军罢战？"宋江道："贤弟，我等忠义自守，以强欺弱，非所愿也。纵使阵上捉他，此人不伏，亦乃惹人耻笑。吾看关胜英勇之将，世本忠臣，乃祖为神，若得此人上山，宋江情愿让位。"林冲、秦明都不喜欢。当日两边各自收兵。

且说关胜回到寨中，下马卸甲，心中暗忖道："我力斗二将不过，看看输与他，宋江倒收了军马，不知主何意？"却叫小军推出陷车中张横、阮小七过来，问道："宋江是个郓城小吏，你这厮们如何伏他？"阮小七应道："俺哥哥山东、河北驰名，都称做及时雨呼保义宋公明。你这厮不知礼义之人，如何省得！"关胜低头不语，且教推过陷车。

当晚寨中纳闷，坐卧不安，走出中军观看，月色满天，霜华遍地，嗟叹不已。有伏路小校前来报说："有个胡须将军，匹马单鞭，要见元帅。"关胜道："你不问他是谁！"小校道："他又没衣甲军器，并不肯说姓名，只言要见元帅。"关胜道："既是如此，与我唤来。"没多时，来到帐中，拜见关胜。关胜看了，有些面熟，灯光之下，略也认得，便问是谁。那人道："乞退左右。"关胜道："不妨。"那人道："小将呼延灼的便是。先前曾与朝廷统领连环马军，征进梁山泊。谁想中贼奸计，失陷了军机，不能还乡。听得将军到来，不胜之喜。早间宋江在阵上，林冲、秦明待捉将军，宋江火急收军，诚恐伤犯足下。此人素有归顺之意，独奈众贼不从。暗与呼延灼商议，正要驱使众人归顺。将军若是听从，明日夜间，轻弓短箭，骑着快马，从小路直入贼寨，生擒林冲等寇，解赴京师，共立功勋。"关胜听罢大喜，请入帐，置酒相待。备说宋江专以忠义为主，不幸从贼无辜。二人递相剖露衷情，并无疑心。

次日，宋江举众搦战。关胜与呼延灼商议："今日可先赢首将，晚间可行此计。"且说呼延灼借副衣甲穿了，彼各上马，都到阵前。宋江阵上大骂呼延灼道："山寨不曾亏负你半分，因何夤夜私去？"呼延灼回道："汝等草寇，成何大事！"宋江便令镇三山黄信出马，仗丧门剑，驱坐下马，直奔呼延灼。两马相交，斗不到十合，呼延灼手起一鞭，把黄信打落马下。宋江阵上众军抢出来，扛了回去。关胜大喜，令大小三军一齐掩杀。呼延灼道："不可追掩。吴用那厮，广有神机，若还赶杀，恐贼有计。"关胜听了，火急收军，都回本寨。

到中军帐里，置酒相待，动问镇三山黄信之事。呼延灼道："此人原是朝廷命官，青州都监，与秦明、花荣一时落草。今日先杀此贼，挫灭威风，今晚偷营，必然成事。"关胜大喜，传下将令：教宣赞、郝思文两路接应；自引五百马军，轻弓短箭，叫呼延灼引路。至夜二更起身，三更前后，直奔宋江寨中，炮响为号，里应外合，一齐进兵。

是夜月光如昼。黄昏时候，披挂已了，马摘鸾铃，人披软战，军卒衔枚疾走，一齐乘马，呼延灼当先引路，众人跟着。转过山径，约行了半个更次，前面撞见三五十个伏路小军，低声问道："来的不是呼将军么？宋公明差我等在此迎接。"呼延灼喝道："休言语，随在我马后走！"呼延灼纵马先行，关胜乘马在后。又转过一层山嘴，只见呼延灼把枪尖一指，远远地一碗红灯。关胜勒住马问道："有红灯处是那里？"呼延灼道："那里便是宋公明中军。"急催动人马。将近红灯，忽听得一声炮响，众军跟定关胜，杀奔前来。到红灯之下看时，不见一个，便唤呼延灼时，亦不见了。关胜大惊，知道中计，慌忙回马，听得四边山上，一齐鼓响锣鸣。正是慌不择路，众军各自逃生。关胜连忙回马时，只剩得数骑马军跟着。转出山嘴，又听得树林边脑后一声炮响，四下里挠钩齐出，把关胜拖下雕鞍，夺了刀马，卸去衣甲，前推后拥，拿投大寨里来。

却说林冲、花荣，自引一枝军马，截住郝思文，回头厮杀。月光之下，遥见郝思文怎生打扮，有《西江月》为证：

千丈凌云豪气，一团筋骨精神。横枪跃马荡征尘，四海英雄难近。

身着战袍锦绣，七星甲挂龙鳞。天丁元是郝思文，飞马当前出阵。

林冲大喝道："你主将关胜，中计被擒，你这无名小将，何不下马受缚？"郝思文大怒，直取林冲。二马相交，斗无数合，花荣挺枪助战，郝思文势力不加，回马便走，肋后撞出个女将一丈青扈三娘，撒起红绵套索，把郝思文拖下马来。步军向前，一齐捉住，解投大寨。

话分两处。这边秦明、孙立，自引一支军马去捉宣赞，当路正逢此人。那宣赞怎生打扮，有《西江月》为证：

卷踡短黄须发，凹兜黑墨容颜。睁开怪眼似双环，鼻孔朝天仰面。
手内钢刀耀雪，护身铠甲连环。海骝赤马锦鞍鞯，郡马英雄宣赞。

当下宣赞拍马大骂："草贼匹夫，当吾者死，避我者生！"秦明大怒，跃马挥狼牙棍，直取宣赞。二马相交，约斗数合，孙立侧首过来，宣赞慌张，刀法不依古格[①]，被秦明一棍，搠下马来。三军齐喊一声，向前捉住。再有扑天雕李应，引领大小军兵，抢奔关胜寨内来，先救了张横、阮小七，并被擒水军人等，夺去一应粮草马匹，却去招安四下败残人马。

宋江会众上山，此时东方渐明。忠义堂上分开坐次，早把关胜、宣赞、郝思文，分投解来。宋江见了，慌忙下堂，喝退军卒，亲解其缚，把关胜扶在正中交椅上，纳头便拜，叩首伏罪，说道："亡命狂徒，冒犯虎威，望乞恕罪。"关胜连忙答礼，闭口无言，手脚无措。呼延灼亦向前来伏罪道："小可既蒙将令，不敢不依，万望将军免恕虚诳之罪。"关胜看了一班头领，义气深重，回顾与宣赞、郝思文道："我们被擒在此，所事若何？"二人答道："并听将令。"关胜道："无面还京，俺三人愿早赐一死！"宋江道："何故发此言？将军倘蒙不弃微贱，一同替天行道。若是不肯，不敢苦留，只今便送回京。"关胜道："人称忠义宋公明，话不虚传。今日我等有家难奔，有国难投，愿在帐下，为一小卒。"宋江大喜。

当日一面设筵庆贺，一边使人招安逃窜败军，又得了五七千人马。军内有老幼者，随即给散银两，便放回家；一边差薛永赍书往蒲东，搬取关胜老小，都不在话下。

宋江正饮宴间，默然想起卢员外、石秀陷在北京，潸然泪下。吴用道："兄长不必忧心，吴用自有措置。只过今晚，来日再起军兵，去打北京，必然成事。"关胜便起身说道："小将无可报答不杀之罪，愿为前部。"宋江大喜。次日早晨传令，就教宣赞、郝思文，拨回旧有军马，便为前部先锋，其余原打北京头领，不缺一个。再差李俊、张顺，将带水战盔甲随去，以次再望北京进发。

这里却说梁中书在城中，正与索超起病饮酒，只见探马报道："关胜、

① 古格——成规，套路。

宣赞、郝思文,并众军马,俱被宋江捉去,已入伙了。梁山泊军马,现今又到。"梁中书听得,唬得目瞪痴呆,手脚无措。只见索超禀道:"前者中贼冷箭,今番且复此仇。"梁中书随即赏了索超,便教引本部人马,出城迎敌。李成、闻达随后调军接应。其时正是仲冬天气,时候正冷,连日彤云密布,朔风乱吼。宋江兵到,索超直至飞虎峪下寨。

次日,引兵迎敌,宋江引前部吕方、郭盛,上高阜处看关胜厮杀。三通战鼓罢,关胜出阵。只见对面索超出马,当时索超见了关胜,却不认得。随征军卒说道:"这个来的,便是新背反的大刀关胜。"索超听了,并不打话,直抢过来,径奔关胜。关胜也拍马舞刀来迎,两个斗无十合,李成正在中军,看见索超斧怯,战关胜不下,自舞双刀出阵,夹攻关胜。这边宣赞、郝思文见了,各持兵器,前来助战,五骑马搅做一块。宋江在高阜看见,鞭梢一指,大军卷杀过去,李成军马大败亏输,杀得七断八绝,连夜退入城去,坚闭不出。宋江催兵直抵城下,扎住军马。次日,索超亲引一支军马,出城冲突。吴用见了,便教军校迎敌戏战:"他若追来,乘势便退。"此时索超又得了这一阵,欢喜入城。

当晚彤云四合,纷纷雪下,吴用已有计了,暗差步军,去北京城外,靠山边河路狭处,掘成陷坑,上用土盖。是夜雪急风严,平明看时,约有二尺深雪。城上望见宋江军马,各有惧色,东西栅立不定。索超看了,便点三百军马,就时追出城来。宋江军马四散奔波而走。却教水军头领李俊、张顺,身披软战①,勒马横枪,前来迎敌。却才与索超交马,弃枪便走,特引索超奔陷坑边来。

索超是个性急的,那里照顾。这里一边是路,一边是涧。李俊弃马,跳入涧中去了,向着前面,口里叫道:"宋公明哥哥快走!"索超听了,不顾身体,飞马抢过阵来。山背后一声炮响,索超连人和马,撷将下去。后面伏兵齐起,这索超便有三头六臂,也须七损八伤。正是:烂银深盖藏圈套,碎玉平铺作陷坑。毕竟急先锋索超性命如何,且听下回分解。

---

① 软战——软甲,用非金属制作的软制战衣。

第六十五回

托塔天王梦中显圣　浪里白跳水上报冤

话说宋江军中，因这一场大雪，吴用定出这条计策，就这雪中捉了索超，其余军马，都逃入城去，报说索超被擒。梁中书听得这个消息，不由他不慌，传令教众将只是坚守，不许出战。意欲杀了卢俊义、石秀，犹恐激恼了宋江，朝廷急无兵马救应，其祸愈速，只得教监守着二人，再行申报京师，听凭蔡太师处分。

且说宋江到寨，中军帐上坐下，早有伏兵解索超到麾下。宋江见了大喜，喝退军健，亲解其缚，请入帐中，致酒相待，用好言抚慰道："你看我众兄弟们，一大半都是朝廷军官，盖为朝廷不明，纵容滥官当道，污吏专权，酷害良民，都情愿协助宋江，替天行道。若是将军不弃，同以忠义为主。"杨志向前另叙一礼，又细劝了一番。索超本是天罡星之数，自然凑合，降了宋江。当夜帐中置酒作贺。

次日，商议打城，一连打了数日，不得城破。宋江好生忧闷，当夜帐中伏枕而卧，忽然阴风飒飒，寒气逼人，宋江抬头看时，只见天王晁盖欲进不进，叫声："兄弟，你不回去，更待何时？"立在面前。宋江吃了一惊，急起身问道："哥哥从何而来？屈死冤仇，不曾报得，中心日夜不安。前者一向不曾致祭，以此显灵，必有见责。"晁盖道："非为此也。兄弟靠后，阳气逼人，我不敢近前。今特来报你，贤弟有百日血光之灾，则除江南地灵星可治。你可早早收兵，此为上计。"宋江却欲再问明白，赶向前去说道："哥哥阴魂到此，望说真实。"被晁盖一推，撒然觉来，却是南柯一梦。便叫小校请军师圆梦。

吴用来到中军帐上，宋江说其异事。吴用道："既是晁天王显圣，不可不依。目今天寒地冻，军马难以久住，权且回山。守待冬尽春初，雪消冰解，那时再来打城，亦未为晚。"宋江道："军师之言甚当，只是卢员外和石秀兄弟，陷在缧绁，度日如年，只望我等弟兄来救。不争我们回来，诚恐这厮们害他性命。此事进退两难。"

计议未定。次日只见宋江觉道神思疲倦,身体酸疼,头如斧劈,身似笼蒸,一卧不起。众头领都到面前看视,宋江道:"我只觉背上好生热疼。"众人看时,只见鏊子一般红肿起来。吴用道:"此疾非痈即疽。吾看方书[①],绿豆粉可以护心,毒气不能侵犯,便买此物,安排与哥哥吃。"一面使人寻药医治,亦不能好。只见浪里白跳张顺说道:"小弟旧在浔阳江时,因母得患背疾,百药不能得治,后请得建康府安道全,手到病除。向后小弟但得些银两,便着人送去与他。今见兄长如此病症,此去东途路远,急速不能便到。为哥哥的事,只得星夜前去,拜请他来。"吴用道:"兄长梦晁天王所言:'百日之灾,则除江南地灵星可治。'莫非正应此人?"宋江道:"兄弟,你若有这个人,快与我去,休辞生受,只以义气为重,星夜去请此人,救我一命。"吴用叫取蒜条金一百两与医人,再将三二十两碎银作为盘缠,吩咐与张顺:"只今便行,好歹定要和他同来,切勿有误。我今拔寨回山,和他山寨里相会。兄弟可作急快来。"张顺别了众人,背上包裹,望前便去。

且说军师吴用传令诸将:"权且收军,罢战回山。"车子上载了宋江,连夜起发。北京城内,曾经了伏兵之计,只猜他引诱,不敢来追。次日,梁中书见报,说道:"此去未知何意。"李成、闻达道:"吴用那厮,诡计极多,只可坚守,不宜追赶。"

话分两头。且说张顺要救宋江,连夜趱行。时值冬尽,无雨即雪,路上好生艰难,更兼慌张,不曾带得雨具,行了十多日,早近扬子江边。是日北风大作,冻云低垂,飞飞扬扬,下一天大雪。张顺冒着风雪,要过大江,舍命而行。虽是景物凄凉,江内别是几般清致,有《西江月》为证:

嘹唳冻云孤雁,盘旋枯木寒鸦。空中雪下似梨花,片片飘琼乱洒。

玉压桥边酒旆,银铺渡口鱼艖。前村隐隐两三家,江上晚来堪画。

那张顺独自一个奔至扬子江边,看那渡船时,并无一只,只叫得苦。绕着这江边走,只见败苇折芦里面,有些烟起。张顺叫道:"艄公,快把渡船来载我!"只见芦苇里簌簌地响,走出一个人来,头戴箬笠,身披蓑衣,问道:"客人要那里去?"张顺道:"我要渡江,去建康府干事至紧,多与你些船钱,渡我则个。"那艄公道:"载你不妨,只是今日晚了,便过江去,也没歇处。你只在我船里歇了。到四更风静月明时,我便渡你过去,多出些船钱

---

① 方书——医家用书。

与我。”张顺道：“也说的是。”便与艄公钻入芦苇里来，见滩边缆着一只小船，见蓬底下一个瘦后生，在那里向火。

艄公扶张顺下船，走入舱里，把身上湿衣服都脱下来，叫那小后生就火上烘焙。张顺自打开衣包，取出绵被，和身上卷倒在舱里，叫艄公道：“这里有酒卖么？买些来吃也好。”艄公道：“酒却没买处，要饭便吃一碗。”张顺吃了一碗饭，放倒头便睡。一来连日辛苦，二来十分托大，到初更左侧，不觉睡着。那瘦后生向着炭火，烘着上盖的衲袄，看见张顺睡着了，便叫艄公道：“大哥，你见么？”艄公盘将来，去头边只一捏，觉道是金帛之物，把手摇道：“你去把船放开，去江心里下手不迟。”那后生推开蓬，跳上岸，解了缆索，上船把竹篙点开，搭上橹，咿咿哑哑地摇出江心里来。

艄公在船舱里取缆船索，轻轻地把张顺捆缚做一块，便去船梢艎板底下，取出板刀来。张顺却好觉来，双手被缚，挣挫不得。艄公手拿大刀，按在他身上。张顺道：“好汉，你饶我性命，都把金子与你。”艄公道：“金子也要，你的性命也要。”张顺连声叫道：“你只教我囫囵死，冤魂便不来缠你。”艄公放下板刀，把张顺扑通的丢下水去。

那艄公便去打开包来看时，见了许多金银，便没心分与那瘦后生，叫道：“五哥，和你说话。”那人钻入舱里来，被艄公一手揪住，一刀落时，砍的伶仃，推下水去。艄公打并了船中血迹，自摇船去了。

却说张顺是在水底下伏得三五夜的人，一时被推下去，就江底下咬断索子，赴水过南岸时，见树林中隐隐有灯光。张顺爬上岸，水渌渌地，转入林子里看时，却是一个村酒店，半夜里起来醡酒，破壁缝透出灯光。张顺叫开门时，见个老丈，纳头便拜。老儿道：“你莫不是江中被人劫了，跳水逃命的么？”张顺道：“实不相瞒老丈：小人来建康干事。晚了，隔江觅船，不想撞着两个歹人，把小子应有衣服金银，尽都劫了，撺入江中。小人却会赴水，逃得性命，公公救度则个。”老丈见说，领张顺入后屋下，把个衲头与他，替下湿衣服来烘，烫些热酒与他吃。

老丈道：“汉子，你姓甚么？山东人来这里干何事？”张顺道：“小人姓张。建康府安太医是我弟兄，特来探望他。”老丈道：“你从山东来，曾经梁山泊过？”张顺道：“正从那里经过。”老丈道：“他山上宋头领，不劫来往客人，又不杀害人性命，只是替天行道。”张顺道：“宋头领专以忠义为主，不害良民，只怪滥官污吏。”老丈道：“老汉听得说：宋江这伙，端的仁义，只是救贫济老,那里是我这里草贼?若得他来这里,百姓都快活,不吃这伙滥污官吏薅恼!"张顺听罢道:"公公不要吃惊,小人便是浪里白跳张顺。因为俺哥哥宋公明,害发背疮,教我将一百两黄金,来请安道全。谁想托大,在船中睡着,被这两个贼男女缚了双手,撺下江里;被我咬断绳索,到得这里。"老丈道:"你既是那里好汉,我教儿子出来,和你相见。"

不多时,后面走出一个后生来,看着张顺便拜道:"小人久闻哥哥大名,只是无缘,不曾拜识。小人姓王,排行第六;因为走跳得快,人都唤小人做活闪婆[①] 王定六。平生只好赴水使棒,多曾投师,不得传受,权在江边卖酒度日。却才哥哥被两个劫了的,小人都认得:一个是截江鬼张旺;那一个瘦后生,却是华亭县人,唤做油里鳅孙五。这两个男女,时常在这江里劫人。哥哥放心,在此住几日,等这厮来吃酒,我与哥哥报仇。"张顺道:"感承兄弟好意。我为兄长宋公明,恨不得一日奔回寨里。只等天明,便入城去,请了安太医,回来相会。"王定六把自己衣裳,都与张顺换了。连忙置酒相待,不在话下。次日,天晴雪消,把十数两银子与张顺,且教入建康府来。

张顺进得城中,径到槐桥下,看见安道全正在门前货药。张顺进得门,看着安道全,纳头便拜。有首诗单题安道全好处:

肘后良方有百篇,金针玉刃得师传。
重生扁鹊应难比,万里传名安道全。

这安道全祖传内科外科,尽皆医得,以此远方驰名。当时看了张顺,便问道:"兄弟多年不见,甚风吹得到此?"张顺随至里面,把这闹江州,跟宋江上山的事,一一告诉了。后说宋江见患背疮,特地来请神医;扬子江中,险些儿送了性命,因此空手而来,都实诉了。安道全道:"若论宋公明,天下义士,去走一遭最好,只是拙妇亡过,家中别无亲人,离远不得,以此难出。"张顺苦苦求告:"若是兄长推却不去,张顺也难回山。"安道全道:"再作商议。"张顺百般哀告,安道全方才应允。原来这安道全却和建康府一个烟花娼妓,唤做李巧奴,时常往来。这李巧奴生的十分美丽,安道全以此眷顾他,有诗为证:

---

① 活闪婆——也作"霍闪婆",即道教所说的电母。霍闪,形容电光迅疾。王定六行走快捷,得此绰号。

蕙质温柔更老成，玉壶明月逼人清。

步摇宝髻寻春去，露湿凌波带月行。

丹脸笑回花萼丽，朱弦歌罢彩云停。

愿教心地常相忆，莫学章台赠柳情。

当晚就带张顺同去他家，安排酒吃。李巧奴拜张顺为叔叔。三杯五盏，酒至半酣，安道全对巧奴说道："我今晚就你这里宿歇，明日早，和这兄弟去山东地面走一遭，多则是一个月，少是二十余日，便回来望你。"那李巧奴道："我却不要你去。你若不依我口，再也休上我门！"安道全道："我药囊都已收拾了，只要动身，明日便去。你且宽心，我便去也，又不耽搁。"李巧奴撒娇撒痴，便倒在安道全怀里，说道："你若还不依我，去了，我只咒得你肉片片儿飞！"张顺听了这话，恨不得一口水吞吃了这婆娘。看看天色晚了，安道全大醉倒了，搀去巧奴房里，睡在床上。巧奴却来发付张顺道："你自归去，我家又没睡处。"张顺道："只待哥哥酒醒同去。"以此发遣他不动，只得安他在门首小房里歇。

张顺心中忧煎，那里睡得着。初更时分，有人敲门。张顺在壁缝里张时，只见一个人闪将入来，便与虔婆说话。那婆子问道："你许多时不来，却在那里？今晚太医醉倒在房里，却怎生奈何？"那人道："我有十两金子送与姐姐打些钗环，老娘怎地做个方便，教他和我厮会则个。"虔婆道："你只在我房里，我叫女儿来。"

张顺在灯影下张时，却见是截江鬼张旺。原来这厮，但是江中寻得些财，便来他家使。张顺见了，按不住火起。再细听时，只见虔婆安排酒食在房里，叫巧奴相伴张旺。张顺本待要抢入去，却又怕弄坏了事，走了这贼。约莫三更时候，厨下两个使唤的也醉了，虔婆东倒西歪，却在灯前打醉眼子①。张顺悄悄开了房门，踅到厨下，见一把厨刀，明晃晃放在灶上，看这虔婆，倒在侧首板凳上。张顺走将入来，拿起厨刀，先杀了虔婆。要杀使唤的时，原来厨刀不甚快，砍了一个人，刀口早卷了。那两个正待要叫，却好一把劈柴斧正在手边，绰起来，一斧一个，砍杀了。房中婆娘听得，慌忙开门，正迎着张顺，手起斧落，劈胸膛砍翻在地。张旺灯影下见砍翻婆娘，推开后窗，跳墙走了。张顺懊恼无极，随即割下衣襟，蘸血去粉墙

① 打醉眼子——因醉酒而打瞌睡。

上写道："杀人者安道全也"！连写数十处。

挨到五更将明，只听得安道全在房中酒醒，便叫巧奴。张顺道："哥哥，不要则声，我教你看两个人。"安道全起来，看见四个死尸，吓得浑身麻木，颤做一团。张顺道："哥哥，你见壁上写的么？"安道全道："你苦了我也！"张顺道："只有两条路，从你行。若是声张起来，我自走了，哥哥却用去偿命；若还你要没事，家中取了药囊，连夜径上梁山泊，救我哥哥。这两件随你行。"安道全道："兄弟，忒这般短命见识！"有诗为证：

红粉无情只爱钱，临行何事更流连。

冤魂不赴阳台梦[①]，笑煞痴心安道全。

到天明，张顺卷了盘缠，同安道全回家，敲开门，取了药囊，出城来，径到王定六酒店里。王定六接着说道："昨日张旺从这里过，可惜不遇见哥哥。"张顺道："我自要干大事，那里且报小仇。"说言未了，王定六报道："张旺那厮来也。"张顺道："且不要惊他，看他投那里去。"只见张旺去滩头看船。王定六叫道："张大哥，你留船来，载我两个亲眷过去。"张旺道："要趁船快来！"王定六报与张顺。张顺道："安兄，你可借衣服与小弟穿；小弟衣裳，却换与兄长穿了，才去趁船。"安道全道："此是何意？"张顺道："自有主张，兄长莫问。"安道全脱下衣服，与张顺换穿了。张顺戴上头巾，遮尘暖笠影身。王定六背了药囊，走到船边。

张旺拢船傍岸，三个人上船。张顺爬入后梢，揭起艎板看时，板刀尚在，张顺拿了，再入船舱里。张旺把船摇开，咿哑之声，直到江心里面。张顺脱去上盖，叫一声："艄公快来！你看船舱里漏进水来！"张旺不知是计，把头钻入舱里来，被张顺肐膊地揪住，喝一声："强贼，认得前日雪天趁船的客人么？"张旺看了，则声不得。张顺喝道："你这厮谋了我一百两黄金，又要害我性命！你那个瘦后生那里去了？"张旺道："好汉，小人得了财，无心分与他，恐他争论，被我杀死，撺入江里去了。"张顺道："你认得我么？"张旺道："不识得好汉，只求饶了小人一命。"张顺喝道："我生在浔阳江边，长在小孤山下，作卖鱼牙子，谁不认得！只因闹了江州，上梁山泊，随从宋

① 阳台梦——典出宋玉《高唐赋序》，述楚怀王游高唐，梦与巫山神女欢会。神女去时云："妾在巫山之阳，高丘之阴，旦为朝云，暮为行雨，朝朝暮暮，阳台之下。"后以阳台、云雨，暗喻男女交合。

公明,纵横天下,谁不惧我!你这厮漏我下船,缚住双手,撺下江心,不是我会识水时,却不送了性命!今日冤仇相见,饶你不得!"就势只一拖,提在船舱中,把手脚四马攒蹄,捆缚做一块,看看那扬子大江,直撺下去!"也免了你一刀!"张旺性命,眼见得黄昏做鬼。王定六看了,十分叹息。张顺就船内搜出前日金子,并零碎银两,都收拾包裹里。

三人棹船到岸。张顺对王定六道:"贤弟恩义,生死难忘。你若不弃,便可同父亲收拾起酒店,赶上梁山泊来,一同归顺大义,未知你心下如何?"王定六道:"哥哥所言,正合小弟之心。"说罢分别,张顺和安道全就北岸上路。王定六作辞二人,复上小船,自回家去,收拾行李赶来。

且说张顺与同安道全上得北岸,背了药囊,移身便走。那安道全是个文墨的人,不会走路,行不得三十余里,早走不动。张顺请入村店,买酒相待。正吃之间,只见外面一个客人走到面前,叫声:"兄弟,如何这般迟误!"张顺看时,却是神行太保戴宗,扮做客人赶来。张顺慌忙教与安道全相见了,便问宋公明哥哥消息。戴宗道:"如今宋哥哥神思昏迷,水米不吃,看看待死。"张顺闻言,泪如雨下。安道全问道:"皮肉血色如何?"戴宗答道:"肌肤憔悴,终夜叫唤,疼痛不止,性命早晚难保。"安道全道:"若是皮肉身体,得知疼痛,便可医治;只怕误了日期。"戴宗道:"这个容易。"取两个甲马,拴在安道全腿上。戴宗自背了药囊,吩咐张顺:"你自慢来,我同太医前去。"两个离了村店,作起神行法,先去了。

且说这张顺在本处村店里,一连安歇了两三日,只见王定六背了包裹,同父亲果然过来。张顺接见,心中大喜,说道:"我专在此等你。"王定六问道:"安太医何在?"张顺道:"神行太保戴宗接来迎着,已和他先行去了。"王定六却和张顺并父亲一同起身,投梁山泊来。

且说戴宗引着安道全,作起神行法,连夜赶到梁山泊。寨中大小头领接着,拥到宋江卧榻内,就床上看时,口内一丝两气。安道全先诊了脉息,说道:"众头领休慌,脉体无事。身躯虽见沉重,大体不妨。不是安某说口,只十日之间,便要复旧。"众人见说,一齐便拜。安道全先把艾焙引出毒气,然后用药。外使敷贴之饵,内用长托之剂。五日之间,渐渐皮肤红白,肉体滋润,饮食渐进。不过十日,虽然疮口未完,饮食复旧。只见张顺引着王定六父子二人,拜见宋江并众头领,诉说江中被劫,水上报冤之事。众皆称叹:"险不误了兄长之患!"

宋江才得病好，便与吴用商量，要打北京，救取卢员外、石秀。安道全谏道："将军疮口未完，不可轻动，动则急难痊可。"吴用道："不劳兄长挂心，只顾自己将息，调理体中元阳真气。吴用虽然不才，只就目今春秋时候，定要打破北京城池，救取卢员外、石秀二人性命，擒拿淫妇奸夫，不知兄长意下如何？"宋江道："若得军师如此扶持，宋江虽死瞑目！"吴用便就忠义堂上传令。有分教，北京城内，变成火窟枪林；大名府中，翻作尸山血海。正是：谈笑鬼神皆丧胆，指挥豪杰尽倾心。毕竟军师吴用说出甚么计来，且听下回分解。

第六十六回

时迁火烧翠云楼　吴用智取大名府

话说吴用对宋江道："今日幸喜得兄长无事，又得安太医在寨中看视贵疾。此是梁山泊万千之幸，比及兄长卧病之时，小生累累使人去大名探听消息：梁中书昼夜忧惊，只恐俺军马临城。又使人直往北京城里城外市井去处，遍贴无头告示，晓谕居民，勿得疑虑：冤各有头，债各有主，大军到郡，自有对头。因此，梁中书越怀鬼胎，东京蔡太师见说降了关胜，天子之前，更不敢提，只是主张招安，大家无事，因此累累寄书与梁中书，教道且留卢俊义、石秀二人性命，好做手脚。"宋江见说，便要催趱军马下山去打北京。吴用道："即今冬尽春初，早晚元宵节近，北京年例，大张灯火。我欲乘此机会，先令城中埋伏，外面驱兵大进，里应外合，可以破之。"宋江道："此计大妙！便请军师发落。"吴用道："为头最要紧的，是城中放火为号。你众弟兄中，谁敢与我先去城中放火？"只见阶下走过一人道："小弟愿往。"

众人看时，却是鼓上蚤时迁。时迁道："小弟幼年间曾到北京。城内有座楼，唤做翠云楼；楼上楼下，大小有百十个阁子。眼见得元宵之夜，必然喧哄。乘空潜地入城，正月十五日夜，盘去翠云楼上，放起火来为号，军师可自调人马劫牢，此为上计。"吴用道："我心正待如此。你明日天晓，先下山去，只在元宵夜一更时候，楼上放起火来，便是你的功劳。"时迁应允，得令去了。

吴用次日却调解珍、解宝，扮做猎户，去北京城内官员府里，献纳野味。正月十五日夜间，只看火起为号，便去留守司前，截住报事官兵。两个听令去了；再调杜迁、宋万，扮做粜米客人，推辆车子，去城中宿歇。元宵夜只看号火起时，却来先夺东门。"此是你两个功劳。"两个听令去了；再调孔明、孔亮，扮做仆者，去北京城内闹市里房檐下宿歇，只看楼前火起，便去往来接应。两个听令去了；再调李应、史进，扮做客人，去北京东门外安歇，只看城中号火起时，先斩把门军士，夺下东门，好做出路。两个听令去了；再调鲁智深、武松，扮做行脚僧行，去北京城外庵院挂搭，只看城中号火起时，便去南门外截住大军，冲击去路。两个听令去了；再调邹渊、邹润，扮做卖灯客人，直往北京城中，寻客店安歇，只看楼中火起，便去司狱司前策应。两个听令去了；再调刘唐、杨雄，扮作公人，直去北京州衙前宿歇，只看号火起时，便去截住一应报事人员，令他首尾不能救应。两个听令去了；再调公孙胜先生，扮做云游道士，却教凌振扮做道童跟着，将带风火、轰天等炮数百个，直去北京城内净处守待，只看号火起时施放。两个听令去了；再调张顺，跟随燕青，从水门里入城，径奔卢员外家，单捉淫妇奸夫。再调王矮虎、孙新、张青、扈三娘、顾大嫂、孙二娘，扮做三对村里夫妻，入城看灯，寻至卢俊义家中放火；再调柴进，带同乐和，扮做军官，直去蔡节级家中，要保救二人性命。调拨已定，众头领俱各听令去了。各各遵依军令，不可有误。

此是正月初头，不说梁山泊好汉依次各各下山进发，且说北京梁中书唤过李成、闻达、王太守等一干官员，商议放灯一事。梁中书道："年例北京大张灯火，庆贺元宵，与民同乐，全似东京体例；如今被梁山泊贼人两次侵境，只恐放灯因而惹祸，下官意欲住歇放灯，你众官心下如何计议？"闻达便道："想此贼人，潜地退去，没头告示乱贴，此是计穷，必无主意，相公何必多虑。若还今年不放灯时，这厮们细作探知，必然被他耻笑。可以传下钧旨，晓示居民：比上年多设花灯，添扮社火，市心中添搭两座鳌山，照依东京体例，通宵不禁，十三至十七，放灯五夜。教府尹点视居民，勿令缺少,相公亲自行春[1],务要与民同乐。闻某亲领一彪军马出城,去飞虎峪驻扎,以防贼人奸计。再着李都监亲引铁骑马军,绕城巡逻,勿令居民惊忧。"梁中书见说大喜。众官商议已定,随即出榜,晓谕居民。

这北京大名府是河北头一个大郡冲要去处,却有诸路买卖,云屯雾集;只听放灯,都来赶趁。在城坊隅巷陌该管厢官,每日点视,只得装扮社火;豪富之家,各自去赛花灯。远者三二百里去买,近者也过百十里之外,便有客商,年年将灯到城货卖。家家门前扎起灯棚,都要赛挂好灯,巧样烟火;户内缚起山棚,摆放五色屏风炮灯,四边都挂名人书画,并奇异古董玩器之物;在城大街小巷,家家都要点灯。大名府留守司州桥边,搭起一座鳌山,上面盘红黄纸龙两条,每片鳞甲上点灯一盏,口喷净水。去州桥河内周围上下点灯,不计其数。铜佛寺前扎起一座鳌山,上面盘青龙一条,周回也有千百盏花灯。翠云楼前也扎起一座鳌山,上面盘着一条白龙,四面点火,不计其数。原来这座酒楼,名贯河北,号为第一;上有三檐滴水,雕梁绣柱,极是造得好;楼上楼下,有百十处阁子,终朝鼓乐喧天,每日笙歌聒耳。城中各处宫观寺院,佛殿法堂中,各设灯火,庆赏丰年。三瓦两舍,更不必说。

那梁山泊探细人得了这个消息,报上山来。吴用得知大喜,去对宋江说知备细。宋江便要亲自领兵去打北京,安道全谏道:"将军疮口未完,切不可轻动;稍若怒气相侵,实难痊可。"吴用道:"小生替哥哥走一遭。"随即与铁面孔目裴宣,点拨八路军马:第一队,双鞭呼延灼,引领韩滔、彭玘为前部,镇三山黄信在后策应,都是马军。前者呼延灼阵上打了的,是假的,故意要赚关胜,故设此计;第二队,豹子头林冲,引领马麟、邓飞为前部,小李广花荣在后策应,都是马军;第三队,大刀关胜,引领宣赞、郝思文为前部,病尉迟孙立在后策应,都是马军;第四队,霹雳火秦明,引领欧鹏、燕顺为前部,青面兽杨志在后策应,都是马军;第五队,却调步军头领没遮拦穆弘,将引杜兴、郑天寿;第六队,步军头领黑旋风李逵,将引李立、曹正;第七队,步军头领插翅虎雷横,将引施恩、穆春;第八队,步军头领混世魔王樊瑞,将引项充、李衮。这八路马步军兵,各自取路,即今便要起行,毋得

[1] 行春——古时郡太守常于春耕前后巡行属县,鼓励农桑。这里是迎春观灯火之意。

时刻有误。正月十五日二更为期,都要到北京城下。马军步军,一齐进发。那八路人马依令下山,其余头领,尽跟宋江保守山寨。

且说时迁是个飞檐走壁的人,不从正路入城,夜间越墙而过,城中客店内,却不着单身客人,他自白日在街上闲走,到晚来,东岳庙内神座底下安身。正月十三日,却在城中往来观看居民百姓搭缚灯棚,悬挂灯火。

正看之间,只见解珍、解宝,挑着野味,在城中往来观看;又撞见杜迁、宋万两个,从瓦子里走将出来。时迁当日先去翠云楼上打一个踅,只见孔明披着头发,身穿羊皮破衣。右手拄一条杖子,左手拿个碗,腌腌臜臜,在那里求乞。见了时迁,打抹[①] 他去背后说话,时迁道:“哥哥,你这般一个汉子,红红白白面皮,不象叫化的,北京做公的多,倘或被他看破,须误了大事,哥哥可以躲闪回避。”说不了,又见个丐者从墙边来,看时,却是孔亮。时迁道:“哥哥,你又露出雪也似白面来,亦不象忍饥受饿的人。这般模样,必然决撒。”却才道罢,背后两个人劈角儿[②] 揪住,喝道:“你们做得好事!”回头看时,却是杨雄、刘唐。时迁道:“你惊杀我也!”杨雄道:“都跟我来。”带去僻静处埋冤道:“你三个好没分晓,却怎地在那里说话!倒是我两个看见,倘若被他眼明手快的公人看破,却不误了哥哥大事?我两个都已见了,弟兄们不必再上街去。”孔明道:“邹渊、邹润,自在街上卖灯;鲁智深、武松,已在城外庵里。再不必多说,只顾临期各自行事。”五个说了,都出到一个寺前,正撞见一个先生,从寺里出来。众人抬头看时,却是入云龙公孙胜,背后凌振扮做道童跟着。七个人都点头会意,各自去了。

看看相近上元,梁中书先令大刀闻达,将引军马出城,去飞虎峪驻扎,以防贼寇。十四日,却令李天王李成,亲引铁骑马军五百,全副披挂,绕城巡视。次日,正是正月十五日,上元佳节,好生晴明,黄昏月上,六街三市,各处坊隅巷陌,点放花灯,大街小巷,都有社火。有诗为证:

北京三五风光好,膏雨初晴春意早。
银花火树不夜城,陆地拥出蓬莱岛。
烛龙衔照夜光寒,人民歌舞欣时安。
五凤羽扶双贝阙,六鳌背驾三神山。

---

① 打抹——示意。

② 劈角儿——当顶。

红妆女立朱帘下，白面郎骑紫骝马。
笙箫嘹亮入青云，月光清射鸳鸯瓦。
翠云楼高侵碧天，嬉游来往多婵娟。
灯球灿烂若锦绣，王孙公子真神仙。
游人轇轕尚未绝，高楼顷刻生云烟。

是夜，节级蔡福吩咐，教兄弟蔡庆看守着大牢："我自回家看看便来。"方才进得家门，只见两个人闪将入来：前面那个军官打扮，后面仆者模样。灯光之下看时，蔡福认得是小旋风柴进，后面的已自是铁叫子乐和。蔡节级只认得柴进，便请入里面去，现成杯盘，随即管待。柴进道："不必赐酒。在下到此，有件紧事相央：卢员外、石秀，全得足下相觑，称谢难尽。今晚小子就欲大牢里赶此元宵热闹，看望一遭，望你相烦引进，休得推却。"蔡福是个公人，早猜了八分。欲待不依，诚恐打破城池，都不见了好处，又陷了老小一家人口性命；只得担着血海的干系，便取些旧衣裳，教他两个换了，也扮做公人，换了巾帻，带柴进、乐和，径奔牢中去了。

初更左右，王矮虎、一丈青、孙新、顾大嫂、张青、孙二娘，三对儿村里夫妇，乔乔画画[①]，装扮做乡村人，挨在人丛里，便入东门去了。公孙胜带同凌振，挑着荆篓，去城隍庙里廊下坐地。这城隍庙，只在州衙侧边。邹渊、邹润，挑着灯，在城中闲走。杜迁、宋万，各推一辆车子，径到梁中书衙前，闪在人闹处。原来梁中书衙，只在东门里大街住。刘唐、杨雄，各提着水火棍，身边都自有暗器，来州桥上两边坐定。燕青领了张顺，自从水门里入城，静处埋伏。都不在话下。

不移时，楼上鼓打二更。却说时迁挟着一个篮儿，里面都是硫黄、焰硝放火的药头，篮儿上插几朵闹蛾儿[②]，踅入翠云楼后。走上楼去，只见阁子内，吹笙箫，动鼓板，掀云闹社，子弟们闹闹穰穰，都在楼上打哄赏灯。时迁上到楼上，只做买闹蛾儿的，各处阁子里去看。撞见解珍、解宝，拖着钢叉，叉上挂着兔儿，在阁子前踅。时迁便道："更次到了，怎生不见外面动弹？"解珍道："我两个方才在楼前，见探马过去，多管兵马到了，你只顾去行事。"言犹未了，只见楼前都发起喊来，说道："梁山泊军马到了西门

① 乔乔画画——装模作样。

② 闹蛾儿——宋时妇女在节日游赏时，头上插戴的一种饰物。

外。"解珍吩咐时迁:"你自快去,我自去留守司前接应。"奔到留守司前,只见败残军马,一齐奔入城来,说道:"闻大刀吃劫了寨也!梁山泊贼寇,引军都到城下。"李成正在城上巡逻,听见说了,飞马来到留守司前,教点军兵,吩咐闭上城门,守护本州。

却说王太守亲引随从百余人,长枷铁锁,在街镇压。听得报说这话,慌忙到留守司前。

却说梁中书正在衙前醉了闲坐,初听报说,尚自不甚慌;次后没半个更次,流星探马,接连报来,吓得魂不附体,慌忙快叫备马。说言未了,只见翠云楼上,烈焰冲天,火光夺月,十分浩大。梁中书见了,急上得马,却待要去看时,只见两条大汉,推两辆车子,放在当路,便去取碗挂的灯来,望车子上点着,随即火起。梁中书要出东门时,两条大汉口称:"李应、史进在此!"手拈朴刀,大踏步杀来。把门官军,吓得走了,手边的伤了十数个。杜迁、宋万却好接着出来,四个合做一处,把住东门。梁中书见不是头势,带领随行伴当,飞奔南门。南门传说道:"一个胖大和尚,抡动铁禅杖;一个虎面行者,掣出双戒刀,发喊杀入城来。"梁中书回马,再到留守司前,只见解珍、解宝,手拈钢叉,在那里东撞西撞。急待回州衙,不敢近前。王太守却好过来,刘唐、杨雄两条水火棍齐下,打得脑浆迸流,眼珠突出,死于街前,虞候押番,各逃残生去了。梁中书急急回马奔西门,只听得城隍庙里,火炮齐响,轰天震地。邹渊、邹润手拿竹竿,只顾就房檐下放起火来。南瓦子前,王矮虎、一丈青杀将来。孙新、顾大嫂身边掣出暗器,就那里协助。铜佛寺前,张青、孙二娘入去,爬上鳌山,放起火来。此时北京城内百姓黎民,一个个鼠撺狼奔,一家家神号鬼哭,四下里十数处火光亘天,四方不辨。

却说梁中书奔到西门,接着李成军马,急到南门城下,勒住马,在鼓楼上看时,只见城下兵马摆满,旗号上写道:"大将呼延灼"。火焰光中,抖擞精神,施逞骁勇,左有韩滔,右有彭玘,黄信在后,催动人马,雁翅一般横杀将来,随到门下。梁中书出不得城去,和李成躲在北门城下,望见火光明亮,军马不知其数,却是豹子头林冲,跃马横枪,左有马麟,右有邓飞,花荣在后,催动人马,飞奔将来。再转东门,一连火把丛中,只见没遮拦穆弘,左有杜兴,右有郑天寿,三筹步军好汉当先,手拈朴刀,引领一千余人,杀入城来。梁中书径奔南门,舍命夺路而走。吊桥边火把齐明,只见黑旋风李逵,左有李立,右有曹正。李逵浑身脱剥,咬定牙根,手掿双斧,从城濠里飞杀过来。李立、曹正,一齐俱到。

李成当先,杀开条血路,奔出城来,护着梁中书便走。只见左手下杀声震响,火把丛中,军马无数,却是大刀关胜,拍动赤兔马,手舞青龙刀,径抢梁中书。李成手举双刀,前来迎敌。那时李成无心恋战,拨马便走。左有宣赞,右有郝思文,两肋里撞来。孙立在后,催动人马,并力杀来。正斗间,背后赶上小李广花荣,拈弓搭箭,射中李成副将,翻身落马。李成见了,飞马奔走,未及半箭之地,只见右手下锣鼓乱鸣,火光夺目,却是霹雳火秦明,跃马舞棍,引着燕顺、欧鹏,背后杨志,又杀将来。李成且战且走,折军大半,护着梁中书,冲路走脱。

话分两头,却说城中之事。杜迁、宋万,去杀梁中书老小一门良贱。刘唐、杨雄,去杀王太守一家老小。孔明、孔亮,已从司狱司后墙爬将入去。邹渊、邹润,却在司狱司前接住往来之人。大牢里柴进、乐和,看见号火起了,便对蔡福、蔡庆道:"你弟兄两个,见也不见?更待几时?"蔡庆在门边看时,邹渊、邹润早撞开牢门,大叫道:"梁山泊好汉全伙在此!好好送出卢员外、石秀哥哥来!"蔡庆慌忙报蔡福时,孔明、孔亮早从牢屋上跳将下来。不由他弟兄两个肯与不肯,柴进身边取出器械,便去开枷,放了卢俊义、石秀。柴进说与蔡福:"你快跟我去家中保护老小!"一齐都出牢门来。邹渊、邹润接着,合做一处。蔡福、蔡庆,跟随柴进,来家中保全老小。

卢俊义将引石秀、孔明、孔亮、邹渊、邹润五个弟兄,径奔家中,来捉李固、贾氏。却说李固听得梁山泊好汉引军马入城,又见四下里火起,正在家中有些眼跳,便和贾氏商量,收拾了一包金珠细软,背了便出门奔走。只听得排门一带都倒,正不知多少人抢将入来。李固和贾氏慌忙回身,便望里面开了后门,踅过墙边,径投河下,来寻自家[①]躲避处。只见岸上张顺大叫:"那婆娘走那里去!"李固心慌,便跳下船中去躲。却待攒入舱里,又见一个人伸出手来,劈髯儿揪住,喝道:"李固,你认得我么?"李固听得是燕青的声音,慌忙叫道:"小乙哥,我不曾和你有甚冤仇,你休得揪我上岸!"岸上张顺早把那婆娘挟在肋下,拖到船边。燕青拿了李固,都望东门

---

① 自家——自己。

来了。

再说卢俊义奔到家中，不见了李固和那婆娘，且叫众人把应有家私金银财宝，都搬来装在车子上，往梁山泊给散。却说柴进和蔡福到家中收拾家资老小，同上山寨。蔡福道："大官人，可救一城百姓，休教残害。"柴进见说，便去寻军师吴用。比及柴进寻着吴用，急传下号令去，教休杀害良民时，城中将及损伤一半。但见：

烟迷城市，火燎楼台，红光影里碎琉璃，黑焰丛中烧翡翠。娱人傀儡，顾不得面是背非；照夜山棚，谁管取前明后暗。斑毛老子，猖狂燎尽白髭须；绿发儿郎，奔走不收华盖伞。踏竹马的暗中刀枪，舞鲍老的难免刃槊。如花仕女，人丛中金坠玉崩；玩景佳人，片时间星飞云散。可惜千年歌舞地，翻成一片战争场。

当时天色大明，吴用、柴进在城内鸣金收军。众头领却接着卢员外并石秀，都到留守司相见，备说牢中多亏了蔡福、蔡庆弟兄两个看觑，已逃得残生。燕青、张顺早把这李固、贾氏解来。卢俊义见了，且教燕青监下，自行看管。听候发落，不在话下。

再说李成保护梁中书出城逃难，又撞着闻达，领着败残军马回来，合兵一处，投南便走。正走之间，前军发起喊来，却是混世魔王樊瑞，左有项充，右有李衮，三筹步军好汉，舞动飞刀飞枪，直杀将来。背后又是插翅虎雷横，将引施恩、穆春，各引一千步军，前来截住退路。正是：狱囚遇赦重回禁，病客逢医又上床。毕竟梁中书一行人马，怎地计结，且听下回分解。

第六十七回

宋江赏马步三军　关胜降水火二将

话说当下梁中书、李成、闻达，慌速寻得败残军马，投南便走。正行之间，又撞着两队伏兵，前后掩杀。李成当先，闻达在后，护着梁中书，并力死战，撞透重围，脱得大难，头盔不整，衣甲飘零，虽是折了人马，且喜三人逃得性命，投西去了。樊瑞引项充、李衮，乘势追赶不上，自与雷横、施恩、穆春等,同回北京城内听令。

再说军师吴用,在城中传下将令,一面出榜安民,一面救灭了火。梁中书、李成、闻达、王太守各家老小,杀的杀了,走的走了,也不来追究,便把大名府库藏打开,应有金银宝物,缎匹绫锦,都装载上车子,又开仓廒,将粮米俵济满城百姓了,余者亦装载上车,将回梁山泊仓用。号令众头领人马,都皆完备,把李固、贾氏,钉在陷车内,将军马标拨作三队,回梁山泊来,正是鞍上将敲金镫响,马前军唱凯歌回,却叫戴宗先去报宋公明。

宋江会集诸将,下山迎接,都到忠义堂上。宋江见了卢俊义,纳头便拜,卢俊义慌忙答礼。宋江道:“我等众人,欲请员外上山,同聚大义,不想却遭此难,几被倾送,寸心如割。皇天垂祐,今日再得相见,大慰平生。”卢俊义拜谢道:“上托兄长虎威,深感众头领之德,齐心并力,救拔贱体,肝胆涂地,难以报答。”便请蔡福、蔡庆,拜见宋江,言说:“在下若非此二人,安得残生到此!”称谢不尽。

当下宋江要卢员外为尊,卢俊义拜道:“卢某是何等之人,敢为山寨之主?若得与兄长执鞭坠镫,愿为一卒,报答救命之恩,实为万幸!”宋江再三拜请,卢俊义那里肯坐。只见李逵道:“哥哥若让别人做山寨之主,我便杀将起来。”武松道:“哥哥只管让来让去,让得弟兄们心肠冷了。”宋江大喝道:“汝等省得甚么!不得多言!”卢俊义慌忙拜道:“若是兄长苦苦相让着,卢某安身不牢。”李逵叫道:“今朝都没事了,哥哥便做皇帝,教卢员外做丞相,我们都做大官,杀去东京,夺了鸟位,却不强似在这里鸟乱!”宋江大怒,喝骂李逵。吴用劝道:“且教卢员外东边耳房安歇,宾客相待。等日后有功,却再让位。”宋江方才欢喜,就叫燕青一处安歇,另拨房屋,叫蔡福、蔡庆安顿老小。关胜家眷,薛永已取到山寨。

宋江便叫大设筵宴,犒赏马步水三军,令大小头目,并众喽罗军健,各自成团作队去吃酒。忠义堂上,设宴庆贺。大小头领,相谦相让,饮酒作乐。卢俊义起身道:“淫妇奸夫,擒捉在此,听候发落。”宋江笑道:“我正忘了,叫他两个过来。”众军把陷车打开,拖出堂前,李固绑在左边将军柱上,贾氏绑在右边将军柱上。宋江道:“休问这厮罪恶,请员外自行发落。”卢俊义手拿短刀,自下堂来,大骂泼妇贼奴,就将二人割腹剜心,凌迟处死,抛弃尸首,上堂来拜谢众人。众头领尽皆作贺,称赞不已。

且不说梁山泊大设筵宴,犒赏马步水三军,却说北京梁中书探听得梁山泊军马退去，再和李成、闻达，引领败残军马，入城来看觑老小时，十损八九，众皆号哭不已。比及邻近起军追赶梁山泊人马时，已自去得远了，且教各自收军。梁中书的夫人，躲得在后花园中，逃得性命，便叫丈夫写表申奏朝廷，写书教太师知道：早早调兵遣将，剿除贼寇报仇。抄写民间被杀死者五千余人，中伤者不计其数，各部军马，总折却三万有余。首将赍了奏文密书上路，不则一日，来到东京太师府前下马。门吏转报，太师教唤入来，首将直至节堂下拜见了，呈上密书申奏，诉说打破北京，贼寇浩大，不能抵敌。蔡京初意，亦欲苟且招安，功归梁中书身上，自己亦有荣宠；今见事体败坏，难遮掩，便欲主战，因大怒道："且教首将退去！"

次日五更，景阳钟响，待漏院众集文武群臣，蔡太师为首，直临玉阶，面奏道君皇帝。天子览奏，大惊。有谏议大夫赵鼎出班奏道："前者往往调兵征发，皆折兵将，盖因失其地利，以致如此。以臣愚意，不若降敕赦罪招安，诏取赴阙，命作良臣，以防边境之害。"蔡京听了大怒，喝叱道："汝为谏议大夫，反灭朝廷纲纪，猖獗小人，罪合赐死！"天子曰："如此，目下便令出朝。"当下革了赵鼎官爵，罢为庶人，当朝谁敢再奏。有诗为证：

玺书招抚是良谋，却把忠言作寇仇。
一自老成人去后，梁山军马不能收。

天子又问蔡京道："似此贼势猖獗，可遣谁人剿捕？"蔡太师奏道："臣量这等山野草贼，安用大军，臣举凌州有二将：一人姓单，名廷珪；一人姓魏，名定国，现任本州团练使。伏乞陛下圣旨，星夜差人，调此一枝人马，克日扫清水泊。"天子大喜，随即降写敕符，着枢密院调遣。天子驾起，百官退朝，众官暗笑。次日，蔡京会省院差官，赍捧圣旨敕符，投凌州来。

再说宋江水浒寨内，将北京所得的府库金宝钱物，给赏与马步水三军，连日杀牛宰马，大排筵宴，庆赏卢员外；虽无庖凤烹龙，端的肉山酒海。众头领酒至半酣，吴用对宋江等说道："今为卢员外打破北京，杀损人民，劫掠府库，赶得梁中书等离城逃奔，他岂不写表申奏朝廷？况他丈人是当朝太师，怎肯干罢？必然起军发马，前来征讨。"宋江道："军师所虑，最为得理。何不使人连夜去北京探听虚实，我这里好做准备。"吴用笑道："小弟已差人去了，将次回也。"

正在筵会之间，商议未了，只见原差探事人到来，报说："北京梁中书果然申奏朝廷，要调兵征剿。有谏议大夫赵鼎，奏请招安，致被蔡京喝骂，削了赵鼎官职。如今奏过天子,差人赍捧敕符,往凌州调遣单廷珪、魏定国两个团练使,起本州军马,前来征讨。"宋江便道:"似此如何迎敌?"吴用道:"等他来时,一发捉了。"关胜起身对宋江、吴用道:"关某自从上山,深感仁兄厚待,不曾出得半分气力。单廷珪、魏定国,蒲城多曾相会。久知单廷珪那厮,善能用水浸兵之法,人皆称为圣水将军。魏定国这厮,精熟火攻兵法,上阵专能用火器取人,因此呼为'神火将军'。凌州是本境兼管本州兵马,取此二人为部下。小弟不才,愿借五千军兵,不等他二将起行,先在凌州路上接住。他若肯降时,带上山来;若不肯投降,必当擒来,奉献兄长,亦不须用众头领张弓挟矢,费力劳神。不知尊意若何?"宋江大喜,便叫宣赞、郝思文二将,就跟着一同前去。关胜带了五千军马,来日下山。次早,宋江与众头领在金沙滩寨前饯行,关胜三人引兵去了。

众头领回到忠义堂上,吴用便对宋江说道:"关胜此去,未保其心,可以再差良将,随后监督,就行接应。"宋江道:"吾观关胜义气凛然,始终如一,军师不必多疑。"吴用道:"只恐他心不似兄长之心。可再叫林冲、杨志领兵,孙立、黄信为副将,带领五千人马,随即下山。"李逵便道:"我也去走一遭。"宋江道:"此一去用你不着,自有良将建功。"李逵道:"兄弟若闲,便要生病,若不叫我去时,独自也要去走一遭。"宋江喝道:"你若不听我的军令,割了你头!"李逵见说,闷闷不已,下堂去了。

不说林冲、杨志领兵下山,接应关胜。次日,只见小军来报:"黑旋风李逵昨夜二更,拿了两把板斧,不知那里去了!"宋江见报,只叫得苦:"是我夜来冲撞了他这几句言语,多管① 是投别处去了!"吴用道:"兄长,非也。他虽粗卤,义气倒重,不到得投别处去。多管是过两日便来,兄长放心。"宋江心慌,先使戴宗去赶,后着时迁、李云、乐和、王定六四个首将,分四路去寻。

且说李逵,是夜提着两把板斧下山,抄小路径投凌州去。一路上自寻思道:"这两个鸟将军,何消得许多军马去征他!我且抢入城中,一斧一个都砍杀了,也教哥哥吃一惊!也和他们争得一口气!"走了半日,走得肚饥,原来贪慌下山,不曾带得盘缠。多时不做这买卖,寻思道:"只得寻个鸟出气的。"正走之间,看见路旁一个村酒店,李逵便入去里面坐下,连打

① 多管——大概,很可能。

了三角酒、二斤肉吃了，起身便走。酒保拦住讨钱。李逵道："待我前头去寻得些买卖，却把来还你！"说罢，便动身。只见外面走入个彪形大汉来，喝道："你这黑厮，好大胆！谁开的酒店，你来白吃，不肯还钱！"李逵睁着眼道："老爷不拣那里，只是白吃！"那汉道："我对你说时，惊得你尿流屁滚！老爷是梁山泊好汉韩伯龙的便是！本钱都是宋江哥哥的。"李逵听了暗笑："我山寨里那里认得这个鸟人！"

原来韩伯龙曾在江湖上打家劫舍，要来上梁山泊入伙，却投奔了旱地忽律朱贵，要他引见宋江。因是宋公明生发背疮，在寨中又调兵遣将，多忙少闲，不曾见得，朱贵权且教他在村中卖酒。当时李逵去腰间拔出一把板斧，看着韩伯龙道："把斧头为当。"韩伯龙不知是计，舒手来接，见李逵手起，望面门上只一斧，肐膝地砍着。可怜韩伯龙做了半世强人，死在李逵之手。两三个火家，只恨爷娘少生了两只脚，望深村里走了。李逵就地下掳掠了盘缠，放火烧了草屋，望凌州去了。

行不得一日，正走之间，官道旁边，只见走过一条大汉，直上直下相李逵。李逵见那人看他，便道："你那厮看老爷怎地？"那汉便答道："你是谁的老爷？"李逵便抢将入来。那汉子手起一拳，打个塔墩[①]，李逵寻思："这汉子倒使得好拳！"坐在地下，仰着脸问道："你这汉子，姓甚名谁？"那汉道："老爷没姓，要厮打便和你厮打！你敢起来！"李逵大怒，正待跳将起来，被那汉子肋罗里只一脚，又踢了一交。李逵叫道："赢他不得。"爬将起来便走。那汉叫住问道："这黑汉子，你姓甚名谁？那里人氏？"李逵道："我说与你，休要吃惊。我是梁山泊黑旋风李逵的便是。"那汉道："你端的是不是？不要说谎。"李逵道："你不信，只看我这两把板斧。"那汉道："你既是梁山泊好汉，独自一个投那里去？"李逵道："我和哥哥别口气，要投凌州去杀那姓单姓魏的两个。"那汉道："我听得你梁山泊已有军马去了，你且说是准？"李逵道："先是大刀关胜领兵，随后便是豹子头林冲、青面兽杨志，领军策应。"那汉听了，纳头便拜。李逵道："你端的姓甚名谁？"那汉道："小人原是中山府人氏，祖传三代，相扑为生。却才手脚，父子相传，不教徒弟。平生最无面目[②]，到处投人不着，山东、河北都叫我做没面目焦

---

① 塔墩——摔倒时屁股着地。

② 面目——情面，面子。

挺。近日打听得寇州地面,有座山,名为枯树山。山上有个强人,平生只好杀人,世人把他比做丧门神,姓鲍名旭。他在那山里,打家劫舍,我如今待要去那里入伙。"李逵道:"你有这等本事,如何不来投奔俺哥哥宋公明?"焦挺道:"我多时要投奔大寨入伙,却没条门路。今日得遇兄长,愿随哥哥。"李逵道:"我却要和宋公明哥哥争口气了下山来,不杀得一个人,空着双手,怎地回去?你和我去枯树山,说了鲍旭,同去凌州杀得单、魏二将,便好回山。"焦挺道:"凌州一府城池,许多军马在彼,我和你只两个,便有十分本事,也不济事,枉送了性命;不如单去枯树山说了鲍旭,都去大寨入伙,此为上计。"两个正说之间,背后时迁赶将来,叫道:"哥哥忧得作苦,便请回山。如今分四路去赶你也。"李逵引着焦挺,且教与时迁厮见了。时迁劝李逵回山:"宋公明哥哥等你。"李逵道:"你且住!我和焦挺商量定了,先去枯树山说了鲍旭,方才回来。"时迁道:"使不得。哥哥等你,即便回寨。"李逵道:"你若不跟我去,你自先回山寨,报与哥哥知道,我便回也。"时迁惧怕李逵,自回山寨去了。焦挺却和李逵自投寇州来,望枯树山去了。

话分两头。却说关胜与同宣赞、郝思文,引领五千军马接来,相近凌州。且说凌州太守,接得东京调兵的敕旨,并蔡太师札付,便请兵马团练单廷珪、魏定国商议。

二将受了札付,随即选点军兵,关领军器,拴束鞍马,整顿粮草,指日起行。忽闻报说:"蒲东大刀关胜引军到来,侵犯本州。"单廷珪、魏定国听得大怒,便收拾军马,出城迎敌。两军相近,旗鼓相望。门旗下关胜出马。那边阵内鼓声响处,圣水将军出马。怎生打扮:

戴一顶浑铁打就四方铁帽,顶上撒一颗斗来大小黑缨。披一副熊皮砌就嵌缝沿边乌油铠甲,穿一领皂罗绣就点翠团花秃袖征袍,着一双斜皮踢镫嵌线云跟靴,系一条碧鞓钉就迭胜狮蛮带。一张弓,一壶箭。骑一匹深乌马,使一条黑杆枪。

前面打一把引军按北方皂纛旗,上书七个银字:"圣水将军单廷珪"。又见这边鸾铃响处,转出这员神火将军魏定国来出马。怎生打扮:

戴一顶朱红缀嵌点金束发盔,顶上撒一把扫帚长短赤缨。披一副摆连环吞兽面猊铠,穿一领绣云霞飞怪兽绛红袍,着一双刺麒麟间翡翠云缝锦跟靴。带一张描金雀画宝雕弓,悬一壶凤翎凿山狼牙箭。骑坐一匹胭脂马，手使一口熟铜刀。

前面打一把引军按南方红绣旗，上书七个银字："神火将军魏定国。"两员虎将，一齐出到阵前。关胜见了，在马上说道："二位将军，别来久矣！"单廷珪、魏定国大笑，指着关胜骂道："无才小辈，背反狂夫！上负朝廷之恩，下辱祖宗名目，不知死活！引军到来，有何礼说？"关胜答道："你二将差矣。目今主上昏昧，奸臣弄权，非亲不用，非仇不谈。兄长宋公明，仁德施恩，替天行道，特令关某等到来，招请二位将军。倘蒙不弃，便请过来，同归山寨。"单、魏二将听得大怒，骤马齐出。一个是北方一朵乌云，一个如南方一团烈火，飞出阵前。关胜却待去迎敌，左手下飞出宣赞，右手下奔出郝思文，两对儿阵前厮杀。刀对刀，迸万道寒光；枪搠枪，起一天杀气。关胜遥见神火将越斗越精神，圣水将无半点惧色。正斗之间，两将拨转马头，望本阵便走。郝思文、宣赞，随即追赶，冲入阵中。只见魏定国转入左边，单廷珪转过右边。随后宣赞赶着魏定国，郝思文追住单廷珪。

且说宣赞正赶之间，只见四五百步军，都是红旗红甲，一字儿围裹将来，挠钩齐下，套索飞来，和人连马，活捉去了。再说郝思文追住单廷珪到右边，只见五百来步军，尽是黑旗黑甲，一字儿裹转来，脑后众军齐上，把郝思文生擒活捉去了。可怜二将英雄，到此翻成画饼。一面把人解入凌州，一面仍率五百精兵，卷杀过来。关胜举手无措，大败输亏，望后便退。随即单廷珪、魏定国，拍马在背后追来。关胜正走之间，只见前面冲出二将。关胜看时，左有林冲，右有杨志，从两肋窝里撞将出来，杀散凌州军马。关胜收住本部残兵，与林冲、杨志相见，合兵一处。随后孙立、黄信，一同见了，权且下寨。

却说水火二将，捉得宣赞、郝思文，得胜回到城中，张太守接着，置酒作贺；一面教人做造陷车，装了二人，差一员偏将，带领三百步军，连夜解上东京，申达朝廷。

且说偏将带领三百人马，监押宣赞、郝思文上东京来，迤逦前行，来到一个去处。只见满山枯树，遍地芦芽，一声锣响，撞出一伙强人，当先一个，手搭双斧，声喝如雷，正是梁山泊黑旋风李逵。后面带着这个好汉，端的是谁，正是：

相扑丛中人尽伏，拽拳飞脚如刀毒。

劣性发时似山倒，焦挺从来没面目。

李逵、焦挺两个好汉,引着小喽罗,拦住去路,也不打话,便抢陷车。偏将急待要走,背后又撞出一个好汉,正是:

狰狞丑脸如锅底,双睛迭暴露狼唇。
放火杀人提阔剑,鲍旭名唤丧门神。

这个好汉,正是丧门神鲍旭,向前把偏将手起剑落,砍下马来,其余人等,撇下陷车,尽皆逃命去了。李逵看时,却是宣赞、郝思文,便问了备细来由。宣赞见李逵亦问:"你怎生在此?"李逵说道:"为是哥哥不肯教我来厮杀,独自个私走下山来,先杀了韩伯龙,后撞见焦挺,引我在此。鲍旭一见如故,便如亲兄弟一般接待。却才商议,正欲去打凌州,却有小喽罗山头上望见这伙人马,监押陷车到来。只道官兵捕盗,不想却是你二位。"鲍旭邀请到寨内,杀牛置酒相待。郝思文道:"兄弟既然有心上梁山泊入伙,不若将引本部人马,就同去凌州,并力攻打,此为上策。"鲍旭道:"小可与李兄正如此商议。足下之言,说的最是。我山寨之中,也有三二百匹好马。"带领五七百小喽罗,五筹好汉,一齐来打凌州。

却说逃难军士奔回来,报与张太守说道:"半路里有强人夺了陷车,杀了偏将。"单廷珪、魏定国听得大怒,便道:"这番拿着,便在这里施刑。"只听得城外关胜引兵搦战。单廷珪争先出马,开城门,放下吊桥,引五百玄甲军,飞奔出城迎敌。门旗开处,圣水将军单廷珪出马,大骂关胜道:"辱国败将,何不就死!"关胜听了,舞刀拍马。两个斗不到五十余合,关胜勒转马头,慌忙便走,单廷珪随即赶将来。

约赶十余里,关胜回头喝道:"你这厮不下马受降,更待何时!"单廷珪挺枪,直取关胜后心。关胜使出神威,拖起刀背,只一拍,喝一声:"下去!"单廷珪落马。关胜下马,向前扶起,叫道:"将军恕罪!"单廷珪惶恐伏礼,乞命受降。关胜道:"某与宋公明哥哥面前,多曾举你。特来相招二位将军,同聚大义。"单廷珪答道:"不才愿施犬马之力,同共替天行道。"两个说罢,并马而行。林冲接见二人并马行来,便问其故。关胜不说输赢,答道:"山僻之内,诉旧论新,招请归降。"林冲等众皆大喜。单廷珪回至阵前,大叫一声,五百玄甲军兵,一哄过来;其余人马,奔入城中去了,连忙报知太守。

魏定国听了,大怒,次日领起军马,出城交战。单廷珪与同关胜、林冲,直临阵前。只见门旗开处,神火将军魏定国出马,见了单廷珪顺了关胜，大骂："忘恩背主，负义匹夫！"关胜大怒，拍马向前迎敌。二马相交，军器并举。两将斗不到十合，魏定国望本阵便走。关胜却欲要追，单廷珪大叫道："将军不可去赶。"关胜连忙勒住战马。

说犹未了，凌州阵内，早飞出五百火兵，身穿绛衣，手执火器，前后拥出有五十辆火车，车上都满装芦苇引火之物。军人背上，各拴铁葫芦一个，内藏硫黄焰硝，五色烟药，一齐点着，飞抢出来。人近人倒，马过马伤。关胜军兵四散奔走，退四十余里扎住。魏定国收转军马回城，看见本州烘烘火起，烈烈烟生。原来却是黑旋风李逵与同焦挺、鲍旭，带领枯树山人马，都去凌州背后，打破北门，杀入城中，放起火来，劫掳仓库钱粮，魏定国知了，不敢入城，慌速回军，被关胜随后赶上追杀，首尾不能相顾。凌州已失，魏定国只得退走，奔中陵县屯驻。关胜引军把县四下围住，便令诸将调兵攻打。魏定国闭门不出。

单廷珪便对关胜、林冲等众位说道："此人是一勇之夫，攻击得紧，他宁死，必不辱。事宽即完，急难成效，小弟愿往县中，不避刀斧，用好言招抚此人，束手来降，免动干戈。"关胜见说，大喜，随即叫单廷珪单人匹马到县。小校报知，魏定国出来相见了。单廷珪用好言说道："如今朝廷不明，天下大乱，天子昏昧，奸臣弄权，我等归顺宋公明，且居水泊。久后奸臣退位，那时去邪归正，未为晚矣。"魏定国听罢，沉吟半晌，说道："若是要我归顺，须是关胜亲自来请，我便投降；他若是不来，我宁死不辱！"单廷珪即便上马回来，报与关胜。关胜见说，便道："大丈夫作事，何故疑惑？"便与单廷珪匹马单刀而去。林冲谏道："兄长，人心难忖，三思而行。"关胜道："好汉作事无妨。"

直到县衙。魏定国接着，大喜，愿拜投降，同叙旧情，设筵管待。当日带领五百火兵，都来大寨，与林冲、杨志，并众头领，俱各相见已了，即便收军，回梁山泊来。宋江早使戴宗接着，对李逵说道："只为你偷走下山，教众兄弟赶了许多路，如今时迁、乐和、李云、王定六四个，先回山去了。我如今先去报知哥哥，免至悬望。"

不说戴宗先去了，且说关胜等军马，回到金沙滩边，水军头领棹船接济军马，陆续过渡，只见一个人气急败坏跑将来。众人看时，却是金毛犬段景住。林冲便问道："你和杨林、石勇，去北地里买马，如何这等慌速跑来？"段景住言无数句，话不一席。有分教，宋江调拨军兵，来打这个去处，重报旧仇,再雪前恨。正是情知语是钩和线,从头钓出是非来。毕竟段景住说出甚言语来,且听下回分解。

第六十八回

宋公明夜打曾头市　卢俊义活捉史文恭

话说当时段景住跑来,对林冲等说道:"我与杨林、石勇,前往北地买马,到彼选得壮窜有筋力好毛片骏马,买了二百余匹;回至青州地面,被一伙强人,为头一个唤做险道神郁保四,聚集二百余人,尽数把马劫夺,解送曾头市去了。石勇、杨林,不知去向。小弟连夜逃来,报知此事。"关胜见说,叫且回山寨与哥哥相见了,却商议此事。众人且过渡来,都到忠义堂上,见了宋江。关胜引单廷珪、魏定国,与大小头领俱各相见了。李逵把下山杀了韩伯龙,遇见焦挺、鲍旭,同去打破凌州之事,说了一遍。宋江听罢,又添四个好汉,正在欢喜,段景住备说夺马一事,宋江听了,大怒道:"前者夺我马匹,今又如此无礼。晁天王的冤仇未曾报得,旦夕不乐,若不去报此仇,惹人耻笑。"吴用道:"即日春暖,正好厮杀。前者进兵,失其地利,如今必用智取。"宋江道:"此仇深入骨髓,不报得,誓不还山。"吴用道:"且教时迁,他会飞檐走壁,可去探听消息一遭,回来却作商量。"时迁听命去了。

无三二日,只见杨林、石勇,逃得回寨,备说曾头市史文恭口出大言,要与梁山泊势不两立。宋江见说,便要起兵,吴用道:"再待时迁回报,却去未迟。"宋江怒气填胸,要报此仇,片时忍耐不住,又使戴宗飞去打听,立等回报。

不过数日,却是戴宗先回来,说:"这曾头市要与凌州报仇,欲起军马。现今曾头市口扎下大寨,又在法华寺内做中军帐,数百里遍插旌旗,不知何路可进。"次日,时迁回寨报说:"小弟直到曾头市里面,探知备细,现今扎下五个寨栅:曾头市前面,二千余人守住村口。总寨内是教师史文恭执掌,北寨是曾涂与副教师苏定,南寨是次子曾密,西寨是三子曾索,东寨是四子曾魁,中寨是第五子曾升,与父亲曾弄守把。这个青州郁保四,身长一丈，腰阔数围，绰号险道神，将这夺的许多马匹，都喂养在法华寺内。"

吴用听罢，便教会集诸将，一同商议："既然他设五个寨栅，我这里分调五支军将，可作五路去打他五个寨栅。"卢俊义便起身道："卢某得蒙救命上山，未能报效，今愿尽命向前，未知尊意若何？"宋江大喜，便道："员外如肯下山，便为前部。"吴用谏道："员外初到山寨，未经战阵，山岭崎岖，乘马不便，不可为前部先锋。别引一支军马，前去平川埋伏，只听中军炮响，便来接应。"

吴用主意，只恐卢俊义捉得史文恭时，宋江不负晁盖遗言，让位与他，因此不允他为前部先锋。宋江大意，只要卢俊义建功，乘此机会，教他为山寨之主。吴用不肯，立主叫卢员外带同燕青，引领五百步军，平川小路听号。再分调五路军马：曾头市正南大寨，差马军头领霹雳火秦明、小李广花荣，副将马麟、邓飞，引军三千攻打；曾头市正东大寨，差步军头领花和尚鲁智深、行者武松，副将孔明、孔亮，引军三千攻打；曾头市正北大寨，差马军头领青面兽杨志、九纹龙史进，副将杨春、陈达，引军三千攻打；曾头市正西大寨，差步军头领美髯公朱仝、插翅虎雷横，副将邹渊、邹润，引军三千攻打；曾头市正中总寨，都头领宋公明，军师吴用、公孙胜，随行副将吕方、郭盛、解珍、解宝、戴宗、时迁，领军五千攻打；合后步军头领黑旋风李逵、混世魔王樊瑞，副将项充、李衮，引马步军兵五千。其余头领，各守山寨。

不说宋江部领五军兵将大进。且说曾头市探事人探知备细，报入寨中。曾长官听了，便请教师史文恭、苏定，商议军情重事。史文恭道："梁山泊军马来时，只是多使陷坑，方才捉得他强兵猛将。这伙草寇，须是这条计，以为上策。"曾长官便差庄客人等，将了锄头铁锹，去村口掘下陷坑数十处，上面虚浮土盖，四下里埋伏了军兵，只等敌军到来。又去曾头市北路，也掘下十数处陷坑。比及宋江军马起行时，吴用预先暗使时迁又去打听。数日之间，时迁回来报说："曾头市寨南寨北，尽都掘下陷坑，不计其数，只等俺军马到来。"吴用见说，大笑道："不足为奇！"引军前进，来到曾头市相近。此时日午时分，前队望见一骑马来，项带铜铃，尾拴雉尾；马上一人，青巾白袍，手执短枪。前队望见，便要追赶。吴用止住，便教军马就此下寨，四面掘了濠堑，下了铁蒺藜，传下令去，教五军各自分头下寨，一般掘下濠堑，下了蒺藜。

一住三日，曾头市不出交战。吴用再使时迁扮作伏路小军，去曾头市寨中，探听他不出何意，所有陷坑，暗暗地记着，离寨多少路远，总有几处。时迁去了一日，都知备细，暗地使了记号，回报军师。次日，吴用传令：教前队步军，各执铁锄，分作两队。又把粮车一百有余，装载芦苇干柴，藏在中军。当晚传令与各寨诸军头领，来日巳牌，只听东西两路步军先去打寨，再教攻打曾头市北寨的杨志、史进，把马军一字儿摆开，如若那边擂鼓摇旗，虚张声势，切不可进。吴用传令已了。

再说曾头市史文恭只要引宋江军马打寨，便着他陷坑，寨前路狭，待走那里去。次日巳牌，听得寨前炮响，追兵大队，都到南门。次后，只见东寨边来报道："一个和尚抡着铁禅杖，一个行者舞起双戒刀，攻打前后。"史文恭道："这两个必是梁山泊鲁智深、武松。"犹恐有失，便分人去帮助曾魁。只见西寨边又来报道："一个长髯大汉，一个虎面贼人，旗号上写着美髯公朱仝、插翅虎雷横，前来攻打甚急。"史文恭听了，又分拨人去帮助曾索。又听得寨前炮响，史文恭按兵不动，只要等他入来，塌了陷坑，山后伏兵齐起，接应捉人。这里吴用却调马军，从山背后两路抄到寨前，前面步军，只顾看寨，又不敢去；两边伏兵，都摆在寨前；背后吴用军马赶来，尽数逼下坑去。史文恭却待出来，吴用鞭梢一指，军寨中锣响，一齐排出百余辆车子来，尽数把火点着，上面芦苇干柴，硫黄焰硝，一齐着起，烟火迷天。比及史文恭军马出来，尽被火车横拦当住，只得回避，急待退军。公孙胜早在阵中，挥剑作法，借起大风，刮得火焰卷入南门，早把敌楼排栅，尽行烧毁。已自得胜，鸣金收军，四下里入寨，当晚权歇。史文恭连夜修整寨门，两下当住。

次日，曾涂对史文恭计议道："若不先斩贼首，难以追灭。"嘱咐教师史文恭牢守寨栅，曾涂率领军兵，披挂上马，出阵搦战。宋江在中军，闻知曾涂搦战，带领吕方、郭盛，相随出到前军。门旗影里，看见曾涂，心怀旧恨，用鞭指道："谁与我先捉这厮，报往日之仇？"小温侯吕方拍坐下马，挺手中方天画戟，直取曾涂。两马交锋，军器并举，斗到三十合以上，郭盛在门旗下，看见两个中间，将及输了一个。原来吕方本事，敌不得曾涂，三十合以前，兀自抵敌不住，三十合以后，戟法乱了，只办得遮架躲闪。郭盛只恐吕方有失，便骤坐下马，拈手中方天画戟，飞出阵来，夹攻曾涂。三骑马在阵前，绞做一团。原来两枝戟上，都拴着金钱豹尾。吕方、郭盛要捉曾涂，两枝戟齐举，曾涂眼明，便用枪只一拨，却被两条豹尾搅住朱缨，夺扯不开，三个各要掣出军器使用。小李广花荣在阵中看见，恐怕输了两个，便纵马出来，左手拈起雕弓，右手急取铫箭，搭上箭，拽满弓，望着曾涂射来。这曾涂却好掣出枪来，那两枝戟兀自搅做一团。说时迟，那时疾，曾涂掣枪，便望吕方项根搠来。花荣箭早先到，正中曾涂左臂，翻身落马，头盔倒卓，两脚蹬空。吕方、郭盛，双戟并施，曾涂死于非命。十数骑马军，飞奔回来，报知史文恭，转报中寨。

曾长官听得大哭。只见旁边恼犯了一个壮士曾升，武艺绝高，使两口飞刀，人莫敢近。当时听了大怒，咬牙切齿，喝教："备我马来，要与哥哥报仇！"曾长官拦当不住，全身披挂，绰刀上马，直奔前寨。史文恭接着劝道："小将军不可轻敌。宋江军中，智勇猛将极多。若论史某愚意，只宜坚守五寨，暗地使人前往凌州，便教飞奏朝廷，调兵选将，多拨官军，分作两处征剿：一打梁山泊，一保曾头市，令贼无心恋战，必欲退兵，急奔回山。那时史某不才，与汝兄弟一同追杀，必获大功。"说言未了，北寨副教师苏定到来，见说坚守一节，也道："梁山泊吴用那厮，诡计多谋，不可轻敌，只宜退守，待救兵到来，从长商议。"曾升叫道："杀我亲兄，此冤不报，更待何时！直等养成贼势，退敌则难！"史文恭、苏定阻当不住。曾升上马，带领数十骑马军，飞奔出寨搦战。

宋江闻知，传令前军迎敌。当时秦明得令，舞起狼牙棍，正要出阵斗这曾升，只见黑旋风李逵，手搭板斧，直奔军前，不问事由，抢出垓心。对阵有人认的，说道："这个是梁山泊黑旋风李逵。"曾升见了，便叫放箭。原来李逵但是上阵，便要脱膊，全得项充、李衮蛮牌遮护。此时独自抢来，被曾升一箭，腿上正着，身如泰山，倒在地下。曾升背后马军，齐抢过来，宋江阵上秦明、花荣，飞马向前死救，背后马麟、邓飞、吕方、郭盛，一齐接应归阵。曾升见了宋江阵上人多，不敢再战，以此领兵还寨。宋江也自收军驻扎。

次日，史文恭、苏定只是主张不要对阵，怎禁得曾升催并道："要报兄仇。"史文恭无奈，只得披挂上马。那匹马便是先前夺的段景住的千里龙驹照夜玉狮子马。宋江引诸将摆开阵势迎敌。对阵史文恭出马，怎生打扮：

　　头上金盔耀日光，身披铠甲赛冰霜。

坐骑千里龙驹马，手执朱缨丈二枪。

斯时史文恭出马，横杀过来，宋江阵上秦明要夺头功，飞奔坐下马来迎。二骑相交，军器并举。约斗二十余合，秦明力怯，望本阵便走。史文恭奋勇赶来，神枪到处，秦明后腿股上早着，倒撷下马来。吕方、郭盛、马麟、邓飞，四将齐出，死命来救。虽然救得秦明，军兵折了一阵。收回败军，离寨十里驻扎。宋江叫把车子载了秦明，一面使人送回山寨将息，再与吴用商量：教取大刀关胜、金枪手徐宁，并要单廷珪、魏定国四位下山，同来协助。宋江自己焚香祈祷，占卜一课。吴用看了卦象，便道："虽然此处可破，今夜必主有贼兵入寨。"宋江道："可以早作准备。"吴用道："请兄长放心，只顾传下号令：先去报与三寨头领，今夜起东西二寨，便教解珍在左，解宝在右，其余军马各于四下里埋伏。"已定。

是夜，天清月白，风静云闲，史文恭在寨中对曾升道："贼兵今日输了两将，必然惧怯，乘虚正好劫寨。"曾升见说，便教请北寨苏定、南寨曾密、西寨曾索，引兵前来，一同劫寨。二更左侧，潜地出哨，马摘鸾铃，人披软战，直到宋江中军寨内。见四下无人，劫着空寨，急叫中计，转身便走。左手下撞出两头蛇解珍，右手下撞出双尾蝎解宝，后面便是小李广花荣，一发赶上，曾索在黑地里，被解珍一钢叉，搠于马下。放起火来，后寨发喊，东西两边，进兵攻打寨栅。混战了半夜，史文恭夺路得回。

曾长官又见折了曾索，烦恼倍增。次日要史文恭写书投降。史文恭也有八分惧怯，随即写书，速差一人赍擎，直到宋江大寨。

小校报知，曾头市有人下书，宋江传令，教唤入来。小校将书呈上，宋江拆开看时，写道：

曾头市主曾弄顿首，再拜宋公明统军头领麾下：日昨小男，倚仗一时之勇，误有冒犯虎威。向日天王率众到来，理合就当归附。奈何无端部卒，施放冷箭，更兼夺马之罪，虽百口何辞！原之实非本意。今顽犬已亡，遣使讲和。如蒙罢战休兵，将原夺马匹，尽数纳还，更赍金帛，犒劳三军，免致两伤。谨此奉书，伏乞照察。

宋江看罢来书，心中大怒，扯书骂道："杀吾兄长，焉肯干休？只待洗荡村坊，是吾本愿！"下书人俯伏在地，凛颤不已。吴用慌忙劝道："兄长差矣。我等相争，皆为气耳。既是曾家差人下书讲和，岂为一时之忿，以失大义？"随即便写回书，取银十两，赏了来使。

回还本寨，将书呈上。曾长官与史文恭拆开看时，上面写道：

梁山泊主将宋江，手书回复曾头市主曾弄帐前：国以信而治天下，将以勇而镇外邦，人无礼而何为，财非义而不取。梁山泊与曾头市，自来无仇，各守边界。奈缘尔将行一时之恶，惹数载之冤。若要讲和，便须发还二次原夺马匹，并要夺马凶徒郁保四，犒劳军士金帛。忠诚既笃，礼数休轻。如或更变，别有定夺。

曾长官与史文恭看了，俱各惊忧。次日，曾长官又使人来说："若肯讲和，各请一人质当①。"宋江不肯，吴用便道："无伤。"随即便差时迁、李逵、樊瑞、项充、李衮五人，前去为信②。临行时，吴用叫过时迁，附耳低言："如此如此，休得有误。"不说五人去了，却说关胜、徐宁、单廷珪、魏定国到了。当时见了众人，就在中军扎驻。

且说时迁引四个好汉，来见曾长官，时迁向前说道："奉哥哥将令，差时迁引李逵等四人前来讲和。"史文恭道："吴用差遣五个人来，必然有谋。"李逵大怒，揪住史文恭便打，曾长官慌忙劝住。时迁道："李逵虽然粗卤，却是俺宋公明哥哥心腹之人，特使他来，休得疑惑。"曾长官心中只要讲和，不听史文恭之言，便教置酒相待，请去法华寺寨中安歇，拨五百军人前后围住。却使曾升带同郁保四，来宋江大寨讲和。

二人到中军相见了，随后将原夺二次马匹，并金帛一车，送到大寨。宋江看罢道："这马都是后次夺的。正有先前段景住送来那匹千里白龙驹照夜玉狮子马，如何不见将来？"曾升道："是师父史文恭乘坐着，以此不曾将来。"宋江道："你疾忙快写书去，教早早牵那匹马来还我。"曾升便写书，叫从人还寨，讨这匹马来。史文恭听得，回道："别的马将去不吝，这匹马却不与他。"从人往复去了几遭，宋江定死要这匹马。史文恭使人来说道："若还定要我这匹马时，着他即便退军，我便送来还他。"

宋江听得这话，便与吴用商量。尚然未决，忽有人来报道："青州、凌州两路有军马到来。"宋江道："那厮们知得，必然变卦。"暗传下号令，就差关胜、单廷珪、魏定国去迎青州军马，花荣、马麟、邓飞去迎凌州军马。暗地叫出郁保四来，用好言抚恤他，十分恩义相待，说道："你若肯建这场功

---

① 质当——作为人质抵押。

② 信——信物，这里是指人质。

劳，山寨里也教你做个头领。夺马之仇，折箭为誓，一齐都罢。你若不从，曾头市破在旦夕，任从你心。”郁保四听言，情愿投拜，从命帐下。吴用授计与郁保四道：“你只做私逃还寨，与史文恭说道：‘我和曾升去宋江寨中讲和，打听得真实了：如今宋江大意，只要赚这匹千里马，实无心讲和，若还与了他，必然翻变。如今听得青州、凌州两路救兵到了，十分心慌，正好乘势用计，不可有误。’他若信从了，我自有处置。”

郁保四领了言语，直到史文恭寨里，把前事具说一遍。史文恭领了郁保四来见曾长官，备说宋江无心讲和，可以乘势劫他寨栅。曾长官道：“我那曾升当在那里，若还翻变，必然被他杀害。”史文恭道：“打破他寨，好歹救了。今晚传令与各寨，尽数都起，先劫宋江大寨。如断去蛇首，众贼无用，回来却杀李逵等五人未迟。”曾长官道：“教师可以善用良计。”当下传令与北寨苏定、东寨曾魁、南寨曾密，一同劫寨。郁保四却闪入法华寺大寨内，看了李逵等五人，暗与时迁走透这个消息。

再说宋江同吴用说道：“未知此计若何？”吴用道：“如是郁保四不回，便是中俺之计。他若今晚来劫我寨，我等退伏两边，却教鲁智深、武松引步军杀入他东寨；朱仝、雷横引步军杀入他西寨；却令杨志、史进引马军截杀北寨。此名番犬伏窝之计，百发百中。”

当晚却说史文恭带了苏定、曾密、曾魁，尽数起发。是夜月色朦胧，星辰昏暗。史文恭、苏定当先，曾密、曾魁押后，马摘鸾铃，人披软战，尽都来到宋江总寨。只见寨门不关，寨内并无一人，又不见些动静，情知中计，即便回身。急望本寨去时，只见曾头市里锣鼓炮响，却是时迁爬去法华寺钟楼上撞起钟来。声响为号，东西两门，火炮齐响，喊声大举，正不知多少军马，杀将入来。

却说法华寺中李逵、樊瑞、项充、李衮，一齐发作，杀将出来。史文恭等急回到寨时，寻路不见。曾长官见寨中大闹，又听得梁山泊大军两路杀将入来，就在寨里自缢而死。曾密径奔西寨，被朱仝一朴刀搠死。曾魁要奔东寨时，乱军中马践为泥。苏定死命奔出北门，却有无数陷坑，背后鲁智深、武松，赶杀将来，前逢杨志、史进，乱箭射死苏定。后头撞来的人马，都撷入陷坑中去，重重迭迭，陷死不知其数。

且说史文恭得这千里马，行得快，杀出西门，落荒而走。此时黑雾遮天，不分南北。约行了二十余里，不知何处。只听得树林背后，一齐锣响，撞出四五百军来。当先一将，手提杆棒，望马脚便打。那匹马是千里龙驹，见棒来时，从头上跳过去了。史文恭正走之间，只见阴云冉冉，冷气飕飕，黑雾漫漫，狂风飒飒，虚空中一人，当住去路。史文恭疑是神兵，勒马便回，东西南北，四边都是晁盖阴魂缠住。史文恭再回旧路，却撞着浪子燕青，又转过玉麒麟卢俊义来，喝一声："强贼，待走那里去！"腿股上只一朴刀，搠下马来，便把绳索绑了，解投曾头市来。燕青牵了那匹千里龙驹，径到大寨。宋江看了，心中一喜一怒：喜者得卢员外建功，怒者恨史文恭射杀晁天王，仇人相见，分外眼睁。先把曾升就本处斩首，曾家一门老少，尽数不留。抄掳到金银财宝，米麦粮食，尽行装载上车，回梁山泊，给散各都头领，犒赏三军。

且说关胜领军杀退青州军马，花荣领兵杀散凌州军马，都回来了。大小头领，不缺一个。又得了这匹千里龙驹照夜玉狮子马，其余物件，尽不必说。陷车内囚了史文恭，便收拾军马，回梁山泊来。所过州县村坊，并无侵扰。回到山寨忠义堂上，都来参见晁盖之灵。宋江传令：教圣手书生萧让作了祭文，令大小头领，人人挂孝，个个举哀，将史文恭剖腹剜心，享祭晁盖已罢。宋江就忠义堂上，与众弟兄商议立梁山泊之主。

吴用便道："兄长为尊，卢员外为次，其余众弟兄，各依旧位。"宋江道："向者[①] 晁天王遗言：'但有人捉得史文恭者，不拣是谁，便为梁山泊之主。'今日卢员外生擒此贼，赴山祭献晁兄，报仇雪恨，正当为尊，不必多说。"卢俊义道："小弟德薄才疏，怎敢承当此位！若得居末，尚自过分。"宋江道："非宋某多谦，有三件不如员外处：第一件，宋江身材黑矮，貌拙才疏；员外堂堂一表，凛凛一躯，有贵人之相。第二件，宋江出身小吏，犯罪在逃，感蒙众弟兄不弃，暂居尊位；员外生于富贵之家，长有豪杰之誉，虽然有些凶险，累蒙天祐。第三件，宋江文不能安邦，武又不能附众，手无缚鸡之力，身无寸箭之功；员外力敌万人，通今博古，天下谁不望风而服。尊兄有如此才德，正当为山寨之主。他时归顺朝廷，建功立业，官爵升迁，能使弟兄们尽生光彩。宋江主张已定，休得推托。"卢俊义拜于地下，说道："兄长枉自多谈，卢某宁死，实难从命。"

吴用劝道："兄长为尊，卢员外为次，人皆所伏。兄长若如是再三推

---

① 向者——从前，以往。

让，恐冷了众人之心。"原来吴用已把眼视众人，故出此语。只见黑旋风李逵大叫道："我在江州舍身拼命，跟将你来，众人都饶让你一步。我自天也不怕！你只管让来让去，做甚鸟！我便杀将起来。各自散伙！"武松见吴用以目示人，也发作叫道："哥哥手下许多军官，受朝廷诰命的，也只是让哥哥，如何肯从别人？"刘唐便道："我们起初七个上山，那时便有让哥哥为尊之意，今日却要让别人！"鲁智深大叫道："若还兄长推让别人，洒家们各自撒开！"

宋江道："你众人不必多说，我自有个道理，尽天意，看是如何，方才可定。"吴用道："有何高见，便请一言。"宋江道："有两件事。"正是：教梁山泊内，重添两个英雄；东平府中，又惹一场灾祸。直教天罡尽数投山寨，地煞空群聚水涯。毕竟宋江说出那两件事来，且听下回分解。

第六十九回

东平府误陷九纹龙　宋公明义释双枪将

话说宋江不负晁盖遗言，要把主位让与卢员外，众人不伏。宋江又道："目今山寨钱粮缺少，梁山泊东，有两个州府，却有钱粮：一处是东平府，一处是东昌府。我们自来不曾搅扰他那里百姓，若去问他借粮，公然不肯。今写下两个阄儿，我和卢员外各拈一处，如先打破城子的，便做梁山泊主，如何？"吴用道："也好。听从天命。"卢俊义道："休如此说。只是哥哥为梁山泊主，某听从差遣。"此时不由卢俊义。当下便唤铁面孔目裴宣，写下两个阄儿。焚香对天祈祷已罢，各拈一个。宋江拈着东平府，卢俊义拈着东昌府，众皆无语。

当日设筵，饮酒中间，宋江传令，调拨人马。宋江部下：林冲、花荣、刘唐、史进、徐宁、燕顺、吕方、郭盛、韩滔、彭玘、孔明、孔亮、解珍、解宝、王矮虎、一丈青、张青、孙二娘、孙新、顾大嫂、石勇、郁保四、王定六、段景住，大小头领二十五员，马步军兵一万；水军头领三员：阮小二、阮小五、阮小七，领水军驾船接应。

卢俊义部下：吴用、公孙胜、关胜、呼延灼、朱仝、雷横、索超、杨志、单廷珪、魏定国、宣赞、郝思文、燕青、杨林、欧鹏、凌振、马麟、邓飞、施恩、樊瑞、项充、李衮、时迁、白胜，大小头领二十五员，马步军兵一万；水军头领三员：李俊、童威、童猛，引水手驾船接应。其余头领并中伤者，看守寨栅。

分俵已定，宋江与众头领去打东平府，卢俊义与众头领去打东昌府。众多头领各自下山。此是三月初一日的话。日暖风和，草青沙软，正好厮杀。

却说宋江领兵前到东平府，离城只有四十里路，地名安山镇，扎驻军马。宋江道："东平府太守程万里和一个兵马都监，乃是河东上党郡人氏。此人姓董，名平，善使双枪，人皆称为双枪将，有万夫不当之勇。虽然去打他城子，也和他通些礼数；差两个人，赍一封战书，去那里下。若肯归降，免致动兵；若不听从，那时大行杀戮，使人无怨。谁敢与我先去下书？"只见部下走过一人，身长一丈，腰阔数围。那人是谁，有诗为证：

不好资财惟好义，貌似金刚离古寺。

身长唤做险道神，此是青州郁保四。

郁保四道："小人认得董平，情愿赍书去下。"又见部下转过一人，瘦小身材，叫道："我帮他去。"那人是谁：

蚱蜢头尖光眼目，鹭鸶瘦腿全无肉。

路遥行走疾如飞，扬子江边王定六。

这两个便道："我们不曾与山寨中出得些气力，今日情愿去走一遭。"宋江大喜，随即写了战书，与郁保四、王定六两个去下。书上只说借粮一事。

且说东平府程太守，闻知宋江起军马到了安山镇驻扎，便请本州兵马都监双枪将董平，商议军情重事。正坐间，门人报道："宋江差人下战书。"程太守教唤至，郁保四、王定六当府厮见了，将书呈上。程万里看罢来书，对董都监说道："要借本府钱粮，此事如何？"董平听了大怒，叫推出去，即便斩首。程太守说道："不可。自古'两国相战，不斩来使。'于礼不当。只将二人各打二十讯棍，发回原寨，看他如何。"董平怒气未息，喝把郁保四、王定六一索捆翻，打得皮开肉绽，推出城去。

两个回到大寨，哭告宋江说："董平那厮无礼，好生眇视大寨！"

宋江见打了两个，怒气填胸，便要平吞州郡。先叫郁保四、王定六上车回山将息。只见九纹龙史进起身说道："小弟旧在东平府时，与院子里一个娼妓有交,唤做李瑞兰,往来情熟。我如今多将些金银,潜地入城,借他家里安歇,约时定日,哥哥可打城池。只等董平出来交战,我便爬去更鼓楼上,放起火来,里应外合,可成大事。”宋江道:“最好。”史进随即收拾金银,安在包袱里,身边藏了暗器,拜辞起身。宋江道:“兄弟善觑方便,我且顿兵不动。”

且说史进转入城中,径到西瓦子李瑞兰家。大伯见是史进,吃了一惊,接入里面,叫女儿出去厮见。李瑞兰生的甚是标格出尘。有诗为证:

万种风流不可当,梨花带雨玉生香。

翠禽啼醒罗浮梦①,疑是梅花靓晓妆。

李瑞兰引去楼上坐了,遂问史进道:“一向如何不见你头影?听的你在梁山泊做了大王,官司出榜捉你,这两日街上乱哄哄地说,宋江要来打城借粮,你如何却到这里?”史进道:“我实不瞒你说:我如今在梁山泊做了头领,不曾有功,如今哥哥要来打城借粮,我把你家备细说了。如今我特地来做细作,有一包金银,相送与你,切不可走漏了消息。明日事完,一发带你一家上山快活。”

李瑞兰葫芦提应承,收了金银,且安排些酒肉相待,却来和大娘商量道:“他往常做客时,是个好人,在我家出入不妨。如今他做了歹人,倘或事发,不是耍处。”大伯说道:“梁山泊宋江这伙好汉,不是好惹的;但打城池,无有不破。若还出了言语,他们有日打破城子入来,和我们不干罢!”虔婆便骂道:“老蠢物,你省得甚么人事?自古道:‘蜂刺入怀,解衣去赶。’天下通例:自首者即免本罪。你快去东平府里首告,拿了他去,省得日后负累不好。”李公道:“他把许多金银与我家,不与他担些干系,买我们做甚么?”虔婆骂道:“老畜生,你这般说,却似放屁!我这行院人家,坑陷了千千万万的人,岂争他一个!你若不去首告,我亲自去衙前叫屈,和你也说在里面。”李公道:“你不要性发,且叫女儿款住他,休得打草惊蛇,吃他走了。待我去报与做公的,先来拿了,却去首告。”

且说史进见这李瑞兰上楼来,觉得面色红白不定,史进便问道:“你家

---

① 罗浮梦——传说隋时赵师雄迁谪罗浮。日暮时在酒店旁遇一美人,香气袭人,遂与共饮。师雄醉寝,及醒,发现自己是在梅花树下。后以罗浮梦代指美梦,又喻梅花。典出柳宗元《龙城录》。

莫不有甚事,这般失惊打怪?”李瑞兰道:“却才上胡梯,踏了个空,争些儿跌了一交,因此心慌撩乱。”史进虽是英勇,又吃他瞒过了,更不猜疑。有诗为证:

可叹青楼伎俩多,粉头毕竟护虔婆。

早知暗里施奸计,错用黄金买笑歌。

当下李瑞兰相叙间阔之情,争不过一个时辰,只听得胡梯边脚步响,有人奔上来。窗外呐声喊,数十个做公的抢到楼上,史进措手不及,正如鹰拿野雀,弹打斑鸠,把史进似抱头狮子绑将下楼来,径解到东平府里厅上。程太守看了,大骂道:“你这厮胆包身体,怎敢独自个来做细作!若不是李瑞兰父亲首告,误了我一府良民!快招你的情由!宋江教你来怎地?”史进只不言语。董平便道:“这等贼骨头,不打如何肯招!”程太守喝道:“与我加力打这厮!”两边走过狱卒牢子,先将冷水来喷腿上,两腿各打一百大棍。史进由他拷打,不招实情。董平道:“且把这厮长枷木杻,送在死囚牢里,等拿了宋江,一并解京施行。”

却说宋江自从史进去了,备细写书与吴用知道。吴用看了宋公明来书,说史进去娼妓李瑞兰家做细作,大惊,急与卢俊义说知,连夜来见宋江,问道:“谁叫史进去来?”宋江道:“他自愿去,说这李行首,是他旧日的表子,好生情重,因此前去。”吴用道:“兄长欠些主张,若吴某在此决不教去。常言道:‘娼妓之家,讳者扯丐漏走五个字。’得便熟闲,迎新送旧,陷了多少才人。更兼水性无定,总有恩情,也难出虔婆之手。此人今去,必然吃亏!”宋江便问吴用请计。

吴用便叫顾大嫂:“劳烦你去走一遭,可扮做贫婆,潜入城中,只做求乞的。若有些动静,火急便回。若是史进陷在牢中,你可去告狱卒,只说:‘有旧情恩念,我要与他送一口饭。’挨入牢中,暗与史进说知:‘我们月尽夜,黄昏前后,必来打城。你可就水火之处,安排脱身之计。’月尽夜,你就城中放火为号,此间进兵,方好成事。兄长可先打汶上县,百姓必然都奔东平府,却叫顾大嫂杂在数内,乘势入城,便无人知觉。”吴用设计已罢,上马便回东昌府去了。宋江点起解珍、解宝,引五百余人,攻打汶上县,果然百姓扶老携幼,鼠窜狼奔,都奔东平府来。

却说顾大嫂头髻蓬松,衣服蓝缕,杂在众人里面,挨入城来,绕街求乞。到于衙前,打听得果然史进陷在牢中,方知吴用智料如神。次日,提着饭罐,只在司狱司前,往来伺候。见一个年老公人从牢里出来,顾大嫂看着便拜,泪如雨下。那年老公人问道:“你这贫婆哭做甚么?”顾大嫂道:“牢中监的史大郎,是我旧的主人。自从离了,又早十年。只说道在江湖上做买卖。不知为甚事陷在牢里?眼见得无人送饭,老身叫化得这一口儿饭,特要与他充饥。哥哥,怎生可怜见,引进则个,强如造七层宝塔!”那公人道:“他是梁山泊强人,犯着该死的罪,谁敢带你入去?”顾大嫂道:“便是一刀一剐,自教他瞑目而受,只可怜见,引老身入去,送这口儿饭,也显得旧日之情。”说罢又哭。那老公人寻思道:“若是个男子汉,难带他入去,一个妇人家有甚利害?”当时引顾大嫂直入牢中来,看见史进项带沉枷,腰缠铁索。史进见了顾大嫂,吃了一惊,则声不得。顾大嫂一头假啼哭,一头喂饭。别的节级,便来喝道:“这是该死的歹人!‘狱不通风’,谁放你来送饭?即忙出去,饶你两棍!”顾大嫂见这牢内人多,难说备细,只说得:“月尽夜打城,叫你牢中自挣扎。”史进再要问时,顾大嫂被小节级打出牢门。史进只记得“月尽夜”。

原来那个三月,却是大尽。到二十九,史进在牢中,见两个节级说话,问道:“今朝是几时?”那个小节级却错记了,回说道:“今日是月尽夜,晚些买帖孤魂纸来烧。”史进得了这话,巴不得晚。一个小节级吃的半醉,带史进到水火坑边,史进哄小节级道:“背后的是谁?”赚得他回头,挣脱了枷,只一枷梢,把那小节级面上正着一下,打倒在地;就拾砖头,敲开了木杻,睁着鹘眼,抢到亭心里。几个公人都酒醉了,被史进迎头打着,死的死了,走的走了。拔开牢门,只等外面救应。又把牢中应有罪人,尽数放了,总有五六十人,就在牢内发起喊来,一齐走了。

有人报知太守,程万里惊得面如土色,连忙便请兵马都监商量。董平道:“城中必有细作,且差多人围困了这贼。我却乘此机会,领军出城,去捉宋江。相公便紧守城池,差数十公人围定牢门,休教走了。”董平上马,点军去了。程太守便点起一应节级、虞候、押番,各执枪棒,去大牢前呐喊。史进在牢里,不敢轻出。外厢的人,又不敢进去。顾大嫂只叫得苦。

却说都监董平,点起兵马,四更上马,杀奔宋江寨来。伏路小军报知宋江,宋江道:“此必是顾大嫂在城中又吃亏了。他既杀来,准备迎敌。”号令一下,诸军都起。当时天色方明,却好接着董平军马。两下摆开阵势,董平出马,真乃英雄盖世,谋勇过人。有诗为证:

两面旗牌耀日明，镀银铁铠似霜凝。
水磨凤翅头盔白，锦绣麒麟战袄青。
一对白龙争上下，两条银蟒递飞腾。
河东英勇风流将，能使双枪是董平。

原来董平心灵机巧，三教九流，无所不通，品竹调弦，无有不会，山东、河北皆号他为风流双枪将。宋江在阵前看了董平这表人品，一见便喜，又见他箭壶中插一面小旗，上写一联道："英雄双枪将，风流万户侯。"宋江遣韩滔出马迎敌。韩滔手执铁搠，直取董平。董平那对铁枪，神出鬼没，人不可当。宋江再叫金枪手徐宁，仗钩镰枪前去，替回韩滔。徐宁飞马便出，接住董平厮杀。两个在战场上斗到五十余合，不分胜败。交战良久，宋江恐怕徐宁有失，便叫鸣金收军。徐宁勒马回来，董平手举双枪，直追杀入阵来。宋江鞭梢一展，四下军兵，一齐围住。

宋江勒马上高阜处看望，只见董平围在阵内。他若投东，宋江便把号旗望东指，军马向东来围他；他若投西，号旗便往西指，军马便向西来围他。董平在阵中横冲直撞，两枝枪直杀到申牌以后，冲开条路，杀出去了。宋江不赶。董平因见交战不胜，当晚收军回城去了。

宋江连夜起兵，直抵城下，团团调兵围住。顾大嫂在城中，未敢放火，史进又不得出来，两下拒住。

原来程太守有个女儿，十分颜色；董平无妻，累累使人去求为亲，程万里不允。因此，日常间有些言和意不和，董平当晚领军入城，其日使个就里的人，乘势来问这头亲事。程太守回说："我是文官，他是武官，相赘为婿，正当其理；只是如今贼寇临城，事在危急，若还便许，被人耻笑。待得退了贼兵，保护城池无事，那时议亲，亦未为晚。"那人把这话回复董平，董平虽是口里应道："说得是。"只是心中踌躇，不十分欢喜，恐怕他日后不肯。

这里宋江连夜攻打得紧，太守催请出战。董平大怒，披挂上马，带领三军，出城交战。宋江亲在阵前门旗下喝道："量你这个寡将，怎敢当吾？岂不闻古人曾有言：'大厦将倾，非一木可支。'你看我手下雄兵十万，猛将千员，替天行道，济困扶危，早来就降，免汝一死！"董平大怒，回道："文面小吏，该死狂徒，怎敢乱言！"说罢，手举双枪，直奔宋江。左有林冲，右有花荣，两将齐出，各使军器，来战董平。约斗数合，两将便走。宋江军马佯败,四散而奔。董平要逞功劳,拍马赶来。

宋江等却好退到寿春县界,宋江前面走,董平后面追。离城有十数里,前至一个村镇,两边都是草屋,中间一条驿路。董平不知是计,只顾纵马赶来。宋江因见董平了得,隔夜已使王矮虎、一丈青、张青、孙二娘四个,带一百余人,先在草屋两边埋伏,却拴数条绊马索在路上,又用薄土遮盖,只等来时,鸣锣为号,绊马索齐起,准备捉这董平。

董平正赶之间,来到那里,只听得背后孔明、孔亮大叫:"勿伤吾主!"却好到草屋前,一声锣响,两边门扇齐开,拽起绳索。那马却待回头,背后绊马索齐起,将马绊倒,董平落马。左边撞出一丈青、王矮虎,右边走出张青、孙二娘,一齐都上,把董平捉了。头盔、衣甲、双枪、只马,尽数夺了。两个女头领,将董平捉住,用麻绳背剪绑了。两个女将,各执钢刀,监押董平,来见宋江。

却说宋江过了草屋,勒住马,立在绿杨树下,迎见这两个女头领解着董平,宋江随即喝退两个女将:"我教你去相请董将军,谁教你们绑缚他来!"二女将喏喏而退。

宋江慌忙下马,自来解其绳索,便脱护甲锦袍,与董平穿着,纳头便拜。董平慌忙答礼。宋江道:"倘蒙将军不弃微贱,就为山寨之主。"董平答道:"小将被擒之人,万死犹轻!若得容恕安身,实为万幸。"宋江道:"敝寨地连水泊,素无扰害。今为缺少粮食,特来东平府借粮,别无他意。"董平道:"程万里那厮,原是童贯门下门馆先生,得此美任,安得不害百姓?若是兄长肯容董平今去赚开城门,杀入城中,共取钱粮,以为报效。"宋江大喜,便令一行人,将过盔、甲、枪、马,还了董平,披挂上马。

董平在前,宋江军马在后,卷起旗旛,都在东平城下。董平军马在前,大叫:"城上快开城门。"把门军士将火把照时,认得是董都监,随即大开城门,放下吊桥。董平拍马先入,砍断铁锁,背后宋江等长驱人马,杀入城来。都到东平府里,急传将令,不许杀害百姓、放火烧人房屋。

董平径奔私衙,杀了程太守一家人口,夺了这女儿。宋江先叫开放大牢,救出史进,便开府库,尽数取了金银财帛,大开仓廒,装载粮米上车,先使人护送上梁山泊金沙滩,交割与三阮头领,接递上山。史进自引人去西瓦子李瑞兰家,把虔婆老幼,一门大小,碎尸万段。宋江将太守家私,俵散居民,仍给沿街告示,晓谕百姓:害民州官,已自杀戮;汝等良民,各安生理。告示已罢,收拾回军。

大小将校再到安山镇。只见白日鼠白胜飞奔前来,报说东昌府交战之事。宋江听罢,神眉踢竖,怪眼圆睁,大叫:"众多兄弟,不要回山,且跟我来!"正是:重驱水泊英雄将,再夺东昌锦绣城。毕竟宋江复引军马投何处来,且听下回分解。

第七十回

没羽箭飞石打英雄　宋公明弃粮擒壮士

话说宋江打了东平府,收军回到安山镇,正待要回山寨,只见白胜前来报说:"卢俊义去打东昌府,连输了两阵。城中有个猛将,姓张,名清,原是彰德府人,虎骑出身;善会飞石打人,百发百中,人呼为没羽箭。手下两员副将:一个唤做花项虎龚旺,浑身上刺着虎斑,脖项上吞着虎头[①],马上会使飞枪;一个唤做中箭虎丁得孙,面颊连项都有疤痕,马上会使飞叉。卢员外提兵临境,一连十日,不出厮杀。前日张清出城交锋,郝思文出马迎敌。战无数合,张清便走。郝思文赶去,被他额角上打中一石子,跌下马来;却得燕青一弩箭,射中张清战马,因此救得郝思文性命,输了一阵。次日,混世魔王樊瑞引项充、李衮,舞牌去迎,不期被丁得孙从肋窝里飞出标叉,正中项充,因此又输了一阵。二人现在船中养病,军师特令小弟来请哥哥,早去救应。"宋江见说了,叹曰:"卢俊义直如此无缘!特地教吴学究、公孙胜帮他,只想要他见阵成功,山寨中也好眉目[②],谁想又逢敌手!既然如此,我等众兄弟引兵都去救应。"当时传令,便起三军。诸将上马,跟随宋江,直到东昌境界。卢俊义等接着,具说前事,权且下寨。

正商议间,小军来报没羽箭张清搦战。宋江领众便起,向平川旷野,摆开阵势;大小头领,一齐上马,随到门旗下。宋江在马上看对阵时,阵排一字,旗分五色。三通鼓罢,没羽箭张清出马。怎生打扮,有一篇《水调

① 吞着虎头——刺着虎头。

② 眉目——有面子。

歌》赞张清的英勇：

头巾掩映茜红缨，狼腰猿臂体彪形。锦衣绣袄，袍中微露透深青；雕鞍侧坐，青骢玉勒马轻迎。葵花宝镫，振响熟铜铃；倒拖雉尾，飞走四蹄轻。金环摇动，飘飘玉蟒撒朱缨；锦袋石子，轻轻飞动似流星。不用强弓硬弩，何须打弹飞铃，但着处命须倾。东昌马骑将，没羽箭张清。

宋江在门旗下见了喝采，张清在马上荡起征尘，往来驰走。门旗影里，左边闪出那个花项虎龚旺，右边闪出这个中箭虎丁得孙。三骑马来到阵前，张清手指宋江骂道："水洼草贼，愿决一阵！"宋江问道："谁可去战张清？"旁边恼犯这个英雄，忿怒跃马，手舞钩镰枪，出到阵前。宋江看时，乃是金枪手徐宁。宋江暗喜，便道："此人正是对手。"徐宁飞马，直取张清。两马相交，双枪并举。

斗不到五合，张清便走。徐宁去赶，张清把左手虚提长枪，右手便向锦袋中摸出石子，扭回身，觑得徐宁面门较近，只一石子，可怜悍勇英雄，石子眉心早中，翻身落马。龚旺、丁得孙便来捉人。宋江阵上人多，早有吕方、郭盛，两骑马，两枝戟，救回本阵。

宋江等大惊，尽皆失色，再问："那个头领接着厮杀？"宋江言未尽，马后一将飞出，看时，却是锦毛虎燕顺。宋江却待阻当，那骑马已自去了。燕顺接住张清，斗无数合，遮拦不住，拨回马便走。张清望后赶来，手取石子，看燕顺后心一掷，打在镗甲护镜上，铮然有声，伏鞍而走。

宋江阵上一人大叫："匹夫，何足惧哉！"拍马提搠，飞出阵去。宋江看时，乃是百胜将韩滔。不打话，便战张清。两马方交，喊声大举，韩滔要在宋江面前显能，抖擞精神，大战张清。不到十合，张清便走。韩滔疑他飞石打来，不去追赶。张清回头，不见赶来，翻身勒马便转。韩滔却待挺搠来迎，被张清暗藏石子，手起望韩滔鼻凹里打中，只见鲜血迸流，逃回本阵。彭玘见了大怒，不等宋公明将令，手舞三尖两刃刀，飞马直取张清。两个未曾交马，被张清暗藏石子在手，手起，正中彭玘面颊，丢了三尖两刃刀，奔马回阵。

宋江见输了数将，心内惊惶，便要将军马收转。只见卢俊义背后一个大叫："今日将威风折了，来日怎地厮杀，且看石子打得我么？"宋江看时，乃是丑郡马宣赞，拍马舞刀，直奔张清。张清便道："一个来，一个走；两个来，两个逃。你知我飞石手段么？"宣赞道："你打得别人，怎近得我！"说言未了，张清手起，一石子正中宣赞嘴边，翻身落马。龚旺、丁得孙却待来捉，怎当宋江阵上人多，众将救了回阵。宋江见了，怒气冲天，掣剑在手，割袍为誓："我若不拿得此人，誓不回军！"呼延灼见宋江设誓，便道："兄长此言，要我们弟兄何用！"就拍踢雪乌骓，直临阵前，大骂张清："小儿得宠，一力一勇，认得大将呼延灼么？"张清便道："辱国败将，也遭吾毒手！"言未绝，一石子飞来。呼延灼见石子飞来，急把鞭来隔时，却中在手腕上，早着一下，便使不动钢鞭，回归本阵。

宋江道："马军头领，都被损伤。步军头领，谁敢捉得这张清？"只见部下刘唐，手拈朴刀，挺身出战。张清见了大笑，骂道："你那败将，马军尚且输了，何况步卒！"刘唐大怒，径奔张清。张清不战，跑马归阵。刘唐赶去，人马相迎。刘唐手疾，一朴刀砍去，却砍着张清战马。那马后蹄直踢起来，刘唐面门上扫着马尾，双眼生花，早被张清只一石子，打倒在地，急待挣扎，阵中走出军来，横拖倒拽，拿入阵中去了。

宋江大叫："那个去救刘唐？"只见青面兽杨志，便拍马舞刀，直取张清。张清虚把枪来迎，杨志一刀砍去，张清镫里藏身，杨志却砍了个空。张清手拿石子，喝声道："着！"石子从肋窝里飞将过去。张清又一石子，铮的打在盔上，唬得杨志胆丧心寒，伏鞍归阵。宋江看了，辗转寻思："若是今番输了锐气，怎生回梁山泊？谁与我出得这口气？"

朱仝听得，目视雷横，说道："一个不济事，我两个同去夹攻。"朱仝居左，雷横居右，两条朴刀，杀出阵前。张清笑道："一个不济，又添一个！由你十个，更待如何！"全无惧色，在马上藏两个石子在手。雷横先到，张清手起，势如招宝七郎，石子来时，面门上怎生躲避，急待抬头看时，额上早中一石子，扑然倒地。朱仝急来快救，脖项上又一石子打着。

关胜在阵上，看见中伤，大挺神威，抡起青龙刀，纵开赤兔马，来救朱仝、雷横。刚抢得两个奔走还阵，张清又一石子打来，关胜急把刀一隔，正中着刀口，迸出火光。关胜无心恋战，勒马便回。

双枪将董平见了，心中暗忖："我今新降宋江，若不显我些武艺，上山去必无光彩。"手提双枪，飞马出阵。

张清看见，大骂董平："我和你邻近州府，唇齿之邦，共同灭贼，正当其理！你今缘何反背朝廷，岂不自羞！"董平大怒，直取张清，两马相交，军器并举。两条枪阵上交加，四双臂环中撩乱。约斗五七合，张清拨马便走，董平道:“别人中你石子,怎近得我!”张清带住枪杆,去锦袋中摸出一个石子。手起处真似流星掣电,石子来吓得鬼哭神惊。董平眼明手快,拨过了石子。张清见打不着,再取第二个石子,又打将去,董平又闪过了。两个石子打不着,张清却早心慌。那马尾相衔,张清走到阵门左侧,董平望后心刺一枪来,张清一闪,镫里藏身,董平却搠了空。那条枪却搠将过来,董平的马和张清的马两厮并着。张清便撇了枪,双手把董平和枪连臂膊只一拖,却拖不动,两个搅做一块。

宋江阵上索超望见,抡动大斧,便来解救。对阵龚旺、丁得孙两骑马齐出,截住索超厮杀。张清、董平又分拆不开,索超、龚旺、丁得孙三匹马搅做一团。林冲、花荣、吕方、郭盛四将,一齐尽出,两条枪,两枝戟,来助董平、索超。张清见不是头,弃了董平,跑马入阵。董平不舍,直撞入去,却忘了提备石子。张清见董平追来,暗藏石子在手,待他马近,喝声道:“着!”董平急躲,那石子抹耳根上擦过去了。董平便回。索超撇了龚旺、丁得孙,也赶入阵来。张清停住枪,轻取石子,望索超打来,索超急躲不迭,打在脸上,鲜血迸流,提斧回阵。

却说林冲、花荣,把龚旺截住在一边,吕方、郭盛,把丁得孙也截住在一边。龚旺心慌,便把飞枪摽将来,却摽不着花荣、林冲。龚旺先没了军器,被林冲、花荣活捉归阵。这边丁得孙舞动飞叉,死命抵敌吕方、郭盛,不提防浪子燕青在阵门里看见,暗忖道:“我这里被他片时连打了一十五员大将,若拿他一个偏将不得,有何面目!”放下杆棒,身边取出弩弓,搭上弦,放一箭去,一声响,正中了丁得孙马蹄,那马便倒,却被吕方、郭盛捉过阵来。

张清要来救时,寡不敌众,只得拿了刘唐,且回东昌府去。太守在城上看见张清前后打了梁山泊一十五员大将,虽然折了龚旺、丁得孙,也拿得这个刘唐。回到州衙,先把刘唐长枷送狱,却再商议。

且说宋江收军回来,把龚旺、丁得孙,先送上梁山泊。宋江再与卢俊义、吴用道:“我闻五代时,大梁王彦章,日不移影,连打唐将三十六员。今日张清无一时,连打我一十五员大将,虽是不在此人之下,也当是个猛将。”众人无语。宋江又道:“我看此人,全仗龚旺、丁得孙为羽翼。如今手足羽翼被擒,可用良策,捉获此人。”吴用道:“兄长放心,小生见了此将出没,已自安排定了。虽然如此,且把中伤头领,送回山寨,却教鲁智深、武松、孙立、黄信、李立，尽数引领水军，安排车仗船只，水陆并进，船只相迎，赚出张清，便成大事。”吴用分拨已定。

再说张清在城内与太守商议道：“虽是赢得，贼势根本未除，暗使人去探听虚实，却作道理。”只见探事人来回报：“寨后西北上，不知那里将许多粮米，有百十辆车子，河内又有粮草船，大小有五百余只；水陆并进，船马同来，沿路有几个头领监管。”太守道：“这贼们莫非有计？恐遭他毒手。再差人去打听，端的果是粮草也不是！”次日，小军回报说：“车上都是粮，尚且撒下米来。水中船只，虽是遮盖着，尽有米布袋露将出来。”张清道：“今晚出城，先截岸上车子，后去取他水中船只。太守助战，一鼓而得。”太守道：“此计甚妙，只可善觑方便。”叫军汉饱餐酒食，尽行披挂，梢驮锦袋。张清手执长枪，引一千军兵，悄悄地出城。

是夜月色微明，星光满天。行不到十里，望见一簇车子，旗上明写“水浒寨忠义粮”。张清看了，见鲁智深担着禅杖，皂直裰拽扎起，当头先走。张清道：“这秃驴脑袋上着我一下石子。”鲁智深担着禅杖，此时自望见了，只做不知，大踏步只顾走，却忘了提防他石子。

正走之间，张清在马上喝声：“着！”一石子正飞在鲁智深头上，打得鲜血迸流，望后便倒。张清军马，一齐呐喊，都抢将来。武松急挺两口戒刀，死去救回鲁智深，撇了粮车便走。张清夺得粮车，见果是粮米，心中欢喜，不来追赶鲁智深，且押送粮车，推入城来。太守见了大喜，自行收管。张清道：“再抢河中米船。”太守道：“将军善觑方便。”

张清上马，转过南门，此时望见河港内粮船，不计其数。张清便叫开城门，一齐呐喊，抢到河边，都是阴云布满，黑雾遮天，马步军兵回头看时，你我对面不见。此是公孙胜行持道法。张清看见，心慌眼暗，却待要回，进退无路，四下里喊声乱起，正不知军兵从那里来。

林冲引铁骑军兵，将张清连人和马，都赶下水去了。河内却是李俊、张横、张顺、三阮、两童，八个水军头领，一字儿摆在那里。张清便有三头六臂，也怎生挣扎得脱，被阮氏三雄捉住，绳缠索绑，送入寨中。水军头领飞报宋江，吴用便催大小头领连夜打城。

太守独自一个，怎生支吾得住，听得城外四面炮响，城门开了，吓得太守无路可逃。宋江军马杀入城中，先救了刘唐；次后便开仓库，就将钱粮一分发送梁山泊，一分给散居民。太守平日清廉，饶了不杀。

宋江等都在州衙里，聚集众人会面，只见水军头领早把张清解来。众多兄弟都被他打伤，咬牙切齿，尽要来杀张清。宋江见解将来，亲自直下堂阶迎接，便陪话道："误犯虎威，请勿挂意。"邀上厅来。说言未了，只见阶下鲁智深使手帕包着头，拿着铁禅杖，径奔来要打张清。宋江隔住，连声喝退："怎肯教你下手。"张清见宋江如此义气，叩头下拜受降。宋江取酒奠地，折箭为誓："众弟兄若要如此报仇，皇天不祐，死于刀剑之下。"众人听了，谁敢再言。

也是天罡星合当会聚，自然义气相投。宋江设誓已罢，道："众弟兄勿得伤情。"众人大笑，尽皆欢喜，收拾军马，都要回山。

只见张清在宋公明面前，举荐东昌府一个兽医："复姓皇甫，名端。此人善能相马，知得头口寒暑病症，下药用针，无不痊可，真有伯乐之材！原是幽州人氏。为他碧眼黄须，貌若番人，以此人称为紫髯伯。梁山泊亦有用他处，可唤此人带引妻小，一同上山。"宋江闻言大喜："若是皇甫端肯去相聚，大称心怀。"张清见宋江相爱甚厚，随即便去唤到医兽皇甫端，来拜见宋江，并众头领。有篇七言古风，单道皇甫端医术：

传家艺术无人敌，安骥① 年来有神力。
回生起死妙难言，拯惫扶危更多益。
鄂公乌骓人尽夸，郭公騄駬来渥洼②。
吐蕃枣骝号神驳③，北地又羡拳毛騧④。
腾骧⑤ 騋牝⑥ 皆经见，衔橛⑦ 背鞍亦多变。
天闲十二旧驰名，手到病除难应验。

---

① 安骥——医马。

② 郭公句——郭公，指唐名将郭子仪。騄駬(lù ěr)，也作绿耳，传说中周穆王八骏之一，后泛指骏马。渥洼，水名，《史记·乐书》："又尝得神马渥洼水中。"后常以渥洼为神马的典故。

③ 吐番句——吐番出产的枣骝号为神马。枣骝也是周穆王八骏之一。驳，原指马毛色不纯，这里代指马。

④ 拳毛騧(guā)——唐太宗六骏之一。

⑤ 腾骧(xiāng)——奔腾，飞驰。

⑥ 騋牝(lái pìn)——七尺以上的马称騋，母马叫牝。

⑦ 橛——马口内所衔的横木。

古人已往名不刊，只今又见皇甫端。
解治四百零八病，双瞳炯炯珠走盘。
天集忠良真有意，张清鹗荐[1]诚良计。
梁山泊内添一人，号名紫髯伯乐裔。

宋江看了皇甫端一表非俗，碧眼重瞳，虬髯过腹，夸奖不已。皇甫端见了宋江如此义气，心中甚喜，愿从大义。宋江大喜，抚慰已了，传下号令，诸多头领，收拾车仗、粮食、金银，一齐进发，把这两府钱粮，运回山寨。前后诸将都起。于路无话，早回到梁山泊忠义堂上。宋江叫放出龚旺、丁得孙来，亦用好言抚慰，二人叩首拜降。又添了皇甫端在山寨，专工医兽。董平、张清，亦为山寨头领。宋江欢喜，忙叫排宴庆贺，都在忠义堂上，各依次席而坐。

宋江看了众多头领，却好一百单八员。宋江开言说道："我等兄弟，自从上山相聚，但到处并无疏失，皆是上天护佑，非人之能。今来扶我为尊，皆托众弟兄英勇。一者合当聚义，二乃我再有句言语，烦你众兄弟共听。"吴用便道："愿请兄长约束。"宋江对着众头领，开口说这个主意下来。正是有分教，三十六天罡临化地，七十二地煞闹中原。毕竟宋公明说出甚么主意，且听下回分解。

第七十一回

忠义堂石碣受天文　梁山泊英雄排座次

话说宋公明，一打东平，两打东昌，回归山寨，计点大小头领，共有一百八员，心中大喜，遂对众兄弟道："宋江自从闹了江州上山之后，皆赖托众弟兄英雄扶助，立我为头。今者共聚得一百八员头领，心中甚喜。自从晁盖哥哥归天之后，但引兵马下山，公然保全。此是上天护佑，非人之能。纵有被掳之人，陷于缧绁，或是中伤回来，且都无事。今者一百八人皆在

① 鹗荐——推荐有才能的人。语出孔融《荐祢衡表》："鸷鸟累百，不如一鹗。使衡立朝，必有可观。"

面前聚会，端的古往今来，实为罕有。从前兵刃到处，杀害生灵，无可禳谢。我心中欲建一罗天大醮，报答天地神明眷佑之恩：一则祈保众弟兄身心安乐；二则惟愿朝廷早降恩光，赦免逆天大罪，众当竭力捐躯，尽忠报国，死而后已；三则上荐晁天王早生天界，世世生生，再得相见。就行超度横亡、恶死、火烧、水溺，一应无辜被害之人，俱得善道。我欲行此一事，未知众弟兄意下如何？”

众头领都称道：“此是善果好事，哥哥主见不差。”吴用便道：“先请公孙胜一清主行醮事，然后令人下山，四远邀请得道高士，就带醮器赴寨，仍使人收买一应香烛、纸马、花果、祭仪、素馔、净食并合用一应物件。”商议选定四月十五日为始，七昼夜好事。山寨广施钱财，督并干办。

日期已近，向那忠义堂前挂起长旛四首。堂上扎缚三层高台。堂内铺设七宝三清圣象，两班设二十八宿十二宫辰，一切主醮星官真宰。堂外仍设监坛崔、卢、邓、窦神将。摆列已定，设放醮器齐备，请到道众，连公孙胜共是四十九员。是日晴明的好，天和气朗，月白风清。宋江、卢俊义为首，吴用与众头领为次拈香。公孙胜作高功，主行斋事，关发一应文书符命，不在话下。当日醮筵，但见：

香腾瑞霭，花簇锦屏。一千条画烛流光，数百盏银灯散彩。对对高张羽盖，重重密布幢旛。风清三界步虚声，月冷九天垂沆瀣。金钟撞处，高功表进奏虚皇；玉珮鸣时，都讲登坛朝玉帝。绛绡衣星辰灿烂，芙蓉冠金碧交加。监坛神将狰狞，直日功曹勇猛。道士齐宣宝忏，上瑶台酌水献花；真人密诵灵章，按法剑踏罡布斗。青龙隐隐来黄道，白鹤翩翩下紫宸。

当时公孙胜与那四十八员道众，都在忠义堂上做醮，每日三朝，至第七日满散。宋江要求上天报应，特教公孙胜专拜青词，奏闻天帝，每日三朝。

却好至第七日三更时分，公孙胜在虚皇坛第一层，众道士在第二层，宋江等众头领在第三层，众小头目并将校都在坛下。众皆恳求上苍，务要拜求报应。是夜三更时候，只听得天上一声响，如裂帛相似，正是西北乾方天门上。众人看时，直竖金盘：两头尖，中间阔，又唤做天门开，又唤做天眼开，里面毫光射人眼目，霞彩缭绕，从中间卷出一块火来，如栲栳之形，直滚下虚皇坛来。那团火绕坛滚了一遭，竟钻入正南地下去了。此时天眼已合，众道士下坛来，宋江随即叫人将铁锹锄头掘开泥土，根寻火块。那地下掘不到三尺深浅，只见一个石碣，正面两侧，各有天书文字。有诗为证：

忠义英雄迥结台，感通上帝亦奇哉。

人间善恶皆招报，天眼何时不大开！

当下宋江且教化纸满散。平明，斋众道士，各赠与金帛之物，以充衬资。方才取过石碣，看时，上面乃是龙章凤篆蝌蚪之书，人皆不识。

众道士内有一人姓何，法讳玄通，对宋江说道："小道家间祖上留下一册文书，专能辨验天书，那上面自古都是蝌蚪文字，以此贫道善能辨认，译将出来，便知端的。"宋江听了大喜，连忙捧过石碣，教何道士看了，良久说道："此石都是义士大名镌在上面：侧首一边是'替天行道'四字，一边是'忠义双全'四字；顶上皆有星辰南北二斗；下面却是尊号。若不见责，当以从头一一敷宣。"宋江道："幸得高士指迷，缘分不浅，若蒙见教，实感大德。唯恐上天见责之言，请勿藏匿，万望尽情剖露，休遗片言。"宋江唤过圣手书生萧让，用黄纸誊写。何道士乃言："前面有天书三十六行，皆是天罡星；背后也有天书七十二行，皆是地煞星，下面注着众义士的姓名。"观看良久，教萧让从头至后，尽数抄誊。

石碣前面，书梁山泊天罡星三十六员：

天魁星呼保义宋江　　天罡星玉麒麟卢俊义

天机星智多星吴用　　天闲星入云龙公孙胜

天勇星大刀关胜　　天雄星豹子头林冲

天猛星霹雳火秦明　　天威星双鞭呼延灼

天英星小李广花荣　　天贵星小旋风柴进

天富星扑天雕李应　　天满星美髯公朱仝

天孤星花和尚鲁智深　　天伤星行者武松

天立星双枪将董平　　天捷星没羽箭张清

天暗星青面兽杨志　　天祐星金枪手徐宁

天空星急先锋索超　　天速星神行太保戴宗

天异星赤发鬼刘唐　　天杀星黑旋风李逵

天微星九纹龙史进　　天究星没遮拦穆弘

天退星插翅虎雷横　　天寿星混江龙李俊

天剑星立地太岁阮小二　　天平星船火儿张横

天罪星短命二郎阮小五　　天损星浪里白跳张顺

天败星活阎罗阮小七　　天牢星病关索杨雄

天慧星拼命三郎石秀　　天暴星两头蛇解珍

天哭星双尾蝎解宝　　天巧星浪子燕青

石碣背面,书地煞星七十二员:

地魁星神机军师朱武　　地煞星镇三山黄信

地勇星病尉迟孙立　　地杰星丑郡马宣赞

地雄星井木犴郝思文　　地威星百胜将韩滔

地英星天目将彭玘　　地奇星圣水将单廷珪

地猛星神火将魏定国　　地文星圣手书生萧让

地正星铁面孔目裴宣　　地阔星摩云金翅欧鹏

地阖星火眼狻猊邓飞　　地强星锦毛虎燕顺

地暗星锦豹子杨林　　地轴星轰天雷凌振

地会星神算子蒋敬　　地佐星小温侯吕方

地祐星赛仁贵郭盛　　地灵星神医安道全

地兽星紫髯伯皇甫端　　地微星矮脚虎王英

地慧星一丈青扈三娘　　地暴星丧门神鲍旭

地然星混世魔王樊瑞　　地猖星毛头星孔明

地狂星独火星孔亮　　地飞星八臂哪吒项充

地走星飞天大圣李衮　　地巧星玉臂匠金大坚

地明星铁笛仙马麟　　地进星出洞蛟童威

地退星翻江蜃童猛　　地满星玉旛竿孟康

地遂星通臂猿侯健　　地周星跳涧虎陈达

地隐星白花蛇杨春　　地异星白面郎君郑天寿

地理星九尾龟陶宗旺　　地俊星铁扇子宋清

地乐星铁叫子乐和　　地捷星花项虎龚旺

地速星中箭虎丁得孙　　地镇星小遮拦穆春

地稽星操刀鬼曹正　　地魔星云里金刚宋万

地妖星摸着天杜迁　　地幽星病大虫薛永

地伏星金眼彪施恩　　地空星小霸王周通

地僻星打虎将李忠　　地全星鬼脸儿杜兴
地孤星金钱豹子汤隆　　地角星独角龙邹润
地短星出林龙邹渊　　地藏星笑面虎朱富
地囚星旱地忽律朱贵　　地平星铁臂膊蔡福
地损星一枝花蔡庆　　地奴星催命判官李立
地察星青眼虎李云　　地恶星没面目焦挺
地丑星石将军石勇　　地数星小尉迟孙新
地阴星母大虫顾大嫂　　地刑星菜园子张青
地壮星母夜叉孙二娘　　地劣星活闪婆王定六
地健星险道神郁保四　　地耗星白日鼠白胜
地贼星鼓上蚤时迁　　地狗星金毛犬段景住

当时何道士辨验天书,教萧让写录出来。读罢,众人看了,俱惊讶不已。宋江与众头领道:"鄙猥小吏,原来上应星魁,众多弟兄也原来都是一会之人。上天显应,合当聚义。今已数足,上苍分定位数,为大小二等。天罡地煞星辰,都已分定次序,众头领各守其位,各休争执,不可逆了天言。"众人皆道:"天地之意,物理数定,谁敢违拗?"

宋江遂取黄金五十两,酬谢何道士。其余道众收得经资,收拾醮器,四散下山去了。有诗为证:

月明风冷醮坛深,鸾鹤空中送好音。
地煞天罡排姓字,激昂忠义一生心。

且不说众道士回家去了,只说宋江与军师吴学究、朱武等计议,堂上要立一面牌额,大书"忠义堂"三字;断金亭也换个大牌匾。前面册立三关,忠义堂后建筑雁台一座,顶上正面大厅一所,东西各设两房。正厅供养晁天王灵位;东边房内,宋江、吴用、吕方、郭盛;西边房内,卢俊义、公孙胜、孔明、孔亮。第二坡左一代房内,朱武、黄信、孙立、萧让、裴宣;右一代房内,戴宗、燕青、张清、安道全、皇甫端。忠义堂左边,掌管钱粮仓廒收放,柴进、李应、蒋敬、凌振;右边花荣、樊瑞、项充、李衮。山前南路第一关,解珍、解宝守把;第二关,鲁智深、武松守把;第三关,朱仝、雷横守把。东山一关,史进、刘唐守把;西山一关,杨雄、石秀守把;北山一关,穆弘、李逵守把。六关之外,置立八寨:有四旱寨,四水寨。正南旱寨,秦明、索超、欧鹏、邓飞;正东旱寨,关胜、徐宁、宣赞、郝思文;正西旱寨,林冲、董平、单廷珪、魏定国；正北旱寨，呼延灼、杨志、韩滔、彭玘。东南水寨，李俊、阮小二；西南水寨，张横、张顺；东北水寨，阮小五、童威；西北水寨，阮小七、童猛。其余各有执事。

从新置立旌旗等项，山顶上立一面杏黄旗，上书"替天行道"四字。忠义堂前绣字红旗二面：一书"山东呼保义"，一书"河北玉麒麟"。外设飞龙飞虎旗、飞熊飞豹旗、青龙白虎旗、朱雀玄武旗，黄钺白旄，青旛皂盖，绯缨黑纛。中军器械外，又有四斗五方旗、三才九曜旗、二十八宿旗、六十四卦旗、周天九宫八卦旗、一百二十四面镇天旗，尽是侯健制造。金大坚铸造兵符印信。一切完备，选定吉日良时，杀牛宰马，祭献天地神明，挂上忠义堂、断金亭牌额，立起"替天行道"杏黄旗。

宋江当日大设筵宴，亲捧兵符印信，颁布号令："诸多大小兄弟，各各管领，悉宜遵守，毋得违误，有伤义气。如有故违不遵者，定依军法治之，决不轻恕。"

计开：

梁山泊总兵都头领二员：

呼保义宋江　　玉麒麟卢俊义

掌管机密军师二员：

智多星吴用　　入云龙公孙胜

同参赞军务头领一员：

神机军师朱武

掌管钱粮头领二员：

小旋风柴进　　扑天雕李应

马军五虎将五员：

大刀关胜　　豹子头林冲

霹雳火秦明　　双鞭呼延灼

双枪将董平

马军八虎骑兼先锋使八员：

小李广花荣　　金枪手徐宁

青面兽杨志　　急先锋索超

没羽箭张清　　美髯公朱仝

九纹龙史进　　没遮拦穆弘

马军小彪将兼远探出哨头领一十六员：

镇三山黄信　　病尉迟孙立

丑郡马宣赞　　井木犴郝思文

百胜将韩滔　　天目将彭玘

圣水将单廷珪　　神火将魏定国

摩云金翅欧鹏　　火眼狻猊邓飞

锦毛虎燕顺　　铁笛仙马麟

跳涧虎陈达　　白花蛇杨春

锦豹子杨林　　小霸王周通

步军头领一十员：

花和尚鲁智深　　行者武松

赤发鬼刘唐　　插翅虎雷横

黑旋风李逵　　浪子燕青

病关索杨雄　　拼命三郎石秀

两头蛇解珍　　双尾蝎解宝

步军将校一十七员：

混世魔王樊瑞　　丧门神鲍旭

八臂哪吒项充　　飞天大圣李衮

病大虫薛永　　金眼彪施恩

小遮拦穆春　　打虎将李忠

白面郎君郑天寿　　云里金刚宋万

摸着天杜迁　　出林龙邹渊

独角龙邹润　　花项虎龚旺

中箭虎丁得孙　　没面目焦挺

石将军石勇

四寨水军头领八员：

混江龙李俊　　船火儿张横

浪里白跳张顺　　立地太岁阮小二

短命二郎阮小五　　活阎罗阮小七

出洞蛟童威　　翻江蜃童猛

四店打听声息，邀接来宾头领八员：

东山酒店

小尉迟孙新　　母大虫顾大嫂

西山酒店

菜园子张青　　母夜叉孙二娘

南山酒店

旱地忽律朱贵　　鬼脸儿杜兴

北山酒店

催命判官李立　　活闪婆王定六

总探声息头领一员：

神行太保戴宗

军中走报机密步军头领四员：

铁叫子乐和　　鼓上蚤时迁

金毛犬段景住　　白日鼠白胜

守护中军马军骁将二员：

小温侯吕方　　赛仁贵郭盛

守护中军步军骁将二员：

毛头星孔明　　独火星孔亮

专管行刑刽子二员：

铁臂膊蔡福　　一枝花蔡庆

专掌三军内采事马军头领二员：

矮脚虎王英　　一丈青扈三娘

掌管监造诸事头领一十六员：

行文走檄调兵遣将一员　　圣手书生萧让

定功赏罚军政司一员　　铁面孔目裴宣

考算钱粮支出纳入一员　　神算子蒋敬

监造大小战船一员　　玉旛竿孟康

专造一应兵符印信一员　　玉臂匠金大坚

专造一应旌旗袍袄一员　　通臂猿侯健

专攻医兽一应马匹一员　　紫髯伯皇甫端

专治诸疾内外科医士一员　　神医安道全

监督打造一应军器铁甲一员　　金钱豹子汤隆

专造一应大小号炮一员	轰天雷凌振
起造修缉房舍一员	青眼虎李云
屠宰牛马猪羊牲口一员	操刀鬼曹正
排设筵宴一员	铁扇子宋清
监造供应一切酒醋一员	笑面虎朱富
监筑梁山泊一应城垣一员	九尾龟陶宗旺
专一把捧帅字旗一员	险道神郁保四

宣和二年四月初一日，梁山泊大聚会，分调人员告示。当日梁山泊宋公明传令已了，分调众头领已定，各各领了兵符印信，筵宴已毕，人皆大醉，众头领各归所拨寨分，中间有未定执事者，都于雁台前后驻扎听调。有篇言语，单道梁山泊的好处，怎见得：

八方共域，异姓一家。天地显罡煞之精，人境合杰灵之美。千里面朝夕相见，一寸心死生可同。相貌语言，南北东西虽各别；心情肝胆，忠诚信义并无差。其人则有帝子神孙，富豪将吏，并三教九流，乃至猎户渔人，屠儿刽子，都一般儿哥弟称呼，不分贵贱；且又有同胞手足，捉对夫妻，与叔侄郎舅，以及跟随主仆，争斗冤仇，皆一样的酒筵欢乐，无问亲疏。或精灵，或粗卤，或村朴，或风流，何尝相碍，果然认性同居；或笔舌，或刀枪，或奔驰，或偷骗，各有偏长，真是随才器使。可恨的是假文墨，没奈何着一个圣手书生，聊存风雅；最恼的是大头巾，幸喜得先杀却白衣秀士，洗尽酸悭。地方四五百里，英雄一百八人。昔时常说江湖上闻名，似古楼钟声声传播；今日始知星辰中列姓，如念珠子个个连牵。在晁盖恐托胆称王，归天及早；惟宋江肯呼群保义，把寨为头。休言啸聚山林，早愿瞻依廊庙。

梁山泊忠义堂上号令已定，各各遵守。宋江拣了吉日良时，焚一炉香，鸣鼓聚众，都到堂上。宋江对众道："今非昔比，我有片言。今日既是天罡地曜相会，必须对天盟誓，各无异心，死生相托，患难相扶，一同保国安民。"众皆大喜。各人拈香已罢，一齐跪在堂上，宋江为首誓曰："宋江鄙猥小吏，无学无能，荷天地之盖载，感日月之照临，聚弟兄于梁山，结英雄于水泊，共一百八人，上符天数，下合人心。自今以后，若是各人存心不仁，削绝大义，万望天地行诛，神人共戮，万世不得人身，亿载永沉末劫。但愿共存忠义于心，同著功勋于国，替天行道，保境安民。神天鉴察，报应昭彰。"誓毕,众皆同声共愿,但愿生生相会,世世相逢,永无断阻。当日歃血[①]誓盟,尽醉方散。

看官听说,这里方才是梁山泊大聚义处。有诗为证:

光耀飞离土窟间,天罡地煞降尘寰。
说时豪气侵肌冷,讲处英雄透胆寒。
仗义疏财归水泊,报仇雪恨上梁山。
堂前一卷天文字,付与诸公仔细看。

起头分拨已定,话不重言。原来泊子里好汉,但闲便下山,或带人马,或只是数个头领各自取路去。途次中若是客商车辆人马,任从经过。若是上任官员,箱里搜出金银来时,全家不留,所得之物,解送山寨,纳库公用,其余些小,就便分了。折莫便是百十里,三二百里,若有钱粮广积害民的大户,便引人去公然搬取上山,谁敢阻当。但打听得有那欺压良善暴富小人,积攒得些家私,不论远近,令人便去尽数收拾上山。如此之为,大小何止千百余处。为是无人可以当抵,又不怕你叫起撞天屈来,因此不曾显露,所以无有话说。

再说宋江自盟誓之后,一向不曾下山,不觉炎威已过,又早秋凉,重阳节近。宋江便叫宋清安排大筵席,会众兄弟同赏菊花,唤做菊花之会。但有下山的兄弟们,不论远近,都要招回寨来赴筵。

至日,肉山酒海,先行给散马步水三军一应小头目人等,各令自去打团儿吃酒。且说忠义堂上遍插菊花,各依次坐,分头把盏。堂前两边筛锣击鼓,大吹大擂,语笑喧哗,觥筹交错,众头领开怀痛饮。马麟品箫,乐和唱曲,燕青弹筝,各取其乐。不觉日暮,宋江大醉,叫取纸笔来,一时乘着酒兴,作《满江红》一词。写毕,令乐和单唱这首词,道是:

喜遇重阳,更佳酿今朝新熟。见碧水丹山,黄芦苦竹。头上尽教添白发,鬓边不可无黄菊。愿樽前长叙弟兄情,如金玉。 统豺虎,御边幅。号令明,军威肃。中心愿,平虏保民安国。日月常悬忠烈胆,风尘障却奸邪目。望天王降诏,早招安,心方足。

乐和唱这个词,正唱到"望天王降诏,早招安",只见武松叫道:"今日也要招安,明日也要招安去,冷了弟兄们的心!"黑旋风便睁圆怪眼,大叫

① 歃(shà)血——以指蘸血,涂于口旁,这是古时誓约结盟时的一种仪式。

道："招安，招安，招甚鸟安！"只一脚，把桌子踢起，撷做粉碎。宋江大喝道："这黑厮怎敢如此无礼！左右与我推去，斩讫报来！"众人都跪下告道："这人酒后发狂，哥哥宽恕。"宋江答道："众贤弟请起，且把这厮监下。"众人皆喜。有几个当刑小校，向前来请李逵。李逵道："你怕我敢挣扎！哥哥杀我也不怨，剐我也不恨，除了他，天也不怕。"说了，便随着小校去监房里睡。

宋江听了他说，不觉酒醒，忽然发悲。吴用劝道："兄长既设此会，人皆欢乐饮酒，他是个粗卤的人，一时醉后冲撞，何必挂怀，且陪众兄弟尽此一乐。"宋江道："我在江州，醉后误吟了反诗，得他气力来，今日又作《满江红》词，险些儿坏了他性命！早是得众兄弟谏救了。他与我身上情分最重，因此潸然泪下。"便叫武松："兄弟，你也是个晓事的人，我主张招安，要改邪归正，为国家臣子，如何便冷了众人的心？"鲁智深便道："只今满朝文武，多是奸邪，蒙蔽圣聪，就比俺的直裰染做皂了，洗杀怎得干净？招安不济事，便拜辞了，明日一个个各去寻趁[①] 罢。"宋江道："众弟兄听说：今皇上至圣至明，只被奸臣闭塞，暂时昏昧，有日云开见日，知我等替天行道，不扰良民，赦罪招安，同心报国，青史留名，有何不美！因此只愿早早招安，别无他意。"众皆称谢不已。当日饮酒，终不畅怀。席散，各回本寨。

次日清晨，众人来看李逵时，尚兀自未醒，众头领睡里唤起来说道："你昨日大醉，骂了哥哥，今日要杀你。"李逵道："我梦里也不敢骂他！他要杀我时，便由他杀了罢。"众弟兄引着李逵，去堂上见宋江请罪。宋江喝道："我手下许多人马，都似你这般无礼，不乱了法度？且看众兄弟之面，寄下你项上一刀，再犯必不轻恕。"李逵喏喏连声而退，众人皆散。

一向无事，渐近岁终。那一日久雪初晴，只见山下有人来报，离寨七八里，拿得莱州解灯上东京去的一行人，在关外听候将令。宋江道："休要执缚，好生叫上关来。"

没多时，解到堂前：两个公人，八九个灯匠，五辆车子。为头的这一个告道："小人是莱州承差公人，这几个都是灯匠。年例：东京着落本州，要灯三架，今年又添两架，乃是玉棚玲珑九华灯。"宋江随即赏与酒食，叫取出灯来看。那做灯匠人将那玉棚灯挂起，安上四边结带，上下通计九九八

---

① 寻趁——找寻。这里是自谋生计之意。

十一盏，从忠义堂上挂起，直垂到地。宋江道："我本待都留了你的，惟恐教你吃苦，不当稳便，只留下这碗九华灯在此，其余的你们自解官去。酬烦之资，白银二十两。"众人再拜，恳谢不已，下山去了。

宋江教把这碗灯点在晁天王孝堂内。次日，对众头领说道："我生长在山东，不曾到京师，闻知今上大张灯火，与民同乐，庆赏元宵，自冬至后，便造起灯，至今才完。我如今要和几个兄弟私去看灯一遭便回。"吴用谏道："不可，如今东京做公的最多，倘有疏失，如之奈何！"宋江道："我日间只在客店里藏身，夜晚入城看灯，有何虑焉？"众人苦谏不住，宋江坚执要行。正是：猛虎直临丹凤阙[①]，杀星夜犯卧牛城[②]。毕竟宋江怎地去东京看灯，且听下回分解。

第七十二回

柴进簪花入禁苑　李逵元夜闹东京

话说当日宋江在忠义堂上分拨去看灯人数："我与柴进一路，史进与穆弘一路，鲁智深与武松一路，朱仝与刘唐一路。只此四路人去，其余尽数在家守寨。"李逵便道："说东京好灯，我也要去走一遭。"宋江道："你如何去得？"李逵守死要去，那里执拗得他住。宋江道："你既然要去，不许你惹事，打扮做伴当跟我。"就叫燕青也走一遭，专和李逵作伴。

看官听说，宋江是个文面的人，如何去得京师？原来却得神医安道全上山之后，却把毒药与他点去了，后用好药调治，起了红疤；再要良金美玉，碾为细末，每日涂搭，自然消磨去了。那医书中说"美玉灭斑"，正此意也。当日先叫史进、穆弘扮作客人去了，次后便使鲁智深、武松，扮作行脚僧行去了，再后宋江、朱仝、刘唐，也扮做客商去了。各人跨腰刀，提朴刀，都藏暗器，不必得说。

---

① 丹凤阙——相传秦穆公之女弄女能吹箫引凤，凤凰闻箫降于京城。后以凤城称京都。

② 卧牛城——指宋都汴京，因汴京城势如卧牛。

且说宋江与柴进扮作闲凉官，再叫戴宗扮作承局，也去走一遭，有些缓急，好来飞报。李逵、燕青扮伴当，各挑行李下山，众头领都送到金沙滩饯行。军师吴用再三吩咐李逵道："你闲常下山，好歹惹事，今番和哥哥去东京看灯，非比闲时，路上不要吃酒，十分小心在意，使不得往常性格。若有冲撞，弟兄们不好厮见，难以相聚了。"李逵道："不索军师忧心，我这一遭并不惹事。"相别了，取路登程，抹过济州，路经滕州，取单州，上曹州来，前望东京万寿门外，寻一个客店安歇下了。

宋江与柴进商议，此是正月十一日的话，宋江道："明日白日里，我断然不敢入城，直到正月十四日夜，人物喧哗，此时方可入城。"柴进道："小弟明日先和燕青入城中去探路一遭。"宋江道："最好。"

次日，柴进穿一身整整齐齐的衣服，头上巾帻新鲜，脚下鞋袜干净；燕青打扮，更是不俗。两个离了店肆，看城外人家时，家家热闹，户户喧哗，都安排庆赏元宵，各作贺太平风景。来到城门下，没人阻当，果然好座东京去处。怎见得：

州名汴水，府号开封。逶迤按吴、楚之邦，延亘连齐、鲁之境。山河形胜，水陆要冲。禹画为豫州，周封为郑地。层迭卧牛之势，按上界戊己中央；崔嵬伏虎之形，象周天二十八宿。金明池上三春柳，小苑城边四季花。十万里鱼龙变化之乡，四百座军州辐辏之地。霭霭祥云笼紫阁，融融瑞气照楼台。

当下柴进、燕青两个入得城来，行到御街上，往来观玩，转过东华门外，见往来锦衣花帽之人，纷纷济济，各有服色，都在茶坊酒肆中坐地。柴进引着燕青，径上一个小小酒楼，临街占个阁子，凭栏望时，见班直人等多从内里出入，幞头边各簪翠叶花一朵。柴进唤燕青，附耳低言："你与我如此如此。"燕青是个点头会意的人，不必细问，火急下楼。

出得店门，恰好迎着个老成的班直官，燕青唱个喏。那人道："面生并不曾相识。"燕青说道："小人的东人和观察是故交，特使小人来相请。"原来那班直姓王，燕青道："莫非足下是张观察？"那人道："我自姓王。"燕青随口应道："正是教小人请王观察，贪慌忘记了。"那王观察跟随着燕青来到楼上，燕青揭起帘子，对柴进道："请到王观察来了。"燕青接了手中执色[①]，柴进邀入阁儿里相见，各施礼罢，王班直看了柴进半晌，却不认得，说道："在下眼拙，失忘了足下，适蒙呼唤，愿求大名。"柴进笑道："小弟与足下童稚之交，且未可说，兄长熟思之。"一壁便叫取酒肉来，与观察小酌。酒保安排到肴馔果品，燕青斟酒，殷勤相劝。

酒至半酣，柴进问道："观察头上这朵翠花何意？"那王班直道："今上天子庆贺元宵，我们左右内外共有二十四班，通类有五千七八百人，每人皆赐衣袄一领，翠叶金花一枝，上有小小金牌一个，凿着'与民同乐'四字，因此每日在这里听候点视。如有宫花锦袄，便能够入内里去。"柴进道："在下却不省得。"又饮了数杯，柴进便叫燕青："你自去与我旋一杯热酒来吃。"

无移时，酒到了，柴进便起身与王班直把盏道："足下饮过这杯小弟敬酒，方才达知姓氏。"王班直道："在下实想不起，愿求大名。"王班直拿起酒来，一饮而尽。恰才吃罢，口角流涎，两脚腾空，倒在凳上。柴进慌忙去了巾帻、衣服、靴袜，却脱下王班直身上锦袄、踢串、鞋胯之类，从头穿了，带上花帽，拿了执色，吩咐燕青道："酒保来问时，只说这观察醉了，那官人未回。"燕青道："不必吩咐，自有道理支吾[②]。"

且说柴进离了酒店，直入东华门去看那内庭时，真乃人间天上，但见：

祥云笼凤阙，瑞霭罩龙楼。琉璃瓦砌鸳鸯，龟背帘垂翡翠。正阳门径通黄道，长朝殿端拱紫垣。浑仪台占算星辰，待漏院班分文武。墙涂椒粉，丝丝绿柳拂飞甍；殿绕栏楯，簇簇紫花迎步辇。恍疑身在蓬莱岛，仿佛神游兜率天。

柴进去到内里，但过禁门，为有服色，无人阻当，直到紫宸殿，转过文德殿，殿门各有金锁锁着，不能够进去。且转过凝晖殿，从殿边转将入去，到一个偏殿，牌上金书"睿思殿"三字，此是官家看书之处。侧首开着一扇朱红槅子，柴进闪身入去看时，见正面铺着御座，两边几案上放着文房四

---

① 执色——拿在手里作为身份标志的物件。这里指"翠花金叶"、"与民同乐"的小金牌，凭此可入内苑。

② 支吾——应答，应付。

宝:象管、花笺、龙墨、端砚。书架上尽是群书,各插着牙签[1]。正面屏风上,堆青迭绿画着山河社稷混一之图。转过屏风后面,但见素白屏风上御书四大寇姓名,写着道:

山东宋江 淮西王庆 河北田虎 江南方腊

柴进看了四大寇姓名,心中暗忖道:"国家被我们扰害,因此时常记心,写在这里。"便去身边拔出暗器,正把"山东宋江"那四个字刻将下来,慌忙出殿,随后早有人来。柴进便离了内苑,出了东华门。

回到酒楼上看那王班直时,尚未醒来,依旧把锦衣、花帽、服色等项,都放在阁儿内。柴进还穿了依旧衣服,唤燕青和酒保计算了酒钱,剩下十数贯钱,就赏了酒保。临下楼来吩咐道:"我和王观察是弟兄。恰才他醉了,我替他去内里点名了回来,他还未醒。我却在城外住,恐怕误了城门,剩下钱都赏你,他的服色号衣都在这里。"酒保道:"官人但请放心,男女自伏侍。"柴进、燕青离得酒店,径出万寿门去了。

王班直到晚起来,见了服色、花帽都有,但不知是何意。酒保说柴进的话,王班直似醉如痴,回到家中。次日有人来说:"睿思殿上不见'山东宋江'四个字,今日各门好生把得铁桶般紧,出入的人,都要十分盘诘。"王班直情知是了,那里敢说。

再说柴进回到店中,对宋江备细说内宫之中,取出御书大寇"山东宋江"四字,与宋江看罢,叹息不已。十四日黄昏,明月从东而起,天上并无云翳,宋江、柴进扮作闲凉官,戴宗扮作承局,燕青扮为小闲,只留李逵看房。四个人杂在社火队里,取路哄入封丘门来,遍玩六街三市,果然夜暖风和,正好游戏。转过马行街来,家家门前扎缚灯棚,赛悬灯火,照耀如同白日,正是楼台上下火照火,车马往来人看人。

四个转过御街,见两行都是烟月牌[2],来到中间,见一家外悬青布幕,里挂斑竹帘,两边尽是碧纱窗,外挂两面牌,牌上各有五个字,写道:"歌舞神仙女,风流花月魁"。宋江见了,便入茶坊里来吃茶,问茶博士道:"前面角妓是谁家?"茶博士道:"这是东京上厅[3] 行首,唤做李师师。"宋江道:

---

① 牙签——旧时藏书家为便于翻检,在书函上作的牙制签牌。

② 烟月牌——旧时勾栏、妓院外悬挂着的书有妓女名字的招牌。

③ 上厅——官署。

"莫不是和今上打得热的。"茶博士道:"不可高声,耳目觉近。"宋江便唤燕青,附耳低言道:"我要见李师师一面,暗里取事,你可生个婉曲入去,我在此间吃茶等你。"宋江自和柴进、戴宗在茶坊里吃茶。

却说燕青径到李师师门首,揭开青布幕,掀起斑竹帘,转入中门,见挂着一碗鸳鸯灯,下面犀皮香桌儿上,放着一个博山古铜香炉,炉内细细喷出香来。两壁上挂着四幅名人山水画,下设四把犀皮一字交椅。燕青见无人出来,转入天井里面,又是一个大客位,设着三座香楠木雕花玲珑小床,铺着落花流水紫锦褥,悬挂一架玉棚好灯,摆着异样古董。

燕青微微咳嗽一声,只见屏风背后转出一个丫环来,见燕青道个万福,便问燕青:"哥哥高姓?那里来?"燕青道:"相烦姐姐请妈妈出来,小闲自有话说。"梅香入去,不多时,转出李妈妈来,燕青请他坐了,纳头四拜。李妈妈道:"小哥高姓?"燕青答道:"老娘忘了,小人是张乙的儿子张闲的便是,从小在外,今日方归。"原来世上姓张姓李姓王的最多,那虔婆思量了半晌,又是灯下,认人不仔细,猛然省起,叫道:"你不是太平桥下小张闲么?你那里去了,许多时不来?"燕青道:"小人一向不在家,不得来相望。如今伏侍个山东客人,有的是家私,说不能尽。他是个燕南河北第一个有名财主,今来此间:一者就赏元宵,二者来京师省亲,三者就将货物在此做买卖,四者要求见娘子一面。怎敢说来宅上出入,只求同席一饮,称心满意。不是小闲卖弄,那人实有千百两金银,欲送与宅上。"那虔婆是个好利之人,爱的是金资,听的燕青这一席话,便动了念头,忙叫李师师出来,与燕青厮见。

灯下看时,端的好容貌。燕青见了,纳头便拜。有诗为证:

芳年声价冠青楼,玉貌花颜是罕俦。
共羡至尊曾贴体,何惭壮士便低头。

那虔婆说与备细,李师师道:"那员外如今在那里?"燕青道:"只在前面对门茶坊里。"李师师便道:"请过寒舍拜茶。"燕青道:"不得娘子言语,不敢擅进。"虔婆道:"快去请来。"

燕青径到茶坊里,耳边道了消息,戴宗取些钱,还了茶博士,三人跟着燕青,径到李师师家内。入得中门,相接请到大客位里,李师师敛手向前动问起居道："适间张闲多谈大雅，今辱左顾[1]，绮阁生光。"宋江答道："山僻村野，孤陋寡闻，得睹花容，生平幸甚。"李师师便邀请坐，又看着柴进问道："这位官人，是足下何人？"宋江道："此是表弟叶巡检。"就叫戴宗拜了李师师。宋江、柴进居左，客席而坐；李师师右边，主位相陪。奶子捧茶至，李师师亲手与宋江、柴进、戴宗、燕青换盏。

不必说那盏茶的香味。茶罢，收了盏托，欲叙行藏，只见奶子来报："官家来到后面。"李师师道："其实[2]不敢相留。来日驾幸上清宫，必然不来，却请诸位到此，少叙三杯。"宋江喏喏连声，带了三人便行。

出得李师师门来，穿出小御街，径投天汉桥来看鳌山。正打从樊楼前过，听得楼上笙簧聒耳，鼓乐喧天，灯火凝眸，游人似蚁。宋江、柴进也上樊楼，寻个阁子坐下，取些酒食肴馔，也在楼上赏灯饮酒。吃不到数杯，只听得隔壁阁子内有人作歌道：

浩气冲天贯斗牛，英雄事业未曾酬。

手提三尺龙泉剑，不斩奸邪誓不休！

宋江听得，慌忙过来看时，却是九纹龙史进、没遮拦穆弘，在阁子内吃得大醉，口出狂言。宋江走近前去喝道："你这两个兄弟吓杀我也！快算还酒钱，连忙出去！早是[3]遇着我，若是做公的听得，这场横祸不小。谁想你这两个兄弟也这般无知粗糙！快出城，不可迟滞。明日看了正灯，连夜便回，只此十分好了，莫要弄得撅撒[4]了！"史进、穆弘默默无言，便叫酒保算还了酒钱。两个下楼，取路先投城外去了。宋江与柴进四人微饮三杯，少添春色，戴宗计算还了酒钱，四人拂袖下楼，径往万寿门，来客店内敲门。

李逵困眼睁开，对宋江道："哥哥不带我来也罢了，既带我来，却教我看房，闷出鸟来。你们都自去快活！"宋江道："为你生性不善，面貌丑恶，不争带你入城，只恐因而惹祸。"李逵便道："你不带我去便了，何消得许多推故！几曾见我那里吓杀了别人家小的大的！"宋江道："只有明日十五日

---

① 左顾——屈驾、枉顾。这是称谢他人过访的谦词。

② 其实——实在。

③ 早是——幸亏，幸而。

④ 撅撒——败露。也作"决撒"。

这一夜带你入去，看罢了正灯，连夜便回。”李逵呵呵大笑。

过了一夜，次日正是上元节候，天色晴明得好。看看傍晚，庆贺元宵的人不知其数，古人有篇《绛都春》单道元宵景致：

融和初报，乍瑞霭霁色，皇都春早。翠幰竞飞，玉勒争驰，都闻道鳌山彩结蓬莱岛。向晚色，双龙衔照。绛霄楼上，彤芝盖底，仰瞻天表。缥缈风传帝乐，庆玉殿共赏，群仙同到。迤逦御香，飘满人间开嘻笑。一点星球小，渐隐隐鸣梢声杳。游人月下归来，洞天未晓。

当夜宋江与同柴进，依前扮作闲凉官，引了戴宗、李逵、燕青，五个人径从万寿门来。是夜虽无夜禁，各门头目军士全付披挂，都是戎装帻带，弓弩上弦，刀剑出鞘，摆布得甚是严整。高太尉自引铁骑马军五千，在城上巡禁。宋江等五个向人丛里挨挨抢抢，直到城里，先唤燕青，附耳低言：“与我如此如此，只在夜来茶坊里相等。”

燕青径往李师师家扣门，李妈妈、李行首都出来接见燕青，便说道：“烦达员外休怪，官家不时间来此私行，我家怎敢轻慢。”燕青道：“主人再三上复妈妈，启动了花魁娘子[①]，山东海僻之地，无甚希罕之物，便有些出产之物，将来也不中意，只教小人先送黄金一百两，权当人事，随后别有罕物，再当拜送。”李妈妈问道：“如今员外在那里？”燕青道：“只在巷口等小人送了人事，同去看灯。”世上虔婆爱的是钱财，见了燕青取出那火炭也似金子两块，放在面前，如何不动心，便道：“今日上元佳节，我子母们却待家筵数杯，若是员外不弃，肯到贫家少叙片时。”燕青道：“小人去请，无有不来。”说罢，转身回得茶坊，说与宋江这话了，随即都到李师师家。宋江教戴宗同李逵只在门前等。

三个人入到里面大客位里，李师师接着，拜谢道：“员外识荆[②]之初，何故以厚礼见赐，却之不恭，受之太过。”宋江答道：“山僻村野，绝无罕物，但送些小微物，表情而已，何劳花魁娘子致谢。”李师师邀请到一个小小阁儿里，分宾坐定，奶子、侍婢捧出珍异果子，济楚菜蔬，希奇按酒，甘美肴馔，尽用锭器，摆一春台。李师师执盏向前拜道：“夙世有缘，今夕相遇二君，草草杯盘，以奉长者。”宋江道：“在下山乡虽有贯伯浮财，未曾见如此

---

① 花魁娘子——有名的妓女的代称。

② 识荆——初次见面的敬称。

富贵，花魁的风流声价，播传寰宇，求见一面，如登天之难，何况亲赐酒食。"李师师道："员外奖誉太过，何敢当此。"都劝罢酒，叫奶子将小小金杯巡筛。但是李师师说些街市俊俏的话，皆是柴进回答，燕青立在边头和哄取笑。

酒行数巡，宋江口滑，揎拳裸袖，点点指指，把出梁山泊手段[①] 来。柴进笑道："我表兄从来酒后如此，娘子勿笑。"李师师道："各人禀性何伤。"丫环说道："门前两个伴当。一个黄髭须，且是生的怕人，在外面喃喃呐呐地骂。"宋江道："与我唤他两个入来。"只见戴宗引着李逵到阁子里。李逵看见宋江、柴进与李师师对坐饮酒，自肚里有五分没好气，圆睁怪眼，直瞅他三个。李师师便问道："这汉是谁？恰象土地庙里对判官立地的小鬼。"众人都笑，李逵不省得他说。宋江答道："这个是家生的孩儿小李。"李师师笑道："我倒不打紧，辱莫了太白学士。"宋江道："这厮却有武艺，挑得三二百斤担子，打得三五十人。"李师师叫取大银赏钟，各与三钟，戴宗也吃三钟。燕青只怕他口出讹言，先打抹他和戴宗依先去门前坐地。宋江道："大丈夫饮酒，何用小杯！"就取过赏钟，连饮数钟。李师师低唱苏东坡《大江东去》词。宋江乘着酒兴，索纸笔来，磨得墨浓，蘸得笔饱，拂开花笺，对李师师道："不才乱道一词，尽诉胸中郁结，呈上花魁尊听。"当时宋江落笔，遂成乐府词一首，道是：

天南地北，问乾坤何处可容狂客？借得山东烟水寨，来买凤城春色。翠袖围香，绛绡笼雪，一笑千金值。神仙体态，薄幸如何消得？想芦叶滩头，蓼花汀畔，皓月空凝碧。六六雁行连八九[②]，只等金鸡消息[③]。义胆包天，忠肝盖地，四海无人识。离愁万种，醉乡一夜头白。

写毕，递与李师师反复看了，不晓其意。宋江只要等他问其备细，却把心腹衷曲之事告诉，只见奶子来报："官家从地道中来至后门。"李师师忙道："不能远送，切乞恕罪。"自来后门接驾，奶子、丫环连忙收拾过了杯盘什物，扛过台桌，洒扫亭轩。

---

① 把出句——此指去掉了伪装，露出原本性情。

② 六六句——六六，指梁山泊三十六员天罡将。八九，指七十二员地煞将；雁行(háng)，位次如雁阵一般有序。此句指梁山众好汉。

③ 金鸡消息——喻指受招安的诏文。古时大赦，常竖起长杆，顶立金鸡。

宋江等都未出来,却闪在黑暗处,张见李师师拜在面前,奏道:"起居圣上龙体劳困。"只见天子头戴软纱唐巾,身穿滚龙袍,说道:"寡人今日幸上清宫方回,教太子在宣德楼赐万民御酒,令御弟在千步廊买市,约下杨太尉,久等不至,寡人自来。爱卿近前与朕攀话。"宋江在黑地里说道:"今番错过,后次难逢,俺三个就此告一道招安赦书,有何不好!"柴进道:"如何使得?便是应允了,后来也有翻变。"三个正在黑影里商量。

却说李逵见了宋江、柴进和那美色妇人吃酒,却教他和戴宗看门,头上毛发倒竖起来,一肚子怒气正没发付处,只见杨太尉揭起帘幕,推开扇门,径走入来,见了李逵,喝问道:"你这厮是谁?敢在这里?"李逵也不回应,提起把交椅,望杨太尉劈脸打来。杨太尉倒吃了一惊,措手不及,两交椅打翻地下。戴宗便来救时,那里拦当得住。李逵扯下幅画来,就蜡烛上点着,东焠西焠,一面放火,香桌椅凳,打得粉碎。

宋江等三个听得,赶出来看时,见黑旋风褪下半截衣裳,正在那里行凶。四个扯出门外去时,李逵就街上夺条棒,直打出小御街来。宋江见他性起,只得和柴进、戴宗先赶出城,恐关了禁门,脱身不得,只留燕青看守着他。李师师家火起,惊得赵官家一道烟走了。邻佑人等一面救火,一面救起杨太尉,这话都不必说。

城中喊起杀声,震天动地。高太尉在北门上巡警,听得了这话,带领军马,便来追赶。燕青伴着李逵,正打之间,撞着穆弘、史进,四人各执枪棒,一齐助力,直打到城边。把门军士急待要关门,外面鲁智深抡着铁禅杖,武行者使起双戒刀,朱仝、刘唐手拈着朴刀,早杀入城来,救出里面四个。方才出得城门,高太尉军马恰好赶到城外来。

八个头领不见宋江、柴进、戴宗,正在那里心慌。原来军师吴用已知此事,定教大闹东京,克时定日,差下五员虎将,引领带甲马军一千骑,是夜恰好到东京城外等接,正逢着宋江、柴进、戴宗三人,带来的空马,就教上马,随后众人也到。正都上马时,于内不见了李逵。

高太尉军马冲将出来。宋江手下的五虎将:关胜、林冲、秦明、呼延灼、董平突到城边,立马于濠堑上,大喝道:"梁山泊好汉全伙在此!早早献城,免汝一死!"高太尉听得,那里敢出城来,慌忙教放下吊桥,众军上城提防。宋江便唤燕青吩咐道:"你和黑厮最好,你可略等他一等,随后与他同来。我和军马众将先回,星夜还寨,恐怕路上别有枝节。"

不说宋江等军马去了。且说燕青立在人家房檐下看时，只见李逵从店里取了行李，拿着双斧，大吼一声，跳出店门，独自一个，要去打这东京城池。正是：声吼巨雷离店肆，手提大斧劈城门。毕竟黑旋风李逵怎地去打城，且听下回分解。

第七十三回

黑旋风乔捉鬼　梁山泊双献头

话说当下李逵从客店里抢将出来，手搭双斧，要奔城边劈门，被燕青抱住腰胯，只一交，撷个脚捎天。燕青拖将起来，望小路便走，李逵只得随他。为何李逵怕燕青？原来燕青小厮扑[①] 天下第一，因此宋公明着令燕青相守李逵。李逵若不随他，燕青小厮扑，手到一交。李逵多曾着他手脚，以此怕他，只得随顺。燕青和李逵不敢从大路上走，恐有军马追来，难以抵敌，只得大宽转奔陈留县路来。李逵再穿上衣裳，把大斧藏在衣襟底下，又因没了头巾，却把焦黄发分开，绾做两个丫髻。行到天明，燕青身边有钱，村店中买些酒肉吃了，拽开脚步趱行。

次日天晓，东京城中好场热闹，高太尉引军出城，追赶不上自回。李师师只推不知，杨太尉也自归家将息，抄点城中被伤人数，计有四五百人，推倒跌损者，不计其数。高太尉会同枢密院童贯，都到太师府商义，启奏早早调兵剿捕。

且说李逵和燕青两个，在路行到一个去处，地名唤做四柳村。不觉天晚，两个便投一个大庄院来，敲开门，直进到草厅上。庄主狄太公出来迎接，看见李逵绾着两个丫髻，却不见穿道袍，面貌生得又丑，正不知是甚么人。太公随口问燕青道："这位是那里来的师父？"燕青笑道："这师父是个跷蹊人，你们都不省得他。胡乱趁些晚饭吃，借宿一夜，明日早行。"李逵只不做声。

太公听得这话，倒地便拜李逵，说道："师父，可救弟子则个。"李逵道：

---

① 小厮扑——相扑，摔跤。

"你要我救你甚事,实对我说。"那太公道:"我家一百余口,夫妻两个,嫡亲止有一个女儿,年二十余岁,半年之前,着了一个邪祟,只在房中,茶饭并不出来讨吃。若还有人去叫他,砖石乱打出来,家中人都被他打伤了,累累请将法官来,也捉他不得。"李逵道:"太公,我是蓟州罗真人的徒弟,会得腾云驾雾,专能捉鬼,你若舍得东西,我与你今夜捉鬼。如今先要一猪一羊,祭祀神将。"太公道:"猪羊我家尽有,酒自不必得说。"李逵道:"你拣得膘肥的宰了,烂煮将来,好酒更要几瓶,便可安排,今夜三更与你捉鬼。"太公道:"师父如要书符纸札,老汉家中也有。"李逵道:"我的法只是一样,都没什么鸟符,身到房里,便揪出鬼来。"燕青忍笑不住。

老儿只道他是好话,安排了半夜,猪羊都煮得熟了,摆在厅上。李逵叫讨十个大碗,滚热酒十瓶,做一巡筛,明晃晃点着两枝蜡烛,焰腾腾烧着一炉好香。李逵掇条凳子,坐在当中,并不念甚言语。腰间拔出大斧,砍开猪羊,大块价扯将下来吃,又叫燕青道:"小乙哥,你也来吃些。"燕青冷笑,那里肯来吃。

李逵吃得饱了,饮过五六碗好酒,看得太公呆了。李逵便叫众庄客:"你们都来散福。"拈指间散了残肉。李逵道:"快舀桶汤来,与我们洗手洗脚。"无移时,洗了手脚,问太公讨茶吃了。又问燕青道:"你曾吃饭也不曾?"燕青道:"吃得饱了。"李逵对太公道:"酒又醉,肉又饱,明日要走路程,老爷们去睡。"太公道:"却是苦也!这鬼几时捉得?"李逵道:"你真个要我捉鬼,着人引我到你女儿房里去。"太公道:"便是神道如今在房中,砖石乱打出来,谁人敢去?"

李逵拔两把板斧在手,叫人将火把远远照着。李逵大踏步直抢到房边,只见房内隐隐的有灯。李逵把眼看时,见一个后生搂着一个妇人在那里说话。李逵一脚踢开了房门,斧到处,只见砍得火光爆散,霹雳交加。定睛打一看时,原来把灯盏砍翻了。那后生却待要走,被李逵大喝一声,斧起处,早把后生砍翻。这婆娘便钻入床底下躲了。李逵把那汉子先一斧砍下头来,提在床上,把斧敲着床边喝道:"婆娘,你快出来。若不钻出来时,和床都剁的粉碎。"婆娘连声叫道:"你饶我性命,我出来。"却才钻出头来,被李逵揪住头发,直拖到死尸边问道:"我杀的那厮是谁?"婆娘道:"是我奸夫王小二。"李逵又问道:"砖头饭食,那里得来?"婆娘道:"这是我把金银头面与他,三二更从墙上运将入来。"李逵道:"这等腌臜婆娘,要你何用!”揪到床边,一斧砍下头来,把两个人头拴做一处,再提婆娘尸首和汉子身尸相并,李逵道:“吃得饱,正没消食处。”就解下上半截衣裳,拿起双斧,看着两个死尸,一上一下,恰似发擂的乱剁了一阵。李逵笑道:“眼见这两个不得活了。”插起大斧,提着人头,大叫出厅前来:“两个鬼我都捉了。”

撇下人头,满庄里人都吃一惊,都来看时,认得这个是太公的女儿,那个人头,无人认得。数内一个庄客相了一回,认出道:“有些象东村头会粘雀儿的王小二。”李逵道:“这个庄客倒眼乖!”太公道:“师父怎生得知?”李逵道:“你女儿躲在床底下,被我揪出来问时,说道:‘他是奸夫王小二,吃的饮食,都是他运来。’问了备细,方才下手。”太公哭道:“师父,留得我女儿也罢。”李逵骂道:“打脊老牛[①],女儿偷了汉子,兀自要留他!你恁地哭时,倒要赖我不谢。我明日却和你说话。”燕青寻了个房,和李逵自去歇息。

太公却引人点着灯烛,入房里去看时,照见两个没头尸首,剁做十来段,丢在地下。太公、太婆烦恼啼哭,便叫人扛出后面,去烧化了。李逵睡到天明,跳将起来,对太公道:“昨夜与你捉了鬼,你如何不谢?”太公只得收拾酒食相待,李逵、燕青吃了便行。狄太公自理家事,不在话下。

且说李逵和燕青离了四柳村,依前上路,此时草枯地阔,木落山空,于路无话。两个因大宽转梁山泊北,到寨尚有七八十里,巴不到山,离荆门镇不远。当日天晚,两个奔到一个大庄院敲门,燕青道:“俺们寻客店中歇去。”李逵道:“这大户人家,却不强似客店多少!”说犹未了,庄客出来,对说道:“我主太公正烦恼哩!你两个别处去歇。”李逵直走入去,燕青拖扯不住,直到草厅上。李逵口里叫道:“过往客人借宿一宵,打甚鸟紧!便道太公烦恼!我正要和烦恼的说话。”里面太公张时,看见李逵生得凶恶,暗地教人出来接纳,请去厅外侧首,有间耳房,叫他两个安歇,造些饭食,与他两个吃,着他里面去睡。多样时,搬出饭来,两个吃了,就便歇息。

李逵当夜没些酒,在土炕子上翻来覆去睡不着,只听得太公、太婆在里面哽哽咽咽的哭,李逵心焦,那双眼怎地得合。巴到天明,跳将起来,便向厅前问道:“你家甚么人,哭这一夜,搅得老爷睡不着。”太公听了,只得

① 打脊老牛——骂人话。打脊,该打后脊的。

出来答道:“我家有个女儿,年方一十八岁,被人强夺了去,以此烦恼。”李逵道:“又来作怪!夺你女儿的是谁?”太公道:“我与你说他姓名,惊得你屁滚尿流!他是梁山泊头领宋江,有一百单八个好汉,不算小军。”李逵道:“我且问你:他是几个来?”太公道:“两日前,他和一个小后生各骑着一匹马来。”李逵便叫燕青:“小乙哥,你来听这老儿说的话,俺哥哥原来口是心非,不是好人了也。”燕青道:“大哥莫要造次,定没这事!”李逵道:“他在东京兀自去李师师家去,到这里怕不做出来!”李逵便对太公说道:“你庄里有饭,讨些我们吃。我实对你说,则我便是梁山泊黑旋风李逵,这个便是浪子燕青。既是宋江夺了你的女儿,我去讨来还你。”太公拜谢了。

李逵、燕青径望梁山泊来,直到忠义堂上。宋江见了李逵、燕青回来,便问道:“兄弟,你两个那里来?错了许多路,如今方到。”李逵那里答应,睁圆怪眼,拔出大斧,先砍倒了杏黄旗,把“替天行道”四个字扯做粉碎,众人都吃一惊。宋江喝道:“黑厮又做甚么?”李逵拿了双斧,抢上堂来,径奔宋江。诗曰:

梁山泊里无奸佞,忠义堂前有诤臣。
留得李逵双斧在,世间直气尚能伸。

当有关胜、林冲、秦明、呼延灼、董平五虎将,慌忙拦住,夺了大斧,揪下堂来。宋江大怒,喝道:“这厮又来作怪!你且说我的过失。”李逵气做一团,那里说得出。

燕青向前道:“哥哥听禀一路上备细:他在东京城外客店里跳将出来,拿着双斧,要去劈门,被我一交攧翻,拖将起来。说与他:‘哥哥已自去了,独自一个风甚么?’恰才信小弟说,不敢从大路走。他又没了头巾,把头发绾做两个丫髻。正来到四柳村狄太公庄上,他去做法官捉鬼,正拿了他女儿并奸夫两个,都剁做肉酱。后来却从大路西边上山,他定要大宽转,将近荆门镇,当日天晚了,便去刘太公庄上投宿。只听得太公两口儿一夜啼哭,他睡不着,巴得天明,起去问他。刘太公说道:‘两日前梁山泊宋江和一个年纪小的后生,骑着两匹马到庄上来,老儿听得说是替天行道的人,因此叫这十八岁的女儿出来把酒,吃到半夜,两个把他女儿夺了去。’李逵大哥听了这话,便道是实,我再三解说道:‘俺哥哥不是这般的人,多有依草附木,假名托姓的在外头胡做。’李大哥道:‘我见他在东京时,兀自恋着唱的李师师不肯放,不是他是谁?’因此来发作。”

宋江听罢，便道："这般屈事，怎地得知？如何不说？"李逵道："我闲常把你做好汉，你原来却是畜生！你做得这等好事！"宋江喝道："你且听我说！我和三二千军马回来，两匹马落路时，须瞒不得众人。若还抢得一个妇人，必然只在寨里！你却去我房里搜看。"李逵道："哥哥，你说甚么鸟闲话！山寨里都是你手下的人，护你的多，那里不藏过了！我当初敬你是个不贪色欲的好汉，你原来是酒色之徒：杀了阎婆惜，便是小样；去东京养李师师，便是大样。你不要赖，早早把女儿送还老刘，倒有个商量。你若不把女儿还他时，我早做早杀了你，晚做晚杀了你。"宋江道："你且不要闹嚷，那刘太公不死，庄客都在，俺们同去面对。若还对翻了，就那里舒着脖子，受你板斧；如若对不翻，你这厮没上下，当得何罪？"李逵道："我若还拿你不着，便输这颗头与你！"宋江道："最好，你众兄弟都是证见。"便叫铁面孔目裴宣写了赌赛军令状二纸，两个各书了字，宋江的把与李逵收了，李逵的把与宋江收了。

李逵又道："这后生不是别人，只是柴进。"柴进道："我便同去。"李逵道："不怕你不来。若到那里对翻了之时，不怕你柴大官人，是米大官人，也吃我几斧。"柴进道："这个不妨，你先去那里等。我们前去时，又怕有跷蹊。"李逵道："正是。"便唤了燕青："俺两个依前先去，他若不来，便是心虚，回来罢休不得。"正是：

至人无过任评论，其次纳谏以为恩。

最下自差偏自是，令人敢怒不敢言。

燕青与李逵再到刘太公庄上，太公接见，问道："好汉，所事如何？"李逵道："如今我那宋江，他自来教你认他，你和太婆并庄客都仔细认他。若还是时，只管实说，不要怕他，我自替你做主。"只见庄客报道："有十数骑马来到庄上了。"李逵道："正是了。"

侧边屯住了人马，只教宋江、柴进入来。宋江、柴进径到草厅上坐下。李逵提着板斧立在侧边，只等老儿叫声"是"，李逵便要下手。那刘太公近前来拜了宋江。李逵问老儿道："这个是夺你女儿的不是？"那老儿睁开尫羸[①]眼，打起老精神，定睛看了道："不是。"

宋江对李逵道："你却如何？"李逵道："你两个先着眼瞅他，这老儿惧

① 尫羸（wāng léi）——瘦弱。这里指苍老倦怠的样子。

怕你,便不敢说是。”宋江道:“你叫满庄人都来认我。”李逵随即叫到众庄客人等认时,齐声叫道:“不是。”宋江道:“刘太公,我便是梁山泊宋江,这位兄弟,便是柴进。你的女儿,都是吃假名托姓的骗将去了。你若打听得出来,报上山寨,我与你做主。”宋江对李逵道:“这里不和你说话,你回来寨里,自有辨理。”宋江、柴进自与一行人马,先回大寨里去。

燕青道:“李大哥,怎地好?”李逵道:“只是我性紧上,错做了事。既然输了这颗头,我自一刀割将下来,你把去献与哥哥便了。”燕青道:“你没来由寻死做甚么?我叫你一个法则,唤做负荆请罪。”李逵道:“怎地是负荆?”燕青道:“自把衣服脱了,将麻绳绑缚了,脊梁上背着一把荆杖,拜伏在忠义堂前,告道:‘由哥哥打多少。’他自然不忍下手。这个唤做负荆请罪。”李逵道:“好却好,只是有些惶恐[①],不如割了头去干净。”燕青道:“山寨里都是你兄弟,何人笑你?”李逵没奈何,只得同燕青回寨来,负荆请罪。

却说宋江、柴进先归到忠义堂上,和众兄弟们正说李逵的事,只见黑旋风脱得赤条条地,背上负着一把荆杖,跪在堂前,低着头,口里不做一声。宋江笑道:“你那黑厮,怎地负荆?只这等饶了你不成!”李逵道:“兄弟的不是了!哥哥拣大棍打几十罢!”宋江道:“我和你赌砍头,你如何却来负荆?”李逵道:“哥哥既是不肯饶我,把刀来割这颗头去,也是了当。”众人都替李逵陪话。宋江道:“若要我饶他,只教他捉得那两个假宋江,讨得刘太公女儿还他,这等方才饶你。”李逵听了,跳将起来,说道:“我去瓮中捉鳖,手到拿来!”宋江道:“他是两个好汉,又有两副鞍马,你只独自一个,如何近傍得他?再叫燕青和你同去。”燕青道:“哥哥差遣,小弟愿往。”便去房中取了弩子,绰了齐眉棍,随着李逵,再到刘太公庄上。

燕青细问他来情,刘太公说道:“日平西时来,三更里去了,不知所在,又不敢跟去。那为头的生的矮小,黑瘦面皮,第二个夹壮[②]身材,短须大眼。”二人问了备细,便叫:“太公放心,好歹要救女儿还你!我哥哥宋公明的将令,务要我两个寻将来,不敢违误。”便叫煮下干肉,做下蒸饼,各把料袋装了,拴在身边,离了刘太公庄上。

先去正北上寻,但见荒僻无人烟去处。走了一两日,绝不见些消耗。

---

① 惶恐——不踏实,不自在。

② 夹壮——健壮、高大。

却去正东上，又寻了两日，直到凌州高唐界内，又无消息。李逵心焦面热，却回来望西边寻去。又寻了两日，绝无些动静。当晚两个且向山边一个古庙中供床上宿歇，李逵那里睡得着，爬起来坐地。

只听得庙外有人走的响，李逵跳将起来，开了庙门看时，只见一条汉子，提着把朴刀，转过庙后山脚下上去，李逵在背后跟去。燕青听得，拿了弩弓，提了杆棍，随后跟来，叫道："李大哥，不要赶，我自有道理。"是夜月色朦胧，燕青递杆棍与了李逵，远远望见那汉低着头只顾走。燕青赶近，搭上箭，弩弦稳放，叫声："如意子，不要误我。"只一箭，正中那汉的右腿，扑地倒了。李逵赶上，劈衣领揪住，直拿到古庙中，喝问道："你把刘太公的女儿抢的那里去了？"那汉告道："好汉，小人不知此事，不曾抢甚么刘太公女儿。小人只是这里剪径，做些小买卖，那里敢大弄，抢夺人家子女！"李逵把那汉捆做一块，提起斧来喝道："你若不实说，砍你做二十段。"那汉叫道："且放小人起来商议。"燕青道："汉子，我且与你拔了这箭。"放将起来问道："刘太公女儿，端的是甚么人抢了去？只是你这里剪径的，你岂可不知些风声？"那汉道："小人胡猜，未知真实。离此间西北上约有十五里，有一座山，唤做牛头山，山上旧有一个道院。近来新被两个强人：一个姓王，名江，一个姓董，名海，这两个都是绿林中草贼，先把道士道童都杀了，随从只有五七个伴当，占住了道院，专一下来打劫。但到处只称是宋江，多敢是这两个抢了去。"燕青道："这话有些来历，汉子，你休怕我！我便是梁山泊浪子燕青，他便是黑旋风李逵。我与你调理箭疮，你便引我两个到那里去。"那人道："小人愿往。"

燕青去寻朴刀还了他，又与他扎缚了疮口，趁着月色微明，燕青、李逵扶着他走过十五里来路，到那山看时，苦不甚高，果似牛头之状。三个上得山来，天尚未明，来到山头看时，团团一遭土墙，里面约有二十来间房子。李逵道："我与你先跳入墙去。"燕青道："且等天明却理会。"李逵那里忍耐得，腾地跳将过去了。只听得里面有人喝声，门开处，早有人出来，便挺朴刀来奔李逵。燕青生怕撅撒了事，拄着杆棒，也跳过墙来。那中箭的汉子一道烟走了。燕青见这出来的好汉正斗李逵，潜身暗行，一棒正中那好汉脸颊骨上，倒入李逵怀里来，被李逵后心只一斧，砍翻在地，里面绝不见一个人出来。燕青道："这厮必有后路走了。我与你去截住后门，你却把着前门，不要胡乱入去。"

且说燕青来到后门墙外,伏在黑暗处,只见后门开处,早有一条汉子拿了钥匙,来开后面墙门。燕青转将过去,那汉见了,绕房檐便走出前门来。燕青大叫:“前门截住!”李逵抢将过来,只一斧,劈胸膛砍倒,便把两颗头都割下来,拴做一处。李逵性起,砍将入去,泥神也似都推倒了。那几个伴当躲在灶前,被李逵赶去,一斧一个,都杀了。来到房中看时,果然见那个女儿在床上呜呜的啼哭。看那女子,云鬓花颜,其实美丽。有诗为证:

弓鞋窄窄起春罗,香沁酥胸玉一窝。

丽质难禁风雨骤,不胜幽恨蹙秋波。

燕青问道:“你莫不是刘太公女儿么?”那女子答道:“奴家在十数日之前,被这两个贼掳在这里,每夜轮一个将奴家奸宿。奴家昼夜泪雨成行,要寻死处,被他监看得紧。今日得将军搭救,便是重生父母,再养爹娘。”燕青道:“他有两匹马,在那里放着?”女子道:“只在东边房内。”燕青备上鞍子,牵出门外,便来收拾房中积攒下的黄白之资,约有三五千两。燕青便叫那女子上了马,将金银包了,和人头抓了,拴在一匹马上。李逵缚了个草把,将窗下残灯,把草房四边点着烧起。他两个开了墙门,步送女子下山,直到刘太公庄上。

爹娘见了女子,十分欢喜,烦恼都没了,尽来拜谢两位头领。燕青道:“你不要谢我两个,你来寨里拜谢俺哥哥宋公明。”两个酒食都不肯吃,一家骑了一匹马,飞奔山上来。回到寨中,红日衔山之际,都到三关之上。两个牵着马,驼着金银,提了人头,径到忠义堂上,拜见宋江。燕青将前事细细说了一遍。宋江大喜,叫把人头埋了,金银收入库中,马放去战马群内喂养。次日,设筵宴与燕青、李逵作贺。刘太公也收拾金银上山,来到忠义堂上,拜谢宋江。宋江那里肯受,与了酒饭,教送下山回庄去了,不在话下。梁山泊自是无话,不觉时光迅速。

看看鹅黄着柳,渐渐鸭绿生波。桃腮乱簇红英,杏脸微开绛蕊。山前花,山后树,俱发萌芽;州上苹,水中芦,都回生意。谷雨初晴,可是丽人天气;禁烟才过,正当三月韶华。

宋江正坐,只见关下解一伙人到来,说道:“拿到一伙牛子,有七八个车箱,又有几束哨棒。”宋江看时,这伙人都是彪形大汉,跪在堂前告道:“小人等几个直从凤翔府来,今上泰安州烧香。目今三月二十八日天齐圣帝降诞之辰,我们都去台上使棒,一连三日,何止有千百对在那里。今年有个扑手好汉,是太原府人氏,姓任,名原,身长一丈,自号擎天柱,口出大言,说道:'相扑世间无对手,争交[1] 天下我为魁。'闻他两年曾在庙上争交,不曾有对手,白白地拿了若干利物,今年又贴招儿,单搦天下人相扑。小人等因这个人来,一者烧香,二乃为看任原本事,三来也要偷学他几路好棒,伏望大王慈悲则个。"宋江听了,便叫小校:"快送这伙人下山去,分毫不得侵犯。今后遇有往来烧香的人,休要惊吓他,任从过往。"那伙人得了性命,拜谢下山去了。

只见燕青起身禀复宋江,说无数句,话不一席。有分教,惊动了泰安州,大闹了祥符县。正是:东岳庙中双虎斗,嘉宁殿上二龙争。毕竟燕青说出甚么话来,且听下回分解。

第七十四回

燕青智扑擎天柱　李逵寿张乔坐衙

话说这燕青,他虽是三十六星之末,却机巧心灵,多见广识,了身达命,都强似那三十五个。当日燕青禀宋江道:"小乙自幼跟着卢员外学得这身相扑,江湖上不曾逢着对手,今日幸遇此机会,三月二十八日又近了,小乙并不要带一人,自去献台上,好歹攀他攧一交。若是输了攧死,永无怨心;倘或赢时,也与哥哥增些光彩。这日必然有一场好闹,哥哥却使人救应。"宋江说道:"贤弟,闻知那人身长一丈,貌若金刚,约有千百斤气力,你这般瘦小身材,纵有本事,怎地近傍得他?"燕青道:"不怕他长大身材,只恐他不着圈套。常言道:'相扑的有力使力,无力斗智。'非是燕青敢说口,临机应变,看景生情,不倒的[2] 输与他那呆汉。"卢俊义便道:"我这小乙,端的自小学成好一身相扑,随他心意,叫他去。至期,卢某自去接应他回来。"宋江问道:"几时可行?"燕青答道:"今日是三月二十四日了,来日

① 争交——摔跤。

② 不倒的——不至于,不见得,也作"不到得"。

拜辞哥哥下山，路上略宿一宵，二十六日赶到庙上，二十七日在那里打探一日，二十八日却好和那厮放对。”当日无事。

次日宋江置酒与燕青送行。众人看燕青时，打扮得村村朴朴，将一身花绣把衲袄包得不见，扮做山东货郎，腰里插着一把串鼓儿，挑一条高肩杂货担子，诸人看了都笑。宋江道：“你既然装做货郎担儿，你且唱个山东货郎转调歌与我众人听。”燕青一手拈串鼓，一手打板，唱出货郎太平歌，与山东人不差分毫来去，众人又笑。酒至半酣，燕青辞了众头领下山，过了金沙滩，取路往泰安州来。

当日天晚，正待要寻店安歇，只听得背后有人叫道：“燕小乙哥，等我一等。”燕青歇下担子看时，却是黑旋风李逵。燕青道：“你赶来怎地？”李逵道：“你相伴我去荆门镇走了两遭，我见你独自个来，放心不下，不曾对哥哥说知，偷走下山，特来帮你。”燕青道：“我这里用你不着，你快早早回去。”李逵焦躁起来，说道：“你便是真个了得的好汉，我好意来帮你，你倒翻成恶意！我却偏要去！”燕青寻思，怕坏了义气，便对李逵说道：“和你去不争。那里圣帝生日，都是四山五岳的人聚会，认得你的颇多，你依的我三件事，便和你同去。”李逵道：“依得。”燕青道：“从今路上和你前后各自走，一脚到客店里，入得店门，你便自不要出来，这是第一件了。第二件，到得庙上客店里，你只推病，把被包了头脸，假做打鼾睡，更不要做声。第三件，当日庙上，你挨在稠人中看争交时，不要大惊小怪。大哥，依得么？”李逵道：“有甚难处！都依你便了。”当晚两个投客店安歇。

次日五更起来，还了房钱，同行到前面打火吃了饭，燕青道：“李大哥，你先走半里，我随后来也。”那条路上，只见烧香的人来往不绝，多有讲说任原的本事，两年在泰岳无对，今年又经三年了。燕青听得，有在心里。申牌时候，将近庙上旁边众人都立定脚，仰面在那里看。

燕青歇下担儿，分开人丛，也挨向前看时，只见两条红标柱，恰与坊巷牌额一般相似，上立一面粉牌，写道：“太原相扑擎天柱任原”，旁边两行小字道：“拳打南山猛虎，脚踢北海苍龙。”燕青看了，便扯扁担，将牌打得粉碎，也不说什么，再挑了担儿，望庙上去了。看的众人，多有好事的，飞报任原说，今年有劈牌放对的。

且说燕青前面迎着李逵，便来寻客店安歇。原来庙上好生热闹，不算一百二十行经商买卖，只客店也有一千四五百家，延接天下香官。到菩萨圣节之时，也没安着人处，许多客店，都歇满了。燕青、李逵只得就市梢头赁一所客店安下，把担子歇了，取一床夹被，教李逵睡着。店小二来问道："大哥是山东货郎，来庙上赶趁，怕敢出房钱不起？"燕青打着乡谈[①]说道："你好小觑人！一间小房，值得多少，便比一间大房钱，没处去了。别人出多少房钱，我也出多少还你。"店小二道："大哥休怪，正是要紧的日子，先说得明白最好。"燕青道："我自来做买卖，倒不打紧，那里不去歇了，不想路上撞见了这个乡中亲戚，现患气病，因此只得要讨你店中歇。我先与你五贯铜钱，央及你就锅中替我安排些茶饭，临起身一发酬谢你。"小二哥接了铜钱，自去门前安排茶饭，不在话下。

没多时候，只听得店门外热闹，二三十条大汉走入店里来，问小二哥道："劈牌定对的好汉，在那房里安歇？"店小二道："我这里没有。"那伙人道："都说在你店中。"小二哥道："只有两眼房，空着一眼，一眼是个山东货郎，扶着一个病汉赁了。"那一伙人道："正是那个货郎儿劈牌定对。"店小二道："休道别人取笑！那货郎儿是一个小小后生，做得甚用！"那伙人齐道："你只引我们去张一张。"店小二道："那角落头房里便是。"众人来看时，见紧闭着房门，都去窗子眼里张时，见里面床上两个人脚厮抵睡着。众人寻思不下，数内有一个道："既是敢来劈牌，要做天下对手，不是小可的人，怕人算他，以定是假装害病的。"众人道："正是了，都不要猜，临期便见。"

不到黄昏前后，店里何止三二十伙人来打听，分说得店小二口唇也破了。当晚搬饭与二人吃，只见李逵从被窝里钻出头来，小二哥见了，吃一惊，叫声："阿呀！这个是争交的爷爷了！"燕青道："争交的不是他，他自病患在身，我便是径来争交的。"小二哥道："你休要瞒我，我看任原吞得你在肚里。"燕青道："你休笑我，我自有法度，教你们大笑一场，回来多把利物赏你。"小二哥看着他们吃了晚饭，收了碗碟，自去厨头洗刮，心中只是不信。

次日，燕青和李逵吃了些早饭，吩咐道："哥哥，你自拴了房门高睡。"燕青却随了众人，来到岱岳庙里看时，果然是天下第一。但见：

庙居泰岱，山镇乾坤。为山岳之至尊，乃万神之领袖。山头伏槛，

---

① 乡谈——地方话，方言。

直望见弱水蓬莱;绝顶攀松,尽都是密云薄雾。楼台森耸,疑是金乌[①]展翅飞来;殿阁棱层,恍觉玉兔腾身走到。雕梁画栋,碧瓦朱檐。凤扉亮槅映黄纱,龟背绣帘垂锦带。遥观圣象,九旒冕舜目尧眉;近睹神颜,衮龙袍汤肩禹背。九天司命,芙蓉冠掩映绛纱衣;炳灵圣公,赭黄袍偏称蓝田带[②]。左侍下玉簪珠履,右侍下紫绶金章。阖殿威严,护驾三千金甲将;两廊猛勇,勤王十万铁衣兵。五岳楼相接东宫,仁安殿紧连北阙。蒿里山下[③],判官分七十二司;白骡庙中,土神按二十四气。管火池铁面太尉,月月通灵;掌生死五道将军,年年显圣。御香不断,天神飞马报丹书;祭祀依时,老幼望风皆获福。嘉宁殿祥云杳霭,正阳门瑞气盘旋。万民朝拜碧霞君,四远归依仁圣帝。

当时燕青游玩了一遭,却出草参亭参拜了四拜,问烧香的道:"这相扑任教师在那里歇?"便有好事人说:"在迎恩桥下那个大客店里便是,他教着二三百个上足徒弟。"燕青听了,径来迎恩桥下看时,见桥边栏杆子上坐着二三十个相扑子弟,面前遍插铺金旗牌,锦绣帐额,等身靠背。燕青闪入客店里去,看见任原坐在亭心上,真乃有揭谛仪容,金刚貌相。坦开胸脯,显存孝打虎之威;侧坐胡床,有霸王拔山之势。在那里看徒弟相扑。数内有人认得燕青曾劈牌来,暗暗报与任原。只见任原跳将起来,搧着膀子,口里说道:"今年那个合死的,来我手里纳命。"燕青低了头,急出店门,听得里面都笑。急回到自己下处,安排些酒食,与李逵同吃了一回。李逵道:"这们睡,闷死我也!"燕青道:"只有今日一晚,明日便见雌雄。"当时闲话,都不必说。

三更前后,听得一派鼓乐响,乃是庙上众香官与圣帝上寿。四更前后,燕青、李逵起来,问店小二先讨汤洗了面,梳光了头,脱去了里面衲袄,下面牢拴了腿绷护膝,匾扎起了熟绢水裩,穿了多耳麻鞋,上穿汗衫,搭膊系了腰。两个吃了早饭,叫小二吩咐道:"房中的行李,你与我照管。"店小二应道:"并无失脱,早早得胜回来。"只这小客店里,也有三二十个烧香的,都对燕青道:"后生,你自斟酌,不要枉送了性命。"燕青道:"当下小人

---

① 金乌——传说太阳中有三足乌,故称金乌,古人故以此称太阳。

② 蓝田带——以蓝田玉作饰物的腰带。陕西蓝田以出产美玉闻名。

③ 蒿里山下——指地下黄泉。

喝采之时,众人可与小人夺些利物。"众人都有先去了的。李逵道:"我带了这两把板斧去也好。"燕青道:"这个却使不得,被人看破,误了大事。"当时两个杂在人队里,先去廊下,做一块儿伏了。

那日烧香的人,真乃亚肩迭背,偌大一个东岳庙,一涌便满了,屋脊梁上都是看的人。朝着嘉宁殿,扎缚起山棚,棚上都是金银器皿,锦绣缎匹,门外拴着五头骏马,全付鞍辔。知州禁住烧香的人,看这当年相扑献圣。一个年老的部署,拿着竹批,上得献台[①],参神已罢,便请今年相扑的对手,出马争交。说言未了,只见人如潮涌,却早十数对哨棒过来,前面列着四把绣旗。那任原坐在轿上,这轿前轿后三二十对花肐膊的好汉,前遮后拥,来到献台上。部署请下轿来,开了几句温暖的呵会[②]。任原道:"我两年到岱岳,夺了头筹,白白拿了若干利物,今年必用脱膊。"说罢,见一个拿水桶的上来。任原的徒弟,都在献台边,一周遭都密密地立着。且说任原先解了搭膊,除了巾帻,虚笼着蜀锦袄子,喝了一声参神喏,受了两口神水,脱下锦袄,百十万人齐喝一声采。看那任原时,怎生打扮:

头绾一窝穿心红角子,腰系一条绛罗翠袖。三串带儿拴十二个玉蝴蝶牙子扣儿,主腰上排数对金鸳鸯踅褶衬衣。护膝中有铜裆铜裤,缴臁内有铁片铁环。扎腕牢拴,踢鞋紧系。世间架海擎天柱,岳下降魔斩将人。

那部署道:"教师两年在庙上不曾有对手,今年是第三番了,教师有甚言语,安复天下众香官?"任原道:"四百座军州,七千余县治,好事香官,恭敬圣帝,都助将利物来,任原两年白受了,今年辞了圣帝还乡,再也不上山来了。东至日出,西至日没,两轮日月,一合乾坤,南及南蛮,北济幽燕,敢有出来和我争利物的么?"

说犹未了,燕青捺着两边人的肩臂,口中叫道:"有,有!"从人背上直飞抢到献台上来。众人齐发声喊。那部署接着问道:"汉子,你姓甚名谁?那里人氏?你从何处来?"燕青道:"我是山东张货郎,特地来和你争利物。"那部署道:"汉子,性命只在眼前,你省得么?你有保人也无?"燕青道:"我就是保人,死了要谁偿命?"部署道:"你且脱膊下来看。"燕青除了

① 献台——赛台,比武台。

② 呵(hē)会——幸会。见面时的客气话。

头巾,光光的梳着两个角儿,脱下草鞋,赤了双脚,蹲在献台一边,解了腿绷护膝,跳将起来,把布衫脱将下来,吐个架子,则见庙里的看官如搅海翻江相似,迭头价喝采,众人都呆了。

任原看了他这花绣,急健身材,心里倒有五分怯他。殿门外月台上本州太守坐在那里弹压,前后皂衣公吏环立七八十对,随即使人来叫燕青下献台,来到面前。太守见了他这身花绣,一似玉亭柱上铺着软翠,心中大喜,问道:"汉子,你是那里人氏?因何到此?"燕青道:"小人姓张,排行第一,山东莱州人氏,听得任原搦天下人相扑,特来和他争交。"知州道:"前面那匹全副鞍马,是我出的利物,把与任原;山棚上应有物件,我主张分一半与你,你两个分了罢,我自抬举你在我身边。"燕青道:"相公,这利物倒不打紧,只要攧翻他,教众人取笑,图一声喝采。"知州道:"他是一个金刚般一条大汉,你敢近他不得!"燕青道:"死而无怨。"再上献台来,要与任原定对。

部署问他先要了文书,怀中取出相扑社条[①],读了一遍,对燕青道:"你省得么?不许暗算。"燕青冷笑道:"他身上都有准备,我单单只这个水裈儿[②],暗算他甚么?"知州又叫部署来吩咐道:"这般一个汉子,俊俏后生,可惜了!你去与他分了这扑。"部署随即上献台,又对燕青道:"汉子,你留了性命还乡去罢,我与你分了这扑。"燕青道:"你好不晓事,知是我赢我输!"众人都和起来。只见分开了数万香官,两边排得似鱼鳞一般,廊庑屋脊上也都坐满,只怕遮着了这对相扑。

任原此时有心恨不得把燕青丢去九霄云外,跌死了他。部署道:"既然你两个要相扑,今年且赛这对献圣,都要小心着,各各在意。"净净地献台上只三个人,此时宿露尽收,旭日初起,部署拿着竹批,两边吩咐已了,叫声:"看扑!"

这个相扑,一来一往,最要说得分明,说时迟,那时疾,正如空中星移电掣相似,些儿迟慢不得。当时燕青做一块儿蹲在右边,任原先在左边立个门户,燕青只不动弹。初时献台上各占一半,中间心里合交。任原见燕青不动弹,看看逼过右边来,燕青只瞅他下三面。任原暗忖道:"这人必来

---

① 社条——规则,守则。

② 水裈儿——可以穿着下水的裤子。裈儿,有裆裤。

算我下三面。你看我不消动手,只一脚踢这厮下献台去。"任原看看逼将入来,虚将左脚卖个破绽,燕青叫一声:"不要来!"任原却待奔他,被燕青去任原左胁下穿将过去。任原性起,急转身又来拿燕青,被燕青虚跃一跃,又在右胁下钻过去。大汉转身终是不便,三换换得脚步乱了。燕青却抢将入去,用右手扭住任原,探左手插入任原交裆,用肩胛顶住他胸脯,把任原直托将起来,头重脚轻,借力便旋四五旋,旋到献台边,叫一声:"下去!"把任原头在下,脚在上,直撺下献台来。这一扑,名唤做鹁鸽旋,数万的香官看了,齐声喝采!

那任原的徒弟们见撷翻了他师父,先把山棚拽倒,乱抢了利物。众人乱喝打时,那二三十徒弟抢入献台来。知州那里治押得住。不想旁边恼犯了这个太岁,却是黑旋风李逵看见了,睁圆怪眼,倒竖虎须,面前别无器械,便把杉刺子撧葱般拔断,拿两条杉木在手,直打将来。

香官数内有人认得李逵的,说将出名姓来,外面做公人的齐入庙里大叫道:"休教走了梁山泊黑旋风!"那知府听得这话,从顶门上不见了三魂,脚底下疏失了七魄,便望后殿走了。四下里的人涌并围将来,庙里香官各自奔走。李逵看任原时,跌得昏晕,倒在献台边,口内只有些游气。李逵揭块石板,把任原头打得粉碎。两个从庙里打将出来,门外弓箭乱射入来,燕青、李逵只得爬上屋去,揭瓦乱打。

不多时,只听得庙门前喊声大举,有人杀将入来。当头一个,头戴白范阳毡笠儿,身穿白缎子袄,跨口腰刀,挺条朴刀,那汉是北京玉麒麟卢俊义。后面带着史进、穆弘、鲁智深、武松、解珍、解宝七筹好汉,引一千余人,杀开庙门,入来策应。燕青、李逵见了,便从屋上跳将下来,跟着大队便走。李逵便去客店里拿了双斧,赶来厮杀。这府里整点得官军来时,那伙好汉,已自去得远了。官兵已知梁山泊人众难敌,不敢来追赶。却说卢俊义便叫收拾李逵回去,行了半日,路上又不见了李逵。卢俊义又笑道:"正是招灾惹祸,必须使人寻他上山。"穆弘道:"我去寻他回寨。"卢俊义道:"最好。"

且不说卢俊义引众还山,却说李逵手持双斧,直到寿张县。当日午衙方散,李逵来到县衙门口,大叫入来:"梁山泊黑旋风爹爹在此!"吓得县中人手足都麻木了,动弹不得。原来这寿张县贴着梁山泊最近,若听得"黑旋风李逵"五个字,端的医得小儿夜啼惊哭,今日亲身到来,如何不怕!当时李逵径去知县椅子上坐了，口中叫道："着两个出来说话，不来时，便放火！"廊下房内众人商量："只得着几个出去答应；不然，怎地得他去？"数内两个吏员出来厅上拜了四拜，跪着道："头领到此，必有指使。"李逵道："我不来打搅你县里人，因往这里经过，闲要一遭，请出你知县来，我和他厮见。"两个去了，出来回话道："知县相公却才见头领来，开了后门，不知走往那里去了。"

李逵不信，自转入后堂房里来寻，却见有那幞头衣衫匣子在那里放着。李逵扭开锁，取出幞头，插上展角，将来戴了，把绿袍公服穿上，把角带系了，再寻皂靴，换了麻鞋，拿着槐简，走出厅前，大叫道："吏典人等都来参见！"众人没奈何，只得上去答应。李逵道："我这般打扮也好么？"众人道："十分相称。"李逵道："你们令史祗候都与我排衙了，便去；若不依我，这县都翻做白地。"众人怕他，只得聚集些公吏人来，擎着牙杖骨朵，打了三通擂鼓，向前声喏。李逵呵呵大笑，又道："你众人内也着两个来告状。"吏人道："头领坐在此地，谁敢来告状？"李逵道："可知人不来告状，你这里自着两个装做告状的来告。我又不伤他，只是取一回笑耍。"

公吏人等商量了一会，只得着两个牢子装做厮打的来告状，县门外百姓都放来看。两个跪在厅前，这个告道："相公可怜见，他打了小人。"那个告："他骂了小人，我才打他。"李逵道："那个是吃打的？"原告道："小人是吃打的。"又问道："那个是打了他的？"被告道："他先骂了，小人是打他来。"李逵道："这个打了人的是好汉，先放了他去。这个不长进的，怎地吃人打了，与我枷号在衙门前示众。"李逵起身，把绿袍抓扎起，槐简揣在腰里，掣出大斧，直看着枷了那个原告人，号令在县门前，方才大踏步去了，也不脱那衣靴。县门前看的百姓，那里忍得住笑。

正在寿张县前走过东，走过西，忽听得一处学堂读书之声，李逵揭起帘子，走将入去，吓得那先生跳窗走了。众学生们哭的哭，叫的叫，跑的跑，躲的躲。李逵大笑，出门来，正撞着穆弘。穆弘叫道："众人忧得你苦，你却在这里风！快上山去！"那里由他，拖着便走。李逵只得离了寿张县，径奔梁山泊来。有诗为证：

牧民县令每猖狂，自幼先生教不良。
应遣铁牛巡历到，琴堂闹了闹书堂。

二人渡过金沙滩，来到寨里，众人见了李逵这般打扮都笑。到得忠义堂上，宋江正与燕青庆喜，只见李逵放下绿襕袍，去了双斧，摇摇摆摆，直至堂前，执着槐简，来拜宋江。拜不得两拜，把这绿襕袍踏裂，绊倒在地，众人都笑。宋江骂道："你这厮忒大胆！不曾着我知道，私走下山，这是该死的罪过！但到处便惹起事端，今日对众弟兄说过，再不饶你！"李逵喏喏连声而退。

梁山泊自此人马平安，都无甚事，每日在山寨中教演武艺，操练人马，令会水者上船习学。各寨中添造军器、衣袍、铠甲、枪刀、弓箭、牌弩、旗帜，不在话下。

且说泰安州备将前事申奏东京，进奏院中，又有收得各处州县申奏表文，皆为宋江等反乱，骚扰地方。此时道君皇帝有一个月不曾临朝视事，当日早朝，正是三下静鞭鸣御阙，两班文武列金阶，殿头官喝道："有事出班早奏，无事卷帘退朝。"进奏院卿出班奏曰："臣院中收得各处州县累次表文，皆为宋江等部领贼寇，公然直进府州，劫掠库藏，抢掳仓廒，杀害军民，贪厌无足，所到之处，无人可敌。若不早为剿捕，日后必成大患。"天子乃云："上元夜此寇闹了京国，今又往各处骚扰，何况那里附近州郡？朕已累次差遣枢密院进兵，至今不见回奏。"旁有御史大夫崔靖出班奏曰："臣闻梁山泊上立一面大旗，上书'替天行道'四字，此是曜民之术。民心既服，不可加兵。即目辽兵犯境，各处军马遮掩不及，若要起兵征伐，深为不便。以臣愚意，此等山间亡命之徒，皆犯官刑，无路可避，遂乃啸聚山林，恣为不道。若降一封丹诏，光禄寺颁给御酒珍羞，差一员大臣，直到梁山泊，好言抚谕，招安来降，假此以敌辽兵，公私两便。伏乞陛下圣鉴。"天子云："卿言甚当，正合朕意。"便差殿前太尉陈宗善为使，赍擎丹诏御酒，前去招安梁山泊大小人数。

是日朝散，陈太尉领了诏敕，回家收拾。不争陈太尉奉诏招安，有分教，香醪翻做烧身药，丹诏应为引战书。毕竟陈太尉怎地来招安宋江，且听下回分解。

第七十五回

活阎罗倒船偷御酒　黑旋风扯诏骂钦差

话说陈宗善领了诏书,回到府中,收拾起身,多有人来作贺:“太尉此行,一为国家干事,二为百姓分忧,军民除患。梁山泊以忠义为主,只待朝廷招安,太尉可着些甜言美语,加意抚恤。”正话间,只见太师府干人来请,说道:“太师相邀太尉说话。”陈宗善上轿,直到新宋门大街太师府前下轿,干人直引进节堂内书院中,见了太师,侧边坐下。茶汤已罢,蔡太师问道:“听得天子差你去梁山泊招安,特请你来说知:到那里不要失了朝廷纲纪,乱了国家法度。你曾闻论语有云:‘行己有耻,使于四方,不辱君命,可谓使矣。’”陈太尉道:“宗善尽知,承太师指教。”蔡京又道:“我叫这个干人跟随你去。他多省得法度,怕你见不到处,就与你提拨。”陈太尉道:“深谢恩相厚意。”辞了太师,引着干人,离了相府,上轿回家。

方才歇定,门吏来报,高殿帅下马。陈太尉慌忙出来迎接,请到厅上坐定,叙问寒温已毕,高太尉道:“今日朝廷商量招安宋江一事,若是高俅在内,必然阻住。此贼累辱朝廷,罪恶滔天,今更赦宥罪犯,引入京城,必成后患。欲待回奏,玉音已出,且看大意如何。若还此贼仍昧良心,怠慢圣旨,太尉早早回京,不才奏过天子,整点大军,亲身到彼,剪草除根,是吾之愿。太尉此去,下官手下有个虞候,能言快语,问一答十,好与太尉提拨事情。”陈太尉谢道:“感蒙殿帅忧心。”高俅起身,陈太尉送至府前,上马去了。

次日,蔡太师府张干办、高殿帅府李虞候,二人都到了。陈太尉拴束马匹,整点人数,将十瓶御酒,装在龙凤担内挑了,前插黄旗。陈太尉上马,亲随五六人,张干办、李虞候都乘马匹,丹诏背在前面,引一行人出新宋门。以下官员,亦有送路的,都回去了。迤逦来到济州。太守张叔夜接着,请到府中设筵相待,动问招安一节,陈太尉都说了备细。张叔夜道:“论某愚意,招安一事最好;只是一件,太尉到那里,须是陪些和气,用甜言美语,抚恤他众人,好共歹,只要成全大事。他数内有几个性如烈火的汉子，倘或一言半语冲撞了他，便坏了大事。”张干办、李虞候道：“放着我两个跟着太尉，定不致差迟。太守，你只管教小心和气，须坏了朝廷纲纪，小辈人常压着，不得一半；若放他头起，便做模样。”张叔夜道：“这两个是甚么人？”陈太尉道：“这一个人是蔡太师府内干办。这一个是高太尉府里虞候。”张叔夜道：“只好教这两位干办不去罢！”陈太尉道：“他是蔡府、高府心腹人，不带他去，必然疑心。”张叔夜道：“下官这话，只是要好，恐怕劳而无功。”张干办道：“放着我两个，万丈水无涓滴漏。”张叔夜再不敢言语。一面安排筵宴管待，送至馆驿内安歇。次日，济州先使人去梁山泊报知。

却说宋江每日在忠义堂上聚众相会，商议军情，早有细作人报知此事，未见真实，心中甚喜。当日小喽罗领着济州报信的直到忠义堂上，说道：“朝廷今差一个太尉陈宗善，赍到十瓶御酒，赦罪招安丹诏一道，已到济州城内，这里整备迎接。”宋江大喜，遂取酒食，并彩缎二匹、花银十两，打发报信人先回。

宋江与众人道：“我们受了招安，得为国家臣子，不枉吃了许多时磨难！今日方成正果！”吴用笑道：“论吴某的意，这番必然招安不成；纵使招安，也看得俺们如草芥。等这厮引将大军来到，教他着些毒手，杀得他人亡马倒，梦里也怕，那时方受招安，才有些气度。”宋江道：“你们若如此说时，须坏了‘忠义’二字。”林冲道：“朝廷中贵官来时，有多少装么，中间未必是好事。”关胜便道：“诏书上必然写着些唬吓的言语，来惊我们。”徐宁又道：“来的人必然是高太尉门下。”宋江道：“你们都休要疑心，且只顾安排接诏。”先令宋清、曹正准备筵席，委柴进都管提调，务要十分齐整。铺设下太尉幕次，列五色绢缎，堂上堂下，搭彩悬花；先使裴宣、萧让、吕方、郭盛预前下山，离二十里伏道迎接。水军头领准备大船傍岸。吴用传令：“你们尽依我行，不如此，行不得。”

且说萧让引着三个随行，带引五六人，并无寸铁，将着酒果，在二十里外迎接。陈太尉当日在途中，张干办、李虞候不乘马匹，在马前步行，背后从人，何止二三百，济州的军官约有十数骑，前面摆列导引人马。龙凤担内挑着御酒，骑马的背着诏匣。济州牢子，前后也有五六十人，都要去梁山泊内，指望觅个小富贵。

萧让、裴宣、吕方、郭盛在半路上接着，都俯伏道旁迎接。那张干办便问道：“你那宋江大似谁？皇帝诏敕到来，如何不亲自来接？甚是欺君！

你这伙本是该死的人,怎受得朝廷招安? 请太尉回去!"萧让、裴宣、吕方、郭盛俯伏在地,请罪道:"自来朝廷不曾有诏到寨,未见真实。宋江与大小头领都在金沙滩迎接,万望太尉暂息雷霆之怒,只要与国家成全好事,恕免则个。"李虞候便道:"不成全好事,也不愁你这伙贼飞上天去了。"有诗为证:

贝锦生谗自古然,小人凡事不宜先。

九天恩雨今宣布,可惜招安未十全。

当时吕方、郭盛道:"是何言语! 只如此轻看人!"萧让、裴宣只得恳请他。捧去酒果,又不肯吃。

众人相随来到水边,梁山泊已摆着三只战船在彼,一只装载马匹,一只装裴宣等一干人,一只请太尉下船,并随从一应人等,先把诏书御酒放在船头上。那只船正是活阎罗阮小七监督。当日阮小七坐在船梢上,分拨二十余个军健棹船,一家带一口腰刀。陈太尉初下船时,昂昂然旁若无人,坐在中间。阮小七招呼众人,把船棹动,两边水手齐唱起歌来。李虞候便骂道:"村驴,贵人在此,全无忌惮!"那水手那里睬他,只顾唱歌。李虞候拿起藤条,来打两边水手,众人并无惧色。有几个为头的回话道:"我们自唱歌,干你甚事。"李虞候道:"杀不尽的反贼,怎敢回我话?"便把藤条去打,两边水手都跳在水里去了。

阮小七在艄上说道:"直这般打我水手下水里去了,这船如何得去?"只见上流头两只快船下来接。原来阮小七预先积下两舱水,见后头来船相近,阮小七便去拔了楔子,叫一声:"船漏了!"水早滚上舱里来,急叫救时,船里有一尺多水。那两只船帮将拢来,众人急救陈太尉过船去。各人且把船只顾摇开,那里来顾御酒诏书。两只快船先行去了。

阮小七叫上水手来,舀了舱里水,把展布都拭抹了,却叫水手道:"你且掇一瓶御酒过来,我先尝一尝滋味。"一个水手便去担中取一瓶酒出来,解了封头,递与阮小七。阮小七接过来,闻得喷鼻馨香。阮小七道:"只怕有毒,我且做个不着[①],先尝些个。"也无碗瓢,和瓶便呷,一饮而尽。阮小七吃了一瓶道:"有些滋味。"一瓶那里济事,再取一瓶来,又一饮而尽。吃得口滑,一连吃了四瓶。阮小七道:"怎地好?"水手道:"船梢头有一桶白

---

① 做个不着——豁出命。

酒在那里。”阮小七道：“与我取舀水的瓢来，我都教你们到口。”将那六瓶御酒，都分与水手众人吃了，却装上十瓶村醪水白酒，还把原封头缚了，再放在龙凤担内，飞也似摇着船来，赶到金沙滩。

却好上岸，宋江等都在那里迎接。香花灯烛，鸣金擂鼓，并山寨里鼓乐，一齐都响，将御酒摆在桌子上，每一桌令四个人抬；诏书也在一个桌子上抬着。陈太尉上岸，宋江等接着，纳头便拜。宋江道：“文面小吏，罪恶迷天，曲辱贵人到此，接待不及，望乞恕罪。”李虞候道：“太尉是朝廷大贵人大臣，来招安你们，非同小可！如何把这等漏船，差那不晓事的村贼乘驾，险些儿误了大贵人性命！”宋江道：“我这里有的是好船，怎敢把漏船来载贵人？”张干办道：“太尉衣襟上兀自湿了，你如何要赖！”宋江背后五虎将紧随定，不离左右，又有八骠骑将簇拥前后，见这李虞候、张干办在宋江前面指手划脚，你来我去，都有心要杀这厮，只是碍着宋江一个，不敢下手。

当日宋江请太尉上轿，开读诏书，四五次才请得上轿。牵过两匹马来，与张干办、李虞候骑。这两个男女，不知身己多大，装煞臭么[①]。宋江央及得上马行了，令众人大吹大擂，迎上三关来。宋江等一百余个头领，都跟在后面，直迎至忠义堂前，一齐下马，请太尉上堂，正面放着御酒诏匣，陈太尉、张干办、李虞候立在左边，萧让、裴宣立在右边。宋江叫点众头领时，一百七人，于内单只不见了李逵。此时是四月间天气，都穿夹罗战袄，跪在堂上，拱听开读。陈太尉于诏书匣内取出诏书，度与萧让。裴宣赞礼，众将拜罢，萧让展开诏书，高声读道：

制曰：文能安邦，武能定国。五帝凭礼乐而有疆封，三皇用杀伐而定天下。事从顺逆，人有贤愚。朕承祖宗之大业，开日月之光辉，普天率土，罔不臣伏。近为尔宋江等啸聚山林，劫掳郡邑，本欲用彰天讨，诚恐劳我生民。今差太尉陈宗善前来招安，诏书到日，即将应有钱粮、军器、马匹、船只，目下纳官，拆毁巢穴，率领赴京，原免本罪。倘或仍昧良心，违戾诏制。天兵一至，龆龀不留。故兹诏示，想宜知悉。

宣和三年孟夏四月　　日诏示

萧让却才读罢，宋江以下皆有怒色。只见黑旋风李逵从梁上跳将下

---

① 臭么(yāo)——臭架子。

来，就萧让手里夺过诏书，扯的粉碎，便来揪住陈太尉，拽拳便打。此时宋江、卢俊义大横身抱住，那里肯放他下手。恰才解拆得开，李虞候喝道："这厮是甚么人，敢如此大胆！"李逵正没寻人打处，劈头揪住李虞候便打，喝道："写来的诏书，是谁说的话？"张干办道："这是皇帝圣旨。"李逵道："你那皇帝，正不知我这里众好汉，来招安老爷们，倒要做大！你的皇帝姓宋，我的哥哥也姓宋，你做得皇帝，偏我哥哥做不得皇帝！你莫要来恼犯着黑爹爹，好歹把你那写诏的官员，尽都杀了！"众人都来解劝，把黑旋风推下堂去。

宋江道："太尉且宽心，休想有半星儿差池。且取御酒，教众人霑恩。"随即取过一副嵌宝金花钟，令裴宣取一瓶御酒，倾在银酒海内，看时，却是村醪白酒；再将九瓶都打开，倾在酒海内，却是一般的淡薄村醪。众人见了，尽都骇然，一个个都走下堂去了。鲁智深提着铁禅杖，高声叫骂："入娘撮鸟！忒煞是欺负人！把水酒做御酒来哄俺们吃！"赤发鬼刘唐也挺着朴刀杀上来，行者武松掣出双戒刀，没遮拦穆弘、九纹龙史进，一齐发作。六个水军头领都骂下关去了。

宋江见不是话，横身在里面拦当，急传将令，叫轿马护送太尉下山，休教伤犯。此时四下大小头领，一大半闹将起来。宋江、卢俊义只得亲身上马，将太尉并开诏一干人数护送下三关，再拜伏罪："非宋江等无心归降，实是草诏的官员不知我梁山泊的弯曲。若以数句善言抚恤，我等尽忠报国，万死无怨。太尉若回到朝廷，善言则个。"急急送过渡口，这一干人吓得屁滚尿流，飞奔济州去了。

却说宋江回到忠义堂上，再聚众头领筵席。宋江道："虽是朝廷诏旨不明，你们众人也忒性躁。"吴用道："哥哥，你休执迷！招安须自有日，如何怪得众兄弟们发怒？朝廷忒不将人为念！如今闲话都打迭起，兄长且传将令：马军拴束马匹，步军安排军器，水军整顿船只，早晚必有大军前来征讨。一两阵杀得他人亡马倒，片甲不回，梦着也怕，那时却再商量。"众人道："军师言之极当。"当日散席，各归本帐。

且说陈太尉回到济州，把梁山泊开诏一事，诉与张叔夜。张叔夜道："敢是你们多说甚言语来？"陈太尉道："我几曾敢发一言！"张叔夜道："既是如此，枉费了心力，坏了事情，太尉急急回京，奏知圣上，事不宜迟。"

陈太尉、张干办、李虞候一行人从，星夜回京来，见了蔡太师，备说梁山泊贼寇扯诏毁谤一节。蔡京听了大怒道："这伙草寇，安敢如此无礼！堂堂宋朝，如何教你这伙横行！"陈太尉哭道："若不是太师福荫，小官粉骨碎身在梁山泊！今日死里逃生，再见恩相！"太师随即叫请童枢密、高、杨二太尉，都来相府，商议军情重事。

无片时，都请到太师府白虎堂内。众官坐下，蔡太师教唤过张干办、李虞候，备说梁山泊扯诏毁谤一事。杨太尉道："这伙贼徒如何主张招安他？当初是那一个官奏来？"高太尉道："那日我若在朝内，必然阻住，如何肯行此事！"童枢密道："鼠窃狗偷之徒，何足虑哉！区区小才，亲引一支军马，克时定日，扫清水泊而回。"众官道："来日奏闻。"当下都散。

次日早朝，众官三呼万岁，君臣礼毕，蔡太师出班，将此事上奏天子。天子大怒，问道："当日谁奏寡人，主张招安？"侍臣给事中奏道："此日是御史大夫崔靖所言。"天子教拿崔靖送大理寺问罪。天子又问蔡京道："此贼为害多时，差何人可以收剿？"蔡太师奏道："非以重兵，不能收伏。以臣愚意，必得枢密院官亲率大军，前去剿扫，可以克日取胜。"天子教宣枢密使童贯问道："卿肯领兵收捕梁山泊草寇么？"童贯跪下奏曰："古人有云：'孝当竭力，忠则尽命。'臣愿效犬马之劳，以除心腹之患。"高俅、杨戬亦皆保举。天子随即降下圣旨，赐与金印兵符，拜东厅枢密使童贯为大元帅，任从各处选调军马，前去剿捕梁山泊贼寇，择日出师起行。正是：登坛攘臂[①]称元帅，败阵攒眉似小儿。毕竟童枢密怎地出师，且听下回分解。

第七十六回

吴加亮布四斗五方旗　宋公明排九宫八卦阵

话说枢密使童贯受了天子统军大元帅之职，径到枢密院中，便发调兵符验，要拨东京管下八路军州，各起军一万，就差本处兵马都监统率；又于京师御林军内选点二万，守护中军。枢密院下一应事务，尽委副枢密使掌管。御营中选两员良将，为左羽右翼。号令已定，不旬日间，诸事完备。一

① 攘臂——捋衣出臂，表示情绪振奋。

应接续军粮，并是高太尉差人趱运。那八路军马：

睢州兵马都监段鹏举
郑州兵马都监陈　翥
陈州兵马都监吴秉彝
唐州兵马都监韩天麟
许州兵马都监李　明
邓州兵马都监王　义
洳州兵马都监马万里
嵩州兵马都监周　信

御营中先到左羽右翼良将二员为中军，那二人：

御前飞龙大将酆　美
御前飞虎大将毕　胜

童贯掌握中军为主帅，号令大小三军齐备，武库拨降军器，选定吉日出师，高、杨二太尉设筵饯行，朝廷着仰中书省一面赏军。且说童贯已领众将，次日先驱军马出城，然后拜辞天子，飞身上马，出这新曹门，来五里短亭，只见高、杨二太尉率领众官，先在那里等候。童贯下马，高太尉执盏擎杯，与童贯道："枢密相公此行，与朝廷必建大功，早奏凯歌。此寇潜伏水洼，只须先截四边粮草，坚固寨栅，诱此贼下山，然后进兵。那时一个个生擒活捉，庶不负朝廷委用。"童贯道："重蒙教诲，不敢有忘。"各饮罢酒，杨太尉也来执盏与童贯道："枢相素读兵书，深知韬略，剿擒此寇，易如反掌。争奈此贼潜伏水泊，地利未便，枢相到彼，必有良策。"童贯道："下官到彼，见机而作，自有法度。"高、杨二太尉一齐进酒贺道："都门之外，悬望凯旋。"相别之后，各自上马。有各衙门合属官员送路的，不知其数。或近送，或远送，次第回京，皆不必说。大小三军，一齐进发，各随队伍，甚是严整。前军四队，先锋总领行军；后军四队，合后将军监督；左右八路军马，羽翼旗牌催督；童贯镇握中军，总统马步御林军二万，都是御营选拣的人。童贯执鞭，指点军兵进发。怎见得军容整肃，但见：

兵分九队，旗列五方。绿沉枪、点钢枪、鸦角枪，布遍野光芒；青龙刀、偃月刀、雁翎刀，生满天杀气；雀画弓、铁胎弓、宝雕弓，对插飞鱼袋内；射虎箭、狼牙箭、柳叶箭，齐攒狮子壶中；桦车弩、漆抹弩、脚登弩，排满前军；开山斧、偃月斧、宣花斧，紧随中队；竹节鞭、虎眼鞭、水磨鞭，齐悬在肘上；流星锤、鸡心锤、飞抓锤，各带在身边。方天戟豹尾翩翻，丈八矛珠缠错落。龙文剑掣一汪秋水，虎头牌画几缕春云。先锋猛勇，领拔山开路之精兵；元帅英雄，统喝水断桥之壮士。左统军，右统军，恢弘胆略；远哨马，近哨马，驰骋威风。震天鼙鼓摇山岳，映日旌旗避鬼神。

当日童贯离了东京，迤逦前进，不一二日，已到济州界分。太守张叔夜出城迎接，大军屯住城外。只见童贯引轻骑入城，至州衙前下马。张叔夜邀请至堂上，拜罢起居已了，侍立在面前。童枢密道："水洼草贼，杀害良民，邀劫商旅，造恶非止一端，往往剿捕，盖为不得其人，至容滋蔓。吾今统率大军十万，战将百员，克日要扫清山寨，擒拿众贼，以安兆民。"张叔夜答道："枢相在上，此寇潜伏水泊，虽然是山林狂寇，中间多有智谋勇烈之士，枢相勿以怒气自激，引军长驱，必用良谋，可成功绩。"童贯听了大怒，骂道："都似你这等懦弱匹夫，畏刀避剑，贪生怕死，误了国家大事，以致养成贼势。吾今到此，有何惧哉！"张叔夜那里再敢言语，且备酒食供送。童枢密随即出城，次日驱领大军，近梁山泊下寨。

且说宋江等已有细作人探知多日了。宋江与吴用已自铁桶般商量下计策，只等大军到来，告示诸将，各要遵依，毋得差错。

再说童枢密调拨军兵，点差睢州兵马都监段鹏举为正先锋，郑州都监陈翥为副先锋，陈州都监吴秉彝为正合后，许州都监李明为副合后，唐州都监韩天麟、邓州都监王义二人为左哨，洳州都监马万里、嵩州都监周信二人为右哨，龙虎二将酆美、毕胜为中军羽翼，童贯为元帅，总领大军，全身披挂，亲自监督。战鼓三通，诸军尽起。

行不过十里之外，尘土起处，早有敌军哨路，来的渐近，鸾铃响处，约有三十余骑哨马，都戴青包巾，各穿绿战袄，马上尽系着红缨，每边拴挂数十个铜铃，后插一把雉尾，都是钏银细杆长枪，轻弓短箭。为头的战将是谁，怎生打扮，但见：

枪横鸦角，刀插蛇皮。销金的巾帻佛头青，挑绣的战袍鹦哥绿。腰系绒绦真紫色，足穿气袴软香皮。雕鞍后对悬锦袋，内藏打将的石头。战马边紧挂铜铃，后插招风的雉尾。骠骑将军没羽箭，张清哨路最当先。

马上来的将军，号旗上写的分明："巡哨都头领没羽箭张清。"左有龚旺，右有丁得孙，直哨到童贯军前，相离不远，只隔百十步，勒马便回。前军先锋二将，不得军令，不敢乱动，报至中军，主帅童贯亲到军前，观犹未尽，张清又哨将来。童贯欲待遣人追战，左右说道："此人鞍后锦袋中都是石子，去不放空，不可追赶。"张清连哨了三遭，不见童贯进兵，返回。

行不到五里，只见山背后锣声响动，早转出五百步军来，当先四个步军头领，乃是黑旋风李逵、混世魔王樊瑞、八臂哪吒项充、飞天大圣李衮，直奔前来。但见：

人人虎体，个个彪形。当先两座恶星神，随后二员真杀曜。李逵手持双斧，樊瑞腰掣龙泉。项充牌画玉爪狻猊，李衮牌描金精獬豸。五百人绛衣赤袄，一部从红旆朱缨。青山中走出一群魔，绿林内迸开三昧火。

那五百步军就山坡下一字儿摆开，两边团牌齐齐扎住。童贯领军在前见了，便将玉麈尾一招，大队军马冲击前去。李逵、樊瑞引步军分开两路，都倒提着蛮牌，踅过山脚便走。童贯大军赶出山嘴，只见一派平川旷野之地，就把军马列成阵势，遥望李逵、樊瑞度岭穿林，都不见了。

童贯中军立起攒木将台，令拨法官二员上去，左招右飐，一起一伏，摆作四门斗底阵。阵势才完。只听得山后炮响，就后山飞出一彪军马来。童贯令左右拢住战马，自上将台看时，只见山东一路军马涌出来：前一队军马红旗，第二队杂彩旗，第三队青旗，第四队又是杂彩旗。只见山西一路人马也涌来：前一队人马是杂彩旗，第二队白旗，第三队又是杂彩旗，第四队皂旗，旗背后尽是黄旗。大队军将，急先涌来，占住中央，里面列成阵势。

远观未实，近睹分明，正南上这队人马，尽都是火焰红旗，红甲红袍，朱缨赤马，前面一把引军红旗，上面金销南斗六星，下绣朱雀之状。那把旗招展动处，红旗中涌出一员大将。怎生结束，但见：

盔顶朱缨飘一颗，猩猩袍上花千朵。
狮蛮带束紫玉团，狻猊甲露黄金锁。
狼牙木棍铁钉排，龙驹遍体胭脂裹。
红旗招展半天霞，正按南方丙丁火。

号旗上写的分明："先锋大将霹雳火秦明"。左右两员副将：左手是圣水将单廷珪，右边是神火将魏定国。三员大将，手搭兵器，都骑赤马，立于阵前。

东壁一队人马，尽是青旗，青甲青袍，青缨青马，前面一把引军青旗，上面金销东斗四星，下绣青龙之状。那把旗招展动处，青旗中涌出一员大将。怎生打扮，但见：

蓝靛包巾光满目，翡翠征袍花一簇。
铠甲穿连兽吐环，宝刀闪烁龙吞玉。
青骢遍体粉团花，战袄护身鹦鹉绿。
碧云旗动远山明，正按东方甲乙木。

号旗上写得分明："左军大将大刀关胜"。左右两员副将：左手是丑郡马宣赞，右手是井木犴郝思文。三员大将，手搭兵器，都骑青马，立于阵前。

西壁一队人马，尽是白旗，白甲白袍，白缨白马，前面一把引军白旗，上面金销西斗五星，下绣白虎之状。那把旗招展动处，白旗中涌出一员大将。怎生结束，但见：

漠漠寒云护太阴，梨花万朵迭层琛。
素色罗袍光闪闪，烂银铠甲冷森森。
赛霜骏马骑狮子，出白长枪搭绿沉。
一簇旗旛飘雪练，正按西方庚辛金。

号旗上写的分明："右军大将豹子头林冲"。左右两员副将：左手是镇三山黄信，右手是病尉迟孙立。三员大将，手搭兵器，都骑白马，立于阵前。

后面一簇人马，尽是皂旗，黑甲黑袍，黑缨黑马，前面一把引军黑旗，上面金销北斗七星，下绣玄武之状。那把旗招展动处，黑旗中涌出一员大将。怎生打扮，但见：

堂堂卷地乌云起，铁骑强弓势莫比。
皂罗袍穿龙虎躯，乌油甲挂豺狼体。
鞭似乌龙搭两条，马如泼墨行千里。
七星旗动玄武摇，正按北方壬癸水。

号旗上写得分明："合后大将双鞭呼延灼"。左右两员副将；左手是百胜将韩滔，右手是天目将彭玘。三员大将，手持兵器，都骑黑马，立于阵前。

东南方门旗影里一队军马，青旗红甲，前面一把引军绣旗，上面金销巽卦，下绣飞龙。那一把旗招展动处，捧出一员大将。怎生结束，但见：

擐甲披袍出战场，手中拈着两条枪。
雕弓鸾凤壶中插，宝剑沙鱼鞘内藏。

束雾衣飘黄锦带，腾空马顿紫丝缰。

青旗红焰龙蛇动，独据东南守巽方。

号旗上写得分明："虎军大将双枪将董平"。左右两员副将：左手是摩云金翅欧鹏，右手是火眼狻猊邓飞，手持兵器，都骑战马，立于阵前。

西南方门旗影里一队军马，红旗白甲，前面一把引军绣旗，上面金销坤卦，下绣飞熊。那把旗招展动处，捧出一员大将。怎生打扮，但见：

当先涌出英雄将，凛凛威风添气象。

鱼鳞铁甲紧遮身，凤翅金盔拴护项。

冲波战马似龙形，开山大斧如弓样。

红旗白甲火云飞，正据西南坤位上。

号旗上写得分明："骠骑大将急先锋索超"。左右两员副将：左手是锦毛虎燕顺，右手是铁笛仙马麟。三员大将，手掿兵器，都骑战马，立于阵前。

东北方门旗影里一队军马，皂旗青甲，前面一把引军绣旗，上面金销艮卦，下绣飞豹。那把旗招展动处，捧出一员大将。怎生结束，但见：

虎坐雕鞍胆气昂，弯弓插箭鬼神慌。

朱缨银盖遮刀面，绒缕金铃贴马旁。

盔顶穰花红错落，甲穿柳叶翠遮藏。

皂旗青甲烟尘内，东北天山守艮方。

号旗上写得分明："骠骑大将九纹龙史进"。左右两员副将：左手是跳涧虎陈达，右手是白花蛇杨春。三员大将，手掿兵器，都骑战马，立于阵前。

西北方门旗影里一队军马，白旗黑甲，前面一把引军旗，上面金销乾卦，下绣飞虎。那把旗招展动处，捧出一员大将。怎生打扮，但见：

雕鞍玉勒马嘶风，介胄棱层黑雾蒙。

豹尾壶中银镞箭，飞鱼袋内铁胎弓。

甲边翠缕穿双凤，刀面金花嵌小龙。

一簇白旗飘黑甲，天门西北是乾宫。

号旗上写得分明："骠骑大将青面兽杨志"。左右两员副将：左手是锦豹子杨林，右手是小霸王周通。三员大将，手掿兵器，都骑战马，立于阵前。

八方摆布的铁桶相似，阵门里马军随马队，步军随步队，各持钢刀大斧，阔剑长枪，旗旛齐整，队伍威严。去那八阵中央，只见团团一遭，都是杏黄旗，间着六十四面长脚旗，上面金销六十四卦，亦分四门。南门都是

马军,正南上黄旗影里,捧出两员上将,一般结束。但见:

熟铜锣间花腔鼓,簇簇攒攒分队伍。

戗金铠甲赭黄袍,剪绒战袄葵花舞。

垓心两骑马如龙,阵内一双人似虎。

周围绕定杏黄旗,正按中央戊己土。

那两员首将都骑黄马,上首是美髯公朱仝,下首是插翅虎雷横,一遭人马,尽都是黄旗,黄袍铜甲,黄马黄缨。中央阵四门:东门是金眼彪施恩,西门是白面郎君郑天寿,南门是云里金刚宋万,北门是病大虫薛永。那黄旗中间,立着那面"替天行道"杏黄旗,旗杆上拴着四条绒绳,四个长壮军士晃定。中间马上,有那一个守旗的壮士。怎生模样,但见:

冠簪鱼尾圈金线,甲皱龙鳞护锦衣。

凛凛身躯长一丈,中军守定杏黄旗。

这个守旗的壮士,便是险道神郁保四。那簇黄旗后,便是一丛炮架,立着那个炮手轰天雷凌振,带着副手二十余人,围绕着炮架。架子后一带,都摆着挠钩套索,准备捉将的器械,挠钩手后,又是一遭杂彩旗旛,团团便是七重围子手,四面立着二十八面绣旗,上面销金二十八宿星辰,中间立着一面堆绒绣就、真珠圈边、脚缀金铃、顶插雉尾、鹅黄帅字旗。那一个守旗的壮士,怎生模样,但见:

铠甲斜拴海兽皮,绛罗巾帻插花枝。

冲天杀气人难犯,守定中军帅字旗。

这个守旗的壮士,便是没面目焦挺。去那帅字旗边,设立两个护旗的将士,都骑战马,一般结束,手执钢枪,腰悬利剑,一个是毛头星孔明,一个是独火星孔亮。马前马后,排着二十四个把狼牙棍的铁甲军士。后面两把领战绣旗,两边排着二十四枝方天画戟。左手十二枝画戟丛中,捧着一员骁将。怎生打扮,但见:

踞鞍立马天风里,铠甲辉煌光焰起。

麒麟束带称狼腰,獬豸吞胸当虎体。

冠上明珠嵌晓星,鞘中宝剑藏秋水。

方天画戟雪霜寒,风动金钱豹子尾。

绣旗上写得分明:"小温侯吕方"。那右手十二枝画戟丛中,也捧着一员骁将。怎生打扮,但见:

三叉宝冠珠灿烂，两条雉尾锦斓斑。

柿红战袄遮银镜，柳绿征裙压绣鞍。

束带双跨鱼獭尾，护心甲挂小连环。

手持画杆方天戟，飘动金钱五色旛。

绣旗上写得分明："赛仁贵郭盛"。两员将各持画戟，立马两边。画戟中间，一簇钢叉，两员步军骁将，一般结束。但见：

虎皮磕脑豹皮裩，衬甲衣笼细织金。

手内钢叉光闪闪，腰间利剑冷森森。

一个是两头蛇解珍，一个是双尾蝎解宝。弟兄两个，各执着三股莲花叉，引着一行步战军士，守护着中军。随后两匹锦鞍马上，两员文士，掌管定赏功罚罪的人。左手那一个，乌纱帽，白罗襕，胸藏锦绣，笔走龙蛇，乃是梁山泊掌文案的秀士圣手书生萧让；右手那一个，绿纱巾，皂罗衫，气贯长虹，心如秋水，乃是梁山泊掌吏事的豪杰铁面孔目裴宣。这两个马后，摆着紫衣持节的人，二十四个当路，将二十四把麻扎刀。那刀林中，立着两个锦衣三串行刑刽子。怎生结束，有《西江月》为证：

一个皮主腰干红簇就，一个罗踢串彩色装成。一个双环扑兽创金明，一个头巾畔花枝掩映。　　一个白纱衫遮笼锦体，一个皂秃袖半露鸦青。一个将漏尘斩鬼法刀擎，一个把水火棍手中提定。

上手是铁臂膊蔡福，下手是一枝花蔡庆。弟兄两个，立于阵前，左右都是擎刀手。背后两边摆着二十四枝金枪银枪，每边设立一员大将领队。左边十二枝金枪队里，马上一员骁将，手执金枪，侧坐战马。怎生打扮，但见：

锦鞍骏马紫丝缰，金翠花枝压鬓旁。

雀画弓悬一弯月，龙泉剑挂九秋霜。

绣袍巧制鹦哥绿，战服轻裁柳叶黄。

顶上缨花红灿烂，手拈铁杆缕金枪。

这员骁将，乃是梁山泊金枪手徐宁。右手十二枝银枪队里，马上一员骁将，手执银枪，也侧坐骏马。怎生披挂，但见：

蜀锦鞍鞯宝镫光，五明骏马玉玎珰。

虎筋弦扣雕弓硬，燕尾梢攒箭羽长。

绿锦袍明金孔雀，红鞓带束紫鸳鸯。

参差半露黄金甲，手执银丝铁杆枪。

这员骁将，乃是梁山泊小李广花荣。两势下都是风流威猛二将。金枪手，银枪手，各带皂罗巾，鬓边都插翠叶金花。左手十二个金枪手穿绿，右手十二个银枪手穿紫。背后又是锦衣对对，花帽双双，绯袍簇簇，锦袄攒攒。两壁厢碧幢翠幕，朱幡皂盖，黄钺白旄，青萍紫电[①]。两行二十四把钺斧，二十四对鞭挝。中间一字儿三把销金伞盖，三匹绣鞍骏马，正中马前，立着两个英雄。左手那个壮士，端的是仪容济楚，世上无双。有《西江月》为证：

头巾侧一根雉尾，束腰下四颗铜铃。黄罗衫子晃金明，飘带绣裙相称。　兜小袜麻鞋嫩白，压腿绑护膝深青。旗标令字号神行，百里登时取应。

这个便是梁山泊能行快走的头领神行太保戴宗，手持鹅黄令字绣旗，专管大军中往来飞报军情，调兵遣将，一应事务。右手那个对立的壮士，打扮得出众超群，人中罕有。也有《西江月》为证：

褐衲袄满身锦衬，青包巾遍体金销。鬓边插朵翠花娇，鸂鶒玉环光耀。　红串绣裙裹肚，白裆素练围腰。落生弩子捧头挑，百万军中偏俏。

这个便是梁山泊风流子弟，能干机密的头领浪子燕青，背着强弓，插着利箭，手提着齐眉杆棒，专一护持中军。

远望着中军，去那右边销金青罗伞盖底下，绣鞍马上，坐着那个道德高人，有名羽士。怎生打扮，有《西江月》为证：

如意冠玉簪翠笔，绛绡衣鹤舞金霞。火神珠履映桃花，环珮玎珰斜挂。　背上雌雄宝剑，匣中微喷光华。青罗伞盖拥高牙，紫骝马雕鞍稳跨。

这个便是梁山泊呼风唤雨，役使鬼神，行法真师入云龙公孙胜，马上背着两口宝剑，手中按定紫丝缰。去那左边销金青罗伞盖底下，锦鞍马上，坐着那个足智多谋，全胜军师吴用。怎生打扮，有《西江月》为证：

白道服皂罗沿襈，紫丝绦碧玉钩环。手中羽扇动天关，头上纶巾微岸。　贴里暗穿银甲，垓心稳坐雕鞍。一双铜链挂腰间，文武双全师

① 青萍紫电——原为古代宝剑名，此泛指精良的刀剑。

范。

这个便是梁山泊能通韬略，善用兵机，有道军师智多星吴学究，马上手擎羽扇，腰悬两条铜链。去那正中销金大红罗伞盖底下，那照夜玉狮子金鞍马上，坐着那个有仁有义统军大元帅。怎生打扮，但见：

凤翅盔高攒金宝，浑金甲密砌龙鳞。锦征袍花朵簇阳春，锟铻剑[①]腰悬光喷。绣腿绊绒圈翡翠，玉玲珑带束麒麟。真珠伞盖展红云，第一位天罡临阵。

这个正是梁山泊主，济州郓城县人氏，山东及时雨呼保义宋公明，全身结束，自仗锟铻宝剑，坐骑金鞍白马，立于阵中监战，掌握中军。

马后大戟长戈，锦鞍骏马，整整齐齐，三五十员牙将，都骑战马，手执长枪，全副弓箭。马后又设二十四枝画角，全部军鼓大乐。阵后又设两队游兵，伏于两侧，以为护持。中军羽翼，左是没遮拦穆弘，引兄弟小遮拦穆春，管领马步军一千五百人；右是赤发鬼刘唐，引着九尾龟陶宗旺，管领马步军一千五百人，伏在两胁。后阵又是一队阴兵，簇拥着马上三个女头领：中间是一丈青扈三娘，左边是母大虫顾大嫂，右边是母夜叉孙二娘；押阵后是他三个丈夫：中间矮脚虎王英，左是小尉迟孙新，右是菜园子张青，总管马步军兵三千。那座阵势非同小可，但见：

明分八卦，暗合九宫。占天地之机关，夺风云之气象。前后列龟蛇之状，左右分龙虎之形。丙丁前进，如万条烈火烧山；壬癸后随，似一片乌云覆地。左势下盘旋青气，右手里贯串白光。金霞遍满中央，黄道全依戊己。四维[②]有二十八宿之分，周回有六十四卦之变。盘盘曲曲，乱中队伍变长蛇；整整齐齐，静里威仪如伏虎。马军则一冲一突，步卒是或后或前。休夸八阵成功，漫说六韬取胜。孔明施妙计，李靖播神机。

枢密使童贯在阵中将台上，定睛看了梁山泊兵马，无移时，摆成这个九宫八卦阵势，军马豪杰，将士英雄，惊得魂飞魄散，心胆俱落，不住声道："可知但来此间收捕的官军，便大败而回，原来如此利害！"看了半晌，只听得宋江军中催战的锣鼓不住声发擂。

---

① 锟铻剑——古代宝剑名。亦作"昆吾剑"。

② 四维——指东北、西北、东南、西南四隅。这里即指东、南、西、北四方。

童贯且下将台，骑上战马，再出前军来诸将中问道："那个敢厮杀的出去打话？"先锋队里转过一员猛将，挺身跃马而出，就马上欠身禀童贯道："小将愿往，乞取钧旨。"看乃是郑州都监陈翥，白袍银甲，青马绛缨，使一口大杆刀，现充副先锋之职。童贯便教军中金鼓旗下发三通擂，将台上把红旗招展兵马，陈翥从门旗下飞马出阵，两军一齐呐喊。陈翥兜住马，横着刀，厉声大叫："无端草寇，背逆狂徒，天兵到此，尚不投降，直待骨肉为泥，悔之何及！"

宋江正南阵中先锋头领虎将秦明，飞马出阵，更不打话，舞起狼牙棍，直取陈翥。两马相交，兵器并举，一个使棍的当头便打，一个使刀的劈面砍来。二将来来往往，翻翻复复，斗了二十余合，秦明卖个破绽，放陈翥赶将入来，一刀却砍个空。秦明趁势，手起棍落，把陈翥连盔带顶，正中天灵，陈翥翻身死于马下。秦明的两员副将单廷珪、魏定国，飞马直冲出阵来，先抢了那匹好马，接应秦明去了。

东南方门旗里虎将双枪将董平，见秦明得了头功，在马上寻思："大军已踏动锐气，不就这里抢将过去，捉了童贯，更待何时！"大叫一声，如阵前起个霹雳，两手持两条枪，把马一拍，直撞过阵来。童贯见了，勒回马望中军便走。西南方门旗里骠骑将急先锋索超也叫道："不就这里捉了童贯，更待何时！"手抡大斧，杀过阵来。中央秦明见了两边冲杀过去，也招动本队红旗军马，一齐抢入阵中，来捉童贯。正是：数只皂雕追紫燕，一群猛虎啖羊羔。毕竟枢密使童贯性命如何，且听下回分解。

第七十七回

梁山泊十面埋伏　宋公明两赢童贯

话说当日宋江阵中前部先锋，三队军马赶过对阵，大刀阔斧、杀得童贯三军人马，大败亏输，星落云散，七损八伤，军士抛金弃鼓，撇戟丢枪，觅子寻爷，呼兄唤弟，折了万余人马，退三十里外扎住。吴用在阵中鸣金收军，传令道："且未可尽情追杀，略报个信与他。"梁山泊人马都收回山寨，各自献功请赏。

且说童贯输了一阵,折了人马,早扎寨栅安歇下,心中忧闷,会集诸将商议。酆美、毕胜二将道:"枢相休忧,此寇知得官军到来,预先摆布下这座阵势。官军初到,不知虚实,因此中贼奸计。想此草寇,只是倚山为势,多设军马,虚张声势,一时失了地利。我等且再整练马步将士,停歇三日,养成锐气,将息战马,三日后将全部军将分作长蛇之阵,俱是步军杀将去。此阵如长山之蛇,击首则尾应,击尾则首应,击中则首尾皆应,都要连络不断,决此一阵,必见大功。"童贯道:"此计大妙,正合吾意。"即时传下将令,整肃三军,训练已定。

第三日,五更造饭,军将饱食,马带皮甲,人披铁铠,大刀阔斧,弓弩上弦,正是枪刀流水急,人马撮风行。大将酆美、毕胜当先引军,浩浩荡荡,杀奔梁山泊来。八路军马,分于左右,前面发三百铁甲哨马前去探路,回来报与童贯中军知道,说:"前日战场上,并不见一个军马。"童贯听了心疑,自来前军问酆美、毕胜道:"退兵如何?"酆美答道:"休生退心,只顾冲突将去。长蛇阵摆定,怕做甚么?"

官军迤逦前行,直进到水泊边,竟不见一个军马,但见隔水茫茫荡荡,都是芦苇烟火,远远地遥望见水浒寨山顶上一面杏黄旗在那里招飐,亦不见些动静。童贯与酆美、毕胜勒马在万军之前,遥望见对岸水面上芦林中一只小船,船上一个人,头戴青箬笠,身披绿蓑衣,斜倚着船背,岸西独自钓鱼。

童贯的步军,隔着岸叫那渔人,问道:"贼在那里?"那渔人只不应。童贯叫能射箭的放箭。两骑马直近岸边滩头来,近水兜住马,扳弓搭箭,望那渔人后心,飕地一箭去。那枝箭正射到箬笠上,当地一声响,那箭落下水里去了。这一个马军放一箭,正射到蓑衣上,当地一声响,那箭也落下水里去了。那两个马军是童贯军中第一惯射弓箭的。两个吃了一惊,勒回马,上来欠身禀童贯道:"两箭皆中,只是射不透,不知他身上穿着甚的。"童贯再拨三百能射硬弓的哨路马军,来滩头摆开,一齐望着那渔人放箭。那乱箭射去,渔人不慌。多有落在水里的,也有射着船上的。但射着蓑衣箬笠的,都落下水里去。童贯见射他不死,便差会水的军汉脱了衣甲,赴水过去,捉那渔人,早有三五十人赴将开去。

那渔人听得船尾水响,知有人来,不慌不忙,放下鱼钓,取棹竿拿在身边,近船来的,一棹竿一个,太阳上着的,脑袋上着的,面门上着的,都打下水里去了。后面见沉了几个,都赶转岸上,去寻衣甲。童贯看见大怒,教拨五百军汉下水去,定要拿这渔人;若有回来的,一刀两段。五百军人脱了衣甲,呐声喊,一齐都跳下水里,赴将过去。

那渔人回转船头,指着岸上童贯大骂道:"乱国贼臣,害民的禽兽,来这里纳命,犹自不知死哩!"童贯大怒,喝教马军放箭。那渔人呵呵大笑,说道:"兀那里有军马到了。"把手指一指,弃了蓑衣箬笠,翻身攒入水底下去了。那五百军正赶到船边,只听得在水中乱叫,都沉下去了。那渔人正是浪里白跳张顺,头上箬笠,上面是箬叶裹着,里面是铜打成的;蓑衣里面,一片熟铜打就,披着如龟壳相似,可知道箭矢射不入。张顺攒下水底,拔出腰刀,只顾排头价戮人,都沉下去,血水滚将起来。有乖的赴了开去,逃得性命。

童贯在岸上看得呆了,身边一将指道:"山顶上那面黄旗正在那里磨动。"童贯定睛看了,不解何意,众将也没做道理处。酆美道:"把三百铁甲哨兵,分作两队,教去两边山后出哨,看是如何。"却才分到山前,只听得芦苇中一个轰天雷炮飞起,火烟缭乱,两边哨马齐回来报,有伏兵到了。童贯在马上那一惊不小,酆美、毕胜两边差人,教军士休要乱动,数十万军都掣刀在手,前后飞马来叫道:"如有先走的便斩!"按住三军人马。

童贯且与众将立马望时,山背后鼓声震地,喊杀喧天,早飞出一彪军马,都打着黄旗,当先有两员骁将领兵。怎见得那队军马整齐:

黄旗拥出万山中,烁烁金光射碧空。
马似怒涛冲石壁,人如烈火撼天风。
鼓声震动森罗殿,炮力掀翻泰华宫。
剑队暗藏插翅虎,枪林飞出美髯公。

两骑黄骠马上,两员英雄头领:上首美髯公朱仝,下首插翅虎雷横,带领五千人马,直杀奔官军。童贯令大将酆美、毕胜当先迎敌,两个得令,便骤马挺枪出阵,大骂:"无端草贼,不来投降,更待何时!"雷横在马上大笑,喝道:"匹夫死在眼前,尚且不知!怎敢与吾决战?"毕胜大怒,拍马挺枪,直取雷横,雷横也使枪来迎。两马相交,军器并举,二将约战到二十余合,不分胜败。

酆美见毕胜战久,不能取胜,拍马舞刀,径来助战。朱仝见了,大喝一声,飞马抡刀,来战酆美。四匹马两对儿在阵前厮杀。童贯看了,喝采不迭。斗到涧深里，只见朱仝、雷横卖个破绽，拨回马头，望本阵便走。酆美、毕胜两将不舍，拍马追将过去。对阵军发声喊，望山后便走，童贯叫尽力追赶过山脚去，只听得山顶上画角齐鸣，众将抬头看时，前后两个炮直飞起来。童贯知有伏兵，把军马约住，教不要去赶。

只见山顶上闪出那杏黄旗来，上面绣着“替天行道”四字。童贯踅过山那边看时，见山头上一簇杂彩绣旗开处，显出那个郓城县盖世英雄山东呼保义宋江来。背后便是军师吴用、公孙胜、花荣、徐宁，金枪手，银枪手，众多好汉。童贯见了大怒，便差人马上山来拿宋江。大军人马，分为两路，却待上山，只听得山顶上鼓乐喧天，众好汉都笑。

童贯越添心上怒，咬碎口中牙，喝道：“这贼怎敢戏吾！我当自擒这厮。”酆美谏道：“枢相，彼必有计，不可亲临险地，且请回军，来日却再打听虚实，方可进兵。”童贯道：“胡说！事已到这里，岂可退军！教星夜与贼交锋。今已见贼，势不容退！”

语犹未绝，只听得后军呐喊，探子报道：“正西山后冲出一彪军来，把后军杀开做两处。”童贯大惊，带了酆美、毕胜，急回来救应后军时，东边山后鼓声响处，又早飞出一队人马来，一半是红旗，一半是青旗，捧着两员大将，引五千军马杀将来。那红旗军随红旗，青旗军随青旗，队伍端的整齐。但见：

对对红旗间翠袍，争飞战马转山腰。
日烘旗帜青龙见，风摆旌旗朱雀摇。
二队精兵皆勇猛，两员上将显英豪。
秦明手舞狼牙棍，关胜斜横偃月刀。

那红旗队里头领是霹雳火秦明，青旗队里头领是大刀关胜。二将在马上杀来，大喝道：“童贯早纳下首级！”童贯大怒，便差酆美来战关胜，毕胜去斗秦明。童贯见后军发喊得紧，又教鸣金收军，且休恋战，延便且退。朱仝、雷横引黄旗军又杀将来，两下里夹攻，童贯军兵大乱，酆美、毕胜保护着童贯，逃命而走。

正行之间，刺斜里又飞出一彪军马来，接住了厮杀。那队军马，一半是白旗，一半是黑旗，黑白旗中，也捧着两员虎将，引五千军马，拦住去路。这队军端的齐整：

炮似轰雷山石裂，绿林深处显戈矛。

素袍兵出银河涌，玄甲军来黑气浮。
两股鞭飞风雨响，一条枪到鬼神愁。
左边大将呼延灼，右手英雄豹子头。

那黑旗队里头领是双鞭呼延灼，白旗队里头领是豹子头林冲。二将在马上大喝道："奸臣童贯，待走那里去？早来受死！"一冲直杀入军中来。那睢州都监段鹏举接住呼延灼交战，洳州都监马万里接着林冲厮杀。这马万里与林冲斗不到数合，气力不加，却待要走，被林冲大喝一声，慌了手脚，着了一矛，戳在马下。段鹏举看见马万里被林冲搠死，无心恋战，隔过呼延灼双鞭，霍地拨回马便走。呼延灼奋勇赶将入来，两军混战，童贯只教夺路且回。

只听得前军喊声大举，山背后飞出一彪步军，直杀入垓心里来。当先一僧一行者，领着军兵，大叫道："休教走了童贯！"那和尚不修经忏，专好杀人，单号花和尚，双名鲁智深。这行者景阳冈曾打虎，水浒寨最英雄，有名行者武松。这两个杀入阵来。怎见得，有《西江月》为证：

鲁智深一条禅杖，武行者两口钢刀。钢刀飞出火光飘，禅杖来如铁炮。　　禅杖打开脑袋，钢刀截断人腰。两般军器不相饶，百万军中显耀。

童贯众军被鲁智深、武松引领步军一冲，早四分五落。官军人马，前无去路，后没退兵，只得引酆美、毕胜撞透重围，杀条血路，奔过山背后来。正方喘息，又听得炮声大震，战鼓齐鸣，看两员猛将当先，一簇步军拦路。怎见得：

两头蛇腥风难近，双尾蝎毒气齐喷。钢叉一对世无伦，较猎场中声震。左手解珍出众，右手解宝超群。数千铁甲虎狼军，搅碎长蛇大阵。

来的步军头领解珍、解宝，各拈五股钢叉，又引领步军杀入阵内。童贯人马遮拦不住，突围而走，五面马军步军一齐追杀，赶得官军星落云散，酆美、毕胜力保童贯而走。见解珍、解宝兄弟两个，挺起钢叉，直冲到马前。童贯争忙拍马，望刺斜里便走，背后酆美、毕胜赶来救应，又得唐州都监韩天麟、邓州都监王义，四个并力，杀出垓心。

方才进步，喘息未定，只见前面尘起，叫杀连天，绿丛丛林子里又早飞出一彪人马，当先两员猛将，拦住去路。那两个是谁，但见：

一个宣花大斧，一个出白银枪。枪如毒蟒露梢长，斧起处似开山神将。一个风流俊骨，一个猛烈刚肠。董平国士[1]更无双，急行锋索超谁让。

这两员猛将：双枪将董平、急先锋索超，两个更不打话，飞马直取童贯。王义挺枪去迎，被索超手起斧落，砍于马下。韩天麟来救，被董平一枪搠死。酆美、毕胜死保护童贯，奔马逃命。四下里金鼓乱响，正不知何处军来。

童贯拢马上坡看时，四面八方四队马军，两胁两队步军，栲栳圈，簸箕掌，梁山泊军马大队齐齐杀来，童贯军马如风落云散，东零西乱。

正看之间，山坡下一簇人马出来，认的旗号是陈州都监吴秉彝、许州都监李明。这两个引着些断枪折戟，败残军马，踅转琳琅山躲避。看见招呼时，正欲上坡，急调人马，又见山侧喊声起来，飞过一彪人马赶出，两把认旗招飐，马上两员猛将，各执兵器，飞奔官军。这两个是谁，有《临江仙》词为证：

盔上长缨飘火焰，纷纷乱撒猩红，胸中豪气吐长虹。战袍裁蜀锦，铠甲镀金铜。　两口宝刀如雪练，垓心抖擞威风，左冲右突显英雄。军班青面兽，好汉九纹龙。

这两员猛将，正是杨志、史进，两骑马，两口刀，却才截住吴秉彝、李明两个军官厮杀。李明挺枪向前，来斗杨志；吴秉彝使方天戟，来战史进。两对儿在山坡下一来一往，盘盘旋旋，各逞平生武艺。

童贯在山坡上勒住马，观之不定。四个人约斗到三十余合，吴秉彝用戟奔史进心坎上戳将来，史进只一闪，那枝戟从肋窝里放个过，吴秉彝连人和马抢近前来，被史进手起刀落，只见一条血颡光连肉，顿落金鳌在马边，吴秉彝死于坡下。李明见先折了一个，却待也要拨回马走时，被杨志大喝一声，惊得魂消魄散，胆颤心寒，手中那条枪，不知颠倒。杨志把那口刀从顶门上劈将下来，李明只一闪，那刀正剁着马的后胯下，那马后蹄踱将下去，把李明闪下马来，弃了手中枪，却待奔走，这杨志手快，随复一刀，砍个正着。可怜李明半世军官，化作南柯一梦。两员官将，皆死于坡下。杨志、史进追杀败军，正如砍瓜截瓠相似。

童贯和酆美、毕胜在山坡上看了，不敢下来，身无所措，三个商量道：

---

① 国士——国内优秀杰出的人才。

"似此如何杀得出去?"酆美道:"枢相且宽心,小将望见正南上尚兀自有大队官军扎住在那里,旗旛不倒,可以解救。毕都统保守枢相在山头,酆美杀开条路,取那枝军马来,保护枢相出去。"童贯道:"天色将晚,你可善觑方便,疾去早来。"酆美提着大杆刀,飞马杀下山来,冲开条路,直到南边。看那队军马时,却是嵩州都监周信,把军兵团团摆定,死命抵住。垓心里看见那酆美来,便接入阵内,问:"枢相在那里?"酆美道:"只在前面山坡上,专等你这枝军马去救护杀出来。事不宜迟,火速便起。"周信听说罢,便教传令,马步军兵,都要相顾,休失队伍,齐心并力。二员大将当先,众军助喊,杀奔山坡边来。

行不到一箭之地,刺斜里一枝军到,酆美舞刀,径出迎敌,认得是睢州都监段鹏举,三个都相见了,合兵一处,杀到山坡下,毕胜下坡迎接上去,见了童贯,一处商议道:"今晚便杀出去好?却挨到来朝去好?"酆美道:"我四人死保枢相,只就今晚杀透重围出去,可脱贼寇。"

看看近夜,只听得四边喊声不绝,金鼓乱鸣。约有二更时候,星月光亮,酆美当先,众军官簇拥童贯在中间,一齐并力,杀下山坡来。只听得四下里乱叫道:"不要走了童贯!"众官军只望正南路冲杀过来。

看看混战到四更左右,杀出垓心,童贯在马上以手加额,顶礼天地神明道:"惭愧!脱得这场大难!"催赶出界,奔济州去。

却才欢喜未尽,只见前面山坡边一带火把,不计其数;背后喊声又起,看见火把光中两条好汉,拈着两口朴刀,引出一员骑白马的英雄大将,在马上横着一条点钢枪。那人是谁,有《临江仙》词为证:

马步军中推第一,天罡数内为尊,上天降下恶星辰。眼珠如点漆,面部似镌银。　丈二钢枪无敌手,身骑快马腾云,人材武艺两超群。梁山卢俊义,河北玉麒麟。

那马上的英雄大将,正是玉麒麟卢俊义。马前这两个使朴刀的好汉:一个是病关索杨雄,一个是拼命三郎石秀,在火把光中引着三千余人,抖擞精神,拦住去路。卢俊义在马上大喝道:"童贯不下马受缚,更待何时?"童贯听得,对众道:"前有伏兵,后有追兵,似此如之奈何?"酆美道:"小将舍条性命,以报枢相,汝等众官,紧保枢相,夺路望济州去,我自战住此贼。"酆美拍马舞刀,直奔卢俊义。

两马相交,斗不到数合,被卢俊义把枪只一逼,逼过大刀,抢人身去,劈腰提住，一脚蹬开战马，把酆美活捉去了。杨雄、石秀便来接应，众军齐上，横拖倒拽捉了去。毕胜和周信、段鹏举舍命保童贯，冲杀拦路军兵，且战且走。背后卢俊义赶来，童贯败军，忙忙似丧家之狗，急急如漏网之鱼。天晓脱得追兵，望济州来。

正走之间，前面山坡背后又冲出一队步军来，那军都是铁掩心甲，绛红罗头巾。当先四员步军头领，毕竟是谁：

黑旋风双持板斧，丧门神单仗龙泉。项充、李衮在旁边，手舞团牌体健。斩虎须投大穴，诛龙必向深渊。三军威势振青天，恶鬼眼前活现。

这李逵抡两把板斧，鲍旭仗一口宝剑，项充、李衮各舞蛮牌遮护，却似一团火块，从地皮上滚将来，杀得官军四分五落而走。童贯与众将且战且走，只逃性命。李逵直砍入马军队里，把段鹏举马脚砍翻，掀将下来，就势一斧，劈开脑袋，再复一斧，砍断咽喉，眼见得段鹏举不活了。

且说败残官军将次捱到济州，真乃是头盔斜掩耳，护项半兜腮，马步三军没了气力，人困马乏。奔到一条溪边，军马都且去吃水，只听得对溪一声炮响，箭矢如飞蝗一般射将过来。官军急上溪岸，去树林边转出一彪军马来。为头马上三个英雄是谁：

舞动一条玉蟒，撒开万点飞星。东昌骠骑是张清，没羽箭谁人敢近！飞枪的枪无虚发，飞叉的叉不容情。两员虎将势纵横，左右马前帮定。

原来这没羽箭张清和龚旺、丁得孙带领三百余骑马军。那一队骁骑马军，都是铜铃面具，雉尾红缨，轻弓短箭，绣旗花枪。三将为头直冲将来。嵩州都监周信见张清军马少，便来迎敌，毕胜保着童贯而走。

周信纵马挺枪来迎，只见张清左手纳住枪，右手似招宝七郎之形，口中喝一声道："着！"去周信鼻凹上只一石子打中，翻身落马；龚旺、丁得孙旁边飞马来相助，将那两条叉戳定咽喉，好似霜摧边地草，雨打上林花，周信死于马下。童贯止和毕胜逃命，不敢入济州，引了败残军马，连夜投东京去了，于路收拾逃难军马下寨。

原来宋江有仁有德，素怀归顺之心，不肯尽情追杀；惟恐众将不舍，要追童贯，火急差戴宗传下将令，布告众头领，收拾各路军马步卒，都回山寨请功。各处鸣金收军而回，鞍上将都敲金镫，步下卒齐唱凯歌，纷纷尽入梁山泊，个个同回宛子城。

宋江、吴用、公孙胜先到水浒寨中，忠义堂上坐下，令裴宣验看各人功赏。卢俊义活捉酆美，解上寨来，跪在堂前。宋江自解其缚，请入堂内上坐，亲自捧杯陪话，奉酒压惊。众头领都到堂上，是日杀牛宰马，重赏三军，留酆美住了两日，备办鞍马，送下山去。酆美大喜。宋江陪话道："将军阵前阵后，冒渎威严，切乞恕罪。宋江等本无异心，只要归顺朝廷，与国家出力，被这不公不法之人逼得如此，望将军回朝，善言解救。倘得他日重见恩光，生死不忘大德。"酆美拜谢不杀之恩，登程下山。宋江令人直送出界，回京不在话下。

宋江回到忠义堂上，再与吴用等众头领商量。原来今次用此十面埋伏之计，都是吴用机谋布置，杀得童贯胆寒心碎，梦里也怕，大军三停折了二停。吴用道："童贯回到京师，奏了官家，如何不再起兵来！必得一人直投东京，探听虚实，回报山寨，预作准备。"宋江道："军师此论，正合吾心。你弟兄中，不知那个敢去？"只见坐次之中一个人应道："兄弟愿往。"众人看了，都道："须是他去，必干大事。"不是这个人去，有分教，重施谋略，再败官军；且是冲阵马亡青嶂下，戏波船陷绿蒲中。毕竟梁山泊是谁人前去打听，且听下回分解。

第七十八回

十节度议取梁山泊　宋公明一败高太尉

再说梁山泊好汉，自从两赢童贯之后，宋江、吴用商议，必用着一个人，去东京探听消息虚实，上山回报，预先准备军马交锋。言之未绝，只见神行太保戴宗道："小弟愿往。"宋江道："探听军情，多亏煞兄弟一个，虽然贤弟去得，必须也用一个相帮去最好。"李逵便道："兄弟帮哥哥去走一遭。"宋江笑道："你便是那个不惹事的黑旋风！"李逵："今番去时，不惹事便了。"宋江喝退，一壁再问："有那个兄弟敢去走一遭？"赤发鬼刘唐禀道："小弟帮戴宗哥哥去如何？"宋江大喜道："好！"当日两个收拾了行装，便下山去。

且不说戴宗、刘唐来东京打听消息，却说童贯和毕胜沿路收聚得败残军马四万余人，比到东京，于路教众多管军的头领，各自部领所属军马，回营寨去了，只带御营军马入城来。童贯卸了戎装衣甲，径投高太尉府中去商议。两个见了，各叙礼罢，请入后堂深处坐定。童贯把大折两阵，结果了八路军官，并许多军马，酆美又被活捉去了，似此如之奈何，一一都告诉了。高太尉道："枢相不要烦恼，这件事只瞒了今上天子便了，谁敢胡奏！我和你去告禀太师，再作个道理。"童贯和高俅上了马，径投蔡太师府内来。

已有报知童枢密回了，蔡京料道不胜，听得和高俅同来，蔡京教唤入书院里来厮见。童贯拜了太师，泪如雨下。蔡京道："且休烦恼，我备知你折了军马之事。"高俅道："贼居水泊，非船不能征进，枢密只以马步军征剿，因此失利，中贼诡计。"童贯诉说折兵败阵之事，蔡京道："你折了许多军马，费了许多钱粮，又折了八路军官，这事怎敢教圣上得知！"童贯再拜道："望乞太师遮盖，救命则个！"蔡京道："明日只奏道天气暑热，军士不伏水土，权且罢战退兵。倘或震怒说道：'似此心腹大患，不去剿灭，后必为殃。'如此时，恁众官却怎地回答。"高俅道："非是高俅夸口，若还太师肯保高俅领兵亲去那里征讨，一鼓可平。"蔡京道："若得太尉肯自去，可知是好，明日便当保奏太尉为帅。"高俅又禀道："只有一件，须得圣旨任便起军，并随造船只；或是拘刷原用官船民船，或备官价，收买木料，打造战船；水陆并进，船骑同行，方可指日成功。"蔡京道："这事容易。"

正话间，门吏报道："酆美回来了。"童贯大喜。太师教唤进来，问其缘故。酆美拜罢，叙说宋江但是活捉上山去的，尽数放回，不肯杀害，又与盘缠，令回乡里，因此小将得见钧颜。高俅道："这是贼人诡计，故意慢我国家。今后不点近处军马，直去山东、河北拣选得用的人，跟高俅去。"蔡京道："既然如此计议定了，来日内里相见，面奏天子。"各自回府去了。

次日五更三点，都在侍班阁子里相聚。朝鼓响时，各依品从，分列丹墀，拜舞起居已毕，文武分班，列于玉阶之下，只见蔡太师出班奏道："昨遣枢密使童贯统率大军，进征梁山泊草寇，近因炎热，军马不伏水土，抑且贼居水洼，非船不行，马步军兵，急不能进，因此权且罢战，各回营寨暂歇，别候圣旨。"天子乃云："似此炎热，再不复去矣！"蔡京奏道："童贯可于泰乙宫听罪，别令一人为帅，再去征伐，乞请圣旨。"天子曰："此寇乃是心腹大患，不可不除，谁与寡人分忧？”高俅出班奏曰：“微臣不材，愿效犬马之劳，去征剿此寇，伏取圣旨。”天子云：“既然卿肯与寡人分忧，任卿择选军马。”高俅又奏：“梁山泊方圆八百余里，非仗舟船，不能前进，臣乞圣旨，于梁山泊近处采伐木植，督工匠造船或用官钱收买民船，以为战伐之用。”天子曰：“委卿执掌，从卿处置，可行即行，慎勿害民。”高俅奏道：“微臣安敢！只容宽限，以图成功。”天子令取锦袍金甲，赐与高俅，另选吉日出师。

当日百官朝退，童贯、高俅送太师到府，便唤中书省关房掾史，传奉圣旨，定夺拨军。高太尉道：“前者有十节度使，多曾与国家建功，或征鬼方，或伐西夏，并金、辽等处，武艺精熟，请降钧帖，差拨为将。”蔡太师依允，便发十道劄付文书，仰各各部领所属精兵一万，前赴济州取齐，听候调用。十个节度使非同小可，每人领军一万，克期并进。那十路军马：

河南河北节度使王　焕
上党太原节度使徐　京
京北弘农节度使王文德
颍州汝南节度使梅　展
中山安平节度使张　开
江夏零陵节度使杨　温
云中雁门节度使韩存保
陇西汉阳节度使李从吉
琅琊彭城节度使项元镇
清河天水节度使荆　忠

原来这十路军马，都是曾经训练精兵，更兼这十节度使，旧日都是绿林丛中出身，后来受了招安，直做到许大官职，都是精锐勇猛之人，非是一时建了些少功名。当日中书省定了程限，发十道公文，要这十路军马如期都到济州，迟慢者定依军令处置。金陵建康府有一枝水军，为头统制官，唤做刘梦龙。那人初生之时，其母梦见一条黑龙飞入腹中，感而遂生。及至长大，善知水性，曾在西川峡江讨贼有功，升做军官都统制，统领一万五千水军，棹船五百只，守住江南。高太尉要取这支水军并船只星夜前来听调，又差一个心腹人，唤做牛邦喜，也做到步军校尉，教他去沿江上下并一应河道内拘刷船只，都要来济州取齐，交割调用。高太尉帐前牙将极多，于内两个最了得：一个唤做党世英，一个唤做党世雄。弟兄二人，现做统制官，各有万夫不当之勇。高太尉又去御营内选拨精兵一万五千，通共各处军马一十三万，先于诸路差官供送粮草，沿途交纳。高太尉连日整顿衣甲，制造旌旗，未及登程。有诗为证：

轻事贪功愿领兵，兵权到手便留行。

幸因主帅迟迟去，多得三军数日生。

却说戴宗、刘唐在东京住了几日，打探得备细消息，星夜回还山寨，报说此事。宋江听得高太尉亲自领兵，调天下军马一十三万，十节度使统领前来，心中惊恐，便和吴用商议。吴用道："仁兄勿忧，小生也久闻这十节度的名，多与朝廷建功，只是当初无他的敌手，以此只显他的豪杰。如今放着这一班好弟兄，如狼似虎的人，那十节度已是过时的人了，兄长何足惧哉！比及他十路军来，先教他吃我一惊。"宋江道："军师如何惊他?"吴用道："他十路军马都到济州取齐，我这里先差两个快厮杀的，去济州相近，接着来军，先杀一阵。这是报信与高俅知道。"宋江道："叫谁去好?"吴用道："差没羽箭张清、双枪将董平，此二人可去。"宋江差二将各带一千马军，前去巡哨济州，相迎截杀各路军马；又拨水军头领，准备泊子里夺船。山寨中头领先调拨已定，且不细说，下来便知。

再说高太尉在京师俄延了二十余日，天子降敕，催促起军，高俅先发御营军马出城，又选教坊司歌儿舞女三十余人，随军消遣。至日祭旗，辞驾登程，却好一月光景。

时值初秋天气，大小官员都在长亭饯别。高太尉戎装披挂，骑一匹金鞍战马，前面摆着五匹玉辔雕鞍从马，左右两边，排着党世英、党世雄兄弟两个，背后许多殿帅统制官、统军提辖、兵马防御、团练等官，参随在后。那队伍军马，十分摆布得整齐。诗曰：

匿奸罔上非忠荩，好战全违旧典章。

不事怀柔服强暴，只驱良善敌刀枪。

那高太尉部领大军出城，来到长亭前下马，与众官作别，饮罢饯行酒，攀鞍上马，登程望济州进发。于路上纵容军士，尽去村中纵横掳掠，黎民受害，非止一端。

却说十路军马陆续都到济州，有节度使王文德领着京北等处一路军马，星夜奔济州来，离州尚有四十余里。当日催动人马，赶到一个去处，地名凤尾坡，坡下一座大林。前军却好抹过林子，只听得一棒锣声响处，林子背后山坡脚边转出一彪军马来，当先一将拦路。那员将顶盔挂甲，插箭弯弓，去那弓袋箭壶内侧插着小小两面黄旗，旗上各有五个金字，写道："英雄双枪将，风流万户侯。"两手搭两杆钢枪。此将乃是梁山泊第一个惯冲头阵的勇将董平，因此人称为"董一撞"。董平勒定战马，截住大路喝道："来的是那里兵马？不早早下马受缚，更待何时？"这王文德兜住马，呵呵大笑道："瓶儿罐儿也有两个耳朵，你须曾闻我等十节度使累建大功，名扬天下，大将王文德么？"董平大笑，喝道："只你便是杀晚爷[①]的大顽[②]。"王文德听了大怒，骂道："反国草寇，怎敢辱吾！"拍马挺枪，直取董平。董平也挺双枪来迎。两将斗到三十合，不分胜败。王文德料道赢不得董平，喝一声："少歇再战。"各归本阵。

王文德吩咐众军，休要恋战，直冲过去。王文德在前，三军在后，大发声喊，杀将过去。董平后面引军追赶，将过林子，正走之间，前面又冲出一彪军马来。为首一员上将，正是没羽箭张清，在马上大喝一声："休走！"手中拈定一个石子打将来，望王文德头上便着。急待躲时，石子打中盔顶，王文德伏鞍而走，跑马奔逃。两将赶来，看看赶上，只见侧首冲过一队军来。王文德看时，却是一般的节度使杨温军马，齐来救应。因此，董平、张清不敢来追，自回去了。

两路军马同入济州歇定，太守张叔夜接待各路军马。数日之间，前路报来，高太尉大军到了，十节度出城迎接，都相见了太尉，一齐护送入城，把州衙权为帅府，安歇下了。高太尉传下号令，教十路军马，都向城外屯驻，伺候刘梦龙水军到来，一同进发。这十路军马，各自下寨，近山砍伐木植，人家搬掳门窗，搭盖窝铺，十分害民。高太尉自在城中帅府内，定夺征进人马，无银两使用者，都充头哨出阵交锋；有银两者，留在中军，虚功滥报。似此奸弊，非止一端。

高太尉在济州不过一二日，刘梦龙战船到了，参谒帅府。礼毕，高俅随即便唤十节度使都到厅前，共议良策。王焕等禀复道："太尉先教马步军去探路，引贼出战，然后却调水路战船，去劫贼巢，令其两下不能相顾，可获群贼矣！"高太尉从其所言。当时分拨王焕、徐京为前部先锋，王文

---

① 晚爷——后父。

② 大顽——坏蛋，混蛋。

德、梅展为合后收军，张开、杨温为左军，韩存保、李从吉为右军，项元镇、荆忠为前后救应使。党世雄引领三千精兵，上船协助刘梦龙水军船只，就行监战。

诸军尽皆得令，整束了三日，请高太尉看阅诸路军马。高太尉亲自出城，一一点看了，便遣大小三军，并水军，一齐进发，径望梁山泊来。

且说董平、张清回寨，说知备细。宋江与众头领统率大军下山。不远，早见官军到来。前军射住阵脚，两边拒定人马，只见先锋王焕出阵，使一条长枪，在马上厉声高叫："无端草寇，敢死村夫，认得大将王焕么？"对阵绣旗开处，宋江亲自出马，与王焕声喏道："王节度，你年纪高大了，不堪与国家出力，当枪对敌，恐有些一差二误，枉送了你一世清名。你回去罢！另教年纪小的出来战。"王焕听得大怒，骂道："你这厮是个文面俗吏，安敢抗拒天兵！"宋江答道："王节度，你休逞好手，我这一班儿替天行道的好汉，不到得输与你！"王焕便挺枪戳将过来。宋江马后，早有一将，銮铃响处，挺枪出阵。宋江看时，却是豹子头林冲，来战王焕。两马相交，众军助喊，高太尉自临阵前，勒住马看。只听得两军呐喊喝采，果是马军踏镫抬身看，步卒掀盔举眼观。两个施逞诸路枪法，但见：

一个屏风枪势如霹雳，一个水平枪勇若奔雷。一个朝天枪难防难躲，一个钻风枪怎敌怎遮。这个恨不得枪戳透九霄云汉，那个恨不得枪刺透九曲黄河。一个枪如蟒离岩洞，一个枪似龙跃波津。一个使枪的雄似虎吞羊，一个使枪的俊如雕扑兔。

王焕大战林冲，约有七八十合，不分胜败。两边各自鸣金，二将分开，各归本阵。

只见节度使荆忠到前军，马上欠身，禀复高太尉道："小将愿与贼人决一阵，乞请钧旨。"高太尉便教荆忠出马交战。宋江马后鸾铃响处，呼延灼来迎。荆忠使一口大杆刀，骑一匹瓜黄马，二将交锋，约斗二十合，被呼延灼卖个破绽，隔过大刀，顺手提起钢鞭来，只一下，打个衬手[①]，正着荆忠脑袋，打得脑浆迸流，眼珠突出，死于马下。

高俅看见折了一个节度使，火急便差项元镇，骤马挺枪，飞出阵前，大喝："草贼敢战吾么？"宋江马后，双枪将董平撞出阵前，来战项元镇。两个

① 衬手——趁手，顺手。

头不到十合,项元镇霍地勒回马,拖了枪便走。董平拍马去赶,项元镇不入阵去,绕着阵脚,落荒而走。董平飞马去追,项元镇带住枪,左手拈弓,右手搭箭,拽满弓,翻身背射一箭。董平听得弓弦响,抬手去隔,一箭正中右臂,弃了枪,拨回马便走。项元镇挂着弓,拈着箭,倒赶将来。呼延灼、林冲见了,两骑马各出,救得董平归阵。高太尉指挥大军混战,宋江先教救了董平回山,后面军马,遮拦不住,都四散奔走。高太尉直赶到水边,却调人去接应水路船只。

且说刘梦龙和党世雄布领水军,乘驾船只,迤逦前投梁山泊深处来,只见茫茫荡荡,尽是芦苇蒹葭,密密遮定港汊。这里官船,樯篙不断,相连十余里水面。正行之间,只听得山坡上一声炮响,四面八方,小船齐出,那官船上军士,先有五分惧怯,看了这等芦苇深处,尽皆慌了,怎禁得芦苇里面埋伏着小船,齐出冲断大队。官船前后不相救应,大半官军,弃船而走。梁山泊好汉,看见官军阵脚乱了,一齐鸣鼓摇船,直冲上来。刘梦龙和党世雄急回船时,原来经过的浅港内,都被梁山泊好汉用小船装戴柴草,砍伐山中木植,填塞断了,那橹桨竟摇不动。众多军卒,尽弃了船只下水。刘梦龙脱下戎装披挂,爬过水岸,拣小路走了。

这党世雄不肯弃船,只顾叫水军寻港汊深处摇去,不到二里,只见前面三只小船,船上是阮氏三雄,各人手执蓼叶枪,挨近船边来,众多驾船军士,都跳下水里去了。党世雄自持铁搠,立在船头上,与阮小二交锋,阮小二也跳下水里去,阮小五、阮小七两个逼近身来。党世雄见不是头,撇了铁搠,也跳下水里去了。见水底下钻出船火儿张横来,一手揪住头发,一手提定腰胯,滴溜溜丢上芦苇根头。先有十数个小喽罗躲在那里,铙钩套索搭住,活捉上水浒寨来。

却说高太尉见水面上船只,都纷纷滚滚,乱投山边去了,船上缚着的,尽是齐梦龙水军的旗号,情知水路里又折了一阵,忙传军令,且教收兵,回济州去,别作道理。五军比及要退,又值天晚,只听得四下里火炮不住价响,宋江军马,不知几路杀将来。高太尉只叫得苦了也。正是:阴陵失路[①]逢神弩,赤壁鏖兵遇怪风。毕竟高太尉怎地脱身,且听下回分解。

---

① 阴陵失路——项羽被刘邦兵围垓下,突围败走,至阴陵迷路。

第七十九回

刘唐放火烧战船　宋江两败高太尉

话说当下高太尉望见水路军士,情知不济,正欲回军,只听得四边炮响,急收聚众将,夺路而走。原来梁山泊只把号炮四下里施放,却无伏兵,只吓得高太尉心惊胆战,鼠窜狼奔,连夜收军回济州。计点,步军折陷不多,水军折其大半,战船没一只回来;刘梦龙逃难得回,军士会水的,逃得性命,不会水的,都渰死在水中。高太尉军威折挫,锐气摧残,且向城中屯驻军马,等候牛邦喜拘刷船到。再差人赍公文去催,不论是何船只,堪中的尽数拘拿,解赴济州,整顿征进。

却说水浒寨中,宋江先和董平上山,拔了箭矢,唤神医安道全用药调治。安道全使金疮药敷住疮口,在寨中养病。吴用收住众头领上山,水军头领张横解党世雄到忠义堂上请功。宋江教且押去后寨软监着,将夺到的船只,尽数都收入水寨,分派与各头领去了。

再说高太尉在济州城中,会集诸将,商议收剿梁山之策,数内上党节度使徐京禀道:“徐某幼年游历江湖,使枪卖药之时,曾与一人交游。那人深通韬略,善晓兵机,有孙吴之才调,诸葛之智谋,姓闻名焕章,现在东京城外安仁村教学。若得此人来为参谋,可以敌吴用之诡计。”高太尉听说,便差首将一员,赍带缎匹鞍马,星夜回东京,礼请这教村学秀才闻焕章来,为军前参谋,便要早赴济州,一同参赞军务。那员首将回京去,不得三五日,城外报来,宋江军马,直到城边搦战。高太尉听了大怒,随即点就本部军兵,出城迎敌,就令各寨节度使同出交锋。

却说宋江军马见高太尉提兵至近,急忙退十五里外平川旷野之地。高太尉引军赶去,宋江兵马已向山坡边摆成阵势,红旗队里,捧出一员猛将,号旗上写得分明,乃是双鞭呼延灼,兜住马,横着枪,立在阵前。高太尉看见道:“这厮便是统领连环马时背反朝廷的。”便差云中节度使韩存保出马迎敌。这韩存保善使一枝方天画戟。两个在阵前,更不打话,一个使戟去搠,一个用枪来迎。两个战到五十余合,呼延灼卖个破绽,闪出去,拍着马,望山坡下便走。

韩存保紧要干功[1],跑着马赶来。八个马蹄翻盏撒钹相似,约赶过五七里无人之处,看看赶上,呼延灼勒回马,带转枪,舞起双鞭来迎。两个又斗十数合之上,用双鞭分开画戟,回马又走。韩存保寻思,这厮枪又近不得我,鞭又赢不得我,我不就这里赶上,活拿这贼,更待何时。抢将近来,赶转一个山嘴,有两条路,竟不知呼延灼何处去了。韩存保勒马上坡来望时,只见呼延灼绕着一条溪走。存保大叫:"泼贼,你走那里去!快下马来受降,饶你命!"呼延灼不走,大骂存保。韩存保却大宽转来抄呼延灼后路。两个却好在溪边相迎着。一边是山,一边是溪,只中间一条路,两匹马盘旋不得。呼延灼道:"你不降我,更待何时!"韩存保道:"你是我手里败将,倒要我降你。"呼延灼道:"我漏[2]你到这里,正要活捉你。你性命只在顷刻!"韩存保道:"我正来活捉你!"

两个旧气又起。韩存保挺着长戟,望呼延灼前心两肋软肚上,雨点般搠将来。呼延灼用枪左拨右逼,捽风般搠入来。两个又斗了三十来合。正斗到浓深处,韩存保一戟,望呼延灼软胁搠来,呼延灼一枪,望韩存保前心刺去。两个各把身躯一闪,两般军器,都从胁下搠来。呼延灼挟住韩存保戟杆,韩存保扭住呼延灼枪杆。两个都在马上,你扯我拽,挟住腰胯,用力相争。韩存保的马,后蹄先塌下溪里去了,呼延灼连人和马,也拽下溪里去了。

两个在水中扭做一块。那两匹马溅起水来,一人一身水。呼延灼弃了手里的枪,挟住他的戟杆,急去掣鞭时,韩存保也撇了他的枪杆,双手按住呼延灼两条臂。你揪我扯,两个都滚下水去。那两匹马迸星也似跑上岸来,望山边去了。两个在溪水中都滚没了军器,头上戴的盔没了,身上衣甲飘零,两个只把空拳来在水中厮打,一递一拳,正在水深里,又拖上浅水里来。正解拆不开,岸上一彪军马赶到,为头的是没羽箭张清。众人下手,活捉了韩存保。差人急去寻那走了的两匹战马,只见那马却听得马嘶人喊,也跑回来寻队,因此收住。又去溪中捞起军器,还呼延灼,带湿上马,却把韩存保背剪缚在马上,一齐都奔峪口。

---

① 干功——建功。

② 漏——引诱,诱骗。

只见前面一彪军马,来寻韩存保,两家却好当住。为头两员节度使:一个是梅展,一个是张开。因见水渌渌地马上缚着韩存保,梅展大怒,舞三尖两刃刀,直取张清。交马不到三合,张清便走,梅展赶来,张清轻舒猿臂,款扭狼腰,只一石子飞来,正打中梅展额角,鲜血迸流,撇了手中刀,双手掩面。张清急便回马,却被张开搭上箭,拽满弓,一箭射来,张清把马头一提,正射中马眼,那马便倒。张清跳在一边,拈着枪便来步战。那张清原来只有飞石打将的本事,枪法上却慢[①]。张开先救了梅展,次后来战张清。马上这条枪,神出鬼没,张清只办得架隔,遮拦不住,拖了枪,便走入马军队里躲闪。张开枪马到处,杀得五六十马军,四分五落,再夺得韩存保。却待回来,只见喊声大举,峪口两彪军到:一队是霹雳火秦明,一队是大刀关胜,两个猛将杀来。张开只保得梅展走了,众军两路杀入来,又夺了韩存保。张清抢了一匹马,呼延灼使尽气力,只好随众厮杀,一齐掩击到官军队前,乘势冲动,退回济州。梁山泊军马也不追赶,只将韩存保连夜解上山寨来。

宋江等坐在忠义堂上,见缚到韩存保来,喝退军士,亲解其索,请坐厅上,殷勤相待。韩存保感激无地,就请出党世雄相见,一同管待。宋江道:"二位将军,切勿相疑,宋江等并无异心,只被滥官污吏,逼得如此。若蒙朝廷赦罪招安,情愿与国家出力。"韩存保道:"前者陈太尉赍到招安诏敕来山,如何不乘机会去邪归正?"宋江答道:"便是朝廷诏书,写得不明,更兼用村醪倒换御酒,因此弟兄众人,心皆不伏。那两个张干办、李虞候,擅作威福,耻辱众将。"韩存保道:"只因中间无好人维持,误了国家大事。"宋江设筵管待已了,次日,具备鞍马,送出谷口。

这两个在路上说宋江许多好处,回到济州城外,却好晚了。次早入城,来见高太尉,说宋江把二将放回之事。高俅大怒道:"这是贼人诡计,慢我军心。你这二人,有何面目见吾!左右与我推出,斩讫报来!"王焕等众官都跪下告道:"非干此二人之事,乃是宋江、吴用之计。若斩此二人,反被贼人耻笑。"高太尉被众人苦告,饶了两个性命,削去本身职事,发回东京泰乙宫听罪。这两个解回京师。

原来这韩存保是韩忠彦的侄儿。忠彦乃是国老太师,朝廷官员,都有

---

① 慢——生疏。

出他门下。有个门馆教授,姓郑名居忠,原是韩忠彦抬举的人,现任御史大夫。韩存保把上件事告诉他。居忠上轿,带了存保来见尚书余深,同议此事。余深道:"须是禀得太师,方可面奏。"二人来见蔡京说:"宋江本无异心,只望朝廷招安。"蔡京道:"前者毁诏谤上,如此无礼,不可招安,只可剿捕!"二人禀道:"前番招安,惜为去人不布朝廷德意,用心抚恤;不用嘉言,专说利害,以此不能成事。"蔡京方允。约至次日早朝,道君天子升殿,蔡京奏准再降招敕,令人招安。天子曰:"现今高太尉使人来请安仁村闻焕章为参谋,早赴军前委用,就差此人伴使前去。如肯来降,悉免本罪;如仍不伏,就着高俅定限,日下剿捕尽绝还京。"

蔡太师写成草诏,一面取闻焕章赴省筵宴。原来这闻焕章是有名文士,朝廷大臣多有知识的,俱备酒食迎接。席终各散,一边收拾起行。有诗为证:

年来教授隐安仁,忽召军前捧绋纶[①]。
权贵满朝多旧识,可无一个荐贤人。

且不说闻焕章同天使出京,却说高太尉在济州心中烦恼。门吏报道:"牛邦喜到来。"高太尉便教唤进,拜罢,问道:"船只如何?"邦喜禀道:"于路拘刷得大小船一千五百余只,都到闸下。"太尉大喜,赏了牛邦喜,便传号令,教把船都放入阔港,每三只一排钉住,上用板铺,船尾用铁环锁定。尽数发步军上船,其余马军,近水护送船只。比及编排得军士上船,训练得熟,已得半月之久,梁山泊尽都知了。

吴用唤刘唐受计,掌管水路建功。众多水军头领,各各准备小船,船头上排排钉住铁叶,船舱里装戴芦苇干柴,柴中灌着硫黄焰硝引火之物,屯住在小港内。却教炮手凌振,于四望高山上,放炮为号。又于水边树木丛杂之处,都缚旌旗于树上,每一处设金鼓火炮,虚屯人马,假设营垒,请公孙胜作法祭风。旱地上分三队军马接应。吴用指画已了。

却说高太尉在济州催起军马,水路统军,却是牛邦喜,又同刘梦龙并党世英这三个掌管。高太尉披挂了,发三通擂鼓,水港里船开,旱船上马发,船行似箭,马去如飞,杀奔梁山泊来。

---

① 绋纶(fú lún)——帝王的诏令。绋,大绳索。纶,粗丝线。《礼祀·缁衣》:"王言如纶,其出为绋"。

先说水路里船只，连篙不断，金鼓齐鸣，迤逦杀入梁山泊深处，并不见一只船。看看渐近金沙滩，只见荷花荡里，两只打鱼船，每只船上只有两个人，拍手大笑。头船上刘梦龙便叫放箭乱射，渔人都跳下水底去了。刘梦龙急催动战船，渐近金沙滩头。

一带阴阴的都是细柳，柳树上拴着两头黄牛，绿莎草上睡着三四个牧童，远远地又有一个牧童，倒骑着一头黄牛，口中呜呜咽咽吹着一管笛子来。刘梦龙便教先锋悍勇的首先登岸。那几个牧童跳起来，呵呵大笑，尽穿入柳阴深处去了。前阵五七百人抢上岸去。那柳阴树中，一声炮响，两边战鼓齐鸣：左边就冲出一队红甲军，为头是霹雳火秦明；右边冲出一队黑甲军，为头是双鞭呼延灼。各带五百军马，截出水边。刘梦龙急呼军士下船时，已折了大半军校。牛邦喜听得前军喊起，便教后船且退。只听得山顶上连珠炮响，芦苇中飕飕有声，却是公孙胜披发仗剑，踏罡布斗，在山顶上祭风。初时穿林透树，次后走石飞砂，须臾白浪掀天，顷刻黑云复地，红日无光，狂风大作。刘梦龙急教棹船回时，只见芦苇丛中，藕花深处，小港狭汊，都棹出小船来，钻入大船队里。鼓声响处，一齐点着火把，霎时间，大火竟起，烈焰飞天，四分五落，都穿在大船内。前后官船，一齐烧着。怎见得火起，但见：

黑烟迷绿水，红焰起清波。风威卷荷叶满天飞，火势燎芦林连梗断。神号鬼哭，昏昏日色无光；岳撼山崩，浩浩波声若怒。舰航尽倒，舵橹皆休。船尾旌旗不见青红交杂，楼头剑戟难排霜雪争叉。僵尸与鱼鳖同浮，热血共波涛并沸。千条火焰连天起，万道烟霞贴水飞。

当刘梦龙见满港火飞，战船都烧着了，只得弃了头盔衣甲，跳下水去，又不敢傍岸，拣港深水阔处，赴将开去逃命。芦林里面一个人，独驾着小船，直迎将来，刘梦龙便钻入水底下去了，却好有一个人拦腰抱住，拖上船来。撑船的是出洞蛟童威，拦腰抱的是混江龙李俊。

却说牛邦喜见四下官船队里火着，也弃了戎装披挂，却待下水，船梢上钻起一个人来，拿着铙钩，劈头搭住，倒拖下水里去。那人是船火儿张横。这梁山泊内杀得尸横水面，血溅波心，焦头烂额者，不计其数。只有党世英摇着小船，正走之间，芦林两边，弩箭弓矢齐发，射死水中。众多军卒，会水的逃得性命回去，不会水的，尽皆淹死。生擒活捉者，都解投大寨。李俊捉得刘梦龙，张横捉得牛邦喜，欲待解上山寨，惟恐宋江又放了。

两个好汉自商量，把这二人，就路边结果了性命，割下首级，送上山来。

再说高太尉引领军马在水边策应，只听得连珠炮响，鼓声不绝，料道是水面上厮杀，骤着马，前来靠山临水探望。只见纷纷军士，都从水里逃命，爬上岸来。高俅认得是自家军校，问其缘故，说被放火烧尽船只，俱各不知所在。

高太尉听了，心内越慌。但望见喊声不断，黑烟满空，急引军回旧路时，山前鼓声响处，冲出一队马军拦路，当先急先锋索超抡起开山大斧，骤马抢近前来。高太尉身边节度使王焕，挺枪便出，与索超交战。斗不到五合，索超拨回马便走。高太尉引军追赶，转过山嘴，早不见了索超。正走间，背后豹子头林冲，引军赶来，又杀一阵。再走不过六七里，又是青面兽杨志，引军赶来，又杀一阵。又奔不到八九里，背后美髯公朱仝赶上来，又杀一阵。

这是吴用使的追赶之计：不去前面拦截，只在背后赶杀，败军无心恋战，只顾奔走，救护不得后军。因此高太尉被赶得慌，飞奔济州，比及入得城时，已自三更。又听得城外寨中火起，喊声不绝，原来被石秀、杨雄埋伏下五百步军，放了三五把火，潜地去了。惊得高太尉魂不附体，连使人探视，回报去了，方才放心。整点军马，折其大半。

高俅正在纳闷间，远探报道："天使到来。"高俅遂引军马，并节度使出城迎接，见了天使，就说降诏招安一事。都与闻焕章参谋使相见了，同进城中帅府商议。高太尉先讨抄白备照观看。待不招安来，又连折了两阵，拘刷得许多船只，又被尽行烧毁；待要招安来，恰又羞回京师，心下踌躇，数日主张不定。

不想济州有一个老吏，姓王名瑾，那人平生克毒，人尽呼为剜心王，却是济州府拨在帅府供给的吏。因见了诏书抄白，更打听得高太尉心内迟疑不决，遂来帅府，呈献利便事件[①]，禀说："贵人不必沉吟，小吏看见诏上已有活路：这个写草诏的翰林待诏，必与贵人好，先开下一个后门了。"高太尉见说大惊，便问道："你怎见得先开下后门？"王瑾禀道："诏书上最要紧是中间一行。道是：'除宋江、卢俊义等大小人众，所犯过恶，并与赦免。'此一句是囫囵话。如今开读时，却分作两句读，将'除宋江'另做一

① 呈献句——进献随机行事的计策。

句,'卢俊义等大小人众,所犯过恶,并与赦免'另做一句;赚他漏到城里,捉下为头宋江一个,把来杀了,却将他手下众人,尽数拆散,分调开去。自古道:'蛇无头而不行,鸟无翅而不飞。'但没了宋江,其余的做得甚用?此论不知恩相贵意若何?"

高俅大喜,随即升王瑾为帅府长史,便请闻参谋说知此事。闻焕章谏道:"堂堂天使,只可以正理相待,不可行诡诈于人。倘或宋江以下有智谋之人识破,翻变起来,深为未便。"高太尉道:"非也!自古兵书有云:'兵行诡道。'岂可用得正大?"闻参谋道:"然虽兵行诡道,这一事是天子圣旨,乃以取信天下。自古王言如纶如綍,因此号为玉音,不可移改。今若如此,后有知者,难以此为准信。"高太尉道:"且顾眼下,却又理会。"遂不听闻焕章之言。先遣一人往梁山泊报知,令宋江等全伙,前来济州城下,听天子诏敕,赦免罪犯。

却说宋江又赢了高太尉这一阵。烧了的船,令小校搬运做柴,不曾烧的,拘收入水寨。但是活捉的军将,尽数陆续放回济州。当日宋江与大小头领正在忠义堂上商议,小校报道:"济州府差人上山来报道:'朝廷特遣天使,颁降诏书,赦罪招安,加官赐爵,特来报喜。'"宋江听罢,喜从天降,笑逐颜开,便叫请那报事人到堂上问时,那人说道:"朝廷降诏,特来招安。高太尉差小人前来,报请大小头领,都要到济州城下行礼,开读诏书。并无异议,勿请疑惑。"宋江叫请军师商议定了,且取银两缎匹,赏赐来人,先发付回济州去了。

宋江传下号令,大小头领,尽教收拾去听开读诏书。卢俊义道:"兄长且未可性急,诚恐这是高太尉的见识,兄长不宜便去。"宋江道:"你们若如此疑心时,如何能够归正?还是好歹去走一遭。"吴用笑道:"高俅那厮,被我们杀得胆寒心碎,便有十分的计策,也施展不得。放着众兄弟一班好汉,不要疑心,只顾跟随宋公明哥哥下山。我这里先差黑旋风李逵,引着樊瑞、鲍旭、项充、李衮将带步军一千,埋伏在济州东路;再差一丈青扈三娘,引着顾大嫂、孙二娘、王矮虎、孙新、张青,将带马军一千,埋伏在济州西路。若听得连珠炮响,杀奔北门来取齐。"吴用分调已定,众头领都下山,只留水军头领看守寨栅。

只因高太尉要用诈术,诱引这伙英雄下山,不听闻参谋谏劝,谁想只就济州城下,翻为九里山前。正是:只因一纸君王诏,惹起全班壮士心。

毕竟众好汉怎地大闹济州，且听下回分解。

第八十回

张顺凿漏海鳅船　宋江三败高太尉

话说高太尉在济州城中帅府坐地，唤过王焕等众节度商议：传令将各路军马，拔寨收入城中。教现在节度使俱各全副披挂，伏于城内。各寨军士，尽数准备，摆列于城中。城上俱各不竖旌旗，只于北门上立黄旗一面，上书"天诏"二字。高俅与天使众官，都在城上，只等宋江到来。

当日梁山泊中，先差没羽箭张清，将带五百哨马，到济州城边，周回转了一遭，望北去了。须臾，神行太保戴宗步行来探了一遭。人报与高太尉，亲自临月城上，女墙边，左右从者百余人，大张麾盖，前设香案。遥望北边宋江军马到来，前面金鼓，五方旌旗，众头领簇箕掌，栲栳圈，雁翅一般，摆列将来。当先为首，宋江、卢俊义、吴用、公孙胜，在马上欠身，与高太尉声喏。高太尉见了，使人在城上叫道："如今朝廷赦你们罪犯，特来招安，如何披甲前来？"宋江使戴宗至城下回复道："我等大小人员，未蒙恩泽，不知诏意如何，未敢去其介胄①。望太尉周全。可尽唤在城百姓耆老，一同听诏，那时承恩卸甲。"高太尉出令，教唤在城耆老百姓，尽都上城听诏。

无移时，纷纷滚滚，尽皆到了。宋江等在城下，看见城上百姓老幼摆满，方才勒马向前。鸣鼓一通，众将下马。鸣鼓二通，众将步行到城边，背后小校，牵着战马，离城一箭之地，齐齐地伺候着。鸣鼓三通，众将在城下拱手，听城上开读诏书。那天使读道：

制曰：人之本心，本无二端；国之恒道，俱是一理。作善则为良民，造恶则为逆党。朕闻梁山泊聚众已久，不蒙善化，未复良心。今差天使颁降诏书，除宋江，卢俊义等大小人众所犯过恶，并与赦免。其为首者，诣京谢恩；协随助者，各归乡闾。呜呼，速霑雨露，以就去邪归正之心；

---

① 介胄——甲胄。

毋犯雷霆，当效革故鼎新之意。故兹诏示，想宜悉知。

宣和 年 月 日

当时军师吴用正听读到“除宋江”三字，便目视花荣道：“将军听得么？”却才读罢诏书，花荣大叫：“即不赦我哥哥，我等投降则甚？”搭上箭，拽满弓，望着那个开诏使臣道：“看花荣神箭！”一箭射中面门，众人急救。城下众好汉，一齐叫声：“反！”乱箭望城上射来，高太尉回避不迭。四门突出军马来，宋江军中，一声鼓响，一齐上马便走。

城中官军追赶，约有五六里回来。只听得后军炮响，东有李逵引步军杀来，西有扈三娘引马军杀来。两路军兵，一齐合到。官军只怕有埋伏，急退时，宋江全伙却回身卷杀将来。三面夹攻，城中军马大乱，急急奔回，杀死者多。宋江收军，不教追赶，自回梁山泊去了。

却说高太尉在济州写表，申奏朝廷说：“宋江贼寇，射死天使，不伏招安。”外写密书，送与蔡太师、童枢密、杨太尉，烦为商议，教太师奏过天子，沿途接应粮草，星夜发兵前来，并力剿捕群贼。

却说蔡太师收得高太尉密书，径自入朝，奏知天子。天子闻奏，龙颜不悦云：“此寇数辱朝廷，累犯大逆。”随即降敕，教诸路各助军马，并听高太尉调遣。杨太尉已知节次失利，再于御营司选拨二将，就于龙猛、虎翼、捧日、忠义四营内，各选精兵五百，共计二千，跟随两个上将，去助高太尉杀贼。

这两员将军是谁？一个是八十万禁军都教头，官带左义卫亲军指挥使，护驾将军丘岳；一个是八十万禁军副教头，官带右义卫亲军指挥使，车骑将军周昂。这两个将军，累建奇功，名闻海外，深通武艺，威镇京师，又是高太尉心腹之人。当时杨太尉点定二将，限目下起身，来辞蔡太师。蔡京吩咐道：“小心在意，早建大功，必当重用！”

二将辞谢了，去四营内，一个个选拣身长体健，腰细膀阔，山东、河北，能登山，惯赴水，那一等精锐军汉，拨与二将。这丘岳、周昂，辞了众省院官，去辞杨太尉禀说：“明日出城。”杨太尉各赐与二将五匹好马，以为战阵之用。二将谢了太尉，各自回营，收拾起身。

次日，军兵拴束了行程，都在御营司前伺候。丘岳、周昂二将，分做四队：龙猛、虎翼二营一千军，也有二千余骑军马，丘岳总领；捧日、忠义二营一千军，也有二千余骑军马，周昂总领。又有一千步军，分与二将随从。

丘岳、周昂到辰牌时分，摆列出城。

杨太尉亲自在城门上看军。且休说小校威雄，亲随勇猛。去那两面绣旗下，一丛战马之中，簇拥着护驾将军丘岳。怎生打扮，但见：

戴一顶缨撒火、锦兜鍪、双凤翅照天盔。披一副绿绒穿、红绵套、嵌连环锁子甲，穿一领翠沿边、珠络缝、荔枝红、圈金绣戏狮袍，系一条衬金叶、玉玲珑、双獭尾、红鞓钉盘螭带，着一双簇金线、海驴皮、胡桃纹、抹绿色云根靴，弯一张紫檀靶、泥金梢、龙角面、虎筋弦宝雕弓，悬一壶紫竹杆、朱红扣、凤尾翎、狼牙金点钢箭，挂一口七星装、沙鱼鞘、赛龙泉、欺巨阙霜锋剑，横一把撒朱缨、水磨杆、龙吞头、偃月样三停刀，骑一匹快登山、能跳涧、背金鞍、摇玉勒胭脂马。

那丘岳坐在马上，昂昂奇伟，领着左队人马，东京百姓看了，无不喝采。

随后便是右队，捧日、忠义两营军马，端的整齐。去那两面绣旗下，一丛战马之中，簇拥着车骑将军周昂。怎生打扮，但见：

戴一顶吞龙头、撒青缨、珠闪烁烂银盔，披一副损枪尖、坏箭头、衬香绵熟钢甲，穿一领绣牡丹、飞双凤、圈金线绛红袍，系一条称狼腰、宜虎体、嵌七宝麒麟带，着一双起三尖、海兽皮、倒云根虎尾靴，弯一张雀画面、龙角靶、紫综绣六钧弓，攒一壶皂雕翎、铁木杆、透唐猊凿子箭，使一柄欺袁达、赛石丙、劈开山金蘸斧，驶一匹负千斤、高八尺、能冲阵火龙驹，悬一条简银杆、四方棱、赛金光劈楞简。

这周昂坐在马上，停停威猛。领着右队人马，来到城边，与丘岳下马，来拜辞杨太尉，作别众官，离了东京，取路望济州进发。

且说高太尉在济州，和闻参谋商议，比及添拨得军马到来，先使人去近处山林，砍伐木植大树。附近州县，拘刷造船匠人，就济州城外，搭起船场，打造战船。一面出榜，招募敢勇水手军士。

济州城中客店内，歇着一个客人，姓叶名春，原是泗州人氏，善会造船，因来山东，路经梁山泊过，被他那里小伙头目，劫了本钱，流落在济州，不能够回乡，听得高太尉要伐木造船，征进梁山泊，以图取胜，将纸画成船样，来见高太尉。拜罢，禀道："前者恩相以船征进，为何不能取胜？盖因船只皆是各处拘刷将来的，使风摇橹，俱不得法；更兼船小底尖，难以用武。叶春今献一计，若要收伏此寇，必须先造大船数百只。最大者名为大海鳅船。两边置二十四部水车，船中可容数百人，每车用十二个人踏动；

外用竹笆遮护,可避箭矢;船面上竖立弩楼,另造划车摆布放于上。如要进发,垛楼上一声梆子响,二十四部水车,一齐用力踏动,其船如飞,他将何等船只可以拦挡!若是遇着敌军,船面上伏弩齐发,他将何物可以遮护!其第二等船,名为小海鳅船。两边只用十二部水车,船中可容百十人。前面后尾,都钉长钉,两边亦立弩楼,仍设遮洋笆片。这船却行梁山泊小港,当住这厮私路伏兵。若依此计,梁山之寇,指日唾手可平。"

高太尉听说,看了图样,心中大喜,便叫取酒食衣服,赏了叶春,就着做监造战船都作头,连日晓夜催并,砍伐木植,限日定时,要到济州交纳。各路府州县,均派合用造船物料。如若违限二日,笞四十,每一日加一等。若违限五日外者,定依军令处斩。各处逼迫守令催督,百姓亡者数多,众民嗟怨。有诗为证:

井蛙小见岂知天,可慨高俅听谲言。

毕竟鳅船难取胜,伤财劳众枉徒然。

且不说叶春监造海鳅等船,却说各处添拨水军人等,陆续都到济州。高太尉分拨各寨节度使下听调,不在话下。只见门吏报道:"朝廷差遣丘岳、周昂二将到来。"高太尉令众节度使出城迎接。

二将到帅府,参见了太尉,亲赐酒食,抚慰已毕,一面差人赏军,一面管待二将。二将便请太尉将令,引军出城搦战。高大尉道:"二公且消停数日,待海鳅船完备,那时水陆并进,船骑双行,一鼓可平贼寇。"丘岳、周昂禀道:"某等觑梁山泊草寇,如同儿戏,太尉放心,必然奏凯还京。"高俅道:"二将若果应口,吾当奏知天子前,必当重用。"是日宴散,就帅府前上马,回归本寨,且把军马屯驻听调。

不说高太尉催促造船征进,却说宋江与众头领自从济州城下叫反杀人,奔上梁山泊来,却与吴用等商议道:"两次招安,都伤犯了天使,越增的罪恶重了,朝廷必然又差军马来。"便差小喽罗下山,去探事情如何,火急回报。

不数日,只见小喽罗探知备细,报上山来:"高俅近日招募一水军,叫叶春为作头,打造大小海鳅船数百只;东京又新遣差两个御前指挥,俱到来助战。一个姓丘名岳,一个姓周名昂,二将英勇;各路又添拨到许多人马,前来助战。"宋江便与吴用计议道:"似此大船,飞游水面,如何破得?"吴用笑道:"有何惧哉!只消得几个水军头领便了。旱路上交锋,自有猛将应敌。然虽如此,料这等大船,要造必在数旬间,方得成就。目今尚有四五十日光景,先教一两个弟兄去那造船厂里,先蓐恼他一遭,后却和他慢慢地放对。"宋江道:"此言最好!可教鼓上蚤时迁、金毛犬段景住,这两个走一遭。"吴用道:"再叫张青、孙新,扮作拽树民夫,杂在人丛里,入船厂去。叫顾大嫂、孙二娘,扮做送饭妇人,和一般的妇人,杂将入去,却叫时迁、段景住相帮。再用张清引军接应,方保万全。"前后唤到堂上,各各听令已了。众人欢喜无限,分投下山,自去行事。

却说高太尉晓夜催促,督造船只,朝暮捉拿民夫供役。那济州东路上一带,都是船厂,趱造大海鳅船百只,何止匠人数千,纷纷攘攘。那等蛮军,都拔出刀来,唬吓民夫,无分星夜,要趱完备。

是日,时迁、段景住先到了厂内,两个商量道:"眼见的孙、张二夫妻,只是去船厂里放火,我和你也去那里,不显我和你高强。我们只伏在这里左右,等他船厂里火发,我便却去城门边伺候,必然有救军出来,乘势闪将入去,就城楼上放起火来,你便却去城西草料场里,也放起把火来,教他两下里救应不迭。这场惊吓不小。"两个自暗暗地相约了,身边都藏了引火的药头,各自去寻个安身之处。

却说张青、孙新两个来到济州城下,看见三五百人,拽木头入船厂里去。张、孙二人,杂在人丛里,也去拽木头,投厂里去。厂门口约有二百来军汉,各带腰刀,手拿棍棒,打着民夫,尽力拖拽入厂里面交纳。团团一遭,都是排栅,前后搭盖茅草厂屋,有二三百间。张青、孙新入到里面看时,匠人数千,解板的在一处,钉船的在一处,粘船的在一处。匠人民夫,乱滚滚往来,不计其数。这两个径投做饭的笆棚下去躲避。孙二娘、顾大嫂两人穿了些腌腌臜臜衣服,各提着个饭罐,随着一般送饭的妇人,打哄入去。看看天色渐晚,月色光明,众匠人大半尚兀自在那里挣趱未办的工程。当时近有二更时分,孙新、张青在左边船厂里放火,孙二娘、顾大嫂在右边船厂里放火。两下火起,草屋焰腾腾地价烧起来。船厂内民夫工匠,一齐发喊,拔翻众栅,各自逃生。

高太尉正睡间,忽听得人报道:"船场里火起!"急忙起来,差拨官军,出城救应。丘岳、周昂二将,各引本部军兵,出城救火。去不多时,城楼上一把火起。高太尉听了,亲自上马,引军上城救火时,又见报道:"西草场内又一把火起!"照耀浑如白日。

丘、周二将引军去西草场中救护时，只听得鼓声振地，喊杀连天，原来没羽箭张清，引着五百骠骑马军，在那里埋伏，看见丘岳、周昂引军来救应，张清便直杀将来，正迎着丘岳、周昂军马。张清大喝道："梁山泊好汉全伙在此！"丘岳大怒，拍马舞刀，直取张清。张清手搭长枪来迎，不过三合，拍马便走。丘岳要逞功劳，随后赶来，大喝："反贼休走！"张清按住长枪，轻轻去锦袋内，偷取个石子在手，扭回身躯，看丘岳来得较近，手起喝声道："着！"一石子正中丘岳面门，翻身落马。周昂见了，便和数个牙将，死命来救丘岳。周昂战住张清，众将救得丘岳上马去了。张清与周昂战不到数合，回马便走。周昂不赶。张清又回来，却见王焕、徐京、杨温、李从吉四路军到。张清手招引了五百骠骑军，竟回旧路去了。这里官军，恐有伏兵，不敢去赶，自收军兵回来，且只顾救火。三处火灭，天色已晓。

高太尉教看丘岳中伤如何。原来那一石子，正打着面门唇口里，打落了四个牙齿，鼻子嘴唇，都打破了。高太尉令医人治疗，见丘岳重伤，恨梁山泊深入骨髓。

一面使人唤叶春，吩咐教在意造船征进。船厂四围，都教节度使下了寨栅，早晚提备，不在话下。

却说张青、孙新夫妻四人，俱各欢喜；时迁、段景住两个，都回旧路。六人已都有部从人马，迎接回梁山泊去了。都到忠义堂，去说放火一事。宋江大喜，设宴特赏六人。自此以后，不时间使人探视。

造船将完，看看冬到。其年天气甚暖，高太尉心中暗喜，以为天助。叶春造船，也都完办，高太尉催趱水军，都要上船，演习本事。大小海鳅等船，陆续下水。城中帅府招募到四山五岳水手人等，约有一万余人。先教一半去各船上学踏车，着一半学放弩箭。不过二十余日，战船演习已都完足了。叶春请太尉看船，有诗为证：

自古兵机在速攻，锋摧师老岂成功。

高俅卤莽无通变，经岁劳民造战艟。

是日，高俅引领众多节度使、军官头目，都来看船。把海鳅船三百余只，分布水面。选十数只船，遍插旌旗，筛锣击鼓，梆子响处，两边水车，一齐踏动，端的是风飞电走。高太尉看了，心中大喜：似此如飞船只，此寇将何拦截，此战必胜。随取金银缎匹，赏赐叶春；其余人匠，各给盘缠，疏放归家。次日，高俅令有司宰乌牛、白马、猪、羊、果品，摆列金银钱纸，致祭水神。排列已了,众将请太尉行香。丘岳疮口已完,恨入心髓,只要活捉张清报仇。当同周昂与众节度使,一齐都上马,跟随高太尉到船边下马,随侍高俅,致祭水神。焚香赞礼已毕,烧化楮帛,众将称贺已了,高俅叫取京师原带来的歌儿舞女,都令上船作乐侍宴。一面教军健车船演习,飞走水面,船上笙箫谩品,歌舞悠扬,游玩终夕不散。当夜就船中宿歇。次日,又设席面饮酌,一连三日筵宴,不肯开船。

忽有人报道:"梁山泊贼人写一首诗,贴在济州城里土地庙前,有人揭得在此。"其诗写道:

帮闲得志一高俅,漫领三军水上游。

便有海鳅船万只,俱来泊内一齐休。

高太尉看了诗大怒,便要起军征剿。"若不杀尽贼寇,誓不回军!"闻参谋谏道:"太尉暂息雷霆之怒。想此狂寇惧怕,特写恶言唬吓,不为大事。消停数日之间,拨定了水陆军马,那时征进未迟。目今深冬,天气和暖,此天子洪福,元帅虎威也。"高俅听罢甚喜,遂入城中,商议拨军遣将。旱路上便调周昂、王焕,同领大军,随行策应。却调项元镇、张开,总领军马一万,直到梁山泊山前那条大路上守住厮杀。

原来梁山泊自古四面八方,茫茫荡荡,都是芦苇烟水。近来只有山前这条大路,却是宋公明方才新筑的,旧不曾有。高太尉教调马军先进,截住这条路口。其余闻参谋、丘岳、徐京、梅展、王文德、杨温、李从吉,长史王瑾,造船人叶春,随行牙将,大小军校随从人等,都跟高太尉上船征进。闻参谋谏道:"主帅只可监督马军,陆路进发,不可自登水路,亲临险地。"高太尉道:"无伤! 前翻二次,皆不得其人,以致失陷了人马,折了许多船只。今番造得若干好船,我若不亲临监督,如何擒捉此寇? 今次正要与贼人决一死战,汝不必多言!"闻参谋再不敢开口,只得跟随高太尉上船。

高俅拨三十只大海鳅船,与先锋丘岳、徐京、梅展管领,拨五十只小海鳅船开路,令杨温同长史王瑾、船匠叶春管领。头船上立两面大红绣旗,上书十四个金字道:"搅海翻江冲巨浪,安邦定国灭洪妖"。中军船上,却是高太尉、闻参谋,引着歌儿舞女,自守中军队伍。向那三五十只大海鳅船上,摆开碧油幢,帅字旗,黄钺白旄,朱旛皂盖,中军器械。后面船上,便令王文德、李从吉压阵。此是十一月中时。马军得令先行。水军先锋丘岳、徐京、梅展三个,在头船上,首先进发,飞云卷雾,望梁山泊来。但见海鳅船：

前排箭洞，上列弩楼。冲波如蛟蜃之形，走水似鲲鲸之势。龙鳞密布，左右排二十四部绞车；雁翅齐分，前后列一十八般军器。青布织成皂盖，紫竹制作遮洋。往来冲击似飞梭，展转交锋欺快马。

宋江、吴用已知备细，预先布置已定，单等官军船只到来。

当下三个先锋，催动船只，把小海鳅分在两边，当住小港，大海鳅船望中进发。众军诸将，正如蟹眼鹤顶，只望前面奔窜，迤逦来到梁山泊深处。只见远远地早有一簇船来，每只船上，只有十四五人，身上都有衣甲，当中坐着一个头领。前面三只船上，插着三把白旗，旗上写道："梁山泊阮氏三雄"。中间阮小二，左边阮小五，右边阮小七。远远地望见明晃晃都是戎装衣甲，却原来尽把金银箔纸糊成的。三个先锋见了，便叫前船上将火炮、火枪、火箭一齐打放。那三阮全然不惧，料着船近，枪箭射得着时，发声喊，齐跳下水里去了。丘岳等夺得三只空船。

又行不过三里来水面，见三只快船，抢风摇来。头只船上，只见十数个人，都把青黛黄丹土朱泥粉，抹在身上，头上披着发，口中打着胡哨，飞也似来。两边两只船上，都只五七个人，搽红画绿不等。中央是玉旛竿孟康，左边是出洞蛟童威，右边是翻江蜃童猛。这里先锋丘岳，又叫打放火器，只见对面发声喊，都弃了船，一齐跳下水里去了。又捉得三只空船。再行不得三里多路，又见水面上三只中等船来。每船上四把橹，八个人摇动，十余个小喽罗，打着一面红旗，簇拥着一个头领坐在船头上，旗上写"水军头领混江龙李俊"。左边这只船上，坐着这个头领，手搭铁枪，打着一面绿旗，上写道："水军头领船火儿张横"。右边那只船上，立着那个好汉，上面不穿衣服，下腿赤着双脚，腰间插着几个铁凿，手中挽个铜锤，打着一面皂旗，银字上书"头领浪里白跳张顺"。乘着船，高声说道："承谢送船到泊。"三个先锋听了，喝教："放箭！"弓弩响时，对面三只船上众好汉，都翻筋斗跳下水里去了。此是暮冬天气，官军船上招来的水手军士，那里敢下水去。

正犹豫间，只听得梁山泊顶上，号炮连珠价响，只见四分五落，芦苇丛中，钻出千百只小船来，水面如飞蝗一般。每只船上，只三五个人，船舱中竟不知有何物。大海鳅船要撞时，又撞不得。水车正要踏动时，前面水底下都填塞定了，车辐板竟踏不动。弩楼上放箭时，小船上人，一个个自顶片板遮护。看看逼将拢来,一个把挠钩搭住了舵,一个把板刀便砍那踏车的军士。早有五六十个爬上先锋船来。官军急要退时,后面又塞定了,急切退不得。前船正混战间,后船又大叫起来。

高太尉和闻参谋在中军船上,听得大乱,急要上岸,只听得芦苇中金鼓大振,舱内军士一齐喊道:"船底漏了。"滚滚走入水来。前船后船,尽皆都漏,看看沉下去。四下小船,如蚂蚁相似,望大船边来。高太尉新船,缘何得漏?却原来是张顺引领一班儿高手水军,都把锤凿在船底下凿透船底,四下里滚入水来。

高太尉爬去舵楼上,叫后船救应,只见一个人从水底下钻将起来,便跳上舵楼来,口里说道:"太尉,我救你性命。"高俅看时,却不认得。那人近前,便一手揪住高太尉巾帻,一手提住腰间束带,喝一声:"下去!"把高太尉扑通地丢下水里去。堪嗟赫赫中军将,翻作淹淹水底人!只见旁边两只小船,飞来救应,拖起太尉上船去。那个人便是浪里白跳张顺,水里拿人,浑如瓮中捉鳖,手到拈来。

前船丘岳见阵势大乱,急寻脱身之计,只见旁边水手丛中,走出一个水军来。丘岳不曾提防,被他赶上,只一刀,把丘岳砍下船去。那个便是梁山泊锦豹子杨林。徐京、梅展见杀了先锋丘岳,两节度奔来杀杨林。水军丛中,连抢出四个小头领来:一个是白面郎君郑天寿,一个是病大虫薛永,一个是打虎将李忠,一个是操刀鬼曹正,一发从后面杀来。徐京见不是头,便跳下水去逃命,不想水底下已有人在彼,又吃拿了。薛永将梅展一枪,搠着腿股,跌下舱里去。原来八个头领,来投充水军,尚兀自有三个在前船上:一个是青眼虎李云,一个是金钱豹子汤隆,一个是鬼脸儿杜兴。众节度使便有三头六臂,到此也施展不得。

梁山泊宋江、卢俊义,已自各分水陆进攻。宋江掌水路,卢俊义掌旱路。休说水路全胜,且说卢俊义引领诸将军马,从山前大路,杀将出来,正与先锋周昂、王焕马头相迎。周昂见了,当先出马,高声大骂:"反贼,认得俺么?"卢俊义大喝:"无名小将,死在目前,尚且不知!"便挺枪跃马,直奔周昂,周昂也抡动大斧,纵马来敌。两将就山前大路上交锋,斗不到二十余合,未见胜败,只听得后队马军,发起喊来。原来梁山泊大队军马,都埋伏在山前两下大林丛中,一声喊起,四面杀将出来。东南关胜、秦明,西北林冲、呼延灼,众多英雄,四路齐到。项元镇、张开那里拦当得住,杀开条路,先逃性命走了。周昂、王焕不敢恋战,拖了枪斧,夺路而走,逃入济州城中,扎住军马,打听消息。

再说宋江掌水路,捉了高太尉,急教戴宗传令,不可杀害军士。中军大海鳅船上闻参谋等,并歌儿舞女,一应部从,尽掳过船。鸣金收军,解投大寨。宋江、吴用、公孙胜等,都在忠义堂上,见张顺水渌渌地解到高俅。宋江见了,慌忙下堂扶住,便取过罗缎新鲜衣服,与高太尉从新换了,扶上堂来,请在正面而坐。宋江纳头便拜,口称:"死罪!"高俅慌忙答礼。宋江叫吴用、公孙胜扶住,拜罢,就请上坐。再叫燕青传令下去:"如若今后杀人者,定依军令,处以重刑!"号令下去,不多时,只见纷纷解上人来:童威、童猛解上徐京,李俊、张横解上王文德,杨雄、石秀解上杨温,三阮解上李从吉,郑天寿、薛永、李忠、曹正解上梅展,杨林解献丘岳首级,李云、汤隆、杜兴解献叶春、王瑾首级,解珍、解宝掳捉闻参谋,并歌儿舞女,一应部从,解将到来。单单只走了四人:周昂、王焕、项元镇、张开。宋江都教换了衣服,从新整顿,尽皆请到忠义堂上,列坐相待。但是活捉军士,尽数放回济州。另教安排一只好船,安顿歌儿舞女,一应部从,令他自行看守。有诗为证:

奉命高俅欠取裁,被人活捉上山来。
不知忠义为何物,翻宴梁山啸聚台。

当时宋江便教杀牛宰马,大设筵宴,一面分投赏军,一面大吹大擂,会集大小头领,都来与高太尉相见。各施礼毕,宋江持盏擎杯,吴用、公孙胜执瓶捧案,卢俊义等侍立相待。宋江开口道:"文面小吏,安敢叛逆圣朝,奈缘积累罪尤,逼得如此。二次虽奉天恩,中间委曲奸弊,难以缕陈。万望太尉慈悯,救拔深陷之人,得瞻天日,刻骨铭心,誓图死保。"高俅见了众多好汉,一个个英雄猛烈,林冲、杨志怒目而视,有欲要发作之色,先有了十分惧怯,便道:"宋公明,你等放心!高某回朝,必当重奏,请降宽恩大赦,前来招安,重赏加官,大小义士,尽食天禄,以为良臣。"宋江听了大喜,拜谢太尉。当日筵会,甚是整齐。大小头领,轮番把盏,殷勤相劝。高太尉大醉,酒后不觉放荡,便道:"我自小学得一身相扑,天下无对。"卢俊义却也醉了,怪高太尉自夸天下无对,便指着燕青道:"我这个小兄弟,也会相扑,三番上岱岳争交,天下无对。"高俅便起身来,脱了衣裳,要与燕青厮扑。

众头领见宋江敬他是个天朝太尉，没奈何处，只得随顺听他说。不想要勒燕青相扑，正要灭高俅的嘴，都起身来道："好，好！且看相扑！"众人都哄下堂去。宋江亦醉，主张不定。

两个脱了衣裳，就厅阶上，宋江叫把软褥铺下。两个在剪绒毯上，吐个门户。高俅抢将入来，燕青手到，把高俅扭捽得定，只一交，攧翻在地褥上，做一块，半晌挣不起。这一扑，唤做守命扑。宋江、卢俊义慌忙扶起高俅，再穿了衣服，都笑道："太尉醉了，如何相扑得成功，切乞恕罪！"高俅惶恐无限，却再入席，饮至夜深，扶入后堂歇了。

次日又排筵会，与高太尉压惊，高俅遂要辞回，与宋江等作别。宋江道："某等淹留大贵人在此，并无异心。若有瞒昧，天地诛戮！"高俅道："若是义士肯放高某回京，便好全家于天子前保奏义士，定来招安，国家重用。若更翻变，天所不盖，地所不载，死于枪箭之下！"宋江听罢，叩首拜谢。高俅又道："义士恐不信高某之言，可留下众将为当。"宋江道："太尉乃大贵人之言，焉肯失信？何必拘留众将。容日各备鞍马，俱送回营。"高太尉谢了："既承如此相款，深感厚意，只此告回。"宋江等众苦留。当日再排大宴，序旧论新，筵席直至更深方散。

第三日，高太尉定要下山，宋江等相留不住，再设筵宴送行，抬出金银彩缎之类，约数千金，专送太尉，为折席之礼。众节度使以下，另有馈送。高太尉推却不得，只得都受了。饮酒中间，宋江又提起招安一事。高俅道："义士可叫一个精细之人，跟随某去，我直引他面见天子，奏知你梁山泊衷曲之事，随即好降诏敕。"宋江一心只要招安，便与吴用计议，教圣手书生萧让，跟随太尉前去。吴用便道："再教铁叫子乐和作伴，两个同去。"高太尉道："既然义士相托，便留闻参谋在此为信。"宋江大喜，至第四日，宋江与吴用带二十余骑，送高太尉并众节度使下山，过金沙滩二十里外饯别，拜辞了高太尉，自回山寨，专等招安消息。

却说高太尉等一行人马，望济州回来，先有人报知，济州先锋周昂、王焕、项元镇、张开、太守张叔夜等出城迎接。高太尉进城，略住了数日，收拾军马，教众节度使各自领兵回程暂歇，听候调用。高太尉自带了周昂并大小牙将头目，领了三军，同萧让、乐和一行部从，离了济州，迤逦望东京进发。不因高太尉带领梁山泊两个人来，有分教，风流出众，洞房深处遇君王；细作通神，相府园中寻俊杰。毕竟高太尉回京，怎地保奏招安宋江等众,且听下回分解。

第八十一回

燕青月夜遇道君　戴宗定计出乐和

话说梁山泊好汉,水战三败高俅,尽被擒捉上山。宋公明不肯杀害,尽数放还。高太尉许多人马回京,就带萧让、乐和前往京师,听候招安一事,却留下参谋闻焕章在梁山泊里。那高俅在梁山泊时,亲口说道:“我回到朝廷,亲引萧让等,面见天子,便当力奏保举,火速差人前来招安。”因此上就叫乐和为伴,与萧让一同去了,不在话下。

且说梁山泊众头目商议,宋江道:“我看高俅此去,未知真实。”吴用笑道:“我观此人,生的蜂目蛇形,是个转面忘恩之人。他折了许多军马,废了朝廷许多钱粮,回到京师,必然推病不出,朦胧奏过天子,权将军士歇息,萧让、乐和软监在府里。若要等招安,空劳神力!”宋江道:“似此怎生奈何?招安犹可,又且陷了二人。”吴用道:“哥哥再选两个乖觉的人,多将金宝前去京师,探听消息。就行钻刺关节,把衷情达知今上,令高太尉藏匿不得。此为上计。”燕青便起身说道:“旧年闹了东京,是小弟去李师师家入肩[①]。不想这一场大闹,他家已自猜了八分。只有一件,他却是天子心爱的人,官家那里疑他。他自必然奏说:‘梁山泊知得陛下在此私行,故来惊吓。’已是遮过了。如今小弟多把些金珠去那里入肩,枕头上关节最快。小弟可长可短,见机而作。”宋江道:“贤弟此去,须担干系!”戴宗便道:“小弟帮他去走一遭。”神机军师朱武道:“兄长昔日打华州时,尝与宿太尉有恩。此人是个好心的人。若得本官于天子前早晚题奏,亦是顺事。”宋江想起九天玄女之言,“遇宿重重喜”,莫非正应着此人身上。便请闻参谋来堂上同坐。

宋江道:“相公曾认得太尉宿元景么?”闻焕章道:“他是在下同窗朋友,如今和圣上寸步不离。此人极是仁慈宽厚,待人接物,一团和气。”宋

---

① 入肩——入门,进身。

江道："实不瞒相公说,我等疑高太尉回京,必然不奏招安一节。宿太尉旧日在华州降香,曾与宋江有一面之识。今要使人去他那里打个关节,求他添力,早晚于天子处题奏,共成此事。"闻参谋答道："将军既然如此,在下当修尺书奉去。"宋江大喜。随即教取纸笔来,一面焚起好香,取出玄女课,望空祈祷,卜得个上上大吉之兆。随即置酒,与戴宗、燕青送行。收拾金珠细软之物两大笼子,书信随身藏了,仍带了开封府印信公文。两个扮作公人,辞了头领下山,渡过金沙滩,望东京进发。

戴宗托着雨伞,背着个包裹。燕青把水火棍挑着笼子,拽扎起皂衫,腰系着缠袋,脚下都是腿绷护膝,八搭麻鞋。于路免不得饥餐渴饮,夜住晓行。不则一日,来到东京,不由顺路入城,却转过万寿门来。

两个到得城门边,把门军当住。燕青放下笼子,打着乡谈说道："你做甚么当我?"军汉道："殿帅府有钧旨,梁山泊诸色人等,恐有夹带入城,因此着仰各门,但有外乡客人出入,好生盘诘。"燕青笑道："你便是了事的公人,将着自家人,只管盘问。俺两个从小在开封府勾当,这门下不知出入了几万遭,你颠倒只管盘问,梁山泊人,眼睁睁的都放他过去了。"便向身边取出假公文,劈面丢将去道："你看,这是开封府公文不是?"那监门官听得,喝道："既是开封府公文,只管问他怎地?放他入去!"燕青一把抓了公文,揣在怀里,挑起笼子便走。戴宗也冷笑一声。两个径奔开封府前来,寻个客店安歇了。

次日,燕青换领布衫穿了,将搭膊系了腰,换顶头巾,歪戴着,只妆做小闲模样。笼内取了一帕子金珠,吩咐戴宗道："哥哥,小弟今日去李师师家干事,倘有些撅撒,哥哥自快回去。"吩咐戴宗了当,一直取路,径奔李师师家来。到的门前看时,依旧曲槛雕栏,绿窗朱户,比先时又修的好。燕青便揭起斑竹帘子,从侧首边转将入来,早闻的异香馥郁。入到客位前,见周回吊挂名贤书画,阶檐下放着三二十盆怪石苍松,坐榻尽是雕花香楠木,小床坐褥尽铺锦绣。燕青微微地咳嗽一声,丫环出来见了,便传报李妈妈出来,看见是燕青,吃了一惊,便道："你如何又来此间?"燕表道："请出娘子来,小人自有话说。"李妈妈道："你前番连累我家,坏了房子。你有话便说。"燕青道："须是娘子出来,方才说的。"

李师师在窗子后听了多时,转将出来。燕青看时,别是一般风韵,但见:

容貌似海棠滋晓露，腰肢如杨柳袅东风。浑如阆苑琼姬，绝胜桂宫仙姊。

当下李师师轻移莲步，款蹙湘裙，走到客位里面。燕青起身，把那帕子放在桌上，先拜了李妈妈四拜，后拜李行首两拜。李师师谦让道："免礼！俺年纪幼小，难以受拜。"燕青拜罢，起身道："前者惊恐，小人等安身无处。"李师师道："你休瞒我，你当初说道是张闲，那两个是山东客人。临期闹了一场，不是我巧言奏过官家，别的人时，却不满门遭祸！他留下词中两句，道：'六六雁行连八九，只等金鸡消息。'我那时便自疑惑，正待要问，谁想驾到，后又闹了这场，不曾问的。今喜汝来，且释我心中之疑。你不要隐瞒，实对我说知；若不明言，决无干休！"

燕青道："小人实诉衷曲，花魁娘子休要吃惊。前番来的那个黑矮身材，为头坐的，正是呼保义宋江。第二位坐的白俊面皮，三牙髭须，那个便是柴世宗嫡派子孙，小旋风柴进。这公人打扮，立在面前的，便是神行太保戴宗。门首和杨太尉厮打的，正是黑旋风李逵。小人是北京大名府人氏，人都唤小人做浪子燕青。当初俺哥哥来东京求见娘子，教小人诈作张闲，来宅上入肩。俺哥哥要见尊颜，非图买笑迎欢，只是久闻娘子遭际今上，以此亲自特来告诉衷曲，指望将替天行道、保国安民之心，上达天听，早得招安，免致生灵受苦。若蒙如此，则娘子是梁山泊数万人之恩主也！如今被奸臣当道，谗佞专权，闭塞贤路，下情不能上达，因此上来寻这条门路，不想惊吓娘子。今俺哥哥无可拜送，只有些少微物在此，万望笑留。"燕青便打开帕子，摊在桌子上，都是金珠宝贝器皿。那虔婆爱的是财，一见便喜，忙叫奶子收拾过了，便请燕青进里面小阁儿内坐地，安排好细食茶果，殷勤相待。原来李师师家，皇帝不时间来，因此上公子王孙，富豪子弟，谁敢来他家讨茶吃。

且说当时铺下盘馔酒果，李师师亲自相待。燕青道："小人是个该死的人，如何敢对花魁娘子坐地？"李师师道："休恁地说！你这一班义士，久闻大名，只是奈缘中间无有好人，与汝们众位作成，因此上屈沉水泊。"燕青道："前番陈太尉来招安，诏书上并无抚恤的言语，更兼抵换了御酒。第二番领诏招安，正是诏上要紧字样，故意读破句读[1]：‘除宋江，卢俊义等大小人众所犯过恶，并与赦免。’因此上，又不曾归顺。童枢密引将军来，只两阵，杀的片甲不归。次后高太尉役天下民夫，造船征进，只三阵，人马折其大半，高太尉被俺哥哥活捉上山，不肯杀害，重重管待，送回京师，生擒人数，尽都放还。他在梁山泊说了大誓，如回到朝廷，奏过天子，便来招安。因此带了梁山泊两个人来，一个是秀才萧让，一个是能唱乐和，眼见的把这两个藏在家里，不肯令他出来。损兵折将，必然瞒着天子。”李师师道：“他这等破耗钱粮，损折兵将，如何敢奏？这话我尽知了。且饮数杯，别作商议。”燕青道：“小人天性不能饮酒。”李师师道：“路远风霜，到此开怀，也饮几杯。”燕青被央不过，一杯两盏，只得陪侍。

原来这李师师是个风尘妓女，水性的人，见了燕青这表人物，能言快说，口舌利便，倒有心看上他。酒席之间，用些话来嘲惹他。数杯酒后，一言半语，便来撩拨。燕青是个百伶百俐的人，如何不省得？他却是好汉胸襟，怕误了哥哥大事，那里敢来承惹？李师师道：“久闻的哥哥诸般乐艺，酒边闲听，愿闻也好。”燕青答道：“小人颇学的些本事，怎敢在娘子跟前卖弄？”李师师道：“我便先吹一曲，教哥哥听！”便唤丫环取箫来，锦袋内掣出那管凤箫。李师师接来，口中轻轻吹动，端的是穿云裂石之声。燕青听了，喝采不已。李师师吹了一曲，递过箫来，与燕青道：“哥哥也吹一曲，与我听则个！”燕青却要那婆娘欢喜，只得把出本事来，接过箫，便呜呜咽咽，也吹一曲。李师师听了，不住声喝采说道：“哥哥原来恁地吹的好箫！”李师师取过阮来，拨个小小的曲儿，教燕青听，果然是玉珮齐鸣，黄莺对啭，余韵悠扬。燕青拜谢道：“小人也唱个曲儿，伏侍娘子。”顿开咽喉便唱，端的是声清韵美，字正腔真。唱罢又拜。

李师师执盏擎杯，亲与燕青回酒谢唱，口儿里悠悠放出些妖娆声嗽，来惹燕青。燕青紧紧的低了头，唯喏而已。数杯之后，李师师笑道：“闻知哥哥好身纹绣，愿求一观如何？”燕青笑道：“小人贱体，虽有些花绣，怎敢在娘子跟前揎衣裸体？”李师师说道：“锦体社家子弟，那里去问揎衣裸体！”三回五次，定要讨看。燕青只得脱膊下来，李师师看了，十分大喜，把

---

① 句读(dòu)——句和逗，即断句。语意尽处为句，语意未尽须停顿处为读。书面上用圈和点标识。

尖尖玉手,便摸他身上。燕青慌忙穿了衣裳。

李师师再与燕青把盏,又把言语来调他。燕青恐怕他动手动脚,难以回避,心生一计,便动问道:“娘子今年贵庚多少?”李师师答道:“师师今年二十有七。”燕青说道:“小人今年二十有五,却小两年。娘子既然错爱,愿拜为姊姊!”燕青便起身,推金山,倒玉柱,拜了八拜。这八拜是拜住那妇人一点邪心,中间里好干大事。若是第二个,在酒色之中的,也把大事坏了。因此上单显燕青心如铁石,端的是好男子。

当时燕青又请李妈妈来,也拜了,拜做干娘。燕青辞回,李师师道:“小哥只在我家下,休去店中宿。”燕青道:“既蒙错爱,小人回店中,取了些东西便来。”李师师道:“休教我这里专望。”燕青道:“店中离此间不远,少刻便到。”燕青暂别了李师师,径到客店中,把上件事和戴宗说了。戴宗道:“如此最好!只恐兄弟心猿意马,拴缚不定。”燕青道:“大丈夫处世,若为酒色而忘其本,此与禽兽何异?燕青但有此心,死于万剑之下!”戴宗笑道:“你我都是好汉,何必说誓!”燕青道:“如何不说誓,兄长必然生疑!”戴宗道:“你当速去,善觑方便,早干了事便回,休教我久等。宿太尉的书,也等你来下。”燕青收拾一包零碎金珠细软之物,再回李师师家,将一半送与李妈妈,一半散与全家大小,无一个不欢喜。便向客位侧边,收拾一间房,教燕青安歇,合家大小,都叫叔叔。

也是缘法凑巧,至夜,却好有人来报,天子今晚到来。燕青听的,便去拜告李师师道:“姊姊做个方便,今夜教小弟得见圣颜,告的纸御笔赦书,赦了小弟罪犯,出自姊姊之德!”李师师道:“今晚定教你见天子一面,你却把些本事,动达天颜,赦书何愁没有!”

看看天晚,月色朦胧,花香馥郁,兰麝芬芳,只见道君皇帝,引着一个小黄门,扮做白衣秀士,从地道中径到李师师家后门来。到的阁子里坐下,便教前后关闭了门户,明晃晃点起灯烛荧煌。李师师冠梳插带,整肃衣裳,前来接驾。拜舞起居,寒温已了,天子命去其整妆衣服,“相待寡人”。李师师承旨,去其服色,迎驾入房。家间已准备下诸般细果,异品肴馔,摆在面前。

李师师举杯上劝天子,天子大喜,叫:“爱卿近前,一处坐地!”李师师见天子龙颜大喜,向前奏道:“贱人有个姑舅兄弟,从小流落外方,今日才归,要见圣上,未敢擅便,乞取我王圣鉴。”天子道:“既然是你兄弟,便宣将来见寡人,有何妨?”奶子遂唤燕青直到房内,面见天子。燕青纳头便拜。官家看了燕青一表人物,先自大喜。李师师叫燕青吹箫,伏侍圣上饮酒,少刻又拨一回阮,然后叫燕青唱曲。燕青再拜奏道:“所记无非是淫词艳曲,如何敢伏侍圣上?”官家道:“寡人私行妓馆,其意正要听艳曲消闷,卿当勿疑。”燕青借过象板,再拜罢,对李师师道:“音韵差错,望姊姊见教。”燕青顿开喉咽,手拿象板,唱《渔家傲》一曲,道是:

一别家山音信杳,百种相思,肠断何时了。燕子不来花又老,一春瘦的腰儿小。　　薄幸郎君何日到,想自当初,莫要相逢好。好梦欲成还又觉,绿窗但觉莺啼晓。

燕青唱罢,真乃是新莺乍啭,清韵悠扬。天子甚喜,命教再唱。燕青拜倒在地,奏道:“臣有一只《减字木兰花》,上达天听。”天子道:“好,寡人愿闻!”燕青拜罢,遂唱《减字木兰花》一曲,道是:

听哀告,听哀告!贱躯流落谁知道,谁知道!极天罔地,罪恶难分颠倒。有人提出火坑中,肝胆常存忠孝,常存忠孝!有朝须把大恩人报!

燕青唱罢,天子失惊,便问:“卿何故有此曲?”燕青大哭,拜在地下。天子转疑,便道:“卿且诉胸中之事,寡人与卿理会。”燕青奏道:“臣有迷天之罪,不敢上奏!”天子曰:“赦卿无罪,但奏不妨!”燕青奏道:“臣自幼飘泊江湖,流落山东,跟随客商,路经梁山泊过,致被劫掳上山,一住三年。今年方得脱身逃命,走回京师,虽然见的姊姊,则是不敢上街行走。倘或有人认得,通与做公的,此时如何分说?”李师师便奏道:“我兄弟心中,只有此苦,望陛下做主则个!”天子笑道:“此事容易,你是李行首兄弟,谁敢拿你!”燕青以目送情与李师师。李师师撒娇撒痴,奏天子道:“我只要陛下亲书一道赦书,赦免我兄弟,他才放心。”天子云:“又无御宝在此,如何写的?”李师师又奏道:“陛下亲书御笔,便强似玉宝天符。救济兄弟做的护身符时,也是贱人遭际圣时。”天子被逼不过,只得命取纸笔。奶子随即捧过文房四宝。燕青磨的墨浓,李师师递过紫毫象管,天子拂开花笺黄纸,横内大书一行。临写,又问燕青道:“寡人忘卿姓氏。”燕青道:“男女唤做燕青。”天子便写御书道:

神霄王府真主宣和羽士虚靖道君皇帝,特赦燕青本身一应无罪,诸司不许拿问。

写罢，下面押个御书花字[①]。燕青再拜，叩头受命，李师师执盏擎杯谢恩。天子便问："汝在梁山泊，必知那里备细。"燕青奏道："宋江这伙，旗上大书'替天行道'，堂设'忠义'为名，不敢侵占州府，不肯扰害良民，单杀赃官污吏谗佞之人，只是早望招安，愿与国家出力。"天子乃曰："寡人前者两番降诏，遣人招安，如何抗拒，不伏归降？"燕青奏道："头一番招安，诏书上并无抚恤招谕之言，更兼抵换了御酒，尽是村醪，以此变了事情。第二番招安，故把诏书读破句读，要除宋江，暗藏弊幸，因此又变了事情。童枢密引军到来，只两阵，杀得片甲不回。高太尉提督军马，又役天下民夫，修造战船征进，不曾得梁山泊一根折箭。只三阵，杀的手脚无措，军马折其三停，自己亦被活捉上山，许了招安，方才放回，又带了山上二人在此，却留下闻参谋在彼质当。"

天子听罢，便叹道："寡人怎知此事！童贯回京时奏说：'军士不伏暑热，暂且收兵罢战。'高俅回京奏道：'病患不能征进，权且罢战回京。'"李师师奏道："陛下虽然圣明，身居九重，却被奸臣闭塞贤路，如之奈何？"天子嗟叹不已。约有更深，燕青拿了赦书，叩头安置，自去歇息。天子与李师师上床同寝，当夜五更，自有内侍黄门接将去了。

燕青起来，推道清早干事，径来客店里，把说过的话，对戴宗一一说知。戴宗道："既然如此，多是幸事。我两个去下宿太尉的书。"燕青道："饭罢便去。"两个吃了些早饭，打挟了一笼子金珠细软之物，拿了书信，径投宿太尉府中来。

街坊上借问人时，说太尉在内里未归。燕青道："这早晚正是退朝时分，如何未归？"街坊人道："宿太尉是今上心爱的近侍官员，早晚与天子寸步不离，归早归晚，难以指定。"正说之间，有人报道："这不是太尉来也！"燕青大喜，便对戴宗道："哥哥，你只在此衙门前伺候，我自去见太尉去。"燕青近前，看见一簇锦衣花帽从人，捧着轿子。燕青就当街跪下，便道："小人有书札上呈太尉。"宿太尉见了，叫道："跟将进来！"燕青随到厅前。

太尉下了轿子，便投侧首书院里坐下。太尉叫燕青入来，便问道："你是那里来的干人？"燕青道："小人从山东来，今有闻参谋书札上呈。"太尉

---

① 押个句——古人在契据上签名都用花字(草书)。以防他人假冒，也叫做"押花"。

道："那个闻参谋？"燕青便向怀中取出书，呈递上去。宿太尉看了封皮，说道："我道是那个闻参谋，原来是我幼年间同窗的闻焕章。"遂拆开书来看时，写道：

侍生闻焕章沐手百拜奉书

太尉恩相钧座前：贱子自髫年时，出入门墙，已三十载矣。昨蒙高殿帅召至军前，参谋大事。奈缘劝谏不从，忠言不听，三番败绩，言之甚羞。高太尉与贱子，一同被掳，陷于缧绁。义士宋公明宽裕仁慈，不忍加害。今高殿帅带领梁山萧让、乐和赴京，欲请招安，留贱子在此质当。万望恩相不惜齿牙，早晚于天子前题奏，速降招安之典，俾令义士宋公明等，早得释罪获恩，建功立业，国家幸甚！天下幸甚！救取贱子，实领再生之赐。拂楮拳拳，幸垂照察。

宣和四年春正月　　日　　焕章再拜奏上

宿太尉看了书，大惊，便问道："你是谁？"燕青答道："男女是梁山泊浪子燕青。"随即出来，取了笼子，径到书院里。燕青禀道："太尉在华州降香时，多曾伏侍太尉来，恩相缘何忘了？宋江哥哥有些微物相送，聊表我哥哥寸心。每日占卜课内，只着求太尉提拔救济。宋江等满眼只望太尉来招安。若得恩相早晚于天子前题奏此事，则梁山泊十万人之众，皆感大恩！哥哥责着限次，男女便回。"燕青拜辞了，便出府来。宿太尉使人收了金珠宝物，已有在心。

且说燕青便和戴宗回店中商议："这两件事都有些次第[①]，只是萧让、乐和在高太尉府中，怎生得出？"戴宗道："我和你依旧扮作公人，去高太尉府前伺候。等他府里有人出来，把些金银贿赂与他，赚得一个厮见。通了消息，便有商量。"当时两个换了结束，带将金银，径投太平桥来，在衙门前窥望了一回。只见府里一个年纪小的虞候，摇摆将出来，燕青便向前与他施礼。那虞候道："你是甚人？"燕青道："请干办到茶肆中说话。"两个到阁子内，与戴宗相见了，同坐吃茶。

燕青道："实不瞒干办说，前者太尉从梁山泊带来那两个人，一个跟的叫做乐和，与我这哥哥是亲眷，欲要见他一见，因此上相央干办。"虞候道："你两个且休说，节堂深处的勾当，谁理会的？"戴宗便向袖内取出一锭大

① 次第——头绪，眉目。

银,放在桌子上,对虞候道:“足下只引的乐和出来,相见一面,不要出衙门,便送这锭银与足下。”那人见了财物,一时利动人心,便道:“端的有这两个人在里面。太尉钧旨,只教养在后花园里歇宿。我与你唤他出来,说了话,你休失信,把银子与我。”戴宗道:“这个自然。”那人便起身吩咐道:“你两个只在此茶坊里等我。”那人急急入府去了。

戴宗、燕青两个在茶房中,等不到半个时辰,只见那小虞候慌慌出来说道:“先把银子来,乐和已叫出在耳房里了。”戴宗与燕青附耳低言,如此如此,就把银子与他。虞候得了银子,便引燕青耳房里来见乐和。那虞候道:“你两个快说了话便去!”燕青便与乐和道:“我同戴宗在这里,定计赚得你两个出去。”乐和道:“直把我两个养在后花园中,墙垣又高,无计可出,折花梯子,尽都藏过了,如何能够出来。”燕青道:“靠墙有树么?”乐和道:“旁边一遭,都是大柳树。”燕青道:“今夜晚间,只听咳嗽为号。我在外面,漾过两条索去,你就相近的柳树上,把索子绞缚了。我两个在墙外,各把一条索子扯住,你两个就从索上盘将出来。四更为期,不可失误。”那虞候便道:“你两个只管说甚的?快去罢!”乐和自入去了,暗暗通报了萧让。燕青急急去与戴宗说知,当日至夜伺候着。

且说燕青、戴宗两个,就街上买了两条粗索,藏在身边,先去高太尉府后看了落脚处。原来离府后是条河,河边却有两只空船缆着,离岸不远。两个便就空船里伏了,看看听得更鼓已打四更,两个便上岸来,绕着墙后咳嗽,只听的墙里应声咳嗽,两边都已会意,燕青便把索来漾将过去。约莫里面拴缚牢了,两个在外面对绞定,紧紧地拽住索头。

只见乐和先盘出来,随后便是萧让。两个都溜将下来,却把索子丢入墙内去了。却去敲开客店门,房中取了行李,就店中打火,做了早饭吃,算了房宿钱。四个来到城门边,等门开时,一涌出来,望梁山泊回报消息。不是这四个回来,有分教,宿太尉单奏此事,梁山泊全受招安。毕竟宿太尉怎生奏请圣旨,且听下回分解。

第八十二回

梁山泊分金大买市　宋公明全伙受招安

话说燕青在李师师家遇见道君皇帝，告得一道本身赦书，次后见了宿太尉，又和戴宗定计，去高太尉府中，赚出萧让、乐和。四个人等城门开时，随即出城，径赶回梁山泊来，报知上项事务。

且说李师师当夜不见燕青来家，心中亦有些疑虑。却说高太尉府中亲随人，次日供送茶饭与萧让、乐和，就房中不见了二人，慌忙报知都管。都管便来花园中看时，只见柳树边拴着两条粗索，已知走了二人，只得报知太尉。高俅听罢，吃了一惊，越添忧闷，只在府中推病不出。

次日五更，道君皇帝设朝，驾坐文德殿。文武班齐，天子宣命卷帘，旨令左右近臣，宣枢密使童贯出班，问道："你去岁统十万大军，亲为招讨，征进梁山泊，胜败如何？"童贯跪下，便奏道："臣旧岁统率大军，前去征进，非不效力，奈缘暑热，军士不伏水土，患病者众，十死二三，臣见军马艰难，以此权且收兵罢战，各归本营操练。所有御林军，于路病患，多有损折。次后降诏，此伙贼人，不伏招抚。及高俅以舟师征进，亦中途抱病而返。"

天子大怒，喝道："都是汝等妒贤嫉能，奸佞之臣，瞒着寡人行事！你去岁统兵征伐梁山泊，如何只两阵，被寇兵杀的人马辟易[①]，片甲只骑无还，遂令王师败绩。次后高俅那厮，废了州郡多少钱粮，陷害了许多兵船，折了若干军马，自己又被寇活捉上山，宋江等不肯杀害，放将回来。寡人闻宋江这伙，不侵州府，不掠良民，只待招安，与国家出力，都是汝等不才贪佞之臣，枉受朝廷爵禄，坏了国家大事！汝掌管枢密，岂不自惭！本当拿问，姑免这次，再犯不饶！"童贯默默无言，退在一边。

天子又问："你大臣中，谁可前去招抚梁山泊宋江等一班人众？"圣宣未了，有殿前太尉宿元景出班跪下，奏道："臣虽不才，愿往一遭。"天子大喜："寡人御笔亲书丹诏。"便叫抬上御案，拂开诏纸，天子就御案上亲书丹

---

① 辟易——退避，溃逃。

诏。左右近臣,捧过御宝,天子自行用讫。又命库藏官,教取金牌三十六面,银牌七十二面,红锦三十六匹,绿锦七十二匹,黄封御酒一百八瓶,尽付与宿太尉;又赠正从表里二十四匹,金字招安御旗一面,限次日便行。宿太尉就文德殿辞了天子。百官朝罢,童枢密羞惭满面,回府推病,不敢入朝。高太尉闻知,恐惧无措,亦不敢入朝。有诗为证:

一封恩诏出明光,伫看梁山尽束装。

知道怀柔胜征伐,悔教赤子受痍伤。

且说宿太尉打担了御酒、金银牌面、缎匹表里之物,上马出城,打起御赐金字黄旗,众官相送出南熏门,投济州进发,不在话下。

却说燕青、戴宗、萧让、乐和四个,连夜到山寨,把上件事都说与宋公明并头领知道。燕青便取出道君皇帝御笔亲写赦书,与宋江等众人看了。吴用道:“此回必有佳音。”宋江焚起好香,取出九天玄女课来,望空祈祷祝告了,卜得个上上大吉之兆。宋江大喜,此事必成。再烦戴宗、燕青前去探听虚实,作急回报,好做准备。

戴宗、燕青去了数日,回来报说:“朝廷差宿太尉亲赍丹诏,更有御酒、金银牌面、红绿锦缎表里,前来招安,早晚到也!”宋江听罢,大喜,在忠义堂上忙传将令,分拨人员,从梁山泊直抵济州地面,扎缚起二十四座山棚,上面都是结彩悬花,下面陈设笙箫鼓乐;各处附近州郡,雇倩乐人,分拨于各山棚去处,迎接诏敕。每一座山棚上,拨一个小头目监管。一壁教人分投买办果品、海味、按酒、干食等项,准备筵宴茶饭席面。

且说宿太尉奉敕来梁山泊招安,一干人马,迤逦都到济州。太守张叔夜出郭迎接入城,馆驿中安下。太守起居宿太尉已毕,把过接风酒。张叔夜禀道:“朝廷颁诏敕来招安,已是二次,盖因不得其人,误了国家大事。今者太尉此行,必与国家立大功也!”宿太尉乃言:“天子近闻梁山泊一伙,以义为主,不侵州郡,不害良民,口称替天行道,今差下官赍到天子御笔亲书丹诏,敕赐金牌三十六面,银牌七十二面,红锦三十六匹,绿锦七十二匹,黄封御酒一百八瓶,表里二十四匹,来此招安,礼物轻否?”张叔夜道:“这一班人,非在礼物轻重,要图忠义报国,扬名后代。若得太尉早来如此,也不教国家损兵折将,虚耗了钱粮。此一伙义士归降之后,必与朝廷建功立业。”宿太尉道:“下官在此专待,有烦太守亲往山寨报知,着令准备迎接。”张叔夜答道:“小官愿往。”随即上马出城,带了十数个从人,径投梁山泊来。

到得山下，早有小头目接着，报上寨里来。宋江听罢，慌忙下山，迎接张太守上山。到忠义堂上，相见罢，张叔夜道："义士恭喜！朝廷特遣殿前宿太尉，赍擎丹诏，御笔亲书，前来招安。敕赐金牌、表里、御酒、缎匹，现在济州城内。义士可以准备迎接诏旨。"宋江大喜，以手加额道："宋江等再生之幸！"

当时留请张太守茶饭。张叔夜道："非是下官拒意，惟恐太尉见怪回迟。"宋江道："略奉一杯，非敢为礼。"张叔夜坚执便行。宋江忙教托出一盘金银相送。张太守见了，便道："这个决不敢受。"宋江道："些少微物，聊表寸心。若事毕之后，尚容图报。"张叔夜道："深感义士厚意，且留于大寨，却来请领，亦未为晚。"太守可谓廉以律己者矣！有诗为证：

济州太守世无双，不爱黄金爱宋江。

信是清廉能服众，非关威势可招降。

宋江便差大小军师吴用、朱武，并萧让、乐和四个，跟随张太守下山，直往济州来，参见宿太尉。约至后日，众多大小头目，离寨三十里外，伏道相迎。当时吴用等跟随太守张叔夜连夜下山，直到济州。次日，来馆驿中，参见宿太尉，拜罢，跪在面前。宿太尉教平身起来，俱各命坐。四个谦让，那里敢坐。太尉问其姓氏，吴用答道："小生吴用，在下朱武、萧让、乐和，奉兄长宋公明命，特来迎接恩相。兄长与弟兄，后日离寨三十里外，伏道迎接。"宿太尉大喜，便道："加亮先生，自从华州一别之后，已经数载，谁想今日得与重会！下官知汝弟兄之心，素怀忠义，只被奸臣闭塞，谗佞专权，使汝众人，下情不能上达。目今天子悉已知之。特命下官赍到天子御笔亲书丹诏、金银牌面、红绿锦缎、御酒表里，前来招安。汝等勿疑，尽心受领。"吴用等再拜称谢道："山野狂夫，有劳恩相降临。感蒙天恩，皆出太尉之赐。众弟兄刻骨铭心，难以补报。"张叔夜一面设宴管待。

到第三日清晨，济州装起香车三座，将御酒另一处龙凤盒内抬着；金银牌面、红绿锦缎，另一处扛抬；御书丹诏，龙亭内安放。宿太尉上了马，靠龙亭东行，太守张叔夜骑马在后相陪；吴用等四人，乘马跟着；大小人伴，一齐簇拥。前面马上，打着御赐销金黄旗，金鼓旗幡队伍开路，出了济州，迤逦前行。未及十里，早迎着山棚。宿太尉在马上看了，见上面结彩悬花，下面笙箫鼓乐，迫道迎接。再行不过数十里，又是结彩山棚。前面望见香烟拂道，宋江、卢俊义跪在面前，背后众头领齐齐都跪在地下迎接恩诏。宿太尉道："都教上马。"一同迎至水边，那梁山泊千百只战船，一齐渡将过去，直至金沙滩上岸。三关之上，三关之下，鼓乐喧天，军士导从，仪卫不断，异香缭绕，直至忠义堂前下马。

香车龙亭，抬放忠义堂上。中间设着三个几案，都用黄罗龙凤桌围围着。正中设万岁龙牌，将御书丹诏，放在中间；金银牌面，放在左边；红绿锦缎，放在右边；御酒表里，亦放于前。金炉内焚着好香。宋江、卢俊义邀请宿太尉、张太守上堂设坐。左边立着萧让、乐和，右边立着裴宣、燕青。宋江、卢俊义等，都跪在堂前。

裴宣喝拜。拜罢，萧让开读诏文：

制曰：朕自即位以来，用仁义以治天下，公赏罚以定干戈，求贤未尝少怠，爱民如恐不及，遐迩赤子，咸知朕心。切念宋江、卢俊义等，素怀忠义，不施暴虐，归顺之心已久，报效之志凛然。虽犯罪恶，各有所由，察其衷情，深可怜悯。朕今特差殿前太尉宿元景，赍捧诏书，亲到梁山水泊，将宋江等大小人员所犯罪恶，尽行赦免。给降金牌三十六面、红锦三十六匹，赐与宋江等上头领；银牌七十二面、绿锦七十二匹，赐与宋江部下头目。赦书到日，莫负朕心，早早归顺，必当重用。故兹诏敕，想宜悉知。

宣和四年春二月　日诏示

萧让读罢丹诏，宋江等山呼万岁，再拜谢恩已毕，宿太尉取过金银牌面、红绿锦缎，令裴宣依次照名给散已罢。叫开御酒，取过银酒海，都倾在里面，随即取过旋杓舀酒，就堂前温热，倾在银壶内。宿太尉执着金钟，斟过一杯酒来，对众头领道："宿元景虽奉君命，特赍御酒到此，命赐众头领，诚恐义士见疑，元景先饮此杯，与众义士看，勿得疑虑。"众头领称谢不已。宿太尉饮毕，再斟酒来，先劝宋江，宋江举杯跪饮。然后卢俊义、吴用、公孙胜，陆续饮酒，遍劝一百单八名头领，俱饮一杯。

宋江传令，教收起御酒，却请太尉居中而坐，众头领拜复起居。宋江进前称谢道："宋江昨者西岳得识台颜，多感太尉恩厚，于天子左右力奏，救拔宋江等再见天日之光，铭心刻骨，不敢有忘。"宿太尉道："元景虽知义士等忠义凛然，替天行道，奈缘不知就里委曲之事，因此，天子左右未敢题奏，以致耽误了许多时。前者收到闻参谋书，又蒙厚礼，方知有此衷情。

其日天子在披香殿上,官家与元景闲论,问起义士,以此元景奏知此事。不期天子已知备细,与某所奏相同。次日,天子驾坐文德殿,就百官之前,痛责童枢密、深怪高太尉累次无功,亲命取过文房四宝,天子御笔亲书丹诏,特差宿某,亲到大寨,启请众头领。烦望义士早早收拾朝京,休负圣天子宣召抚安之意。”众皆大喜,拜手称谢。礼毕,张太守推说地方有事,别了太尉,自回城内去了。

这里且说宋江,教请出闻参谋相见,宿太尉欣然话旧,满堂欢喜。当请宿太尉居中上坐,闻参谋对席相陪。堂上堂下,皆列位次,大设筵宴,轮番把盏。厅前大吹大擂。虽无炮龙烹凤,端的是肉山酒海。当日尽皆大醉,各扶归幕次安歇。次日又排筵宴,各各倾心露胆,讲说平生之怀。第三日,再排席面,请宿太尉游山,至暮尽醉方散。倏尔已经数日,宿太尉要回,宋江等坚意相留。宿太尉道:“义士不知就里,元景奉天子敕旨而来,到此间数日之久,荷蒙英雄慨然归顺,大义俱全。若不急回,诚恐奸臣相妒,别生异议。”宋江等道:“太尉既然如此,不敢苦留。今日尽此一醉,来早拜送恩相下山。”当时会集大小头领,尽来集义饮宴。吃酒中间,众皆称谢。宿太尉又用好言抚恤,至晚方散。

次日清晨,安排车马,宋江亲捧一盘金珠,到宿太尉幕次,再拜上献。宿太尉那里肯受。宋江再三献纳,方才收了,打迭衣箱,拴束行李鞍马,准备起程。其余跟来人数,连日自是朱武、乐和管待,依例饮馔,酒量高低,并皆厚赠金银财帛,众人皆喜;仍将金宝赍送闻参谋,亦不肯受。宋江坚执奉承,才肯收纳。宋江遂请闻参谋随同宿太尉回京师。梁山泊大小头领,金鼓细乐,相送太尉下山,渡过金沙滩,俱送过三十里外,众皆下马,与宿太尉把盏饯行。宋江当先执盏擎杯道:“太尉恩相回见天颜,善言保奏。”宿太尉回道:“义士但且放心,只早早收拾朝京为上。军马若到京师来,可先使人到我府中通报。俺先奏闻天子,使人持节[①] 来迎,方见十分公气。”宋江道:“恩相容复:小可水洼,自从王伦上山开创之后,却是晁盖上山,今至宋江,已经数载,附近居民,扰害不浅。小可愚意,今欲罄竭资财,买市十日,收拾已了,便当尽数朝京,安敢迟滞。亦望太尉将此愚衷,上达天听,以宽限次。”宿太尉应允,别了众人,带了开诏一干人马,自投济

① 持节——古代帝王特派的使者,手中持节,以示代表君王。节,符节。

州而去。

宋江等却回大寨，到忠义堂上，鸣鼓聚众。大小头领坐下，诸多军校都到堂前。宋江传令："众弟兄在此，自从王伦开创山寨以来，次后晁天王上山建业，如此兴旺。我自江州得众兄弟相救到此，推我为尊，已经数载。今日喜得朝廷招安，重见天日之面，早晚要去朝京，与国家出力。今来汝等众人，但得府库之物，纳于库中公用，其余所得之资，并从均分。我等一百八人，上应天星，生死一处。今者天子宽恩降诏，赦罪招安，大小众人，尽皆释其所犯。我等一百八人，早晚朝京面圣，莫负天子洪恩。汝等军校，也有自来落草的，也有随众上山的，亦有军官失陷的，亦有掳掠来的。今次我等受了招安，俱赴朝廷。你等如愿去的，作数上名进发，如不愿去的，就这里报名相辞。我自赍发你等下山，任从生理①。"

宋江号令已罢，着落裴宣、萧让照数上名。号令一下，三军各各自去商议。当下辞去的，也有三五千人。宋江皆赏钱物，赍发去了。愿随去充军者，作数报官。次日，宋江又令萧让写了告示，差人四散去贴，晓示临近州郡乡镇村坊，各各报知，乃请诸人到山买市十日。其告示曰：

梁山泊义士宋江等，谨以大义布告四方。向因聚众山林，多扰四方百姓。今日幸蒙天子宽仁厚德，特降诏敕，赦免本罪，招安归降，朝暮朝觐，无以酬谢，就本身买市十日。倘蒙不外，赍价前来，一一报答，并无虚谬。特此告知，远近居民，勿疑辞避，惠然光临，不胜万幸。

宣和四年三月　日梁山泊义士宋江等谨请

萧让写毕告示，差人去附近州郡，及四散村坊，尽行贴遍。发库内金珠、宝贝、彩缎、绫罗、纱绢等项，分散各头领，并军校人员，另选一分，为上国进奉，其余堆集山寨，尽行招人买市十日，于三月初三日为始，至十三日止，宰下牛羊，酝造酒醴，但到山寨里买市的人，尽以酒食管待，犒劳从人。至期，四方居民，担囊负笈②，雾集云屯，俱至山寨。宋江传令，以一举十，俱各欢喜，拜谢下山。一连十日，每日如此。十日以外，住罢买市，号令大小，收拾赴京朝觐。宋江便要起送各家老小还乡。吴用谏道："兄长未可。且留众宝眷在此山寨。待我等朝觐面君之后，承恩已定，那时发遣各家老

① 生理——活路。

② 笈——书箱。此处泛指箱笼等器物。

小还乡未迟。”宋江听罢道：“军师之言极当。”再传将令，教头领即便收拾，整顿军士。宋江等随即火速起身，早到济州，谢了太守张叔夜。太守即设筵宴，管待众多义士，赏劳三军人马。宋江等辞了张太守，出城进发，带领众多军马，径投东京来。先令戴宗、燕青前来京师宿太尉府中报知。太尉见说，随即便入内里，奏知天子，宋江等众军马朝京。天子闻奏大喜，便差太尉并御驾指挥使一员，手持旌旄节钺，出城迎接。当下宿太尉领圣旨出郭。

且说宋江军马在路，甚是摆的整齐。前面打着两面红旗：一面上书“顺天”二字，一面上书“护国”二字。众头领都是戎装披挂，惟有吴学究纶巾羽服，公孙胜鹤氅道袍，鲁智深烈火僧衣，武行者香皂直裰，其余都是战袍金铠，本身服色。在路非止一日，来到京师城外，前逢御驾指挥使，持节迎着军马。宋江闻知，领众头领前来参见宿太尉已毕，且把军马屯驻新曹门外，下了寨栅，听候圣旨。

且说宿太尉并御驾指挥使入城，回奏天子说：“宋江等军马，俱屯在新曹门外，听候圣旨。”天子乃曰：“寡人久闻梁山泊宋江等有一百八人，上应天星，更兼英雄勇猛。今已归降，到于京师。寡人来日，引百官登宣德楼。可教宋江等，俱依临敌披挂戎装服色，休带大队人马，只将三五百马步军进城，自东过西，寡人亲要观看。也教在城军民，知此英雄豪杰，为国良臣。然后却令卸其衣甲，除去军器，都穿所赐锦袍，从东华门而入，就文德殿朝见。”御驾指挥使直至行营寨前，口传圣旨与宋江等知道。

次日，宋江传令，教铁面孔目裴宣，选拣彪形大汉，五七百步军，前面打着金鼓旗幡，后面摆着枪刀斧钺，中间竖着“顺天”、“护国”二面红旗，军士各悬刀剑弓矢，众人各各都穿本身披挂，戎装袍甲，摆成队伍，从东郭门而入。只见东京百姓军民，扶老挈幼，迫路观看，如睹天神。是时天子引百官在宣德楼上，临轩观看。见前面摆列金鼓旗幡，枪刀斧钺，各分队伍；中有踏白马军，打起“顺天”、“护国”二面红旗，外有二三十骑马上随军鼓乐；后面众多好汉，簇簇而行。

怎见得英雄好汉，入城朝觐，但见：

风清玉陛，露挹金盘。东方旭日初升，北阙珠帘半卷。南熏门外，百八员义士归心；宣德楼前，亿万岁君王刮目。肃威仪乍行朝典，逞精神犹整军容。风雨日星，并识天颜之霁；电雷霹雳，不烦天讨之威。帝阙前万灵咸集：有圣、有仙、有哪吒、有金刚、有阎罗、有判官、有门神、有太岁，乃至夜叉鬼魔，共仰道君皇帝。凤楼下百兽来朝：为彪、为豹、为麒麟、为狻猊、为犴狴、为金翅、为雕鹏、为龟猿，以及犬鼠蛇蝎，皆知宋主人王。五龙夹日，是为入云龙、混江龙、出林龙、九纹龙、独角龙，如出洞蛟、翻江蜃，自逐队朝天。众虎离山，是为插翅虎、跳涧虎、锦毛虎、花项虎、青眼虎、笑面虎、矮脚虎、中箭虎，若病大虫、母大虫，亦随班行礼。原称公侯伯子的，应谙朝仪；谁知尘舞山呼，亦许园丁、医算、匠作、船工之辈。凡生毛发须髯的，自堪宠命；岂意绯袍紫绶，并加妇人、浪子、和尚、行者之身。拟空名，则太保、军师、郡马、孔目、郎将、先锋，官衔早列；比古人，则霸王、李广、关索、温侯、尉迟、仁贵，当代重生。有那生得好的，如白面郎插一枝花，擎着笛扇鼓幡，欲歌且舞；看这生得丑的，似青面兽蒙鬼脸儿，拿着枪刀鞭箭，会战能征。长的比险道神，身长一丈；狠的象石将军，力镇三山。发可赤，眼可青，俱各抱丹心一片；摸得天，跳得浪，决不走邪佞两途。喜近君王，不似昔时无面目；恩宽防御，果然此日没遮拦。试看全伙里舞枪弄棒的书生，犹胜满朝中欺君害民的官吏。义士今欣遇主，皇家始庆得人！

且说道君皇帝，同百官在宣德楼上，看了梁山泊宋江等这一行部从，喜动龙颜，心中大悦，与百官道："此辈好汉，真英雄也！"叹羡不已。命殿头官传旨，教宋江等各换御赐锦袍见帝。殿头官领命，传与宋江等，向东华门外脱去戎装幓带，穿了御赐红绿锦袍，悬带金银牌面，各带朝天巾帻，抹绿朝靴。惟公孙胜将红锦裁成道袍，鲁智深缝做僧衣，武行者改作直裰，皆不忘君赐也。

宋江、卢俊义为首，吴用、公孙胜为次，引领众人，从东华门而入。当日整肃朝仪，陈设銮驾，辰牌时候，天子驾升文德殿。仪礼司官，引宋江等依次入朝，排班行礼。殿头官赞拜舞起居，山呼万岁已毕，天子欣喜，敕令宣上文德殿来，照依班次赐坐。命排御筵：敕光禄寺摆宴，良酝署进酒，珍羞署进食，掌醢署造饭，大官署供膳，教坊司奏乐。天子亲御宝座陪宴，只见：

九重门启，鸣哕哕之鸾声；阊阖天开，睹巍巍之龙衮。筵开玳瑁，七宝器黄金嵌就；炉列麒麟，百和香龙脑修成。玻璃盏间琥珀钟，玛瑙杯联珊瑚斝。赤瑛盘内，高堆麟脯鸾肝；紫玉碟中，满饤驼蹄熊掌。桃花汤洁，缕塞北之黄羊；银丝脍鲜，剖江南之赤鲤。黄金盏满泛香醪，紫霞杯滟浮琼液。五俎八簋，百味庶羞。糖浇就甘甜狮仙，面制成香酥定胜。方当酒进五巡，正是汤陈三献。教坊司凤鸾韶舞，礼乐司排长伶官。朝鬼门道，分明开说，头一个装外的，黑漆幞头，有如明镜，描花罗襕，俨若生成；第二个戏色的，系离水犀角腰带，裹红花绿叶罗巾，黄衣襕长衬短靿靴，衫袖襟密排山水样；第三个末色的，裹结络球头帽子，着箍役迭胜罗衫，最先来提掇甚分明，念几段杂文真罕有；第四个净色的，语言动众，颜色繁过，依院本填腔调曲，按格范打诨发科；第五个贴净的，忙中九伯，眼目张狂，队额角涂一道明戗，劈面门抹两色蛤粉。裹一顶油油腻腻旧头巾，穿一领邋邋遢遢泼戏袄，吃六棒枒板不嫌疼，打两杖麻鞭浑似耍。这五人引领着六十四回队舞优人，百二十名散做乐工，搬演杂剧，装孤打撺。个个青巾桶帽，人人红带花袍。吹龙笛，击鼍鼓，声震云霄；弹锦瑟，抚银筝，韵惊鱼鸟。吊百戏众口喧哗，纵谐语齐声喝采。装扮的是：太平年万国来朝，雍熙世八仙庆寿。搬演的是：玄宗梦游广寒殿，狄青夜夺昆仑关。也有神仙道侣，亦有孝子顺孙。观之者，真可坚其心志；听之者，足以养其性情。须臾间，八个排长，簇拥着四个美人，歌舞双行，吹弹并举。歌的是：朝天子、贺圣朝、感皇恩、殿前欢，治世之音；舞的是：醉回回、活观音、柳青娘、鲍老儿，淳正之态。果然道：百宝装腰带，珍珠络臂鞲；笑时花近眼，舞罢锦缠头。大宴已成，众乐齐举。主上无为千万寿，天颜有喜万方同。

有诗为证：

　　九重凤阙新开宴，千岁龙墀旧赐衣。
　　盖世功名能自立，矢心忠义岂相违。

且说天子赐宋江等筵宴，至暮方散。谢恩已罢，宋江等俱各簪花出内，在西华门外，各各上马，回归本寨。次日入城，礼仪司引至文德殿谢恩，喜动龙颜，天子欲加官爵，敕令宋江等来日受职。宋江等谢恩，出朝回寨，不在话下。又说枢密院官，具本上奏："新降之人，未效功劳，不可辄便加爵，可待日后征讨，建立功勋，量加官赏。现今数万之众，逼城下寨，甚为不宜。陛下可将宋江等所部军马，原是京师有被陷之将，仍还本处，外路军兵，各归原所。其余人众，分作五路，山东、河北，分调开去，此为上策。"

次日，天子命御驾指挥使，直至宋江营中，口传圣旨，令宋江等分开军马，各归原所。众头领听得，心中不悦，回道："我等投降朝廷，都不曾见些官爵，便要将俺弟兄等分遣调开。俺等众头领，生死相随，誓不相舍！端的要如此，我们只得再回梁山泊去。"宋江急忙止住，遂用忠言恳求来使，烦乞善言回奏。

那指挥使回到朝廷，那里敢隐蔽，只得把上项所言，奏闻天子。天子大惊，急宣枢密院官计议。有枢密使童贯奏道："这厮们虽降，其心不改，终贻大患。以臣愚意，不若陛下传旨，赚入京城，将此一百八人，尽数剿除，然后分散他的军马，以绝国家之患。"天子听罢，圣意沉吟未决。

向那御屏风背后，转出一大臣，紫袍象简，高声喝道："四边狼烟未息，中间又起祸胎，都是汝等庸恶之臣，坏了圣朝天下！"正是：只凭立国安邦口，来救惊天动地人。毕竟御屏风后喝的那员大臣是谁，且听下回分解。

第八十三回

宋公明奉诏破大辽　陈桥驿滴泪斩小卒

话说当年有辽国郎主，起兵前来，侵占山后九州边界。兵分四路而入，劫掳山东、山西，抢掠河南、河北。各处州县，申达表文，奏请朝廷求救，先经枢密院，然后得到御前。所有枢密童贯，同太师蔡京、太尉高俅、杨戬商议，纳下表章不奏，只是行移邻近州府，催趱各处径调军马，前去策应，正如担雪填井一般。此事人皆尽知，只瞒着天子一个。适来四个贼臣设计，教枢密童贯启奏，将宋江等众，要行陷害。不期那御屏风后，转出一员大臣来喝住，正是殿前都太尉宿元景，便向殿前启奏道："陛下，宋江这伙好汉，方始归降，一百八人，恩同手足，意若同胞，他们决不肯便拆散分开，虽死不舍相离。如何今又要害他众人性命？此辈好汉，智勇非同小可。倘或城中翻变起来，将何解救？现今辽国兴兵十万之众，侵占山后九州所属县治。各处申达表文求救，累次调兵前去征剿交锋，如汤泼蚁。贼势浩大，所遣官军，又无良策，每每只是折兵损将，瞒着陛下不奏。以臣愚见，正好差宋江等全伙良将，部领所属军将人马，直抵本境，收伏辽贼，令此辈好汉建功，进用于国，实有便益。微臣不敢自专，乞请圣鉴。”

天子听罢宿太尉所奏，龙颜大喜，询问众官，俱言有理。天子大骂枢密院童贯等官：“都是汝等谗佞之徒，误国之辈，妒贤嫉能，闭塞贤路，饰词矫情，坏尽朝廷大事！姑恕情罪，免其追问。”

天子亲书诏敕，赐宋江为破辽都先锋，卢俊义为副先锋，其余诸将，待建功之后，加官受爵。就差太尉宿元景亲赍诏敕，去宋江军前行营开读。天子退朝，百官皆散。

且说宿太尉领了圣旨出朝，径到宋江行寨军前开读。宋江等忙排香案迎接，跪听诏敕已罢，众皆大喜。宋江等拜谢宿太尉道：“某等众人，正欲如此，与国家出力，建功立业，以为忠臣。今得太尉恩相，力赐保奏，恩同父母。只有梁山泊晁天王灵位，未曾安厝[①]，亦有各家老小家眷，未曾发送还乡；所有城垣，未曾拆毁，战船亦未曾将来。有烦恩相题奏，乞降圣旨，宽限旬日，还山了此数事，整顿器具、枪刀、甲马，便当尽忠报国。”宿太尉听罢大喜，回奏天子。即降圣旨，敕赐库内取金一千两、银五千两、彩缎五千匹，颁赐众将，就令太尉于库藏开支，去行营俵散与众将。原有老小者，赏赐给付与老小养赡终身；原无老小者，给付本人，自行收受。宋江奉敕，谢恩已毕，给散众人收讫。宿太尉回朝，吩咐宋江道：“将军还山，可速去快来，先使人报知下官，不可迟误！”

再说宋江聚众商议，所带还山人数是谁。宋江与同军师吴用、公孙胜、林冲、刘唐、杜迁、宋万、朱贵、宋清、阮家三弟兄，马步水军一万余人回去。其余大队人马，都随卢先锋在京师屯扎。宋江与吴用、公孙胜等，于路无话，回到梁山泊忠义堂上坐下，便传将令，教各家老小眷属，收拾行李，准备起程。一面叫宰杀猪羊牲口，香烛钱马，祭献晁天王，然后焚化灵牌。随即将各家老小，各各送回原所州县，上车乘马，俱已去了。然后教自家庄客，送老小、宋太公、并家眷人口，再回郓城县宋家村，复为良民。随即叫阮家三弟兄，拣选合用船只，其余不堪用的小船，尽行给散与附近居民收用。山中应有屋宇房舍，任从居民搬拆。三关城垣，忠义等屋，尽行拆毁。一应事务，整理已了，收拾人马，火速还京。

一路无话，早到东京。卢俊义等接至大寨。先使燕青入城，报知宿太

---

① 安厝(cuò)——安置。

尉,要辞天子,引领大军起程。宿太尉见报,入内奏知天子。次日,引宋江于武英殿朝见天子,龙颜欣悦,赐酒已罢,玉音道:“卿等休辞道途跋涉,军马驱驰,与寡人征虏破辽,早奏凯歌而回,朕当重加录用,其众将校,量功加爵。卿勿怠焉!”宋江叩头称谢,端简启奏:“臣乃鄙猥小吏,误犯刑典,流递江州。醉后狂言,临刑弃市,众力救之,无处逃避,遂乃潜身水泊,苟延微命。所犯罪恶,万死难逃。今蒙圣上宽恤收录,大敷旷荡之恩,得蒙赦免本罪。臣披肝沥胆,尚不能补报皇上之恩。今奉诏命,敢不竭力尽忠,死而后已!”

天子大喜,再赐御酒,教取描金鹊画弓箭一副,名马一匹,全副鞍辔,宝刀一口,赐与宋江。宋江叩首谢恩,辞陛出内,将领天子御赐宝刀、鞍马、弓箭,就带回营,传令诸军将校,准备起行。

且说徽宗天子,次早令宿太尉传下圣旨,教中书省院官二员,就陈桥驿与宋江先锋犒劳三军,每名军士酒一瓶、肉一斤,对众关支,毋得克减。中书省得了圣旨,一面连更晓夜,整顿酒肉,差官二员,前去给散。

再说宋江传令诸军,便与军师吴用计议,将军马分作二起进程:令五虎八彪将引军先行,十骠骑将在后,宋江、卢俊义、吴用、公孙胜统领中军。水军头领三阮、李俊、张横、张顺,带领童威、童猛、孟康、王定六,并水手头目人等,撑驾战船,自蔡河内出黄河,投北进发。宋江催趱三军,取陈桥驿大路而进,号令军将,毋得动扰乡民。有诗为证:

招摇旌旆出天京,受命专师事远征。
请看梁山军纪律,何如太尉御营兵。

且说中书省差到二员厢官,在陈桥驿给散酒肉,赏劳三军。谁想这伙官员,贪滥无厌,徇私作弊,克减酒肉。

都是那等谗佞之徒,贪爱贿赂的人。却将御赐的官酒,每瓶克减只有半瓶,肉一斤,克减六两。前队军马,尽行给散过了;后军散到一队皂军之中,都是头上黑盔,身披玄甲,却是项充、李衮所管的牌手。那军汉中一个军校,接得酒肉过来看时,酒只半瓶,肉只十两,指着厢官骂道:“都是你这等好利之徒,坏了朝廷恩赏!”厢官喝道:“我怎的是好利之徒?”那军校道:“皇帝赐俺一瓶酒,一斤肉,你都克减了。不是我们争嘴,堪恨你这厮们无道理,佛面上去刮金!”厢官骂道:“你这大胆,剐不尽、杀不绝的贼!梁山泊反性,尚不改!”军校大怒,把这酒和肉,劈脸都打将去。厢官喝道:“捉下这个泼贼！"那军校就团牌边掣出刀来。厢官指着手大骂道："腌臜草寇，拔刀敢杀谁？"军校道："俺在梁山泊时，强似你的好汉，被我杀了万千。量你这等贼官，直些甚鸟？"厢官喝道："你敢杀我？"那军校走入一步，手起一刀飞去，正中厢官脸上，剁着扑地倒了。众人发声喊，都走了。那军汉又赶将入来，再剁了几刀，眼见的不能够活了。众军汉簇住了不行。

当下项充、李衮飞报宋江。宋江听得大惊，便与吴用商议，此事如之奈何。吴学究道："省院官甚是不喜我等，今又做得这件事来，正中了他的机会。只可先把那军校斩首号令，一面申复省院，勒兵听罪。急急可叫戴宗、燕青，悄悄进城，备细告知宿太尉。烦他预先奏知委曲，令中书省院谗害不得，方保无事。"宋江计议定了，飞马亲到陈桥驿边。

那军校立在死尸边不动。宋江自令人于馆驿内，搬出酒肉，赏劳三军，都教进前。却唤这军校直到馆驿中，问其情节。那军校答道："他千梁山泊反贼，万梁山泊反贼，骂俺们杀剐不尽，因此一时性起，杀了他，专待将军听罪。"宋江道："他是朝廷命官，我兀自惧他，你如何便把他来杀了！须是要连累我等众人！俺如今方始奉诏去破大辽，未曾见尺寸之功，倒做了这等的勾当，如之奈何？"那军校叩首伏死。宋江哭道："我自从上梁山泊以来，大小兄弟，不曾坏了一个。今日一身入官所管，寸步也由我不得。虽是你强气未灭，使不的旧时性格。"这军校道："小人只是伏死。"宋江令那军校痛饮一醉，教他树下缢死，却斩头来号令。将厢官尸首，备棺椁盛贮，然后动文书申呈中书省院，不在话下。

再说戴宗、燕青，潜地进城，径到宿太尉府内，备细诉知衷情。当晚宿太尉入内，将上项事务，奏知天子。次日，皇上于文德殿设朝，当有中书省院官出班奏曰："新降将宋江部下兵卒，杀死省院差去监散酒肉命官一员，乞圣旨拿问。"天子曰："寡人待不委你省院来，事却该你这衙门！你们又委用不得其人，以致惹起事端。赏军酒肉，大破小用，军士有名无实，以致如此。"省院等官又奏道："御酒之物，谁敢克减？"是时天威震怒，喝道："寡人已自差人暗行体察，深知备细，尔等尚自巧言令色，对朕支吾！寡人御赐之酒，一瓶克半瓶，赐肉一斤，只有十两，以致壮士一怒，目前流血！"天子喝问："正犯安在？"省院官奏道："宋江已自将本犯斩首号令示众，申呈本院，勒兵听罪。"天子曰："他既斩了正犯军士，宋江禁治不严之罪，权且纪录，待破辽回日，量功理会。"省院官默默无言而退。天子当时传旨，差官前去，催督宋江起程，所杀军校，就于陈桥驿枭首示众。

却说宋江正在陈桥驿勒兵听罪，只见驾上差官来到，着宋江等进兵征辽，违犯军校，枭首示众。宋江谢恩已毕，将军校首级，挂于陈桥驿号令，将尸埋了。宋江大哭一场，垂泪上马，提兵望北而进。每日兵行六十里，扎营下寨，所过州县，秋毫无犯。沿路无话。

将次相近辽境，宋江便请军师吴用商议道："即日辽兵四路侵犯，我等分兵前去征讨的是？只打城池的是？"吴用道："若是分兵前去，奈缘地广人稀，首尾不能救应。不如只是打他几个城池，却再商量。若还攻击得紧，他自然收兵。"宋江道："军师此计甚高！"随即唤过段景住来，吩咐道："你走北路甚熟，可引领军马前进。近的是甚州县？"段景住禀道："前面便是檀州，正是辽国紧要隘口。有条水路，港汊最深，唤做潞水，团团绕着城池。这潞水直通渭河，须用战船征进。宜先趱水军头领船只到了，然后水陆并进，船骑相连，可取檀州。"宋江听罢，便使戴宗催促水军头领李俊等，晓夜趱船至潞水取齐。

却说宋江整点人马，水军船只，约会日期，水陆并行，杀投檀州来。且说檀州城内，守把城池番官，却是辽国洞仙侍郎手下四员猛将，一个唤做阿里奇，一个唤做咬儿惟康，一个唤做楚明玉，一个唤做曹明济。此四员战将，皆有万夫不当之勇。闻知宋朝差宋江全伙到来，一面写表申奏郎主，一面关报邻近蓟州、霸州、涿州、雄州救应，一面调兵出城迎敌，便差阿里奇、楚明玉两个，引兵出战。

且说大刀关胜，在于前部先锋，引军杀近檀州所属密云县来。县官闻的，飞报与两个番将说道："宋朝军马，大张旗号，乃是梁山泊新受招安宋江这伙。"阿里奇听了笑道："即是这伙草寇，何足道哉！"传令教番兵扎掂已了，来日出密云县，与宋江交锋。

次日，宋江听报辽兵已近，即时传令将士，交锋要看头势，休要失支脱节。众将得令，披挂上马。宋江、卢俊义，俱各戎装擐带亲在军前监战。远远望见辽兵盖地而来，黑洞洞遮天蔽日，都是皂雕旗。两下齐把弓弩射住阵脚。只见对阵皂旗开处，正中间捧出一员番将，骑着一匹达马①，弯环踢跳。宋江看那番将时，怎生打扮，但见：

---

① 达马——高头大马。

戴一顶三叉紫金冠，冠口内拴两根雉尾。穿一领衬甲白罗袍，袍背上绣三个凤凰。披一副连环镔铁铠，系一条嵌宝狮蛮带，著一对云根鹰爪靴，挂一条护项销金帕，带一张鹊画铁胎弓，悬一壶雕翎鈚子箭。手搭犁花点钢枪，坐骑银色拳花马。

那番官旗号上写的分明："大辽上将阿里奇"。宋江看了，与诸将道："此番将不可轻敌！"言未绝，金枪手徐宁出战，横着钩镰枪，骤坐下马，直临阵前。番将阿里奇见了，大骂道："宋朝合败，命草寇为将，敢来侵犯大国，尚不知死！"徐宁喝道："辱国小将，敢出秽言！"两军呐喊。徐宁与阿里奇抢到垓心交战，两马相逢，兵器并举。二将斗不过三十余合，徐宁敌不住番将，望本阵便走。花荣急取弓箭在手，那番将正赶将来。张清又早按住鞍鞒，探手去锦袋内取个石子，看着番将较亲，照面门上只一石子，正中阿里奇左眼，翻筋斗落于马下。这里花荣、林冲、秦明、索超，四将齐出，先抢了那匹好马，活捉了阿里奇归阵。

副将楚明玉见折了阿里奇，急要向前去救时，被宋江大队军马，前后掩杀将来，就弃了密云县，大败亏输，奔檀州来。宋江且不追赶，就在密云县屯扎下营。看番将阿里奇时，打破眉梢，损其一目，负痛身死。宋江传令，教把番官尸骸烧化。功绩簿上，标写张清第一功。就将阿里奇连环镔铁铠、出白犁花枪、嵌宝狮蛮带、银色拳花马，并靴、袍、弓、箭，都赐了张清。是日且就密云县中，众皆作贺，设宴饮酒，不在话下。

次日，宋江升帐，传令起军，都离密云县，直抵檀州来。却说檀州洞仙侍郎听得报来折了一员正将，坚闭城门，不出迎敌。又听的报有水军战船，在于城下，遂乃引众番将，上城观看。只见宋江阵中猛将，摇旗呐喊，耀武扬威，搦战厮杀。洞仙侍郎见了说道："似此，怎不输了小将军阿里奇？"当下副将楚明玉答应道："小将军那里是输与那厮？蛮兵先输了，俺小将军赶将过去，被那里一个穿绿的蛮子，一石子打下马去。那厮队里四个蛮子，四条枪，便来攒住了。俺这壁厢措手不及，以此输与他了。"洞仙侍郎道："那个打石子的蛮子，怎地模样？"左右有认得的，指着说道："城下兀那个带青包巾，现今披着小将军的衣甲，骑着小将军的马，那个便是。"洞仙侍郎攀着女墙边看时，只见张清已自先见了，趱马向前，只一石子飞来。左右齐叫一声躲时，那石子早从洞仙侍郎耳根边擦过，把耳轮擦了一片皮。洞仙侍郎负疼道："这个蛮子，直这般利害！"下城来，一面写表，申奏大辽郎主，一面行报外境各州提备。

却说宋江引兵在城下，一连打了三五日，不能取胜，再引军马，回密云县屯驻，帐中坐下，计议破城之策。只见戴宗报来，取到水军头领，乘驾战船，都到潞水。宋江便教李俊等到军中商议。李俊等都到帐前参见宋江。宋江道："今次厮杀，不比在梁山泊时，可要先探水势深浅，方可进兵。我看这条潞水，水势甚急，倘或一失，难以救应。尔等宜仔细，不可托大[①]！将船只盖伏的好着，只扮作运粮船相似。你等头领，各带暗器，潜伏于船内。止着三五人撑驾摇橹，岸上着两人摔拽，一步步挨到城下，把船泊在两岸，待我这里进兵。城中知道，必开水门来抢粮船。尔等伏兵却起，夺他水门，可成大功。"李俊等听令去了。

只见探水小校报道："西北上有一彪军马，卷杀而来，都打着皂雕旗，约有一万余人，望檀州来了。"吴用道："必是辽国调来救兵。我这里先差几将拦截厮杀，杀的散时，免令城中得他壮胆。"宋江便差张清、董平、关胜、林冲，各带十数个小头领，五千军马，飞奔前来。原来辽国郎主，闻知说是梁山泊宋江这伙好汉，领兵杀至檀州，围了城子，特差这两个皇侄，前来救应：一个唤做耶律国珍，一个唤做国宝。两个乃是辽国上将，又是皇侄，皆有万夫不当之勇。引起一万番兵，来救檀州。看看至近，迎着宋兵。两边摆开阵势，两员番将，一齐出马。但见：

头戴妆金嵌宝三叉紫金冠，身披锦边珠嵌锁子黄金铠。身上猩猩血染战红袍，袍上斑斑锦织金翅雕。腰系白玉带，背插虎头牌。左边袋内插雕弓，右手壶中攒硬箭。手中搭丈二绿沉枪，坐下骑九尺银鬃马。

那番将是弟兄两个，都一般打扮，都一般使枪。宋兵迎着，摆开阵势。双枪将董平出马，厉声高叫："来者甚处番贼？"那耶律国珍大怒，喝道："水洼草寇，敢来犯吾大国，倒问俺那里来的？"董平也不再问，跃马挺枪，直抢耶律国珍。那番家年少的将军，性气正刚，那里肯饶人一步，挺起钢枪，直迎过来。二马相交，三枪乱举。二将正在征尘影里，杀气丛中，使双枪的，另有枪法；使单枪的，各用神机。两个斗过五十合，不分胜败。那耶律国宝，见哥哥战了许多时，恐怕力怯，就中军筛起锣来。耶律国珍正斗到热处，听的鸣锣，急要脱身，被董平两条枪绞住，那里肯放。耶律国珍此时心

---

① 托大——大意，马虎。

忙,枪法慢了些,被董平右手逼过绿沉枪,使起左手枪来,望番将项根上只一枪,搠个正着。可怜耶律国珍,金冠倒卓,两脚登空,落于马下。兄弟耶律国宝看见哥哥落马,便抢出阵来,一骑马,一条枪,奔来救取。宋兵阵上没羽箭张清,见他过来,这里那得放空,在马上约住梨花枪,探只手去锦袋内,拈出一个石子,把马一拍,飞出阵前。这耶律国宝飞也似来,张清迎头扑将去。两骑马隔不的十来丈远近,番将不提防,只道他来交战。只见张清手起,喝声道:“着!”那石子望耶律国宝面上打个正着,翻筋斗落马。

关胜、林冲拥兵掩杀。辽兵无主,东西乱窜。只一阵,杀散辽兵万余人马,把两个番官,全副鞍马,两面金牌,收拾宝冠袍甲,仍割下两颗首级,当时夺了战马一千余匹,解到密云县来见宋江献纳。宋江大喜,赏劳三军,书写董平、张清第二功,等打破檀州,一并申奏。

宋江与吴用商议,到晚写下军贴,差调林冲、关胜,引领一彪军马,从西北上去取檀州。再调呼延灼、董平,也引一彪军马,从东北上进兵。却教卢俊义引一彪军马,从西南上取路。“我等中军,从东南路上去,只听的炮响,一齐进发。”却差炮手凌振,及李逵、樊瑞、鲍旭,并牌手项充、李衮,将带滚牌军一千余人,直去城下,施放号炮。至二更为期,水陆并进。各路军兵,都要厮应。号令已了,诸军各各准备取城。

且说洞仙侍郎正在檀州坚守,专望救兵到来,却有皇侄败残人马,逃命奔入城中,备细告说,两个皇侄大王,耶律国珍被个使双枪的害了,耶律国宝被个戴青包巾的,使石子打下马来拿去。洞仙侍郎跌脚骂道:“又是这蛮子! 不争损了二位皇侄,教俺有甚面目去见郎主? 拿住那个青包巾的蛮子时,碎碎的割那厮!”

至晚,番兵报洞仙侍郎道:“潞水河内,有五七百只粮船,泊在两岸,远远处又有军马来也!”洞仙侍郎听了道:“那蛮子不识俺的水路,错把粮船直行到这里。岸上人马,一定是来寻粮船。”便差三员番将,楚明玉、曹明济、咬儿惟康,前来吩咐道:“那宋江等蛮子,今晚又调许多人马来,却有若干粮船,在俺河里。可教咬儿惟康引一千军马出城冲突,却教楚明玉、曹明济开放水门,从紧溜里放船出去。三停之内,截他二停粮船,便是汝等干大功也!”不知成败何如,有诗为证:

妙算从来迥不同,檀州城下列艨艟。

侍郎不识兵家意,反自开门把路通。

再说宋江人马，当晚黄昏左侧[①]，李逵、樊瑞为首，将引步军在城下大骂。洞仙侍郎叫咬儿惟康，催趱军马，出城冲杀。城门开处，放下吊桥，辽兵出城。却说李逵、樊瑞、鲍旭、项充、李衮五个好汉，引一千步军，尽是悍勇刀牌手，就吊桥边冲住，番军人马，那里能够出的城来。凌振却在军中，搭起炮架，准备放炮，只等时候来到。由他城上放箭，自有牌手左右遮抵着，鲍旭却在后面呐喊。虽是一千余人，却是万余人的气象。

洞仙侍郎在城中见军马冲突不出，急叫楚明玉、曹明济开了水门抢船。此时宋江水军头领，都已先自伏在船中准备，未曾动弹。见他水门开了，一片片绞起闸板，放出战船来。凌振得了消息，便先点起一个风火炮来。炮声响处，两边战船，厮迎将来，抵敌番船。左边踊出李俊、张横、张顺，右过踊出阮家三弟兄，都使着战船，杀入番船队里。番将楚明玉、曹明济，见战船踊跃而来，抵敌不住，料道有埋伏军兵，急待要回船，早被这里水手军兵，都跳过船来，只得上岸而走。宋江水军那六个头领，先抢了水门。管门番将，杀的杀了，走的走了。这楚明玉、曹明济，各自逃命去了。水门上预先一把火起，凌振又放一个车箱炮来。那炮直飞在半天里响。洞仙侍郎听的火炮连天声响，吓的魂不附体。李逵、樊瑞、鲍旭引领牌手项充、李衮等众，直杀入城。

洞仙侍郎和咬儿惟康在城中，看见城门已都被夺了，又见四路宋兵，一齐都杀到来，只得上马，弃了城池，出北门便走。未及二里，正撞着大刀关胜、豹子头林冲，拦住去路。正是：天罗密布难移步，地网高张怎脱身。毕竟洞仙侍郎怎的逃生，且听下回分解。

第八十四回

宋公明兵打蓟州城　卢俊义大战玉田县

话说洞仙侍郎见檀州已失，只得奔走出城，同咬儿惟康拥护而行。正撞着林冲、关胜，大杀一阵，那里有心恋战，望刺斜里，死命撞出去。关胜、

---

① 左侧——左右（的时间）。

林冲要抢城子,也不来追赶,且奔入城。

却说宋江引大队军马入檀州,赶散番军,一面出榜,安抚百姓军民,秋毫不许有犯。传令教把战船尽数收入城中。一面赏劳三军,及将在城辽国所用官员,有姓者仍前委用,无姓番官尽行发遣出城,还于沙漠。一面写表申奏朝廷,得了檀州,尽将府库财帛金宝,解赴京师,写书申呈宿太尉,题奏此事。

天子闻奏,龙颜大喜。随即降旨,钦差东京府同知赵安抚统领二万御营军马,前来监战。却说宋江等听的报来,引众将出郭远远迎接,入到檀州府内歇下,权为行军帅府。诸将头目,尽来参见,施礼已毕。

原来这赵安抚,祖是赵家宗派,为人宽仁厚德,作事端方,亦是宿太尉于天子前保奏,特差此人上边,监督兵马。这赵安抚见了宋江仁德,十分欢喜,说道:"圣上已知你等众将用心,军士劳苦,特差下官前来军前监督,就赍赏赐金银缎匹二十五车,但有奇功,申奏朝廷,请降官封。将军今已得了州郡,下官再当申达朝廷。众将皆须尽忠竭力,早成大功,班师回京,天子必当重用。"宋江等拜谢道:"请烦安抚相公,镇守檀州,小将等分兵攻取辽国紧要州郡,教他首尾不能相顾。"一面将赏赐俵散军将,一面勒回各路军马听调,攻取辽国州郡。有杨雄禀道:"前面便是蓟州相近。此处是个大郡,钱粮极广,米麦丰盈,乃是辽国库藏。打了蓟州,诸处可取。"宋江听罢,便请军师吴用商议。

却说洞仙侍郎与咬儿惟康正往东走,撞见楚明玉、曹明济,引着些败残军马,一同投奔蓟州。入的城来,见了御弟大王耶律得重,诉说:"宋江兵将浩大,内有一个使石子的蛮子,十分了得。那石子百发百中,不放一个空,最会打人。两位皇侄并小将阿里奇,尽是被他石子打死了。"耶律大王道:"既是这般,你且在这里帮俺杀那蛮子。"说犹未了,只见流星探马报将来,说道:"宋江兵分两路,来打蓟州,一路杀至平峪县,一路杀至玉田县。"御弟大王听了,随即便教洞仙侍郎:"将引本部军马,把住平峪县口,不要和他厮杀。俺先引兵,且拿了玉田县的蛮子,却从背后抄将过来,平峪县的蛮子,走往那里去?一边关报霸州、幽州,教两路军马,前来接应。"原来这蓟州,却是辽国郎主差御弟耶律得重守把。部领四个孩儿:长子宗云,次子宗电,三子宗雷,四子宗霖。手下十数员战将,一个总兵大将,唤做宝密圣,一个副总兵,唤做天山勇,守住着蓟州城池。当时御弟大王,嘱咐宝密圣守城,亲引大军,将带四个孩儿,并副总兵天山勇,飞奔玉田县来。

且说宋江引兵前至平峪县,见前面把住关隘,未敢进兵,就平峪县西屯住。

却说卢俊义引许多战将,三万人马,前到玉田县,早与辽兵相近。卢俊义便与军师朱武商议道:"目今与辽兵相近,只是吴人不识越境,到他地理生疏,何策可取?"朱武答道:"若论愚意,未知他地理,诸军不可擅进。可将队伍摆为长蛇之势,首尾相应,循环无端,如此则不愁地理生疏。"卢先锋道:"军师所言,正合吾意。"遂乃催兵前进。

远远望见辽兵盖地而来,但见:

黄沙漫漫,黑雾浓浓。皂雕旗展一派乌云,拐子马荡半天杀气。青毡笠帽,似千池荷叶弄轻风;铁打兜鍪,如万顷海洋凝冻日。人人衣襟左掩,个个发搭齐肩。连环铁铠重披,刺纳战袍紧系。番军壮健,黑面皮碧眼黄须;达马咆哮,阔膀膊钢腰铁脚。羊角弓攒沙柳箭,虎皮袍衬窄雕鞍。生居边塞,长成会拽硬弓;世本朔方,养大能骑劣马。铜羫羯鼓军前打,芦叶胡笳马上吹。

那御弟大王耶律得重,引兵先到玉田县,将军马摆开阵势。宋军中朱武上云梯看了,下来回报卢先锋道:"番人布的阵,乃是五虎靠山阵,不足为奇。"朱武再上将台,把号旗招动,左盘右旋,调拨众军,也摆一个阵势。卢俊义看了不识,问道:"此是何阵势?"朱武道:"此乃是鲲化为鹏阵。"卢俊义道:"何为鲲化为鹏?"朱武道:"北海有鱼,其名曰鲲,能化大鹏,一飞九万里。此阵远观近看,只是个小阵,若来攻时,便变做大阵,因此唤做鲲化为鹏。"卢俊义听了,称赞不已。

对阵敌军鼓响,门旗开处,那御弟大王,亲自出马,四个孩儿,分在左右,都是一般披挂。但见:

头戴铁缦笠戗箭番盔,上拴纯黑球缨。身衬宝圆镜柳叶细甲,系条狮蛮金带。踏镫靴半弯鹰嘴,梨花袍锦绣盘龙。各挂强弓硬弩,都骑骏马雕鞍。腰间尽插锟铻剑,手内齐拿扫帚刀。

中间御弟大王,两边四个小将军,身上两肩胛,都悬着小小明镜,镜边对嵌着皂缨。四口宝刀,四骑快马,齐齐摆在阵前。那御弟大王背后,又是层层摆列,自有许多战将。那四员小将军高声大叫:"汝等草贼,何敢犯吾边界!"卢俊义听的,便问道:"两军临敌,那个英雄当先出战?"

说犹未了,只见大刀关胜,舞起青龙偃月刀,争先出马。那边番将耶律宗云,舞刀拍马,来迎关胜。两个斗不上五合,耶律宗霖拍马舞刀,便来协助。呼延灼见了,举起双鞭,直出迎住厮杀。那两个耶律宗电、耶律宗雷弟兄,挺刀跃马,齐出交战。这里徐宁、索超,各举兵器相迎。四对儿在阵前厮杀,绞做一团,打做一块。

正斗之间,没羽箭张清看见,悄悄的纵马趱向阵前。却有檀州败残的军士,认的张清,慌忙报知御弟大王道:"这对阵穿绿战袍的蛮子,便是惯飞石子的。他如今趱马出阵来,又使前番手段。"天山勇听了便道:"大王放心,教这蛮子吃俺一弩箭!"原来那天山勇,马上惯使漆抹弩,一尺来长铁翎箭,有名唤做一点油。那天山勇在马上把了事环带住,趱马出阵,教两个副将在前面影射着,三骑马悄悄直趱至阵前。

张清又先见了,偷取石子在手,看着那番官当头的,只一石子,急叫:"着!"早从盔上擦过。那天山勇却闪在这将马背后,安的箭稳,扣的弦正,觑着张清较亲,直射将来。张清叫声:"阿也!"急躲时,射中咽喉,翻身落马。双枪将董平、九纹龙史进,将引解珍、解宝,死命去救回。卢先锋看了,急教拔出箭来,血流不止,项上便束缚兜住。随即叫邹渊、邹润扶张清上车子,护送回檀州,教神医安道全调治。

车子却才去了,只见阵前喊声又起,报道:"西北上有一彪军马,飞奔杀来,并不打话,横冲直撞,赶入阵中。"卢俊义见箭射了张清,无心恋战。四将各佯输诈败,退回去了。

四个番将,乘势赶来。西北上来的番军,刺斜里又杀将来。对阵的大队番军,山倒也似踊跃将来,那里变的阵法。三军众将,隔的七断八续,你我不能相救,只留卢俊义一骑马,一条枪,倒杀过那边去了。天色傍晚,四个小将军却好回来,正迎着卢俊义。一骑马,一条枪,力敌四个番将,并无半点惧怯。约斗了一个时辰,卢俊义得便处,卖个破绽,耶律宗霖把刀砍将入来,被卢俊义大喝一声,那番将措手不及,着一枪,刺下马去。那三个小将军,各吃了一惊,皆有惧色,无心恋战,拍马去了。卢俊义下马,拔刀割了耶律宗霖首级,拴在马项下。翻身上马,望南而行,又撞见一伙辽兵,约有一千余人,被卢俊义又撞杀入去,辽兵四散奔走。

再行不到数里,又撞见一彪军马。此夜月黑,不辨是何处的人马,只听的语音,却是宋朝人说话。卢俊义便问:"来军是谁?"却是呼延灼答应。卢俊义大喜,合兵一处。呼延灼道:"被辽兵冲散,不能救应。小将撞开阵势,和韩滔、彭玘直杀到此,不知诸将如何。"卢俊义又说:"力敌四将,被我杀了一个,三个走了。次后又撞着一千余人,亦被我杀散。来到这里,不想迎着将军。"两个并马,带着从人,望南而行。

不过十数里路,前面早有军马拦路。呼延灼道:"黑夜怎地厮杀,待天明决一死战!"对阵听的,便问道:"来者莫非呼延灼将军?"呼延灼认的声音,是大刀关胜,便叫道:"卢头领在此!"众头领都下马,且来草地上坐下。卢俊义、呼延灼说了本身之事。关胜道:"阵前失利,你我不相救应。我和宣赞、郝思文、单廷珪、魏定国五骑马,寻条路走,然后收拾的军兵一千余人,来到这里。不识地理,只在此伏路,待天明却行。不想撞着哥哥。"合兵一处,众人挨到天晓,迤逦望南再行。

将次到玉田县,见一彪人马哨路。看时,却是双枪将董平、金枪手徐宁,弟兄们都扎住玉田县中,辽兵尽行赶散,说道:"侯健、白胜两个,去报宋公明,只不见了解珍、解宝、杨林、石勇。"卢俊义教且进兵,在玉田县界,检点众将军校,不见了五千余人。心中烦恼。巳牌时分,有人报道:"解珍、解宝、杨林、石勇,将领二千余人来了。"卢俊义又唤来问时,解珍道:"俺四个倒撞过去了！深入重地,迷踪失路,急切不敢回转。今早又撞见辽兵,大杀了一场,方才到得这里。"卢俊义叫将耶律宗霖首级,于玉田县号令,抚谕三军百姓。

未到黄昏前后,军士们正要收拾安歇,只见伏路小校来报道:"辽兵不知多少,四面把县围了。"卢俊义听的大惊,引了燕青上城看时,远近火把,有十里厚薄。一个小将军,当先指点,正是耶律宗云,骑着一匹劣马,在火把中间,催趱三军。燕青道:"昨日张清中他一冷箭,今日回礼则个!"燕青取出弩子,一箭射去,正中番将鼻凹,番将落马。众兵急救时,宗云已自伤闷不醒。番军早退五里。

卢俊义县中与众将商议:"虽然放了一冷箭,辽兵稍退,天明必来攻,围裹的铁桶相似,怎生救解?"朱武道:"宋公明若得知这个消息,必然来救。里应外合,方可免难。"众人挨到天明,望见辽兵四面摆的无缝。只见东南上尘土起,兵马数万人而来,众将皆望南兵。朱武道:"此必是宋公明军马到了！等他收军,齐望南杀去,这里尽数起兵,随后一掩。"

且说对阵辽兵，从辰时直围到未牌，正待困倦，却被宋江军马杀来，抵当不住，尽数收拾都去。朱武道："不就这里追赶，更待何时！"卢俊义当即传令，开县四门，尽领军马，出城追杀。辽兵大败，杀的星落云散，七断八续，辽兵四散败走。

宋江赶的辽兵去远，到天明鸣金收军，进玉田县。卢先锋合兵一处，诉说攻打蓟州。留下柴进、李应、李俊、张横、张顺、阮家三弟兄、王矮虎、一丈青、孙新、顾大嫂、张青、孙二娘、裴宣、萧让、宋清、乐和、安道全、皇甫端、童威、童猛、王定六，都随赵枢密在檀州守御。其余诸将，分作左右二军。宋先锋总领左军人马四十八员：军师吴用、公孙胜、林冲、花荣、秦明、杨志、朱仝、雷横、刘唐、李逵、鲁智深、武松、杨雄、石秀、黄信、孙立、欧鹏、邓飞、吕方、郭盛、樊瑞、鲍旭、项充、李衮、穆弘、穆春、孔明、孔亮、燕顺、马麟、施恩、薛永、宋万、杜迁、朱贵、朱富、凌振、汤隆、蔡福、蔡庆、戴宗、蒋敬、金大坚、段景住、时迁、郁保四、孟康。卢先锋总领右军人马三十七员：军师朱武、关胜、呼延灼、董平、张清、索超、徐宁、燕青、史进、解珍、解宝、韩滔、彭玘、宣赞、郝思文、单廷珪、魏定国、陈达、杨春、李忠、周通、陶宗旺、郑天寿、龚旺、丁得孙、邹渊、邹润、李立、李云、焦挺、石勇、侯健、杜兴、曹正、杨林、白胜。

分兵已罢，作两路来取蓟州：宋先锋引军取平峪县进发，卢俊义引兵取玉田县进发。赵安抚与二十三将，镇守檀州，不在话下。

且说宋江见军士连日辛苦，且教暂歇。攻打蓟州，自有计较了。先使人往檀州，问张清箭疮如何。神医安道全使人回话道："虽然外损皮肉，却不伤内，请主将放心。调理的脓水干时，自然无事。即目炎天，军士多病，已禀过赵枢密相公，遣萧让、宋清，前往东京收买药饵，就向太医院关支暑药。皇甫端亦要关给官局内啖马的药材物料，都委萧让、宋清去了。就报先锋知道。"宋江听的，心中颇喜，再与卢先锋计较，先打蓟州。宋江道："我未知你在玉田县受围时，已自先商量下计了。有公孙胜原是蓟州人，杨雄亦曾在那府里做节级，石秀、时迁亦在那里住的久远。前日杀退辽兵，我教时迁、石秀，也只做败残军马，杂在里面，必然都投蓟州城内住扎。他两个若入的城中，自有去处。时迁曾献计道：'蓟州城有一座大寺，唤叫宝严寺，廓下有法轮宝藏，中间是大雄宝殿，前有一座宝塔，直耸云霄。'石秀说道：'教他去宝塔顶上躲着，每日饭食，我自对付来与他吃。只等城外哥哥军马攻打得紧急时，然后却就宝严寺塔上，放起火来为号。'时迁自是个惯飞檐走壁的人，那里不躲了身子？石秀临期自去州衙内放火，他两个商量已定，自去了。我这里一面收拾进兵。”有《西江月》为证：

山后辽兵侵境，中原宋帝兴军。水乡取出众天星，奉诏去邪归正。

暗地时迁放火，更兼石秀同行。等闲打破永平城，千载功勋可敬！

次日，宋江引兵，撇了平峪县，与卢俊义合兵一处，催起军马，径奔蓟州来。

且说御弟大王自折了两个孩儿，不胜懊恨，便同大将宝密圣、天山勇、洞仙侍郎等商议道：“前次涿州、霸州两路救兵，各自分散前去。如今宋江合兵在玉田县，早晚进兵，来打蓟州，似此怎生奈何？”大将宝密圣道：“宋江兵若不来，万事皆休。若是那伙蛮子来时，小将自出去与他相敌。若不活拿他几个，这厮们那里肯退？”洞仙侍郎道：“那蛮子队有那个穿绿袍的，惯使石子，好生利害，可以提防他。”天山勇道：“这个蛮子，已被俺一弩箭，射中咽喉，多是死了也！”洞仙侍郎道：“除了这个蛮子，别的都不打紧。”

正商议间，小校来报，宋江军马，杀奔蓟州来。御弟大王连忙整点三军人马，教宝密圣、天山勇火速出城迎敌。离城三十里外，与宋江对敌。各自摆开阵势，番将宝密圣横槊出马。宋江在阵前见了，便问道：“斩将夺旗，乃见头功！”

说犹未了，只见豹子头林冲，便出阵前来，与番将宝密圣大战。两个斗了三十余合，不分胜败。林冲要见头功，持丈八蛇矛，斗到间深里，暴雷也似大叫一声，拨过长枪，用蛇矛去宝密圣脖项上刺中一矛，搠下马去。宋江大喜。两军发喊。番将天山勇见刺了宝密圣，横枪便出。宋江阵里，徐宁挺钩镰枪直迎将来。二马相交，斗不到二十来合，被徐宁手起一枪，把天山勇搠于马下。宋江见连赢了二将，心中大喜，催军混战。辽兵大败，望蓟州奔走。宋江军马赶了十数里，收兵回来。

当日宋江扎下营寨，赏劳三军，次日传令，拔寨都起，直抵蓟州。第三日，御弟大王见折了二员大将，十分惊慌，又见报道：“宋军到了！”忙与洞仙侍郎道：“你可引这支军马，出城迎敌，替俺分忧也好。”洞仙侍郎不敢不依，只得引了咬儿惟康、楚明玉、曹明济，领起一千军马，就城下摆开。

宋江军马渐近城边，雁翅般排将来。门旗开处，索超横担大斧，出马阵前。番兵队里，咬儿惟康便抢出阵来。两个并不打话，二将相交，斗到二十余合。番将终是胆怯，无心恋战，只得要走。索超纵马赶上，双手抡起大斧，觑着番将脑门上劈将下来，把这咬儿惟康脑袋，劈做两半个。洞仙侍郎见了，慌忙叫楚明玉、曹明济快去策应。这两个已自八分胆怯，因吃逼不过，只得挺起手中枪，向前出阵。

宋江军中九纹龙史进见番军中二将双出，便舞刀拍马，直取二将。史进逞起英雄，手起刀落，先将楚明玉砍于马下。这曹明济急待要走，史进赶上一刀，也砍于马下。史进纵马杀入辽军阵内，宋江见了，鞭梢一指，驱兵大进，直杀到吊桥边。耶律得重见了，越添愁闷，便教紧闭城门，各将上城紧守。一面申奏郎主，一面差人往霸州、幽州求救。

且说宋江与吴用计议道："似此城中紧守，如何摆布？"吴用道："既城中已有石秀、时迁在里面，如何耽搁的长远？教四面竖起云梯炮架，即便攻城。再教凌振将火炮四下里施放，打将入去。攻击得紧，其城必破。"宋江即便传令，四面连夜攻城。

再说御弟大王，见宋兵四下里攻击得紧，尽驱蓟州在城百姓，上城守护。当下石秀在城中宝严寺内，守了多日，不见动静。只见时迁来报道："城外哥哥军马，打得城子紧。我们不就这时放火，更待何时？"石秀见说了，便和时迁商议，先从宝塔上放起一把火来，然后去佛殿上烧着。时迁道："你快去州衙内放火。在南门要紧的去处，火着起来，外面见了，定然加力攻城，愁他不破！"两个商量了，都自有引火的药头、火刀、火石、火筒、烟煤，藏在身边。当日晚来，宋江军马打城甚紧。

却说时迁，他是个飞檐走壁的人，跳墙越城，如登平地。当时先去宝严寺塔上，点起一把火来。那宝塔最高，火起时，城里城外，那里不看见。火光照的三十余里远近，似火钻一般。然后却来佛殿上放火。那两把火起，城中鼎沸起来。百姓人民，家家老幼慌忙，户户儿啼女哭，大小逃生。石秀直爬去蓟州衙门庭屋上牔风板里，点起火来。蓟州城中，见三处火起，知有细作，百姓那里有心守护城池，已都阻当不住，各自逃归看家。没多时，山门里又一把火起，却是时迁出宝严寺来，又放了一把火。那御弟大王，见了城中无半个更次，四五路火起，知宋江有人在城里，慌慌急急，收拾军马，带了老小，并两个孩儿，装载上车，开了北门便走。宋江见城中军马慌乱，催促军兵，卷杀入城。城里城外，喊杀连天，早夺了南门。洞仙侍郎见寡不敌众，只得跟随御弟大王，投北门而走。

宋江引大队军马，入蓟州城来，便传下将令，先教救灭了四边风火。天明出榜，安抚蓟州百姓。将三军人马，尽数收入蓟州屯住，赏劳三军诸将。功绩簿上，标写石秀、时迁功次，便行文书，申复赵安抚知道得了蓟州大郡，请相公前来驻扎。赵安抚回文书来说道："我在檀州，权且屯扎，教宋先锋且守住蓟州。即目炎暑，天气暄热，未可动兵。待到天气微凉，再作计议。"宋江得了回文，便教卢俊义分领原拨军将，于玉田县屯扎，其余大队军兵，守住蓟州。待到天气微凉，别行听调。

却说御弟大王耶律得重与洞仙侍郎，将带老小，奔回幽州，直至燕京，来见大辽郎主。且说辽国郎主，升坐金殿，聚集文武两班臣僚，朝参已毕。有阁门大使奏道："蓟州御弟大王，回至门下。"郎主闻奏，忙教宣召，宣至殿下。那耶律得重与洞仙侍郎，俯伏御阶之下，放声大哭。郎主道："俺的爱弟，且休烦恼，有甚事务，当以尽情奏知寡人。"那耶律得重奏道："宋朝童子皇帝，差调宋江领兵前来征讨，军马势大，难以抵敌。送了臣的两个孩儿，杀了檀州四员大将。宋军席卷而来，又失陷了蓟州，特来殿前请死！"大辽国主听了，传圣旨道："卿且起来，俺的这里好生商议。"

郎主道："引兵的那蛮子，是甚人？这等喽罗[①]！"班部中右丞相太师褚坚，出班奏道："臣闻宋江这伙，原是梁山泊水浒寨草寇，却不肯杀害良民，专一替天行道，只杀滥官污吏、诈害百姓的人。后来童贯、高俅，引兵前去收捕，被宋江只五阵，杀的片甲不回。他这伙好汉，剿捕他不得。童子皇帝遣使三番降诏去招安，他后来都投降了。只把宋江封为先锋使，又不曾实授官职，其余都是白身人。今日差将他来，便和俺们厮杀。他道有一百八人，应天上星宿。这伙人好生了得，郎主休要小觑他！"郎主道："你这等话说时，恁地怎生是好？"班部丛中转出一员官，乃是欧阳侍郎，襕袍拂地，象简当胸，奏道："郎主万岁！臣虽不才，愿献小计，可退宋兵。"郎主大喜道："你既有好的见识，当下便说。"欧阳侍郎言无数句，话不一席，有分教，宋江名标青史，事载丹书。正是：护国谋成欺吕望，顺天功就赛张良。毕竟欧阳侍郎奏出甚事来，且听下回分解。

① 喽罗——这里作凶猛、狡猾解。

第八十五回

宋公明夜度益津关　吴学究智取文安县

话说当下欧阳侍郎奏道："宋江这伙，都是梁山泊英雄好汉。如今宋朝童子皇帝，被蔡京、童贯、高俅、杨戬四个贼臣弄权，嫉贤妒能，闭塞贤路，非亲不进，非财不用，久后如何容的他们！论臣愚意，郎主可加官爵，重赐金帛，多赏轻裘肥马。臣愿为使臣，说他来降俺大辽国。郎主若得这伙军马来，觑中原如同反掌。臣不敢自专，乞郎主圣鉴不错。"

郎主听罢，便道："你也说的是。你就为使臣，将带一百八骑好马，一百八匹好缎子，俺的敕命一道，封宋江为镇国大将军，总领辽兵大元帅，赐与金一提，银一秤，权当信物。教把众头目的姓名，都抄将来，尽数封他官爵。"只见班部中兀颜都统军出来启奏郎主道："宋江这一伙草贼，招安他做甚？放着奴婢手下，有二十八宿将军、十一曜大将，有的是强兵猛将，怕不赢他？若是这伙蛮子不退呵，奴婢亲自引兵去剿杀这厮。"国主道："你便是了的好汉，如插翅大虫，再添的这伙呵，你又加生两翅。你且休得阻当。"辽主不听兀颜之言，再有谁敢多言。

原来这兀颜光都统军，正是辽国第一员上将，十八般武艺，无有不通，兵书战策，尽皆熟娴。年方三十五六，堂堂一表，凛凛一躯，八尺有余身材，面白唇红，须黄眼碧，威仪猛勇。上阵时，仗条浑铁点钢枪，杀到浓处，不时掣出腰间铁简，使的铮铮有声，端的是有万夫不当之勇。

且不说兀颜统军谏奏，却说那欧阳侍郎领了辽国敕旨，将了许多礼物马匹，上了马，径投蓟州来。宋江正在蓟州作养军士，听的辽国有使命至，未审来意吉凶，遂取玄女之课，当下一卜，卜得个上上之兆。便与吴用商议道："封中上上之兆，多是辽国来招安我们，似此如之奈何？"吴用道："若是如此时，正可将计就计，受了他招安。将此蓟州与卢先锋管了，却取他霸州。若更得了他霸州，不愁他辽国不破。即今取了他檀州，先去辽国一只左手。此事容易，只是放些先难后易，令他不疑。"

且说那欧阳侍郎已到城下，宋江传令，教开城门，放他进来。欧阳侍郎入到城中，至州衙前下马，直到厅上。叙礼罢，分宾主而坐。宋江便问："侍郎来意何干？"欧阳侍郎道："有件小事，上达钧听，乞屏左右。"宋江遂将左右喝退，请进后堂深处说话。

欧阳侍郎至后堂，欠身与宋江道："俺大辽国，久闻将军大名，争奈山遥水远，无由拜见威颜。又闻将军在梁山大寨，替天行道，众弟兄同心协力。今日宋朝奸臣们闭塞贤路，有金帛投于门下者，便得高官重用；无贿赂投于门下者，总有大功于国，空被沉埋，不得升赏。如此奸党弄权，谗佞侥幸，嫉贤妒能，赏罚不明，以致天下大乱。江南、两浙、山东、河北，盗贼并起，草寇猖狂，良民受其涂炭，不得聊生。今将军统十万精兵，赤心归顺，止得先锋之职，又无升受品爵。众弟兄劬劳报国，俱各白身之士。遂命引兵直抵沙漠，受此劳苦，与国建功，朝廷又无恩赐。此皆奸臣之计。若沿途掳掠金珠宝贝，令人馈送浸润，与蔡京、童贯、高俅、杨戬四个贼臣，可保官爵，恩命立至。若还不肯如此行事，将军纵使赤心报国，建大功勋，回到朝廷，反坐罪犯。欧某今奉大辽国主，特遣小官赍敕命一道，封将军为辽邦镇国大将军，总领兵马大元帅。赠金一提，银一秤，彩缎一百八匹，名马一百八骑。便要抄录一百八位头领姓名赴国，照名钦授官爵。非来诱说将军，此是国主久闻将军盛德，特遣欧某前来，预请将军众将，同意协心，辅助本国。"

宋江听罢，便答道："侍郎言之极是。争奈宋江出身微贱，郓城小吏，犯罪在逃，权居梁山水泊，避难逃灾。宋天子三番降诏，赦罪诏安，虽然官小职微，亦未曾立得功绩，以报朝廷赦罪之恩。今蒙郎主赐我以厚爵，赠之以重赏，然虽如此，未敢拜受，请侍郎且回。即今溽暑炎热，权令军马停歇，暂且借国王这两个城子屯兵，守待早晚秋凉，再作商议。"欧阳侍郎道："将军不弃，权且受下辽王金帛、彩缎、鞍马。俺回去，慢慢地再来说话，未为晚矣！"宋江道："侍郎不知我等一百八人，耳目最多，倘或走透消息，先惹其祸。"欧阳侍郎道："兵权执掌，尽在将军手内，谁敢不从？"宋江道："侍郎不知就里。我等弟兄中间，多有性直刚勇之士。等我调和端正，众所同心，却慢慢地回话，亦未为迟。"有诗为证：

金帛重驮出蓟州，熏风回首不胜羞。
辽王若问归降事，云在青山月在楼。

于是令备酒肴相待，送欧阳侍郎出城上马去了。

宋江却请军师吴用商议道："适来辽国侍郎这一席话如何？"吴用听了，长叹一声，低首不语，肚里沉吟。宋江便问道："军师何故叹气？"吴用答道："我寻思起来，只是兄长以忠义为主，小弟不敢多言。我想欧阳侍郎所说这一席话，端的是有理。目今宋朝天子，至圣至明，果被蔡京、童贯、高俅、杨戬四个奸臣专权，主上听信。设使日后纵有成功，必无升赏，我等三番招安，兄长为尊，只得个先锋虚职。若论我小子愚意，弃宋从辽，岂不为胜，只是负了兄长忠义之心。"宋江听罢，便道："军师差矣！若从辽国，此事切不可提。纵使宋朝负我，我忠心不负宋朝。久后纵无功赏，也得青史上留名。若背正顺逆，天不容恕！吾辈当尽忠报国，死而后已！"吴用道："若是兄长存忠义于心，只就这条计上，可以取他霸州。目今盛暑炎天，且当暂停，将养军马。"宋江、吴用计议已定，且不与众人说。同众将屯驻蓟州，待过暑热。

次日，与公孙胜在中军闲话，宋江问道："久闻先生师父罗真人，乃盛世之高士。前番因打高唐州，要破高廉邪法，特地使戴宗、李逵来寻足下，说：'尊师罗真人，术法灵验。'敢烦贤弟，来日引宋江去法座前，焚香参拜，一洗尘俗。未知尊意如何？"公孙胜便道："贫道亦欲归望老母，参省本师。为见兄长连日屯兵未定，不敢开言。今日正欲要禀仁兄，不想兄长要去。来日清晨，同往参礼本师，贫道就行省视老母。"

次日，宋江暂委军师掌管军马。收拾了名香净果，金珠彩缎，将带花荣、戴宗、吕方、郭盛、燕顺、马麟六个头领。宋江与公孙胜共八骑马，带领五千步卒，取路投九宫县二仙山来。宋江等在马上，离了蓟州，来到山峰深处。但见青松满径，凉气翛翛[①]，炎暑全无，端的好座佳丽之山。公孙胜在马上道："有名唤做呼鱼鼻山。"宋江看那山时，但见：

四围巀嵲[②]，八面玲珑。重重晓色映晴霞，沥沥琴声飞瀑布。溪涧中漱玉飞琼，石壁上堆蓝迭翠。白云洞口，紫藤高挂绿萝垂；碧玉峰前，丹桂悬崖青蔓袅。引子苍猿献果，呼群麋鹿衔花。千峰竞秀，夜深白鹤听仙经；万壑争流，风暖幽禽相对语。地僻红尘飞不到，山深车马几曾来。

---

① 翛翛(xiāo xiāo)——同"潇潇"，形容凉风寒气。

② 巀嵲(jié niè)——山高峻貌。

当下公孙胜同宋江直至紫虚观前,众人下马,整顿衣巾。小校托着信香礼物,径到观里鹤轩前面。观里道众,见了公孙胜,俱各向前施礼,同来见宋江,亦施礼罢。公孙胜便问:“吾师何在?”道众道:“师父近日只在后面退居静坐,少曾到观。”公孙胜听了,便和宋公明径投后山退居内来。转进观后,崎岖径路,曲折阶衢。行不到一里之间,但见荆棘为篱,外面都是青松翠柏,篱内尽是瑶草琪花。中有三间雪洞,罗真人在内端坐诵经。童子知有客来,开门相接。公孙胜先进草庵鹤轩前,礼拜本师已毕,便禀道:“弟子旧友,山东宋公明,受了招安,今奉敕命,封先锋之职,统兵来破辽虏,今到蓟州,特地要来参礼我师,现在此间。”罗真人见说,便教请进。

宋江进得草庵,罗真人降阶迎接。宋江再三恳请罗真人,坐受拜礼。罗真人道:“将军国家上将,贫道乃山野村夫,何敢当此?”宋江坚意谦让,要礼拜他。罗真人方才肯坐。宋江先取信香炉中焚爇,参礼了八拜,便呼花荣等六个头领,俱各礼拜已了。罗真人都教请坐,命童子烹茶献果已罢。罗真人乃曰:“将军上应星魁,外合列曜,一同替天行道,今则归顺宋朝,此清名万载不磨矣!”宋江道:“江乃郓城小吏,逃罪上山,感谢四方豪杰,望风而来。同声相应,同气相求,恩如骨肉,情若股肱。天垂景象,方知上应天星地曜,会合一处。今奉诏命,统领大兵,征进辽国,径涉仙境,夙生有缘,得一瞻拜。万望真人指迷前程之事,不胜万幸。”罗真人道:“蒙将军不弃,折节下问。出家人违俗已久,心如死灰,无可效忠,幸勿督过。”宋江再拜求教。罗真人道:“将军少坐,当具素斋。天色已晚,就此荒山草榻,权宿一宵,来早回马。未知尊意若何?”宋江便道:“宋江正欲我师指教,点悟愚迷,安忍便去?”随即唤从人托过金珠彩缎,上献罗真人。罗真人乃曰:“贫道僻居野叟,寄形宇内,纵使受此金珠,亦无用处。随身自有布袍遮体,绫锦彩缎,亦不曾穿。将军统数万之师,军前赏赐,日费浩繁,所赐之物,乞请纳回。”宋江再拜,望请收纳。罗真人坚执不受,当即供献素斋,斋罢,又吃了茶。罗真人令公孙胜回家省母,明早却来,随将军回城。

当晚留宋江庵中闲话。宋江把心腹之事,备细告知罗真人,愿求指迷。罗真人道:“将军一点忠义之心,与天地均同,神明必相护佑。他日生当封侯,死当庙食,决无疑虑。只是将军一生命薄,不得全美。”宋江告道:“我师,莫非宋江此身不得善终?”罗真人道:“非也!将军亡必正寝,死必归坟。只是所生命薄,为人好处多磨,忧中少乐。得意浓时,便当退步,切勿久恋富贵。”宋江再告:“我师,富贵非宋江之意,但愿弟兄常常完聚,虽居贫贱,亦满微心。只求大家安乐。”罗真人笑道:“大限到来,岂容汝等留恋乎?”宋江再拜,求罗真人法语。罗真人命童子取过纸笔,写下八句法语[①],度与宋江。那八句说道是:

忠心者少,义气者稀。幽燕功毕,明月虚辉。

始逢冬暮,鸿雁分飞。吴头楚尾,官禄同归。

宋江看毕,不晓其意,再拜恳告:“乞我师金口剖决,指引迷愚。”罗真人道:“此乃天机,不可泄漏。他日应时,将军自知。夜深更静,请将军观内暂宿一宵,来日再会。贫道当年寝寐,未曾还的,再欲赴梦去也。将军勿罪!”宋江收了八句法语,藏在身边,辞了罗真人,来观内宿歇。众道众接至方丈,宿了一宵。

次日清晨,来参真人,其时公孙胜已到草庵里了。罗真人叫备素馔斋饭相待。早馔已毕,罗真人再与宋江道:“将军在上,贫道一言可禀。这个徒弟公孙胜,本从贫道山中出家,远绝尘俗,正当其理。奈缘是一会下星辰,不由他不来。今俗缘日短,道行日长。若今日便留下,在此伏侍贫道,却不见了弟兄往日情分。从今日跟将军去干大功,如奏凯还京,此时相辞,却望将军还放。一者使贫道有传道之人,二乃免他老母倚门之望。将军忠义之士,必举忠义之行。未知将军雅意肯纳贫道否?”宋江道:“师父法旨,弟子安敢不听?况公孙胜先生与江弟兄,去住从他,焉敢阻当?”罗真人同公孙胜都打个稽首道:“谢承将军金诺。”当下众人,拜辞罗真人。罗真人直送宋江等出庵相别。罗真人道:“将军善加保重,早得建节封侯。”宋江拜别,出到观前。所有乘坐马匹,在观中喂养,从人已牵在观外俟候。众道士送宋江等出到观外相别。宋江教牵马至半山平坦之处,与公孙胜等一同上马,再回蓟州。

一路无话,早到城中州衙前下马。黑旋风李逵接着说道:“哥哥去望罗真人,怎生不带兄弟去走一遭?”戴宗道:“罗真人说,你要杀他,好生怪你。”李逵道:“他也奈何的我也够了!”众人都笑。宋江入进衙内,众人都到后堂。宋江取出罗真人那八句法语,递与吴用看详,不晓其意。众人反

① 法语——宣扬佛法的言词。

复看了,亦不省的。公孙胜道:“兄长,此乃天机玄语,不可泄漏。收取过了,终身受用,休得只顾猜疑。师父法语,过后方知。”宋江遂从其说,藏于天书之内。

自此之后,屯驻军马,在蓟州一月有余,并无军情之事。至七月半后,檀州赵枢密行文书到来,说奉朝廷敕旨,催兵出战。宋江接得枢密院劄付,便与军师吴用计议,前到玉田县,合会卢俊义等,操练军马,整顿军器,分拨人员已定,再回蓟州,祭祀旗纛,选日出师。

闻左右报道:“辽国有使来到。”宋江出接,却是欧阳侍郎,便请入后堂。叙礼已罢,宋江问道:“侍郎来意如何?”欧阳侍郎道:“乞退左右。”宋江随即喝散军士。侍郎乃言:“俺大辽国主,好生慕公之德。若蒙将军慨然归顺,肯助大辽,必当建节封侯。全望早成大义,免俺国主悬望之心。”宋江答道:“这里也无外人,亦当尽忠告诉侍郎。不知前番足下来时,众军皆知其意。内中有一半人,不肯归顺。若是宋江便随侍郎出幽州,朝见郎主时,有副先锋卢俊义,必然引兵追赶。若就那里城下厮并,不见了我弟兄们日前的义气。我今先带些心腹之人,不拣那座城子,借我躲避。他若引兵赶来,知我下落,那时却好回避他。他若不听,却和他厮并,也未迟。他若不知我等下落时,他军马回报东京,必然别生支节。我等那时朝见郎主,引领大辽军马,却来与他厮杀,未为晚矣!”

欧阳侍郎听了宋江这一席言语,心中甚喜,便回道:“俺这里紧靠霸州,有两个隘口:一个唤做益津关,两边都是险峻高山,中间只一条驿路;一个是文安县,两面都是恶山,过的关口,便是县治。这两座去处,是霸州两扇大门。将军若是如此,可往霸州躲避。本州是俺辽国国舅康里定安守把。将军可就那里,与国舅同住,却看这里如何。”宋江道:“若得如此,宋江星夜使人回家,搬取老父,以绝根本。侍郎可暗地使人来引宋江去。只如此说,今夜我等收拾也。”欧阳侍郎大喜,别了宋江,上马去了。有诗为证:

国士从胡志可伤,常山骂贼姓名香[①]。
宋江若肯降辽国,何似梁山作大王。

---

① 常山句——唐安史之乱中,常山太守颜杲卿起兵抗击。常山陷落,颜杲卿被俘,他痛骂安禄山,被割断舌头,不屈而死。

当日宋江令人去请卢俊义、吴用、朱武到蓟州，一同计较智取霸州之策，下来便见。宋江酌量已定，卢俊义领令去了。吴用、朱武暗暗吩咐众将，如此如此而行。宋江带去人数，林冲、花荣、朱仝、刘唐、穆弘、李逵、樊瑞、鲍旭、项充、李衮、吕方、郭盛、孔明、孔亮，共计一十五员头领，止带一万来军校。拨定人数，只等欧阳侍郎来到便行。

望了两日，只见欧阳侍郎飞马而来，对宋江道："俺郎主知道将军实是好心的人，既蒙归顺，怕他宋兵做甚么？俺大辽国，有的是好兵好将。强人壮马相助。你既然要取令大人，不放心时，且请在霸州与国舅作伴，俺却差人去取未迟。"宋江听了，与侍郎道："愿去的军将，收拾已完备，几时可行？"欧阳侍郎道："则今夜便行，请将军传令。"宋江随即吩咐下去，都教马摘銮铃，军卒衔枚疾走，当晚便行；一面管待来使。

黄昏左侧，开城西门便出。欧阳侍郎引数十骑，在前领路。宋江引一支军马，随后便行。约行过二十余里，只见宋江在马上猛然失声，叫声："苦也！"说道："约下军师吴学究同来归顺大辽，不想来的慌速，不曾等的他来。军马慢行，却快使人取接他来。"当时已是三更左侧，前面已是益津关隘口。欧阳侍郎大喝一声："开门！"当下把关的军将，开放关口，军马人将，尽数度关，直到霸州。天色将晓，欧阳侍郎请宋江入城，报知国舅康里定安。

原来这国舅，是大辽郎主皇后亲兄，为人最有权势，更兼胆勇过人。将着两员侍郎，守住霸州：一个唤做金福侍郎，一个唤做叶清侍郎。听的报道宋江来降，便叫军马且在城外下寨，只教为头的宋先锋请进城来。欧阳侍郎便同宋江入城，来见定安国舅。国舅见了宋江，一表非俗，便乃降阶而接，请至后堂，叙礼罢，请在上坐。宋江答道："国舅乃金枝玉叶，小将是投降之人，怎消受国舅殊礼重待？宋江将何报答？"定安国舅道："多听得将军的名传寰海，威镇中原，声名闻于大辽。俺的国主，好生慕爱。"宋江道："小将比领国舅的福荫，宋江当尽心报答郎主大恩。"定安国舅大喜，忙叫安排庆贺筵宴，一面又叫椎牛宰马，赏劳三军。城中选了一所宅子，教宋江、花荣等安歇，方才教军马尽数入城屯扎。花荣等众将，都来见了国舅等众人。

番将同宋江一处安歇已了，宋江便请欧阳侍郎吩咐道："可烦侍郎差人报与把关的军汉，怕有军师吴用来时，吩咐便可教他进关来，我和他一处安歇。昨夜来得仓卒,不曾等候得他。我一时与足下只顾先来了,正忘了他。军情主事,少他不得。更兼军师文武足备,智谋并优,六韬三略,无有不会。"欧阳侍郎听了,随即便传下言语,差人去与益津关、文安县二处把关军将说知:"但有一个秀才模样的人,姓吴名用,便可放他过来。"

且说文安县得了欧阳侍郎的言语,便差人转出益津关上,报知就里,说与备细。上关来望时,只见尘头蔽日,土雾遮天,有军马奔上关来。把关将士准备擂木炮石,安排对敌,只见山前一骑马上,坐着一人,秀才模样,背后一个行脚僧,一个行者,随后又有数十个百姓,都赶上关来。马到关前,高声大叫:"我是宋江手下军师吴用,欲待来寻兄长,被宋兵追赶得紧,你可开关救我!"把关将道:"想来正是此人。"随即开关,放入吴学究来。

只见那两个行脚僧人、行者,也挨入关。关上人当住,那行者早撞在门里了。和尚便道:"俺两个出家人,被军马赶的紧,救咱们则个!"把关的军,定要推出关去。那和尚发作,行者焦躁,大叫道:"俺不是出家人,俺是杀人的太岁鲁智深、武松的便是!"花和尚抡起铁禅杖,拦头便打。武行者掣出双戒刀,就便杀人,正如砍瓜切菜一般。那数十个百姓,便是解珍、解宝、李立、李云、杨林、石勇、时迁、段景住、白胜、郁保四这伙人,早奔关里,一发夺了关口。卢俊义引着军兵,都赶到关上,一齐杀入文安县来。把关的官员,那里迎敌的住。这伙都到文安县取齐。

却说吴用飞马奔到霸州城下,守门的番官报入城来。宋江与欧阳侍郎在城边相接,便教引见国舅康里定安。吴用说道:"吴用不合来的迟了些个。正出城来,不想卢俊义知觉,直赶将来,追到关前。小生今入城来,此时不知如何。"又见流星探马报来说道:"宋兵夺了文安县,军马杀近霸州。"定安国舅便教点兵,出城迎敌,宋江道:"未可调兵,等他到城下,宋江自用好言招抚他。如若不从,却和他厮并未迟。"

只见探马又报将来说:"宋兵离城不远!"定安国舅与宋江一齐上城看望。见宋兵整整齐齐,都摆列在城下。卢俊义顶盔挂甲,跃马横枪,点军调将,耀武扬威,立马在门旗之下,高声大叫道:"只教反朝廷的宋江出来!"宋江立在城楼下女墙边,指着卢俊义说道:"兄弟,所有宋朝赏罚不明,奸臣当道,谗佞专权,我已顺了大辽国主。汝可同心,也来帮助我,同扶大辽郎主,不失了梁山许多时相聚之意。"卢俊义大骂道:"俺在北京安家乐业，你来赚我上山。宋天子三番降诏，招安我们，有何亏负你处？你怎敢反背朝廷？你那短见无能之人，早出来打话，见个胜败输赢！”宋江大怒，喝教开城门，便差林冲、花荣、朱仝、穆弘四将齐出，活拿这厮。卢俊义一见了四将，约住军校，跃马横枪，直取四将，全无惧怯。

林冲等四将斗了二十余合，拨回马头，望城中便走。卢俊义把枪一招，后面大队军马，一齐赶杀入来。林冲、花荣占住吊桥，回身再杀，诈败佯输，诱引卢俊义抢入城中。背后三军，齐声呐喊，城中宋江等诸将，一齐兵变，接应入城，四方混杀，人人束手，个个归心。定安国舅气的目睁口呆，罔知所措，与众等侍郎束手被擒。

宋江引军到城中，诸将都至州衙内来，参见宋江。宋江传令，先请上定安国舅，并欧阳侍郎、金福侍郎、叶清侍郎，并皆分坐，以礼相待。宋江道：“汝辽国不知就里，看的俺们差矣！我这伙好汉，非比啸聚山林之辈。一个个乃是列宿之臣，岂肯背主降辽？只要取汝霸州，特地乘此机会。今已成功，国舅等请回本国，切勿忧疑，俺无杀害之心。但是汝等部下之人，并各家老小，俱各还本国。霸州城子，已属天朝，汝等勿得再来争执。今后刀兵到处，无有再容。”

宋江号令已了，将城中应有番官，尽数驱遣起身，随从定安国舅，都回幽州。宋江一面出榜安民，令副先锋卢俊义将引一半军马，回守蓟州，宋江等一半军将，守住霸州。差人赍奉军贴，飞报赵枢密，得了霸州。赵安抚听了大喜，一面写表申奏朝廷。

且说定安国舅，与同三个侍郎，带领众人，归到燕京，来见郎主，备细奏说宋江诈降一事，因此被那伙蛮子，占了霸州。辽主听了大怒，喝骂欧阳侍郎：“都是你这奴婢佞臣，往来搬斗，折了俺的霸州紧要的城池，教俺燕京如何保守？快与我拿去斩了！”班部中转出兀颜统军，启奏道：“郎主勿忧，量这厮何须国主费力。奴婢自有个道理，且免斩欧阳侍郎。若是宋江知得，反被他耻笑。”辽主准奏，赦了欧阳侍郎。

兀颜统军奏道：“奴婢引起部下二十八宿将军，十一曜大将，前去布下阵势，把这些蛮子，一鼓儿平收。”说言未绝，班部中却转出贺统军前来奏道：“郎主不用忧心，奴婢自有个见识。常言道：‘杀鸡焉用牛刀。’那里消得正统军自去，只贺某聊施小计，教这一伙蛮子，死无葬身之地！”郎主听了，大喜道：“俺的爱卿，愿闻你的妙策。”贺统军启口摇舌，说这妙计，有分教,卢俊义来到一个去处,马无料草,人绝口粮。直教三军骁勇齐消魄,一代英雄也皱眉。毕竟贺统军道出甚计来,且听下回分解。

第八十六回

宋公明大战独鹿山　卢俊义兵陷青石峪

话说贺统军,姓贺名重宝,是辽国中兀颜统军部下副统军之职,身长一丈,力敌万人,善行妖法,使一口三尖两刃刀,现今守住幽州,就行提督诸路军马。当时贺重宝奏郎主道:“奴婢这幽州地面,有个去处,唤做青石峪,只一条路入去,四面尽是高山,并无活路。臣拨十数骑人马,引这伙蛮子,直入里面,却调军马外面围住。教这厮前无出路,后无退步,必然饿死。”兀颜统军道:“怎生便得这厮们来?”贺统军道:“他打了俺三个大郡,气满志骄,必然想着幽州。俺这里分兵去诱引他,他必然乘势来赶,引入陷坑山内,走那里去!”兀颜统军道:“你的计策,怕不济事,必还用俺大兵扑杀。且看你去如何。”

当下贺统军辞了国主,带了盔甲刀马,引了一行步从兵卒,回到幽州城内。将军马点起,分作三队:一队守住幽州,二队望霸州、蓟州进发。传令已了,便驱遣两队军马出城。差两个兄弟前去领兵:大兄弟贺拆去打霸州,小兄弟贺云去打蓟州,都不要赢他,只佯输诈败,引入幽州境界,自有计策。

却说宋江等守住霸州,有人来报:“辽兵侵犯蓟州,恐有疏失,望调军兵救护。”宋江道:“既然来打,必须迎敌,就此机会,去取幽州。”宋江留下些少军马,守定霸州,其余大队军兵,拔寨都起。引军前去蓟州,会合卢俊义军马,约日进兵。

且说番将贺拆引兵霸州来,宋江正调军马出来,却好半路里接着。不曾斗的三合,贺拆引军败走,宋江不去追赶。却说贺云去打蓟州,正迎着呼延灼,不战自退。

宋江会合卢俊义一同上帐,商议攻取幽州之策。吴用、朱武便道:“幽州分兵两路而来,此必是诱引之计,且未可行。”卢俊义道:“军师错矣!那厮连输了数次，如何是诱敌之计？当取不取，过后难取，不就这里去取幽州，更待何时？"宋江道："这厮势穷力尽，有何良策可施？正好乘此机会。"遂不从吴用、朱武之言，引兵往幽州便进。将两处军马，分作大小三路起行。只见前军报来说："辽兵在前拦住。"宋江到军前看时，山坡后转出一彪皂旗来。宋江便教前军摆开人马，只见那番军番将，分作四路，向山坡前摆开。宋江、卢俊义与众将看时，如黑云踊出千百万人马相似，簇拥着一员番官，横着三尖两刃刀，立马阵前。那番官怎生打扮，但见：

头戴明霜镔铁盔，身披曜日连环甲，足穿抹绿云根靴，腰系龟背狻猊带。衬着锦绣绯红袍，执着铁杆狼牙棒。手持三尖两刃八环刀，坐下四蹄双翼千里马。

前面行军旗上，写的分明："大辽副统军贺重宝。"跃马横刀，出于阵前。宋江看了道："辽国统军，必是上将，谁敢出马？"说犹未了，大刀关胜舞起青龙偃月刀，纵坐下赤兔马，飞出阵来，也不打话，便与贺统军相并。

斗到三十余合，贺统军气力不加，拨过刀，望本阵便走。关胜骤马追赶，贺统军引了败兵，奔转山坡。宋江便调军马追赶。约有四五十里，听的四下里战鼓齐响。宋江急叫回军时，山坡左边，早撞过一彪番军拦路。宋江急分兵迎敌时，右手下又早撞出一支辽兵。前面贺统军勒兵回来夹攻。宋江兵马，四下救应不迭，被番兵撞做两段。

却说卢俊义引兵在后面厮杀时，不见了前面军马，急寻门路，要杀回来，只见胁窝里又撞出番军来厮并。辽兵喊杀连天，四下里撞击，左右被番军围住在垓心。卢俊义调拨众将，左右冲突，前后卷杀，寻路出去，众将扬威耀武，抖擞精神，正奔四下里厮杀，忽见阴云闭合，黑雾遮天，白昼如夜，不分东西南北。卢俊义心慌，急引一支军马，死命杀出。昏黑中，听得前面銮铃声响，纵马引兵杀过去。

至一山口，只听得里面人语马嘶，领军赶将入去，只见狂风大作，走石飞沙，对面不见。卢俊义杀到里面，约莫二更前后，方才风静云开，复见一天星斗。众人打一看时，四面尽是高山，左右是悬崖峭壁，只见高山峻岭，无路可登。随行人马，只见徐宁、索超、韩滔、彭玘、陈达、杨春、周通、李忠、邹渊、邹润、杨林、白胜，大小十二个头领，有五千军马。星光之下，待寻归路，四下高山围匝，不能得出。卢俊义道："军士厮杀了一日，神思困倦，且就这里权歇一宵，暂停战马，明日却寻归路。"

再说宋江正厮杀间，只见黑云四起，走石飞沙，军士对面都不相见。随军内却有公孙胜在马上见了，知道此是妖法，急拔宝剑在手，就马上作用，口中念念有词，喝声道："疾！"把宝剑指点之处，只见阴云四散，狂风顿息，辽军不战自退。宋江驱兵杀透重围，退到一座高山，迎着本部军马。且把粮车头尾相衔，权做寨栅。计点大小头领，于内不见了卢俊义等一十三人，并五千余军马。至天明，宋江便遣呼延灼、林冲、秦明、关胜，各带军兵，四下里去寻了一日，不知些消息回复。宋江便取玄女课，焚香占卜已罢，说道："大象不妨，只是陷在幽阴之处，急切难得出来。"宋江放心不下，遂遣解珍、解宝扮作猎户，绕山来寻。又差时迁、石勇、段景住、曹正，四下里去打听消息。

且说解珍、解宝披上虎皮袍，挖了钢叉，只望深山里行。看看天色向晚，两个行到山中，四边只一望。不见人烟，都是乱山迭嶂。解珍、解宝又行了几个山头。是夜月色朦胧，远远地望见山畔一点灯光。弟兄两个道："那里有灯光之处，必是有人家。我两个且寻去讨些饭吃。"望着灯光处，曳开脚步奔将来。

未得一里多路，来到一个去处，傍着树林坡，有作三数间草屋，屋下破壁里闪出灯光来。解珍、解宝推开扇门，灯光之下，见是个婆婆，年纪六旬之上。弟兄两个，放下钢叉，纳头便拜。那婆婆道："我只道是俺孩儿来家，不想却是客人到此。客人休拜。你是那里猎户？怎生到此？"解珍道："小人原是山东人氏，旧日是猎户人家。因来此间做些买卖，不想正撞着军马热闹，连连厮杀，以此消折了本钱，无甚生理。弟兄两个，只得来山中寻讨些野味养口。谁想不识路径，迷踪失迹，来到这里，投宅上暂宿一宵。望老奶奶收留则个！"那婆婆道："自古云：'谁人顶着房子走哩！'我家两个孩儿，也是猎户，敢如今便回来也！客人少坐，我安排些晚饭，与你两个吃。"解珍、解宝谢道："多感老奶奶！"那婆婆入里面去了。弟兄两个，却坐在门前。

不多时，只见门外两个人，扛着一个獐子入来，口里叫道："娘，你在那里？"只见那婆婆出来道："孩儿，你们回了。且放下獐子，与这两位客人厮见。"解珍、解宝慌忙下拜。那两个答礼已罢，便问："客人何处？因甚到此？"解珍、解宝便把却才的话再说一遍。那两个道："俺祖居在此。俺是刘二，兄弟刘三。父是刘一，不幸死了，止有母亲。专靠打猎营生，在此三二十年了。此间路径甚杂,俺们尚有不认的去处。你两个是山东人氏,如何到此间讨得衣饭吃?你休瞒我,你二位敢不是打猎户么?"解珍、解宝道:"既到这里,如何藏的?实诉与兄长。"有诗为证:

峰峦重迭绕周遭,兵陷垓心不可逃。

二解欲知貔虎路,故将踪迹混渔樵。

当时解珍、解宝跪在地下说道:"小人们果是山东猎户。弟兄两个,唤做解珍、解宝,在梁山泊跟随宋公明哥哥许多时落草。今来受了招安,随着哥哥,来破辽国。前日正与贺统军大战,被他冲散一支军马,不知陷在那里。特差小人弟兄两个来打探消息。"那两个弟兄笑道:"你二位既是好汉,且请起,俺指与你路头。你两个且少坐,俺煮一腿獐子肉,暖杯社酒,安排请你二位。"没一个更次,煮的肉来。刘二、刘三管待解珍、解宝,饮酒之间,动问道:"俺们久闻你梁山泊宋公明替天行道,不损良民,直传闻到俺辽国。"解珍、解宝便答道:"俺哥哥以忠义为主,誓不扰害善良,单杀滥官酷吏,倚强凌弱之人。"那两个道:"俺们只听的说,原来果然如此!"尽皆欢喜,便有相爱不舍之情。

解珍、解宝道:"我那支军马,有十数个头领,三五千兵卒,正不知下落何处。我想也得好一片地来排陷他。"那两个道:"你不知俺这北边地理。只此间是幽州管下,有个去处,唤做青石峪,只有一条路入去,四面尽是悬崖峻壑的高山。若是填塞了那条入去的路,再也出不来。多定只是陷在那里了。此间别无这般宽阔去处。如今你那宋先锋屯军之处,唤做独鹿山。这山前平坦地面,可以厮杀。若山顶上望时,都见四边来的军马。你若要救那支军马,舍命打开青石峪,方才可以救出。那青石峪口,必然多有军马,截断这条路口。此山柏树极多,惟有青石峪口两株大柏树,最大的好,形如伞盖。四面尽皆望见。那大树边正是峪口。更提防一件,贺统军会行妖法,教宋先锋破他这一件要紧。"

解珍、解宝得了这言语,拜谢了刘家兄弟两个,连夜回寨来。宋江见了问道:"你两个打听的些分晓么?"解珍、解宝却把刘家弟兄的言语,备细说了一遍。宋江失惊,便请军师吴用商议。

正说之间,只见小校报道:"段景住、石勇引将白胜来了。"宋江道:"白胜是与卢先锋一同失陷,他此来必是有异。"随即唤来帐下问时,段景住先说:"我和石勇正在高山涧边观望,只见山顶上一个大毡包滚将下来。我两个看时,看看滚到山脚下,却是一团毡衫,里面四围裹定,上用绳索紧拴。直到树边看时,里面却是白胜。"白胜便道:"卢头领与小弟等一十三人,正厮杀间,只见天昏地暗,日色无光,不辨东南西北。只听的人语马嘶之声,卢头领便教只顾杀将入去。谁想深入重地,那里尽是四面高山,无计可出,又无粮草接济,一行人马,实是艰难。卢头领差小弟从山顶上滚将下来,寻路报信。不想正撞着石勇、段景住二人,望哥哥早发救兵前去接应,迟则诸将必然死了。"

宋江听罢,连夜点起军马,令解珍、解宝为头引路,望这大柏树,便是峪口。传令教马步军兵,并力杀去,务要杀开峪口。人马行到天明,远远的望见山前两株大柏树,果然形如伞盖。当下解珍、解宝引着军马,杀到山前峪口。贺统军便将军马摆开,两个兄弟争先出战。宋江军将要抢峪口,一齐向前。豹子头林冲飞马先到,正迎着贺拆,交马只两合,从肚皮上一枪搠着,把那贺拆搠于马下。步军头领见马军先到赢了,一发都奔将入去。黑旋风李逵手抡双斧,一路里砍杀辽兵。背后便是混世魔王樊瑞、丧门神鲍旭,引着牌手项充、李衮,并众多蛮牌,直杀入辽兵队里。李逵正迎着贺云,抢到马下,一斧砍断马脚,当时倒了,贺云落马。李逵双斧如飞,连人带马,只顾乱剁。辽兵正拥将来,却被樊瑞、鲍旭两下众牌手撞着。

贺统军见折了两个兄弟,便口中念念有词,作起妖法,不知道些甚么。只见狂风大起,就地生云,黑暗暗罩住山头,昏惨惨迷合峪口。正作用间,宋军中转过公孙胜来,在马上掣出宝剑在手,口中念不过数句,大喝一声道:"疾!"只见四面狂风,扫退浮云,现出明朗朗一轮红日。马步三军众将向前,舍死并杀辽兵。贺统军见作法不灵,敌军冲突的紧,自舞刀拍马,杀过阵来。只见两军一齐混战,宋兵杀的辽兵东西逃窜。

马军追赶辽兵,步军便去扒开峪口。原来被这辽兵重重迭迭将大块青石填塞住这条出路。步军扒开峪口,杀进青石峪内。卢俊义见了宋江军马,皆称惭愧。宋江传令,教且休赶辽兵,收军回独鹿山,将息被困人马。卢俊义见了宋江,放声大哭道:"若不得仁兄垂救,几丧了兄弟性命!"宋江、卢俊义同吴用、公孙胜,并马回寨,将息三军,解甲暂歇。

次日,军师吴学究说道:"可乘此机会,就好取幽州。若得了幽州,辽国之亡,唾手可待。"宋江便叫卢俊义等一十三人军马,且回蓟州权歇,宋江自领大小诸将军卒人等,离了独鹿山,前来攻打幽州。

贺统军正退回在城中，为折了两个兄弟，心中好生纳闷。又听得探马报道："宋江军马来打幽州。"番军越慌。众辽兵上城观望，见东北下一簇红旗，西北下一簇青旗，两彪军马奔幽州来，即报与贺统军。贺统军听的大惊，亲自上城来看时，认的是辽国来的旗号，心中大喜。来的红旗军马，尽写银字，这支军乃是大辽国驸马太真胥庆，只有五千余人。这一支青旗军马，旗上都是金字，尽插雉尾，乃是李金吾大将。

原来那个番官，正受黄门侍郎左执金吾上将军，姓李名集，呼为李金吾，乃李陵之后，荫袭金吾之爵，现在雄州屯扎，部下有一万来军马。侵犯大宋边界，正是此辈。听的辽主折了城子，因此调兵前来助战。贺统军见了，使人去报两路军马，且休入城，教去山背后埋伏暂歇，待我军马出城，一面等宋江兵来，左右掩杀。贺统军传报已了，遂引军兵出幽州迎敌。

宋江诸将已近幽州，吴用便道："若是他闭门不出，便无准备；若是他引兵出城迎敌，必有埋伏。我军可先分兵作三路而进：一路直往幽州进发，迎敌来军。两路如羽翼相似，左右护持。若有埋伏军起，便教这两路军去迎敌。"宋江便拨调关胜带宣赞、郝思文领兵在左，再调呼延灼带单廷珪、魏定国领兵在右，各领一万余人，从山后小路，慢慢而行。宋江等引大军前来，径往幽州进发。

却说贺统军引兵前来，正迎着宋江军马。两军相对，林冲出马，与贺统军交战。斗不到五合，贺统军回马便走。宋江军马追赶，贺统军分兵两路，不入幽州，绕城而走。吴用在马上便叫："休赶！"说犹未了，左边撞出太真驸马来，已有关胜却好迎住；右边撞出李金吾来，又有呼延灼却好迎住。正来三路军马，逼住大战，杀的尸横遍野，流血成河。

贺统军情知辽兵不胜，欲回幽州时，撞过二将，接住便杀，乃是花荣、秦明，死战定贺统军，欲退回西门城边，又撞见双枪将董平，又杀了一阵。转过南门，撞见朱仝，接着又杀一阵。贺统军不敢入城，撞条大路，望北而走。不提防前面撞着镇三山黄信，舞起大刀，直取贺统军。贺统军心慌，措手不及，被黄信一刀，正砍在马头上。贺统军弃马而走，不想胁窝里又撞出杨雄、石秀两步军头领齐上，把贺统军掂翻在肚皮下。宋万挺枪又赶将来。众人只怕争功，坏了义气，就把贺统军乱枪戳死。那队辽兵，已自先散，各自逃生。太真驸马见统军队里，倒了帅字旗，军校漫散，情知不济，便引了这彪红旗军，从山背后走了。李金吾正战之间，不见了这红旗军,料道不济事,也引了这彪青旗军,望山后退去。

宋江见这三路军兵,尽皆退了。大驱人马,奔来夺取幽州。不动声色,一鼓而收。来到幽州城内,扎驻三军,便出榜安抚百姓。随即差人急往檀州报捷,请赵枢密移兵蓟州守把,就取这支水军头领并船只,前来幽州听调,却教副先锋卢俊义分守霸州。前后共得了四个大郡。赵安抚见了来文大喜。一面申奏朝廷,一面行移蓟、霸二州知会,再差水军头领,收拾进发,准备水陆并进。

且说辽主升殿,会集文武番官。左丞相幽西孛瑾,右丞相太师褚坚,统军大将等众,当廷商议:"即目宋江侵夺边界,占了俺四座大郡,早晚必来侵犯皇城,燕京难保。贺统军弟兄三个已亡,汝等文武群臣,当国家多事之秋,如何处置?"有都统军兀颜光奏道:"郎主勿忧!前者奴婢累次只要自去领兵,往往被人阻当,以致养成贼势,成此大祸。伏乞亲降圣旨,任臣选调军马,会合诸处军兵,克日兴师,务要擒获宋江等众,恢复原夺城池。"郎主准奏,遂赐出明珠虎牌[①],金印敕旨,黄钺白旄,朱幡皂盖,尽付与兀颜统军:"不问金枝玉叶,皇亲国戚,不拣是何军马,并听爱卿调遣。速便起兵,前去征进!"

兀颜统军领了圣旨兵符,便下教场,会集诸多番将,传下将令,调遣诸处军马,前来策应。却才传令已罢,有统军长子兀颜延寿,直至演武亭上禀道:"父亲一面整点大军,孩儿先带数员猛将,会集太真驸马、李金吾将军二处军马,先到幽州,杀败这蛮子们八分。待父亲来时,瓮中捉鳖,一鼓扫清宋兵。不知父亲钧意如何?"兀颜统军道:"吾儿言见得是。与汝突骑五千。精兵二万,就做先锋,即便会同太真驸马、李金吾,刻下便行。如有捷音,火速飞报。"小将军欣然领了号令,整点三军,径奔幽州来。正是:万马奔驰天地怕,千军踊跃鬼神愁。毕竟兀颜小将军怎生搦战,且听下回分解。

---

① 虎牌——虎形牌符。君王授予统兵将帅调动军队的信物。

第八十七回

宋公明大战幽州　呼延灼力擒番将

话说当时兀颜延寿将引二万余军马，会合了太真驸马、李金吾二将，共领三万五千番军，整顿枪刀弓箭，一应器械完备，摆布起身。早有探子来幽州城里，报知宋江。宋江便请军师吴用商议："辽兵累败，今次必选精兵猛将，前来厮杀，当以何策应之？"吴用道："先调兵出城，布下阵势。待辽兵来，慢慢地挑战。他若无能，自然退去。"宋江随即调遣军马出城，离城十里，地名方山，地势平坦，靠山傍水，排下九宫八卦阵势。

等候间，只见辽兵分做三队而来。兀颜小将军兵马是皂旗，太真驸马是红旗，李金吾军是青旗。三军齐到，见宋江摆成阵势。那兀颜延寿在父亲手下，曾习得阵法，深知玄妙，便令青红旗二军，分在左右，扎下营寨，自去中军，竖起云梯，看了宋江果是九宫八卦阵势，下云梯来，冷笑不止。左右副将问道："将军何故冷笑？"兀颜延寿道："量他这个九宫八卦阵，谁不省得？他将此等阵势，瞒人不过。俺却惊他则个！"令众军擂三通画鼓，竖起将台。就台上用两把号旗招展，左右列成阵势已了，下将台来。上马，令首将哨开阵势，亲到阵前，与宋江打话。那小将军怎生结束但见：

戴一顶三叉如意紫金冠，穿一件蜀锦团花白银铠。足穿四缝鹰嘴抹绿靴，腰系双环龙角黄鞓带。蚪螭吞首打将鞭，霜雪裁锋杀人剑。左悬金画宝雕弓，右插银嵌狼牙箭。使一枝画杆方天戟，骑一匹铁脚枣骝马。

兀颜延寿勒马直到阵前，高声叫道："你摆九宫八卦阵，待要瞒谁？你却识得俺的阵么？"宋江听的番将要斗阵法，叫军中竖起云梯。宋江、吴用、朱武上云梯观望了辽兵阵势，三队相连，左右相顾。朱武早已认得，对宋江道："此太乙三才阵也。"宋江留下吴用同朱武在将台上，自下云梯来，上马出到阵前，挺鞭直指辽将，喝道："量你这太乙三才阵，何足为奇！"

兀颜小将军道："你识吾阵，看俺变法，教汝不识。"勒马入中军，再上将台，把号旗招展，变成阵势。吴用、朱武在将台上看了，此乃变作河洛四象阵。使人下云梯来,回复宋江知了。兀颜小将军再出阵门,横戟问道:"还识俺阵否?"宋江答道:"此乃变出河洛四象阵。"

那兀颜小将摇着头冷笑,再入阵中,上将台,把号旗左招右展,又变成阵势。吴用、朱武在将台上看了,朱武道:"此乃变作循环八卦阵。"再使人报与宋江知道。那小将军再出阵前,高声问道:"还能识吾阵否?"宋江笑道:"料只是变出循环八卦阵,不足为奇!"

小将军听了心中自忖道:"俺这几个阵势,都是秘传的,不期都被此人识破。宋兵之中,必有人物①!"兀颜小将军再入阵中,下马上将台,将号旗招展,左右盘旋,变成个阵势:四边都无门路,内藏八八六十四队兵马。朱武再上云梯看了,对吴用说道:"此乃是武侯八阵图,藏了首尾,人皆不晓。"便着人请宋公明到阵中,上将台,看这阵法:"休欺负他辽兵。这等阵图,皆得传授。此四阵皆从一派传流下来,并无走移。先是太乙三才,生出河洛四象,四象生出循环八卦,八卦生出八八六十四卦,已变为八阵图。此是循环无比,绝高的阵法。"

宋江下将台,上战马,直到阵前。小将军搠戟在手,勒马阵前,高声大叫:"能识俺阵否?"宋江喝道:"汝小将年幼学浅,如井底之蛙,只知此等阵法,以为绝高。量这藏头八阵图法瞒谁?瞒吾大宋小儿,也瞒不过!"兀颜小将军道:"你虽识俺阵法,你且排一个奇异的阵势,瞒俺则个!"宋江喝道:"只俺这九宫八卦阵势,虽是浅薄,你敢打么?"小将军大笑道:"量此等小阵,有何难哉!你军中休放冷箭,看咱打你这个小阵!"

且说兀颜小将军便传将令,直教太真驸马、李金吾,各拨一千军,"待俺打透阵势,便来策应。"传令已罢,众军擂鼓。宋兵已传下将令,教军中整擂三通战鼓,门旗两开,放打阵的小将入来。那兀颜延寿带本部下二十来员牙将,一千披甲马军,用手掐算,当日属火,不从正南离位上来,带了军马,转过右边,从西方兑位上,荡开白旗,杀入阵内,后面的被弓箭手射住,止有一半军马入的去,其余都回本阵。

却说小将军走到阵里,便奔中军,只见中间白荡荡如银墙铁壁,团团围住小将军。那兀颜延寿见了,惊的面如土色,心中暗想:"阵里那得这等城子!"便教四边且打通旧路,要杀出阵来。众军回头看时,白茫茫如银海

---

① 人物——非凡的人才。

相似,满地只听的水响,不见路径。小将军甚慌,引军杀投南门来,只见千团火块,万缕红霞,就地而滚,并不见一个军马。小将军那里敢出南门,铲斜里杀投东门来,只见带叶树木,连枝山柴,交横塞满地下,两边都是鹿角,无路可进。却转过北门来,又见黑气遮天,乌云蔽日,伸手不见掌,如黑暗地狱相似。

那兀颜小将军在阵内,四门无路可出,心中疑道:"此必是宋江行持妖法。休问怎生,只就这里死撞出去。"众军得令,齐声呐喊,杀将出去。旁边撞出一员大将,高声喝道:"孺子小将,走那里去!"兀颜小将军欲待来战,措手不及,脑门上早飞下一鞭来。那小将军眼明手快,便把方天戟来拦住。只听得双鞭齐下,早把戟杆折做两段。急待挣扎,被那将军扑入怀内,轻舒猿臂,款扭狼腰,把这兀颜小将军活捉过去,拦住后军,都喝下马来。众军黑天摸地,不辨东西,只得下马受降。拿住小将军的,不是别人,正是宋军大将双鞭呼延灼。当时公孙胜在中军作法,见报捉了小将军,便收了法术,阵中仍复如旧,青天白日。

且说太真驸马并李金吾将军,各引兵一千,只等阵中消息,便要来策应,却不想不见些动静,不敢杀过来。宋江出到阵前,高声喝道:"你那两军不降,更待何时?兀颜小将已被吾生擒在此!"喝令群刀手簇出阵前。李金吾见了,一骑马,一条枪,直赶过来,要救兀颜延寿。却有霹雳火秦明正当前部,飞起狼牙棍,直取李金吾。

二马相交,军器并举,两军齐声呐喊。李金吾先自心中慌了,手段缓急差迟,被秦明当头一棍,连盔透顶,打的粉碎。李金吾攧下马来。太真驸马见李金吾输了,引军便回。宋江催兵掩杀,辽兵大败奔走。夺得战马三千余匹,旗旛剑戟,弃满川谷。宋江引兵径望燕京进发,直欲长驱席卷,以复王封。

却说辽兵败残人马,逃回辽国,见了兀颜统军,禀说小将军去打宋兵阵势,被他活捉去了;其余牙将,尽皆归降;李金吾亦被他那里一棍打死;太真驸马逃得性命,不知去向。兀颜统军听了大惊,便道:"吾儿自小习学阵法,颇知玄妙。宋江那厮,把甚阵势,捉了吾儿?"左右道:"只是个九宫八卦阵势,又无甚希奇。俺这小将军,布了四个阵势,都被那蛮子识破了。临了,对俺小将军说道:'你识我九宫八卦阵,你敢来打么?'俺小将军便领了千百骑马军,从西门打将入去,被他强弓硬弩射住,只有一半人马能够入去，不知怎生被他生擒活捉了。”

兀颜统军道：“量这个九宫八卦阵，有甚难打，必是被他变了阵势。”众军道：“俺们在将台上，望见他阵中，队伍不动，旗旛不改，只见上面一派黑云，罩定阵中。”兀颜统军道：“恁的必是妖术。吾不起军，这厮也来。若不取胜，吾当自刎！谁敢与吾作前部先锋，引兵前去？俺驱大队，随后便来。”帐前转过二将齐出：“某等两个，愿为前部。”一个是番官琼妖纳延；一个是燕京骁将，姓寇，双名镇远。兀颜统军大喜，便道：“你两个小心在意，与吾引一万军兵作前部先锋，逢山开路，遇水迭桥。吾引大军，随后便到。”

且不说琼、寇二将起身，作先锋开路，却说兀颜统军，随即整点部下十一曜大将，二十八宿将军，尽数出征。先说那十一曜大将：

太阳星御弟大王耶律得重，引兵五千。

太阴星天寿公主答里孛，引女兵五千。

罗睺星皇侄耶律得荣，引兵三千。

计都星皇侄耶律得华，引兵三千。

紫炁星皇侄耶律得忠，引兵三千。

月孛星皇侄耶律得信，引兵三千。

东方青帝水星大将只儿拂郎，引兵三千。

西方太白金星大将乌利可安，引兵三千。

南方荧惑火星大将洞仙文荣，引兵三千。

北方玄武水星大将曲利出清，引兵三千。

中央镇星土星上将都统军兀颜光，总领各飞兵马首将五千，镇守中坛。

兀颜统军再点部下那二十八宿将军：

角木蛟孙忠　亢金龙张起

氐土貉刘仁　房日兔谢武

心月狐裴直　尾火虎顾永兴

箕水豹贾茂　斗木獬萧大观

牛金牛薛雄　女土蝠俞得成

虚日鼠徐威　危月燕李益

室火猪祖兴　壁水獝成珠那海

奎木狼郭永昌　　娄金狗阿哩义
胃土雉高彪　　昴日鸡顺受高
毕月乌国永泰　　觜火猴潘异
参水猿周豹　　井木犴童里合
鬼金羊王景　　柳土獐雷春
星日马卞君保　　张月鹿李复
翼火蛇狄圣　　轸水蚓班古儿

那兀颜光整点就十一曜大将、二十八宿将军，引起大队军马精兵二十余万，倾国而起，奉请郎主御驾亲征。有古风一篇为证：

羊角风旋天地黑，黄沙漠漠云阴涩。
契丹兵动山岳摧，万里乾坤皆失色。
狂嘶骏马坐胡儿，跃溪超岭流星驰。
搀枪发光天狗吠。迷离毒雾奔群魑。
宝雕弓挽乌龙脊，雪刃霜刀映寒日。
万片霞光锦带旗，千池荷叶青毡笠。
胡笳齐和天山歌，鼓声震起白骆驼。
番王左右持绣斧，统军前后挥金戈。
绣斧金戈势相亚，打围一路无禾稼。
海青放起鸿鹄愁，豹子鸣时神鬼怕。
幽州城下如沸波，连营列骑精兵多。
罡星天遣除妖祲，纷纷宿曜如予何。

且不说兀颜统军兴起大队之师，卷地而来。再说先锋琼、寇二将，引一万人马，先来进兵。早有细作报与宋江，这场厮杀不小。宋江听了大惊，传下将令，一面教取卢俊义部下尽数军马，一面又取檀州、蓟州旧有人员，都来听调。就请赵枢密前来监战。再要水军头目，将带水手人员，尽数登岸，都到霸州取齐，陆路进发。

水军头领护持赵枢密在后而来，应有军马，尽在幽州。宋江等接见赵枢密，参拜已罢，赵枢密道："将军如此劳神，国之柱石，名传万载。下官回朝，于天子前必当重保。"宋江答道："无能小将，不足挂齿。上托天子洪福，下赖元帅虎威，偶成小功，非人能也！今有探细人报来就里，闻知辽国兀颜统军，起二十万军马，倾国而来。兴亡胜败，决此一战。特请枢相另立营寨，于十五里外屯扎，看宋江施犬马之劳，与众弟兄并力向前，决此一战。”赵枢密道：“将军善觑方便。”

宋江遂辞了赵枢密，与同卢俊义引起大兵，转过幽州地面所属永清县界，把军马屯扎，下了营寨；聚集诸将头领，上帐同坐，商议军情大事。宋江道：“今次兀颜统军亲引辽兵，倾国而来，决非小可！死生胜负，在此一战！汝等众兄弟，皆宜努力向前，勿生退悔。但得微功，上达朝廷，天子恩赏，必当共享。”众皆起身，都道：“兄长之命，谁敢不依！”

正商议间，小校报来，有辽国使人下战书来。宋江教唤至帐下，将书呈上。宋江拆书看了，乃是辽国兀颜统军帐前先锋使琼、寇二将军，统前部兵马，相期来日决战。宋江就批书尾，回示来日决战，叫与来使酒食，放回本寨。

此时秋尽冬来，军披重铠，马挂皮甲，尽皆得时。次日，五更造饭，平明[①]拔寨，尽数起行。不到四五里，宋兵果与辽兵相迎。遥望皂雕旗影里，闪出两员先锋旗号来。战鼓喧天，门旗开处，那个琼先锋当先出马。怎生打扮，但见：

头戴鱼尾卷云镔铁冠，披挂龙鳞傲霜嵌缝铠，身穿石榴红锦绣罗袍，腰系荔枝七宝黄金带，足穿抹绿鹰嘴金线靴，腰悬炼银竹节熟钢鞭。左挂硬弓，右悬长箭。马跨越岭巴山兽，枪搭翻江搅海龙。

当下那个琼妖纳延，横枪跃马，立在阵前。宋江在门旗下看了琼先锋如此英雄，便问：“谁与此将交战？”当下九纹龙史进提刀跃马，出来与琼将军挑斗。战马相交，军器并举。二将斗到三二十合，史进一刀却砍个空，吃了一惊，拨回马望本阵便走。琼先锋纵马赶来。宋兵阵上小李广花荣正在宋江背后，见输了史进，便拈起弓，搭上箭，把马挨出阵前，觑得来马较近，飕的只一箭，正中琼先锋面门，翻身落马。史进听得背后坠马，霍地回身，复上一刀，结果了琼妖纳延。

那寇先锋望见砍了琼先锋，怒从心起，跃马提枪，直出阵前，高声大骂：“贼将怎敢暗算吾兄！”当有病尉迟孙立飞马直出，径来奔寇镇远。军中战鼓喧天，耳畔喊声不绝。那孙立的金枪，神出鬼没。寇先锋斗不过二十余合，勒回马便走，不敢回阵，恐怕撞动了阵脚，绕阵东北而走。孙立正

---

① 平明——天刚亮，拂晓。

要建功，那里肯放，纵马赶去。

寇先锋去得远了，孙立在马上带住枪，左手拈弓，右手取箭，搭上箭，拽满弓，觑着寇先锋后心较亲，只一箭，那寇将军听的弓弦响，把身一倒，那枝箭却好射到，顺手只一绰，绰了那枝箭。孙立见了，暗暗地喝采。寇先锋冷笑道："这厮卖弄弓箭！"便把那枝箭咬在口里，自把枪带在了事环上，急把左手取出硬弓，右手就取那枝箭，搭上弦，扭过身来，望孙立前心窝里一箭射来。孙立早已偷眼见了，在马上左来右去。那枝箭到胸前，把身望后便倒，那枝箭从身上飞过去了。这马收勒不住，只顾跑来。寇先锋把弓穿在臂上，扭回身，且看孙立倒在马上。寇先锋想道："必是中了箭！"原来孙立两腿有力，夹住宝镫，倒在马上，故作如此，却不坠下马来。寇先锋勒转马，要来捉孙立。

两个马头，却好相迎着，隔不的丈尺来去，孙立却跳将起来，大喝一声。寇先锋吃了一惊，便回道："你只躲的我箭，须躲不的我枪。"望孙立胸前，尽力一枪搠来，孙立挺起胸脯，受他一枪。枪尖到甲，略侧一侧，那枪从肋窝里放将过去。那寇将军却扑入怀里来。孙立就手提起腕上虎眼钢鞭，向那寇先锋脑袋上飞将下来，削去了半个天灵骨。那寇将军做了半世番官，死于孙立之手，尸骸落于马前。孙立提枪回来阵前。宋江大纵三军，掩杀过对阵来。辽兵无主，东西乱窜，各自逃生。

宋江正赶之间，听的前面连珠炮响，宋江便教水军头领，先引一枝军卒人马，把住水口。差花荣、秦明、吕方、郭盛骑马上山顶望时，只见垓垓攘攘[①]，番军人马，盖地而来。正是：鸣镝如雷奔虏骑，扬尘若雾涌胡兵。毕竟来的番军是何处人马，且听下回分解。

第八十八回

颜统军阵列混天象　宋公明梦授玄女法

话说当时宋江在高阜处，看了辽兵势大，慌忙回马来到本阵，且教将

① 垓垓攘攘——乱哄哄的样子。垓垓，原指杂草丛生的样子。

军马退回永清县山口屯扎。便就帐中与卢俊义、吴用、公孙胜等商议道:“今日虽是赢了他一阵,损了他两个先锋,我上高阜处观望辽兵,其势浩大,漫天遍地而来,此乃是大队番军人马。来日必用与他大战交锋,恐寡不敌众,如之奈何?”吴用道:“古之善用兵者,能使寡敌众。昔晋谢玄五万人马,战退苻坚百万雄兵,先锋何为惧哉!可传令与三军众将,来日务要旗旛严整,弓弩上弦,刀剑出鞘,深栽鹿角,警守营寨,濠堑齐备,军器并施,整顿云梯炮石之类,预先伺候。还只摆九宫八卦阵势。如若他来打阵,依次而起,纵他有百万之众,安敢冲突。”宋江道:“军师言之甚妙。”随即传令已毕,诸将三军,尽皆听令。五更造饭,平明拔寨都起,前抵昌平县界,即将军马摆开阵势,扎下营寨。前面摆列马军,还是虎军大将:秦明在前,呼延灼在后,关胜居左,林冲居右,东南索超,东北徐宁,西南董平,西北杨志。宋江守领中军,其余众将,各依旧职。后面步军,另做一阵在后,卢俊义、鲁智深、武松三个为主。数万之中,都是能征惯战之将,个个摩拳擦掌,准备厮杀。阵势已定,专候番军。

不多时,遥望辽兵远远而来。前面六队番军人马,每队各有五百,左设三队,右设三队,循环往来,其势不定。此六队游兵,又号哨路,又号压阵。次后大队盖地来时,前军尽是皂纛旗,一代有七座旗门,每门有千匹马,各有一员大将。怎生打扮?头顶黑盔,身披玄甲,上穿皂袍,坐骑乌马。手中一般军器,正按北方斗、牛、女、虚、危、室、壁。七门之内,总设一员把总上将,按上界北方玄武水星。怎生打扮?头披青丝细发,黄抹额紧束金箍,身穿秃袖皂袍,乌油甲密铺银铠。足跨一匹乌骓千里马,手擎一口黑柄三尖刀。乃是番将曲利出清,引三千披发黑甲人马,按北辰五炁星君。皂旗下军兵,不计其数。正是:

冻云截断东方日,黑气平吞北海风。

左军尽是青龙旗,一代也有七座旗门,每门有千匹马,各有一员大将。怎生打扮?头戴四缝盔,身披柳叶甲,上穿翠色袍,下坐青鬃马。手拿一般军器,正按东方角、亢、氐、房、心、尾、箕。七门之内,总设一员把总大将,按上界东方苍龙木星。怎生打扮?头戴狮子盔,身披狻猊铠,堆翠绣青袍,缕金碧玉带。手中月斧金丝杆,身坐龙驹玉块青。乃是番将只儿拂郎,引三千青色宝旛人马,按东震九炁星君。青旗下左右围绕军兵,不计其数。正似:

翠色点开黄道路，青霞截断紫云根。

右军尽是白虎旗，一代也有七座旗门，每门有千匹马，各有一员大将。怎生打扮？头戴水磨盔，身披烂银铠，上穿素罗袍，坐骑雪白马。各拿伏手军器，正按西方奎、娄、胃、昴、毕、觜、参。七门之内，总设一员把总大将，按上界西方咸池金星。怎生打扮？头顶兜鍪凤翅盔，身披花银双钩甲，腰间玉带迸寒光，称体素袍飞雪练。骑一匹照夜玉狻猊马，使一枝纯钢银枣槊。乃是番将乌利可安，引三千白缨素旗人马，按西兑七炁星君。白旗下前后护御军兵，不计其数。正似：

征驼卷尽阴山雪，番将斜披玉井冰。

后军尽是绯红旗，一代亦有七座旗门，每门有千匹马，各有一员大将。怎生打扮？头戴馈箱朱红漆笠，身披猩猩血染征袍。桃红锁甲现鱼鳞，冲阵龙驹名赤兔。各掿伏手军器，正按南方井、鬼、柳、星、张、翼、轸。七门之内，总设一员把总大将，按上界南方朱雀火星。怎生打扮？头顶着绛冠，朱缨粲烂。身穿绯红袍，茜色光辉。甲披一片红霞，靴刺数条花缝。腰间宝带红鞓，臂挂硬弓长箭。手持八尺火龙刀，坐骑一匹胭脂马。乃是番将洞仙文荣，引三千红罗宝旛人马，按南离三炁星君。红旗下朱缨绛衣军兵，不计其数。正似：

离宫走却六丁神，霹雳震开三昧火。

阵前左有一队五千猛兵，人马尽是金缕弁冠，镀金铜甲，绯袍朱缨，火焰红旗，绛鞍赤马，簇拥着一员大将。头戴簇芙蓉如意缕金冠，身披结连环兽面锁子黄金甲，猩红烈火绣花袍，碧玉嵌金七宝带。使两口日月双刀，骑一匹五明赤马。乃是辽国御弟大王耶律得重，正按上界太阳星君。正似：

金乌拥出扶桑国，火伞初离东海洋。

阵前右设一队五千女兵，人马尽是银花弁冠，银钩锁甲，素袍素缨，白旗白马，银杆刀枪，簇拥着一员女将。金凤钗对插青丝，红抹额乱铺珠翠，云肩巧衬锦裙，绣袄深笼银甲。小小花靴金镫稳，翩翩翠袖玉鞭轻。使一口七星宝剑，骑一匹银鬃白马。乃是辽国天寿公主答里孛，按上界太阴星君。正似：

玉兔团团离海角，冰轮皎皎照瑶台。

两队阵中，团团一遭，尽是黄旗簇簇，军将尽骑黄马，都披金甲。衬甲袍起一片黄云,绣包巾散半天黄雾。黄军队中,有军马大将四员,各领兵三千,分于四角。每角上一员大将,团团守护。东南一员大将,青袍金甲,手持宝枪,坐骑粉青马,立于阵前,按上界罗睺星君,乃是辽国皇侄耶律得荣。西南一员大将,紫袍银甲,使一口宝刀,坐骑海骝马,立于阵前,按上界计都星君,乃是辽国皇侄耶律得华。东北一员大将,绿袍银甲,手执方天画戟,坐骑五明黄马,立于阵前,按上界紫炁星君,乃是辽国皇侄耶律得忠。西北一员大将,白袍铜甲,手仗七星宝剑,坐骑踢云乌骓马,立于阵前,按上界月孛星君,乃是辽国皇侄耶律得信。

黄军阵内,簇拥着一员上将,左有执青旗,右有持白钺,前有擎朱旛,后有张皂盖。周回旗号,按二十四气,六十四卦,南辰北斗,飞龙飞虎,飞熊飞豹,明分阴阳左右,暗合璇玑玉衡乾坤混沌之象。那员上将,使一枝朱红画杆方天戟。怎生打扮?头戴七宝紫金冠,身穿龟背黄金甲,西川红锦绣花袍,蓝田美玉玲珑带。左悬金画铁胎弓,右带凤翎鈚子箭。足穿鹰嘴云根靴,坐骑铁脊银鬃马。锦雕鞍稳踏金镫,紫丝缰牢绊山鞒。腰间挂剑驱番将,手内挥鞭统大军。这簇军马光辉,四边浑如金色,按上界中宫土星一炁无君,乃是辽国都统军大元帅兀颜光。

黄旗之后,中军是凤辇龙车。前后左右,七重剑戟枪刀围绕。九重之内,又有三十六对黄巾力士,推捧车驾。前有九骑金鞍骏马驾辕,后有八对锦衣卫士随阵。辇上中间,坐着辽国郎主:头戴冲天唐巾,身穿九龙黄袍,腰系蓝田玉带,足穿朱履朝靴。左右两个大臣:左丞相幽西孛瑾,右丞相太师褚坚。各带貂蝉冠,火裙朱服,紫绶金章,象简玉带。龙床两边,金童玉女,执简捧珪。龙车前后左右两边,簇拥护驾天兵。辽国郎主,自按上界北极紫微大帝,总领镇星。左右二丞相,按上界左铺、右弼星君。正是一天星斗离乾位,万象森罗降世间。有诗为证:

宿曜随宜列八方,更将土德镇中央。
胡人从不关天象,何事纷纷渎上苍?

那辽国番军摆列天阵已定,正如鸡卵之形,似复盆之状,旗排四角,枪摆八方,循环无定,进退有则。宋江看见,便教强弓硬弩,射住阵脚,就中军竖起云梯将台,引吴用、朱武上台观望。宋江看了,惊讶不已。朱武看了,认的是天阵,便对宋江、吴用道:"此乃是太乙混天象阵也!"宋江问道:"如何攻击?"朱武道:"此天阵变化无穷,机关莫测,不可造次攻打。"宋江道:“若不打得开阵势,如何得他军退?”吴用道:“急切不知他阵内虚实,如何便去打得?”

正商议间,兀颜统军在中军传令,今日属金,可差亢金龙张起、牛金牛薛雄、娄金狗阿里义、鬼金羊王景四将,跟随太白金星大将乌利可安,离阵攻打宋兵。宋江众将在阵前,望见对阵右军七门,或开或闭,军中雷响,阵势团团,那引军旗在阵内自东转北,北转西,西投南。朱武见了,在马上道:“此乃是天盘左旋之象。今日属金,天盘左动,必有兵来。”说犹未了,五炮齐响,早是对阵踊出军来。中是金星,四下是四宿,引动五队军马,卷杀过来,势如山倒,力不可当。宋江军马,措手不及,望后急退。大队压住阵脚,辽兵两面夹攻,宋江大败,急忙退兵,回到本寨,辽兵也不来追赶。点视军中头领,孔亮伤刀,李云中箭,朱富着炮,石勇着枪,中伤军卒,不计其数。随即发付上车,去后寨令安道全医治。宋江教前军下了铁蒺藜,深栽鹿角,坚守寨门。

宋江在中军纳闷,与卢俊义等议:“今日折了一阵,如之奈何?再若不出交战,必来攻打。”卢俊义道:“来日着两路军马,撞住他那压阵军兵。再调两路军马,撞那厮正北七门。却教步军从中间打将入去,且看里面虚实如何。”宋江道:“也是。”

次日便依卢俊义之言,收拾起寨,前至阵前准备,大开寨门,引兵前进。遥望辽兵不远,六队压阵辽兵,远探将来。宋江便差关胜在左,呼延灼在右,引本部军马,撞退压阵辽兵。大队前进,与辽兵相接,宋江再差花荣、秦明、董平、杨志在左,林冲、徐宁、索超、朱仝在右,两队军兵,来撞皂旗七门。果然撞开皂旗阵势,杀散皂旗人马,正北七座旗门,队伍不整。宋江阵中,却转过李逵、樊瑞、鲍旭、项充、李衮五百牌手向前,背后鲁智深、武松、杨雄、石秀、解珍、解宝将带应有步军头目,撞杀入去。混天阵内,只听四面炮响,东西两军,正面黄旗军撞杀将来。宋江军兵,抵当不住,转身便走。后面驾隔不定,大败奔走,退回原寨。急点军时,折其大半。杜迁、宋万又带重伤。于内不见了黑旋风李逵。原来李逵杀的性起,只顾砍入他阵里去,被他挠钩搭住,活捉去了。宋江在寨中听的,心中纳闷。传令教先送杜迁、宋万去后寨,令安道全调治。带伤马匹,叫牵去与皇甫端料理。

宋江又与吴用等商议:“今日又折了李逵,输了这一阵,似此怎生奈何?”吴用道:“前日我这里活捉的他那个小将军,是兀颜统军的孩儿,正好与他打换。”宋江道:“这番换了,后来倘若折将,何以解救?”吴用道:“兄长何故执迷,且顾眼下。”说犹未了,小校来报,有辽将遣使到来打话。宋江唤入中军,那番官来与宋江厮见,说道:“俺奉元帅将令,今日拿得你的一个头目,到俺总兵面前,不肯杀害,好生与他酒肉,管待在那里。统军要送来与你,换他孩儿小将军还他。如是将军肯时,便送那个头目来还。”宋江道:“既是恁地,俺明日取小将军来到阵前,两相交换。”番官领了宋江言语,上马去了。宋江再与吴用商议道:“我等无计破他阵势,不若取将小将军来,就这里解和这阵,两边各自罢战。”吴用道:“且将军马暂歇,别生良策,再来破敌,未为晚矣。”到晓,差人星夜去取兀颜小将军来,也差个人直往兀颜统军处,说知就里。

且说兀颜统军,正在帐中坐地,小军来报,宋先锋使人来打话。统军传令,教唤入来,到帐前,见了兀颜统军,说道:“俺的宋先锋拜意统军麾下,今送小将军回来,换俺这个头目。即今天气严寒,军士劳苦,两边权且罢战,待来春别作商议,俱免人马冻伤。请统军将令。”兀颜统军听了大喝道:“无智辱子,被汝生擒,纵使得活,有何面目见咱?不用相换,便拿下替俺斩了。若要罢战权歇,教你宋江束手来降,免汝一死。若不如此,吾引大兵一到,寸草不留!”大喝一声:“退去!”使者飞马回寨,将这话诉与宋江。

宋江慌速①,只怕救不得李逵,拔寨便起,带了兀颜小将军,直抵前军,隔阵大叫:“可放过俺的头目来,我还你小将军。不罢战不防,自与你对阵厮杀。”只见辽兵阵中,无移时,把李逵一骑马送出阵前来。这里也牵一匹马,送兀颜小将军出阵去。两家如此,一言为定。两边一齐同收同放,李将军回寨,小将军也骑马过去了。当日,两边都不厮杀。宋江退兵回寨,且与李逵贺喜。

宋江在帐中与诸将相议道:“辽兵势大,无计可破,使我忧煎,度日如年,怎生奈何?”呼延灼道:“我等来日,可分十队军马,两路去当压阵军兵,八路一齐撞击,决此一战。”宋江道:“全靠你等众弟兄同心僇力,来日必行。”吴用道:“两番撞击不动,不如守等他来交战。”宋江道:“等他来,也不

① 慌速——慌忙,仓促。这里指因着急而显忙乱。

是良法。只是众弟兄当以力敌，岂有连败之理!”当日传令，次早拔寨起军，分作十队，飞抢前去。两路先截住后背压阵军兵，八路军马更不打话，呐喊摇旗，撞入混天阵去。听的里面雷声高举，四七二十八门，一齐分开，变作一字长蛇之阵，便杀出来。宋江军马，措手不及，急令回军，大败而走，旗枪不整，金鼓偏斜，速退回来。到得本寨，于路损折军马数多。宋江传令，教军将紧守山口寨栅，深掘濠堑，牢栽鹿角，坚闭不出，且过冬寒。

却说副枢密赵安抚，累次申达文书赴京，奏请索取衣袄等件。因此朝廷特差御前八十万禁军枪棒教头，正受郑州团练使，姓王，双名文斌。此人文武双全，满朝钦敬，将带京师一万余人，起差民夫车辆，押运衣袄五十万领，前赴宋先锋军前交割，就行催并军将，向前交战，早奏凯歌。王文斌领了圣旨文书，将带随行军器，拴束衣甲鞍马，催趱人夫军马，起运车仗，出东京，望陈桥驿进发。监押着一二百辆车子，上插黄旗，书“御赐衣袄”，迤逦前进。经过去处，自有官司供给口粮。在路非则一日，来到边庭，参见了赵枢密，呈上中书省公文。

赵安抚看了大喜道:“将军来的正好，目今宋先锋被辽国兀颜统军，把兵马摆成混天阵势，连输了数阵。头目人等，中伤者多，现今发在此间将养，令安道全医治。宋先锋扎寨的永清县地方，并不敢出战，好生纳闷。”王文斌禀道:“朝廷因此就差某来，催并军士向前，早要取胜。今日既然累败，王某回京师，见省院官，难以回奏。文斌不才，自幼颇读兵书，略晓些阵法，就到军前，略施小策，愿决一阵，与宋先锋分忧。未知枢相钧命若何?”赵枢密大喜，置酒宴赏，就军中犒劳押车人夫，就教王文斌转运衣袄，解付宋江军前给散。赵安抚先使人报知宋先锋去了。

且说宋江在中军帐中纳闷，闻知赵枢密使人来，转报东京差教头郑州团练使王文斌，押着衣袄五十万领，就来军前催并进兵。宋江差人接至寨中下马，请入帐内，把酒接风。数杯酒后，询问缘由。宋江道:“宋某自蒙朝廷差遣到边，上托天子洪福，得了四个大郡。今到幽州，不想被番邦兀颜统军，设此混天象阵，兵屯二十万，整整齐齐，按周天星象，请启郎主御驾亲征。宋江连败数阵，无计可施，屯驻不敢轻动。今幸得将军降临，愿赐指教。”王文斌道:“量这个混天阵，何足为奇！王某不才，同到军前一观，别有主见。”宋江大喜，先令裴宣，且将衣袄给散军将，众人穿罢，望南谢恩。当日中军置酒，殷勤管待，就行赏劳三军。

来日结束，五军都起。王文斌取过带来的头盔衣甲，全副披挂上马，都到阵前。对阵辽兵望见宋兵出战，报入中军。金鼓齐鸣，喊声大举，六队战马哨出阵来。宋江分兵杀退。王文斌上将台亲自看一回，下云梯来说道："这个阵势，也只如常，不见有甚惊人之处。"不想王文斌自己不识，且图诈人要誉，便叫前军擂鼓搦战。

对阵番军，也挝鼓鸣金。宋江立马大喝道："不要狐朋狗党，敢出来挑战么？"说犹未了，黑旗队里，第四座门内，飞出一将。那番官披头散发，黄罗抹额，衬着金箍乌油铠甲，秃袖皂袍，骑匹乌骓马，挺三尖刀，直临阵前，背后牙将，不计其数，引军皂旗上书银字"大将曲利出清"，跃马阵前搦战。王文斌寻思道："我不就这里显扬本事，再于何处施逞？"便挺枪跃马出阵，与番官更不打话，骤马相交。王文斌挺枪便搠，番将舞刀来迎。斗不到二十余合，番将回身便走。王文斌见了，便骤马飞枪，直赶将去。原来番将不输，特地要卖个破绽，漏他来赶。番将抡起刀，觑着王文斌较亲，翻身背砍一刀，把王文斌连肩和胸脯，砍做两段，死于马下。宋江见了，急叫收军。那辽兵撞掩过来，又折了一阵，慌慌忙忙，收拾还寨。众多军将，看见立马斩了王文斌，面面厮觑，俱各骇然。

宋江回到寨中，动纸文书，申复赵枢密说："王文斌自愿出战身死，发付带来人伴回京。"赵枢密听知此事，展转忧闷，甚是烦恼，只得写了申呈奏本，关会省院打发来的人伴回京去了。有诗为证：

赵括[①] 徒能读父书，文斌殒命又何愚。
平时夸口千人有，临阵成功一个无。

且说宋江自在寨中纳闷，百般寻思，无计可施，怎生破的辽兵，寝食俱废，梦寐不安。是夜严冬，天气甚冷，宋江闭上帐房，秉烛沉吟闷坐。时已二鼓，神思困倦，和衣隐几而卧。觉道寨中狂风忽起，冷气侵人。宋江起身，见一青衣女童，向前打个稽首。宋江便问："童子自何而来？"童子答曰："小童奉娘娘法旨，有请将军，便烦移步。"宋江道："娘娘现在何处？"童子指道："离此间不远。"

宋江遂随童子出的帐房，但见上下天光一色，金碧交加，香风细细，瑞

---

① 赵括——战国时赵国将领，熟读兵书，平时夸夸其谈，战时一败涂地，造成赵军四十万兵败长平。成语"纸上谈兵"即出于此。

霭飘飘，有如二三月间天气。行不过三二里多路，见座大林，青松茂盛，翠柏森然，紫桂亭亭，石栏隐隐，两边都是茂林修竹，垂柳夭桃，曲折阑干，转过石桥，朱红棂星门一座。仰观四面，萧墙粉壁，画栋雕梁，金钉朱户，碧瓦重檐，四边帘卷虾须，正面窗横龟背。女童引宋江从左廊下而进，到东向一个阁子前。推开朱户，教宋江里面少坐。举目望时，四面云窗寂静，霞彩满阶，天花缤纷，异香缭绕。

童子进去，复又出来传旨道："娘娘有请，星主便行。"宋江坐未暖席，即时起身。又见外面两个仙女入来，头戴芙蓉碧玉冠，身穿金缕绛绡衣，与宋江施礼。宋江不敢仰视。那两个仙女道："将军何故作谦？娘娘更衣便出，请将军议论国家大事，便请同行。"宋江唯然而行，听的殿上金钟声响，玉磬音鸣。青衣迎请宋江上殿。二仙女前进，引宋江自东阶而上，行至珠帘之前。宋江只听的帘内玎珰隐隐，玉珮锵锵。青衣请宋江入帘内，跪在香案之前。举目观望殿上，祥云霭霭，紫雾腾腾，正面九龙床上，坐着九天玄女娘娘。头戴九龙飞凤冠，身穿七宝龙凤绛绡衣，腰系山河日月裙，足穿云霞珍珠履，手执无瑕白玉珪。两边侍从女仙，约有三二十个。

玄女娘娘与宋江曰："吾传天书与汝，不觉又早数年矣！汝能忠义坚守，未尝少怠。今宋天子令汝破辽，胜负如何？"宋江俯伏在地，拜奏曰："臣自得蒙娘娘赐与天书，未尝轻慢泄漏于人。今奉天子敕命破辽，不期被兀颜统军，设此混天象阵，累败数次。臣无计可施，正在危急之际。"玄女娘娘曰："汝知混天象阵法否？"宋江再拜奏道："臣乃下土愚人，不晓其法，望乞娘娘赐教。"

玄女娘娘曰："此阵之法，聚阳象也。只此攻打，永不能破。若欲要破，须取相生相克之理。且如前面皂旗军马内设水星，按上界北方五炁辰星。你宋兵中，可选大将七员，黄旗黄甲，黄衣黄马，撞破辽兵皂旗七门。续后命猛将一员，身披黄袍，直取水星，此乃土克水之义也。却以白袍军马，选将八员，打透他左边青旗军阵，此乃金克木之义也。却以红袍军马，选将八员，打透他右边白旗军阵，此乃火克金之义也。却以皂旗军马，选将八员，打透他后军红旗军阵，此乃水克火之义也。却命一枝青旗军马，选将九员，直取中央黄旗军阵主将，此乃木克土之义也。再选两枝军马，命一枝绣旗花袍军马，扮作罗睺，独破辽兵太阳军阵。命一枝素旗银甲军马，扮作计都，直破辽兵太阴军阵。再造二十四部雷车，按二十四气，上放火石火炮，直推入辽兵中军。令公孙胜布起雷天罡正法，径奔入辽主驾前。可行此计，足取全胜。日间不可行兵，须是夜黑可进。汝当亲自领兵，掌握中军，催动人马，一鼓成功。吾之所言，汝当秘受。保国安民，勿生退悔。天凡有限，从此永别。他日琼楼金阙，别当重会。汝宜速还，不可久留。"特命青衣献茶，宋江吃罢，令青衣即送星主还寨。

宋江再拜，恳谢娘娘，出离殿庭。青衣前引宋江下殿，从西阶而出，转过棂星红门，再登旧路。才过石桥松径，青衣用手指道："辽兵在那里，汝当破之！"宋江回顾，青衣用手一推，猛然惊觉，就帐中做了一梦。

静听军中更鼓，已打四更，宋江便叫请军师圆梦。吴用来到中军帐内，宋江道："军师有计破混天阵否？"吴学究道："未有良策可施。"宋江道："我已梦玄女娘娘传与秘诀，寻思定了，特请军师商议，可以会集诸将，分拨行事。"正是：动达天机施妙策，摆开星斗破迷关。毕竟宋江怎生打阵，且听下回分解。

第八十九回

宋公明破阵成功　宿太尉颁恩降诏

话说当下宋江梦中授得九天玄女之法，不忘一句，便请军师吴用计议定了，申禀赵枢密。寨中合造雷车二十四部，都用画板铁叶钉成，下装油柴，上安火炮，连更晓夜，催并完成。商议打阵，会集诸将人马，宋江传令，各各分派——便点按中央戊己土黄袍军马，战辽国水星阵内，差大将一员双枪将董平，左右撞破皂旗军七门，差副将七员，朱仝、史进、欧鹏、邓飞、燕顺、马麟、穆春；再点按西方庚辛金白袍军马，战辽国木星阵内，差大将一员豹子头林冲，左右撞破青旗军七门，差副将七员，徐宁、穆弘、黄信、孙立、杨春、陈达、杨林；再点按南方丙丁火红袍军马，战辽国金星阵内，差大将一员霹雳火秦明，左右撞破白旗军七门，差副将七员，刘唐、雷横、单廷珪、魏定国、周通、龚旺、丁得孙；再点按北方壬癸水黑袍军马，战辽国火星阵内，差大将一员双鞭呼延灼，左右撞破红旗军七门，差副将七员，杨志、索超、韩滔、彭玘、孔明、邹渊、邹润；再点按东方甲乙木青袍军马，战辽国土星主将阵内，差大将一员大刀关胜，左右撞破中军黄旗主阵人马，差副将八员，花荣、张清、李应、柴进、宣赞、郝思文、施恩、薛永；再差一枝绣旗花袍军，打辽国太阳左军阵内，差大将七员，鲁智深、武松、杨雄、石秀、焦挺、汤隆、蔡福；再差一枝素袍银甲军，打辽国太阴右军阵中，差大将七员，扈三娘、顾大嫂、孙二娘、王英、孙新、张青、蔡庆；再差打中军一枝悍勇人马，直擒辽主，差大将六员，卢俊义、燕青、吕方、郭盛、解珍、解宝；再遣护送雷车至中军，大将五员，李逵、樊瑞、鲍旭、项充、李衮；其余水军头领，并应有人员，尽到阵前协助破阵。阵前还立五方旗帜八面，分拨人员，仍排九宫八卦阵势。

宋江传令已罢，众将各各遵依。一面攒造雷车已了，装载法物，推到阵前。正是：

计就惊天地，谋成破鬼神。

且说兀颜统军，连日见宋江不出交战，差遣压阵军马，直哨到宋江寨前。宋江连日制造完备，选定日期，是晚起身，来与辽兵相接。一字儿摆开阵势，前面尽把强弓硬弩，射住阵脚，只待天色傍晚。黄昏左侧，只见朔风凛凛，彤云密布，罩合天地，未晚先黑。宋江教众军人等，断芦为笛，衔于口中，唿哨为号。当夜先分出四路兵去，只留黄袍军摆在阵前。这分出四路军马，赶杀哨路番军，绕阵脚而走，杀投北去。

初更左侧，宋江军中连珠炮响。呼延灼打开阵门，杀入后军，直取火星。关胜随即杀入中军，直取土星主将。林冲引军杀入左军阵内，直取木星。秦明领军撞入右军阵内，直取金星。董平便调军攻打头阵，直取水星。公孙胜在军中仗剑作法，踏罡步斗，敕起五雷。是夜南风大作，吹得树梢垂地，走石飞沙。一齐点起二十四部雷车，李逵、樊瑞、鲍旭、项充、李衮，将引五百牌手，悍勇军兵，护送雷车，推入辽军阵内。一丈青扈三娘引兵便打入辽兵太阴阵中。花和尚鲁智深引兵便打入辽兵太阳阵中。玉麒麟卢俊义引领一枝军马，随着雷车，直奔中军。你我自去寻队厮杀。是夜雷车火起，空中霹雳交加，端的是杀得星移斗转，日月无光，鬼哭神号，人兵撩乱。

且说兀颜统军，正在中军遣将，只听得四下里喊声大振，四面厮杀。急上马时，雷车已到中军，烈焰涨天，炮声震地，关胜一枝军马，早到帐前。兀颜统军急取方天画戟，与关胜大战。怎禁没羽箭张清，取石子望空中乱打,打的四边牙将,中伤者多逃命散走。李应、柴进、宣赞、郝思文,纵马横刀,乱杀军将。兀颜统军见身畔没了羽翼,拨回马望北而走,关胜飞马紧追。正是:

饶君走上焰摩天,脚下腾云须赶上。

花荣在背后见兀颜统军输了,一骑马也追将来,急拈弓搭箭,望兀颜统军射将去。那箭正中兀颜统军后心,听的铮地一声,火光迸散,正射在护心镜上。却待再射,关胜赶上,提起青龙刀,当头便砍。那兀颜统军披着三重铠甲:贴里一层连环镔铁铠,中间一重海兽皮甲,外面方是锁子黄金甲。关胜那一刀砍过,只透的两层。再复一刀,兀颜统军就刀影里闪过,勒马挺方天戟来迎。两个又斗了三五合,花荣赶上,觑兀颜统军面门,又放一箭。兀颜统军急躲,那枝箭带耳根穿住凤翅金冠。

兀颜统军急走,张清飞马赶上,拈起石子,望头脸上便打。石子飞去,打的兀颜统军扑在马上,拖着画戟而走。关胜赶上,再复一刀。那青龙刀落处,把兀颜统军连腰截骨带头砍着,撷下马去。花荣抢到,先换了那匹好马。张清赶来,再复一枪。可怜兀颜统军,一世豪杰,一柄刀,一条枪,结果了性命。有诗为证:

李靖[①]六花人亦识,孔明八卦世应知。

混天只想无人敌,也有神机打破时。

却说鲁智深引着武松等六员头领,众将呐声喊,杀入辽兵太阳阵内。那耶律得重急待要走,被武松一戒刀,掠断马头,倒撞下马来,揪住头发,一刀取了首级,杀散太阳阵势。鲁智深道:“俺们再去中军,拿了辽主,便是了事也!”

且说辽兵太阴阵中天寿公主,听得四边喊起厮杀,慌忙整顿军器上马,引女兵伺候。只见一丈青舞起双刀,纵马引着顾大嫂等六员头领,杀入帐来,正与天寿公主交锋。两个斗无数合,一丈青放开双刀,抢入公主怀内,劈胸揪住。两个在马上扭做一团,绞做一块。王矮虎赶上,活捉了天寿公主。顾大嫂、孙二娘在阵里杀散女兵。孙新、张青、蔡庆在外面夹攻。可怜玉叶金枝女,却作归降被缚人。

且说卢俊义引兵杀到中军,解珍、解宝先把帅字旗砍翻,乱杀番兵番

---

① 李靖——唐初军事家,根据诸葛亮八阵法创制了六花阵。

将。当有护驾大臣与众多牙将,紧护辽国郎主銮驾,往北而走。阵内罗睺、月孛二皇侄,俱被刺死于马下。计都皇侄,就马上活拿了。紫炁皇侄,不知去向。大兵重重围住,直杀到四更方息,杀的辽兵二十余万,七损八伤。

将及天明,诸将都回。宋江鸣金收军下寨,传令教生擒活捉之众,各自献功。一丈青献太阴星天寿公主,卢俊义献计都星皇侄耶律得华,朱仝献水星曲利出清,欧鹏、邓飞、马麟献斗木獬萧大观,杨林、陈达献心月狐裴直,单廷珪、魏定国献胃土雉高彪;韩滔、彭玘献柳土獐雷春、翼火蛇狄圣。诸将献首级,不计其数。宋江将生擒八将,尽行解赴赵枢密中军收禁。所得马匹,就行俵拨各将骑坐。

且说辽国郎主,慌速退入燕京,急传旨意,坚闭四门,紧守城池,不出对敌。宋江知得辽主退回燕京,便教军马拔寨都起,直追至城下,团团围住。令人请赵枢密,直至后营监临打城。宋江传令,教就燕京城外,团团竖起云梯炮石,扎下寨栅,准备打城。

辽国郎主心慌,会集群臣商议,都道:"事在危急,莫若归降大宋,此为上计。"辽主遂从众议。于是城上早竖起降旗,差人来宋营求告:"年年进牛马,岁岁献珠珍,再不敢侵犯中国。"宋江引着来人,直到后营,拜见赵枢密,通说投降一节。赵枢密听了道:"此乃国家大事,须用取自上裁,我未敢擅便主张。你辽国有心投降,可差的当①大臣,亲赴东京,朝见天子。圣旨准你辽国皈依表文,降诏赦罪,方敢退兵罢战。"

来人领了这话,便入城回复郎主。当下国主聚集文武百官,商议此事,时有右丞相太师褚坚出班奏曰:"目今本国兵微将寡,人马皆无,如何迎敌?论臣愚意,微臣亲往宋先锋寨内,许以厚贿。一面令其住兵停战,一面收拾礼物,径往东京,投买省院诸官,令其于天子之前,善言启奏,别作宛转。目今中国蔡京、童贯、高俅、杨戬四个贼臣专权,童子皇帝听他四个主张。可把金帛贿赂,与此四人,买其请和,必降诏赦,收兵罢战。"郎主准奏。

次日,丞相褚坚出城来,直到宋先锋寨中。宋江接至帐上,便问来意如何。褚坚先说了国主投降一事,然后许宋先锋金帛玩好之物。宋江听

---

① 的当(dí dàng)——恰当,非常合适。

了,说与丞相褚坚道:"俺连日攻城,不愁打你这个城池不破,一发斩草除根,免了萌芽再发。看见你城上竖起降旗,以此停兵罢战。两国交锋,自古国家有投降之理,准你投拜纳降,因此按兵不动,容汝赴朝廷请罪献纳。汝今以贿赂相许,觑宋江为何等之人,再勿复言!"褚坚惶恐。宋江又道:"容你修表朝京,取自上裁。俺等按兵不动,待汝速去快来,汝勿迟滞!"

褚坚拜谢了宋先锋,作别出寨,上马回燕京来,奏知国主。众大臣商议已定,次日辽国君臣,收拾玩好之物,金银宝贝,彩缯珍珠,装载上车,差丞相褚坚,并同番官一十五员,前往京师。鞍马三十余骑,修下请罪表章一道,离了燕京,到了宋江寨内,参见了宋江。宋江引褚坚来见赵枢密,说知此事:辽国今差丞相褚坚,亲往京师朝见,告罪投降。赵枢密留住褚坚,以礼相待。自来与宋先锋商议,亦动文书,申达天子。就差柴进、萧让赍奏,就带行军公文,关会省院,一同相伴丞相褚坚,前往东京。在路不止一日,早到京师,便将十车进奉金宝礼物,车仗人马,于馆驿内安下。柴进、萧让赍捧行军公文,先去省院下了,禀说道:"即日兵马围困燕京,旦夕可破。辽国郎主于城上竖起降旗,今遣丞相褚坚,前来上表,请罪纳降,告赦罢兵。未敢自专,来请圣旨。"省院官说道:"你且与他馆驿内权时安歇,待俺这里从长计议。"

此时蔡京、童贯、高俅、杨戬,并省院大小官僚,都是好利之徒。却说辽国丞相褚坚并众人先寻门路,见了太师蔡京等四个大臣,次后省院各官处,都有贿赂。各各先以门路,馈送礼物诸官已了。

次日早朝,百官朝贺拜舞已毕,枢密使童贯出班奏曰:"有先锋使宋江杀退辽兵,直至燕京,围住城池攻击,旦夕可破。今有辽主早竖降旗,情愿投降,遣使丞相褚坚,奉表称臣,纳降请罪,告赦讲和,求敕退兵罢战,情愿年年进奉,不敢有违。伏乞圣鉴。"天子曰:"以此讲和,休兵罢战,汝等众卿,如何计议?"旁有太师蔡京出班奏曰:"臣等众官,俱各计议:自古及今,四夷未尝尽灭。臣等愚意,可存辽国,作北方之屏障。年年进纳岁币,于国有益。合准投降请罪,休兵罢战,诏回军马,以护京师。臣等未敢擅便,乞陛下圣裁。"天子准奏,传圣旨,令辽国来使面君。当有殿头官传令,宣褚坚等一行来使,都到金殿之下,扬尘拜舞,顿首山呼。侍臣呈上表章,就御案上展开。宣表学士高声读道:

辽国主臣耶律辉顿首顿首,百拜上言:

臣生居朔漠，长在番邦，不通圣贤之经，罔究纲常之礼。诈文伪武，左右多狼心狗行之徒。好赂贪财，前后悉鼠目麞头之辈。小臣昏昧，屯众猖狂。侵犯疆封，以致天兵讨罪，妄驱士马，动劳王室兴师。量蝼蚁安足撼泰山，想众水必然归大海。今特遣使臣褚坚冒干[1]天威，纳土请罪。倘蒙圣上怜悯蕞尔[2]之微生，不废祖宗之遗业，赦其旧过，开以新图，退守戎狄之番邦，永作天朝之屏障，老老幼幼，真获再生，子子孙孙，久远感戴。进纳岁币，誓不敢违！臣等不胜战栗屏营[3]之至！谨上表以闻。

宣和四年冬月　　日辽国主臣耶律辉　表

徽宗天子御览表文已毕，阶下群臣称贺。天子命取御酒，以赐来使。丞相褚坚等便取金帛岁币，进在朝前。天子命宝藏库收讫，仍另纳下每年岁币牛马等物。天子回赐缎匹表里，光禄寺赐宴。敕令："丞相褚坚等先回，待寡人差官自来降诏。"褚坚等谢恩，拜辞出朝，且归馆驿。是日朝散，褚坚又令人再于各官门下，重打关节。蔡京力许："令丞相自回，都在我等四人身上。"褚坚谢了太师，自回辽国去了。

却说蔡太师，次日引百官入朝，启奏降诏，回下辽国。天子准奏，急敕翰林学士草诏一道，就御前便差太尉宿元景赍擎丹诏，直往辽国开读。另敕赵枢密令宋先锋收兵罢战，班师回京。将应有被擒之人，释放还国。原夺城池，仍旧给辽管领。府库器具，交割辽邦归管。天子退朝，百官皆散。次日，省院诸官，都到宿太尉府，约日送行。

再说宿太尉领了诏敕，不敢久停，准备轿马从人，辞了天子，别了省院诸官，就同柴进、萧让同上辽邦，出京师，望陈桥驿投边塞进发。在路行时，正值严冬之月，彤云密布，瑞雪平铺，粉塑千林，银装万里。宿太尉一行人马，冒雪撑风，迤逦前进。雪霁未消，渐临边塞。柴进、萧让先使哨马报知赵枢密，前去通报宋先锋。

宋江见哨马飞报，便携酒礼，引众出五十里伏道迎接。接着宿太尉，相见已毕，把了接风酒，各官俱喜。请至寨中，设筵相待，同议朝廷之事。

---

① 冒干——冒犯。

② 蕞(zuì)尔——形容小。

③ 屏(bǐng)营——惶恐。

宿太尉言说省院等官,蔡京、童贯、高俅、杨戬,俱各受了辽国贿赂,于天子前极力保奏此事,准其投降,休兵罢战,诏回军马,守备京师。

宋江听了叹道:“非是宋某怨望朝廷,功勋至此,又成虚度。”宿太尉道:“先锋休忧!元景回朝,天子前必当重保。”赵枢密又道:“放着下官为证,怎肯教虚费了将军大功!”宋江禀道:“某等一百八人,竭力报国,并无异心,亦无希恩望赐之念。只得众弟兄同守劳苦,实为幸甚。若得枢相肯做主张,深感厚德。”当日饮宴,众皆欢喜,至晚方散。随即差人一面报知辽国,准备接诏。

次日,宋江拨十员大将,护送宿太尉进辽国颁诏,都是锦袍金甲,戎装革带。那十员上将:关胜、林冲、秦明、呼延灼、花荣、董平、李应、柴进、吕方、郭盛,引领马步军三千,护持太尉,前遮后拥,摆布入城。燕京百姓,有数百年不见中国军容,闻知太尉到来,尽皆欢喜,排门香花灯烛。辽主亲引百官文武,具服乘马,出南门迎接诏旨,直至金銮殿上。十员大将,立于左右。宿太尉立于龙亭之左。国王同百官,跪于殿前。殿头官喝拜,国主同文武拜罢。辽国侍郎承恩请诏,就殿上开读。诏曰:

大宋皇帝制曰:三皇立位,五帝禅宗,虽中华而有主,岂夷狄之无君?兹尔辽国,不遵天命,数犯疆封,理合一鼓而灭。朕今览其情词,怜其哀切,悯汝惸孤①,不忍加诛,仍存其国。诏书至日,即将军前所擒之将,尽数释放还国。原夺一应城池,仍旧给还本国管领。所供岁币,慎勿怠忽。於戏②!敬事大国,祗畏天地,此藩翰之职也。尔其钦哉!

宣和四年冬月　　日

当时辽国侍郎开读诏旨已罢,郎主与百官再拜谢恩。行君臣礼毕,抬过诏书龙案,郎主便与宿太尉相见。叙礼已毕,请入后殿,大设华筵,水陆俱备。番官进酒,戎将传杯,歌舞满筵,胡笳聒耳;燕姬美女,各奏戎乐;羯鼓埙篪,胡旋慢舞。筵宴已终,送宿太尉并众将于馆驿内安歇。是日跟去人员,都有赏劳。

次日,国主命丞相褚坚出城至寨,邀请赵枢密、宋先锋,同入燕京赴宴。宋江便与军师吴用计议不行,只请的赵枢密入城,相陪宿太尉饮宴。

---

① 惸(qióng)孤——孤独无靠的人。

② 於戏(wū hū)——同“呜呼”。

是日辽国郎主，大张筵席，管待朝使。葡萄酒熟倾银瓮，黄羊肉美满金盘。异果堆筵，奇花散彩。筵席将终，只见国主金盘捧出玩好之物，上献宿太尉、赵枢密。直饮至更深方散。第三日，辽主会集文武群臣，番戎鼓乐，送太尉、枢密出城还寨。再命丞相褚坚，将牛羊马匹，金银彩缎等项礼物，直至宋先锋军前寨内，大设广会，犒营三军，重赏众将。

宋江传令，叫取天寿公主一干人口，放回本国。仍将夺过檀州、蓟州、霸州、幽州，依旧给还辽国管领。一面先送宿太尉还京，次后收拾诸将军兵车仗人马，分拨人员，先发中军军马，护送赵枢密起行。宋先锋寨内，自己设宴。一面赏劳水军头目已了，着令乘驾船只，从水路先回东京驻扎听调。

宋江再使人入城中，请出左右二丞相前赴军中说话。当下辽国郎主教左丞相幽西孛瑾、右丞相太师褚坚，来至宋先锋行营，至于中军相见，宋江邀请上帐，分宾而坐。

宋江开话道："俺武将兵临城下，将至壕边，奇功在迩，本不容汝投降。打破城池，尽皆剿灭，正当其理。主帅听从，容汝申达朝廷。皇上怜悯，存恻隐之心，不肯尽情追杀，准汝投降，纳表请罪。今王事已毕，吾待朝京。汝等勿以宋江等辈，不能胜尔，再生反复。年年进贡，不可有缺。吾今班师还国，汝宜谨慎自守，休得故犯！天兵再至，决无轻恕！"二丞相叩首伏罪拜谢。宋江再用好言戒谕，二丞相恳谢而去。

宋江却拨一队军兵，与女将一丈青等先行。随即唤令随军石匠，采石为碑，令萧让作文，以记其事。金大坚镌石已毕，竖立在永清县东一十五里茅山之下，至今古迹尚存。有诗为证：

每闻胡马度阴山，恨杀澶渊纵虏还①。

谁造茅山功迹记，寇公泉下亦开颜。

宋江却将军马分作五起进发，克日起行。只见鲁智深忽到帐前，合掌作礼，对宋江道："小弟自从打死了镇关西，逃走到代州雁门县，赵员外送洒家上五台山，投礼智真长老，落发为僧。不想醉后两番闹了禅门，师父送俺来东京大相国寺，投托智清禅师，讨个执事僧做，相国寺里着洒家看

① 恨杀澶渊纵虏还——1004年，辽军攻澶州，受到重创，但宋辽订立了和议，北宋主战派受到压制。

守菜园。为救林冲,被高太尉要害,因此落草。得遇哥哥,随从多时,已经数载,思念本师,一向不曾参礼。洒家常想师父说,俺虽是杀人放火的性,久后却得正果真身。今日太平无事,兄弟权时告假数日,欲往五台山参礼本师。就将平昔所得金帛之资,都做布施,再求问师父前程如何。哥哥军马只顾前行,小弟随后便赶来也!"

宋江听罢愕然,默上心来,便道:"你既有这个活佛罗汉在彼,何不早说,与俺等同去参礼,求问前程。"当时与众人商议,尽皆要去,惟有公孙胜道教不行。宋江再与军师计议:"留下金大坚、皇甫端、萧让、乐和四个,委同副先锋卢俊义掌管军马,陆续先行。俺们只带一千来人,随从众弟兄,跟着鲁智深,同去参礼智真长老。"宋江等众,当时离了军前,收拾名香、彩帛、表里、金银,上五台山来。正是:暂弃金戈甲马,来游方外丛林。雨花台畔,来访道德高僧;善法堂前,要见燃灯古佛。直教一语打开名利路,片言踢透[①] 死生关。毕竟宋江与鲁智深怎地参禅,且听下回分解。

第九十回

五台山宋江参禅　双林镇燕青遇故

话说五台山这个智真长老,原来是故宋时一个当世的活佛,知得过去未来之事。数载之前,已知鲁智深是个了身达命之人,只是俗缘未尽,要还杀生之债,因此教他来尘世中走这一遭。本人宿根,还有道心,今日起这个念头,要来参禅投礼本师。宋公明亦是素有善心,因此要同鲁智深来参智真长老。

当下宋江与众将,只带随行人马,同鲁智深来到五台山下,就将人马屯扎下营,先使人上山报知。宋江等众兄弟,都脱去戎装惯带,各穿随身衣服,步行上山。转到山门外,只听寺内撞钟击鼓,众僧出来迎接,向前与宋江、鲁智深等施了礼。数内有认得鲁智深的多,又见齐齐整整这许多头领跟着宋江,尽皆惊讶。堂头首座来禀宋江道:"长老坐禅入定,不能相接,

① 踢透——说破,说透。

将军切勿见罪。”遂请宋江等先去知客寮内少坐。供茶罢，侍者出来请道：“长老禅定方回，已在方丈专候。启请将军进来。”宋江等一行百余人，直到方丈，来参智真长老。那长老慌忙降阶而接，邀至上堂。各施礼罢，宋江看那和尚时，六旬之上，眉发尽白，骨格清奇，俨然有天台方广出山之相。

众人入进方丈之内，宋江便请智真长老上座，焚香礼拜。一行众将，都已拜罢，鲁智深向前插香礼拜。智真长老道：“徒弟一去数年，杀人放火不易。”鲁智深默然无言。宋江向前道：“久闻长老清德，争奈俗缘浅薄，无路拜见尊颜。今因奉诏破辽到此，得以拜见堂头大和尚，平生万幸。智深兄弟，虽是杀人放火，忠心不害良善，今引宋江等兄弟来参大师。”智真长老道：“常有高僧到此，亦曾闲论世事。久闻将军替天行道，忠义根心。吾弟子智深跟着将军，岂有差错！”宋江称谢不已。

鲁智深将出一包金银彩缎来，供献本师。智真长老道：“吾弟子，此物何处得来？无义钱财，决不敢受。”智深禀道：“弟子累经功赏，积聚之物，弟子无用，特地将来献纳本师，以充公用。”长老道：“众亦难消。与汝置经一藏，消灭罪恶，早登善果。”鲁智深拜谢已了，宋江亦取金银彩缎，上献智真长老，长老坚执不受。宋江禀说：“我师不纳，可令库司办斋，供献本寺僧众。”当日就五台山寺中宿歇一宵，长老设素斋相待，不在话下。

且说次日库司办斋完备，五台山寺中法堂上，鸣钟击鼓，智真长老会集众僧于法堂上，讲法参禅。须臾，合寺众僧，都披袈裟坐具，到于法堂中坐下。宋江、鲁智深，并众头领，立于两边。引磬响处，两碗红纱灯笼，引长老上升法座。智真长老到法座上，先拈信香祝赞道：“此一炷香，伏愿皇上圣寿齐天，万民乐业。再拈信香一炷，愿今斋主，身心安乐，寿算延长。再拈信香一炷，愿今国安民泰，岁稔年和，三教兴隆，四方宁静。”祝赞已罢，就法座而坐。两下众僧，打罢问讯，复皆侍立。宋江向前拈香礼拜毕，合掌近前参禅道：“某有一语，敢问吾师：浮世光阴有限，苦海无边，人身至微，生死最大。”智真长老便答偈曰：

六根束缚多年，四大牵缠已久。

堪嗟石火光中，翻了几个筋斗。

咦！阎浮世界诸众生，泥沙堆里频哮吼。

长老说偈已毕，宋江礼拜侍立。众将都向前拈香礼拜，设誓道：“只愿弟兄同生同死,世世相逢!”焚香已罢,众僧皆退,就请去云堂内赴斋。

众人斋罢,宋江与鲁智深跟随长老来到方丈内。至晚闲话间,宋江求问长老道:“弟子与鲁智深本欲从师数日,指示愚迷,但以统领大军,不敢久恋。我师语录,实不省悟。今者拜辞还京,某等众弟兄此去前程如何,万望吾师明彰点化。”智真长老命取纸笔,写出四句偈语:

当风雁影翩,东阙不团圆。

只眼功劳足,双林福寿全。

写毕,递与宋江道:“此是将军一生之事,可以秘藏,久而必应。”宋江看了,不晓其意,又对长老道:“弟子愚蒙,不悟法语,乞吾师明白开解,以释忧疑。”智真长老道:“此乃禅机隐语,汝宜自参,不可明说。”长老说罢,唤过智深近前道:“吾弟子此去,与汝前程永别,正果将临也!也与汝四句偈去,收取终身受用。”偈曰:

逢夏而擒,遇腊而执。

听潮而圆,见信而寂。

鲁智深拜受偈语,读了数遍,藏在身边,拜谢本师。又歇了一宵。次日,宋江、鲁智深并吴用等众头领辞别长老下山,众人便出寺来,智真长老并众僧都送出山门外作别。

不说长老众僧回寺,且说宋江等众将下到五台山下,引起军马,星火赶来。众将回到军前,卢俊义、公孙胜等接着宋江众将,都相见了。宋江便对卢俊义等说五台山众人参禅设誓一事,将出禅语,与卢俊义、公孙胜看了,皆不晓其意。萧让道:“禅机法语,等闲如何省得?”众皆惊讶不已。

宋江传令,催趱军马起程,众将得令,催起三军人马,望东京进发。凡经过地方,军士秋毫无犯。百姓扶老携幼,来看王师。见宋江等众将英雄,人人称奖,个个钦服。

宋江等在路行了数日,到一个去处,地名双林镇。当有镇上居民,及近村几个农夫,都走拢来观看。宋江等众兄弟,雁行般排着,一对对并辔而行。正行之间,只见前队里一个头领,滚鞍下马,向左边看的人丛里,扯着一个人叫道:“兄长如何在这里?”两个叙了礼,说着话。宋江的马,渐渐近前,看时,却是浪子燕青,和一个人说话。燕青拱手道:“许兄,此位便是宋先锋。”宋江勒住马看那人时,生得:

目炯双瞳,眉分八字。七尺长短身材,三牙掩口髭须。戴一顶乌纱纱抹眉头巾，穿一领皂沿边褐布道服。系一条杂彩吕公绦，着一双方头青布履。必非碌碌庸人，定是山林逸士。

宋江见那人相貌古怪，丰神爽雅，忙下马来，躬身施礼道："敢问高士大名？"那人望宋江便拜道："闻名久矣！今日得以拜见。"慌的宋江答拜不迭，连忙扶起道："小可宋江，何劳如此。"那人道："小子姓许，名贯忠，祖贯大名府人氏，今移居山野。昔日与燕将军交契，不想一别有十数个年头，不得相聚。后来小子在江湖上，闻得小乙哥在将军麾下，小子欣慕不已。今闻将军破辽凯还，小子特来此处瞻望，得见各位英雄，平生有幸。欲邀燕兄到敝庐略叙，不知将军肯放否？"燕青亦禀道："小弟与许兄久别，不意在此相遇。既蒙许兄雅意，小弟只得去一遭。哥哥同众将先行，小弟随后赶来。"宋江猛省道："兄弟燕青，常道先生英雄肝胆，只恨宋某命薄，无缘得遇。今承垂爱，敢邀同往请教。"许贯忠辞谢道："将军慷慨忠义，许某久欲相侍左右，因老母年过七旬，不敢远离。"宋江道："恁地时，却不敢相强。"又对燕青说道："兄弟就回，免得我这里放心不下。况且到京，倘早晚便要朝见。"燕青道："小弟决不敢违哥哥将令。"又去禀知了卢俊义，两下辞别。宋江上得马来，前行的众头领，已去了一箭之地，见宋江和贯忠说话，都勒马伺候。当下宋江策马上前，同众将进发。

话分两头。且说燕青唤一个亲随军汉，拴缚了行囊，另备一匹马，却把自己的骏马，让与许贯忠乘坐。到前面酒店里，脱下戎装帻带，穿了随身便服。两人各上了马，军汉背着包裹，跟随在后，离了双林镇，望西北小路而行。过了些村舍林冈，前面却是山僻曲折的路。两个说些旧日交情，胸中肝胆。出了山僻小路，转过一条大溪，约行了三十余里，许贯忠用手指着："兀那高峻的山中，方是小弟的敝庐在内。"又行了十数里，才到山中。那山峰峦秀拔，溪涧澄清。燕青正看山景，不觉天色已晚。但见：

落日带烟生碧雾，断霞映水散红光。

原来这座山叫做大伾山，上古大禹圣人导河，曾到此处。书经上说道："至于大伾。"这便是个证见。今属大名府濬县地方。

话休絮絮。且说许贯忠引了燕青转过几个山嘴，来到一个山凹里，却有三四里方圆平旷的所在。树木丛中，闪着两三处草舍。内中有几间向南傍溪的茅舍。门外竹篱围绕，柴扉半掩，修竹苍松，丹枫翠柏，森密前后。许贯忠指着说道："这个便是蜗居。"燕青看那竹篱内，一个黄发村童，穿一领布衲袄，向地上收拾些晒干的松枝榾柮，堆积于茅檐之下。听得马蹄响，立起身往外看了，叫声奇怪："这里那得有马经过！"仔细看时，后面马上，却是主人。慌忙跑出门外，叉手立着，呆呆地看。原来临行备马时，许贯忠说不用銮铃，以此至近方觉。

二人下了马，走进竹篱。军人把马拴了。二人入得草堂，分宾主坐下。茶罢，贯忠教随来的军人卸下鞍辔，把这两匹马牵到后面草房中，唤童子寻些草料喂养，仍教军人前面耳房内歇息。燕青又去拜见了贯忠的老母。贯忠携着燕青，同到靠东向西的草庐内。推开后窗，却临着一溪清水，两人就倚着窗槛坐地。

贯忠道："敝庐窄陋，兄长休要笑话！"燕青答道："山明水秀，令小弟应接不暇，实是难得。"贯忠又问些征辽的事。多样时，童子点上灯来，闭了窗格，掇张桌子，铺下五六碟菜蔬，又搬出一盘鸡，一盘鱼，及家中藏下的两样山果，旋了一壶热酒。贯忠筛了一杯，递与燕青道："特地邀兄到此，村醪野菜，岂堪待客？"燕青称谢道："相扰却是不当。"

数杯酒后，窗外月光如昼。燕青推窗看时，又是一般清致：云轻风静，月白溪清，水影山光，相映一室。燕青夸奖不已道："昔日在大名府，与兄长最为莫逆。自从兄长应武举后，便不得相见。却寻这个好去处，何等幽雅！象劣弟恁地东往西逐，怎得一日清闲？"贯忠笑道："宋公明及各位将军，英雄盖世，上应罡星，今又威服强虏。象许某蜗伏荒山，那里有分毫及得兄等。俺又有几分儿不合时宜处，每每见奸党专权，蒙蔽朝廷，因此无志进取，游荡江河，到几个去处，俺也颇颇留心。"说罢大笑，洗盏更酌。燕青取白金二十两，送与贯忠道："些须薄礼，少尽鄙忱。"贯忠坚辞不受。燕青又劝贯忠道："兄长恁般才略，同小弟到京师觑方便，讨个出身。"贯忠叹口气说道："今奸邪当道，妒贤嫉能，如鬼如蜮的，都是峨冠博带；忠良正直的，尽被牢笼陷害。小弟的念头久灰。兄长到功成名就之日，也宜寻个退步。自古道：'雕鸟尽，良弓藏。'"燕青点头嗟叹。两个说至半夜，方才歇息。

次早，洗漱罢，又早摆上饭来，请燕青吃了，便邀燕青去山前山后游玩。燕青登高眺望，只见重峦迭障，四面皆山，惟有禽声上下，却无人迹往来。山中居住的人家，颠倒数过，只有二十余家。燕青道："这里赛过桃源。"燕青贪看山景，当日天晚，又歇了一宵。

次日，燕青辞别贯忠道："恐宋先锋悬念，就此拜别。"贯忠相送出门。贯忠道："兄长少待！"无移时，村童托一轴手卷儿出来，贯忠将来递与燕青道："这是小弟近来的几笔拙画。兄长到京师，细细的看，日后或者亦有用得着处。"燕青谢了，教军人拴缚在行囊内。两个不忍分手，又同行了一二里。燕青道："'送君千里，终须一别'。不必远劳，后图再会。"两个各悒怏[①]分手。

燕青望许贯忠回去得远了，方才上马。便教军人也上了马，一齐上路。不则一日，来到东京，恰好宋先锋屯驻军马于陈桥驿，听候圣旨，燕青入营参见，不题。

且说先是宿太尉并赵枢密中军人马入城，已将宋江等功劳奏闻天子。报说宋先锋等诸将兵马，班师回军，已到关外。赵枢密前来启奏，说宋江等诸将边庭劳苦之事。天子闻奏，大加称赞，就传圣旨，命黄门侍郎宣宋江等面君朝见，都教披挂入城。宋江等众将，遵奉圣旨，本身披挂，戎装革带，顶盔挂甲，身穿锦袄，悬带金银牌面，从东华门而入，都至文德殿朝见天子，拜舞起居，山呼万岁。

皇上看了宋江等众将英雄，尽是锦袍金带，惟有吴用、公孙胜、鲁智深、武松，身着本身服色。天子圣意大喜，乃曰："寡人多知卿等征进劳苦，边塞用心，中伤者多，寡人甚为忧戚。"宋江再拜奏道："托圣上洪福齐天，臣等众将，虽有中伤，俱各无事。今逆虏投降，边庭宁息，实陛下威德所致，臣等何劳之有？"再拜称谢。天子特命省院官计议封爵。

太师蔡京、枢密童贯商议奏道："宋江等官爵，容臣等酌议奏闻。"天子准奏，仍敕光禄寺大设御宴，钦赏宋江锦袍一领，金甲一副，名马一匹，卢俊义以下给赏金帛，尽于内府关支。宋江与众将谢恩已罢，尽出宫禁，都到西华门外，上马回营安歇，听候圣旨。不觉的过了数日，那蔡京、童贯等那里去议甚么封爵，只顾延挨。

且说宋江正在营中闲坐，与军师吴用议论些古今兴亡得失的事，只见戴宗、石秀，各穿微服，来禀道："小弟辈在营中，兀坐[②]无聊，今日和石秀兄弟，闲走一回，特来禀知兄长。"宋江道："早些回营，候你们同饮几杯。"

---

① 悒怏(yì yàng)——抑郁不快。

② 兀坐——枯坐。

戴宗和石秀离了陈桥驿，望北缓步行来。过了几个街坊市井，忽见路旁一个大石碑，碑上有“造字台”三字，上面又有几行小字，因风雨剥落，不甚分明。戴宗仔细看了道：“却是苍颉造字之处。”石秀笑道：“俺们用不着他。”两个笑着，望前又行。到一个去处，偌大一块空地，地上都是瓦砾。正北上有个石牌坊，横着一片石板，上镌“博浪城”三字。戴宗沉吟了一回，说道：“原来此处是汉留侯击始皇的所在。”戴宗啧啧称赞道：“好个留侯！”石秀道：“只可惜这一椎不中！”

两个嗟叹了一回，说着话，只顾望北走去，离营却有二十余里。石秀道：“俺两个鸟耍了这半日，寻那里吃碗酒回营去。”戴宗道：“兀那前面不是个酒店？”两个进了酒店，拣个近窗明亮的座头坐地。戴宗敲着桌子叫道：“将酒来！”酒保搬了五六碟菜蔬，摆在桌上，问道：“官人打多少酒？”石秀道：“先打两角酒，下饭但是下得口的，只顾卖来。”无移时，酒保旋了两角酒，一盘牛肉，一盘羊肉，一盘嫩鸡。

两个正在那里吃酒闲话，只见一个汉子，托着雨伞杆棒，背个包裹，拽扎起皂衫，腰系着缠袋，腿绷护膝，八搭麻鞋，走得气急喘促，进了店门，放下伞棒包裹，便向一个座头坐下，叫道：“快将些酒肉来！”过卖旋了一角酒，摆下两三碟菜蔬。那汉道：“不必文诌了，有肉快切一盘来，俺吃了，要赶路进城公干。”拿起酒，大口价吃。

戴宗把眼瞅着，肚里寻思道：“这鸟是个公人，不知甚么鸟事？”便向那汉拱手问道：“大哥，甚么事恁般要紧？”那汉一头吃酒吃肉，一头夹七夹八[①]的说出几句话来。有分教，宋公明再建奇功，汾沁地重归大宋。毕竟那汉说出甚么话来，且听下回分解。

第九十一回

宋公明兵渡黄河　卢俊义赚城黑夜

话说戴宗、石秀见那汉象个公人打扮，又见他慌慌张张，戴宗问道：

① 夹七夹八——言语、行动没条理。

“端的是甚么公干?”那汉放下箸,抹抹嘴,对戴宗道:“河北田虎作乱,你也知道么?”戴宗道:“俺们也知一二。”那汉道:“田虎那厮,侵州夺县,官兵不能抵敌。近日打破盖州,早晚便要攻打卫州。城中百姓,日夜惊恐,城外居民,四散的逃窜。因此本府差俺到省院,投告急公文的。”说罢,便起身,背了包裹,托着伞棒,急急算还酒钱,出门叹口气道:“真个是官差不自由,俺们的老小,都在城中。皇天,只愿早早发救兵便好!”拽开步,望京城赶去了。

戴宗、石秀得了这个消息,也算还酒钱,离了酒店,回到营中,见宋先锋报知此事。宋江与吴用商议道:“我等诸将,闲居在此,甚是不宜。不若奏闻天子,我等情愿起兵前去征进。”吴用道:“此事须得宿太尉保奏方可。”当时会集诸将商议,尽皆欢喜。

次日,宋江穿了公服,引十数骑入城,直至太尉府前下马。正值太尉在府,令人传报。太尉知道,忙教请进。宋江到堂上再拜起居。宿太尉道:“将军何事光降?”宋江道:“上告恩相,宋某听得河北田虎造反,占据州郡,擅改年号,侵至盖州,早晚来打卫州。宋江等人马久闲,某等情愿部领兵马,前去征剿,尽忠报国。望恩相保奏则个。”宿太尉听了大喜道:“将军等如此忠义,肯替国家出力,宿某当一力保奏。”宋江谢道:“宋某等屡蒙太尉厚恩,虽铭心镂骨,不能补报。”宿太尉又令置酒相待。至晚,宋江回营,与众头领说知。

却说宿太尉次日早朝入内。见天子在披香殿。省院官正奏:“河北田虎造反,占据五府五十六县,改年建号,自霸称王。目今打破陵川,怀州震邻,申文告急。”天子大惊,向百官文武问道:“卿等谁与寡人出力,剿灭此寇?”只见班部丛中闪出宿太尉,执简当胸,俯伏启奏道:“臣闻田虎斩木揭竿[①]之势,今已燎原,非猛将雄兵,难以剿灭。今有破辽得胜宋先锋,屯兵城外,乞陛下降敕,遣这枝军马前去征剿,必成大功。”

天子大喜,即令省院官奉旨出城,宣取宋江、卢俊义,直到披香殿下,朝见天子。拜舞已毕,玉音道:“朕知卿等英雄忠义,今敕卿等征讨河北,卿等勿辞劳苦。早奏凯歌而回,朕当优擢。”宋江、卢俊义叩头奏道:“臣等

---

① 斩木揭竿——砍伐树木做武器,竖起长竿做旗帜。语出汉贾谊《过秦论》:“斩木为兵,揭竿为旗。”后世以此称农民起义。

蒙圣恩委任,敢不鞠躬尽瘁,死而后已!”天子龙颜欣悦,降敕封宋江为平北正先锋,卢俊义为副先锋。各赐御酒、金带、锦袍、金甲、彩缎,其余正偏将佐,各赐缎匹银两。待奏荡平,论功升赏,加封官爵。三军头目,给赐银两,都就于内府关支。限定日期,出师起行。

宋江、卢俊义再拜谢恩,领旨辞朝,上马回营,升帐而坐。当时会集诸将,尽教收拾鞍马衣甲,准备起身,征讨田虎。

次日,于内府关到赏赐缎匹银两,分俵诸将,给散三军头目。宋江与吴用计议,着令水军头领,整顿战船先进,自汴河入黄河,至原武县界,等候大军到来,接济渡河。传令与马军头领,整顿马匹,水陆并进,船骑同行,准备出师。

且说河北田虎这厮,是威胜州沁源县一个猎户,有膂力,熟武艺,专一交结恶少。本处万山环列,易于哨聚。又值水旱频仍,民穷财尽,人心思乱。田虎乘机纠集亡命,捏造妖言,煽惑愚民。初时掳掠些财物,后来侵州夺县,官兵不敢当其锋。

说话的,田虎不过一个猎户,为何就这般猖獗?看官听着:却因那时文官要钱,武将怕死,各州县虽有官兵防御,都是老弱虚冒。或一名吃两三名的兵饷,或势要人家闲着的伴当,出了十数两顶首①,也买一名充当,落得关支些粮饷使用。到得点名操练,却去雇人答应。上下相蒙,牢不可破。国家费尽金钱,竟无一毫实用。到那临阵时节,却不知厮杀,横的竖的,一见前面尘起炮响,只恨爷娘少生两只脚。当时也有几个军官,引了些兵马,前去追剿田虎,那里敢上前,只是尾其后,东奔西逐,虚张声势,甚至杀良冒功。百姓愈加怨恨,反去从贼,以避官兵。所以被他占去了五州五十六县。那五州:一是威胜,即今时沁州;二是汾阳,即今时汾州;三是昭德,即今时潞安;四是晋宁,即今时平阳;五是盖州,即今时泽州。那五十六县,都是这五州管下的属县。田虎就汾阳起造宫殿,伪设文武官僚,内相外将,独霸一方,称为晋王。兵精将猛,山川险峻。目今分兵两路,前来侵犯。

再说宋江选日出师,相辞了省院诸官,当有宿太尉亲来送行,赵安抚遵旨,至营前赏劳三军。宋江、卢俊义谢了宿太尉、赵枢密,兵分三队而

① 顶首——出钱承买他人的家产或职业。

进，令五虎八骠骑为前部。

五虎将五员：

大刀关胜	豹子头林冲
霹雳火秦明	双鞭将呼延灼
双枪将董平	

八骠骑八员：

小李广花荣	金枪手徐宁
青面兽杨志	急先锋索超
没羽箭张清	美髯公朱仝
九纹龙史进	没遮拦穆弘

令十六彪将为后队。

小彪将十六员：

镇三山黄信	病尉迟孙立
丑郡马宣赞	井木犴郝思文
百胜将韩滔	天目将彭玘
圣水将军单廷珪	神火将魏定国
摩云金翅欧鹏	火眼狻猊邓飞
锦毛虎燕顺	铁笛仙马麟
跳涧虎陈达	白花蛇杨春
锦豹子杨林	小霸王周通

宋江、卢俊义、吴用、公孙胜，及其余将佐，马步头领，统领中军。当日三声号炮，金鼓乐器齐鸣，离了陈桥驿，望东北进发。

宋江号令严明，行伍整肃，所过地方，秋毫无犯，是不必说。兵至原武县界，县官出郊迎接，前部哨报水军头领船只，已在河滨等候渡河。宋江传令李俊等领水兵六百，分为两哨，分哨左右。再拘聚些当地船只，装载马匹车仗。宋江等大兵，次第渡过黄河北岸，便令李俊等统领战船，前至卫州卫河齐取。

宋江兵马前部，行至卫州屯扎。当有卫州官员，置筵设席，等接宋先锋到来，请进城中管待，诉说："田虎贼兵浩大，不可轻敌。泽州是田虎手下伪枢密钮文忠镇守，差部下张翔、王吉，领兵一万，来攻本州所属辉县；沈安、秦升，领兵一万，来攻怀州属县武涉。求先锋速行解救则个！"宋江听罢，回营与吴用商议，发兵前去救应。吴用道："陵川乃盖州之要地，不若竟领兵去打陵川，则两县之围自解。"当下卢俊义道："小弟不才，愿领兵去取陵川。"宋江大喜，拨卢俊义马军一万，步兵五百。马军头领乃是花荣、秦明、董平、索超、黄信、孙立、杨志、史进、朱仝、穆弘。步军头领乃是李逵、鲍旭、项充、李衮、鲁智深、武松、刘唐、杨雄、石秀。

次日，卢俊义领兵去了。宋江在帐中，再与吴用计议进兵良策。吴用道："贼兵久骄，卢先锋此去，必然成功。只有一件，三晋山川险峻，须得两个头领做细作，先去打探山川形势，方可进兵。"道犹未了，只见帐前走过燕青禀道："军师不消费心，山川形势，已有在此。"当下燕青取出一轴手卷，展放桌上。宋江与吴用从头仔细观看，却是三晋山川城池关隘之图。凡何处可以屯扎，何处可以埋伏，何处可以厮杀，细细的都写在上面。吴用惊问道："此图何处得来？"燕青对宋江道："前日破辽班师，回至双林镇，所遇那个姓许双名贯忠的，他邀小弟到家，临别时，将此图相赠。他说是几笔丑画，弟回到营中闲坐，偶取来展看，才知是三晋之图。"宋江道："你前日回来，正值收拾朝见，忙忙地不曾问得备细。我看此人，也是个好汉，你平日也常对我说他的好处，他如今何所作为？"燕青道："贯忠博学多才，也好武艺，有肝胆，其余小伎，琴弈丹青，件件都省的。"因他不愿出仕，山居幽僻，及相叙的言语，备细说了一遍。吴用道："诚天下有心人也。"宋江、吴用嗟叹称赞不已。

且说卢俊义领了兵马，先令黄信、孙立，领三千兵去陵川城东五里外埋伏，史进、杨志领三千军去陵川城西五里外埋伏。"今夜五鼓，衔枚摘铃，悄地各去。明日我等进兵，敌人若无准备，我兵已得城池，只看南门旗号，众头领领了军马，徐徐进城。倘敌人有准备，放炮为号，两路一齐杀出接应。"四将领计去了。卢俊义次早五更造饭，平明，军马直逼陵川城下。兵分三队，一带儿摆开，摇旗擂鼓搦战。

守城军慌的飞去报知守将董澄及偏将沈骥、耿恭。那董澄是钮文忠部下先锋，身长九尺，膂力过人，使一口三十斤重泼风刀。当下听的报宋朝调遣梁山泊兵马，已到城下扎营，要来打城。董澄急升帐，整点军马，出城迎敌。耿恭谏道："某闻宋江这伙英雄，不可轻敌，只宜坚守。差人去盖州求取救兵到来，内外夹攻，方能取胜。"董澄大怒道："叵耐那厮小觑俺这里，怎敢就来攻城！彼远来必疲，待俺出去，教他片甲不回！"耿恭苦谏不听。董澄道："既如此，留下一千军马与你城中守护。你去城楼坐着，看俺杀那厮。"急披挂提刀，同沈骥领兵出城迎敌。

城门开处，放下吊桥，二三千兵马，拥过吊桥。宋军阵里，用强弓硬弩，射住阵脚。只听得鼙鼓冬冬，陵川阵中捧出一员将来。怎生打扮：

戴一顶点金束发浑铁盔，顶上撒斗来大小红缨。披一副摆连环锁子铁甲，穿一领绣云霞团花战袍，着一双斜皮嵌线云跟靴，系一条红鞓钉就迭胜带。一张弓，一壶箭。骑一匹银色卷毛马，手使一口泼风刀。

董澄立马横刀，大叫道："水泊草寇，到此送死！"朱仝纵马喝道："天兵到此，早早下马受缚，免污刀斧！"两军呐喊。朱仝、董澄抢到垓心，两马相交，两器并举。二将斗不过十余合，朱仝拨马望东便走，董澄赶来。东队里花荣挺枪接住厮杀，斗到三十余合，不分胜败。吊桥边沈骥见董澄不能取胜，抡起出白点钢枪，拍马向前助战。花荣见两个夹攻，拨马望东便走。董澄、沈骥紧紧赶来，花荣回马再战。

耿恭在城头上，看见董澄、沈骥赶去，恐怕有失，正欲鸣锣收兵。宋军队里，忽冲出一彪军来，李逵、鲁智深、鲍旭、项充等十数个头领，飞也似抢过吊桥来，北兵怎当得这样凶猛，不能拦当。耿恭急叫闭门，说时迟，那时快，鲁智深、李逵早已抢入城来。守门军一齐向前，被智深大叫一声，一禅杖打翻了两个。李逵抡斧，劈倒五六个。鲍旭等一拥而入，夺了城门，杀散军士。耿恭见势头不好，急滚下来，望北要走，被步军赶上活捉了。

董澄、沈骥正斗花荣，听的吊桥边喊起，急回马赶去。花荣不去追赶，就了事环带住钢枪，拈弓取箭，觑定董澄，望董澄后心，飕的一箭，董澄两脚蹬空，扑通的倒撞下马来。卢俊义等招动军马，掩杀过来。沈骥被董平一枪戳死，陵川兵马，杀死大半，其余的四散逃窜去了。众将领兵，一齐进城。黑旋风李逵兀是火剌剌的只顾砍杀，卢俊义连叫："兄弟，不要杀害百姓。"李逵方肯住手。

卢俊义教军士快于南门竖立认军旗号，好教两路伏兵知道，再分拨军士各门把守。少顷，黄信、孙立、史进、杨志，两路伏兵，一齐都到。花荣献董澄首级，董平献沈骥首级，鲍旭等活捉得耿恭，并部下几个头目解来。卢先锋都教解了绑缚，扶耿恭于客位，分宾主而坐。耿恭拜谢道："被擒之将，反蒙厚礼相待。"俊义扶起道："将军不出城迎敌，良有深意，岂董澄辈可比。宋先锋招贤纳士，将军若肯归顺天朝，宋先锋必行保奏重用。"耿恭叩领谢道:“既蒙不杀之恩,愿为麾下小卒。”

卢俊义大喜,再用好言抚慰了这几个头目,一面出榜安民,一面备办酒食,犒劳军士,置酒管待耿恭及众将。

卢俊义问耿恭盖州城中兵将多寡。耿恭道:“盖州有钮枢密重兵镇守,阳城、沈水,俱在盖州之西;惟高平县去此只六十里远近,城池傍着韩王山,守将张礼、赵能,部下有二万军马。”卢先锋听罢,举杯向耿恭道:“将军满饮此杯,只今夜卢某便要将军去干一件功劳,万勿推却。”耿恭道:“蒙先锋如此厚恩,耿恭敢不尽心!”俊义喜道:“将军既肯去,卢某拨几个兄弟,并将军部下头目,依着卢某如此如此,即刻就烦起身。”又唤过那新降的六七个头目,各赏酒食银两,功成另行重赏。当下酒罢,卢俊义传令李逵、鲍旭等七个步兵头领,并一百名步兵,穿换了陵川军卒的衣甲旗号;又令史进、杨志,领五百马军,衔枚摘铃,远远地随在耿恭兵后,却令花荣等众将,在城镇守,自己领三千兵,随后接应。

分拨已定,耿恭等领计出城,日色已晚,行至高平城南门外,已是黄昏时候。星光之下,望城上旗帜森密,听城中更鼓严明。耿恭到城下高叫道:“我是陵川守将耿恭,只为董、沈二将,不肯听我说话,开门轻敌,以此失陷。我急领了这百余人,开北门从小路潜走至此,快放我进城则个!”守城军士把火照认了,急去报知张礼、赵能。

那张礼、赵能亲上城楼,军士打着数把火炬,前后照耀。张礼向下对耿恭道:“虽是自家人马,也要看个明白。”望下仔细辨认,真个是陵川耿恭,领着百余军卒,号衣旗帜,无半点差错。城上军人多有认得头目的,便指道:“这个是孙如虎。”又道:“这个是李擒龙。”张礼笑道:“放他进来!”只见城门开处,放下吊桥,又令三四十个军士,把住吊桥两边,方才放耿恭进城。后面这队军人,一拥抢进道:“快进去!快进去!后面追赶来了。”也不顾甚么耿将军。把门军士喝道:“这是甚么去处?这般乱窜!”

正在那里争让,只见韩王山嘴边火起,飞出一彪军马来,二将当先,大喊:“贼将休走!”那耿恭的军卒内,已浑着李逵、鲍旭、项充、李衮、刘唐、杨雄、石秀这七个大虫在内。当时各掣出兵器,发声喊,百余人一齐发作,抢进城来。城中措手不及,那里关得城门迭。城门内外军士,早被他们砍翻数十个,夺了城门。张礼叫苦不迭,急挺枪下城,来寻耿恭,正撞着石秀。斗了三五合,张礼无心恋战,拖枪便走,被李逵赶上,樇察的一斧,剁为两段。再说韩王山嘴边那彪军，飞到城边，一拥而入，正是史进、杨志，分投赶杀北兵。赵能被乱兵所杀。高平军士，杀死大半。把张礼老小，尽行诛戮。城中百姓，在睡梦里惊醒，号哭振天。须臾，卢先锋领兵也到了，下令守把各门，教十数个军士，分头高叫，不得杀害百姓。天明，出榜安民，赏赐军士，差人飞报宋先锋知道。

为何卢俊义攻破两座城池，恁般容易？恁般神速？却因田虎部下纵横，久无敌手，轻视官军，却不知宋江等众将如此英雄。卢俊义得了这个窍，出其不意，连破二城，所以吴用说："卢先锋此去一定成功。"

话休絮烦。且说宋江军马屯扎卫州城外。宋先锋正在帐中议事，忽报卢先锋差人飞报捷音，并乞宋先锋再议进兵之策。宋江大喜，对吴用道："卢先锋一日连克二城，贼已丧胆。"正说间，又有两路哨军报道："辉县、武涉两处围城兵马，闻陵川失守，都解围去了。"宋江对吴用道："军师神算，古今罕有！"欲拔寨西行，与卢先锋合兵一处，计议进兵。吴用道："卫州左孟门，右太行，南滨大河，西压上党，地当冲要。倘贼人知大兵西去，从昭德提兵南下，我兵东西不能相顾，将如之何？"宋江道："军师之言最当！"便令关胜、呼延灼、公孙胜，领五千军马，镇守卫州，再令水军头领李俊、二张、三阮、二童，统领水军船只，泊聚卫河，与城内相为犄角。分拨已定，诸将领命去了。

宋江众将，统领大兵，即日拔寨起行。于路无话。来到高平，卢俊义等出城迎接。宋江道："兄弟们连克二城，功劳不小，功绩簿上，都一一纪录。"卢俊义领新降将耿恭参见。宋江道："将军弃邪归正，与宋某等同替国家出力，朝廷自当重用。"耿恭拜谢侍立。

宋江以人马众多，不便入城，就于城外扎寨。即日与吴用、卢俊义商议，如今当去打那个州郡。吴用道："盖州山高涧深，道路险阻，今已克了两个属县，其势已孤。当先取盖州，以分敌势，然后分兵两路夹剿，威胜可破也。"宋江道："先生之言，正合我意。"传令柴进同李应去守陵川，替回花荣等六将前来听用，史进同穆弘守高平。柴进等四人遵令去了。当下有没羽箭张清禀道："小将两日感冒风寒，欲于高平暂住，调摄痊可，赴营听用。"宋江便教神医安道全，同张清往高平疗治。

次日，花荣等已到。宋江令花荣、秦明、索超、孙立，领兵五千为先锋；董平、杨志、朱仝、史进、穆弘、韩滔、彭玘，领兵一万为左翼；黄信、林冲、宣赞、郝思文、欧鹏、邓飞，领后一万为右翼；徐宁、燕顺、马麟、陈达、杨春、杨林、周通、李忠为后队；宋江、卢俊义等其余将佐，统领大兵为中军。这五路雄兵，杀奔盖州来，却似龙离大海，虎出深林。正是：人人要建封侯绩，个个思成荡寇功。毕竟宋江兵马如何攻打盖州，且听下回分解。

第九十二回

振军威小李广神箭　打盖郡智多星密筹

话说宋江统领军兵人马，分五队进发，来打盖州。盖州哨探军人，探听的实，飞报入城来。城中守将钮文忠，原是绿林中出身，江湖上打劫的金银财物，尽行资助田虎，同谋造反，占据宋朝州郡，因此官封枢密使之职，惯使一把三尖两刃刀，武艺出众。部下管领着猛将四员，名号四威将，协同镇守盖州。那四员：

猊威将方琼	貔威将安士荣
彪威将褚亨	熊威将于玉麟

这四威将手下，各有偏将四员，共偏将一十六员。乃是：

杨端	郭信	苏吉	张翔
方顺	沈安	卢元	王吉
石敬	秦升	莫真	盛本
赫仁	曹洪	石逊	桑英

钮文忠同正偏将佐，统领着三万北兵，据守盖州，近闻陵川、高平失守，一面准备迎敌官军，一面申文去威胜、晋宁两处，告急求救。当下闻报，即遣正将方琼，偏将杨端、郭信、苏吉、张翔，领兵五千，出城迎敌。临行钮文忠道："将军在意，我随后领兵接应。"方琼道："不消枢密吩咐，那两处城池，非缘力不能敌，都中了他诡计。方某今日不杀他几个，誓不回城。"

当下各各披挂上马，领兵出东门，杀奔前来。宋兵前队迎着，摆开阵势，战鼓喧天。北阵里门旗开处，方琼出马当先，四员偏将簇拥在左右。那方琼头戴卷云冠，披挂龙鳞甲，身穿绿锦袍，腰系狮蛮带，足穿抹绿靴。

左挂弓,右悬箭,跨一匹黄鬃马,拈一条浑铁枪,高叫道:"水洼草寇,怎敢用诡计赚我城池!"宋阵中孙立喝道:"助逆反贼,今天兵到来,尚不知死!"拍马直抢方琼。二将在征尘影里,杀气丛中,斗过三十余合,方琼渐渐力怯。

北军阵中,张翔见方琼斗不过孙立,他便拈起弓,搭上箭,把马挨出阵前,向孙立飕的一箭。孙立早已看见,把马头一提,正射中马眼,那马直立起来。孙立跳在一边,拈着枪,便来步斗。那马负痛,望北跑了十数步便倒。张翔见射不倒孙立,飞马提刀,又来助战,却得秦明接住厮杀。孙立欲归阵换马,被方琼一条枪,不离左右的绞住,不能脱身。那边恼犯了神臂将花荣,骂道:"贼将怎敢放暗箭,教他认我一箭!"口里说着,手里的弓,已开得满满地,觑定方琼较亲,飕的只一箭,正中方琼面门,翻身落马。孙立赶上,一枪结果,急回本阵换马去了。

张翔与秦明厮杀,秦明那条棍,不离张翔的顶门上下,张翔只办得架隔遮拦。又见方琼落马,心中惧怯,渐渐输将下来。北阵里郭信拍马拈枪,来助张翔。秦明力敌二将,全无惧怯,三匹马丁字儿摆开,在阵前厮杀。花荣再取第二枝箭,搭上弦,望张翔后心觑得亲切,弓开满月,箭发流星,飕的又一箭,喝声道:"认箭!"正中张翔后心,射个透明,那枝箭直透前胸而出,头盔倒挂,两脚蹬空,扑通的撞下马来。

郭信见张翔中箭,卖个破绽,拨马望本阵便走,秦明紧紧赶去。此时孙立已换马出阵,同花荣、索超招兵卷杀过来,北兵大乱。那边杨端、郭信、苏吉抵当不住,望后急退。

猛听的北兵后面,喊声大振,却是钮文忠恐方琼有失,令安士荣、于玉麟各领五千军马,分两路合杀拢来。这里花荣等四将,急分兵抵敌,却被那杨端、郭信、苏吉勒转兵马,回身杀来。当不得三面夹攻,花荣等四将奋力冲突,看看围在垓心;又听的东边喊杀连天,北军大乱,左是董平等七将,右是黄信等七将,两翼兵马,一齐冲杀过来,北兵大败,杀死者甚多。安士荣、于玉麟等,领兵急拥进城,闭了城门。宋兵追至城下,城上擂木炮石,打将下来,宋兵方退。

须臾,宋先锋等大兵都到,离城五里屯扎。宋江升帐,教萧让标写花荣头功。忽然起一阵怪风,飞土扬尘,从西过东,把旗帜都摇撼的歪邪。吴用道:"这阵风,今夜必主贼兵劫寨,可速准备。"宋江道:"这阵风,真个不比寻常!”便令欧鹏、邓飞、燕顺、马麟,领三千兵于寨左埋伏。王英、陈达、杨春、李忠,领三千兵于寨右埋伏。鲁智深、武松、李逵、鲍旭、项充、李衮,领兵五百,于寨中埋伏。炮响为号,一齐杀出。分拨已了,宋江与吴用秉烛谈兵。

且说钮文忠见折了二将,计点军士,折去二千余名。正在帐中纳闷,当有貔威将安士荣献计道:“恩相放心!宋江这伙,连赢了几阵,已是志骄气满,必无准备。今夜,安某领一支兵去劫寨,可获全胜,以报今日之仇。”钮枢密道:“将军若去,我当亲自领兵接应,却令于、褚二将军,坚守城池。”安士荣大喜道:“若得恩相亲征,必擒宋江。”

计议已定,至二更时分,士荣同偏将沈安、卢元、王吉、石敬,统领五千军马,人披软战,马摘鸾铃,出的城来,衔枚疾走,直至宋兵寨前,发声喊,一拥杀入寨来。只见寨门大开,寨中灯烛辉煌,安士荣情知中计,急退不迭。宋寨中一声炮响,左有燕顺等四将,右有王英等四将,一齐奔杀拢来。寨内李逵等六将,领蛮牌步兵,滚杀出寨来。北军大败,四散逃命。沈安被武松一戒刀砍死,王吉被王英杀死。宋兵把安士荣、卢元、石敬人马围在垓心。看看危急,却得钮文忠同偏将曹洪、石逊,领兵救应,混杀一场,各自收兵。

次日,钮文忠计点军士,折去千余。又折了沈安、王吉二将。石逊身带重伤,命在呼吸。正忧闷间,忽报威胜有使命擎赍令旨到来。钮文忠连忙上马,出北门迎接。

使臣进城,宣读令旨,说近来司天监夜观天象,有罡星入犯晋地分野,务宜坚守城池,不得有误。钮文忠诉说:“宋朝差宋江等兵马前来厮杀,连破两个城池。宋兵已到这里,昨日厮杀,又折了正偏将佐五员。若得救兵早到,方保无虞。”使臣道:“在下离威胜时,尚未有这个消息。行至中路,始听的传说宋朝遣兵到俺这里。”钮文忠设宴管待,馈送礼物,一面准备擂木炮石,强弓硬弩,火箭火器,坚守城池,以待救兵,不在话下。

再说燕顺、王英等众将,杀散劫寨贼兵,得胜回寨。次日,宋江传令,修治轒辒[①] 器械,准备攻城。令林冲、索超、宣赞、郝思文,领兵一万,攻

---

① 轒辒(fén wēn)——古代兵车的一种,用于攻城。四轮车,侧以板封,上覆以生牛皮,内可容十人,往来运土填堑,木石所不能伤。后谓之木驴。

打东门；徐宁、秦明、韩滔、彭玘，领兵一万，攻打南门；董平、杨志、单廷珪、魏定国，领兵一万，攻打西门；却空着北门，恐有救兵到来，城内冲突，两路受敌。却令史进、朱仝、穆弘、马麟，领兵五千，于城东北高冈下埋伏；黄信、孙立、欧鹏、邓飞，领兵五千，于城西北密林里埋伏；倘贼人调遣救兵至，两路夹击。令花荣、王英、张青、孙新、李立，领马兵一千为游骑，往来四门探听；李逵、鲍旭、项充、李衮、刘唐、雷横，领步兵三百，与花荣等互相策应。分拨已定，众将遵令去了。宋江与卢俊义、吴用等正偏将佐，移扎营寨城东一里外。令李云、汤隆督修云梯飞楼①，推赴各营驾用。

却说林冲等四将，在东城建竖云梯飞楼，逼近城垣，令轻捷军士上飞楼，攀援欲上，下面呐喊助威。怎禁的城内火箭如飞蝗般射出来，军士躲避不迭。无移时那飞楼已被烧毁，忽喇喇倾折下来，军士跌死了五六名，受伤十数名。西南二处攻打，亦被火箭火炮伤损军士。为是一连六七日攻打不下。

宋江见攻城不克，同卢俊义、吴用亲到南门城下，催督攻城。只见花荣等五将，领游骑从西哨探过东来。城楼上于玉麟同偏将杨端、郭信，监督军士守御。杨端望见花荣渐近城楼，便道："前日被他一连伤了二将，今日与他报仇则个！"急拈起弓，搭上箭，望着花荣前心，飕的一箭射来。花荣听的弓弦响，把身望后一倒，那枝箭却好射到，顺手只一绰，绰了那枝箭，咬在口里，起身把枪带在了事环上，左手拈弓，右手就取那枝箭，搭上弦，觑定杨端较亲，只一箭，正中杨端咽喉，扑通的望后便倒。花荣大叫："鼠辈怎敢放冷箭，教你一个个都死！"把右手去取箭，却待要再射时，只听的城楼上发声喊，几个军士一齐都滚下楼去。于玉麟、郭信，吓的面如土色，躲避不迭。花荣冷笑道："今日认的神箭将军了！"宋江、卢俊义喝采不已。吴用道："兄长，我等却好同花将军去看视城垣形势。"花荣等拥护着宋江、卢俊义、吴用，绕城周匝看了一遍。

宋江、卢俊义、吴用，回到寨中，吴用唤陵川降将耿恭，问盖州城中路径。耿恭道："钮文忠将旧州治做帅府，当城之中。城北有几个庙宇，空处却都是草场。"吴用听罢，对宋江计议，便唤时迁、石秀近前密语道："如此

---

①　云梯飞楼——均为攻城器械。云梯，长梯。飞楼，一种外蒙牛皮的木板小屋，悬置在云梯上。

依计，往花荣军前，密传将令，相机行事。”再唤凌振、解珍、解宝，领二百名军士，携带轰天子母大小号炮，如此前去。教鲁智深、武松，带领金鼓手三百名，刘唐、杨雄、郁保四、段景住，每人带领二百名军士，各备火把，往东南西北，依计而行。又令戴宗往东西南三营，密传号令，只看城中火起，进力攻城。分拨已定，众头领遵令去了。

且说钮文忠日夜指望救兵，毫无消耗，十分忧闷。添拨军士，搬运木石，上城坚守。至夜黄昏时分，猛听的北门外喊声振天，鼓角齐鸣。钮文忠驰往北门，上城眺望时，喊声金鼓都息了，却不知何处兵马。正疑虑间，城南喊声又起，金鼓振天。

钮文忠令于玉麟坚守北门，自己急驰至南城看时，喊声已息，金鼓也不鸣了。钮文忠眺望多时，唯听的宋军南营里，隐隐更鼓之声，静悄悄地，火光儿也没半点。徐徐下城，欲到帅府前点视，猛听的东门外连枝炮响，城西呐喊，擂鼓喧天价起。钮文忠东奔西逐，直闹到天明。宋兵又来攻城，至夜方退。是夜二鼓时分，又听的鼓角喊声。钮文忠道：“这厮是疑兵之计，不要睬他，俺这里只坚守城池，看他怎地。”忽报东门火光烛天，火把不计其数，飞楼云梯，逼近城来。钮文忠闻报，驰往东城，同褚亨、石敬、秦升，督军士用火箭炮石，正在打射，猛可的一声火炮，响振山谷，把城楼也振动，城内军民，十分惊恐。如是的蒿恼了两夜，天明又来攻城，军士时刻不得合眼，钮文忠也时刻在城巡视。忽望见西北上旌旗蔽日遮天，望东南而来，宋兵中十数骑哨马，飞也似投大寨去了。钮文忠料是救兵，遣于玉麟准备出城接应。

却说西北上那支军马，乃是晋宁守将田虎的兄弟三大王田彪，接了盖州求救文书，便遣部下猛将凤翔王远，领兵二万，前来救援。已过阳城，望盖州进发，离城尚有十余里，猛听的一声炮响，东西高冈下密林中，飞出两彪军来，却是史进、朱仝、穆弘、马麟、黄信、孙立、欧鹏、邓飞八员猛将，一万雄兵，卷杀过来。

晋宁兵虽是二万，远来劳困，怎当得这里埋伏了十余日，养成精锐，两路夹攻。晋宁军大败，弃下金鼓、旗枪、盔甲、马匹无数，军士杀死大半，凤翔王远脱逃性命，领了败残头目士卒，仍回晋宁去了，不题。

再说钮文忠见两军截住厮杀，急遣于玉麟，领兵开北门杀出接应，那北门却是无兵攻打。于玉麟领兵出城，才过吊桥，正遇着花荣游骑从西而来。北军大叫:"神箭将军来了!"慌的急退不迭,一拥乱抢进城去。于玉麟已是在南城吓破了胆,那里敢来交战,也跑进城去。花荣等冲过来,杀死二十余人,不去赶杀,让他进城。城中急急闭门。

那时石秀、时迁穿了北军号衣,已混入城。时迁、石秀进的城门,趁闹哄里溜进小巷。转过那条巷,却有一个神祠,牌额上写道:"当境土地神祠"。时迁、石秀踅进祠来,见一个道人在东壁下向火。

那道人看见两个军士进祠来,便道:"长官,外面消息如何?"军人道:"适才俺们被于将军点去厮杀,却撞着了那神箭将军,于将军也不敢与他交锋。俺们乱抢进城,却被俺趁闹闪到这里。"便向身边取出两块散碎银,递与道人说:"你有藏下的酒,胡乱回两碗我们吃,其实寒冷。"那人笑将起来道:"长官,你不知这几日军情紧急,神道的香火也一些没有,那讨半滴酒来?"便把银递还时迁。石秀推住他的手道:"这点儿你且收着,却再理会。我们连日守城辛苦,时刻不得合眼,今夜权在这里睡了,明早便去。"那道人摇着手道:"二位长官莫怪!钮将军军令严紧,少顷便来查看。我若留二位在此,都不能个干净。"时迁道:"恁般说,且再处。"石秀便挨在道人身边,也去向火。时迁张望前后无人,对石秀丢个眼色,石秀暗地取出佩刀。那道人只顾向火,被石秀从背后槅察的一刀,割下头来,便把祠门拴了。

此时已是酉牌时分,时迁转过神厨,后壁却有门户。户外小小一个天井,屋檐下堆积两堆儿乱草。时迁、石秀搬将出来,遮盖了道人尸首,开了祠门,从后面天井中爬上屋去。两个伏在脊下,仰看天边明朗朗地现出数十个星来。时迁、石秀挨了一回,再溜下屋来,到祠外探看,并无一个人来往。两个再踅几步,左右张望,邻近虽有几家居民,都静悄悄地闭着门,隐隐有哭泣之声。时迁再踅向南去,转过一带土墙,却是偌大一块空地,上面有数十堆柴草。时迁暗想道:"这是草料场,如何无军人看守?"原来城中将士,只顾城上御敌,却无暇到此处点视。那看守军人,听的宋军杀散救兵,料城中已不济事,各顾性命,预先藏匿去了。时迁、石秀复身到神祠里,取了火种,把道人尸首上乱草点着,却溜到草场内,两个分投去,一连焠上六七处。

少顷,草场内烘烘火起,烈焰冲天,那神祠内也烧将起来。草场西侧,一个居民,听的火起,打着火把出来探听。时迁抢过来,劈手夺了火把。

石秀道:“待我们去报钮元帅。”居民见两个是军士,那敢与他别拗。时迁执着火把,同石秀一径望南跑去,口里嚷着报元帅,见居民房屋下得手的所在,又焠上两把火,却丢下火把,踅过一边。两个脱下北军号衣,躲在僻静处。

城中见四五路火起,一时鼎沸起来。钮文忠见草场火起,急领军士驰往救火。城外见城内火起,知是时迁、石秀内应,迸力攻打。宋江同吴用带领解珍、解宝驰至城南,吴用道:“我前日见那边城垣稍低。”便令秦明等把飞楼逼近城垣。吴用对解珍、解宝道:“贼人丧胆,军士已罢[①],兄弟努力上城!”解珍带朴刀上飞楼,攀女墙,一跃而上,随后解宝也奋跃上去。两个发声喊,抢下女墙,挥刀乱砍。城上军士,本是困顿惊恐,又见解珍、解宝十分凶猛,都乱窜滚下城去。褚亨见二人上城,挺枪来斗了十数合,被解宝一朴刀搠翻,解珍赶上,剁下头来。

此时宋兵从飞楼攀援上城,已有百十余人。解珍、解宝当先,一齐抢杀下城,大叫道:“上前的剁做肉泥!”众人杀死石敬、秦升,砍翻把门军士,夺了城门,放下吊桥,徐宁等众将领兵拥入。徐宁同韩滔领兵杀奔东门,安士荣抵敌不住,被徐宁戳死,夺门放林冲等众将入城。秦明同彭玘领兵抢夺西门,放董平等入城。莫真、赫仁、曹洪,被乱兵所杀。杀的尸横市井,血满街衢。

钮文忠见城门已都被夺了,只得上马,弃了城池,同于玉麟领二百余人,出北门便走。未及一里,黑暗里突出黑旋风李逵、花和尚鲁智深,一个猛将军,一个莽和尚,拦住去路。正是:天罗密布难移步,地网高张怎脱身。毕竟钮文忠、于玉麟性命如何,再听下回分解。

第九十三回

李逵梦闹天池　宋江兵分两路

话说钮文忠见盖州已失,只得奔走出城,与同于玉麟、郭信、盛本、桑

① 罢——通“疲”。

英保护而行，正撞着李逵、鲁智深，领步兵截住去路。李逵高叫道："俺奉宋先锋将令，等候你这伙败撮鸟多时了！"抡双斧杀来，手起斧落，早把郭信、桑英砍翻。钮文忠吓得魂不附体，措手不及，被鲁智深一禅杖，连盔带头，打得粉碎，撞下马去。二百余人，杀个尽绝。只被于玉麟、盛本望刺斜里死命撞出去了。鲁智深道："留下那两个驴头罢！等他去报信。"仍割下三颗首级，夺得鞍马盔甲，一径进城献纳。

且说宋江大队人马，入盖州城，便传下将令，先教救灭火焰，不许伤害居民。众将都来献功。宋先锋教军士将首级号令各门。天明出榜，安抚百姓。将三军人马，尽数收入盖州屯住，赏劳三军诸将。功绩簿上，标写石秀、时迁、解珍、解宝功次。一面写表申奏朝廷，得了盖州，尽将府库财帛金宝，解赴京师，写书申呈宿太尉。此时腊月将终，宋江料理军务，不觉过了三四日，忽报张清病可，同安道全来参见听用。宋江喜道："甚好。明日是宣和五年的元旦，却得聚首。"

次日黎明，众将穿公服幞头，宋江率领众兄弟望阙朝贺，行五拜三叩头礼已毕，卸下幞头公服，各穿红锦战袍，九十二个头领，及新降将耿恭，齐齐整整，都来贺节，参拜宋江。宋先锋大排筵席，庆贺宴赏，众兄弟轮次与宋江称觞[①] 献寿。

酒至数巡，宋江对众将道："赖众兄弟之力，国家复了三个城池。又值元旦，相聚欢乐，实为罕有。独是公孙胜、呼延灼、关胜、水军头领李俊等八员，及守陵川柴进、李应，守高平史进、穆弘，这十五兄弟，不在面前，甚是怏怏。"当下便唤军中头目，领二百余名军役，各各另外赏劳，教即日担送羊酒，分头去送到卫州、陵川、高平三处守城头领交纳，兼报捷音。吩咐兀是未了，忽报三处守城头领，差人到此候贺，都奉先锋将令，戎事在身，不能亲来拜贺。宋江大喜道："得此信息，就如见面一般。"赏劳来人，陪众兄弟开怀畅饮，尽醉方休。

次日，宋先锋准备出东郊迎春，因明日子时正四刻，又逢立春节候。是夜刮起东北风，浓云密布，纷纷洋洋，降下一天大雪。明日众头领起来看时，但见：

纷纷柳絮，片片鹅毛。空中白鹭群飞，江上素鸥翻复。飞来庭院，

① 称觞（shāng）——举起酒杯。

转旋作态因风；映彻戈矛，灿烂增辉荷日。千山玉砌，能令樵子怅迷踪；万户银装，多少幽人[①] 成佳句。正是尽道丰年好，丰年瑞若何？边关多荷戟，宜瑞不宜多。

当下地文星萧让对众头领说道："这雪有数般名色：一片的是蜂儿，二片的是鹅毛，三片的是攒三，四片的是聚四，五片唤做梅花，六片唤做六出。这雪本是阴气凝结，所以六出，应着阴数。到立春以后，都是梅花杂片，更无六出了。今日虽已立春，尚在冬春之交，那雪片却是或五或六。"乐和听了这几句议论，便走向檐前，把皂衣袖儿承受那落下来的雪片看时，真个雪花六出，内一出尚未全去，还有些圭角，内中也有五出的了。乐和连声叫道："果然！果然！"

众人都拥上来看，却被李逵鼻中冲出一阵热气，把那雪花儿冲灭了。众人都大笑，却惊动了宋先锋，走出来问道："众兄弟笑甚么？"众人说："正看雪花，被黑旋风鼻气冲灭了。"宋江也笑道："我已吩咐置酒在宜春圃，与众兄弟赏玩则个。"

原来这州治东，有个宜春圃，圃中有一座雨香亭，亭前颇有几株桧柏松梅。当晚众头领在雨香亭语笑喧哗，觥筹交错，不觉日暮，点上灯烛。宋江酒酣，闲话中追论起昔日被难时，多亏了众兄弟。"我本郓城小吏，身犯大罪，蒙众兄弟于千枪万刀之中，九死一生之内，屡次舍着性命，救出我来。当江州与戴宗兄弟押赴市曹时，万分是个鬼；到今日却得为国家臣子，与国家出力。回思往日之事，真如梦中！"宋江说到此处，不觉潸然泪下。戴宗、花荣及同难的几个弟兄，听了这般话，也都吊下泪来。

李逵这时多饮了几杯酒，酣醉上来，一头与众人说着话，眼皮儿却渐渐合拢来，便用双臂衬着脸，已是睡去。忽转念道："外面雪兀是未止。"心里想着，身体未尝动弹，却象已走出亭子外的一般。看外面时，又是奇怪："原来无雪，只管在里面兀坐！待我到那厢去走一回。"离了宜春圃，须臾出了州城，猛可想起："阿也！忘带了板斧！"把手向腰间摸时，原来插在这里。向前不分南北，莽莽撞撞的，不知行了多少路，却见前面一座高山。无移时，行到山前，只见山凹里走出一个人来，头带折角头巾，身穿淡黄道袍，迎上前来笑道："将军要闲步时，转过此山，是有得意处。"李逵道："大

---

① 幽人——隐居的文人。

哥,这个山名叫做甚么?”那秀士道:“此山唤做天池岭,将军闲玩回来,仍到此处相会。”

李逵依着他,真个转过那山,忽见路旁有一所庄院。只听的庄里大闹,李逵闯将进去,却是十数个人,都执棍棒器械,在那里打桌击凳,把家火什物,打的粉碎。内中一个大汉骂道:“老牛子,快把女儿好好地送与我做浑家,万事干休;若说半个不字,教你们都是个死!”李逵从外入来,听了这几句说话,心如火炽,口似烟生,喝道:“你这伙鸟汉,如何强要人家女儿?”那伙人嚷道:“我们是要他女儿,干你屁事!”李逵大怒,拔出板斧砍去。好生作怪,却是不禁砍,只一斧,砍翻了两三个。那几个要走,李逵赶上,一连六七斧,砍的七颠八倒,尸横满地,单只走了一个,望外跑去了。

李逵抢到里面,只见两扇门儿紧紧地闭着,李逵一脚踢开,见里面有个白发老儿,和一个老婆子在那里啼哭。见李逵抢入来,叫道:“不好了,打进来了!”李逵大叫道:“我是路见不平的。前面那伙鸟汉,被我都杀了,你随我来看。”那老儿战战兢兢的跟出来看了,反扯住李逵道:“虽是除了凶人,须连累我吃官司。”李逵笑道:“你那老儿,也不晓得黑爷爷。我是梁山泊黑旋风李逵,现今同宋公明哥哥,奉诏征讨田虎。他们现在城中吃酒,我不耐烦,出来闲走。莫说那几个鸟汉,就是杀了几千,也打甚么鸟不禁!”那老儿方才揩泪道:“恁般却是好也!请将军到里面坐地。”

李逵走进去,那边已摆上一桌子酒馔。老儿扶李逵上面坐了,满满地筛一碗酒,双手捧过来道:“蒙将军救了女儿,满饮此盏。”李逵接过来便吃,老头儿又来劝。一连吃了四五碗,只见先前啼哭的老婆子领了一个年少女子上前,叉手双双地道了个万福。婆子便道:“将军在宋先锋部下,又恁般奢遮,如不弃丑陋,情愿把小女配与将军。”李逵听了这句话,跳将起来道:“这样腌臜歪货!却才可是我要谋你的女儿,杀了这几个撮鸟?快夹了鸟嘴,不要放那鸟屁!”只一脚,把桌子踢翻,跑出门来。

只见那边一个彪形大汉,仗着一条朴刀,大踏步赶上来,大喝一声道:“兀那黑贼,不要走!却才这几个兄弟,如何都把来杀了?我们是要他家女儿,干你甚事?”挺朴刀直抢上来。李逵大怒,抡斧来迎,与那汉斗了二十余合。那汉斗不过,隔开板斧,拖着朴刀,飞也似跑去。

李逵紧紧追赶,赶过一个林子,猛见许多宫殿。那汉奔至殿前,撇了朴刀,在人丛一混,不见了那汉,只听得殿上喝道:“李逵不得无礼!着他来见朝。"李逵猛省道:"这是文德殿,前日随宋哥哥在此见朝,这是皇帝的所在。"又听得殿上说道:"李逵,快俯伏!"李逵藏了板斧,上前观看,只见皇帝远远的坐在殿上,许多官员排列殿前。李逵端端正正朝上拜了三拜,心中想道:"阿也!少了一拜!"天子问道:"适才你为何杀了许多人?"李逵跪着说道:"这厮们强要占人女儿,臣一时气忿,所以杀了。"天子道:"李逵路见不平,剿除奸党,义勇可嘉,赦汝无罪,敕汝做了值殿将军。"李逵心中喜欢道:"原来皇帝恁般明白!"一连磕了十数个头,便起身立于殿下。

无移时,只见蔡京、童贯、杨戬、高俅四个,一班儿跪下,俯伏奏道:"今有宋江,统领兵马,征讨田虎,逗遛不进,终日饮酒,伏乞皇上治罪。"李逵听了这句话,那把无明火,高举三千丈,按纳不住,搐两斧抢上前,一斧一个,劈下头来,大叫道:"皇帝,你不要听那贼臣的说话。我宋哥哥连破了三个城池,现今屯兵盖州,就要出兵,如何恁般欺诳?"众文武见杀了四个大臣,都要来捉李逵。李逵搐两斧叫道:"敢来捉我,把那四个做样!"众人因此不敢动手。李逵大笑道:"快当[①]!快当!那四个贼臣,今日才得了当,我去报与宋哥哥知道。"大踏步离了宫殿。

猛可的又见一座山。看那山时,却是适才遇见秀士的所在。那秀士兀是立在山坡前,又迎将上来笑道:"将军此游得意否?"李逵道:"好教大哥得知,适才被俺杀了四个贼臣。"那秀士笑道:"原来如此!我原在汾、沁之间,近日偶游于此,知将军等心存忠义,我还有紧要说话与将军说。目今宋先锋征讨田虎,我有十字要诀,可擒田虎。将军须牢牢记着,传与宋先锋知道。"便对李逵念道:"要夷田虎族,须谐琼矢镞。"一连念了五六遍。李逵听他说得有理,便依着他温念这十个字。那秀士又向树林中指道:"那边有一个年老的婆婆在林中坐地。"李逵才转身看时,已不见了那个秀士。李逵道:"他恁地去得快!我且到林子里去看,是甚么人。"

抢入林子来,果然有个婆子坐着。李逵近前看时,却原来是铁牛的老娘,呆呆地闭着眼,坐在青石上。李逵向前抱住道:"娘呀!你一向在那里吃苦?铁牛只道被虎吃了,今日却在这里!"娘道:"吾儿,我原不曾被虎吃。"李逵哭着说道:"铁牛今日受了招安,真个做了官。宋哥哥大兵,现屯扎城中,铁牛背娘到城中去。"

---

① 快当——痛快。

正在那里说，猛可的一声响亮，林子里跳出一个斑斓猛虎，吼了一声，把尾一剪，向前直扑下来。慌的李逵掿板斧，望虎砍去，用力太猛了，双斧劈个空，一交扑去，却扑在宜春圃雨香亭酒桌上。

宋江与众兄弟追论往日之事，正说到浓深处，初时见李逵伏在桌上打盹，也不在意。猛可听的一声响，却是李逵睡中双手把桌子一拍，碗碟掀翻，溅了两袖羹汁，口里兀是嚷道："娘，大虫走了！"睁开两眼看时，灯烛辉煌，众兄弟团团坐着，还在那里吃酒。李逵道："啐！原来是梦，却也快当！"众人都笑道："甚么梦？恁般得意！"李逵先说梦见我的老娘，原不曾死，正好说话，却被大虫打断。众人都叹息。李逵再说到杀却奸徒，踢翻桌子，那边鲁智深、武松、石秀听了，都拍手道："快当！"李逵笑道："还有快当的哩！"又说到杀了蔡京、童贯、杨戬、高俅四个贼臣，众人拍着手，齐声大叫道："快当！快当！如此也不枉了做梦！"宋江道："众兄弟禁声，这是梦中说话，甚么要紧。"李逵正说到兴浓处，揎拳裹袖的说道："打甚么鸟不禁？真个一生不曾做恁般快畅的事。还有一桩奇异：梦一个秀士对我说甚么'要夷田虎族，须谐琼矢镞'。他说这十个字，乃是破田虎的要诀，教我牢牢记着，传与宋先锋。"宋江、吴用都详解不出。当有安道全听的"琼矢镞"三字，正欲启齿说话，张清以目视之，安道全微笑，遂不开口。吴用道："此梦颇异，雪霁便可进兵。"当下酒散歇息，一宿无话。

次日雪霁，宋江升帐，与卢俊义、吴学究计议兵分两路，东西进征：东一路渡壶关，取昭德，由潞城、榆社，直抵贼巢之后，却从大谷到临县，会兵合剿；西一路取晋宁，出霍山，取汾阳，由介休、平遥、祁县，直抵威胜之西北，合兵临县，取威胜，擒田虎。当下分拨两路将佐：

正先锋宋江，管领正偏将佐四十七员：

军师吴用	林冲	索超	徐宁	孙立
张清	戴宗	朱仝	樊瑞	李逵
鲁智深	武松	鲍旭	项充	李衮
单廷珪	魏定国	马麟	燕顺	解珍
解宝	宋清	王英	扈三娘	孙新
顾大嫂	凌振	汤隆	李云	刘唐
燕青	孟康	王定六	蔡福	蔡庆
朱贵	裴宣	萧让	蒋敬	乐和

金大坚　安道全　郁保四　皇甫端　侯健
段景住　时迁
河北降将耿恭

副先锋卢俊义,带领正偏将佐四十员:

军师朱武　秦明　杨志　黄信　欧鹏
邓飞　雷横　吕方　郭盛　宣赞
郝思文　韩滔　彭玘　穆春　焦挺
郑天寿　杨雄　石秀　邹渊　邹润
张青　孙二娘　李立　陈达　杨春
李忠　孔明　孔亮　杨林　周通
石勇　杜迁　宋万　丁得孙　龚旺
陶宗旺　曹正　薛永　朱富　白胜

宋江分派已定,再与卢俊义商议道:"今从此处分兵,东西征剿,不知贤弟兵取何处?"卢俊义道:"主兵遣将,听从哥哥严令,安敢拣择?"宋江道:"虽然如此,试看天命。两队分定人数,写成阄子,各拈一处。"当下裴宣写成东西两处阄子①,宋江、卢俊义焚香祷告,宋江拈起一阄。只因宋江拈起这个阄来,直教三军队里,再添几个英雄猛将;五龙山前,显出一段奇闻异术。毕竟宋先锋拈着那一处,且听下回分解。

第九十四回

关胜义降三将　李逵莽陷众人

话说宋江在盖州分定两队兵马人数,写成阄子,与卢俊义焚香祷告。宋江拈起一个阄子看时,却是东路。卢俊义阄得西路,是不必说,只等雪净起程。留下花荣、董平、施恩、杜兴,拨兵二万,镇守盖州。

到初六日吉期,宋江、卢俊义准备起兵。忽报盖州属县阳城、沁水两处军民,累被田虎残害,不得已投顺。今知天兵到来,军民擒缚阳城守将

① 阄(jiū)子——抓阄时卷起或揉成团的纸片。

寇孚、沁水守将陈凯，解赴军前。两县耆老[①]，率领百姓，牵羊担酒，献纳城池。宋先锋大喜，大加赏劳两处军民，给榜抚慰，复为良民。宋先锋以寇孚、陈凯知天兵到此，不速来归顺，着即斩首祭旗，以懲[②]贼人。

是日，两路大兵，俱出北门，花荣等置酒饯送。宋江执杯对花荣道："贤弟威振贼军，堪为此城之保障。今此城惟北面受敌，倘有贼兵，当设奇击之，以丧贼胆，则贼人不敢南窥矣。"花荣等唯唯受命。宋江又执杯对卢俊义道："今日出兵，却得阳城、沁水献俘之喜。二处既平，贤弟可以长驱直抵晋宁，早建大功，生擒贼首田虎，报效朝廷，同享富贵。"卢俊义道："赖兄长之威，两处不战而服。既奉严令，敢不尽心殚力！"宋江又取前日教萧让照依许贯忠图画，另写成一轴，付与卢俊义收置备用。

当下正先锋宋江传令拨兵三队：林冲、索超、徐宁、张清，领兵一万为前队；孙立、朱仝、燕顺、马麟、单廷珪、魏定国、汤隆、李云，领兵一万为后队；宋江与吴用统领其余将佐，领兵三万为中军。三队共军兵五万，望东北进发。副先锋卢俊义辞了宋江、花荣等，管领四十员将佐，军兵五万，望西北进征。

花荣、董平、施恩、杜兴，饯别宋江、卢俊义入城。花荣传令，于城北五里外，扎两个营寨，施恩、杜兴各领兵五千，设强弓硬弩，并诸般火器，屯扎以当敌锋；又于东西两路，设奇兵埋伏，不题。其高平自有史进、穆弘，陵川自有李应、柴进，卫州自有公孙一清、关胜、呼延灼，各各守御。看官牢记话头。

且说宋先锋三队人马，离盖州行三十余里。宋江在马上，遥见前面有座山岭。多样时，渐近山下，却在马首之右。宋江观看那山形势，比他山又是不同。但见：

万迭流岚[③]鳞次密，数峰连峙雁成行。

岭颠崖石如城郭，插天云木绕苍苍。

宋江正在观看山景，忽见李逵上前用手指道："哥哥，此山光景，与前日梦中无异。"宋江即唤降将耿恭问道："你在此久，必知此山来历。若依许贯

---

① 耆(qí)老——年高有声望的人。耆，六十岁的老人。

② 懲——同"儆"，警戒。

③ 岚(lán)——山林中的雾霭。

忠图上，房山在州城东，当叫做天池岭。”李逵道：“梦中那秀士，正是说天池岭，我却忘了。”耿恭道：“此山果是天池岭，其颠石崖如城郭一般，昔人避兵之处。近来土人说此岭有灵异，夜间石崖中，往往有红光照耀。又有樵者到崖畔，有异香扑鼻。”宋江听罢，便道：“如此却符合李逵的梦。”是日兵行六十里安营，于路无话。不则一日，来到壶关之南，离关五里下寨。

却说壶关原在山之东麓，山形似壶，汉时始置关于此，因此叫做壶关。山东有抱犊山，与壶关山麓相连。壶关正在两山之中，离昭德城南八十里外，乃昭德之险隘。上有田虎手下猛将八员，精兵三万镇守。那八员猛将是谁：

山士奇　陆辉　史定　吴成
仲良　云宗武　伍肃　竺敬

却说山士奇原是沁州富户子弟，膂力过人，好使枪棒。因杀人惧罪，遂投田虎部下，拒敌有功，伪受兵马都监之职。惯使一条四十斤重浑铁棍，武艺精熟。田虎闻朝廷差宋江等兵马前来，特差他到昭德，挑选精兵一万，协同陆辉等镇守壶关。彼处一应调遣，俱得便宜行事，不必奏闻。

山士奇到壶关，知盖州失守，料宋兵必来取关，日日厉兵秣马，准备迎敌。忽报宋兵已到关南五里外扎营，士奇整点马军一万，同史定、竺敬、仲良，各各披挂上马，领兵出关迎敌，与宋兵对阵。两边列成阵势，用强弓硬弩，射住阵脚。两阵里花腔鼍鼓擂，杂彩绣旗摇。北阵门旗开处，一将立马当先。看他怎生结束：

凤翅明盔稳戴，鱼鳞铠甲重披。锦红袍上织花枝，狮蛮带琼瑶密砌。纯钢铁棍紧挺，青毛鬃马频嘶。壶关新到大将军，山都监士奇便是。

山士奇高叫：“水洼草寇，敢来侵犯我边疆！”那边豹子头林冲骤马出阵，喝道：“助虐匹夫，天兵到来，兀是抗拒！”拈矛纵马，直抢士奇。二将抢到垓心，两军呐喊，二骑相交，四条臂膊纵横，八只马蹄撩乱，斗经五十余合，不分胜负，林冲暗暗喝采。竺敬见士奇不能取胜，拍马飞刀助战，那边没羽箭张清飞马接住。四骑马在阵前两对儿厮杀。张清与竺敬斗至二十余合，张清力怯，拍马便走。竺敬骤马赶来，张清带住花枪，向锦袋内取一石子，扭过身躯，觑定竺敬面门，一石子飞去，喝声道：“着！”正中竺敬鼻凹，翻身落马，鲜血迸流。张清回马拈枪来刺，北阵里史定、仲良双出，死救得脱。关上见打翻一将,恐士奇有失,遂鸣金收兵。

宋江亦令鸣金收兵回寨,与吴用商议道:"今日打翻一员贼将,少挫锐气。我见山势险峻,关形壮固,用何良策,可破此关?"林冲道:"来日扣关搦战,一定要杀却那个贼将,众兄弟迸力冲杀上去。"吴用道:"将军不可造次!孙武子云:'不可胜者,守也;可胜者,攻也。'谓敌未可胜,则我当自守;彼敌可胜,则攻之尔。"宋江道:"军师之言甚善。"

次日,林冲、张清来禀宋先锋,要领兵搦战。宋江吩咐道:"纵使战胜,亦不得轻易上关。"再令徐宁、索超领兵接应。当下林冲、张清领五千军马,在关下摇旗擂鼓,辱骂搦战,从辰至午,关上不见动静。林冲与张清却待要回寨,猛听的关内一声炮响,关门开处,山士奇同伍肃、史定、吴成、仲良,领兵二万,冲杀下来。林冲对张清道:"贼人乘我之疲,我等努力向前。"后队索超、徐宁,领兵一齐上前。两边列阵,更不打话,寻对厮杀。林冲斗伍肃。士奇出马,张清拈梨花枪接住。吴成、史定双出,索超挥斧跃马,力敌二将。当下两军迭声呐喊,七骑马在征尘影里,杀气丛中,灯影般捉对儿厮杀。

正斗到酣闹处,豹子头林冲大喝一声,只一矛将伍肃戳下马来。吴成、史定两个战索超,兀是力怯,见那边伍肃落马,史定急卖个破绽,拍马望本阵奔去。吴成见史定败阵,隔开斧要走,被索超挥斧砍为两段。山士奇见折了二将,拨马回阵。张清赶上,手起一石子,打着脑后头盔,铿然有声,惊的士奇伏鞍而走。仲良急领兵进关,被林冲等驱兵冲杀过来,北军大败。山士奇领兵乱窜入关,闭门不迭。林冲等直杀至关下,被关上矢石打射下来,因此不能得入。林冲左臂早中一矢,收兵回寨。宋江令安道全疗治林冲箭疮,幸的甲厚,不致伤重,不在话下。

且说山士奇进关,计点军士,折去二千余名,又折了二将。对众商议,一面差人往威胜晋王处,说宋江等兵强将猛,难以抵敌,乞添差良将镇守,庶保无虞。一面密约抱犊山守将唐斌、文仲容、崔埜[①],领精兵悄地出抱犊之东,抄宋兵之后。约定日期,放炮为号,"我这里领兵出关,冲杀下来,两路夹攻,必获全胜。"当下计议已定,坚守关隘,只等唐斌处消息,不题。

再说宋先锋见壶关险阻,急切不能破,相拒半月有余,正在帐中纳闷,

---

① 埜——"野"的异体字。

忽报卫州关将军差人驰书到来,内有机密事情。宋江与吴用连忙拆开观看,书中说:

抱犊山寨主唐斌,原是蒲东军官。为人勇敢刚直,素与关某结义。被势豪陷害,唐斌忿怒,杀死仇家,官府追捕紧急。那时自蒲东南下,欲投梁山,路经此山被劫。当下唐斌与本山头目文仲容、崔埜争斗,文、崔二人,都不能赢他,因此请唐斌上山,让他为寨主。旧年因田虎侵夺壶关,要他降顺,唐斌本意不肯,后见势孤,勉强降顺。却只在本山住扎,为壶关犄角,以备南兵。近闻关某镇守卫州,新岁元旦,唐斌单骑潜至卫州,诉说向来衷曲。他久慕兄长忠义,本欲归顺天朝,投降兄长麾下,建功赎罪。关某单骑同唐斌到抱犊山,见文仲容、崔埜二人爽亮,毫无猥琐之态。二人亦欲归顺,密约相机献关,以为进身之资。

宋江详悉来书,与吴用计议,按兵不动,只看关内动静,然后策应。

却说山士奇差人密约唐斌悄地出兵,军人回报:"目今月明如昼,待月晦进兵,务使敌人不觉为妙。"士奇道:"也见得是。"一连过了十几日,宋军也不来攻打,忽报唐斌领数骑,从抱犊山侧驰至关内。须臾,唐斌到关,参见山士奇。唐斌道:"今夜三更,文仲容、崔埜领兵一万,潜出抱犊山之东,人披软战,马摘銮铃,黎明必到宋兵寨后,这里可速准备出关接应。"士奇喜道:"两路夹击,宋兵必败!"士奇置酒管待。至暮,唐斌上关探望道:"奇怪,星光下,却象关外有人哨探的。"一头说,便向亲随军士箭壶中,取两枝箭,望关外射去。也是此关合破,关外真个有几个军卒,奉宋先锋将令,在黑影里潜探关中消息。唐斌那枝箭,可可地射着一个军卒右股。但射的股肉疼痛,却似无箭镞的。军士怪异,取箭细看,原来有许多绢帛,紧紧缠缚着箭镞。军卒知有别情,飞奔至寨中,报知宋先锋。

宋江在灯烛之下,拆开看时,内有蝇头细字几行,却是唐斌密约:"次日黎明献关,有文仲容、崔埜领兵潜至先锋寨后,只等炮响,关内杀出接应。那时唐斌在彼,乘机夺关。宋先锋乞速准备进关。"宋江看罢,与吴用密议准备。吴用道:"关将军料无差误。然敌兵出我之后,不可不做准备。当令孙立、朱仝、单廷珪、魏定国、燕顺,领兵一万,卷旗息鼓,潜往寨后。如遇文、崔二将兵到,勿令彼遽逼营寨,直待我兵已得此关,听放轰天子母号炮,方可容他近前。再令徐宁、索超领兵五千,潜往寨东埋伏;林冲、张清领兵五千,潜往寨西埋伏。只听寨内炮响,两路齐出接应,合兵冲杀上关。万一我兵中彼奸计，即来救应。”宋江道：“军师筹画甚善！”当下依议传令，众将遵守，准备去了。

再说山士奇在关内得唐斌消息，专听宋兵寨后炮声。候至天明，忽听得关南连珠炮响，唐斌同士奇上关眺望，见宋军寨后尘起，旌旗错乱。唐斌道：“此必文、崔二将兵到，可速出关接应！”山士奇同史定领精兵一万，先出关冲杀，令唐斌、陆辉领兵一万，随后策应，却令竺敬、仲良住扎关上。当下宋兵见关上冲出兵来，望后急退。山士奇当先驱兵卷杀过来，猛听的一声炮响，宋兵左右，撞出两彪军马，杀奔前来。唐斌见宋兵两队杀出，争回马领兵抢上关来，横矛立马于门外。山士奇、史定正在分头厮杀，宋寨中又一声炮响，李逵、鲍旭、项充、李衮领标枪牌手，滚杀过来。山士奇知有准备，急招兵回马上关。

关前一将，立马大叫道：“唐斌在此，壶关已属宋朝，山士奇可速下马投降！”手起一矛，早把竺敬戳死。山士奇大惊，罔知所措，领数十骑，望西抵死冲突去了。林冲、张清要夺关隘，也不来追赶，领兵杀上关来。那时李逵等步兵轻捷，已抢上关，即放号炮，同唐斌赶杀把关军士，夺了壶关。仲良被乱兵所杀。关外史定，被徐宁搠翻。北兵四散逃窜，弃下盔甲马匹无数，杀死二千余人，生擒五百余名，降者甚众。

须臾，宋先锋等大兵次第入关。唐斌下马，拜见宋江道：“唐某犯罪，闻先锋仁义，那时欲奔投大寨，只因无个门路，不获拜识尊颜。今天假其便，使唐某得随鞭镫，实满平生之愿。”说罢，又拜。宋江答礼不迭，慌忙扶起道：“将军归顺朝廷，同宋某荡平叛逆，宋某回朝，保奏天子，自当优叙。”次后孙立等众将，与同文仲容、崔埜，领两路兵马，屯扎关外听令。宋江传令文、崔二将入关相见。孙立等统领兵马，且屯扎关外。文仲容、崔埜进关参拜宋先锋道：“文某、崔某有缘，得侍麾下，愿效犬马。”宋江大喜道：“将军等同赚此关，功勋不小。宋某于功绩簿上，一一标记明白。”即令设宴，与唐斌等三人庆贺。一面计点关内外军士，新降兵二万余人，获战马一千余匹。众将都来献功。

宋先锋赏劳将佐军兵已毕，宋江问唐斌，昭德关中兵将多寡。唐斌道：“城内原有三万兵马，山士奇选出一万守关，今城中兵马尚有二万，正偏将佐共十员。”那十员乃是：

孙琪　　叶声　　金鼎　　黄钺　　冷宁

戴美　　翁奎　　杨春　　牛庚　　蔡泽

唐斌又道:"田虎恃壶关为昭德屏障,壶关已破,田虎失一臂矣。唐某不才,愿为前部去打昭德。"当下陵川降将耿恭愿同唐斌为前部,宋江依允。少顷,宋江对文仲容、崔埜道:"两位素居抱犊山,知彼情形,威风久著。宋某欲令二位管令本部人马,仍往抱犊屯扎,以当一面。待宋某打破昭德,那时请将军相会,不知二位意下如何?"文仲容、崔埜同声答道:"先锋之令,安敢不遵?"当下酒罢,文、崔辞别宋先锋,往抱犊去了。

次日,宋先锋升帐,令戴宗往晋宁卢先锋处,探听军情,速来回报。戴宗遵令起程,不题。宋江与吴用计议,分拨军马,攻打昭德。唐斌、耿恭领兵一万,攻打东门;索超、张清领兵一万,攻打南门;却空着西门,防威胜救兵至,恐内外冲突不便。又令李逵、鲍旭、项充、李衮,领步兵五百为游兵,往来接应;令孙立、朱仝、燕顺领兵进关,同樊瑞、马麟管领兵马,镇守壶关。分拨已定,宋先锋与吴学究统领其余将佐,拨寨起行,离昭德城南十里下寨,不题。

话分两头。却说威胜伪省院官,接得壶关守将山士奇,及晋宁田彪告急申文,奏知田虎,说宋兵势大,壶关、晋宁两处危急。田虎升殿,与众人计议,发兵救援。只见班部中闪出一个人,首戴黄冠,身披鹤氅,上前奏道:"臣启大王,臣愿往壶关退敌。"

那人姓乔,单名个冽字。其先原是陕西泾原人。其母怀孕,梦豺入室,后化为鹿,梦觉,产冽。那乔冽八岁好使枪弄棒,偶游崆峒山,遇异人传授幻术,能呼风唤雨,驾雾腾云。也曾往九宫县二仙山访道:罗真人不肯接见,令道童传命,对乔冽说:"你攻于外道,不悟玄微,待你遇德魔降,然后见我。"乔冽艴然① 而返,自恃有术,游浪不羁。因他多幻术,人都称他做幻魔君。后来到安定州。本州亢阳②,五个月雨无涓滴。州官出榜:"如有祈至雨泽者,给信赏钱三千贯。"乔冽揭榜上坛,甘霖大澍③。州官见雨足,把这信赏钱不在意了。也是乔冽合当有事,本处有个歪学究,姓何名才,与本州库吏最密,当下探知此事,他便撺掇库吏,把信赏钱大半孝

① 艴(fú)然——恼怒不悦的样子。

② 亢阳——久晴无雨,阳光炽盛。

③ 大澍(shù)——澍,时雨。这里指滋润。

顺州官,其余侵来入己。何才与库吏借贷,也拈得些儿油水。库吏却将三贯钱把与乔洌道:"你有恁般高术,要这钱也没用头。我这里正项钱粮,兀自起解不足,东挪西撮。你这项信赏钱,依着我,权且存置库内,日后要用,却来陆续支取。"乔洌听了,大怒道:"信赏钱原是本州富户协助的,你如何恣意侵克?库藏粮饷,都是民脂民膏,你只顾侵来肥己,买笑追欢,败坏了国家许多大事。打死你这污滥腌臢,也与库藏除了一蠹!"提起拳头,劈脸便打。那库吏是酒色淘虚的人,更兼身体肥胖,未动手先是气喘,那里架隔得住。当下被乔洌拳头脚踢,痛打一顿,狼狈而归,卧床四五日,呜呼哀哉,伤重而死。库吏妻拏在本州投了状词。州官也七分猜着,是因信赏钱弄出这事来。押纸公文,差人勾捉凶身乔洌对问。乔洌探知此事,连夜逃回泾原,收拾同母离家,逃奔到威胜,更名改姓,扮做全真,把洌字改做清字,起个法号,叫做道清。未几,田虎作乱,知道清有术,勾引入伙,捏造妖言,逞弄幻术,煽惑愚民,助田虎侵夺州县。田虎每事靠道清做主,伪封他做护国灵感真人、军师左丞相之职。那时方才出姓,因此都称他做国师乔道清。

当下乔道清启奏田虎,愿部领军马,往壶关拒敌。田虎道:"国师恁般替寡人分忧!"说还未毕,又见殿帅孙安上殿启奏:"臣愿领军马去援晋宁。"田虎加封乔道清、孙安为征南大元帅,各拨兵马二万前去。乔道清又奏道:"壶关危急,臣选轻骑,星驰往救。"田虎大喜,令枢密院分拨兵将,随从乔道清、孙安进征。枢密院得令,选将拨兵,交付二人。乔道清、孙安即日整点军马起程。

那个孙安与乔道清同乡,他也是泾原人。生的身长九尺,腰大八围,颇知韬略,膂力过人。学得一身出色的好武艺,惯使两口镔铁剑。后来为报父仇,杀死二人,因官府追捕紧急,弃家逃走。他素与乔道清交厚,闻知乔道清在田虎手下,遂到威胜,投诉乔道清。道清荐与田虎,拒敌有功,伪受殿帅之职。今日统领十员偏将,军马二万,往救晋宁。那十员偏将是谁,乃是:

梅玉　秦英　金祯　陆清　毕胜

潘迅　杨芳　冯升　胡迈　陆芳

那十员偏将,都伪授统制之职。当下孙安辞别乔道清,统领军马,望晋宁进发,不题。

再说乔道清将二万军马，着团练聂新、冯玘统领，随后自己同四员偏将先行。那四员：

雷震　　倪麟　　费珍　　薛灿

那四员偏将，都伪授总管之职，随着乔道清，管领精兵二千，星夜望昭德进发。

不则一日，来到昭德城北十里外，前骑探马来报："昨日被宋兵打破壶关，目今分兵三路，攻打昭德城池。"乔道清闻报，大怒道："这厮们恁般无礼！教他认俺的手段。"领兵飞奔前来。正遇唐斌、耿恭，领兵攻打北门。忽报西北上有二千余骑到来，唐斌、耿恭列阵迎敌。乔道清兵马已到，两阵相对，旗鼓相望。南北尚离一箭之地。唐斌、耿恭看见北阵前四员将佐，簇拥着一个先生，立马于红罗宝盖下。那先生怎生模样，但见：

头戴紫金嵌宝鱼尾道冠，身穿皂沿边烈火锦鹤氅，腰系杂色彩丝绦，足穿云头方赤舄。仗一口锟铻铁古剑，坐一匹雪花银鬃马。八字眉碧眼落腮胡，四方口声与钟相似。

那先生马前皂旗上，金写两行十七个大字，乃是："护国灵感真人军师左丞相征南大元帅乔"。耿恭看罢，惊骇道："这个人利害！"两军未及交锋，恰遇李逵等五百游兵突至，李逵便欲上前。耿恭道："此人是晋王手下第一个了得的，会行妖术，最是利害。"李逵道："俺抢上去砍了那撮鸟，却使甚么鸟术？"唐斌也说："将军不可轻敌。"李逵那里肯听，挥板斧冲杀上去，鲍旭、项充、李衮恐李逵有失，领五百团牌标枪手，一齐滚杀过去。

那先生呵呵大笑，喝道："这厮不得狂逞！"不慌不忙，把那口宝剑，望空一指，口中念念有词，喝声道："疾！"好好地白日青天，霎时黑雾漫漫，狂风飒飒，飞土扬尘。更有一团黑气，把李逵等五百余人罩住，却似摄入黑漆皮袋内一般，眼前并无一隙亮光，一毫也动弹不得，耳畔但听的风雨之声，却不知身在何处。任你英雄好汉，不能插翅飞腾。你便火首金刚，怎逃地网天罗；八臂哪吒，难脱龙潭虎窟。毕竟李逵等众人危困，生死如何，且听下回分解。

第九十五回

宋公明忠感后土　乔道清术败宋兵

话说黑旋风李逵，不听唐斌、耿恭说话，领众将杀过阵去，被乔道清使妖术困住，五百余人，都被生擒活捉，不曾走脱半个。耿恭见头势不好，拨马望东，连打两鞭，预先走了。

唐斌见李逵等被陷，军兵慌乱，又见耿恭先走，心下寻思道："乔道清法术利害，倘走不脱时，落得被人耻笑。我闻军士不怯死而灭名，到此地位，怎顾得性命！"唐斌舍命，拈矛纵马，冲杀过来。乔道清见他来得凶猛，连忙捏诀念咒，喝声道："疾！"就本阵内卷起一阵黄沙，望唐斌扑面飞来。唐斌被沙迷眼目，举手无措，早被军士赶上，把左腿刺了一枪，撷下马来，也被活捉去了。原来北军有例，凡解生擒将佐到来，赏赐倍加，所以众将不曾被害。那时唐斌部下一万人马，都被黄沙迷漫，杀的人亡马倒，星落云散，军士折其大半。

且说林冲、徐宁在东门，听的城南喊杀连天，急领兵来接应。那城中守将孙琪等见是乔道清旗号，连忙开门接应，李逵等已被他捉入城中去了。只见那耿恭同几个败残军卒，跑的气喘急促，鞍歪辔侧，头盔也倒在一边，见了林冲、徐宁，方才把马勒住。林冲、徐宁忙问何处军马，耿恭七颠八倒的说了两句。林冲、徐宁急同耿恭投大寨来，恰遇王英、扈三娘领三百骑哨到，得了这个消息，一同来报知宋先锋。

耿恭把李逵等被乔道清擒捉的事备细说了，宋江闻报大惊，哭道："李逵等性命休矣！"吴用劝道："兄长且休烦闷，快理正事。贼人既有妖术，当速往壶关取樊瑞抵敌。"宋江道："一面去取樊瑞，一面进兵，问那贼道讨李逵等众人。"吴用苦谏不听。当下宋先锋令吴用统领众将守寨，宋江亲自统领林冲、徐宁、鲁智深、武松、刘唐、汤隆、李云、郁保四八员将佐，军马二万，即刻望昭德城南杀去。索超、张清接着，合兵一处，摇旗擂鼓，呐喊筛锣，杀奔城下来。

却说乔道清进城，升帅府，孙琪等十将参见毕，孙琪等正欲设宴款待，探马忽报宋兵又到。乔道清怒道:“这厮无礼!”对孙琪道:“待我捉了宋江便来。”即上马统领四员偏将,三千军马,出城迎敌。宋兵正在列阵搦战。只见城门开处,放下吊桥,门内拥出一彪军来,当先一骑,上面坐着一个先生,正是幻魔君乔道清,仗着宝剑,领军过吊桥。两军相迎,旗鼓相望,各把强弓硬弩,射住阵脚,两阵中吹动画角,战鼓齐鸣。

宋阵里门旗开处,宋先锋出马,郁保四捧着帅字旗,立于马前,左有林冲、徐宁、鲁智深、刘唐,右有索超、张清、武松、汤隆,八员将佐拥护。宋先锋怒气填胸,指着乔道清骂道:“助逆贼道,快放还我几个兄弟及五百余人!略有迟延,拿住你碎尸万段!”道清喝道:“宋江不得无礼!俺便不放还你,看你怎地拿我!”宋江大怒,把鞭梢一指,林冲、徐宁、索超、张清、鲁智深、武松、刘唐,一齐冲杀过来。乔道清叩齿作法,捏诀念咒,把剑望西一指,喝声道:“疾!”霎时有无数兵将,从西飞杀过来,早把宋兵冲动。乔道清又把剑望北一指,口中念念有词,喝声道:“疾!”须臾,天昏地暗,日色无光,飞砂走石,撼地摇天。林冲等众将,正杀上前,只见前面都是黄砂黑气,那里见一个敌军。宋军不战自乱,惊得坐下马乱窜咆哮。林冲等急回马拥护宋江,望北奔走。乔道清招兵掩杀,赶得宋江等军马星落云散,七断八续,呼兄唤弟,觅子寻爷。

宋江等忙乱奔走,未及半里之地,前面恁般奇怪,适才兵马来时,好好的平原旷野,却怎么弥弥漫漫,一望都是白浪滔天,无涯无际,却似个东洋大海,就是肋生两翅,也飞不过。后面兵马赶来,眼见得都是个死。鲁智深、武松、刘唐齐声大叫:“难道束手就缚?”三个奋力回身,向北杀来。猛可地一声霹雳,半空中现出二十余尊金甲神人,把兵器乱打下来,早把鲁智深、武松、刘唐打翻,北军赶上,也被活捉去了。又听的大喊道:“宋江下马受缚,免汝一死!”宋江仰天叹道:“宋江死不足惜,只是君恩未报,双亲年老,无人奉养。李逵等这几个兄弟,不曾救得。事到如此,只拚一死,免得被擒受辱。”林冲、徐宁、索超、张清、汤隆、李云、郁保四七个头领,拥着宋江,团聚一块,都道:“我等愿随兄长,为厉鬼杀贼!”郁保四到如此窘迫慌乱的地位,身上又中了两矢,那面帅字旗,兀是挺挺的捧着,紧紧跟随宋先锋,不离尺寸。北军见帅字旗未倒,不敢胡乱上前。

宋江等已掣剑在手,都欲自刎,猛见一个人走向前来,止住众人道:“休要如此,众人勿忧。我位尊戊己,见汝等忠义,特来克那妖水,救汝等归寨。"众将看那人时，生得奇异：头长两块肉角，遍体青黑色，赤发裸形，下体穿条黄裩，左手执一个铃铎。那人就地撮把土，望着那前面海大般白浪滔天的水，只一撒，转眼间，就现出原来平地。对众人道："汝等应有数日灾厄。今妖水已灭，可速归营，差人到卫州，方可解救。汝等勉力报国！"言讫，化阵旋风，寂然不见。众人惊讶不已，保护宋江投奔南来。

行过五六里，忽见尘头起处，又有一彪兵马，自南而来，却是吴用同王英、扈三娘、孙新、顾大嫂、解珍、解宝，领兵一万，前来接应。宋江对吴用道："不听贤弟之言，险些儿不得相见！"吴用道："且到寨中再说。"众人次第入到寨里，把那兵败被困遇神的事备述。吴用以手加额道："位尊戊己，土神也。兄长忠义，感动后土之神，土能克水。"宋江等方才省悟，望空拜谢。

此时天色将暮，有败残军士逃回，说混乱之中，又被昭德城中孙琪、叶声、金鼎、黄钺等开南门领兵掩杀，死者甚众，其余四散逃窜。宋江计点军士，损折万余。吴用对宋江道："贼人会使妖术，连胜两阵，可速用计准备，提防劫寨。况我兵惊恐，凡杯蛇鬼车①，风兵草甲，无往非撼志之物。当空着此寨，只将羊蹄点鼓，我等大兵，退十里另扎营寨。"当下宋江传令，大兵退十里。吴学究又教宋先锋传令，须分扎营寨，大寨包小寨，隅落钩连，曲折相对，如李药师六花阵之法。众将遵令。扎寨方毕，忽报樊瑞奉令从壶关驰到。入寨参见了宋先锋，问知乔道清备细，樊瑞道："兄长放心，无非是妖术。待樊某明日作法擒他。"吴用道："他若不来搦战，我这里只按兵不动，待公孙一清到来，再作计较。"宋江便令张清、王英、解珍、解宝，领轻骑五百，星夜出关，驰往卫州，接取公孙胜，到此破敌解救。张清等掂扎马匹，辞别宋江去了。当下宋兵深栽鹿角，牢竖栅寨，弓上弦，刀出鞘，带甲枕戈，提铃喝号，宋江等秉烛待旦，不题。

再说乔道清用术困住宋江，正待上前擒捉，忽见前面水无涓滴，宋江等已遁去，惊疑不已道："我这法非同小可，他如何便晓得解破？想军中必有异人。"当下收兵，同孙琪等入城，升坐帅府。孙琪等一面设宴庆贺。军士将鲁智深、武松、刘唐，又先捉的李逵、鲍旭、项充、李衮、唐斌，绑缚解到

---

① 杯蛇鬼车——杯蛇，即"杯弓蛇影"。鬼车，传说中的九头怪鸟，夜飞昼伏，喜入屋收人魂气。

帐前。孙琪立在乔道清左侧，看见唐斌，便骂道："反贼，晋王不曾负你。"唐斌喝道："你们的死期也到了。"乔道清叫众人都说姓名上来。李逵睁圆怪眼，倒竖虎须，挺胸大骂道："贼道听着！我是黑爷爷黑旋风李逵。"鲁智深、武松等都由他问，气愤愤的只不开口。乔道清教拿那厮们的军卒上来。无移时，刀斧手将军卒解到。乔道清一一问过，知道他们都是宋兵中勇将，便对众人道："你们若肯归降，待我奏过晋王，都大大的封你们官爵。"李逵大叫如雷道："你看老爷辈是甚么样人？你却放那鸟屁。你要砍黑爷爷，凭你拿去，砍上几百刀，若是黑爷爷皱眉，就不算好汉。"鲁智深、武松、刘唐等齐声骂道："妖道，你休要做梦！我这几个兄弟的头可断，这几条铁腿屈不转的。"乔道清大怒，喝教都推出去，斩讫来报。鲁智深呵呵大笑道："洒家视死如归，今日死得正路。"刀斧手簇拥着众人下去。乔道清心中思想："我从来不曾见恁般的硬汉，且留着他们，却再理会。"当下乔道清疾忙传令，教军士且把这伙人放转，监禁听候。武松骂道："腌臜反贼，早早把俺砍了干净！"乔道清低头不语，众军卒把李逵等一行人监禁去了。

乔道清见三昧神水的法不灵，心中已有几分疑虑，只在城中屯扎，探听宋兵的动静。因此两家都按兵不动。一连的过了五六日，聂新、冯玘领大兵已到，入城参见乔道清，尽将兵马收入城中扎住。乔道清见宋兵紧守营寨，不来厮杀，料无别谋。整点军马，统领将佐，同孙琪、戴美、聂新、冯玘等，领兵二万，五鼓出城，扎寨城南五龙山，平明进兵。乔道清对孙琪道："今日必要擒捉宋江，恢复壶关。"孙琪道："全赖国师相公法力。"当下乔道清统领军马一万，望宋江大寨杀来。小军探听的实，飞报宋先锋。宋江令樊瑞、单廷珪、魏定国，整点军兵，拴缚马匹，准备迎敌。乔道清在高阜处观看宋兵营寨，但见：

四面八向之有准，前后左右之相救。

门户开辟之有法，吸呼联络之有度。

乔道清暗暗喝采，只听的宋寨中一声炮响，寨门开处，拥出一彪军来。两阵里彩旗招动，鼍鼓振天。乔道清下高阜，出到阵前，雷震、倪麟、费珍、薛灿拥护左右，宋阵里旌旗开处，一将纵马出阵，正是混世魔王樊瑞，手仗宝剑，指着乔道清大骂："贼道，怎敢逞凶！"乔道清心中思忖道："此人一定会些法术，我且试他一试。"便对樊瑞喝道："无知败将，敢出秽言！你敢与我比武艺么?"樊瑞道:"你要比武艺,上前来吃我一剑!"两军呐喊擂鼓。樊瑞拍马挺剑,直取乔道清。道清跃马挥剑相迎。二剑并举,两魔相斗:起先兀是两骑马绞做一团厮杀,次后各运神通,只见两股黑气,在阵前左旋右转,一往一来的乱滚。两边军士,都看的呆了。

樊瑞战到酣处,觑个破绽,望乔道清一剑砍去,只砍个空,险些儿颠下马来。原来乔道清故意卖个破绽,哄樊瑞砍来,自己却使个乌龙蜕骨之法,早已归到阵前,呵呵大笑。樊瑞惶恐归阵。

宋阵左右门旗开处,左边飞出圣水将军单廷珪,领五百步兵,尽是黑旗黑甲,手执团牌标枪,钢叉利刃;右边飞出神火将军魏定国,领五百火军,身穿绛衣,手执火器,前后拥出五十辆火车,车上都装芦苇引火之物。军人背上各拴铁葫芦一个,内藏硫黄焰硝,五色烟药,一齐点着。那两路军兵,左边的乌云卷地,右边的烈火飞腾,一哄冲杀过来,北军惊惧欲退。乔道清喝道:"退后者斩!"右手仗着宝剑,口中念念有词,霎时乌云盖地,风雷大作,降下一阵大块冰雹,望圣水、神火军中乱打下来,霹雳交加,火焰灭绝。众军被冰雹打得星落云散,抱头鼠窜。单廷珪、魏定国吓得魂不附体,举手无措,抵死逃回本阵,圣水、神火将军以此翻成画饼。须臾,雹散云收,仍是青天白日,地上兀是有如鸡卵似拳头的无数冰块。

乔道清看宋军时,打得头损额破,眼瞎鼻歪,踏着冰块,便滑一跌。乔道清扬武耀威高叫道:"宋兵中再有手段高强,神通广大的么?"樊瑞羞忿交集,披发仗剑,立于马上,使尽平生法力,口中念动咒语,只见狂风四起,飞砂走石,天愁地暗,日色无光。樊瑞招动人马,冲杀过来,乔道清笑道:"量你这鸟术,干得甚事!"便也仗剑作法,口中念念有词。只见风尽随着宋军乱滚,半空中又是一声霹雳,无数神兵天将,杀将下来。宋阵中马嘶人喊,乱窜起来。乔道清同四个偏将,纵军掩杀。樊瑞法术不灵,抵当不住,回马便走。

北军追赶上来,正在万分危急,猛见宋寨中一道金光射来,把风砂冲散,那些天兵神将,都乱纷纷堕落阵前。众人看时,却是五彩纸剪就的。乔道清见破了神兵法,大展神通,披发仗剑,捏诀念咒,喝声道:"疾!"又使出三昧神水的法来。须臾,有千万道黑气,从壬癸方滚来。

只见宋阵中一个先生,骤马出阵,仗口松纹古定剑,口中念念有词,喝声道:"疾!"猛见半空里有许多黄袍神将,飞向北去,把那黑气冲灭。乔道清吃了一惊,手足无措。宋军见这个先生破了妖术,齐声大骂:“乔道清妖贼,如今有手段高强的来了。”乔道清听了这句,羞的彻耳通红,望本阵便退。乔道清生平逞弄神通,今日垂首丧气。正是:总教掬尽三江水,难洗今朝一面羞。毕竟宋阵里破妖术的先生是谁,且听下回分解。

第九十六回

幻魔君术窘五龙山　入云龙兵围百谷岭

话说宋阵里破乔道清妖术的那个先生,正是入云龙公孙胜。他在卫州接了宋先锋将令,即同王英、张清、解珍、解宝星夜赶到军前。入寨参见了宋先锋,恰遇乔道清逞弄妖法,战败樊瑞。那日是二月初八日,干支是戊午,戊属土。当下公孙胜就请天干神将,克破那壬癸水,扫荡妖氛,现出青天白日。

宋江、公孙胜两骑马同到阵前,看见乔道清羞惭满面,领军马望南便走。公孙胜对宋江道:“乔道清法败奔走,若放他进城,便深根固蒂。兄长疾忙传令,教徐宁、索超领兵五千,从东路抄至南门,绝住去路。王英、孙新领兵五千,驰往西门截住。如遇乔道清兵败到来,只截住他进城的路,不必与他厮杀。”宋江依计传令,分拨众将遵令去了。

此时兀是巳牌时分,宋江同公孙胜统领林冲、张清、汤隆、李云、扈三娘、顾大嫂七个头领,军马二万,赶杀前来。北将雷震等保护乔道清,且战且走。前面又有军马到来,却是孙琪、聂新领兵接应,合兵一处。

刚到五龙山寨,听得后面宋兵鸣锣擂鼓,喊杀连天,飞赶上来。孙琪道:“国师入寨住扎,待孙某等与他决一死战。”乔道清在众将面前夸了口,况且自来行法,不曾遇着对手,今被宋兵追迫,十分羞怒,便对孙琪道:“你们且退后,待我上前拒敌。”即便勒兵列阵,一马当先,雷震等将簇拥左右。乔道清高叫:“水洼草寇,焉得这般欺负人!俺再与你决个胜败。”原来乔道清生长泾原,是极西北地面,与山东道路遥远,不知宋江等众兄弟详细。

当下宋阵里把旗左招右展,一起一伏,列成阵势,两阵相对,吹动画角,战鼓齐鸣。南阵里黄旗磨动,门旗开处,两骑马出阵:中间马上,坐着山东呼保义及时雨宋公明，左手马上，坐的是入云龙公孙一清，手中仗剑，指着乔道清说道："你那学术，都是外道，不闻正法，快下马归顺！"乔道清仔细看时，正是那破法的先生。但见：

星冠攒玉，鹤氅缕金。九宫衣服灿云霞，六甲风雷藏宝诀。腰系杂色彩丝绦，手仗松纹古定剑。穿一双云缝赤朝鞋，骑一匹黄鬃昂首马。八字神眉杏子眼，一部掩口落腮须。

当下乔道清对公孙胜道："今日偶尔行法不灵，我如何便降服你？"公孙胜道："你还敢逞弄那鸟术么？"乔道清喝道："你也小觑俺，再看俺的法！"乔道清抖擞精神，口中念念有词，把手望费珍一招，只见费珍手中执的那条点钢枪，却似被人劈手一夺的，忽地离了手，如腾蛇般飞起，望公孙胜刺来。公孙胜把剑望秦明一指，那条狼牙棍，早离了手，迎着钢枪，一往一来，捽风般在空中相斗。两军迭声喝采。猛可的一声响，两军发喊，空中狼牙棍，把枪打落下来，冬的一声，倒插在北军战鼓上，把战鼓搠破。那司战鼓的军士，吓得面如土色。那条狼牙棍，依然复在秦明手中，恰似不曾离手一般，宋军笑得眼花没缝。

公孙胜喝道："你在大匠面前弄斧！"乔道清又捏诀念咒，把手望北一招，喝声道："疾！"只见北军寨后，五龙山凹里，忽的一片黑云飞起，云中现出一条黑龙，张鳞鼓鬣，飞向前来。公孙胜呵呵大笑，把手也望五龙山一招，只见五龙山凹里，如飞电般掣出一条黄龙，半云半雾，迎住黑龙，空中相斗。乔道清又叫："青龙快来！"只见山顶上才飞出一条青龙，随后又有白龙飞出，赶上前迎住。两军看得目瞪口呆。乔道清仗剑大叫："赤龙快出帮助！"须臾，山凹里又腾出一条赤龙，飞舞前来。五条龙向空中乱舞，正按着金、木、水、火、土五行，互生互克，搅做一团。狂风大起，两阵里捧旗的军士，被风卷动，一连颠翻了数十个。

公孙胜左手仗剑，右手把麈尾[①] 望空一掷，那麈尾在空中打个滚，化成鸿雁般一只鸟飞起去。须臾，渐高渐大，扶摇而上，直到九霄空里，化成个大鹏，翼若垂天之云，望着那五条龙扑击下来。只听得刮剌剌的响，却似青天里打个霹雳，把那五条龙扑打得鳞散甲飘。原来五龙山有段灵异，山中常有五色云现。龙神托梦居民，因此起建庙宇，中间供个龙王牌位。

---

① 麈(zhǔ)尾——即拂尘。麈，古书上指鹿一类的动物，其尾可作拂尘。

又按五方，塑成青、黄、赤、黑、白五条龙，按方向蟠旋于柱，都是泥塑金装彩画就的。当下被二人用法遣来相斗，被公孙胜用麈尾化成大鹏，将五条泥龙，搏击的粉碎，望北军头上，乱纷纷打将下来。北军发喊，躲避不迭，被那年久干硬的泥块，打得脸破额穿，鲜血迸流，登时打伤二百余人，军中乱窜。乔道清束手无术，不能解救。半空里落下个黄泥龙尾，把乔道清劈头一下，险些儿将头打破，把个道冠打瘪。公孙胜把手一招，大鹏寂然不见，麈尾仍归手中。

乔道清再要使妖术时，被公孙胜运动五雷正法的神通，头上现出一尊金甲神人，大喝："乔冽下马受缚！"乔道清口中喃喃呐呐的念咒，并无一毫儿灵验，慌得乔道清举手无措，拍马望本阵便走。

林冲纵马拈矛赶来，大喝："妖道休走！"北阵里倪麟提刀跃马接住。雷震骤马挺戟助战，这里汤隆飞马，使铁瓜锤驾住。两军迭声呐喊，四员将两对儿在阵前厮杀。倪麟与林冲斗过二十余合，不分胜败。林冲觑个破绽，一矛搠中马腿，那马便倒，把倪麟攧翻下来，被林冲向心窝肐察的一枪搠死。雷震正与汤隆战到酣处，见倪麟落马，卖个破绽，拨马便走，被汤隆赶上，把铁瓜锤照顶门一下，连盔带头打碎，死于马下。宋江将鞭梢一指，张清、李云、扈三娘、顾大嫂，一齐冲杀过来。北军大乱，四散乱窜逃生，杀死者甚众。

孙琪、聂新、费珍、薛灿保护乔道清，弃了五龙山寨，领兵欲进昭德。转过山坡，离城尚有六七里，只听得前面战鼓喧天，喊声大振，东首小路撞出一彪兵来，当先二将，乃是金枪手徐宁、急先锋索超。两军未及交锋，昭德城内见城外厮杀，守将戴美、翁奎领兵五千，开南门出城接应，徐宁、索超分头拒敌。索超分兵二千，向北抵敌，戴美当先，与索超斗十余合，被索超挥金蘸斧，砍为两段。翁奎急领兵入城，索超赶杀上去，杀死北军一百余人，直赶至南门城下，翁奎兵马已是进城去了。急拽起吊桥，紧闭城门，城上擂木炮石，如雨般打将下来，索超只得回兵。

再说徐宁领兵三千，拦住北军去路。北军虽是折了一阵，此时尚有二万余人，孙琪、聂新二将，敌住徐宁兵马。费珍、薛灿无心恋战，领五千兵马，保护乔道清投西奔走。这里徐宁力敌孙琪、聂新二将，被北军围裹上来，正是寡不敌众，看看围在垓心，却得索超、宋江南北两路兵都到，孙琪、聂新当不得三面攻击。聂新被徐宁一金枪刺中左臂，坠于马下，被人马践踏如泥。孙琪夺路要走，被张清赶上，手起一枪，搠中后心，撞下马来。北兵大败亏输，三万军马，杀死大半。杀得尸横遍野，流血成河，弃下金鼓旗旛、盔甲马匹无数，其余兵马，四散逃走去了。

宋江、公孙胜、林冲、张清、汤隆、李云、扈三娘、顾大嫂与徐宁、索超，合兵一处，共是二万五千，闻乔道清同费珍、薛灿领五千兵马，望西逃循，欲上前追赶。

此时已是申牌时分，兵马鏖战一日，饥饿困罢，宋先锋正欲收兵回寨食息，忽报军师吴用知宋先锋等兵马鏖战多时，特令樊瑞、单廷珪、魏定国，整点兵马一万，准备火把火炬，前来接应。宋先锋大喜。公孙胜道："既有这枝军马，兄长同众头领回寨食息，小弟同樊、单、魏三位头领，领兵追赶乔道清，务要降服那厮。"宋江道："赖贤弟神功，解救灾厄。贤弟远来劳顿，同回大寨歇息了，明日却再理会。乔道清这厮，法破计穷，料无他虞。"公孙胜道："兄长有所不知。本师罗真人常对小弟说：'泾原有个乔洌，他有道骨，曾来访道，我暂且拒他，因他魔心正重，亦是下土生灵造恶，杀运未终。他后来魔心渐退，机缘到来，遇德而服。恰有机缘遇汝，汝可点化他，后来亦得了悟玄微，日后亦有用着他处。'小弟在卫州，遵令前来，于路问妖人来历，张将军说降将耿恭知他备细，道是乔道清即泾县乔洌。适才见他的法，与小弟比肩相似，小弟却得本师罗真人传受五雷正法，所以破得他的法。此城叫做昭德，合了本师'遇德魔降'的法语。若放他逃遁，倘此人堕陷魔障，有违本师法旨。此机会不可错过，小弟即刻就领兵追赶，相机降服他。"只一席话，说得宋江心胸豁然，称谢不已。当下同众将统领军马，回营食息。公孙胜同樊瑞、单廷珪、魏定国，统领一万军马，追赶乔道清不题。

再说乔道清同费珍、薛灿，领败残兵马五千，奔窜到昭德城西，欲从西门进城，猛听得鼓角齐鸣，前面密林后飞出一彪军来，当先二将，乃是矮脚虎王英、小尉迟孙新，领五千兵，排开阵势，截住去路。费珍、薛灿抵死冲突。孙新、王英奉公孙一清的令，只不容他进城，却不来赶杀，让他望北去了。城中知乔道清术窘，大败亏输，宋兵势大，惟恐城池有失，紧紧的闭了城门，那里敢出来接应。

无移时，孙新、王英见公孙胜同樊瑞、单廷珪、魏定国，领兵飞赶上来。公孙胜道："两位头领，且到大寨食息，待贫道自去赶他。"孙新、王英依令回寨。此时已是酉牌时分。却说乔道清同费珍、薛灿领败残兵,急急如丧家之狗,忙忙似漏网之鱼,望北奔驰。公孙胜同樊瑞、单廷珪、魏定国,领兵一万,随后紧紧追赶。公孙胜高叫道:“乔道清快下马降顺,休得执迷!”乔道清在前面马上高声答道:“人各为其主,你何故逼我太甚?”

此时天色已暮,宋兵燃点火炬火把,火光照耀如白昼一般。乔道清回顾左右,止有费珍、薛灿及三十余骑。其余人马,已四散逃窜去了。乔道清欲拔剑自刎,费珍慌忙夺住道:“国师不必如此。”用手向前面一座山指道:“此岭可以藏匿。”乔道清计穷力竭,随同二将驰入山岭。

原来昭德城东北,有座百谷岭,相传神农尝百谷处。山中有座神农庙。乔道清同费、薛二将,屯扎神农庙中,手下止有十五六骑。只因公孙胜要降服他,所以容他遁入岭中。不然,宋兵赶上,就是一万个乔道清,也杀了。

话不絮烦。却说公孙胜知乔道清遁入百谷岭,即将兵马分四路,扎立营寨,将百谷岭四面围住。至二更时分,忽见东西两路火光大起,却是宋先锋回寨,复令林冲、张清,各领兵五千,连夜哨探到来。与公孙胜合兵一处,共是二万人马,分头扎寨,围困乔道清不题。

且说宋江次日探知乔道清被公孙胜等将兵马围困于百谷岭,即与吴学究计议攻城。传令大兵拔寨起营,到昭德城下。宋江分拨将佐到昭德,围的水泄不通。城中守将叶声等,坚守城池。宋兵一连攻打二日,城尚不破。

宋江在城南寨中,见攻城不下,十分忧闷,李逵等被陷,不知性命如何,不觉潸然泪下。军师吴用劝道:“兄长不必烦闷,只消用几张纸,此城唾手可得。”宋江忙问道:“军师有何良策?”当下吴学究不慌不忙,迭着两个指头,说出这条计来。有分教,兵不血刃孤城破,将士投戈百姓安。毕竟吴学究说出甚么来,且听下回分解。

第九十七回

陈瓘谏官升安抚　琼英处女做先锋

话说当下吴用对宋江道："城中军马单弱，前日恃乔道清妖术，今知乔道清败困，外援不至，如何不惊恐。小弟今晨上云梯观望，见守城军士，都有惊惧之色。今当乘其惊惧，开以自新之路，明其利害之机，城中必缚将出降，兵不血刃，此城唾手可得。"宋江大喜道："军师之谋甚善！"当下计议，写成数十道晓谕的兵檄。其词云：

大宋征北正先锋宋示谕昭德州守城将士军民人等知悉：田虎叛逆，法在必诛，其余胁从，情有可原。守城将士，能反邪归正，改过自新，率领军民，开门降纳，定行保奏朝廷，赦罪录用。如将士怙终不悛[①]，尔等军民，俱系宋朝赤子，速当兴举大义，擒缚将士，归顺天朝。为首的定行重赏，奏请优叙。如执迷逡巡，城破之日，玉石俱焚，孑遗靡有。特谕。

宋江令军士将晓谕拴缚箭矢，四面射入城中。传令各门稍缓攻击，看城中动静。次日平明，只听得城中呐喊振天，四门竖起降旗，守城偏将金鼎、黄钺，聚集军民，杀死副将叶声、牛庚、冷宁，将三个首级，悬挂竿首，挑示宋军。牢中放出李逵、鲁智深、武松、刘唐、鲍旭、项充、李衮、唐斌，俱用轿扛抬，大开城门，拥送出城。军民香花灯烛，迎接宋兵入城。宋先锋大喜，传谕各门将佐，统领军马，次第入城。兵不血刃，百姓秋毫无犯，欢声雷动。

宋江到帅府升坐，鲁智深等八人前来参拜道："哥哥，万分不得相见了！今赖兄长威力，复得聚首，恍如梦中。"宋江等众人，俱感泣泪下。次后，金鼎、黄钺率领翁奎、蔡泽、杨春，上前参拜。宋江连忙答拜，扶起道："将军等兴举大义，保全生灵，此不世[②]之勋也。"黄钺等道："某等不能速来归顺，罪不可逭。反蒙先锋厚礼，真是铭心刻骨，誓死图报！"黄钺等又

---

① 怙(hù)终不悛(quān)——坚持作恶，至终不改。怙，凭借，倚仗。悛，悔改。

② 不世——非凡的，并不是每代都有的。

将鲁智深、李逵等骂贼不屈的事情，备细陈说。宋江感泣称赞。李逵道："俺听得说，那贼鸟道在百谷岭，待俺去砍那撮鸟一百斧，出那口鸟气。"宋江道："乔道清被一清兄弟围困百谷岭，欲降伏他。罗真人已有法旨，兄弟不可造次。"鲁智深对李逵道："兄长之命，安敢不遵?"李逵方才肯住。

当下宋先锋出榜，安抚百姓，赏劳三军将佐，标写公孙胜、金鼎、黄钺功次。正在料理军务，忽报神行太保戴宗，自晋宁回。戴宗入府参见，宋先锋忙问晋宁消息。

戴宗道："小弟蒙兄长差遣，到晋宁，卢先锋正在攻打城池。他道：'待卢某克了城池，却好到兄长处报捷。'故此留小弟在彼，一连住了三四日。晋宁急切攻打不下，到今月初六日，是夜重雾，咫尺不辨，卢先锋令军士悄地囊土填积城下。至三更时分，城东北守御稍懈，我兵潜上土囊，攀援登城，杀死守城将士一十三员。田彪开北门冲突，舍命逃遁。其余牙将俱降。获战马五千余匹，投降军士二万余人，杀死者甚众。当下卢先锋克了晋宁，天明雾霁，正在安抚料理，忽报威胜田虎，差殿帅孙安，统领将佐十员，军马二万，前来救援，离城十里下寨。卢先锋即令秦明、杨志、欧鹏、邓飞，领兵出城迎敌，卢先锋亲自领兵接应。当下秦明与孙安战到五六十合，不分胜负。卢先锋兵到，见孙安勇猛，卢先锋令鸣金收兵，孙安亦自收兵，各立营寨，卢先锋回寨，说孙安勇猛，只可智取，不可力敌。次日，分拨军马埋伏。卢先锋亲自出阵，与孙安战到五十余合，孙安战马忽然前失，把孙安颠下马来。卢先锋喝道：'此非汝战败之罪，快换马来战!'孙安换马，又与卢先锋斗过五十余合。卢先锋佯败奔走，诱孙安赶到林子边，一声炮响，两边伏兵齐出，孙安措手不及，被两边抛出绊马索，将孙安绊倒，众军赶上，连人和马，生擒活捉。北阵里秦英、陆清、姚约三将齐出，救夺孙安，那边杨志、欧鹏、邓飞齐出接住。六骑马捉对儿厮杀，到间深处，只见杨志大喝一声，只一枪，将秦英搠下马来。陆清与欧鹏正斗，被欧鹏卖个破绽，赚陆清一刀砍来，欧鹏把身一闪，陆清砍个空，收刀不迭，被欧鹏照后心一枪刺死。姚约见二人落马，拨马望本阵便走，被邓飞赶上，举铁链当头一下，把姚约连盔透顶，打个粉碎。卢先锋驱兵掩杀，北兵大败，杀死四五千人，北军退十里下寨。我兵得胜进城，众军卒把孙安绑缚解来。卢先锋亲释其缚，待以厚礼，劝孙安归顺天朝。孙安见卢先锋如此意气，情愿降顺。孙安对卢先锋说道：'城外尚有七员将佐，军马一万五千，容孙某出城，招他来降。'卢先锋坦然无疑，放孙安出城。孙安单骑到北寨，说降七将，都来参见卢先锋。卢先锋大喜，置酒管待。孙安说：'某与乔道清，同领兵离威胜，乔道清往救壶关。此人素有妖术，恐宋先锋处罹其荼毒。乔道清与孙某同乡，孙某感将军厚恩，愿往壶关，探听消息，说乔道清归顺。'卢先锋依允，遂令小弟领孙安同来报捷。卢先锋令宣赞、郝思文、吕方、郭盛，管领兵马二万，镇守晋宁。卢先锋统领其余将佐，兵马二万，望汾阳进征。戴某昨日于晋宁起程，替孙安也作起神行法。今日于路，已闻得兄长兵围昭德，乔道清被困。比及到城外，又知兄长大兵进城，特来参见哥哥。孙安现在府门外伺候。"

宋江大喜，令戴宗引孙安进见。戴宗遵令，领孙安入府，上前参见。宋江看孙安轩昂魁伟，一表非俗，下阶迎接。孙安纳头便拜道："孙某抗拒大兵，罪该万死！"宋江答拜不迭道："将军反邪归正，与宋某同灭田虎，回朝报奏朝廷，自当录用。"孙安拜谢起立。宋先锋命坐，置酒管待。孙安道："乔道清妖术利害，今幸公孙先生解破。"宋江道："公孙一清欲降服他，授以正法。今围困三四日，尚未有降意。"孙安道："此人与孙某最厚，当说他来降。"当下宋先锋令戴宗同孙安出北门，到公孙胜寨中。相见已毕，戴宗、孙安将来意备细对公孙胜说了。一清大喜，即令孙安入岭，寻觅乔道清。孙安领命，单骑上岭。

却说乔道清与费珍、薛灿，与十五六个军士，藏匿在神农庙里，与本庙道人借索些粗粝充饥。这庙里止有三个道人，被乔道清等将他累月募化积下的饭来，都吃尽了，又见他人众，只得忍气吞声。

是日，乔道清听得城中呐喊，便出庙登高崖了望，见城外兵已解围，门内有人马出入，知宋兵已是入城。正在嗟叹，忽见崖畔树林中，走出一个樵者，腰插柯斧，将扁担做个拐杖，一步步捉脚儿走上崖来。口中念着个歌儿道：

上山如挽舟，下山如顺流。

挽舟当自戒，顺流常自由。

我今上山者，预为下山谋。

乔道清听了这六句樵歌，心中颇觉恍然，便问道："你知城中消息么？"樵叟道："金鼎、黄钺杀了副将叶声，已将城池归顺宋朝。宋江兵不血刃，得了昭德。"乔道清道："原来如此！"那樵者说罢，转过石崖，望山坡后去了。乔道清又见一人一骑,寻路上岭,渐近庙前。乔道清下崖观看,吃了一惊,原来是殿帅孙安,"他为何便到此处?"孙安下马,上前叙礼毕,乔道清忙问:"殿帅领兵往晋宁,为何独自到此?岭下有许多军马,如何不拦当?"孙安道:"好教兄长得知。"乔道清见孙安不称国师,已有三分疑虑。孙安道:"且到庙中,细细备述。"

二人进庙,费珍、薛灿都来相见毕,孙安方把在晋宁被获投降的事,说了一遍。乔道清默然无语。孙安道:"兄长休要狐疑。宋先锋等十分义气,我等投在麾下,归顺天朝,后来亦得个结果。孙某此来,特为兄长。兄长往时曾访罗真人否?"乔道清忙问:"你如何知道?"孙安道:"罗真人不接见兄长,令童子传命,说你后来'遇德魔降',这句话有么?"乔道清连忙答道:"有,有。"孙安道:"破兄长法的这个人,你认得么?"乔道清道:"他是我对头。只知他是宋军中人,却不知道他的来历。"孙安道:"则他便是罗真人徒弟,叫做公孙胜,宋先锋的副军师。这句法语,也是他对小弟说的。此城叫做昭德,兄长法破,可不是合了'遇德魔降'的说话!公孙胜专为真人法旨,要点化你,同归正道,所以将兵马围困,不上山来擒捉。他既法可以胜你,他若要害你,此又何难?兄长不可执迷。"乔道清言下大悟,遂同孙安带领费珍、薛灿下岭,到公孙胜军前。

孙安先入营报知,公孙胜出寨迎接。乔道清入寨,拜伏请罪道:"蒙法师仁爱,为乔某一人,致劳大军,乔某之罪益深!"公孙胜大喜,答拜不迭,以宾礼相待。乔道清见公孙胜如此意气,便道:"乔某有眼不识好人,今日得侍法师左右,平生有幸。"公孙胜传令解围,樊瑞等众将,四面拔寨都起。

公孙胜率领乔道清、费珍、薛灿入城,参见宋先锋。宋江以礼相待,用好言抚慰。乔道清见宋江谦和,愈加钦服。少顷,樊瑞、单廷珪、魏定国、林冲、张清都到。宋江传令,将军马尽数收入城中屯住。当下宋江置酒庆贺。席间公孙胜对乔道清说:"足下这法,上等不比诸佛菩萨,累劫修来,证入虚空三昧,自在神通;中等不比蓬莱三十六洞真仙,准几十年抽添水火,换髓移筋,方得超形度世,游戏造化。你不过凭着符咒,袭取一时,盗窃天地之精英,假借鬼神之运用,在佛家谓之金刚禅邪法,在仙家谓之幻术。若认此法便可超凡入圣,岂非毫厘千里之谬!"乔道清听罢,似梦方觉。当下拜公孙胜为师。宋江等听公孙胜说的明白玄妙,都称赞公孙胜的神功道德。当日酒散,一宿无话。

次日，宋江令萧让写表，申奏朝廷，得了晋宁、昭德二府。写书申呈宿太尉报捷，其卫州、晋宁、昭德、盖州、陵川、高平六府州县缺的官，乞太尉择贤能堪任的，奏请速补，更替将领征进。当下萧让书写停当，宋江令戴宗赍捧，即日起程。

戴宗遵令，拴缚行囊包裹，赍捧表文书札，选个轻捷军士跟随，辞别宋先锋，作起神行法，次日便到东京。先往宿太尉府中呈递书札，恰遇宿太尉在府。

戴宗在府前，寻得个本府杨虞候，先送了些人事银两，然后把书札相烦转达太尉。杨虞候接书入府。少顷，杨虞候出来唤道："太尉有钧旨，呼唤头领。"戴宗跟随虞候进府，只见太尉正在厅上坐地，拆书观看。戴宗上前参见。太尉道："正在紧要的时节，来的恁般凑巧！前日正被蔡京、童贯、高俅，在天子面前，劾奏你的哥哥宋先锋复军杀将，丧师辱国，大肆诽谤，欲皇上加罪。天子犹豫不决，却被右正言陈瓘上疏，劾蔡京、童贯、高俅诬陷忠良，排挤善类，说汝等兵马，已渡壶关险隘，乞治蔡京等欺妄之罪。以此忤了蔡太师，寻他罪过。昨日奏过天子说：'陈瓘撰尊尧录，他尊神宗为尧，即寓讪陛下之意，乞治陈瓘讪上之罪。'幸的天子不即加罪。今日得汝捷报，不但陈瓘有颜，连我也放下许多忧闷。明日早朝，我将汝奏捷表文上达。"戴宗再拜称谢，出府觅个寓所，安歇听候，不在话下。

且说宿太尉次日早朝入内，道君皇帝在文德殿朝见文武。宿太尉拜舞山呼毕，将宋江捷表奏闻，说宋江等征讨田虎，前后共克复六府州县，今差人赍捧捷表上闻。天子龙颜欣悦。宿元景又奏道："正言陈瓘撰尊尧录，以先帝神宗为尧，陛下为舜，尊尧何得为罪？陈瓘素刚正不屈，遇事敢言，素有胆略，乞陛下加封陈瓘官爵，敕陈瓘到河北监督兵马，必成大功。"天子准奏，随即降旨："陈瓘于原官上加升枢密院同知，着他为安抚，统领御营军马二万，前往宋江军前督战，并赍赏赐银两，犒劳将佐军卒。"

当下朝散，宿太尉回到私第，唤戴宗打发回书。戴宗已知有了圣旨，拜辞宿太尉，离了东京，作起神行法，次日已到昭德城中。往返东京，刚刚四日。

宋江正在整点兵马，商议进征，见戴宗回来，忙问奏闻消息。戴宗将宿太尉回书呈上。宋江拆开看罢，将书中备细，一一对众头领说知。众人都道："难得陈安抚恁般肝胆，我们也不枉在这里出力。"宋江传令，待接了敕旨,然后进征。众将遵令,在城屯住,不在话下。

却说昭德城北潞城县,是本府属县。城中守将池方,探知乔道清围困时,便星夜差人,到威胜田虎处申报告急。田虎手下伪省院官,接了潞城池方告急申文,正欲奏知田虎,忽报晋宁已失,御弟三大王田彪止逃得性命到此。说言未毕,恰好田彪已到。田彪同省院官入内,拜见田虎。田彪放声大哭说:"宋兵势大,被他打破晋宁城池,杀了儿子田实,臣止逃得性命至此。失地丧师,臣该万死!"说罢又哭。那边省院官又启奏道:"臣适才接得潞城守将池方申文,说乔国师已被宋兵围困,昭德危在旦夕。"田虎闻奏大惊,会集文武众官,右丞相太师卞祥、枢密官范权、统军大将马灵等,当廷商议:"即日宋江侵夺边界,占了我两座大郡,杀死众多兵将,乔道清已被他围困,汝等如何处置?"当有国舅邬梨奏道:"主上勿忧!臣受国恩,愿部领军马,克日兴师,前往昭德,务要擒获宋江等众,恢复原夺城池。"那邬梨国舅,原是威胜富户。邬梨入骨好使枪棒,两臂有千斤力气,开的好硬弓,惯使一柄五十斤重泼风大刀。田虎知他幼妹大有姿色,便娶来为妻,遂将邬梨封为枢密,称做国舅。

当下邬梨国舅又奏道:"臣幼女琼英,近梦神人教授武艺,觉来便是膂力过人。不但武艺精熟,更有一件神异的手段,手飞石子,打击禽鸟,百发百中,近来人都称他做琼矢镞。臣保奏幼女为先锋,必获成功。"田虎随即降旨,封琼英为郡主。邬梨谢恩方毕,又有统军大将马灵奏道:"臣愿部领军马,往汾阳退敌。"田虎大喜,都赐金印虎牌,赏赐明珠珍宝。邬梨、马灵各拨兵三万,速便起兵前去。

不说马灵统领偏牙将佐军马,望汾阳进发。且说邬梨国舅领了王旨兵符,下教场挑选兵马三万,整顿刀枪弓箭,一应器械。归第,领了女将琼英为前部先锋,入内辞别田虎,摆布起身。琼英女领父命,统领军马,径奔昭德来。只因这女将出征,有分教,贞烈女复不共戴天之仇,英雄将成琴瑟伉俪之好。毕竟不知女将军怎生搦战,且听下回分解。

第九十八回

张清缘配琼英　吴用计鸩邬梨

话说邬梨国舅，令郡主琼英为先锋，自己统领大军随后。那琼英年方一十六岁，容貌如花的一个处女，原非邬梨亲生的。他本宗姓仇，父名申，祖居汾阳府介休县，地名绵上。

那绵上，即春秋时晋文公求介之推不获，以绵上为之田，就是这个绵上。那仇申颇有家资，年已五旬，尚无子嗣。又值丧偶，续娶平遥县宋有烈女儿为继室，生下琼英，年至十岁时，宋有烈身故，宋氏随即同丈夫仇申往奔父丧。那平遥是介休邻县，相去七十余里。宋氏因路远仓卒，留琼英在家，吩咐主管叶清夫妇看管伏侍。自己同丈夫行至中途，突出一伙强人，杀了仇申，赶散庄客，将宋氏掳去。庄客逃回，报知叶清。那叶清虽是个主管，倒也有些义气，也会使枪弄棒。妻子安氏，颇是谨慎，当下叶清报知仇家亲族，一面呈报官司，捕捉强人；一面埋葬家主尸首。仇氏亲族，议立本宗一人，承继家业。叶清同妻安氏两口儿，看管小主女琼英。

过了一年有余，值田虎作乱，占了威胜，遣邬梨分兵摽掠，到介休绵上，抢劫资财，掳掠男妇，那仇氏嗣子，被乱兵所杀，叶清夫妇及琼英女，都被掳去。那邬梨也无子嗣，见琼英眉清目秀，引来见老婆倪氏。那倪氏从未生育的，一见琼英，便十分爱他，却似亲生的一般。琼英从小聪明，百伶百俐，料道在此不能脱生，又举目无亲，见倪氏爱他，便对倪氏说，向邬梨讨了叶清的妻安氏进来。因此安氏得与琼英坐卧不离。那叶清被掳时，他要脱身逃走，却思想："琼英年幼，家主主母只有这点骨血，我若去了，便不知死活存亡。幸得妻子在彼，倘有机会，同他们脱得患难，家主死在九泉之下，亦是瞑目。"因此只得随顺了邬梨。征战有功，邬梨将安氏给还叶清。安氏自此得出入帅府，传递消息与琼英，邬梨又奏过田虎，封叶清做个总管。

叶清后被邬梨差往石室山，采取木石。部下军士向山冈下指道："此处有块美石，白赛霜雪，一毫瑕疵儿也没有。土人欲采取他，却被一声霹雳，把几个采石的惊死，半晌方醒。因此人都啮指相戒，不敢近他。”叶清听说，同军士到冈下看时，众人发声喊，都叫道：“奇怪！适才兀是一块白石，却怎么就变做一个妇人的尸骸！”

叶清上前仔细观看，恁般奇怪，原来是主母宋氏的尸首，面貌兀是如生，头面破损处，却似坠冈撞死的。叶清惊讶涕泣，正在没理会处，却有本部内一个军卒，他原是田虎手下的马圉，当下将宋氏被掳身死的根因，一一备细说道：“昔日大王初起兵的时节，在介休地方，掳了这个女子，欲将他做个压寨夫人。那女子哄大王放了绑缚，行到此处，被那女子将身窜下高冈撞死。大王见他撞死，叫我下冈剥了他的衣服首饰。是小的伏侍他上马，又是小的剥他的衣服，面貌认得仔细，千真万真是他。今已三年有余，尸骸如何兀是好好地？”叶清听罢，把那无穷的眼泪，都落在肚里去了，便对军士说：“我也认得不错，却是我的旧邻宋老的女儿。”叶清令军士挑土来掩，上前看时，仍旧是块白石。众人十分惊讶叹息，自去干那采石的事。事毕，叶清回到威胜，将田虎杀仇申，掳宋氏，宋氏守节撞死这段事，教安氏密传与琼英知道。

琼英知了这个消息，如万箭攒心，日夜吞声饮泣，珠泪偷弹，思报父母之仇，时刻不忘。从此每夜合眼，便见神人说：“你欲报父母之仇，待我教你武艺。”琼英心灵性巧，觉来都是记得，他便悄地拿根杆棒，拴了房门，在房中演习。自此日久，武艺精熟，不觉挨至宣和四年的季冬，琼英一夕，偶尔伏几假寐，猛听的一阵风过，便觉异香扑鼻。忽见一个秀士，头带折角巾，引一个绿袍年少将军来，教琼英飞石子打击。那秀士又对琼英说：“我特往高平，请得天捷星到此，教汝异术，救汝离虎窟，报亲仇。此位将军，又是汝宿世姻缘。”琼英听了“宿世姻缘”四字，羞赧无地，忙将袖儿遮脸。才动手，却把桌上剪刀拨动，铿然有声。猛然惊觉，寒月残灯，依然在目，似梦非梦。琼英兀坐，呆想了半晌，方才歇息。

次日，琼英尚记得飞石子的法，便向墙边拣取鸡卵般一块圆石，不知高低，试向卧房脊上的鸱尾打去，正打个着，一声响亮，把个鸱尾打的粉碎，乱纷纷抛下地来。却惊动了倪氏，忙来询问。琼英将巧言支吾道：“夜来梦神人说：‘汝父有王侯之分，特来教导你的异术武艺，助汝父成功。’适才试将石子飞去，不想正打中了鸱尾。”倪氏惊讶，便将这段话报知邬梨。那邬梨如何肯信，随即唤出琼英询问，便把枪、刀、剑、戟、棍、棒、叉、钯试他，果然件件精熟。更有飞石子的手段，百发百中。邬梨大惊，想道：“我真个有福分，天赐异人助我。”因此终日教导琼英，驰马试剑。

当下邬梨家中，将琼英的手段传出去，哄动了威胜城中人，都称琼英做“琼矢镞”。此时邬梨欲择佳婿，匹配琼英。琼英对倪氏说道：“若要匹配，只除是一般会打石的。若要配与他人，奴家只是个死。”倪氏对邬梨说了。邬梨见琼英题目太难，把择婿事遂尔停止。

今日邬梨想着“王侯”二字，萌了异心，因此，保奏琼英做先锋，欲乘两家争斗，他于中取事。当下邬梨挑选军兵，拣择将佐，离了威胜。拨精兵五千，令琼英为先锋，自己统领大军，随后进征。

不说邬梨、琼英进兵，却说宋江等在昭德俟候，迎接陈安抚。一连过了十余日，方报陈安抚军马已到。宋江引众将出郭远远迎接，入到昭德府内歇下，权为行军帅府。诸将头目，尽来参见，施礼已毕。陈安抚虽是素知宋江等忠义，都无由与宋江觌面相会。今日见宋江谦恭仁厚，愈加钦敬，说道：“圣上知先锋屡建奇功，特差下官到此监督，就赍赏赐金银缎匹，车载前来给赏。”宋江等拜谢道：“某等感安抚相公极力保奏，今日得受厚恩，皆出相公之赐。某等上受天子之恩，下感相公之德，宋江等虽肝脑涂地，不能补报。”陈安抚道：“将军早建大功，班师回京，天子必当重用。”宋江再拜称谢道：“请烦安抚相公镇守昭德，小将分兵攻取田虎巢穴，教他首尾不能相顾。”陈安抚道：“下官离京时，已奏过圣上，将近日先锋所得州县，现今缺的府县官员，尽已下该部速行推补，勒限起程，不日便到。”宋江一面将赏赐俵散军将，一面写下军帖，差神行太保戴宗，往各府州县镇守头领处传令，俟新官一到，即行交代，勒兵前来听调。到各府州传令已了，再往汾阳探听军情回报。宋江又将河北降将唐斌等功绩，申呈陈安抚，就荐举金鼎、黄钺，镇守壶关、抱犊，更替孙立、朱仝等将佐前来听用。陈安抚一一依允。

忽有流星探马报将来，说道：“田虎差马灵统领将佐军马，往救汾阳，又差邬梨国舅，同琼英郡主，统领将佐，从东杀至襄垣了。”宋江听罢，与吴用商议，分拨将佐迎敌。当下降将乔道清说道：“马灵素有妖术，亦会神行法，暗藏金砖打人，百发百中。小道蒙先锋收录，未曾出得气力，愿与吾师公孙一清，同到汾阳，说他来降。”宋江大喜，即拨军马二千，与公孙胜、乔道清带领前去。二人辞别宋江，即日领军马起程，望汾阳去了，不题。

再说宋江传令，索超、徐宁、单廷珪、魏定国、汤隆、唐斌、耿恭，统领军马二万，攻取潞城县。再令王英、扈三娘、孙新、顾大嫂领骑兵一千，先行哨探北军虚实。宋江辞了陈安抚，统领吴用、林冲、张清、鲁智深、武松、李逵、鲍旭、樊瑞、项充、李衮、刘唐、解珍、解宝、凌振、裴宣、萧让、宋清、金大坚、安道全、蒋敬、郁保四、王定六、孟康、乐和、段景住、朱贵、皇甫端、侯健、蔡福、蔡庆，及新降将孙安，共正偏将佐三十一员，军马三万五千，离了昭德，望北进发。

前队哨探将佐王英等，已到襄垣县界，五阴山北，早遇北将叶清、盛本哨探到来。两军相撞，擂鼓摇旗。北将盛本，立马当先。宋阵里王英骤马出阵，更不打话，拍马拈枪，直抢盛本。两军呐喊，盛本挺枪纵马迎住。二将斗敌十数合之上，扈三娘拍马舞刀，来助丈夫厮杀。盛本敌二将不过，拨马便走。扈三娘纵马赶上，挥刀把盛本砍翻，撞下马来。王英等驱兵掩杀，叶清不敢抵敌，领兵马急退。宋兵追赶上来，杀死军士五百余人，其余四散逃窜。叶清止领得百余骑，奔至襄垣城南二十里外。琼英军马已到扎寨。

原来叶清于半年前被田虎调来，同主将徐威等镇守襄垣。近日听得琼英领兵为先锋，叶清禀过主将徐威，领本部军马哨探，欲乘机相见主女。徐威又令偏将盛本同去，却好被扈三娘杀了，恰遇琼英兵马。

当下叶清入寨，参见主女，见主女长大，虽是个女子，也觉威风凛凛，也象个将军。琼英认得是叶清，叱退左右，对叶清道："我今日虽离虎窟，手下止有五千人马，父母之仇，如何得报。欲脱身逃遁，倘彼知觉，反罹其害。正在踌躇，却得汝来。"叶清道："小人正在思想计策，却无门路。倘有机会，即来报知。"说还未毕，忽报南军将佐，领兵追杀到来。琼英披挂上马，领军迎敌。

两军相对，旗鼓相望，两边列成阵势，北阵里门旗开处，当先一骑银鬃马上，坐着个少年美貌的女将。怎生模样，但见：

金钗插凤，掩映乌云。铠甲披银，光欺瑞雪。踏宝镫鞋翘尖红，提画戟手舒嫩玉。柳腰端跨，迭胜带紫色飘摇；玉体轻盈，挑绣袍红霞笼罩。脸堆三月桃花，眉扫初春柳叶。锦袋暗藏打将石，年方二八女将军。

女将马前旗号，写的分明："平南先锋将郡主琼英"。南阵军将看罢，个个喝采。两阵里花腔鼍鼓喧天，杂彩绣旗闭日。矮脚虎王英看见是个美貌女子，骤马出阵，挺枪飞抢琼英，两军呐喊，那琼英拍马拈戟来战。二将斗到十数余合，王矮虎拴不住意马心猿，枪法都乱了。琼英想道："这厮可恶！"觑个破绽，只一戟，刺中王英左腿。王英两脚蹬空，头盔倒卓，撞下马来。扈三娘看见伤了丈夫，大骂："贼泼贱小淫妇儿，焉敢无礼！"飞马抢出，来救王英。琼英挺戟，接住厮杀。王英在地挣扎不起，北军拥上，来捉王英，那边孙新、顾大嫂双出，死救回阵。

顾大嫂见扈三娘斗琼英不过，使双刀拍马上前助战。三个女将，六条臂膊，四把钢刀，一枝画戟，各在马上相迎着。正如风飘玉屑，雪撒琼花，两阵军士，看得眼也花了。三女将斗到二十余合，琼英望空虚刺一戟，拖戟拨马便走。扈三娘、顾大嫂一齐赶来。琼英左手带住画戟，右手拈石子，将柳腰扭转，星眼斜睃，觑定扈三娘，只一石子飞来，正打中右手腕。扈三娘负痛，早撇下一把刀来，拨马便回本阵。顾大嫂见打中扈三娘，撇了琼英，来救扈三娘。琼英勒马赶来，那边孙新大怒，舞双鞭，拍马抢来。未及交锋，早被琼英飞起一石子，珰的一声，正打中那熟铜狮子盔。孙新大惊，不敢上前，急回本阵，保护王英、扈三娘，领兵退去。

琼英正欲驱兵追赶，猛听的一声炮响，此时是二月将终天气，只见柳梢旗乱拂，花外马频嘶，山坡后冲出一彪军来，却是林冲、孙安，及步军头领李逵等，奉宋公明将令，领军接应。两军相撞，擂鼓摇旗，两阵里迭声呐喊。那边豹子头林冲，挺丈八蛇矛，立马当先。这边琼矢镞琼英，拈方天画戟，纵马上前。林冲见是个女子，大喝道："那泼贱，怎敢抗拒天兵！"琼英更不打话，拈戟拍马，直抢林冲。林冲挺矛来斗。两马相交，军器并举。斗无数合，琼英遮拦不住，卖个破绽，虚刺一戟，拨马望东便走。林冲纵马追赶。南阵前孙安看见是琼英旗号，大叫："林将军不可追赶，恐有暗算。"林冲手段高强，那里肯听，拍马紧紧赶将来。那绿茸茸草地上，八个马蹄翻盏撒钹般，勃喇喇地风团儿也似般走。

琼英见林冲赶得至近，把左手虚提画戟，右手便向绣袋中摸出石子，扭回身，觑定林冲面门较近，一石子飞来。林冲眼明手快，将矛柄拨过了石子。琼英见打不着，再拈第二个石子，手起处，真似流星掣电，石子来，吓得鬼哭神惊，又望林冲打来。林冲急躲不迭，打在脸上，鲜血迸流，拖矛回阵。琼英勒马追赶。

孙安正待上前，只见本阵军兵，分开条路，中间飞出五百步军，当先是李逵、鲁智深、武松、解珍、解宝，五员惯步战的猛将。李逵手搭板斧，直抢过来，大叫："那婆娘不得无礼！"琼英见他来的凶猛，手拈石子，望李逵打去，正中额角。李逵也吃了一惊，幸得皮老骨硬，只打的疼痛，却是不曾破损。琼英见打不倒李逵，跑马入阵。李逵大怒，虎须倒竖，怪眼圆睁，大吼一声，直撞入去。鲁智深、武松、解珍、解宝，恐李逵有失，一齐冲杀过来。孙安那里阻当得住？琼英见众人赶来，又一石子，早把解珍打翻在地，解宝、鲁智深、武松急来扶救。这边李逵只顾赶去，琼英见他来得至近，忙飞一石子，又中李逵额角。两次被伤，方才鲜血迸流。李逵终是个铁汉，那綻黑脸上，带着鲜红的血，兀是火喇喇地，挥双斧，撞入阵中，把北军乱砍。那边孙安见琼英入阵，招兵冲杀过来，恰好邬梨领着徐威等正偏将佐八员，统领大军已到，两边混杀一场。那边鲁智深、武松救了解珍，翻身杀入北阵去了。解宝扶着哥哥，不便厮杀，被北军赶上，撒起绊索，将解珍、解宝双双儿横拖倒拽，捉入阵中去了。步兵大败奔回。却得孙安奋勇鏖战，只一剑，把北将唐显砍下马来。邬梨被孙安手下军卒放冷箭，射中脖项，邬梨翻身落马，徐威等死救上马。

琼英众将见邬梨中箭，急鸣金收兵。南面宋军又到，当先马上一将，却是没羽箭张清，在寨中听流星报马说，北阵里有个飞石子的女将，把扈三娘等打伤。张清听报惊异，禀过宋先锋，急披挂上马，领军到此接应，要认那女先锋。那边琼英已是收兵，保护邬梨，转过长林，望襄垣去了。张清立马惆望，有诗为证：

佳人回马绣旗扬，士卒将军个个忙。

引入长林人不见，百花丛里隔红妆。

当下孙安见解珍、解宝被擒，鲁智深、武松、李逵三人杀入阵去，欲招兵追赶，天色又晚，只得同张清保护林冲，收兵回大寨。

宋江正在升帐，令神医安道全看治王英。众将上前看王英时，不止伤足，连头面也磕破。安道全敷治已毕，又来疗治林冲。宋江见说陷了解珍、解宝及李逵等三人，不知下落，十分忧闷。无移时，只见武行者同了李逵，杀得满身血污，人寨来见宋江。武松诉说："小弟见李逵杀得性起，只顾上前，兄弟帮他厮杀，杀条血路，冲透北军，直至城下。只见北军绑缚着解珍、解宝，欲进城去，被我二人杀死军士，夺了解珍、解宝，被徐威等大军赶来，复夺去解珍、解宝，我二人又杀开一条血路，空手到此。只不见鲁智深。”宋江听说，满眼垂泪，差人四下跟寻探听鲁智深踪迹，又令安道全敷治李逵。此时已是黄昏时分，宋江计点军士，损折三百余名，当下紧闭寨栅，提铃喝号，一宿无话。

次早，军士回报，鲁智深并无影响①，宋江越添忧闷，再差乐和、段景住、朱贵、郁保四，各领轻捷军士，分四路寻觅。宋江欲领兵攻城，怎奈头领都被打伤，只得按兵不动。城中紧闭城门，也不来厮杀。一连过了二日，只见郁保四获得奸细一名，解进寨来。孙安看那个人，却认得是北将总管叶清。孙安对宋江道：“某闻此人素有意气，他独自出城，其中必有缘故。”宋江叫军士放了绑缚，唤他上前。

叶清望宋江磕头不已道：“某有机密事，乞元帅屏退左右，待叶某备细上陈。”宋江道：“我这里弟兄，通是一般肠肚②，但说不妨。”叶清方才说：“城中邬梨，前日在阵上中了药箭，毒发昏乱，城中医人，疗治无效。叶某趁此，特借访求医人，出城探听消息。”宋江便问：“前日拿我二将，如何处置了？”叶清道：“小人恐伤二位将军，乘邬梨昏乱，小人假传将令，把二位将军，权且监候，如今好好地在那里。”叶清又把仇申夫妇被田虎杀害掳掠，及琼英的上项事，备细述了一遍。说罢，悲恸失声。

宋江见说这段情由，颇觉凄惨。因见叶清是北将，恐有诈谋，正在疑虑，只见安道全上前对宋江道：“真个姻缘天凑，事非偶然！”他便一五一十的说道：“张将军去冬，也梦甚么秀士，请他去教一个女子飞石。又对他说，是将军宿世姻缘。张清觉来，痴想成疾。彼时蒙兄长着小弟同张清住高平疗治他，小弟诊治张清脉息，知道是七情所感，被小弟再三盘问，张将军方肯说出病根，因是手到病痊。今日听叶清这段话，却不是与张将军符合？”宋江听罢，再问降将孙安。孙安答道：“小将颇闻得琼英不是邬梨嫡女。孙某部下牙将杨芳，与邬梨左右相交最密，也知琼英备细。叶清这段话，决无虚伪。”叶清又道：“主女琼英，素有报仇雪耻之志。小人见他在阵上连犯虎威，恐城破之日，玉石俱焚。今日小人冒万死到此，恳求元帅。”吴用听罢，起身熟视叶清一回，便对宋江道：“看他色惨情真，诚义士也！

① 影响——踪影，消息。
② 肠肚——心肠，心思。

天助兄长成功,天教孝女报仇!”便向宋江附耳低言说道:“我兵虽分三路合剿,倘田虎结连金人,我兵两路受敌。纵使金人不出,田虎计究,必然降金,似此如何成得荡平之功?小生正在策划,欲得个内应。今天假其便,有张将军这段姻缘,只除如此如此,田虎首级只在琼英手中。李逵的梦,神人已有预兆。兄长岂不闻‘要夷田虎族,须谐琼矢镞’这两句么?”宋江省悟,点头依允,即唤张清、安道全、叶清三人,密语受计。三人领计去了。

却说襄垣守城将士,只见叶清回来,高叫:“快开城门!我乃邬府偏将叶清,奉差寻访医人全灵、全羽到此。”守城军士,随即到幕府传鼓通报。须臾,传出令箭,放开城门。叶清带领全灵、全羽进城,到了国舅幕府前,里面传出令来,说唤医人进来看治。叶清即同全灵进府。

随行军中伏侍的伴当人等,禀知郡主琼英,引全灵到内里参见琼英已毕,直到邬梨卧榻前,只见口内一丝两气。全灵先诊了脉息,外使敷贴之药,内用长托之剂。三日之间,渐渐皮肤红白,饮食渐进。不过五日,疮口虽然未完,饮食复旧。邬梨大喜,教叶清唤医人全灵入府参见。邬梨对全灵说道:“赖足下神术疗治,疮口今渐平复。日后富贵,与汝同享。”全灵拜谢道:“全某鄙术,何足道哉?全某有嫡弟全羽,久随全某在江湖上学得一身武艺,现今随全某在此,修治药饵,求相公提拔。”邬梨传令,教全羽入府参见。邬梨看见全羽一表非俗,心下颇是喜欢,令全羽在府外伺候听用。

全灵、全羽拜谢出府,一连又过了四日,忽报宋江领兵攻城,叶清入府报知邬梨,说宋江等兵强将勇,须是郡主,方可退敌。邬梨闻报,随即带领琼英入教场,整点兵马。只见全羽上演武厅禀道:“蒙恩相令小人伺候听用,今闻兵马临城,小人不才,愿领兵出城,教他片甲不回。”当有总管叶清,假意大怒,对全羽道:“你敢出大言,敢与我比试武艺么?”全羽笑道:“我十八般武艺,自小习学,今日正要与你比试。”叶清来禀邬梨。邬梨依允,付与枪马。二人各绰枪上马,在演武厅前,来来往往,番番复复,搅做一团,扭做一块。鞍上人斗人,坐下马斗马,斗了四五十合,不分胜负。此时琼英在旁侍立,看见全羽面貌,心下惊疑道:“却象那里曾厮见过的,枪法与我一般。”思想一回,猛然省悟道:“梦中教我飞石的,正是这个面庞,不知会飞石也不?”便拈戟骤马近前,将画戟隔开二人。这是琼英恐叶清伤了全羽,却不知叶清已是一路的人。琼英挺戟,直抢全羽,全羽挺枪迎住,两个又斗过五十余合。琼英霍地回马,望演武厅上便走,全羽就势里赶将来。琼英拈取石子，回身觑定全羽肋下空处，只一石子飞来。全羽早已瞧科，将右手一绰，轻轻的接在手中。琼英见他接了石子，心下十分惊异，再取第二个石子飞来。全羽见琼英手起，也将手中接的石子应手飞去。只听的一声响亮，正打中琼英飞来的石子。两个石子，打得雪片般落将下来。那日城中将士徐威等，俱各分守四门，教场中只有牙将校尉，也有猜疑这个人是奸细，因见郡主琼英是金枝玉叶，也和他比试，又是邬梨部下亲密将佐叶清引进来的，他们如何敢来启齿？眼见得城池不济事了，各人自思随风转舵。也是田虎合败，天褫[①]邬梨之魄，使他昏暗。当下唤全羽上厅，赐了衣甲马匹，即令全羽领兵二千，出城迎敌。全羽拜谢，遵令出城，杀退宋兵，进城报捷。邬梨大喜。当日赏劳全羽歇息，一宿无话。

次日，宋兵又到，邬梨又令全羽领兵三千，出城迎敌。从辰至午，鏖战多时，被全羽用石打得宋将乱窜奔逃。全羽招兵掩杀，直赶过五阴山，宋江等抵敌不住，退入昭德去了。全羽得胜回兵，进城报捷，邬梨十分欢喜。叶清道："今日恩主有了此人及郡主琼英，何患宋兵将猛，何患大事不成！"叶清又说："郡主前已有愿，只除是一般会飞石的，方愿匹配。今全将军如此英雄，也不辱了郡主。"

当下被叶清再三撺掇，也是琼英夫妇姻缘凑合，赤绳系定，解拆不开的。邬梨依允，择吉于三月十六日，备办各项礼仪筵宴，招赘张清为婿。是日笙歌细乐，锦堆绣簇，筵席酒肴之盛，洞房花烛之美，是不必说。当下傧相赞礼，全羽与琼英披红挂锦，双双儿交拜神祇，后拜邬梨假岳丈。鼓乐喧天，异香扑鼻。引入洞房，山盟海誓。全羽在灯下看那琼英时，与教场内又是不同。有词《元和令》为证：

指头嫩似莲塘藕，腰肢弱比章台柳。凌波步处寸金流，桃腮映带翠眉修。今宵灯下一回首，总是玉天仙，涉降巫山岫。

当下全羽、琼英如鱼似水，似漆如胶，又不必说。

当夜全羽在枕上，方把真姓名说出，原来是宋军中正将没羽箭张清，这个医士全灵，就是神医安道全。琼英也把向来冤苦，备细诉说。两个唧唧哝哝的说了一夜。挨了两日，被他两个里应外合，鸩死邬梨，密唤徐威入府议事，也将他杀了，其余军将皆降。张清、琼英下令：城中有走透消息

① 褫(chǐ)——夺去，剥夺。

者,同伍中人并斩。本犯不论军民,皆夷三族。因此水泄不通。又放出解珍、解宝,同张清、叶清分守四门。安道全同叶清步下军卒,出城到昭德,报知宋先锋。吴用又令李逵、武松,黑夜里保护圣手书生萧让,到襄垣相见琼英、张清,搜觅邬梨笔迹,假写邬梨字样,申文书札,令叶清赍领到威胜,报知田虎招赘郡马之事,就于中相机行事。叶清赍领,辞别张清、琼英,望威胜去了。

再说宋江在昭德城中,才差萧让、安道全去后,又报索超、徐宁等将攻克潞城,差人来报捷音说:"索超等领兵围潞城,池方坚闭城门,不敢出来接战。徐宁与众将设计,令军士裸形大骂,激怒城中军士。城中人人欲战,池方不能阻当,开门出战。北军奋勇,四门杀出,我军且战且退,诱北军四散离城。却被唐斌从东路领军突出,汤隆从西路引兵撞来。东西二门守城军士,闭门不迭,被汤隆、唐斌二将,领兵杀入城中,夺了城池。徐宁搠翻了池方,其余将佐,杀的杀了,走的走了,杀死北兵五千余人,夺得战马三千余匹,降服了万余军士。索超等将入城,安抚百姓,特此先来报捷。其余军民户口,库藏金银,另行造册呈报。"宋江闻报大喜,即令申呈陈安抚,并标录索超等功次,赏赐来人。即写军贴,着他回报,待各路兵马到来,一齐进兵。军人望潞城回复去了,不题。

却说威胜田虎处伪省院官,见探马络绎来报说:"乔道清、孙安都已降服。"又报:"昭德、潞城已破。"省院官即日奏知田虎。田虎大惊,与众多将佐正在计议,忽报襄垣守城偏将叶清,赍领国舅书札到来。田虎即命宣进。只因这叶清进来,有分教,威胜城中,削平哨聚强徒;武乡县里,活捉谋王反贼。毕竟田虎看了邬梨申文,怎么回答,且听下回分解。

第九十九回

花和尚解脱缘缠井　混江龙水灌太原城

话说田虎接得叶清申文,拆开付与近侍识字的:"读与寡人听。"书中说:"臣邬梨招赘全羽为婿。此人十分骁勇,杀退宋兵,宋江等退守昭德府。臣邬梨即日再令臣女郡主琼英,同全羽,领兵恢复昭德城。谨遣总管叶清报捷，并以婚配事奉闻，乞大王恕臣擅配之罪。”田虎听罢，减了七分忧色，随即传令，封全羽为中兴平南先锋郡马之职，仍令叶清同两个伪指挥使，赍领令旨，及花红、锦缎、银两，到襄垣县封赏郡马。叶清拜辞田虎，同两个伪指挥使，望襄垣进发，不题。

却说前日神行太保戴宗，奉宋公明将令，往各府州县，传遍军帖已毕，投汾阳府卢俊义处探听去了。其各府州县新官，陆续已到。各路守城将佐，随即交与新官治理，诸将统领军马，次第都到昭德府。第一队是卫州守将关胜、呼延灼，同壶关守将孙立、朱仝、燕顺、马麟，抱犊山守将文仲容、崔埜，军马到来，入城参见陈安抚、宋江已毕，说：“水军头领李俊探听得潞城已克，即同张横、张顺、阮小二、阮小五、阮小七、童威、童猛，统驾水军船只，自卫河出黄河，由黄河到潞城县东潞水，聚集听调。”

当下宋江置酒叙阔。次日，令关胜、呼延灼、文仲容、崔埜，领兵马到潞城，传令水军头领李俊等，“协同汝等及索超等人马，进兵攻取榆社、大谷等县，抄出威胜州贼巢之后，不得疏虞！恐贼计穷，投降金人。”关胜等遵令去了。次后，陵川县守城将士李应、柴进，高平县守城将士史进、穆弘，盖州守城将士花荣、董平、杜兴、施恩，各各交代与新官，领军马到来，参见已毕，称说花荣等将，在盖州镇守，北将山士奇从壶关战败，领了败残军士，纠合浮山县军马，来寇盖州，被花荣等两路伏兵齐发，活擒山士奇，杀死二千余人，山士奇遂降。其余军将，四散逃窜。当下花荣等引山士奇另参宋先锋，宋江令置酒接风相叙。宋江等军马，只在昭德城中屯住，佯示惧怕张清、琼英之意，以坚田虎之心，不在话下。

且说卢俊义等已克汾阳府，田豹败走到孝义县，恰遇马灵兵到。那马灵是涿州人，素有妖术：脚踏风火二轮，日行千里，因此人称他做“神驹子”；又有金砖法，打人最是利害；凡上阵时，额上又现出一只妖眼，因此人又称他做“小华光”。术在乔道清之下。他手下有偏将二员，乃是武能、徐瑾。那二将都学了马灵的妖术。当下马灵与田豹合兵一处，统领武能、徐瑾、索贤、党世隆、凌光、段仁、苗成、陈宣，并三万雄兵，到汾阳城北十里外扎寨。南军将佐，连日与马灵等交战不利。卢俊义引兵退入汾阳城中，不敢与他厮杀，只愁北军来攻城池。

正在纳闷，忽有守东门军士飞报将来，说宋先锋特差公孙胜、乔道清，领兵马二千，前来助战。卢俊义忙教开门请进。相见已毕，卢俊义揖公孙胜上坐，乔道清次之，置酒管待。卢俊义诉说："马灵术法利害，被他打伤了雷横、郑天寿、杨雄、石秀、焦挺、邹渊、邹润、龚旺、丁得孙、石勇数员将佐。卢某正在束手无策，却得二位先生到此。"乔道清说道："小道与吾师为此禀过宋先锋，特到此拿他。"说还未毕，只见守城军飞报将来，说马灵领兵杀奔东门来，武能、徐瑾领兵杀至西门，田豹同索贤、党世隆、凌光、段仁领兵杀奔北门来。公孙胜听报，说道："贫道出东门敌马灵，乔贤弟出西门擒武能、徐瑾，卢先锋领兵出北门，迎敌田豹。"卢俊义又教黄信、杨志、欧鹏、邓飞，四将统领兵马，助一清先生。当下戴宗闻马灵会神行，也要同公孙胜出去，卢俊义依允，再令陈达、杨春、李忠、周通，领兵马助乔先生。卢俊义同秦明、宣赞、郝思文、韩滔、彭玘，领兵出南门，迎敌田豹。当日汾阳城外，东西北三面，旗幡蔽日，金鼓振天，同时厮杀。

不说卢俊义、乔道清两路厮杀，且说神驹子马灵，领兵摇旗擂鼓，辱骂搦战。只见城门开处，放下吊桥，南军将佐，拥出城来，将军马一字儿排开，如长蛇之阵。马灵纵马挺戟大喝道："你们这伙鸟败汉，可速还俺们的城池！若稍延挨，教你片甲不留！"欧鹏、邓飞两马并出，大喝道："你的死期到了！"欧鹏拈铁枪，邓飞舞铁链，二人拍马直抢马灵，马灵挺戟来迎。

三将斗到十合之上，马灵手取金砖，正欲望欧鹏打来。此时公孙胜已是骤马上前，仗剑作法。那时马灵手起，这边公孙胜把剑一指，猛可的霹雳也似一声响亮，只见红光罩满，公孙胜满剑都是火焰，马灵金砖堕地，就地一滚，即时消灭。公孙胜真个法术通灵，转眼间，南阵将士、军卒、器械，浑身都是火焰，把一个长蛇阵，变的火龙相似。马灵金砖法，被公孙胜神火克了。公孙胜把麈尾招动，军马首尾合杀拢来，北军大败亏输，杀得星落云散，七断八续，军士三停内折了二停。

马灵战败逃生，幸得会使神行法，脚踏风火二轮，望东飞去。南阵里神行太保戴宗，已是拴缚停当甲马，也作起神行法，手挺朴刀，赶将上去。顷刻间，马灵已去了二十余里，戴宗止行得十六七里，看看望不见马灵了。前面马灵正在飞行，却撞着一个胖大和尚，劈面抢来，把马灵一禅杖打翻，顺手牵羊，早把马灵擒住。

那和尚正在盘问马灵，戴宗早已赶到，只见和尚擒住马灵。戴宗上前看那和尚时，却是花和尚鲁智深。戴宗惊问道："吾师如何到这里？"鲁智深道："这里是甚么所在？"戴宗道："此处是汾阳府城东郭。这个是北将马灵，适被公孙一清在阵上破了妖法，小弟追赶上来。那厮行得快，却被吾师擒住，真个从天而降！”鲁智深笑道：“洒家虽不是天上下来，也在地上出来。”当下二人缚了马灵，三人脚踏实地，径望汾阳府来。

戴宗再问鲁智深来历，鲁智深一头走，一头说道：“前日田虎，差一个鸟婆娘到襄垣城外厮杀。他也会飞石子，便将许多头领打伤，洒家在阵上杀入去，正要拿那鸟婆娘，不提防茂草丛中，藏着一穴。洒家双脚落空，只一交攧下穴去，半晌方到穴底，幸得不曾跌伤。洒家看穴中时，旁边又有一穴，透出亮光来。洒家走进去观看，却是奇怪，一般有天有日，亦有村庄房舍。其中人民，也是在那里忙忙的营干，见了洒家，都只是笑。洒家也不去问，也只顾抢入去。过了人烟辏集的所在，前面静悄悄的旷野，无人居住。洒家行了多时，只见一个草庵，听的庵中木鱼咯咯地响。洒家走进去看时，与洒家一般的一个和尚，盘膝坐地念经。洒家问他的出路，那和尚答道：‘来从来处来，去从去处去。’洒家不省那两句话，焦躁起来。那和尚笑道：‘你知道这个所在么？’洒家道：‘那里知道恁般鸟所在。’那和尚又笑道：‘上至非非想，下至无间地，三千大千，世界广远，人莫能知。’又道：‘凡人皆有心，有心必有念；地狱天堂，皆生于念。是故三界惟心，万法惟识，一念不生，则六道俱销，轮回斯绝。’洒家听他这段话说得明白，望那和尚唱了个大喏。那和尚大笑道：‘你一入缘缠井，难出欲迷天，我指示你的去路。’那和尚便领洒家出庵，才走得三五步，便对洒家说道：‘从此分手，日后再会。’用手向前指道：‘你前去可得神驹。’洒家回头，不见了那和尚，眼前忽的一亮，又是一般景界，却遇着这个人。洒家见他走的蹊跷，被洒家一禅杖打翻，却不知为何已到这里。此处节气，又与昭德府那边不同：桃李只有恁般大叶，却无半朵花蕊。”

戴宗笑道：“如今已是三月下旬，桃李多落尽了。”鲁智深不肯信，争让道：“如今正是二月下旬，适才落井，只停得一回儿，却怎么便是三月下旬？”戴宗听说，十分惊异。二人押着马灵，一径来到汾阳城。

此时公孙胜已是杀退北军，收兵入城。卢俊义、秦明、宣赞、郝思文、韩滔、彭玘，杀了索贤、党世隆、凌光三将，直追田彪、段仁至十里外，杀散北军。田彪同段仁、陈宣、苗成，领败残兵，望北去了。卢俊义收兵回城，又遇乔道清破了武能、徐瑾，同陈达、杨春、李忠、周通，领兵追赶到来。被南军两路合杀，北兵大败，死者甚众。武能被杨春一大杆刀砍下马来，徐瑾被郝思文刺死，夺获马匹、衣甲、金鼓、鞍辔无数。卢俊义与乔道清合兵一处，奏凯进城。

卢俊义刚到府治，只见鲁智深、戴宗将马灵解来。卢俊义大喜，忙问："鲁智深为何到此？宋哥哥与邬梨那厮厮杀，胜败如何？"鲁智深再将前面堕井及宋江与邬梨交战的事，细述一遍，卢俊义以下诸将，惊讶不已。

当下卢俊义亲释马灵之缚。马灵在路上已听了鲁智深这段话，又见卢俊义如此意气，拜伏愿降。卢俊义赏劳三军将士。次日，晋宁府守城将佐，已有新官交代，都到汾阳听用。卢俊义教戴宗、马灵往宋先锋处报捷，即日与副军师朱武计议征进，不题。

且说马灵传受戴宗日行千里之法，二人一日便到宋先锋军前，入寨参见，备细报捷。宋江听了鲁智深这段话，惊讶喜悦，亲自到陈安抚处，参见报捷，不在话下。

再说田豹同段仁、陈宣、苗成统领败残军卒，急急如丧家之狗，忙忙似漏网之鱼，到威胜见田虎，哭诉那丧师失地之事。又有伪枢密院官急入内启奏道："大王，两日流星报马，将羽书雪片也似报来，说统军大将马灵，已被擒拿；关胜、呼延灼兵马，已围榆社县；卢俊义等兵马，已破介休县城池；独有襄垣县邬国舅处，屡有捷音，宋兵不敢正视。"田虎闻报大惊，手足无措。文武多官计议，欲北降金人。当有伪右丞相太师卞祥，叱退多官，启奏道："宋兵纵有三路，我这威胜，万山环列，粮草足支二年，御林卫驾等精兵二十余万。东有武乡，西有沁源二县，各有精兵五万。后有太原县、祈县、临县、大谷县，城池坚固，粮草充足，尚可战守。古语有云：'宁为鸡口，无为牛后。'"

田虎踌躇未答，又报总管叶清到来。田虎即令召进，叶清拜舞毕，称说："郡主郡马，屡次斩获，兵威大振，兵马直抵昭德府。正要围城，因邬国舅偶患风寒，不能管摄兵马。乞大王添差良将精兵，协助郡主郡马，恢复昭德府。"当有伪都督范权启奏道："臣闻郡主郡马，甚是骁勇，宋兵不敢正视。若得大王御驾亲征，又有雄兵猛将助他，必成中兴大功。臣愿助太子监国。"田虎准奏。原来，范权之女有倾国之姿。范权献与田虎，田虎十分宠幸。因此，范权说的，无有不从。今日范权受了叶清重赂，又见宋兵势大，他便乘机卖国。

当下田虎拨付卞祥将佐十员，精兵三万，前往迎敌卢俊义、花荣等兵马,又令伪太尉房学度,也统领将佐十员,精兵三万,往榆社迎敌关胜等兵马。田虎亲自统领伪尚书李天锡、郑之瑞、枢密薛时、林昕、都督胡英、唐昌,及殿帅、御林护驾教头、团练使、指挥使、将军、校尉等众,挑选精兵十万,择日祭旗兴师,杀牛宰马,犒赏三军;再传令旨,教兄弟田豹、田彪同都督范权等,及文武多官,辅太子田定监国。

叶清得了这个消息,密差心腹,星夜驰至襄垣城中,报知张清、琼英。张清令解珍、解宝,将绳索悬挂出城,星夜往报宋先锋知会去了。

却说卞祥伺候兵符,挑选军马,盘桓了三日,方才统领樊玉明、鱼得源、傅祥、顾恺、寇琛、管琰、冯翊、吕振、吉文炳、安士隆等偏牙各项将佐,军马三万,出了威胜州东门。军分两队,前队是樊玉明、鱼得源、冯翊、顾恺,领兵马五千。

刚到沁源县,地名绵山,山坡下一座大林,前军却好抹过林子,只听得一棒锣声响处,林子背后山坡脚边,撞出一彪军来,却是宋公明得了张清消息,密差花荣、董平、林冲、史进、杜兴、穆弘,领精勇骑兵五千,人披软战,马摘銮铃,星夜疾驰到此。军中一将,骤马当先,两手搭两杆钢枪。此将乃是宋军中第一个惯冲头阵的双枪将董平,大喝道:“来的是那里兵马?不早早受缚,更待何时?”樊玉明大骂:“水洼草寇,何故侵夺俺这里城池?”董平大怒,喝道:“天兵到此,兀是抗拒!”拍马挺双枪,直抢樊玉明。那边樊玉明纵马拈枪来迎。

二将斗到二十余合,樊玉明力怯,遮架不住,被董平一枪,刺中咽喉,翻身落马。那边冯翊大怒,挺条浑铁枪,飞马直抢董平。那边小李广花荣,骤马接住厮杀。二将斗到十合之上,花荣拨马,望本阵便走。冯翊纵马赶来,却被花荣带住花枪,拈弓搭箭,扯得那弓满满的,扭转身躯,觑定冯翊较亲,只一箭,正中冯翊面门,头盔倒卓,两脚蹬空,扑通的撞下马来。花荣拨转马,再一枪,结果了性命。董平、林冲、史进、穆弘、杜兴,招动兵马,一齐卷杀过来。顾恺早被林冲搠翻。鱼得源堕马,被人马践踏身死。北兵大败亏输,五千军马,杀死大半,其余四散逃窜。花荣等兵士,夺了金鼓马匹,追杀北兵,至五里外,却遇卞祥大兵到来。

那卞祥是庄家出身,他两条臂膊,有水牛般气力,武艺精熟,乃是贼中上将。当下两军相对,旗鼓相望,两阵里画角齐鸣,鼍鼓迭擂。北将卞祥,立马当先,头顶凤翅金盔,身挂鱼鳞银甲,九尺长短身材,三牙掩口髭须,面方肩阔,眉竖眼圆,跨匹冲波战马,提把开山大斧。左右两边,排着傅祥、管琰、寇琛、吕振四个伪统制官;后面又有伪统军、提辖、兵马防御、团练等官,参随在后。队伍军马,十分摆布得整齐。

南阵里九纹龙史进骤马出阵,大喝:“来将何人?快下马受缚,免污刀斧!”卞祥呵呵大笑道:“瓶儿罐儿,也有两个耳朵。你须曾闻得我卞祥的名字么?”史进喝道:“助逆匹夫,天兵到此,兀是抗拒!”拍马舞三尖两刃八环刀,直抢卞祥。卞祥也抢大斧来迎。二马相交,两器并举,刀斧纵横,马蹄撩乱,斗到三十余合,不分胜败。这边花荣爱卞祥武艺高强,却不肯放冷箭,只拍马挺枪,上前助战。卞祥力敌二将,又斗了三十余合,不分胜败。北阵中将士,恐卞祥有失,急鸣金收兵。花荣、董平,见天色已晚,又寡不敌众,也不追赶,亦收兵向南,两军自去十余里扎寨。

是夜南风大作,浓云泼墨,夜半,大雨震雷。此时田虎统领众多官员将佐军马,已离了威胜城池百余里,天晚扎寨。帐中自有随行军中内侍姬妾,及范美人在帐中欢宴。是夜也遇了大雨。自此霖雨一连五日不止,上面张盖的天雨盖都漏,下面又是水渌渌的,军士不好炊爨立脚,角弓软,箭翎脱,各营军马,都在营中兀守,不在话下。

且说索超、徐宁、单廷珪、魏定国、汤隆、唐斌、耿恭等将,接得关胜、呼延灼、文仲容、崔埜陆兵,及水军头领李俊等水军船只,众将计议,留单廷珪、魏定国镇守潞城,关胜等将佐水陆并进,船骑同行,打破榆社县,再留索超、汤隆,镇守城池。关胜等众,乘胜长驱,势如破竹,又克了大谷县,杀了守城将佐,其余牙将军兵,降者无算。关胜安抚军民,赏劳将士,差人到宋先锋处报捷。

次日,关胜等同时也遇了大雨,在城屯扎,不能前进。忽报:“卢先锋留下宣赞、郝思文、吕方、郭盛,管领兵马,镇守汾阳府。卢俊义等已克了介休、平遥两县,再留韩滔、彭玘镇守介休县,孔明、孔亮镇守平遥县,卢先锋统领众多将佐军马,现围太原县城池,也因雨阻,不能攻打。”恰好水军头领李俊在城,听了此报,忙对关胜说道:“卢先锋等今遇天雨连绵,流水大至,使三军不得稽留,倘贼人选死士出城冲击,奈何!小弟有一计,欲到卢先锋处商议。”关胜依允。

当下混江龙李俊,即刻辞了关胜出城,教童威、童猛统管水军船只,自己同了二张、三阮,带领水军二千,戴笠披蓑,冒雨冲风,间道疾驰到卢俊义军前，入寨参见。不及寒温，即与卢俊义密语片晌。卢俊义大喜，随即传令军士，冒雨砍木作筏，李俊等分头行事去了，不题。

且说太原城中守城将士张雄，伪授殿帅之职，项忠、徐岳，伪授都统制之职，这三个人是贼中最好杀的。手下军卒，个个凶残淫暴，城中百姓，受暴虐不过，弃了家产，四散逃亡，十停中已去了七八停。

张雄等今被大兵围困，负固不服。张雄与项忠、徐岳计议：目今天雨，宋兵欲掠无所，水地不利，薪刍既寡，军无稽留之心，急出击之，必获全胜。此时是四月上旬，张雄正欲分兵出四门，冲击宋兵，忽听得四面锣声振响。张雄忙上敌楼望城外时，只见宋军冒雨穿屐，俱登高阜山冈。张雄正在惊疑，又听得智伯渠边，及东西三处，喊声振天，如千军万马狂奔驰骤之声。霎时间，洪波怒涛飞至，却如秋中八月潮汹涌，天上黄河水泻倾。真个是功过智伯城三板，计胜淮阴沙几囊。毕竟不知这水势如何底止，且听下回分解。

第一百回

张清琼英双建功　陈瓘宋江同奏捷

话说太原县城池，被混江龙李俊，乘大雨后水势暴涨，同二张、三阮，统领水军，约定时刻，分头决引智伯渠及晋水，灌浸太原城池。顷刻间，水势汹涌。但见：

骤然飞急水，忽地起洪波。军卒乘木筏冲来，将士驾天潢飞至。神号鬼哭，昏昏日色无光；岳撼山崩，浩浩波声若怒。城垣尽倒，窝铺皆休。旗帜随波，不见青红交杂；兵戈汩浪，难排霜雪争叉。僵尸如鱼鳖沉浮，热血与波涛并沸。须臾树木连根起，顷刻榱题贴水飞。

当时城中鼎沸，军民将士，见水突至，都是水渌渌的爬墙上屋，攀木抱梁，老弱肥胖的，只好上台上桌。转眼间，连桌凳也浮起来，房屋倾圮，都做了水中鱼鳖。城外李俊、二张、三阮，乘着飞江、天浮，逼近城来，恰与城垣高下相等。军士攀缘上城，各执利刃，砍杀守城士卒。又有军士乘木筏冲来，城垣被冲，无不倾倒。张雄正在城楼上叫苦不迭，被张横、张顺从飞江上城，手执朴刀，喊一声，抢上楼来，一连砍翻了十余个军卒，众人乱窜逃生。张雄躲避不迭，被张横一朴刀砍翻，张顺赶上前，肐察的一刀，剁下头来。

比及水势四散退去，城内军民，沉溺的，压杀的，已是无数。梁柱门扇，窗槅什物，尸骸顺流壅塞南城。城中只有避暑宫，乃是北齐神武帝所建，基址高固，当下附近军民，一齐抢上去，挨挤践踏，死的也有二千余人。连那高阜及城垣上，一总所存军民，仅千余人。城外百姓，却得卢先锋密唤里保，传谕居民，预先摆布，锣声一响，即时都上高阜。况城外四散空阔，水势去的快，因此城外百姓，不致湮没。

当下混江龙李俊，领水军据了西门；船火儿张横，同浪里白跳张顺，夺了北门；立地太岁阮小二、短命二郎阮小五，占了东门；活阎罗阮小七，夺了南门。四门俱竖起宋军旗号。至晚水退，现出平地，李俊等大开城门，请卢先锋等军马入城。城中鸡犬不闻，尸骸山积。虽是张雄等恶贯满盈，李俊这条计策，也忒惨毒了。那千余人，四散的跪在泥水地上，插烛也似磕头乞命。

卢俊义查点这伙人中，只有十数个军卒，其余都是百姓。项忠、徐岳爬在帅府后傍屋的大桧树上，见水退，溜将下来，被南军获住，解到卢先锋处。卢俊义教斩首示众。给发本县府库中银两，赈济城内外被水百姓。差人往宋先锋处报捷。一面令军士埋葬尸骸，修筑城垣房屋，召民居住。

不说卢俊义在太原县抚绥料理，再说太原未破时，田虎统领十万大军，因雨在铜鞮山南屯扎，探马报来，邬国舅病亡，郡主、郡马即退军到襄垣，殡殓国舅。田虎大惊，差人在襄垣城中传旨，着琼英在城中镇守，着全羽前来听用，并问为何差往襄垣人役，都不来回奏。

次日雨霁，平明时分，流星探马飞报将来，说宋江差孙安、马灵，领兵前来拒敌。田虎听报，大怒道："孙安、马灵，都受我高官厚禄，今日反叛，情理难容。待寡人亲自去问他。卿等努力，如有擒得二人者，千金赏，万户侯。"

当下田虎亲自驱兵向前，与宋兵相对。北军观看宋军旗号，原来是病尉迟孙立、铁笛仙马麟。北阵前金瓜密布，铁斧齐排，剑戟成行，旗幡作队。那九曲飞龙赭黄伞下，玉辔金鞍，银鬃白马上，坐着那个草头大王田虎。出到阵前，亲自监战。南阵后，宋江统领吴用、孙新、顾大嫂、王英、扈三娘、孙立、朱仝、燕顺兵马又到。宋江也亲自督战。

田虎闻说是宋江，方欲遣将出阵，擒捉宋江，只听得飞马报道："关胜等连破榆社、大谷两个城池；西路卢俊义军马又打破平遥、介休两县，被他引水灌了太原城池，城中兵将，不留一个；右丞相卞祥扎寨绵山，与花荣等相持，被卢俊义从太原领兵，后面杀来。卞丞相当不得两面夹攻，大败亏输，卞祥被卢俊义活捉过阵去。卢俊义同关胜合兵一处，将沁源县围得铁桶相似。"田虎听罢，大惊无措，忙传令旨，便教收军，退保威胜城内。

当下李天锡等押住阵脚，薛时、林昕、胡英、唐昌保护田虎先行。只听的铜鞮山北，炮声振响，被宋江密教鲁智深、刘唐、鲍旭、项充、李衮、统领精勇步兵，抄出铜鞮山北，分两路杀奔前来。田虎急驱御林军马来战，忽被马灵、孙安领兵马从东铲斜里杀来。马灵脚踏风火二轮，将金砖望北军乱打。孙安挥双剑砍杀。二将领兵，突入北阵，如入无人之境，把北军冲做两截。北军虽有十万之众，被吴用筹画这三路兵马，横冲直撞，纵横乱杀，北军大败，杀得星落云散，七断八续。

当下伪尚书李天锡等保护田虎，望东冲杀逃奔，却被鲁智深等领着标枪、团牌、飞刀手，冲开血路，杀奔前来。又把李天锡、郑之瑞、薛时、林昕等军马，冲散奔西。田虎手下，虽是御林军马，挑选那最精勇的，他们自来与官军斗敌，从未曾见有恁般凶猛的，今日如何抵当得住！当下田虎左右，只有都督胡英、唐昌、总管叶清，及金吾较尉等将，领着五千败残军马，拥护奔逃。

正在危急，忽的又有一彪军马，从东突至。田虎见了，仰天大叹道："天丧我也！"北军看那彪军马中，当先一个俊庞年少将军，头戴青巾绩，身穿绿战袍，手执梨花枪，坐匹高头雪白卷毛马，旗号上写的分明，乃是"中兴平南先锋郡马全羽"。那时叶清紧随田虎，看了旗号，奏知田虎。田虎传旨，快教郡马救驾。那全郡马近前，下马跪奏道："臣启大王：甲胄在身，不能俯伏，臣该万死。"田虎道："赦卿无罪。"全郡马又奏道："事在危急，奉请大王到襄垣城中，权避敌锋。待臣同郡主杀退宋兵，再请大王到威胜大内，计议良策，恢复基业。"田虎大喜，传下令旨，即望襄垣进发。全郡马在后面，抵当追赶的兵将。

田虎等众，已到襄垣城下，背后喊杀连天，追赶将来。襄垣城上守城将士看见，连忙开城门，放吊桥。胡英引兵在前，军士听见后面赶来，一拥抢进城去，也顾不得甚么大王。胡英刚进得城门，猛听得一声梆子响，两边伏兵齐发，将胡英及三千余人，都赶入陷坑中去，被军士把长枪乱搠，可怜三千余人，不留半个。城中大叫："田虎要活的！"

田虎见城中变起，方知是计，急勒马望北奔走。张清、叶清拍马赶来，田虎那匹好马行得快，张清、叶清领军士追赶不上，已离了一箭之地，只见田虎马前，忽地起阵旋风，风中现出一个女子，大叫道："奸贼田虎，我仇家夫妇，都被汝害了，今日走到那里去？"就女子身旁，又起一阵阴风，望田虎劈面滚来，那女子寂然不见。田虎坐下马，忽然惊跃嘶鸣，田虎落马堕地，被张清、叶清赶上，跳下马来，同军士一拥上前擒住。

唐昌领众挺枪骤马来救。张清见唐昌抢来，疾忙上马，拈一石子飞来，正中唐昌面门，撞下马去。张清大叫道："我不是甚么全羽，乃是天朝宋先锋部下没羽箭张清。"那时李逵、武松，领五百步兵，从城内抢出来，二人大吼一声，把那殿帅将军、金吾较尉等二千余人，杀的星落云散。

张清刺杀了唐昌，缚了田虎，簇拥入城，闭了城门，待宋先锋杀退北兵，方可解去。鲁智深追赶到来，见田虎已捉入城去，鲁智深等复向西杀到铜鞮山侧。此时已是酉牌时分。宋江等三路军马与北兵鏖战一日，杀死军士二万余人。北军无主，四面八方，乱窜逃生。范美人及姬妾等项，都被乱兵所杀。李天锡、郑之瑞、薛时、林昕，领三万余人，上铜鞮山据住。宋江领兵四面围困。鲁智深来报，田虎已被张清擒捉。宋江以手加额，忙传将令，差军星夜疾驰到襄垣，教武松等坚闭城门，看守田虎，教张清领兵速到威胜，策应琼英等。

原来琼英已奉吴军师密计，同解珍、解宝、乐和、段景住、王定六、郁保四、蔡福、蔡庆，带领五千军马，尽着北军旗号，伏于武乡县城外石盘山侧。琼英等探知田虎与我兵厮杀，琼英领众人星夜疾驰到威胜城下。是日天晚，已是暮霞敛彩，新月垂钩，琼英在城下莺声娇啭叫道："我乃郡主，保护大王到此，快开城门！"当下守城军卒，飞报王宫内里。田豹、田彪闻报，上马疾驰到南城，忙上城楼观看，果见赭黄伞下，那匹雕鞍银鬃白马上，坐着大王，马前一个女将，旗上大书"郡主琼英"，后面有尚书都督等官，远远跟随。只见琼英高声叫道："胡都督等与宋兵战败，我特保护大王到此。教官员速出城接驾！"田豹等见是田虎，即令开了城门，出城迎接。

二人才到马前，只听马上的大王大喝道："武士与寡人拿下二贼。"军士一拥上前，将二人擒住。田豹、田彪大叫："我二人无罪！"急要挣扎时，已被军士将绳索绑缚了。原来这个田虎，乃是吴用教孙安拣择南军中与田虎一般面貌的一个军卒，依着田虎妆束。后面尚书都督，却是解珍、解宝等数人假扮的。当下众人各掣出兵器，王定六、郁保四、蔡福、蔡庆领五百余人，将田豹、田彪连夜解往襄垣去了。

城上见捉了田豹、田彪，又见将二人押解向南，情知有诈，急出城来抢时，却被琼英要杀田定，不顾性命，同解珍、解宝一拥抢入城来。守门将士上前来斗敌，被琼英飞石子打去，一连伤了六七个人。解珍、解宝帮助琼英厮杀，城外乐和、段景住，急教军士卸下北军打扮，个个是南军号衣，一齐抢入城来，夺了南门。乐和、段景住挺朴刀，领军上城，杀散军士，竖起宋军旗号。城中一时鼎沸起来，尚有许多伪文武官员，及王亲国戚等众，急引兵来厮杀。

琼英这四千余人，深入巢穴，如何抵敌？却得张清领八千余人到来，驱兵入城，见琼英、解珍、解宝与北兵正在鏖战，张清上前飞石，连打四员北将，杀退北军。张清对琼英道："不该深入重地，又且众寡不敌。"琼英道："欲报父仇，虽粉骨碎身，亦所不辞！"张清道："田虎已被我擒捉在襄垣了。"琼英方才喜欢。

正欲引兵出城，也是天厌贼众之恶，又得卢俊义打破沁源城池，统领大兵到来，见了南门旗号，急驱兵马入城，与张清合兵一处，赶杀北军。秦明、杨志、杜迁、宋万，领兵夺了东门；欧鹏、邓飞、雷横、杨林，夺了西门；黄信、陈达、杨春、周通，领兵夺了北门；杨雄、石秀、焦挺、穆春、郑天寿、邹渊、邹润，领步兵，大刀阔斧，从王宫前面砍杀入去；龚旺、丁得孙、李立、石勇、陶宗旺，领步兵，从后宰门砍杀入去。杀死王宫内院嫔妃、姬妾、内侍人等无算。田定闻变，自刎身死。张清、琼英、张青、孙二娘、唐斌、文仲容、崔埜、耿恭、曹正、薛永、李忠、朱富、时迁、白胜，分头去杀伪尚书、伪殿帅、伪枢密以下等众，及伪封的王亲国戚等贼徒，正是：

金阶殿下人头滚，玉砌朝门热血喷。

莫道不分玉与石，为庆为殃心自扪。

当下，宋兵在威胜城中杀的尸横市井，血满沟渠。卢俊义传令，不得杀害百姓，连忙差人先往宋先锋处报捷。当夜宋兵直闹至五更方息，军将降者甚多。

天明，卢俊义计点将佐，除神机军师朱武在沁源城中镇守外，其余将佐，都无伤损。只有降将耿恭，被人马践踏身死。众将都来献功。焦挺将田定死尸驮来，琼英咬牙切齿，拔佩刀割了首级，把他尸骸支解。此时邬梨老婆倪氏已死，琼英寻了叶清妻子安氏，辞别卢俊义，同张清到襄垣，将田虎等押解到宋先锋处。

卢俊义正在料理军务，忽有探马报来，说北将房学度将索超、汤隆围困在榆社县。卢俊义即教关胜、秦明、雷横、陈达、杨春、杨林、周通，领兵去解救索超等。

次日，宋江已破李天锡等于铜鞮山，一面差人申报陈安抚说："贼巢已破，贼首已擒，请安抚到威胜城中料理。"宋江统领大兵，已到威胜城外，卢俊义等迎接入城。宋江出榜，安抚百姓。卢俊义将卞祥解来。宋江见卞祥状貌魁伟，亲释其缚，以礼相待。卞祥见宋江如此意气，感激归降。

次日，张清、琼英、叶清将田虎、田豹、田彪，囚载陷车，解送到来。琼英同了张清，双双的拜见伯伯宋先锋。琼英拜谢王英等昔日冒犯之罪。宋江叫将田虎等监在一边，待大军班师，一同解送东京献俘，即教置酒，与张清、琼英庆贺。当日有威胜属县武乡守城将士方顺等，将军民户口册籍、仓库钱粮，前来献纳。宋江赏劳毕，仍令方顺依旧镇守。

宋江在威胜城一连过了两日，探马报到，说关胜等到榆社县，同索超、汤隆内外夹攻，杀了北将房学度。北军死者五千余人，其余军士都降。宋江大喜，对众将道："都赖众兄弟之力，得成平寇之功。"即细细标写众将功劳，及张清、琼英擒贼首、捣贼巢的大功。又过了三四日，关胜兵马方到，又报陈安抚兵马也到了。宋江统领将佐，出郭迎接入城，参见已毕，陈安抚称赞道："将军等五月之内，成不世之功。下官一闻擒捉贼首，先将表文差人马上驰往京师奏凯，朝廷必当重封官爵。"宋江再拜称谢。

次日，琼英来禀，欲往太原石室山，寻觅母亲尸骸埋葬，宋江即命张清、叶清同去，不题。

宋江禀过陈安抚，将田虎宫殿院宇，珠轩翠屋，尽行烧毁。又与陈安抚计议，发仓廪，赈济各处遭兵被火居民。修书申呈宿太尉，写表申奏朝廷，差戴宗即日起行。

戴宗擎赍表文书札，赶上陈安抚差的赍奏官，一同入进东京，先到宿太尉府前，依先寻了杨虞候，将书呈递。宿太尉大喜，明日早朝，并陈安抚表文，一同上达天听。道君皇帝龙颜喜悦，敕宋江等料理候代，班师回京，封官受爵。戴宗得了这个消息，即日拜辞宿太尉，离了东京，明日未牌时分，便到威胜城中，报知陈安抚、宋先峰。

陈瓘、宋江一面教把生擒到贼徒伪官等众，除留田虎、田豹、田彪，另行解赴东京，其余从贼，都就威胜市曹斩首施行。所有未收去处，乃是晋宁所属蒲、解等州县。贼役赃官，得知田虎已被擒获，一半逃散，一半自行投首。陈安抚尽皆准首，复为良民。就行出榜去各处招抚，以安百姓。其余随从贼徒，不伤人者，亦准其自首投降，复为乡民，给还产业田园。克复州县已了，各调守御官军，护境安民，不在话下。

再说道君皇帝已降诏敕，差官赍领，到河北谕陈瓘等。次日，临幸武学，百官先集，蔡京于坐上谈兵，众皆拱听。内中却有一官，仰着面孔，看视屋角，不去睬他。蔡京大怒，连忙查问那官员姓名。正是一人向隅，满坐不乐。只因蔡京查这个官员姓名，直教天罡地煞临轸翼，猛将雄兵定楚郢。毕竟蔡京查问那官员是谁，且听下回分解。

第一百一回

谋坟地阴险产逆　蹈春阳妖艳生奸

话说蔡京在武学中查问那不听他谈兵，仰视屋角的这个官员，姓罗名戬，祖贯云南军达州人，现做武学谕。当下蔡京怒气填胸，正欲发作，因天子驾到报来，蔡京遂放下此事，率领百官，迎接圣驾进学，拜舞山呼。

道君皇帝讲武已毕，当有武学谕罗戬，不等蔡京开口，上前俯伏，先启奏道："武学谕小臣罗戬，冒万死，谨将淮西强贼王庆造反情形，上达圣聪。王庆作乱淮西，五年于兹，官军不能抵敌。童贯、蔡攸，奉旨往淮西征讨，全军覆没；惧罪隐匿，欺诳陛下，说军士水土不服，权且罢兵，以致养成大患。王庆势愈猖獗，前月又将臣乡云安军攻破，掳掠淫杀，惨毒不忍言说，通共占据八座军州，八十六个州县。蔡京经体赞元[1]，其子蔡攸，如是复军杀将，辱国丧师，今日圣驾未临时，犹俨然上坐谈兵，大言不惭，病狂丧心！乞陛下速诛蔡京等误国贼臣，选将发兵，速行征剿，救生民于涂炭，保社稷以无疆，臣民幸甚！天下幸甚！"道君皇帝闻奏大怒，深责蔡京等隐匿之罪，当被蔡京等巧言宛奏天子，不即加罪，起驾还宫。

次日，又有亳州太守侯蒙到京听调，上书直言童贯、蔡攸丧师辱国之罪；并荐举："宋江等才略过人，屡建奇功，征辽回来，又定河北，今已奏凯班师。目今王庆猖獗，乞陛下降敕，将宋江等先行褒赏，即着这支军马，征讨淮西，必成大功。"徽宗皇帝准奏，随即降旨下省院，议封宋江等官爵。省院官同蔡京等商议，回奏："王庆打破宛州，昨有禹州、载州、莱县三处申文告急。那三处是东京所属州县，邻近神京，乞陛下敕陈瓘、宋江等，不必班师回京，着他统领军马，星夜驰援禹州等处。臣等保举侯蒙为行军参谋。罗戬素有韬略，着他同侯蒙到陈瓘军前听用。宋江等正在征剿，未便升受，待淮西奏凯，另行酌议封赏。"

原来蔡京知王庆那里兵强将猛，与童贯、杨戬、高俅计议，故意将侯蒙、罗戬送到陈瓘那里，只等宋江等败绩，侯蒙、罗戬怕他走上天去！那时却不是一网打尽。

话不絮烦。却说那四个贼臣的条议，道君皇帝一一准奏，降旨写敕，就着侯蒙、罗戬，赍捧诏敕，及领赏赐金银、缎匹、袍服、衣甲、马匹、御酒等物，即日起行，驰往河北，宣谕宋江等，又敕该部将河北新复各府州县所缺正佐官员，速行推补，勒限星驰赴任。道君皇帝剖断政事已毕，复被王黼、蔡攸二人，劝帝到艮岳娱乐去了，不题。

且说侯蒙赍领诏敕及赏赐将士等物，满满的装载三十五车，离了东京，望河北进发。于路无话，不则一日，过了壶关山、昭德府，来到威胜州，离城尚有二十余里，遇着宋兵押解贼首到来。却是宋江先接了班师诏敕，恰遇琼英葬母回来。宋江将琼英母子及叶清贞孝节义的事，擒元凶贼首的功，并乔道清、孙安等降顺天朝，有功员役，都备细写表，申奏朝廷，就差张清、琼英、叶清，领兵押解贼首先行。

---

[1] 经体赞元——佐助天子治理国家。经体，即"体国经野"，原意是划分都市区域、四野耕地，并设官治理。后泛指治理国家。赞，佐，助。元，元首，君王。

当下，张清上前与侯参谋、罗戬相见已毕。张清得了这个消息，差人驰往陈安抚、宋先锋处报闻。陈瓘、宋江率领诸将，出郭迎接，侯蒙等捧赍圣旨入城，摆列龙亭香案。陈安抚及宋江以下诸将，整整齐齐，朝北跪着，裴宣喝拜。拜罢，侯蒙面南，立于龙亭之左，将诏书宣读道：

制曰：朕以敬天法祖，缵绍洪基[①]，惟赖杰宏股肱，赞勷[②]大业。迩来边庭多儆，国祚[③]少宁，尔先锋使宋江等，跋履山川，逾越险阻，先成平虏之功，次奏静寇之绩，朕实嘉赖。今特差参谋侯蒙，赍捧诏书，给赐安抚陈瓘，及宋江、卢俊义等金银、袍缎、名马、衣甲、御酒等物，用彰尔功。兹者又因强贼王庆，作敌淮西，倾复我城池，芟荑[④]我人民，虔刘[⑤]我边陲，荡摇我西京，仍敕陈瓘为安抚，宋江为平西都先锋，卢俊义为平西副先锋，侯蒙为行军参谋。诏书到日，即统领军马，星驰先救宛州。尔等将士，协力尽忠，功奏荡平，定行封赏。其三军头目，如钦赏未敷[⑥]，着陈瓘就于河北州县内丰盈库藏中挪撮给赏，造册奏闻。尔其钦哉！特谕。

宣和五年四月　　日

侯蒙读罢丹诏，陈瓘及宋江等山呼万岁，再拜谢恩已毕。侯蒙取过金银、缎匹等项，依次照名给散：陈安抚及宋江、卢俊义，各黄金五百两，锦缎十表里，锦袍一套，名马一匹，御酒二瓶；吴用等三十四员，各赏白金二百两，彩缎四表里，御酒一瓶；朱武等七十二员，各赐白金一百两，御酒一瓶；余下金银，陈安抚设处凑足，俵散军兵已毕。宋江复令张清、琼英、叶清，押解田虎、田豹、田彪，到京师献俘去了。公孙胜来禀，乞兄长修五龙山龙神庙中五条龙象。宋江依允，差匠修塑。

宋江差戴宗、马灵往谕各路守城将士，一等新官到来，即行交代，勒兵前来，征剿王庆。宋江又料理了数日，各处新官皆到，诸路守城将佐，统领

---

① 缵(zuǎn)绍洪基——继承接续祖上传下的基业。

② 赞勷(xiāng)——协助。勷，即襄，成。

③ 国祚(zuò)——国家。祚，皇位。

④ 芟荑(shān yí)——削除。这里比喻屠杀。

⑤ 虔刘——劫掠，杀戮。刘，钺一样的兵器。

⑥ 敷——足够。

军兵,陆续到来。宋江将钦赏银两,俵散已毕,宋江令萧让、金大坚镌勒碑石,记叙其事。

正值五月五日天中节,宋江教宋清大排筵席,庆贺太平,请陈安抚上坐,新任太守及侯蒙、罗戬,并本州佐贰等官次之;宋江以下,除张清晋京外,其一百单七人,及河北降将乔道清、孙安、卞祥等一十七员,整整齐齐,排坐两边。当下席间,陈瓘、侯蒙、罗戬称赞宋江等功勋;宋江、吴用等感激三位知己,或论朝事,或诉衷曲,觥筹交错,灯烛辉煌,直饮至夜半方散。

次日,宋江与吴用计议,整点兵马,辞别州官,离了威胜,同陈瓘等众,望南进发。所过地方,秋毫无犯。百姓香花灯烛,络绎道路,拜谢宋江等剪除贼寇,我们百姓,得再见天日之恩。

不说宋江等望南征进,再说没羽箭张清同琼英、叶清,将陷车囚解田虎等,已到东京,先将宋江书札,呈达宿太尉,并送金珠珍玩。宿太尉转达上皇,天子大嘉琼英母子贞孝,降敕特赠琼英母宋氏为介休贞节县君,着彼处有司,建造坊祠,表扬贞节,春秋享祀。封琼英为贞孝宜人,叶清为正排军,钦赏白银五十两,表扬其义。张清复还旧日原职。仍着三人协助宋江,征讨淮西,功成升赏。

道君皇帝敕下法司,将反贼田虎、田豹、田彪,押赴市曹,凌迟碎剐。当下琼英带得父母小象,禀过监斩官,将仇申、宋氏小象,悬挂法场中,象前摆张桌子,等到午时三刻,田虎开刀碎剐后,琼英将田虎首级,摆在桌上,滴血祭奠父母,放声大哭。此时琼英这段事,东京已传遍了,当日观者如垛,见琼英哭得悲恸,无不感泣。琼英祭奠已毕,同张清、叶清望阙谢恩。三人离了东京,径望宛州进发,来助宋江,征讨王庆,不在话下。

看官牢记话头,仔细听着,且把王庆自幼至长的事,表白出来。那王庆原来是东京开封府内一个副排军。他父亲王砉,是东京大富户,专一打点衙门,撺唆结讼,放刁把滥,排陷良善,因此人都让他些个。他听信了一个风水先生,看中了一块阴地,当出大贵之子。这块地,就是王砉亲戚人家葬过的,王砉与风水先生设计陷害。王砉出尖,把那家告纸谎状,官司累年,家产荡尽,那家敌王砉不过,离了东京,远方居住。后来王庆造反,三族皆夷,独此家在远方,官府查出是王砉被害,独得保全。王砉夺了那块坟地,葬过父母,妻子怀孕弥月。王砉梦虎入室,蹲踞堂西,忽被狮兽突入,将虎衔去。王砉觉来,老婆便产王庆。那王庆从小浮浪,到十六七岁,生得身雄力大，不去读书，专好斗鸡走马，使枪抡棒。那王砉夫妻两口儿，单单养得王庆一个，十分爱恤，自来护短，凭他惯了，到得长大，如何拘管得下。王庆赌的是钱儿，宿的是娼儿，吃的是酒儿。王砉夫妇，也有时训诲他。王庆逆性发作，将父母詈骂，王砉无可奈何，只索由他。过了六七年，把个家产费得罄尽，单靠着一身本事，在本府充做个副排军。一有钱钞在手，三兄四弟，终日大酒大肉价同吃；若是有些不如意时节，拽出拳头便打。所以众人又惧怕他，又喜欢他。

一日，王庆五更入衙画卯，干办完了执事，闲步出城南，到玉津圃游玩。此时是徽宗政和六年，仲春天气，游人如蚁，军马如云，正是：

上苑花开堤柳眠，游人队里杂婵娟。

金勒马嘶芳草地，玉楼人醉杏花天。

王庆独自闲耍了一回，向那圃中一颗傍池的垂杨上，将肩胛斜倚着，欲等个相识到来，同去酒肆中吃三杯进城。无移时，只见池北边十来个干办、虞候、伴当、养娘人等，簇着一乘轿子，轿子里面，如花似朵的一个年少女子。那女子要看景致，不用竹帘。那王庆好的是女色，见了这般标致的女子，把个魂灵都吊下来。认得那伙干办、虞候，是枢密童贯府中人。当下王庆远远地跟着轿子，随了那伙人，来到艮岳。那艮岳在京城东北隅，即道君皇帝所筑，奇峰怪石，古木珍禽，亭榭池馆，不可胜数。外面朱垣绯户，如禁门一般，有内相禁军看守，等闲人脚指头儿也不敢踅到门前。那簇人歇下轿，养娘扶女子出了轿，径望艮岳门内，袅袅娜娜，妖妖娆娆走进去。那看门禁军内侍，都让开条路，让他走进去了。

原来那女子是童贯之弟童贳之女，杨戬的外孙。童贯抚养为己女，许配蔡攸之子，却是蔡京的孙儿媳妇了，小名叫做娇秀，年方二八。他禀过童贯，乘天子两日在李师师家娱乐，欲到艮岳游玩。童贯预先吩咐了禁军人役，因此不敢拦阻。

那娇秀进去了两个时辰，兀是不见出来。王庆那厮，呆呆地在外面守着，肚里饥饿，踅到东街酒店里，买些酒肉，忙忙地吃了六七杯，恐怕那女子去了，连帐也不算，向便袋里摸出一块二钱重的银子，丢与店小二道："少停便来算帐。"

王庆再踅到艮岳前，又停了一回，只见那女子同了养娘，轻移莲步，走出艮岳来，且不上轿，看那艮岳外面的景致。王庆踅上前去看那女子时，真个标致。有《混江龙》词为证：

丰资毓秀，那里个金屋堪收？点樱桃小口，横秋水双眸。若不是昨夜晴开新月皎，怎能得今朝肠断小梁州。芳芬绰约蕙兰俦，香飘雅丽芙蓉袖，两下里心猿都被月引花钩。

王庆看到好处，不觉心头撞鹿，骨软筋麻，好便似雪狮子向火，霎时间酥了半边。那娇秀在人丛里，睃见王庆的相貌：

凤眼浓眉如画，微须白面红颜。顶平额阔满天仓，七尺身材壮健。善会偷香窃玉，惯的卖俏行奸。凝眸呆想立人前，俊俏风流无限。

那娇秀一眼睃着王庆风流，也看上了他。当有干办、虞候，喝开众人，养娘扶娇秀上轿，众人簇拥着，转东过西，却到酸枣门外岳庙里来烧香。王庆又跟随到岳庙里，人山人海的，挨挤不开，众人见是童枢密处虞候、干办，都让开条路。那娇秀下轿进香，王庆挨踅上前，却是不能近身，又恐随从人等叱咤，假意与庙祝厮熟，帮他点烛烧香，一双眼不住的溜那娇秀，娇秀也把眼来频睃。原来蔡攸的儿子，生来是憨呆的。那娇秀在家，听得几次媒婆传说是真，日夜叫屈怨恨。今日见了王庆风流俊俏，那小鬼头儿春心也动了。

当下童府中一个董虞候，早已瞧科，认得排军王庆。董虞候把王庆劈脸一掌打去，喝道："这个是甚么人家的宅眷！你是开封府一个军健，你好大胆，如何也在这里挨挨挤挤。待俺对相公说了，教你这颗驴头，安不牢在颈上！"王庆那敢则声，抱头鼠窜，奔出庙门来，噀一口唾，叫声道："啐！我直恁这般呆！癞虾蟆怎想吃天鹅肉！"当晚忍气吞声，惭愧回家。

谁知那娇秀回府，倒是日夜思想，厚贿侍婢，反去问那董虞候，教他说王庆的详细。侍婢与一个薛婆子相熟，同他做了马泊六，悄地勾引王庆从后门进来，人不知，鬼不觉，与娇秀勾搭。王庆那厮，喜出望外，终日饮酒。

光阴荏苒，过了三月，正是乐极生悲。王庆一日吃得烂醉如泥，在本府正排军张斌面前，露出马脚，遂将此事彰扬开去，不免吹在童贯耳朵里。童贯大怒，思想要寻罪过摆拨他，不在话下。

且说王庆因此事发觉，不敢再进童府去了。一日在家闲坐，此时已是五月下旬，天气炎热，王庆掇条板凳，放在天井中乘凉，方起身入屋里去拿扇子，只见那条板凳四脚搬动，从天井中走将入来。王庆喝声道："奇怪！"飞起右脚，向板凳只一脚踢去。王庆叫声道："阿也苦也！"不踢时，万事皆休，一踢时，迍邅[①] 立至。正是：天有不测风云，人有旦夕祸福。毕竟王庆踢这板凳，为何叫苦起来，且听下回分解。

第一百二回

王庆因奸吃官司　龚端被打师军犯

话说王庆见板凳作怪，用脚去踢那板凳，却是用力太猛，闪朒了胁肋，蹲在地下，只叫："苦也，苦也！"半晌价动弹不得。老婆听的声唤，走出来看时，只见板凳倒在一边，丈夫如此模样，便把王庆脸上打了一掌道："郎当怪物，却终日在外面，不顾家里。今晚才到家里，一回儿又做甚么来？"王庆道："大嫂不要取笑，我闪朒了胁肋，了不的！"那妇人将王庆扶将起来，王庆勾着老婆的肩胛，摇头咬牙的叫道："阿也，痛的慌！"那妇人骂道："浪弟子，鸟歪货，你闲常时，只欢喜使腿牵拳，今日弄出来了。"那妇人自觉这句话说错，将纱衫袖儿掩着口笑。王庆听的"弄出来"三个字，恁般疼痛的时节，也忍不住笑，哈哈的笑起来。那妇人又将王庆打了个耳刮子道："鸟怪物，你又想了那里去？"当下妇人扶王庆到床上睡了，敲了一碟核桃肉，旋了一壶热酒，递与王庆吃了。他自去拴门户，扑蚊虫，下帐子，与丈夫歇息。王庆因腰胁十分疼痛，那桩儿动弹不得，是不必说。一宿无话。

次早，王庆疼痛兀是不止，肚里思想，如何去官府面前声喏答应？挨到午牌时分，被老婆催他出去赎膏药。王庆勉强摆到府衙前，与惯医跌打损伤，朝北开铺子卖膏药的钱老儿，买了两个膏药，贴在肋上。钱老儿说道："都排若要好的快，须是吃两服疗伤行血的煎剂。"说罢，便撮了两服药，递与王庆。王庆向便袋里取出一块银子，约摸有钱二三分重，讨张纸儿，包了钱。老儿睃着他包银子，假把脸儿朝着东边。王庆将纸包递来道："先生莫嫌轻亵，将来买凉瓜嗽。"钱老儿道："都排，朋友家如何计较，这却使不得！"一头还在那里说，那只右手儿，已是接了纸包，揭开药箱盖，

① 迍邅(zhūn zhān)——不顺遂，困难。

把纸包丢下去了。

王庆拿了药，方欲起身，只见府西街上，走来一个卖卦先生。头带单纱抹眉头巾，身穿葛布直身，撑着一把遮阴凉伞，伞下挂一个纸招牌儿，大书“先天神数”四字，两旁有十六个小字，写道：

荆南李助，十文一数。字字有准，术胜管辂。

王庆见是个卖卦的，他已有娇秀这桩事在肚里，又遇着昨日的怪事，他便叫道：“李先生，这里请坐。”那先生道：“尊官有何见教？”口里说着，那双眼睛，骨碌碌的把王庆从头上直看至脚下。王庆道：“在下欲卜一数。”李助下了伞，走进膏药铺中，对钱老儿拱手道：“搅扰！”便向单葛布衣袖里摸出个紫檀课筒儿，开了筒盖，取出一个大定铜钱，递与王庆道：“尊官那边去对天默默地祷告。”王庆接了卦钱，对着炎炎的那轮红日，弯腰唱喏。却是疼痛，弯腰不下，好似那八九十岁老儿，硬着腰，半揖半拱的兜了一兜，仰面立着祷告。那边李助看了，悄地对钱老儿猜说道：“用了先生膏药，一定好的快，想是打伤的。”钱老道：“他见甚么板凳作怪，踢闪了腰肋。适才走来，说话也是气喘，贴了我两个膏药，如今腰也弯得下了。”李助道：“我说是个闪朒的模样。”王庆祷告已毕，将钱递与李助。那李助问了王庆姓名，将课筒摇着，口中念道：

日吉辰良，天地开张。圣人作易，幽赞神明。包罗万象，道合乾坤。与天地合其德，与日月合其明，与四时合其序，与鬼神合其吉凶。今有东京开封府王姓君子，对天买卦。甲寅旬中，乙卯日，奉请周易文王先师，鬼谷先师，袁天纲先师，至神至圣，至福至灵，指示疑迷，明彰报应。

李助将课筒发了两次，迭成一卦，道是水雷屯卦，看了六爻动静，便问：“尊官所占何事？”王庆道：“问家宅。”李助摇着头道：“尊官莫怪，小子直言，屯者，难也，你的灾难方兴哩！有几句断词，尊官须记着。”李助摇着一把竹骨折迭油纸扇儿，念道：

家宅乱纵横，百怪生灾家未宁。非古庙，即危桥。白虎冲凶官病遭。有头无尾何曾济，见贵凶惊讼狱交。人口不安遭跌蹼①，四肢无力拐儿撬②。从改换，是非消。逢着虎龙鸡犬日，许多烦恼祸星招。

---

① 跌蹼——即攧扑，挫折的意思。

② 拐儿撬——依靠拐杖行路。

当下王庆对着李助坐地，当不的那油纸扇儿的柿漆臭，把皂罗衫袖儿掩着鼻听他。李助念罢，对王庆道："小子据理直言，家中还有作怪的事哩！须改过迁居，方保无事。明日是丙辰日，要仔细哩！"王庆见他说得凶险，也没了主意，取钱酬谢了李助。李助出了药铺，撑着伞，望东去了。

当有府中五六个公人衙役，见了王庆，便道："如何在这里闲话？"王庆把见怪闪朒的事说了，众人都笑。王庆道："列位，若府尹相公问时，须与做兄弟的周全则个！"众人都道："这个理会得。"说罢，各自散去。

王庆回到家中，教老婆煎药。王庆要病好，不止两个时辰，把两服药都吃了。又要药行，多饮了几杯酒。两个直睡到次日辰牌时分，方才起身，梳洗毕，王庆因腹中空虚，暖些酒吃了。正在吃早饭，兀是未完，只听得外面叫道："都排在家么？"妇人向板壁缝看了道："是两个府中人。"王庆听了这句话，便呆了一呆，只得放下饭碗，抹抹嘴，走将出来，拱拱手问道："二位光降，有何见教？"那两个公人道："都排真个受用！清早儿脸上好春色！太爷今早点名，因都排不到，大怒起来。我们兄弟辈替你禀说见怪闪朒的事，他那里肯信？便起了一枝签，差我们两个来请你回话。"把签与王庆看了。王庆道："如今红了脸，怎好去参见？略停一会儿才好。"那两个公人道："不干我们的事，太爷立等回话。去迟了，须带累我们吃打。快走！快走！"两个扶着王庆便走。王庆的老婆，慌忙走出来问时，丈夫已是出门去了。

两个公人扶着王庆进了开封府，府尹正坐在堂中虎皮交椅上。两个公人带王庆上前禀道："奉老爷钧旨，王庆拿到。"王庆勉强朝上磕了四个头。府尹喝道："王庆，你是个军健，如何怠玩，不来伺候？"王庆又把那见怪闪朒的事，细禀一遍道："实是腰肋疼痛，坐卧不宁，行走不动，非敢怠玩，望相公方便。"府尹听罢，又见王庆脸红，大怒喝道："你这厮专一酗酒为非，干那不公不法的事，今日又捏妖言，欺诳上官！"喝教扯下去打。王庆那里分说得开？当下把王庆打得皮开肉绽，要他招认捏造妖书，煽惑愚民，谋为不轨的罪。王庆今日被官府拷打，死去再醒。吃打不过，只得屈招。府尹录了王庆口词，叫禁子把王庆将刑具枷杻来钉了，押下死囚牢里，要问他个捏造妖书，谋为不轨的死罪。禁子将王庆扛抬入牢去了。

原来童贯密使人吩咐了府尹，正是寻罪过摆拨他，可可的撞出这节怪事来。那时府中上下人等，谁不知道娇秀这件勾当，都纷纷扬扬的说开去:"王庆为这节事得罪,如今一定不能个活了。"那时蔡京、蔡攸耳朵里颇觉不好听,父子商议,若将王庆性命结果,此事愈真,丑声一发播传。于是密挽心腹官员,与府尹相知的,教他速将王庆刺配远恶军州,以灭其迹。蔡京、蔡攸择日迎娶娇秀成亲,一来遮掩了童贯之羞,二来灭了众人议论。

且说开封府尹遵奉蔡太师处心腹密话,随即升厅。那日正是辛酉日,叫牢中提出王庆,除了长枷,断了二十脊杖,唤个文笔匠,刺了面颊,量地方远近,该配西京管下陕州牢城。当厅打一面十斤半团头铁叶护身枷钉了,贴上封皮,押了一道牒文,差两个防送公人,叫做孙琳、贺吉,监押前去。

三人出开封府来,只见王庆的丈人牛大户接着,同王庆、孙琳、贺吉到衙前南街酒店里坐定。牛大户叫酒保搬取酒肉,吃了三杯两盏,牛大户向身边取出一包散碎银两,递与王庆道:"白银三十两,把与你路途中使用。"王庆用手去接道:"生受泰山!"牛大户推着王庆的手道:"这等容易!我等闲也不把银两与你,你如今配去陕州,一千余里,路远山遥,知道你几时回来?你调戏了别人家女儿,却不耽误了自己的妻子!老婆谁人替你养?又无一男半女,田地家产,可以守你,你须立纸休书,自你去后,任从改嫁,日后并无争执。如此,方把银子与你。"王庆平日会花费,思想:"我囊中又无十两半斤银两,这陕西如何去得?"左思右算,要那银两使用,叹了两口气道:"罢,罢!只得写纸休书。"牛大户一手接纸,一手交银,自回去了。

王庆同了两个公人,到家中来,收拾行囊包裹,老婆已被牛大户接到家中去了,把个门儿锁着。王庆向邻舍人家,借了斧凿,打开门户,到里面看时,凡老婆身上穿着的,头上插戴的,都将去了。王庆又恼怒,又凄惨。央间壁一个周老婆子,到家备了些酒食,把与公人吃了,将银十两,送与孙琳、贺吉道:"小人棒疮疼痛,行走不动,欲将息几日,方好上路。"孙琳、贺吉得了钱,也是应允,怎奈蔡攸处挽心腹催促公人起身。王庆将家伙什物,胡乱变卖了,交还了胡员外家赁房。

此时王庆的父王砉,已被儿子气瞎了两眼,另居一处,儿子上门,不打便骂。今日闻得儿子遭官司刺配,不觉心痛,教个小厮扶着,走到王庆屋里,叫道:"儿子呀,你不听我的训诲,以致如此。"说罢,那双盲昏眼内,吊下泪来。王庆从小不曾叫王砉一声爷的,今值此家破人离的时节,心中也酸楚起来,叫声道:"爷,儿子今日遭恁般屈官司,叵耐牛老儿无礼,逼我写了休妻的状儿，才把银子与我。"王砉道："你平日是爱妻子，孝丈人的，今日他如何这等待你？"王庆听了这两句抢白的话，便气愤愤的不来睬着爷，径同两个公人，收拾出城去了。王砉顿足捶胸道："是我不该来看那逆种！"复扶了小厮自回，不题。

却说王庆同了孙琳、贺吉离了东京，赁个僻静所在，调治十余日，棒疮稍愈，公人催促上路，迤逦而行，望陕州投奔。此时正是六月初旬，天气炎热，一日止行得四五十里，在路上免不得睡死人床，吃不滚汤。

三个人行了十五六日，过了嵩山。一日正在行走，孙琳用手向西指着远远的山峰说道："这座山叫做北邙山，属西京管下。"三人说着话，趁早凉，行了二十余里。

望见北邙山东，有个市镇，只见四面村农，纷纷的投市中去。那市东人家稀少处，丁字儿列着三株大柏树。树下阴荫，只见一簇人亚肩迭背的围着一个汉子，赤着上身，在那阴凉树下，吆吆喝喝地使棒。三人走到树下歇凉。王庆走得汗雨淋漓，满身蒸湿，带着护身枷，挨入人丛中，踮起脚看那汉使棒。

看了一歇儿，王庆不觉失口笑道："那汉子使的是花棒。"那汉正使到热闹处，听了这句话，收了棒看时，却是个配军。那汉大怒，便骂："贼配军，俺的枪棒，远近闻名，你敢开了那鸟口，轻慢我的棒，放出这个屁来！"丢下棒，提起拳头，劈脸就打。只见人丛中走出两个少年汉子来拦住道："休要动手！"便问王庆道："足下必是高手。"王庆道："乱道这一句，惹了那汉子的怒，小人枪棒也略晓得些儿。"那边使棒的汉子怒骂道："贼配军，你敢与我比试罢？"那两个人对王庆道："你敢与那汉子使合棒，若赢了他，便将这掠下[①] 的两贯钱，都送与你。"王庆笑道："这也使得。"分开众人，向贺吉取了杆棒，脱下汗衫，拽扎起裙子，掣棒在手。众人都道："你项上带着个枷儿，却如何抡棒？"王庆道："只这节儿稀罕。带着行枷赢了他，才算手段。"众人齐声道："你若带枷赢了，这两贯钱一定与你。"便让开路，放王庆入去。那使棒的汉，也掣棒在手，使个旗鼓，喝道："来，来，来！"

王庆道："列位恩官，休要笑话。"那边汉子明欺王庆有护身枷碍着，吐个门户，唤做蟒蛇吞象势。王庆也吐个势，唤做蜻蜓点水势。那汉喝一

---

① 掠下——放下，丢下。

声，便使棒盖将入来。王庆望后一退，那汉赶入一步，提起棒，向王庆顶门，又复一棒打下来。王庆将身向左一闪，那汉的棒打个空，收棒不迭。王庆就那一闪里，向那汉右手一棒劈去，正打着右手腕，把这条棒打落下来。幸得棒下留情，不然把个手腕打断。众人大笑。

王庆上前执着那汉的手道："冲撞休怪！"那汉右手疼痛，便将左手去取那两贯钱。众人一齐嚷将起来道："那厮本事低丑，适才讲过，这钱应是赢棒的拿！"只见在先出尖上前的两个汉子，劈手夺了那汉两贯钱，把与王庆道："足下到敝庄一叙。"那使棒的拗众人不过，只得收拾了行仗，望镇上去了。众人都散。

两个汉子邀了王庆，同两个公人，都戴个凉笠子，望南抹过两三座林子，转到一个村坊。林子里有所大庄院，一周遭都是土墙，墙外有二三百株大柳树。庄外新蝉噪柳，庄内乳燕啼梁。两个汉子，邀王庆等三人进了庄院，入到草堂，叙礼罢，各人脱下汗衫麻鞋，分宾主坐下。

庄主问道："列位都象东京口气。"王庆道了姓名，并说被府尹陷害的事。说罢，请问二位高姓大名。二人大喜。那上面坐的说道："小可姓龚，单名个端字，这个是舍弟，单名个正字。舍下祖居在此，因此，这里叫做龚家村。这里属西京新安县管下。"说罢，叫庄客替三位澣濯那湿透的汗衫，先汲凉水来解了暑渴，引三人到上房中洗了澡，草堂内摆上桌子，先吃了现成点心，然后杀鸡宰鸭，煮豆摘桃的置酒管待。

庄客重新摆设，先搬出一碟剥光的蒜头，一碟切断的壮葱，然后搬出菜蔬、果品、鱼肉、鸡鸭之类。龚端请王庆上面坐了，两个公人一代儿坐下，龚端和兄弟在下面备席，庄客筛酒。

王庆称谢道："小人是个犯罪囚人，感蒙二位错爱，无端相扰，却是不当。"龚端道："说那里话！谁人保得没事？那个带着酒食走的？"当下猜枚行令，酒至半酣，龚端开口道："这个敝村，前后左右，也有二百余家，都推愚弟兄做个主儿。小可弟兄两个，也好使些拳棒，压服众人。今春二月，东村赛神会，搭台演戏，小可弟兄到那边耍子，与彼村一个人，唤做黄达，因赌钱斗口，被那厮痛打一顿，俺弟兄两个，也赢不得他。黄达那厮，在人面前夸口称强，俺两个奈何不得他，只得忍气吞声。适才见都排棒法十分整密，俺二人愿拜都排为师父，求师父点拨愚弟兄，必当重重酬谢。"王庆听罢，大喜，谦让了一回。龚端同弟，随即拜王庆为师。当晚直饮至尽醉方休,乘凉歇息。

次日天明,王庆乘着早凉,在打麦场上,点拨龚端拽拳使腿,只见外面一个人,背叉着手,踱将进来,喝道:“那里配军,敢到这里卖弄本事?”只因走进这个人来,有分教,王庆重种大祸胎,龚端又结深仇怨。真是祸从浮浪起,辱因赌博招。毕竟走进龚端庄里这个人是谁,且听下回分解。

第一百三回

张管营因妾弟丧身　范节级为表兄医脸

话说王庆在龚家村龚端庄院内,乘着那杲日[①]初升,清风徐来的凉晨,在打麦场上柳阴下,点拨龚端兄弟,使拳拽腿,忽的有个大汉子,秃着头,不带巾帻,绾个丫髻,穿一领雷州细葛布短敞衫,系一条单纱裙子,拖一双草凉鞋儿,捏着一把三角细蒲扇,仰昂着脸,背叉着手,摆进来,见是个配军在那里点拨。他昨日已知道邙东镇上有个配军,赢了使枪棒的,恐龚端兄弟学了筋节[②],开口对王庆骂道:“你是个罪人,如何在路上挨脱,在这里哄骗人家子弟?”王庆只道是龚氏亲戚,不敢回答。

原来这个人正是东村黄达,他也乘早凉,欲到龚家村西尽头柳大郎处讨赌帐,听得龚端村里吆吆喝喝,他平日欺惯了龚家弟兄,因此径自闯将进来。

龚端见是黄达,心头一把无明火,高举三千丈,按纳不住,大骂道:“驴牛射出来的贼亡八!前日赖了我赌钱,今日又上门欺负人!”黄达大怒骂道:“捣你娘的肠子!”丢了蒲扇,提了拳头,抢上前,望龚端劈脸便打。王庆听他两个出言吐气,也猜着是黄达了,假意上前来劝,只一枷,望黄达膀上打去。黄达扑通的撷个脚梢天,挣扎不迭,被龚端、龚正并两个庄客,一齐上前按住,拳头脚尖,将黄达脊背、胸脯、肩胛、胁肋、膀子、脸颊、头额、四肢,无处不着拳脚,只空得个舌尖儿。当下众人将黄达踢打一个没算

---

① 杲(gǎo)日——红日,朝阳。杲,明亮。

② 筋(jīn)节——比喻紧要关节,关键,这里指奥秘。

数,把那葛敞衫、纱裙子,扯的粉碎。黄达口里只叫道:“打得好!打得好!”赤条条的一毫丝线儿也没有在身上,当有防送公人孙琳、贺吉,再三来劝,龚端等方才住手。

黄达被他们打坏了,只在地上喘气,那里挣扎得起?龚端叫三四个庄客,把黄达扛到东村半路上草地里撇下,赤日中晒了半日。黄达那边的邻舍庄家出来芸草,遇见了,扶他到家,卧床将息,央人写了状词,去新安县投递报辜,不在话下。

却说龚端等闹了一个早起,叫庄客搬出酒食,请王庆等吃早膳。王庆道:“那厮日后必来报仇厮闹。”龚端道:“这贼亡八穷出鸟来,家里只有一个老婆。左右邻里,只碍他的膂力,今日见那贼亡八打坏了,必不肯替他出力气。若是死了,拼个庄客,偿他的命,便吃官司,也说不得;若是不死,只是个互相厮打的官司。今日全赖师父报了仇,师父且喝杯酒,放心在此,一发把枪棒教导了愚弟兄,必当补报。”龚端取出两锭银,各重五两,送与两个公人,求他再宽几日。孙琳、贺吉得了钱,只得应允。自此一连住了十余日,把枪棒觔节,尽传与龚端、龚正。因公人催促起身,又听得黄达央人到县里告准,龚端取出五十两白银,送与王庆,到陕州使用。起个半夜,收拾行囊包裹,天未明时,离了本庄。龚端叫兄弟带了若干银两,又来护送。于路无话。

不则一日,来到陕州。孙琳、贺吉带了王庆到州衙,当厅投下了开封府文牒。州尹看验明白,收了王庆,押了回文,与两个公人回去,不在话下。州尹随即把王庆帖发本处牢城营来,公人讨收管回话,又不必说。

当下龚正寻个相识,将些银两,替王庆到管营差拨处买上嘱下的使用了。那个管营姓张,双名世开,得了龚正贿赂,将王庆除了行枷,也不打甚么杀威棒,也不来差他做生活,发下单身房内,由他自在出入。

不觉的过了两个月,时遇秋深天气。忽一日,王庆正在单身房里闲坐,只见一个军汉走来说道:“管营相公唤你。”王庆随了军汉,来到点视厅上磕了头。管营张世开说道:“你来这里许多时,不曾差遣你做甚么。我要买一张陈州来的好角弓。那陈州是东京管下,你是东京人,必知价值真假。”说罢,便向袖中摸出一个纸包儿,亲手递与王庆道:“纹银二两,你去买了来回话。”王庆道:“小的理会得。”接了银子,来到单身房里,拆开纸包,看那银子果是雪厾[①],将等子[②] 称时,反重三四分。

王庆出了本营,到府北街市上弓箭铺中,止用得一两七钱银子,买了一张真陈州角弓,将回来,张管营已不在厅上了。王庆将弓交与内宅亲随伴当送进去,喜得落了他三钱银子。明日张世开又唤王庆到点视厅上说道:"你却干得事来,昨日买的角弓甚好。"王庆道:"相公须教把火来放在弓厢里,不住的焙,方好。"张世开道:"这个晓得。"

从此,张世开日日差王庆买办食用供应,却是不比前日发出现银来,给了一本帐簿,教王庆将日逐买的,都登记在簿上。那行铺人家,那个肯赊半文?王庆只得取出己财,买了送进衙门内去。张世开嫌好道歉,非打即骂。及至过了十日,将簿呈递,禀支价银,那里有毫忽儿发出来。如是月余,被张管营或五棒,或十棒,或二十,或三十,前前后后,总计打了三百余棒,将两腿都打烂了,把龚端送的五十两银子,赔费得罄尽。

一日,王庆到营西武功牌坊东侧首,一个修合丸散、卖饮片、兼内外科、撮熟药又卖杖疮膏药的张医士铺里,买了几张膏药,贴疗杖疮。张医士一头与王庆贴膏药,一头口里说道:"张管营的舅爷庞大郎,前日也在这里取膏药,贴治右手腕。他说在邙东镇上跌坏的,咱看他手腕,象个打坏的。"王庆听了这句话,忙问道:"小人在营中,如何从不曾见面?"张医士道:"他是张管营小夫人的同胞兄弟,单讳个元字儿。那庞夫人是张管营最得意的。那庞大郎好的是赌钱,又要使枪棒耍子。亏了这个姐姐,常照顾他。"王庆听了这一段话,九分猜是"前日在柏树下被俺打的那厮,一定是庞元了,怪道张世开寻罪过摆布俺。"

王庆别了张医士,回到营中,密地与管营的一个亲随小厮,买酒买肉的请他,又把钱与他,慢慢的密问庞元详细。那小厮的说话,与前面张医士一般,更有两句备细的话,说道:"那庞元前日在邙东镇上,被你打坏了,常在管营相公面前恨你。你的毒棒,只恐兀是不能免哩!"正是:

好胜夸强是祸胎,谦和守分自无灾。
只因一棒成仇隙,如今加利奉还来。

当下王庆问了小厮备细,回到单身房里,叹口气道:"不怕官,只怕管。

---

① 雪厾(dū)——厾,点儿。当时银表面上有斑点,即称"雪花银"。

② 等子——称小量物品的衡器。

前日偶尔失口,说了那厮,赢了他棒,却不知道是管营心上人的兄弟。他若摆布得我要紧,只索逃走他处,再作道理。”便悄地到街坊,买了一把解手尖刀,藏在身边,以防不测。如此又过十数日,幸得管营不来呼唤,棒疮也觉好了些。

忽一日,张管营又叫他买两匹缎子。王庆有事在心,不敢怠惰,急急的到铺中买了回营。张管营正坐在点视厅上,王庆上前回话。张世开嫌那缎子颜色不好,尺头又短,花样又是旧的,当下把王庆大骂道:“大胆的奴才! 你是个囚徒,本该差你挑水搬石,或锁禁在大链子上。今日差遣你奔走,是十分抬举你。你这贼骨头,却是不知好歹!”骂得王庆顿口无言,插烛也似磕头求方便。张世开喝道:“权且寄着一顿棒,速将缎匹换上好的来。限你今晚回话,若稍迟延,你须仔细着那条贼性命!”王庆只得脱出身上衣服,向解库中典了两贯钱,添钱买换上好的缎子,抱回营来。

跋涉久了,已是上灯后了,只见营门闭着。当直军汉说:“黑夜里谁肯担这干系,放你进去?”王庆分说道:“蒙管营相公遣差的。”那当直军汉那里肯听。王庆身边尚有剩下的钱,送与当直的,方才放他进去,却是又被他缠了一回。捧了两匹缎子,来到内宅门外。

那守内宅门的说道:“管营相公和大奶奶厮闹,在后面小奶奶房里去了。大奶奶却是利害得紧,谁敢与你传话,惹是招非?”王庆思想道:“他限着今晚回话,如何又恁般阻拒我? 却不是故意要害我,明日那顿恶棒怎脱得过? 这条性命,一定送在那贼亡八手里,俺被他打了三百余棒,报答那一棒的仇恨也够了。前又受了龚正许多银两,今日直恁如此翻脸摆布俺!”

那王庆从小恶逆,生身父母也再不来触犯他的。当下逆性一起,道是“恨小非君子,无毒不丈夫”,一不做,二不休,挨到更余,营中人及众囚徒都睡了,悄地踅到内宅后边,爬过墙去,轻轻的拔了后门的栓儿,藏过一边。那星光之下,照见墙垣内东边有个马厩,西边小小一间屋,看时,乃是个坑厕。王庆掇那马厩里一扇木栅,竖在二重门的墙边,从木栅爬上墙去,从墙上抽起木栅,竖在里面,轻轻溜将下去。先拔了二重门栓,藏过木栅,里面又是墙垣。只听得墙里边笑语喧哗。王庆踅到墙边,伏着侧耳细听,认得是张世开的声音,一个妇人声音,又是一个男子声音,却在那里喝酒闲话。

王庆窃听多时，忽听得张世开说道："舅子，那厮明日来回话，那条性命，只在棒下。"又听得那个男子说道："我算那厮身边东西，也七八分了。姐夫须决意与我下手，出这口鸟气！"张世开答道："只在明后日教你快活罢了！"那妇人道："也够了！你们也索[①]罢休！"那男子道："姐姐说那里话？你莫管！"王庆在墙外听他们三个一递一句，说得明白，心中大怒，那一把无明业火，高举三千丈，按纳不住，恨不得有金刚般神力，推倒那粉墙，抢进去杀了那厮们。正是：

爽口物多终作病，快心事过必为殃。

金风未动蝉先觉，无常暗送怎提防！

当下王庆正在按纳不住，只听得张世开高叫道："小厮，点灯照我往后面去登东厕。"王庆听了这句，连忙掣出那把解手尖刀，将身一堆儿蹲在那株梅树后。只听得呀的一声，那里面两扇门儿开了。王庆在黑地里观看，却是日逐透递消息的那个小厮，提个行灯，后面张世开摆将出来。不知暗里有人，望着前，只顾走，到了那二重门边，骂道："那些奴才们，一个也不小心，如何这早晚不将这栓儿拴了？"那小厮开了门，照张世开方才出得二重门，王庆悄悄的挨将上来。

张世开听得后面脚步响，回转头来，只见王庆右手掣刀，左手叉开五指，抢上前来。张世开把那心肝五脏，都提在九霄云外，叫声道："有贼！"说时迟，那时快，被王庆早落一刀，把张世开齐耳根连脖子砍着，扑地便倒。那小厮虽是平日与王庆厮熟，今日见王庆拿了明晃晃一把刀，在那里行凶，怎的不怕？却待要走，两只脚一似钉住了的，再要叫时，口里又似哑了的，喊不出来，端的惊得呆了。张世开正在挣命。王庆赶上，照后心又刺一刀，结果了性命。

庞元正在姐姐房中吃酒，听得外面隐隐的声唤，点灯不迭，急跑出来看视。王庆见里面有人出来，把那提灯的小厮只一脚，那小厮连身带灯跌去，灯火也灭了。庞元只道张世开打小厮，他便叫道："姐夫，如何打那小厮？"却待上前来劝，被王庆飞抢上前，暗地里望着庞元一刀刺去，正中肋肋。庞元杀猪也似喊了一声，攧翻在地。王庆揪住了头发，一刀割下头来。庞氏听得外面喊声凶险，急叫丫嬛点灯，一同出来照看。王庆看见庞

---

① 索——要，应该。

氏出来,也要上前来杀。

你道有恁般怪事!说也不信:王庆那时转眼间,便见庞氏背后有十数个亲随伴当,都执器械,赶喊出来。王庆慌了手脚,抢出外去,开了后门,越过营中后墙,脱下血污衣服,揩净解手刀,藏在身边。听得更鼓,已是三更,王庆乘那街坊人静,踅到城边。那陕州是座土城,城垣不甚高,濠堑不其深,当夜被王庆越城去了。

且不说王庆越城,再说张世开的妾庞氏,只同得两个丫嬛,点灯出来照看,原无甚么伴当同他出来。他先看见了兄弟庞元血渌渌的头在一边,体在一边,唬得庞氏与丫嬛都面面厮觑,正如分开八片顶阳骨,倾下半桶冰雪水,半晌价说不出话。当下庞氏三个,连跌带滚,战战兢兢的跑进去,声张起来,叫起里面亲随,外面当值的军牢,打着火把,执着器械,都到后面照看。只见二重门外,又杀死张管营,那小厮跌倒在地,尚在挣命,口中吐血,眼见得不能够活了。

众人见后门开了,都道是贼在后面来的,一拥到门外照看,火光下照见两匹彩缎,抛在地下,众人齐声道是王庆。连忙查点各囚徒,只有王庆不在。当下闹动了一营,及左右前后邻舍众人,在营后墙外,照着血污衣服,细细检认,件件都是王庆的。众人都商议,趁着未开城门,去报知州尹,急差人搜捉。此时已是五更时分了。

州尹闻报大惊,火速差县尉检验杀死人数,及行凶人出没去处,一面差人教将陕州四门闭紧,点起军兵,并缉捕人员,城中坊厢里正,逐一排门搜捉凶人王庆。闭门闹了两日,家至户到,逐一挨查,并无影迹。州尹押了文书,委官下该管地方各处乡保都村,排家搜捉,缉捕凶首。写了王庆乡贯、年甲、貌相、模样,画影图形,出一千贯信赏钱。“如有人知得王庆下落,赴州告报,随文给赏;如有人藏匿犯人在家食宿者,事发到官,与犯人同罪。”遍行邻近州县,一同缉捕。

且说王庆当夜越出陕州城,抓扎起衣服,从城濠浅处,去过对岸,心中思想道:“虽是逃脱了性命,却往那里去躲避好?”此时是仲冬将近,叶落草枯,星光下看得出路径。王庆当夜转过了三四条小路,方才有条大路。急忙忙的奔走,到红日东升,约行了六七十里,却是望着南方行走,望见前有人家稠密去处。王庆思想[①] 身边尚有一贯钱,且到那里买些酒食吃了,再算计投那里去。

不多时,走到市里,天气尚早,酒肉店尚未开哩。只有朝东一家屋檐下,挂个安歇客商的破灯笼儿,是那家昨晚不曾收得,门儿兀是半开半掩。王庆上前,呀的一声推进门去,只见一个人兀未梳洗,从里面走将出来。王庆看时,认得这个"乃是我母姨表兄院长范全。他从小随父亲在房州经纪得利,因此就充做本州两院押牢节级。今春三月中,到东京公干,也在我家住过几日。"

当下王庆叫道:"哥哥别来无恙!"范全也道:"是象王庆兄弟。"见他这般模样,脸上又刺了两行金印,正在疑虑,未及回答。那边王庆见左右无人,托地跪下道:"哥哥救兄弟则个!"范全慌忙扶起道:"你果是王庆兄弟么?"王庆摇手道:"禁声!"范全会意,一把挽住王庆袖子,扯他到客房中。

却好范全昨晚拣赁的是独宿房儿。范全悄地忙问:"兄弟何故如此模样?"王庆附耳低言的,将那吃官司刺配陕州的事,述了一遍。次后说张世开报仇忒狠毒,昨夜已是如此如此。范全听罢大惊,踌躇了一回,急急的梳洗吃饭,算还了房钱饭钱,商议教王庆只做军牢跟随的人,离了饭店,投奔房州来。

王庆于路上问范全为何到此,范全说道:"蒙本处州尹,差往陕州州尹处投递书札,昨日方讨得回书,随即离了陕州,因天晚在此歇宿。却不知兄弟正在陕州,又做出恁般的事来。"范全同了王庆,夜止晓行,潜逃到房州。

才过得两日,陕州行文挨捕凶人王庆。范全捏了两把汗,回家与王庆说知:"城中必不可安身。城外定山堡东,我有几间草房,又有二十余亩田地,是前年买下的。如今发几个庄客在那里耕种,我兄弟到那里躲避几日,却再算计。"范全到黑夜里,引王庆出城,到定山堡东,草房内藏匿,却把王庆改姓改名,叫做李德。范全思想王庆脸上金印不稳。幸得昔年到建康,闻得神医安道全的名,用厚币交结他,学得个疗金印的法儿,却将毒药与王庆点去了,后用好药调治,起了红疤,再将金玉细末,涂搽调治,二月有余,那疤痕也消磨了。

---

① 思想——考虑。

光阴荏苒,过了百余日,却是宣和元年的仲春了。官府挨捕的事,已是虎头蛇尾,前紧后慢。王庆脸上没了金印,也渐渐的闯将出来,衣服鞋袜,都是范全周济他。

一日,王庆在草房内闷坐,忽听得远远地有喧哗厮闹的声,王庆便来问:"庄客,何处恁般热闹?"庄客道:"李大官不知,这里西去一里有余,乃是定山堡内段家庄。段氏兄弟向本州接得个粉头,搭戏台,说唱诸般品调。那粉头是西京来新打踅的行院,色艺双绝,赚得人山人海价看。大官人何不到那里睃一睃?"王庆听了这话,那里耐得脚住?一径来到定山堡。只因王庆走到这个所在,有分教,配军村妇谐姻眷,地虎民殃毒一方。毕竟王庆到那里观看,真个有粉头说唱也不?且听下回分解。

第一百四回

段家庄重招新女婿 房山寨双并旧强人

话说当下王庆闯到定山堡,那里有五六百人家,那戏台却在堡东麦地上。那时粉头还未上台,台下四面,有三四十只桌子,都有人围挤着在那里掷骰赌钱。那掷色的名儿,非止一端,乃是:

六风儿　　五么子　　火燎毛　　朱窝儿

又有那撷钱[①]的,蹲踞在地上,共有二十余簇人。那撷钱的名儿,也不止一端,乃是:

浑纯儿　　三背间　　八叉儿

那些掷色的,在那里呼么喝六,撷钱的在那里唤字叫背,或夹笑带骂,或认真厮打。那输了的,脱衣典裳,褫巾剥袜,也要去翻本,废事业,忘寝食,到底是个输字;那赢的,意气扬扬,东摆西摇,南闯北踅的寻酒头儿再做,身边便袋里,搭膊里,衣袖里,都是银钱。到后捉本算帐,原来赢不多,赢的

① 撷钱——用铜币作赌具的一种赌博活动。

都被把梢的[①]、放囊的[②] 拈了头儿去。不说赌博光景，更有村姑农妇，丢了锄麦，撇了灌菜，也是三三两两，成群作队，仰着黑泥般脸，露着黄金般齿，呆呆地立着，等那粉头出来。看他一般是爹娘养的，他便如何恁般标致，有若干人看他。当下不但邻近村坊人，城中人也赶出来睃看，把那青青的麦地，踏光了十数亩。

话休絮烦。当下王庆闲看了一回，看得技养[③]，见那戏台里边，人丛里，有个彪形大汉，两手靠着桌子，在杌子上坐地。那汉生的圆眼大脸，阔肩细腰，桌上堆着五贯钱，一个色盆，六只骰子，却无主顾与他赌。王庆思想道："俺自从吃官司到今日，有十数个月，不曾弄这个道儿了。前日范全哥哥把与我买柴薪的一锭银在此，将来做个梢儿，与那厮掷几掷，赢几贯钱回去，买果儿吃。"当下王庆取出银子，望桌上一丢，对那汉道："胡乱掷一回。"那汉一眼瞅着王庆说道："要掷便来。"说还未毕，早有一个人，向那前面桌子边人丛里挨出来，貌相长大，与那坐下的大汉，仿佛相似，对王庆说道："秃秃，他这锭银怎好出主[④]？将银来，我有钱在此。你赢了，每贯只要加利二十文。"王庆道："最好！"与那人打[⑤] 了两贯钱，那人已是每贯先除去二十文。王庆道："也罢！"随即与那汉讲过掷朱窝儿。方掷得两三盆，随有一人挨下来，出主等掷。那王庆是东京积赌惯家，他信得盆口[⑥]真，又会躲闪打浪，又狡猾奸诈，下换主作弊；那放囊的乘闹里踅过那边桌上去了，那挨下来的，说王庆掷得凶，收了去，只替那汉拈头儿。王庆一口气掷赢了两贯钱，得了采，越掷得出，三红四聚，只管撒出来。那汉性急翻本，掷下便是绝，塌脚、小四不脱手。王庆掷了九点，那汉偏调出倒八来，无一个时辰，把五贯钱输个罄尽。

王庆赢了钱，用绳穿过两贯，放在一边，待寻那汉赎梢。又将那三贯穿缚停当，方欲将肩来负钱，那输的汉子喝道："你待将钱往那里去？只怕

---

① 把梢的——开赌场的人。

② 放囊的——在赌台上放债的人。

③ 技养——动心，极想施展本领。也作"技痒"、"伎痒"。

④ 出主——投放赌注。也作"出注。"

⑤ 打——这里是指"兑换"。

⑥ 盆口——赌博的门道。

是才出炉的，热的熬炙了手。"王庆怒道："你输与我的，却放那鸟屁？"那汉睁圆怪眼骂道："狗弟子孩儿，你敢伤你老爷！"王庆骂道："村撮鸟，俺便怕你把拳打在俺肚里拔不出来，不将钱去！"那汉提起双拳，望王庆劈脸打来。王庆侧身一闪，就势接住那汉的手，将右肘向那汉胸脯只一搪，右脚应手，将那汉左脚一勾。那汉是蛮力，那里解得这跌法，扑通的望后撷翻，面孔朝天，背脊着地。那立拢来看的人，都笑起来。那汉却待挣扎，被王庆上前按住，照实落处只顾打。那在先放囊的走来，也不解劝，也不帮助，只将桌上的钱，都抢去了。王庆大怒，弃了地上汉子，大踏步赶去。只见人丛里闪出一个女子来，大喝道："那厮不得无礼！有我在此！"王庆看那女子，生的如何：

眼大露凶光，眉粗横杀气。腰肢坌蠢，全无袅娜风情；面皮顽厚，惟赖粉脂铺翳。异样钗镮插一头，时兴钏镯露双臂。频搬石臼，笑他人气喘急促；常掇井栏，夸自己膂力不费。针线不知如何拈，拽腿牵拳是长技。

那女子有二十四五年纪。他脱了外面衫子，卷做一团，丢在一个桌上，里面是箭杆小袖紧身，鹦哥绿短袄，下穿一条大裆紫夹绸裤儿，踏步上前，提起拳头，望王庆打来。王庆见他是女子，又见他起拳便有破绽，有意要他，故意不用快跌，也拽双拳吐个门户，摆开解数，与那女子相扑。但见：

拽开大四平，踢起双飞脚。仙人指路，老子骑鹤。拗鸾肘出近前心，当头炮势侵额角。翘跟淬地龙，扭腕擎天橐。这边女子，使个盖顶撒花；这里男儿，耍个绕腰贯索。两个似迎风贴扇儿，无移时急雨催花落。

那时粉头已上台做笑乐院本，众人见这边男女相扑，一齐走拢来，把两个围在圈子中看。那女子见王庆只办得架隔遮拦，没本事钻进来，他便觑个空，使个黑虎偷心势，一拳望王庆劈心打来。王庆将身一侧，那女子打个空，收拳不迭。被王庆就势扭捽定，只一交，把女子撷翻；刚刚着地，顺手儿又抱起来。这个势，叫做虎抱头。王庆道："莫污了衣服。休怪俺冲撞，你自来寻俺。"那女子毫无羞怒之色，倒把王庆赞道："啧啧，好拳腿！果是觔节！"那边输钱吃打的，与那放囊抢钱的两个汉子，分开众人，一齐上前喝道："驴牛射的狗弟子孩儿，恁般胆大！怎敢跌我妹子？"王庆喝骂道："输败腌臜村乌龟子，抢了俺的钱，反出秽言！"抢上前，拽拳便打。只见一个人从人丛里抢出来，横身隔住了一双半人，六个拳头，口里高叫道："李大郎，不得无礼！段二哥、段五哥，也休要动手！都是一块土上人，有话便好好地说！"王庆看时，却是范全。三人真个住了手。范全连忙向那女子道："三娘拜揖。"那女子也道了万福，便问："李大郎是院长亲戚么？"范全道："是在下表弟。"那女子道："出色的好拳脚！"王庆对范全道："叵耐那厮自己输了钱，反教同伙儿抢去了。"范全笑道："这个是二哥、五哥的买卖，你如何来闹他？"那边段二、段五四只眼瞅着看妹子。那女子说道："看范院长面皮，不必和他争闹了。拿那锭银子来！"段五见妹子劝他，又见妹子奢遮，"是我也是输了。"只得取出那锭原银，递与妹子三娘。那三娘把与范全道："原银在此，将了去！"说罢，便扯着段二、段五，分开众人去了。范全也扯了王庆，一径回到草庄内。

范全埋怨王庆道："俺为娘面上，担着血海般胆，留哥哥在此。倘遇恩赦，再与哥哥营谋。你却怎般没坐性[①]！那段二、段五，最刁泼的。那妹子段三娘，更是渗濑，人起他个绰号儿，唤他做大虫窝。良家子弟，不知被他诱扎[②]了多少。他十五岁时，便嫁个老公。那老公果是坌[③]蠢，不上一年，被他炙煿杀了。他恃了膂力，和段二、段五专一在外寻趁厮闹，赚那恶心钱儿。邻近村坊，那一处不怕他的？他们接这粉头，专为勾引人来赌博。那一张桌子，不是他圈套里？哥哥，你却到那里惹是招非！倘或露出马脚来，你吾这场祸害，却是不小。"王庆被范全说得顿口无言。范全起身对王庆道："我要州里去当直，明日再来看你。"

不说范全进房州城去，且说当日王庆，天晚歇息，一宿无话。次日，梳洗方毕，只见庄客报道："段太公来看大郎。"王庆只得到外面迎接，却是皱面银须一个老叟。叙礼罢，分宾主坐定。段太公将王庆从头上直看至脚下，口里说道："果是魁伟！"便问王庆："那里人氏？因何到此？范院长是足下甚么亲戚？曾娶妻也不？"王庆听他问的跷蹊，便捏一派假话，支吾说道："在下西京人氏，父母双亡，妻子也死过了，与范节级是中表兄弟。因

---

① 坐性——功夫，功力。这里指耐性。

② 透扎——引诱坑害。

③ 坌(bèn)——拙，笨。

旧年范节级有公干到西京,见在下独自一身,没人照顾,特接在下到此。在下颇知些拳棒,待后觑个方便,就在本州讨个出身。”段太公听罢大喜,便问了王庆的年庚八字,辞别去了。

又过多样时,王庆正在疑虑,又有一个人推扉进来,问道:“范院长可在么? 这位就是李大郎么?”二人都面面厮觑,错愕相顾,都想道:“曾会过来。”叙礼才罢,正欲动问,恰好范全也到。三人坐定,范全道:“李先生为何到此?”王庆听了这句,猛可的想着道:“他是卖卦的李助。”那李助也想起来道:“他是东京人,姓王,曾与我问卜。”李助对范全道:“院长,小子一向不曾来亲近得。敢问有个令亲李大郎么?”范全指王庆道:“只这个便是我兄弟李大郎。”王庆接过口来道:“在下本姓是李。那个王,是外公姓。”李助拍手笑道:“小子好记分[①]。我说是姓王,曾在东京开封府前相会来。”王庆见他说出备细,低头不语。

李助对王庆道:“自从别后,回到荆南,遇异人,授以剑术,及看子平的妙诀,因此叫小子做金剑先生。近日在房州,闻此处热闹,特到此赶节做生理。段氏兄弟知小子有剑术,要小子教导他击刺,所以留小子在家。适才段太公回来,把贵造与小子推算,那里有这样好八字? 日后贵不可言。目下红鸾照临,应有喜庆之事。段三娘与段太公大喜,欲招赘大郎为婿。小子乘着吉日,特到此为月老。三娘的八字,十分旺夫。适才曾合过来,铜盆铁帚,正是一对儿夫妻。作成小子吃杯喜酒!”范全听了这一席话,沉吟了一回,心下思想道:“那段氏刁顽,如或不允这头亲事,设或有个破绽,为害不浅。只得将机就机罢!”便对李助道:“原来如此! 承段太公、三娘美意。只是这个兄弟粗蠢,怎好做娇客?”李助道:“阿也! 院长不必太谦了。那边三娘,不住口的称赞大郎哩!”范全道:“如此极妙的了! 在下便可替他主婚。”身边取出五两重的一锭银,送与李助道:“村庄没甚东西相待,这些薄意,准[②] 个茶果,事成另当重谢。”李助道:“这怎么使得!”范全道:“惶恐,惶恐! 只有一句话:先生不必说他有两姓,凡事都望周全。”李助是个星卜家,得了银子,千恩万谢的辞了范全、王庆,来到段家庄回复,那里管甚么一姓两姓,好人歹人,一味撮合山,骗酒食,赚铜钱。更兼段三

---

① 记分——记性,记忆力。

② 准——这里指买。

娘自己看中意了对头儿，平日一家都怕他的，虽是段太公，也不敢拗他，所以这件事一说就成。

李助两边往来说合，指望多说些聘金，月老方才旺相。范全恐怕行聘播扬惹事，讲过两家一概都省。那段太公是做家[①] 的，更是喜欢，一径择日成亲。

择了本月二十二日，宰羊杀猪，网鱼捕蛙，只办得大碗酒，大盘肉，请些男亲女戚吃喜酒。其笙箫鼓吹，洞房花烛，一概都省。范全替王庆做了一身新衣服，送到段家庄上。范全因官府有事，先辞别去了。王庆与段三娘交拜合卺等项，也是草草完事。段太公摆酒在草堂上，同二十余个亲戚，及自家儿子、新女婿，与媒人李助，在草堂吃了一日酒，至暮方散。众亲戚路近的，都辞谢去了。留下路远走不迭的，乃是姑丈方翰夫妇，表弟丘翔老小，段二的舅子施俊男女。三个男人在外边东厢歇息。那三个女眷，通是不老成[②] 的，搬些酒食与王庆、段三娘暖房，嘻嘻哈哈，又喝了一回酒，方才收拾歇息。当有丫头老妈，到新房中铺床迭被，请新官人和姐姐安置，丫头从外面拽上了房门，自各知趣去了。

段三娘从小出头露面，况是过来人，惯家儿，也不害甚么羞耻，一径卸钗镮，脱衫子。王庆是个浮浪子弟，他自从吃官司后，也寡了十数个月。段三娘虽粗眉大眼，不比娇秀、牛氏妖娆窈窕。只见他在灯前敞出胸膛，解下红主腰儿，露出白净净肉奶奶乳儿，不觉淫心荡漾，便来搂那妇人。段三娘把王庆一掌打个耳刮子道："莫要歪缠，恁般要紧！"两个搂抱上床，钻入被窝里，共枕欢娱。正是：

一个是失节村姑，一个是行凶军犯。脸皮都是三尺厚，脚板一般十寸长。这个认真气喘声嘶，却似牛齁柳影；那个假做言娇语涩，浑如莺啭花间。不穿罗袜，肩膊上露两只赤脚；倒溜金钗，枕头边堆一朵乌云。未解誓海盟山，也搏弄得千般旖旎；并无羞云怯雨，亦揉搓的万种妖娆。

当夜新房外，又有嘴也笑得歪的一桩事儿。那方翰、丘翔、施俊的老婆，通是少年，都吃得脸儿红红地，且不去睡，扯了段二、段五的两个老婆，悄地到新房外，隔板侧耳窃听房中声息，被他们件件都听得仔细。那王庆

---

① 做家——治家，过日子。

② 不老成——这里指不拘紧，随意而为。

是个浮浪子，颇知房中术，他见老婆来得，竭力奉承。外面这伙妇人，听到浓深处，不觉罗裩也湿透了。

众妇人正在那里嘲笑打诨，你绰我捏，只见段二抢进来大叫道："怎么好！怎么好！你们也不知利害，兀是在此笑耍！"众妇人都捏了两把汗，却没理会处。段二又喊道："妹子，三娘，快起来！你床上招了个祸胎也！"段三娘正在得意处，反嗔怪段二，便在床上答道："夜晚间有甚事，恁般大惊小怪?"段二又喊道："火燎鸟毛了！你们兀是不知死活！"王庆心中本是有事的人，教老婆穿衣服，一同出房来问，众妇人都跑散了。

王庆方出房门，被段二一手扯住，来到前面草堂上，却是范全在那里叫苦叫屈，如热鏊上蚂蚁，没走一头处，随后段太公、段五、段三娘都到。却是新安县龚家村东的黄达，调治好了打伤的病，被他访知王庆踪迹实落处，昨晚到房州报知州尹。州尹张顾行，押了公文，便差都头，领着土兵，来捉凶人王庆，及窝藏人犯范全并段氏人众。范全因与本州当案薛孔目交好，密地里先透了个消息。范全弃了老小，一溜烟走来这里，"顷刻便有官兵来也！众人个个都要吃官司哩！"众人跌脚捶胸，好似掀翻了抱鸡窠，弄出许多慌来，却去骂王庆，羞三娘。

正在闹吵，只见草堂外东厢里走出算命的金剑先生李助，上前说道："列位若要免祸，须听小子一言！"众人一齐上前拥着来问。李助道："事已如此，三十六策，走为上策！"众人道："走到那里去?"李助道："只这里西去二十里外，有座房山。"众人道："那里是强人出没去处。"李助笑道："列位恁般呆！你们如今还想要做好人?"众人道："却是怎么?"李助道："房山寨主廖立，与小子颇是相识。他手下有五六百名喽罗，官兵不能收捕，事不宜迟，快收拾细软等物，都到那里入伙，方避得大祸。"方翰等六个男女，恐怕日后捉亲属连累，又被王庆、段三娘十分撺掇，众人无可如何，只得都上了这条路。把庄里有的没的细软等物，即便收拾，尽教打迭起了，一壁点起三四十个火把。王庆、段三娘、段二、段五、方翰、丘翔、施俊、李助、范全九个人，都结束齐整，各人跨了腰刀，枪架上拿了朴刀，唤集庄客，愿去的共是四十余个，俱拽扎拴缚停当。王庆、李助、范全当头，方翰、丘翔、施俊保护女子在中。幸得那五个女子，都是锄头般的脚，却与男子一般的会走。段三娘、段二、段五在后，把庄上前后都放把火，发声喊，众人都执器械，一哄望西而走。邻舍及近村人家，平日畏段家人物如虎，今日见他们明火执仗,又不知他们备细,都闭着门,那里有一个敢来拦当。

王庆等方行得四五里,早遇着都头土兵,同了黄达,跟同来捉人。都头上前,早被王庆手起刀落,把一个斩为两段。李助、段三娘等,一拥上前,杀散土兵,黄达也被王庆杀了。王庆等一行人来到房山寨下,已是五更时分。李助计议,欲先自上山,诉求廖立,方好领众人上山入伙。

寨内巡视的小喽罗,见山下火把乱明,即去报知寨主。那廖立疑是官兵,他平日欺惯了官兵没用,连忙起身,披挂绰枪,开了栅寨,点起小喽罗,下山拒敌。王庆见山上火起,又有许多人下来,先做准备。当下廖立直到山下,看见许多男女,料道不是官兵。廖立挺枪喝道:"你这伙鸟男女,如何来惊动我山寨,在太岁头上动土?"李助上前躬身道:"大王,是劣弟李助。"随即把王庆犯罪,及杀管营,杀官兵的事,略述一遍。

廖立听李助说得王庆恁般了得,更有段家兄弟帮助,"我只一身,恐日后受他们气。"翻着脸对李助道:"我这个小去处,却容不得你们。"王庆听了这句,心下思想:"山寨中只有这个主儿,先除了此人,小喽罗何足为虑?"便挺朴刀,直抢廖立。那廖立大怒,拈枪来迎。段三娘恐王庆有失,挺朴刀来相助。三个人斗了十数合,三个人里倒了一个。正是瓦罐不离井上破,强人必在镝前亡。毕竟三人中倒了那一个,且听下回分解。

第一百五回

宋公明避暑疗军兵　乔道清回风烧贼寇

话说王庆、段三娘与廖立斗不过六七合,廖立被王庆觑个破绽,一朴刀搠翻,段三娘赶上,复一刀结果了性命。廖立做了半世强人,到此一场春梦。王庆提朴刀喝道:"如有不愿顺者,廖立为样!"众喽罗见杀了廖立,谁敢抗拒,都投戈拜服。王庆领众上山,来到寨中,此时已是东方发白。那山四面,都是生成的石室,如房屋一般,因此叫做房山,属房州管下。当日王庆安顿了各人老小,计点喽罗,盘查寨中粮草、金银、珍宝、锦帛、布匹等项,杀牛宰马,大赏喽罗,置酒与众人贺庆。众人遂推王庆为寨主,一面打造军器,一面训练喽罗,准备迎敌官兵,不在话下。

且说当夜房州差来擒捉王庆的一行都头土兵人役，被王庆等杀散，有逃奔得脱的，回州报知州尹张顾行说："王庆等预先知觉，拒敌官兵，都头及报人黄达都被杀害。那伙凶人，投奔西去。"张顾行大惊，次早计点土兵，杀死三十余名，伤者四十余人。张顾行即日与本州镇守军官计议，添差捕盗官军及营兵，前去追捕。因强人凶狠，官兵又损折了若干。房山寨喽罗日众，王庆等下山来打家劫舍。张顾行见贼势猖獗，一面行下文书，仰属县知会守御本境，拨兵前来，协力收捕，一面再与本州守御兵马都监胡有为计议剿捕。胡有为整点营中军兵，择日起兵前去剿捕。两营军忽然鼓噪起来，却是为两个月无钱米关给，今日瘪着肚皮，如何去杀贼？张顾行闻变，只得先将一个月钱米给散。只因这番给散，越激怒了军士，却是为何？当事的，平日不将军士抚恤节制，直到鼓噪，方才给发请受，已是骄纵了军心。更有一桩可笑处，今日有事，那扣头常例，又与平日一般克剥。他们平日受的克剥气多了，今日一总发泄出来。军情汹汹，一时发作，把那胡有为杀死。张顾行见势头不好，只护着印信，预先躲避。城中无主，又有本处无赖，附和了叛军，遂将良民焚劫。那强贼王庆，见城中变起，乘势领众多喽罗来打房州。那些叛军及乌合奸徒，反随顺了强人。因此王庆得志，遂被那厮占据了房州为巢穴。那张顾行到底躲避不脱，也被杀害。

王庆劫掳房州仓库钱粮，遣李助、段二、段五，分头于房山寨及各处，立竖招军旗号，买马招军，积草屯粮，远近村镇，都被劫掠。那些游手无赖，及恶逆犯罪的人，纷纷归附。那时龚端、龚正，向被黄达讦告，家产荡尽，闻王庆招军，也来入了伙。邻近州县，只好保守城池，谁人敢将军马剿捕？被强人两月之内，便集聚了二万余人，打破邻近上津县、竹山县、郧乡县三个城池。邻近州县，申报朝廷，朝廷命就彼处发兵剿捕。宋朝官兵，多因粮饷不足，兵失操练，兵不畏将，将不知兵。一闻贼警，先是声张得十分凶猛，使士卒寒心，百姓丧胆。及至临阵对敌，将军怯懦，军士馁弱。怎禁得王庆等贼众，都是拼着性命杀来，官军无不披靡。因此，被王庆越弄得大了，又打破了南丰府。到后东京调来将士，非贿蔡京、童贯，即赂杨戬、高俅，他们得了贿赂，那管甚么庸懦。那将士费了本钱，弄得权柄上手,恣意克剥军粮,杀良冒功,纵兵掳掠,骚扰地方,反将赤子[①] 迫逼从贼。自此贼势渐大,纵兵南下。李助献计,因他是荆南人,仍扮做星相入城,密纠恶少奸棍,里应外合,袭破荆南城池。遂拜李助为军师,自称楚王。遂有江洋大盗,山寨强人,都来附和。三四年间,占据了宋朝六座军州。王庆遂于南丰城中,建造宝殿、内苑、宫阙,僭号改元;也学宋朝,伪设文武职台,省院官僚,内相外将。封李助为军师都丞相,方翰为枢密,段二为护国统军大将,段五为辅国统军都督,范全为殿帅,龚端为宣抚使,龚正为转运使,专管支纳出入、考算钱粮,丘翔为御营使,伪立段氏为妃。自宣和元年作乱以来,至宣和五年春,那时宋江等正在河北征讨田虎,于壶关相拒之日,那边淮西王庆又打破了云安军及宛州,一总被他占了八座军州。那八座乃是:

南丰　　荆南　　山南　　云安

安德　　东川　　宛州　　西京

那八处所属州县,共八十六处。王庆又于云安建造行宫,令施俊为留守官,镇守云安军。

初时,王庆令刘敏等侵夺宛州时,那宛州邻近东京,蔡京等瞒不过天子,奏过道君皇帝,敕蔡攸、童贯征讨王庆,来救宛州。蔡攸、童贯,兵无节制,暴虐士卒,军心离散,因此,被刘敏等杀得大败亏输,所以陷了宛州,东京震恐。蔡攸、童贯惧罪,只瞒着天子一个。贼将刘敏、鲁成等,胜了蔡攸、童贯,遂将鲁州、襄州围困。却得宋江等平定河北班师,复奉诏征讨淮西。真是席不暇暖,马不停蹄,统领大兵二十余万,向南进发。才渡黄河,省院又行文来催促陈安抚,宋江等兵马,星驰来救鲁州、襄州。宋江等冒着暑热,汗马驰驱,由粟县、汜水一路行来,所过秋毫无犯。大兵已到阳翟州界。贼人闻宋江兵到来,鲁州、襄州二处,都解围去了。

那时张清、琼英、叶清看剐了田虎,受了皇恩,奉诏协助宋江征讨王庆。张清等离了东京,已到颖昌州半月余了。闻宋先锋兵到,三人到军前迎接。参见毕,备述蒙恩褒封之事。宋江以下,称赞不已。宋江命张清等在军中听用。

宋江请陈安抚、侯参谋、罗武谕等驻扎阳翟城中,自己大军,不便入

---

① 赤子——这里指驯良百姓,顺民。

城。宋江传令,教大军都屯扎于方城山树林深密阴处,以避暑热。又因军士跋涉千里,中暑疲困者甚多,教安道全置办药料,医疗军士。再教军士搭盖凉庑,安顿马匹,令皇甫端调治,刻剔鬣毛。吴用道:“大兵屯于丛林,恐敌人用火。”宋江道:“正要他用火。”宋江却教军士再去于本山高冈凉荫树下,用竹篷茅草,盖一小小山棚。当有河北降将乔道清会意,来禀宋江道:“乔某感先锋厚恩,今日愿略效微劳。”宋江大喜,密授计于乔道清,往山棚中去了。宋江挑选军士强健者三万人,令张清、琼英管领一万兵马,往东山麓埋伏;令孙安、卞祥也管领一万人马,往西山麓埋伏。“只听我中军轰天炮响,一齐杀出。”将粮草都堆积于山南平麓,教李应、柴进领五千军士看守。

分拨甫定[①],忽见公孙胜说道:“兄长筹画甚妙!但如此溽暑,军士往来疲病,倘贼人以精锐突至,我兵虽十倍于众,必不能取胜。待贫道略施小术,先除了众人烦燥,军马凉爽,自然强健。”说罢,便仗剑作法,脚踏“魁”、“罡”二字,左手雷印,右手剑诀,凝神观想,向巽方取了生气一口,念咒一遍。须臾,凉风飒飒,阴云冉冉,从本山岭岫中喷薄出来,弥漫了方城山一座,二十余万人马,都在凉风爽气之中。除此山外,依旧是销金铄铁般烈日,蜩蝉乱鸣,鸟雀藏匿。宋江以下众人,十分欢喜,称谢公孙胜神功道德。如是六七日,又得安道全疗人,皇甫端调马,军兵马匹,渐渐强健,不在话下。

且说宛州守将刘敏,乃贼中颇有谋略者,贼人称为刘智伯。他探知宋江兵马,屯扎山林丛密处避暑。他道:“宋江这伙,终是水泊草寇,不知兵法,所以不能成大事。待俺略施小计,管教那二十万军马,焦烂一半!”随即传令,挑选轻捷军士五千人,各备火箭、火炮、火炬,再备战车二千辆,装载芦苇干柴,及硫黄焰硝引火之物。每车一辆,令四人推送。此时是七月中旬新秋天气,刘敏引了鲁成、郑捷、寇猛、顾岑四员副将,及铁骑一万,人披软战,马摘銮铃,在后接应。刘敏留下偏将韩喆、班泽等,镇守城池。刘敏等众,薄暮离城,恰遇南风大作。刘敏大喜道:“宋江等这伙人合败!”贼兵行至三更时分,才到方城山南二里外,忽然雾气弥漫山谷。刘敏道:“天助俺成功!”教军士在后擂鼓呐喊助威,令五千军士,只向山林深密处,只

① 甫定——才定。

顾将火箭、火炮、火炬射打焚烧上去。教寇猛、毕胜，催趱推车军士，将火车点着，向山麓下屯粮处烧来。众人正奋勇上前，忽的都叫道："苦也！苦也！"却有恁般奇事，南风正猛，一霎时，却怎么就转过北风！又听得山上霹雳般一声响亮，被乔道清使了回风返火的法，那些火箭、火炬，都向南边贼阵里飞将来，却似千万条金蛇火龙，烈焰腾腾的向贼兵飞扑将来，贼兵躲避不迭，都烧得焦头烂额。当下宋军中有口号四句，单笑那刘敏，道是：

军机固难测，贼人妄擘划。

放火自烧军，好个刘智伯！

那时宋先锋教凌振将号炮施放，那炮直飞起半天里振响。东有张清、琼英，西有孙安、卞祥，各领兵冲杀过来。贼兵大败亏输。鲁成被孙安一剑，挥为两段；郑捷被琼英一石子，打下马来，张清再一枪，结果了性命；顾岑被卞祥搠死；寇猛被乱兵所杀；二万三千人马，被火烧兵杀，折了一大半，其余四散逃窜；二千辆车，烧个尽绝；只有刘敏同三四百败残军卒，向前逃奔，到宛州去了。宋军不曾烧毁半茎柴草，也未常损折一个军卒，夺获马匹、衣甲、金鼓甚多。张清、孙安等，得胜回到山寨献功。孙安献鲁成首级；张清、琼英献郑捷首级；卞祥献顾岑首级。宋江各各赏劳，标写乔道清头功，及张清、琼英、孙安、卞祥功次。

吴用道："兄长妙算，已丧贼胆，但宛州山水盘纡，丘原膏沃，地称陆海，若贼人添拨兵将，以重兵守之，急切难克。目今金风却暑，玉露生凉，军马都已强健，当乘我军威大振，城中单弱，速往攻之，必克。然须别分兵南北屯扎，以防贼人救兵冲突。"宋江称善，依计传令，教关胜、秦明、杨志、黄信、孙立、宣赞、郝思文、陈达、杨春、周通，统领兵马三万，屯扎宛州之东，以防贼人南来救兵；林冲、呼延灼、董平、索超、韩滔、彭玘、单廷珪、魏定国、欧鹏、邓飞，领兵三万，屯扎宛州之西，以拒贼人北来兵马。众将遵令，整点军马去了。当有河北降将孙安等一十七员，一齐来禀道："某等蒙先锋收录，深感先锋优礼。今某等愿为前部，前去攻城，少报厚恩。"宋江依允，遂令张清、琼英统领孙安等十七员将佐，军马五万为前部。那十七员乃是：

孙安　马灵　卞祥　山士奇　唐斌　文仲容

崔埜　金鼎　黄钺　梅玉　金祯　毕胜

潘迅　杨芳　冯升　胡避　叶清

当下张清遵令,统领将佐军兵,望宛州征进去了。

宋江同卢俊义、吴用等,管领其余将佐大兵,拔寨都起,离了方城山,望南进发,到宛州十里外扎寨。令李云、汤隆、陶宗旺监造攻城器具,推送张清等军前备用。张清等众将领兵马将宛州围得水泄不通。城中守将刘敏,是那夜中了宋江之计,只逃脱得性命。到宛州,即差人往南丰王庆处申报,并行文邻近州县,求取救兵。今日被宋兵围了城池,只令坚守城池,待救兵至,方可出击。宋兵攻打城池,一连六七日,城垣坚固,急切不能得下。宛州城北临汝州,贼将张寿领救兵二万前来,被林冲等杀其主将张寿,其余偏牙将士及军卒,都溃散去了。同日,又有宛州之南,安昌、义阳等县救兵到来,被关胜等大败贼兵,擒其将柏仁、张怡,送到宋江大寨正刑讫。二处斩获甚多。此时李云等已造就攻城器具。孙安、马灵等同心协力,令军士囊土,四面拥堆距堙,逼近城垣。又选勇敢轻捷之士,用飞桥转关辘辒,越沟堑,渡池濠,军士一齐奋勇登城,遂克宛州,活擒守将刘敏,其余偏牙将佐,杀死二十余名,杀死军士五千余人,降者万人。宋江等大兵入城,将刘敏正法枭示,出榜安民。标写关胜、林冲、张清,并孙安等众将功次。差人到阳翟州陈安抚处报捷,并请陈安抚等移镇宛州。陈安抚闻报大喜,随即同了侯参谋、罗武谕来到宛州。宋江等出郭迎接入城,陈安抚称赞宋江等功勋,是不必得说。

宋江在宛州料理军务,过了十余日,此时已是八月初旬,暑气渐退。宋江对吴用计议道:“如今当取那一处城池?”吴用道:“此处南去山南军,南极湖湘,北控关洛,乃是楚蜀咽喉之会。当先取此城,以分贼势。”宋江道:“军师所言,正合我意。”遂留花荣、林冲、宣赞、郝思文、吕方、郭盛,辅助陈安抚等,管领兵马五万,镇守宛州。陈安抚又留了圣手书生萧让,传令水军头领李俊等八员,统驾水军船只,由泌水至山南城北汉江会集。宋江将陆兵分作三队,辞别陈安抚,统领众多将佐,并军马一十五万,离了宛州,杀奔山南军来。真个是:万马奔驰天地怕,千军踊跃鬼神愁。毕竟宋兵如何攻取山南,且听下回分解。

第一百六回

书生谈笑却强敌　水军汩没[①] 破坚城

话说宋江分拨人马，水陆并进，船骑同行。陆路分作三队，前队冲锋破敌骁将一十二员，管领兵马一万。那十二员：

董平　秦明　徐宁　索超　张清　琼英

孙安　卞祥　马灵　唐斌　文仲容　崔埜

后队彪将一十四员，管领兵马五万为合后。那十四员：

黄信　孙立　韩滔　彭玘　单廷珪

魏定国　欧鹏　邓飞　燕顺　马麟

陈达　杨春　周通　杨林

中队宋江、卢俊义，统领将佐九十余员，军马十万，杀奔山南军来。前队董平等兵马已到隆中山北五里外扎寨，探马报来说："王庆闻知我兵到了，特于这隆中山北麓，新添设雄兵二万，令勇将贺吉、縻貹、郭矸、陈赟统领兵马，在那里镇守。"董平等闻报，随即计议，教孙安、卞祥，领兵五千伏于左，马灵、唐斌领兵五千伏于右，只听我军中炮响，一齐杀出。

这里分拨才定，那边贼众，已是摇旗擂鼓，呐喊筛锣，前来搦战。两军相对，旗鼓相望，南北列成阵势，各用强弓硬弩，射住阵脚。贼阵里门旗开处，贼将縻貹出马当先，头顶钢盔，身穿铁铠，弓弯鹊画，箭插雕翎，脸横紫肉，眼睁铜铃，担一把长柄开山大斧，坐一匹高头卷毛黄马，高叫道："你们这伙是水洼小寇，何故与宋朝无道昏君出力，来到这里送死！"

宋军阵里，鼍鼓喧天，急先锋索超骤马出阵，大喝道："无端造反的强贼，敢出秽言！待俺劈你一百斧！"挥着金蘸斧，拍马直抢縻貹。那縻貹也抡斧来迎。两军迭声呐喊，二将抢到垓心，两骑相交，双斧并举，斗经五十余合，胜败未分。那贼将縻貹，果是勇猛。宋阵里霹雳火秦明，见索超不能取胜，舞着狼牙棍，骤马抢出阵来助战，贼将陈赟舞戟来迎。四将在征

---

① 汩没(gǔ mò)——波涌沉浮。

尘影里，杀气丛中，正斗到热闹处，只听得一声炮响，孙安、卞祥领兵从左边杀来，贼将贺吉分兵接住厮杀；马灵、唐斌领兵从右边杀来，贼将郭矸分兵接住厮杀。宋阵里琼英骤马出阵，暗拈石子，觑定陈赟，只一石子飞来，正打着鼻凹，陈赟翻身落马。秦明赶上，照顶门一棍，连头带盔，打个粉碎。那左边孙安与贺吉斗到三十余合，被孙安挥剑，斩于马下；右边唐斌也刺杀了郭矸。縻貹见众人失利，架住了索超金蘸斧，拨马便走。索超、孙安、马灵等，驱兵追赶掩杀，贼兵大败。

众将追赶縻貹，刚刚转过山嘴，被贼人暗藏一万兵马，在山背后丛林里，贼将耿文、薛赞，领兵抢出林来，与縻貹合兵一处，回身冲杀过来，縻貹当先。宋阵里文仲容要干功勋，挺枪拍马，来斗縻貹，战斗到十合之上，被縻貹挥斧，将文仲容砍为两截。崔埜见砍了文仲容，十分恼怒，跃马提刀，直抢縻貹。二将斗过六七合，唐斌拍马来助。縻貹看见有人来助战，大喝一声，只一斧，将崔埜斩于马下，抢来接住唐斌厮杀。这边张清、琼英见折了二将，夫妇两个并马双出，张清拈取石子，望縻貹飞来。那縻貹眼明手快，将斧只一拨，一声响亮，正打在斧上，火光爆散，将石子拨下地去了。琼英见丈夫石子不中，忙取石子飞去。縻貹见第二个石子飞来，把头一低，铛的一声，正打在铜盔上。宋阵里徐宁、董平见二个石子都打不中，徐宁、董平双马并出，一齐并力杀来。縻貹见众将都来，隔住唐斌的枪，拨马便走。唐斌紧紧追赶，却被贼将耿文、薛赞双出接住，被縻貹那厮跑脱去了。

众将只杀了耿文、薛赞，杀散贼兵，夺获马匹、金鼓、衣甲甚多。董平教军士收拾文仲容、崔埜二人尸首埋葬。唐斌见折了二人，放声大哭，亲与军士殡殓二人。董平等九人已将兵马屯扎在隆中山的南麓了。

次日，宋江等两队大兵都到，与董平等合兵一处。宋江见折了二将，十分凄惨，用礼祭奠毕，与吴用商议攻城之策。吴用、朱武上云梯，看了城池形势，下来对宋江道："这座城坚固，攻打无益，且扬示攻打之意，再看机会。"宋江传令，教一面收拾攻城器械，一面差精细军卒，四面侦探消息。

不说宋江等计议攻城，却说縻貹那厮，只领得二三百骑，逃到山南州城中。守城主将，却是王庆的舅子段二。王庆闻宋朝遣宋江等兵马到来，加封段二为平东大元帅，特教他到此镇守城池。

当下縻貹来参见了，诉说宋江等兵勇将猛，折了五将，全军覆没，特来恳告元帅,借兵报仇。原来縻貹等是王庆差出来的,因此说借兵。段二听说大怒道:“你虽不属我管,你的覆兵折将的罪,我却杀得你!”喝叫军士绑出,斩讫来报。只见帐下闪出一人来禀道:“元帅息怒,且留着这个人。”

段二看时,却是王庆拨来帐前参军左谋。段二道:“却如何饶他?”左谋道:“某闻縻貹十分骁勇,连斩宋军中二将。宋江等真个兵强将勇,只可智取,不可力敌。”段二道:“怎么叫做智取?”左谋道:“宋江等粮草辎重,都屯积宛州,从那边运来。闻宛州兵马单弱,元帅当密差的当人役,往均、巩两州守城将佐处,约定时日,教他两路出兵,袭宛州之南,我这里再挑选精兵,就着縻将军统领,教他干功赎罪,驰往袭宛州之北。宋江等闻知,恐宛州有失,必退兵去救宛州。乘其退走,我这里再出精兵,两路击之,宋江可擒也。”段二本是个村卤汉,那晓得甚么兵机,今日听了左谋这段话,便依了他,连忙差人往均、巩二州约会去了。随即整点军马二万,令縻貹、阙翥、翁飞三将统领,黑夜里悄地出西门,偃旗息鼓,一齐投奔宛州去了。

却说宋江正在营中思算攻城之策,忽见水军头领李俊入寨来禀说:“水军船只,已都到城西北汉江、襄水两处屯扎。小弟特来听令。”宋江留李俊在帐中,略饮几杯酒,有侦探军卒来报,说城中如此如此,将兵马去袭宛州了。宋江听罢大惊,急与吴用商议。吴用道:“陈安抚及花将军等,俱有胆略,宛州不必忧虑。只就这个机会,一定要破他这座城池。”便向宋江密语半晌。宋江大喜,即授密计与李俊及步军头领鲍旭等二十员,带领步兵二千,至夜密随李俊去了,不题。

再说贼将縻貹等引兵已到宛州,伏路小军报入宛州来。陈安抚教花荣、林冲,领兵马二万,出城迎敌。二将领兵,方出得城,又有流星探马报将来说:“縻貹等约会均州贼人,均州兵马三万,已到城北十里外了。”陈瓘再教吕方、郭盛,领兵马二万,出北门迎敌去了。

未及一个时辰,又有飞报说道:“巩州贼人季三思、倪慑等,统领兵马三万,杀奔到西门来。”众人都相顾错愕道:“城中只有宣赞、郝思文二将,兵马虽有一万,大半是老弱,如何守御?”当有圣手书生萧让道:“安抚大人,不必忧虑,萧某有一计。”便迭着两个指头,向众人道:“如此如此,贼众可破。”陈瓘以下众人,都点头称善。

陈瓘传令,教宣赞、郝思文挑选强壮军士五千,伏于西门内,待贼退兵,方可出击。二将领计去了。陈瓘再教那些老弱军士,不必守城,都要将旗幡掩倒,只听西门城楼上炮响,却将旗帜一齐举竖起来。只许在城内走动,不得出城,分拨已定,陈安抚教军士扛抬酒馔,到西门城楼上摆设。陈瓘、侯蒙、罗戬,随即上城楼,笑谈剧饮,叫军士大开了城门,等那贼兵到来。

多样时,那贼将季三思、倪慑,领着十余员偏将,雄纠纠气昂昂的杀奔到城下来。望见城门大开,三个官员,一个秀才,于城楼上花堆锦簇,大吹大擂的在那里吃酒;四面城垣上,旗旛影儿,也不见一个。季三思疑讶,不敢上前。倪慑道:"城中必有准备,我们当速退兵,勿中他诡计。"季三思急教退军时,只听得城楼上一声炮响,喊声振天,鼓声振地,旌旗无数的在城垣内来往。贼兵听了主将说话,已是惊疑,今见城中如此,不战自乱。城内宣赞、郝思文领兵杀出城来,贼兵大败,弃下金鼓、旗幡、兵戈、马匹、衣甲无数,斩首万余。季三思、倪慑都被乱军所杀,其余军士,四散乱窜逃生。宣赞、郝思文得胜,收兵回城,陈安抚等已到帅府去了。

北路花荣、林冲已杀了阙翥、翁飞二将,杀散贼兵,单单只走了縻胜,收兵凯还,方欲进城,听说又有两路贼兵到来,西路兵已赖萧让妙计杀退了,南路吕方、郭盛,尚不知胜败。花荣等得了这个消息,传令教军士疾驰到南路去。吕方、郭盛正与贼将鏖战,林冲、花荣驱兵助战,杀得贼兵星落云散,七断八续,斩获甚多。当日三路贼兵,死者三万余人,伤者无算。只见尸横郊野,血满田畴。林冲、花荣、吕方、郭盛都收兵入城,与宣赞、郝思文一同来到帅府献捷。陈瓘、侯蒙、罗戬,俱各大喜,称赞萧让之妙策、花荣等众将之英雄。众将喏喏连声道:"不敢。"陈安抚教大排筵席,宴赏将士,犒劳三军,标写萧让、林冲等功劳,紧守城池,不在话下。

再说段二差縻胜等军兵出城后,次夜,段二在城楼上眺望宋军。此时正是八月中旬望前天气,那轮几望的明月,照耀的如白昼一般。段二看见宋军中旗旛乱动,徐徐的向北退去。段二对左谋道:"想是宋江知道宛州危急,因此退兵。"左谋道:"一定是了! 可急点铁骑出城掩击。"段二教钱傧、钱仪二将,整点兵马二万,出城追击宋兵,二将遵令去了。段二向西望时,只见城外襄水,一派月色水光,滮滮溶溶,相映上下。那宋军的三五百只粮船,也渐渐望北撑去。那段二平日掳掠惯了,今夜看见许多粮船,又没有甚么水军在上,每船只有六七个水手,在那里撑驾,便叫放开西城水门,令水军总管诸能,统驾五百只战船,放出城来,抢劫粮船。

宋军船上望见，连忙将船泊拢岸来，那船上水手，都跳上岸去。那边诸能撑驾战船上前，只听得宋军船帮里，一棒锣声响，放出百十只小渔艇来，每船上二人划桨，三四人执着团牌标枪，朴刀短兵，飞也似杀将来。诸能叫水军把火炮火箭打射将来。那渔艇上人，抵敌不住，发声喊，都跳下水里去了。贼兵得胜，夺了粮船。诸能叫水手撑驾进城。刚放得一只进城，城内传出将令来，须逐只搜看，方教撑进城来，诸能叫军士先将那撑进来的那只船搜看。十数个军士一齐上船来，揭那艎板，却似一块木板做就的，莫想揭动分毫。诸能大惊道："必中了奸计！"忙教将斧凿撬打开来看。"那些城外的船，且莫撑进来。"说还未毕，只见城外后面三四只粮船，无人撑驾，却似顺着潮水的，又似使透顺风的，自荡进来。诸能情知中计，急要上岸时，水底下钻出十数个人来，都是口衔着一把蓼叶刀，正是李俊、二张、三阮、二童这八个英雄。贼兵急待要用兵器来搠时，那李俊一声胡哨，那四五只粮船内暗藏的步军头领，从板下拔去梢子，推开艎板，大喊一声，各执短兵抢出来。却是鲍旭、项充、李衮、李逵、鲁智深、武松、杨雄、石秀、解珍、解宝、龚旺、丁得孙、邹渊、邹润、王定六、白胜、段景住、时迁、石勇、凌振等二十个头领，并千余步兵，一齐发作，奔抢上岸，砍杀贼人。贼兵不能拦当，乱窜奔逃。诸能被童威杀死，城里城外，战船上水军，被李俊等杀死大半，河水通红。

李俊等夺了水门，当下鲍旭等那伙大虫，护卫凌振施放轰天子母号炮，分头去放火杀人。城中一时鼎沸起来，呼兄唤弟，觅子寻爷，号哭振天。段二闻变，急引兵来策应，正撞着武松、刘唐、杨雄、石秀、王定六这一伙。段二被王定六向腿上一朴刀搠翻，活捉住了。鲁智深、李逵等十余个头领，抢至北门，杀散守门将士，开城门，放吊桥。那时宋江兵马，听得城中轰天子母炮响，勒转兵马杀来，正撞着钱傧、钱仪兵马，混杀一场。钱傧被卞祥杀死；钱仪被马灵打翻，被人马踏为肉泥；三万铁骑，杀死大半。孙安、卞祥、马灵等领兵在前，长驱直入，进了北门。众将杀散贼兵，夺了城池，请宋先锋大兵入城。

此时已是五更时分，宋江传令，先教军士救灭火焰，不许杀害百姓。天明出榜安民，众将都将首级前来献功。王定六将段二绑缚解来，宋江差军士押解到陈安抚处发落。左谋被乱兵所杀。其余偏牙将士，杀死的甚多，降伏军士万余。宋江令杀牛宰马，赏劳三军将士，标写李俊等诸将功次,差马灵往陈安抚处报捷,并探问贼兵消息。马灵遵令去了两三个时辰,便来回复道:“陈安抚闻报,十分欢喜。随自为表,差人赍奏朝廷去了。”马灵又说萧让却敌一事,宋江惊道:“倘被贼人识破,奈何?终是秀才见识。”宋江发本处仓廪中米粟,赈济被兵火的百姓,料理诸项军务已毕,宋江正与吴用计议攻打荆南郡之策,忽接陈安抚处奉枢密院札文,转行文来说:“西京贼寇纵横,摽掠东京属县,着宋江等先荡平西京,然后攻剿王庆巢穴。”陈安抚另有私书说枢密院可笑处。

宋江、吴用备悉来意,随即计议分兵:一面攻打荆南,一面去打西京。当有副先锋卢俊义及河北降将,俱愿领兵到西京,攻取城池。宋江大喜,拨将佐二十四员,军马五万,与卢俊义统领前去。那二十四员将佐:

副先锋卢俊义

副军师朱武

杨志　徐宁　索超　孙立　单廷珪

魏定国　陈达　杨春　燕青　解珍

解宝　邹渊　邹润　薛永　李忠

穆春　施恩

河北降将

乔道清　马灵　孙安　卞祥　山士奇　唐斌

卢俊义即日辞别了宋先锋,统领将佐军马,望西京进征去了。宋江令史进、穆弘、欧鹏、邓飞,统领生马二万,镇守山南城池。宋江对史进等说道:“倘有贼兵至,只宜坚守城池。”宋江统领众多将佐,兵马八万,望荆南杀奔前来,但见那枪刀流水急,人马撮风行。正是:旌旗红展一天霞,刀剑白铺千里雪。毕竟荆南又是如何攻打,且听下回分解。

第一百七回

宋江大胜纪山军　朱武打破六花阵

话说宋江统领将佐军马,杀奔荆南来,每日兵行六十里下寨,大军所过地方,百姓秋毫无犯。戎马已到纪山地方屯扎。那纪山在荆南之北,乃荆南重镇，上有贼将李懹，管领兵马三万，在山上镇守。那李懹是李助之侄，王庆封他做宣抚使，他闻知宋江等打破山南军，段二被擒，差人星夜到南丰，飞报王庆、李助，知会说："宋兵势大，已被他破了两个大郡。目今来打荆南，又分调卢俊义兵将，往取西京。"李助闻报大惊，随即进宫，来报王庆。

内侍传奏入内里去，传出旨意来说道："教军师俟候着，大王即刻出殿了。"李助等候了两个时辰，内里不见动静。李助密问一个相好的近侍，说道："大王与段娘娘正在厮打的热闹哩！"李助问道："为何大王与娘娘厮闹？"近侍附李助的耳说道："大王因段娘娘嘴脸那个，大王久不到段娘娘宫中了，段娘娘因此着恼。"李助又等了一回，有内侍出来说道："大王有旨，问军师还在此么？"李助道："在此鹄候[①]！"内侍传奏进去。

少顷，只见若干内侍宫娥，簇拥着那王庆出到前殿升坐。李助俯伏拜舞毕，奏道："小臣侄儿李懹申报来说，宋江等将勇兵强，打破了宛州、山南两座城池。目今宋江分拨兵马，一路取西京，一路打荆南。伏乞大王发兵去救援。"王庆听罢大怒道："宋江这伙，是水洼草寇，如何恁般猖獗？"随即降旨，令都督杜壆管领将佐十二员，兵马二万，到西京救援。又令统军大将谢宇，统领将佐十二员，兵马二万，救援荆南。二将领了兵符令旨，挑选兵马，整顿器械。那伪枢密院分拨将佐，伪转运使龚正运粮草，接济二将，辞了王庆，各统领兵将，分路来援二处，不在话下。

且说宋江等兵马，到纪山北十里外扎寨屯兵，准备冲击。军人侦探贼人消息的实回报。宋江与吴用计议了，对众将说道："俺闻李懹手下，都是勇猛的将士。纪山乃荆南之重镇。我这里将士兵马，虽倍于贼，贼人据险，我处山之阴下[②]，为敌所囚。那李懹狡猾诡谲，众兄弟厮杀，须看个头势，不得寻常看视。"于是下令："将军入营，即闭门清道，有敢行者诛，有敢高言者诛。军无二令，二令者诛。留令者诛。"传令方毕，军中肃然。宋江教戴宗传令水军头领李俊等，将粮食船只，须谨慎提防，陆续运到军前接济。差人打战书去，与李懹约定次日决战。宋先锋传令，教秦明、董平、呼延灼、徐宁、张清、琼英、金鼎、黄钺，领兵马二万，前去厮杀；教焦挺、郁保

① 鹄候——谦词。像鹄那样延颈伫立等候。鹄，天鹅。

② 山之阴下——山的北面叫做阴面。

四、段景住、石勇,率领步兵二千,斩伐林木,极广吾道,以便战所。分拨已定,宋江与其余众将,俱各守寨。

次日五更造饭,军士饱餐,马食刍料,平明合战。李懹统领偏将马勥、马劲、袁朗、滕戣、滕戡,兵马二万,冲杀下来。这五个人,乃贼中最骁勇者,王庆封他做虎威将军。当下贼兵与秦明等两军相对。贼兵排列在北麓平阳处,山上又有许多兵马接应。当下两阵里旗号招展,两边列成阵势,各用强弓硬弩,射住阵脚,鼍鼓喧天,彩旗迷日。

贼阵里门旗开处,贼将袁朗骤马当先,头顶熟铜盔,身穿团花绣罗袍,乌油对嵌铠甲,骑一匹卷毛乌骓,赤脸黄须,九尺长短身材,手掿两个水磨炼钢挝,左手的重十五斤,右手的重十六斤,高叫道:"水洼草寇,那个敢上前来纳命!"宋阵中河北降将金鼎、黄钺,要干头功,两骑马一齐抢出阵来,喝骂道:"反国逆贼,何足为道!"金鼎舞着一把泼风大刀,黄钺拈浑铁点钢枪,骤马直抢袁朗,那袁朗使着两个钢挝来迎,三骑马丁字儿摆开厮杀。

三将斗过三十合,袁朗将挝一隔,拨转马便走。金鼎、黄钺驰马赶去,袁朗霍地回马,金鼎的马稍前。金鼎正抡刀砍来,袁朗左手将挝望上一迎,铛的一声,那把刀口砍缺。金鼎收刀不迭,早被袁朗右手一钢挝,把金鼎连盔透顶,打的粉碎,撞下马来。黄钺马到,那根枪早刺到袁朗前心。袁朗眼明手快,将身一闪,黄钺那根枪刺空,从右软胁下过去。袁朗将左臂抱了那把挝,右手顺势将枪杆挟住,望后一扯,黄钺直跌入怀来。袁朗将右手拦腰抱住,捉过马来,掷于地上。众兵发声喊,急抢出来,捉入阵去了。那匹马直跑回本阵来。

宋阵里霹雳火秦明,见折了二将,心中大怒,跃马上前,舞起狼牙棍,直取袁朗,袁朗舞挝来迎。两个战到五十余合,宋阵中女将琼英,骤放银鬃马,挺着方天画戟,头戴紫金点翠凤冠,身穿红罗挑绣战袍,袍上罩着白银嵌金细甲,出阵来助秦明。贼将滕戣看见是女子,拍马出阵,大笑道:"宋江等真是草寇,怎么用那妇人上阵?"滕戣舞着一把三尖两刃刀,接住琼英厮杀。两个斗到十合之上,琼英将戟分开滕戣的那口刀,拨马望本阵便走。滕戣大喝一声,骤马赶来。琼英向鞍鞒边绣囊中,暗取石子,扭转柳腰,觑定滕戣,只一石子飞来,正中面门,皮伤肉绽,鲜血迸流,翻身落马。琼英霍地回马赶上,复一画戟,把滕戣结果。滕戡看见女将杀了他的哥哥,心中大怒,拍马抢出阵来,舞一条虎眼竹节钢鞭,来打琼英。这里双鞭将呼延灼纵马舞鞭，接住厮杀。

众将看他两个本事，都是半斤八两的，打扮也差不多。呼延灼是冲天角铁幞头，销金黄罗抹额，七星打钉皂罗袍，乌油对嵌铠甲，骑一匹踢雪乌骓；滕戣是交角铁幞头，大红罗抹额，百花点翠皂罗袍，乌油戗金甲，骑一匹黄鬃马。呼延灼只多得一条水磨八棱钢鞭。两个在阵前，左盘右旋，一来一往，斗过五十余合，不分胜败。那边秦明、袁朗两个，已斗到一百五十余合。贼阵中主帅李怀，在高阜处看见女将飞石利害，折了滕戣，即令鸣金收兵。秦明、呼延灼见贼将骁勇，也不去追赶。袁朗、秦明，两家各自回阵。贼兵上山去了。

秦明等收兵回到大寨，说贼将骁勇，折了金鼎、黄钺，若不是张将军夫人，却不是挫了我军锐气。宋江十分烦恼，与吴学究计议道："似此怎么打得荆南？"吴用迭着两个指头，画出一条计策，说道："只除如此如此。"宋江依允。当下唤鲁智深、武松、焦挺、李逵、樊瑞、鲍旭、项充、李衮、郑天寿、宋万、杜迁、龚旺、丁得孙、石勇十四个头领，同了凌振，带领勇捷步兵五千，乘今夜月黑时分，各披软战，用短兵、团牌、标枪、飞刀，抄小路到山后行事。众将遵令去了。

次早，李怀差军下战书，宋江与吴用商议。吴用道："贼人必有狡计。鲁智深等已是深入重地，可速准备交战。"宋江批："即日交战。"军人持书上山去了。宋江仍命秦明、董平、呼延灼、徐宁、张清、琼英为前部，统领兵马二万，弓弩为表，楯戟为里，战车在前，骑兵为辅，前去冲击；教黄信、孙立、王英、扈三娘整顿兵马一万，在营俟候；李应、柴进、韩滔、彭玘整顿兵马一万，也在营中俟候："听吾前军号炮，你等从东西两路，抄到军前。"再教关胜、朱仝、雷横、孙新、顾大嫂、张青、孙二娘，统领马步军兵二万，屯扎大寨之后，防备贼人救兵到来。分拨已定，宋江同吴用、公孙胜亲自督战，其余将佐守寨。是日辰牌时分，吴用上云梯观看，山形险峻，急教传令军马，再退后二里列阵，好教两路奇兵做手脚。

这里列阵才完，纪山贼将李怀，统领袁朗、滕戡、马劈、马劲四个虎将，二万五千兵马。滕戡教军士用竹竿挑着黄钺首级，押着冲阵的五千铁骑。军士都顶深盔，披铁铠，只露着一双眼睛；马匹都带重甲，冒面具，只露得四蹄悬地。这是李怀昨日见女将飞石，打伤了一将，今日如此结束，虽有矢石，那里甲护住了。那五千军马，两个弓手，夹辅一个长枪手，冲突下来。后面军士,分两路夹攻拢来。宋江抵当不住,望后急退。宋江忙教把号炮施放。早被他射伤了推车的数百军士,幸有战车当住,因此铁骑不能上前。车后虽有骑兵,不能上前用武。正在危急,只听得山后连珠炮响,被鲁智深等这伙将士,爬山越岭,杀上山来。山寨里贼兵,只有五千老弱,一个偏将,被鲁智深等杀个罄尽,夺了山寨。

李懹等见山后变起,急退兵时,又被黄信等四将、李应等四将,两路抄杀到来。宋江又教铳炮手打击铁骑,贼兵大溃。鲁智深、李逵等十四个头领,引着步兵,于山上冲击下来,杀得贼兵雨零星散,乱窜逃生。可惜袁朗好个猛将,被火炮打死。李懹在后,被鲁智深打死。马劲、滕戡被乱兵所杀,只走了马勥一个。夺获盔甲、金鼓、马匹无算。三万军兵,杀死大半。山上山下,尸骸遍满。宋江收兵,计点兵士,也折了千余。因日暮,仍扎寨纪山北。

次日,宋江率领兵将上山,收拾金银粮食,放火烧了营寨,大赏三军将士,标写鲁智深等十五人并琼英功次,督兵前进。过了纪山,大兵屯扎荆南十五里外,与军师吴用计议,调拨将士,攻打城池,不在话下。

话分两头。回文再说卢俊义这支兵马,望西京进发,逢山开路,遇水填桥。所过地方,宝丰等处贼将武顺等,香花灯烛,献纳城池,归顺天朝。卢俊义慰抚劝劳,就令武顺镇守城池,因此贼将皆感泣,倾心露胆,弃邪归正。

自此,卢俊义等无南顾之忧,兵马长驱直入。不则一日,来到西京城南三十里外,地名伊阙山屯扎。探听得城中主帅是伪宣抚使龚端与统军奚胜,及数员猛将,在那里镇守。那奚统军曾习阵法,深知玄妙。卢俊义随即与朱武计议,当用何策取城。朱武道:“闻奚胜那厮,颇知兵法,一定要来斗敌。我兵先布下阵势,待贼兵来,慢慢地挑战。”卢俊义道:“军师高论极明。”随即遣调军马,向山南平坦处排下循环八卦阵势。

等候间,只见贼兵分作三队而来,中一队是红旗,左一队是青旗,右一队是红旗,三军齐到。奚胜见宋军排成阵势,便令青红旗二军,分在左右,扎下营寨。上云梯看了宋兵是循环八卦阵,奚胜道:“这个阵势,谁不省得? 待俺排个阵势惊他。”令众军擂三通画鼓,竖起将台,就台上用两把号旗招展,左右列成阵势已了,下将台来,上马令首将哨开阵势,到阵前与卢俊义打话。那奚统军怎生结束,但见:

金盔日耀喷霞光，银铠霜铺吞月影。绛征袍锦绣攒成，黄鞓带珍珠钉就。抹绿靴斜踏宝镫，描金鞊随定丝鞭。阵前马跨一条龙，手内剑横三尺水。

奚胜勒马直到阵前，高声叫道："你摆循环八卦阵，待要瞒谁？你却识得俺的阵么？"卢俊义听得奚胜要斗阵法，同朱武上云梯观望。贼兵阵势，结三人为小队，合三小队为一中队，合五中队为一大队，外方而内圆，大阵包小阵，相附联络。朱武对卢俊义道："此是李药师[①]六花阵法。药师本武侯八阵，裁而为六花阵。贼将欺我这里不识他这个阵，不知就我这个八卦阵，变为八八六十四，即是武侯八阵图法，便可破他六花阵了。"卢俊义出到阵前喝道："量你这个六花阵，何足为奇！"奚胜道："你敢来打么？"卢俊义大笑道："量此等小阵，有何难哉！"卢俊义入阵，朱武在将台上，将号旗左招右展，变成八阵图法。朱武教卢俊义传令，杨志、孙安、卞祥，领披甲马军一千去打阵。"今日属金，将我阵正南离位上军，一齐冲杀过去。"杨志等遵令，擂鼓三通。众将上前，荡开贼将西方门旗，杀将入去。这里卢俊义率马灵等将佐军兵，掩杀过去，贼兵大败。

且说杨志等杀入军中，正撞着奚胜，领着数员猛将，保护望北逃奔。孙安、卞祥要干功绩，领兵追赶上去，却不知深入重地。只听得山坡后一棒锣声响，赶出一彪军来。杨志、孙安等急退不迭。正是冲阵马亡青嶂下，戏波船陷绿蒲中。毕竟这支是那里兵马，孙安等如何迎敌，且听下回分解。

第一百八回

乔道清兴雾取城　小旋风藏炮击贼

话说杨志、孙安、卞祥正追赶奚胜，到伊阙山侧，不提防山坡后有贼将埋伏，领一万骑兵突出，与杨志等大杀一阵。奚胜得脱，领败残兵进城去了。孙安奋勇厮并，杀死贼将二人，却是众寡不敌，这千余甲马骑兵，都被

---

① 李药师——唐初明将李靖本名药师。

贼兵驱入深谷中去。那谷四面都是峭壁,却无出路,被贼兵搬运木石,塞断谷口。贼人进城,报知龚端。龚端差二千兵把住谷口,杨志、孙安等,便是插翅也飞不出来。

不说杨志等被困,且说卢俊义等得破奚胜六花阵,大半亏马灵用金砖术,打翻若干贼兵,更兼众将勇猛,得获全胜,杀了贼中猛将三员,乘势驱兵,夺了龙门关,斩级万余,夺获马匹、盔甲、金鼓无算,贼兵退入城中去了。卢俊义计点军马,只不见了冲头阵的杨志、孙安、卞祥一千军马。当下卢俊义教解珍、解宝、邹渊、邹润,各领一千人马,分四路去寻,至日暮,却无影响。

次日,卢俊义按兵不动,再令解珍等去寻访。解宝领一支军,攀藤附葛,爬山越岭,到伊阙山东最高的一个山岭上。望见山岭之西,下面深谷中,隐隐的有一簇人马,被树林丛密遮蔽了,不能够看得详细。又且高下悬隔,声唤不闻。解宝领军卒下山,寻个居民访问,那里有一个人家,都因兵乱迁避去了。次后到一个最深僻的山凹平旷处,方才有几家穷苦的村农,见了若干军马,都慌做一团。解宝道:“我们是朝廷兵马,来此剿捕贼寇的。”那些人听说是官兵,更是慌张。解宝用好言抚慰说道:“我们军将是宋先锋部下。”那些人道:“可是那杀鞑子,擒田虎,不骚扰地方的宋先锋么?”解宝道:“正是。”那些村农跪拜道:“可知道将军等不来抓鸡缚狗!前年也有官兵到此剿捕贼人,那些军士与强盗一般掳掠。因此,我等避到这个所在来。今日得将军到此,使我们再见天日。”解宝把那杨志等一千人马,不知下落,并那岭西深谷去处,问访众人。那些人都道:“这个谷叫𨫼谾谷①,只有一条进去的路。”农人遂引解宝等来到谷口,恰好邹渊、邹润两支军马,也寻到来。合兵一处,杀散贼兵,一同上前,搬开木石,解宝、邹渊领兵马进谷。此时已是深秋天气,果然好个深岩幽谷。但见:

玉露雕伤枫树林,深岩邃谷气萧森。

岭巅云雾连天涌,壁峭松筠接地阴。

杨志、孙安、卞祥与一千军士,马罢人困,都在树林下,坐以待毙,见了解宝等人马,众人都喜跃欢呼。解宝将带来的干粮,分散杨志等众人,先且充饥。食罢,众军一齐出谷。解宝叫村农随到大寨,来见卢先锋。卢俊

① 𨫼谾(liáo kōng)谷——深长的山谷。

义大喜，取银两米谷，赈济穷民。村农磕头感激，千恩万谢去了。随后解珍这支军马，也回寨了。是日天晚歇息，一宿无话。

次早，卢俊义正与朱武调遣兵马，攻取城池，忽有流星探马报将来说："王庆差伪都督杜壆领十二员将佐，兵马二万，前来救援，兵马已到三十里外了。"卢俊义闻报，教朱武、杨志、孙立、单廷珪、魏定国，同乔道清、马灵，管领兵马二万，列阵于大寨前，以当城中贼兵突出；教解珍、解宝、穆春、薛永，管领军马五千，看守山寨。卢俊义亲自统领其余将佐，军马三万五千，迎敌杜壆。

当有浪子燕青禀道："主人今日不宜亲自临阵。"卢俊义道："却是为何?"燕青道："小人昨夜，有不祥的梦兆。"卢俊义道："梦寐之事，何足凭信。既以身许国，也顾不得利害。"燕青道："若是主人决意要行，乞拨五百步兵，与小人自去行事。"卢俊义笑道："小乙，你待要怎么?"燕青道："主人勿管，只拨与小人便了。"卢俊义道："便拨与你，看你做出甚事来!"随即拨五百步兵与燕青。燕青领了自去，卢俊义冷笑不止。统领众将兵马，离了大寨，由平泉桥经过。那平泉中多奇异的石子，乃唐朝李德裕[①]旧庄，只见燕青引着众人，在那里砍伐树木。卢俊义心下虽是好笑，忙忙地要去厮杀，无暇去问他。兵马过了龙门关西十里外，向西列阵等候。至一个时辰，贼兵方到。

两阵相对，擂鼓呐喊。西阵里偏将卫鹤，舞大杆刀，拍马当先。宋阵中山士奇跃马挺枪，更不打话，接住厮杀。两骑马在阵前斗过三十合，山士奇挺枪刺中卫鹤的战马后腿，那马后蹄蹦将下去，把卫鹤闪下马来，山士奇又一枪戳死。西阵中酆泰大怒，舞两条铁简，拍马直抢山士奇。二将斗到十合之上，卞祥见山士奇斗不过酆泰，拈枪拍马助战。被酆泰大喝一声，只一简，把山士奇打下马来，再加一简，结果了性命，拍马舞剑来迎。怎奈卞祥更是勇猛。酆泰马头才到，大喝一声，一枪刺中酆泰心窝，死于马下。两军大喊。

西阵主帅杜壆，见连折了二将，心如火炽，气若烟生，挺一条丈八蛇矛，骤马亲自出阵。宋阵主帅卢俊义也亲自出阵，与杜壆斗过五十合，不分胜败。杜壆那条蛇矛，神出鬼没。孙安见卢先锋不能取胜，挥剑拍马助

① 李德裕——唐武宗时宰相，力主削藩，后进官太尉。

战。贼将卓茂，舞条狼牙棍，纵马来迎。与孙安斗不上四五合，孙安奋神威，将卓茂一剑斩于马下。拨转马，骤上前，挥剑来砍杜壆。杜壆见他杀了卓茂，措手不及，被孙安手起剑落，砍断右臂，翻身落马，卢俊义再一枪，结果了性命。卢俊义等驱兵卷杀过去，贼兵大败。

忽地西南上铲斜小路里，冲出一队骑兵，当先马上一将，状貌粗黑丑恶，一头蓬松短发，顶个铁道冠，穿领绛征袍，坐匹赤炭马，仗剑指挥众军，弯环踴跳，飞奔前来。卢俊义等看是贼兵号衣，驱兵一拥上前冲杀。那将不来与你厮杀，口中喃喃呐呐地念了两句，望正南离位上砍了一剑，转眼间，贼将口中喷出火来。须臾，平空地上，腾腾火炽，烈烈烟生，望宋军烧将来。卢俊义走避不迭，宋军大败，弃下金鼓、马匹，乱窜奔逃。走不迭的，都烧得焦头烂额。军士死者，五千余人。众将保护着卢俊义，奔走到平泉桥。军士争先上桥，登时把桥挤踏得倾圮下来。幸得燕青砍伐树木，于桥两旁，刚搭得完浮桥，军士得渡，全活者二万人。卢俊义与卞祥两骑马落后，行至桥边，被贼将赶上，一口火望卞祥喷来。卞祥满身是火，烧损坠马，被贼兵所杀。卢俊义幸得浮桥接济，驰窜去了。

贼将领兵追杀到来，却得前军报知乔道清。乔道清单骑仗剑，迎着贼将。那贼将见乔道清迎上来，再把剑望南砍去，那火比前番更是炽焰。乔道清捏诀念咒，把剑望坎方一指，使出三昧神水的法。霎时间，有千百道黑气，飞迎前来，却变成瀑布飞泉，又如亿兆斛的琼珠玉屑，望贼将泼去，灭了妖火。那贼将见破了妖术，拨马逃奔，战马踏着一块水石，马蹄后失，把那贼将闪下马来。乔道清飞马赶上，挥剑砍为两段。那五千骑兵，掀翻跌伤者，五百余人。乔道清仗剑大喝道：“如肯归降，都留下驴头！”贼人见乔道清如此法力，都下马投戈，拜伏乞命。乔道清再用好言抚慰，枭了贼将首级，率领降贼，来见卢先锋献捷。

卢俊义感谢不已，并称赞燕青功劳，众将问降贼，方晓得那妖人姓寇名灭，惯用妖火烧人。人因他貌相丑恶，叫他做毒焰鬼王。昔年助王庆造反的，不知往那里去了二年，近日又到南丰说：“宋兵势大，待俺去剿他。”因此，王庆差他星驰到此。龚端、奚胜望见救兵输了，不敢出来厮杀，只添兵坚守城池。

当下乔道清说：“这里城池深固，急切不能得破。今夜待贫道略施小术，助先锋成功，以报二位先锋厚恩。”卢俊义道：“愿闻神术。”乔道清附耳低言说道："如此，如此。"卢俊义大喜，随即调遣将士，各去行事，准备攻城。一面教军士以礼殡葬山士奇、卞祥，卢俊义亲自设祭。

是夜二更时分，乔道清出来仗剑作法。须臾雾起，把西京一座城池，周回都遮漫了，守城军士，咫尺不辨，你我不能相顾。宋兵乘黑暗里，从飞桥转关辘�上，攀缘上女墙，只听得一声炮响，重雾忽然光敛，城上四面，都是宋兵，各向身边取出火种，燃点火炬，上下照耀，如同白昼一般。守城军士，先是惊得麻木了，都动弹不得，被宋兵掣出兵器砍杀，贼兵坠城死者无算。龚端、奚胜见变起仓卒，急引兵来救应，已被宋军夺了四门。卢俊义大驱兵马进城，龚端、奚胜都被乱兵杀死，其余偏牙将佐头目俱降，军士降服者三万人，百姓秋毫无犯。

天明，卢俊义出榜安民，标录乔道清大功，重赏三军将士，差马灵到宋先锋处报捷。马灵遵令去了，至晚便来回话说："宋先锋等攻打荆南，连日与贼人交战，大败南丰救兵，主帅谢宁被擒。宋先锋因戎事焦劳，染病在营中，数日军务，都是吴军师统握。"卢俊义闻报，郁郁不乐，连忙料理军务，将西京城池，交与乔道清、马灵统兵镇守。

卢俊义次日辞别乔道清、马灵，统领朱武等二十员将佐，离了西京，急急忙忙望荆南进发。

不则一日，兵马已到荆南城北大寨中，卢俊义等入寨问候。宋江亏神医安道全疗治，病势已减了六七分，卢俊义等甚是喜慰。正在叙阔，各述军务，忽有逃回军士报说："唐斌正护送萧让等，离大寨行至三十里，忽被荆南贼将縻貹、马劈，领一万精兵，从斜僻小路抄出，乘先锋卧病，要来劫大寨之后，正遇着我们人马。唐斌力敌二将，怎奈众寡不敌，更兼縻貹十分勇猛。唐斌被縻貹杀死，萧让、裴宣、金大坚都被活捉去。他们正要来劫寨，探听得卢先锋等大兵到来，贼人只掳了萧让等遁去。"宋江听罢，不觉失声哭道："萧让等性命休矣！"病势仍旧沉重。

卢俊义等众将，都来劝解。卢俊义问道："萧让等到何处去？"宋江呜咽答道："萧让知我有病，特辞了陈安抚来看视我，并奉陈安抚命，即取金大坚、裴宣到宛州，要他们写勒碑石，及查勘文卷。我今日特差唐斌，领一千人马护送他三个去。不料被贼人捉掳，三人必被杀害！"

宋江遂教卢俊义帮助吴用，攻打城池，拿住縻貹、马劈报仇，卢俊义等遵令，来到城北军前。众人与吴学究叙礼毕，卢俊义连忙说萧让等被掳之事。吴用大惊道:“苦也! 断送了这三个人!”传令教众将围城,并力攻打城池。众将遵令,四面攻城。吴用又令军汉上云梯,望城中高叫道:“速将萧让、金大坚、裴宣送出来! 若稍迟延,打破城池,不论军民,尽行屠戮!”

却说城中守将梁永伪授留守之职,同正偏将佐,在城镇守。那縻貹、马劈都战败,逃遁到此。当日捉了萧让等三人,因宋兵尚未围城,縻貹叫开城门进城,将萧让等解到帅府献功。

梁永颇闻得圣手书生的名目,教军士解放绑缚,要他降服。萧让、裴宣、金大坚三人睁眼大骂道:“无知逆贼,汝等看我们是何等样人? 逆贼快把我三人一刀两段罢了! 这六个膝盖骨,休想有半个儿着地! 即日宋先锋打破城池,拿你们这伙鼠辈,碎尸万段!”梁永大怒,叫军汉:“打那三个奴狗跪着!”军汉拿起杆棒便打,只打得跌仆,那里有一个肯跪。三人骂不绝口。梁永道:“你们要一刀两段,俺偏要慢慢地摆布你。”喝叫军士:“将这三个奴狗,立枷在辕门外,只顾打他两腿,打折了驴腿,自然跪将下来。”军汉得令,便来套枷絣扒摆布。

帅府前军士居民,都来看宋军中人物,内中早恼怒了一个真正有男子气的须眉丈夫。那男子姓萧,双名叫嘉穗,寓居帅府南街纸张铺间壁。他高祖萧憺,字僧达,南北朝时人,为荆南刺史。江水败堤,萧憺亲率将吏,冒雨修筑。雨甚水壮,将吏请少避之,萧憺道:“王尊欲以身塞河,[1] 我独何心哉?”言毕,而水退堤立。是岁,嘉禾生,一茎六穗,萧嘉穗取名在此。那萧嘉穗偶游荆南,荆南人思慕其上祖仁德,把萧嘉穗十分敬重。那萧嘉穗襟怀豪爽,志气高远,度量宽宏,膂力过人,武艺精熟,乃是十分有胆气的人。凡遇有肝胆者,不论贵贱,都交给他。适遇王庆作乱,侵夺城池,萧嘉穗献计御贼。当事的不肯用他计策,以致城陷。贼人下令,凡百姓只许入城,并不许一个出去。萧嘉穗在城中,日夜留心图贼,却是单丝不成线。今日见贼人将萧让等三个絣扒,又听得宋兵为萧让等攻城紧急,军民都有惊恐之状。萧嘉穗想了一回道:“机会在此。只此一着,可以保全城中几许生灵。”忙归寓所。此时已是申牌时分,连忙叫小厮磨了一碗墨汁,向间

---

① 王尊句——王尊,西汉东郡太守,时河水泛滥,守堤民吏奔逃,王尊立堤不动,民吏返还救堤,终转为安。塞(sè),堵塞,阻挡。

壁纸铺里买了数张皮料厚棉纸,在灯下濡墨挥毫,大书特书的写道:

城中都是宋朝良民,必不肯甘心助贼。宋先锋是朝廷良将,杀鞑子,擒田虎,到处莫敢撄[①]其锋。手下将佐一百单八人,情同股肱。辕门前绑扒的三人,义不屈膝,宋先锋等英雄忠义可知。今日贼人若害了这三人,城中兵微将寡,早晚打破城池,玉石俱焚。城中军民,要保全性命的,都跟我去杀贼!

萧嘉穗将那数张纸都写完了,悄地探听消息,只听得百姓们都在家里哭泣。萧嘉穗道:"民心如此,我计成矣!"挨到昧爽[②]时分,踅出寓所,将写下的数张字纸,抛向帅府前左右街市闹处。

少顷,天明,军士居民,这边方拾一张来看,那边又有人拾了一张,登时聚着数簇军民观看。早有巡风军卒,抢一张去,飞报与梁永知道。梁永大惊,急差宣令官出府传令,教军士谨守辕门及各营,着一面严行缉捕奸细。那萧嘉穗身边藏一把宝刀,挨入人丛中,也来观看,将纸上言语,高声朗诵了两遍,军民都错愕相顾。

那宣令官奉着主将的令,骑着马,五六个军汉,跟随到各营传令。萧嘉穗抢上前,大吼一声,一刀砍断马足,宣令官撞下马去,一刀剁下头来。萧嘉穗左手抓了人头,右手提刀,大呼道:"要保全性命的,都跟萧嘉穗去杀贼!"帅府前军士,平素认得萧嘉穗,又晓得他是铁汉,霎时有五六百人,拥着他结做一块。萧嘉穗见军士聚拢来,复连声大呼道:"百姓有胆量的,都来相助!"声音响振数百步。那时四面响应,百姓都抢棍棒,拔杉刺,折桌脚,拈指间已有五六千人。

迭声呐喊,萧嘉穗当先,领众抢入帅府。那梁永平日暴虐军民,鞭挞士卒,护卫军将,都恨入骨髓。一闻变起,都来相助,赶入去,把梁永等一家老小都杀了。萧嘉穗领众军民人等,拥出帅府,此时已有二万余人。把萧让、裴宣、金大坚放了绑扒,都打开了枷。萧嘉穗选三个有膂力的人,背着萧让等三人。萧嘉穗当先,抓了梁永首级,赶到北门,杀死守门将马劈,赶散把门军士,开城门,放吊桥。

那时吴用正到北门,亲督将士攻城,听的城中呐喊,又是开城门,只道

① 撄(yīng)——迫近,触犯。

② 昧爽——暗和明。这里指天色似明似暗的黎明时分。

贼人出来冲击,忙教军马退下三四箭之地,列阵迎敌。只见萧嘉穗抓着人头,背后三个军汉,背负萧让等,过了吊桥,忙奔前来。吴用正在惊讶,萧让等高叫道:“吴军师,实亏这个壮士,激聚众民,杀了贼将,救我等出来。”吴用听了,又惊又喜。萧嘉穗对吴用道:“事在仓卒,不及叙礼。请军师快领兵入城!”那吊桥边已有若干军民,都齐声叫道:“请宋先锋入城!”吴用见诸色人等,都有在里面,遂传令教将士统军马入城,如有妄杀一人者,同伍皆斩。

北城上守城军士,看见事势如此,都投戈下城。其东西南三面守城军士,闻了这个消息,都捆缚了守城贼将,大开城门,香花灯烛,迎接宋兵入城。只有縻貹那厮勇猛,人近他不得,出西门,杀出重围走了。

吴用差人飞报宋江。宋江闻报,把那忧国家、哭兄弟的病证退了九分九厘,欣喜雀跃,同众将拔寨都起。大军来到荆南城中,宋江升坐帅府,安抚军民,慰劳将士。宋江请萧嘉穗到帅府,问了姓名,扶他上坐。宋江纳头便拜道:“壮士豪举,诛锄叛逆,保全生灵,兵不血刃,克复城池,又救了宋某的三个兄弟,宋江合当下拜。”萧嘉穗答拜不迭道:“此非萧某之能,皆众军民之力也!”宋江听了这句,愈加钦敬。宋江以下将佐,都叙礼毕。城中军士,将贼将解来。宋江问愿降者,尽行免罪。因此满城欢声雷动,降服数万人。恰好水军头领李俊等,统领水军船只,到了汉江,都来参见。

宋江教置酒款待萧壮士。宋江亲自执杯劝酒,说道:“足下鸿才茂德,宋某回朝,面奏天子,一定优擢。”萧嘉穗道:“这个倒不必,萧某今日之举,非为功名富贵。萧某少负不羁之行①,长无乡曲之誉,是孤陋寡闻的一个人。方今谗人高张,贤士无名,虽材怀随和②,行若由夷③ 的,终不能达九重。萧某见若干有抱负的英雄,不计生死,赴公家之难者,倘举事一有不

① 不羁之行——不受约束的行为。羁,拘限,制约。

② 随和——即随侯之珠与和氏之璧。古人常以这两件稀世珍宝,比喻人出众的才能和德行。随,西周初分封的诸侯国。

③ 行若由夷——由,上古高士许由。传说尧欲让位于由,由隐于箕山;夷,商末的伯夷,与弟叔齐反对武王伐纣,逃入首阳山,不食周粟而死。古人把由、夷作为节操高尚的典型。

当，那些全躯保妻子的，随而媒孽其短[①]，身家性命，都在权奸掌握之中。象萧某今日，无官守之责，却似那闲云野鹤，何天之不可飞耶！"这一席话，说得宋江以下，无不嗟叹。座中公孙胜、鲁智深、武松、燕青、李俊、童威、童猛、戴宗、柴进、樊瑞、朱武、蒋敬等这十余个人，把萧壮士这段话，更是点头玩味。当晚酒散，萧嘉穗辞谢出府。

次早，宋江差戴宗到陈安抚处报捷。宋江亲自到萧壮士寓所，特地拜望，却是一个空寓。间壁纸铺里说："萧嘉穗今早天未明时，收拾了琴剑书囊，辞别了小人，不知往那里去了。"后人有诗赞萧憺祖孙之德云：

冒雨修堤萧僧达，波狂涛怒心不怛。
恪诚止水堤功成，六穗嘉禾一茎发。
贤孙豪俊侔[②] 厥[③] 翁，咄叱民从贼首撥[④]。
泽及生灵哲保身，闲云野鹤真超脱。

宋江回到帅府，对众头领说萧嘉穗飘然而去，众将无不叹息。至晚，戴宗回报，说宛州、山南两处所属未克州县，陈安抚、侯参谋授方略与罗戬及林冲、花荣等，俱各讨平。朝廷已差若干新官到来，各行交代讫。陈安抚已率领诸将起程，即日便到。宋江与吴用计议："待陈安抚到这里镇守，我们好起大兵，前去剿灭渠魁。"宋江却在荆南调摄[⑤] 五六日，病已全愈。一日，报陈安抚等兵马到来，宋江等接入城中。参见毕，陈安抚大赏三军将士。次后山南守将史进等，已将州务交代新官，随后也到。宋江将州务请陈安抚治理。宋江等拜别陈安抚，统领大军，水陆并进，战骑同行，来剿南丰贼人巢穴。此时一百单八个英雄，都在一处，又有河北降将孙安等十一人，军马二十余万，连战连捷，兵威大振，所到地方，贼人望风降顺。宋江将复过州县，呈报陈安抚。陈瓘差罗戬统领将士兵马，前来镇守。

宋江等水陆大兵，长驱直至南丰地界。哨马报到，说侦探得贼人王庆

---

① 媒孽（niè）其短——把别人的过失夸大成罪恶。媒、孽都是酒曲，起"酿"的作用。此句比喻诬陷谋害。

② 侔（móu）——等同。

③ 厥——其。

④ 撥——同"杀"。

⑤ 调（tiáo）摄——调养护理。

将李助为统军大元帅，就本处调选水陆兵马五万。又调云安、东川、安德三路各兵马二万，都是本处伪兵马都监刘以敬、上官义等统领。数十员猛将，及十一万雄兵，前来拒敌。王庆亲自督征。宋江闻报，与吴用计议道："贼兵倾巢而来，必是抵死厮并。我将何策胜之?"吴用道："兵法只是'多方以误之'这一句。俺们如今将士都在一处，多分调几路前去厮杀，教他应接不暇。"宋江依议传令，分调兵将。

先一日，有扑天雕李应、小旋风柴进，奉宋先锋将令，统领马步头领单廷珪、魏定国、施恩、薛永、穆春、李忠，领兵五千，护送粮草车仗，并缎帛、火炮、车辆。在大兵之后，地名龙门山，南麓下傍山有一村庄，四围都是高泥冈子，却象个土城，三面有路出入。居民空下草瓦房数百间，居民因避兵迁避去了。是晚，东北风大作，浓云泼墨，李应、柴进见天色已暮，恐天雨沾湿了粮草，教军士拆开门扇，把车辆推送屋里。军士方欲造饭食息，忽见病大虫薛永领兵巡哨，捉了一个奸细，来报柴进说："审问得奸细说，贼人縻胜，领精兵一万，今夜二更，要来劫烧粮草，现今伏在龙门山中。"

原来那龙门山两崖对峙如门，其中可通舟楫，树木丛密。李应听说，便对柴进道："待小弟去庄前，等那鸟败贼，杀他片甲不回。"柴进道："那縻胜十分勇猛，不可力敌。况且我这里兵少，待小弟略施小计，拼五六车火炮，百十车柴薪，与唐斌等报仇，把那奸细杀了。教军士将粮草、火炮、车辆，教李应领兵三千，都备弓弩火箭，护卫粮车。在黄昏时候，尽数出了土冈，望南先行，却留下百十辆柴薪车，四散列于西南下风头草房茅檐边。将百十辆空车，五六处结队摆列，上面略放些粮米。各处藏下火炮，及铺放硫黄焰硝灌过的干柴。教施恩、薛永、穆春、李忠领兵二千，埋于东泥冈路口。教单廷珪领马兵一千，于庄南路口，等候贼人到来，都是恁般恁般，依我行事。"柴进同神火将军魏定国，领步兵三百人，都带火种火器，上山埋伏于丛密树林里。

等到二更时分，贼将縻胜果然同了二个偏将，领着万余军马，人披软战，马摘銮铃，偃旗息鼓，疾驰到南土冈门口来。单廷珪见贼兵来，教军士燃点火把，接住厮杀。单廷珪与縻胜斗不到四五合，单廷珪拨马领兵退入去。那縻胜是有勇无谋的人，领兵一径抢进来。薛永、施恩见南路举火，即教李忠、穆春分兵一千，疾驰到庄南，把住路口。

那时贼兵都喊杀连天抢入去，只望东北上风头杀来，乃是空屋，不见粮草。縻贮领兵四面搜索,看见下风头只有一二百辆粮草车,有五六百军士看守,见贼兵来,发声喊,都奔散了。縻贮道:"原来不多粮草!"叫军士打火把照看,中间车队里,每队有两辆缎匹车。那些贼兵见了,便去乱抢。縻贮急要止遏时,又被山上将火箭火把乱打射下来,草房柴车上,都燔烧起来。贼兵发喊,急躲避时,早被火炮药线引着火,传递得快,如轰雷般打击出来,贼兵奔走不迭的,都被火炮击死。拈指间,烘烘火起,烈烈烟生。但见:

风随火势,火趁风威。千枝火箭掣金蛇,万个轰雷震火焰。骊山顶上,料应褒姒逞英雄;扬子江头,不弱周郎施妙计。氤氲紫雾腾天起,闪烁红霞贯地来。必剥剥响不绝,浑如除夜放炮竹。

当下火势昌炽,炮声震响,如天摧地烈之声。须臾,百十间草房,变做烟团火块。縻贮被火炮击死,贼兵击死大半,焦头烂额者无数,又被单廷珪、施恩等三路追杀进来,二个偏将都被杀死,一万人马,只有千余人从土冈上爬出去,逃脱性命。

天明,柴进等仍与李应等合兵一处,将粮草运送大寨来。宋先锋正升帐,遣调兵马杀贼,只见马军拴束马匹,步军安排器械,正是旌旗红展一天霞,刀剑白铺千里雪。毕竟宋江等如何厮杀,且听下回分解。

第一百九回

王庆渡江被捉　宋江剿寇成功

话说当日宋江升帐,诸将拱立听调。放炮、鸣金鼓、升旗,随放静营炮,各营哨头目,挨次至帐下,齐立肃静,听施号令。吹手点鼓,宣令官传令毕,营哨头目,依次磕头,起站两边。巡视蓝旗手,跪听发放,凡呐喊不齐,行伍错乱,喧哗违令,临阵退缩,拿来重处。又有旗牌官左右各二十员,宋先锋亲谕:"尔等下营督阵,凡有军士遇敌不前,退缩不用命者,听你等拿来处治。"旗牌遵令,各下地方,鸣金大吹,各归行伍,听令起行。宋江然后传令,遣调水陆诸将毕。吹手掌头号整队,二号掣旗,三号各起行营向敌。敲金边,出五方旗,放大炮,掌号趱行营,各各摆阵出战。正是那:

震天鼙鼓摇山岳，映日旌旗避鬼神。

却说贼人王庆，调拨军兵抵敌，除水军将士闻人世崇等已差拨外，点差云安州伪兵马都监刘以敬为正先锋，东川伪兵马都监上官义为副先锋，南丰伪统军李雄、毕先为左哨，安德伪统军柳元、潘忠为右哨，伪统军大将段五为正合后，伪御营使丘翔为副合后，伪枢密方翰为中军羽翼。王庆掌握中军，有许多伪尚书、御营金吾、卫驾将军、校尉等项，及各人手下偏牙将佐，共数十员。李助为元帅。队伍军马，十分齐整。王庆亲自监督。马带皮甲，人披铁铠，弓弩上弦，战鼓三通，诸军尽起。

行不过十里之外，尘土起处，早有宋军哨路来的渐近。鸾铃响处，约有三十余骑哨马，都戴青将巾，各穿绿战袍，马上尽系着红缨，每边拴挂数十个铜铃，后插一把雉尾，都是钏银细杆长枪，轻弓短箭。为头的战将是奉道君皇帝敕命，复还旧职，虎骑将军没羽箭张清。头裹销金青巾帻，身穿挑绣绿战袍，腰系紫绒绦，足穿软香皮，骑匹银鞍马。左边是敕封贞孝宜人[①] 的琼矢镞琼英，头带紫金嵌珠凤冠，身穿紫罗挑绣战袍，腰系杂色彩绒绦，足穿朱绣小凤头鞋，坐匹银鬃骏马。那右边略下些，捧旗的是敕授的义仆正排军叶清，直哨到李助军前，相离不远，只隔百十步，勒马便回。前军先锋刘以敬、上官义骤马驱兵，便来冲击。张清拍马，拈出白梨花枪，来战二将。琼英驰马，挺方天画戟来助战。四将斗到十数合，张清、琼英隔开贼将兵器，拨马便回。

刘以敬、上官义驱兵赶来，左右高叫："先锋不可追赶！此二人鞍后锦袋中都是石子，打人不曾放空！"刘以敬、上官义听说，方才勒住得马，只见龙门山背后，鼓声振响，早转五百步兵来。当先四个步将头领，乃是黑旋风李逵、混世魔王樊瑞、八臂哪吒项充、飞天大圣李衮，直奔前来。那五百步军，就在山坡下一字儿摆开，两边团牌，齐齐扎住。刘以敬、上官义驱兵掩杀。李逵、樊瑞引步军分开两路，都倒提蛮牌，转过山坡便去。那时王庆、李助大军已到，一齐冲击前来。李逵、樊瑞等都飞跑上山，度岭穿林，都不见了。

---

① 宜人——古代命妇的一种封号。宋政和间有此制。文官自朝奉大夫以上至朝议大夫，其母或妻封宜人，武官官阶相当者同。元代七品封宜人，明清五品封宜人。

李助传令，教就把军马在这个平原旷野之地列成阵势。只听得山后炮响，只见山南一路军马飞涌出来，簇拥着三个将军：中间是矮脚虎王英，左是小尉迟孙新，右是菜园子张青。总管马步军兵五千，杀向前来。王庆正欲遣将迎敌，又听得山后一声炮响，山北一路军马飞涌出来，簇拥着三个女将：中间是一丈青扈三娘，左边是母大虫顾大嫂，右边是母夜叉孙二娘。管领马步军兵五千，杀向前来，恰遇贼兵右哨柳元、潘忠兵马，接住厮杀。王英等正遇贼兵左哨李雄、毕先军马，接住厮杀。两边各斗到十余合，南边王英、孙新、张青勒转马，领兵望东便走；北边扈三娘、顾大嫂、孙二娘，也接转马匹，率领军兵，望东便走。王庆看了笑道："宋江手下，都是这些鸟男女，我这里将士如何屡次输了？"遂驱大兵，追杀上来。

行不到五六里，忽听得一棒锣声响，却是适才去的李逵、樊瑞、项充、李衮，这四个步军头领，从山左丛林里转向前来，又添了花和尚鲁智深、行者武松、没面目焦挺、赤发鬼刘唐，四个步军将佐，并五百步兵，都执团牌短兵，直冲上来。贼将副先锋上官义忙拨步军二千冲杀。李逵、鲁智深与贼兵略斗几合，却似抵敌不过的，倒提团牌，分开两路，都飞奔入丛林中去了。贼兵赶来，那李逵等却是走得快，拈指间，都四散奔走去了。李助见了，连忙对王庆道："大王不宜追赶，这是诱敌之计。我们且列阵迎敌。"

李助上将台列阵，兀是未完，只听得山坡后轰天子母炮响，就山坡后涌出大队军将，急先涌来，占住中央，里面列阵势。王庆令左右拢住战马，自上将台看时，只见——

正南上这队人马，尽是红旗、红甲、红袍、朱缨、赤马，前面一把引军销金红旗。把那红旗招展处，红旗中涌出一员大将，乃是霹雳火秦明，左手是圣水将军单廷珪，右边是神火将军魏定国，三员大将，手搭兵器，都骑赤马，立于阵前。

东壁一队人马，尽是青旗、青甲、青袍、青缨、青马，前面一把引军销金青旗。招展处，青旗中涌出一员大将，乃是大刀关胜，左手是丑郡马宣赞，右手是井木犴郝思文，三员大将，手搭兵器，都骑青马，立于阵前。

西壁一队人马，尽是白旗、白甲、白袍、白缨、白马，前面一把引军销金白旗。招展处，白旗内涌出一员大将，乃是豹子头林冲，左手是镇三山黄信，右手是病尉迟孙立，三员大将，手搭兵器，都骑白马，立于阵前。

后面一簇人马，都是皂旗、黑甲、黑袍、黑缨、黑马，前面一把引军销金皂旗。招展处，皂旗中涌出一员大将，乃是双鞭将呼延灼，左手是百胜将韩滔，右手是天目将彭玘，三员大将，手搭兵器，都骑黑马，立于阵前。

东南方门旗影里，一队军马，青旗红甲；前面一把引军绣旗招展，捧出一员大将，乃是双枪将董平，左手是摩云金翅欧鹏，右手是火眼狻猊邓飞，三员大将，手搭兵器，都骑战马，立于阵前。

西南方门旗影里，一队军马，红旗白甲，前面一把引军绣旗招展处，捧出一员大将，乃是急先锋索超，左手是锦毛虎燕顺，右手是铁笛仙马麟，三员大将，手搭兵器，都骑战马，立于阵前。

东北方门旗影里，一队军马，皂旗青甲，前面一把引军绣旗招展处，捧出一员大将乃是九纹龙史进，左手是跳涧虎陈达，右手是白花蛇杨春，三员大将，手搭兵器，都骑战马，立于阵前。

西北方门旗影里，一队军马，白旗黑甲；前面一把引军绣旗招展处，捧出一员大将，乃是青面兽杨志，左手是锦豹子杨林，右手是小霸王周通，三员大将，手搭兵器，都骑战马，立于阵前。

八方摆布的铁桶相似。阵门里马军随马队，步军随步队，各持钢刀大斧，阔剑长枪，旗旛齐整，队伍威严。八阵中央都是杏黄旗，间着六十四面长脚旗，上面金销六十四卦，亦分四门。南门都是马军。正南上黄旗影里，捧出二员上将，上首是美髯公朱仝，下手是插翅虎雷横，人马尽是黄旗、黄袍、铜甲，黄缨、黄马。中央阵，东门是金眼彪施恩，西门是白面郎君郑天寿，南门是云里金刚宋万，北门是病大虫薛永。

那黄旗后，便是一丛炮架，立着那个炮手轰天雷凌振，引着副手二十余人，围绕着炮架。架后都摆列捉将的挠钩套索，挠钩后又是一周遭杂彩旗旛，四面立着二十八宿星辰。

销金绣旗中间，立着一面堆绒绣就，真珠圈边，脚缀金铃，顶插雉尾，鹅黄帅字旗。有一个守旗壮士，冠簪鱼尾，甲皱龙鳞，身长一丈，凛凛威风，便是险道神郁保四。旗边设立两个护旗将士，都骑战马，一般结束，手执钢枪，一个是毛头星孔明，一个是独火星孔亮。马前马后，排列二十四个执狼牙棍的铁甲军士。

后面两把领战绣旗，两边排列二十四枝方天画戟丛中，捧着两员骁将：左边是小温侯吕方，右边是赛仁贵郭盛。两员将各持画戟，立马两边。画戟中间，一簇钢叉，两员步军骁将，一般结束，一个是两头蛇解珍，一个是双尾蝎解宝，各执三股莲花叉，守护中军。随后两匹锦鞍马上，左手是圣手书生萧让，右手是铁面孔目裴宣。两个马后摆着紫衣持节的，并麻扎刀军士。那麻扎刀林中，立着两个行刑刽子：上首是铁臂膊蔡福，下首是一枝花蔡庆。背阵两边，摆着金枪银枪手，两边有大将领队。金枪队里，是金枪手徐宁；银枪队里，是小李广花荣。

背后又是锦衣对对，花帽双双，绯袍簇簇，锦袄攒攒。两壁厢碧幢翠幕，朱旛皂盖，黄钺白旄，青萍青电，两行钺斧鞭挝，中间三把销金伞下，三匹锦鞍骏马上，坐着三个英雄：右边星冠鹤氅，呼风唤雨的入云龙公孙胜；左边纶巾羽扇，文武双全的智多星吴用；正中间照夜玉狮子金鞍马上，坐着那个有仁有义，退虏平寇的征西正先锋，山东及时雨呼保义宋公明，全身结束，自仗锟铻宝剑，于阵中监战，掌握中军。马前左手，立着神行太保戴宗，专管飞报军情，调兵遣将；右手立着浪子燕青，专一护持中军，能干机密。马后大戟长戈，锦鞍骏马，整整齐齐，三十五员牙将，都骑战马，手执长枪，全副弓箭。马后画角，全部鼓吹大乐。阵后又设两队游兵，伏于两侧，以为护持中军羽翼：左是石将军石勇，同九尾龟陶宗旺，管领马步兵三千人；右是没遮拦穆弘，引兄弟小遮拦穆春，管领马步兵三千，伏于两胁。那座阵排布得十分整密，正是：

军师多略帅恢弘，士涌貔貅马跨龙。
指挥要建平西绩，叱咤思成荡寇功。

那个草头天子王庆同李助在阵中将台上，定睛看了宋江兵马，拈指间，排成九宫八卦阵势，军兵勇猛，将士英雄，军容整肃，刀枪锋利，惊得魂不附体，心胆俱落，不住声道："可知道兵将屡次亏输，原来那伙人如此利害！"

只听的宋军中，战鼓不绝声的发擂。王庆、李助下将台，骑上战马，左右有金吾护驾等员役，马后有许多内侍簇拥着他。王庆传令旨，教前部先锋，出阵冲击。当下东西对阵。是日干支属木。宋阵正西方门旗开处，豹子头林冲从门旗下飞马出阵，两军一齐呐喊。林冲兜住马，横着丈八蛇矛，厉声高叫："无知叛逆，谋反狂徒，天兵到此，尚不投降！直待骨肉为泥，悔之何及！"贼阵中李助本是算命先生，甚晓得相生相克之理，疾忙传令，教右哨柳元、潘忠，领红旗军去冲击。柳元、潘忠遵令，领了红旗军，骤马抢来冲击。两阵迭声呐喊，战鼓齐鸣。林冲接住柳元厮杀，四条臂膊纵横，八只马蹄撩乱。二将在征尘影里，杀气丛中，来来往往，左盘右旋，斗经五十余合，胜败未分。那柳元是贼中勇猛之将，潘忠见柳元不能取胜，拍马提刀，抢来助战。林冲力敌二将，大喝一声，奋神威，将柳元一矛戳于马下。林冲的副将黄信、孙立，飞马冲出阵来。黄信挥丧门剑，望潘忠一剑吹去。只见一条血颡光连肉，顿落金鳌在马边。

潘忠死于马下，手下军卒散乱，早冲动了阵脚，贼兵飞报入中军。王庆听的登时折了二将，忙传令旨，急教退军。只听得宋军中一声炮响，兵马纷纷扰扰，白引黑，黑引青，青引红，变作长蛇之阵，簸箕掌，栲栳圈，围裹将来。王庆、李助调将遣兵，分头冲击，却似铜墙铁壁，急切不能冲得出来。官军与贼兵这场好杀，怎见得：

兵戈冲击，士马纵横。枪破刀，刀如劈脑而来，枪必钓鱼而应。刀如下发而起，枪必绰地而迎。刀如倒拖而回，枪必裙拦而守。刀解枪，枪如刺心而来，刀用五花以御。枪如点睛而来，刀用探马以格。筅[①]破牌，牌或滚身以进，筅即风扫以当。牌或从旁以追，筅必斜插以待。牌或摧挤以入，筅必退却以捌。牌解筅，筅若平胸，牌用小坐之势以避。筅若簇拥，牌将碎剪之法以随。单刀披挂绞丝，佯输诈败。铁叉上排下掩，侧进抵闪。袖箭于马上觑贼，钩镰于车前俟马。鞭、简、挝、搥、剑、戟、矛、盾。那边破解无穷，这里转变莫测。须臾血流成河，顷刻尸如山积。

当下鏖战多时，贼兵大败，官军大胜。王庆叫且退入南丰大内，再作区处。只听得后军炮响，哨马飞报将来说："大王，后面又有宋军杀来！"那彪军，马上当先的英雄大将，正是副先锋河北玉麒麟卢俊义，横着一条点钢枪，左边有使朴刀的好汉病关索杨雄，右边有使朴刀的头领拼命三郎石秀，领着一万精兵，抖擞精神，将正副合后贼兵杀散。杨雄砍翻段五，石秀捌死丘翔，并力冲杀进来。

王庆正在慌迫，又听得一声炮响，左有鲁智深、武松、李逵、焦挺、项充、李衮、樊瑞、刘唐八个勇猛头领，引着一千步卒，抡动禅杖、戒刀、板斧、朴刀、丧门剑、飞刀、标枪、团牌，杀死李雄、毕先，如割瓜切菜般直杀入来；

---

① 筅(xiǎn)——本为洗碗刷锅的炊帚，这里指一种如刷帚状的兵器，也叫"狼筅"。

右有张清、王英、孙新、张青、琼英、扈三娘、顾大嫂、孙二娘，四对英雄夫妇，引着一千骑兵，舞动梨花枪、鞭钢枪、方天画戟、日月双刀、钢枪、短刀，杀散左哨军兵，如摧枯拉朽的直冲进来，杀得贼兵四分五裂，七断八续，雨零星散，乱窜奔逃。

卢俊义、杨雄、石秀杀入中军，正撞着方翰，被卢俊义一枪戳死，杀散中军羽翼军兵，径来捉王庆，却遇了金剑先生李助。那李助有剑术，一把剑如掣电般舞将来。卢俊义正在抵当不住，却得宋江中军兵到，右手下人云龙公孙胜，口中念念有词，喝声道："疾！"李助那口剑，托地离了手，落在地上。卢俊义骤马赶上，轻舒猿臂，款扭狼腰，把李助只一拽，活挟过马来，教军士缚了。卢俊义拈枪拍马，再杀入去寻捉王庆，好似皂雕追紫燕，猛虎啖羊羔。贼兵抛金弃鼓，撇戟丢枪，觅子寻爷，呼兄唤弟，十余万贼兵，杀死大半，尸横遍野，流血成河。降者三万人，除那逃走脱的，其余都是十死九活，七损八伤，攧翻在地，被人马践踏，骨肉如泥的，不计其数。刘以敬、上官义两个猛将，都被焦挺砍翻战马，撞下马来，都被他杀死。李雄被琼英飞石打下马来，一画戟搠死。毕先正在逃避，忽地里钻出活闪婆王定六，一朴刀搠下马来，再向胸膛上一朴刀，结果了性命。其伪尚书、枢密、殿帅、金吾、将军等项，都逃不脱，只不见了渠魁[①] 王庆。宋军大捷。

宋江教鸣金收集兵马，望南丰城来，教张清、琼英领五千马军，前去哨探，再差神行太保戴宗先去打听孙安袭取南丰消息如何。戴宗遵令，作起神行法，赶过张清、琼英，去了片晌，便来回报说："孙安奉先锋将令，假扮西兵去赚城，被贼人知觉，城门内掘下陷坑，开城东门，放军马进去。孙安手下梅玉、金祯、毕捷、潘迅、杨芳、冯升、胡迈七个副将，争先抢入城去，并五百军士，连人和马，都攧入陷坑中。两边伏兵齐发，都把长枪利戟，把梅玉等五百余人，尽行搠死。幸得孙安在后，乘势奋勇杀进城门，教军士填了陷坑。孙安一骑当先，领兵杀入城中，贼兵不能抵当。孙安夺了东门，后被贼人四面响应，把孙安兵马堵截在东门。小弟探知这消息，飞来回复。半路遇了张将军及张宜人，说了此情，他两个催动人马疾驰去了。"

宋江闻报，催动大军，疾驰上前，将南丰城围住。那时张清、琼英进了东门，教孙安据住东门，张清、琼英正与贼军鏖战，因此，宋江等将佐兵马，

---

① 渠魁——旧时称敌对者的首领。渠，通"巨"，大；魁，为首的，头领。

抢入东门，夺了城池，杀散贼兵，四门竖起宋军旗号。城中许多伪文武多官范全等尽行杀死。那伪妃段三娘听的军马进城，他素有膂力，也会骑马，遂拴缚结束，领了百余有膂力的内侍，都执兵器，离王宫，出后苑，欲杀出西门，投云安军去，恰遇琼英领兵杀到后苑来。段氏纵马，挺一口宝刀，抵死冲突。被琼英一石子飞来，正中段三娘面门，鲜血迸流，撞下马来，撅个脚梢天，军士赶上，捉住绑缚了。那些内侍，都被宋兵杀死。琼英领兵杀入后苑内宫，那些宫娥嫔女，闻得宋兵入城，或投环，或投井，或刀刎，或撞阶，大半自尽，其余都被琼英教军士缚了，解到宋江帐前。宋江大喜，将段氏一行人囚禁，待捉了王庆，一齐解京。再遣兵将，四面八方，去追王庆。

却说那王庆领着数百铁骑，撞透重围，逃奔到南丰城东，见城中有兵厮杀，惊得魂不附体，后面大兵又到，望北奔走不迭。回顾左右，止有百余骑，其余的虽是平日最亲信的，今日势败，都逃去了。王庆同了百余人，望云安奔走，在路对跟随近侍说道："寡人尚有云安、东川、安德三座城池，岂不是江东虽小，亦足以王？只恨适才那些跟随逃散官员，平日受用了寡人大俸大禄，今日有事，都自去了。待寡人兴兵来杀退宋兵，缉捕那些逃亡的，细细地醢[①]他。"王庆同众人马不停蹄，人不歇足，走到天明，幸的望见云安城池了。王庆在马上欣喜道："城中将士，也是谨慎。你看那旗旛齐整，兵器整密！"王庆一头说着，同众人奔近城来。

随从人中，有识字的说道："大王不好了！怎么城上都是宋军旗号？"王庆听了，定睛一看，果是东门城上，远远地闪出号旗，上有金销大字，乃是"御西宋先锋麾下水军正将混江……"，下面尚有三个字，被风飘动旗脚，不甚分明。王庆看了，惊的浑身麻木，半晌时动弹不得，真是宋兵从天而降。当有王庆手下一个有智量近侍说道："大王，事不宜迟！请大王速卸下袍服，急投东川去，恐城中见了生变。"王庆道："爱卿言之极当。"王庆随即卸下冲天转角金幞头，脱下日月云肩蟒绣袍，解下金镶宝嵌碧玉带，脱下金显缝云根朝靴，换了巾帻、便服、软皮靴。其余侍从，亦都脱卸外面衣服。急急如丧家之狗，忙忙如漏网之鱼，从小路抄过云安城池，望东川投奔，走的人困马乏，腹中饥馁。百姓久被贼人伤残，又闻得大兵厮杀，凡

---

① 醢(hǎi)——古代一种极为残酷的刑罚，即把犯人剁成肉酱。

冲要通衢大路，都没一个人烟，静悄悄地鸡犬不闻，就要一滴水，也没喝处，那讨酒食来？那时王庆手下亲幸跟随的，都是假登东[①]，诈撒溺，又散去了六七十人。

王庆带领三十余骑，走至晚，才到得云安属下开州地方，有一派江水阻路，这个江叫做清江。其源出自达州万顷池，江水最是澄清，所以叫做清江。当下王庆道："怎得个船只渡过去？"后面一个近侍指道："大王，兀那南涯疏芦落雁处，有一簇鱼船。"王庆看了，同众人走到江边。

此时是孟冬时候，天气晴和，只见数十只渔船，捕鱼的捕鱼，晒网的晒网。其中有几只船，放于中流，猜拳豁指头，大碗价吃酒。王庆叹口气道："这男女们恁般快乐！我今日反不如他了！这些都是我子民，却不知寡人这般困乏。"近侍高叫道："兀那渔人，撑拢几只船来，渡俺们过了江，多与你渡钱。"

只见两个渔人放下酒碗，摇着一只小渔艇，咿咿哑哑摇近岸来。船头上渔人，向船旁拿根竹篙撑船拢岸，定睛把王庆从头上直看至脚下，便道："快活，又有吃酒东西了。上船，上船！"近侍扶王庆下马。王庆看那渔人，身材长大，浓眉毛，大眼睛，红脸皮，铁丝般髭须，铜钟般声音。那渔人一手执着竹篙，一手扶王庆上船，便把篙望岸上只一点，那船早离岸丈余。那些随从贼人，在岸上忙乱起来，齐声叫道："快撑拢船来！咱们也要过江的。"那渔人睁眼喝道："来了！忙到那里去？"便放下竹篙，将王庆劈胸扭住，双手向下一按，扑通的按倒在艎板上。王庆待要挣扎，那船上摇橹的，放了橹，跳过来一齐擒住。那边晒网船上人，见捉了王庆，都跳上岸，一拥上前，把那三十余个随从贼人，一个个都擒住。

原来这撑船的，是混江龙李俊，那摇橹的，便是出洞蛟童威，那些渔人，多是水军。李俊奉宋先锋将令，统驾水军船只，来敌贼人水军。李俊等与贼人水军大战于瞿塘峡，杀其主帅水军都督闻人世崇，擒其副将胡俊，贼兵大败。李俊见胡俊状貌不凡，遂义释胡俊。胡俊感恩，同李俊赚开云安水门，夺了城池，杀死伪留守施俊等。混江龙李俊料着贼与大兵厮杀，若败溃下来，必要奔投巢穴。因此，教张横、张顺镇守城池，自己与童威、童猛，带领水军，扮做渔船，在此巡探；又教阮氏三雄，也扮做渔家，分

---

① 登东——上厕所。

投去滟滪堆、岷江、鱼复浦各路埋伏哨探。适才李俊望见王庆一骑当先，后面又许多人簇拥着，料是贼中头目，却不知正是元凶。

当下李俊审问从人，知是王庆，拍手大笑，绑缚到云安城中。一面差人唤回三阮同二张守城，李俊同降将胡俊，将王庆等一行人，解送到宋先锋军前来。于路探听得宋江已破南丰，李俊等一径进城，将王庆解到帅府。

宋江因众将捕缉王庆不着，正在纳闷，闻报不胜之喜。当下李俊入府，参见了宋先锋，宋江称赞道："贤弟这个功劳不小。"李俊引降将胡俊，参见宋先锋。李俊道："功劳都是这个人。"宋江问了胡俊姓名，及赚取云安的事。

宋江抚赏慰劳毕，随即与众将计议，攻取东川、安德二处城池。只见新降将胡俊禀道："先锋不消费心。胡某有一言，管教两座城池，唾手可得！"宋江大喜，连忙离坐，揖胡俊问计。胡俊躬着身，对宋江说出几句话来。有分教，一矢不加城克复，三军镇静贼投降。毕竟胡俊说出甚么话来，且听下回分解。

第一百十回

燕青秋林渡射雁　宋江东京城献俘

话说当下宋江问降将胡俊有何计策去取东川、安德两处城池。胡俊道："东川城中守将，是小将的兄弟胡显。小将蒙李将军不杀之恩，愿往东川招兄弟胡显来降。剩下安德孤城，亦将不战而自降矣。"宋江大喜，仍令李俊同去。一面调遣将士，提兵分头去招抚所属未复州县，一面差戴宗赍表，申奏朝廷，请旨定夺，并领文申呈陈安抚，及上宿太尉书札。宋江令将士到王庆宫中，搜掳了金珠细软，珍宝玉帛，将违禁的龙楼凤阁，翠屋珠轩，及违禁器仗衣服，尽行烧毁，又差人到云安，教张横等将违禁行宫器仗等项，亦皆烧毁。

却说戴宗先将申文到荆南，报呈陈安抚，陈安抚也写了表文，一同上达。戴宗到东京，将书札投递宿太尉，并送礼物。宿太尉将表进呈御览。

徽宗皇帝龙颜大喜，即时降下圣旨，行到淮西，将反贼王庆，解赴东京，候旨处决，其余擒下伪妃、伪官等众从贼，都就淮西市曹处斩，枭示施行。淮西百姓遭王庆暴虐，准留兵饷若干，计户给散，以赡穷民。其阵亡有功降将，俱从厚赠荫。淮西各州县所缺正佐官员，速推补赴任交代。各州官多有先行被贼胁从，以后归正者，都着陈瓘分别事情轻重，便宜处分[①]。其征讨有功正偏将佐，俱俟还京之日，论功升赏。敕命一下，戴宗先来报知。那陈安抚等，已都到南丰城中了。那时胡俊已是招降了兄弟胡显，将东川军民版籍、户口，及钱粮册籍，前来献纳听罪。那安德州贼人，望风归降。云安、东川、安德三处，农不离其田业，贾[②] 不离其肆宅，皆李俊之功。王庆占据的八郡八十六州县，都收复了。

自戴宗从东京回到南丰十余日，天使捧诏书，驰驿到来。陈安抚与各官接了圣旨，一一奉行。次早，天使还京。陈瓘令监中取出段氏、李助，及一行叛逆从贼，判了"斩"字，推出南丰市曹处斩，将首级各门枭示讫。段三娘从小不循闺训，自家择配，做下迷天大罪，如今身首异处，又连累了若干眷属，其父段太公先死于房山寨。

话不絮烦。却说陈安抚、宋先锋标录李俊、胡俊、琼英、孙安功次，出榜去各处招抚，以安百姓。八十六州县，复见天日，复为良民，其余随从贼徒不伤人者，拨还产业，复为乡民。西京守将乔道清、马灵，已有新官到任，次第都到南丰。各州县正佐贰官，陆续都到。李俊、二张、三阮、二童，已将州务交代，尽到南丰相叙。陈安抚众官及宋江以下一百单八个头领，及河北降将，都在南丰设太平宴，庆贺众将官僚，赏劳三军将佐。宋江教公孙胜、乔道清主持醮事，打了七日七夜醮事，超度阵亡军将，及淮西屈死冤魂。

醮事方完，忽报孙安患暴疾，卒于营中。宋江悲悼不已，以礼殡殓，葬于龙门山侧。乔道清因孙安死了，十分痛哭，对宋江说道："孙安与贫道同乡，又与贫道最厚，他为父报仇，因而犯罪，陷身于贼，蒙先锋收录他，指望日后有个结果，不意他中道而死。贫道得蒙先锋收录，亦是他来指迷。今日他死，贫道何以为情。乔某蒙二位先锋厚恩，铭心镂骨，终难补报。愿

---

① 便宜处分——根据情势利弊，自行处理。

② 贾(gǔ)——商人。

乞骸骨归田野，以延残喘。”马灵见乔道清要去，也来拜辞宋江：“恳求先锋允放马某与乔法师同往。”宋江听说，惨然不乐，因二人坚意要去，十分挽留不住，宋江只得允放，乃置酒饯别。公孙胜在旁，只不做声。乔道清、马灵拜辞了宋江、公孙胜，又去拜辞了陈安抚。二人飘然去了。后来乔道清、马灵都到罗真人处，从师学道，以终天年。

陈安抚招抚赈济淮西诸郡军民已毕。那淮西乃淮渎之西，因此，宋人叫宛州、南丰等处是淮西。陈安抚传令，教先锋头目，收拾朝京。军令传下，宋江一面先发中军军马，护送陈安抚、侯参谋、罗武谕起行，一面着令水军头领，乘驾船只，从水路先回东京，驻扎听调。宋江教萧让撰文，金大坚镌石勒碑以记其事，立石于南丰城东龙门山下，至今古迹尚存。降将胡俊、胡显置酒饯别宋先锋。后来宋江入朝，将胡俊、胡显反邪归正，招降二将之功，奏过天子，特授胡俊、胡显为东川水军团练之职，此是后话。

当下宋江将兵马分作五起进发，克日起行，军士除留下各州县镇守外，其间亦有乞归田里者。现今兵马共十余万，离了南丰，取路望东京来。军有纪律，所过地方，秋毫无犯。百姓香花灯烛价拜送。

于路行了数日，到一个去处，地名秋林渡。那秋林渡在宛州属下内乡县秋林山之南。那山泉石佳丽，宋江在马上遥看山景，仰观天上，见空中数行塞雁，不依次序，高低乱飞，都有惊鸣之意。宋江见了，心疑作怪。又听的前军喝采，使人去问缘由，飞马回报，原来是浪子燕青，初学弓箭，向空中射雁，箭箭不空。却才须臾之间，射下十数只鸿雁，因此诸将惊讶不已。宋江教唤燕青来。只见燕青弯弓插箭，即飞马而来，背后马上捎带死雁数只，来见宋江，下马离鞍，立在一边。宋公明问道：“恰才你射雁来？”燕青答道：“小弟初学弓箭，见空中一群雁过，偶然射之，不想箭箭皆中。”宋江道：“为军的人，学射弓箭，是本等① 的事。射的亲是你能处。我想宾鸿避寒，离了天山，衔芦过关，趁江南地暖，求食稻粱，初春方回。此宾鸿仁义之禽，或数十，或三五十只，递相谦让，尊者在前，卑者在后，次序而飞，不越群伴，遇晚宿歇，亦有当更之报。且雄失其雌，雌失其雄，至死不配。此禽仁义礼智信，五常俱备：空中遥见死雁，尽有哀鸣之意，失伴孤雁，并无侵犯，此为仁也；一失雌雄，死而不配，此为义也；依次而飞，不越

① 本等——本分，正当。

前后，此为礼也；预避鹰雕，衔芦过关，此为智也；秋南春北，不越而来，此为信也。此禽五常足备之物，岂忍害之。天上一群鸿雁相呼而过，正如我等弟兄一般。你却射了那数只，比俺兄弟中失了几个，众人心内如何？兄弟今后不可害此礼义之禽。"燕青默默无语，悔罪不及。宋江有感于心，在马上口占诗一首：

山岭崎岖水渺茫，横空雁阵两三行。

忽然失却双飞伴，月冷风清也断肠。

宋江吟诗罢，不觉自己心中凄惨，睹物伤情。当晚屯兵于秋林渡口。宋江在帐中，因复感叹燕青射雁之事，心中纳闷，叫取过纸笔，作词一首[①]：

楚天空阔，雁离群万里，恍然惊散。自顾影欲下寒塘。正草枯沙净，水平天远。写不成书，只寄的相思一点。暮日空濠，晓烟古堑，诉不尽许多哀怨。拣尽芦花无处宿，叹何时玉关重见。嘹呖忧愁呜咽，恨江渚难留恋。请观他春昼归来，画梁双燕。

宋江写毕，递与吴用、公孙胜看。词中之意，甚有悲哀忧戚之思，宋江心中，郁郁不乐。当夜，吴用等设酒备肴，尽醉方休。次日天明，俱各上马，望南而行。路上行程，正值暮冬，景物凄凉。宋江于路，此心终有所感。不则一日，回到京师，屯驻军马于陈桥驿，听候圣旨。

且说先是陈安抚并侯参谋中军人马入城，已将宋江等功劳，奏闻天子，报说宋先锋等诸将兵马，班师回京，已到关外。陈安抚前来启奏，说宋江等诸将征战劳苦之事，天子闻奏，大加称赞。陈瓘、侯蒙、罗戬各封升官爵，钦赏银两缎匹，传下圣旨，命黄门侍郎宣宋江等面君朝见，都教披挂入城。有诗为证：

去时三十六，回来十八双。

纵横千万里，谈笑却还乡。

且说宋江等众将一百八人，遵奉圣旨，本身披挂。戎装革带，顶盔挂甲，身穿锦袄，悬带金银牌面，从东华门而入，都至文德殿朝见天子，拜舞起居，山呼万岁。皇上看了宋江等众将英雄，尽是锦袍金带，惟有吴用、公孙胜、鲁智深、武松身着本身服色，天子圣意大喜，乃曰："寡人多知卿等征

① 作词一首——此词套化南宋张炎咏孤雁的名作《解连环》。

进劳苦，剿寇用心，中伤者多，寡人甚为忧戚。”宋江再拜奏道：“托圣上洪福齐天，臣等众将虽有金伤，俱各无事，今元凶授首，淮西平定，实陛下威德所致，臣等何劳之有。”再拜称谢奏道：“臣等奉旨，将王庆献俘阙下，候旨定夺。”天子降旨：“着法司会官，将王庆凌迟处决。”宋江将萧嘉穗用奇计克复城池，保全生灵，有功不伐[①]，超然高举。天子称奖道：“皆卿等忠诚感动！”命省院官访取萧嘉穗赴京擢用。宋江叩头称谢。那些省院官，那个肯替朝廷出力，访问贤良。此是后话。

是日，天子特命省院等官计议封爵。太师蔡京、枢密童贯商议奏道：“目今天下尚未静平，不可升迁。且加宋江为保义郎，带御器械[②]，正受皇城使；副先锋卢俊义加为宣武郎，带御器械，行营团练使；吴用等三十四员，加封为正将军；朱武等七十二员，加封为偏将军；支给金银，赏赐三军人等。”天子准奏，仍敕与省院众官，加封爵禄，与宋江等支给赏赐，宋江等就于文德殿顿首谢恩。天子命光禄寺大设御宴，钦赏宋江锦袍一领，金甲一副，名马一匹；卢俊义以下，赏赐有差[③]，尽于内府关支。宋江与众将谢恩已罢，尽出宫禁，都到西华门外，上马回营。一行众将，出的城来，直到行营安歇，听候朝廷委用。

当日法司奉旨会官，写了犯由牌，打开囚车，取出王庆，判了“剐”字，拥到市曹。看的人压肩迭背，也有唾骂的，也有嗟叹的。那王庆的父王砉及前妻丈人等诸亲眷属，已于王庆初反时收捕，诛夷殆尽。今日只有王庆一个，簇拥在刀剑林中。两声破鼓响，一棒碎锣鸣，枪刀排白雪，皂纛展乌云。刽子手叫起恶杀都来，恰好午时三刻，将王庆押到十字路头，读罢犯由，如法凌迟处死。看的人都道：

此是恶人榜样，到底骈首戮身。
若非犯着十恶，如何受此极刑？

当下监斩官将王庆处决了当，枭首施行，不在话下。

再说宋江众人，受恩回营。次日，只见公孙胜直至行营中军帐内，与

---

① 伐——夸耀，自夸。

② 带御器械——武官中最为亲信的近侍官才可佩带弓箭、御剑，故称这样的亲信为“带御器械”。

③ 差——差别，等级不同。

宋江等众人,打了稽首,便禀宋江道:“向日本师罗真人嘱咐小道,令送兄长还京之后,便回山中。今日兄长功成名遂,贫道就今拜别仁兄,辞别众位,便归山中,从师学道,侍养老母,以终天年。”宋江见公孙胜说起前言,不敢翻悔,潸然泪下,便对公孙胜道:“我想昔日弟兄相聚,如花始开;今日弟兄分别,如花零落。吾虽不敢负汝前言,心中岂忍分别?”公孙胜道:“若是小道半途撇了仁兄,便是寡情薄意。今来仁兄功成名遂,只得曲允。”宋江再四挽留不住,便乃设一筵宴,令众弟兄相别。

筵上举杯,众皆叹息,人人洒泪,各以金帛相赆①。公孙胜推却不受,众兄弟只顾打拴在包裹。次日,众皆相别。公孙胜穿上麻鞋,背上包裹,打个稽首,望北登程去了。宋江连日思忆,泪如雨下,郁郁不乐。

时下又值正旦节相近,诸官准备朝贺。蔡太师恐宋江人等都来朝贺,天子见之,必当重用,随即奏闻天子,降下圣旨,使人当住,只教宋江、卢俊义两个有职人员,随班朝贺,其余出征官员,俱系白身②,恐有惊御,尽皆免礼。是日正旦,百官朝贺,宋江、卢俊义俱各公服,都在待漏院伺候早朝,随班行礼。是日驾坐紫宸殿受朝,宋江、卢俊义随班拜罢,于两班侍下,不能上殿。仰观殿上,玉簪珠履,紫绶金章,往来称觞献寿,自天明直至午牌,方始得沾谢恩御酒。百官朝散,天子驾起。宋江、卢俊义出内,卸了公服幞头,上马回营,面有愁颜赧色。

吴用等接着。众将见宋江面带忧容,心闷不乐,都来贺节。百余人拜罢,立于两边,宋江低首不语。吴用问道:“兄长今日朝贺天子回来,何以愁闷。”宋江叹口气道:“想我生来八字浅薄,命运蹇滞。破辽平寇,东征西讨,受了许多劳苦,今日连累众兄弟无功,因此愁闷。”吴用答道:“兄长既知造化未通,何故不乐? 万事分定,不必多忧。”黑旋风李逵道:“哥哥,好没寻思! 当初在梁山泊里,不受一个的气,却今日也要招安,明日也要招安,讨得招安了,却惹烦恼。放着兄弟们都在这里,再上梁山泊去,却不快活!”宋江大喝道:“这黑禽兽又来无礼! 如今做了国家臣子,都是朝廷良臣。你这厮不省得道理,反心尚兀自未除!”李逵又应道:“哥哥不听我说,明朝有的气受哩!”众人都笑,且捧酒与宋江添寿。是日只饮到二更,各自

---

① 赆——本指临别时赠送的财物。这里用作动词,“送”的意思。

② 白身——未加封官职功名。

散了。

次日，引十数骑马入城，到宿太尉、赵枢密，并省院各官处贺节，往来城中，观看者甚众。就里有人对蔡京说知此事。次日，奏过天子，传旨教省院出榜禁约，于各城门上张挂："但凡一应出征官员将军头目，许于城外下营屯扎，听候调遣。非奉上司明文呼唤，不许擅自入城。如违，定依军令拟罪施行。"差人赍榜，径来陈桥门外张挂榜文。有人看了，径来报知宋江，宋江转添愁闷。众将得知，亦皆焦躁，尽有反心，只碍宋江一个。

且说水军头领特地来请军师吴用商议事务。吴用去到船中，见了李俊、张横、张顺、阮家三昆仲[①]，俱对军师说道："朝廷失信，奸臣弄权，闭塞贤路。俺哥哥破了大辽，剿灭田虎，如今又平了王庆，止得个皇城使做，又未曾升赏我等众人。如今倒出榜文，来禁约我等，不许入城。我想那伙奸臣，渐渐的待要拆散我们弟兄，各调开去。今请军师自做个主张，若和哥哥商量，断然不肯。就这里杀将起来，把东京劫掠一空，再回梁山泊去，只是落草倒好。"吴用道："宋公明兄长断然不肯。你众人枉费了力，箭头不发，努折箭杆。自古蛇无头而不行，我如何敢自主张？这话须是哥哥肯时，方才行得；他若不肯做主张，你们要反，也反不出去！"六个水军头领见吴用不敢主张，都做声不得。

吴用回至中军寨中，来与宋江闲话，计较军情，便道："仁兄往常千自由，百自在，众多弟兄亦皆快活。自从受了招安，与国家出力，为国家臣子，不想倒受拘束，不能任用，兄弟们都有怨心。"宋江听罢，失惊道："莫不谁在你行说甚来？"吴用道："此是人之常情，更待多说？古人云：'富与贵，人之所欲；贫与贱，人之所恶。'观形察色，见貌知情。"宋江道："军师，若是弟兄们但有异心，我当死于九泉，忠心不改！"

次日早起，会集诸将，商议军机，大小人等都到帐前，宋江开话道："俺是郓城小吏出身，又犯大罪，托赖你众弟兄扶持，尊我为头，今日得为臣子。自古道：'成人不自在，自在不成人。'虽然朝廷出榜禁治，理合如此。汝诸将士，无故不得入城。我等山间林下，卤莽军汉极多。倘或因而惹事，必然以法治罪，却又坏了声名。如今不许我等入城去，倒是幸事。你

---

① 昆仲——兄弟。昆，兄。仲，在弟兄排行里的第二位。亦作"昆弟"、"昆季"。（季，弟兄排行里的第四位或最小的。）

们众人,若嫌拘束,但有异心,先当斩我首级,然后你们自去行事。不然,吾亦无颜居世,必当自刎而死,一任你们自为!"众人听了宋江之言,俱各垂泪设誓而散。有诗为证:

谁向西周怀好音[①],公明忠义不移心。

当时羞杀秦长脚[②],身在南朝心在金。

宋江诸将,自此之后,无事也不入城。看看上元节至,东京年例,大张灯火,庆赏元宵,诸路尽做灯火,于各衙门点放。且说宋江营内浪子燕青,自与乐和商议:"如今东京点放花灯火戏,庆赏丰年,今上天子,与民同乐。我两个更换些衣服,潜地入城,看了便回。"只见有人说道:"你们看灯,也带挈我则个!"燕青看见,却是黑旋风李逵。

李逵道:"你们瞒着我,商量看灯,我已听了多时。"燕青道:"和你去不打紧,只吃你性子不好,必要惹出事来。现今省院出榜,禁治我们,不许入城。倘若和你入城去看灯,惹出事端,正中了他省院之计。"李逵道:"我今番再不惹事便了,都依着你行!"燕青道:"明日换了衣巾,都打扮做客人相似,和你入城去。"李逵大喜。

次日都打扮做客人,伺候燕青,同入城去。不期乐和惧怕李逵,潜[③]与时迁先入城去了。燕青洒脱[④]不开,只得和李逵入城看灯,不敢从陈桥门入去,大宽转[⑤]却从封丘门入城。两个手厮挽着,正投桑家瓦来。

来到瓦子前,听的勾栏内锣响,李逵定要入去,燕青只得和他挨在人丛里,听的上面说平话,正说《三国志》,说到关云长刮骨疗毒——当时有云长左臂中箭,箭毒入骨。医人华佗道:"若要此疾毒消,可立一铜柱,上置铁环,将臂膊穿将过去,用索拴牢,割开皮肉,去骨三分,除却箭毒,却用油线缝拢,外用敷药贴了,内用长托之剂,不过半月,可以平复如初。因此极难治疗。"关公大笑道:"大丈夫死生不惧,何况只手?不用铜柱铁环,只

---

① 谁向句——语出《诗经·桧·匪风》中"谁向西归,怀之好音"句。意为:"谁回西方我的家乡去,请他捎个平安的信息。"这里用其意,是说谁能给朝廷送个信去,说宋江忠心不改。怀,带。

② 秦长脚——即秦桧。

③ 潜——暗中,偷偷地。

④ 洒脱——摆脱。

⑤ 大宽转——兜个大圈子,绕道。

此便割何妨!”随即叫取棋盘,与客弈棋,伸起左臂,命华佗刮骨取毒,面不改色,对客谈笑自若。正说到这里,李逵在人丛中高叫道:“这个正是好男子!”众人失惊,都看李逵,燕青慌忙拦道:“李大哥,我怎地好村!勾栏瓦舍,如何使得大惊小怪这等叫!”李逵道:“说到这里,不由人喝采!”燕青拖了李逵便走。

两个离了桑家瓦,转过串道,只见一个汉子飞砖掷瓦,去打一户人家。那人家道:“清平世界,荡荡乾坤,散了二次,不肯还钱,颠倒打我屋里。”黑旋风听了,路见不平,便要去打。燕青务死抱住,李逵睁着双眼,要和他厮打的意思。那汉子便道:“俺自和他有帐讨钱,干你甚事?即日要跟张招讨下江南出征去,你休惹我。到那里去也是死,要打便和你厮打,死在这里,也得一口好棺材。”李逵道:“却是甚么下江南?不曾听的点兵调将。”燕青且劝开了闹,两个厮挽着,转出串道,离了小巷,见一个小小茶肆,两个入去里面,寻副座头,坐了吃茶。

对席有个老者,便请会茶,闲口论闲话。燕青道:“请问丈丈,却才巷口一个军汉厮打,他说道要跟张招讨下江南,早晚要去出征,请问端的那里去出征?”那老人道:“客人原来不知。如今江南草寇方腊反了,占了八州二十五县,从睦州起,直至润州,自号为一国,早晚来打扬州。因此朝廷已差下张招讨、刘都督去剿捕。”

燕青、李逵听了这话,慌忙还了茶钱,离了小巷,径奔出城,回到营中,来见军师吴学究,报知此事。吴用见说,心中大喜,来对宋先锋说知江南方腊造反,朝廷已遣张招讨领兵。宋江听了道:“我等诸将军马,闲居在此,甚是不宜。不若使人去告知宿太尉,令其于天子前保奏,我等情愿起兵,前去征进。”当时会集诸将商议,尽皆欢喜。

次日,宋江换了些衣服,带领燕青,自来说此一事。径入城中,直至太尉府前下马。正值太尉在府,令人传报,太尉闻知,忙教请进。宋江来到堂上,再拜起居。宿太尉道:“将军何事,更衣而来?”宋江禀道:“近因省院出榜,但凡出征官军,非奉呼唤,不敢擅自入城。今日小将私步至此,上告恩相。听的江南方腊造反,占据州郡,擅改年号,侵至润州,早晚渡江,来打扬州。宋江等人马久闲,在此屯扎不宜。某等情愿部领兵马,前去征剿,尽忠报国,望恩相于天子前题奏则个!”宿太尉听了,大喜道:“将军之言,正合吾意。下官当以一力保奏。将军请回,来早宿某具本奏闻,天子必当重用。”宋江辞了太尉，自回营寨，与众兄弟说知。

却说宿太尉次日早朝入内，见天子在披香殿与百官文武计事，正说江南方腊作耗，占据八州二十五县，改年建号，如此作反，自霸称尊，目今早晚兵犯扬州。天子乃曰：“已命张招讨、刘都督征进，未见次第。”宿太尉越班奏曰：“想此草寇，既成大患，陛下已遣张总兵、刘都督，再差征西得胜宋先锋，这两支军马为前部，可去剿除，必干大功。”天子闻奏大喜，急令使臣宣省院官听圣旨。当下张招讨，从、耿二参谋，亦行保奏，要调宋江这一干人马为前部先锋。

省院官到殿，领了圣旨，随即宣取宋先锋、卢先锋，直到披香殿下，朝见天子。拜舞已毕，天子降敕，封宋江为平南都总管，征讨方腊正先锋；封卢俊义为兵马副总管，平南副先锋。各赐金带一条，锦袍一领，金甲一副，名马一骑，彩缎二十五表里。其余正偏将佐，各赐缎匹银两，待有功次，照名升赏，加受官爵。三军头目，给赐银两。都就于内务府关支，定限目下出师起行。宋江、卢俊义领了圣旨，就辞了天子。皇上乃曰：“卿等数内，有个能镌玉石印信金大坚，又有个能识良马皇甫端，留此二人，驾前听用。”宋江、卢俊义承旨，再拜谢恩，出内上马回营。

宋江、卢俊义两个在马上欢喜，并马而行。出的城来，只见街市上一个汉子，手里拿着一件东西，两条巧棒，中穿小索，以手牵动，那物便响。宋江见了，却不识的，使军士唤那汉子问道：“此是何物？”那汉子答道：“此是胡敲也。用手牵动，自然有声。”宋江乃作诗一首：

一声低了一声高，嘹喨声音透碧霄。
空有许多雄气力，无人提挈漫徒劳。

宋江在马上与卢俊义笑道：“这胡敲正比着我和你，空有冲天的本事，无人提挈，何能振响！”卢俊义道：“兄长何故发此言？据我等胸中学识，不在古今名将之下。如无本事，枉自有人提挈，亦作何用？”宋江道：“贤弟差矣！我等若非宿太尉一力保奏，如何能够天子重用，为人不可忘本！”卢俊义自觉失言，不敢回话。

两个回到营寨，升帐而坐。当时会集诸将，除女将琼英因怀孕染病，留下东京，着叶清夫妇伏侍，请医调治外，其余将佐，尽教收拾鞍马衣甲，准备起身，征讨方腊。后来琼英病痊，弥月，产下一个面方耳大的儿子，取名叫做张节。次后闻得丈夫被贼将厉天闰杀死于独松关，琼英哀恸昏绝，随即同叶清夫妇,亲自到独松关,扶柩到张清故乡彰德府安葬。叶清又因病故,琼英同安氏老妪,苦守孤儿。张节长大,跟吴玠大败金兀术于和尚原,杀得兀术亟鬄[①]须髯而遁。因此张节得封官爵,归家养母,以终天年,奏请表扬其母贞节。此是琼英等贞节孝义的结果。

话休絮烦。再说宋江于奉诏讨方腊的次日,于内府关到赏赐缎匹银两,分俵诸将,给散三军头目,便就起送金大坚、皇甫端去御前听用。宋江一面调拨战船先行,着令水军头领整顿篙橹风帆,撑驾望大江进发,传令与马军头领,整顿弓、箭、枪、刀、衣袍、铠甲。水陆并进,船骑同行,收拾起程。只见蔡太师差府干到营,索取圣手书生萧让,要他代笔。次日,王都尉自来问宋江求要铁叫子乐和,闻此人善能歌唱,要他府里使令。宋江只得依允,随即又起送了二人去讫。宋江自此去了五个弟兄,心中好生郁郁不乐。当与卢俊义计议定了,号令诸军,准备出师。

却说这江南方腊造反已久,积渐而成,不想弄到许大事业。此人原是歙州山中樵夫,因去溪边净手,水中照见自己头戴平天冠,身穿衮龙袍,以此向人说自家有天子福分。因朱勔在吴中征取花石纲,百姓大怨,人人思乱,方腊乘机造反,就清溪县内帮源洞中,起造宝殿、内苑、宫阙,睦州、歙州亦各有行宫,仍设文武职台,省院官僚,内相外将,一应大臣。睦州即今时建德,宋改为严州;歙州即今时婺源,宋改为徽州。这方腊直从这里占到润州,今镇江是也。共该八州二十五县。那八州:歙州、睦州、杭州、苏州、常州、湖州、宣州、润州。那二十五县,都是这八州管下。此时嘉兴、松江、崇德、海宁,皆是县治。方腊自为国王,独霸一方,非同小可。原来方腊上应天书,推背图上道:"十千加一点,冬尽始称尊。纵横过浙水,显迹在吴兴。"那十千,是万也;头加一点,乃方字也。冬尽,乃腊也;称尊者,乃南面为君也。正应"方腊"二字。占据江南八郡,隔着长江天堑,又比淮西差多少来去。

再说宋江选将出师,相辞了省院诸官,当有宿太尉、赵枢密亲来送行,赏劳三军。水军头领已把战船从泗水入淮河,望淮安军坝,俱到扬州取齐。宋江、卢俊义谢了宿太尉、赵枢密,将人马分作五起,取旱路投扬州

① 亟鬄(jí tì)——急忙剃掉。亟,急,迫切。鬄,古代一种剃去头发的刑罚,这里是"剃掉"的意思。

来。于路无话,前军已到淮安县屯扎。当有本州官员,置筵设席,等接宋先锋到来,请进城中管待,诉说:“方腊贼兵浩大,不可轻敌。前面便是扬子大江,此是江南第一个险隘去处。隔江却是润州。如今是方腊手下枢密吕师囊并十二个统制官守把住江岸。若不得润州为家,难以抵敌。”宋江听了,便请军师吴用计较良策,即目前面大江拦截,须用水军船只向前。吴用道:“扬子江中,有金、焦二山,靠着润州城郭。可叫几个弟兄,前去探路,打听隔江消息,用何船只,可以渡江。”宋江传令,教唤水军头领前来听令:“你众弟兄,谁人与我先去探路,打听隔江消息?”只见帐下转过四员战将,尽皆愿往。不是这几个人来探路,有分教,横尸似北固山高,流血染扬子江赤。直教大军飞渡乌龙阵,战舰平吞白雁滩。毕竟宋江军马怎地去收方腊,且听下回分解。

第一百十一回

张顺夜伏金山寺　宋江智取润州城

话说这九千三百里扬子大江,远接三江,却是汉阳江、浔阳江、扬子江。从四川直至大海,中间通着多少去处,以此呼为万里长江。地分吴、楚,江心内有两座山:一座唤做金山,一座唤做焦山。金山上有一座寺,绕山起盖,谓之寺里山。焦山上一座寺,藏在山凹里,不见形势,谓之山里寺。这两座山,生在江中,正占着楚尾吴头,一边是淮东扬州,一边是浙西润州,今时镇江是也。

且说润州城郭,却是方腊手下东厅枢密使吕师囊守把江岸。此人原是歙州富户,因献钱粮与方腊,官封为东厅枢密使。幼年曾读兵书战策,惯使一条丈八蛇矛,武艺出众。部下管领着十二个统制官,名号江南十二神,协同守把润州江岸。那十二神:

擎天神福州沈刚　　游弈神歙州潘文得
遁甲神睦州应明　　六丁神明州徐统
霹雳神越州张近仁　　巨灵神杭州沈泽
太白神湖州赵毅　　太岁神宣州高可立

吊客神常州范畴　　黄旛神润州卓万里
豹尾神江州和潼　　丧门神苏州沈抃

话说枢密使吕师囊，统领着五万南兵，据住江岸。甘露亭下，摆列着战船三千余只，江北岸却是瓜洲渡口，净荡荡地无甚险阻。

此时先锋使宋江兵马战船，水陆并进，已到淮安了，约至扬州取齐。当日宋先锋在帐中，与军师吴用等商议："此去大江不远，江南岸便是贼兵守把，谁人与我先去探路一遭，打听隔江消息，可以进兵。"帐下转过四员战将，皆云愿往。那四个：一个是小旋风柴进，一个是浪里白跳张顺，一个是拼命三郎石秀，一个是活阎罗阮小七。宋江道："你四人分作两路：张顺和柴进，阮小七和石秀，可直到金、焦二山上宿歇，打听润州贼巢虚实，前来扬州回话。"四人辞了宋江，各带了两个伴当，扮做客人，取路先投扬州来。此时一路百姓，听得大军来征剿方腊，都挈家搬在村里躲避了。四个人在扬州城里分别，各办了些干粮。石秀自和阮小七带了两个伴当，投焦山去了。

却说柴进和张顺也带了两个伴当，将干粮捎在身边，各带把锋铓[①]快尖刀，提了朴刀，四个奔瓜洲来。此时正是初春天气，日暖花香，到得扬子江边，凭高一望，淘淘雪浪，滚滚烟波，是好江景也！有诗为证：

万里烟波万里天，红霞遥映海东边。
打鱼舟子浑无事，醉拥青蓑自在眠。

这柴进二人，望见北固山下，一代都是青白二色旌旗，岸边一字儿摆着许多船只，江北岸上，一根木头也无。柴进道："瓜洲路上，虽有屋宇，并无人住，江上又无渡船，怎生得知隔江消息？"张顺道："须得一间屋儿歇下，看兄弟赴水过去对江金山脚下，打听虚实。"柴进道："也说得是。"当下四个人奔到江边，见一带数间草房，尽皆关闭，推门不开。张顺转过侧首，掇开一堵壁子，钻将入去，见个白头婆婆，从灶边走起来。

张顺道："婆婆，你家为甚不开门？"那婆婆答道："实不瞒客人说，如今听得朝廷起大军来，与方腊厮杀。我这里正是风门水口，有些人家，都搬了别处去躲，只留下老身在这里看屋。"张顺道："你家男子汉那里去了？"婆婆道："村里去望老小去了。"张顺道："我有四个人，要渡江过去，那里有

① 锋铓——即"锋芒"。铓，刀尖刃锋利。

船觅一只?"婆婆道:"船却那里去讨?近日吕枢密听得大军来和他厮杀,都把船只拘管过润州去了。"张顺道:"我四人自有粮食,只借你家宿歇两日,与你些银子作房钱,并不搅扰你。"婆婆道:"歇却不妨,只是没有床席。"张顺道:"我们自有措置。"婆婆道:"客人,只怕早晚有大军来!"张顺道:"我们自有回避。"当时开门,放柴进和伴当入来,都倚了朴刀,放了行李,取些干粮烧饼出来吃了。

张顺再来江边,望那江景时,见金山寺正在江心里。但见:

江吞鳌背,山耸龙鳞。烂银盘涌出青螺[①],软翠堆远拖素练[②]。遥观金殿,受八面之天风;远望钟楼,倚千层之石壁。梵塔高侵沧海日,讲堂低映碧波云。无边阁,看万里征帆;飞步亭,纳一天爽气。郭璞[③]墓中龙吐浪,金山寺里鬼移灯。

张顺在江边看了一回,心中思忖道:"润州吕枢密必然时常到这山上。我且今夜去走一遭,必知消息。"回来和柴进商量道:"如今来到这里,一只小船也没,怎知隔江之事。我今夜把衣服打拴了,两个大银顶在头上,直赴过金山寺去,把些财赂与那和尚,计个虚实,回报先锋哥哥。你只在此间等候。"柴进道:"早干了事便回。"

是夜星月交辉,风恬浪静,水天一色。黄昏时分,张顺脱膊了,扁扎起一腰白绢水裩儿,把这头巾衣服,裹了两个大银,拴缚在头上,腰间带一把尖刀,从瓜洲下水,直赴开江心中来。那水淹不过他胸脯,在水中如走旱路,看看赴[④]到金山脚下,见石峰边缆着一只小船,张顺爬到船边,除下头上衣包,解了湿衣,扎拭了身上,穿上衣服,坐在船中。听得润州更鼓,正打三更,张顺伏在船内望时,只见上溜头一只小船,摇将过来。张顺看了道:"这只船来得跷蹊,必有奸细!"便要放船开去,不想那只船一条大索锁了,又无橹篙,张顺只得又脱了衣服,拔出尖刀,再跳下江里,直赴到那

① 烂银盘句——烂,灿烂。银盘,比喻白茫茫的水面。青螺,比喻形如螺髻的青山。句意是青色山峦浮涌在茫茫的江面之上。

② 软翠堆句——软翠堆喻苍翠的金山。素练,白色的丝带。句意为长江如丝带从金山脚下拖得远远的。

③ 郭璞——东晋时著名的训诂学家。

④ 赴——通"洑",在水中游。

船边。

船上两个人摇着橹,只望北岸,不提防南边,只顾摇。张顺却从水底下一钻,钻到船边,扳住船舷,把尖刀一削,两个摇橹的撒了橹,倒撞下江里去了。张顺早跳在船上。那船舱里钻出两个人来,张顺手起一刀,砍得一个下水去,那个吓得倒入舱里去。张顺喝道:"你是甚人?那里来的船只?实说,我便饶你!"那人道:"好汉听禀:小人是此间扬州城外定浦村陈将士家干人,使小人过润州投拜吕枢密那里献粮,准了,使个虞候和小人同回,索要白粮五万石、船三百只,作进奉之礼。"张顺道:"那个虞候,姓甚名谁?现在那里?"干人道:"虞候姓叶名贵,却才好汉砍下江里去的便是。"张顺道:"你却姓甚?甚么名字?几时过去投拜?船里有甚物件?"干人道:"小人姓吴名成,今年正月初七日渡江。吕枢密直教小人去苏州,见了御弟三大王方貌,关了号色旌旗三百面,并主人陈将士官诰,封做扬州府尹,正授中明大夫名爵,更有号衣一千领,及吕枢密劄付一道。"张顺又问道:"你的主人,姓甚名字?有多少人马?"吴成道:"人有数千,马有百十余匹。嫡亲有两个孩儿,好生了得,长子陈益,次子陈泰。主人将士,叫做陈观。"张顺都问了备细来情去意,一刀也把吴成剁下水里去了。船尾上装起橹来,径摇到瓜洲。

柴进听橹声响,急忙出来看时,见张顺摇只船来,柴进便问来由。张顺把前事一一说了,柴进大喜,去船舱里,取出一包袱文书,并三百面红绢号旗,杂色号衣一千领,做两担打迭了。张顺道:"我却去取了衣裳来。"把船再摇到金山脚下,取了衣裳、巾帻、银子,再摇到瓜洲岸边,天色方晓,重雾罩地。张顺把船砍漏,推开江里去沉了。来到屋下,把三二两银子,与了婆婆,两个伴当挑了担子,径回扬州来。

此时,宋先锋军马,俱屯扎在扬州城外,本州官员迎接宋先锋入城馆驿内安下,连日筵宴,供给军士。

却说柴进、张顺伺候席散,在馆驿内见了宋江,备说陈观父子交结方腊,早晚诱引贼兵渡江,来打扬州。天幸江心里遇见,教主帅成这件功劳。宋江听了大喜,便请军师吴用商议用甚良策。吴用道:"既有这个机会,觑润州城易如反掌!先拿了陈观,大事便定。只除如此如此。"即时唤浪子燕青,扮做叶虞候,教解珍、解宝扮做南军。问了定浦村路头,解珍、解宝挑着担子,燕青都领了备细言语,三个出扬州城来,取路投定浦村。离城

四十余里,早问到陈将士庄前。见门首二三十庄客,都整整齐齐,一般打扮。但见:

攒竹笠子,上铺着一把黑缨;细线衲袄,腰系着八尺红绢。牛膀鞋,登山似箭;獐皮袜,护脚如绵。人人都带雁翎刀,个个尽提鸦嘴搠。

当下燕青改作浙人乡谈,与庄客唱喏道:"将士宅上,有么?"庄客道:"客人那里来?"燕青道:"从润州来。渡江错走了路,半日盘旋,问得到此。"庄客见说,便引入客房里去,教歇了担子,带燕青到后厅来见陈将士。燕青便下拜道:"叶贵就此参见!"拜罢,陈将士问道:"足下何处来?"燕青打浙音道:"回避闲人,方敢对相公说。"陈将士道:"这几个都是我心腹人,但说不妨。"燕青道:"小人姓叶名贵,是吕枢密帐前虞候。正月初七日,接得吴成密书,枢密甚喜,特差叶贵送吴成到苏州,见御弟三大王,备说相公之意。三大王使人启奏,降下官诰,就封相公为扬州府尹。两位直阁舍人,待吕枢密相见了时,再定官爵。今欲使令吴成回程,谁想感冒见寒病症,不能动止。枢密怕误了大事,特差叶贵送到相公官诰,并枢密文书、关防、牌面、号旗三百面、号衣一千领,克日定时,要相公粮食船只,前赴润州江岸交割。"便取官诰文书,递与陈将士看了,大喜,忙摆香案,望南谢恩已了,便唤陈益、陈泰出来相见。

燕青叫解珍、解宝取出号衣号旗,入后厅交付。陈将士便邀燕青请坐。燕青道:"小人是个走卒,相公处如何敢坐?"陈将士道:"足下是那壁恩相差来的人,又与小官赍诰敕,怎敢轻慢?权坐无妨。"燕青再三谦让了,远远地坐下。陈将士叫取酒来,把盏劝燕青,燕青推却道:"小人天戒,不饮酒。"待他把过三两巡酒,两个儿子都来与父亲庆贺递酒。燕青把眼使叫解珍、解宝行事。解宝身边取出不按君臣① 的药头,张人眼慢,放在酒壶里。燕青便起身说道:"叶贵虽然不曾将酒过江,借相公酒果,权为上贺之意。"便斟一大钟酒,上劝陈将士,满饮此杯。随即便劝陈益、陈泰两个,各饮了一杯。当面有几个心腹庄客,都被燕青劝了一杯。

燕青那嘴一努,解珍出来外面,寻了火种,身边取出号旗号炮,就庄前放起。左右两边,已有头领等候,只听号炮响,前来策应。燕青在堂里,见

① 不按君臣——不合药理,胡乱配药。中医配药讲主次谐合。"君"为主要药品,"臣"为次要药品。

一个个都倒了,身边掣出短刀,和解宝一齐动手,早都割下头来。庄门外哄动十个好汉,从前面打将入来。那十员将佐:花和尚鲁智深、行者武松、九纹龙史进、病关索杨雄、黑旋风李逵、八臂哪吒项充、飞天大圣李衮、丧门神鲍旭、锦豹子杨林、病大虫薛永。门前众庄客,那里迎敌得住?里面燕青、解珍、解宝早提出陈将士父子首级来。庄门外又早一彪人马官军到来,为首六员将佐。那六员:美髯公朱仝、急先锋索超、没羽箭张清、混世魔王樊瑞、打虎将李忠、小霸王周通。当下六员首将,引一千军马,围住庄院,把陈将士一家老幼,尽皆杀了。拿住庄客,引去浦里看时,傍庄傍港,泊着三四百只船,却满满装载粮米在内。众将得了数目,飞报主将宋江。

宋江听得杀了陈将士,便与吴用计议进兵。收拾行李,辞了总督张招讨,部领大队人马,亲到陈将士庄上,分拨前队将校,上船行计,一面使人催趱战船过去。吴用道:"选三百只快船,船上各插着方腊降来的旗号。着一千军汉,各穿了号衣,其余三四千人,衣服不等。"三百只船内,埋伏二万余人,更差穆弘扮做陈益,李俊扮做陈泰,各坐一只大船,其余船分拨将佐。

第一拨船上,穆弘、李俊管领。穆弘身边,拨与十个偏将簇拥着。那十个:

项充　　李衮　　鲍旭　　薛永　　杨林

杜迁　　宋万　　邹渊　　邹润　　石勇

李俊身边,也拨与十个偏将簇拥着。那十个:

童威　　童猛　　孔明　　孔亮　　郑天寿

李立　　李云　　施恩　　白胜　　陶宗旺

第二拨船上,差张横、张顺管领。张横船上,拨与四个偏将簇拥着。那四个:

曹正　　杜兴　　龚旺　　丁得孙

张顺船上,拨与四个偏将簇拥着。那四个:

孟康　　侯健　　汤隆　　焦挺

第三拨船上便差十员正将管领,也分作两船进发。那十个:

史进　　雷横　　杨雄　　刘唐　　蔡庆

张清　　李逵　　解珍　　解宝　　柴进

这三百船上,分派大小正偏将佐,共计四十二员渡江,次后宋江等,却把战船装载马匹,游龙飞鲸等船一千只,打着"宋朝先锋使宋江"旗号,大小马步将佐,一发载船渡江。两个水军头领,一个是阮小二,一个是阮小五,总行催督。

且不说宋江中军渡江,却说润州北固山上,哨见对港三百来只战船,一齐出浦,船上却插着"护送衣粮先锋"红旗号,南军连忙报入行省里来。吕枢密聚集十二个统制官,都全副披挂,弓弩上弦,刀剑出鞘,带领精兵,自来江边观看。见前面一百只船,先傍岸拢来。船上望着两个为头的,前后簇拥着的,都披着金锁子号衣,一个个都是那彪形大汉。吕枢密下马,坐在银交椅上,十二个统制官两行把住江岸。穆弘、李俊见吕枢密在江岸上坐地,起身声喏。左右虞候喝令住船,一百只船,一字儿抛定了锚。背后那二百只船,乘着顺风,都到了。分开在两下拢来,一百只在左,一百只在右,做三下均匀摆定了。

客帐司下船来问道:"船从那里来?"穆弘答道:"小人姓陈名益,兄弟陈泰,父亲陈观,特遣某等弟兄,献纳白米五万石、船三百只、精兵五千,来谢枢密恩相保奏之恩。"客帐司道:"前日枢密相公,使叶虞候去来,现在何处?"穆弘道:"虞候和吴成各染伤寒时疫,现在庄上养病,不能前来。今将关防文书,在此呈上。"

客帐司接了文书,上江岸来禀复吕枢密道:"扬州定浦村陈府尹男陈益、陈泰,纳粮献兵,呈上原赍去关防文书在此。"吕枢密看,果是原领公文,传钧旨,教唤二人上岸。客帐司唤陈益、陈泰上来参见。

穆弘、李俊上得岸来,随后二十个偏将,都跟上去。排军喝道:"卿相在此,闲杂人不得近前!"二十个偏将都立住了。穆弘、李俊躬身叉手,远远侍立。客帐司半晌方才引一人过去参拜了,跪在面前。吕枢密道:"你父亲陈观,如何不自来?"穆弘禀道:"父亲听知是梁山泊宋江等领兵到来,诚恐贼人下乡扰搅,在家支吾,未敢擅离。"吕枢密道:"你两个那个是兄?"穆弘道:"陈益是兄。"吕枢密道:"你弟兄两个,曾习武艺么?"穆弘道:"托赖恩相福荫,颇曾训练。"吕枢密道:"你将来白粮,怎地装载?"穆弘道:"大船装粮三百石,小船装粮二百石。"吕枢密道:"你两个来到,恐有他意!"穆弘道:"小人父子,一片孝顺之心,怎敢怀半点外意?"吕枢密道:"虽然是你好心,吾观你船上军汉模样非常,不由人不疑。你两个只在这里,吾差四个统制官,引一百军人下船搜看,但有分外之物,决不轻恕。"穆弘道:"小人此来，指望恩相重用，何必见疑！”

吕师囊正欲点四个统制下船搜看，只见探马报道：“有圣旨到南门外了，请枢相便上马迎接。”吕枢密急上了马，便吩咐道：“且与我把住江岸，这两个陈益、陈泰随将我来。”穆弘把眼看李俊一觉。等吕枢密先行去了，穆弘、李俊随后招呼二十个偏将，便入城门。守门将校喝道：“枢密相公只叫这两个为头的人来。其余人伴，休放进去！”穆弘、李俊过去了，二十个偏将都被挡住在城边。

且说吕枢密到南门外，接着天使，便问道：“缘何来得如此要急？”那天使是方腊面前引进使冯喜，悄悄地对吕师囊道：“近日司天太监浦文英奏道：‘夜观天象，有无数罡星入吴地分野，中间杂有一半无光，就里为祸不小。’天子特降圣旨，教枢密紧守江岸。但有北边来的人，须要仔细盘诘，磨问实情。如是形影奇异者，随即诛杀，勿得停留。”吕枢密听了大惊：“却才这一班人，我十分疑忌，如今却得这话。且请到城中开读。”冯喜同吕枢密都到行省，开读圣旨已了，只见飞马又报：“苏州又有使命，赍擎御弟三大王令旨到来。”言说：“你前日扬州陈将士投降一节，未可准信，诚恐有诈。近奉圣旨，近来司天监内，照见罡星入于吴地分野，可以牢守江岸。我早晚自差人到来监督。”吕枢密道：“大王亦为此事挂心，下官已奉圣旨。”随即令人牢守江面，来的船上人，一个也休放上岸，一面设宴管待两个使命①。

却说那三百只船上人，见半日没些动静。左边一百只船上张横、张顺，带八个偏将，提军器上岸；右边一百只船上十员正将，都拿了枪刀，钻上岸来；守江面南军，拦当不住。黑旋风李逵和解珍、解宝，便抢入城；守门官军急出拦截，李逵抡起双斧，一砍一剁，早杀翻两个把门官军。城边发起喊来，解珍、解宝各挺钢叉入城，都一时发作，那里关得城门迭？李逵横身在门底下，寻人砍杀，先至城边二十个偏将，各夺了军器，就杀起来。

吕枢密急使人传令来，教牢守江面时，城门边已自杀入城了。十二个统制官，听得城边发喊，各提动军马时，史进、柴进早招起三百只船内军兵，脱了南军的号衣，为首先上岸，船舱里埋伏军兵，一齐都杀上岸来。为首统制官沈刚、潘文得两路军马来保城门时，沈刚被史进一刀剁下马去，

---

① 使命——使者。

潘文得被张横刺斜里一枪搠倒。众军混杀,那十个统制官,都望城子里退入去,保守家眷。

穆弘、李俊在城中听得消息,就酒店里夺得火种,便放起火来。吕枢密急上马时,早得三个统制官到来救应。城里降天也似火起。瓜洲望见,先发一彪军马,过来接应。城里四门,混战良久,城上早竖起宋先锋旗号。四面八方,混杀人马,难以尽说,下来便见。

且说江北岸,早有一百五十只战船傍岸,一齐牵上战马,为首十员战将登岸,都是全付披挂。那十员大将:关胜、呼延灼、花荣、秦明、郝思文、宣赞、单廷珪、韩滔、彭玘、魏定国。正偏战将一十员,部领二千军马,冲杀入城。此时吕枢密方才大败,引着中伤人马,径奔丹徒县去了。

大军夺得润州,且教救灭了火,分拨把住四门,却来江边,迎接宋先锋船,正见江面上游龙飞鲸船只,乘着顺风,都到南岸。大小将佐迎接宋先锋入城,预先出榜,安抚百姓,点本部将佐,都到中军请功。史进献沈刚首级,张横献潘文得首级,刘唐献沈泽首级,孔明、孔亮生擒卓万里,项充、李衮生擒和潼,郝思文箭射死徐统。得了润州,杀了四个统制官,生擒两个统制官,杀死牙将官兵,不计其数。

宋江点本部将佐,折了三个偏将,都是乱军中被箭射死,马踏身亡。那三个:一个是云里金刚宋万,一个是没面目焦挺,一个是九尾龟陶宗旺。宋江见折了三将,心中烦恼,怏怏不乐。吴用劝道:“生死人之分定。虽折了三个兄弟,且喜得了江南第一个险隘州郡,何故烦恼,有伤玉体?要与国家干功,且请理论大事。”宋江道:“我等一百八人,天文所载,上应星曜。当初梁山泊发愿,五台山设誓,但愿同生同死。回京之后,谁想道先去了公孙胜,御前留了金大坚、皇甫端,蔡太师又用了萧让,王都尉又要了乐和。今日方渡江,又折了我三个弟兄。想起宋万这人,虽然不曾立得奇功,当初梁山泊开创之时,多亏此人。今日作泉下之客!”宋江传令,叫军士就宋万死处,搭起祭仪,列了银钱,排下乌猪白羊,宋江亲自祭祀奠酒。就押生擒到伪统制卓万里、和潼,就那里斩首沥血,享祭三位英魂。宋江回府治里,支给功赏,一面写了申状,使人报捷,亲请张招讨,不在话下。沿街杀的死尸,尽教收拾出城烧化,收拾三个偏将尸骸,葬于润州东门外。

且说吕枢密折了大半人马,引着六个统制官,退守丹徒县,那里敢再进兵。申将告急文书,去苏州报与三大王方貌求救。闻有探马报来,苏州差元帅邢政领军到来了。吕枢密接见邢元帅,问慰了,来到县治,备说陈将士诈降缘由,以致透漏宋江军马渡江。“今得元帅到此,可同恢复润州。”邢政道:“三大王为知罡星犯吴地,特差下官领军到来,巡守江面。不想枢密失利,下官与你报仇,枢密当以助战。”次日,邢政引军来恢夺润州。

却说宋江在润州衙内与吴用商议,差童威、童猛引百余人,去焦山寻取石秀、阮小七,一面调兵出城,来取丹徒县。点五千军马,为首差十员正将。那十人:关胜、林冲、秦明、呼延灼、董平、花荣、徐宁、朱仝、索超、杨志。当下十员正将,部领精兵五千,离了润州,望丹徒县来。

关胜等正行之次,路上正迎着邢政军马。两军相对,各把弓箭射住阵脚,排成阵势。南军阵上,邢政挺枪出马,六个统制官,分在两下。宋军阵中关胜见了,纵马舞青龙偃月刀来战邢政。两员将斗到十四五合,一将翻身落马。正是:瓦罐不离井上破,将军必在阵前亡。毕竟二将厮杀,输了的是谁,且听下回分解。

第一百十二回

卢俊义分兵宣州道　宋公明大战毗陵郡

话说元帅邢政和关胜交马,战不到十四五合,被关胜手起一刀,砍于马下。呼延灼见砍了邢政,大驱人马,卷杀将去,六个统制官望南而走。吕枢密见本部军兵大败亏输,弃了丹徒县,领了伤残军马,望常州府而走。宋兵十员大将,夺了县治,报捷与宋先锋知道,部领大队军兵,前进丹徒县驻扎,赏劳三军,飞报张招讨,移兵镇守润州。次日,中军从、耿二参谋赍送赏赐到丹徒县,宋江祗受,给赐众将。

宋江请卢俊义计议调兵征进,宋江道:“目今宣、湖二州,亦是贼寇方腊占据。我今与你分兵拨将,作两路征剿,写下两个阄子,对天拈取。若拈得所征地方,便引兵去。”当下宋江阄得常、苏二处,卢俊义阄得宣、湖二处,宋江便叫铁面孔目裴宣把众将均分。除杨志患病不能征进,寄留丹徒外,其余将校拨开两路。宋先锋分领将佐攻打常、苏二处,正偏将共计四十二人,正将一十三员,偏将二十九员:

正将先锋使呼保义宋江　　军师智多星吴用
扑天雕李应　　大刀关胜
小李广花荣　　霹雳火秦明
金枪手徐宁　　美髯公朱仝
花和尚鲁智深　　行者武松
九纹龙史进　　黑旋风李逵
神行太保戴宗

偏将镇三山黄信　　病尉迟孙立
井木犴郝思文　　丑郡马宣赞
百胜将韩滔　　天目将彭玘
混世魔王樊瑞　　铁笛仙马麟
锦毛虎燕顺　　八臂哪吒项充
飞天大圣李衮　　丧门神鲍旭
矮脚虎王英　　一丈青扈三娘
锦豹子杨林　　金眼彪施恩
鬼脸儿杜兴　　毛头星孔明
独火星孔亮　　轰天雷凌振
铁臂膊蔡福　　一枝花蔡庆
金毛犬段景住　　通臂猿侯健
神算子蒋敬　　神医安道全
险道神郁保四　　铁扇子宋清
铁面孔目裴宣

大小正偏将佐四十二员，随行精兵三万人马，宋先锋总领。

副先锋卢俊义亦分将佐攻打宣、湖二处，正偏将佐共四十七员，正将一十五员，偏将三十二员，朱武偏将之首，受军师之职。

正将副先锋玉麒麟卢俊义　军师神机朱武
小旋风柴进　　豹子头林冲
双枪将董平　　双鞭呼延灼
急先锋索超　　没遮拦穆弘
病关索杨雄　　插翅虎雷横
两头蛇解珍　　双尾蝎解宝

没羽箭张清　　赤发鬼刘唐
浪子燕青
偏将圣水将单廷珪　　神火将魏定国
小温侯吕方　　赛仁贵郭盛
摩云金翅欧鹏　　火眼狻猊邓飞
打虎将李忠　　小霸王周通
跳涧虎陈达　　白花蛇杨春
病大虫薛永　　摸着天杜迁
小遮拦穆春　　出林龙邹渊
独角龙邹润　　催命判官李立
青眼虎李云　　石将军石勇
旱地忽律朱贵　　笑面虎朱富
小尉迟孙新　　母大虫顾大嫂
菜园子张青　　母夜叉孙二娘
白面郎君郑天寿　　金钱豹子汤隆
操刀鬼曹正　　白日鼠白胜
花项虎龚旺　　中箭虎丁得孙
活闪婆王定六　　鼓上蚤时迁

大小正偏将佐四十七员，随征精兵三万人马，卢俊义管领。

看官牢记话头，卢先锋攻打宣、湖二州，共是四十七人；宋公明攻打常、苏二处，共是四十二人。计有水军首领，自是一伙，为因童威、童猛差去焦山，寻见了石秀、阮小七，回报道："石秀、阮小七来到江边，杀了一家老小，夺得一只快船，前到焦山寺内。寺主知道是梁山泊好汉，留在寺中宿食。后知张顺干了功劳，打听得焦山下船，取茆港，好去攻伐江阴、太仓，沿海州县，使人申将文书来，索请水军头领，并要战具船只。"宋江即差李俊等八员，拨与水军五千，跟随石秀、阮小七等，共取水路，计正偏将一十员。那十员，正将七员，偏将三员：

拼命三郎石秀　　混江龙李俊
船火儿张横　　浪里白跳张顺
立地太岁阮小二　　短命二郎阮小五
活阎罗阮小七　　出洞蛟童威

翻江蜃童猛　　　　玉旛竿孟康

大小正偏将佐一十员，水军清兵五千，战船一百只。

看官听说，宋江自丹徒分兵，共是九十九人，已自不满百数。大战船都拨与水军头领攻打江阴、太仓，小战船却俱入丹徒，都在里港，随军攻打常州。

话说吕师囊引了六个统制官，退保常州毗陵郡。这常州原有守城统制官钱振鹏，手下两员副将：一个是晋陵县上濠人氏，姓金名节，一个是钱振鹏心腹之人许定。钱振鹏原是清溪县都头出身，协助方腊，累得城池，升做常州制置使。听得吕枢密失利，折了润州，一路退回常州，随即引金节、许定，开门迎接，请入州治，管待已了，商议迎战之策。钱振鹏道："枢相放心。钱某不才，愿施犬马之劳，直杀的宋江那厮们大败过江，恢复润州，方遂吾愿！"吕枢密抚慰道："若得制置如此用心，何虑国家不安？成功之后，吕某当极力保奏，高迁重爵。"当日筵宴，不在话下。

且说宋先锋领起分定人马，攻打常、苏二州，拨马军长驱大进，望毗陵郡来。为头正将一员关胜，部领十员将佐。那十人：秦明、徐宁、黄信、孙立、郝思文、宣赞、韩滔、彭玘、马麟、燕顺；正偏将佐共计十一员，引马军三千，直取常州城下，摇旗擂鼓搦战。吕枢密看了道："谁敢去退敌军？"钱振鹏备了战马道："钱某当以效力向前。"吕枢密随即拨六个统制官相助。六个是谁：应明、张近仁、赵毅、沈抃、高可立、范畴。七员将带领五千人马，开了城门，放下吊桥。钱振鹏使口泼风刀，骑一匹卷毛赤兔马，当先出城。

关胜见了，把军马暂退一步，让钱振鹏列成阵势，六个统制官分在两下。对阵关胜当先立马横刀，厉声高叫："反贼听着！汝等助一匹夫谋反，损害生灵，人神共怒！今日天兵临境，尚不知死，敢来与我拒敌！我等不把你这贼徒诛尽杀绝，誓不回兵！"钱振鹏听了大怒，骂道："量你等一伙，是梁山泊草寇，不知天时，却不思图王霸业，倒去降无道昏君，要来和俺大国相并。我今直杀的你片甲不回才罢！"关胜大怒，舞起青龙偃月刀，直冲将来。钱振鹏使动泼风刀，迎杀将去。

两员将厮杀，斗了三十合之上，钱振鹏渐渐力怯，抵当不住。南军门旗下，两个统制官看见钱振鹏力怯，挺两条枪，一齐出马，前去夹攻。关胜上首赵毅，下首范畴。宋军门旗下，恼犯了两员偏将，一个舞动丧门剑，一个使起虎眼鞭，抢出马来，乃是镇三山黄信、病尉迟孙立。六员将，三对儿在阵前厮杀。吕枢密急使许定、金节出城助战。两将得令,各持兵器,都上马直到阵前,见赵毅战黄信,范畴战孙立,却也都是对手。斗到间深里,赵毅、范畴渐折便宜。许定、金节各使一口大刀出阵。宋军阵中韩滔、彭玘二将,双出来迎。金节战住韩滔,许定战住彭玘,四将又斗,五对儿在阵前厮杀。

原来金节素有归降大宋之心,故意要本队阵乱,略斗数合,拨回马望本阵先走,韩滔乘势追将去。南军阵上高可立,看见金节被韩滔追赶得紧急,取雕弓,搭上硬箭,满满地拽开,飕的一箭,把韩滔面颊上射着,倒撞下马来。这里秦明急把马一拍,抡起狼牙棍前来救时,早被那里张近仁抢出来,咽喉上复一枪,结果了性命。彭玘和韩滔是一正一副的兄弟,见他身死,急要报仇,撇了许定,直奔阵上,去寻高可立。许定赶来,却得秦明占住厮杀。高可立看见彭玘赶来,挺枪便迎。不提防张近仁从肋窝里撞将出来,把彭玘一枪搠下马去。

关胜见损了二将,心中忿怒,恨不得杀进常州,使转神威,把钱振鹏一刀,也剁于马下。待要抢他那骑赤兔卷毛马,不提防自己坐下赤兔马,一脚前失,倒把关胜掀下马来,南阵上高可立、张近仁两骑马便来抢关胜,却得徐宁引宣赞、郝思文二将齐出,救得关胜回归本阵。吕枢密大驱人马,卷杀出城,关胜众将失利,望北退走,南兵追赶二十余里。

此日关胜折了些人马,引军回见宋江,诉说折了韩滔、彭玘。宋江大哭道:“谁想渡江已来,损折我五个兄弟。莫非皇天有怒,不容宋江收捕方腊,以致损兵折将?”吴用劝道:“主帅差矣!输赢胜败,兵家常事,不足为怪。此是两个将军禄绝之日,以致如此。请先锋免忧,且理大事。”只见帐前转过李逵便说道:“着几个认得杀俺兄弟的人,引我去杀那贼徒,替我两个哥哥报仇!”宋江传令,教来日打起一面白旗,“我亲自引众将,直至城边,与贼交锋,决个胜负。”次日,宋公明领起大队人马,水陆并进,船骑相迎,拔寨都起。黑旋风李逵引着鲍旭、项充、李衮,带领五百悍勇步军,先来出哨,直到常州城下。

吕枢密见折了钱振鹏,心下甚忧,连发了三道飞报文书,去苏州三大王方貌处求救,一面写表申奏朝廷。又听得报道:“城下有五百步军打城,认旗上写道为首的是黑旋风李逵。”吕枢密道:“这厮是梁山泊第一个凶徒,惯杀人的好汉,谁敢与我先去拿他?”帐前转过两个得胜获功的统制官高可立、张近仁。吕枢密道："你两个若拿得这个贼人，我当一力保奏，加官重赏。"张、高二统制，各绰了枪上马，带领一千马步兵，出城迎敌。

黑旋风李逵见了，便把五百步军一字儿摆开，手搭两把板斧，立在阵前；丧门神鲍旭仗着一口大阔板刀，随于侧首；项充、李衮两个，各人手挽着蛮牌，右手拿着铁标，四个人各披前后掩心铁甲，列于阵前。高、张二统制正是得胜狸猫强似虎，及时鸦鹊便欺雕，统着一千军马，靠城排开。宋军内有几个探子，却认得高可立、张近仁两个，是杀韩滔、彭玘的，便指与黑旋风道："这两个领军的，便是杀俺韩、彭二将军的！"李逵听了这说，也不打话，拿起两把板斧，直抢过对阵去。鲍旭见李逵杀过对阵，急呼项充、李衮舞起蛮牌，便去策应。四个齐发一声喊，滚过对阵。

高可立、张近仁吃了一惊，措手不及，急待回马，那两个蛮牌，早滚到马颔下，高可立、张近仁在马上把枪望下搠时，项充、李衮把牌迎住。李逵斧起，早砍翻高可立马脚，高可立攧下马来。项充叫道"留下活的"时，李逵是个好杀人的汉子，那里忍耐得住，早一斧砍下头来。鲍旭从马上揪下张近仁，一刀也割了头。四个在阵里乱杀。黑旋风把高可立的头缚在腰里，抡起两把板斧，不问天地，横身在里面砍杀，杀得一千马步军，退入城去，也杀了三四百人，直赶到吊桥边。李逵和鲍旭两个，便要杀入城去，项充、李衮死当回来。城上擂木炮石，早打下来。四个回到阵前，五百军兵依原一字摆开，那里敢轻动？本是也要来混战，怕黑旋风不分皂白，见的便砍，因此不敢近前。

尘头起处，宋先锋军马已到，李逵、鲍旭各献首级，众将认的是高可立、张近仁的头，都吃了一惊道："如何获得仇人首级？"两个说："杀了许多人众，本待要捉活的来，一时手痒，忍耐不住，就便杀了。"宋江道："既有仇人首级，可于白旗下，望空祭祀韩、彭二将。"宋江又哭了一场，放倒白旗，赏了李逵、鲍旭、项充、李衮四人，便进兵到常州城下。

且说吕枢密在城中心慌，便与金节、许定，并四个统制官，商议退宋江之策。诸将见李逵等杀了这一阵，众人都胆颤心寒，不敢出战。问了数声，如箭穿雁嘴，钩搭鱼腮，默默无言，无人敢应。吕枢密心内纳闷，教人上城看时，宋江军马，三面围住常州，尽在城下擂鼓摇旗，呐喊搦战。吕枢密叫众将，且各上城守护。众将退去，吕枢密自在后堂寻思，无计可施，唤集亲随左右心腹人商量，自欲弃城逃走，不在话下。

且说守将金节回到自己家中，与其妻秦玉兰说道："如今宋先锋围住城池，三面攻击。我等城中粮食缺少，不经久困。倘或打破城池，我等那时，皆为刀下之鬼。"秦玉兰答道："你素有忠孝之心，归降之意，更兼原是宋朝旧官，朝廷不曾有甚负汝，不若去邪归正，擒捉吕师囊，献与宋先锋，便是进身之计。"金节道："他手下现有四个统制官，各有军马。许定这厮，又与我不睦，与吕师囊又是心腹之人。我恐事未必谐，反惹其祸。"其妻道："你只密密地賫夜修一封书缄，拴在箭上，射出城去，和宋先锋达知，里应外合取城。你来日出战，诈败佯输，引诱入城，便是你的功劳。"金节道："贤妻此言极当，依汝行之。"史官诗曰：

弃暗投明免祸机，毗陵重见负羁妻[①]。
妇人尚且存忠义，何事男儿识见迷。

次日，宋江领兵攻城得紧，吕枢密聚从商议，金节答道："常州城池高广，只宜守，不可敌。众将且坚守，等待苏州救兵来到，方可会合出战。"吕枢密道："此言极是。"分拨众将：应明、赵毅守把东门，沈抃、范畴守把北门，金节守把西门，许定守把南门。调拨已定，各自领兵坚守。

当晚金节写了私书，拴在箭上，待夜深人静，在城上望着西门外探路军人射将下去。那军校拾得箭矢，慌忙报入寨里来。守西寨正将花和尚鲁智深同行者武松两个见了，随即使偏将杜兴赍了，飞报东北门大寨里来。宋江、吴用点着明烛，在帐里议事。杜兴呈上金节的私书，宋江看了大喜，便传令教三寨中知会。

次日，三寨内头领，三面攻城。吕枢密在战楼上，正观见宋江阵里轰天雷凌振，扎起炮架，却放了一个风火炮，直飞起去，正打在敌楼角上，骨碌碌一声响，平塌了半边。吕枢密急走，救得性命下城来，催督四门守将，出城搦战。擂了三通战鼓，大开城门，放下吊桥，北门沈抃、范畴引军出战。宋军中大刀关胜，坐下钱振鹏的卷毛赤兔马，出于阵前，与范畴交战。两个正待相持，西门金节又引出一彪军来搦战。宋江阵上病尉迟孙立出马。两个交战，斗不到三合，金节诈败，拨转马头便走。孙立当先，燕顺、

---

① 负羁妻——春秋时晋国内乱，晋公子重耳出亡，路经曹国，曹君待之不善，曹大夫僖负羁之妻断定重耳定能归国执政，劝丈夫厚待之。后晋文公（重耳）攻占曹国，下令保护僖负羁住宅及同族，以谢前恩。

马麟为次，鲁智深、武松、孔明、孔亮、施恩、杜兴，一发进兵。金节便退入城，孙立已赶入城门边，占住西门。

城中闹起，知道大宋军马，已从西门进城了。那时百姓都被方腊残害不过，怨气冲天，听得宋军入城，尽出来助战。城上早竖起宋先锋旗号，范畴、沈抃见了城中事变，急待奔入城去，保全老小时，左边冲出王矮虎、一丈青，早把范畴捉了。右边冲出宣赞、郝思文两个，一齐向前，把沈抃一枪刺下马去，众军活捉了。宋江、吴用大驱人马入城，四下里搜捉南兵，尽行诛杀。吕枢密引了许定，自投南门而走，死命夺路，众军追赶不上，自回常州听令，论功升赏。赵毅躲在百姓人家，被百姓捉来献出。应明乱军中杀死，获得首级。宋江来到州治，便出榜安抚，百姓扶老携幼，诣州拜谢。宋江抚慰百姓，复为良民。众将各来请功。

金节赴州治拜见宋江，宋江亲自下阶迎接金节，上厅请坐。金节感激无限，复为宋朝良臣，此皆其妻赞成之功，不在话下。宋江叫把范畴、沈抃、赵毅三个，陷车盛了，写道申状，就叫金节亲自解赴润州张招讨中军帐前。金节领了公文，监押三将，前赴润州交割。比及去时，宋江已自先叫神行太保戴宗，赍飞报文书，保举金节到中军了。

张招讨见宋江申复金节如此忠义，后金节到润州，张招讨大喜，赏赐金节金银、锻匹、鞍马、酒礼。有副都督刘光世，就留了金节，升做行军都统，留于军前听用。后来金节跟随刘光世大破金兀术四太子，多立功劳，直做到亲军指挥使，至中山阵亡，这是金节的结果。有诗为证：

从邪廊庙生堪愧，殉义沙场骨也香。

他日中山忠义鬼，何如方腊阵中亡。

当日张招讨、刘都督赏了金节，把三个贼人，碎尸万段，枭首示众。随即使人来常州，犒劳宋先锋军马。

且说宋江在常州屯驻军马，使戴宗去宣州、湖州卢先锋处，飞报调兵消息，一面又有探马报来说，吕枢密逃回在无锡县，又会合苏州救兵，正欲前来迎敌。宋江闻知，便调马军步军，正偏将佐十员头领，拨与军兵一万，望南迎敌。那十员将佐：关胜、秦明、朱仝、李应、鲁智深、武松、李逵、鲍旭、项充、李衮。当下关胜等领起前部军兵人马，与同众将，辞了宋先锋，离城去了。

且说戴宗探听宣、湖二州进兵的消息，与同柴进回见宋江，报说副先锋卢俊义得了宣州,特使柴大官人到来报捷。宋江甚喜。柴进到州治,参拜已了,宋江把了接风酒,同入后堂坐下,动问卢先锋破宣州备细缘由。柴进将出申达文书,与宋江看了,备说打宣州一事。

方腊部下镇守宣州经略使家余庆,手下统制官六员,都是歙州、睦州人氏。那六人:李韶、韩明、杜敬臣、鲁安、潘濬、程胜祖。当日家余庆分调六个统制,做三路出城对阵,卢先锋也分三路军兵迎敌。中间是呼延灼和李韶交战,董平共韩明相持。战到十合,韩明被董平两枪刺死,李韶遁去,中路军马大败。左军是林冲和杜敬臣交战,索超与鲁安相持。林冲蛇矛刺死杜敬臣,索超斧劈死鲁安。右军是张清和潘濬交战,穆弘共程胜祖相持。张清一石子打下潘濬,打虎将李忠赶出去杀了。程胜祖弃马逃回。此日连胜四将,贼兵退入城去。卢先锋急驱众将夺城,赶到门边,不提防贼兵城上,飞下一片磨扇来,打死俺一个偏将。城上箭如雨点一般射下来,那箭矢都有毒药,射中俺两个偏将,比及到寨,俱各身死。卢先锋因见折了三将,连夜攻城。守东门贼将不紧,因此得了宣州,乱军中杀死了李韶,家余庆领了些败残军兵,望湖州去了。智深困于阵上,不知去向。磨扇打死了白面郎君郑天寿;两个中药箭的,是操刀鬼曹正、活闪婆王定六。

宋江听得又折了三个兄弟,大哭一声,蓦然倒地,未知五脏如何,先见四肢不举。正是:花开又被风吹落,月皎那堪云雾遮。毕竟宋江昏晕倒了,性命如何,且听下回分解。

第一百十三回

混江龙太湖小结义　宋公明苏州大会垓

话说当下众将救起宋江,半晌方才苏醒,对吴用等说道:“我们今番必然收伏不得方腊了!自从渡江以来,如此不利,连连损折了我八个弟兄。”吴用劝道:“主帅休说此言,恐懈军心。当初破大辽之时,大小完全回京,皆是天数。今番折了兄弟们,此是各人寿数。眼见得渡江以来,连得了三个大郡:润州、常州、宣州。此乃皆是天子洪福齐天,主将之虎威,如何不利!先锋何故自丧志气?”宋江道:“虽然天数将尽,我想一百八人,上应列宿，又合天文所载，兄弟们如手足之亲。今日听了这般凶信，不由我不伤心。”吴用再劝道：“主将请休烦恼，勿伤贵体。且请理会调兵接应，攻打无锡县。”宋江道：“留下柴大官人与我做伴。别写军帖，使戴院长与我送去，回复卢先锋，着令进兵攻打湖州，早至杭州聚会。”吴用教裴宣写了军帖回复，使戴宗往宣州去了，不在话下。

却说吕师囊引着许定，逃回至无锡县，正迎着苏州三大王发来救应军兵，为头是六军指挥使卫忠，带十数个牙将，引兵一万，来救常州，合兵一处，守住无锡县。吕枢密诉说金节献城一事，卫忠道：“枢密宽心，小将必然再要恢复常州。”只见探马报道：“宋军至近，早作准备。”卫忠便引兵上马，出北门外迎敌，早见宋兵军马势大，为头是黑旋风李逵，引着鲍旭、项充、李衮当先，直杀过来。卫忠力怯，军马不曾摆成行列，大败而走，急退入无锡县时，四个早随马后，赶入县治。吕枢密便奔南门而走。关胜引着兵马，已夺了无锡县；卫忠、许定亦望南门走了，都回苏州去了。关胜等得了县治，便差人飞报宋先锋。宋江与众头领都到无锡县，便出榜安抚了本处百姓，复为良民，引大队军马，都屯住在本县，却使人申请张、刘二总兵镇守常州。

且说吕枢密会同卫忠、许定三个，引了败残军马，奔苏州城来告三大王求救，诉说宋军势大，迎敌不住，兵马席卷而来，以致失陷城池。三大王大怒，喝令武士，推转吕枢密，斩讫报来。卫忠等告说：“宋江部下军将，皆是惯战兵马，多有勇烈好汉了得的人，更兼步卒，都是梁山泊小喽罗，多曾惯斗，因此难敌。”方貌道：“权且寄下你项上一刀，与你五千军马，首先出哨。我自分拨大将，随后便来策应。”吕师囊拜谢了，全身披挂，手执丈八蛇矛，上马引军，首先出城。

却说三大王聚集手下八员战将，名为八骠骑，一个个都是身长力壮，武艺精熟的人。那八员：

飞龙大将军刘赟　　飞虎大将军张威
飞熊大将军徐方　　飞豹大将军郭世广
飞天大将军邬福　　飞云大将军苟正
飞山大将军甄诚　　飞水大将军昌盛

当下三大王方貌，亲自披挂，手持方天画戟，上马出阵，监督中军人马，前来交战。马前摆列着那八员大将，背后整整齐齐有三二十个副将，引五万南兵人马,出阊阖门来,迎敌宋军。前部吕师囊引着卫忠、许定,已过寒山寺了,望无锡县而来。宋江已使人探知,尽引许多正偏将佐,把军马调出无锡县,前进十里余路。两军相遇,旗鼓相望,各列成阵势。

吕师囊忿那口气,跃坐下马,横手中矛,亲自出阵,要与宋江交战。宋江在门旗下见了,回头问道:“谁人敢拿此贼?”说犹未了,金枪手徐宁挺起手中金枪,骤坐下马,出到阵前,便和吕枢密交战。二将交锋,左右助喊,约战了二十余合,吕师囊露出破绽来,被徐宁肋下刺着一枪,搠下马去。两军一齐呐喊。黑旋风李逵手挥双斧,丧门神鲍旭挺仗飞刀,项充、李衮各舞枪牌,杀过阵来,南兵大乱。

宋江驱兵赶杀,正迎着方貌大队人马,两边各把弓箭射住阵脚,各列成阵势。南军阵上,一字摆开八将。方貌在中军听得说杀了吕枢密,心中大怒,便横戟出马来,大骂宋江道:“量你等只是梁山泊一伙打家劫舍的草贼,宋朝合败,封你为先锋,领兵侵入吾地,我今直把你诛尽杀绝,方才罢兵!”宋江在马上指道:“你这厮只是睦州一伙村夫,量你有甚福禄,妄要图王霸业,不如及早投降,免汝一死!天兵到此,尚自巧言抗拒!我若不把你杀尽,誓不回军!”方貌喝道:“且休与你论口,我手下有八员猛将在此,你敢拨八个出来厮杀么?”宋江笑道:“若是我两个并你一个,也不算好汉。你使八个出来,我使八员首将,和你比试本事,便见输赢。但是杀下马的,各自抬回本阵,不许暗箭伤人,亦不许抢掳尸首。如若不见输赢,不得混战,明日再约厮杀。”

方貌听了,便叫八将出来,各执兵器,骤马向前。宋江道:“诸将相让马军出战。”说言未绝,八将齐出,那八人:关胜、花荣、徐宁、秦明、朱仝、黄信、孙立、郝思文。宋江阵内,门旗开处,左右两边,分出八员首将,齐齐骤马,直临阵上。两军中花腔鼓擂,杂彩旗摇,各家放了一个号炮,两军助着喊声,十六骑马齐出,各自寻着敌手,捉对儿厮杀。那十六员将佐,如何见得寻着对手,配合交锋?关胜战刘赟,秦明战张威,花荣战徐方,徐宁战邬福,朱仝战苟正,黄信战郭世广,孙立战甄诚,郝思文战昌盛。真乃是难描难画,但见:

征尘乱起,杀气横生。人人欲作哪吒,个个争为敬德。三十二条臂膊,如织锦穿梭;六十四只马蹄,似追风走雹。队旗错杂,难分赤白青黄;兵器交加,莫辨枪刀剑戟。试看旋转烽烟里,真似元宵走马灯。

这十六员猛将，都是英雄，用心相敌，斗到三十合之上，数中一将，翻身落马，赢得的是谁？美髯公朱仝，一枪把苟正刺下马来。两阵上各自鸣金收军，七对将军分开。两下各回本阵。

三大王方貌，见折了一员大将，寻思不利，引兵退回苏州城内。宋江当日催趱军马，直近寒山寺下寨，升赏朱仝。裴宣写了军状，申复张招讨，不在话下。

且说三大王方貌退兵入城，坚守不出，分调诸将，守把各门，深栽鹿角，城上列着踏弩硬弓，擂木炮石，窝铺内熔煎金汁，女墙边堆垛灰瓶，准备牢守城池。

次日，宋江见南兵不出，引了花荣、徐宁、黄信、孙立，带领三千余骑马军，前来看城。见苏州城郭，一周遭都是水港环绕，墙垣坚固，想道："急不能够打得城破。"回到寨中，和吴用计议攻城之策。有人报道："水军头领正将李俊，从江阴来见主将。"宋江教请入帐中。见了李俊，宋江便问沿海消息。李俊答道："自从拨领水军，一同石秀等杀至江阴、太仓沿海等处，守将严勇、副将李玉部领水军船只，出战交锋。严勇在船上被阮小二一枪搠下水去，李玉已被乱箭射死，因此得了江阴、太仓。即目石秀、张横、张顺去取嘉定，三阮去取常熟，小弟特来报捷。"宋江见说大喜，赏赐了李俊，着令自往常州，去见张、刘二招讨，投下申状。

且说这李俊径投常州来，见了张招讨、刘都督，备说收复了江阴、太仓海岛去处，杀了贼将严勇、李玉。张招讨给与了赏赐，令回宋先锋处听调。李俊回到寒山寺寨中，来见宋先锋。宋江因见苏州城外，水面空阔，必用水军船只厮杀，因此就留下李俊，教整点船只，准备行事。李俊说道："容俊去看水面阔狭，如何用兵，却作道理。"宋江道："是。"

李俊去了两日，回来说道："此城正南上相近太湖，兄弟欲得备舟一只，投宜兴小港，私入太湖里去，出吴江，探听南边消息，然后可以进兵，四面夹攻，方可得破。"宋江道："贤弟此言极当！只是没有副手与你同去。"随即便拨李大官人带同孔明、孔亮、施恩、杜兴四个，去江阴、太仓、昆山、常熟、嘉定等处，协助水军，收复沿海县治，便可替回童威、童猛，来帮助李俊行事。李应领了军帖，辞别宋江，引四员偏将，投江阴去了。不过两日，童威、童猛回来，参见宋先锋。宋江抚慰了，就叫随从李俊，乘驾小船，前去探听南边消息。

且说李俊带了童威、童猛，驾起一叶扁舟，两个水手摇橹，五个人径奔宜兴小港里去，盘旋直入太湖中来。看那太湖时，果然水天空阔，万顷一碧。但见：

天连远水，水接遥天。高低水影无尘，上下天光一色。双双野鹭飞来，点破碧琉璃；两两轻鸥惊起，冲开青翡翠。春光淡荡，溶溶波皱鱼鳞；夏雨滂沱，滚滚浪翻银屋。秋蟾皎洁，金蛇游走波澜；冬雪纷飞，玉蝶弥漫天地。混沌凿开元气窟，[①] 冯夷[②] 独占水晶宫。

有诗为证：

溶溶漾漾白鸥飞，绿净春深好染衣。
南去北来人自老，夕阳常送钓船归。

当下李俊和童威、童猛并两个水手，驾着一叶小船，径奔太湖，渐近吴江，远远望见一派渔船，约有四五十只。李俊道："我等只做买鱼，去那里打听一遭。"五个人一径摇到那打鱼船边，李俊问道："渔翁，有大鲤鱼吗？"渔人道："你们要大鲤鱼，随我家里去卖与你。"李俊摇着船，跟那几只鱼船去。没多时，渐渐到一个处所。看时，团团一遭，都是驼腰柳树，篱落中有二十余家。那渔人先把船来缆了，随即引李俊、童威、童猛三人上岸，到一个庄院里。一脚入得庄门，那人嗽了一声，两边钻出七八条大汉，都拿着挠钩，把李俊三人一齐搭住，径捉入庄里去，不问事情，便把三人都绑在桩木上。

李俊把眼看时，只见草厅上坐着四个好汉。为头那个赤须黄发，穿着领青绸衲袄；第二个瘦长短髯，穿着一领黑绿盘领木绵衫；第三个黑面长须；第四个骨脸阔腮扇圈胡须。两个都一般穿着领青衲袄子，头上各带黑毡笠儿，身边都倚着军器。为头那个喝问李俊道："你等这厮们，都是那里人氏？来我这湖泊里做甚么？"李俊应道："俺是扬州人，来这里做客，特来买鱼。"那第四个骨脸的道："哥哥休问他，眼见得是细作了。只顾与我取他心肝来吃酒。"李俊听得这话，寻思道："我在浔阳江上，做了许多年私商，梁山泊内又妆了几年的好汉，却不想今日结果性命在这里！罢，罢，

---

① 混沌句——古人认为开天辟地前的状态是"元气未分，混沌为一"。凿开混沌，气分阴阳，阴为地，阳为天。窟即洞穴，这里指太湖。

② 冯夷——传说中的水神。

罢!”叹了口气,看着童威、童猛道:“今日是我连累了兄弟两个,做鬼也只是一处去!”童威、童猛道:“哥哥休说这话,我们便死也够了。只是死在这里,埋没了兄长大名。”三面厮觑着,腆起胸脯受死。那四个好汉,却看了他们三个说了一回,互相厮觑道:“这个为头的人,必不是以下之人。”那为头的好汉又问道:“你三个正是何等样人?可通个姓名,教我们知道。”李俊又应道:“你们要杀便杀。我等姓名,至死也不说与你,枉惹的好汉们耻笑!”

那为头的见说了这话,便跳起来,把刀都割断了绳索,放起这三个人来。四个渔人,都扶他至屋内请坐。为头那个纳头便拜,说道:“我等做了一世强人,不曾见你这般好义气人物!好汉,三位老兄正是何处人氏?愿闻大名姓字。”李俊道:“眼见得你四位大哥,必是个好汉了。便说与你,随你们拿我三个那里去。我三个是梁山泊宋公明手下副将。我是混江龙李俊。这两个兄弟:一个是出洞蛟童威,一个是翻江蜃童猛。今来受了朝廷招安,新破辽国,班师回京,又奉敕命,来收方腊。你若是方腊手下人员,便解我三人去请赏,休想我们挣扎!”

那四个听罢,纳头便拜,齐齐跪道:“有眼不识泰山,却才甚是冒渎,休怪!休怪!俺四个兄弟,非是方腊手下,原旧都在绿林丛中讨衣吃饭。今来寻得这个去处,地名唤做榆柳庄,四下里都是深港,非船莫能进。俺四个只着打鱼的做眼,太湖里面寻些衣食。近来一冬,都学得些水势,因此无人敢来侵傍。俺们也久闻你梁山泊宋公明招集天下好汉,并兄长大名,亦闻有个浪里白跳张顺,不想今日得遇哥哥!”

李俊道:“张顺是我弟兄,亦做同班水军头领,现在江阴地面,收捕贼人。改日同他来,却和你们相会。愿求你等四位大名。”为头那一个道:“小弟们因在绿林丛中走,都有异名,哥哥勿笑!小弟是赤须龙费保,一个是卷毛虎倪云,一个是太湖蛟卜青,一个是瘦脸熊狄成。”李俊听说了四个姓名,大喜道:“列位从此不必相疑,喜得是一家人!俺哥哥宋公明现做收方腊正先锋,即目要取苏州,不得次第[①],特差我三个人来探路。今既得遇你四位好汉,可随我去见俺先锋,都保你们做官,待收了方腊,朝廷升用。”费保道:“容复:若是我四个要做官时,方腊手下,也得个统制做了多

① 次第——原意为次序。这里引申为眉目,要领,指攻取苏州的方略,路径。

时。所以不愿为官,只求快活。若是哥哥要我四人帮助时,水里水里去,火里火里去;若说保我做官时,其实不要。”李俊道:“既是恁地,我等只就这里结义为兄弟如何?”四个好汉见说大喜,便叫宰了一口猪,一羫[①] 羊,致酒设席,结拜李俊为兄。李俊叫童威、童猛都结义了。

七个人在榆柳庄上商议,说宋公明要取苏州一事,“方貌又不肯出战,城池四面是水,无路可攻,舟船港狭,难以准敌,似此怎得城子破?”费保道:“哥哥且宽心住两日。杭州不时间有方腊手下人来苏州公干,可以乘势智取城郭。小弟使几个打鱼的去缉听,若还有人来时,便定计策。”李俊道:“此言极妙!”费保便唤几个渔人,先行去了,自同李俊每日在庄上饮酒。

在那里住了两三日,只见打鱼的回来报道:“平望镇上,有十数只递运船只,船尾上都插着黄旗,旗上写着‘承造王府衣甲’,眼见的是杭州解来的。每只船上,只有五七人。”李俊道:“既有这个机会,万望兄弟们助力。”费保道:“只今便往。”李俊道:“但若是那船上走了一个,其计不谐了。”费保道:“哥哥放心,都在兄弟身上。”随即聚集六七十只打鱼小船。七筹好汉,各坐一只,其余都是渔人,各藏了暗器,尽从小港透入大江,四散接将去。当夜星月满天,那十只官船,都湾在江东龙王庙前。费保船先到,忽起一声号哨,六七十只鱼船,一齐拢来,各自帮住大船。那官船里人急钻出来,早被挠钩搭住,三个五个,做一串儿缚了。及至跳得下水的,都被挠钩搭上船来。尽把小船带住官船,都移入太湖深处;直到榆柳庄时,已是四更天气。闲杂之人,都缚做一串,把大石头坠定,抛在太湖里淹死。捉得两个为头的来问时,原来是守把杭州方腊大太子南安王方天定手下库官,特奉令旨,押送新造完铁甲三千副,解赴苏州三大王方貌处交割。李俊问了姓名,要了一应关防文书,也把两个库官杀了。李俊道:“须是我亲自去和哥哥商议,方可行此一件事。”费保道:“我着人把船渡哥哥,从小港里到军前觉近便。”就叫两个渔人,摇一只快船送出去。李俊吩咐童威、童猛,并费保等,且教把衣甲船只,悄悄藏在庄后港内,休得吃人知觉了。费保道:“无事。”自来打并船只。

却说李俊和两个渔人,驾起一叶快船,径取小港,棹到军前寒山寺上

① 羫(qiāng)——原义为羊肋、羊骨,这里用作羊的量词,一头,一只。

岸。来至寨中，见了宋先锋，备说前事。吴用听了大喜道："若是如此，苏州唾手可得！便请主将传令，就差李逵、鲍旭、项充、李衮，带领冲阵牌手二百人，跟随李俊回太湖庄上，与费保等四位好汉，如此行计，约在第二日进发。"李俊领了军令，带同一行人，直到太湖边来。三个先过湖去，却把船只接取李逵等一干人，都到榆柳庄上。李俊引着李逵、鲍旭、项充、李衮四个，和费保等相见了。费保看见李逵这般相貌，都皆骇然。邀取二百余人，在庄上置备酒食相待。

到第三日，众人商议定了。费保扮做解衣甲正库官，倪云扮做副使，都穿了南官的号衣，将带了一应关防文书，众渔人都装做官船上艄公水手，却藏黑旋风等二百余人将校在船舱里；卜青、狄成押着后船，都带了放火的器械。却欲要行动，只见渔人又来报道："湖面上有一只船，在那里摇来摇去。"李俊道："又来作怪！"急急自去看时，船头上立着两个人，看来却是神行太保戴宗和轰天雷凌振。李俊嘲了一声号哨，那只船飞也似奔来庄上，到得岸边，上岸来，都相见了。李俊问："二位何来？甚事见报？"戴宗道："哥哥急使李逵来了，正忘却一件大事，特地差我与凌振赍一百号炮在船里，湖面上寻赶不上，这里又不敢拢来傍岸，教兄弟明早卯时进城，到得里面，便放这一百个火炮为号。"李俊道："最好！"便就船里，搬过炮笼炮架来，都藏埋衣甲船内。费保等闻知是戴宗，又置酒设席管待。凌振带来十个炮手，都埋伏摆在第三只船内。

当夜四更，离庄望苏州来，五更已后，到得城下。守门军士，在城上望见南国旗号，慌忙报知管门大将，却是飞豹大将军郭世广，亲自上城来问了小校备细，接取关防文书，吊上城来看了。郭世广使人赍至三大王府里，辨看了来文，又差人来监视，却才教放入城门。郭世广直在水门边坐地，再叫人下船看时，满满地堆着铁甲号衣，因此一只只都放入城去。放过十只船了，便关水门。三大王差来的监视官员，引着五百军，在岸上跟定，便着湾住了船。李逵、鲍旭、项充、李衮，从船舱里钻出来。监视官见了四个人，形容粗丑，急待问是甚人时，项充、李衮早舞起团牌，飞出一把刀来，把监视官剁下马去。那五百军欲待上船，被李逵掣起双斧，早跳在岸上，一连砍翻十数个，那五百军人都走了。船里众好汉，并牌手二百余人，一齐上岸，便放起火来。凌振就岸边撒开炮架，搬出号炮，连放了十数个。那炮震得城楼也动，四下里打将入去。

三大王方貌正在府中计议，听的火炮接连响，惊得魂不附体。各门守将，听得城中炮响不绝，各引兵奔城中来。各门飞报，南军都被冷箭射死，宋军已上城了。苏州城内鼎沸起来，正不知多少宋军入城。黑旋风李逵和鲍旭引着两个牌手，在城里横冲直撞，追杀南兵。李俊、戴宗引着费保四人，护持凌振，只顾放炮。宋江已调三路军将取城。宋兵杀入城来，南军漫散，各自逃生。

且说三大王方貌急急披挂上马，引了五七百铁甲军，夺路待要杀出南门，不想正撞见黑旋风李逵这一伙，杀得铁甲军东西乱窜，四散奔走。小巷里又撞出鲁智深，抡起铁禅杖打将来。方貌抵当不住，独自跃马，再回府来。乌鹊桥下转出武松，赶上一刀，掠断了马脚，方貌倒撷将下来，被武松再复一刀砍了，提着首级径来中军，参见先锋请功。此时宋江已进城中王府坐下，令诸将各自去城里搜杀南军，尽皆捉获。单只走了刘赟一个，领了些败残军兵，投秀州去了。有诗为证：

神器从来不可干，僭王称号讵能安？

武松立马诛方貌，留与凶顽做样看。

宋江到王府坐下，便传下号令，休教杀害良民百姓，一面教救灭了四下里火，便出安民文榜，晓谕军民。次后聚集诸将，到府请功。已知武松杀了方貌，朱仝生擒徐方，史进生擒了甄诚，孙立鞭打死张威，李俊枪刺死昌盛，樊瑞杀死邬福，宣赞和郭世广鏖战，你我相伤，都死于饮马桥下，其余都擒得牙将，解来请功。宋江见折了丑郡马宣赞，伤悼不已，便使人安排花棺彩椁，迎去虎丘山下殡葬。把方貌首级，并徐方、甄诚，解赴常州张招讨军前施行。

张招讨就将徐方、甄诚碎剐于市，方貌首级，解赴京师；回将许多赏赐，来苏州给散众将。张招讨移文申状，请刘光世镇守苏州，却令宋先锋沿便进兵，收捕贼寇。只见探马报道："刘都督、耿参谋来守苏州。"当日众将都跟着宋先锋迎接刘光世等官入城王府安下。参贺已了，宋江众将，自来州治议事，使人去探沿海水军头领消息如何。却早报说，沿海诸处县治，听得苏州已破，群贼各自逃散，海僻县道，尽皆平静了。宋江大喜，申达文书到中军报捷，请张招讨晓谕旧官复职，另拨中军统制，前去各处守御安民，退回水军头领正偏将佐，来苏州调用。

数日之间，统制等官，各自分投去了。水军头领都回苏州，诉说三阮打常熟，折了施恩；又去攻取昆山，折了孔亮；石秀、李应等尽皆回了；施恩、孔亮不识水性，一时落水，俱被淹死。宋江见又折了二将，心中大忧，嗟叹不已。武松念起旧日恩义，也大哭了一场。

且说费保等四人来辞宋先锋，要回去。宋江坚意相留，不肯，重赏了四人，再令李俊送费保等回榆柳庄去。李俊当时又和童威、童猛送费保等四人到榆柳庄上，费保等又治酒设席相款。饮酒中间，费保起身与李俊把盏，说出几句言语来。有分教，李俊离却中原之境，别立化外之基。正是：了身达命蟾离壳，立业成名鱼化龙。毕竟费保与李俊说出甚言语来，且听下回分解。

第一百十四回

宁海军宋江吊孝　涌金门张顺归神

话说当下费保对李俊道："小弟虽是个愚卤匹夫，曾闻聪明人道：'世事有成必有败，为人有兴必有衰。'哥哥在梁山泊，勋业到今，已经数十载，更兼百战百胜。去破辽国时，不曾损折了一个兄弟；今番收方腊，眼见挫动锐气，天数[①]不久。为何小弟不愿为官？为因世情不好。有日太平之后，一个个必然来侵害你性命。自古道：'太平本是将军定，不许将军见太平。'此言极妙！今我四人，既已结义了，哥哥三人，何不趁此气数未尽之时，寻个了身达命之处，对付些钱财，打了一只大船，聚集几人水手，江海内寻个净办处安身，以终天年，岂不美哉！"李俊听罢，倒地便拜，说道："仁兄，重蒙教导，指引愚迷，十分全美。只是方腊未曾剿得，宋公明恩义难抛，行此一步未得。今日便随贤弟去了，全不见平生相聚的义气。若是众位肯姑[②]待李俊，容待收伏方腊之后，李俊引两个兄弟，径来相投，万望带挈。是必贤弟们先准备下这条门路。若负今日之言，天实厌之，非为男子也！"那四个道："我等准备下船只，专望哥哥到来，切不可负约！"李

① 天数——天意、天命。气数。

② 姑——暂且，姑且。

俊、费保结义饮酒,都约定了,誓不负盟。

次日,李俊辞别了费保四人,自和童威、童猛回来参见宋先锋,俱说费保等四人不愿为官,只愿打鱼快活。宋江又嗟叹了一回,传令整点水陆军兵起程。吴江县已无贼寇,直取平望镇,长驱而进,前望秀州而来。

本州守将段恺闻知苏州三大王方貌已死,只思量收拾走路。使人探知大军离城不远,遥望水陆路上,旌旗蔽日,船马相连,吓得魂消胆丧。前队大将关胜、秦明已到城下,便分调水军船只,围住西门。段恺在城上叫道:"不须攻击,准备纳降。"随即开放城门,段恺香花灯烛,牵羊担酒,迎接宋先锋入城,直到州治歇下。段恺为首参见了,宋江抚慰段恺,复为良臣,便出榜安民。段恺称说:"恺等原是睦州良民,累被方腊残害,不得已投顺部下。今得天兵到此,安敢不降?"宋江备问:"杭州宁海军城池,是甚人守据?有多少人马良将?"段恺禀道:"杭州城郭阔远,人烟稠密,东北旱路,南面大江,西面是湖,乃是方腊大太子南安王方天定守把,部下有七万余军马,二十四员战将,四个元帅,共是二十八员。为首两个,最了得:一个是歙州僧人,名号宝光如来,俗姓邓,法名元觉,使一条禅杖,乃是浑铁打就的,可重五十余斤,人皆称为国师;又一个,乃是福州人氏,姓石名宝,惯使一个流星锤,百发百中,又能使一口宝刀,名为劈风刀,可以裁铜截铁,遮莫三层铠甲,如劈风一般过去。外有二十六员,都是遴选之将,亦皆悍勇。主帅切不可轻敌。"

宋江听罢,赏了段恺,便教去张招讨军前,说知备细。后来段恺就跟了张招讨行军,守把苏州,却委副都督刘光世来秀州守御,宋先锋却移兵在槜李亭下寨。当与诸将筵宴赏军,商议调兵攻取杭州之策。只见小旋风柴进起身道:"柴某自蒙兄长高唐州救命已来,一向累蒙仁兄顾爱,坐享荣华,不曾报得恩义。今愿深入方腊贼巢,去做细作,或得一阵功勋,报效朝廷,也与兄长有光。未知尊意肯容否?"宋江大喜道:"若得大官人肯去直入贼巢,知得里面溪山曲折,可以进兵,生擒贼首方腊,解上京师,方表微功,同享富贵。只恐贤弟路程劳苦,去不得。"柴进道:"情愿舍死一往,只是得燕青为伴同行最好。此人晓得诸路乡谈,更兼见机而作。"宋江道:"贤弟之言,无不依允。只是燕青拨在卢先锋部下,便可行文取来。"正商议未了,闻人报道:"卢先锋特使燕青到来报捷。"宋江见报,大喜说道:"贤弟此行,必成大功矣!恰限燕青到来,也是吉兆。"柴进也喜。

燕青到寨中，上帐拜罢宋江，吃了酒食。问道："贤弟水路来？旱路来？"燕青答道："乘传[①] 到此。"宋江又问道："戴宗回时，说道已进兵攻取湖州，其事如何？"燕青禀道："自离宣州，卢先锋分兵两处：先锋自引一半军马攻打湖州，杀死伪留守弓温并手下副将五员，收伏了湖州，杀散了贼兵，安抚了百姓，一面行文申复张招讨，拨统制守御，特令燕青来报捷。主将所分这一半人马，叫林冲引领前去，攻取独松关，都到杭州聚会。小弟来时，听得说独松关路上每日厮杀，取不得关，先锋又同朱武去了，嘱咐委呼延将军统领军兵，守住湖州，待中军招讨调拨得统制到来，护境安民，才一面进兵，攻取德清县，到杭州会合。"宋江又问道："湖州守御取德清，并调去独松关厮杀，两处分的人将，你且说与我姓名，共是几人去，并几人跟呼延灼来。"燕青道："有单在此。"

分去独松关厮杀取关，现有正偏将佐二十三员：

先锋卢俊义　朱武　林冲　董平　张清
解珍　解宝　吕方　郭盛　欧鹏
邓飞　李忠　周通　邹渊　邹润
孙新　顾大嫂　李立　白胜　汤隆
朱贵　朱富　时迁

现在湖州守御，即日进兵德清县，现有正偏将佐一十九员：

呼延灼　索超　穆弘　雷横　杨雄
刘唐　单廷珪　魏定国　陈达　杨春
薛永　杜迁　穆春　李云　石勇
龚旺　丁得孙　张青　孙二娘

"这两处将佐，通计四十二员。小弟来时，那里商议定了，目下进兵。"宋江道："既然如此，两路进兵攻取最好。却才柴大官人，要和你去方腊贼巢里面去做细作，你敢去么？"燕青道："主帅差遣，安敢不从？小弟愿陪侍柴大官人去。"柴进甚喜，便道："我扮做个白衣秀才，你扮做个仆者。一主一仆，背着琴剑书箱上路去，无人疑忌。直去海边寻船，使过越州，却取小路去诸暨县，就那里穿过山路，取睦州不远了。"商议已定，择一日，柴进、燕青辞了宋先锋，收拾琴剑书箱，自投海边，寻船过去，不在话下。

---

① 传(zhuàn)——古代驿站的车马。

且说军师吴用再与宋江道:“杭州南半边,有钱塘大江,通达海岛。若得几个人驾小船从海边去进赭山门,到南门外江边,放起号炮,竖立号旗,城中必慌。你水军中头领,谁人去走一遭?”说犹未了,张横、三阮道:“我们都去。”宋江道:“杭州西路,又靠着湖泊,亦要水军用度,你等不可都去。”吴用道:“只可叫张横同阮小七,驾船将引侯健、段景住去。”当时拨了四个人,引着三十余个水手,将带了十数个火炮号旗,自来海边寻船,望钱塘江里进发。

看官听说,这回话都是散沙一般。先人书会留传,一个个都要说到,只是难做一时说;慢慢敷演关目,下来便见。看官只牢记关目头行,便知衷曲奥妙。

再说宋江分调兵将已了,回到秀州,计议进兵,攻取杭州,忽听得东京有使命赍捧御酒赏赐到州。宋江引大小将校,迎接入城,谢恩已罢,作御酒供宴,管待天使。饮酒中间,天使又将出太医院奏准,为上皇乍感小疾,索取神医安道全回京,驾前委用,降下圣旨,就令来取。宋江不敢阻当。次日,管待天使已了,就行起送安道全赴京。宋江等送出十里长亭饯行,安道全自同天使回京。有诗赞曰:

安子青囊[①] 艺最精,山东行散[②] 有声名。
人夸脉得仓公[③] 妙,自负丹如蓟子成。
刮骨立看金镞出,解肌时见刃痕平。
梁山结义坚如石,此别难忘手足情。

再说宋江把颁降到赏赐,分俵众将,择日祭旗起军,辞别刘都督、耿参谋,上马进兵,水陆并行,船骑同发。路至崇德县,守将闻知,奔回杭州去了。

且说方腊太子方天定,聚集诸将在行宫议事。今时龙翔宫基址,乃是旧日行宫。方天定手下有四员大将。那四员:

宝光如来国师邓元觉　　南离大将军元帅石宝
镇国大将军厉天闰　　护国大将军司行方

---

① 青囊——古时常以青囊盛装医书,后代指医术。囊,袋子。
② 行散——行医。
③ 仓公——汉初医学家淳于意,曾任齐太仓令,故人称仓公。

这四个皆称元帅大将军名号，是方腊加封。又有二十四员偏将。那二十四员：

厉天佑　　吴值　　赵毅　　黄爱　　晁中
汤逢士　　王勣　　薛斗南　冷恭　　张俭
元兴　　　姚义　　温克让　茅迪　　王仁
崔彧　　　廉明　　徐白　　张道原　凤仪
张韬　　　苏泾　　米泉　　贝应夔

这二十四个，皆封为将军。共是二十八员，在方天定行宫，聚集计议。方天定说道："即目宋江水陆并进，过江南来，平折了与他三个大郡。止有杭州，是南国之屏障。若有亏失，睦州焉能保守？前者司天太监浦文英，奏是'罡星侵入吴地，就是为祸不小'，正是这伙人了。今来犯吾境界，汝等诸官，各受重爵，务必赤心报国，休得怠慢。"众将启奏方天定道："主上宽心！放着许多精兵良将，未曾与宋江对敌。目今虽是折陷了数处州郡，皆是不得其人，以致如此。今闻宋江、卢俊义分兵三路，来取杭州，殿下与国师谨守宁海军城郭，作万年基业。臣等众将，各各分调迎敌。"太子方天定大喜，传下令旨，也分三路军马，前去策应，只留国师邓元觉同保城池。分去那三员元帅？乃是：

护国元帅司行方，引四员首将，救应德清：

薛斗南　　黄爱　　徐白　　米泉

镇国元帅厉天闰，引四员首将，救应独松关：

厉天佑　　张俭　　张韬　　姚义

南离元帅石定，引八员首将总军，出郭迎敌大队人马：

温克让　　赵毅　　冷恭　　王仁
张道原　　吴值　　廉明　　凤仪

三员大将，分调三路，各引军三万。分拨人马已定，各赐金帛，催促起身。元帅司行方引了一枝军马，救应德清州，望余杭州进发。

且不说两路军马策应去了。却说这宋先锋大队军兵，迤逦前进，来至临平山，望见山顶一面红旗，在那里磨动。宋江当下差正将二员——花荣、秦明，先来哨路，随即催趱战船车过长安坝来。花荣、秦明两个，带领了一千军马，转过山嘴，早迎着南军石宝军马。手下两员首将当先，望见花荣、秦明，一齐出马。一个是王仁，一个是凤仪，各挺一条长枪，便奔将来。宋军中花荣、秦明,便把军马摆开出战。秦明手舞狼牙大棍,直取凤仪,花荣挺枪来战王仁。四马相交,斗过十合,不分胜败。秦明、花荣观见南军后有接应,都喝一声:"少歇!"各回马还阵。花荣道:"且休恋战,快去报哥哥来,别作商议。"后军随即飞报去中军。

宋江引朱仝、徐宁、黄信、孙立四将,直到阵前。南军王仁、凤仪,再出马交锋,大骂:"败将敢再出来交战!"秦明大怒,舞起狼牙棍,纵马而出,和凤仪再战。王仁却搭花荣出战。只见徐宁一骑马,便挺枪杀去。花荣与徐宁是一副一正——金枪手、银枪手,花荣随即也纵马,便出在徐宁背后,拈弓取箭在手,不等徐宁、王仁交手,觑得较亲,只一箭,把王仁射下马去,南军尽皆失色。凤仪见王仁被箭射下马来,吃了一惊,措手不及,被秦明当头一棍打着,攧下马去,南兵漫散奔走。宋军冲杀过去,石宝抵当不住,退回皋亭山来,直近东新桥下寨。当日天晚,策立不定,南兵且退入城去。

次日,宋先锋军马已过了皋亭山,直抵东新桥下寨,传令教分调本部军兵,作三路夹攻杭州。那三路军兵将佐是谁?

一路分拨步军头领正偏将,从汤镇路去取东门,是:

朱仝　史进　鲁智深　武松　王英　扈三娘

一路分拨水军头领正偏将,从北新桥取古塘,截西路,打靠湖城门:

李俊　张顺　阮小二　阮小五　孟康

中路马步水三军,分作三队进发,取北关门、艮山门。前队正偏将是:

关胜　花荣　秦明　徐宁　郝思文　凌振

第二队总兵主将宋先锋、军师吴用,部领人马。正偏将是:

戴宗　李逵　石秀　黄信　孙立　樊瑞
鲍旭　项充　李衮　马麟　裴宣　蒋敬
燕顺　宋清　蔡福　蔡庆　郁保四

第三队水路陆路助战策应。正偏将是:

李应　孔明　杜兴　杨林　童威　童猛

当日宋江分拨大小三军已定,各自进发。

有话即长,无话即短。且说中路大队军兵前队关胜,直哨到东新桥,不见一个南军。关胜心疑,退回桥外,使人回复宋先锋。宋江听了,使戴宗传令,吩咐道:"且未可轻进。每日轮两个头领出哨。"头一日,是花荣、秦明,第二日徐宁、郝思文,一连哨了数日,又不见出战。

此日又该徐宁、郝思文，两个带了数十骑马，直哨到北关门来，见城门大开着，两个来到吊桥边看时，城上一声擂鼓响，城里早撞出一彪军马来。徐宁、郝思文急回马时，城西偏路喊声又起，一百余骑马军，冲在前面。徐宁并力死战，杀出马军队里，回头不见了郝思文。再回来看时，见数员将校，把郝思文活捉了入城去。徐宁急待回身，项上早中了一箭，带着箭飞马走时，六将背后赶来，路上正逢着关胜，救得回来，血晕倒了。六员南将，已被关胜杀退，自回城里去了，慌忙报与宋先锋知道。宋江急来看徐宁时，七窍流血。宋江垂泪，便唤随军医士治疗，拔去箭矢，用金枪药敷贴。宋江且教扶下战船内将息，自来看视。当夜三四次发昏，方知中了药箭。宋江仰天叹道："神医安道全已被取回京师，此间又无良医可救，必损吾股肱也！"伤感不已。吴用来请宋江回寨，主议军情，勿以兄弟之情，误了国家重事。宋江使人送徐宁到秀州去养病，不想箭中药毒，调治不痊。

且说宋江又差人去军中打听郝思文消息，次日，只见小军来报道："杭州北关门城上，把竹竿挑起郝思文头来示众。"方知道被方天定碎剐了，宋江见报，好生伤感。后半月徐宁已死，申文来报。宋江因折了二将，按兵不动，且守住大路。

却说李俊等引兵到北新桥住扎，分军直到古塘深山去处探路，听得飞报道："折了郝思文，徐宁中箭而死。"李俊与张顺商议道："寻思我等这条路道，第一要紧是去独松关、湖州、德清二处冲要路口。抑且贼兵都在这里出没，我们若当住他咽喉道路，被他两面来夹攻，我等兵少，难以迎敌。不若一发杀入西山深处，却好屯扎。西湖水面好做我们战场；山西后面，通接西溪，却又好做退步。"便使小校，报知先锋，请取军令。次后引兵直过桃源岭西山深处，在今时灵隐寺屯驻；山北面西溪山口，亦扎小寨，在今时古塘深处；前军却来唐家瓦出哨。

当日，张顺对李俊说道："南兵都已收入杭州城里去了。我们在此屯兵，今经半月之久，不见出战，只在山里，几时能够获功。小弟今欲从湖里没水过去，从水门中暗入城去，放火为号。哥哥便可进兵取他水门，就报与主将先锋，教三路一齐打城。"

李俊道："此计虽好，恐兄弟独力难成。"张顺道："便把这命报答先锋哥哥许多年好情分，也不多了。"李俊道："兄弟且慢去，待我先报与哥哥，整点人马策应。"张顺道："我这里一面行事，哥哥一面使人去报。比及兄弟到得城里，先锋哥哥已自知了。”

当晚，张顺身边藏了一把蓼叶尖刀，饱吃了一顿酒食，来到西湖岸边，看见那三面青山，一湖绿水，远望城郭，四座禁门，临着湖岸。那四座门：钱塘门、涌金门、清波门、钱湖门。

看官听说，原来这杭州旧宋以前，唤做清河镇。钱王[①]手里，改为杭州宁海军，设立十座城门：东有菜市门、荐桥门；南有候湖门、嘉会门；西有钱湖门、清波门、涌金门、钱塘门；北有北关门、艮山门。高宗车驾南渡之后，建都于此，唤做花花临安府，又添了三座城门。目今方腊占据时，还是钱王旧都，城子方圆八十里，虽不比南渡以后，安排得十分的富贵，从来江山秀丽，人物奢华，所以相传道：“上有天堂，下有苏杭。”怎见得：

江浙昔时都会，钱塘自古繁华。休言城内风光，且说西湖景物：有一万顷碧澄澄掩映琉璃，列三千面青娜娜参差翡翠。春风湖上，艳桃浓李如描；夏日池中，绿盖红莲似画；秋云涵如，看南国嫩菊堆金；冬雪纷飞，观北岭寒梅破玉。九里松青烟细细，六桥水碧响泠泠。晓霞连映三天竺[②]，暮云深锁二高峰。风生在猿呼洞口，雨飞来龙井山头。三贤堂畔，一条鳌背侵天；四圣观前，百丈祥云缭绕。苏公堤[③]东坡古迹，孤山路和靖旧居。[④]访友客投灵隐去，簪花人逐净慈来。平昔只闻三岛远，岂知湖北胜蓬莱？

苏东坡学士有诗[⑤]赞道：

湖光潋滟晴偏好，山色空蒙雨亦奇。
若把西湖比西子，淡汝浓抹也相宜。

又有古词名《浣溪沙》为证：

湖上朱桥响画轮，溶溶春水浸春云，碧琉璃滑净无尘。　　当路游丝迎醉客，入花黄鸟唤行人，日斜归去奈何春！

---

① 钱王——指五代时吴越国的创建者钱镠（liú）。

② 三天竺——杭州灵隐山飞来峰南有天竺山，上建上、中、下三座天竺寺。

③ 苏公堤——北宋时苏轼知杭州，疏浚西湖，筑堤分为内外两湖，世称苏堤。

④ 孤山句——北宋诗人林逋，谥号和靖先生。他独身不娶，隐居在西湖孤山，以种梅养鹤自娱，世有“梅妻鹤子”之称。

⑤ 苏东坡句——此诗名为《饮湖上初晴后雨》。潋滟（liàn yàn），水波溢漫，水光闪耀的样子。“晴偏好”、“也相宜”，现版本多作“晴方好”、“总相宜”。

这西湖,故宋时果是景致无比,说之不尽。

张顺来到西陵桥上,看了半晌。时当春暖,西湖水色拖蓝,四面山光迭翠。张顺看了道:“我身生在浔阳江上,大风巨浪,经了万千,何曾见这一湖好水,便死在这里,也做个快活鬼!”说罢,脱下布衫,放在桥下,头上挽着个穿心红的髻儿,下面着腰生绢水裙,系一条搭膊,挂一口尖刀,赤着脚,钻下湖里去,却从水底下摸将过湖来。

此时已是初更天气,月色微明,张顺摸近涌金门边,探起头来,在水面上听时,城上更鼓,却打一更四点。城外静悄悄地,没一个人;城上女墙边,有四五个人在那里探望。张顺再伏在水里去了,又等半回,再探起头来看时,女墙边悄不见一个人。张顺摸到水口边看时,一带都是铁窗棂隔着;摸里面时,都是水帘护定,帘子上有绳索,索上缚着一串铜铃。张顺见窗棂牢固,不能够入城,舒只手入去,扯那水帘时,牵得索子上铃响,城上人早发起喊来。张顺从水底下,再钻入湖里伏了。

听得城上人马下来,看那水帘时,又不见有人,都在城上说道:“铃子响得跷蹊,莫不是个大鱼,顺水游来,撞动了水帘。”众军汉看了一回,并不见一物,又各自去睡了。张顺再听时,城楼上已打三更,打了好一回更点,想必军人各自去东倒西歪睡熟了。张顺再钻向城边去,料是水里入不得城。爬上岸来看时,那城上不见一个人在上面,便欲要爬上城去,且又寻思道:“倘或城上有人,却不干折了性命,我且试探一试探。”摸些土块,掷撒上城去。有不曾睡的军士,叫将起来,再下来看水门时,又没动静。再上城来敌楼上看湖面上时,又没一只船只。原来西湖上船只,已奉方天定令旨,都收入清波门外和净慈港内,别门俱不许泊船。众人道:“却是作怪?”口里说道:“定是个鬼!我们各自睡去,休要睬他!”口里虽说,却不去睡,尽伏在女墙边。

张顺又听了一个更次不见些动静,却钻到城边来听,上面更鼓不响。张顺不敢便上去,又把些土石抛掷上城去,又没动静。张顺寻思道:“已是四更,将及天亮,不上城去,更待几时?”却才爬到半城,只听得上面一声梆子响,众军一齐起。张顺从半城上跳下水池里去,待要趁水没时,城上踏弩、硬弓、苦竹箭、鹅卵石,一齐都射打下来。可怜张顺英雄,就涌金门外水池中身死。诗曰:

曾闻善战死兵戎,善溺终然丧水中。

瓦罐不离井上破，劝君莫但逞英雄。

话分两头，却说宋江日间已接了李俊飞报，说张顺没水入城，放火为号，便转报与东门军士去了。当夜宋江在帐中和吴用议事，到四更，觉道神思困倦，退了左右，在帐中伏几而卧。猛然一阵冷风，宋江起身看时，只见灯烛无光，寒气逼人。定睛看时，见一个似人非人，似鬼非鬼，立于冷气之中。看那人时，浑身血污着，低低道："小弟跟随哥哥许多年，恩爱至厚。今以杀身报答，死于涌金门下枪箭之中，今特来辞别哥哥。"宋江道："这个不是张顺兄弟？"回过脸来这边，又见三四个，都是鲜血满身，看不仔细。宋江大哭一声，蓦然觉来，乃是南柯一梦。

帐外左右，听得哭声，入来看时，宋江道："怪哉！"叫请军师圆梦。吴用道："兄长却才困倦暂时，有何异梦？"宋江道："适间冷气过处，分明见张顺一身血污，立在此间，告道：'小弟跟着哥哥许多年，蒙恩至厚。今以杀身报答，死于涌金门下枪箭之中，特来辞别。'转过脸来，这面又立着三四个带血的人，看不分晓，就哭觉来。"吴用道："早间李俊报说，张顺要过湖里去，越城放火为号，莫不只是兄长记心，却得这恶梦？"宋江道："只想张顺是个精灵的人，必然死于无辜。"吴用道："西湖到城边，必是险隘，想端的送了性命。张顺魂来，与兄长托梦。"宋江道："若如此时，这三四个又是甚人？"和吴学究议论不定，坐而待旦，绝不见城中动静，心中越疑。

看看午后，只见李俊使人飞报将来说："张顺去涌金门越城，被箭射死于水中，现今西湖城上把竹竿挑起头来，挂着号令。"宋江见报了，又哭的昏倒，吴用等众将亦皆伤感。原来张顺为人甚好，深得弟兄情分。宋江道："我丧了父母，也不如此伤悼，不由我连心透骨苦痛！"吴用及众将劝道："哥哥以国家大事为念，休为弟兄之情，自伤贵体。"宋江道："我必须亲自到湖边，与他吊孝。"吴用谏道："兄长不可亲临险地，若贼兵知得，必来攻击。"宋江道："我自有计较。"随即点李逵、鲍旭、项充、李衮四个，引五百步军去探路，宋江随后带了石秀、戴宗、樊瑞、马麟，引五百军士，暗暗地从西山小路里去李俊寨里。

李俊等接着，请到灵隐寺中方丈内歇下。宋江又哭了一场，便请本寺僧人，就寺里诵经，追荐张顺。次日天晚，宋江叫小军去湖边扬一首白旛，上写道："亡弟正将张顺之魂"，插于水边。西陵桥上，排下许多祭物，却吩咐李逵道："如此如此。"埋伏在北山路口；樊瑞、马麟、石秀左右埋伏；戴宗随在身边。只等天色相近一更时分，宋江挂了白袍，金盔上盖着一层孝绢，同戴宗并五七个僧人，却从小行山转到西陵桥上。军校已都列下黑猪白羊，金银祭物，点起灯烛荧煌，焚起香来。宋江在当中证盟，朝着涌金门下哭奠，戴宗立在侧边。先是僧人摇铃诵咒，摄招呼名，祝赞张顺魂魄，降坠神幡。次后戴宗宣读祭文，宋江亲自把酒浇奠，仰天望东而哭。

正哭之间，只听得桥下两边，一声喊起，南北两山，一齐鼓响，两彪军马来拿宋江。正是：只因恩义如天大，惹起兵戈卷地来。毕竟宋江、戴宗怎地迎敌，且听下回分解。

第一百十五回

张顺魂捉方天定　宋江智取宁海军

话说宋江和戴宗正在西陵桥上祭奠张顺，已有人报知方天定，差下十员首将，分作两路，来拿宋江，杀出城来。南山五将，是吴值、赵毅、晁中、元兴、苏泾，北山路也差五员首将，是温克让、崔彧、廉明、茅迪、汤逢士。南北两路，共十员首将，各引三千人马，半夜前后开门，两头军兵一齐杀出来。宋江正和戴宗奠酒化纸，只听得桥下喊声大举。左有樊瑞、马麟，右有石秀，各引五千人埋伏，听得前路火起，一齐也举起火来，两路分开，赶杀南北两山军马。南兵见有准备，急回旧路。两边宋兵追赶。温克让引着四将，急回过河去时，不提防保叔塔山背后，撞出阮小二、阮小五、孟康，引五千军杀出来，正截断了归路，活捉了茅迪，乱枪戳死汤逢士。南山吴值也引着四将，迎着宋兵追赶，急退回来，不提防定香桥正撞着李逵、鲍旭、项充、李衮，引五百步队军杀出来。那两个牌手，直抢入怀里来，手舞蛮牌，飞刀出鞘，早剁倒元兴，鲍旭刀砍死苏泾，李逵斧劈死赵毅，军兵大半杀下湖里去了，都被淹死。

投到城里救军出来时，宋江军马已都入山里去了，都到灵隐寺取齐，各自请功受赏。两路夺得好马五百余匹。宋江吩咐留下石秀、樊瑞、马麟，相帮李俊等同管西湖山寨，准备攻城。宋江只带了戴宗、李逵等回皋亭山寨中。吴用等接入中军帐坐下，宋江对军师说道：“我如此行计，也得他四将之首,活捉了茅迪,将来解赴张招讨军前,斩首施行。”

宋江在寨中,惟不知独松关、德清二处消息,便差戴宗去探,急来回报。戴宗去了数日,回来寨中,参见先锋,说知卢先锋已过独松关了,早晚便到此间。宋江听了,忧喜相半,就问兵将如何。戴宗答道:“我都知那里厮杀的备细,更有公文在此。先锋请休烦恼。”宋江道:“莫非又损了我几个弟兄?你休隐避我,与我实说情由。”

戴宗道:“卢先锋自从去取独松关,那关两边,都是高山,只中间一条路。山上盖着关所,关边有一株大树,可高数十余丈,望得诸处皆见,下面尽是丛丛杂杂松树。关上守把三员贼将,为首的唤做吴升,第二个是蒋印,第三个是卫亨。初时连日下关,和林冲厮杀,被林冲蛇矛戳伤蒋印。吴升不敢下关,只在关上守护,次后厉天闰又引四将到关救应,乃是厉天佑、张俭、张韬、姚义四将。次日下关来厮杀,贼兵内厉天佑首先出马,和吕方相持,约斗五六十合,被吕方一戟刺死厉天佑,贼兵上关去了,并不下来。连日在关下等了数日,卢先锋为见山岭嶮峻,却差欧鹏、邓飞、李忠、周通四个上山探路,不提防厉天闰要替兄弟复仇,引贼兵冲下关来,首先一刀,斩了周通。李忠带伤走了。若是救应得迟时,都是休了的。救得三将回寨。次日,双枪将董平焦躁要去复仇,勒马在关下大骂贼将,不提防关上一火炮打下来,炮风正伤了董平左臂,回到寨里,就使枪不得,把夹板绑了臂膊。次日定要去报仇,卢先锋当住了不曾去。过了一夜,臂膊料好,不教卢先锋知道,自和张清商议了,两个不骑马,先行上关来。关上走下厉天闰、张韬来交战。董平要捉厉天闰,步行使枪,厉天闰也使长枪来迎,与董平斗了十合。董平心里只要厮杀,争奈左手使枪不应,只得退步。厉天闰赶下关来,张清便挺枪去搠厉天闰。厉天闰却闪去松树背后,张清手中那条枪,却搠在松树上。急要拔时,搠牢了,拽不脱,被厉天闰还一枪来,腹上正着,戳倒在地,董平见搠倒张清,急使双枪去战时,不提防张韬却在背后拦腰一刀,把董平剁做两段。卢先锋知得,急去救应,兵已上关去了,下面又无计可施。得了孙新、顾大嫂夫妻二人,扮了逃难百姓,去到深山里,寻得一条小路,引着李立、汤隆、时迁、白胜四个,从小路过到关上,半夜里却摸上关,放起火来。贼将见关上火起,知有宋兵已透过关,一齐弃了关隘便走。卢先锋上关点兵将时,孙新、顾大嫂活捉得原守关将吴升,李立、汤隆活捉得原守关将蒋印,时迁、白胜活捉得原守关将卫亨。将此三人,都解赴张招讨军前去了。收拾得董平、张清、周通三人尸骸,葬于关上。卢先锋追过关四十五里,赶上贼兵,与厉天闰交战,约斗了三十余合,被卢先锋杀死厉天闰,止存张俭、张韬、姚义,引着败残军马,勉强迎敌,得便退回,只在早晚便到。主帅不信,可看公文。”

宋江看了公文,心中添闷,眼泪如泉。吴用道:“即是卢先锋得胜了,可调军将去夹攻,南兵必败,就行接应湖州呼延灼那路军马。”宋江应道:“言之极当!”便调李逵、鲍旭、项充、李衮,引三千步军,从山路接将去。黑旋风引了军兵,欢天喜地去了。

且说宋江军马,攻打东门,正将朱仝等原拨五千马步军兵,从汤镇路上村中,奔到菜市门外,攻取东门。那时东路沿江,都是人家村居道店,赛过城中,茫茫荡荡,田园地段。当时来到城边,把军马排开,鲁智深首先出阵,步行搦战,提着铁禅杖,直来城下大骂:“蛮撮鸟们,出来和你厮杀!”那城上见是个和尚挑战,慌忙报入太子宫中来。当有宝光国师邓元觉,听的是个和尚勒战,便起身奏太子道:“小僧闻梁山泊有这个和尚,名为鲁智深,惯使一条铁禅杖,请殿下去东门城上,看小僧和他步斗几合。”方天定见说大喜,传令旨,遂引八员猛将,同元帅石宝,都来菜市门城上,看国师迎敌。当下方天定和石宝在敌楼上坐定,八员战将簇拥在两边,看宝光国师战时,那宝光和尚怎生结束,但见:

穿一领烈火猩红直裰,系一条虎觔打就圆绦,挂一串七宝璎珞数珠,着一双九环鹿皮僧鞋。衬里是香线金兽掩心[①],双手使铮光浑铁禅杖。

当时开城门,放吊桥,那宝光国师邓元觉引五百刀手步军,飞奔出来。鲁智深见了道:“原来南军也有这秃厮出来。洒家教那厮吃俺一百禅杖!”也不打话,抡起禅杖,便奔将来。宝光国师也使禅杖来迎。两个一齐都使禅杖相并。但见:

鲁智深忿怒,全无清净之心;邓元觉生嗔,岂有慈悲之念。这个何曾尊佛道,只于月黑杀人;那个不会看经文,惟要风高放火。这个向灵山会上,恼如来懒坐莲台;那个去善法堂前,勒揭谛使回金杵。一个尽世不修梁武忏,一个平生那识祖师禅。

---

① 掩心——即护胸甲。

这鲁智深和宝光国师，斗过五十余合，不分胜败。方天定在敌楼上看了，与石宝道："只说梁山泊有个花和尚鲁智深，不想原来如此了得，名不虚传！斗了这许多时，不曾折半点儿便宜与宝光和尚。"石宝答道："小将也看得呆了，不曾见这一对敌手。"正说之间，只听得飞马又报道："北关门下，又有军到城下。"石宝慌忙起身去了。

且说城下宋军中，行者武松见鲁智深战宝光不下，恐有疏失，心中焦躁，便舞起双戒刀，飞出阵来，直取宝光。宝光见他两个并一个，拖了禅杖，望城里便走。武松奋勇直赶杀去，忽地城门里突出一员猛将，乃是方天定手下贝应夔，便挺枪跃马，接住武松厮杀。两个正在吊桥上撞着，被武松闪个过，撇了手中戒刀，抢住他枪杆，只一拽，连人和军器拖下马来，槅察的一刀，把贝应夔剁下头来。鲁智深随后接应了回来，方天定急叫拽起吊桥，收兵入城，这里朱仝也叫引军退十里下寨，使人去报捷宋先锋知会。

当日宋江引军到北关门搦战，石宝带了流星锤上马，手里横着劈风刀，开了城门，出来迎敌。宋军阵上大刀关胜出马，与石宝交战。两个斗到二十余合，石宝拨回马便走，关胜急勒住马，也回本阵。宋江问道："缘何不去追赶?"关胜道："石宝刀法，不在关胜之下，虽然回马，必定有计。"吴用道："段恺曾说，此人惯使流星锤，回马诈输，漏人深入重地。"宋江道："若去追赶，定遭毒手。且收军回寨，一面差人去赏赐武松。"

却说李逵等引着步军，去接应卢先锋，来到山路里，正撞着张俭等败军，并力冲杀入去，乱军中杀死姚义。有张俭、张韬二人，再奔回关上那条路去，正逢着卢先锋，大杀一阵，便望深山小路而走。背后追赶得紧急，只得弃了马，奔走山下逃命。不期竹篁中钻出两个人来，各拿一把钢叉，张俭、张韬措手不及，被两个拿叉戳翻，直捉下山来。原来戳翻张俭、张韬的是解珍、解宝。卢先锋见拿二人到来，大喜，与李逵等合兵一处，会同众将，同到皋亭山大寨中来，参见宋先锋等，诉说折了董平、张清、周通一事，彼各伤感，诸将尽来参拜了宋江，合兵一处下寨。次日，教把张俭解赴苏州张招讨军前，枭首示众。将张韬就寨前割腹剜心，遥空祭奠董平、张清、周通了当。

宋先锋与吴用计议道："启请卢先锋领本部人马，去接应德清县路上呼延灼等这支军，同到此间，计合取城。"卢俊义得令，便点本部兵马起程，取路望奉口镇进发。三军路上，到得奉口，正迎着司行方败残军兵回来。卢俊义接着，大杀一阵，司行方坠水而死，其余各自逃散去了。呼延灼参见卢先锋，合兵一处，回来皋亭山总寨，参见宋先锋等，诸将会合计议。宋江见两路军马都到了杭州，那宣州、湖州、独松关等处，皆是张招讨、从参谋自调统制前去各处护境安民，不在话下。

宋江看呼延灼部内，不见了雷横、龚旺二人。呼延灼诉说："雷横在德清县南门外，和司行方交锋，斗到三十合，被司行方砍下马去。龚旺因和黄爱交战，赶过溪来，和人连马，陷倒在溪里，被南军乱枪戳死。米泉却是索超一斧劈死。黄爱、徐白，众将向前活捉在此。司行方赶逐在水里淹死。薛斗南乱军中逃难，不知去向。"宋江听得又折了雷横、龚旺两个兄弟，泪如雨下，对众将道："前日张顺与我托梦时，见右边立着三四个血污衣襟之人，在我面前现形，正是董平、张清、周通、雷横、龚旺这伙阴魂了。我若得了杭州宁海军时，重重地请僧人设斋，做好事，追荐超度众兄弟。"将黄爱、徐白解赴张招讨军前斩首，不在话下。

当日宋江叫杀牛宰马，宴劳众军。次日，与吴用计议定了，分拨正偏将佐，攻打杭州。

副先锋卢俊义，带领正偏将一十二员，攻打候潮门：

林冲　呼延灼　刘唐　解珍　解宝　单廷珪
魏定国　陈达　杨春　杜迁　李云　石勇

花荣等正偏将一十四员，攻打艮山门：

花荣　秦明　朱武　黄信　孙立　李忠
邹渊　邹润　李立　白胜　汤隆　穆春
朱贵　朱富

穆弘等正偏将十一员，去西山寨内，帮助李俊等，攻打靠湖门：

李俊　阮小二　阮小五　孟康　石秀　樊瑞
马麟　穆弘　杨雄　薛永　丁得孙

孙新等正偏将八员，去东门寨帮助朱仝攻打菜市、荐桥等门：

朱仝　史进　鲁智深　武松　孙新　顾大嫂
张青　孙二娘

东门寨内，取回偏将八员，兼同李应等，管领各寨探事，各处策应：

李应　孔明　杨林　杜兴　童威　童猛

王英　　扈三娘

正先锋使宋江带领正偏将二十一员,攻打北关门大路:

吴用　　关胜　　索超　　戴宗　　李逵　　吕方

郭盛　　欧鹏　　邓飞　　燕顺　　凌振　　鲍旭

项充　　李衮　　宋清　　裴宣　　蒋敬　　蔡福

蔡庆　　时迁　　郁保四

当下宋江调拨将佐,取四面城门。

宋江等部领大队人马,直近北关门城下勒战。城上鼓响锣鸣,大开城门,放下吊桥,石宝首先出马来战。宋军阵上,急先锋索超平生性急,挥起大斧,也不打话,飞奔出来,便斗石宝。两马相交,二将猛战,未及十合,石宝卖个破绽,回马便走。索超追赶,关胜急叫休去时,索超脸上着一锤,打下马去。邓飞急去救时,石宝马到,邓飞措手不及,又被石宝一刀,砍做两段。城中宝光国师,引了数员猛将,冲杀出来,宋兵大败,望北而走。却得花荣、秦明等刺斜里杀将来,冲退南军,救得宋江回寨。石宝得胜,欢天喜地,回城中去了。

宋江等回到皋亭山大寨歇下,升帐而坐,又见折了索超、邓飞二将,心中好生纳闷①。吴用谏道:"城中有此猛将,只宜智取,不可对敌。"宋江道:"似此损兵折将,用何计可取?"吴用道:"先锋计会各门了当,再引军攻打北关门。城里兵马,必然出来迎敌,我却佯输诈败,诱引贼兵,远离城郭,放炮为号,各门一齐打城。但得一门军马进城,便放起火来应号,贼兵必然各不相顾,可获大功。"宋江便唤戴宗传令知会。次日,令关胜引些少军马,去北关门城下勒战。城上鼓响,石宝引军出城,和关胜交马。战不过十合,关胜急退。石宝军兵赶来,凌振便放起炮来。号炮起时,各门都发起喊来,一齐攻城。

且说副先锋卢俊义引着林冲等调兵攻打候潮门,军马来到城下,见城门不关,下着吊桥。刘唐要夺头功,一骑马,一把刀,直抢入城去。城上看见刘唐飞马奔来,一斧砍断绳索,坠下闸板,可怜悍勇刘唐,连马和人同死于门下。原来杭州城子,乃钱王建都,制立三重门:关外一重闸板,中间两扇铁叶大门,里面又是一层排栅门。刘唐抢到城门下,上面早放下闸板

---

① 纳闷——愁闷,忧郁。

来。两边又有埋伏军兵，刘唐如何不死！林冲、呼延灼见折了刘唐，领兵回营，报复卢俊义。各门都入不去，只得且退，使人飞报宋先锋大寨知道。宋江听得又折了刘唐，被候潮门闸死，痛哭道："屈死了这个兄弟！自郓城县结义，跟着晁天王上梁山泊，受了许多年辛苦，不曾快乐。大小百十场出战交锋，出百死，得一生，未尝折了锐气。谁想今日却死于此处！"军师吴用道："此非良法。这计不成，倒送了一个兄弟。且教各门退军，别作道理。"

宋江心焦，急欲要报仇雪恨，嗟叹不已。部下黑旋风便道："哥哥放心，我明日和鲍旭、项充、李衮四个人，好歹要拿石宝那厮！"宋江道："那人英雄了得，你如何近傍得他？"李逵道："我不信，我明日不捉得他，不来见哥哥面。"宋江道："你只小心在意，休觑得等闲。"

黑旋风李逵回到自己帐房里，筛下大碗酒，大盘肉，请鲍旭、项充、李衮来吃酒，说道："我四个，从来做一路厮杀。今日我在先锋哥哥面前，砍了大嘴，明日要捉石宝那厮，你二个不要心懒。"鲍旭道："哥哥今日也教马军向前，明日也教马军向前，今晚我等约定了，来日务要齐心向前，捉石宝那厮。我们四个都争口气！"次日早晨，李逵等四人，吃得醉饱了，都拿军器出寨，请先锋哥哥看厮杀。宋江见四个都半醉，便道："你四个兄弟，休把性命作戏！"李逵道："哥哥，休小觑我们！"宋江道："只愿你们应得口便好！"

宋江上马，带同关胜、欧鹏、吕方、郭盛四个马军将佐，来到北关门下，擂鼓摇旗搦战。李逵火杂杂地，拈着双斧，立在马前；鲍旭挺着板刀，睁着怪眼，只待厮杀；项充、李衮各挽一面团牌，插着飞刀二十四把，挺铁枪伏在两侧。只见城上鼓响锣鸣，石宝骑着一匹瓜黄马，拿着劈风刀，引两员首将，出城来迎敌：上首吴值，下首廉明。三员将却才出得城来，李逵是个不怕天地的人，大吼了一声，四个直奔到石宝马头前来。石宝便把劈风刀去迎时，早来到怀里。李逵一斧，砍断马脚，石宝便跳下来，望马军群里躲了。鲍旭早把廉明一刀，砍下马来。两个牌手，早飞出刀来；空中似玉鱼乱跃，银叶交加。宋江把马军冲到城边时，城上擂木炮石，乱打下来。宋江怕有疏失，急令退军，不想鲍旭早钻入城门里去了，宋江只叫得苦。石宝却伏在城门里面，看见鲍旭抢将入来，刺斜里只一刀，早把鲍旭砍做两段。项充、李衮急护得李逵回来。宋江军马，退还本寨，又见折了鲍旭，宋江越添愁闷，李逵也哭奔回寨里来。吴用道："此计亦非良策。虽是斩得他一将，却折了李逵的副手。"

正是众人烦恼间，只见解珍、解宝到寨来报事。宋江问其备细时，解珍禀道："小弟和解宝，直哨到南门外二十余里，地名范村，见江边泊着一连有数十只船，下去问时，原来是富阳县袁评事解粮船。小弟欲要把他杀了，本人哭道：'我等皆是大宋良民，累被方腊不时科敛，但有不从者，全家杀害。我等今得天兵到来剪除，只指望再见太平之日，谁想又遭横亡。'小弟见他说的情切，不忍杀他，又问他道：'你缘何却来此处？'他说：'为近奉方天定令旨，行下各县，要刷洗村坊，着科敛白粮五万石。老汉为头，敛得五千石，先解来交纳。今到此间，为大军围城厮杀，不敢前去，屯泊在此。'小弟得了备细，特来报知主将。"吴用大喜道："此乃天赐其便，这些粮船上，定要立功。便请先锋传令，就是你两个弟兄为头，带将炮手凌振，并杜迁、李云、石勇、邹渊、邹润、李立、白胜、穆春、汤隆；王英、扈三娘，孙新、顾大嫂，张青、孙二娘三对夫妻，扮作艄公艄婆，都不要言语，混杂在艄后，一搅进得城去，便放连珠炮为号，我这里自调兵来策应。"解珍、解宝唤袁评事上岸来，传下宋先锋言语道："你等既宋国良民，可依此行计。事成之后，必有重赏。"

此时不由袁评事不从，许多将校，已都下船。却把船上艄公人等，都只留在船上杂用，却把艄公衣服脱来，与王英、孙新、张青穿了，装扮做艄公。扈三娘、顾大嫂、孙二娘三人女将，扮做艄婆，小校人等都做摇船水手。军器众将都埋藏在船舱里，把那船一齐都放到江岸边。此时各门围哨的宋军，也都不远。袁评事上岸，解珍、解宝和那数个艄公跟着，直到城下叫门。城上得知，问了备细来情，报入太子宫中。方天定便差吴值开城门，直来江边，点了船只，回到城中，奏知方天定。方天定差下六员将，引一万军出城，拦住东北角上，着袁评事搬运粮米，入城交纳。此时众将人等，都杂在艄公水手人内，混同搬粮运米入城，三个女将也随入城里去了。五千粮食，须臾之间，都搬运已了。六员首将却统引军入城中。宋兵分投而来，复围住城郭，离城三二里，列着阵势。当夜二更时分，凌振取出九箱子母等炮，直去吴山顶上，放将起来；众将各取火把，到处点着。城中不一时，鼎沸起来，正不知多少宋军在城里。方天定在宫中，听了大惊，急急披挂上马时，各门城上军士，已都逃命去了。宋兵大振，各自争功夺城。

且说城西山内李俊等，得了将令，引军杀到净慈港，夺得船只，便从湖里使将过来涌金门上岸。众将分投去抢各处水门，李云、石秀首先登城。就夜城中混战，止存南门不围，亡命败军都从那门下奔走。

却说方天定上得马，四下里寻不着一员将校，止有几个步军跟着，出南门奔走，忙忙似丧家之狗，急急如漏网之鱼，走得到五云山下，只见江里走起一个人来，口里衔着一把刀，赤条条跳上岸来。方天定在马上见来得凶，便打马要走。可奈那匹马作怪，百般打也不动，却似有人笼住嚼环的一般。那汉抢到马前，把方天定扯下马来，一刀便割了头，却骑了方天定的马，一手提了头，一手执刀，奔回杭州城来。

林冲、呼延灼领兵赶到六和塔时，恰好正迎着那汉。二将认得是船火儿张横，吃了一惊。呼延灼便叫："贤弟那里来？"张横也不应，一骑马直跑入城里去。此时宋先锋军马大队已都入城了，就在方天定宫中为帅府，众将校都守住行宫，望见张横一骑马跑将来，众人皆吃一惊。

张横直到宋江面前，滚鞍下马，把头和刀，撇在地下，纳头拜了两拜，便哭起来。宋江慌忙抱住张横道："兄弟，你从那里来？阮小七又在何处？"张横道："我不是张横。"宋江道："你不是张横，却是谁？"张横道："小弟是张顺。因在涌金门外，被枪箭攒死，一点幽魂，不离水里飘荡，感得西湖震泽龙君，收做金华太保，留于水府龙宫为神。今日哥哥打破了城池，兄弟一魂缠住方天定，半夜里随出城去，见哥哥张横在大江里，来借哥哥身壳，飞奔上岸，跟到五云山脚下，杀了这贼，径奔来见哥哥。"说了，蓦然倒地。

宋江亲自扶起，张横睁开眼，看了宋江并众将，刀剑如林，军士丛满，张横道："我莫不在黄泉见哥哥么？"宋江哭道："却才你与兄弟张顺附体，杀了方天定这贼，你不曾死，我等都是阳人，你可精细着。"张横道："恁地说时，我的兄弟已死了！"宋江道："张顺因要从西湖水底下去掇水门，入城放火，不想至涌金门外越城，被人知觉，枪箭攒死在彼。"张横听了，大哭一声："兄弟！"蓦然倒了。众人看张横时，四肢不举，两眼朦胧，七魄悠悠，三魂杳杳。正是：未从五道将军去，定是无常二鬼催。毕竟张横闷倒，性命如何，且听下回分解。

第一百十六回

卢俊义分兵歙州道　　宋公明大战乌龙岭

话说当下张横听得道没了他兄弟张顺，烦恼得昏晕了半晌，却救得苏醒。宋江道："且扶在帐房里调治，却再问他海上事务。"宋江令裴宣、蒋敬写录众将功劳，辰巳时分，都在营前聚集。李俊、石秀生擒吴值，三员女将生擒张道原，林冲蛇矛戳死冷恭，解珍、解宝杀了崔彧，只走了石宝、邓元觉、王勣、晁中、温克让五人。宋江便出榜安抚百姓，赏劳三军，把吴值、张道原解赴张招讨军前，斩首施行。献粮袁评事申文保举作富阳县令，张招讨处关领空头官诰，不在话下。

众将都到城中歇下，左右报道："阮小七从江里上岸，入城来了。"宋江唤到帐前问时，说道："小弟和张横并侯健、段景住带领水手，海边觅得船只，行至海盐等处，指望便使入钱塘江来。不期风水不顺，打出大洋里去了。急使得回来，又被风打破了船，众人都落在水里。侯健、段景住不识水性，落下去淹死海中，众多水手各自逃生四散去了。小弟赴水到海口，进得赭山门，被潮直漾到半墦山，赴水回来。却见张横哥哥在五云山江里，本待要上岸来，又不知他在那地里。昨夜望见城中火起，又听得连珠炮响，想必是哥哥在杭州城厮杀，以此从江里上岸来。不知张横曾到岸也不曾？"

宋江说张横之事，与阮小七知道，令和他自己两个哥哥相见了，依前管领水军头领船只。宋江传令，先调水军头领，去江里收拾江船，伺候征进睦州。想起张顺如此通灵显圣，去涌金门外，靠西湖边，建立庙宇，题名"金华太保"，宋江亲去祭奠。后来收伏方腊，有功于朝，宋江回京，奏知此事，特奉圣旨，敕封为"金华将军"，庙食杭州。

再说宋江在行宫内，因思渡江以来，损折许多将佐，心中十分悲怆，却去净慈寺修设水陆道场七昼夜，判施斛食，济拔沉冥，超度众将，各设灵位享祭。做了好事已毕，将方天定宫中一应禁物，尽皆毁坏，所有金银、宝贝、罗缎等项，分赏诸将军校。杭州城百姓俱宁，设宴庆赏，当与军师从长计议,调兵收复睦州。

此时已是四月尽间,忽闻报道:“副都督刘光世并东京天使,都到杭州。”宋江当下引众将出北关门迎接入城,就行宫开读圣旨:“敕先锋使宋江等收剿方腊,累建大功,敕赐皇封御酒三十五瓶,锦衣三十五领,赏赐正将。其余偏将,照名支给赏赐缎匹。”原来朝廷只知公孙胜不曾渡江,收剿方腊,却不知折了许多头领。宋江见了三十五员锦衣御酒,蓦然伤心,泪不能止。天使问时,宋江把折了众将的话,对天使说知。天使道:“如此折将,朝廷怎知?下官回京,必当奏闻。”那时设宴款待天使,刘光世主席,其余大小将佐,各依次序而坐。御赐酒宴,各各沾恩。现亡正偏将佐,留下锦衣御酒赏赐,次日设位,遥空享祭。宋江将一瓶御酒,一领锦衣,去张顺庙里,呼名享祭。锦衣就穿泥神身上,其余的都只遥空焚化。天使住了几日,送回京师。

不觉迅速光阴,早过了数十日。张招讨差人赍文书来,催促先锋进兵。宋江与吴用请卢俊义商议:“此去睦州,沿江直抵贼巢。此去歙州,却从昱岭关小路而去。今从此处分兵征剿,不知贤弟兵取何处?”卢俊义道:“主兵遣将,听从哥哥严令,安敢选择?”宋江道:“虽然如此,试看天命。”作两队分定人数,写成两处阄子,焚香祈祷,各阄一处。宋江拈阄得睦州,卢俊义拈阄得歙州。宋江道:“方腊贼巢,正是清溪县帮源洞中。贤弟取了歙州,可屯住军马,申文飞报知会,约日同攻清溪贼洞。”卢俊义便请宋公明酌量分调将佐军校。

先锋使宋江带领正偏将佐三十六员,攻取睦州并乌龙岭:

军师吴用　关胜　花荣　秦明
李应　戴宗　朱仝　李逵
鲁智深　武松　解珍　解宝
吕方　郭盛　樊瑞　马麟
燕顺　宋清　项充　李衮
王英　扈三娘　凌振　杜兴
蔡福　蔡庆　裴宣　蒋敬
郁保四

水军头领正偏将佐七员,部领船只,随军征进睦州:

李俊　阮小二　阮小五　阮小七

童猛　　童威　　孟康

副先锋卢俊义管领正偏将佐二十八员,收取歙州并昱岭关:

军师朱武	林冲	呼延灼	史进
杨雄	石秀	单廷珪	魏定国
孙立	黄信	欧鹏	杜迁
陈达	杨春	李忠	薛永
邹渊	李立	李云	邹润
汤隆	石勇	时迁	丁得孙
孙新	顾大嫂	张青	孙二娘

当下卢先锋部领正偏将校,共计二十九员,随行军兵三万人马,择日辞了刘都督,别了宋江,引兵望杭州取山路,经过临安县,进发登程去了。

却说宋江等整顿船只军马,分拨正偏将校,选日祭旗出师,水陆并进,船骑相迎。此时杭州城内瘟疫盛行,已病倒六员将佐:是张横、穆弘、孔明、朱贵、杨林、白胜。患体未痊,不能征进,就拨穆春、朱富看视病人,共是八员,寄留杭州。其余众将,尽随宋江攻取睦州,共计三十七员,取路沿江望富阳县进发。

且不说两路军马起程,再说柴进同燕青,自秀州槜李亭别了宋先锋,行至海盐县前,到海边趁船,使过越州,迤逦来到诸暨县,渡过渔浦,前到睦州界上。把关隘将校拦住,柴进告道:"某乃是中原一秀士,能知天文地理,善会阴阳,识得六甲风云[①],辨别三光[②]气色,九流三教,无所不通,遥望江南有天子气而来,何故闭塞贤路?"把关将校,听得柴进言语不俗,便问姓名。柴进道:"某乃姓柯名引,一主一仆,投上国而来,别无他故。"守将见说,留住柴进,差人径来睦州,报知右丞相祖士远、参政沈寿、佥书桓逸、元帅谭高,四个跟前禀了。

便使人接取柴进至睦州相见,各叙礼罢,柴进一段话,耸动那四个,更兼柴进一表非俗,那里坦然不疑。右丞相祖士远大喜,便叫佥书桓逸,引柴进去清溪大内朝觐。原来睦州、歙州,方腊都有行宫大殿,内却有五府

---

① 六甲风云——指天时的变化。天干地支相配计算时日,中有甲子、甲戌、甲申、甲午、甲辰、甲寅,即称"六甲"。

② 三光——即指日、月、星。

六部总制在清溪县帮源洞中。

且说柴进、燕青跟随桓逸，来到清溪帝都，先来参见左丞相娄敏中。柴进高谈阔论，一片言语，娄敏中大喜，就留柴进在相府管待。看了柴进、燕青出言不俗，知书通礼，先自有八分欢喜。这娄敏中原是清溪县教学的先生，虽有些文章，苦不甚高，被柴进这一段话，说得他大喜。

过了一夜，次日早朝，等候方腊王子升殿，内列着侍御、嫔妃、彩女，外列九卿四相，文武两班，殿前武士，金瓜长随侍从。当有左丞相娄敏中出班启奏："中原是孔夫子之乡。今有一贤士，姓柯名引，文武兼资，智勇足备，善识天文地理，能辨六甲风云，贯通天地气色，三教九流，诸子百家，无不通达，望天子气而来，现在朝门外，伺候我主传宣。"方腊道："既有贤士到来，便令白衣朝见。"各门大使传宣，引柴进到于殿下。拜舞起居，山呼万岁已毕，宣入帘前。方腊看见柴进一表非俗，有龙子龙孙气象，先有八分喜色。方腊问道："贤士所言，望天子气而来，在于何处？"柴进奏道："臣柯引贱居中原，父母双亡，只身学业，传先贤之秘诀，授祖师之玄文。近日夜观乾象，见帝星明朗，正照东吴。因此不辞千里之劳，望气而来。特至江南，又见一缕五色天子之气，起自睦州。今得瞻天子圣颜，抱龙凤之姿，挺天日之表①，正应此气。臣不胜欣幸之至！"言讫再拜。方腊道："寡人虽有东南地土之分，近被宋江等侵夺城池，将近吾地，如之奈何？"柴进奏道："臣闻古人有言：'得之易，失之易；得之难，失之难。'今陛下东南之境，开基以来，席卷长驱，得了许多州郡。今虽被宋江侵了数处，不久气运复归于圣上。陛下非止江南之境，他日中原社稷，亦属陛下。"方腊见此等言语，心中大喜，敕赐锦墩命坐，管待御宴，加封为中书侍郎。自此柴进每日得近方腊，无非用些阿谀美言谄佞，以取其事。未经半月，方腊及内外官僚，无一人不喜柴进。

次后，方腊见柴进置事公平，尽心喜爱，却令左丞相娄敏中做媒，把金芝公主招赘柴进为驸马，封官主爵都尉。燕青改名云璧，人都称为云奉尉。柴进自从与公主成亲之后，出入宫殿，都知内外备细。方腊但有军情重事，便宣柴进至内宫计议。柴进时常奏说："陛下气色真正，只被罡星冲

---

① 挺天日之表——具有天子的形貌。挺，突出，赫然不群的样子。天日，即太阳，喻帝王。表，外表，外貌。

犯,尚有半年不安。直待并得宋江手下无了一员战将,罡星退度,陛下复兴基业,席卷长驱,直占中原之地。”方腊道:“寡人手下爱将数员,尽被宋江杀死,似此奈何?”柴进又奏道:“臣夜观天象,陛下气数,将星虽多数十位,不为正气,未久必亡。却有二十八宿星象,正来辅助陛下,复兴基业。宋江伙内,亦有十数员来降。此也是数中星宿,尽是陛下开疆展土之臣也!”方腊听了大喜。有诗为证:

蚕室当时惩太史,[①] 何人不罪李陵降?

谁知贵宠柯驸马,一念原来为宋江。

且不说柴进做了驸马,却说宋江部领大队人马军兵,离了杭州,望富阳县进发,时有宝光国师邓元觉并元帅石宝、王勣、晁中、温克让五个,引了败残军马,守住富阳县关隘,却使人来睦州求救。右丞相祖士远当差两员亲军指挥使,引一万军马,前来策应。正指挥白钦、副指挥景德,两个都有万夫不当之勇,来到富阳县,和宝光国师等合兵一处,占住山头。宋江等大队军马,已到七里湾,水军引着马军,一发前进。石宝见了,上马带流星锤,拿劈风刀,离了富阳县山头,来迎宋江。关胜正欲出马,吕方叫道:“兄长少停,看吕方和这厮斗几合。”

宋江在门旗影里看时,吕方一骑马,一枝戟,直取石宝,那石宝使劈风刀相迎。两个斗到五十合,吕方力怯,郭盛见了,便持戟纵马,前来夹攻,那石宝一口刀,战两枝戟,没半分漏泄。正斗到至处,南边宝光国师急鸣锣收军。原来见大江里战船乘着顺风,都上滩来,却来傍岸。怕他两处夹攻,因此鸣锣收军。吕方、郭盛缠住厮杀,那里肯放。石宝又斗了三五合,宋兵阵上,朱仝一骑马,一条枪,又去夹攻。石宝战不过三将,分开兵器便走。宋江鞭梢一指,直杀过富阳山岭。石宝军马,于路屯扎不住,直到桐庐县界内。

宋江连夜进兵,过白峰岭下寨。当夜差遣解珍、解宝、燕顺、王矮虎、一丈青取东路,李逵、项充、李衮、樊瑞、马麟取西路,各带一千步军,去桐庐县劫寨,江里却教李俊、三阮、二童、孟康七人取水路进兵。

且说解珍等引着军兵杀到桐庐县时,已是三更天气。宝光国师正和

---

① 蚕室句——汉时李陵战败投降匈奴,司马迁为之辩护,武帝处以宫刑。因受刑者应避风就暖,故作暗室蓄火如养蚕之室,即以“蚕室”喻受刑者的狱室。

石宝计议军务，猛听的一声炮响，众人上马不迭。急看时，三路火起，诸将跟着石宝，只顾逃命，那里敢来迎敌。三路军马，横冲直撞杀将来。温克让上得马迟，便望小路而走，正撞着王矮虎、一丈青。他夫妻二人一发上，把温克让横拖倒拽，活捉去了。李逵和项充、李衮、樊瑞、马麟只顾在县里杀人放火。宋江见报，催趱军兵，拔寨都起，直到桐庐县驻屯军马。王矮虎、一丈青献温克让请功。宋江教把温克让解赴杭州张招讨前斩首，不在话下。

次日，宋江调兵，水陆并进，直到乌龙岭下，过岭便是睦州。此时宝光国师引着众将，都上岭去把关隘，屯驻军马。那乌龙关隘，正靠长江，山峻水急，上立关防，下排战舰。宋江军马近岭下屯驻，扎了寨栅。步军中差李逵、项充、李衮，引五百牌手，出哨探路。

到得乌龙岭下，上面擂木炮石，打将下来，不能前进，无计可施，回报宋先锋。宋江又差阮小二、孟康、童猛、童威四个，先掉一半战船上滩。当下阮小二带了两个副将，引一千水军，分作一百只船上，摇旗擂鼓，唱着山歌，渐近乌龙岭边来。

原来乌龙岭下，那面靠山，却是方腊的水寨。那寨里也屯着五百只战船，船上有五千来水军。为头的四个水军总管，名号浙江四龙。那四龙：

玉爪龙都总管成贵　　锦鳞龙副总管翟源

冲波龙左副管乔正　　戏珠龙右副管谢福

这四个总管，原是钱塘江里艄公，投奔方腊，却受三品职事。当日阮小二等，乘驾船只，从急流下水，摇上滩去。南军水寨里四个总管，已自知了，准备下五十连火排。原来这火排，只是大松杉木穿成，排上都堆草把，草把内暗藏着硫黄焰硝引火之物，把竹索编住，排在滩头。这里阮小二和孟康、童威、童猛四个，只顾摇上滩去。那四个水军总管在上面看见了，各打一面乾红号旗，驾四只快船，顺水摇将下来。阮小二看见，喝令水手放箭，那四只快船便回。阮小二便叫乘势赶上滩去，四只快船，傍滩住了，四个总管，却跳上岸，许多水手们也都走了。

阮小二望见滩上水寨里船广，不敢上去，正在迟疑间，只见乌龙岭上把旗一招，金鼓齐鸣，火排一齐点着，望下滩顺风冲将下来，背后大船一齐喊起，都是长枪挠钩，尽随火排下来。童威、童猛见势大难近，便把船傍岸，弃了船只，爬过山边，上了山，寻路回寨。阮小二和孟康，兀自在船上迎敌,火排连烧将来。阮小二急下水时,后船赶上,一挠钩搭住。阮小二心慌,怕吃他拿去受辱,扯出腰刀,自刎而亡。孟康见不是头,急要下水时,火排上火炮齐发,一炮正打中孟康头盔,透顶打做肉泥。四个水军总管,却上火船,杀将下来。李俊和阮小五、阮小七都在后船,见前船失利,沿江岸杀来,只得急忙转船,便随顺水放下桐庐岸来。

再说乌龙岭上宝光国师并元帅石宝,见水军总管得胜,乘势引军杀下岭来。水深不能相赶,路远不能相追,宋兵复退在桐庐驻扎,南兵也收军上乌龙岭去了。

宋江在桐庐扎驻寨栅,又见折了阮小二、孟康,在帐中烦恼,寝食俱废,梦寐不安。吴用与众将苦劝不得,阮小七、阮小五,挂孝已了,自来谏劝宋江道:"我哥哥今日为国家大事,折了性命,也强似死在梁山泊,埋没了名目。先锋主兵不须烦恼,且请理国家大事。我弟兄两个,自去复仇。"宋江听了,稍稍回颜。

次日,仍复整点军马,再要进兵。吴用谏道:"兄长未可急性,且再寻思计策,度岭未迟。"只见解珍、解宝便道:"我弟兄两个,原是猎户出身,巴山度岭得惯,我两个装做此间猎户,爬上山去,放起一把火来,教那贼兵大惊,必然弃了关去。"吴用道:"此计虽好,只恐这山险峻,难以进步,倘或失脚,性命难保。"解珍、解宝便道:"我弟兄两个,自登州越狱上梁山泊,托哥哥福荫,做了许多年好汉,又受了国家诰命,穿了锦袄子,今日为朝廷,便粉骨碎身,报答仁兄,也不为多。"宋江道:"贤弟休说这凶话,只愿早早干了大功回京,朝廷不肯亏负我们。你只顾尽心竭力,与国家出力。"

解珍、解宝便去拴束,穿了虎皮套袄,腰里各跨一口快刀,提了钢叉。两个来辞了宋江,便取小路望乌龙岭上来。此时才有一更天气,路上撞着两个伏路小军。二人结果了两个,到得岭下时,已有二更。听得岭上寨内,更鼓分明,两个不敢从大路走,攀藤揽葛,一步步爬上岭来。

是夜月光明朗,如同白日,两个三停爬了二停之上,望见岭上灯光闪闪。两个伏在岭门边听时,上面更鼓,已打四更。解珍暗暗地叫兄弟道:"夜又短,天色无多时了。我两个上去罢。"两个又攀援上去。正爬到岩壁崎岖之处,悬崖崄峻之中,两个只顾爬上去,手脚都不闲,却把搭膊拴住钢叉,拖在背后,刮得竹藤乱响,山岭上早吃人看见了。解珍正爬在山凹处,只听得上面叫声:"着!"一挠钩正搭住解珍头髻。解珍急去腰里拔得刀出来时，上面已把他提得脚悬了。解珍心慌，连忙一刀，砍断挠钩，却从空里坠下来。可怜解珍做了半世好汉，从这百十丈高岩上，倒撞下来，死于非命。下面都是狼牙乱石，粉碎了身躯。解宝见哥哥撷将下去，急退步下岭时，上头早滚下大小石块，并短弩弓箭，从竹藤里射来。可怜解宝为了一世猎户，做一块儿射死在乌龙岭边，竹藤丛里，两个身死。

天明，岭上差人下来，将解珍、解宝尸首，就风化[①] 在岭上。探子听得备细，报与宋先锋知道，解珍、解宝已死在乌龙岭。宋江听得又折了解珍、解宝，哭得几番昏晕，便唤关胜、花荣点兵取乌龙岭关隘，与四个兄弟报仇。吴用谏道："仁兄不可性急，已死者皆是天命。若要取关，不可造次。须用神机妙策，智取其关，方可调兵遣将。"宋江怒道："谁想把我们弟兄手足，三停损了一停。不忍那贼们把我兄弟风化在岭上，今夜必须提兵先去，夺尸首回来，具棺椁埋葬。"吴用阻道："贼兵将尸风化，诚恐有计，兄长未可造次。"宋江那里肯听军师谏劝，随即点起三千精兵，带领关胜、花荣、吕方、郭盛四将，连夜进兵。

到乌龙岭时，已是二更时分。小校报道："前面风化起两个人在那里，敢是解珍、解宝的尸首。"宋江纵马亲自来看时，见两株树上，把竹竿挑起两个尸首，树上削去了一片皮，写两行大字在上，月黑不见分晓。宋江令讨放炮火种，吹起灯来看时，上面写道："宋江早晚也号令[②] 在此处"。宋江看了大怒，却传令人上树去取尸首，只见四下里火把齐起，金鼓乱鸣，团团军马围住。当前岭上，早乱箭射来。江里船内水军，都纷纷上岸来。宋江见了，叫声苦，不知高低。急退军时，石宝当先截住去路，转过侧首，又是邓元觉杀将下来。直使规模有似马陵道，光景浑如落凤坡。毕竟宋江军马怎地脱身，且听下回分解。

---

① 风化——本指物体长期因风霜雪雨侵蚀而受到破坏或发生变化。这里指暴尸在外。

② 号令——示众。

第一百十七回

睦州城箭射邓元觉　乌龙岭神助宋公明

话说宋江因要救取解珍、解宝的尸，到于乌龙岭下，正中了石宝计策。四下里伏兵齐起，前有石宝军马，后有邓元觉截住回路。石宝厉声高叫："宋江不下马受降，更待何时？"关胜大怒，拍马抡刀战石宝。两将交锋未定，后面喊声又起。脑背后却是四个水军总管，一齐登岸，会同王勣、晁中，从岭上杀将下来。花荣急出，当住后队，便和王勣交战。斗无数合，花荣便走。王勣、晁中乘势赶来，被花荣手起，急放连珠二箭，射中二将，翻身落马。众军呐声喊，不敢向前，退后便走。四个水军总管，见一连射死王勣、晁中，不敢向前，因此花荣抵敌得住。

刺斜里又撞出两阵军来：一队是指挥白钦，一队是指挥景德。这里宋江阵中二将齐出，吕方便迎住白钦交战，郭盛便与景德相持，四下里分头厮杀，敌对死战。宋江正慌促间，只听得南军后面，喊杀连天，众军奔走。原来却是李逵引两个牌手项充、李衮，一千步军，从石宝马军后面杀来。邓元觉引军却待来救应时，背后撞过鲁智深、武松，两口戒刀，横剁直砍，浑铁禅杖，一冲一戳，两个引一千步军，直杀入来。随后又是秦明、李应、朱仝、燕顺、马麟、樊瑞、一丈青、王矮虎，各带马军步军，舍死撞杀入来。四面宋兵，杀散石宝、邓元觉军马，救得宋江等回桐庐县去，石宝也自收兵上岭去了。宋江在寨中称谢众将："若非我兄弟相救，宋江已与解珍、解宝同为泉下之鬼。"吴用道："为是兄长此去，不合愚意，惟恐有失，便遣众将相援。"宋江称谢不已。

且说乌龙岭上石宝、邓元觉两个元帅，在寨中商议道："即目宋江兵马，退在桐庐县驻扎，倘或被他私越小路，度过岭后，睦州咫尺危矣。不若国师亲往清溪大内[1]，面见天子，奏请添调军马，守护这条岭隘，可保长久。"邓元觉道："元帅之言极当，小僧便往。"邓元觉随即上马，先来到睦

① 大内——皇宫内苑。

州,见了右丞相祖士远说:“宋江兵强人猛,势不可当,军马席卷而来,诚恐有失。小僧特来奏请添兵遣将,保守关隘。”祖士远听了,便同邓元觉上马,离了睦州,一同到清溪县帮源洞[①] 中,先见了左丞相娄敏中说过了,奏请添调军马。

次日早朝,方腊升殿,左右二丞相,一同邓元觉,朝见拜舞已毕,邓元觉向前起居万岁,便奏道:“臣僧元觉领着圣旨,与太子同守杭州。不想宋江军马,兵强将勇,席卷而来,势难迎敌,致被袁评事引诱入城,以致失陷杭州,太子贪战,出奔而亡。今来元觉与元帅石宝,退过乌龙岭关隘,近日连斩宋江四将,声势颇振。即目宋江已进兵到桐庐驻扎,诚恐早晚贼人私越小路,透过关来,岭隘难保。请陛下早选良将,添调精锐军马,同保乌龙岭关隘,以图退贼,克复城池。”方腊道:“各处军兵,已都调尽。近日又为歙州昱岭上关隘甚紧,又分去了数万军兵。止有御林军马,寡人要护御大内,如何四散调得开去?”邓元觉又奏道:“陛下不发救兵,臣僧无奈。若是宋兵度岭之后,睦州焉能保守?”左丞相娄敏中出班奏曰:“这乌龙岭关隘,亦是要紧去处。臣知御林军兵,总有三万,可分一万,跟国师去保守关隘。乞我王圣鉴。”方腊不听娄敏中之言,坚执不肯调拨御林军马去救乌龙岭。

当日朝罢,众人出内。娄丞相与众官商议,只教祖丞相睦州分一员将,拨五千军,与国师去保乌龙岭。因此,邓元觉同祖士远回睦州来,选了五千精锐军马,首将一员夏侯成,回到乌龙岭寨内,与石宝说知此事。石宝道:“既是朝廷不拨御林军马,我等且守住关隘,不可出战。着四个水军总管,牢守滩头江岸边,但有船来,便去杀退,不可进兵。”

且不说宝光国师同石宝、白钦、景德、夏侯成五个守住乌龙岭关隘,却说宋江自折了将佐,只在桐庐县驻扎,按兵不动。一住二十余日,不出交战,忽有探马报道:“朝廷又差童枢密赍赏赐,已到杭州。听知分兵两路,童枢密转差大将王禀,分赍赏赐,投昱岭关卢先锋军前去了。童枢密即目便到,亲赍赏赐。”宋江见报,便与吴用众将,都离县二十里迎接。来到县治里,开读圣旨,便将赏赐分给众将。宋江等参拜童枢密,随即设宴管待。童枢密问道:“征进之间,多听得损折将佐。”宋江垂泪禀道:“往年跟随赵

---

① 帮源洞——方腊起义之处。山谷幽险,深广四十里,可以凭险据守,故称为“洞”。

枢相，北征辽虏，兵将全胜，端的不曾折了一个将校。自从奉敕来征方腊，未离京师，首先去了公孙胜，驾前又留下了数人，进兵渡得江来，但到一处，必折损数人。近又有八九个将佐，病倒在杭州，存亡未保。前面乌龙岭厮杀二次，又折了几将。盖因山险水急，难以对阵，急切不能打透关隘。正在忧惶之际，幸得恩相到此。”童枢密道：“今上天子，多知先锋建立大功，后闻损折将佐，特差下官引大将王禀、赵谭，前来助阵。已使王禀赍赏往卢先锋处，分俵给散众将去了。”随唤赵谭与宋江等相见，俱于桐庐县驻扎，饮宴管待已了。

次日，童枢密整点军马，欲要去打乌龙岭关隘。吴用谏道：“恩相未可轻动。且差燕顺、马麟去溪僻小径去处，寻觅当村土居百姓，问其向道，别求小路，度得关那边去。两面夹攻，彼此不能相顾，此关唾手可得。”宋江道：“此言极妙。”随即差遣马麟、燕顺，引数十个军健，去村落中，寻访百姓问路。去了一日，至晚，引将一个老儿来见宋江。宋江问道：“这老者是甚人?”马麟道：“这老的是本处土居人户，都知这里路径溪山。”宋江道：“老者，你可指引我一条路径，过乌龙岭去，我自重重赏你。”老儿告道：“老汉祖居是此间百姓，累被方腊残害，无处逃躲，幸得天兵到此，万民有福，再见太平。老汉指引一条小路：过乌龙岭去，便是东管，取睦州不远，便到北门，却转过西门，便是乌龙岭。”宋江听了大喜，随即叫取银物，赏了引路老儿，留在寨中，又着人与酒饭管待。

次日，宋江请启童枢密守把桐庐县，自领正偏将一十二员，取小路进发。那十二员，是花荣、秦明、鲁智深、武松、戴宗、李逵、樊瑞、王英、扈三娘、项充、李衮、凌振。随行马步军兵一万人数，跟着引路老儿便行。马摘銮铃，军士衔枚疾走。至小牛岭，已有一伙军兵拦路。宋江便叫李逵、项充、李衮冲杀入去，约有三五百守路贼兵，都被李逵等杀尽。四更前后，已到东管。本处守把将伍应星，听得宋兵已透过东管，思量部下只有二千人马，如何迎敌得，当时一哄都走了。

径回睦州，报与祖丞相等知道：“今被宋江军兵，私越小路，已透过乌龙岭这边，尽到东管来了。”祖士远听了大惊，急聚众将商议。宋江已令炮手凌振放起连珠炮。乌龙岭上寨中石宝等听得大惊，急使指挥白钦引军探时，见宋江旗号，遍天遍地，摆满山林。急退回岭上寨中，报与石宝等。石宝便道：“既然朝廷不发救兵，我等只坚守关隘，不要去救。”邓元觉便道:“元帅差矣。如今若不调兵救应睦州,也自由可。倘或内苑有失,我等亦不能保。你不去时,我自去救应睦州。”石宝苦劝不住。邓元觉点了五千人马,绰了禅杖,带领夏侯成下岭去了。

且说宋江引兵到了东管,且不去打睦州,先来取乌龙岭关隘,却好正撞着邓元觉。军马渐近,两军相迎,邓元觉当先出马挑战。花荣看见,便向宋江耳边低低道:“此人则除如此如此可获。”宋江点头道是,就嘱咐了秦明。两将都会意了。秦明首先出马,便和邓元觉交战。斗到五六合,秦明回马便走,众军各自东西四散。邓元觉看见秦明输了,倒撇了秦明,径奔来捉宋江。原来花荣已准备了,护持着宋江,只待邓元觉来得较近,花荣满满地攀着弓,觑得亲切,照面门上飕地一箭。弓开满月,箭发流星,正中邓元觉面门,坠下马去,被众军杀死。一齐卷杀拢来,南兵大败,夏侯成抵敌不住,便奔睦州去了,宋兵直杀到乌龙岭上,擂木炮石,打将下来,不能上去。宋兵却杀转来,先打睦州。

且说祖丞相见首将夏侯成逃来报说:“宋兵已度过东管,杀了邓国师,即日来打睦州。”祖士远听了,便差人同夏侯成去清溪大内,请娄丞相入朝启奏:“现今宋兵已从小路透过到东管,前来攻打睦州甚急,乞我王早发军兵救应,迟延必至失陷。”方腊听了大惊,急宣殿前太尉郑彪,点与一万五千御林军马,星夜去救睦州。郑彪奏道:“臣领圣旨,乞请天师同行策应,可敌宋江。”方腊准奏,便宣灵应天师包道乙。当时宣诏天师,直至殿下面君。包道乙打了稽首。方腊传旨道:“今被宋江兵马,看看侵犯寡人地面,累次陷了城池兵将。即目宋兵俱到睦州,可望天师阐扬道法,护国救民,以保江山社稷。”包天师奏道:“主上宽心,贫道不才,凭胸中之学识,仗陛下之洪福,一扫宋江兵马。”方腊大喜,赐坐,设宴管待。包道乙饮筵罢,辞帝出朝。包天师便和郑彪、夏侯成商议起军。

原来这包道乙祖是金华山中人,幼年出家,学左道[①]之法。向后跟了方腊,谋叛造反,但遇交锋,必使妖法害人,有一口宝剑,号为玄元混天剑,能飞百步取人。协助方腊,行不仁之事。因此尊为灵应天师。那郑彪原是婺州兰溪县都头出身,自幼使得枪棒惯熟,遭际方腊,做到殿帅太尉。酷爱道法,礼拜包道乙为师,学得他许多法术在身,但遇厮杀之处,必有云

① 左道——即“旁门左道”。这里指妖邪之法。

气相随。因此，人呼为郑魔君。这夏侯成，亦是婺州山中人，原是猎户出身，惯使钢叉，自来随着祖丞相管领睦州。当日，三个在殿帅府中商议起军，门吏报道："有司天太监浦文英来见。"天师问其来故，浦文英说道："闻知天师与太尉将军三位，提兵去和宋兵战。文英夜观乾象，南方将星，皆是无光，宋江等将星，尚有一半明朗者。天师此行虽好，只恐不利。何不回奏主上，商量投拜为上，且解一国之厄。"包天师听了大怒，掣出玄元混天剑，把这浦文英一剑挥为两段，急动文书，申奏方腊去讫，不在话下。史官有诗曰：

王气东南已渐消，犹凭左道用人妖。

文英既识真天命，何事捐生在伪朝？

当下便遣郑彪为先锋，调前部军马出城前进。包天师为中军，夏侯成为合后，军马进发，来救睦州。

且说宋江兵将，攻打睦州，未见次第，忽闻探马报来，清溪救军到了。宋江听罢，便差王矮虎、一丈青两个出哨迎敌。夫妻二人，带领三千马军，投清溪路上来，正迎着郑彪，首先出马，便与王矮虎交战。两个更不打话，排开阵势，交马便斗。才到八九合，只见郑彪口里念念有词，喝声道："疾！"就头盔顶上，流出一道黑气来。黑气之中，立着一个金甲天神，手持降魔宝杵，从半空里打将下来。王矮虎看见，吃了一惊，手忙脚乱，失了枪法，被郑魔君一枪，戳下马去。一丈青看见戳了他丈夫落马，急舞双刀去救时，郑彪便来交战。略战一合，郑彪回马便走。一丈青要报丈夫之仇，急赶将来。郑魔君歇住铁枪，舒手去身边锦袋内，摸出一块镀金铜砖，扭回身，看着一丈青面门上只一砖，打落下马而死。可怜能战佳人，到此一场春梦。那郑魔君招转军马，却赶宋兵。

宋兵大败，回见宋江，诉说王矮虎、一丈青都被郑魔君戳打伤死，带去军兵，折其大半。宋江听得又折了王矮虎、一丈青，心中大怒，急点起军马，引了李逵、项充、李衮，带了五千人马，前去迎敌。早见郑魔君军马已到。宋江怒气填胸，当先出马，大喝郑彪道："逆贼怎敢杀吾二将！"郑彪便提枪出马，要战宋江。

李逵见了大怒，掣起两把板斧，便飞奔出去，项充、李衮急舞蛮牌遮护，三个直冲杀入郑彪怀里去。那郑魔君回马便走，三个直赶入南兵阵里去。宋江恐折了李逵，急招起五千人马，一齐掩杀，南兵四散奔走。宋江且叫鸣金收兵，两个牌手当得李逵回来，只见四下里乌云罩合，黑气漫天，不分南北东西，白昼如夜。宋江军马，前无去路。但见：

阴云四合，黑雾漫天。下一阵风雨滂沱，起数声怒雷猛烈。山川震动，高低浑似天崩；溪涧颠狂，左右却如地陷。悲悲鬼哭，衮衮[①]神号。定睛不见半分形，满耳惟闻千树响。

宋江军兵，当被郑魔君使妖法，黑暗了天地，迷踪失路，撞到一个去处，黑漫漫不见一物，本部军兵，自乱起来。宋江仰天叹曰："莫非吾当死于此地矣！"从巳时直至未牌，方才黑雾消散，微有些光亮，看见一周遭都是金甲大汉，团团围住。宋江见了，惊倒在地，口中只称："乞赐早死！"不敢仰面，耳边只听得风雨之声。手下众军将士，一个个都伏地受死，只等刀来砍杀。须臾，风雨过处，宋江却见刀不砍来，有一人来搀宋江，口称："请起！"宋江抬头仰脸看时，只见面前一个秀才来扶。看那人时，怎生打扮，但见：

头裹乌纱软角唐巾，身穿白罗圆领凉衫，腰系乌犀金鞓束带，足穿四缝干皂朝靴。面如傅粉，唇若涂朱。堂堂七尺之躯，楚楚三旬之上。若非上界灵官，定是九天进士。

宋江见了失惊，起身叙礼，便问秀才高姓大名。那秀才答道："小生姓邵名俊，土居于此。今特来报知义士，方十三气数将尽，只在旬日可破。小生多曾与义士出力，今虽受困，救兵已至，义士知否？"宋江再问道："先生，方十三气数，何时可获？"邵秀才把手一推，宋江忽然惊觉，乃是南柯一梦。醒来看时，面前一周遭大汉，却原来都是松树。宋江大叫军将起来，寻路出去。

此时云收雾敛，天朗气清，只听得松树外面，发喊将来。宋江便领起军兵，从里面杀出去时，早望见鲁智深、武松一路杀来，正与郑彪交手。那包天师在马上，见武松使两口戒刀，步行直取郑彪，包道乙便向鞘中掣出那口玄元混天剑来，从空飞下，正砍中武松左臂，血晕倒了。却得鲁智深一条禅杖，忿力打入去，救得武松时，已自左臂砍得伶仃将断，却夺得他那口混天剑。武松醒来，看见左臂已折，伶仃将断，一发自把戒刀割断了。宋江先叫军校扶送回寨将息。鲁智深却杀入后阵去，正遇着夏侯成交战。

---

① 衮衮——连续不断，众多。

两个斗了数合，夏侯成败走，鲁智深一条禅杖，直打入去，南军四散。夏侯成便望山林中奔走。鲁智深不舍，赶入深山里去了。

且说郑魔君那厮，又引兵赶将来，宋军阵内，李逵、项充、李衮三个见了，便舞起蛮牌、飞刀、标枪、板斧，一齐冲杀入去。那郑魔君迎敌不过，越岭渡溪而走。三个不识路径，只要立功，死命赶过溪去，紧追郑彪。溪西岸边，抢出三千军来，截断宋兵。项充急回时，早被岸边两将拦住，便叫李逵、李衮时，已过溪赶郑彪去了。不想前面溪涧又深，李衮先一交跌翻在溪里，被南军乱箭射死。项充急钻下岸来，又被绳索绊翻，却待要挣扎，众军乱上，剁做肉泥。可怜李衮、项充到此，英雄怎使！只有李逵独自一个，赶入深山里去了。溪边军马随后袭将去，未经半里，背后喊声振起，却是花荣、秦明、樊瑞三将，引军来救，杀散南军，赶入深山，救得李逵回来，只不见了鲁智深。众将齐来参见宋江，诉说追赶郑魔君，过溪厮杀，折了项充、李衮，止救了李逵回来。宋江听罢，痛哭不止。整点军兵，折其一停，又不见了鲁智深，武松已折了左臂。

宋江正哭之间，探马报道："军师吴用和关胜、李应、朱仝、燕顺、马麟，提一万军兵，从水路到来。"宋江迎见吴用等，便问来情。吴用答道："童枢密自有随行军马，并大将王禀、赵谭，都督刘光世又有军马，已到乌龙岭下。只留下吕方、郭盛、裴宣、蒋敬、蔡福、蔡庆、杜兴、郁保四，并水军头领李俊、阮小五、阮小七、童威、童猛等十三人，其余都跟吴用到此策应。"宋江诉说："折了将佐，武松已成了废人，鲁智深又不知去向，不由我不伤感。"吴用劝道："兄长且宜开怀，即目正是擒捉方腊之时，只以国家大事为重，不可忧损贵体。"宋江指着许多松树，说梦中之事，与军师知道。吴用道："既然有此灵验之梦，莫非此处坊隅庙宇，有灵显之神，故来护祐兄长。"宋江道："军师所见极当，就与足下进山寻访。"吴用当与宋江信步行入山林。

未及半箭之地，松树林中，早见一所庙宇，金书牌额上写"乌龙神庙"。宋江、吴用入庙上殿看时，吃了一惊，殿上塑的龙君圣象，正和梦中见者无异。宋江再拜恳谢道："多蒙龙君神圣救护之恩，未能报谢，望乞灵神助威。若平复了方腊，敬当一力申奏朝廷，重建庙宇，加封圣号。"宋江、吴用拜罢下阶，看那石碑时，神乃唐朝一进士，姓邵名俊，应举不第，坠江而死，天帝怜其忠直，赐作龙神。本处人民祈风得风，祈雨得雨，以此建立庙宇，四时享祭。宋江看了，随即叫取乌猪白羊，祭祀已毕，出庙来再看备细，见周遭松树显化，可谓异事。直至如今，严州北门外，有乌龙大王庙，亦名万松林。古迹尚存，有诗为证：

忠心一点鬼神知，暗里维持信[①] 有之。

欲识龙君真姓字，万松林下读残碑。

且说宋江谢了龙君庇祐之恩，出庙上马，回到中军寨内，便与吴用商议打睦州之策。坐至半夜，宋江觉道神思困倦，伏几而卧，只闻一人报曰："有邵秀才相访。"宋江急忙起身，出帐迎接时，只见邵龙君长揖宋江道："昨日若非小生救护，义士已被包道乙作起邪法，松树化人，擒获足下矣。适间深感祭奠之礼，特来致谢，就行报知睦州来日可破，方十三旬日可擒。"宋江正待邀请入帐再问间，忽被风声一搅，撒然觉来，又是一梦。

宋江急请军师圆梦，说知其事。吴用道："既是龙君如此显灵，来日便可进兵，攻打睦州。"宋江道："言之极当。"至天明，传下军令，点起大队人马，攻取睦州，便差燕顺、马麟，守住乌龙岭这条大路，却调关胜、花荣、秦明、朱仝四员正将，当先进兵，来取睦州，便望北门攻打，却令凌振施放九厢子母等火炮，直打入城去。那火炮飞将起去，震的天崩地动，岳撼山摇，城中军马，惊得魂消魄丧，不杀自乱。

且说包天师、郑魔君后军，已被鲁智深杀散，追赶夏侯成，不知下落。那时已将军马退入城中屯驻，却和右丞相祖士远、参政沈寿、佥书桓逸、元帅谭高、守将伍应星等商议："宋兵已至，何以解救？"祖士远道："自古兵临城下，将至濠边，若不死战，何以解之！打破城池，必被擒获，事在危急，尽须向前！"当下郑魔君引着谭高、伍应星，并牙将十数员，领精兵一万，开放城门，与宋江对敌。

宋江教把军马略退半箭之地，让他军马出城摆列。那包天师拿着把交椅，坐在城头上，祖丞相、沈参政并桓佥书，皆坐在敌楼上看。郑魔君便挺枪跃马出阵。宋江阵上大刀关胜，出马舞刀，来战郑彪。二将交马，斗不数合，那郑彪如何敌得关胜，只办得架隔遮拦，左右躲闪。这包道乙正在城头上看了，便作妖法，口中念念有词，喝声道："疾！"念着那助咒法，吹口气去，郑魔君头上滚出一道黑气，黑气中间显出一尊金甲神人，手提降

① 信——确实。

魔宝杵,望空打将下来。南军队里,荡起昏邓邓黑云来。

宋江见了,便唤混世魔王樊瑞来看,急令作法,并自念天书上回风破暗的密咒秘诀。只见关胜头盔上,早卷起一道白云,白云之中,也显出一尊神将,红发青脸,碧眼獠牙,骑一条乌龙,手执铁锤,去战郑魔君头上那尊金甲神人,下面两军呐喊。二将交锋,战无数合,只见上面那骑乌龙的天将,战退了金甲神人。下面关胜一刀,砍了郑魔君于马下。

包道乙见宋军中风起雷响,急待起身时,被凌振放起一个轰天炮,一个火弹子,正打中包天师,头和身躯,击得粉碎。南兵大败。乘势杀入睦州,朱仝把元帅谭高一枪戳在马下,李应飞刀杀死守将伍应星。睦州城下,见一火炮打中了包天师身躯,南军都滚下城去了。宋江军马,已杀入城,众将一发向前,生擒了祖丞相、沈参政、桓佥书,其余牙将,不问姓名,俱被宋兵杀死。

宋江等入城,先把火烧了方腊行宫,所有金帛,就赏与了三军众将,便出榜文安抚了百姓。尚兀自点军未了,探马飞报将来:"西门乌龙岭上,马麟被白钦一标枪标下去,石宝赶上,复了一刀,把马麟剁做两段。燕顺见了,便向前来战时,又被石宝那厮,一流星锤打死。石宝得胜,即目引军乘势杀来。"宋江听得又折了燕顺、马麟,扼腕痛哭不尽。急差关胜、花荣、秦明、朱仝四员正将,迎敌石宝、白钦,就要取乌龙岭关隘。不是这四员将来乌龙岭厮杀,有分教,清溪县里,削平啃聚贼兵;帮源洞中,活捉草头天子。直教宋江等名标青史千年在,功播清时万古传。毕竟宋江等怎地迎敌,且听下回分解。

第一百十八回

卢俊义大战昱岭关　　宋公明智取清溪洞

话说当下关胜等四将,飞马引军,杀到乌龙岭上,正接着石宝军马。关胜在马上大喝:"贼将安敢杀吾弟兄!"石宝见是关胜,无心恋战,便退上岭去,指挥白钦,却来战关胜。两马相交,军器并举,两个斗不到十合,乌龙岭上急又鸣锣收军。关胜不赶,岭上军兵,自乱起来。原来石宝只顾在岭东厮杀，却不提防岭西已被童枢密大驱人马，杀上岭来。宋军中大将王禀，便和南兵指挥景德厮杀。两个斗了十合之上，王禀将景德斩于马下。自此吕方、郭盛首先奔上山来夺岭，未及到岭边，山头上早飞下一块大石头，将郭盛和人连马打死在岭边。

这面岭东，关胜望见岭上大乱，情知岭西有宋兵上岭了，急招众将，一齐都杀上去。两面夹攻，岭上混战。吕方却好迎着白钦，两个交手厮杀。斗不到三合，白钦一枪搠来，吕方闪个过，白钦那条枪从吕方肋下戳个空。吕方这枝戟，却被白钦拨个倒横。两将在马上，各施展不得，都弃了手中军器，在马上你我厮相揪住。原来正遇着山岭崄峻处，那马如何立得脚牢，二将使得力猛，不想连人和马都滚下岭去。这两将做一处攧死在那岭下。这边关胜等众将步行，都杀上岭来，两面尽是宋兵，已杀到岭上。石宝看见两边全无去路，恐吃捉了受辱，便用劈风刀自刎而死。

宋江众将夺了乌龙岭关隘，关胜急令人报知宋先锋。江里水寨中四个水军总管，见乌龙岭已失，睦州俱陷，都弃了船只，逃过对江，被隔岸百姓，生擒得成贵、谢福，解送献入睦州。走了翟源、乔正，不知去向。宋兵大队，回到睦州。

宋江得知，出城迎接。童枢密、刘都督入城屯驻，安营已了，出榜招抚军民复业，南兵投降者勿知其数。宋江尽将仓廒粮米，给散百姓，各归本乡，复为良民；将水军总管成贵、谢福割腹取心，致祭兄弟阮小二、孟康，并在乌龙岭亡过一应将佐，前后死魂，俱皆受享；再叫李俊等水军将佐，管领了许多船只，把获到贼首伪官，解送张招讨军前去了。宋江又见折了吕方、郭盛，惆怅不已，按兵不动，等候卢先锋兵马，同取清溪。

且不说宋江在睦州屯驻，却说副先锋卢俊义，自从杭州分兵之后，统领三万人马，本部下正偏将佐二十八员，引兵取山路，望杭州进发，经过临安镇钱王故都，道近昱岭关前。守关把隘，却是方腊手下一员大将，绰号小养由基庞万春，乃是江南方腊国中第一个会射弓箭的。带领着两员副将：一个唤做雷炯，一个唤做计稷。这两个副将，都蹬的七八百斤劲弩，各会使一枝蒺藜骨朵，手下有五千人马。三个守把住昱岭关隘，听知宋兵分拨副先锋卢俊义引军到来，已都准备下了对敌器械，只待宋军相近。

且说卢先锋军马将次近昱岭关前，当日先差史进、石秀、陈达、杨春、李忠、薛永六员将校，带领三千步军，前去出哨。当下史进等六将，都骑战马，其余都是步军，迤逦哨到关下，并不曾撞见一个军马。史进在马上心疑，和众将商议。说言未了，早已来到关前。看时，见关上竖着一面彩绣白旗，旗下立着那小养由基庞万春，看了史进等大笑，骂道："你这伙草贼，只好在梁山泊里住，掯勒宋朝招安诰命，如何敢来我这国土里装好汉！你也曾闻俺小养由基的名字么？我听得你这厮伙里，有个甚么小李广花荣，着他出来，和我比箭。先教你看我神箭。"说言未了，飕的一箭，正中史进，攧下马去。五将一齐急急向前，救得上马便回。又见山顶上一声锣响，左右两边松树林里，一齐放箭。五员将顾不得史进，各人逃命而走。转得过山嘴，对面两边山坡上，一边是雷炯，一边是计稷，那弩箭如雨一般射将来，总是有十分英雄，也躲不得这般的箭矢。可怜水浒六员将佐，都作南柯一梦。史进、石秀等六人，不曾透得一个出来，做一堆儿都被射死在关下。

三千步卒，止剩得百余个小军，逃得回来，见卢先锋说知此事。卢先锋听了大惊，如痴似醉，呆了半晌。神机军师朱武为陈达、杨春垂泪已毕，谏道："先锋且勿烦恼，有误大事，可以别商量一个计策，去夺关斩将，报此仇恨。"卢俊义道："宋公明兄长特分许多将校与我，今番不曾赢得一阵，首先倒折了六将，更兼三千军卒，止有得百余人回来，似此怎生到歙州相见？"朱武答道："古人有云：'天时不如地利，地利不如人和。'我等皆是中原、山东、河北人氏，不曾惯演水战，因此失了地利。须获得本处乡民，指引路径，方才知得他此间出路曲折。"卢先锋道："军师言之极当，差谁去缉探路径好？"朱武道："论我愚意，可差鼓上蚤时迁。他是个飞檐走壁的人，好去山中寻路。"卢俊义随即教唤时迁，领了言语，捎带了干粮，跨口腰刀，离寨去了。

且说时迁便望深山去处，只顾走寻路，去了半日，天色已晚，来到一个去处，远远地望见一点灯光明朗。时迁道："灯光处必有人家。"趁黑地里，摸到灯明之处看时，却是个小小庵堂，里面透出灯光来。时迁来到庵前，便钻入去看时，见里面一个老和尚，在那里坐地诵经。时迁便乃敲他房门，那老和尚唤一个小行者来开门。

时迁进到里面，便拜老和尚。那老僧便道："客官休拜。现今万马千军厮杀之地，你如何走得到这里？"时迁应道："实不敢瞒师父说，小人是梁山泊宋江的部下一个偏将时迁的便是。今来奉圣旨剿收方腊，谁想夜来被昱岭关上守把贼将，乱箭射死了我六员首将，无计度关，特差时迁前来寻路，探听有何小路过关。今从深山旷野，寻到此间，万望师父指迷，有何小径，私越过关，当以厚报。”那老僧道：“此间百姓，俱被方腊残害，无一个不怨恨他。老僧亦靠此间当方百姓施主，赍粮养口。如今村里的人民都逃散了，老僧没有去处，只得在此守死。今日幸得天兵到此，万民有福。将军来收此贼，与民除害，老僧只是不敢多口，恐防贼人知得。今既是天兵处差来的头目，便多口也不妨。我这里却无路过得关去，直到西山岭边，却有一条小路，可过关上。只怕近日也被贼人筑断了，过去不得。”时迁道：“师父，既然有这条小路，通得关上，只不知可到得贼寨里么？”老和尚道：“这条私路，一径直到得庞万春寨背后，下岭去，便是过关的路了。只恐贼人已把大石块筑断了，难得过去。”时迁道：“不妨！既有路径，不怕他筑断了，我自有措置。既然如此，小人回去报知主将，却来酬谢。”老和尚道：“将军见外人时，休说贫僧多口。”时迁道：“小人是个精细的人，不敢说出老师父来。”

当日辞了老和尚，径回到寨中，参见卢先锋，说知此事。卢俊义听了大喜，便请军师，计议取关之策。朱武道：“若是有此路径，觑此昱岭关，唾手而得。再差一个人和时迁同去，干此大事。”时迁道：“军师要干甚大事？”朱武道：“最要紧的是放火放炮。你等身边，将带火炮、火刀、火石，直要去那寨背后放起号炮火来，便是你干大事了。”时迁道：“既然只是要放火放炮，别无他事，不须再用别人同去，只兄弟自往便是。再差一个同去，也跟我做不得飞檐走壁的事，倒误了时候。假如我去那里行事，你这里如何到得关边？”朱武道：“这却容易，他那贼人的埋伏，也只好使一遍。我如今不管他埋伏不埋伏，但是于路遇着树木稠密去处，便放火烧将去，任他埋伏不妨。”时迁道：“军师高见极明。”当下收拾了火刀、火石，并引火煤筒，脊梁上用包袱背着大炮，来辞卢先锋便行。卢俊义叫时迁赍钱二十两，粮米一石，送与老和尚，就着一个军校挑去。

当日午后，时迁引了这个军校挑米，再寻旧路来到庵里，见了老和尚，说道：“主将先锋，多多拜复，些小薄礼相送。”便把银两米粮，都与了和尚。老僧收受了，时迁吩咐小军自回寨去，却再来告复老和尚：“望烦指引路径，可着行者引小人去。”那老和尚道：“将军少待，夜深可去，日间恐关上知觉。”当备晚饭待时迁。至夜，却令行者引路，“送将军到于那边。”便教行者即回,休教人知觉。

当时小行者领着时迁,离了草庵,便望深山径里寻路,穿林透岭,揽葛攀藤,行过数里山径野坡,月色微明,到一处山岭崄峻,石壁嵯峨,远远地望见开了个小路口。巅岩上尽把大石堆迭砌断了,高高筑成墙壁。小行者道:"将军,关已望见,石迭墙壁那边便是。过得那石壁,亦有大路。"时迁道:"小行者,你自回去,我已知路途了。"小行者自回,时迁却把飞檐走壁、跳篱骗马的本事出来,这些石壁,拈指爬过去了。

望东去时,只见林木之间,半天价都红满了。却是卢先锋和朱武等拔寨都起,一路上放火烧着,望关上来。先使三五百军人,于路上打并尸首,沿山扒岭,放火开路,使其埋伏军兵,无处藏躲。昱岭关上小养由基庞万春闻知宋兵放火烧林开路,庞万春道:"这是他进兵之法,使吾伏兵不能施展。我等只牢守此关,任汝何能得过?"望见宋兵渐近关下,带了雷炯、计稷,都来关前守护。

却说时迁一步步摸到关上,爬在一株大树顶头,伏在枝叶稠密处,看那庞万春、雷炯、计稷,都将弓箭踏弩,伏在关前伺候,看见宋兵时,一派价把火烧将来。中间林冲、呼延灼立马在关下,大骂:"贼将安敢抗拒天兵?"南兵庞万春等却待要放箭射时,不提防时迁已在关上。那时迁悄悄地溜下树来,转到关后,见两堆柴草,时迁便摸在里面,取出火刀、火石,发出火种,把火炮搁在柴堆上,先把些硫黄焰硝去烧那边草堆,又来点着这边柴堆。却才方点着火炮,拿那火种带了,直爬上关屋脊上去点着。那两边柴草堆里,一齐火起,火炮震天价响。

关上众将,不杀自乱,发起喊来,众军都只顾走,那里有心来迎敌。庞万春和两个副将急来关后救火时,时迁就在屋脊上又放起火炮来。那火包震得关屋也动,吓得南兵都弃了刀枪弓箭,衣袍铠甲,尽望关后奔走。时迁在屋上大叫道:"已有一万宋兵先过关了,汝等急早投降,免汝一死!"庞万春听了,惊得魂不附体,只管跌脚。雷炯、计稷惊得麻木了,动弹不得。林冲、呼延灼首先上山,早赶到关顶,众将都要争先,一齐赶过关去三十余里,追着南兵。孙立生擒得雷炯,魏定国活拿了计稷,单单只走了庞万春。手下军兵,擒捉了大半。宋兵已到关上,屯驻人马。

卢先锋得了昱岭关,厚赏了时迁,将雷炯、计稷,就关上割腹取心,享祭史进、石秀等六人,收拾尸骸,葬于关上,其余尸首,尽皆烧化。次日,与同诸将,披挂上马,一面行文申复张招讨,飞报得了昱岭关,一面引军前进,迤逦追赶过关,直到歙州城边下寨。

原来歙州守御,乃是皇叔大王方垕,是方腊的亲叔叔,与同两员大将,官封文职,共守歙州。一个是尚书王寅,一个是侍郎高玉,统领十数员战将,屯军二万之众,守住歙州城郭。原来王尚书是本州山里石匠出身,惯使一条钢枪,坐下有一骑好马,名唤转山飞。那匹战马,登山渡水,如行平地。那高侍郎也是本州土人,故家子孙,会使一条鞭枪。因这两个颇通文墨,方腊加封做文职官爵,管领兵权之事。当有小养由基庞万春败回到歙州,直至行宫,面奏皇叔,告道:"被土居人民,透漏诱引宋兵,私越小路过关。因此众军漫散,难以抵敌。"皇叔方垕听了大怒,喝骂庞万春道:"这昱岭关是歙州第一处要紧的墙壁,今被宋兵已度关隘,早晚便到歙州,怎与他迎敌?"王尚书奏道:"主上且息雷霆之怒。自古道:'胜负兵家之常,非战之罪。'今殿下权免庞将军本罪,取了军令必胜文状,着他引军,首先出战迎敌,杀退宋兵。如或不胜,二罪俱并。"方垕然其言,拨与军五千,跟庞万春出城迎敌,得胜回奏。

且说卢俊义度过昱岭关之后,催兵直赶到歙州城下,当日与诸将上前攻打歙州。城门开处,庞万春引军出来交战。两军各列成阵势,庞万春出到阵前勒战。宋军队里欧鹏出马,使根铁枪,便和庞万春交战。两个斗不过五合,庞万春败走,欧鹏要显头功,纵马赶去。庞万春扭过身躯,背射一箭。欧鹏手段高强,绰箭在手。原来欧鹏却不提防庞万春能放连珠箭,欧鹏绰了一箭,只顾放心去赶。弓弦响处,庞万春又射第二只箭来,欧鹏早着,坠下马去。城上王尚书、高侍郎,见射中了欧鹏落马,庞万春得胜,引领城中军马,一发赶杀出来。宋军大败,退回三十里下寨,扎驻军马安营。整点兵将时,乱军中又折了菜园子张青。孙二娘见丈夫死了,着令手下军人,寻得尸首烧化,痛哭了一场。

卢先锋看了,心中纳闷,思量不是良法,便和朱武计议道:"今日进兵,又折了二将,似此如之奈何?"朱武道:"输赢胜负,兵家常事。今日贼兵见我等退回军马,自逞其能,众贼计议,今晚乘势,必来劫寨。我等可把军马众将,分调开去,四下埋伏。中军缚几只羊在彼,如此如此整顿。叫呼延灼引一支军在左边埋伏,林冲引一支军在右边埋伏,单廷珪、魏定国引一支军在背后埋伏。其余偏将,各于四散小路里埋伏。夜间贼兵来时,只看中军火起为号,四下里各自捉人。”卢先锋都发放已了,各各自去守备。

且说南国王尚书、高侍郎两个颇有些谋略,便与庞万春等商议,上启皇叔方垕道:“今日宋兵败回,退去三十余里屯驻,营寨空虚,军马必然疲倦,何不乘势去劫寨栅,必获全胜。”方垕道:“你众官从长计议,可行便行。”高侍郎道:“我便和庞将军引兵去劫寨,尚书与殿下,紧守城池。”当夜二将披挂上马,引领军兵前进,马摘銮铃,军士衔枚疾走,前到宋军寨栅。看见营门不开,南兵不敢擅进。初时听得更点分明,向后更鼓便打得乱了。高侍郎勒住马道:“不可进去!”庞万春道:“相公如何不进兵?”高侍郎答道:“听他营里更点不明,必然有计。”庞万春道:“相公误矣!今日兵败胆寒,必然困倦。睡里打更,有甚分晓,因此不明。相公何必见疑,只顾杀去!”高侍郎道:“也见得是。”当下催军劫寨,大刀阔斧,杀将进去。

二将入得寨门,直到中军,并不见一个军将,却是柳树上缚着数只羊,羊蹄上拴着鼓槌打鼓,因此更点不明。两将劫着空寨,心中自慌,急叫:“中计!”回身便走,中军内却早火起,只见山头上炮响,又放起火来,四下里伏兵乱起,齐杀将拢来。两将冲开寨门奔走,正迎着呼延灼,大喝:“贼将快下马受降,免汝一死!”高侍郎心慌,只要脱身,无心恋战,被呼延灼赶进去,手起双鞭齐下,脑袋骨打碎了半个天灵。庞万春死命撞透重围,得脱性命。正走之间,不提防汤隆伏在路边,被他一钩镰枪拖倒马脚,活捉了解来。众将已都在山路里赶杀南兵,至天明,都赴寨里来。卢先锋已先到中军坐下,随即下令,点本部将佐时,丁得孙在山路草中,被毒蛇咬了脚,毒气入腹而死。将庞万春割腹剜心,祭献欧鹏并史进等,把首级解赴张招讨军前去了。

次日,卢先锋与同诸将再进兵到歙州城下,见城门不关,城上并无旌旗,城楼上亦无军士。单廷珪、魏定国两个要夺头功,引军便杀入城去。后面中军卢先锋赶到时,只叫得苦,那二将已到城门里了。原来王尚书见折了劫寨人马,只诈做弃城而走,城门里去掘下陷坑。二将是一夫之勇,却不提防,首先入来,不想连人和马,都陷在坑里。那陷坑两边,却埋伏着长枪手,弓箭军士,一齐向前戳杀,两将死于坑中。可怜圣水并神火,今日呜呼葬土坑。

卢先锋又见折了二将,心中忿怒,急令差遣前部军兵,各人兜土块入城,一面填塞陷坑,一面鏖战厮杀,杀倒南兵人马,俱填于坑中。当下卢先锋当前,跃马杀入城中,正迎着皇叔方垕,交马只一合,卢俊义却忿心头之火,展平生之威,只一朴刀,剁方垕于马下。城中军马开城西门,冲突而走。宋兵众将,各各并力向前,剿捕南兵。

却说王尚书正走之间,撞着李云,截住厮杀。王尚书便挺枪向前,李云却是步斗。那王尚书枪起马到,早把李云踏倒。石勇见冲翻了李云,便冲突向前,急来救时,王尚书把条枪神出鬼没,石勇如何抵当得住?王尚书战了数合,得便处把石勇一枪,结果了性命,当下身死。城里却早赶出孙立、黄信、邹渊、邹润四将,截住王尚书厮杀。那王寅奋勇力敌四将,并无惧怯。不想又撞出林冲赶到,这个又是个会厮杀的,那王寅便有三头六臂,也敌不过五将。众人齐上,乱戳杀王寅,可怜南国尚书将,今日方知志莫伸。当下五将取了首级,飞马献与卢先锋。卢俊义已在歙州城内行宫歇下,平复了百姓,出榜安民,将军马屯驻在城里,一面差人赍文报捷张招讨,驰书转达宋先锋,知会进兵。

却说宋江等兵将在睦州屯驻,等候军齐,同攻贼洞。收得卢俊义书,报平复了歙州,军将已到城中屯驻,专候进兵,同取贼巢。又见折了史进、石秀、陈达、杨春、李忠、薛永、欧鹏、张青、丁得孙、单廷珪、魏定国、李云、石勇一十三人,许多将佐,烦恼不已,痛哭哀伤。军师吴用劝道:“生死人皆分定,主将何必自伤玉体?且请料理国家大事。”宋江道:“虽然如此,不由人不伤感!我想当初石碣天文所载一百八人,谁知到此,渐渐凋零,损吾手足。”吴用劝了宋江烦恼,然后回书与卢先锋,交约日期,起兵攻取清溪县。

且不说宋江回书与卢俊义,约日进兵。却说方腊在清溪帮源洞中大内设朝,与文武百官计议宋江用兵之事。只听见西州败残军马回来,报说歙州已陷,皇叔、尚书、侍郎俱已阵亡了。今宋兵作两路而来,攻取清溪。方腊见报大惊,当下聚集两班大臣商议,方腊道:“汝等众卿,各受官爵,同占州郡城池,共享富贵。岂期今被宋江军马席卷而来,州城俱陷,止有清溪大内。今闻宋兵两路而来,如何迎敌?”当有左丞相娄敏中出班启奏道:“今次宋兵人马,已近神州,内苑宫廷,亦难保守。奈缘兵微将寡,陛下若不御驾亲征,诚恐兵将不肯尽心向前。”方腊道:“卿言极当!”随即传下圣旨,命三省六部、御史台官、枢密院、都督府护驾,二营金吾、龙虎,大小官僚,“都跟随寡人御驾亲征,决此一战。”娄丞相又奏:“差何将帅,可做前部先锋?"方腊道:"着殿前金吾上将军内外诸军都招讨皇侄方杰为正先锋,马步亲军都太尉骠骑上将军杜微为副先锋,部领帮源洞大内护驾御林军一万三千,战将三千余员前进。"原来这方杰是方腊的亲侄儿,是歙州皇叔方垕长孙,闻知宋兵卢先锋杀了他公公,要来报仇,他愿为前部先锋。这方杰平生习学,惯使一枝方天画戟,有万夫不当之勇。那杜微原是歙州市中铁匠,会打军器,亦是方腊心腹之人,会使六口飞刀,只是步斗。方腊另行圣旨一道,差御林护驾都教师贺从龙,拨与御林军一万,总督兵马,去敌歙州卢俊义军马。

不说方腊分调人马,两处迎敌。先说宋江大队军马起程,水陆并进,离了睦州,望清溪县而来。水军头领李俊等引领水军船只,撑驾从溪滩里上去。且说吴用与宋江在马上同行,并马商议道:"此行去取清溪帮源,诚恐贼首方腊知觉逃窜,深山旷野,难以得获。若要生擒方腊,解赴京师,面见天子,必须里应外合,认得本人,可以擒获。亦要知方腊去向下落,不致被其走失。"宋江道:"是若如此,须用诈降,将计就计,方可得里应外合。前者柴进与燕青去做细作,至今不见些消耗,今次着谁去好?须是会诈投降的。"吴用道:"若论愚意,只除非教水军头领李俊等,就将船内粮米,去诈献投降,教他那里不疑。方腊那厮,是山僻小人,见了许多粮米船只,如何不收留了。"宋江道:"军师高见极明。"便唤戴宗,随即传令,从水路直至李俊处,说知如此如此,"教你等众将行计。"李俊等领了计策。戴宗自回中军。

李俊却叫阮小五、阮小七扮做艄公,童威、童猛扮做随行水手,乘驾六十只粮船,船上都插着新换的献粮旗号,却从大溪里使将上去。将近清溪县,只见上水头早有南国战船迎将来,敌军一齐放箭。李俊在船上叫道:"休要放箭,我有话说。俺等都是投拜的人,特将粮米献纳大国,接济军士,万望收录。"对船上头目,看见李俊等船上并无军器,因此就不放箭,使人过船来,问了备细,看了船内粮米,便去报知娄丞相,禀说李俊献粮投降。娄敏中听了,叫唤投拜人上岸来。李俊登岸,见娄丞相,拜罢,娄敏中问道:"汝是宋江手下甚人?有何职役?今番为甚来献粮投拜?"李俊答道:"小人姓李名俊,原是浔阳江上好汉。就江州劫法场,救了宋江性命。他如今受了朝廷招安,得做了先锋,便忘了我等前恩,累次窘辱小人。现今宋江虽然占得大国州郡,手下弟兄,渐次折得没了。他犹自不知进退,威逼小人等水军向前。因此受辱不过，特将他粮米船只，径自私来献纳，投拜大国。”娄丞相见李俊说了这一席话，就便准信，便引李俊来大内朝见方腊，具说献粮投拜一事。

李俊见方腊，再拜起居，奏说前事。方腊坦然不疑，且教李俊、阮小五、阮小七、童威、童猛只在清溪管领水寨守船，“待寡人退了宋江军马还朝之时，别有赏赐。”李俊拜谢了，出内自去搬运粮米上岸，进仓交收，不在话下。

再说宋江与吴用分调军马，差关胜、花荣、秦明、朱仝四员正将为前队，引军直进清溪县界，正迎着南国皇侄方杰。两下军兵，各列阵势。南军阵上，方杰横戟出马，杜微步行在后。那杜微横身挂甲，背藏飞刀五把，手中仗口七星宝剑，跟在后面。

两将出到阵前。宋江阵上，秦明首先出马，手舞狼牙大棍，直取方杰。那方杰年纪后生，精神一撮，那枝戟使得精熟，和秦明连斗了三十余合，不分胜败。方杰见秦明手段高强，也放出自己平生学识，不容半点空闲。两个正斗到分际，秦明也把出本事来，不放方杰些空处，却不提防杜微那厮，在马后见方杰战秦明不下，从马后闪将出来，掣起飞刀，望秦明脸上早飞将来。秦明急躲飞刀时，却被方杰一方天戟耸下马去，死于非命。可怜霹雳火，灭地竟无声。方杰一戟戳死了秦明，却不敢追过对阵，宋兵小将急把挠钩搭得尸首过来。宋军见说折了秦明，尽皆失色。宋江一面叫备棺椁盛贮，一面再调军将出战。

且说这方杰得胜夸能，却在阵前高叫：“宋兵再有好汉，快出来厮杀！”宋江在中军听得报来，急出到阵前，看见对阵方杰背后便是方腊御驾，直来到军前摆开。但见：

金瓜密布，铁斧齐排。方天画戟成行，龙凤绣旗作队。旗旄旌节，一攒攒绿舞红飞；玉镫雕鞍，一簇簇珠围翠绕。飞龙伞散青云紫雾，飞虎旗盘瑞霭祥烟。左侍下一代文官，右侍下满排武将。虽是妄称天子位，也须伪列宰臣班。

南国阵中，只见九曲黄罗伞下，玉辔逍遥马上，坐着那个草头王子方腊。怎生打扮，但见：

头戴一顶冲天转角明金幞头，身穿一领日月云肩九龙绣袍，腰系一条金镶宝嵌玲珑玉带，足穿一对双金显缝云根朝靴。

那方腊骑着一匹银鬃白马，出到阵前，亲自监战。看见宋江亲在马上，便遣方杰出战，要拿宋江。这边宋兵等众将亦准备迎敌，要擒方腊。

南军方杰正要出阵，只听得飞马报道："御林都教师贺从龙，总督军马，去救歙州，被宋兵卢先锋活捉过阵去了。军马俱已漫散，宋兵已杀到山后。"方腊听了大惊，急传圣旨，便教收军，且保大内。当下方杰且委杜微押住阵脚，却待方腊御驾先行，方杰、杜微随后而退。

方腊御驾，回至清溪州界，只听得大内城中，喊起连天，火光遍满，兵马交加，却是李俊、阮小五、阮小七、童威、童猛，在清溪城里放起火来。方腊见了，大驱御林军马，来救城中，入城混战。

宋江军马，见南兵退去，随后追杀。赶到清溪，见城中火起，知有李俊等在彼行事，急令众将招起军马，分头杀将入去。此时卢先锋军马也过山了，两下接应，却好凑着。四面宋兵，夹攻清溪大内。宋江等诸将，四面八方，杀将入去，各各自去搜捉南军，打破了清溪城郭。方腊却得方杰引军保驾，防护送投帮源洞中去了。

宋江等大队军马，都入清溪县来。众将杀入方腊宫中，收拾违禁器仗，金银宝物，搜检内里库藏，就殿上放起火来，把方腊内外宫殿，尽皆烧毁，府库钱粮，搜索一空。宋江会合卢俊义军马，屯驻在清溪县内，聚集众将，都来请功受赏。整点两处将佐时，长汉郁保四、女将孙二娘，都被杜微飞刀伤死；邹渊、杜迁马军中踏杀；李立、汤隆、蔡福，各带重伤，医治不痊，身死；阮小五先在清溪县，已被娄丞相杀死。众将擒捉得南国伪官九十二员请功，赏赐已了，只不见娄丞相、杜微下落。一面且出榜文，安抚了百姓，把那活捉伪官解赴张招讨军前，斩首示众。

后有百姓报说，娄丞相因杀了阮小五，见大兵打破清溪县，自缢松林而死。杜微那厮，躲在他原养的倡妓王娇娇家，被他社老献将出来。宋江赏了社老，却令人先取了娄丞相首级，叫蔡庆将杜微剖腹剜心，滴血享祭秦明、阮小五、郁保四、孙二娘，并打清溪亡过众将。宋江亲自拈香祭赛已了，次日与同卢俊义起军，直抵帮源洞口围住。

且说方腊只得方杰保驾，走到帮源洞口大内，屯驻人马，坚守洞口，不出迎敌。宋江、卢俊义把军马周回围住了帮源洞，却无计可入。

却说方腊在帮源洞，如坐针毡。两军困住已经数日，方腊正忧闷间，忽见殿下锦衣绣袄一大臣，俯伏在金阶殿下启奏："我王，臣虽不才，深蒙主上圣恩宽大,无可补报。凭夙昔所学之兵法,仗平日所韫[①]之武功,六韬三略曾闻,七纵七擒曾习。愿借主上一枝军马,立退宋兵,中兴国祚。未知圣意若何?”方腊见了大喜,便传敕令,尽点山洞内府兵马,教此将引兵出洞去,与宋江相持。未知胜败如何,先见威风出众。

不是方腊国中又出这个人来引兵,有分教,金阶殿下人头滚,玉砌朝门热血喷。直使扫清巢穴擒方腊,竖立功勋显宋江。毕竟方腊国中出来引兵的是甚人,且听下回分解。

第一百十九回

鲁智深浙江坐化　宋公明衣锦还乡

话说当下方腊殿前启奏,愿领兵出洞征战的,正是东床驸马主爵都尉柯引。方腊见奏,不胜之喜。柯驸马当下同领南兵,带了云璧奉尉,披挂上马出师。方腊将自己金甲锦袍,赐与驸马,又选一骑好马,叫他出战。那柯驸马与同皇侄方杰,引领洞中护御军兵一万人马,驾前上将二十余员,出到帮源洞口,列成阵势。

却说宋江军马困住洞口,已教将佐分调守护。宋江在阵中,因见手下弟兄,三停内折了二停,方腊又未曾拿得,南兵又不出战,眉头不展,面带忧容。只听得前军报来说:“洞中有军马出来交战。”宋江、卢俊义见报,急令诸将上马,引军出战,摆开阵势,看南军阵里,当先是柯驸马出战。宋江军中,谁不认得是柴进?宋江便令花荣出马迎敌。

花荣得令,便横枪跃马,出到阵前,高声喝问:“你那厮是甚人,敢助反贼,与吾大兵敌对?我若拿住你时,碎尸万段,骨肉为泥!好好下马受降,免汝一命!”柯驸马答道:“我乃山东柯引,谁不闻我大名?量你这厮们,是梁山泊一伙强徒草寇,何足道哉!偏俺不如你们手段?我直把你们杀尽,克复城池,是吾之愿!”宋江与卢俊义在马上听了,寻思柴进口里说的话,知他心里的事。他把“柴”字改作“柯”字,“柴”即是“柯”也。“进”字改作

① 韫——蕴藏,包含,这里指练就。

“引”字，“引”即是“进”也。

吴用道：“且看花荣与他迎敌。”当下花荣挺枪跃马，来战柯引。两马相交，二般军器并举。两将斗到间深里，绞做一团，扭做一块。柴进低低道：“兄长可且诈败，来日议事。”花荣听了，略战三合，拨回马便走。柯引喝道：“败将，吾不赶你！别有了得的，叫他出来，和俺交战！”花荣跑马回阵，对宋江、卢俊义说知就里。吴用道：“再叫关胜出战交锋。”当时关胜舞起青龙偃月刀，飞马出战，大喝道：“山东小将，敢与吾敌?”那柯驸马挺枪，便来迎敌。两个交锋，全无惧怯。二将斗不到五合，关胜也诈败佯输，走回本阵。柯驸马不赶，只在阵前大喝：“宋兵敢有强将出来，与吾对敌?”宋江再叫朱仝出阵，与柴进交锋。往来厮杀，只瞒众军。两个斗不过五七合，朱仝诈败而走。柴进赶来虚搠一枪，朱仝弃马跑归本阵，南军先抢得这匹好马。柯驸马招动南军，抢杀过来，宋江急令诸将引军退去十里下寨。柯驸马引军追赶了一程，收兵退回洞中。

已自有人先去报知方腊，说道：“柯驸马如此英雄，战退宋兵，连胜三将。宋江等又折一阵，杀退十里。”方腊大喜，叫排下御宴，等待驸马卸了戎装披挂，请入后宫赐坐。亲捧金杯，满劝柯驸马道：“不想驸马有此文武双全！寡人只道贤婿只是文才秀士，若早知有此等英雄豪杰，不致折许多州郡。烦望驸马大展奇才，立诛贼将，重兴基业，与寡人共享太平无穷之富贵。”柯引奏道：“主上放心！为臣子当以尽心报效，同兴国祚。明日谨请圣上登山，看柯引厮杀，立斩宋江等辈。”方腊见奏，心中大喜，当夜宴至更深，各还宫中去了。次早，方腊设朝，叫洞中敲牛宰马，令三军都饱食已了，各自披挂上马，出到帮源洞口，摇旗发喊，擂鼓搦战。方腊却领引内侍近臣，登帮源洞山顶，看柯驸马厮杀。

且说宋江当日传令，吩咐诸将：“今日厮杀，非比他时，正在要紧之际。汝等军将，各各用心，擒获贼首方腊，休得杀害。你众军士，只看南军阵上柴进回马引领，就便杀入洞中，并力追捉方腊，不可违误！”三军诸将得令，各自摩拳擦掌，掣剑拔枪，都要掳掠洞中金帛，尽要活捉方腊，建功请赏。当时宋江诸将，都到洞前，把军马摆开，列成阵势。

只见南兵阵上，柯驸马立在门旗之下，正待要出战，只见皇侄方杰立马横戟道：“都尉且押手停骑，看方某先斩宋兵一将，然后都尉出马，用兵对敌。”宋兵望见燕青跟在柴进后头，众将皆喜道：“今日计必成矣！”各人自行准备。

且说皇侄方杰，争先纵马搦战。宋江阵上，关胜出马，舞起青龙刀，来与方杰对敌。两将交马，一往一来，一翻一复，战不过十数合，宋江又遣花荣出阵，共战方杰。方杰见二将来夹攻，全无惧怯，力敌二将。又战数合，虽然难见输赢，也只办得遮拦躲避。宋江队里，再差李应、朱仝骤马出阵，并力追杀。方杰见四将来夹攻，方才拨回马头，望本阵中便走。柯驸马却在门旗下截住，把手一招，宋将关胜、花荣、朱仝、李应四将赶过来。柯驸马便挺起手中铁枪奔来，直取方杰。

方杰见头势不好，急下马逃命时，措手不及，早被柴进一枪戳着。背后云奉尉燕青赶上一刀，杀了方杰。南军众将惊得呆了，各自逃生，柯驸马大叫："我非柯引，吾乃柴进，宋先锋部下正将小旋风的便是。随行云奉尉，即是浪子燕青。今者已知得洞中内外备细。若有人活捉得方腊的，高官任做，细马拣骑。三军投降者，俱免血刃，抗拒者全家斩首！"回身引领四将，招起大军，杀入洞中。

方腊领着内侍近臣，在帮源洞顶上，看见杀了方杰，三军溃乱，情知事急，一脚踢翻了金交椅，便望深山中奔走。宋江领起大队军马，分开五路，杀入洞来，争捉方腊，不想已被方腊逃去，止拿得侍从人员。

燕青抢入洞中，叫了数个心腹伴当，去那库里，掳了两担金珠细软出来，就内宫禁苑，放起火来。柴进杀入东宫时，那金芝公主自缢身死。柴进见了，就连宫苑烧化，以下细人，放其各自逃生。众军将都入正宫，杀尽嫔妃彩女、亲军侍御、皇亲国戚，都掳掠了方腊内宫金帛。宋江大纵军将，入宫搜寻方腊。

却说阮小七杀入内苑深宫里面，搜出一箱，却是方腊伪造的平天冠、衮龙袍、碧玉带、白玉珪、无忧履。阮小七看见上面都是珍珠异宝，龙凤锦文，心里想道："这是方腊穿的，我便着一着，也不打紧。"便把衮龙袍穿了，系上碧玉带，着了无忧履，戴起平天冠，却把白玉珪插放怀里，跳上马，手执鞭，跑出宫前。三军众将，只道是方腊，一齐闹动，抢将拢来看时，却是阮小七，众皆大笑。这阮小七也只把做好嬉，骑着马东走西走，看那众将多军抢掳。正在那里闹动，早有童枢密带来的大将王禀、赵谭入洞助战，听得三军闹嚷，只说拿得方腊，径来争功，却见是阮小七穿了御衣服，戴着平天冠，在那里嬉笑。王禀、赵谭骂道："你这厮莫非要学方腊，做这等样子!”阮小七大怒,指着王禀、赵谭道:“你这两个,直得甚鸟!若不是俺哥哥宋公明时,你这两个驴马头,早被方腊已都砍下了!今日我等众将弟兄成了功劳,你们颠倒来欺负!朝廷不知备细,只道是两员大将来协助成功。”王禀、赵谭大怒,便要和阮小七火并。当时阮小七夺了小校枪,便奔上来戳王禀。

呼延灼看见,急飞马来隔开,已自有军校报知宋江。飞马到来,见阮小七穿着御衣服,宋江、吴用喝下马来,剥下违禁衣服,丢去一边。宋江陪话解劝。王禀、赵谭二人虽被宋江并众将劝和了,只是记恨于心。

当日帮源洞中,杀的尸横遍野,流血成渠,按《宋鉴》所载,斩杀方腊蛮兵二万余级。当下宋江传令,教四下举火,监临烧毁宫殿。龙楼凤阁,内苑深宫,珠轩翠屋,尽皆焚化。有诗为证:

黄屋朱轩半入云,涂青衅血自䜣䜣。

若还天意容奢侈,琼室阿房可不焚。

当时宋江等众将监看烧毁已了,引军都来洞口屯驻,下了寨栅,计点生擒人数,只有贼首方腊未曾获得。传下将令,教军将沿山搜捉。告示乡民:但有人拿得方腊者,奏闻朝廷,高官任做;知而首者,随即给赏。

却说方腊从帮源洞山顶落路而走,便望深山旷野,透岭穿林,脱了赭黄袍,丢去金花幞头,脱下朝靴,穿上草履麻鞋,爬山奔走,要逃性命。连夜退过五座山头,走到一处山凹边,见一个草菴,嵌在山凹里。方腊肚中饥饿,却待正要去茅菴内寻讨些饭吃,只见松树背后转出一个胖大和尚来,一禅杖打翻,便取条绳索绑了。那和尚不是别人,是花和尚鲁智深。拿了方腊,带到草菴中,取了些饭吃,正解出山来,却好迎着搜山的军健,一同绑住捉来见宋先锋。

宋江见拿得方腊,大喜,便问道:“吾师,你却如何正等得这贼首着?”鲁智深道:“洒家自从在乌龙岭上万松林里厮杀,追赶夏侯成入深山里去,被洒家杀了贪战贼兵,直赶入乱山深处。迷踪失径,迤逦随路寻去,正到旷野琳琅山内,忽遇一个老僧,引领洒家到此处茅菴中,嘱咐道:‘柴米菜蔬都有,只在此间等候。但见个长大汉从松林深处来,你便捉住。’夜来望见山前火起,小僧看了一夜,又不知此间山径路数是何处。今早正见这贼爬过山来,因此,俺一禅杖打翻,就捉来绑,不想正是方腊!”宋江又问道:“那一个老僧,今在何处?”鲁智深道:“那个老僧,自引小僧到茅菴里,吩咐了柴米出来,竟不知投何处去了。"

宋江道:"那和尚眼见得是圣僧罗汉,如此显灵,令吾师成此大功。回京奏闻朝廷,可以还俗为官,在京师图个荫子封妻,光耀祖宗,报答父母劬劳之恩。"鲁智深答道:"洒家心已成灰,不愿为官,只图寻个净了去处,安身立命足矣!"宋江道:"吾师既不肯还俗,便到京师去住持一个名山大刹,为一僧首,也光显宗风,亦报答得父母。"智深听了,摇首叫道:"都不要,要多也无用。只得个囫囵尸首,便是强了。"宋江听罢,默上心来,各不喜欢。点本部下将佐,俱已数足,教将方腊陷车盛了,解上东京,面见天子,催起三军,带领诸将,离了帮源洞清溪县,都回睦州。

却说张招讨会集刘都督,童枢密,从、耿二参谋,都在睦州聚齐,合兵一处,屯驻军马。见说宋江获了大功,拿住方腊,解来睦州,众官都来庆贺。宋江等诸将参拜已了,张招讨道:"已知将军边塞劳苦,损折弟兄。今已全功,实为万幸。"宋江再拜泣涕道:"当初小将等一百八人,破辽还京,都不曾损了一个。谁想首先去了公孙胜,京师已留下数人。克复扬州,渡大江,怎知十停去七!今日宋江虽存,有何面目,再见山东父老,故乡亲戚?"张招讨道:"先锋休如此说。自古道:'贫富贵贱,宿生所载;寿夭短长,人生分定。'常言道:'有福人送无福人。'何以损折将佐为耻!今日功成名显,朝廷知道,必当重用。封官赐爵,光显门闾,衣锦还乡,谁不称羡!闲事不须挂意,只顾收拾回军。"宋江拜谢了总兵等官,自来号令诸将。

张招讨已传下军令,教把生擒到贼徒伪官等众,除留方腊另行解赴东京,其余从贼,都就睦州市曹,斩首施行。所有未收去处,衢、婺等县贼役赃官,得知方腊已被擒获,一半逃散,一半自行投首。张招讨尽皆准首,复为良民。就行出榜,去各处招抚,以安百姓。其余随从贼徒,不伤人者,亦准其自首投降,复为乡民,拨还产业田园。克复州县已了,各调守御官军,护境安民,不在话下。再说张招讨众官,都在睦州设太平宴,庆贺众将官僚,赏劳三军将校,传令教先锋头目,收拾朝京。军令传下,各各准备行装,陆续登程。

且说先锋使宋江思念亡过众将,洒然泪下,不想患病在杭州张横、穆弘等六人,朱富、穆春看视,共是八人在彼。后亦各患病身死,止留得杨林、穆春到来,随军征进。想起诸将劳苦,今日太平,当以超度,便就睦州宫观净处,扬起长旛,修设超度九幽拔罪好事,做三百六十分罗天大醮,追荐前亡后化列位偏正将佐已了。次日，椎牛宰马，致备牲醴，与同军师吴用等众将，俱到乌龙神庙里，焚帛享祭乌龙大王，谢祈龙君护佑之恩。回至寨中，所有部下正偏将佐阵亡之人，收得尸骸者，俱令各自安葬已了。

宋江与卢俊义收拾军马将校人员，随张招讨回杭州，听候圣旨，班师回京。众多将佐功劳，俱各造册，上了文簿，进呈御前。先写表章，申奏天子。三军齐备，陆续起程。宋江看了部下正偏将佐，止剩得三十六员回军。那三十六人是：

呼保义宋江	玉麒麟卢俊义	智多星吴用
大刀关胜	豹子头林冲	双鞭呼延灼
小李广花荣	小旋风柴进	扑天雕李应
美髯公朱仝	花和尚鲁智深	行者武松
神行太保戴宗	黑旋风李逵	病关索杨雄
混江龙李俊	活阎罗阮小七	浪子燕青
神机军师朱武	镇三山黄信	病尉迟孙立
混世魔王樊瑞	轰天雷凌振	铁面孔目裴宣
神算子蒋敬	鬼脸儿杜兴	铁扇子宋清
独角龙邹润	一枝花蔡庆	锦豹子杨林
小遮拦穆春	出洞蛟童威	翻江蜃童猛
鼓上蚤时迁	小尉迟孙新	母大虫顾大嫂

当下宋江与同诸将，引兵马离了睦州，前往杭州进发。正是收军锣响千山震，得胜旗开十里红。于路无话，已回到杭州。因张招讨军马在城，宋先锋且屯兵在六和塔驻扎，诸将都在六和寺安歇。先锋使宋江、卢俊义早晚入城听令。

且说鲁智深自与武松在寺中一处歇马听候，看见城外江山秀丽，景物非常，心中欢喜。是夜月白风清，水天共碧，二人正在僧房里，睡至半夜，忽听得江上潮声雷响。鲁智深是关西汉子，不曾省得浙江潮信，只道是战鼓响，贼人生发，跳将起来，摸了禅杖，大喝着，便抢出来。众僧吃了一惊，都来问道："师父何为如此？赶出何处去？"鲁智深道："洒家听得战鼓响，待要出去厮杀。"众僧都笑将起来道："师父错听了！不是战鼓响，乃是钱塘江潮信响。"鲁智深见说，吃了一惊，问道："师父，怎地唤做潮信响？"寺内众僧，推开窗，指着那潮头，叫鲁智深看，说道："这潮信日夜两番来，并不违时刻。今朝是八月十五日，合当三更子时潮来。因不失信，谓之潮信。”鲁智深看了，从此心中忽然大悟，拍掌笑道：“俺师父智真长老，曾嘱咐与洒家四句偈言，道是‘逢夏而擒’，俺在万松林里厮杀，活捉了个夏侯成；‘遇腊而执’，俺生擒方腊；今日正应了‘听潮而圆，见信而寂’，俺想既逢潮信，合当圆寂。众和尚，俺家问你，如何唤做圆寂？”寺内众僧答道：“你是出家人，还不省得佛门中圆寂便是死？”鲁智深笑道：“既然死乃唤做圆寂，洒家今已必当圆寂。烦与俺烧桶汤来，洒家沐浴。”

寺内众僧，都只道他说耍，又见他这般性格，不敢不依他，只得唤道人烧汤来，与鲁智深洗浴。换了一身御赐的僧衣，便叫部下军校：“去报宋公明先锋哥哥，来看洒家。”又问寺内众僧处讨纸笔，写了一篇颂子，去法堂上捉把禅椅，当中坐了。焚起一炉好香，放了那张纸在禅床上，自迭起两只脚，左脚搭在右脚，自然天性腾空。比及宋公明见报，急引众头领来看时，鲁智深已自坐在禅椅上不动了。颂曰：

平生不修善果，只爱杀人放火。忽地顿开金绳，这里扯断玉锁。咦！钱塘江上潮信来，今日方知我是我。

宋江与卢俊义看了偈语，嗟叹不已。众多头领都来看视鲁智深，焚香拜礼。城内张招讨并童枢密等众官，亦来拈香拜礼。宋江自取出金帛，俵散众僧，做个三昼夜功果，合个朱红龛子盛了，直去请径山住持大惠禅师，来与鲁智深下火；五山十刹禅师，都来诵经；迎出龛子，去六和塔后烧化。那径山大惠禅师手执火把，直来龛子前，指着鲁智深，道几句法语，是：

鲁智深，鲁智深，起身自绿林。两只放火眼，一片杀人心。忽地随潮归去，果然无处跟寻。咄！解使满空飞白玉，能令大地作黄金。

大惠禅师下了火已了，众僧诵经忏悔，焚化龛子，在六和塔山后，收取骨殖，葬入塔院。所有鲁智深随身多余衣钵，及朝廷赏赐金银，并各官布施，尽都纳入六和寺里，常住公用。浑铁禅杖，并皂布直裰，亦留于寺中供养。

当下宋江看视武松，虽然不死，已成废人。武松对宋江说道：“小弟今已残疾，不愿赴京朝觐。尽将身边金银赏赐，都纳此六和寺中，陪堂[①] 公

① 陪堂——指出家而不落发的人。这种人长年生活在寺庙之中，常陪客僧饮食。

用，已作清闲道人，十分好了。哥哥造册，休写小弟进京。”宋江见说：“任从你心！”

武松自此，只在六和寺中出家，后至八十善终，这是后话。

再说先锋宋江，每日去城中听令，待张招讨中军人马前进，已将军兵入城屯扎。半月中间，朝廷天使到来，奉圣旨令先锋宋江等班师回京。张招讨，童枢密，都督刘光世，从、耿二参谋，大将王禀、赵谭，中军人马，陆续先回京师去了。宋江等随即收拾军马回京。

比及起程，不想林冲染患风病瘫了，杨雄发背疮而死，时迁又感搅肠痧而死。宋江见了，感伤不已。丹徒县又申将文书来，报说杨志已死，葬于本县山园。林冲风瘫，又不能痊，就留在六和寺中，教武松看视，后半载而亡。

再说宋江与同诸将，离了杭州，望京师进发，只见浪子燕青，私自来劝主人卢俊义道：“小乙自幼随侍主人，蒙恩感德，一言难尽。今既大事已毕，欲同主人纳还原受官诰，私去隐迹埋名，寻个僻净去处，以终天年。未知主人意下若何？”卢俊义道：“自从梁山泊归顺宋朝已来，俺弟兄们身经百战，勤劳不易，边塞苦楚，弟兄损折，幸存我一家二人性命。正要衣锦还乡，图个封妻荫子，你如何却寻这等没结果？”燕青笑道：“主人差矣！小乙此去，正有结果，只恐主人此去无结果耳。”若燕青，可谓知进退存亡之机[①]矣。有诗为证：

略地攻城志已酬，陈辞欲伴赤松[②]游。
时人苦把功名恋，只怕功名不到头。

卢俊义道：“燕青，我不曾存半点异心，朝廷如何负我？”燕青道：“主人岂不闻韩信立下十大功劳，只落得未央宫里斩首；彭越醢为肉酱；[③]英布弓弦药酒？[④]主公，你可寻思，祸到临头难走！”卢俊义道：“我闻韩信三齐

---

① 机——关键。这里指事物的要义。

② 赤松——古仙人赤松子，为道家所信奉。

③ 彭越句——楚汉相争时，彭越携兵三万归汉，屡建奇功。后被告谋反，为刘邦施醢刑。

④ 英布句——英布，又称黥布，秦末率刑徒起义，投项羽，再归刘邦。后见韩信、彭越相继被杀，起兵反汉，败逃江南，为长沙王诱杀。“弓弦药酒”，未详何事。

擅自称王,教陈豨造反;彭越杀身亡家,大梁不朝高祖;英布九江受任,要谋汉帝江山。以此汉高帝诈游云梦,令吕后斩之。我虽不曾受这般重爵,亦不曾有此等罪过。”燕青道:“既然主公不听小乙之言,只怕悔之晚矣!小乙本待去辞宋先锋,他是个义重的人,必不肯放,只此辞别主公。”卢俊义道:“你辞我,待要那里去?”燕青道:“也只在主公前后。”卢俊义笑道:“原来也只恁地。看你到那里?”燕青纳头拜了八拜,当夜收拾了一担金珠宝贝挑着,竟不知投何处去了。次日早晨,军人收拾字纸一张,来报复宋先锋。宋江看那一张字纸时,上面写道是:

辱弟燕青百拜恳告先锋主将麾下:自蒙收录,多感厚恩。效死干功,补报难尽。今自思命薄身微,不堪国家任用,情愿退居山野,为一闲人。本待拜辞,恐主将义气深重,不肯轻放,连夜潜去。今留口号四句拜辞,望乞主帅恕罪。

雁序分飞自可惊,纳还官诰不求荣。
身边自有君王赦,洒脱风尘过此生。

宋江看了燕青的书,并四句口号,心中郁悒不乐。当时尽收拾损折将佐的官诰牌面,送回京师,缴纳还官。

宋兵人马,迤逦前进,比及行至苏州城外,只见混江龙李俊诈中风疾,倒在床上。手下军人来报宋先锋。宋江见报,亲自领医人来看治,李俊道:“哥哥休误了回军的程限,朝廷见责,亦恐张招讨先回日久。哥哥怜悯李俊时,可以丢下童威、童猛,看视兄弟。待病体痊可,随后赶来朝觐。哥哥军马,请自赴京。”宋江见说,心虽不然,倒不疑虑,只得引军前进。又被张招讨行文催趱,宋江只得留下李俊、童威、童猛三人,自同诸将上马赴京去了。

且说李俊三人竟来寻见费保四个,不负前约,七人都在榆柳庄上商议定了,尽将家私打造船只,从太仓港乘驾出海,自投化外[①]国去了,后来为暹罗国[②]之主。童威、费保等都做了化外官职,自取其乐,另霸海滨,这是李俊的后话。诗曰:

---

① 化外——旧时称统治者政令教化达不到的地方。

② 暹(xiān)罗国——泰国的旧称。

知几君子事,[1] 明哲迈夷伦。[2]
重结义中义,更全身外身。
浔水舟无系,榆庄柳又新。
谁知天海阔,别有一家人。

再说宋江等诸将一行军马,在路无话,复过常州、润州相战去处,宋江无不伤感。军马渡江,十存二三。过扬州,进淮安,望京师不远了。宋江传令,叫众将各各准备朝觐。三军人马,九月二十后,回到东京。张招讨中军人马,先进城去。宋江等军马,只就城外屯住,扎营于旧时陈桥驿,听候圣旨。

此时,有先前留下伏侍李俊等小校,从苏州来,报说李俊原非患病,只是不愿朝京为官,今与童威、童猛不知何处去了。宋江又复嗟叹,叫裴宣写录现在朝京大小正偏将佐数目,共计二十七员,并殁于王事者,俱录其名数,写成谢恩表章,仍令正偏将佐,俱各准备幞头公服,伺候朝见天子。三日之后,上皇设朝,近臣奏闻天子,教宣宋江等面君朝见。

此日东方渐明,宋江、卢俊义等二十七员将佐,奉旨即忙上马入城。东京百姓看了时,此是第三番朝见。想这宋江等初受招安时,却奉圣旨,都穿御赐的红绿锦袄子,悬挂金银牌面,入城朝见。破辽兵之后,回京师时,天子宣命,都是披袍挂甲戎装入朝朝见。今番太平回朝,天子特命文扮,却是幞头公服,入城朝觐。东京百姓看了,只剩得这几个回来,众皆嗟叹不已。宋江等二十七人,来到正阳门下,齐齐下马入朝。侍御史引至丹墀玉阶之下,宋江、卢俊义为首,上前八拜,退后八拜,进中八拜,三八二十四拜,扬尘舞蹈,山呼万岁。君臣礼足,徽宗天子看见宋江等只剩得这些人员,心中嗟念。上皇命都宣上殿,宋江、卢俊义引领众将,都上金阶,齐跪在珠帘之下。上皇命赐众将平身,左右近臣,早把珠帘卷起。天子乃曰:"朕知卿等众将,收剿江南,多负劳苦。卿等弟兄,损折大半,朕闻不胜伤悼。"宋江垂泪不止,仍自再拜奏曰:"以臣卤钝薄才,肝脑涂地,亦不能报国家大恩。昔日念臣共聚义兵一百八人,登五台发愿,谁想今日十损其八。谨录人数,未敢擅便具奏,伏望天慈,俯赐圣鉴。"上皇曰:"卿等部下,

---

① 知几句——君子能预见事物发生变化的细微预兆。几,微小的迹象。
② 明哲句——聪颖之士的见地超过庸常之辈。迈,越过。夷,平。伦,辈。

殁于王事者，朕命各坟加封，不没其功。”宋江再拜，进上表文一通。表曰：

平南都总管正先锋使臣宋江等谨上表：伏念臣江等愚拙庸才，孤陋俗吏，往犯无涯之罪，幸蒙莫大之恩。高天厚地岂能酬，粉骨碎身何足报！股肱竭力，离水泊以除邪；兄弟同心，登五台而发愿。全忠秉义，护国保民。幽州城鏖战辽兵，清溪洞力擒方腊。虽则微功上达，奈缘良将下沉。臣江日夕忧怀，旦暮悲怆。伏望天恩，俯赐圣鉴，使已殁者皆蒙恩泽，在生者得庇洪休①。臣江乞归田野，愿作农民，实陛下仁育之赐。臣江等不胜战悚之至！谨录存殁人数，随表上进以闻。

阵亡正偏将佐五十九员：

正将一十四员：

秦明	徐宁	董平	张清	刘唐
史进	索超	张顺	阮小二	阮小五
雷横	石秀	解珍	解宝	

偏将四十五员：

宋万	焦挺	陶宗旺	韩滔	彭玘
郑天寿	曹正	王定六	宣赞	孔亮
施恩	郝思文	邓飞	周通	龚旺
鲍旭	段景住	侯健	孟康	王英
扈三娘	项充	李衮	燕顺	马麟
单廷珪	魏定国	吕方	郭盛	欧鹏
陈达	杨春	郁保四	李忠	薛永
李云	石勇	杜迁	丁得孙	邹渊
李立	汤隆	蔡福	张青	孙二娘

于路病故正偏将佐一十员：

正将五员：

林冲	杨志	张横	穆弘	杨雄

偏将五员：

孔明	朱贵	朱富	白胜	时迁

杭州六和寺坐化正将一员：

---

① 洪休——大福。

鲁智深

折臂不愿恩赐,六和寺出家正将一员:

武松

旧在京回还蓟州出家正将一员:

公孙胜

不愿恩赐,于路上去正偏将四员:

正将二员:

燕青　李俊

偏将二员:

童威　童猛

旧留在京师,并取回医士,现在京偏将五员:

安道全　皇甫端　金大坚　萧让　乐和

现在朝觐正偏将佐二十七员:

正将一十二员:

宋江　卢俊义　吴用　关胜　呼延灼

花荣　柴进　李应　朱仝　戴宗

李逵　阮小七

偏将一十五员:

朱武　黄信　孙立　樊瑞　凌振

裴宣　蒋敬　杜兴　宋清　邹润

蔡庆　杨林　穆春　孙新　顾大嫂

宣和五年九月　日,先锋使臣宋江　副先锋臣卢俊义等谨上表。

上皇览表,嗟叹不已。乃曰:“卿等一百八人,上应星曜,今止有二十七人见存,又辞去了四个,真乃十去其八矣!”随将圣旨,将这已殁于王事者,正将偏将,各授名爵。正将封为忠武郎,偏将封为义节郎。如有子孙者,就令赴京,照名承袭官爵;如无子孙者,敕赐立庙,所在享祭。惟有张顺显灵有功,敕封金华将军。僧人鲁智深擒获贼寇有功,善终坐化于大刹,加赠义烈照暨禅师。武松对敌有功,伤残折臂,现于六和寺出家,封清忠祖师,赐钱十万贯,以终天年。已故女将二人:扈三娘加赠花阳郡夫人,孙二娘加赠旌德郡君。现在朝觐,除先锋使另封外,正将十员,各授武节将军,诸州统制;偏将十五员,各授武奕郎,诸路都统领;管军管民,省院听调。女将一员顾大嫂，封授东源县君。

先锋使宋江加授武德大夫，楚州安抚使，兼兵马都总管。

副先锋卢俊义加授武功大夫，庐州安抚使，兼兵马副总管。

军师吴用授武胜军承宣使。

关胜授大名府正兵马总管。

呼延灼授御营兵马指挥使。

花荣授应天府兵马都统制。

柴进授横海军沧州都统制。

李应授中山府郓州都统制。

朱仝授保定府都统制。

戴宗授兖州府都统制。

李逵授镇江润州都统制。

阮小七授盖天军都统制。

上皇敕命，各各正偏将佐，封官授职，谢恩听命，给付赏赐。偏将一十五员，各赐金银三百两，彩缎五表里；正将一十员，各赐金银五百两，彩缎八表里。先锋使宋江、卢俊义，各赐金银一千两，锦缎十表里，御花袍一套，名马一匹。宋江等谢恩毕，又奏睦州乌龙大王，二次显灵，护国保民，救护军将，以致全胜。上皇准奏，圣敕加封忠靖灵德普祐孚惠龙王。御笔改睦州为严州，歙州为徽州，因是方腊造反之地，各带反文字体。清溪县改为淳安县，帮源洞凿开为山岛。敕委本州官库内支钱，起建乌龙大王庙，御赐牌额，至今古迹尚存。江南但是方腊残破去处，被害人民，普免差徭三年。

当日宋江等各各谢恩已了，天子命设太平筵宴，庆贺功臣。文武百官，九卿四相，同登御宴。是日，贺宴已毕，众将谢恩。宋江又奏："臣部下自梁山泊受招安，军卒亡过大半，尚有愿还家者，乞陛下圣恩优恤。"

天子准奏，降敕："如愿为军者，赐钱一百贯，绢十匹，于龙猛、虎威二营收操，月支俸粮养赡；如不愿者，赐钱二百贯，绢十匹，各令回乡，为民当差。"宋江又奏："臣生居郓城县，获罪以来，自不敢还乡，乞圣上宽恩给假，回乡拜扫，省视亲族，却还楚州之任。未敢擅便，乞请圣旨。"上皇闻奏大喜，再赐钱十万贯，作还乡之资。宋江谢恩已罢，辞驾出朝。次日，中书省作太平筵宴，管待众将。第三日，枢密院又设宴庆贺太平。其张招讨、刘都督、童枢密,从、耿二参谋,王、赵二大将,朝廷自升重爵,不在此本话内。太乙院题本,奏请圣旨,将方腊于东京市曹上凌迟处死,剐了三日示众。有诗为证:

宋江重赏升官日,方腊当刑受剐时。

善恶到头终有报,只争来早与来迟!

再说宋江奏请了圣旨,给假回乡省亲。部下军将,愿为军者报名,送发龙猛、虎威二营收操,关给赏赐马军守备;愿为民者,关请银两,各各还乡,为民当差。部下偏将,亦各请受恩赐,听除管军管民,护境为官,关领诰命,各人赴任,与国安民。

宋江分派已了,与众暂别,自引兄弟宋清,带领随行军健一二百人,挑担御物、行李、衣装、赏赐,离了东京,望山东进发。宋江、宋清在马上,衣锦还乡,离了京师,回归故里。于路无话,自来到山东郓城县宋家村。乡中故旧父老亲戚,都来迎接宋江,回到庄上。不期宋太公已死,灵柩尚存。宋江、宋清痛哭伤感,不胜哀戚。家眷庄客,都来拜见宋江。庄院田产,家私什物,宋太公存日,整置得齐备,亦如旧时。宋江在庄上修设好事,请僧命道,修建功果,荐拔亡过父母宗亲。州县官僚,探望不绝。择日选时,亲扶太公灵柩,高原安葬。是日,本州官员,亲邻父老,宾朋眷属,尽来送葬已了,不在话下。宋江思念玄女娘娘愿心未酬,将钱五万贯,命工匠人等,重建九天玄女娘娘庙宇,两廊山门,装饰圣象,彩画两廊,俱已完备。不觉在乡日久,诚恐上皇见责,选日除了孝服,又做了几日道场,次后设一大会,请当村乡尊父老,饮宴酌杯,以叙阔别之情。次日,亲戚亦皆置筵庆贺,不在话下。宋江将庄院交割与次弟宋清,虽受官爵,只在乡中务农,奉祀宗亲香火。将多余钱帛,散惠下民。

宋江在乡中住了数月,辞别乡老故旧,再回东京,与众弟兄相见。众人有搬取老小家眷回京住的,有往任所去的,亦有夫主兄弟殁于王事的,朝廷已自颁降恩赐金帛,令归乡里,优恤其家。宋江自到东京,发遣回乡,都已完足。朝前听命,辞别省院诸官,收拾赴任。只见神行太保戴宗来探宋江,坐间说出一席话来。有分教,宋公明生为郓城县英雄,死作蓼儿洼土地。正是:凛凛清风生庙宇,堂堂遗像在凌烟。毕竟戴宗对宋江说出甚话来,且听下回分解。

第一百二十回

宋公明神聚蓼儿洼　　徽宗帝梦游梁山泊

话说宋江衣锦还乡，还至东京，与众弟兄相会，令其各人收拾行装，前往任所。当有神行太保戴宗来探宋江，二人坐间闲话。只见戴宗起身道："小弟已蒙圣恩，除授兖州都统制。今情愿纳下官诰，要去泰安州岳庙里，陪堂求闲，过了此生，实为万幸。"宋江道："贤弟何故行此念头？"戴宗道："是弟夜梦崔府君勾唤，因此发了这片善心。"宋江道："贤弟生身，既为神行太保，他日必作岳府灵聪。"自此相别之后，戴宗纳还了官诰，去到泰安州岳庙里，陪堂出家，每日殷勤奉祀圣帝香火，虔诚无怨。后数月，一夕无恙，请众道伴相辞作别，大笑而终。后来在岳庙里累次显灵，州人庙祝，随塑戴宗神像于庙里，胎骨是他真身。

又有阮小七受了诰命，辞别宋江，已往盖天军做都统制职事。未及数月，被大将王禀、赵谭怀挟帮源洞辱骂旧恨，累累于童枢密前诉说阮小七的过失，曾穿着方腊的赭黄袍、龙衣玉带，虽是一时戏耍，终久怀心不良，亦且盖天军地僻人蛮，必致造反。童贯把此事达知蔡京，奏过天子，请降了圣旨，行移公文到彼处，追夺阮小七本身的官诰，复为庶民。阮小七见了，心中也自欢喜，带了老母，回还梁山泊石碣村，依旧打鱼为生，奉养老母，以终天年，后来寿至六十而亡。

且说小旋风柴进在京师，见戴宗纳还官诰，求闲去了，又见说朝廷追夺了阮小七官诰，不合戴了方腊的平天冠、龙衣玉带，意在学他造反，罚为庶民，寻思："我亦曾在方腊处做驸马，倘或日后奸臣们知得，于天子前谗佞，见责起来，追了诰命，岂不受辱？不如自识时务，免受玷辱。"推称风疾病患，不时举发，难以任用，情愿纳还官诰，求闲为农。辞别众官，再回沧州横海郡为民，自在过活。忽然一日，无疾而终。

李应受中山府都统制，赴任半年，闻知柴进求闲去了，自思也推称风瘫，不能为官，申达省院，缴纳官诰，复还故乡独龙冈村中过活。后与杜兴一处作富豪，俱得善终。

关胜在北京大名府总管兵马，甚得军心，众皆钦伏。一日，操练军马回来，因大醉，失脚落马，得病身亡。

呼延灼受御营指挥使，每日随驾操备。后领大军，破大金兀术四太子，出军杀至淮西，阵亡。只有朱仝在保定府管军有功，后随刘光世破了大金，直做到太平军节度使。

花荣带同妻小妹子，前赴应天府到任。吴用自来单身，只带了随行安童，去武胜军到任。李逵亦是独自带了两个仆从，自来润州到任。

话说为何只说这三个到任，别的都说了绝后结果？为这七员正将，都不厮见着，先说了结果。后这五员正将，宋江、卢俊义、花荣、吴用、李逵还有厮会处，以此未说绝了，结果下来便见。

再说宋江、卢俊义在京师，都分派了诸将赏赐，各各令其赴任去讫。殁于王事者，止将家眷人口，关给与恩赏钱帛金银，仍各送回故乡，听从其便。再有现在朝京偏将一十五员，除兄弟宋清还乡为农外，杜兴已自跟随李应还乡去了；黄信仍任青州；孙立带同兄弟孙新、顾大嫂，并妻小，自依旧登州任用；邹润不愿为官，回登云山去了；蔡庆跟随关胜，仍回北京为民；裴宣自与杨林商议了，自回饮马川，受职求闲去了；蒋敬思念故乡，愿回潭州为民；朱武自来投授樊瑞道法，两个做了全真先生，云游江湖，去投公孙胜出家，以终天年；穆春自回揭阳镇乡中，复为良民；凌振炮手非凡，仍受火药局御营任用。旧在京师偏将五员：安道全钦取回京，就于太医院做了金紫医官；皇甫端原受御马监大使；金大坚已在内府御宝监为官；萧让在蔡太师府中受职，作门馆先生；乐和在驸马王都尉府中尽老清闲，终身快乐，不在话下。

且说宋江自与卢俊义分别之后，各自前去赴任。卢俊义亦无家眷，带了数个随行伴当，自望庐州去了。宋江谢恩辞朝，别了省院诸官，带同几个家人仆从，前往楚州赴任。自此相别，都各分散去了，亦不在话下。

且说宋朝原来自太宗传太祖帝位之时，说了誓愿，以致朝代奸佞不清。至今徽宗天子，至圣至明，不期致被奸臣当道，谗佞专权，屈害忠良，深可悯念。当此之时，却是蔡京、童贯、高俅、杨戬四个贼臣，变乱天下，坏国，坏家，坏民。当有殿帅府太尉高俅、杨戬，因见天子重礼厚赐宋江等这伙将校，心内好生不然。

两个自来商议道："这宋江、卢俊义皆是我等仇人，今日倒吃他做了有功之臣,受朝廷这等恩赐,却教他上马管军,下马管民。我等省院官僚,如何不惹人耻笑?自古道:‘恨小非君子,无毒不丈夫!’”杨戬道:“我有一计,先对付了卢俊义,便是绝了宋江一只臂膊。这人十分英勇,若先对付了宋江,他若得知,必变了事,到惹出一场不好。”高俅道:“愿闻你的妙计如何。”杨戬道:“排出几个庐州军汉,来省院首告卢安抚,招军买马,积草屯粮,意在造反,便与他申呈去太师府启奏,和这蔡太师都瞒了。等太师奏过天子,请旨定夺,却令人赚他来京师。待上皇赐御食与他,于内下了些水银,却坠了那人腰肾,做用不得,便成不得大事。再差天使却赐御酒与宋江吃,酒里也与他下了慢药,只消半月之间,以定没救。”高俅道:“此计大妙!”有诗堪笑:

自古权奸害善良,不容忠义立家邦。

皇天若肯明昭报,男作俳优女作倡。

两个贼臣计议定了,着心腹人出来寻觅两个庐州土人,写与他状子,叫他去枢密院首告卢安抚,在庐州即日招军买马,积草屯粮,意欲造反,使人常往楚州,结连安抚宋江,通情起义。枢密院却是童贯,亦与宋江等有仇,当即收了原告状子,径呈来太师府启奏。

蔡京见了申文,便会官计议。此时高俅、杨戬俱各在彼,四个奸臣,定了计策,引领原告人,入内启奏天子。

上皇曰:“朕想宋江、卢俊义征讨四方虏寇,掌握十万兵权,尚且不生歹心。今已去邪归正,焉肯背反?寡人不曾亏负他,如何敢叛逆朝廷?其中有诈,未审虚的,难以准信。”当有高俅、杨戬在旁奏道:“圣上道理虽然,人心难忖。想必是卢俊义嫌官卑职小,不满其心,复怀反意,不幸被人知觉。”上皇曰:“可唤来寡人亲问,自取实招。”蔡京、童贯又奏道:“卢俊义是一猛兽,未保其心。倘若惊动了他,必致走透①,深为未便,今后难以收捕。只可赚来京师,陛下亲赐御膳御酒,将圣言抚谕之,窥其虚实动静。若无,不必究问,亦显陛下不负功臣之念。”上皇准奏,随即降下圣旨,差一使命径往庐州,宣取卢俊义还朝,有委用的事。天使奉命来到庐州,大小官员,出郭迎接,直至州衙,开读已罢。

话休絮烦。卢俊义听了圣旨,宣取回朝,便同使命离了庐州,一齐上

① 走透——走脱,逃走。

了铺马来京。于路无话,早至东京皇城司前歇了。次日,早到东华门外,伺候早朝。时有太师蔡京、枢密院童贯、太尉高俅、杨戬,引卢俊义于偏殿,朝见上皇。拜舞已罢,天子道:"寡人欲见卿一面。"又问:"庐州可容身否?"卢俊义再拜奏道:"托赖圣上洪福齐天,彼处军民,亦皆安泰。"上皇又问了些闲话,俄延至午,尚膳厨官奏道:"进呈御膳在此,未敢擅便,乞取圣旨。"此时高俅、杨戬已把水银暗地着放在里面,供呈在御案上。天子当面将膳赐与卢俊义。卢俊义拜受而食。上皇抚谕道:"卿去庐州,务要尽心,安养军士,勿生非意。"卢俊义顿首谢恩,出朝回还庐州,全然不知四个贼臣设计相害。高俅、杨戬相谓曰:"此后大事定矣!"

再说卢俊义是夜便回庐州来,觉道腰肾疼痛,动举不得,不能乘马,坐船回来。行至泗州淮河,天数将尽,自然生出事来。其夜因醉,要立在船头上消遣,不想水银坠下腰胯并骨髓里去,册立不牢①,亦且酒后失脚,落于淮河深处而死。可怜河北玉麒麟,屈作水中冤抑鬼。从人打捞起尸首,具棺椁殡于泗州高原深处。本州官员动文书申复省院,不在话下。

且说蔡京、童贯、高俅、杨戬四个贼臣,计较定了,将赍泗州申达文书,早朝奏闻天子说:"泗州申复卢安抚行至淮河,因酒醉堕水而死。臣等省院,不敢不奏。今卢俊义已死,只恐宋江心内设疑,别生他事。乞陛下圣鉴,可差天使,赍御酒往楚州赏赐,以安其心。"上皇沉吟良久,欲道不准,未知其心;意欲准行,诚恐有弊。上皇无奈,终被奸臣谗佞所惑,片口张舌,花言巧语,缓里取事,无不纳受。

遂降御酒二樽,差天使一人,赍往楚州,限目下便行。眼见得这使臣亦是高俅、杨戬二贼手下心腹之辈,天数只注宋公明合当命尽,不期被这奸臣们将御酒内放了慢药在里面,却教天使赍擎了,径往楚州来。

且说宋公明自从到楚州为安抚,兼管总领兵马。到任之后,惜军爱民,百姓敬之如父母,军校仰之若神明,讼庭肃然,六事俱备,人心既服,军民钦敬。

宋江公事之暇,时常出郭游玩。原来楚州南门外,有个去处,地名唤做蓼儿洼。其山四面都是水港,中有高山一座。其山秀丽,松柏森然,甚有风水。虽然是个小去处,其内山峰环绕,龙虎踞盘,曲折峰峦,陂阶台

① 册立不牢——站立不住。册,立。

砌。四围港汊,前后湖荡,俨然是梁山泊水浒寨一般。宋江看了,心中甚喜,自己想道:“我若死于此处,堪为阴宅。但若身闲,常去游玩,乐情消遣。”

话休絮烦。自此宋江到任以来,将及半载,时是宣和六年首夏初旬,忽听得朝廷降赐御酒到来,与众出郭迎接。入到公廨,开读圣旨已罢,天使捧过御酒,教宋安抚饮毕。宋江亦将御酒回劝天使,天使推称自来不会饮酒。御酒宴罢,天使回京。宋江备礼,馈送天使,天使不受而去。

宋江自饮御酒之后,觉道肚腹疼痛,心中疑虑,想被下药在酒里。却自急令从人打听那来使时,于路馆驿,却又饮酒。宋江已知中了奸计,必是贼臣们下了药酒,乃叹曰:“我自幼学儒,长而通吏,不幸失身于罪人,并不曾行半点异心之事。今日天子轻听谗佞,赐我药酒,得罪何辜。我死不争[①],只有李逵现在润州都统制,他若闻知朝廷行此奸弊,必然再去啸聚山林,把我等一世清名忠义之事坏了。只除是如此行方可。”连夜使人往润州唤取李逵星夜到楚州,别有商议。

且说李逵自到润州为都统制,只是心中闷倦,与众终日饮酒,只爱贪杯。听得宋江差人到来有请,李逵道:“哥哥取我,必有话说。”便同干人下了船,直到楚州,径入州治,拜见宋江罢。宋江道:“兄弟,自从分散之后,日夜只是想念众人。吴用军师,武胜军又远,花知寨在应天府,又不知消耗。只有兄弟在润州镇江较近,特请你来商量一件大事。”李逵道:“哥哥,甚么大事?”宋江道:“你且饮酒!”宋江请进后厅,现成杯盘,随即管待李逵,吃了半晌酒食。

将至半酣,宋江便道:“贤弟不知,我听得朝廷差人赍药酒来,赐与我吃。如死,却是怎的好?”李逵大叫一声:“哥哥,反了罢!”宋江道:“兄弟,军马尽都没了,兄弟们又各分散,如何反得成?”李逵道:“我镇江有三千军马,哥哥这里楚州军马,尽点起来,并这百姓,都尽数起去,并气力招军买马杀将去!只是再上梁山泊倒快活!强似在这奸臣们手下受气!”宋江道:“兄弟且慢着,再有计较。”原来那接风酒内,已下了慢药。当夜李逵饮酒了。

次日,具舟相送。李逵道:“哥哥几时起义兵,我那里也起军来接应。”

---

① 不争——不在乎,不要紧。

宋江道："兄弟，你休怪我！前日朝廷差天使，赐药酒与我服了，死在旦夕。我为人一世，只主张'忠义'二字，不肯半点欺心。今日朝廷赐死无辜，宁可朝廷负我，我忠心不负朝廷。我死之后，恐怕你造反，坏了我梁山泊替天行道忠义之名。因此，请将你来，相见一面。昨日酒中，已与了你慢药服了，回至润州必死。你死之后，可来此处楚州南门外，有个蓼儿洼，风景尽与梁山泊无异，和你阴魂相聚。我死之后，尸首定葬于此处，我已看定了也！"言讫，堕泪如雨。李逵见说，亦垂泪道："罢，罢，罢！生时伏侍哥哥，死了也只是哥哥部下一个小鬼！"言讫泪下，便觉道身体有些沉重。

当时洒泪，拜别了宋江下船。回到润州，果然药发身死。李逵临死之时，嘱咐从人："我死了，可千万将我灵柩去楚州南门外蓼儿洼和哥哥一处埋葬。"嘱罢而死。从人置备棺椁盛贮，不负其言，扶柩而往。

再说宋江自从与李逵别后，心中伤感，思念吴用、花荣，不得会面。是夜药发临危，嘱咐从人亲随之辈："可依我言，将我灵柩，安葬此间南门外蓼儿洼高原深处，必报你众人之德。乞依我嘱！"言讫而逝。

宋江从人置备棺椁，依礼殡葬。楚州官吏听从其言，不负遗嘱，当与亲随人从、本州吏胥老幼，扶宋公明灵柩，葬于蓼儿洼。数日之后，李逵灵柩，亦从润州到来，葬于宋江墓侧，不在话下。

且说宋清在家患病，闻知家人回来，报说哥哥宋江已故在楚州，病在郓城，不能前来津送。后又闻说葬于本州南门外蓼儿洼，只令得家人到来祭祀，看视坟茔，修筑完备，回复宋清，不在话下。

却说武胜军承宣使军师吴用，自到任之后，常常心中不乐，每每思念宋公明相爱之心。忽一日，心情恍惚，寝寐不安。至夜，梦见宋江、李逵二人，扯住衣服，说道："军师，我等以忠义为主，替天行道，于心不曾负了天子。今朝廷赐饮药酒，我死无辜。身亡之后，现已葬于楚州南门外蓼儿洼深处。军师若想旧日之交情，可到坟茔，亲来看视一遭。"吴用要问备细，撒然觉来，乃是南柯一梦。

吴用泪如雨下，坐而待旦。得了此梦，寝食不安。次日，便收拾行李，径往楚州来。不带从人，独自奔来。

前至楚州，果然宋江已死，只闻彼处人民无不嗟叹。吴用安排祭仪，直至南门外蓼儿洼，寻到坟茔，置祭宋公明、李逵，就于墓前，以手掴其坟冢，哭道："仁兄英灵不昧，乞为昭鉴。吴用是一村中学究，始随晁盖，后遇仁兄，救护一命，坐享荣华。到今数十余载，皆赖兄之德。今日既为国家而死，托梦显灵与我，兄弟无以报答，愿得将此良梦，与仁兄同会于九泉之下。”言罢痛哭。

正欲自缢，只见花荣从船上飞奔到于墓前，见了吴用，各吃一惊。吴学究便问道：“贤弟在应天府为官，缘何得知宋兄已丧？”花荣道：“兄弟自从分散到任之后，无日身心得安，常想念众兄之情。因夜得一异梦，梦见宋公明哥哥和李逵前来，扯住小弟，诉说朝廷赐饮药酒鸩死，现葬于楚州南门外蓼儿洼高原之上。兄弟如不弃旧，可到坟前，看望一遭。因此，小弟掷了家间，不避驱驰，星夜到此。”吴用道：“我得异梦，亦是如此，与贤弟无异，因此而来。今得贤弟到此最好，吴某心中想念宋公明恩义难舍，交情难报，正欲就此处自缢而死，魂魄与仁兄同聚一处。身后之事，托与贤弟。”花荣道：“军师既有此心，小弟便当随从，亦与仁兄同归一处。”似此真乃死生契合者也。有诗为证：

红蓼洼中托梦长，花荣吴用各悲伤。
一腔义血元同有，岂忍田横[①] 独丧亡？

吴用道：“我指望贤弟看见我死之后，葬我于此，你如何也行此事？”花荣道：“小弟寻思宋兄长仁义难舍，恩念难忘。我等在梁山泊时，已是大罪之人，幸然不死。感得天子赦罪招安，北讨南征，建立功勋。今已姓扬名显，天下皆闻。朝廷既已生疑，必然来寻风流罪过[②]。倘若被他奸谋所施，误受刑戮，那时悔之无及。如今随仁兄同死于黄泉，也留得个清名于世，尸必归坟矣！”吴用道：“贤弟，你听我说，我已单身，又无家眷，死却何妨？你今现有幼子娇妻，使其何依？”花荣道：“此事不妨，自有囊箧足以餬口。妻室之家，亦自有人料理。”两个大哭一场，双双悬于树上，自缢而死。

船上从人久等，不见本官出来，都到坟前看时，只见吴用、花荣，自缢身死，慌忙报与本州官僚，置备棺椁，葬于蓼儿洼宋江墓侧，宛然东西四丘。楚州百姓，感念宋江仁德，忠义两全，建立祠堂，四时享祭，里人祈祷，

---

① 田横——田横在楚汉战争中自立齐王。汉朝建立，田率从属五百人逃亡海岛。刘邦派使者诏降，田随赴洛阳。因耻为汉臣，在途中自尽。五百士闻讯，亦全部自杀。

② 风流罪过——指微小的错误、缺点、毛病。

无不感应。

且不说宋江在蓼儿洼累累显灵，所求立应，却说道君皇帝，在东京内院，自从赐御酒与宋江之后，圣意累累设疑，又不知宋江消息，常只挂念于怀。每日被高俅、杨戬议论奢华受用所惑，只要闭塞贤路，谋害忠良。

忽然一日，上皇在内宫闲玩，猛然思想起李师师，就从地道中，和两个小黄门，径来到他后园中，拽动铃索。李师师慌忙迎接圣驾，到于卧房内坐定。上皇便叫前后关闭了门户。李师师盛妆向前起居已罢，天子道："寡人近感微疾，现令神医安道全看治，有数十日不曾来与爱卿相会，思慕之甚！今一见卿，朕怀不胜悦乐！"李师师奏道："深蒙陛下眷爱之心，贱人愧感莫尽！"房内铺设酒肴，与上皇饮酌取乐。才饮过数杯，只见上皇神思困倦。点的灯烛荧煌，忽然就房里起一阵冷风，上皇见个穿黄衫的立在面前。上皇惊起问道："你是甚人，直来到这里？"那穿黄衫的人奏道："臣乃是梁山泊宋江部下神行太保戴宗。"上皇道："你缘何到此？"戴宗奏道："臣兄宋江，只在左右，启请陛下车驾同行。"上皇曰："轻屈寡人车驾何往？"戴宗道："自有清秀好去处，请陛下游玩。"

上皇听罢此语，便起身随戴宗出得后院来，见马车足备，戴宗请上皇乘马而行。但见如云似雾，耳闻风雨之声，到一个去处。但见：

漫漫烟水，隐隐云山。不观日月光明，只见水天一色。红瑟瑟满目蓼花，绿依依一洲芦叶。双双鸿雁，哀鸣在沙渚矶头；对对鹡鸰[①]，倦宿在败荷汀畔。霜枫簇簇，似离人点染泪波；风柳疏疏，如怨妇蹙颦眉黛。淡月寒星长夜景，凉风冷露九秋天。

当下上皇在马上观之不足，问戴宗道："此是何处，要寡人到此？"戴宗指着山上关路道："请陛下行去，到彼便知。"上皇纵马登山，行过三重关道，至第三座关前，见有上百人，俯伏在地，尽是披袍挂铠，戎装革带，金盔金甲之将。上皇大惊，连问道："卿等皆是何人？"只见为头一个，凤翅金盔，锦袍金甲，向前奏道："臣乃梁山泊宋江是也。"上皇曰："寡人已教卿在楚州为安抚使，却缘何在此？"宋江奏道："臣等谨请陛下到忠义堂上，容臣细诉衷曲枉死之冤。"上皇到忠义堂前下马，上堂坐定，看堂下时，烟雾中

---

① 鹡鸰(jí líng)——形如燕子，常栖水边，捕食害虫。古人常以之作"兄弟"的代称。也作"脊令"。

拜伏着许多人。上皇犹豫不定。只见为首的宋江上阶，跪膝向前，垂泪启奏。上皇道："卿何故泪下？"宋江奏道："臣等虽曾抗拒天兵，素秉忠义，并无分毫异心。自从奉陛下敕命招安之后，先退辽兵，次平三寇，弟兄手足，十损其八。臣蒙陛下命守楚州，到任已来，与军民水米无交，天地共知。今陛下赐臣药酒，与臣服吃，臣死无憾。但恐李逵怀恨，辄起异心。臣特令人去润州唤李逵到来，亲与药酒鸩死。吴用、花荣，亦为忠义而来，在臣塚上，俱皆自缢而亡。臣等四人，同葬于楚州南门外蓼儿洼。里人怜悯，建立祠堂于墓前。今臣等阴魂不散，俱聚于此，伸告陛下，诉平生衷曲，始终无异。乞陛下圣鉴。"

上皇听了大惊曰："寡人亲差天使，亲赐黄封御酒，不知是何人换了药酒赐卿？"宋江奏道："陛下可问来使，便知奸弊所出。"上皇看见三关寨栅雄壮，惨然问曰："此是何所，卿等聚会于此？"宋江奏曰："此是臣等旧日聚义梁山泊也。"上皇又曰："卿等已死，当往受生，何故相聚于此？"宋江奏道："天帝哀怜臣等忠义，蒙玉帝符牒敕命，封为梁山泊都土地。众将已会于此，有屈难伸，特令戴宗屈万乘之主，亲临水泊，恳告平日衷曲。"上皇曰："卿等何不诣九重深院，显告寡人？"宋江奏道："臣乃幽阴魂魄，怎得到凤阙龙楼？今者陛下出离宫禁，屈邀至此。"上皇曰："寡人可以观玩否？"宋江等再拜谢恩。上皇下堂，回首观看堂上牌额，大书"忠义堂"三字，上皇点头下阶。忽见宋江背后转过李逵，手搭双斧，厉声高叫道："皇帝，皇帝！你怎地听信四个贼臣挑拨，屈坏了我们性命？今日既见，正好报仇！"黑旋风说罢，抡起双斧，径奔上皇。天子吃这一惊，撒然觉来，乃是南柯一梦，浑身冷汗。

闪开双眼，见灯烛荧煌，李师师犹然未寝。上皇问曰："寡人恰在何处去来？"李师师奏道："陛下适间伏枕而卧。"上皇却把梦中神异之事，对李师师一一说知。李师师又奏曰："凡人正直者，必然为神。莫非宋江端的已死，是他故显神灵，托梦与陛下？"上皇曰："寡人来日，必当举问此事。若是如果死了，必须与他建立庙宇，敕封烈侯。"李师师奏曰："若圣上果然加封，显陛下不负功臣之德。"上皇当夜嗟叹不已。

次日临朝，传圣旨，会群臣于偏殿。当有蔡京、童贯、高俅、杨戬等，只虑恐圣上问宋江之事，已出宫去了。只有宿太尉等几位大臣，在彼侍侧，上皇便问宿元景曰："卿知楚州安抚宋江消息否？"宿太尉奏道："臣虽一向不知宋安抚消息，臣昨夜得一异梦，甚是奇怪。”上皇曰：“卿得异梦，可奏与寡人知道。”宿太尉奏曰：“臣梦见宋江，亲到私宅，戎装�带，顶盔明甲，见臣诉说，陛下以药酒见赐而亡。楚人怜其忠义，葬在楚州南门外蓼儿洼内，建立祠堂，四时享祭。”上皇听罢，便颠头[①] 道：“此诚异事。与朕梦一般。”又吩咐宿元景道：“卿可差心腹之人，往楚州体察此事，有无急来回报。”宿太尉道：“是。”便领了圣旨，自出宫禁。归到私宅，便差心腹之人，前去楚州探听宋江消息，不在话下。

次日，上皇驾坐文德殿，见高俅、杨戬在侧，圣旨问道：“汝等省院，近日知楚州宋江消息否？”二人不敢启奏，各言不知。上皇辗转心疑，龙体不乐。

且说宿太尉干人，已到楚州打探回来，备说宋江蒙御赐饮药酒而死。已丧之后，楚人感其忠义，今葬于楚州蓼儿洼高山之上。更有吴用、花荣、李逵三人，一处埋葬。百姓哀怜，盖造祠堂于墓前，春秋祭赛，虔诚奉祀，士庶祈祷，极有灵验。宿太尉听了，慌忙引领干人入内，备将此事，回奏天子。

上皇见说，不胜伤感。次日早朝，天子大怒，当百官前，责骂高俅、杨戬：“败国奸臣，坏寡人天下！”二人俯伏在地，叩头谢罪。蔡京、童贯亦向前奏道：“人之生死，皆由注定。省院未有来文，不敢妄奏。昨夜楚州才有申文到院，臣等正欲启奏。”上皇终被四贼曲为掩饰，不加其罪，当即喝退高俅、杨戬，便教追要原赍御酒使臣。不期天使自离楚州回还，已死于路。

宿太尉次日见上皇于偏殿，再以宋江忠义显灵之事，奏闻天子。上皇准宣宋江亲弟宋清，承袭宋江名爵。不期宋清已感风疾在身，不能为官，上表辞谢，只愿郓城为农。上皇怜其孝道，赐钱十万贯，田三千亩，以赡其家。待有子嗣，朝廷录用。后来宋清生一子宋安平，应过科举，官至秘书学士，这是后话。

再说上皇具宿太尉所奏，亲书圣旨，敕封宋江为忠烈义济灵应侯，仍敕赐钱于梁山泊，起盖庙宇，大建祠堂，妆塑宋江等殁于王事诸多将佐神像。敕赐殿宇牌额，御笔亲书“靖忠之庙”。济州奉敕，于梁山泊起造庙宇。但见：

---

① 颠头——点头。

金钉朱户，玉柱银门。画栋雕梁，朱檐碧瓦。绿栏干低绕轩窗，绣帘幕高悬宝槛。五间大殿，中悬敕额金书；两庑长廊，彩画出朝入相。绿槐影里，棂星门高接青云；翠柳阴中，靖忠庙直侵霄汉。黄金殿上，塑宋公明等三十六员天罡正将；两廊之内，列朱武为头七十二座地煞将军。门前侍从狰狞，部下神兵勇猛。纸炉巧匠砌楼台，四季焚烧楮帛。桅竿高竖挂长旛，二社乡人祭赛。庶民恭礼正神祇，祀典朝参忠烈帝。万年香火享无穷，千载功勋表史记。

又有绝句一首，诗曰：

天罡尽已归天界，地煞还应入地中。
千古为神皆庙食，万年青史播英雄。

后来宋公明累累显灵，百姓四时享祭不绝。梁山泊内祈风得风，祷雨得雨。楚州蓼儿洼亦显灵验。彼处人民，重建大殿，添设两廊，奏请赐额。妆塑神像三十六员于正殿，两廊仍塑七十二将。年年享祭，万民顶礼，至今古迹尚存。史官有唐律二首哀挽，诗曰：

莫把行藏怨老天，韩彭赤族[①]已堪怜。
一心报国摧锋日，百战擒辽破腊年。
煞曜罡星今已矣，谗臣贼子尚依然！
早知鸩毒埋黄壤，学取鸱夷范蠡[②]船。

又诗：

生当鼎食死封侯，男子生平志已酬。
铁马夜嘶山月晓，玄猿秋啸暮云稠。
不须出处求真迹，却喜忠良作话头。
千古蓼洼埋玉地，落花啼鸟总关愁。

---

① 韩彭赤族——韩信、彭越都被杀灭族。赤，这里用作动词。

② 鸱夷范蠡——范蠡功成身退，泛舟五湖，更名姓为鸱夷子皮。鸱夷，一种盛酒的皮口袋。范蠡以之为名，取“用之则多所容纳，不用则可卷而怀之”之意。

图书在版编目（CIP）数据

水浒全传/(明)施耐庵，(明)罗贯中著. —北京:华夏出版社，2013.4
（2016.8 重印）
（中国古典文学名著丛书）
ISBN 978-7-5080-7496-2

Ⅰ.①水… Ⅱ.①施… ②罗… Ⅲ.①章回小说—中国—明代 Ⅳ.①I242.4

中国版本图书馆 CIP 数据核字(2013)第 041667 号

水浒全传

作　　者　（明）施耐庵　罗贯中　著
责任编辑　唐永平　韩平　许婷　倪友葵

出版发行　华夏出版社
经　　销　新华书店
印　　刷　北京建筑工业印刷厂分厂
装　　订　三河市少明印务有限公司
版　　次　2013 年 4 月北京第 1 版
　　　　　2016 年 8 月北京第 4 次印刷
开　　本　880×1230　1/32 开
印　　张　33.125
字　　数　1200 千字
定　　价　23.00 元

华夏出版社　地址:北京市东直门外香河园北里 4 号　邮编:100028
网址:www.hxph.com.cn　电话:(010)64663331(转)

本版图书如有印装质量问题，请与我社营销中心调换。